MARTHA SOPHIE MARCUS

Der Rabe und die Göttin

GOLDMANN
Lesen erleben

Buch

Ende des neunten Jahrhunderts im dänischen Wikingerreich Angeln. Zum ersten Mal in ihrem Leben freut sich die sechzehnjährige Frygdis nicht auf das alljährliche Thing, die festliche Ratsversammlung der Wikingersippen. Dort will ihr Vater Rodegang, ein wohlhabender und einflussreicher Kaufmann, nämlich den geeigneten Bräutigam für sie finden, obwohl ihr Herz für den jungen, stolzen Havenar entflammt ist. Noch am selben Tag wird Frygdis Olof Thorolfsson versprochen, dessen Sippe mit Havenars verfeindet ist. Frygdis beugt sich traurig, aber pflichtschuldig dem Willen ihrer Eltern und heiratet Olof. Havenar leidet sehr darunter, Frygdis an Olof verloren zu haben, und jagt seiner Zufriedenheit nun auf wagemutigen Seereisen und in Beziehungen mit anderen Frauen nach.

Erst die politischen und kriegerischen Wirren der Machtkämpfe um das dänische Königtum führen die beiden Liebenden auf abenteuerliche Weise wieder zusammen und in ein leidenschaftliches heimliches Glück. Gleichzeitig beginnt für Havenar allerdings der harte Kampf um die Freiheit und Sicherheit seiner Sippe, durch den er zu einem der bedeutendsten Anführer des Landes aufsteigt. Frygdis weiß, dass ihre unrechtmäßige Beziehung zu Havenar ihn und seine Ziele gefährdet. Deshalb trennt sie sich von ihm und flieht in die Einsamkeit eines abgelegenen Verstecks. Ist das das Ende ihres Glücks?

Autorin

Martha Sophie Marcus, geboren 1972 im Landkreis Schaumburg, studierte Germanistik, Soziologie und Pädagogik und verbrachte anschließend zwei Jahre in Cambridge. Heute lebt sie mit ihrem Mann und zwei Kindern in Lüneburg. Mit »Herrin wider Willen«, ihrem ersten Roman, feierte sie ein grandioses Debüt. Weitere historische Romane der Autorin sind bei Goldmann in Vorbereitung.

Von Martha Sophie Marcus außerdem bei Goldmann lieferbar:

Herrin wider Willen. Roman (47184)
Salz und Asche. Roman (47216)

Martha Sophie Marcus

Der Rabe und die Göttin

Roman

GOLDMANN

MIX
Papier aus verantwortungsvollen Quellen
FSC® C014496

Verlagsgruppe Random House FSC-DEU-0100
Das FSC®-zertifizierte Papier *München Super* für dieses Buch
liefert Arctic Paper Mochenwangen GmbH.

1. Auflage
Originalausgabe Februar 2012

Die Veröffentlichung dieses Werkes erfolgt auf Vermittlung
der Autoren- und Verlagsagentur Peter Molden, Köln.
Umschlaggestaltung: UNO Werbeagentur München
Umschlagfoto: © FinePic, München
Redaktion: Eva Wagner
BH · Herstellung: Str.
Satz: Buch-Werkstatt GmbH, Bad Aibling
Druck und Bindung: GGP Media GmbH, Pößneck
Printed in Germany
ISBN: 978-3-442-47669-5

www.goldmann-verlag.de

Ich fand die Maid auf ihrem Bette,
Weiß wie die Sonne, schlafend.
Aller Fürsten Freude fühlt ich nichtig,
Sollt ich ihrer länger ledig leben.
(nach der Hávamál der Edda)

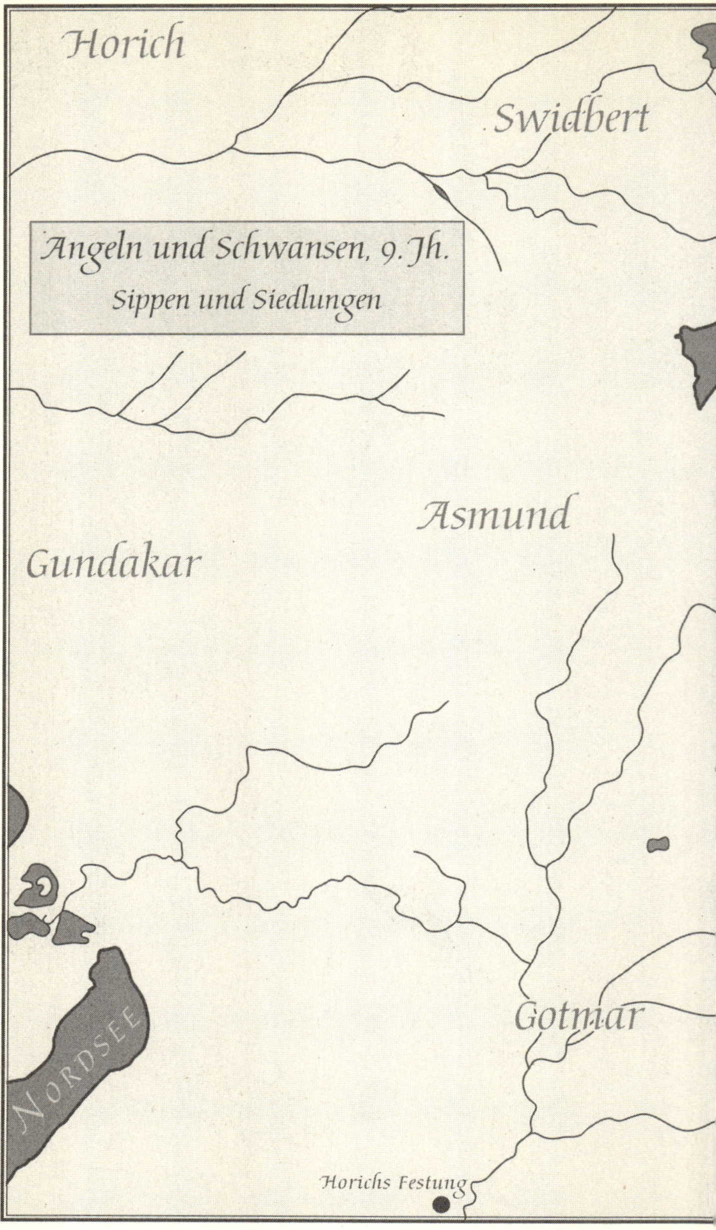
Angeln und Schwansen, 9. Jh.
Sippen und Siedlungen
Horich
Swidbert
Asmund
Gundakar
Gotmar
Nordsee
Horichs Festung

ärenhöhle
RDE
Flintholm
OSTSEE
Hademut
Gammelby
NGELN
Brarup
Hunold
Silveid
Langsee
SCHLEY
Midibikhus
iunt
Thorole
SCHWANSEN
abu
SCHLEY
Fleckeby
Guttorm

Prolog

»Was meint ihr?«, fragt Odin. »Sollen wir ihn holen?«

»Ja, bitte«, sagt Thor. »In meinem Bart hängen schon Spinnweben, so lange habe ich nicht mehr gelacht.«

Freya hebt die göttlich geschwungenen Brauen. »Wenn es sein muss. Ich habe eigentlich genug zu tun.«

»Immer glücklich, immer frisch, was? Bist nicht die Einzige, die noch tätig ist«, meint Tyr, finster wie stets.

Die Götter hadern nicht mit ihrer Unsterblichkeit. Es macht sie zu Göttern, dass sie mit der Ewigkeit zurechtkommen, mit der die Sterblichen überfordert sind.

Dann und wann jedoch wird ihnen eine Kargheit zur Last, zu einem Mangel an Salz in der Suppe. Die Göttertage dehnen sich von einem Ende des Himmels zum anderen, und die Zeit vergeht so ereignislos, dass sie stillzustehen scheint. In der Endlosigkeit ihres Daseins befürchten die Unsterblichen zu vergessen, was es mit Empfindungen auf sich hat. Sie langweilen sich. Sie sehnen sich nach Hass, Liebe, Leidenschaft und Trauer. Doch vergangen sind die Tage, an denen sie selbst frische Erfahrungen lebten und Gelegenheit zu großen Gefühlen hatten. Ihre Geschichten sind alle den Skalden bekannt. Festgehalten, fast unabänderlich. Die Geschichten der Götter werden wiederholt, ereignen sich dabei fortwährend von Neuem und sind dennoch geschehen und ausgekostet. Odins Auge ist eingetauscht, der Hammer wiedergefunden, die Midgardschlange erschlagen und Balder … tot. Loki gefesselt. Thor gähnt hemmungslos, Odin furcht die Stirn. Sie sitzen zwischen Felsen unter der Eiche nah bei Walhalls Langhäusern, die, wie meist, leer wirken. Die Krieger sind stets noch nicht dort oder schon wieder fort.

Selbst die Unsterblichkeit der menschlichen Helden ist für die Götter nur ein flirrender Augenblick. Odin kennt selten einen seiner Krieger persönlich. Ragnarök, die letzte Schlacht, findet wieder und wieder statt, und nie endgültig. Die irdische Eins-nach-dem-anderen-Chronologie hat in Walhall keine Bedeutung.

Wenn sie es nicht mehr aushalten mit ihrem galaktischen Gähnen, dann erinnern die Götter sich an die lebenden Menschen, die oft für etwas Kurzweil gut sind. Dann mischen sie sich ein, schieben hier, schubsen da, schlüpfen für die Dauer einer menschlichen Paarung in die Gestalt eines Liebhabers und ernten bei angestrengtem Beobachten ihrer Spielfigur ein kurzes Lachen, einen Moment der Rührung oder der Lust. Kurz wie ein Zwinkern, gemessen an der Länge ihrer Tage. Für länger können sie nicht dort bleiben oder genau hinsehen, dazu sind sie zu groß und die Menschen zu winzig.

Es gab nur den einen unter ihnen, dessen Talente dem Leben der Sterblichen mehr Unterhaltung entlocken konnten. Er verstand es, den Göttern ein Brennglas aufs Menschenschicksal zu halten, das er mit seinen Einflüsterungen, seiner ruchlosen, erfindungsreichen List strickte. Er konnte den Göttern eine gute Geschichte zeigen, Empfindungen wachrütteln. Doch er ist gefesselt. Hängt am Stein, über ihm die Schlangen.

Odin seufzt. Es wäre nicht das erste Mal, dass sie ihn aus Langeweile losmachten. Loki lässt sich immer auf einen Tausch ein. Eine gute Geschichte gegen einen langen, freien Göttertag. Urlaub von den Schlangen.

»Nun hol ihn schon«, bestimmt Frigg, und Odin geht.

Loki kommt mit Sigyn zur Seite, er geht gebeugt und hält ihren Arm. Sie sieht abgekämpft aus, ihr Haar wirr, das Kleid schmutzig und voller Säurelöcher. Odin folgt ihnen.

Tyr hat seinen hochlehnigen Sessel für Loki geräumt und lehnt sich mit verschränkten Armen neben Thor an einen Felsen, während Loki Platz nimmt. Sigyn setzt sich zu ihm auf die Armlehne, und Odin sinkt in seinen eigenen Sessel.

Loki lehnt sich zurück und umschlingt dabei mit dem linken Arm Sigyns Taille. Alle sehen die nässenden Wunden in seinem Fleisch, doch selbst ihre Genugtuung über seine Strafe ist Gleichmut gewichen.

Sigyn betrachtet Lokis Hand gründlich, bevor sie behutsam ihre eigene darauflegt, was er duldet.

»Was wollt ihr hören?«, fragt Loki. Noch ist seine Stimme völlig leidenschaftslos.

»Etwas aus den alten Tagen«, sagt Thor.

»Zeig uns eine Heldengeschichte. Zeig uns, wie ein Mann voll Ehre, Freiheit, Stolz und Mut für seine Werte steht und stirbt«, meint Odin.

»Zeig uns einen, der gut und gern kämpft«, sagt Tyr.

»Aber nicht ohne List handelt«, sagt Odin.

»Zeig seine Frau. Die Herrin seines Hauses«, verlangt Frigg.

»Die Geschichte ihrer Liebe«, sagt Freya.

Tyr stöhnt entnervt. »Oh, bitte nicht!«

»Viele Frauen und viel Liebe für einen lendenstarken Kerl, der gut trinken kann und es versteht, froh zu sein. Das ist besser. Ordentliche Kämpfe und reiche Schätze, die er gewinnt«, wünscht Thor.

Freya seufzt. »Endlose Raufereien sind keine gute Geschichte. Wenn's nur nach euch ginge, gäbe es die Menschheit nicht mehr.«

»Doch, doch. Viele Weiber, viele Kinder«, widerspricht Thor.

Freyr, der nie spricht, lacht lustvoll zustimmend.

Freya tadelt ihren Bruder mit einem Blick. »Ein Mann ohne Liebe ist nichts.«

»Das ist richtig. Liebe muss ein Mann haben, doch lieben können sie vieles, die Menschen. Ihre Ehre, ihr Schiff …«, sagt Odin.

Frigg steht von ihrem Webhocker auf und macht ihrem Unmut Luft, indem sie die Garnfarbe wechselt. »Es ist immer das Gleiche. Ihr Männer wollt so gern davon überzeugt sein, dass anderes wichtiger ist als ein Heim.«

Loki winkt ungeduldig ab, zieht den Arm hinter Sigyns Rü-

cken hervor und gebietet allen mit beiden Händen Schweigen. »Schluss! Ich weiß nicht, warum ich euch noch frage. Als würdet ihr euch je ändern. Ich weiß, was du hören willst, Freya Fruchtbringerin, Spenderin dicker Bäuche und verdrehter Hirne, Wangenrotfärberin. Und ich weiß, was du hören willst, Frigg, du ewige Heizerin ehelichen Herdfeuers. Lasst mich anfangen, ihr werdet auf eure Kosten kommen, ihr alle. Nur untersteht euch, mir ins Handwerk zu pfuschen. Es ist nicht wie in den alten Tagen, Thor Ziegenzähmer. Es ist eine höhere Kunst geworden, die Leute zu beflüstern. Wenn ich mir die Mühe mache, zu eurer Kurzweil Fäden zu spinnen, die zäh genug sind, um eure Menschlein zu führen, zu fesseln, aufzuhängen und zu Fall zu bringen, und doch so fein, dass ihr sie nicht entdeckt, dann kommt mir nicht dauernd mit euren groben Stricken daher, weil ihr als Allmächtige oder für euer Mitgefühl bewundert sein wollt.«

Thor brummt. »Macht ist uns zu eigen, Loki. Das vergisst du doch wohl als Letzter. Und Mitgefühl hast auch du immer mehr bekommen, als du verdienst.«

Loki sieht ihn mit zusammengekniffenen Augen an. »Es gab noch nicht eine einzige Sache, die ihr mir nicht vermurksen wolltet, weil ihr es so liebt, euch aufzuspielen. Aber nicht einer von euch versteht etwas von Geschichten, und daher gehen sie trotzdem stets so aus, wie ich es will. Schweigt also und hört zu. Was ich euch zeige, ist soeben geschehen.«

Er legt die Handflächen zusammen, öffnet sie langsam. Zwischen ihnen erscheint das Bild eines Dorfes, wird größer und klarer in den Geistern der Götter, bis sie nichts anderes mehr sehen als das prächtige, mit Reet gedeckte Jarlshaus, flankiert von soliden Ställen, Gesindehäusern und einem großen Langhaus, der Halle. Auf dem festgestampften Hof, zwischen den Webhütten und Werkstätten, messen sich zwei Schwertkämpfer miteinander, beobachtet vom Jarl, der vor seiner Haustür steht. Er ist ein breitschultriger Mann mit seegegerbter Haut, buschigen Brauen und ersten weißen Strähnen im dunkelblonden Haar.

Loki lenkt die Aufmerksamkeit der Götter auf die beiden Kämpfenden: »Schaut euch den Jungen an. Er ist schön, stark und so klug, wie ein dummer Bengel sein kann. Er hat vielleicht das Zeug zum Helden, Odin. Was meinst du, Freya, lässt er nicht das Herz jeder Frau schneller schlagen? Sieh dir sein Muskelspiel an. Ist er nicht genau das, was ihr alle liebt, meine … Genossen? Ein bisschen wie …« Er wirft einen giftigen Blick auf die Runde der in sein Bild versunkenen Zuschauer und spuckt die nächsten Worte aus. »Wie euer braver Balder, nicht wahr? Der so perfekte …« Sigyn drückt warnend seinen Oberschenkel, er zuckt, kommt zu sich und fährt fort. »Ja. Und auch ein Genießer der Frauen. Hört hin, was sein Vater sagt.«

Erster Teil

1. Kapitel

»Beim Thing werben wir Havenar eine Braut.«

Eine ganze Weile hatte Jarl Hademut schweigend und reglos neben seiner Frau im Windschatten des Langhauses unter dem Vordach gestanden und zugesehen, wie sein mittlerer Sohn das Schwert mit kraftstrotzendem Übermut gegen seinen Onkel führte, bevor er sprach.

Ragnhilds Hände sanken für einen Augenblick in ihren Schoß, auf die langen derben Segeltuchbahnen, die sie dort zusammennähte. Sie hielt diese Arbeit für wichtig genug, um selbst Hand anzulegen, obwohl ihr Rang ihr längst erlaubt hätte, sie von anderen tun zu lassen. Das kurze Innehalten war das einzige Zeichen ihrer Überraschung. Den Blick wandte sie nicht von der Stelle, wo ihre Nadel die rotbraune mit der weißen Wollstoffkante verbinden sollte. Sie nahm die Arbeit wieder auf, ohne etwas zu erwidern.

»Warum sagst du nichts?«, forschte ihr Mann mit zusammengezogenen Brauen.

»Du hast es dir schon in den Kopf gesetzt«, sagte sie ruhig.

»Was stört dich daran?«

»Wenn du es beschlossen hast, wird es mich doch nicht stören.«

Hademuts Ausdruck wurde noch finsterer. Er trat ein Stück von Ragnhild fort, als fände er den Verlauf des Übungskampfes auf dem Hof so interessant, dass er genauer hinsehen musste. Dabei konnte er nicht mehr zählen, wie oft er seinen Bruder Erik schon mit Havenar hatte üben sehen. Sein Sohn war Erik noch unterlegen. Von der Muskelkraft her konnte Havenar mit seinen siebzehn Wintern kein ausgewachsener Krieger sein. In vielerlei Hinsicht war er es dennoch. In mancher zu sehr, Hademuts Meinung nach. Mit der Stiefelspitze trat er gegen den Holzpfosten, der das Vordach hielt. »Sag mir, was du darüber denkst«, sagte er.

»Der Junge ist unruhig. Wenn du ihm eine Frau aussuchst, die ihm nicht gefällt, werden wir in den nächsten Jahren nicht mehr viel von ihm zu sehen bekommen.«

Hademut zuckte mit den Schultern. »Ist mir recht, wenn er sich woanders austobt.«

»Du hast viel Wert darauf gelegt, dass deine Söhne von den richtigen Männern lernen. Ist das nun vorbei?«

Der spöttische Ton, der sich Hademuts breiter Brust entrang, lag zwischen Lachen und Husten. »Wüsste gern, von wem er seine merkwürdigen Ansichten hat. Wie ich es sehe, hat dein Sohn hauptsächlich gelernt, sich seine eigenen Regeln zu setzen. Kein Vorbild kann Havenar noch besser oder schlechter machen. Mag es einem gefallen oder nicht.«

Erik schlug unbarmherzig zu, die Übungsschwerter waren stumpf. Hademut wusste gut, wie schmerzhaft jeder Schlag seinem Sohn durch Muskeln und Knochen fuhr. Aufgeben würde er nicht. Das würde keiner seiner Söhne. Er wandte den Blick ab und richtete seine Aufmerksamkeit wieder auf Ragnhild. »Immer wenn mir dieser Tage der Vater einer mannbaren Tochter zu gerade in die Augen sieht, dann warte ich darauf, dass er sagt, ich würde ihm etwas schulden, weil mein Sohn um seine Tochter herum war. Es sieht aus, als könne der Junge jedem Rock etwas abgewinnen. Nein, er bekommt eine Ehefrau, solange ich sie noch aussuchen kann. Mit etwas Glück wird sie ihn beschäftigen und mir Enkel geben, über deren Rechte und Ansehen ich mir nicht den Kopf zerbrechen muss.«

»Ich habe nie jemanden bezweifeln hören, dass Bjarne Havenars Sohn ist, egal von welcher Mutter er stammt.«

»Nein. Die Haare allein würden reichen. Die Bankbälger kommen ganz nach ihm.« Sein Blick wanderte zur Haarkrone seiner Frau, durch die sich inzwischen weiße Strähnen zogen. Nur zwei von ihren Kindern hatten Ragnhilds auffallend helles Blond geerbt: Havenar und Framhild, ihre Jüngste. Die anderen vier waren dunkler, wie er selbst.

»Sauhund!«, brüllte Erik. Doch gleich darauf mischte sich sein Lachen in das von Havenar. Hademut drehte sich wieder um und sah die beiden Recken am Boden liegen. Havenar rappelte sich hoch und reichte seinem Onkel keuchend die Hand, um ihm aufzuhelfen. »Es war zu verlockend«, sagte er.

Erik klopfte sich ab und zuckte mit den Schultern. »Hätte dir dein Leben gerettet.« Er hieb seinem Neffen auf den Rücken. »Wollen wir baden?«

Havenar ließ Schwert, Schild und Helm fallen und nickte. Erik warf seine Sachen dazu und sah sich kurz auf dem Hof um. Sein Blick blieb an einem Knecht hängen, der vor dem Stall fegte. »He du, Stallfeger! Räum auf«, rief er und folgte Havenar ins Männerhaus. Einen Moment darauf kam ein weiterer Knecht von dort und ging quer über den Hof zum Badehaus, um Feuer zu machen. Die Sonne verschwand hinter einigen Wolken, und sofort war zu spüren, dass der Frühling noch jung war.

Hademut fröstelte. »Ich bade auch«, murmelte er und bewegte sich Richtung Haustür, um sich von einer der Frauen ein Tuch geben zu lassen.

»Hast du schon eine Braut für ihn im Sinn?«, fragte Ragnhild, bevor er ins Haus gehen konnte.

»Ich denke noch darüber nach«, gab er zurück.

»Er wird tun, was du sagst«, sagte sie. Es klang wie eine Warnung.

Hademut warf ihr einen langen, mürrischen Blick zu. »Natürlich«, sagte er und ging hinein, ohne ihr spöttisches Lächeln zu sehen.

2. Kapitel

Noch zwei Jahre zuvor hätte Frygdis das Thing mit allen Sinnen genossen. Der Mai brach an, es war warm, und der Lagerplatz um Langsee schwirrte von buntem Leben. Zur Versammlung selbst gingen nur die ausgewählten freien Männer, aber das große Ereignis war auch für ihre Familien und die sie begleitenden Mägde und Knechte eine begehrte Abwechslung. Vorsicht war wie immer dabei angeraten. Auch schon vor zwei Jahren hätte Frygdis' Vater sie nie ohne Begleiter herumstreifen lassen. Blonde Mädchen wie sie waren eine umkämpfte Handelsware und schneller auf dem erzwungenen Weg nach Süden, als die Sippe ihr Verschwinden bemerkte. Sie musste sich nicht umdrehen, um zu wissen, dass der große, einohrige Giso nie weiter als zwei Schritte von ihr entfernt war. Er würde auf schmerzhafte Weise sein Leben verlieren, wenn ihr etwas zustieße, was er mit seiner Lanze hätte verhindern können. Als Kind hätte sie sich sicher gefühlt und wäre mit unbeschwerter Fröhlichkeit von Warenstand zu Warenstand geschlendert, um zu sehen, ob es ein Handelsgut zu entdecken gab, das ihr Vater ihr noch nicht unter seiner eigenen Ware gezeigt hatte: eine exotische Frucht oder fremdländischen Schmuck. Sie hätte von dem Silber, das er ihr zu dem Zweck gab, für sich und die anderen Mädchen etwas Besonderes zum Essen gekauft und kauend bei den Wettkämpfen mitgefiebert.

In diesem Jahr war alles weniger heiter. So vergnüglich die Spiele auf den unachtsamen Zuschauer wirkten, war die Stimmung doch angespannt. Seit langer Zeit machten sich die Sippen gegenseitig das Leben schwer, und es war stets eine Wanderung auf dünnem Eis, den Thingfrieden auch bei den Wettkämpfen zu wahren. Frygdis wusste darüber besser Bescheid als viele andere

Mädchen, denn im Gegensatz zu ihnen hatte sie schweigend zugehört, wenn die Männer sprachen. In den Wochen vor diesem Thing hatte ihr Vater viel über die Verhältnisse zwischen den Sippen gesprochen, und der Grund betraf sie direkt. Er würde während des großen Treffens entscheiden, wen sie zum Mann bekam. Es gab keinen Zweifel daran, dass man ihn nach ihr fragen würde, denn Rodegang war einer der drei reichsten Händler in diesem Teil des Landes. Kostbarer noch als seine Habe waren seine Handelsbeziehungen, von denen jeder einen Vorteil haben würde, in dessen Familie seine einzige Tochter hineinheiratete.

Frygdis ging mit weit schwereren Schritten als sonst auf einem der Pfade zu den Kampfplätzen, wo sie ihre Freundinnen treffen wollte, und erinnerte sich an den Tag vor vielen Jahren, an dem sie zum letzten Mal geäußert hatte, keinen Ehemann zu wollen. Es war ihr sechster Winter gewesen, und Thorhild, ihre Mutter, hatte sie ein Kaninchen häuten lassen, was sie anwiderte. »Wozu muss ich das lernen, wenn es später doch die Thraele machen?«, maulte sie.

»Damit du weißt, was du anderen aufträgst. Außerdem steht nicht fest, was du später selbst tun musst. Ich jedenfalls will, dass du einem einfachen Karl eine ebenso gute Frau sein kannst wie einem hochstehenden Jarl.«

»Ich will gar keinen Mann.«

»Wenn es so weit ist, dann wirst du einen bekommen, ganz gleich, ob du willst.«

»Aber Mutter! Die Jungen sind so blöd.«

In Thorhilds Gesicht hatte sich nichts gerührt. »Ja«, hatte sie gesagt. »Umso wichtiger ist es, dass du eine kluge Frau wirst und weiter denkst als sie.«

Danach hatte sie ihre Verheiratung nie mehr angezweifelt und sich bemüht, eine kluge Frau zu werden. Das half ihr jedoch jetzt, wo sie die Entscheidung über ihre Zukunft vor Augen hatte, nicht über die ängstliche Unruhe hinweg, die sie ergriffen hatte, kaum dass sie auf Langsee eingetroffen waren.

Bisher hatte sie nicht die geringste Vorstellung, auf wen die

Wahl ihres Vaters fallen würde, und schon im nächsten Frühjahr sollte sie dem Unbekannten in dessen Haus folgen.

Die Jarlssöhne waren von den anderen jungen freien Männern leicht zu unterscheiden. Jeder von ihnen trug ein Vermögen am Leib, mit dem er einem mittleren Bauern den Hof hätte abkaufen können. Je näher sie dem Ort kam, wo sich – dem Lärm nach zu urteilen – zwei Mannschaften um eine ausgestopfte Lämmerhaut balgten, desto mehr von den herausgeputzten Jungmännern sah sie. Sie selbst hatte auf die gleiche Weise einige ihrer besten und kostbarsten Dinge angelegt. Nicht zuletzt das bestimmte ihren Rang und die Gruppe derer, die für sie infrage kamen. Je wirrer das Gedränge wurde, durch das sie ging, desto häufiger fand sie Gelegenheit, den einen oder anderen unauffällig in Augenschein zu nehmen. Es waren so viele darunter, die ihr nicht gefielen – dürr, fett, kahl, mit Triefaugen oder schlechter Haut –, dass ihr eng ums Herz wurde. Früher war sie nie auf die Frage gestoßen, ob der Mann, dem sie gegeben würde, ihr gefallen könnte. Es war nicht das, was zählte.

Mit der Masse der möglichen Männer vor sich hoffte sie auf einmal voller Sehnsucht, dass ihr Zukünftiger ihr wenigstens ein wenig gefallen würde. Genug, um nicht verabscheuen zu müssen, was ihre Pflicht war. Ihr Vater war ihr zugetan, aber er war auch ein kühler Rechner, daher konnte sie in dieser Sache kein Verständnis erwarten. Sie würde nicht einmal wagen zu äußern, was sie neben Wohlstand, Sicherheit und Achtung erhoffte. Zu stolz war er immer auf ihre Vernunft gewesen.

An der hinteren schmalen Seite des Spielfeldes standen ihre Basen und Freundinnen mit ihren Begleitern. Die Zuschauer drängten sich auf dem Weg dorthin so dicht, dass Frygdis anhielt, um Giso vorgehen und ihr den Weg bahnen zu lassen. Im gleichen Moment drängte einer der jungen Jarlssöhne an ihr vorbei. »He, Brunolf!«, rief er und stieß sie an. Flüchtig traf sein Blick den ihren. »Ich bitte um Verzeihung«, sagte er und war schon weiter, halb bei seinem braunhaarigen Freund angekommen, der sich weiter vorn zu ihm umgedreht hatte und wartete.

Frygdis stieg die Röte in die Wangen. Zu wissen, dass es solche wie diesen gab, die ihr gefielen, machte die Sache nicht besser.

»Na? Hat Hademut entschieden?«, fragte Brunolf, als Havenar bei ihm angekommen war.

Havenar zuckte gleichgültig mit den Schultern. »Nachdem Gundakars Töchter alle vergeben sind, schwankt er zwischen Swidberts Ältester und Asmunds Base. Wie heißt sie noch?«

»Meinst du Armgard?«

Havenar legte die Stirn in Falten. »War es Armgard? Ich bin nicht sicher. Ich dachte, Armgard wäre … Ach, was soll es. Ich erfahre es früh genug.«

»Früh genug für was? Du nimmst es verblüffend ruhig. Warum handelst du dir nicht ein paar Jahre heraus? Ich könnte mich noch nicht damit abfinden.«

»Warum soll ich mich aufregen? Mutter wird dafür sorgen, dass sie eine tüchtige Frau ist, Vater zerbricht sich den Kopf über die Vorteile für die Sippe. Was mich betrifft, würde es mich freuen, wenn sie mich willig ins Bett nähme.«

»Was ist, wenn sie hässlich ist? Wenn du sie nicht magst?«

»Kinder kann man im Dunkeln machen, und wenn ich sie nicht mag, finde ich Besseres zu tun, als mit ihr im Haus zu sitzen.«

Brunolf grinste. »Mit einer allein wirst du sowieso nicht so viele Söhne zeugen, dass du zwei Langschiffe mit ihnen füllen kannst.«

Havenars Grinsen zeigte viel von seinen gesunden, weißen Zähnen. »Richtig. Dafür braucht es mehr als eine, und dabei wird das Vergnügen schon irgendwo zu finden sein.« Sie teilten ein wenig anständiges Lachen, während sie sich weiter durch die Menschenmenge schoben und eine Stelle am Rand des Platzes fanden, wo sie gute Sicht hatten.

Havenar verfolgte nur mit schwacher Aufmerksamkeit, wie die Spieler versuchten, einander den Balg zu entreißen. Sein Entschluss, sich nicht aufzuregen, war echt. Die Gleichgültigkeit gegen den Zeitpunkt seiner Heirat ebenfalls. Eine schöne Frau würde ihn stolz machen, doch so wählerisch war er nicht. Und er kannte seinen Vater gut genug, um zu wissen, dass er kein Mädchen aussuchen würde, das abstoßend aussah. Jede Frau hatte ihre körperlichen Vorzüge. Ihre Augen, ihre Brüste, ihre Haut oder ihren Hintern. Nur, ob es ihm nichts bedeutete, wie er sich mit ihr vertrug, darüber war er im Zweifel. Wenn er das Haus, welches er eines Tages haben wollte, der Obhut einer Frau überließe, wäre es zweifellos ein besseres Gefühl, mit dieser Frau in gutem Einvernehmen zu stehen. Und nicht weniger als die Obhut seines Hauses würde eine Frau aus bedeutender Familie mit Recht erwarten. Swidberts älteste Tochter hatte er nie gesehen, ebenso wenig hatte er über sie gehört. Armgard, falls Brunolf mit dem Namen Recht hatte, war umgänglich. Mit ihr würde er reden können. Schön war sie nicht.

Er ließ seinen Blick zum Himmel schweifen und genoss die Pracht der leuchtenden Wolkenränder. Es war keine Absicht, dass sein Blick an der Stelle wieder herabfiel, wo eine kichernde und schwatzende Gruppe von sehr jungen Frauen beisammenstand. Genau die Art von Frauen, um die es ging. Sein Blick flog über sie. An keiner wäre er hängengeblieben, wäre es nicht so gewesen, dass die eine ihn direkt ansah. Als ihre Blicke sich trafen, wandte sie sofort den Kopf ab, aber es war eindeutig. Sie hatte ihn gemustert. Havenar lächelte. Es war die, die er eine Weile zuvor beinah umgerannt hatte. Dabei war sie gar nicht so klein, er hatte seine Augen nur schon bei Brunolf gehabt. Vielleicht hatte er sich nicht ausreichend entschuldigt, und sie trug es ihm nach. Sie war fast so hellhaarig wie er selbst, die Sonne ließ ihr Haar strahlen.

Ein Aufstöhnen ging durch die Zuschauer, die aufmerksamer bei der Sache waren als Havenar, und er sah zurück aufs Spielfeld.

»Das war schon der zweite Punkt, den die von Horich nicht verdient haben«, sagte Brunolf.

»Ich habe nicht hingesehen«, gab Havenar zu.

»Die Sonne kam gerade heraus, als einer von Asmund fangen wollte«, meinte Brunolf. »Er war geblendet.«

»Wie lange wird es noch dauern?«

»Horichs Mannschaft braucht nur noch den nächsten Punkt.«

»Kommst du danach mit zum hinteren Platz? Da werden Steine geworfen.«

»Vielleicht. Ist das da Guntrams Bruder? Dann wird der Rest der Sippe doch auch zusehen, oder? Weißt du, wo sie stehen?«

»Ich glaube nicht, dass sie alle hier sind. Swanhild habe ich allerdings gesehen, wenn es das ist, was du wissen willst. Sie trieb sich bei den mittleren Buden herum und schien dort noch lange nicht fertig zu sein, wenn ich richtig schätze.«

Havenar sah, wie Brunolf nachdenklich mit der Zunge seine Wange nach außen wölbte. Nach einigen Sekunden schweigenden Nachdenkens seufzte sein Freund. »Kannst du mich entbehren?«

Ein lautes Getöse aus Jubel und verärgertem Gestöhne brachte sie noch einmal zum Spiel zurück. Das neue Gedränge, das in der Menge ausbrach, und das Verhalten der Spieler verriet ihnen, dass Asmunds Männer verloren hatten.

»Ich sehe dich dann später«, sagte Brunolf und drängte in die entgegengesetzte Richtung zu der, die Havenar plante. Es war der Weg zu den mittleren Buden. Havenar blickte ihm kurz nach. Seit Swanhild Brunolf geohrfeigt hatte, schien sein Interesse an ihr gewaltig gewachsen. Das entzog sich Havenars Verständnis, und Brunolf tat und sagte nichts, um ihn zu erhellen. Er drehte sich um und bahnte sich zielstrebig seinen Weg.

Nach einigen Metern warf er einen beiläufigen Blick auf den Fleck, wo die schnatternden Maiden gestanden hatten. Offenbar warteten sie auf eine Lücke in dem Strom von Leuten, die sich zum hinteren Wettkampfplatz schoben. Die ersten beiden hatten gerade Glück und schlüpften mit ihren Begleitern in die Menge. Die nächsten beiden schnatterten wartend weiter. Die mit den hellen Haaren stand mit ihrem auffallend langen Beschützer etwas hinter ihnen und träumte vor sich hin. Ihr kindliches Gesicht brachte ihm zu Bewusstsein, wie jung seine Braut sein würde.

Wenn Havenar an Ehefrauen dachte, standen ihm immer Frauen wie seine Mutter oder seine älteste Schwester vor Augen, mit ihrer reifen Würde. Die Braut, die sein Vater ihm werben würde, würde nicht älter als diese dort sein. Fünfzehn Winter oder sechzehn. Jünger noch als die Frauen, die er bisher in sein Bett geholt hatte. Viel jünger als Maralde, die seine erste Bettgenossin gewesen war und mit der er seinen ersten Sohn gezeugt hatte.

An Maralde zu denken, verursachte ihm stets ein unangenehmes Gefühl etwa in der Mitte seines Schädelinneren. Er vermutete, dass dort sein Gewissen lauerte. Niemand auf Gammelby hatte so lange daran gezweifelt, dass der Junge von ihm war, wie er selbst. Sein Misstrauen war so giftig gewesen, dass ihnen schon vor der Geburt des Kindes klar gewesen war, dass es keinem von ihnen noch Freude machen würde, das Lager miteinander zu teilen, und Maralde war nach dem Kindbett mit seiner Einwilligung in das Bett zurückgekehrt, das sie vor seinem zu wärmen pflegte. Ersatz war schnell gefunden, doch ein leises Bedauern blieb, denn Unterhaltungen mit Maralde waren weit lohnender gewesen als mit den meisten anderen Mädchen.

Trotz seiner Vorbehalte hatte er seinen Sohn anerkannt, worüber er nun herzlich erleichtert war, wenn es damals auch mehr aus Trotz geschah. Nie hätte er der Sippe gegenüber eingestanden, dass der Respekt, den die anderen Männer ihm entgegenbrachten, vielleicht nicht groß genug war, um die Finger von einer Frau zu lassen, die er für sich beansprucht hatte. Und war er auch noch so jung und sie noch so sehr eine Hure gewesen, die eigentlich seinem Onkel Orm gehörte, dem Bruder seines Vaters. Überdeutlich erinnerte er sich an den Abend, an dem Orm sie zu ihm geschickt hatte. Vierzehn Winter war er alt gewesen und gerade von seiner ersten langen Handelsfahrt zurückgekehrt.

Der Menschenstrom um ihn bewegte sich kriechend langsam.

Zwischen den Abgrenzungen der Plätze und den benachbarten Zelten hatte man zu wenig Raum gelassen. Ein paar Meter vor ihm gelang es den Begleitern der beiden nächsten jungen Frauen, einen Platz im Geschiebe für sie zu finden. Die Hellhaarige erwachte aus ihrem Tagtraum und bedeutete ihrem Begleiter etwas. Dieser nickte, trat vor und verschaffte ihr mit einigen respektgebietenden Bewegungen ihren eigenen Platz. Sie zog in der Menge ihren schönen, mit grün-goldenem Rautenmuster gewobenen Mantel enger zu. Eine kluge Maßnahme, fand Havenar. Das bot ihrem Schmuck wenigstens etwas Schutz vor leishändigen Dieben. Durch ein paar Lücken gelang es ihm, sein Vorankommen zu beschleunigen. Plötzlich war er nur noch wenige Schritte hinter ihr und musste ihren Nacken betrachten. Das ältere Paar, das unmittelbar vor ihm ging, verstellte ihm den Blick auf alles von ihr, was tiefer lag als ihre Schultern. Neugierig drehte sie den Kopf hierhin und dorthin, was ihren hübschen Hals noch besser zur Geltung brachte. Unaufgefordert sprang ihm eine wenig achtbare Stellung in den Sinn, in der man den Nacken einer Frau sehen konnte, während man sie beschlief. Keine Möglichkeit für Ehefrauen, vermutete er. Ein Grund mehr …

Fast wäre er gestolpert.

Was hatte sie dazu gebracht, sich nach hinten umzuwenden und ihn mit einem dermaßen gezielten Blick zu treffen? Als hätte sie seinen unziemlichen Gedanken gespürt. Hatte sie ihn angesehen oder durch ihn hindurchgesehen? Es war nicht zu entscheiden. Sie zeigte keine Gefühlsregung, wandte sich ab und folgte genau wie vorher ihrem Beschützer. Es dauerte eine Weile, bis sie zu einer Stelle am zweiten Kampfplatz kamen, von der aus man noch gut sah. Die anderen jungen Frauen ihrer Gruppe standen ein Stück weiter, doch sie schien der Ansicht zu sein, dass es bei ihnen schon zu eng war, und blieb stehen. Das Gleiche tat das ältere Paar, welches sich neben sie stellte, und ebenso Havenar an deren anderer Seite.

Auf dem Spielfeld wurden Steine geworfen, deren Größe mit

jeder Runde zunahm. Am Ende stemmten die Wettkämpfer Felsbrocken. Ein Spiel, das wohl auch alle Jarlssöhne von Kindheit an spielten. Sich in einer so groben Fertigkeit öffentlich zu messen, wäre allerdings keinem von ihnen in den Sinn gekommen. Das überließ man den einfachen Männern.

Etwas Leichtes, Flatterndes berührte Havenars Wange und verschwand gleich wieder, sodass er die bereits halb gehobene Hand sinken ließ. Er drehte den Kopf, um den Falter zu sehen, doch er konnte nichts finden. Stattdessen entdeckte er, dass sie ihn schon wieder ansah. Und wieder den Blick fortriss, sobald seiner auf ihn traf. Havenar fragte sich, ob vielleicht etwas Leichtes und Flatterndes in seinem Kopf unterwegs war, so eigenartig war das Gefühl, das sich in ihm ausbreitete. Er brauchte eine Weile, um es einzuordnen, und kam zu keinem sicheren Ergebnis. Am meisten Ähnlichkeit hatte es mit Unsicherheit. Doch er konnte sich kaum erinnern, wann er das letzte Mal unsicher gewesen war. Konnte es sein, dass ihr Blick so oft zu ihm zurückgezogen wurde, weil etwas an ihm nicht in Ordnung war? Er musste sich Mühe geben, nicht an sich herabzuschauen, um das zu überprüfen. Nichts an ihm war anders als sonst, rief er sich zur Ordnung. Und selbst wenn – seit wann kümmerte ihn das?

Neuankömmlinge schoben sie alle weiter zusammen, und Havenar richtete seine Augen entschlossen auf den Wettkampf.

Frygdis wusste, was sie immer wieder zu dem Mann hinsehen ließ. Es war nicht, dass er alles an gutem Aussehen hatte, was man von einem Mann erwarten durfte. Er musste es nicht scheuen, seine nackten Arme zu zeigen, und tat es, indem er seinen dunkelroten Mantel nach hinten geworfen trug. Breite goldene Reifen schmückten seine muskulösen Oberarme. Sein Bart und sein offenes Haar waren dicht und gepflegt, seine Kleidung und seine Waffen makellos und kostbar. In seiner Ausstattung zeigte sich der Reichtum seines Vaters, schloss Frygdis. Er war zu jung, um selbst schon viel erworben zu haben. Sein ansehnliches Äußeres allein hätte sie jedoch nicht dazu gebracht, sich der Peinlichkeit auszusetzen, ein weiteres Mal von ihm dabei erwischt zu werden, wie sie ihn betrachtete. Das zweite Mal, im Gedränge, hatte sie nicht gewusst, dass er hinter ihr ging. Ein merkwürdig angespanntes Gefühl im Nacken hatte sie nach hinten schauen lassen. Sie hoffte, dass es ihr gelungen war, ihren unerklärlich heftigen Schreck zu verbergen, als sie ihn dort sah.

Er für seinen Teil hatte wie ertappt ausgesehen. Wahrscheinlich hatte er sie angestarrt. Spätestens nach diesem Zusammenstoß hätte sie sich hüten müssen, ihm weitere Aufmerksamkeit zu schenken, aber sie konnte sich nicht bezwingen. Es waren seine Haltung, seine Bewegungen. Sich aufrecht und stolz zu bewegen, machte viele Männer zu steifrückigen und schwerfüßigen Protzen. Diesem da stand sein Stolz ganz natürlich, wie einem schönen Tier.

Während sie ihn am Rand des Kampfplatzes zum zweiten Mal verstohlen musterte und ihren Blick über das Profil mit der großen, geraden Nase und dem Entschlossenheit ausstrahlenden Kiefer huschen ließ, überlegte sie, ob er der Älteste seines Vaters war. Sie versuchte, sich ins Gedächtnis zu rufen, was sie über die Jarle wusste, die ihr Vater häufiger erwähnte, kam aber nicht weit. Er zuckte mit der Hand, als wolle er eine Fliege verscheuchen, und seine klarblauen Augen erwischten sie beim Starren. Rasch wandte sie den Kopf ab. Sie spürte, wie sein Blick kurz an ihr hing, und musste sich mühen, ihren beschämten, schnellen Herzschlag nicht offenkundig zu machen.

Es wurde enger, wo sie standen, alle rückten zusammen. Das Paar zwischen ihm und ihr beschloss, nicht weiter zuzusehen, und dann stand er mit verschränkten Armen genau neben ihr.

»Was starrst du mich so an, Mädchen?«, fragte Havenar und behielt dabei verbissen die Wettkämpfer im Auge. Eigentlich hatte er freundlicher fragen wollen.

Frygdis konnte nun nicht mehr alles verbergen, was in ihr vorging. Ihr Gesicht glühte, während sie ebenfalls verkrampft auf den Kampfplatz sah. »Ich bitte um Verzeihung.«

Havenar war verblüfft. Ihre Stimme. Das war etwas, das ihm bisher bei seiner Sammlung von Vorzügen entgangen war. Gewiss gab es Frauenstimmen, die deren ansehnliche Besitzerin schlagartig hässlich machten, wenn man sie zum ersten Mal hörte. Dass ihn aber die Stimme einer Frau als so reizvoll berührte, dass er allen anderen Dingen an ihr einen zweiten Blick zuwenden wollte, war eine neue Erfahrung. Er sah zur Seite und entdeckte die süße Verlegenheitsröte ihrer Wangen.

»Es stört mich nicht. Solange es nicht ist, weil ich dich beleidigt habe.«

Mit blanker Verwunderung in den Augen wandte sie ihm das Gesicht zu und erwiderte seinen Blick. Havenar wollte weitersprechen, etwas Galantes sagen, etwas Beruhigendes, etwas Freundliches, aber ihm fiel nichts ein, obwohl es ihm gewöhnlich ein Leichtes war. Seine Augen hatten ein kühles Blau, ihres war warm und gefleckt. War sie schön? Seine Urteilskraft war gelähmt. Es schien auch nicht wichtig, weil er sowieso nicht aufhören wollte, sie anzusehen. Sein Verstand jagte dem Grund dafür erfolglos nach. Was war das für ein Mädchen? Warum war er von ihr so angetan?

Trotz ihres rasenden Herzens hielt Frygdis seinem Blick tapfer stand. Sie wehrte sich fieberhaft gegen ihre Verwirrung. Hatte sie ihn vor diesem Tag schon einmal gesehen? Ihr war so, aber es war nicht möglich, sie hätte sich sicher daran erinnert. »Wer bist du?«, fragte sie endlich und bemerkte, wie seine Augen anfingen zu lächeln.

»Havenar Hademutsson«, sagte er.

Nun wusste Frygdis, wo sie ihn einzuordnen hatte. Sein Vater war Jarl über den größten Teil von Angeln, Havenar war der Zweitälteste und hatte schon einen Ruf als Seefahrer. Vielleicht war der Reichtum, den er an sich trug, doch sein eigener.

Das Gespräch, das sie auf so eigenartige Weise begonnen hatten, sollte nicht stattfinden, sagte Frygdis' Vernunft. Es war weder schicklich, noch hatten sie einander mit Höflichkeit behandelt. Noch unhöflicher wäre es allerdings, es hastig zu beenden, fand Frygdis, und eigentlich hatte sie keine Scheu vor ihm, schließlich hatte sie Halbbrüder in seinem Alter. »Habt ihr auf dem Thing etwas zu klären?«, erkundigte sie sich.

Er zuckte mit den Schultern und lächelte sie weiter freundlich an. Sein Bart war so gezähmt, dass man sein Lächeln gut sehen konnte. Das gefiel ihr. »Mein Vater will mir hier meine Braut werben. Das ist dieses Jahr sein wichtigstes Anliegen.«

Nun musste sie auch lächeln, wich seinem Blick dabei aber aus und sah wieder auf die Wettkämpfer. »Du bekommst also eine Frau und ich einen Mann. Welche wird es, weißt du das schon?«

Havenar sah sie weiter von der Seite an und wünschte, sie würde einmal in seine Richtung lächeln, damit er ihre Augen dabei sehen konnte. »Weißt du, wen du nehmen wirst?«

Sie schüttelte den Kopf. »Ich werde nicht viel zu entscheiden haben. Mein Vater setzt einen hohen Preis.«

»Mit Recht.« Havenar verfluchte seine Zunge. Seine Unverschämtheit würde sie vertreiben.

Sie sah ihn wieder an, mit gefurchter Stirn. »Was weißt denn du?«

Ihr belustigter Ton ließ ihn aufatmen. Sie war nicht spröde. »Ich habe ja Augen. Hast du deinen Mantel selbst gemacht?«

»Schon, aber das können viele.«

»Aber nicht viele sehen dabei aus wie Freya selbst.«

Nun wurde Frygdis tiefrot. Er schien es nicht als Spott zu meinen. »Du beleidigst die Göttin und bringst mich in Verlegenheit. Ich sollte nicht mit dir sprechen.«

Sein Auflachen klang warm und beruhigte sie etwas. »Es liegt keine Schande im Sprechen. Zumal dein Begleiter nicht gut hört, sonst hätte er sich wohl schon geregt, oder? Was hast du von dem Spiel vorhin gehalten?«

Frygdis stieß abfällig die Luft aus, hielt sich jedoch gleich wieder zurück. »Thor war mit König Horichs Leuten«, sagte sie nur.

»Man fragt sich allgemein, wie lange er das noch sein wird«, meinte Havenar, mehr zu sich selbst, und war ein weiteres Mal verblüfft, weil sie sich ihm plötzlich wieder zuwandte und ihn mit einem durchdringend forschenden Blick bedachte. Er hätte gern gehört, ob sie eine Meinung über König Horich hatte, aber das ging zu weit. »Huldigst du Thor?«, fragte er stattdessen.

Frygdis entspannte sich. Es hätte sie brennend interessiert, wie er zu Horichs Sache stand, doch er wäre leichtfertig gewesen, wenn er zu ihr davon gesprochen hätte, ohne sie zu kennen. Sie deutete ein Schulterzucken an und wandte ihr Lächeln wieder ab. »Meine Mutter heißt Thorhild. Wem huldigst denn du?«

»Meinem starken Arm.«

»Hast du nur einen?«

Havenar wandte sein Lächeln ebenfalls dem Spielfeld zu. »Da hast du gleich meine schwache Stelle gefunden, Thorhildsdottir. Mit links bin ich weniger gut als mit rechts.«

»Es hat schon manchem Mann das Leben gerettet, dass er es war. Du solltest üben.«

»Wie es mich freut, dass du dich um mein Leben sorgst! Was ist mit dir – streichelst du mit links so sanft wie mit rechts?«

Beinah hätte Frygdis laut gelacht. Er war frech, aber er machte ihr Spaß. »Meine Ohrfeigen treffen mit links so genau wie mit rechts.« Dann war sie zur Abwechslung tatsächlich gebannt von dem, was sie auf dem Platz sah, und sie vergaß sich für einen Moment. Aufgeregt stieß sie ihn mit dem Ellbogen an. »Sieh dir das an! Das wird kaum zu schlagen sein. Kennst du den?«

»Das ist Thorwald. Sein Vater ist einer von unseren Männern.«

»Er ist stark.«

Havenar blickte zur Seite und sah eine Bewunderung in ihren Augen flackern, die ihn reizte. »Du wünschst dir wohl einen starken Mann.«

Wider ihre Vernunft wandte sich Frygdis ihm erneut zu, und gegen ihren Willen glitt ihr Blick blitzschnell von seinen Augen über seine Arme zu den Schultern und wanderte seine Brust hinab, bis sie ihn beschämt am Boden ruhen ließ. »Du solltest wirklich nicht so mit mir sprechen. Ich wünsche das, was mein Vater wünscht.«

»Natürlich. Genau wie ich.« Havenar seufzte. »Mein Vater wünscht meist mit kühler Vernunft.«

»Mein Vater hieße Vernunft, wenn er keinen anderen Namen hätte«, murmelte Frygdis.

»Wie heißt er?«, wollte Havenar wissen.

»Rodegang mit den acht Schiffen.«

Havenar biss sich auf die Lippen. »Ach«, sagte er.

Scheu stahl sich Frygdis' Blick aufwärts. »Ach?«

»Wir sind uns schon begegnet«, erklärte er. »Der *Gischtrenner* meines Onkels hat einmal einem Knorr von ihm die Fahrt genommen, als es ums Anlegen ging. Er war wütend, hat aber nichts gesagt.«

»Ist der *Gischtrenner* ein Zauberschiff, dass er sich selbst lenkt?«

Havenar schüttelte grinsend den Kopf. »Er ist kein bisschen eigensinnig, sondern der Hand des Steuermannes vollendet gefügig. Es ist ein großes Vergnügen, ihn zu segeln.«

»Und anderen die Fahrt zu nehmen.«

»Auch das.«

»Ein eigenes Schiff hast du wohl noch nicht?«

»Ich habe einen Schwager, der ein guter Bootsbauer ist. Er hat meinen Brüdern und mir geholfen, eine feine Schnigge zu bauen. *Kielvogel* heißt sie, und so fliegt sie auch. Diesen Sommer bringen wir sie zum ersten Mal weit hinaus.«

»Wohin wollt ihr denn?«

»Nach Westen. Dahin, wo das Ufer funkelt.«

»Natürlich. Wie viele Brüder hast du?«

»Drei. Aber den Kleinen werden sie uns dieses Jahr noch nicht mitgeben. Er ist dreizehn. Dafür habe ich noch zwei Freunde, mit denen ich mir Bruderschaft geschworen habe, und der Rest wird sich schnell finden. Bist du schon gesegelt?«

»Ich habe einen Stiefbruder, der mit mir zum Zeitvertreib auf der Schley gesegelt ist, wenn wir mit Vater in Haithabu waren. Auf eine lange Fahrt würden sie mich nie mitnehmen. Und eigentlich mag ich auch nicht, obwohl mir das Segeln gefällt.«

»Ist besser, dass du nicht fahren magst. Sollst lieber heil bleiben.«

Die Wärme seiner Stimme ließ Frygdis wohlig schaudern und gleich darauf feststellen, dass in ihr ein Wunsch erwachte, der sie unglücklich machen würde. Sie musste fort von ihm, bevor es noch ärger wurde.

»Hab ich dich gekränkt?«, fragte er verwundert.

Sie schüttelte den Kopf und verstieß ein weiteres Mal gegen ihre Vernunft, indem sie blieb. »Wirst du deine Frau mit auf deine Fahrten nehmen?«

Havenar fragte sich, wohin sein Verstand geraten war. Mit jedem Moment, den er sich länger mit ihr unterhielt, wurde es wahrscheinlicher, dass es deshalb böses Blut gab. Es war gut möglich, dass ihr Vater sie innerhalb der letzten Stunde jemandem versprochen hatte, der gleich befremdet hinter ihnen stehen würde. Aber vielleicht sah er sie nie wieder, wenn er jetzt ging, es sei denn … Was hatte sie gefragt? Seine Frau.

»Oh ja«, sagte er. »Denn wahrscheinlich wird sie rudern wie ein Mann und so hässlich sein, dass keiner sie für eine Frau hält. Vielleicht ist sie auch so streitsüchtig und giftig, dass ich sie gern schnell wieder los wäre. Sie fährt also mit.«

Sie lachte kurz und hell auf. »Als Kind war ich oft neidisch auf die Jungen«, meinte sie.

»Ich war immer neidisch auf Mutter«, gab er zurück, und sie lachte wieder.

»Warum das?«

»Weil sie den Schlüssel zum Honigkasten hatte.«

Endlich bekam er seine Belohnung. Strahlend lächelte sie ihn an. »Du hast ein schönes Lächeln«, sagte er, worauf das Lächeln verschwand und sie ihm ganz ernst in die Augen sah. Wieder waren ihm alle Worte geraubt.

»Ich glaube, es ist nicht gut, wenn wir hier zusammen stehen«, sagte sie bedrückt.

Havenar nickte, blieb aber stehen. Genau wie sie.

Beide sahen sie schweigend eine lange Weile den fliegenden

Steinen zu. »Glaubst du, dass Horichs Glück halten wird?«, fragte Havenar unvermittelt.

Frygdis zuckte innerlich. An der Spannung in seiner Stimme konnte sie merken, dass er nicht leichtfertig fragte. Er machte ihr ein gewagtes Vertrauensangebot und bewies dem Verstand eines fünfzehnjährigen Mädchens mehr Achtung als die meisten Männer dem einer erwachsenen Frau. »Er hat sich zu wenig Freunde gemacht, die sein Glück schützen würden, wenn ein anderer kommt, der etwas mehr verspricht. Und der wird kommen«, sagte sie. »Ich habe gehört, dass viele wütend sind, weil Horich seine norwegischen Freunde plündern lässt, obwohl er die Schiffe und Männer hätte, ihnen den Strandgang zu verderben.«

Havenar war zufrieden, dass er richtig geschätzt hatte. Sie hatte eine Ansicht. »Männer und Schiffe von denen, die von ihm Hilfe wollten. Mein Vater behält seine Küste lieber selbst im Auge«, meinte er.

»Habt ihr Horich zugeschworen?«

»Wir halten nicht viel vom Zuschwören«, erwiderte er mit einem spöttischen Lächeln.

Auch Frygdis lächelte wieder. »Solange man euch zuschwört, wahrscheinlich schon. Denkst du übrigens auch, dass Thorwald gewonnen hat?«

Mit gerunzelter Stirn sah Havenar zu der Rotte von Wettkämpfern hinüber, die sich um den Schiedsrichter sammelten. Seufzend zuckte er mit den Schultern und reckte sich dann. »Ich weiß nicht. Mir scheinen heute alle Ergebnisse zu entgehen.«

»Wirst du selbst irgendwo teilnehmen?«

»Nein. Vater hielt es für nicht angebracht, mich eine blutige Nase riskieren zu lassen. Vielleicht morgen Abend beim Fackelschießen, wenn …«

»Haven!«, brüllte eine tiefe Männerstimme schräg hinter ihnen.

»Das ist Vitgeir«, sagte Havenar leise und hastig. »Mein Bruder. Leb wohl.« Er wandte sich seinem Bruder zu und machte Anstalten, sie stehenzulassen.

Frygdis warf einen Blick auf den breit gebauten Ankömmling und hob überrascht die Brauen, als sie dessen einfache Kleidung bemerkte. »Bruder?«, fragte sie.

»Halbbruder«, erklärte er im Gehen. Dann drehte er sich noch einmal um und sah ihr in die Augen. »Wie heißt du?«

Sie schluckte und fragte sich, warum gerade nun ihr Gesicht wieder anfing zu glühen. »Frygdis.«

»Thor sei mit dir, Frygdis«, meinte er. »Und wer sonst noch nützt.«

Sie erwiderte sein Lächeln, und er ging.

»Wer war denn das?«, fragte Vitgeir.

»Wer?«

Vitgeir musterte seinen jüngeren Halbbruder mit sarkastischer Miene. »Setz dich ruhig nah zu den Nesseln.« Er griff nach Havenars Schulter und drehte ihn um. »Wir müssen da lang. Wolfger kommt von der anderen Seite um den Platz, wir haben dich gesucht.«

»Warum?«

»Scheint, als hätte Vater Entscheidungen getroffen, oder was vermutest du?«

»Hätte ja sein können, dass ihr eine schöne Stunde mit mir verbringen wollt.«

»Gern später, wenn du deiner Braut vorgestellt bist.«

»Hat er schon gesagt …?«

»Keine Andeutung.«

»Wann heiratest du, Vitgeir?«

»Ich bringe jeden Tag ein Dankopfer dar, an dem Vater mich wieder übersehen hat.«

»Was ihr nur alle habt.«

»Die wenigsten sind so für Weiber wie du. Ein Bär vor meiner Nase scheint mir angenehmer als ein Weib mit Ansprüchen. Du hast taube und blinde Flecken dafür.«

Havenar grinste. »Meine Mädchen haben wenig Ansprüche, und die, die sie haben, erfülle ich mit Vergnügen.«

Vitgeir lachte. »Vielleicht haben diese Frauen auch taube und blinde Flecken für dich, was weiß ich. Mit deiner Gattin wird es jedenfalls anders sein. Sie wird sich auch kaum wortlos damit abfinden, dass du neben ihr drei andere hast. Da ist Wolfger, wir können umkehren.«

Man hätte den Mann, der auf sie zukam, mit Havenar verwechseln können, wenn nicht das verschiedenfarbige Haar gewesen wäre. Sie hatten die gleiche Größe und das gleiche Profil, und wo man die fünf Jahre Altersunterschied in ihren Gesichtern hätte bemerken können, verhinderte es der Bart, den sie in ähnlicher Weise trugen. Vitgeir neben ihnen war kleiner, der Dunkelste von ihnen, und sein Bart verbarg mehr von seinem Gesicht. Ihn hätte man leicht für den Ältesten gehalten, obgleich er ein Jahr jünger war als Wolfger.

»Ist es nicht spannend?«, fragte Wolfger belustigt, als er bei ihnen ankam. »Gleich wissen wir, wie lang deine nächsten Fahrten werden.«

»Ach, hört doch auf. So schlecht wird er es nicht mit mir meinen«, wehrte Havenar ab.

»Wart's nur ab«, meinte Wolfger. »Am liebsten würde er dir eine geben, die dir an Kraft überlegen ist und ihre Regeln mit der Faust gegen dich durchsetzt.«

Vitgeir grinste breit. »Ich hoffe, er findet so eine. Ich würde gern zusehen.«

»Nächtelang werden sie nichts anderes tun, als Ringkämpfe austragen«, sagte Wolfger, in sich hineinlachend. »Und wenn er zu seinen anderen Weibchen will …«

Vitgeir verlor plötzlich seine Heiterkeit und wurde starr. »Da schwebt Thors Hammer. Von vorn kommt Ärger, Wolf.«

Wolfger und Havenar folgten seinem Blick und fanden eine Gruppe von sechs jungen Männern, die ihnen im Gedränge entgegenkamen.

»Was das Gesetz mit uns macht, wird harmlos sein gegen das, was Vater uns antut, wenn wir uns hier auf Streit einlassen«, murmelte Wolfger.

»Hoffen wir, dass die Fjord-Kröten Respekt vor dem Thing haben«, bemerkte Vitgeir.

»Was habt ihr diesmal für Streit mit Olof?«, wollte Havenar wissen.

»Mit dem weniger«, sagte Wolfger. »Den anderen sind wir letzten Herbst in Ostjütland begegnet. Sie wollten nicht, dass wir ihre Eichen mitnehmen.«

»Die Eichen, die ihr für Herjulf geholt habt? Ts, wie unverständig von ihnen. Wir waren Herjulf das Holz doch schuldig«, meinte Havenar, während seine Hand wie die seiner Brüder mit einer geübten geschmeidigen Bewegung sicherstellte, dass ihr auf dem Weg zu Schwert, Axt und Dolch nichts im Weg war. Gleichzeitig bemerkte er ähnliche Gesten bei den anderen, die sie ihrerseits ebenfalls längst entdeckt hatten.

»Ich grüße dich, Olof«, sagte Wolfger, als sie auf gleicher Höhe waren. »Wer sind deine neuen Freunde?«

»Leute, die sich nicht gern etwas nehmen lassen«, erwiderte Jarl Thorolfs Sohn Olof mit finster zusammengekniffenen Augenbrauen.

»Will man sich nichts nehmen lassen, muss man das Festhalten lernen«, gab Wolfger zurück.

»Ist mir neu, dass ihr so viel vom Festhalten versteht, Hademutsson«, sagte Olof.

»Bei schleichenden Dieben macht man sich nicht die Mühe, ernsthaft die Hand zu heben«, meinte Vitgeir abfällig. »Kriecher werden irgendwann von Kriechern erschlagen.«

»War deine Mutter eigentlich eine Sklavin oder nur eine Hure?«, fragte nun einer von den anderen mit rotem Kopf.

Vitgeir lächelte kalt. »Nur eine Hure, aber eine von den besten. Und was ist mit dir, bist du nicht sechs Monate nach der langen Reise deines Vaters geboren?«

Die Hand des anderen zuckte, doch sein Freund hielt ihn zurück. »Es wird noch Gelegenheit geben. Nach dem Thing«, sagte er leise. Der Erste schüttelte ihn ab. »Ich schlag mich doch nicht mit dem Sohn einer Hure.«

Wolfger stieß Vitgeir an, damit er weiterging. »Und von den unseren schlägt sich niemand mit Nachfahren von Schlammschnecken.«

Woraufhin Olof und seine Begleiter noch einmal starr wurden, einen Augenblick über die Schwere der Beleidigung nachdachten und dann ihre Hände zu den Knäufen fahren ließen.

Havenar, der als Letzter ging, lächelte über die Schulter zurück. »Fühlt ihr euch beschrieben?«

»Mit dir und deinen Freunden steht auch noch etwas offen, Havenar Hademutsson. Unsere Fischer wissen genau, wer bei uns vor Silveid wildert.«

»Euch gehört nicht das Meer, Olof Thorolfsson. Ohnehin gehört euch weniger, als ihr glaubt«, rief Havenar zurück und schloss zu seinen Brüdern auf. »Gierige Hofköter«, setzte er leise hinzu, als er neben ihnen ging.

Wolfgers Hand lag noch auf Vitgeirs Schulter, und er lachte, doch Vitgeirs Miene war düster. »Zieh nicht so eine saure Flunpe, Vit Hurensohn«, sagte Wolfger und hieb ihm auf den Rücken. »Jede von unseren Huren taugt mehr als deren Ehefrauen. Das war immer so und wird so bleiben. Oder, Havenar – was meinst du?«

»Ich meine, dass du jedenfalls nicht viel davon verstehst. Du bist nun wirklich kein Freund von Vielseitigkeit, was weibliche Gesellschaft betrifft. Du warst Luitgard fast treu, als sie noch lebte, und seit du deine mollige Brigid im Bett hast, hältst du auch wenig von Abwechslung.«

»Gewohnheiten haben ihre Vorteile.«

Havenar prüfte seinen Bruder mit einem vorsichtigen Blick, bevor er weitersprach. »Mit diesen Gewohnheiten wird Vater dich auf Dauer nicht in Ruhe lassen. Du bist sicher sein nächstes Ziel. Luitgard ist länger als ein Jahr tot.«

»Ich habe ihm gesagt, dass ich noch nicht wieder will.«

»Es schien damals gar nicht so, als hätte es dich sehr getroffen.«

Wolfger zuckte mit den Schultern und legte die Stirn in Falten. »Weiß nicht. Ich hatte mich eben gerade an sie gewöhnt. Ich will nicht schon wieder von vorne anfangen.«

Mittlerweile hatten sie den Weg an den Wettkampfplätzen entlang zurückgelegt und waren an der Ecke ihres Lagerplatzes angekommen. Zwischen den nur von Wachen bevölkerten Zelten von Hademuts Männern hindurch gelangten sie schnell vor das große Zelt, welches sie mit dem Jarl zusammen bewohnten und wo ihr Vater Hademut jetzt mit Ragnhild auf sie wartete.

»Eigentlich müssen wir nicht mit hinein«, meinte Vitgeir. »Wir sollten ihn nur abliefern.«

»Wie wahr«, stimmte Wolfger zu. »Aber ich begleite dich, falls du gleich gehen willst, um dir deine Braut anzusehen, Haven.«

Es war hell und aufgeräumt im Jarlszelt. Das lag daran, dass seine Mutter mitgereist war, wusste Havenar. Wenn die Männer allein reisten, wirkte das Zelt seines Vaters nie so prächtig. Eindrucksvoll saßen Hademut und Ragnhild nebeneinander auf den hölzernen Prunksesseln, die für Gelegenheiten wie diese mitgeführt wurden. Gelegenheiten, bei denen der Jarl seinen Worten zusätzlichen Respekt verschaffen wollte. Havenar hatte derartige Rituale von Kind an durchschaut, doch ganz verfehlten sie auch bei ihm nicht ihre Wirkung.

»Ich habe mich umgehört und meine Entscheidung gefällt«, sagte Hademut gewichtig.

»Armgard oder Swidberts Tochter?«, fragte Havenar, plötzlich unerklärlich unruhig.

»Keine von beiden. Du darfst noch mal raten«, sagte Hademut scherzend, doch sein Sohn nahm es weniger heiter als sonst. Havenar rang sichtlich mit der Entscheidung zwischen Sprechen und Sich-die-Zunge-Abbeißen, ließ seinen Blick fahrig über die Webmatten und Felle wandern, mit denen das Zelt ausgelegt war.

Hademut kniff misstrauisch die Augen zusammen, während Ragnhild, die neben ihm auf dem Hochsitz saß, ihren Sohn nur unbewegt beobachtete.

Schließlich zuckte Havenar mit den Schultern. »Was würdest du tun, wenn ich selbst ein Mädchen wüsste, das ich will?«, wandte er sich an seinen Vater.

»Du willst viel zu viele Mädchen. Das ist ein Grund, warum wir hier sind.«

»Das meine ich nicht. Ich meine so eine Frau, wie du sie dir vorstellst. Eine Ehefrau von Rang.«

»Genau so eine haben wir für dich im Auge. Ich habe mich erinnert, dass Asmund ein Mündel hat, die eine Nichte von Swidberts Halbschwester aus Jütland ist. Damit hätten wir beide Verbindungen nicht zu eng und nicht zu lose, und neben dir wirbt nur ein anderer um sie. Sei ein bisschen nett zu Asmund und Gale, dann wird sie dein.«

»Gale? Ich kenne Gale. Ich muss sitzen, um ihr in die Augen sehen zu können, und ihre Stimme ist so dünn, dass sie nicht einmal zwei von meinen Söhnen übertönen wird. Man wird ständig auf der Suche nach ihr sein, weil sie zwischen uns nicht wiederzufinden ist.«

»Die Verbindung ist gut, Havenar. Und klein, wie die Frauen in Swidberts Linie gelegentlich sind, bringen sie doch wacker Nachwuchs auf die Welt, was dir gefallen dürfte.«

»Sie wird dem anderen den Vorzug geben. In der ganzen Zeit, die ich bei Asmunds Sippe war, hat sie mit mir kein Wort gewechselt.«

Hademuts Züge begannen hart zu werden. »Da wart ihr noch Kinder. Jetzt bist du hoffentlich ein Mann und wirst Entschlossenheit zeigen.«

Havenar fragte sich, wie er noch vor so kurzer Zeit Brunolf gegenüber seinen Gleichmut in dieser Sache hatte beteuern können. »Wie soll ich? Sie interessiert mich nicht. Ich bin jetzt schon davon überzeugt, dass sie mich nicht reizt. Das wird sie merken.«

Inzwischen zeigte sich Zornröte in Hademuts Gesicht, und seine Fingerknöchel wurden hell, als seine Hände sich fest um die Armlehnen des Hochsitzes schlossen. »Du wirst tun, was …«

In Ragnhild rief die gelassene Unschuld, mit der Havenar seinen mächtigen Vater ansah, die gleichen Erinnerungen wach wie in Hademut, nur fand sie es amüsanter als der, wenn sie es auch nie gezeigt hätte. Havenar hatte in seiner Kindheit eine Art entwickelt, unliebsame Anordnungen übereifrig zu befolgen, die einen oft wünschen ließ, man hätte sie ihm nie erteilt. Das hatte seinen Vater Beherrschung gelehrt, was ihn anging. Sie war neugierig, was Havenar diesmal tun würde, doch letztlich würde sie selbst mitwirken, damit ihr Mann seinen Willen bekam. Sie hatte sich an den Gedanken gewöhnt, dass sie bald wieder eine Schwiegertochter haben würde, der sie beibringen konnte, für Gammelbys Wohl zu sorgen. Auch wenn es eigentlich an Wolfger gewesen wäre, ihr diese Nachfolgerin zu bringen.

»Natürlich«, beschwichtigte Havenar seinen Vater. »Ich werde tun, was du sagst. Lieber wäre mir allerdings eine andere. Willst du nicht wissen, welche?«

Hademuts Stimme klang gepresst, nachdem er sich zu einer ruhigen Antwort durchgerungen hatte. »Bei allen Göttern, du sturer Hund. Welche also?«

Havenar hatte wenig Hoffnung, aber einen Versuch musste er wenigstens machen. »Frygdis Thorhildsdottir. Rodegangs Tochter.«

Es kam, was er erwartet hatte.

»Kommt nicht infrage.«

»Warum nicht?«

»Das weißt du genau. Ich kann Rodegang nicht ausstehen. Er würde seine Mutter verkaufen und dem Käufer die Füße waschen, wenn es Gewinn verspräche.«

»Damit hat er es weit gebracht.«

»Reichtum ist nicht alles.«

»Frygdis gefällt mir.«

»Schlag sie dir aus dem Sinn. Weißt du, dass ihre Mutter aus Norwegen stammt?«

»Sie ist … Komm, Vater, Rodegang wäre dir nützlich genug.«

»Es ist nicht nur, dass ich ihn nicht mag. Um seine Tochter wirbt auch Olof Thorolfsson. Ich werde nicht gegen ihn für dich um sie werben. Es wäre eine Schmach, wenn Rodegang ihm den Vorzug gibt.«

»Und was ist, wenn ich sie dazu bringe, dass sie ihren Vater nach mir fragt?«

Hademut sah ihn entsetzt an. »Sag nicht, dass du schon etwas getan hast, das mich teuer kommen wird! Ich gönne weder Rodegang noch Thorolfs Schweinerotte viel Gutes, aber du wirst dich unterstehen, sie uns hier alle auf den Hals zu laden. Bleib dem ganzen streitsüchtigen Gaunerhaufen fern.«

Havenar stieß resigniert die Luft aus. »Nun, das war mein Versuch. Also Gale.« Er bemühte sich, die Leere, die sich bei der Vorstellung einer Ehe mit Gale in ihm ausbreitete, nicht überhandnehmen zu lassen.

Weder Hademut noch Ragnhild fühlten sich durch sein Nachgeben beruhigt, doch der fehlende Schalk in seinen Augen ließ sie zumindest annehmen, dass er keine von seinen üblichen Ideen zu Hademuts Anordnung hatte.

»Füg dich«, sagte Ragnhild leise, woraufhin Havenar sie ernst ansah und nickte.

Solange Havenar neben ihr gestanden hatte, hatte Frygdis keinen Gedanken an die anderen Mädchen verschwendet. Sie war erleichtert, dass von ihnen nichts mehr zu sehen war, und hoffte, dass sie vor langer Zeit gegangen waren und sie nicht bemerkt hatten. Auf dem Platz wurde gerade ein Handwagen mit einem großen Bierfass zum Sieger gebracht. Es war Thorwald. Er nahm seinen Preis in Empfang und zog ihn hinter sich her, von zwei Männern begleitet, deren Hilfe er ablehnte. Sein dröhnendes Lachen passte zu seiner beeindruckenden Größe und seinem wilden Aussehen. Mit der wüsten roten Mähne, dem gewaltigen Brustkorb und den schweren Bewegungen hatte er etwas von einem Riesen. Er musste Havenar fast um Haupteslänge überragen, glaubte Frygdis. Sicher war er ein entsetzlicher Anblick, wenn er seine Streitaxt in Händen hielt. Sie schauderte, und ihre Gänsehaut hielt sich, als sie merkte, dass er genau auf sie zukam.

Allerdings steuerte er nur eine Lücke in der Abzäunung an, die ein paar Schritte von ihrem Standort entfernt lag. Als er seinen Handwagen hindurchgezogen hatte und weiterging, entstand hinter ihm eine Schneise in der Menge.

Frygdis gab Giso ein Zeichen und folgte Thorwald. Im Kielwasser seines Bierfasses kamen sie leicht voran.

Manchmal hatte sie selbst schon den Verdacht gehabt, dass Giso Einohr taub war. Taub und stumm. Doch mittlerweile hatte sie ihn kurze Bemerkungen mit den anderen Knechten tauschen hören, sodass es wohl doch seine Wahl war, wenn er schwieg und tat, als würde er nicht verstehen, was vor sich ging. Offensichtlich war er zu dem Schluss gekommen, dass Havenar Hademutsson keine Bedrohung für sie war, und hatte sich entschieden, ihr Gespräch nicht zu bemerken.

Thorwald bog mit seinen beiden Begleitern am Ende der Kampfplätze zu einem Lager ein. Kurz mussten sie hinter ihm stehen bleiben, bis er den Wagen aus dem Weg geschafft hatte, und Frygdis nutzte die Zeit, um zu Jarl Hademuts Zelt zu spähen. In der Nähe des Zelteingangs stand der Mann, der Havenar abgeholt hatte, in Gesellschaft eines anderen, der zweifellos ein weiterer seiner Brüder war.

»Schon zurück, Thorwald?«, rief dieser.

Thorwald lachte tief und zufrieden. »Bringe nur mein Fass.«

Gerade als Frygdis weiterhuschen wollte, bemerkte sie, dass Havenars dunkelhaariger Halbbruder sie durchdringend musterte. Peinlich berührt beeilte sie sich, aus der Umgebung von Hademuts Lager fortzukommen, zurück zu dem Haus, wo sie mit ihren Eltern und dem Anhang untergebracht war.

Das dem Thingplatz nächstgelegene Gehöft und das umgebende Land gehörten Jarl Blidmunt, dessen Gattin die einzige Schwester von Frygdis' Vater war. Das sicherte ihnen eine bevorzugte Behandlung im Andrang der Gäste. Auf den letzten Metern vor den beiden Reihen der Gästehäuser stand Frygdis in Gedanken schon ihrer Mutter gegenüber und sammelte Mut für eine bestimmte Frage, als eine mit einem dunklen Tuch verhüllte Frau ihren Sitzplatz am Fuß eines Baumes verließ und mit erstaunlicher Geschwindigkeit auf sie zugehumpelt kam. Bösartig zeigte die Alte mit ihrem mageren Zeigefinger auf sie.

»Du!«, kreischte sie, und Frygdis fuhr zusammen. Das Tuch der Frau war ein wenig verrutscht und ließ nun ihr Gesicht sehen. Ihr linkes Auge war von einem Milchschleier überzogen, und dort, wo das rechte sein sollte, gab es nur eine entzündete Wunde. Der faltige Mund schien keinen einzigen Zahn mehr zu bergen. So alte Menschen waren rar, und man sollte Respekt vor ihnen zeigen, rief Frygdis sich zur Ordnung, doch es half nicht gegen ihren Ekel.

»Gelbhaariges Verderben, dich kenn ich!«, zeterte die Frau zu Frygdis' Beschämung. »Faulige Kebse! Erst reißt du ihn von mir, dann hintergehst du ihn! Verdammte Ehebrecherin, vertrocknen sollst du! Eine Schande für uns, eine Schande!«

In diesem Fall entschied Giso sich dafür zu hören. Er gab der Alten einen Stoß, sodass sie rückwärtstaumelte, dann drohte er ihr mit der Lanze. Sie raffte ihr Tuch wieder zusammen und floh mit unsicheren Schritten. Daraus, wie sie wankte und die Hand vor sich ausstreckte, schloss Frygdis, dass sie fast blind sein musste. Ihr Herz raste verstört.

»Was war das?«, fragte sie, ohne eine Antwort zu erwarten. Doch Giso überraschte sie.

»Verrückte Alte«, sagte er und wartete mit regloser Miene darauf, dass sie weiterging.

Frygdis' Mutter Thorhild wusste, dass es nicht die einfachsten Tage für ihre Tochter waren. Sie war noch nicht so alt, als dass sie sich nicht erinnert hätte, was für eine Last die Ungewissheit über die Entscheidung der Eltern war. Das hieß, bei ihr selbst war es eine Entscheidung ihrer Eltern gewesen. Keine glückliche für sie, das hatte sie schon damals gewusst und es auch gesagt. Es hatte kein Gewicht gehabt.

Für Frygdis entschied nun Rodegang allein, denn sie selbst hatte vor langer Zeit aufgehört, sich für das intrigante Sippengewebe der dänischen Jarle zu interessieren. Sie wusste nicht genug darüber, wie schwer die Vorteile einer Verbindung für welchen Werbenden wogen. In den ersten Jahren, als Frygdis klein war, hatte Thorhild noch vorgehabt, sie vor einer solchen ausgeklügelten Verbindung zu bewahren. Doch durch die Jahre, in denen es keine Ruhe gegeben hatte vor Überfällen, Plünderungen und Entführungen, war davon nur der Wunsch übrig geblieben, Frygdis bei einem Ehemann zu wissen, der stark genug war, um für ihre Sicherheit sorgen zu können. Und so weit vertraute sie Rodegang, dass sie ihm den gleichen Wunsch zubilligte. Er hatte für niemanden viel Zuneigung übrig, aber die äußerste, zu der er fähig war, hatte er sicher für dieses einzige Kind, das ihre Ehe hervorgebracht hatte. Es war ihr gemeinsames Geheimnis, warum es nicht mehr geworden waren.

All das ging ihr durch den Sinn, nachdem ihre Magd ihr von der Tür aus gesagt hatte, dass sie Frygdis kommen sah. Sie wunderte sich nicht darüber, wie blass und nervös ihre Tochter war, als sie schließlich um das Feuer herum zu ihr kam.

»Ist Vater nicht hier?«

Thorhild schüttelte den Kopf. »Er ist schon in Blidmunts Halle. Wir gehen auch gleich hinüber.«

»Ich würde dich gern vorher noch etwas fragen«, sagte Frygdis mit unüblicher Scheu, woraufhin Thorhild mit einer Handbewegung die Mägde und Knechte aus ihrer Nähe verscheuchte. Dann sah sie ihre Tochter auffordernd an.

»Wenn es so wäre …«, sagte Frygdis. »Nur angenommen. Angenommen, ich käme zu Vater und würde ihm sagen, dass es einen Mann gibt, der mir gefällt … ich meine, der … mit dem etwas Besonderes … der mich besonders … den ich gern hätte. Und er wäre nicht völlig unmöglich … ich meine, nicht ausgeschlossen … Glaubst du, das würde Vaters Entscheidung beeinflussen?«

Thorhild wurde erst heiß, dann kalt vor Schreck, doch sie wahrte die Fassung. »Falls er die Werbung dieses Mannes gegen eine gleichwertige abwägen müsste, dann könnte es sein.

Obwohl ich glaube, dass er eher fragen würde, welcher von beiden noch ein Marderfell mehr geben will. Ich kann dir aber auch eine noch deutlichere Antwort geben: Er hat bereits entschieden, dass du die Frau von einem zukünftigen Jarl wirst. Wäre dieser Mann, den wir annehmen, ein zukünftiger Jarl? Wenn nicht, dann ist die Antwort ein Nein. Mach dir nicht den Kummer, deinen Vater deshalb zu sprechen.«

Frygdis nagte zart an ihrer Unterlippe und sah mit großen Augen von ihrer Mutter zu Boden. Endlich nickte sie und sah wieder hoch. »Wer wird es, Mutter? Ich halte das nicht mehr aus.«

Thorhild seufzte. »Wenn ich dir jetzt etwas sage, muss dir klar sein, dass es sich noch ändern kann. Offiziell wird man erst morgen um dich werben. Aber es ist fast sicher, dass dein Vater sich für Jarl Thorolfs Sohn Olof entschieden hat. Er erbt den größten Teil von Schwansen und wird damit gewiss Jarl. Das verspricht Rodegangs Schiffen auf dem Weg in die Ostsee mehr Sicherheit. Darüber hinaus hat die Verbindung offenbar noch einiges zu bieten, von dem ich nichts verstehe.«

»Aber wie ist er?«

»Olof ist ein junger gesunder Mann. Gibt es da Unterschiede, Kind? Besser, du fragst dich jetzt nicht so viel. Du musst tun, was du zu tun hast. Diesen Gehorsam schuldest du deinem Vater. Was du deinem Mann schuldig bist, wirst du bald genug herausfinden.«

»War es für dich genauso?«, wollte Frygdis wissen. Ihre Mutter deutete mit regloser Miene ein Nicken an und beendete das Gespräch.

Als Havenar wieder aus dem Zelt kam, sah er, dass sein Freund Brunolf sich mit seinen Brüdern bei Wolfger und Vitgeir eingefunden hatte. Die fünf standen zusammen und tranken – der Anfang eines langen Abends. Vor Wolfger und Vitgeir oder Brunolf allein hätte er sagen dürfen, auf welches Mädchen Hademuts Wahl gefallen war. Brunolfs Brüder Gudfast und Sigvid durften es jedoch erst erfahren, wenn die Werbung offiziell war, sonst konnte es Verwicklungen geben. Daher lächelte er auf ihre Frage hin nur und ließ sich von einer der Mägde ein volles Trinkhorn geben, das er mit den anderen hob. Sie machten ihre Witze über ihn, aber er hörte sie nur wie aus der Ferne und blieb nach innen gewandt.

Etwas war nicht in Ordnung. Da war ein Gefühl wie reibender Sand an Stellen, an denen er nichts zu suchen hatte. Es war richtig, dass er gern Frygdis zur Frau genommen hätte, doch er sah ein, was dagegen sprach. Und Gales Größe war tatsächlich ein billiger Vorwand. Es gab keinen vernünftigen Grund, sie abzulehnen. Trotzdem blieb das unangenehme Kribbeln, das ihn zu warnen schien, wie ihn schon einmal ein Gefühl vor einem großen Luchs gewarnt hatte, der neben ihm in den Büschen saß.

Eine weitere Gruppe von Besuchern kam zwischen den Zelten hindurch. Es war sein Onkel Jarl Hunold, der Bruder seiner Mutter und Vater von Brunolf, Gudfast und Sigvid. Seine Frau und einige Männer begleiteten ihn. Hademuts und Hunolds Sippen standen sich nah, und sie hatten sich bereits früher am Tag begrüßt, daher war keine Förmlichkeit mehr nötig. Die jungen Männer hoben grüßend die Hörner, und Hunold nickte seinen Söhnen und Neffen gutwillig zu.

Als Hademut und Ragnhild aus dem Zelt zu ihm und seinem Gefolge traten, bildete sich um sie auf der anderen Seite des Feuers eine zweite plaudernde Gruppe, deren männliche Mitglieder ebenfalls bald mit Bier und Met versorgt waren. Havenars Aufmerksamkeit blieb unterdessen flatterhaft. Er konnte dem Gespräch über Hengstkampf und Beizjagd nicht folgen, bis Brunolf ihn anstieß.

»Was ist los, Haven? Wo bist du mit deinen Gedanken?«

»Er fühlt wohl langsam die Schlinge enger werden«, witzelte Vitgeir.

Havenar lächelte mild, gab ihm insgeheim aber Recht. Es war genau das Gefühl, das er hatte. Nur war er nicht so sicher wie Vitgeir, woher es rührte. Sein Blick wanderte an den anderen vorbei, zwischen zwei Zelten hindurch zu der Stelle, wo die

Mägde ein paar Hühner für das Abendessen rupften, welches sie gemeinsam mit Hunolds Sippe einnehmen würden. Die vier Frauen sahen aus, als ob sie sich unwohl fühlten, und Havenar folgte ihren ängstlichen Blicken zu einem Haufen großer Steine in ihrer Nähe, nicht weit von dem langen Balken, wo die Pferde angebunden waren. Dort saßen zwei ausgewachsene Kolkraben, die mit aufgesperrten Schnäbeln und gesträubtem Kehlgefieder zu den Mägden hin drohten. Wahrscheinlich warfen die Frauen ihnen für ihren Geschmack nicht schnell oder großzügig genug Abfälle zu.

Es gefiel Havenar nicht, dass die Frauen beim Kochen Angst haben mussten, daher löste er sich von der Gruppe seiner Freunde und ging zu den Köchinnen. Die älteste der Frauen sah ihm beunruhigt entgegen. »Lassen sich nicht verjagen, Herr«, sagte sie entschuldigend.

»Wirklich?«, fragte er und beobachtete die Raben, die wiederholt näher hüpften, zurückwichen und schnarrten oder dumpf krächzten. Es interessierte ihn, wie unerschrocken die Vögel tatsächlich waren, deshalb ging er langsam auf sie zu. Beide hopsten auf die Steine zurück und begannen ein ohrenbetäubendes knarrendes Spektakel in seine Richtung. Als ihn nur noch drei Schritte von ihnen trennten, verstummten sie und starrten ihn wachsam an. Bloß das gelegentliche Rucken der Köpfe verriet ihre Aufregung. Einen Schritt vor ihnen blieb er stehen, und noch immer flohen sie nicht. Havenar machte keine Anstalten, sie zu verscheuchen, sondern sah sie sich genau an. Sie musterten ihn ebenfalls, und ihren glänzenden schlauen Augen schien dabei nichts zu entgehen. Er beugte sich etwas vor. Wenn er gewollt hätte, hätte er sie berühren können. Aber er war kein Narr, sie hatten bösartige Schnäbel und Krallen, länger als seine Hand. Er hatte schon gesehen, was ein Rabenschnabel mit einem Menschen tun konnte. Einem toten Menschen jedenfalls.

Die beiden legten die Köpfe schief. Havenar musste schmunzeln. »Hugin und Munin, hm?«, murmelte er. Dann richtete er sich wieder auf. Ihre Blicke folgten seiner Bewegung. Probeweise hob er den Arm und zeichnete ein paar langsame große Schwünge und Zacken. Neugierig beobachteten die Vögel mit eingezogenen Köpfen seine Hand. Er schüttelte belustigt den Kopf. »Nun ist es genug«, sagte er und schlug klatschend die Hand auf seinen Oberschenkel. Die Raben zuckten zusammen und erhoben sich sofort mit schwerfälligem Taumeln in die Luft, was ihn überraschte, da sie sich vorher offenbar nicht so leicht hatten einschüchtern lassen. Ohne Zögern und Kreisen zogen sie schnurgerade davon.

Havenar sah ihnen nach, bis sie nicht mehr zu erkennen waren. Einen Schluck aus dem Horn nehmend, das er noch immer in der linken Hand hielt, drehte er sich um – und erstarrte. Nicht nur die Mägde, sondern auch seine Brüder und Vettern und sogar die Leute um die beiden Jarle starrten ihn gebannt an.

Eine mit Unwohlsein vermengte Heiterkeit stieg in ihm auf. Er wollte gar nicht wissen, was in all diesen Köpfen gerade vorging. Selbst war er bereit, an vieles zu glauben, aber nur mit Vorbehalt an das, was er nicht selbst gesehen und geprüft hatte. Die, bei denen es anders war, fühlten sich gelegentlich dadurch beleidigt. Einmal, als er sich über das Ungeheuer lustig gemacht hatte, das zuhause im Gammelsee, wo alle Jungen das erste Segeln lernten, von Knechten und Mägden immer wieder gern gesehen wurde, wäre es fast zu einem blutigen Streit mit einem von Hademuts langgedienten Männern gekommen. Respektlosigkeit hatte der ihm vorgeworfen und vor dem Jarl darauf bestanden, dass dessen grünschnäbliger Sohn schwor, seiner Geschichte über die Seeschlange, die er auf einer seiner Fahrten gesehen haben wollte, Glauben zu schenken. Havenars Schwur war eine Notlüge gewesen, um den Frieden mit Hademuts treuem Mann wiederherzustellen. Aber er hatte daraus gelernt, seine Ansichten über den Glauben anderer für sich zu behalten.

Der Mann war mittlerweile bei einem Sturm über Bord gegangen. Havenar war es gleich, ob er von Fischen gefressen oder in der Göttin Rans Netz geholt worden war. Tatsache war, dass es ihn in dieser Welt nicht mehr gab.

Während er an den Mägden vorbei zurück zu den anderen ging, die sich verlegen nach und nach wieder abwandten, beschloss er, sich zu keiner Bemerkung über sein Verhältnis zu Odins Raben hinreißen zu lassen. Nachdem die anderen ihn wieder in den Kreis aufgenommen hatten, warteten sie einen Augenblick in verwundertem Schweigen auf eine Erklärung, nahmen jedoch das Gespräch wieder auf, als sie merkten, dass sie vergeblich hofften.

Nur Wolfger steuerte der Unterhaltung nichts mehr bei, was ungewöhnlich war. Havenar sah auf, suchte das Gesicht seines Bruders und erschrak. Wolfger wirkte erschüttert, und sein Blick begegnete dem von Havenar nachdenklich. Was immer die anderen gesehen oder sich eingebildet hatten, ihn musste etwas besonders getroffen haben. Erstaunt hob Havenar fragend die Brauen. Wolfger schüttelte den Kopf, rang sich ein Lächeln ab und hob ihm sein Horn entgegen. Havenar erwiderte die Geste, und sie beide tranken, bis nichts übrig war.

Die Einzige, die Wolfgers Betroffenheit verstand, war Ragnhild. Sie hatte ihrem Ältesten einst von einem Orakelspruch erzählt, den eine Alte mit Runenstäbchen ihr aufgezwungen hatte, als sie mit ihm schwanger gewesen war. Sie war damals nicht leichtgläubig und beeinflussbar gewesen, und im Laufe ihres Lebens gab sie immer weniger auf Zauberei. Dennoch hatte sie Wolfger von der Weissagung erzählt, weil sie dachte, es würde ihm Spaß machen. Hademuts Sohn, hatte die Alte gesagt, sei dazu bestimmt, einer der größten Herren zu werden, die das dänische Land je kennen würde. Ein mächtiger Krieger, Liebling der Götter. Odin so teuer und nah wie seine Raben. Seine Nachfahren würden mit Königen verbunden sein wie Brüder und siegreich in alle Welt ziehen. »Hademuts Sohn«, hatte sie gesagt, nicht, welcher.

Und soeben hatte Ragnhild gesehen, wie einer ihrer Söhne mit Odins treuen Raben geplaudert hatte.

Ärgerlich über sich selbst, schüttelte sie den Kopf. Es war die Schmeichelei einer hungrigen alten Bettlerin gewesen, nicht mehr.

Am Morgen weckten die Wachen ihre Ablösung und auch die Mägde, was den Arbeitsbeginn für einige der Frauen etwas verzögerte und die verfrorenen Wachen aufwärmte.

Das Klappern und Rumoren der Mägde und wenig später der Knechte, die die Spuren des nächtlichen Gelages von den Plätzen zwischen den Zelten beseitigten, weckte nach und nach das restliche Gefolge der Jarle.

Weder Havenar noch Frygdis hatten viel geschlafen. Beide fühlten sich mürbe, als sie sich ankleideten und versuchten, dem Tag ins Auge zu sehen.

Havenar hatte allerdings seine Brautwerbung vorübergehend vergessen und fragte sich nur, ob er mit seinem schweren Kopf das Thing überstehen würde, ohne einzuschlafen. Erst als er überlegte, wie viel Zeit bleiben mochte, bis König Horich eintraf und die Versammlung begann, fiel alles wieder an seinen Platz, und ihm war klar, was vorher noch zu geschehen hatte. Sein Vater würde mit ihm, Ragnhild und kleinem Gefolge zu Asmunds Zelt ziehen und offiziell um Gale werben.

Das beklemmende Gefühl schoss in seinen Nacken zurück wie ein zustoßender Habicht. Gale. Asmund. Swidbert. Etwas daran war nicht gut. Er wollte die Verbindung nicht. Wenn er doch nur einen einzigen vernünftigen Grund zu fassen bekäme, um seinem Vater diese Sache auszureden. Er verstand sich selbst nicht. Wo war die Gelassenheit geblieben, mit der er Hademuts Vorhaben anfänglich hingenommen hatte?

Neben ihm reckte sich Wolfger in seinem Fellsack, stöhnte und murmelte Unverständliches. Havenar stieß ihn mit dem Fuß an. »Steh auf und leiste mir Gesellschaft.«

Wolfger nahm seine Hand zu Hilfe, um die Augen zu öffnen, und es dauerte einen Moment, bis Verständnis in ihnen dämmerte. »Aufstehen«, wiederholte er heiser. »Ja. In Ordnung.«

Havenar lächelte. Er wusste aus Erfahrung, dass sein Bruder seine Überlegenheit wiederhaben würde, sobald er auf beiden Beinen stand. Dann würde er ihm von seinem unguten Gefühl erzählen. Entweder hatte Wolfger eine Meinung dazu, oder er würde seine Bedenken mit ein paar Witzen zerstreuen. Beides wäre ihm gleich willkommen.

Als zwei der Ersten standen die Brüder zusammen am Feuer und löffelten Grütze, während Havenar sein Geständnis ablegte. Wolfger nahm sein vages Gefühl ernster als erwartet. Mit nachdenklich zusammengezogenen Brauen schwieg er lange. »Kann es sein, dass du im Hinterkopf etwas über Gale weißt, was dir gerade nicht einfällt? Es ist ja schon sechs oder sieben Jahre her, dass du bei Asmunds Sippe warst. Vielleicht hast du damals etwas gesehen oder gehört, was dir jetzt das ungute Gefühl gibt.«

Havenar rief sich jene Zeit ins Gedächtnis. Als Zehnjähriger hatte er zwei Jahre bei Vetter Asmunds Sippe verbracht. Damals hatte Asmunds Vater Asgrim, Hademuts Schwager, noch gelebt und war Jarl gewesen. Gale war mit ihren sieben Jahren ein winziges Mädchen, das nicht auffiel und wenig beachtet wurde. Sie hatte in jener Zeit oder bei seinen späteren Besuchen nie ein Wort an ihn gerichtet. Allerdings war er auch mit anderem beschäftigt gewesen. Nicht nur mit seinem Onkel Asgrim und dem, was er an Fertigkeiten von ihm und seinen Männern lernen sollte, sondern auch mit seinem neu gefundenen Freund Guntram und dessen lauten, lebhaften Geschwistern. Guntrams Vater Halldur lebte mit seiner Familie als freier Gefolgsmann auf dem Jarlsgehöft.

Guntram war seit Havenars Zeit bei Asgrim immer in seiner Nähe gewesen, genau wie Brunolf. Brunolf war ebenso sein Vetter wie Asmund, bedeutete ihm jedoch etwas ganz anderes. Guntram, Brunolf und er hatten sich lebenslange Treue gelobt. Zurzeit lebten sie alle drei zuhause auf Gammelby, ließen sich jedoch auch oft in der Halle von Brunolfs Vater Hunold sehen, der Jarl von Süd-Angeln war und damit ihr Nachbar.

In Asmunds Halle zog es sie so gut wie nie. Asmunds Mutter war Hademuts Schwester Wolfhild – keine angenehme Frau. Jarl Asgrims Leute mussten nach dessen Tod froh gewesen sein, dass Asmund gerade alt genug war, um sein Nachfolger zu werden.

Auch wenn er ein tatenarmer Langweiler war, hätten sie sich an Wolfhild sicher weniger willig gebunden.

Havenars Beunruhigung verstärkte sich, je mehr er in den Erinnerungen wühlte. Endlich blitzte etwas in seinem Verstand auf. Wolfger hatte Recht. Er hatte etwas gehört, doch es war erst nach seiner Zeit dort gewesen, und es waren nur Untertöne. Guntrams Vater Halldur war ein Mann von Asgrim gewesen. Aber er war nicht Asmunds Mann. Halldur hatte Asgrims Sohn keine Gefolgstreue gelobt. Er hatte sich als zu alt bezeichnet, als dass sich das noch lohnen würde. Wenn auch niemand aus Halldurs Familie Havenar gegenüber schlecht über ihren Jarl, der noch dazu sein Vetter war, gesprochen hätte, kannte er dennoch die Familie gut genug und kam nun zu einem Schluss, zu dem er schon lange hätte kommen können: Wenn ein Mann wie Halldur den jungen Jarl Asmund nicht hoch genug schätzte, um seine Gefolgschaft auf ihn zu übertragen, mochte es Gründe für Misstrauen gegen Asmund geben, so nichtssagend und harmlos diese auch zu sein schienen.

Havenar war erleichtert, dass er endlich einen Anhaltspunkt gefunden hatte, obgleich die Sache vor seinem Vater noch immer nicht viel gelten würde. »Es hat etwas mit Asmund zu tun. Ich traue ihm nicht«, offenbarte er seinem geduldigen Bruder.

Wolfger widmete ihm einen schwer zu deutenden langen Blick. »Harte Worte. Aber … Findest du nicht, dass es schon oft Erfolg hatte, wenn wir unserem Gefühl gefolgt sind? Jedenfalls erinnere ich mich, dass du einmal sagtest: ›Setz dich da nicht hin‹ – und tatsächlich: Als ich mich umsah, war da ein Ameisennest.«

Havenars Beklemmung verflog. Er lachte, und Wolfger konnte es sich nicht gänzlich verbeißen einzustimmen. »Ich habe eine an deinem Hosenbein krabbeln sehen, du Blödmann.«

Wolfger grinste. »Na, da siehst du es. Deinem Gefühl reicht schon eine einzige winzige Ameise, um eine große Gefahr zu erkennen.«

Havenar kam zu Hademut, noch bevor der ganz angekleidet war. »Du bist ja auf einmal eifriger als ich. Ist das Mädchen dir heute nicht mehr zu klein?«, begrüßte er seinen hellwachen Sohn und fuhr sich mit beiden Händen durch Bart und Haare.

»Im Gegenteil. Ich will nicht, dass du um Gale wirbst. Lass es sein, ich kann sie nicht nehmen. So wenig wie Armgard.«

Hademuts Hände blieben in seinem Haar hängen, und sein Unterkiefer wollte ihm herabfallen. Er erlebte es selten, dass man seinen Willen offen verweigerte, und bei diesen Gelegenheiten ging es meist blutig aus. Natürlich lag das auch daran, dass er in der Regel besonnen und sein Wille vernünftig und durchdacht war. So hielt er sich selbst mahnend davon ab, sofort zu platzen. »Es ist noch nicht oft vorgekommen, dass du etwas nicht konntest, was du musstest. Willst du mir nicht wenigstens eine Begründung anbieten, bevor ich dir das Fell abziehe?«

Havenar blickte zum Zeltdach und zu den Seiten, als würde er über Fluchtwege nachdenken, stellte sich dann aber dem Blick seines Vaters. »Etwas daran ist falsch. Kannst du es nicht einfach hinnehmen und es aufschieben, mir eine Frau zu suchen? Weder die Verbindung zu Asmund noch die zu Swidbert brauchst du wirklich. Mich davon frei zu lassen, wird vielleicht nützlicher sein.«

Es war der erstaunlichste Morgen, den Hademut in vielen Jahren erlebt hatte. Sein Sohn verweigerte ihm den Gehorsam und interessierte sich plötzlich für politische Erwägungen. Das Verblüffendste war, dass sein angespannt ernstes Gesicht und Hademuts eigenes eben erwachtes, vages Gefühl ihn zu etwas brachten, das er kurz zuvor nicht für möglich gehalten hätte.

»Also gut«, sagte er und hieb damit seinerseits beinah seinen Sohn um.

Alle Spannung fiel von Havenar ab. »Danke«, sagte er.

»Unter einer Bedingung«, sagte Hademut.

Havenars Nackenhaar stellte sich wieder auf.

Hademut lächelte genüsslich. »Du wirst es zu deiner Aufgabe machen, in Zukunft über die Sippen und das, was sie tun und denken, genauer Bescheid zu wissen als sonst einer. Wenn Wolfger eines Tages Jarl ist, wird er mehr brauchen als deine unsicheren Ahnungen.«

Havenar setzte die undurchdringliche Miene auf, mit der er gewöhnlich um Waren feilschte. »Wenn wir am Ende des Sommers von der Fahrt zurück sind.«

Mit dem gleichen Gesichtsausdruck nickte Hademut. »In Ordnung.«

Havenar wandte sich zum Gehen, blieb dann jedoch noch einmal stehen. »Ach, und außerdem werde ich mir trotzdem ein Haus bauen, wenn ich wiederkomme. Ich hätte meine Frauen und Söhne gern alle unter meinem eigenen Dach.«

»Raus!«, sagte Hademut. Einen Moment später, als Havenar gegangen war, kam Ragnhild hinter dem Vorhang heraus, der ihren Schlafplatz verbarg. Er mied ihren Blick.

Sie war zu klug, um etwas zu sagen.

Frygdis nahm die Morgenstunden wie einen Traum wahr. Ihre einzige Aufgabe war es, sich anzukleiden und bereitzustehen, während Rodegang mit Thorolf sprach. Nach dem Frühstück war das Geschäft gemacht, Frygdis Olof Thorolfsson versprochen und ihm vorgestellt.

Die Begegnung mit Olof ließ Frygdis noch betäubter zurück. Er war tadellos höflich und sogar freundlich und gewiss kein Scheusal. Rotblond, kräftig, etwas größer als Havenar und genauso gepflegt, gab er ihr keinen Grund zum Schaudern. Sie bemühte sich, ihm mit dem gleichen guten Willen zu begegnen, den er bewies. Doch als er mit seiner Sippe aus dem Haus war und die restlichen Thingteilnehmer zur Versammlung gegangen waren, fühlte sie sich, als läge bleischwere Verdammnis auf ihr. Denn wider jede Vernunft hatte sie gehofft. Die ganze Nacht hatte sie wachgelegen und mit ihrer uneinsichtigen Hoffnung gestritten, und nun war es vorbei.

Nur zwei Mal sah sie Havenar noch, bevor das Thing zu Ende ging und alle abreisten.

Beim ersten Mal stand sie um die Mittagszeit bei einer Bude, die gewürzte Bratspieße verkaufte, und wartete darauf, dass die Magd ihrer Mutter dort an die Reihe kam. Er kam zu ihr und stellte sich neben sie, als wolle er betrachten, was es an dem Stand zu ihrer anderen Seite zu kaufen gab. Er sah müde aus, aber fröhlich.

»Was ist das für ein Wetter in deinem Gesicht?«, fragte er. »Komm, ich schenk dir was.« Sie konnte nicht so schnell Einwand erheben, wie er einen von den flachen Honigkuchen kaufte, denen der Bäcker die Form von Tieren gegeben hatte, und ihr zusteckte, bevor er dastand wie vorher.

Traurig sah sie das Gebäckstück an. »Was soll das sein?«, fragte sie.

»Ein Hirsch?«, schlug er vor.

»Eher ein Wolf«, sagte sie und biss ein Stück davon ab.

Er lächelte. »Ändert das den Geschmack?«

»Vielleicht«, sagte sie. »Gefällt dir deine Braut?«

»Mein Vater hat eingesehen, dass ich meiner Braut noch erspart bleiben sollte. Ich heirate also vorerst nicht.«

Frygdis sah ihn an, und Havenars Inneres zog sich zusammen. In ihren Augen standen Tränen. »Ist es so schlimm?«, fragte er.

Ihr Handrücken fuhr hastig über ihr Gesicht, und sie schniefte ärgerlich. »Was?«

»Olof Thorolfsson«, sagte er. »Oder nicht?«

»Ja, Olof«, sagte sie. »Was soll daran schlimm sein?«

Havenar hätte eine Viertelstunde reden können, bevor er alles einmal genannt hatte, was seiner Ansicht nach schlimm daran war. Er hatte den Wunsch, es zu tun. Einen Tag zuvor war ihm noch nicht bewusst gewesen, dass es so viel gab, was er gegen Olofs Leute hatte. Doch wohin sollte das führen? Sie konnte nichts dazu und war trübsinnig genug.

»Die Versammlung geht gleich weiter. Ich muss zurück«, sagte er. Sie nickte und mied seinen Blick. Fast wollte er schon gehen.

»Gab es bisher etwas Interessantes?«, fragte sie da.

»Doppelt so viel Totschlag wie letztes Jahr, so kommt es mir vor. Und viel Gezank um die Einigungen. Es geht längst um mehr als nur die Streitfälle. Ich glaube, Horichs Freunde und Feinde kann man inzwischen daran unterscheiden, ob sie seine Vorschläge gerecht oder ungerecht nennen.«

»Was meinst du? Sind sie gerecht?«

»Ich denke, er ist bei allen schlechten Eigenschaften zu klug, um beim Thing ungerechte Vorschläge zu machen.«

Frygdis nickte. »Das glaube ich auch.«

»Ich muss gehen.«

»Havenar?« Er blieb noch einmal stehen und sah sie fragend an. »Danke«, sagte sie und hob den Rest des Wolfshirsches. Mit einem Lächeln ging er, und sie sank unter der Last, die sie auf ihren Schultern spürte, fast zu Boden.

Das zweite Mal sah sie ihn am Abend beim Fackelschießen, wo er zusammen mit seinen Brüdern als Mannschaft antrat. Sie stand mit ihren Eltern bei Thorolfs Sippe, nicht weit von den Schützen. Olof hatte gut geschossen, doch sein Vetter Magnus verriss einen Pfeil und verdarb ihnen damit schon früh einen guten Platz, sodass sie aufgegeben hatten. Nun unterhielten sich die Männer, während Frygdis neben Thorhild schweigend im Fackelschein den anderen Wettkämpfern zusah. Einige Male kniff sie zur Probe die Augen zusammen und fragte sich, wie es überhaupt möglich war, bei dem verwirrenden Licht so gut zu treffen.

Während Havenar schoss, hielt sie beide Augen weit offen. Er schien das Ziel kaum anzusehen, und dennoch traf er. Noch besser war sein Bruder, doch den beobachtete sie nicht halb so genau. Ihr Blick hing an Havenar, solange er an der Reihe war, und als er zurücktrat, tränten ihr die Augen. Er lachte und balgte mit seinen Brüdern, als ihnen der zweite Platz in diesem Wettkampf sicher war. Frygdis zweifelte nicht daran, dass er keinen Gedanken mehr an sie verschwendete, und zu ihrer Verzweiflung musste sie sich eingestehen, dass er damit weit klüger handelte als sie.

Es sprach für die Stärke von Havenars Selbstbeherrschung, dass niemandem auch nur die schwächste Vermutung kam, wie sehr Frygdis sich mit ihrer Annahme irrte.

Frygdis war das Erste, was Havenar sah, als er mit den anderen zum Schießplatz kam. Der Fackelschein, der ihren Festtagsschmuck auf dem dunkelgelben Kleid funkeln ließ, veränderte ihr Aussehen. Ein Teil des Schmucks gehörte sicher zu ihrem Verlobungsgeschenk. Der würdige, stille Ernst, mit dem sie dastand, ließ sie nun schon viel mehr wie eine Ehefrau aussehen.

Havenar fand sich damit ab, dass alle Gefühle, die Frygdis bei ihm auslöste, in seinem Kopf Verwirrung stifteten. Was sollte das Bedauern, das ihn ergriff, als er sie so ernst sah? Sie war an Olof verschwendet, so viel war sicher, doch was ging es ihn an? Überall fand er Frauen, die ihm gefielen. Rauch und Flackern ließen Frygdis' Bild vor seinen Augen verschwimmen, und unvermittelt sah er sie als die Frau vor sich, die sie in einigen Jahren sein konnte. Reif, blühend, schön und klug über ein großes Haus und viele Kinder herrschend. Er sah sie, wie sie voll Zuneigung ihrem heimkehrenden Mann seinen Mantel abnahm und ihm ihre schmale Hand auf die Wange legte. Dem Mann, der unweit von ihr stand, sich großtat und sie mit seinen Augen auszog, wenn er glaubte, dass niemand darauf achtete. Als wären die Hüften das Wichtigste an einer Frau wie ihr, dachte Havenar mit Empörung. Er selbst hatte sie sich nicht angesehen.

Er tat es jetzt. Er sah sich an, was zu erkennen war, und den Rest stellte er sich vor. Das war ein Fehler, bemerkte er kurz darauf, denn es brachte ihn zu einer neuen unvernünftigen Erkenntnis: Er hasste Olof Thorolfsson, wie er selten einen Menschen gehasst hatte. Es war nur Ragnhilds Erbe in ihm zu verdanken, dass sein Arm ruhig genug blieb, um trotzdem zu treffen.

3. Kapitel

Beinah sofort nach dem Thing wurde Frygdis zu den Vorbereitungen für ihre Hochzeit angehalten. Obgleich eine Braut und ihre Familie bei Werbung und Hochzeit vom Zukünftigen mit prächtigen Geschenken überschüttet werden mussten, lag es doch bei ihr, dafür zu sorgen, dass dem Haushalt die Notwendigkeiten nicht fehlten. Gehörte ein schöner Webrahmen zu den Geschenken, war es gut. Tat er es nicht, so musste er beschafft werden. Säuglingskleidung gehörte selten zu den Gaben, und in der Regel tat eine junge Frau besser daran, sich um all diese Dinge zu kümmern, bevor ihr neuer Haushalt und ihr neuer Mann den größten Teil ihrer Aufmerksamkeit von ihr forderten. Dafür und für die Vorbereitungen des eigentlichen Festes genügte ein Dreivierteljahr gerade.

Für Frygdis war es gut, dass es die Arbeit gab. Ihre Mutter hatte ihr immer wieder bestätigt, dass sie alle Fähigkeiten besaß, um dem Haus des zukünftigen Jarls eine gute Herrin zu werden, und sie hatte beschlossen, ihre Sache von Beginn an richtig zu machen.

Olof sah sie in der ganzen Zeit nur zwei Mal. Er brachte ihr kleine Geschenke und lächelte höflich. Sie bemühte sich, freundlich zu sein. Beide Male fühlte sich ihr Inneres neblig und still an, als er wieder fort war.

Die Hochzeit wurde schließlich ein großzügiges, gelungenes Fest. Rodegang war zwar auf seinen Vorteil bedacht, doch nicht geizig, wenn es darum ging, ihn zu sichern.

Olof entjungferte seine Braut wenig zärtlich, doch für seinen weit gediehenen Rausch erstaunlich rücksichtsvoll. Frygdis fand weder etwas zu schwärmen noch zu klagen. Auch auf der Reise vom Haus ihrer Eltern nach Midbikhus, einem von Thorolfs beiden Hauptsitzen, behandelte man sie zuvorkommend, wenn auch gelegentliche abschätzige Blicke sie etwas verwirrten.

Es sollte nicht lange dauern, bis sie herausfand, was dahintersteckte.

Im Gegensatz zu den meisten anderen aus Hademuts Gefolge war Havenar nicht müde, als sie nach dem Thing spätabends nach Gammelby zurückkehrten. Es war eine langsame Tagesreise gewesen. Er verabscheute das Reisen über Land, wenn Wagen mitgeführt werden mussten. Wenn der Boden nicht gerade hartgefroren war, bestand es aus einer endlosen Folge von Verzögerungen. Wie viel befriedigender ging es über das Wasser, aber der Weg zwischen Gammelby und Langsee war auf diese Art nicht zu machen.

Havenar hätte sich gern mit Brunolf abgesetzt und wäre den anderen vorausgeritten, doch es lohnte sich nicht einmal, um Erlaubnis zu fragen. Sein Vater führte eine Truhe voller Brautgeschenke mit, und es waren viele unterwegs, die das ahnten. Er würde also keinen Mann von der Seite der Wagen lassen, ihn als Letzten.

Im Inneren von Gammelbys Pfahlzäunen ging es nur noch um das Abladen der Wagen und ein rasches Abendessen, bevor alle den Weg zu ihren Schlafplätzen suchten. Im Haus des Jarls berichtete Hademut den Zurückgebliebenen beim Essen vom Thing. Im Männerhaus, wo auch Havenar seit drei Jahren seinen Platz auf der Bank hatte, tat das sein Onkel Orm.

Schon als sie im Morgengrauen aus Langsee aufgebrochen waren, dachte Havenar erleichtert daran, dass er in der nächsten Nacht wieder eine Frau haben würde. Er war beinah sicher, dass das seine Unruhe und Verwirrung wegblasen würde. Daher zögerte er nicht, diejenige seiner Mädchen an die Hand zu nehmen, die ihm als Erste vor die Augen kam, nachdem ein Knecht ihm das Pferd abgenommen hatte. Es war Dirdra, und sie hatte Arwed bei sich, seinen Zweitältesten, der gerade anfing zu laufen. Dirdra war Irin. Hademut hatte sie als Achtjährige mit ihrer Mutter von einer Raubfahrt mitgebracht. Obwohl sie nun seit neun Jahren auf Gammelby lebte, sprach sie noch immer besser irisch als dänisch, aber sie war fröhlich, frisch und Havenar zugeneigt; und das nicht nur, weil er der Einzige war, den sie je gehabt hatte, und sein Eigentumsanspruch sie vor der unerwünschten Aufmerksamkeit anderer bewahrte.

»Sieh mal«, begrüßte sie ihn, während er ihr mit einem Kuss auf ihren Hals zu verstehen gab, was er später von ihr wünschte. Sie deutete auf Arwed, der ihre Hand losgelassen hatte und auf die Hühner losstolperte. Havenar warf einen flüchtigen Blick auf seinen Sohn, bevor er seine Hand unter Dirdras Oberkleid schob und grinste. »Wird ein guter Jäger.«

Dirdra lächelte. »Komm her, Arwed, komm, *a gleoite.*«

Der Kleine sah sich verschmitzt über die Schulter um. Nun erst schien er plötzlich den Mann richtig zu bemerken, der bei seiner Mutter stand, und sein Gesicht wurde misstrauisch. Dirdra runzelte die Stirn. »Er kennt dich nicht«, stellte sie fest.

»Was?« Havenar ließ belustigt von ihr ab und drehte sich zu dem Kind um, das wie seine anderen beiden Haare und Augen von ihm hatte. Dann ging er in die Hocke und breitete lächelnd die Arme aus. »Komm her, du.«

Arwed dachte angestrengt nach, bevor er sich stattdessen auf den Weg an Havenar vorbei zu seiner Mutter machte. Trotzdem lachte er quieksend, als Havenar ihn abfing und in die Höhe schwang, und sträubte sich nicht dagegen, einen Moment auf dem Arm seines Vaters zu verbringen.

»Er soll heute Nacht bei deiner Mutter schlafen, ja?«, sagte Havenar zu Dirdra, die ihn, verschämt über ihre eigene Freude, mit gesenktem Kopf anlächelte.

Schon beim Essen war Dirdra dann um ihn und bediente ihn. Es war im Männerhaus nicht unüblich, dass einige ihre Frau für die Nacht unter die Decken zogen, während andere noch aßen, und auch Havenar wartete nicht auf die Letzten. In der Regel wurde still geliebt, wenn andere im Raum waren, es sei denn, alle waren betrunken und ließen sich gehen. Dirdra war allerdings nicht sehr gut darin, ihre Seufzer stumm zu halten, und Havenar fand ihre Bemühungen darum oft so komisch, dass er selbst das Lachen unterdrücken musste. Er selbst verlor bei aller Begeisterung für die Sache nur selten so sehr die Beherrschung, dass er laut wurde. Er ließ sie im Scherz in seine harte Handkante beißen und freute sich an ihrem erhitzten Gesicht, wenn das Licht auch nicht mehr ausreichte, um ihre rosige Farbe zu sehen. Sie drängte ihm entgegen, und er kam so tief zu ihr, wie es möglich war, was ihr nun trotz der Hand einen Laut entlockte. Der leise Schmerz von ihrem Biss, zusammen mit ihrem weiblichen weichen Bettellaut, stachelten ihn an. Er überließ seinem Körper die Führung und gab sich glücklich dem Höhepunkt hin. Ein Weilchen blieb er noch in ihr und spielte mit ihr. Mit ihren Haaren, ihrem Gesicht, ihrem zufriedenen Lächeln.

Dirdra hatte eine Stupsnase und Sommersprossen. Ihr Haar war von ungewissem hellen Braun oder dunklem Blond, nichts Besonderes, aber es war glatt, weich und gesund. Sie hatte die Anlage zur Rundlichkeit. In der Schwangerschaft war sie mollig gewesen, und etwas davon war zurückgeblieben. Mit jedem Kind würde etwas mehr zurückbleiben, vermutete er. Behutsam ließ er sich neben sie sinken, zog sie aber wieder in seinen Arm, wo sie sich einkuschelte. Sie war wirklich nicht auffallend, aber er konnte sie gut leiden. Sie war die Erste, die er nach Maralde für sich beansprucht hatte.

Maralde schlief an diesem Abend bei keinem Mann. Sie konnte frei wählen, seit sie nicht mehr zu ihm gehörte. Er sorgte trotzdem für sie. Wahrscheinlich lag sie mit Bjarne an ihrer Seite im Gesindehaus auf der Bank. Havenar fragte sich, wieso sie bisher nicht mehr als das eine Kind auf die Welt gebracht hatte. Der Junge war bald drei Jahre alt. Vielleicht schlief er nicht mehr bei seiner Mutter, überlegte er.

Auch seine anderen beiden Frauen neben Dirdra schliefen im Gesindehaus, er hatte sie flüchtig begrüßt. Thilde hatte seinen Jüngsten, Ulf, an der Brust gehabt, er war ein halbes Jahr alt. Sie sah erschöpft aus und etwas ausgezehrt, wie es bei Frauen mit

Säuglingen oft der Fall war. Wenn er sie in diesem Zustand ansah, konnte er sich nicht mehr erinnern, was ihn zu ihr gezogen hatte, zumal sie ihn sicher nicht mit Klugheit gelockt hatte. Aber sie hatte ihm ein Kind geschenkt, und damit war sie seine Frau, und er würde sie versorgen, solange sie es wollte, denn er hatte für sich beschlossen, dass er eine Verantwortung annahm, wenn er Unfreien die Freiheit gab.

Der Zustand zwischen Unfreiheit und Ehestand machte die Frauen verletzlich und gab ihnen kaum Rechte. Für seine anerkannten Kinder zu sorgen, erlegte ihm die Sitte auf. Den Müttern, die im Ansehen weit tiefer standen als von Geburt freie Frauen, dennoch aber von ihm einen höheren Rang erhalten hatten als die Unfreien, war er nach dem Gesetz nichts weiter schuldig. Er hätte ihnen nicht die Freiheit geben müssen, doch dann hätte es zu viele Zweifel über den Rang seiner Kinder gegeben. Und darüber hatte er sehr bestimmte Ansichten.

Seiner dritten Frau hatte er ihre Freiheit noch nicht gegeben. Sie war in vielerlei Hinsicht besonders. Er war wie viele andere Männer der Ansicht, dass sie die schönste Frau auf Gammelby war. Sie war sein Stolz, er besaß sie wie einen Schmuck. Zart und anmutig, mit glänzendem dunkelbraunem Haar und blauen Augen, ihre Haut weiß und das Gesicht schmal, ebenmäßig und rein. Sie war Fränkin, und so nannte er sie: Franka. Er wusste, dass man ihn um sie beneidete, es aber gleichzeitig für merkwürdig hielt, wie er mit ihr umging. Sie konnten nicht verstehen, dass er um sie warb und sich von ihr abweisen ließ. Es lag daran, dass sie neben der schönsten auch die traurigste junge Frau auf Gammelby war. Ein Jahr zuvor hatte er sie von einem Händler gekauft, weil sie so schön war, und sie mit größter Selbstverständlichkeit Abend für Abend mit in sein Bett genommen, in der Annahme, dass sie irgendwann auftauen würde. Doch sie blieb starr, düster und vor allem völlig stumm. Sie sprach nie.

Schon nach zwei Wochen hatte er ihre gehorsame Reglosigkeit und ihre geweiteten Augen nicht mehr ertragen können, wenn er sich über sie legte. In ihren Augen waren Entsetzen und

Qual zu erkennen. Er glaubte nicht, dass es nur mit ihm zu tun hatte, sie sah durch jeden Mann ängstlich hindurch, wenn sie angesprochen wurde. Deswegen gab er vorerst auf und ließ sie in Ruhe. Danach hatte er sich Mühe gegeben, nur noch freundlich zu ihr zu sein, hatte zu ihr gesprochen, ihr Geschenke gemacht. Ihre Traurigkeit verlor sie nicht, ihre Kleidung blieb düster, aber ihre Anspannung verschwand allmählich. Nur wenn er fragte, ob sie zurück in seine Arme kommen wolle, dann wurde sie wieder steif und zog schuldbewusst den Kopf ein.

Einmal war sie trotzdem gekommen, und obwohl sie unter seiner besonders behutsamen Zärtlichkeit weniger angststarr war als vorher, war sie doch so erleichtert, als es vorbei war, dass er wusste, sie hatte ihm nur einen Gefallen tun wollen. Er fragte nun nicht mehr, war aber weiter freundlich und hoffte. Bis auf Weiteres gab er sich mit dem Neid der anderen Männer zufrieden. Außerdem war Franka fleißig und hütete gern Kinder. Das war das Einzige, was ihr Freude zu machen schien. Umso bedauerlicher, dass sie so bald kein eigenes haben würde. Er selbst wollte sofort das nächste. Es war für ihn ein glücklicher Rausch, wenn einer Frau der Leib mit seinem Kind schwoll.

Havenar stützte sich auf und sah Dirdra an, die das Gesicht an seiner Brust verborgen hielt und schon zu schlafen schien. Er streichelte sie, bis er erneut erregt war und sie den Kopf hob und ihm in die Augen sah. Mit einem Lächeln wälzte er sich wieder über sie und küsste den zarten Mund, der sich ihm anbot. »Schenk mir noch einen Sohn, Dirdra«, sagte er ihr ins Ohr.

Dirdras Blick war müde und belustigt, doch sie öffnete ihm willig die Schenkel. »Ja«, sagte sie mit einem kleinen Lachen. »Noch einen Sohn.«

Außer dem Gesindehaus gab es zwei Häuser auf Midbikhus. Das Wohnhaus des Jarls, das von Olofs Schwester Gebharde beherrscht wurde, und das zweite, in dem Olofs erste Geliebte Ortrud sich als Herrin fühlte. Während Jarl Thorolf mit Olofs beiden jüngeren Brüdern meist in Silveid an der Schleymündung lebte, hatte Olofs Onkel Halfdan mit seiner Tochter Gunda und dem Sohn Magnus seinen ständigen Wohnsitz im Jarlshaus auf Midbikhus. Da Ortrud Olof nachdrücklich darauf gestoßen hatte, dass sie das Haus nicht mit seiner neuen Ehefrau teilen würde, brachte man Frygdis mit ihrer Magd, die ein Abschiedsgeschenk ihrer Mutter war, im Jarlshaus unter.

Es dauerte zwei Tage, bis sie herausgefunden hatte, dass von ihr nicht nur niemand erwartete, dass sie einen Haushalt führte, sondern die Vorstellung, dass sie es versuchen würde, einigen Leuten auf Midbikhus nicht behagte. Nachdem sie sich diese zwei Tage lang auf dem Gehöft umgesehen hatte, so gut es im Winter möglich war, gestand sie sich ein, dass sie gar nicht sicher war, den Haushalt sofort ebenso gut führen zu können wie Gebharde. Solange Olofs Schwester blieb, war sie, was die Arbeit betraf, überflüssig. Nicht einen Moment lang machte sie sich vor, dass sie sich mit der zwei Jahre älteren Gebharde anfreunden könnte.

Die Abneigung war gegenseitig. Auch Olofs Base Gunda, die ein Jahr jünger war als sie, ein molliges, hübsches, kastanienbraunhaariges Mädchen mit hellblauen Augen, würde ihr keine Freundin sein. Sie stand fest unter Gebhardes Fuchtel. Hinzu kam, dass es ohnehin bereits einen Machtkampf auf Midbikhus gab, und zwar zwischen Ortrud und Gebharde. Am zweiten Abend kam Frygdis zu dem Schluss, dass es unsinnig war, einen weiteren zu beginnen. Sie hatte nicht den großen Ehrgeiz, die Schlüsselgewalt besitzen zu müssen, auch wenn es ihr zustünde. Die Zeit musste zeigen, welche Rolle sie ausfüllen konnte, außer ihren Gatten im Bett zu empfangen. Die meisten Bewohner des Gehöfts schienen dies allerdings für ihre einzige Aufgabe zu halten, und Olof hatte bisher keine Ansicht dazu kundgetan.

»Olof, ich möchte dich etwas fragen«, sagte sie daher, als sie am dritten Abend neben ihm hinter dem zugezogenen Bettvorhang lag. Er atmete noch schwer, aber sie wollte nicht länger warten, damit er nicht einschlief, bevor sie mit ihm gesprochen hatte. Tagsüber sah sie wenig von ihm. Entweder hatte er zu tun, oder er hielt seine Kebse bei Laune.

»Hm?«, fragte er.

»Was erwartest du von mir?«

Eine Weile bekam sie keine Antwort und glaubte, er wäre doch eingeschlafen. Dann räusperte er sich und bewegte sich unbehaglich ein Stück von ihr fort. »Was soll das heißen?«, fragte er endlich.

»Gebharde führt den Haushalt. Ich habe noch keine Aufgaben.«

»Aufgaben? Du meinst ...«, Olof schnaubte unwillig. Frygdis hatte sich auf ihren Ellbogen gestützt und sah ihm ins Gesicht. Er hielt die Augen noch geschlossen, so viel konnte sie in der Dunkelheit sehen. Den Rest wusste sie. Seine Nase und die Stirn waren mit großen Poren übersät und manchmal gerötet, seine Lippen eine Spur zu dick. Es war in Ordnung, wenn er sich seine Lust bei ihr nahm, sie mochte es aber nicht, wenn er sie küsste. Das hatte er gemerkt, und es sprach für ihn, dass er es ihr nun meist ersparte.

»Gibt es hier nicht genug zu tun?«, erkundigte er sich.

»Natürlich gibt es immer zu tun. Ich wollte nur wissen, ob du etwas Bestimmtes wünschst. Was ich deiner Meinung nach tun soll.«

Der Ton, in dem er auflachte, sprach gegen ihn, notierte Frygdis. Doch als er fortfuhr, benutzte er wieder die murmelnde Lautstärke, derer man sich bediente, wenn man bloß durch den dicken Vorhang von den anderen Hausbewohnern getrennt war. »Du sollst mir Söhne auf die Welt bringen. Je eher du damit anfängst, desto besser.«

Frygdis holte tief Luft. »Na ja. Das wird schon kommen. Und sonst nichts? Soll ich Segel nähen, deine Sachen flicken? Oder Korn mahlen? Ich habe das alles gelernt.« Sie konnte in seinen Bewegungen die Entrüstung sehen, als er sich aufsetzte.

»Du wirst dich unterstehen, Thraelsarbeit zu tun«, sagte er.

»Gut. Könnte ich weben?«

»Weben?« Olofs Ton wurde zunehmend gereizt. »Was willst du eigentlich von mir? Warum fängst du von diesem Weiberkram an? Weben! Ich nehme an, dass Weben in Ordnung wäre, oder nicht? Web, so viel du magst.«

»Ich brauche dazu Garn.«

»Unsere Frauen haben doch wohl Garn.«

»Sei nicht böse, Olof. Gebharde verwahrt das Garn. Sie entscheidet darüber.«

»Was willst du mir erzählen? Dass sie dir kein Garn abgeben? Geh und beschwer dich darüber bei Gebharde, nicht bei mir. Mit was für Albernheiten willst du mir als Nächstes kommen? Das ist nicht mein Bier.«

Frygdis fühlte viele ihrer Ahnungen bestätigt. Sie hatte in diesem kurzen Wortwechsel mit ihrem Gatten mehr herausgefunden, als Olof verstand. Das Ergebnis fiel nicht zu seinen Gunsten aus. Nur die unfreien Frauen woben auf Midbikhus, denn die anderen hatten wenig Lust dazu, obgleich Frygdis ihr Leben lang gelernt hatte, dass feines Spinnen und Weben zu den höchsten Tugenden einer guten Hausfrau gehörte. Gunda war es, die ohne Begeisterung Wolle und Garn zuteilte, damit wenigstens die notwendigsten Dinge hergestellt werden konnten. Olof hatte nicht die geringste Ahnung, wie der Haushalt geführt wurde, und würde sich damit frühestens befassen, wenn ihn selbst etwas störte.

Außerdem hatte er ihr soeben verdeutlicht, dass sie allein war. Er legte keinen Wert darauf, sich in ihr eine starke Gefährtin zu verschaffen. Ihre Hoffnung waren tatsächlich nur die Kinder, die sie ihm gebären würde. Die Kinder würden ihr nah sein und ihn ihr vielleicht näherbringen. Sie fragte sich, ob er mit anderen schon Kinder hatte. Mit Ortrud offenbar nicht. Schmeichelnd legte sie die Hand auf seinen Rücken und machte einen Versuch, ihn zu beschwichtigen. »Andere haben sicher schon Kinder von dir, oder?«, fragte sie. Doch er überraschte sie. Mit einem Ruck stand er auf, stieg in seine Hose und griff nach dem Wams. Weil er das schwache Licht des Feuers im Rücken hatte, konnte sie seinen Gesichtsausdruck nicht deuten. »Das muss dich wohl kaum kümmern«, sagte er mürrisch und verließ das Haus.

Er ging zu Ortrud, vermutete sie mit einem weiteren Stich der Wehmut und Enttäuschung im Herzen. Die kannte ihn besser und würde hochzufrieden darüber sein, dass er jetzt zu ihr kam, schon in der dritten Nacht mit seiner Ehefrau. Frygdis konnte sich vorstellen, dass sie ihn mit überfließender Freundlichkeit empfangen und ihm keinen Grund zum Ärger geben würde.

Dies war der Moment, in dem sie schließlich doch den Gedanken dachte, den sie sich von Beginn des Hochzeitsfestes an verboten hatte: Mit Havenar wäre es ganz anders gewesen. Sie seufzte tief und sah voraus, dass die Einsamkeit, die sie in ihrem Leben noch nie so schwer gefühlt hatte, ihr für lange Zeit bevorstand.

Der Bettvorhang bewegte sich, und das von schwarzem Haar und einem grauen Kopftuch gerahmte Gesicht ihrer Magd erschien. Auda war ein paar Jahre älter als sie selbst. Thorhild hatte darauf bestanden, dass sie sie mitnahm und als ihr persönliches Eigentum betrachtete. Jede Ehefrau brauche so eine Magd, hatte sie gesagt. Eine, der man im Laufe der Zeit nicht mehr alles erklären musste.

»Was ist denn?«, erkundigte Frygdis sich.

»Ich glaubte, du wünschst etwas, Herrin«, sagte Auda.

Frygdis schloss die Augen und lächelte. »Ja. Aber das kann ich nicht bekommen. Geh zu Bett.«

Auda blieb stehen und schien mit sich zu ringen. Frygdis fühlte ihre Anwesenheit. Sie machte die Augen wieder auf und stützte sich hoch. »Ist noch etwas?«

»Nur … Nein. Verzeihung.«

»Sag es schon.«

»Mit Geduld und Geschick wird man hier einiges erreichen können.«

Frygdis fand, dass Auda mitleidig klang. Im Grunde war das unverschämt, doch sie fühlte sich so hilflos und gefangen, dass sie für jeden Beistand dankbar war. »Hilf mir, wenn du kannst. Ich sehe nur dunkles Grau.«

»Zuerst besorgen wir deshalb das farbige Garn«, erwiderte Auda mit Schalk in der Stimme, und Frygdis war so entgeistert, weil eine Sklavin zugab, gelauscht zu haben, dass sie nicht entscheiden konnte, ob Lachen oder Schelten nottat.

Zur gleichen Zeit, als Frygdis mit Auda zur Seite das Ringen um eine erträgliche Stellung auf Midbikhus antrat, brachte Dirdra auf Gammelby Havenars vierten Sohn zur Welt. Havenar selbst war auf dem Rückweg von Haithabu mit Brunolf und Guntram bei Jarl Hunold eingekehrt. In Haithabu hatte er neben vielen Nachrichten und Gerüchten ein Mädchen gekauft, das ihm fast so gut gefiel wie Dirdra und dem er noch weit besser zu gefallen schien. Ihr Name war Gebke. Noch bevor sie nach Gammelby kamen, empfing sie sein Kind.

Eine weitere junge Frau handelte er seinem Onkel Hunold ab, weil sie, wie dieser sagte, Hände hatte, mit denen sie das Leben zurück in einen toten Mann kneten konnte. Obgleich ihm Trudes Leibesfülle, die ihre starken, wissenden Hände begleitete, zu viel des Guten war, brachte ein gewaltiger, in Hunolds Halle erworbener Rausch es zustande, dass auch sie die Heimreise mit seiner Saat im Leib und obendrein mit seiner Freundschaft antrat.

»Du bist mir einer«, sagte sie mit einem glucksenden Lachen, als er am Morgen mit schlecht verhohlenem Erstaunen in ihren Armen erwachte. »Wäre gerade eine Riesin zur Hand gewesen, hättest du wohl auch nicht Halt gemacht.«

»Du willst dich doch nicht mit einer Unholdin vergleichen. Dann würde es mir jetzt schlechter gehen.« Seine Stimme klang wie über Felsen gezogen.

»Es sollte mich wundern, wenn es dir gutginge.«

»Na ja, der Kopf. Ist er noch da, wo er sein sollte?«

»Beinah. Soll ich ihn dir ein bisschen zurechtrücken?«

»Sieh, was du tun kannst.«

Etliche Zeit verging, in der Havenar sich zuerst in seine Bestandteile zerlegt und später wieder zu einem einzigen warmen und besseren Ganzen zusammengefügt fühlte. Mit einer Frau zu liegen, brachte ihm nicht immer einen ebenso großen Genuss wie das Wirken von Trudes Händen. Er seufzte wohlig. »Wir müssen rasch aufbrechen, bevor sich Hunold erinnert, von was für einem Schatz er sich trennt.«

Trude lachte wieder glucksend. »Huch. Ein Schmeichler auch noch«, sagte sie und wurde rot, als Havenar sie mit Überschwang küsste.

»Ich würde es ihm nicht durchgehen lassen«, sagte Jarl Hunold zu seiner Gattin, als Havenar sich mit Brunolf, Guntram und den Frauen auf den Heimweg machte. »Ein paar lange Winter und schlechte Beute, und Havenar wird bei Hademut um Futter für seine Weibchen und ihre Brut betteln müssen.«

Sie schüttelte den Kopf. »Ich weiß nicht. Brunolf sagt, Havenar ist ein gerissener Wolf, was Beute angeht, und er ist geschickt im Handeln, wie du selbst weißt. Wer in seinem Boot mitfährt, hat es offensichtlich nicht zu bereuen.«

»Er muss noch beweisen, was er tun kann, wenn er seinen Bruder nicht zur Seite hat.«

»Brunolf traut ihm alles zu.«

»Brunolf hält seinen Freund für einen halben Gott.«

»Entsinnst du dich, wie Havenar auf dem Thing mit den Raben gesprochen hat?«

Hunold verzog ärgerlich das Gesicht, doch als seine Frau die Brauen hob und die Handflächen nach oben drehte, erinnerte er sich, dass auch er damals von dem Ereignis gebannt gewesen war, und er schluckte seine scharfe Bemerkung herunter. »Eigen ist er. Ich hoffe für meine Schwester, dass er auf sich aufpasst. Gerade die Lieblinge der Götter leben gefährlich.«

Eigen fand Havenar sich längst selbst. Was er wollte, tat er, und was er tat, gelang. Am Ende des Sommers nach dem Thing hatte er sein Vermögen verdoppelt. Es wunderte ihn immer wieder, wie wenig die Leute entlang der Küsten an ihrem Gut festhielten. Doch es war nicht alles Plündergut, was er mit den anderen heimbrachte. Vieles war das Ergebnis von Tausch oder vielfachem Tausch, der immer zu seinem Vorteil ausfiel.

Sein Haus war fast fertig, seine Söhne gediehen. Die Aufgabe, die sein Vater ihm gestellt hatte, reizte ihn zusehends, je mehr er in Erfahrung brachte. Das Auskundschaften von Geheimnissen machte ihm ebenso viel Freude wie sein Schwertarm.

Trotz allem trug er seit jenem Thing eine Hitze im Blut, die ihn nie ganz zufrieden sein ließ, und er ahnte, dass es nicht helfen würde, sein Haus mit Frauen zu füllen. Auch alle, mit ihren verschiedenen Tugenden zusammengenommen, vertrieben nicht die Erinnerung an die eine. Er konnte nicht verstehen, was mit ihm geschehen war. Monatelang hatte er sich gesträubt zu glauben, dass ein paar flüchtige Momente gereicht hatten, einen Teil von ihm an sie zu fesseln.

Und dann hatte er in Haithabu von dem Hochzeitsfest reden hören, das ihr Vater für sie und Olof ausgerichtet hatte. Es war kein Zufall, dass er nur eine Stunde später Gebke gekauft hatte. Auch kein Zufall war der mächtige Rausch, der ihn mit Trude auf die Bank geschickt hatte. Alles musste probiert werden, um nicht daran zu denken, wie Olof auf Frygdis schwitzte. In Gedanken hatte er sich hundert Mal gestraft, weil er bei seinem Vater nicht beharrlicher gewesen war, weil er nicht eigenmächtig gehandelt hatte. Er war fast sicher, dass Frygdis ihm entgegengekommen wäre, auch wenn es nicht wahrscheinlich war, dass sie sein hitziges Gefühl teilte. Die Erkenntnis, dass es für immer zu spät war, hasste er wie den Mann, der Rodegangs Tochter bekommen hatte.

Der Winter und die Pflanzzeit vergingen, und noch immer war Frygdis nicht schwanger. Im Mai reisten die Männer zum Thing, und gleich nach dem Thing sammelten sie ihre Mannschaften und segelten durch die Schley und über die Ostsee zu den guten

Jagd- und Handelsgründen im Norden oder durch die Eider und über die Nordsee, um mit oder ohne Verhandlung die Güter zu beschaffen, die Reichtum versprachen.

Frygdis war erleichtert, Olof, Halfdan und Magnus eine Weile fort zu wissen. Olof schien von Woche zu Woche missgelaunter zu werden, wenn er am Abend zu ihr kam. Sie brauchte nicht Audas Überblick über das Gesindegeschwätz, um zu wissen, wie viel Schuld das Ausbleiben ihrer Schwangerschaft daran trug. Halfdan und Magnus, der selbst kurz vor seiner Verheiratung stand, hatten nichts Wichtigeres zu tun, als schadenfroh alle paar Tage abzufragen, ob endlich ein Nachkomme erwartet wurde. Kein Tag verging, ohne dass Frygdis von jemandem daran erinnert wurde, Freya mit einem Opfer um ihre Gunst zu bitten. Die Leute hätten Frygdis gewiss Selbstzweifel eingeredet, wenn Auda sie nicht darüber aufgeklärt hätte, dass an Olofs Zeugungsfähigkeit schon lange gezweifelt wurde. »Weder die schniefnasige Ziege, die ihm hier den Bauch krault, noch das Kebsweib aus Silveid oder irgendein Mädchen von zwischendurch ist je in den Verdacht einer Schwangerschaft geraten«, sagte Auda.

»Du denkst wohl, das tröstet mich«, erwiderte Frygdis stirnrunzelnd. »Aber erstens darf ich gar nicht daran denken, wie traurig es wäre, kinderlos zu bleiben, und zweitens frage ich mich jetzt schon, wozu ich ihn dann jeden Abend in mein Bett lassen soll.«

»Es wäre wohl nicht der klügste Zug, ihm zu sagen, dass du es für sinnlos hältst, ihn dort zu empfangen«, meinte Auda.

»Das würde seine Laune nicht verbessern. Ich kann ihn ja fast verstehen. Es gibt hier wohl nicht einen Menschen, der nicht darüber nachdenkt, ob er …« Frygdis wurde rot.

»Ob er sein Gehänge nur zur Zierde trägt. Den Leuten sind Omen wichtig. Bringt er nicht mal einen Sohn zustande, wie soll er dann für sie sorgen? Dabei sollten sie sehen, dass sie daran nicht zweifeln müssen. Auf den Weiden gedeiht hier doch alles. So schönes Vieh habe ich in Northumbria nicht gesehen.«

»Olof wäre kein schlechter Jarl. Ich hoffe, dass alle sich irren und ich ihm einen Sohn geben kann.«

»Würde er sich nicht so oft an Ortrud Schniefnase vergeuden, wären die Aussichten bestimmt besser.«

Frygdis musste lachen. »Ich glaube wirklich, dass es ihn sehr anstrengt, gleichzeitig Ortrud zu gefallen und bei mir seine Pflicht zu tun. Meist kippt er um wie ein gefällter Baum, wenn er fertig ist.«

Auda schenkte ihr einen ihrer mitleidigen Blicke, für die Frygdis sie längst nicht mehr schalt. »Der Mann hat gar nichts darüber gelernt, wie er einer Frau gefallen kann. Bei Ortrud benimmt er sich kaum anders.«

»Was meinst du damit? Was soll er dabei lernen?«

»Es gibt Menschen, die es verstehen, ein beglückendes Spiel aus der Sache zu machen, das der Frau ebenso viel Vergnügen verschafft wie dem Mann.«

»Oh, ehrlich, ich bin ganz vergnügt, wenn es schnell vorbeigeht.«

Auda zuckte mit den Schultern. »Ich hab's einmal anders gekannt.«

»Wirklich? Mit wem war das?«

»Er lebt nicht mehr.«

Audas Worte führten in ein Schweigen. Noch wuchs das Vertrauen zwischen ihnen langsam, und sie wussten nicht, was zwischen Herrin und Dienerin möglich sein würde. Frygdis hatte nicht viele Geheimnisse vor Auda, doch Audas Geheimnisse waren das Einzige, was sie besaß, und Frygdis gestand ihr das Recht zu, mit diesem Besitz sparsam umzugehen. Sie hatte Zeit und Geduld genug, sich Audas Geschichte Stückchen für Stückchen zusammenzusetzen, obwohl sie neugierig darauf war.

Auda war klein und zierlich, hatte schwarzes Haar, fast schwarze Augen und eine scharfe, schmale Nase. Wäre ihre Haut weniger hell gewesen, hätte sie von Geburt eine Südländerin sein können. Sie hatte schon in verschiedenen Ländern gelebt, und irgendwo auf ihrem weiten Weg hatte sie einen ihrer oberen

Schneidezähne verloren, was sie jedoch nicht hässlich machte. In der Zahnlücke pflegte ihre Zunge zu spielen, bevor sie eine von ihren frechen Bemerkungen machte – die Sorte, die sie nur äußerte, wenn außer Frygdis niemand sie hören konnte, und die immer offener geworden waren, je weiter das Vertrauen zwischen ihnen wuchs.

Es war für Frygdis das größte Glück seit Verlassen ihres Elternhauses gewesen zu entdecken, was für einen scharfen Verstand ihre Magd besaß. Gemeinsam hatten sie es dahin gebracht, dass Frygdis die Weberei unter ihre Verantwortung bekam und eigene Schlüssel für die entsprechenden Truhen hatte, ohne dass die oberflächliche Höflichkeit zwischen den Frauen gestört wurde. So hatte Frygdis mit dem Beaufsichtigen des Spinnens, Färbens, der groben Webarbeiten und dem Anfertigen von zunehmend kunstvollen Bildwebereien eine Aufgabe, die ihr Freude machte und ihr gleichzeitig zu Ansehen verhalf, während Gebharde und Ortrud weiter darum rangelten, wer über die Gerichte des Abendessens und die Anschaffung von Waren bestimmen durfte.

Mangel an Wohlstand herrschte nicht auf Midbikhus, alles war gut ausgestattet. Es war einer von Olofs Vorzügen, dass er es verstand, mit vollen Händen von seinen Reisen heimzukehren, und auch Halfdan und Magnus steuerten das ihre bei. Für Frygdis war es daher nicht nötig gewesen, die Truhe auszupacken, die sie mit in ihre Ehe gebracht hatte. Sie hütete sie für den Tag, an dem sie vielleicht doch ein Kind oder einen eigenen Haushalt zu versorgen hatte.

Bevor die Männer aufbrachen, sah Frygdis ihnen dabei zu, wie sie mit ihren Waffen übten, ihre Muskeln dehnten und stählten, und sie wusste, dass sie stolz und dankbar dafür hätte sein sollen, dass sie einen starken und mächtigen Mann bekommen hatte. Mit dem Schwert war auf Midbikhus nur sein Onkel Halfdan ein ebenbürtiger Gegner für Olof.

Täglich stellte sie sich die Frage, ob sie zufrieden gewesen wäre, wenn … wenn ihr nicht in einem unachtsamen Moment ihr Herz entglitten wäre und Schaden genommen hätte. Zwar hatte sie es aufklauben können, doch wie neu würde es nie mehr sein.

In Frygdis' erstem Winter als Olofs Gattin brachte Magnus seine Frau Armgard heim und zog mit ihr zu Ortrud ins Haus. Olof flüchtete für Wochen nach Silveid zu seinem Vater, und Frygdis trat einen weiteren Schritt zurück von den anderen Frauen, als Armgard sich mit geblähtem Segel in den Kampf mit Ortrud und Gebharde stürzte. Nur bemüht um die Macht über die Verwendung des Vermögens, beachteten die drei Frauen Frygdis kaum. Zu alldem kam Armgard schon vier Wochen nach der Hochzeit mit der Nachricht heraus, dass sie ein Kind erwarte.

Als Olof am Ende des Winters, eine Weile nach Frygdis' sechzehntem Geburtstag, zurückkehrte, führte das Ganze zumindest dazu, dass er mehr Zeit bei ihr verbrachte als bei Ortrud, weil er nicht mit Magnus und Armgard, die keinen Hehl aus ihrer Genugtuung machten, in einem Raum sein mochte.

»Du hast ja hier eine neue große Narbe«, stellte Frygdis eines Morgens fest, als er mit nacktem Oberkörper am Feuer saß. Draußen war es noch nicht ganz hell, und nur Gunda und eine Magd, die im Grützetopf rührte, waren außer ihnen im Haus schon auf. Gunda saß mit dem Rücken zu ihnen, das dunkle Haar noch im losen Zopf, und spann schweigend.

»Ein Pfeil von einem von Hunolds Mistwühlern. Schlecht gezielt, meiner von vorher saß besser. Das Fischen vor unserer Tür haben wir ihnen ausgetrieben, sollte ich meinen.«

Unwillkürlich strich Frygdis über die frisch verheilte Wunde an seinem Oberarm. »Hast du ihn getötet?«

»Schwer zu sagen. Sie hatten ein gutes Boot und waren schnell fort. Aber der Pfeil hat in ihm gesteckt, wo er Schaden anrichtet. Wenn ich richtig gesehen habe, war es der jüngste von Hunolds Söhnen.«

»Einer von seinen Söhnen? Und hast du nicht Angst, dass Hunold etwas dafür zurückfordert?«

»Soll er nur kommen, auf dem Thing. Der Streit ist lange fällig. Bis heute hat er nicht begriffen, dass das Land entlang der Schley bis zur Mitte auf beiden Seiten uns gehört.«

In Gedanken versunken, ließ Frygdis die Hand auf seinem Arm liegen. Es riss sie unsanft in die Wirklichkeit zurück, als er nach ihr griff und sie auf seinen Schoß zog. Seine Hand fuhr unter ihrem Kleid ihren Schenkel empor und umfasste ihre Hinterbacke, bevor sie die stumme Feststellung, dass auch seine Finger etwas zu dick waren, zu Ende treffen konnte. Verblüfft lächelte sie ihn an. »Was ist denn auf einmal?«

»Man wird nicht recht schlau aus dir«, sagte er, »aber du sollst wissen, dass du mir eigentlich gut gefällst. Bist ein richtiges Prachtweib geworden übers Jahr. Was hältst du davon, mit mir noch eine Weile zurück unter die Decken zu gehen?«

»Wenn dir danach ist«, erwiderte sie belustigt.

»Mir ist danach«, sagte er und trug sie mit Leichtigkeit zu ihrem Schlafplatz auf der breiten Bank.

Als Frygdis eine Woche vor dem Thing von Olof die Zusage bekam, dass sie ihn diesmal dorthin begleiten durfte, um ihre Eltern und ihre Tante zu sehen, hatte sie bereits den Verdacht, dass sie schwanger sein könnte, und bei der Abreise war sie fast sicher. Nur Auda kannte diesen Grund für Frygdis' Frohsinn beim Aufbruch.

Die Heiterkeit hielt gerade bis zur Ankunft. Nicht genug, dass die Spannung über dem Thing ärger zu spüren war als je zuvor, und Olof ihr schon beim Aufstellen der Zelte zu verstehen gab, dass er es bereute, sie mitgenommen zu haben. Hinzu kam, dass ihr Vater sie mit Eiseskälte empfing und ihr weder einen Grund dafür nannte noch Antwort auf ihre Frage nach Thorhild gab. Erst ihre Tante Eldrid klärte sie darüber auf, dass ihre Mutter sich nach siebzehn Ehejahren einen Monat zuvor von Rodegang losgesagt hatte und zur Sippe ihres Vaters nach Norwegen zurückgekehrt war.

»Ich hatte keine Ahnung«, sagte Frygdis, bis ins Mark erschüttert.

»Dein Vater auch nicht«, gab Eldrid mit kühlem Nicken zurück. »Du sprichst besser nicht mehr über sie. Er war sehr wütend.«

Schon auf dem Rückweg von ihrer Tante zu Olofs Zelt begegnete sie dann Havenar. Da jedoch nicht mehr der vertraute Giso sie begleitete, sondern einer von Thorolfs Männern, wagte sie bloß, ihn im Vorübergehen anzusehen. Zu ihrer widersinnigen Freude kam sein Schritt ins Stocken, als ihre Blicke sich trafen, und als sie sich gespielt unbeteiligt über die Schulter umsah, stand er still und sah zu Boden, dahin, wo sie gerade gegangen war.

Zurück im Zelt wusste sie, warum sie wirklich mit nach Langsee gewollt hatte, und sie ahnte, wie groß der Fehler war, den sie damit begangen hatte. Hätte sie gekonnt, sie hätte es rückgängig gemacht, wäre auf Midbikhus geblieben und hätte die wachsende Staubschicht gepflegt, die sich dämpfend auf ihr unerwünschtes Gefühl für Havenar Hademutsson gelegt hatte. Nun saß sie im Zelt ihres Gatten, sehr wahrscheinlich mit dessen lang erwünschtem Kind im Leib, und schrie innerlich vor Sehnsucht nach einem Wort von dem anderen. Keine Spur mehr von Staub. Frisch und glänzend lag das rätselhafte, gefährliche Gefühl da.

Doch es gab keine Möglichkeit für sie. Olof würde Havenars Gesellschaft nicht suchen, und er würde Anstoß daran nehmen, wenn sie es tat. Havenar selbst würde es zumindest merkwürdig finden, wenn sie als verheiratete Frau versuchte, an eine Unterhaltung anzuknüpfen, die sie als dummes Mädchen mit ihm geführt hatte. Falls er sich überhaupt noch daran erinnerte. Zwei Jahre waren eine lange Zeit.

All ihre klugen Einsichten halfen nichts, ihre Unruhe trieb sie bald wieder aus dem Zelt. Olof war mit seinem Vater und seinen Onkeln im Lager ihres Freundes und Nachbarn Guttorm. Dorthin zog es sie nicht, daher ging sie mit ihrem Begleiter an der Längsseite des vorderen Wettkampfplatzes entlang, ihre Sinne nervös gespannt wie die eines Wildtieres. Auf dem Platz rangen zwei Gruppen um einen Lämmerbalg, genau wie vor zwei Jahren. Doch die Feindseligkeit zwischen den Gegnern war kaum im Zaum zu halten. Frygdis hatte die Ecke des Platzes fast erreicht, als ihr Begleiter stehen blieb und zurückblickte. Aslak war ein freier Mann und vielleicht deshalb kein so tadelloser Schatten wie Giso. Es lag Frygdis nichts daran, sich mit ihm auseinanderzusetzen, also blieb sie ebenfalls stehen.

»Wer ist auf dem Feld?«, erkundigte sie sich.

»Horichs und …«, setzte Aslak an.

»Reiß ihm die Zunge raus!«, brüllte ein Mann hinter Frygdis und drängte sich an ihr vorbei zur Abgrenzung.

»Dem sind beide Augen im Kopf verfault«, schrie ein anderer.

»Recht hat er, Recht hat er«, brüllten Männer auf der anderen Seite des Platzes dagegen.

Erst jetzt fiel Frygdis auf, wie viel weniger Frauen und Kinder auf dem Gelände zu sehen waren als in den Vorjahren, und sie schalt sich noch einmal eine Närrin. »Aslak«, sagte sie bittend, und in diesem Moment ging auf dem Spielfeld die Schlägerei los. Binnen Kurzem strömten von allen Seiten weitere Teilnehmer aufs Feld, während eine dritte Partei versuchte, alle davon abzuhalten, die Waffen zu ziehen.

»Verrecken sollen sie«, murmelte Aslak und spuckte verächtlich auf den Boden, besann sich dann aber mit sichtlichem Bedauern auf seinen Auftrag und ging mit ihr weiter.

Frygdis wollte nur aus der nahen Umgebung der Schlägerei fort, fand sich jedoch auf einmal an den gleichen beiden Buden wieder, wo sie bei ihrem letzten Besuch auf Langsee schon einmal gewartet hatte, und bemerkte ihren Hunger. »Es ist noch eine Weile, bis wir Abendessen bekommen«, sagte sie. »Willst du uns etwas kaufen, Aslak?«

Aslak ließ sich von ihr schulterzuckend das Silber geben und stellte sich zu den Wartenden, wo er ein Gespräch mit einem anderen Mann begann.

Frygdis wandte sich dem Tisch des Bäckers zu und sah sich dessen Honigkuchentiere an, die möglicherweise noch schlechter zu erkennen waren als beim letzten Mal. Etwas in ihr spürte, dass Havenar da war, bevor er an ihr vorbei an den Bäckertisch trat und zwei von den Tieren kaufte. Mit größter Selbstsicherheit drehte er sich um und reichte ihr eines davon. »Am Ende war es vielleicht nur ein Schwein mit missglückten Ohren«, sagte er und biss in sein Stück.

»Wenn es eine Ratte mit Flügeln gewesen wäre, hätte es seinen Zweck auch erfüllt«, erwiderte Frygdis mit immer schneller schlagendem Herz. Doch er lächelte nicht, sondern sah sie nur so fest an, dass ihr unsinnigerweise wieder die Tränen in die Augen stiegen.

»Beiß mal hinein, vielleicht hilft es diesmal wieder.«

»Havenar …«

»Deine Ehe scheint dir gut zu bekommen.«

Es lag eine leise Bitterkeit in seinem Ton, die sie verwirrte, sie zog unwillig die Brauen zusammen. »Und dir deine Freiheit. Oder hast du sie nicht mehr?«

»Ich hab sie noch, mein Vater hat mich aufgegeben. Hast du schon ein Kind?«

»Warum fragst du mich das?«

»Weißt du nicht, wie viele sich das fragen?«

»Doch. Aber warum du?«

Havenar hing an ihren meerblauen Augen. Als sie zum ersten Mal mit dem *Kielvogel* aufs Meer hinausgefahren waren, hatten Vitgeir und Wolfger im Übermut probiert, wer von ihnen auf dem Boden der wogenreitenden Schnigge länger im Handstand bleiben konnte. Wolfger gewann. »Was ist mit dir, Kleiner? Kannst du's auch?«, hatte ihn Wolfger angestachelt.

»Auf der Reling, Wolf«, hatte er lachend gemeint, ohne zu erwarten, dass sein Bruder darauf bestehen würde.

»Verdammt sollst du sein. Zeig!«, sagte Wolfger in einem Ton, der neu war und ihn wütend gemacht hatte, sodass er sich sofort das Wams und die Stiefel auszog.

»Wenn ihr mich zum Ufer zurückschwimmen lasst, schlage ich euch anschließend die Nasen blutig«, sagte er, bevor er dicht beim Steven die Hände auf die Reling legte und stand. Die See war ihm so freundlich gesonnen, dass er länger stand als die anderen, bevor er schließlich von Bord kippte.

Havenar wusste, was ihm diese Erinnerung so deutlich zurückrief, während er Frygdis gegenüberstand. Er fühlte gerade das Gleiche, was er damals gefühlt hatte, als er kopfüber auf der Reling stand und wusste, er würde jeden Moment ins eiskalte Wasser fallen, aber die Sache war es wert. »Ich habe nicht wirklich gefragt. Ich weiß, dass du keins hast. Es tut mir leid, ich sollte höflicher sein.«

»Das solltest du.«

»Aber es lässt mir keine Ruhe. Bist du zufrieden in Thorolfs Sippe?«

»Man ist doch wohl besser mit dem zufrieden, was man hat.«

»Das sage ich mir seit langer Zeit. Es hilft nicht.«

»Nun, wenn du so ehrlich bist, bitte. Mir hilft es auch nicht.«

»Weißt du, wie schön du bist?«

»Weißt du, wie unverschämt du bist?«

»Und leichtsinnig obendrein. Käme jetzt dein Mann vorbei, wüsste später keiner mehr, ob ich ihm den Schädel aus guten Gründen eingeschlagen habe oder nur, weil ich hinter seiner Gattin her bin. Hat er dir erzählt, dass er meinen kleinen Bruder angeschossen hat?«

Frygdis wurde bleich. »Das war dein Bruder? Keiner von Hunolds …?«

»Nein. Es ist Ingvar. Er weiß noch nicht, ob er seinen Arm wieder so wird benutzen können wie früher.«

»Aber er ist nicht tot.«

»Lebendig und wütend. Dabei ist unser Kleiner sonst ein stilles Wasser. Ist die Schramme von deinem Mann schön verheilt?«

Seine Bitterkeit wurde offener, und Frygdis fühlte sich allmählich nicht mehr wohl mit ihm. Sie wandte sich ab und sah zu Aslak, der gerade die Fleischspieße gereicht bekam. »Du forderst mehr als eine Schramme heraus«, sagte sie.

»Ja. Und es gibt nichts zu gewinnen dabei. Es sei denn, du bist die Tochter deiner Mutter.«

Frygdis fuhr herum und starrte ihn aufgebracht an. »Sollen dich doch die Wölfe fressen, Hademutsson! Warum weißt du eigentlich über alles so genau Bescheid? Du musst Schlangenohren haben.«

»Du hast deinen Scharfsinn behalten, und nun entschuldige. Sei vorsichtiger, dein Beschützer taugt nichts.«

Frygdis sah sich wieder zu Aslak um, der beide Hände voll Bratspieße hatte und sich mit jemandem stritt, der ihn dem Anschein nach angerempelt hatte. Seufzend drehte sie sich zurück, doch Havenar war so spurlos verschwunden, dass sie ihn nicht mehr entdeckte, obwohl sie sich zu ihrer eigenen Scham einmal um sich selbst drehte, um ihn zu suchen. Der Schmerz hätte kaum schlimmer sein können, wenn sie mit nackten Knien auf Felsen gefallen wäre.

Neben der Streiterei, in die Aslak verwickelt war, stritten sich noch zwei Männer, und um diese bildeten sich Fronten. Es lief Frygdis kalt über den Rücken. Was hatte sie nur hierhergetrieben? Mit raschen Schritten ging sie zu der wachsenden Menschenansammlung.

»Wir gehen zurück«, sagte sie scharf und durchbohrte Aslak mit einem zornigen Blick. »Und gib mir das.« Sie nahm ihm das Essen ab. »Oder soll ich dein Schwert tragen?«

Das erinnerte Aslak abermals wirksam an seine Aufgabe, verbesserte jedoch nicht seine Laune. »Wollte *ich* Fleischspieße?«, murmelte er mürrisch.

Frygdis erwiderte nichts, sondern beeilte sich, zu Olofs Zelt zu kommen, bevor sie in die Nähe einer weiteren Keilerei geriet. Mit dem festen Vorsatz, sich von dort nirgendwo anders mehr hinzubewegen als zum Haus ihrer Tante, mit der sie die Stunden des nächsten Tages verbringen wollte, während derer die Männer bei der Versammlung waren, kam sie zurück in Thorolfs Lager.

Olof war zufrieden über ihren Plan und lobte sie für ihre Vernunft. Im Laufe des Abends, während sie an seiner Seite in der Nähe des Feuers zwischen den Zelten stand, bemerkte sie, dass er ohnehin eine ausgeprägte Zuvorkommenheit ihr gegenüber bewies. Zum ersten Mal behandelte er sie wie eine erwachsene Frau, die Frau eines zukünftigen Jarls. Zuerst war sie angenehm berührt, dann fing sie an, sich unwohl dabei zu fühlen, und fragte sich, woran das lag. Je betrunkener alle wurden, desto deutlicher trat die Erklärung hervor. Olof hatte ein übergroßes Vergnügen daran entdeckt, sie vorzuzeigen. Er trug sie mit der gleichen prahlerischen Genugtuung wie seine schwere neue Goldfibel am Mantel und schien sich über einen Mangel an Anerkennung nicht beklagen zu können. Das schmeichelte ihr zwar, doch es war fern von der echten Achtung, über die sie sich gefreut hätte. Als sie zu Bett ging, war Olof gerade noch nüchtern genug, um eine Wache vor ihr Zelt zu stellen.

Havenar durfte sich in jener Nacht keinen den Göttern wohlgefälligen Rausch gestatten, denn die Gelegenheit, Dinge in Erfahrung zu bringen, war zu günstig. Er machte an dem einen Abend freundschaftliche Besuche in den Lagern aller Jarle, zu denen Hademut keine offene Feindschaft pflegte. Als er sich anschließend mit Guntram zusammen im schwachen Licht halb erloschener Feuer seinen Pfad zwischen denen hindurch suchte, deren wohlgefälliger Rausch sie schnarchend an den Boden genagelt hatte, gab es nur noch wenig, was man über die Geheimnisse der Sippen nicht von ihm hätte erfahren können.

Sein Vater drehte sich von einer auf die andere Seite, als Havenar ins Zelt kam. Hademut schlief allein, denn sie hatten aus gutem Grund alle Frauen in Gammelby zurückgelassen. Havenar fragte sich, wie Olof so ein Narr sein konnte, seine Frau mitzubringen. Selbst der letzte Bauer musste ahnen, wie nah am Blutvergießen dieses Thing stattfand. Wenigstens hätte er sie im Haus ihrer Tante hinter den Pfahlzäunen unterbringen sollen, statt sie bei sich im Zelt zu behalten. Bei sich im Zelt. Zornig schleuderte Havenar seinen Mantel zu Boden und die Fibel in seinen Fellsack. Nur von den Stiefeln trennte er sich noch, und seine Waffen legte er dicht an seine Seite, dann warf er sich auf sein Lager und legte sich den Arm über die Augen.

Sie war so sehr gereift. Jeder Rest von kindlichem Ungelenk hatte sich verloren. Ihm stand vor Augen, wie ihr zurückgeworfener Mantel ihren vollkommenen, weißen Oberarm gezeigt hatte. Sie war nicht schöner als seine Frauen, sagte er sich fest, aber es half nichts. Sie traf ihn wie Thors Hammer. Einer der Götter musste seinen Spaß daran haben, wie sein Bann ihn verwirrte und zur Unvernunft trieb.

Hademut drehte sich noch einmal auf dem Lager und hustete. »Wie ist dein Fischen gegangen, Havenar?«, erkundigte er sich mit gedämpfter Stimme.

»Gut. Die Frage, wohin mit dem Fang, wird uns noch Kopfzerbrechen bereiten.«

»Uns?«, fragte Hademut belustigt.

»Ja. Du überlegst, wie du deine Bauern schützt, und ich, wo ich für die nächsten Jahre mein Silber vergrabe und die Frauen verstecke. Und jetzt lass mich schlafen, wenn du nur Streit suchst. Ich war heute schon mehr als geduldig.«

Hademut brummte missbilligend. »Dein Mundwerk wird täglich größer. Bedauerlich, dass ich dich nicht mehr verdreschen kann.«

»Du könntest, wenn du wolltest. Ich würde doch nicht meinen alternden Vater verletzen.«

Sein Vater lachte heiser auf. »Hoffentlich erlebe ich noch, wie Bjarne das zu dir sagt, du Großmaul. Schlaf gut, Sohn.«

»Schlaf gut, Jarl.« Havenar lächelte. Es war noch nicht lange her, da hatte er zum ersten Mal Erik mit dem Schwert besiegt. Der Sieg war so knapp gewesen, dass es Havenar nicht triumphal vorgekommen war, und sein Onkel hatte ihm nicht anders als sonst auf den Rücken geschlagen. »Wollen wir baden?« Kein Unterschied zu früher. Doch auf dem Weg ins Badehaus hatte er ihn überrascht. »Heute Abend werde ich mich ohne Maß betrinken«, sagte Erik. »Dies ist der Tag, den ich seit zwei Jahren gefürchtet habe.«

»Was ist so schlimm?«, fragte Havenar verblüfft.

Erik lachte. »Man muss wohl älter sein, um das zu verstehen. Ich bin nicht mehr der Beste, Junge. Wäre ich nicht so stolz auf dich, müsste ich vor Jammer heulen. Bald wirst du schützend vor dem Jarl stehen, wenn es ernst wird, und nicht mehr ich. Noch dazu hast du ein Haus voll schöner Frauen und sechs Söhne. Die Götter selbst müssten neidisch sein, aber sie scheinen dich zu lieben. Sag mir, warum ich es nicht dahin gebracht habe.«

»Dein Vater war wohl nicht so gutmütig wie meiner«, sagte Havenar, woraufhin Erik wieder lachte.

»Und das noch dazu. Du bist der einzige Mensch auf dieser Welt, der Jarl Hademut gutmütig nennt.«

»Aber er ist es«, beharrte Havenar. »Ich selbst würde mir an seiner Stelle nie durchgehen lassen, was ich tu'.«

Erik hatte ihm noch einmal auf den Rücken geschlagen, und sein Lachen dröhnte so, dass sich die Knechte am Stall verwundert zu ihnen umgesehen hatten.

So war es, dachte Havenar beim Einschlafen. Wäre er stets so vernünftig, wie er sein könnte, würde er sich vieles nicht gestatten. Doch sein Kopf war ein eigensinniges Ding. Kam ein Gedanke daher, der ihn ansprach, dann setzte er sich fest, brannte und juckte, bis ihm nachgegangen war. Stur nannte sein Vater das, wenn ihm selbst der Gedanke nicht auch gefiel; unnachgiebig und stark, wenn er ihn ebenso ansprach. Der Wunsch, der zurzeit geradezu ein Loch in seinen Verstand brannte, würde Hademut nicht gefallen. Er gefiel ihm selbst nicht. Ehebruch hieß der Wunsch, und er sollte ihn schnellstens vergessen. Er selbst konnte nicht einmal die Vorstellung ertragen, seine Kebsen zu teilen – bei seiner Ehefrau würde er Blut sehen wollen. Es war ein Glück, dass es in der Wirklichkeit keinen Raum und keine Zeit gab, in denen diesmal aus seinem verhängnisvollen Wunsch mehr werden konnte als nur Gedanken.

In den ruhigen Stunden, die Frygdis am folgenden Tag mit ihrer Tante Eldrid verbrachte, bemerkte sie zum ersten Mal den Schmerz, den das plötzliche Verschwinden ihrer Mutter ihr zugefügt hatte. Ihr Vater wollte ihr Thorhilds überraschenden Schritt nicht erklären, und sonst gab es niemanden, der es gekonnt hätte, außer ihrer Mutter selbst. Doch diese hatte ihr keinerlei Botschaft zukommen lassen. Dabei wäre ihr wichtiger denn je gewesen zu erfahren, was Zufriedenheit oder Unzufriedenheit an der Seite eines Mannes ausmachte. Sie wollte wissen, ob Thorhild für Rodegang ähnlich empfunden hatte wie sie für Olof, oder ganz anders. Sie erinnerte sich an Thorhilds Ausweichen, wenn sie in der Vergangenheit derartige Fragen gestellt hatte. Wie unzufrieden musste eine Frau sein, um sich von einem Ehemann trennen zu dürfen? Was hatte ihre Mutter ihrem Vater und den Zeugen für Gründe genannt, als sie sich von ihm lossagte? Vor dem Gesetz würde reichen, dass er mit ihr nicht mehr als ein Kind gezeugt hatte, doch Frygdis hatte sie nie ein Wort der Beschwerde darüber verlieren hören.

»Eldrid, war Blidmunt wütend, als die Zeit verging, ohne dass ihr Kinder bekamt?«

Ihre Tante hob den Blick von dem großen Stickteppich, an dem sie beide saßen, und sah sie erstaunt an. »Ist Olof etwa wütend, dass ihr noch keins erwartet? Er sollte es besser wissen.«

»Nein, nein. Das heißt … Er ist schon wütend, aber ich glaube nicht …«

»Nun, ihr seid beide noch jung, und bei manchen dauert es eben länger. Bei uns war es ganz anders. Blidmunt wusste, dass er keine Kinder zeugen wird, und er hat es mir vor der Hochzeit gesagt, um mir die Entscheidung zu überlassen. Er hatte als Junge eine höllische Verletzung, die … seine Männlichkeit in dieser Hinsicht eingeschränkt hat, wenn auch nicht in anderer. Nun …« Ihre Tante musste lachen. »Ich habe damals eine Woche darüber nachgedacht und ihn dann doch genommen.«

»Hast du es je bereut?«

»Oh ja. Betrauert. Betrauert, dass ich keine Kinder auf die Welt bringen konnte, aber nie, dass ich Blidmunt genommen habe. Er ist ein sehr guter Mann.«

»Und ein geachteter Jarl, obwohl er keinen leiblichen Erben

hat. Ich will nicht schlecht über meinen Bruder sprechen, aber ich bezweifle, dass Nandolf ein ebenso guter Jarl wird.«

»Männer kommen nicht weise auf die Welt, Frygdis. Nandolf hat noch Zeit zum Lernen. Wann hast du ihn zuletzt gesehen?«

»Auf meiner Hochzeit. So wie Momme und Einar. Sie halten nicht viel vom Besuchemachen. Sind wohl auch zu beschäftigt.«

»Aber sie sind alle drei auf dem Thing. Gestern Abend waren sie hier in der Halle.«

»Ich hielt es für vernünftiger, bei Olof zu bleiben.«

»Ich hielte es dagegen für weit angenehmer, wenn du bis morgen früh hier bei mir bliebest.«

»Das wäre Olof nicht recht.«

»Ihr müsst es wissen.«

Zur Mittagszeit sah Frygdis ihre Brüder dann doch. Momme und Nandolf, ihre Halbbrüder von Rodegangs erster Frau, die Blidmunts Schwester gewesen war, begrüßten sie auf dem Hof, tätschelten ihr den Kopf, als wäre sie ein kleines Mädchen, obwohl sie selbst nicht viel älter waren, und gingen zum Essen in die Halle.

Einar, ein Sohn derselben Mutter, aber nicht von Rodegang, verweilte länger bei ihr. Er war als ihr Ziehbruder aufgewachsen und ganze acht Jahre älter als sie. »Behandelt er dich gut?«, fragte er mit einem Ernst, der Frygdis beunruhigte. Einar war der, der mit ihr Segeln gefahren und auch sonst häufig auf ihre Wünsche eingegangen war. Als einziger Mann ihrer Familie war er dunkelhaarig, trug nur einen Oberlippenbart und fiel durch seine hochgewachsene, schlanke Gestalt auf. Frygdis nahm an, dass die Mädchen sich nach ihm umsahen.

»Sehe ich denn nicht so aus?«, meinte sie scherzend.

»Wenn er dich schlecht behandelt, bringe ich ihn um.«

»Einar!« Frygdis sah ihn entgeistert an. »Wie kommst du darauf, dass … Natürlich behandelt er mich gut. Mir fehlt nichts.«

»Ich wollte nicht, dass du ihn nimmst, mehr will ich nicht sagen. Nur …« Er trat näher zu ihr und griff nach ihrer Hand. »Du bist so schön geworden, wie ich immer gedacht habe. Wenn er dir nicht die Achtung entgegenbringt, die du verdienst, dann … Wenn du … Solltest du eines Tages das Gleiche tun wollen, was deine Mutter getan hat, solltest du wissen … Frygdis …« Er sah von ihr fort und atmete tief durch. »Ich bin ein … Du bist meine Schwester, und ich wünsche dir Heil. Mehr ist es nicht.«

Damit drückte er ihre Hand, ließ sie dann los und ging den anderen nach in die Halle. Frygdis war so verblüfft, dass ihr mit der unausgesprochenen Erwiderung der Mund offen stehen blieb.

Es vergingen noch Stunden, bis Aslak mit der Nachricht kam, dass die Versammlung beendet sei und er Frygdis zurückbegleiten solle. Obwohl das Zusammentreffen mit ihrem Vater kühl gewesen war, musste und wollte Frygdis ihn noch einmal sehen, um sich zu verabschieden. Weil sie glaubte, dass sich sonst vielleicht keine Gelegenheit mehr dazu bieten würde, ging sie mit Aslak zuerst zum Gästehaus. Nur die Knechte waren dort, und als nach geraumer Zeit endlich ihr Vater eintraf, war er in einem Zustand, in dem sie ihn nie zuvor erlebt hatte. Gehetzt stürzte er mit Einar auf den Fersen ins Haus und begann zu packen, bevor er sie auf der Bank wahrgenommen hatte.

»Ich wollte mich verabschieden, Vater«, sagte sie.

Überrascht hielt er inne und starrte sie an. »Was machst du noch hier? Ich dachte, du hättest Verstand. Du da, bring sie zurück. Schleunigst!«

»Ich kann sie bringen«, wandte Einar ein, während Aslak, missmutig wegen der unhöflichen Ansprache, zu Frygdis trat.

»Unsinn, ich brauche dich hier. Nun geht schon! Mach, dass du zu deinem Mann zurückkommst, Mädchen. Und rühr dich da nicht mehr weg.«

»Was ist denn?«, wollte Frygdis wissen.

»Ich habe keine Zeit, geh!«

Voll übler Ahnungen machte sie sich dicht an Aslaks Seite auf den Rückweg zu Thorolfs Lager. Über dem Thingplatz lag eine Schwüle, die ihr die Luft abdrückte. Es war nicht nur Gewitterluft. Hier und da sah man in der fallenden Dunkelheit Männer hetzen, eilig packen, in unachtsamer Hast Zelte abbrechen. Die Pfahlzäune von Blidmunts Hof waren noch nicht außer Sicht, als plötzlich Wutgebrüll und Geklirr von allen Seiten zu kommen schien. Erschrocken blieb Frygdis stehen, als sie bei den Wettkampfplätzen Metall blitzen sah. »Zurück«, sagte sie und wandte sich dem Hof zu, nur um zu sehen, wie das Tor in der Palisade geschlossen wurde. »Oh, verfluchte Dummheit«, stöhnte sie. »Also weiter, aber schnell.«

Was Aslak an Klugheit fehlte, machten die Sinne des Kriegers wett. Er erfasste die Lage und hielt sich mit dem Schwert in der Hand bei ihr, als sie losrannte. Sie kamen nicht sehr weit, bevor sie gestellt wurden. Es waren zwei Männer mit gezogenen Waffen, Frygdis hatte keine Ahnung, zu wem sie gehörten. Sie wusste, dass es ohnehin gleichgültig war. In wessen Hände sie auch geriet, das vorläufige Ergebnis in dem entfesselten Durcheinander würde dasselbe sein.

»Zurück«, schrie nun Aslak, und das war das Letzte, was er in seinem Leben sagte. Frygdis rannte zurück in Richtung Rodegangs Gästehaus, aber die Angreifer holten sie nach wenigen Metern ein und zerrten sie mit sich. Sie überhäufte die beiden mit Fluchwörtern, während sie versuchte, sich zu wehren. Schon fast in einem fremden Zelt, entdeckte sie das Gesicht eines Mannes von Thorolfs Nachbarn Guttorm. »He da, Hilfe!«, rief sie schrill, und tatsächlich entledigte sich der Mann seines Gegners und kam mit einem zweiten, den sie nicht kannte, zu ihrer Rettung. Guttorms Männer entrissen sie den Unbekannten, und wieder wurde sie gezerrt, diesmal in die Richtung von Thorolfs Lager.

Noch nicht ein Viertel des Weges hatten sie geschafft, als sie von drei anderen aufgehalten wurden. Stahl kreischte auf Stahl, sie prallte auf raues Schildholz, Stoff riss, Fingernägel bissen in ihre Haut, sie wurde gestoßen, wieder gezerrt, die Männer brüllten und johlten überall um sie herum, einer schrie vor Schmerz. Frygdis glaubte, ihr würde der Schädel platzen. Unverhofft von Männerhänden befreit, rannte sie erneut. Hinter ihr kamen wieder schwere Schritte, und nun hätte sie haltlos geschrien, wenn sie dazu noch Luft gehabt hätte. Es waren mindestens drei, sie kamen näher, und Thorolfs Lager war unerreichbar fern. Etwas zur Seite sah sie Blidmunts Schäferhütte. Flüchtig stellte sie sich die sinnlose Frage, ob die Tür einen Riegel hatte. Sinnlos, weil sie es nicht einmal bis dorthin schaffen würde. Hinter sich hörte sie wieder Kampfgeheul, und es hatte einen Klang, der ihr das Blut in den Adern gefrieren ließ. Sie wollte schneller laufen, aber ihre Beine versagten ihr den Gehorsam. Die Hütte in erreichbarer Nähe, hörte sie einen, dann zwei Männer dicht hinter sich, und nun packte sie eine Angst, die ihr Herz zu zerquetschen und ihren Verstand zu töten drohte.

Havenar hatte im Dämmerlicht gesehen, wie zwei Männer eine Frau mit sich schleiften, die Frygdis sein konnte, war aber zu beschäftigt damit gewesen, seine eigene Haut zu verteidigen. Als er die Hände frei hatte, hatte er die Frau aus den Augen verloren, und als er sie wiederfand, musste er rennen, um schneller bei ihr zu sein als die anderen vier. Der erste hatte seinen Schwertknauf an der Schläfe, bevor er begriffen hatte, der nächste sah ihn und starb, doch die letzten beiden wandten sich ernstlich gegen ihn. Es waren zwei von Horichs Norwegern, was ihn noch wütender machte, sodass er brüllte, worauf sie antworteten. Beide waren keine Gegner für ihn, und als sie es merkten, floh der eine und stürzte der Frau nach, während dem anderen nichts übrigblieb, als standzuhalten. Einen Augenblick später konnte Havenar dem Letzten nachsetzen, und als die Frau sich ein paar Schritte von der Schäferhütte entfernt umdrehte, um mit angstgeweiteten Augen ihren Verfolger abzuwehren, währte dessen Leben nur noch einen Wimpernschlag lang.

Grob nahm Havenar Frygdis am Arm und stieß sie in die Hütte, deren Tür er nach einem hastigen letzten Blick auf die Lage von innen verriegelte. »Der Göttin Spinnrocken! Kannst du nicht im Haus bleiben, Frygdis Thorhildsdottir?«, sagte er zornbebend.

Erst jetzt erkannte Frygdis ihn und sank in die Knie. »Der Göttin Webstuhl, Havenar Hademutsson, ich habe mir noch nie so sehr ein Haus gewünscht wie gerade eben.«

Havenar musste wider Willen vor Erleichterung lächeln, doch sie konnte es nicht sehen, es war finster in der Hütte. »Es wissen die Götter, ich hatte schon eine schlechte Meinung von deinem Mann – aber er muss zu allem so blöd sein, dass er ersäuft gehört! Wie kann er dich hier herumlaufen lassen? Wäre ich an seiner Stelle, ich hätte … ich hätte dich gar nicht hergebracht.«

»Ich hätte selbst klüger sein müssen. Was ist denn passiert?«, fragte Frygdis und stellte sich zitternd wieder auf die Füße.

»Ein Fall nach dem anderen ging ohne Einigung aus, und alle wurden heiß. Übrigens ging unsere Sache gegen deinen Gatten ebenfalls ohne Einigung aus. Ich war gerade so gut wie unterwegs, um deutlicher zu verhandeln. Olof hat uns ein paar Namen gegeben, die man uns nicht geben sollte. Ingvar hat ihn auf den Holm gefordert, der kleine Wirrkopf. Vater musste dagegensprechen, es hat ihn einiges an Überwindung gekostet. Ich hätte gute Lust, deiner halben neuen Sippe die Hälse durchzuschneiden, dreckig und streitgierig, wie sie sich heute gezeigt haben.«

»Waren sie schlimmer als andere?«

»Mit bei den Schlimmsten. Halten nur ihre eigene Ehre hoch, und mit der ist es nicht weit her, wie ich weiß. Dafür, dass sie Horich zugeschworen haben, haben sie seltsame Freunde. Du wirst darüber mehr wissen als ich.«

»Ich weiß gar nichts. Wenn da etwas ist, dann sprechen sie darüber nicht auf Midbikhus, sondern nur auf Silveid.«

»Ich hätte gemeint, ein Mann bereitet seine Gattin darauf vor, wenn er Verrat plant. Als brave Frau würdest du doch zu ihm stehen, oder hat man dich nicht so erzogen?«

»Das hat man. Es würde viel brauchen, damit ich mich gegen meinen Mann stelle.«

»Ja, das habe ich mir gedacht. Du bist durch und durch eine von ihnen.«

»Du hältst also nicht viel von mir. Trotzdem hast du mir geholfen.«

Frygdis hörte, wie er die Luft ausstieß und sein Schwert wütend in die Scheide schob. »Ich habe dir nicht geholfen.« Er kam näher. Ihre Augen gewöhnten sich an das Dunkel, und sie sah seine schwarze Gestalt einen Schritt entfernt von sich. Er sprach kalt weiter, ihr Herz zog sich dabei zusammen. »Ich habe mir das Mittel verschafft, mit dem man Olof eins auswischen kann. Er protzt mit dir wie ein Birkhahn mit den Schwanzfedern. Dich können wir teuer verkaufen, Mädchen. Ihm oder einem anderen, je nachdem. Unterwegs verunglückst du vielleicht. Geh zu Hel. Warum glaubst du, dass du mir vertrauen kannst? Das ist so dumm, wie du nicht bist.«

Frygdis weigerte sich, ihm zu glauben, aber ihre Stimme brach, und sie zitterte heftiger. »Du wirst mich nicht verkaufen.«

»Nein. Bei Tyr und Freya.« Er kam den letzten Schritt zu ihr und griff mit beiden Händen zu fest ihre Oberarme, sie zuckte. »Ich werde dich nicht verkaufen. Ich werde etwas anderes tun. Vielleicht wirst du mich dafür ebenso hassen.«

Frygdis sog erschrocken die Luft ein, bevor sein Kuss ihre Lippen erst verschloss, dann aufzwang. Sein Mund schmeckte wild nach Mann und nach Melisse, als hätte er frische grüne Blätter gegessen. Seine Lippen legten sich an ihre wie fehlende Teile. Schon vorher hatte sie geträumt, dass dieser Mann ein fehlendes Teil zu ihr war, aber es durfte nicht sein, und er hatte sie selbst gewarnt. Sie hatte keinen Grund, ihm zu vertrauen. Jäh trat sie zurück, riss den Kopf zur Seite und versuchte, sich ihm zu entwinden. Mit dem Erfolg, dass er ihre Hände hinter ihrem Rücken in eine von seinen nahm und seine zweite in ihren Nacken legte, um sie wieder zu sich zu zwingen und sie weiterzuküssen. Als sie die Zähne zusammenbiss, ließ er davon ab, doch nur, um mit der frei gewordenen Hand ihr Kleid hochzuziehen.

»Tu mir das nicht an. Tu es mir bitte nicht an«, sagte sie leise und meinte viel mehr und etwas ganz anderes, als er glaubte. Seine Hand lag nun auf ihrer nackten Hüfte und brannte dort gnadenlos, und sie wehrte sich, wehrte sich, während ihr Leib sich nach ihm sehnte und sich ihm schenken wollte. Mit einem gequälten Stöhnen ließ er sie plötzlich los. Sie stand bebend und starr vor Verwirrung und Ratlosigkeit.

»Warum bist du seine Frau geworden? Warum hast du dich damit abgefunden, dich zu diesem rottenden Strohsack zu legen?«

Frygdis ahnte ihr Ziel nur, doch ihre Ohrfeige traf. »Wer bist du, dass du kommen darfst und … Wo warst du vor zwei Jahren, Havenar? Hattest du Angst vor meinem Vater? Oder vor deinem?«

»Schlag mich noch mal dafür, Frygdis«, sagte er, und sie wollte ihm gern den Gefallen tun, aber er fing ihre Hand auf, zog sie wieder an sich und fiel erneut über ihre Lippen her. Verzweifelt griff sie ihm in die Haare, und seinem Laut konnte sie entnehmen, dass es ihm wehtat. Abbringen ließ er sich jedoch nicht von seinem Tun, und sie wusste selbst bald nicht mehr, ob ihre Hände versuchten, ihn fern- oder festzuhalten. Die harte Schwellung zwischen seinen Beinen stieß gegen ihre Scham, und wieder zerrte seine Hand ungeduldig ihr Kleid nach oben, als er nach ihrem weichen Fleisch tastete. Sie spannte sich an, um ihn wegzuschieben, aber er war wie von Sinnen, drückte mit beiden Händen ihr Becken an seine Lenden, sodass sie vor Lust und Entsetzen zugleich hätte schreien wollen, wenn sie gekonnt hätte. Seine Lippen waren an ihrem Hals, dann spürte sie seinen heißen schnellen Atem durch den Stoff ihres Kleides hindurch an der aufgerichteten Knospe ihrer Brust. Die Lust flutete sie, ihre Brüste verlangten nach mehr, nach seinen Lippen, seiner Zunge, ihre Schenkel wollten sich für ihn öffnen. Ihr Widerstand entglitt ihr. Noch einmal bäumte sie sich auf, um ihm zu entkommen, und weil er gerade eine Hand von ihrer Hüfte nahm, glückte es ihr beinah, aber besser hatte sie es damit nicht gemacht, denn nun umfasste ein Arm sie von hinten, hielt ihr Kleid gerafft, und seine andere Hand plünderte frei, liebkoste ihren nackten Schoß, ihre feuchten Falten und durch den Stoff ihre Brüste, während sein Atem und sein Mund ihren Nacken versengten und sein pralles Geschlecht gegen ihren

Hintern drückte. Sie glaubte zu fallen, ihre Fingernägel gruben sich in den eisernen Arm, der um ihre Taille lag. »Havenar«, flüsterte sie. »Haven.«

Draußen hatte der Lärm unterdessen nicht einen Moment nachgelassen. In Wellen näherte er sich und entfernte sich wieder. Nun brandete eine Welle gegen die Tür. »Frygdis!«, donnerte Olofs Stimme und löste ein Grauen in ihr aus, das jedes vorherige übertraf. Havenar ließ ihr Kleid herabfallen und hielt sie regungslos wieder an den Armen fest. Auch sie war starr. Die Tür wurde gerüttelt, dann von einem Stoß getroffen. »Bist du da drin? Antworte!«

Havenar presste hastig die Lippen an ihre Schläfe. »Schrei laut«, riet er ihr kaum hörbar.

Sie schüttelte den Kopf. »Ich bin hier drin, Olof. Es ist alles in Ordnung. Der Riegel klemmt«, rief sie, ließ ihren Kopf gegen Havenars Brust zurücksinken und fühlte, wie er seine Wange an ihre Schläfe legte.

»Bleib da drin, bis ich dich hole! Ich lasse Männer vor der Tür.«

Sie schlug sich die Hand vor die Stirn. »Ein feiner Nutzen sind die«, murmelte sie. »Ja. Komm bald!«, rief sie laut, und ihre Stimme kippte beinah in ein Schluchzen. Männerstimmen vor der Tür tauschten kurze, hektische Bemerkungen, dann herrschte Ruhe.

Havenars Hände fingen an, ihre bloßen Oberarme zu streicheln. Eben war er ruhig gewesen, jetzt konnte sie ihn zittern spüren. Sie glaubte, dass es der Schreck war, so wie bei ihr, aber er schob sie wortlos in den rückwärtigen Teil der Hütte, zur Bank. Er war so viel stärker als sie, dass sie dort auf dem Rücken lag, bevor sie wieder an Abwehr denken konnte. »Lass …«, versuchte sie noch einmal, und ihre Verzweiflung galt nur noch seinem Leichtsinn. Seine Hand legte sich auf ihren Mund, bestimmt, aber nicht grob. Zwischen ihren Schenkeln fühlte sie sein Knie, und sie wusste genau, was er mit der freien Hand tat, die sie nicht sah und spürte.

Einen Augenblick später nahm er die Hand von ihrem Mund, weil ihm die Schwertscheide an seiner Seite in den Weg kam. Anstatt sich davon zu befreien, nahm er jedoch ihr Bein höher, und dann war es geschehen. Ein letztes Mal schlug sie nach ihm, machtlos und halbherzig, dann rang sie um Atem, während er keuchend verharrte. Er füllte sie so sehr, dass sie glaubte, es sei zu viel. Sein Glied dehnte ihren Schoß und ihr Herz ihre Rippen.

Mit aberwitziger Gewissheit glaubte sie plötzlich, dass sie beide noch in der gleichen Nacht sterben würden, und alle Gedanken an Unrecht wurden ihr gleichgültig. Es war, was die Götter im Sinn gehabt hatten, als sie ihn ihr zum ersten Mal zeigten. Mit einem Seufzen ließ sie los, öffnete sich ganz, und er begann, sich zu bewegen, zuerst beherrscht. Dann vergaß sie alles, was sie wusste, bis auf einmal sein Mund dicht an ihrem um Luft und Zurückhaltung kämpfte.

»Frygdis«, flüsterte er hilflos, »Frygja«, und dann wurde für kurze Zeit alles an ihm hart wie Metall, während sie fühlte, wie sich die zufriedene nasse Wärme in ihr ausbreitete, die ein Mann in einer Frau hinterließ, wenn er fertig war. Er löste sich aus seiner Spannung, blieb aber noch für einige Atemzüge in ihr, bevor er aufstand.

Frygdis hörte, wie er seine Kleidung richtete, setzte sich auf und strich zögernd und zitternd ihr Kleid herunter. »Warum?«, fragte sie flüsternd sich selbst, den Boden, die Wände der Hütte und vor allem die Götter.

»Warum?«, flüsterte Havenar zurück. Er kam wieder zu ihr, hockte sich vor sie hin und legte ihr den Unterarm über die Knie. »Weil ich es tun musste. Wenn ich jetzt gleich sterbe, nehme ich das noch mit.«

»Du wirst nicht sterben«, hauchte sie.

Er stand wieder auf, und sie hörte sein Schwert aus der Scheide gleiten, wispernd wie seine Stimme. »Dein Vertrauen ehrt mich. Aber kannst du mir vielleicht sagen, wie viele Leute dein Gatte draußen gelassen hat?«

Frygdis' Herz fing wieder an zu rasen. »Du willst doch wohl nicht aus der Tür? Du kannst hier hinten durchs Dach.«

Der Vorschlag entrüstete ihn. »Bin ich ein Dieb?«

»Lass uns nicht darüber sprechen, was du bist. Was soll ich wohl nach deiner Meinung tun, wenn sie dich da vor der Tür erschlagen und dann den Kopf zu mir hereinstecken?«

»Ich habe dich gezwungen, still zu sein, mit dem Messer am Hals. Das ist nicht gelogen. Leb wohl.«

Seine Schritte näherten sich der Tür. Frygdis sprang auf, lief ihm nach und erwischte seinen Arm, bevor seine Hand den Riegel gefunden hatte.

»Wie lange sollen wir hier noch stehen?«, sagte einer der Männer vor der Tür. »Was hat er denn vor? Es scheint sich doch gelegt zu haben. Die meisten sind wohl auf dem Heimweg.«

»Wird sich schon was dabei denken«, sagte ein anderer.

»Nur dass er nicht irgendwo erschlagen liegt, und wir warten hier, bis die Krähen kommen«, meinte ein dritter.

»Was hat er das Weib denn mitgeschleppt?«

»Was geht uns das an? Wir steh'n, wo er uns hinstellt, und nun haltet's Maul.«

Havenar hatte vier gezählt und wandte sich Frygdis noch einmal zu, weil er es nun für wahrscheinlich hielt, dass es ein endgültiger Abschied war. Gegen vier Gegner hätte er sehr schnell sein müssen, und so fühlte er sich gerade nicht. Sie griff nach seinem zweiten Arm. »Durch das Dach. Für mich«, flüsterte sie. Havenar war, als schösse eine Lohe aus seiner Brust, die das Dach hätte in Brand setzen müssen, und er beugte sich für einen letzten Kuss zu ihr, den sie mit hitziger Verzweiflung erwiderte.

»Gut«, sagte er und ging nach hinten. Seine Augen hatten sich inzwischen so an die Dunkelheit gewöhnt, dass er erkennen konnte, wo die Aussichten günstig waren. Es war eine kleine Hütte mit niedriger Decke und schilfgedecktem Dach. Rasch fand er eine Stelle, wo er das Schilf so auseinanderschieben konnte, dass er hindurchkommen würde. Als er so weit war, trat er wieder zu ihr. Sie lehnte an der Wand. »Ich bleibe in der Nähe, bis er kommt. Du hast das Recht auf mein Leben. Entweder du schickst deinen Mann, um es zu holen, oder du nimmst es selbst. Kommst du selbst, werde ich es dir schenken.«

»Wenn du nicht endlich gehst, hast du nichts mehr zu verschenken. Ich werde schweigen. Verschwinde.«

Schnell und zart strich er mit seiner rauen Hand über ihr Gesicht, und dann war er fort. Frygdis blieb stehen, die Arme verschränkt, und wartete für eine Zeit, die ihr vorkam wie ein halbes Leben, bis Olof zurückkehrte.

»Mach auf«, rief er, und sie gehorchte.

Als er sie zum Lagerplatz brachte, wo trotz der Nachtzeit alles abreisefertig war, fand sie mit unfehlbarem Instinkt die Stelle, wo ein Mann mit gezogenem Schwert geduldig beobachtend zwischen Büschen verborgen stand. Als ihr Blick auf ihn fiel, verschwand er im Schatten des Gesträuchs.

Es sollte viele Monate dauern, bis sie ihn wiedersah.

Jarl Hademut hatte nicht die Absicht, in der Nacht aufzubrechen. Er hatte dreifache Wachen um das verteidigungsbereite Lager gestellt. Der Rest seiner Leute saß in und vor den Zelten und ruhte sich aus.

Seine erste Handlung beim Ausbruch der Kämpfe war gewesen, Erik und seine Söhne in sein Lager zu befehlen und ihnen jeden Ausfall zu verbieten. Havenar allerdings war schneller gewesen und schon vorher entwischt.

Die Zeit verging, und obgleich keiner etwas dazu sagte, wussten alle, die in Hademuts Zelt saßen, warum sie so schweigsam waren. Als der Waffenlärm zu verklingen begann, stand Ingvar auf und bezog unruhig Stellung an der Zeltklappe. Wolfger und Vitgeir saßen zurückgelehnt gegen ihre Fellsäcke, die Hände hinter den Köpfen verschränkt, und machten düstere Gesichter, während Hademut mit regloser Miene auf der Seite lag, den Kopf auf Hand und Ellbogen gestützt.

Erik räusperte sich. »Du meinst nicht, dass ich einmal gehen sollte und sehen, ob ich Havenar nach Hause pfeifen kann, Hademut?«

Ingvar drehte sich um, Wolfger und Vitgeir setzten sich auf und sahen ihren Vater erwartungsvoll an. Hademut zog die Brauen zusammen. »Mir wird niemand nachsagen, dass ich zu denen gehöre, die den Thingfrieden gestört haben. Ich werde euch nicht da herumlaufen lassen. Havenar ist alt genug, um selbst für sich zu sorgen.«

Ingvar sah wieder nach draußen. »Ich wette, er ist Olof nach«, sagte er leise und errötete.

»Du wärst gern an seiner Stelle, was?«, meinte Wolfger spöttisch.

»Ihr müsst nicht glauben, dass ich nicht weiß, dass Olof mir überlegen ist«, sagte Ingvar. »Es wäre mir gleich gewesen.«

»Uns aber nicht«, gab Wolfger zurück.

»Mir ist die Spucke weggeblieben, als du aufgestanden bist, Kleiner«, steuerte Vitgeir bei. »Kein Grund, dich zu schämen.«

»Eher für uns«, meinte Wolfger und schielte auf seinen Vater.

Erik wies ihn mit einem strafenden Blick zurecht. »Um eine Fehde anzufangen, muss man nicht aufs Thing gehen. Auch wenn das in diesem Jahr alle vergessen haben.«

»Wenn euer ungeratener Bruder lebendig zurückkommt, ist die Wahrscheinlichkeit groß, dass wir eine Fehde angefangen haben«, grollte Hademut.

»Er hat eine auffallende Abscheu gegen Olof«, sagte Erik nickend.

»Und wahrscheinlich noch mehr Gründe dafür als wir anderen. Oder was meinst du, Vater?«, wollte Wolfger wissen.

»Wenn er so blöd war, sich abstechen zu lassen, werden wir's nicht erfahren. Er hat mir noch längst nicht alles erzählt, was er gehört hat.«

»Da kommen Brunolf und Guntram«, kündigte Ingvar an.

»Zum wievielten Mal?«, meinte Wolfger.

Die Besorgnis auf den Gesichtern von Havenars Freunden war

nicht zu übersehen, als sie das Zelt betraten. »Er ist noch nicht zurück«, stellte Brunolf überflüssigerweise fest.

»Ihr geht nicht«, kam Hademut ihrer Frage mit Entschiedenheit zuvor.

»Ich weiß nicht«, sagte Guntram. »Er war so plötzlich verschwunden. Wenn ihn jemand als Geisel hat, dann sind sie vielleicht noch in der Nähe, und wir könnten ...«

»Wenn euer Freund so ein Nichtsnutz ist, dass er sich bewaffnet als Geisel hat nehmen lassen, dann sollen sie ihn behalten, wer auch immer ein Interesse daran hat«, sagte Hademut. Nur Erik wusste, dass der bleiche Groll seines Bruders ein Zeichen für seine Besorgnis war.

»Du machst einen immer froh, zu dieser Sippe zu gehören«, meinte Wolfger. »Wenn ich jetzt da draußen mit jaulendem Schädel in einem Wagen läge, wäre ich so erleichtert, weil ich mich darauf verlassen könnte, dass du mich ...«

»Bei dir wäre es etwas anderes. Du ...«, fiel Hademut ihm ins Wort.

Wolfger sprang auf. »Oh, das macht mich noch froher. Was ist der Unterschied?«

»Als Geisel hat er sich nicht nehmen lassen«, unterbrach Vitgeir sie. »Ich fürchte eher, er liegt irgendwo halbtot.«

»Wann hast du dich das letzte Mal mit deinem Bruder gemessen?«, erkundigte sich Erik, der ebenso blass war wie der Jarl.

»Ich weiß, dass er gut ist, aber ...«, setzte Vitgeir an und brach dann ab, weil sich die Zeltklappe öffnete und der hellblonde Haarschopf seines Halbbruders auftauchte.

»Ah«, sagte Havenar. »Alle beisammen. Haben wir sonst einen verloren?«

»Noch nicht, aber gleich«, sagte Wolfger, sprang auf ihn los, warf ihn mit einem geübten Griff zu Boden und boxte ihn in die Seite.

»Au! Bist du noch bei Trost? Der Göttin ... ist Heimkommen schön. Runter von mir!«

»Hatte jemand Zweifel?«, seufzte Hademut und streckte sich stöhnend auf dem Rücken aus.

Erik stand auf und zog Wolfger von Havenar, der sich ebenfalls aufrappelte. »Was hast du angestellt, Junge?«, fragte er seinen Neffen.

»Ich habe Olof …« Hademuts und Vitgeirs gemeinsames Stöhnen unterbrach ihn, und er lachte. »Sorgt ihr euch um Olof?«

»Lebt er noch?«, fragte Vitgeir.

»Als ich ihn zuletzt gesehen habe, hat er gerade seine Frau zum Wagen geleitet«, sagte Havenar.

»Ein solcher Narr, das Weib mitzuschleppen«, sagte Erik.

»Kann nur Zufall sein, dass er sie noch hat«, stimmte Vitgeir zu.

»Würde ich auch meinen.« Havenars verkrampftes Lächeln blieb den anderen im Halbdunkel verborgen.

Von seinem Freund Guntram allerdings, dessen Gesicht im Schatten der braunen Gugelkapuze blieb, die er selten ablegte, empfing er trotzdem einen merkwürdig langen, forschenden Blick. »Was hast du denn nun getrieben?«

Havenar räusperte sich und bedeutete Guntram mit einem ihrer erprobten Signale, dass er für sich behalten möge, was auch immer er gesehen hatte. »Also, wie ich gerade sagen wollte, habe ich Olof dabei zugesehen, wie er einen von Horichs Norwegern dazu gebracht hat, ein langes Gespräch mit ihm zu führen, das der gar nicht führen wollte. Der Mann hatte einen unnötig schmerzhaften Tod und hat Thorolf und seinem schweinsnasigen Abkömmling vorher viel darüber erzählt, wie viele Männer Horich woher ordern kann.«

»Und das auf dem Thingplatz.« Jarl Hademut setzte sich entrüstet auf.

»Hätte ich ihn doch lieber umbringen sollen?«, erkundigte sich Havenar.

»Der Tag wird kommen«, sagte sein Vater. »Rache ist wie guter rheinischer Wein. Sie wird mit dem Lagern besser.«

»Hast du das schon oft probiert?«, fragte Wolfger belustigt.

Hademut runzelte die Stirn. »Was?«

»Das mit dem Wein.«

Hademut lachte. »Nein.«

»Schade, dass uns seine Frau nicht über den Weg gelaufen ist«, meinte Vitgeir und sah Havenar dabei an, als könne er in der Dunkelheit dessen Gedanken sehen. »Oder hängt er nicht an ihr?«

Havenar erwiderte seinen Blick auf die gleiche Art, und das Glänzen ihrer Augen verriet ihnen ihr gegenseitiges Misstrauen. »Oh doch. Ich denke, das tut er«, sagte er und musste trocken schlucken. Wenn er seine Hand hob, würde er sie riechen, und dieser Geruch würde die Flammen in ihm hochschlagen lassen. Er ging zu seinem Fellsack und legte sich hin, den Arm über den Augen. »Den Rest erzähle ich euch, wenn wir zuhause sind«, sagte er.

»Lass es dir nicht einfallen, bis dahin noch einmal verloren zu gehen«, bemerkte sein Vater.

»Wieso noch einmal?«, murmelte er, als wäre er kurz vor dem Einschlafen und nicht heftig klopfenden Herzens mit dem Gedanken beschäftigt, wie dicht er tatsächlich daran gewesen war, sein Leben wegzuwerfen und verloren zu gehen. Sie hatte es verhindert, nur sie. In vielfacher Hinsicht gehörte er ihr nun. Ein Wort von ihr, und Olof hätte das Recht auf seiner Seite, wenn er käme, um ihn zweiteilen zu lassen. Ob sie auf Dauer darauf verzichten würde, sein Leben zu fordern, war ungewiss. Das war ihm in der dunklen Hütte und in seiner Gier nach ihr alles gleich gewesen. Jetzt, wo langsam Ruhe und Vernunft zu ihm zurückkehrten, sah es anders aus.

Es hatte sich überraschend gelohnt, auf Olof zu warten, nachdem er durchs Dach hinausgestiegen war. Er hatte gehört, wie sie den Norweger zu Guttorms Lager brachten, und war ihnen unsichtbar auf den Fersen geblieben. Dabei war es ihm beim Warten eigentlich nur darum gegangen, Frygdis in Sicherheit zu wissen und ihr die Gelegenheit zu geben, Olof auf ihn zu hetzen. Als er zwischen den Büschen stand, voll schmerzendem Sehnen nach ihr, hatte er noch den Zweifel gehabt, ob sie ihn vorher nur nicht verraten hatte, weil sie sich vor ihm oder der Schande fürchtete. Halb hatte er gewünscht, dass Olof zu ihm stürmen würde, als sie endlich aus der Hütte kamen. Er hatte das Verlangen, ihn zu töten. Doch Olof schien ruhig, und nur sie hatte ihn zwischen den Büschen bemerkt und nichts gesagt. Wenn sie Rache gegen ihn plante, dann solche wie reifer Wein, von der auch sein Vater sprach. Vielleicht wollte sie keine, und das war der Gedanke, der ihn tiefer traf. Wenn sie ihm verziehen hatte ... Wenn ihr Kuss ehrlich gewesen war ... Da war ihr Geruch. Da waren die Flammen in ihm.

Er musste sich mühen, sein Stöhnen stumm zu halten. Keine Rache, die sie sich ausdenken konnte, würde schlimmer sein, als dieses Verlangen nach ihr auf immer unerfüllt ertragen zu müssen. Falls sie ihn wollte, gäbe es eine Hoffnung. Die Wahrscheinlichkeit stand gut, dass Olof mit ihr kein Kind zeugte. Sie konnte sich lossagen, ihre Mutter hatte es ihr vorgemacht. Doch so bald würde das nicht möglich sein, und sonst bliebe nur, dass sie ihre Ehe vor aller Welt brach, zu ihm und dann mit ihm floh. Und da hielt ihn seine Verantwortung auf. Seine Sippe, sechs Söhne, fünf Frauen. Sie würden dafür büßen. Er war nicht frei und musste versuchen, seine Füße wieder auf den Boden zu stellen. Sie war nur eine Frau. Sie war einer von seinen unvernünftigen, brennenden Gedanken, die er zu beherrschen lernen musste, damit er kein Unheil anrichtete.

Es war ein gutes Jahr her, dass Maralde gestorben war. Sie hatte keine Nahrung mehr bei sich behalten können und hatte schmerzgekrümmt mit ihm die letzten Worte gewechselt. Er hatte ihr versichert, dass er Bjarne als seinen rechtmäßigen Ältesten betrachtete und entsprechend für ihn sorgen würde.

»Er braucht auch eine Mutter«, hatte sie weinend gesagt. Einer Frau durfte es um ihrer Kinder willen leidtun, aus dem Leben zu gehen, verstand er. Männer mussten nur Sorge dafür tragen, dass ihre Sippe versorgt war, wenn sie gingen. »Franka wird sich um ihn kümmern. Sie hat die Jungen gern. Die anderen werden Bjarne von dir erzählen«, sagte er.

»Ich hätte dich lieben können«, sagte Maralde.

Er hatte sie nur angesehen, voll von einem Gefühl großer Schuld, und sich geschworen, dass er in Zukunft besser auf die Frauen achtgeben würde, die er an sich band.

Frygdis gehörte nicht zu ihm. *Wo warst du vor zwei Jahren?*, hörte er sie wütend sagen. Seufzend drehte er sich auf den Bauch und vergrub den Kopf in der Armbeuge.

»Lässt uns Stunden schmoren, dann legt er sich hin und schläft, als wäre es ein Julnachmittag auf Gammelby«, hörte er Wolfger sagen. Havenar lächelte. Er würde an Wolfgers Seite stehen, wenn sein Bruder Jarl wurde, was so gut wie sicher war. Er hatte es ihrem Vater versprochen. *»Wolfger ist in allem gut«*, hatte Hademut gesagt. *»Aber ihm fehlt deine Begabung zur heimtückischen List.«*

Es würde viel Anlass zur List geben in der kommenden Zeit, wenn der jütische Harald König Horich die Königswürde streitig machen und damit die Sippen vor die Wahl stellen würde. Die ersten hatten bereits die Seiten gewechselt, unter ihnen Olofs Vater Thorolf und Guttorm, die nach außen hin Horichs Männer waren.

List würden Jarl Hademut und Jarl Hunold brauchen, um sich aus der Sache herauszuhalten und ihre Treue für sich selbst zu bewahren. Der König, unter den sie sich beugen und dem sie anhängen wollten, musste noch kommen und sich als solcher beweisen. Die Einigkeit, die Havenar darin mit seinem Vater, seinen Onkeln und Brüdern fühlte, hatte nichts mit Sippentreue zu tun. Es war ein Freiheitsdrang, der ihrer Natur entsprach. Er hoffte, dass dieser auch seinen Söhnen gegeben war, damit sie diejenigen Lügen straften, die behaupteten, ihr Sklavenblut schlüge durch und mache sie unterwürfig. Ihre Mütter waren zweifellos fügsam, sie widersetzten sich ihm nie.

Frygdis war anders. Eine stolze Freie. Sie hatte ihm Widerstand geboten, wenn er ihn auch zu der Zeit kaum gespürt hatte. Er fragte sich, was er getan hätte, wenn es hell genug gewesen wäre, um ihre Augen zu sehen. Bei der Erinnerung an den Moment, in dem sie sich ihm hingegeben und ihn genossen hatte, überlief es ihn heiß. Denn am Ende hatte sie sich hingegeben, daran war kein Zweifel.

Und dann kam ihm zu Bewusstsein, woran er bei jeder anderen Frau viel früher gedacht hätte. Frauen wurden leicht von ihm schwanger. Wenn seine Schlangenohren ihn in Kürze wissen lassen würden, dass Frygdis ein Kind erwartete, dann war es so wahrscheinlich seines wie das ihres Gatten. Und damit konnte es sein, dass er Olof Thorolfsson seinen Erben geliefert hatte.

Er hätte gelacht, wenn seine Kehle nicht vor Verzweiflung zugeschnürt gewesen wäre.

4. Kapitel

Frygdis hatte etwas begriffen. Es wurde Zeit, dass sie erwachsen wurde. Sie hatte sich in kurzer Zeit so viel Leichtsinns schuldig gemacht, dass sie bis an ihr Ende den Göttern für all die Zufälle danken musste, die sie damit davonkommen ließen. Olof war arglos. Alle waren arglos. Solange Havenar schwieg, waren sie beide die Einzigen, die wussten, was geschehen war. Es konnte also so weitergehen, als wäre es nicht geschehen. Es musste auch so weitergehen, denn einer der glücklichen Zufälle war ihre Schwangerschaft. Und die verdankte sie ihrem Gatten, denn sonst hätte sie kaum schon zwei Tage nach der Rückkehr vom Thing mit Übelkeit zu kämpfen gehabt. Es gab also nichts zu entscheiden. Keinen unerhörten Schritt zu tun.

Dennoch sollte nicht alles so bleiben wie bisher. Das Thing und Havenar hatten ihr deutlich gemacht, dass eine bedrohliche Zeit auf sie zukam und dass es närrisch war, sich als Frau allein auf den Schutz der Männer zu verlassen, die jede Vernunft verloren, wenn sie in Hitze gerieten. Wollte sie Sicherheit für sich und für das Kind, dann musste sie selbst Vorkehrungen treffen. Zum einen musste Midbikhus, dessen Pfahlzäune im Vergleich zu denen von Langsee dürftig waren, besser befestigt werden. Zum anderen musste sie damit rechnen, alles zu verlieren, falls der Verrat, auf den Havenar angespielt hatte, die Männer den Kopf oder zumindest den Besitz kosten würde. Sie stimmte ihm zu – ein Mann sollte es seiner Gattin ankündigen, wenn er vorhatte, ein solches Wagnis einzugehen.

»Ich möchte, dass du für mich zwei Dinge findest«, sagte sie zu Auda, als sie sich am zweiten Tag von der Reise erholt fühlte. »Das Erste ist ein Ort außerhalb von Midbikhus, an dem ich eine Kiste vor allen Augen verbergen kann. Das Zweite ist ein

Mann, der sie dorthin bringt und nie ein Wort darüber verliert.«

»Den Mann weiß ich gleich«, sagte Auda. »Dem hab ich schon einen Gefallen getan, und er hofft immer noch auf einen mehr.«

Frygdis runzelte die Stirn. »Du hast es nicht nötig, mit ihm zu liegen, wenn du nicht willst. Ich kann das verbieten.«

»Das ist sicher der Gefallen, auf den er hofft, aber nicht der, den ich ihm getan habe. Ich wusste ein Mittel für seine geschwollenen Augen.«

»Kennst du dich mit dem Heilen aus?«

»Ein paar Kleinigkeiten habe ich aufgeschnappt. Aber das war in Kalabrien, und dort wachsen andere Kräuter.«

»Kalabrien? Da hast du auch gelebt?«

»Da bin ich geboren. Mein Vater war ein russischer Händler, den es für Jahre dort hielt. Er hat uns verkauft, bevor er wieder fortfuhr. Ich blieb da.« Auda lachte trocken auf. »Sie haben andere Sitten in jener Gegend. Als ich eine Frau geworden war, hat mein Herr mich gehütet, wie man hier nur ein Metfass oder allenfalls eine jungfräuliche Jarlstochter hütet. Hinter Schloss und Riegel. Nun – schwer zu entscheiden, was einer Frau besser bekommt.« Sie seufzte und sah Frygdis an. »Ich werde so eine Stelle finden, wie du meinst. Nur möchte ich, wenn ich dir nicht zu unverschämt damit bin, bitten, dass du mich mitnimmst, wenn du fliehen musst.«

Frygdis nickte zögernd. »Niemand weiß, was sein wird, wenn es so weit kommt. Aber ich wünsche, dass du mit mir gehst, wenn es möglich ist.«

Nach dem geplanten Verrat zu forschen, erlegte sie Auda nicht auf. Die Gefahr war zu groß. Was das anging, musste sie es von Olof oder einem der anderen Männer erfahren. Ohnehin war es Zeit für ein längeres Gespräch mit ihrem Gatten, bevor der seine Mannschaft sammelte und nach Silveid zu den Schiffen zog.

Olof hatte nach ihrer Rückkehr wenig Zeit bei ihr verbracht. Seit sie auf dem Thing so ein Klotz am Bein gewesen war, hatte man ihn von vielen Seiten damit aufgezogen, dass er zu viel mit ihr hermachte. Um ihn allein zu sprechen, musste sie daher vom Üblichen abweichen. Sie ließ am Nachmittag die Webarbeit ruhen und ging zu dem Platz, wo die Männer mit ihren Waffen übten. Eine Weile sah sie ihnen mit verschränkten Armen zu.

Der Speck, den Olof sich über den Winter zugelegt hatte, schmolz nur langsam. Ihr Gatte schwitzte in der Frühjahrssonne, und seine Laune schien mäßig. Als er sie bemerkte, wurde sein Ausdruck noch düsterer, und sie seufzte innerlich. Es wäre sicher leichter gewesen, mit ihm zu leben, wenn wenigstens ihm etwas mehr an ihr gelegen hätte, wenn schon nicht umgekehrt. Sie fragte sich, ob er eigentlich Ortrud oder die andere auf Silveid gern hatte oder für sie entfernt so etwas empfand wie sie selbst für … den anderen. Ihr kam zu Bewusstsein, dass sich noch etwas verändert hatte. Sie empfand keinen Neid mehr und keine Eifersucht auf Olofs Kebsen. Sie konnte Olof mit Anstand behandeln, doch in ihrem Herzen hatte er keinen Platz. Mochte er andere finden, die dort Platz für ihn hatten.

Endlich beendete er die Schwertübung, die er ohnehin lustlos ausgeführt hatte, und kam auf ihren Wink mit missmutiger Miene zu ihr. »Was gibt es denn? Musst du dich wieder beschweren, dass die Weiber dich schlecht behandeln?«

Frygdis errötete vor Überraschung und Ärger. »Darüber habe ich mich seit Langem nicht bei dir beschwert.«

»Nicht bei mir. Aber man sagt, dir wäre hier alles nicht recht und du beklagtest dich bei jedem, der es hören will, über Gebharde, Gunda und Armgard.«

Es war Frygdis, als stellten sich alle ihre Haare auf. »Wer sagt das?«

»Ortrud sagt das.«

»Ich habe mich weder bei Ortrud beschwert noch bei sonst wem, und ich habe auch gar keinen Grund dazu.«

»Nun – kaum einer hier würde sagen, dass du zufrieden aussiehst.«

Sein Tonfall war von gefährlicher Gereiztheit und verwirrte sie zunehmend. »Dass es nicht ganz leicht ist zwischen so vielen Frauen, die alle Herrin sein wollen, wirst du wohl einsehen«, meinte sie beschwichtigend. »Aber ich bin ganz zufrieden mit dem, was ich habe.«

Olof sah ihr zweifelnd in die Augen, dann zuckte er mit den Schultern. »Wenn ich Jarl bin und mir Silveid gehört, wirst du Herrin dort. Und falls Vater Gebharde verheiratet, dann wirst du auch hier mehr zu bestimmen haben.«

Frygdis nickte. »Komm her, ich will dir etwas sagen.« Sie ging vor ihm her und brachte etwas Abstand zwischen sie und die anderen Männer, dann wandte sie sich ihm zu. »Am Ende des nächsten Winters haben wir ein Kind, wenn alles gutgeht.«

Erst sah er sie stumm und verständnislos an, dann sah sie seine Augen weit werden. Doch er verschränkte die Arme genau wie sie. »Und ist es von mir?«

Wenn sie nicht die unsichere Hoffnung in seinen Augen hätte flackern sehen, hätte sie ihn angeschrien und wäre davongestampft. »Allein für die Frage würden andere dir ein Ohr abschneiden«, sagte sie stattdessen freundlich.

Olof ließ die Arme fallen und lächelte. »Man wird eben nicht schlau aus dir. Also ein Kind, ja? Wenn es ein Junge wird, nennen wir ihn Thorgest.«

»Es ist noch lange hin, Olof. Bis dahin mag noch viel passieren. Darüber würde ich gern mit dir sprechen. Seit dem Thing fühle ich mich hier nicht sicher. Was kann man da tun? Mir kommen diese Zeiten besonders gefährlich vor.« Frygdis versuchte, ihm mit den Augen das zu verstehen zu geben, was sie nicht sagte, und hoffte, er würde freiwillig reden.

»Bis jetzt hat Midbikhus allem standgehalten. Aber wenn es dich beruhigt, dann will ich sehen, ob an den Zäunen etwas getan werden muss, bevor ich fahre. Halfdan bleibt diesen Sommer hier, und ich bleibe nicht überlange fort, nehme ich an.«

Olof sollte noch kürzer fortbleiben, als er angenommen hatte. Der Sommer war kaum vorüber, als er wutschnaubend zurückkehrte. »Die verfluchten Ratten von Hunold und Hademut haben sich ganz der Seeräuberei verschrieben, wie es scheint. Ich habe kein Schiff ohne Verlust nach Silveid gebracht. Sie werden sehen, was sie davon haben. Wir holen uns alles doppelt und dreifach zurück. Wenn ich einen von ihnen erwische, schlitze ich ihn auf.«

Frygdis fiel die Schwangerschaft schwer, und in ihrer ständigen Erschöpfung konnte sie nichts weiter tun als hoffen, dass Midbikhus so lange wie möglich von Überfällen verschont blieb. Es stellte sich heraus, dass es noch nicht um Krieg ging, sondern vorerst um ein räuberisches Kräftemessen zwischen den Sippen diesseits und jenseits der Schley, das alle waffenfähigen Männer sogar den Winter über fortwährend beschäftigte. Frygdis bezweifelte, dass es jemandem gelang, dabei Gewinn zu machen, und sie hielt die Männer immer überzeugter für einen Haufen alberner Kinder, während ihr Leib schwerer wurde und der Gedanke an die Niederkunft sie allmählich in Furcht versetzte.

Nur zum Julfest sah sie einige Tage lang mehr von Olof als seine Gestalt am anderen Ende des Hofes. Immerhin hatten sie gemeinsame Herrenpflichten ihren Bauern gegenüber, die zum Fest ihre guten Wünsche brachten und desgleichen empfingen.

Sonst schlief Olof nicht mehr bei ihr, seit er von dem Kind wusste. Das wäre ihr recht gewesen, wenn er dabei nicht zunehmend ein feindseliges Misstrauen an den Tag gelegt hätte.

»Das ist Ortrud«, erklärte Auda. »Sie hat ihm eingeredet, dass euer Kind nicht von ihm ist.«

»Falls er das wirklich glaubt, verhält er sich erstaunlich ruhig«, meinte Frygdis mutlos.

»Er braucht einen Erben, hat er zu ihr gesagt, und besser so als gar nicht«, offenbarte Auda auf ihre mitleidige Art.

»Aber es ist seins«, begehrte Frygdis auf.

Auda zuckte mit den Schultern. »Vielleicht sieht er's ja noch ein, wenn es da ist.«

»Ach, soll er doch zur Hel fahren und wieder zurück, mir ist es gleich. Ich bin so müde.«

Mit einer scheuen Bewegung tätschelte Auda ihr den gewölbten Bauch. »Noch drei Monate. Das wird ein großes Kind.«

Frygdis' mattem Zustand und ihrem Ärger über Olofs Verbohrtheit war es zuzuschreiben, dass sie am Ende der Jultage den ersten großen Streit mit ihm hatte. »Ich will nicht mit«, sagte sie kalt, als er ihr mitteilte, dass sie ihn nach Silveid begleiten würde.

»Ich habe beschlossen, dass du mitfährst und dich dort an meiner Seite zeigst«, sagte er ebenso kalt. »Die Schley ist eisfrei, wir können segeln, und da wir Frieden verhandeln, wird die Fahrt sicher sein. Wenn ich dem Rattenpack gegenübertrete, dann wirst du dabei sein und vorführen, wer und was ich bin.«

»Ich bin müde, Olof. Es ist nicht vernünftig, wenn ich reise.«

»Du bist müde? Hat dich der Besuch deines Bruders so erschöpft?«

Olof betonte den »Bruder« höhnisch. Frygdis hatte längst begriffen, dass er Einar für einen möglichen Vater ihres Kindes hielt. Einar war über das Julfest auf Midbikhus zu Gast gewesen, hatte sich sehr besorgt um sie gezeigt und kühl gegen Olof. »Hör auf damit. Es ist dein Kind«, sagte sie, sicher zum fünfzehnten Mal.

»Natürlich ist es das. Alle, die dich auf Silveid sehen, werden das glauben.«

»So wie ich aussehe, werde ich kein Schmuck für dich sein. Du könntest genauso gut einfach verkünden, dass …«

»Auch wenn von deiner Schönheit nicht mehr viel übrig ist, will ich, dass die Leute sehen und nicht nur hören. Hör auf zu bocken. Du tust, was ich sage. Gebharde und Gunda kommen auch mit.«

Frygdis ließ ihre Näharbeit sinken. »Warum das?«

»Wenn wir uns mit Hunold und Hademut auf Frieden einigen, dann nur mit Geiseln oder einer Hochzeit. Aus allem anderen werden sich die Füchse herauswinden.«

»Ist denn noch einer von den Söhnen frei?«

»Von Hunolds Söhnen nicht, aber von Hademuts. Es wäre in nächster Zeit gut für uns, wenn sie uns verpflichtet wären und stillhalten müssten.«

»Wir wären ihnen genauso verpflichtet. Ist es das denn, was du willst?«

»Wenn es so geht, wie Vater denkt, werden Hunold und Hademut bald ohnehin nichts mehr bedeuten. Wir werden die junge Witwe dann zurückbekommen, zusammen mit dem Land ihres Gatten.«

Der gehässige Tonfall, in dem Olof sprach, sagte Frygdis viel über die Geringschätzung, die er für seine eigene Ehe hegte. Ihre Gegenwehr fiel. »Ich bedaure, dass du nicht mehr darin siehst«, sagte sie kühl. »Wie dem auch sei, ich komme also mit. Ich hoffe nur, dass wir nicht lange bleiben, sonst kommt das Kind dort zur Welt.«

»Na und?«, meinte Olof schulterzuckend und ging.

Esel, dachte Frygdis. Du hast ja nicht den Hauch einer Ahnung, was du anrichtest. Kannst du mich nicht hierlassen, wo ich ihn nicht sehe und er mich nicht?

Frygdis stand mit Olof, seinem Vater, den Onkeln, den beiden Brüdern und Schwestern sowie Gunda am ersten Steg, Jarl Guttorm mit seinen wichtigsten Männern am zweiten, als die beiden ankommenden Jarle ihre Schiffe anlegen ließen. Keiner von beiden hatte sich die Mühe gemacht, das Drachenhaupt vom Steven zu nehmen, aber so genau nahm man es bei Thorolf nicht. Daran würden Verhandlungen nicht scheitern. Eher daran, dass die Drachen mit gerüsteten Männern voll besetzt waren, die sich verhielten, als müssten sie ihren Jarl jeden Moment mit ihrem Leben schützen. Das Misstrauen war überdeutlich, obgleich am Ufer alle friedfertige Gesten zeigten.

»Schmutzige Seeräuber«, murmelte Olof an Frygdis' Seite. Beinah hätte sie gelächelt. Wie schmutzige Seeräuber sahen sie nicht aus, die da von den Schiffen stiegen. Sowohl Hademut als auch Hunold verstanden zu beeindrucken, wenn sie es darauf anlegten. Alles schimmerte und blitzte, als käme es gerade aus der Schmiede oder vom Juwelenhändler. Und aus den Gesichtern der Männer sprach bei aller Vorsicht auch selbstsichere Überlegenheit.

Vierzig Mann stiegen aus jedem Boot, und weil alle Helme trugen, dauerte es einen Moment, bis sie Havenar gefunden hatte. Er kam vom Ruder und ging als Letzter von Bord, nur die Wache blieb zurück. Dann ging er zwischen den anderen hindurch, um dicht hinter seinem Vater neben einem Jungen zu verharren, der sein jüngster Bruder sein musste, wenn die Ähnlichkeit nicht trog. Der Junge trug die Schwertscheide rechts. Es mochte sein, dass er die Gewalt über seinen rechten Arm tatsächlich nicht ganz zurückgewonnen hatte.

Olof kämpfte mit links nicht schlechter als mit rechts, dachte Frygdis und fragte sich, wie es in dieser Hinsicht inzwischen mit Havenar bestellt war. Sie schalt sich ein Schaf. Schon wollte sie wieder Dinge über ihn wissen, dabei gab es tausend Gründe, warum sie ihm gar nicht hatte begegnen wollen. Zu ihrer Scham hatte sie festgestellt, dass Eitelkeit einer der Gründe war. Alles war schlimm genug. Warum musste er sie nun so zu sehen bekommen – unförmig aufgetrieben, fett und behäbig? Gleichzeitig war ihr bewusst, wie töricht das Gefühl war. Er sollte sich ihr nie mehr nähern. Wie war das besser zu erreichen, als wenn sie ihm nicht mehr gefiel?

Unermüdlich hatten Havenars Augen das Ufer nach Verrat abgesucht, während die Männer an Land gingen. Frygdis mit ihrem hellen Haar hatte er an Olofs Seite auf den ersten Blick gesehen, aber sein Herz schlug ohnehin schon schnell, und seine Aufmerksamkeit war von seiner Aufgabe gefesselt. Erst als die Männer beider Schiffe am Ufer wieder in verteidigungsbereiter Stellung waren, ging er selbst an der Bootswache vorbei von Bord und erlaubte seinem Blick, flüchtig zu ihr zurückzukehren.

Sie war winterlich eingehüllt, doch das konnte ihren mächtigen Leib nicht verbergen. Sogleich machte diese Frau wieder einen wirren Haufen widersprüchlicher Empfindungen aus ihm. Er hatte schon lange gewusst, dass sie schwanger war, seine Beobachter waren zuverlässig. Offenbar plante sie, das Kind als das von Olof in die Welt zu setzen, ob es dies nun war oder nicht. Ihm sollte das völlig gleichgültig sein. Es ging ihn erst dann etwas an, wenn sie entschied, dass es ihn etwas anging. So hatte er gedacht. Bis er sie sah und wusste, dass er gleich vor ihr stehen und in ihre Augen sehen würde. Er war so aufgeregt bei der Überlegung, was in diesen Augen für ihn zu lesen sein würde, dass er sich fühlte wie ein unsicheres Kind. Wenn auch nur ein winziges Funkeln darin stand, das ihm Hoffnung auf sie geben würde, wie sollte er es dann fertigbringen, sie zurückzulassen?

Die Jarle näherten sich einander, und Havenar gab sich größte Mühe, Frygdis nicht anzustarren. Ihre Züge waren durch die Schwangerschaft wieder weicher geworden. Sie sah so kindlich jung aus wie bei ihrer ersten Begegnung, nur weiblicher. Viel weiblicher. Er musste es zustande bringen, dass er für einen Moment in Ruhe mit ihr reden konnte.

Nach der Begrüßung geleitete Thorolf die Gäste zu seiner Halle. Vier Männer blieben bei den Schiffen, sechs vor der Halle, so war es zwischen Hademut und Hunold abgemacht. Alle hatten strenge Order, was ihre Plätze betraf, auch in der Halle. Solange sie nicht gastlich aufgenommen waren, würde keiner von ihnen seine Wachsamkeit sinken lassen. Wieder fragte Havenar sich, warum diese Leute bei solchen Gelegenheiten nicht ihre Frauen aus dem Spiel ließen. Es war klar, dass Olof mit Frygdis angeben wollte. Das schien ihm über die Sorge für ihre Sicherheit zu gehen. Doch was sollten die anderen bei der Sache? Es wäre früh genug, würden sie auftauchen, wenn die Waffenruhe gewiss war.

In der Halle fanden die Gefolgsleute ihre Plätze auf den Bänken, während die Jarle, ihre Brüder und Söhne beieinanderstanden. Mägde teilten an den Bänken Trinkhörner und Becher aus, Frygdis und die drei anderen Frauen überreichten sie den Stehenden nach der Folge des Ranges. Havenar bekam sein Horn von der, die etwa so alt sein musste wie Frygdis, knochig und rotblond und mit weißer, sommersprossiger Haut. Bei genauerer Betrachtung kam er zu dem Schluss, dass sie Olofs jüngere Schwester war. Gunhild, die ältere, hatte er schon einmal gesehen, sie hatte einen deutlichen Bart auf der Oberlippe und auffallend schlechte Zähne.

Er dankte seiner Gastgeberin lächelnd und hätte viel dafür gegeben, wäre es Frygdis gewesen. Doch die schien Wert darauf zu legen, nur ja seinem Blick nicht zu begegnen. Es fing jetzt schon an, ihn zu quälen, er war bereit zu vergessen, aus welchem Grund er eigentlich in Thorolfs Halle stand.

»Seid willkommen. Esst und trinkt«, sagte Thorolf und hob sein Horn. Mäßigung später, dachte Havenar und trank trostsuchend. Es war guter Met.

»Da ist einer, der Gastfreiheit zu schätzen weiß«, hörte er Thorolf sagen, bevor er das leere Horn absetzte. Die Blicke aller waren auf ihn gerichtet, als er das Horn umdrehte und den letzten Tropfen herausfallen ließ. Eine Gewohnheitsgeste, die den Göttern galt. Er lächelte. »An den Gästen soll es nicht liegen, wenn das Fest misslingt.«

Thorolf grinste breit. »Und nicht am Gastgeber. Schenk ihm nach, Mädchen.« Er schob die vor, die ihm mit dem Krug am nächsten stand.

Sie kam mit mehr Anmut und Würde zu Havenar, als er je bei einer schwangeren Frau bemerkt hatte, und als sie ihn endlich ansah, blieb ihm die Luft weg. Er konnte nicht aufzählen, was sonst noch alles in ihren Augen stand, ganz sicher jedoch waren es Tränen. »Nun fehlt uns ein schiefbeiniger Schweinehirsch«, sagte er leise und konnte kaum noch fassungsloser werden, als sich ein breites, warmes Lächeln auf ihrem Gesicht zeigte. »Danke«, sagte er laut und wandte mit Anstrengung den Blick von ihr.

»Du bist willkommen«, sagte sie, und beim Klang ihrer Stimme hätte er in die Knie sinken mögen. Bei der Erkenntnis, dass sein Gesicht aussehen musste, als hätte ihn die Breitseite eines

Schwertes am Hinterkopf getroffen, riss er sich zusammen und legte sein Höflichkeitslächeln an.

Den Blick wieder hebend, traf er den von Vitgeir, der ihn beobachtete. Havenar fuhr sich mit der freien Hand über den Bart und machte dabei unauffällig eine rüde Geste in Vitgeirs Richtung, der sich amüsiert abwandte. Niemand hatte von Havenar erfahren, was mit Frygdis gewesen war. Vitgeir allerdings war immer ein scharfer Beobachter gewesen. Ihm entging so leicht nichts. Trotzdem ahnte er sicher nicht die Hälfte, dachte Havenar.

Thorolf machte sich bereit für eine Rede. Er richtete sich auf, strich sich seinen Walrossbart, dann hustete er und hob die Hände, um den Lärm zu unterbinden. »Es ist gut, dass wir zusammengekommen sind«, sagte er. »Wir sollten unseren Zwistigkeiten ein Ende machen. Sicher hegt ihr genau wie wir den Wunsch, eure Schiffe wieder unversehrt heimzubringen und nicht mehr die Hälfte eurer Männer bei den Herden lassen zu müssen.«

Belustigung breitete sich unter den Gefolgsleuten der Gäste aus, nur die Jarle selbst und ihre Familien verzogen keine Miene. Als Thorolf geendet hatte, hob Hunold in gespieltem Erstaunen die Brauen. »Wir haben nicht zu klagen, Thorolf. Unser Schnitt war ordentlich im letzten Jahr, und die paar Leute für die Herden … bei dir ist es die Hälfte, sagst du? Nun … ein paar Männer findest du sicher noch irgendwo.«

Jarl Thorolf wurde rot, und Frygdis kniff die Lippen zusammen, um nicht in die allgemeine Heiterkeit mit einzustimmen.

»Euer freundlicher Besuch in Thorolfs Halle hat also nichts damit zu tun, dass ihr unter gewissen Schwierigkeiten leidet? Warum seid ihr dann hier?«, warf Jarl Guttorm ein.

»Wenn unser guter Nachbar Thorolf uns um Hilfe bittet, werden wir uns dem doch nicht versperren«, sagte Hademut, was wieder halblautes Gelächter erzeugte.

»So viel Grund zur Heiterkeit«, sagte Thorolf. »Das ist wirklich schön zu sehen. Du bist immer ein spaßiger Mann gewesen, Hademut. Man hat schon viel über dich gelacht.«

»Im letzten Jahr wohl nicht so viel«, sagte Hademut grinsend.

»Da hattest du die Lacher auf deiner Seite. Aber nun lass einmal das Hacken. Wir stehen doch als erwachsene Männer hier. Was wolltest du uns denn anbieten?«

Thorolf hatte sichtlich Mühe, seinen wütend mahlenden Unterkiefer zu beherrschen, und Frygdis fiel es zunehmend schwer, ihre Belustigung zu verbergen. Flüchtig traf ihr Blick den von Havenar. Seine Augen lachten, wenn seine Züge auch sonst keine Regung verrieten.

»Anbieten?«, fragte Thorolf, und Guttorm stieß empört die Luft aus.

»Dafür habt ihr uns doch hergebeten, oder nicht? Ihr wolltet uns etwas anbieten, damit wir euch in Zukunft helfen, eure Schiffe und euer Vieh zu schützen. Und was ihr sonst noch habt«, sagte Hademut und ließ seinen Blick über die Frauen zwischen Thorolf und Olof wandern.

Es war für Frygdis nicht nötig, Olof anzusehen, um zu wissen, dass es in ihm kochte. Seine Fäuste waren fest geballt. Die Gegenseite war ganz gelassen oder verstand es gut, Gelassenheit zu spielen. Hunolds und Hademuts Söhne standen alle da, als würde sie die Sache nichts angehen. Dabei waren sie diejenigen, die den Schiffen unermüdlich und unausweichlich das ganze Jahr über aufgelauert und unzählige Gelegenheiten gefunden hatten, Rinder und Schafe von den Weiden zu pflücken. Dennoch bezweifelte Frygdis, dass sie an einer Beilegung des Streits so wenig interessiert waren, wie sie vorgaben. Thorolf und Guttorm hatten ihr Bestes getan, nichts ungerächt zu lassen. Die Bauern, die darunter gelitten hatten, würden dieser Verhandlung nichts Spaßiges abgewinnen können. So wie die Männer sich benahmen, fand Frygdis es allerdings unwahrscheinlich, dass sie sich schnell einigen würden. Erwachsene Männer, dachte sie, ha! Was hieß das schon?

Doch dann zeigte sich, dass Thorolf nicht erst seit gestern und nicht nur zufällig Jarl war. »Du hast Recht«, sagte er beherrscht. »Wir sind glücklich, in euch so gute Nachbarn zu haben, und halten eure Freundschaft für nützlich, so wie euch unsere nützlich ist. Und um dies zu besiegeln, bieten wir euch an, aus dieser nützlichen Freundschaft eine noch bessere Bindung zu machen. Meine Tochter Gebharde ist eine junge Frau, die des Königs würdig wäre. Es ist ein Zeichen großer Freundschaft, wenn ich sage, dass ich dennoch eine Verbindung mit deinem Sohn gutheißen würde, Hademut.« Er wies mit dem Kopf eindeutig auf Havenar, und Frygdis beobachtete, überwältigt von auflodernder Eifersucht, wie dessen Blick langsam von Thorolf zu Gebharde wanderte und wieder zurück.

»Das wäre sicher eine Ehre«, sagte Havenar, die Stimme weich und sanft. »Aber es ist bekannt, dass ich eine große Abneigung gegen das Heiraten habe.«

Worauf wieder Heiterkeit im Saal ausbrach. Thorolf lächelte freundlich. »So ging es uns allen, Junge. Aber eines Tages muss jeder Mann einsehen, dass er Söhne braucht, und du bist gerade alt genug. Nicht wahr, Hademut, du willst deine Enkel doch sehen? Wer weiß, wie lange du noch Zeit dazu hast. Du solltest deinem Vater diesen Gefallen tun, Havenar.«

Jarl Hademut war genauso gut darin, ein brüllendes Gelächter zu spielen wie Ungerührtheit, fiel Frygdis auf, die diesmal noch zu erschüttert war, um die lautstarke Belustigung in der Halle begreifen zu können. Was fanden sie so komisch?

Nach Luft schnappend und sich die Augen reibend, wandte Hademut sich wieder an Thorolf. »Meine Enkel sehen, Thorolf! Du machst wirklich die besseren Witze. Manchmal wünsche ich, dass ich sie nicht immer und überall sehen müsste. Gammelby wimmelt von Havenars Bengeln. Wie viele sind es jetzt, Sohn?«

»Sechs. Bald sieben. Aber vielleicht kommt ja mal ein Mädchen.«

»Thraelsbälger«, warf Olof ein.

»Durchaus nicht«, sagte Havenar gelassen. »Einer so frei wie der andere.«

»Und alle sein Abbild«, sagte Hademut. »Trotzdem, eine Ehefrau hat er noch nicht. Es wäre also möglich, und deine Tochter wäre natürlich eine achtbare Wahl. Havenar?«

Havenars Blick kehrte zu Gebharde zurück und streifte Frygdis, die blass um den Mund war und zu Boden sah. Im Sommer hatte er in Russland einem Sklavenhändler eine junge Frau abgejagt, die so schön war wie Franka, dabei groß, schlank und gerade wie eine Pappel. Er hatte sie Pappel genannt, bis sie seine Sprache gut genug gelernt hatte, um ihm zu sagen, dass sie Rike hieß. Pappel-Rikes Schwangerschaft war ein paar Wochen jünger als die von Frygdis, aber sie war darin ebenso anziehend. Dennoch blieb es hoffnungslos. Nichts half. Er wollte Frygdis. Gebharde auf keinen Fall. *Deine Schwiegertochter werde ich gern nehmen*, könnte er jetzt sagen. Er verkniff es sich, den Kopf über seine eigene Besessenheit zu schütteln.

»Lass es dir durch den Kopf gehen«, kam Thorolf seiner Antwort zuvor. »Manch guter Gedanke muss erst sacken. Nach dem Essen sprechen wir weiter. Wir kommen schon überein.«

»Essen ist jedenfalls ein guter Gedanke«, erwiderte Jarl Hademut.

Sechs Söhne, dachte Frygdis, während sie wie durch Nebel mit den anderen Frauen hinausging, um das Essen zu holen. Kein Wunder, dass sie gelacht hatten. Kein Wunder, dass Olof ihn verabscheute. Havenar war mindestens zwei Jahre jünger als er.

Das Essen zu verteilen, war für die ranghohen Frauen nur eine gastliche Geste. Keine von ihnen musste sich mit den schweren Kesseln und Platten abschleppen. Mit leichten Körben voll Brotfladen gingen sie herum und bedienten vorwiegend die ebenso ranghohen Männer. Es war natürlich Gebharde, die Havenar und Wolfger das Brot reichte. Frygdis gab es an Ingvar und seinen dunkelhaarigen Halbbruder aus. Der zweite sah sie ungewöhnlich durchdringend an, erwiderte aber ihr Lächeln und dankte. Konnte Havenar jemandem erzählt haben, was zwischen ihnen geschehen war? Was dachte er selbst darüber? Sie wünschte sich so sehr, mit ihm sprechen zu können. Sechs Söhne, hallte es in ihrem Kopf wider.

Einer von Thorolfs grauen Jagdhunden hatte ein großes Stück Brot erbeutet. Sie hob den Blick, um zu sehen, wem es fehlte.

Eigentlich hätte sie es wissen können. Mit einem Blitzen in den Augen zeigte Havenar ihr seine leeren Hände. Er kam ihr ein paar Schritte entgegen, was ihn von seinen Freunden trennte. »Wie ungeschickt von mir«, sagte er. »Aber dieses Brot gefiel mir ohnehin nicht. Ich mag besonders die mit der blauen Kruste. Sieh doch mal nach, ob du so eins für mich hast.«

Frygdis nickte, zu aufgeregt, um zu lächeln, sah in den Korb und drehte bedachtsam Brot nach Brot um.

»Du hast nicht abgeholt, was dir gehört«, sagte er. Im Lärm der Halle bestand nicht die Gefahr, dass jemand ihrem Gespräch folgte, wenn es auch allen auffallen würde, falls es eine gewisse Dauer überschritt.

Sie sah nicht auf. »Du behältst dein Leben, ich behalte meins. Anders geht es nicht. Warum willst du nicht Gebharde heiraten? Ihr braucht den Frieden vor der Tür doch genauso wie wir.«

»Es geht nicht. Mein Herz ist vergeben.«

»An die Mutter deiner Söhne?«

Havenar schnaubte belustigt. »Den Müttern meiner Söhne habe ich etwas anderes gegeben als mein Herz.«

»Es gibt viele, die ihr Herz nicht mit in die Ehe nehmen.«

»Nicht ich.« Seine Worte wurden schneller, die Zeit war kostbar. »Sollen sie es bei einem von meinen Brüdern versuchen.«

»Sie wollen aber dich.«

»Ich denke, Thorolf will mir die Hände binden.«

»Sprich nicht zu mir davon. Hier ist dein blaues Brot.« Sie gab ihm den untersten Fladen aus dem Korb.

»Ich will aber mit dir sprechen. Sprich mit mir, Frygja. Triff mich allein.«

»Du bist schon betrunken.«

»Ich will nur zu meinem Herzen zurück.«

Frygdis lächelte, als würde sie ein höfliches Gespräch mit einem Gast beenden. »Später bin ich mit meiner Magd in einer von den Webhütten. Aber hoff auf nichts, Havenar.« Damit ging sie weiter und reichte seinem Onkel Jarl Hunold Brot nach, dem er ähnlicher sah als seinem Vater.

»Ich danke dir«, sagte Hunold. »Kennst du meinen Neffen?«

»Wir sind uns einmal auf einem Thing begegnet, es ist eine Weile her.«

»Und meinst du, er ist der richtige Mann für deine Schwägerin?«, fragte Hunold scherzend.

Sie lächelte höflich. »Ich weiß ja nicht, was er zu bieten hat. Gebharde herrscht gern über ein reiches Haus.«

»Reich an Kindern ist Havenars Haus auf jeden Fall«, sagte Hunold.

»Das wird auch Olofs Haus bald sein«, warf Olofs Onkel Halfdan mit einem Blick auf Frygdis' Bauch ein.

Hunold lachte scheppernd. »Ja, ja. Und das ist ein Glück, was, Mädchen?« Er sah Frygdis gutmütig in die Augen und hob sein Horn. »Auf Olofs kinderreiches Haus.« Er trank. »Aber Havenar … nun, er hat … Wenn er so weitermacht, wird er sich ein zweites Haus bauen müssen. Er hat gerade neunzehn Winter auf dem Rücken, und die Weiber werden schwanger, wenn er sie nur schräg ansieht.«

»Solange er seine Nachkommenschaft satt machen kann«, sagte Halfdan kühl. »Es sollen sich schon Brüder über einen Brotkanten die Schädel eingeschlagen haben.«

Hunold lachte wieder. »Oh, was soll ich sagen? Es scheint, als hätte der junge Mann in letzter Zeit ausgezeichnete Geschäfte gemacht. Brotkanten gibt es bei ihm für alle genug.«

Frygdis sah, wie Halfdan die Röte in die Wangen stieg und sich seine Lippen zusammenpressten. »Soll ich euch noch etwas bringen?«, fragte sie. »Wenn ihr das Gekochte nicht mögt, sehe ich nach, wo die Brathühner bleiben. Sie sind sehr zart.«

»Weißt du, du bist ein hellsichtiges Kind. Ein Brathuhn wäre genau das, was ich mir jetzt wünsche«, sagte Hunold.

»Dir geht es sicher ebenso, Halfdan. Oder irre ich mich?«, fragte Frygdis mit ihrem süßesten Lächeln und beeilte sich, den beiden ihren Wunsch zu erfüllen, nachdem Halfdan widerwillig zugestimmt hatte.

Als sie ihnen kurz darauf ihre Hühnerhälften reichte, herrschte so etwas wie eine wohlig seufzende Einigkeit, in der sie sie verließ, um noch einige höfliche Worte mit anderen Gästen zu wechseln, bevor sie sich zurückzog.

Sie brauchte keinen Vorwand, um mit Auda aus dem Haus in die Webhütte zu gehen, denn an allen drei Tagen seit ihrer Ankunft hatte sie den größten Teil ihrer Zeit dort verbracht. Gebharde, Gunda und Gunhild, die Thorolf seit dem Tod seiner Frau das Haus führte, hatten sich viel Heimliches zu erzählen; und darauf, Olofs zweite Geliebte besser kennenzulernen, legte sie keinen Wert. Sie konnte sich lebhaft vorstellen, dass an diesem Abend Gebhardes mögliche Heirat mit Havenar das einzige Thema im Haus sein würde.

Gebharde hatte keinen Zweifel, dass der Vertrag zustande kommen würde. Sie platzte beinah vor Stolz auf ihre eigene Bedeutsamkeit, konnte ihre Begeisterung über die Aussicht auf eine Ehe mit dem reichen, schönen Feind ihrer Sippe nicht verbergen und sonnte sich im Neid der anderen.

Auch ohne ihre verrückte Verabredung hätte Frygdis nicht dabeisitzen wollen und zuhören, wie Gebharde und ihre Freundinnen über den Mann schwatzten, der behauptete, sein Herz an sie, Frygdis, verloren zu haben. Beinah war sie sicher, dass er seinen Spott mit ihr trieb, als sie in der Webhütte die beiden Tranlampen ansteckte, während Auda das Feuer schürte. »Das Tier hier wird grausig«, sagte sie, vor dem Webrahmen stehend.

Mit unhörbaren Schritten trat Auda hinter sie. »Wie ein böser Traum. Wie die Angst selbst«, bestätigte sie.

Frygdis nickte zufrieden. »Dann ist es genau richtig.«

»Kein Holzschnitzer oder Goldschmied macht es besser«, sagte Auda.

Forschend warf Frygdis ihr einen Blick über die Schulter zu, dann lachte sie. »Du kraulst mir den Bauch.«

»Bei so viel Bauch eine große Aufgabe«, sagte Auda, worauf beide lachten. Auda nahm die Spindel und Frygdis das Webschiff zur Hand, und sie setzten sich.

Es dauerte noch fast eine Stunde, bis sie draußen Männer kommen hörten.

»Ihr sitzt da, und falls euch jemand anspricht, seid ihr sturzbesoffen«, hörte sie Havenar sagen.

»Sturzbetrunken oder nicht, man kann hier draußen leicht erfrieren um diese Zeit im Jahr. Wickle schnell ab, was du abzuwickeln hast«, sagte ein anderer junger Mann.

»Komm, Brunolf. Meistens weiß er, was er tut«, sagte ein zweiter, und dann war Havenar schon in der Hütte, und Frygdis hatte keine Zeit mehr darüber nachzudenken, wer wohl die Männer waren.

»Weißt du, was du tust?«, begrüßte sie ihn leise.

Er schüttelte den Kopf. »Weniger denn je.« Zögernd warf er einen Blick auf Auda.

»Das ist Auda«, sagte Frygdis. »Sie weiß fast alles über mich.«

»Auch von mir?«

Frygdis zuckte mit den Schultern. »Nicht alles. Warum wolltest du mit mir sprechen?«

»Ich will wissen, ob es mein Kind ist.«

Auda zog zischend die Luft ein und steckte schnell den Finger in den Mund, als hätte sie sich an der Spindel gestochen. Mit gehobenen Brauen zuckte sie um Verzeihung bittend, als Frygdis und Havenar sie ansahen.

»Nun weiß sie alles«, stellte Havenar fest.

»Wem hast du es erzählt?«, fragte Frygdis.

Gereizt wandte er sich ihr zu. »Niemandem. Was glaubst du, dass ich ein Lied draus gemacht habe? Willst du es mir jetzt bitte sagen? Seit Monaten habe ich die Frage im Kopf.«

»Es ist Olofs Kind.«

»Du weißt, dass ich dich nie würde beleidigen wollen, aber ist das die Wahrheit?«

»Du würdest mich nie beleidigen wollen? Verzeih, aber wie nennst du, was du vor soundso vielen Monaten …«

»Ich habe mich jeden Tag dafür geschämt.«

»Das hast du nicht.«

»Doch.«

»Lügner.«

»Ich sage ja nicht, wie lange ich mich jeden Tag dafür geschämt habe. Und übrigens, wer beleidigt hier wen?«

»Ich bin mir sicher: Das Kind war vor dir da. Es ist von Olof.«

Langsam stieß er die Luft aus und ließ den Kopf sinken. »Das sollte mich beruhigen. Tut es aber nicht. Meine Kinder sehen mir ähnlich, weißt du. Ich wollte nicht, dass du … Und nun bin ich …« Er rieb sich verlegen mit der Hand die Stirn. »Mindestens einer von den Göttern sitzt da und biegt sich vor Lachen, Frygdis.«

Sie war nicht aufgestanden. Nun trat er zu ihr und strich mit dem Handrücken über ihre Wange. Sie sah ihm in die Augen und hielt wortlos still. Er sah so frisch und stark aus wie das Leben selbst. Nichts an ihm konnte sie betrachten, ohne es zu lieben. Er trug das helle, lange Haar offen, ein Zugeständnis an den Helm, den er zuvor auf dem Kopf gehabt hatte. Nur vorn an den Seiten waren ihm zwei dünne Zöpfe geflochten. Er war etwas schmaler und schlanker als Olof, hatte seinen Muskeln nach aber sicher nicht weniger Kraft. Überlegte man genau, waren die Unterschiede nicht riesengroß – und doch … Sie biss sich auf die Lippen und beobachtete, wie er seinen Blick sinken ließ. Über ihre Schultern und Brüste auf ihren Bauch. Schützend und schutzsuchend legte sie beide Hände auf die Wölbung. »Ich weiß, dass es nicht schön aussieht«, sagte sie unsicher.

Überrascht hob er den Blick wieder zu ihren Augen. »Dein Bauch? Sagt Olof dir so einen Mist? Eine schwangere Frau ist einer der schönsten Anblicke, die die Erde zu bieten hat.«

Lügner oder nicht, er verstand es, sie zu trösten, dachte Frygdis und lächelte. »Hast du deshalb schon so viele Kinder?«

Er lächelte zurück. »Die Kinder habe ich, weil es ein solches Vergnügen ist, sie zu machen.«

»Stimmen ihre Mütter dir darin zu?« Sie unterbrach sich und schaute ihren Bauch an. »Es tritt mich. Wahrscheinlich wird es ein Wildfang.«

»Lass mich fühlen.«

Er überrumpelte Frygdis mit seiner unerwarteten Annäherung und hatte die Hand auf ihrem Bauch, bevor sie es ihm verbieten konnte. »Havenar!«, sagte sie.

»Was? Ich stelle mir vor, wie es sich da drin zusammenkrümmen muss. Ich verrate dir was. Ich wollte immer gern mal sehen, wie ein Kind auf die Welt kommt. Aber die Frauen sagen, es wäre auch ohne Männer daneben schwierig genug, und schicken mich fort. Deshalb weiß ich noch immer nicht, wie viel oder wenig Vergnügen es für eine Frau ist, ein Kind zu machen. Aber da sich die meisten recht schnell zu einem nächsten überreden lassen …«

Frygdis musste lachen und schüttelte den Kopf. »Ich weiß wirklich nicht, warum ich dir zuhöre.« Ihr Lachen machte das Ungeborene noch munterer. Es trat heftig, und Havenar legte seine zweite Hand auf die Unterseite ihres Bauches, der sich bei den Bewegungen auch dorthin wölbte. Aus seiner gebückten Haltung ging er in die Knie. So konnte er ihr gerade in die Augen sehen. »Ich wünschte, es wäre meins.«

Mit den Augen eines sehnsüchtigen Jungen sah er sie jetzt an. Sie wollte ihn an sich ziehen. Stattdessen strich sie ihm mit den Fingerspitzen über die Schläfe. »Red keinen Unsinn. Das wäre furchtbar. Meine Ehe zu brechen ist undenkbar für mich.«

Havenars Blick pendelte zwischen ihren Augen, ihren Lippen, ihrem Ohrläppchen und ihrem Haaransatz, als würde er sich ein Bild von ihrem Gesicht einprägen wollen. »Was ich fühle, war undenkbar für *mich*. Ich dachte, dieses Gefühl wäre etwas, mit dem man eine Geschichte am Feuer würzt. Eine Seeschlange. Es mag so etwas geben, irgendwo in der Tiefe und Weite, aber begegnen werde ich dieser Sache nicht, dachte ich. Wäre es mein Kind, Frygjarta, ich würde dich mit fortnehmen, ein Schiff beladen … Die Welt ist groß.«

»Nicht groß genug, um der Rache zu entgehen. Ich bin nicht irgendjemand. So wenig wie du. Sie würden uns nie in Ruhe lassen. Aber gleichgültig: Es ist nicht deins. Alles ist, wie es sein sollte, und so muss es bleiben.«

»Leider bist du zu klug. Ich wünschte, du wärst unbedacht. Wenigstens so unbedacht, mich noch einmal zu küssen.«

»Du bist mein Unglück, Havenar. Warum quälst du ausgerechnet mich? Wie viele Frauen hast du schon?«

»Sechs.« Havenar ließ seine Hand von ihrem Bauch in die Kleiderfalte zwischen ihren Schenkeln sinken und dort ruhen. Dann näherte er seinen Mund ihrem Ohr und sprach leise weiter. »Sechs Frauen, und das waren nicht die Einzigen. Ich will dir etwas sagen: Selbst wenn sie vor Lust stöhnen, ist es nicht so aufregend wie die Berührung deiner Finger an meinem Gesicht, geschweige denn dein Kuss. In dich zu dringen, ist wie Heimkehren nach einer langen Fahrt und Ausfahren zur gleichen Zeit.«

Frygdis spürte beschämende Hitze in ihrem Schoß, und ihr Gesicht glühte rosig. Vor Verlegenheit senkte sie den Blick. »Du redest, als hättest du es schon hundert Mal getan«, sagte sie mit belegter Stimme.

»Das habe ich. In meinen Träumen. Hundert Mal und mehr. Sag mir, dass du nie von mir geträumt hast, und ich gehe und quäle dich nie wieder.«

Ein kurzes leises Stöhnen ging Frygdis' Beschluss voraus, dann legte sie beide Hände um sein Gesicht und küsste ihn. Bis sie beide um Atem rangen und ihre Lippen brannten und Havenar glaubte, er würde wahnsinnig werden, wenn er sie nicht bekam. »Ihr Götter, Frygja«, flüsterte er aufgelöst. »Schenk dich mir. Sei mein.«

Selbst nur noch halb bei Sinnen, lachte sie auf. »Denk an meinen Bauch. Bremst dich gar nichts?«

»Das hat mich noch nie gebremst. Meine Kinder kannten ihren Vater alle, bevor sie auf die Welt kamen. Komm, Liebste, bitte …«

Seine Hände schoben ihr Kleid hoch, und seine Lippen schmeichelten ihrem Hals. Entschieden nahm sie ihn bei den Schultern und schob ihn zurück. »Nein. Noch mal kommst du damit nicht davon. Du bist nicht der Vater. Ich bin nicht dein. Komm zur Besinnung.«

Aufstöhnend ließ er ihr Kleid in Ruhe und vergrub das Gesicht zwischen ihren Brüsten. Sie umfing ihn mit den Armen, hielt kummervoll an seiner zärtlichen Nähe fest und versuchte, ihn mit ihrer Berührung zu trösten.

»Wo fängt Ehebruch an, Frygdis?«, murmelte er. »Meinst du, ich breche deine Ehe erst, wenn ich in dir bin? Ich breche sie in Gedanken fortwährend. Breche deinem Mann das Genick.«

»Hat das vielleicht etwas damit zu tun, dass Olof im letzten Jahr kein Schiff voll beladen und voll besetzt nach Hause gebracht hat?«

»Er ist ein verdammter Narr. Er schreit danach, dass man ihm etwas wegnimmt. Ich wollte nicht dir damit schaden.«

»Darum mach dir keine Sorgen. Aber halte ihn nicht leichtfertig für dumm. Ich weiß jetzt mehr als letzten Sommer. Wäre ich nicht sicher, dass ihr Thorolf und den Seinen ohnehin nicht traut, würde ich dich warnen, es zu tun. Sie planen weit voraus, und ihr kommt in ihren Plänen nicht mehr lange vor.«

»So viel habe ich vermutet. Ein weiterer Grund, warum ich Gebharde nicht heiraten werde. Hast du geglaubt, dass ich es tue?«

Sie fühlte sich ertappt und musste leise lachen, er hob den Kopf von ihrer Brust und sah sie an. »Ich weiß nicht«, sagte sie. »Ich mag Gebharde nicht, Haven. Sie ist hart und kalt. Die Vorstellung, dass du sie wollen könntest, hat mich verstört.«

»Du bist auch hart.« Er stand auf, klopfte sich die Knie ab und strich sich die Sachen glatt.

»Bitte. Mach es nicht schwieriger, als …«

Doch er schien nicht mehr sonderlich berührt. Tief durchatmend beugte er sich zu ihrer Weberei. »Hast du dir das ausgedacht?«

»Ja. Es erzählt eine Geschichte. Kannst du sie lesen?«

»Nein. Noch nicht ganz. Es ist eine Reise. Was ist das für ein Tier?«

»Es ist eine Reise meines Vaters. Seine erste, er war noch ein Junge. So ein Tier hat er selbst gesehen. Sie leben in den Ländern im Süden, wo es immer heiß ist. Flussdrachen hat er sie genannt. Manche sind so lang, wie ein Haus breit ist, und können einen Mann lebendig verschlingen.«

Havenar lächelte. »Dein Vater hat sie selbst gesehen? Und zum Übertreiben neigt er nicht? Nun, die Götter wollen mich offenbar gerade das Glauben lehren. Weißt du übrigens, warum deine Mutter deinen Vater verlassen hat?«

»Sag nicht, du weißt etwas darüber.«

»Doch. Thorhilds Magd hat es ihrem Liebhaber erzählt.«

»Ich wusste nicht, dass sie einen hatte.«

»Du ahnst nicht, was man alles erfährt, wenn man einmal anfängt zuzuhören.«

»Sagst du's mir?«

»Sie mochte ihn nicht. Hat vorgehabt, ihn zu verlassen, seit sie dich auf die Welt gebracht hat. Sie wollte nur warten, bis du in guten Händen bist. Siebzehn Jahre, Frygja.«

»Ha«, sagte Frygdis. »Das hast du dir gerade ausgedacht. Mutters Magd war verschwiegen. Du bist ein Schuft.«

»Und du bist, wie schon bemerkt, zu schlau.« Er grinste und warf einen bezeichnenden Blick auf Auda. »Sicher hätte ihre Magd nie gewagt zu plaudern. Was ich wirklich weiß, ist, dass sie wieder heiraten wird. Einen Norweger namens Hallvard Larsson. Vielleicht hilft dir das irgendwann. Und jetzt muss ich wohl gehen, sonst erfrieren meine Freunde. Ich wünsche dir Glück für die Niederkunft. Ist es wirklich unmöglich, dass es …?«

»Havenar!«

»Schon gut. Leb wohl. Sei vorsichtig. Deine Beschützer …«

»Jaja. Ich weiß. Nun geh und sieh dich selber vor, und …«

»Und?«

»Komm nicht wieder.«

»Wozu soll ich mich dann vorsehen?«

Als er zur Tür hinausging, sah sie in seinen Augen, dass jede Leichtigkeit in seinen Worten gespielt war, und diese Erkenntnis verursachte ihr einen süßen Schmerz, den sie jahrelang hüten sollte.

Mit der Spindel in der Hand ging Auda ihm zur Tür nach und

beobachtete im Schatten verborgen, wie er mit seinen beiden Freunden einen großen Bogen schlug, um von der anderen Seite zurück zur Halle zu gelangen. Havenar ging in der Mitte, der größte und eindrucksvollste von ihnen, und doch konnte er sich anpassen. Er ließ die Schultern sinken, beugte sich und machte sich unauffällig, als sie sich dem Eingang der Halle näherten. Nur zwei von Hademuts eigenen Wachen, die an der ihnen zugewandten Seite der Halle standen, sahen, woher die drei gekommen waren, und sie verrieten keine Neugier.

Schließlich wandte Auda sich wieder ihrer Herrin zu, die auf ihrem Hocker zusammengesunken war, das Gesicht in den Händen vergraben, und ihren Tränen freien Lauf ließ. »Weg sind sie.«

Frygdis schniefte. »Ich muss schlafen gehen, Auda. Ich bin so müde.«

Auda ging zu ihr und rieb ihr sanft den Rücken. »Und jetzt verstehe ich auch endlich, warum. Denn das hier ist eine Schwierigkeit, für die ich weit und breit keine Lösung sehe. Ist es wirklich nicht sein Kind?«

»Ganz sicher nicht. Wenn ich glauben würde, dass es seins ist, ich würde fortgehen, mich in einer Höhle verstecken und für immer versteckt bleiben. Aber ich kann nicht weglaufen und Olof sein leibliches Kind fortnehmen. Gleichgültig, was ich sonst von ihm halte, aber das verdient er nicht.«

»Schön wäre, wenn dein Gatte nun auch noch zu schätzen wüsste, was du für ihn tust, aber es kann passieren, dass er so oder so nicht dankbar ist. Wie lange gehört denn der anmutige Halbgott, der gerade gegangen ist, schon zu deinen Bekannten?«

Frygdis hob verwundert den Blick zu ihr und wischte sich die Augen. »Anmutiger Halbgott? Findest du, dass er das ist? Ich dachte, nur mein verdrehtes Herz lässt ihn mir so schön erscheinen. Es ist heute der dritte Tag, den wir uns sehen. Und besser der letzte.«

»Das muss ein schneller Schritt gewesen sein, vom Sehen zum …«

»Rede nicht davon. Es war dunkel, und er kam vom Kampf.«

Auda sah sie misstrauisch an. »Es war also auf dem Thing. Hat er dich genötigt?«

»Genötigt, ja. Zu etwas, das ich mir wünschte. Die Schande verteilt sich gerecht. Ich hätte noch Mittel gehabt.«

»Du wirst verzeihen, dass ich das nur halb glaube. So üblich es ist, dass Männer ihren Vorteil ausnutzen, so wissen sie doch gewöhnlich, bei welchen Frauen sie die Grenze zu ziehen haben. Ein einfaches Nein von dir hätte reichen müssen. Er hat doch gewusst, wer du bist?«

»Es scheint nicht viel zu geben, was er nicht über die Leute weiß. Was mich betrifft ... Wenn ich in seine Augen sehe, dann habe ich das Gefühl, dass er der Einzige ist, der weiß, wer ich bin, und der Einzige, der es je wissen wird. Und deshalb ist es mir ganz gleich, ob es recht ist, was geschehen ist. Er hat mir nicht wehgetan.«

»Mhm«, sagte Auda ohne Überzeugung, »erlaube, dass ich das anders sehe. Besser, ich bringe dich jetzt ins Bett. Mir ist nicht wohl dabei, noch lange hierzubleiben. Wer weiß, wem der Met heute noch verdrehte Einfälle verschaffen wird.«

Frygdis nickte, stand auf und räumte die Arbeit zusammen, während Auda das Feuer löschte. Noch einmal strich sie mit beiden Händen über ihre halbfertige Weberei und erschrak. »Ich habe einen von meinen Ringen verloren, Auda.«

Einen Moment lang suchten sie beide, dann gaben sie auf und löschten die Lampen. »Ich finde ihn morgen bei Tageslicht«, versprach Auda.

Was Auda am nächsten Morgen in der Webhütte fand, noch bevor jemand außer den Sklaven aufgestanden war, war nicht Frygdis' goldener Ring, sondern ein anderer. Er war zwischen die Fäden des Webschiffes mit der dunklen, tiergrünen Farbe geklemmt. Und obwohl Auda nicht viel davon verstand, ahnte sie doch, dass sein Wert den des verlorenen überstieg. Zwei Schlangen bissen sich darauf in die Schwänze, und in ihren Kurven waren blaue und weiße Steine eingelassen.

»Da ist er«, sagte sie zu Frygdis, als sie ihn ihr in die Hand legte.

Frygdis sah den Ring an, dann Auda, und dann schloss sie die Hand. »Ich danke dir«, sagte sie. Auf die Idee, den Ring anzustecken, kam sie nicht, denn es war leicht zu sehen, dass er für alle ihre Finger zu groß war.

Für alle überraschend ging der Besuch bei der Thorolfssippe tatsächlich mit einem Eheversprechen aus. Nachdem Havenar mit aller Höflichkeit wieder und wieder einer Antwort auf den Vorschlag ausgewichen war und Hademut der Sache schließlich mit einer scherzhaften Schimpftirade auf seinen Sohn ein Ende gemacht hatte, kam Ingvar zu seinem Vater. Havenar gesellte sich zu ihnen und stellte sich den Blicken seines kleinen Bruders, dem der Verdacht ins Gesicht geschrieben stand, dass mit ihm etwas nicht in Ordnung war.

»Ich möchte das gern verstehen«, sagte Ingvar. »Ganz unnütz wäre diese Verbindung mit Thorolfs Sippe doch nicht. Warum willst du Gebharde nicht heiraten, Haven?«

Havenar musterte seinen Bruder mit spöttischer Miene zurück. »Sie hat kein Kinn«, sagte er.

Hademut prustete los. »Ingvar, eines habe ich gelernt: Ich werde nicht versuchen, deinen Bruder mit einer Frau zu verheiraten, an der er etwas auszusetzen hat. In diesem Fall bin ich erleichtert, dass er so ein Sturkopf ist. Eine so starke Verbindung zu Thorolf wäre ein Hindernis für gewisse Tätigkeiten, mit denen er in letzter Zeit viel Erfolg hatte.«

»Trotzdem. Eine von ihren Frauen bei uns zu haben, würde es wahrscheinlicher machen, dass sie die Überfälle sein lassen.«

Havenars Blick auf seinen Bruder wurde weicher, und er sprach so leise, dass sie ihn eben noch verstehen konnten. »Sieht so aus, als hättest du uns nun alle für deine Politik erwärmt, Vater. Hör zu, Ingvar: Vorläufig würden sie wohl Ruhe geben. Mach aber nicht den Fehler, Thorolf oder Guttorm für Männer unserer Art zu halten. Sobald es um mehr geht als um ein paar Pelze oder Kühe, werden sie vergessen, dass eine Heirat etwas gilt.«

»Hast du etwas Neues gehört?«, fragte Hademut mit zusammengezogenen Brauen.

»Nur, was meine Ahnung bestätigt«, sagte Havenar.

Ingvar schniefte unzufrieden. »Wie wäre es, wenn ich heirate?«

Havenar und Hademut sahen ihn verblüfft an. »Gebharde ist ein bisschen alt für dich, meinst du nicht, Kleiner?«, meinte Havenar.

»Ich bin sechzehn. Dich wollte Vater auch mit sechzehn verheiraten, und ich dachte nicht an Gebharde. Thorolfs Nichte ist so alt wie ich und steht ihm weniger nah.«

»Ha!«, stieß sein Vater hervor, und Havenar musste lachen. »Mein Sohn, hat unser Gespräch vielleicht viel mehr damit zu tun, dass dein Blick auf etwas gefallen ist, was dich anspricht?«

Am nächsten Morgen, als alle die Nachwehen ihres Rausches einigermaßen unter Kontrolle hatten, warb Hademut mit Ingvar bei Halfdan um Gunda, während Havenar damit beschäftigt war, Gebhardes verletzte und wütende Blicke zu meiden. Frygdis und Olof waren nicht zu sehen. Eine Weile machte ihn die Vorstellung krank, dass sie noch zusammen im Bett liegen würden, doch dann sah er Olof aus einem der beiden Gesindehäuser kommen und erinnerte sich an dessen Kebse, die er seiner schwangeren Frau offenbar vorzog. Es war widersinnig, doch unvermeidlich, dass sein Hass auf Olof auch bei dieser Erkenntnis heißer flammte.

Als sie später mit dem *Kranich*, Hademuts Drachenschiff, auf See hinausfuhren, um ihren Bogen nach Hause zu schlagen, waren alle trotz des eisig schneidenden grauen Windes übermütig gelöster Stimmung, nahmen sie doch ihren Stolz unangetastet wieder mit.

Nur Havenar betrachtete ernst den Horizont. Vitgeir schlich sich an und schlug ihm so plötzlich auf den Rücken, dass er fast über Bord gegangen wäre. »Du bist nicht mehr der Alte«, sagte Vitgeir. »Scheinst in Gedanken immer im Morgen und nie im Heute. Wo träumst du dich jetzt gerade hin?«

Havenar hob die Hand und strich sich die wild wehenden Haare wieder nach hinten und unter den Helm. »Wenn das Wetter sicher ist, fahre ich nach Norden. Erst nach Schweden, dann so weit wie möglich. Bis ans Weltende.«

»Wollen wir den *Kielvogel* nehmen, oder brauchen wir ein größeres Schiff?«

Havenar sah in Vitgeirs dunkle Augen, dann wieder aufs Meer. »Diese Fahrt mache ich alleine. Bis nach Schweden fahre ich mit Erik. Dann suchen Brunolf, Guntram und ich uns jemanden, der noch weiter fahren will. Du und Wolf und Ingvar, ihr könnt den *Kielvogel* nehmen und machen, was ihr meint. Obwohl ich denke, dass ihr dieses Jahr nicht lange fortbleiben solltet.«

»Gerade, wo das Lumpenpack von der anderen Seite Ruhe gibt?«

»Die geben noch lange keine Ruhe.«

»Weißt du das von Olofs Frau?« Es überraschte Vitgeir nicht, dass Havenar starr wurde, er fühlte seinen Verdacht bestätigt. Zur Sicherheit trat er einen Schritt zurück.

Doch Havenar blickte weiter auf den Horizont und sprach durch zusammengebissene Zähne. »Du bist so gut mein Bruder wie die anderen, Vitgeir, aber ich sage dir eins: Sprich noch einmal zu mir oder sonst einem darüber, und ich kastriere dich.« Langsam richtete er seinen eiskalten Blick auf Vitgeir, in dessen Augen Verachtung aufblitzte.

»Nimm den Ring ab«, sagte sein Halbbruder schroff, drehte sich abrupt um und ging zurück an seinen alten Platz.

Havenar sah ihm nach, die Kälte in seinen Augen wich Bedauern. Er hatte gehofft, dass der Ring niemandem auffallen würde, hätte es aber besser wissen können. Bei einem anderen als Vitgeir hätte er sich herausgeredet, doch Vitgeir war vielleicht gerissener und verstand schneller als Hademut selbst. Er war kein außergewöhnlicher Künstler mit dem Schwert oder

der Axt und dennoch selten im Nachteil, weil er schneller und weiter sah als andere.

Havenar drehte sich zurück zum Wasser und nahm heimlich Frygdis' Ring von seinem kleinen Finger. Mit dem tränentreibenden Wind im Gesicht und der göttlichen, wilden See mit ihren lockenden fremden Küsten vor Augen, die Beine mit dem Rollen und Stampfen eines guten Schiffes verwachsen, überlegte Havenar, ob er den Ring in die Wellen werfen sollte und schwören, nie zurückzukehren. Er hatte die Hand schon ausgestreckt, da fühlte er wieder, wie die Frau ihre Arme um ihn legte und ihn zärtlich hielt. Er hatte es nie für schlecht befunden, dass die Frauen seine Jungen herzten und in die Arme nahmen. Er konnte sich an wenigstens zwei Mägde erinnern, die das Gleiche mit ihm getan hatten, als er klein war, und hielt es für unwahr, dass dieses Hätscheln verweichlichte. Im Gegenteil, es gab Kraft. Mit einem tiefen Atemzug steckte er den Ring in den schmalen Beutel, der für besonders wichtige Kleinigkeiten innen an seinen Hosenbund genäht war. Er würde es den Göttern überlassen, ob er zurückkehrte oder nicht.

Zweiter Teil

5. Kapitel

Einige Wochen vor der Hochzeit von Ingvar und Gunda brachte Frygdis auf Midbikhus ihre Tochter zur Welt. Weil ihre Wochenbettzeit noch nicht ganz zu Ende war, begleitete sie Halfdan nicht nach Silveid auf das Fest. Olof war bereits kurz nach der Geburt dorthin verschwunden. Die Tochter hatte ihn maßlos enttäuscht. »Bei Freyr und Thor, Frygdis! Konnte es nun nicht wenigstens ein Erbe werden«, sagte er, als er zu ihr und dem neugeborenen Kind hereinkam.

Sie hätte ihn trösten sollen, wusste Frygdis. Ihm sagen, dass seine Tochter nicht ihr letztes Kind sein musste. Damit hätte sie vielleicht noch etwas retten können. Die Wahrheit jedoch war, dass in jenem Moment jede Faser ihres Leibes darum bettelte, nie wieder eine Niederkunft durchstehen zu müssen. Hinzu kam, dass mit dem allerersten Blick in die Augen ihrer verschmierten Tochter Hadwig ein Gefühl von ihr Besitz ergriffen hatte, das wichtiger war als alles andere. Daher erboste sie Olofs Geringschätzung, und das bekräftigte für eine Weile den trotzigen Beschluss, dass sie ihm nie wieder ein Kind schenken wollte.

Als die Wochen vergingen und sie ihre wunderschöne Tochter wachsen sah, begriff sie jedoch, dass sie auf die Wiederholung dieses Glücks nicht verzichten wollte, auch wenn sie dafür Olofs Vaterschaft in Kauf nehmen musste.

Über Havenar wusste sie, dass er gleich nach der Hochzeit seines Bruders weit fortgefahren war, und die Gerüchte, die aus Silveid zu ihr drangen, besagten, dass er nicht unbedingt vorhatte, zu seiner Sippe zurückzukehren.

Der süße Schmerz in Frygdis saß fest, doch das Gefühl, das ihr schmatzend saugendes Kind ihr gab, ließ keinen Platz für Trauer um so etwas Unberechenbares wie einen Mann. Auch Olof fuhr eine Weile nach dem Hochzeitsfest aus und ließ sie nichts darüber wissen, wann er wiederkommen wollte. Daran war ihr nur eines nicht gleichgültig – und das war, dass er nichts getan hatte, um Midbikhus besser zu befestigen. Umso wichtiger nahm sie die geheimen Vorkehrungen, die sie selbst mit Auda für ihre Sicherheit und die des Kindes traf.

Havenar war mit seinen Freunden auf Eriks *Gischtrenner* nach Schweden gesegelt, wo er einen Bruder seiner Mutter besuchte und die schwedische Sippe, in die seine zweitälteste Schwester Thordis geheiratet hatte. Sein Onkel Egil war ein Schwager des Königs Björn von Birka und führte ihn in dessen Halle ein. Dort lernte er Björns Bruder Sven kennen, der gerade eine Mannschaft sammelte, um nach Norden zu fahren und von den Finnen Felle, Knochen und Seehundseile zu holen, die später in Russland verkauft werden sollten. Brunolf, Guntram und Havenar fuhren mit ihm.

Obwohl es mehrere Male so aussah, als würden die Götter nicht wollen, dass Havenar zurückkehrte, dauerte es am Ende doch nur knapp neun Monate, bis es ihn wieder in den väterlichen Hafen Flintholm verschlug. Er brachte ein neues, beladenes Schiff mit, das er *Sturmfaust* genannt hatte, nachdem es sie mit trotzigem Widerstand durch ein Unwetter gebracht hatte, in dem manch anderes Schiff hätte aufgeben müssen. Der Drachen war ein Geschenk von Sven, den er halbtot zurück nach Birka gebracht hatte, wo er wider Erwarten von dem Fieber genas, das ihn im Norden niedergeworfen hatte. Auf seine Genesung hatte Havenar nicht gewartet, sondern war mit Svens drei Schiffen selbst nach Russland gefahren, wo er die Ware mit dem üblichen Erfolg absetzte.

Was König Björn – so wie auch Sven – wohl am meisten überraschte, war, dass er danach unbeschadet und ohne Verluste nach Birka zurückkam und nur das für sich behalten wollte, was sein rechtmäßiger Anteil war.

»Mein Schwager hat eine Verwandtschaft, derer ich mich

wahrhaftig nicht schämen muss«, begrüßte König Björn Havenar. »Ich will, dass du nach Hause fährst und deinen Leuten das mitteilst. Und du wirst nicht so heimkehren, dass sie fürchten, sich meiner schämen zu müssen.«

So kam es, dass Havenar auf Wunsch von Björn mit Geschenken und eigener Ware beladen wieder nach Danmark fuhr. Mitten im Winter landete er ein Schiff in Flintholm, dessen Anblick seinen Schwager Herjulf und seine Männer zu den Rüstungen stürzen ließ, weil es einem norwegischen Drachen so ähnlich sah. Erst als Herjulf die Schilde und wenig später die Gesichter und rufenden Stimmen auf dem Schiff erkennen konnte, ließ er die Hafensperren öffnen.

»Gerlög, es ist dein kleiner Bruder!«, brüllte er zum Haus hin, von wo daraufhin seine Frau erschien und sich auf die Zehenspitzen stellte, um das Boot besser sehen zu können.

»Was hat er nun wieder angestellt?«, fragte Gerlög, doch als Havenar ihr einen Moment später ein Bündel Hermelinpelze in die Hand drückte, nahm sie ihn in den Arm, küsste ihn auf beide Wangen und rieb mit dem Daumen über eine neue lange Narbe auf einer Seite seines Gesichts, als könne sie sie wegwischen wie eine Schmutzspur. »Hat es dich doch wieder heimgeführt«, sagte sie.

Er lächelte nur kurz. »Wird mich auch wieder fortbringen.«

»Wahrscheinlich nicht, bevor du noch ein, zwei Söhne angesetzt hast, was? Du hast schon wieder eine Frau dabei«, sagte Herjulf, der zu ihnen getreten war. »Sie hat einen Kopf wie ein Strandfeuer.«

Havenar lachte und blies auf seine Fingerspitzen, als hätte er sich verbrannt. »Nicht nur einen Kopf«, sagte er und zwinkerte Herjulf zu.

»Du solltest mal aufhören mit dem Sammeln«, sagte Gerlög unwillig. »Du bist nicht genug zuhause für so viele Weiber. Wer kümmert sich um deine Meute, während du weg bist?«

»Ich habe Onkel Erik angeboten, dass er in meinem Haus wohnen kann. Der Gedanke gefiel ihm.«

Nun lachte Herjulf. »Vor ein paar Jahren hättest du selbst deinen Onkeln nicht so weit vertraut, was deine Frauen angeht.«

»Ein bisschen habe ich mich geändert, Herjulf. Ich bin so weit gegangen, es den Frauen zu überlassen, ob sie sich von ihm trösten lassen. Was ganz und gar nicht heißt, dass du Glotzaugen zu Rämna machen darfst. Sie wäre sowieso zu viel für dich«, sagte Havenar und gab seinem Schwager einen spielerischen Stoß.

»Als hätte ich da nicht auch mitzureden«, sagte Gerlög und gab Herjulf einen Stoß aus der anderen Richtung.

»Das Schiff habe ich angesehen«, verteidigte sich Herjulf. »Das Schiff.«

»Das ist auch meins«, sagte Havenar und winkte seine beiden Freunde Brunolf und Guntram mit Rämna ins Haus, während die restlichen Männer sich mit dem Entladen befassten.

Am folgenden Tag ritt Havenar mit seinen Freunden, einem beladenen Wagen und acht der schwedischen Männer, die mit ihnen gesegelt waren, nach Gammelby. Zehn der Schweden blieben in Flintholm zurück, jederzeit bereit für einen neuen Aufbruch.

Als Gammelby in Sichtweite kam, hoben Havenar und Brunolf wieder ihre umgedrehten Schilde hoch über den Kopf, sodass niemand in den glücklichen Heimkehrern auch nur einen Augenblick lang Männer mit feindlichen Absichten vermuten konnte. Von den drei Türmen grüßten sie die gleichen umgedrehten Schilde, hochgehalten von den johlenden Wachen. Das Johlen lockte die Menschen zum Tor, und Havenar konnte sich wieder einmal nicht entscheiden, was besser war – Ausfahren oder Heimkehren. Die Sehnsucht nach beidem würde ihm ewig die Brust zerreißen, doch er hatte in den Monaten der Reise gelernt, dass es möglich war, mit zerrissener Brust zu leben.

»Havenar!«, rief eine freudestrahlende junge Frau. Zuerst sah er nur den mächtigen schwangeren Bauch und begriff nicht. Erst ein zweiter Blick in ihr Gesicht überzeugte ihn davon, dass es seine kleine Schwester war. Als er fortging, war sie unverheiratet gewesen, und es war auch keine Verbindung geplant. Er lenkte sein Pferd zur Seite und stieg bei ihr ab.

»Framhild! Wo hast du plötzlich den prachtvollen Bauch her?«

Sie fiel ihm um den Hals und brachte ihn mit ihren Tränen in Verlegenheit. Framhild war immer ihr Lamm gewesen. »Na!«, sagte er und klopfte ihr sanft den Rücken.

»Keiner hat geglaubt, dass du wiederkommst. Du hast so gar nichts dazu gesagt, wenn man dich gefragt hat«, schluchzte sie.

»Ihr wisst doch nie, ob wir wiederkommen. Was soll man viel darüber sprechen?«

»Die meisten Männer sagen aber doch wenigstens, ob sie vorhaben wiederzukommen«, widersprach sie mit gerunzelter Stirn und ließ von ihm ab.

»Wo wir bei Männern sind … Gehört ein Mann zu deinem Bauch, Täubchen?«

Framhild wurde rot. »Das weißt du ja wohl am besten, wie viel Mann zu so einem Bauch gehört. Ich habe geheiratet, nachdem du fort warst.«

Havenar vermaß mit seinem Blick ihren Umfang. »War da wohl schon höchste Zeit. Hat Vater die Sache überlebt?«

Sie senkte den Blick und scharrte verlegen mit dem Fuß im Sand. »Na ja.«

Havenar seufzte tief. »Komm schon mit, Kleine.« Er ging mit ihr zum Wagen, den Guntram vor seinem Haus angehalten hatte. Guntram selbst war schon abgestiegen, die rote Rämna saß noch steif auf dem Bock und musterte schweigend ihr neues Zuhause. Wie eine Königin, dachte Havenar und lächelte innerlich. Das war sie nicht ganz, aber immerhin das Geschenk eines Königs und dessen würdig. Während er mit seiner Schwester über den Hof schritt, ließ er sein Pferd los. Einer von den Knechten würde sich um das Tier kümmern. Mit ein paar schnellen Bewegungen faltete er einen Lederpacken auf und zog auch für Framhild ein Hermelinbündel heraus. Er reichte es ihr über die Schulter und wühlte sich durch die Waren, bis er eine Kiste mit

Schmuck fand. Ohne lange zu überlegen, griff er eine große Handvoll heraus, wandte sich damit wieder Framhild zu und steckte ihr die Kostbarkeiten flink in den Ausschnitt ihres Oberkleides, so wie er ihr früher Schnee ins Kleid gesteckt hatte. Das Geschmeide kam auf ihrem weit vorgewölbten Bauch zu liegen, wo sie es mit der freien Hand festhielt. »Schade, dass ich die Hochzeit verpasst habe«, sagte er.

Framhild strahlte ihn an. »Jostein. Es ist Jostein«, sagte sie, und Havenar wusste, dass sie für sich die richtige Wahl getroffen hatte. Jostein war der beste Holzschnitzer von Gammelby, baute auch ausgezeichnete Bogen und Pfeile, doch sicher hätte Hademut einen anderen für seine Tochter ausgesucht, wenn sie nicht Tatsachen geschaffen hätte.

Aus dem Augenwinkel sah er, wie seine Frauen aus der Tür traten. Erst Gebke, dann Thilde und danach die anderen.

Rämna hatte Framhild mit zusammengekniffenen Augen gemustert. Als er sie ansah, richtete sie ihren Blick auf ihn, und die funkelnde Missbilligung erheiterte ihn. Wenn das hitzige Weib glaubte, einen alleinigen Anspruch auf ihn zu haben, stand ihr einiges bevor. »Das hier ist nur meine Schwester«, sagte er zu ihr, dann wandte er sich seinem Haus zu, wo Erik und Wolfger hinter den Frauen aufgetaucht waren.

»Wäre ja auch zu schön gewesen, dich loszuwerden«, sagte Erik, doch seine frohe Miene strafte ihn Lügen.

»Wolfgers Hochzeit wollte ich mir dann doch nicht entgehen lassen«, sagte Havenar, obgleich er unterwegs nicht einen Gedanken an diese Hochzeit verschwendet hatte.

»Gut von dir«, sagte Wolfger und kam zu ihm, um ihm die Hand auf die Schulter zu legen. »Vater ist nicht hier. Er ist mit Orm, Ingvar und Vitgeir auf der Jagd. Und mit Thorwald.« Er tauschte einen Blick mit Erik, und beide lachten.

»Thorwald Thorhallsson?«

Wolfger nickte. »Er kam vor dem Winter her. Hat man ihn, braucht man sich nicht zu sorgen, wer die Beute nach Haus trägt.«

Havenar lachte ebenfalls auf und stemmte die Hände in die Hüften, um seine beeindruckend angewachsene Muskulatur zu zeigen. »Beute nach Hause zu tragen, hat mir bis jetzt noch nie Schwierigkeiten gemacht.«

»Nein«, bestätigte Erik. »Und in den Schultern schmaler geworden bist du nicht. Aber Thorwald …«

»Ich weiß«, winkte Havenar ab. »Ich kann mich an ihn erinnern.«

»Kommst du gleich mit zu Mutter?«, fragte Wolfger.

Havenar schüttelte den Kopf. »Erst wenn ich sicher bin, dass man in meinem eigenen Haus meine Rückkehr zu schätzen weiß. Hat es euch denn allen die Sprache verschlagen?«

Die Frauen sahen ihn mit großen Augen an, eine Hand vor dem Mund, beide auf den Wangen, eine an der Stirn oder die Arme verschränkt. Nach seinen Worten löste sich die Pappel von der Seite seines Onkels und kam auf ihn zu. »Wir dachten, du würdest nicht mehr kommen«, sagte sie. Er schloss sie in die Arme und küsste sie auf die Wangen, und das befreite offenbar die anderen aus ihrer Starre. Er bewältigte flüchtige Begrüßungsküsse für Thilde, Franka und Trude, die anschließend wieder ins Haus gingen, dann hing die kleine, aschblonde Gebke an seinem Hals und wollte ihn nicht wieder loslassen. »Was habe ich Sehnsucht nach dir gehabt«, sagte sie mit ihrer kindlichen Stimme und leuchtenden Augen, und das berührte seine Männlichkeit nicht weniger, als Rämna es mit ihren feurigen Fertigkeiten konnte. Genussvoll öffnete er Gebkes warme Lippen mit seinen kalten, gab ihr mit seiner Zunge ein wortloses Versprechen und rechnete nach, wie alt ihr Sohn war. Knapp zwei, wie Trudes Rolleif, erinnerte er sich, und damit war sie wohl reif für ein Nächstes. Er brachte den Kuss zu Ende. »Das freut mich zu hören«, sagte er.

Sein Onkel stand an den Türrahmen gelehnt da und beobachtete ihn mit Belustigung und etwas Neid im Blick. »Keine Angst, du musst nicht ausziehen«, sagte Havenar. »Mein Haus ist dein Haus.«

»Wir reden später«, sagte Erik und folgte Wolfger, während Pappel-Rike ins Haus ging.

»Wo sind die Jungen?«, erkundigte Havenar sich halb bei Gebke, halb bei Dirdra, die als Letztes noch dastand und die er bis dahin nicht richtig angesehen hatte. »Ich hole Kjartan«, zwitscherte Gebke, machte sich los und lief davon.

Dirdra sah nicht ihn an, sondern hatte ihren Blick mit dem von Rämna verschränkt. Ihr Bauch war mindestens so rund wie der von Framhild, was ihn wieder zum Lächeln brachte. Zu seinem Unwillen war Dirdras Gesicht jedoch ebenso tränenüberströmt wie das seiner Schwester. »Heulen heute alle Schwangeren von Gammelby?«, erkundigte er sich. Dirdra kam zu ihm in seine offenen Arme, ohne die ineinandergeklammerten Hände von ihrem Bauch zu nehmen. Nachdem er sie umarmt und auf die Wangen geküsst hatte, legte er seine Hände dazu und fühlte göttlichen Stolz durch seine Adern fließen: Dies hier war seins. »Was macht unsere Tochter?«, neckte er Dirdra, denn das war, worum er sie in der Hitze ihrer Umarmungen gebeten hatte, bevor er ausfuhr.

Sie blickte mit nassen, rot geränderten Augen zu ihm auf. »Bist du unfroh, wenn ich es nicht richtig gemacht habe mit dem Mädchen?«

Havenar seufzte. »Heulst du deshalb?«

Sie schüttelte den Kopf und kämpfte mit stummem Schluchzen.

»Etwa, weil ich zurück bin?«

Wieder ein Kopfschütteln, dann sah sie zu Rämna, die gerade vom Wagen gestiegen war. Bitterer Kummer war in ihrem Gesicht zu lesen. »Sie ist sehr schön«, flüsterte sie endlich und brach erneut in Schluchzen aus.

Erleichtert atmete er auf. Die Antwort war einfach. »Kein bisschen schöner als du. Und du bist noch dazu sehr schön schwanger.« Er strich verspielt über ihre schweren Brüste und küsste dann ihren Hals. »Lass das Heulen und hol mir die Jungen, ja? Bist doch meine Liebste.«

Woraufhin sie kräftig schniefte, sich die Augen wischte und ihn wieder ansah. Sie lächelte durch den Rest ihres Kummers hindurch. »Du denkst nicht, ich bin dumm, oder?«

Auflachend schüttelte er den Kopf, und sie ging, während Rämna an seine Seite kam. Sie pirschte wie eine Katze hinter ihm heran, er fühlte sie mehr, als dass er sie hörte. Ein angenehmer Schauder lief sein Rückgrat hinunter, und das Blut fing an, sich in seinen Lenden zu sammeln, als sie mit einem unzufriedenen Knurren seine Aufmerksamkeit einforderte. Sieben ausgestreckte Finger hielt sie ihm vor die Augen. »Das ist mehr als genug für einen Mann«, sagte sie mit ihrer rauchigen Stimme. »Lass dir gesagt sein: Ich bin die Letzte, die du angeschafft hast. Ich bin alles, was dir noch gefehlt hat. Wenn du dir noch mehr Frauen zulegst, dann werden wir alle nicht satt.« Sie ließ einen eindeutigen Blick an ihm hinuntergleiten und heizte ihn damit erfolgreich an. Hart fassten seine Hände ihre Oberarme, und hart war nicht nur sein Kuss, als sie ihm geübt und hemmungslos zwischen die Beine griff.

Mit Überwindung schob er sie auf Armeslänge und kniff ihr in die Wange. »Kommst schon nicht zu kurz«, sagte er.

Dann ging er wieder zum Wagen und hob einhändig eine Korbtruhe über die Seite herunter. Die Pferde waren bereits ausgespannt und vom Hof gebracht. Unter Hademut wusste jeder, was er zu tun hatte. Das war nicht selbstverständlich. Es war etwas, das sein Vater besonders gut konnte. Es hatte gute Gründe, dass er Jarl war. Gründe, die über Reichtum hinausgingen. Havenar wusste nicht, ob Wolfger die Sache ebenso gut machen konnte. Von sich selbst vermutete er, dass er es nicht konnte. Eine Schiffsmannschaft in Ordnung halten, das war etwas, worin er gut war. Auch drei, wenn es nottat. Aber nicht einen Jarlshof mit all den Bauern und dem Gewese, das daran hing. Er beneidete Wolfger nicht um sein Erbe.

»Komm«, sagte er zu Rämna, nahm sie an die Hand und ging mit ihr und der Truhe in sein Haus. Es war ein warmes Gefühl, über die Schwelle zu treten und alles so vorzufinden, wie es sein sollte. Die schöne, schweigende Franka in ihrem dunklen Kleid bereitete mit Thildes und Trudes Hilfe Essen zu. Er durfte gewiss sein, dass sie seinen Geschmack traf, sie hatte das Kochen zu ihrer zweiten Aufgabe neben dem Kinderhüten gemacht. Trude schenkte ihm ein augenzwinkerndes Lächeln, das ihr volles Gesicht noch breiter machte und schön für ihn war, weil er wusste, dass sie ihn mochte, aus freien Stücken bei ihm blieb und es genießen würde, ihn später zu verwöhnen, obwohl er ihr nur selten etwas zurückgab.

Thilde lächelte auch, aber es war ein pflichtschuldiges Lächeln, und mehr verdiente er von ihr nicht. Seit Ulfs Geburt hatte er selbst an ihr kaum mehr als seine Pflicht getan. Sie würde sich vielleicht entscheiden, nicht noch einmal auf ihn zu warten, nachdem er den Frauen die Ansprache gehalten hatte, die er plante. Er wollte ihnen freistellen, sich andere Männer zu suchen.

Was würde Pappel-Rike tun? Sie saß auf der Bank, hatte seinen jüngsten Sohn auf dem Schoß und gab ihm die Brust, obgleich er zu alt dafür sein musste. Er war etwas länger auf der Welt, als seine Reise gedauert hatte. Erik hatten sie ihn genannt.

»Trude«, sagte er. »Das hier ist Rämna. Zeig ihr einen Platz zum Schlafen.« Er reichte Trude die Korbtruhe mit Rämnas Sachen, dann setzte er sich neben Rike auf die Bank.

Sie senkte verlegen den Blick. »Ich weiß, dass er schon zu groß ist, aber er hat es noch so gern.«

Interessiert sah Havenar dem glückselig saugenden Erik zu. »Er wird nie aufhören, das gern zu haben. Ein paar Jahre zwischen deiner Brust und der anderer Frauen sollten aber wohl vergehen.«

»Willst du, dass ich damit aufhöre?«, fragte sie mit beherrschtem Unmut.

»Du meinst, ich komme zur Tür herein und erzähle als Erstes einer meiner Schönsten, dass sie etwas falsch macht? Du bist die Mutter, du wirst es schon wissen. Gesund sieht er aus, das ist alles, was mich angeht. Wenn er groß genug ist, ein Schwert zu halten, dann entscheide ich, was er tut.«

Sie wandte ihm ihren Blick wieder zu, und er bewunderte

die langen Wimpern, die ihre großen, blauen Augen rahmten. »Wirst du hier sein, wenn es … wenn es Zeit dafür ist?«

Er sah ihr lange schweigend in die Augen. Endlich zuckte er mit den Schultern. »Hast du dich mit Onkel Erik angefreundet? Er meinte, er könnte es genießen, mit dir Schach zu spielen. Habt ihr das getan?«, erkundigte er sich und beobachtete sie aufmerksam. Ihre Wangen wurden rosig, sie antwortete nicht. »Ich habe euch beiden gesagt, dass ich nichts dagegen habe«, setzte er behutsam hinzu.

»Ich mag deinen Onkel. Und ich … ehrlich … ach – ich dachte ehrlich, du kommst nicht zurück.«

»Es ist in Ordnung. Du bist eine freie Frau. Nur komm nicht in mein Bett, solange du auch in seines gehst.«

»Havenar, ich … Du wirst böse sein. Du bist böse.«

»Zwei Dinge, Pappel: Auch ich habe meinen Onkel gern. Und wenn ich das nächste Mal ausfahre, komme ich vielleicht wirklich nicht wieder. Bleib in seinem Bett, schenk ihm ein paar Kinder. Nur lass nie Zweifel aufkommen, dass das hier meins ist. Wir hätten ihn nicht gerade Erik nennen sollen.« Havenar nahm einen der kleinen Kinderfüße in seine vielfach größere Hand.

»Niemand wird sagen dürfen, dass er nicht von dir ist«, sagte Rike. »Und ich würde es mögen, wenn du zurückkommst, auch wenn es mir im Bett deines Onkels gefällt.«

Havenar lächelte. »Darauf gib mir noch einen Kuss, vielleicht hilft mir das bei den Göttern.« Sie tat es, ihren mittlerweile schlafenden Sohn fest im Arm. Als Havenar aufsah, bemerkte er seinen Onkel, der still bei der Tür stand und in dessen Neid sich diesmal keine Belustigung mischte.

An Erik vorbei stolperte gerade der erste von seinen herbeigetriebenen Söhnen ins Haus. Es war der vierjährige Ulf, dicht gefolgt vom ein Jahr jüngeren Bard. Die Kinder kamen herein und übersahen ihn einfach. Er war ihnen fremd, und warum sollte es nicht so bleiben? Bald war er wieder fort. Es reichte ihm, wenn er sie alle eine Weile betrachten konnte.

Rike legte den kleinen Erik auf die Bank, stand auf und ging zum großen Erik hinüber, um ihm ein paar Worte ins Ohr zu sagen. Havenar sah, dass ein Leuchten über das Gesicht seines Onkels ging. Achtzehn Jahre lagen zwischen ihnen, und in seinem ganzen, fast vierzigjährigen Leben war es Erik Hagbertsson nicht gelungen, eine Frau zu finden, die ihm ein lebendes Kind gebar und dieses und sich selbst länger als zwei Jahre am Leben erhielt. Nicht gelungen, eine Frau zu finden, die er für den Rest seiner Zeit in seinem Bett behalten wollte. Vielleicht war Rike die Richtige für ihn.

Nun kamen auch Arwed und Bjarne herein. Alle waren winterwarm eingepackt. Bjarne hatte Rolleif an der Hand, der pummelig war wie seine Mutter. Hinter ihnen kam Gebke, auf deren Arm Kjartan. Schmutzig vom Spiel waren die Jungen, aber alle völlig gesund, soweit er sehen konnte. Er rechnete. Bjarne war sechs und groß für sein Alter. Er musste Erik bitten, sich bald um den Jungen zu kümmern.

»Wo denn?«, fragte Arwed, ein bisschen blind vom Wechsel ins dunkle Haus. Doch dann hatte er Havenar auf der Bank erspäht, kam angerannt und kletterte auf sein Knie, bevor der richtig begriffen hatte. »Vater«, sagte der Junge und umarmte ihn rasch und innig. »Erik hat Bjarne ein Schwert gemacht. Ich will auch eins.«

Havenar konnte nicht anders, als ihn an sich zu drücken. »Dann sollst du eins haben«, sagte er, da war auch schon Bard bei ihm und krabbelte aufs andere Knie. »Ich auch«, sagte er, und Havenar drückte ihn ebenfalls. »Du auch.«

Vor ihm stand Dirdra neben Gebke und sah ihn zufrieden an. »Sie kennen dich«, sagte sie.

Havenar sah ihr in die Augen, mit denen sie ihn so unendlich vertrauensvoll anblickte, obwohl er es nur notdürftig verdiente, und nickte. Er hätte glücklich sein sollen. Vollendet glücklich. Doch in seiner Brust brannte es quälend.

Erik war selten in seinem Leben so glücklich gewesen wie in den Monaten, die er während Havenars Abwesenheit in dessen Haus verlebt hatte. Die Jungen mochten ihn, die Frauen lebten die meiste Zeit friedlich miteinander und kümmerten sich um ihn. Rike war nach anfänglichem Zögern so weit gegangen, sein Bett zu teilen. Als der Sommer vorüber war und Woche um Woche verging, ohne dass Havenar kam, hatte er sich an den Gedanken gewöhnt, dass sein Neffe die langfristigen Vorkehrungen für die Versorgung seiner großen, halblegitimen Familie nicht umsonst getroffen hatte. Bei all der Annehmlichkeit, die das für ihn selbst bedeutete, legte Erik dennoch seine Rolle als Herr im Haus sofort freudig ab, als Havenar zurückkam. Seinen Neffen am Leben zu wissen, war mehr als genug Ausgleich für den Verlust.

Was ihn allerdings schmerzte, wurde ihm deutlich, als er sah, wie Rike Havenar küsste. Er war überrascht, wie sehr der Anblick ihn traf, und sein Herz schlug aufgeregt wie das eines Jüngeren, als die kluge Schöne danach zu ihm kam.

»Wenn du willst, dann kann ich bei dir bleiben«, sagte sie leise und weich, und er gab froh zu, wie sehr er es wollte. Gleichzeitig sah er darin ein sicheres Zeichen dafür, dass Havenar nicht lange in Gammelby bleiben würde, und er fragte sich, was er im Leben des Jungen übersehen hatte, das den mit solcher Ruhelosigkeit strafte. Ein paar Worte hatte er mit Brunolf und Guntram gewechselt, bevor er wieder in Havenars Haus gegangen war, und das hatte ihn darüber aufgeklärt, dass es keine harmlose Ruhelosigkeit war.

»Niemand hat erwartet, dass ihr so schnell wiederkommt«, hatte er zu ihnen gesagt, nachdem sie im Männerhaus den anderen Leuten die Schweden vorgestellt hatten.

Brunolf lachte auf. »Wir haben nicht gedacht, dass wir überhaupt zurückkommen. Es war nur Zufall. Heimkehren war ein Gedanke, der in Havenars Kopf nicht mehr bestand.«

»Umso glücklicher«, sagte Erik. »Hat euch die Fahrt Gewinn gebracht?«

»Man ist neuerdings immer verflucht nah daran, das Leben zu verlieren, wenn man mit Havenar fährt, aber du kannst dir gewiss sein, dass man dabei nicht ärmer wird. Es war, als hätte er seine Vorsicht an den Nagel gehängt, bevor wir ausgefahren sind. Sah irgendwo etwas nach lohnendem Wagnis aus, war er gleich unterwegs dahin.«

»Die Schlauheit hat er nicht zur Vorsicht gehängt«, meinte Guntram. »Den besten Schnitt hat er mit einem Geschenketausch gemacht. Die dummen Wilden haben ihm Berge von Fellen gegen billigen Goldblechschmuck geschenkt und fühlten sich noch geehrt.«

»In Russland hat er die Felle dann wieder zu gutem Gold gemacht.«

»Und nicht eine Münze hat er sich abpressen lassen auf dem Rückweg. Ein paar Mal haben wir uns schlagen müssen, aber meistens reicht es, wenn er sich aufbläst«, sagte Guntram.

Brunolf lachte wieder. »Havenar kann sich aufblasen, Erik! Wenn du ihm das beigebracht hast, dann zeig es mir auch. Jeder Jarl wird schmal und blass daneben, wenn er sich groß macht und knurrt.«

Erik schmunzelte. »Das hat er nicht von mir. Eher von Ragnhild. Wenn die sich groß macht und knurrt, dann wird sogar Hademut schmal.«

»Das würde ich gern mal sehen«, meinte Brunolf.

»Sie ist klug genug, das nicht vor den Leuten zu tun.«

Als Erik Havenar nun mit erschöpften, etwas hilflosen Zügen in seinem Haus auf der Bank sitzen sah, konnte er keinen furchterregenden Krieger entdecken, sondern nur einen jungen Mann, der nach einer langen Reise von der Nähe seiner Frauen und Kinder überwältigt war. Auf beiden Beinen je einen von Dirdras Söhnen, neben ihm der schlafende Klein Erik, und zwischen seinen Knien hockte Gebke, mit Kjartan auf dem Schoß, der seinen Vater etwas misstrauisch begutachtete. Daneben stand Trude mit Rolleif auf dem Arm, Thilde mit Ulf vor sich und die nun wieder strahlende Dirdra mit beiden Händen auf ihrem prallen Bauch. Und alle schienen gleichzeitig zu reden.

Nur Bjarne drückte sich an Frankas Seite beim Herd herum

und musterte die Horde um seinen Vater mit all der ernsthaften Nachdenklichkeit, die ein Sechsjähriger aufbringen konnte.

Erik ging zu ihm. Im Vorübergehen drückte er Franka die Schulter. Immer schweigend und dabei aufmerksam, war sie mit ihrem Fleiß und ihrer Umsicht der festeste Stützpfeiler des Haushaltes. Havenar war weise gewesen, sie zu behalten und nachgiebig zu behandeln. Ohnehin hatte er seinen Frauenhaufen glücklich zusammengewürfelt. Sie ergänzten sich und halfen einander, bildeten eine kleine Welt für sich. Dankbar für ihre Freiheit und das geschützte Dasein, brachten sie Havenar eine Art von Liebe entgegen, aus der heraus sie ihm gern jeden Gefallen tun wollten. Als die Befürchtung wuchs, dass ihr Mann nicht zurückkommen würde, waren sie alle bedrückt gewesen, obwohl sie nichts zu fürchten brauchten.

Vor Bjarne machte Erik Halt und stützte die Hände in die Seiten. »Willst du deinen Vater nicht begrüßen?«

Bjarne presste die Lippen zusammen und runzelte zweifelnd die Stirn. »Will mein Vater mich denn begrüßen? Ich glaube, ihm ist das egal.«

»Das ist ganz gleich. Mir ist es nicht egal. Du gehst hinüber und begrüßt ihn.«

Bjarne schob trotzig den Unterkiefer vor. »Da sind doch schon genug.«

»Es gehört sich so, und du wirst tun, was sich gehört.«

»Ich will nicht.« Bitterböse und finster wurde das kleine Gesicht unter dem hellen Schopf, und fast wäre Erik ein Lächeln entwischt, weil Bjarne so ganz und gar Havenars Sohn war. »Du willst übers Knie gelegt werden«, sagte er streng.

Bjarne trat zwei Schritte zurück, und nun war seine Miene schiere Entrüstung, seine Fäuste geballt. Hinter ihm war Franka herangekommen. Sie legte dem Jungen beide Hände auf die Schultern. Als er zu ihr aufblickte, sah sie ihm sehr bestimmt in die Augen und wies auf Havenar. Wieder zogen sich die Brauen des Kleinen wütend zusammen. Er verschränkte die Arme und schüttelte den Kopf.

Erik konnte nicht fassen, was dann geschah. Franka zog ebenfalls ihre edel geschwungenen Brauen zusammen. »Bjarni!«, sagte sie warnend, worauf der Junge sie erschrocken ansah, die Arme um ihre Taille schlang und das Gesicht in ihren Bauch drückte. Sie strich ihm durchs Haar.

»Du sprichst«, sagte Erik verblüfft, worauf sie verlegen den Blick senkte. Bjarne machte sich wieder von ihr los.

»Natürlich spricht sie«, sagte er laut. »Schon immer spricht sie!« Zornig rannte er zur Tür hinaus in die Kälte.

Franka hob noch einmal flüchtig den Blick zu Erik und zuckte entschuldigend mit den Schultern, dann wandte sie sich wieder ihren Töpfen zu.

»Ein denkwürdiger Tag«, murmelte Erik und schrak etwas zusammen, als Havenar plötzlich neben ihm stand, frei von den anderen Frauen und Kindern.

»Ich wusste doch, dass sie irgendwann auftaut«, sagte er und deutete auf Franka. Dann machte er eine Handbewegung in Richtung Tür. »Wie ist der Junge?«

Erik lächelte schief und wies mit dem Kopf auf die Hochsitzsessel. Als sie saßen, lehnte er sich zurück und faltete die Hände über seinem Bauch. Vor ihren Augen begaben sich die Frauen und Jungen allmählich wieder an ihre Schaffensorte im Haus oder draußen. »Vor ein paar Wochen war es kalt genug zum Eislaufen«, begann Erik. »Ich war am See, wollte sichergehen, dass das Eis trägt. Bjarne ist noch nicht oft gelaufen, er ist ein paar Mal gefallen. Da haben die anderen einen Spottvers auf ihn gemacht.« Erik gab Havenar die Gelegenheit nachzuforschen, während er Rike, die jetzt auch beim Herd war, Durst signalisierte.

»Was haben sie gesungen?«

»Bjarne Hurensohn, für deinen Arsch gibts nur das Eis als Thron.« Beide verkniffen sich das Lachen und schnaubten nur.

»Und Bjarne?«

»Hat getan, als ob er sie nicht hört. Bleich war er. Und dann ist er bis in die Dunkelheit auf dem Eis geblieben, die anderen waren längst drin. Am nächsten Tag das Gleiche. Er ist wie du. Du hättest das auch getan. Er hat Eislaufen geübt, bis er wunde Füße hatte und Frostbeulen, und nach ein paar Tagen lief er so gut, dass er die anderen umrempeln konnte, und das hat er getan, obwohl er zu den Jüngsten gehört. Und dann ist er schneller aufgesprungen als sie, hat sich vor Lachen gebogen und ist Kreise um sie gefahren. ›Den Fressen voll Dreck hauts die Füße weg‹, hat er gerufen.«

Havenar prustete. »Was haben die anderen gemacht?«

»Um ehrlich zu sein, ich stand so drohend da, dass ihnen nichts anderes übrigblieb, als auch zu lachen.«

Havenar sah ihn mit Wärme an. »Wirst du dich darum kümmern, dass er lernt, was es zu lernen gibt? So wie du es bei mir getan hast? Ich bin nicht sicher, ob ich Vater damit kommen darf.«

»Du willst also wirklich bald wieder fort?«

»Nicht morgen. Eine Weile ausruhen. Aber dann … Diesmal fahre ich nach Süden.« Er lachte versonnen, verspottete sich selbst. »Dort soll es Flussdrachen geben, die einen Mann am Stück verschlingen können.«

Erik lachte nicht, sondern blieb nachdenklich. Es war vielleicht nicht so sehr Hilflosigkeit, was in Havenars Augen stand. Er schloss zu sehr von der Hilflosigkeit, die er selbst angesichts der vielen Kinder und Frauen gespürt hätte. Es ähnelte mehr Trauer und Sehnsucht, was er bei Havenar sah. Als würde er über seine eigene Rastlosigkeit trauern. »Du suchst wohl so einen Drachen, damit er dich am Stück verschlingt. Ich weiß, dass du keiner bist, der sich nach Walhall sehnt, Haven, mein Junge. Trotzdem scheinst du den Tod herauszufordern. Das wundert mich.«

»Oh nein. Ich habe keine Sehnsucht nach dem … Nach …« Havenar brach ab, weil Gebke ihnen Trinkhörner brachte. Er rettete sich in einige tiefe Züge Bier, dann setzte er seufzend ab. »Die Götter sollen entscheiden, was sie mit mir vorhaben, und es mir zeigen«, sagte er.

»Also ein Spiel mit den Göttern, nicht mit dem Tod.«

Havenar nickte zögernd. »Nenn es ein Spiel.«

»Früher dachte ich, du würdest schnell einer werden, der viel zuhause bleibt. Dein Vater hat das auch gehofft.«

»Hat er? Nun – ich auch. Früher.« Havenar setzte wieder an und trank, bis das Horn leer war, dann stand er auf. »Ich sehe nach den Waren und begrüße Mutter. Da niemand etwas anderes sagt, nehme ich an, alle hier sind gesund.«

»Der Kleine, den Brigid von Wolfger hat, so alt wie Klein Erik, der ist kränklich. Viele Tage merkst du ihm nichts an, aber dann hustet er auf einmal und bekommt Krämpfe in der Brust.«

»Hat Wolf ihn anerkannt?«

Erik schüttelte den Kopf. »Unsinn, Haven. Auch gesund hätte er ihn nicht anerkannt, mit seiner Hochzeit in Sichtweite. Aber wie wir Wolf kennen, wird der Junge wohl trotzdem nicht schlechter aufwachsen als seinerzeit Vitgeir.«

Auf dem Weg aus dem Haus trat Rämna Havenar entgegen, die bis dahin beobachtend auf ihrem neu zugewiesenen Platz auf der Bank gesessen hatte. »Ein schönes Haus«, sagte sie. »Wann hast du Zeit für mich? Ich kann dir auch einen Sohn geben.« Sie legte seine beiden Hände auf ihre Brüste und funkelte ihn herausfordernd an.

»Ich bin sicher, dass du das kannst.«

»Aber Zeit hast du nicht?«

Havenar schwelgte im Anblick ihrer roten Locken, die im Feuerschein glänzten, und würdigte ihre Zielstrebigkeit. Nicht nur ihm wollte sie schnellstens etwas beweisen. Ihm wurde der Hals eng. Sie lockte ihn, aber es würde eine anstrengende Nacht werden, und er war müde.

»Wozu brauchst du bloß so viele Frauen?«, schnurrte Rämna, und er hörte deutlich ihren Spott.

»Freyrs Knochen!«, fluchte er leise, und seine Augen funkelten nicht weniger als ihre, als er sie nun an der Hand nahm und in die hintere Bankecke zog, wo die Frauen schon seine Felle ausgebreitet hatten. Hatte er das hinter sich, würde er mehr Ruhe haben.

Doch das war zu kurz gedacht, und er hätte es besser wissen können. So war die rote Rämna nicht, und er vergaß jeden Unwillen, als sie sich von unter, über, vor und hinter ihm um ihn schlang und ihm seine Lust abforderte. Sie war ein königliches Geschenk.

Als er eine Weile später ausgelaugt wieder aufstand, war es ihm eine Genugtuung, dass sie erschöpft lächelnd liegen blieb und die Augen nicht noch einmal öffnete, bevor sie einschlief.

Ein Seitenblick zeigte ihm, dass Erik und Rike kurz davor waren, ihrem Beispiel zu folgen. Er sah weg und machte sich zum zweiten Mal auf den Weg zur Tür.

»Sie sollte die Rücksicht haben, ihn erst mal ankommen zu lassen«, hörte er Trude hinter sich entrüstet flüstern, als er bei der Tür ankam, und musste lächeln.

Er drehte sich noch einmal um. »Sie sieht euren Vorsprung und denkt, sie muss aufholen. Es wird mich schon nicht umbringen.«

Trude lachte laut glucksend. »Das wird es ganz sicher nicht.«

Auf dem Weg über den Hof sah Havenar Bjarne mit der Kinderbande von Gammelby zwischen Jarlshaus und Halle toben. Das Kind trug ihm etwas nach, und sein Gewissen wisperte bei ihm lauter als bei den anderen. Er blieb stehen und sah dem lärmenden Pulk zu. Auch Hedda war dabei, Wolfgers einziges Kind von seiner ersten Frau Luitgard. Hedda war zwei Jahre älter als Bjarne, und Wolfger scheute sich nicht zu zeigen, wie er sie liebte. Eine Tochter war das, was Havenar auch selbst gern gehabt hätte. Wenn ein Vater seine Tochter hätschelte, wurde ihm das nachgesehen. Die Zuneigung einer Tochter war etwas, dessen ein Mann sich gewiss sein durfte. Töchter hingen zärtlich an ihren Vätern. Frygdis' Tochter würde zärtlich an Olof hängen, Olof zärtlich an ihr und Frygdis … an beiden. Die Zeit verging und änderte nichts an dem schmerzhaften Zorn, der bei diesen Gedanken über ihn kam. Es war beinah nur noch Zorn über seine eigene Unvernunft. Er hatte alles, warum war er nicht zufrieden? Vielleicht würde er bald auch noch die Tochter haben, die er sich wünschte. Man sollte meinen, dass eine Frau nach zwei Jungen eher ein Mädchen hervorbrachte. Nicht, dass er nicht auch noch mehr Söhne wollte. Ob er nun blieb oder nicht, seine Söhne würden bleiben, seinen Namen tragen und von ihm erzählen, was es zu erzählen gab.

Hedda hatte ihn entdeckt und winkte, dadurch wurde auch Bjarne aufmerksam. Stocksteif blieb er stehen und sah zu ihm her. Auch Havenar rührte sich nicht, sondern sah ihn nur an.

Ragnhild, die Herrin von Gammelby, hatte ihren Sohn von der Tür aus kommen sehen und beobachtete nun an der Seite ihrer freien Leibmagd Dagny das Zusammentreffen auf dem Hof. Einen Augenblick standen Vater und Sohn still, dann legte Havenar lässig die linke Hand auf seinen Schwertknauf und nahm eine Haltung an, als hätte er vor, den ganzen Tag da zu stehen. Ragnhild wusste, dass er es nötigenfalls tun würde. Da setzte sich Bjarne in Bewegung, ging langsam, aber stetig zu seinem Vater und baute sich mit verschränkten Armen vor ihm auf.

»Guten Tag«, sagte der Junge. Alles an ihm drückte Trotz aus.

Havenar lächelte breit. »Tag, Sohn. Erik hat dir ein Schwert gemacht, habe ich gehört. Was ist das für ein Schwert?«

Der Trotz wich Stolz. »Ein richtiges Eisenschwert, es ist ganz schön schwer. Erik will mir damit Tricks zeigen.«

Havenar nickte. »Du bist groß genug. Ich war auch nicht älter, als er angefangen hat, mir alles zu zeigen. Sei gehorsam gegen Erik, das lohnt sich. Er war viele Jahre der beste Schwertkämpfer, den dein Großvater hatte.«

Der Trotz kehrte zurück. »Ist er immer noch.«

»Ja?«

»Du bist nie da«, sagte Bjarne finster, drehte sich um und rannte zu den anderen zurück.

Für die Wahrheit darf man ihn nicht rügen, dachte Havenar und ging zu seiner Mutter hinüber.

»Dagny ist überzeugt davon, dass du Zauberkraft hast«, begrüßte Ragnhild ihn. »Sie meint, du hättest Bjarne an einem Seil zu dir gezogen.«

»So etwas wie ein Seil wird es da wohl geben«, meinte Havenar. »An dem hast du mich doch eben über den Hof geschleift, oder nicht?«

Ragnhild lächelte. »Ich wäre froh, wenn dir dieses Band nie ganz zerrisse.«

»Ich auch«, sagte er und küsste seine Mutter höflich auf beide Wangen.

Es war dunkel, bevor die Jagdgesellschaft heimkam. Havenar hatte die Waren abladen lassen, Geschenke verteilt, den Rest verstaut, gut gegessen und sich dann eine Stunde auf sein Lager zurückgezogen. Vorher hatte Dirdra ihm die Haare nach Läusen durchgekämmt, und weil er weder Lust hatte, allein zu liegen, noch, sich schon wieder zu verausgaben, schmeichelte er sie anschließend sanft mit in sein Bett, wo er genau wie sie nur die warme Nähe genoss und schließlich mit einer Hand auf ihrem wunderbaren Bauch einschlief. Als er wieder aufwachte, grub er sein Gesicht in ihren Nacken. »Ich wäre gern dabei, wenn sie geboren wird«, murmelte er.

Dirdra schüttelte den Kopf und setzte sich schwerfällig auf. »Es würde dir nicht gefallen. Männer können das nicht mögen.« Seufzend stand sie auf und rieb sich den Rücken. »Bald ist es vorbei, das ist gut. Ich hänge deine Sachen nach draußen, damit das Ungeziefer erfriert. Gebke hat dir schon etwas Sauberes hingelegt.«

»Ich gehe baden, bevor ich es anziehe«, sagte Havenar, stand ebenfalls auf und reckte sich. »Wer hat ein Tuch für mich?«

Warm lächelnd kam Trude zu ihm und reichte ihm eins. »Soll ich mitgehen?«

Havenar erwiderte ihr Lächeln. »Das wäre freundlich.« Er sah sich zum Hochsitz um, wo Erik inzwischen mit Rike Schach spielte. »Gehst du mit, Onkel?« Erik schüttelte stumm den Kopf und ließ sich nicht vom Spiel ablenken. Rike lächelte zart und zufrieden. Die beiden schienen glücklich. Havenar fühlte keine Eifersucht. Gerade weil die Pappel die klügste seiner Frauen war, sah er sie gern bei Erik, auch wenn sie dann kein Schach mehr mit ihm selbst spielen würde. Gerade so eine kluge Frau sollte nicht ihre Zeit damit vergeuden, auf einen Mann zu warten, für den sie nur eine von vielen war und dem das Wiederkehren zu ihr nicht genug bedeutete, fand er.

Er machte sich nicht die Mühe, sich anzukleiden, und griff nur die sauberen Sachen, bevor er mit Trude zum Badehaus ging. An dessen Tür angekommen, hörte er Hundegebell und das Gejohle der Wachen. Er zögerte noch einen Moment, um bestätigt zu sehen, dass es die zurückkehrende Jagdgesellschaft war, dann ging er hinein.

Die Hütte war in Erwartung der durchgefrorenen, schmutzigen Jäger gut vorbereitet. Über den Feuern hingen große Kessel mit heißem Wasser, neben den Holzbänken standen Fässer mit kaltem und leere Bütten. Der Grund unter der Hütte war aus gut durchlässigem Kies und Sand angelegt, sodass vergossenes Wasser durch die Fugen der Bodenbretter schnell ablaufen konnte. Die dampfende Hitze, die ihm beim Öffnen der inneren Tür entgegenschlug, raubte Havenar kurz den Atem. Er bemerkte, dass ihm seit vielen Wochen nur richtig warm gewesen war, wenn seine eigene Bewegung ihm dazu verholfen hatte.

Er lag schon gewaschen unter Trudes kundigen Händen auf der Bank, als sein Vater mit seinem Onkel Orm, seinen Brüdern und dem gewaltigen Thorwald hereinkam. Thorwald musste sich tief bücken, als er durch die niedrige Tür trat. Mehr Menschen konnte das Badehaus nicht fassen. Havenar fand sich widerwillig damit ab, dass er seinen Platz würde aufgeben müssen.

»Seht euch das an! Braucht Platz für vier«, hörte er prompt seinen Vater sagen.

Orms tiefes Lachen kam näher. »Lass mich mal für dich weitermachen, Mädchen«, sagte sein Onkel, schob Trude beiseite und knallte Havenar die flache Hand aufs nackte Hinterteil.

»Also, das ist doch …«, sagte Trude empört, griff sich einen halbvollen Eimer mit kaltem Wasser und schüttete ihn kurzerhand gegen Orm. »Lässt du mich wohl meine Arbeit machen!« Orm brüllte auf und griff in gleicher Absicht nach dem nächsten Eimer.

»Hoho«, beschwichtigte Hademut. »Vergräm uns die Trude nicht, Orm. Wo Havenar wieder da ist, wird er vielleicht erlauben, dass sie uns auch mal etwas Gutes tut.«

In der Stimme seines Vaters schwang bitterer Spott mit, und Havenar seufzte innerlich. Es war Hademut nicht recht, dass er reiste, statt in Gammelby für die kommenden Reibereien zur Verfügung zu stehen. Nun, er hatte ihm einiges mitgebracht, um ihn zu entschädigen. Gelassen setzte er sich auf. »Wo seid ihr gewesen? Wie war die Beute?«

»Die gleichen Fragen lagen mir auf den Lippen«, sagte Vitgeir.

»Ich war bei den Schweden, Finnen und Russen. Die Beute war schimmernd und üppig und hat nicht gegrunzt.«

»Bei uns hat weniger gegrunzt, als wir gehofft hatten«, erwiderte Vitgeir.

»Und das, was gegrunzt hat, hätte beinah uns auf die Hörner genommen, wenn Thorwald ihm nicht die Ohren langgezogen hätte«, sagte Orm, dessen Hand sich daran versuchte, sich auf Trudes nackten Hüftspeck zu stehlen, was die mit Entschiedenheit abwies.

»Ich nehme an, du hast den Stier im Nacken gegriffen und totgeschüttelt, Thorwald«, meinte Havenar grinsend. »Nimm die Finger von Trude, Onkel.«

Orm gab die Versuche auf und fing stattdessen an, sich zu waschen.

»Wir waren im Westwald. Heute Abend gibt es Wildrind«, sagte Hademut.

»Habe ich lange nicht gehabt, Wildrind. Wie gefällt es dir in deiner Ehe, Ingvar?«, erkundigte sich Havenar.

»Dem Lärm in seinem Bett nach gefällt es ihnen beiden in der Ehe«, meinte Wolfger. »Ich hoffe, dass die kleine Reidun sich ähnlich für mich erwärmen kann, wenn wir verheiratet sind.«

»Gunda scheint also ihr Glück begriffen zu haben«, meinte Havenar.

Ingvar runzelte die Stirn. »Keiner soll ohne Respekt über Gunda reden, Haven. Sie ist alles, was man sich wünschen kann. Und sie weiß, wo ihre Ehre liegt. Sie macht mir gegenüber keinen Hehl aus dem, wovor du mich damals gewarnt hast. Unsere Verbindung wird ihre Sippe nicht davon abhalten, sich gegen uns zu stellen.«

Havenar sah ihn ernst an. »Eure Verbindung wird auch mich nicht abhalten, mich gegen ihre Sippe zu stellen.«

»Warum sollte dich auch irgendetwas hier in Gammelby abhalten, deinen Vorteil zu verfolgen?« Da war er wieder, der bittere Vorwurf in Jarl Hademuts Stimme.

»Bei Freyas Löckchen, Vater! Du hast Wolf, Vitgeir, Ingvar und deine eigenen Brüder. Was brauchst du mich?«

»Solange du Stacheln im Hintern hast, kann ich in der Tat wenig mit dir anfangen. Dabei hatte ich gedacht, wir wären uns einig.«

Wolfger seufzte und setzte sich neben Havenar auf die Bank. »Wenn das die ganze Zeit so gehen soll, dann fahr bald wieder, Haven. Um euch beide herum langweilen sich sonst alle zu Tode. Weißt du übrigens, dass auch die von dir verschmähte Gebharde jetzt verheiratet ist? Meine Güte, der Anblick, als wir auf Ingvars Hochzeit waren! In den Augen dieser Frau stand Mord, wenn sie uns ansah. Ein heißblütiges Weib, vielleicht hättest du deinen Spaß mit ihr gehabt. Würdest du Trude bitte erlauben, sich mit meinen Schultern zu befassen? Sie sind der Grund, warum ich nicht mit zur Jagd war.«

Havenar wechselte einen Blick mit Trude, die genau wusste, dass sie seine Erlaubnis nicht brauchte, sich jedoch gern dahinter verschanzte. »Willst du ihm den Gefallen tun, Trude? Nebenbei, die Frau, die Björn mir mitgegeben hat, ist das Heißblütigste, was mir bisher untergekommen ist. Wenn man nach einer Balgerei mit ihr noch stehen kann, ist man glücklich davongekommen.«

Trude schnalzte missbilligend. »Sie kennt keine Rücksicht. Einen Mann ins Bett zu zerren, wenn er kaum den Fuß zur Tür hereingesetzt hat.«

Die Männer lachten. »Der arme Mann«, sagte Ingvar.

»Redest du von Björn von Birka, Havenar? Was hatte der dir noch eine Frau anzuhängen? Was hast du ihm getan?«, wollte Vitgeir wissen.

»Ich habe ihm seinen Bruder noch eine Weile erhalten. Sven ist bei den Finnen krank geworden. Hätte ich es den Göttern ganz überlassen, hätte der Tod ihn wohl genommen, das Fieber war hoch.«

»Warum hast du's nicht getan?«, erkundigte Hademut sich kühl.

»Weil Björn noch Verwendung für einen Bruder im Diesseits hat. Sven sorgt dafür, dass der König ein reicher Mann bleibt.«

»Scheint, du hättest im letzten Jahr deinen Teil dazu beigetragen. Ich habe mich mit Brunolf unterhalten«, meinte Wolfger.

»Ich habe Svens Waren nach Russland gebracht. Wir lagen tief, als wir zurückkehrten, das kann ich euch sagen. Drei Schiffe, so lang wie der *Kranich,* und breiter. Björn und Sven fielen die Augen aus, es hat mich köstlich gekitzelt.«

»Und du wolltest nur deinen Anteil?«, fragte Wolfger. Havenar nickte.

»Unübliche Bescheidenheit«, bemerkte Hademut, der inzwischen Platz genommen hatte, so wie auch Thorwald. Der Hüne schwieg, und niemand hätte seiner Miene entnehmen können, ob er dem Gespräch überhaupt folgte. Auf der Bank neben Orm sitzend, überragte er diesen und damit den Durchschnitt der Männer um mehr als einen ganzen Kopf. Bei Havenar und Wolfger war es etwas weniger.

Havenar sah ihn fasziniert an. »Haben eigentlich deine Eltern dich aus dem Haus geschickt, weil sie wegen dir fortwährend das Dach neu decken mussten, Thorwald?«

Thorwald erwiderte seinen Blick mit einem gutmütigen

halben Lächeln. »Sie schämen sich, weil ich ein Zwerg bin«, brummte er.

Havenar feixte anerkennend. »Ich würde mich so eines Zwergs nicht schämen. Genauer betrachtet, hätte ich gute Verwendung für einen Zwerg wie dich. Hast du Jarl Hademut Gefolgschaft geschworen?«

Thorwald schüttelte bedächtig sein wüstes rotes Riesenhaupt. »Bis jetzt noch nicht.«

»Ich biete dir einen Platz auf meinem Schiff. Ein gutes Schiff nebenbei, ein schwedischer Meister hat es gebaut. Es schreit ›Segle mich‹, wenn man es sieht. Die Kurven sind schön wie die einer Frau.«

»Da hört sich doch alles auf«, grollte Hademut. »Nicht nur, dass der Herumtreiber selbst nutzlos ist, jetzt fängt er auch noch an, mir Männer wegzuwerben. Bist du noch bei Trost, Havenar? Du weißt selbst am besten, dass ich hier gute Leute brauche.«

»Du wirst keine Ruhe geben mit dem Hacken, bevor ich dir ein bisschen Licht zeige, nicht wahr? Also, hör zu. Ich habe dir ein paar Schweden mitgebracht. Du kannst außerdem nicht nur auf die Sippe von Thordis' Gatten und Onkel Egil rechnen, wenn es so weit ist, sondern auch auf König Björn. Das ist wohl ein gerechter Ausgleich für einen Zwerg wie Thorwald, oder meinst du nicht?«

Hademut ließ sich seufzend gegen die Lehne der Bank sinken. »Ihr Götter! Warum muss man immer so lange sticheln, bis man etwas aus dem Sturkopf herausbringt?«

»Hättest einfach fragen können«, murmelte Havenar und lehnte sich ebenfalls zurück.

»Du hast uns die Unterstützung von König Björn gesichert?«, fragte Wolfger mit unverhohlener Hochachtung.

Havenar schloss die Augen und legte genießerisch den Kopf zurück. »Mit Svens tief liegenden Schiffen.«

Orm lachte dröhnend. »Na, wenn das heute Abend nicht mehr gibt als Wildrind.«

»Nehmt es nicht als bedingungslos hin. Björn hat allen Unterstützung versprochen, die zu Hademut und Hunold gehören, solange sie sich nicht auf Horichs oder Haralds Seite stellen. In den Krieg zwischen denen will er sich nicht einmischen.«

»Damit ist er genau das, was wir brauchen«, sagte Hademut. »So schwer es mir fällt, ich muss dich loben.«

»Musst du nicht. Es war Fügung.«

»Dann ist es auch Fügung, dass du wieder hier bist. Du solltest dem Willen der Götter gehorchen und bleiben.«

»Falls die Götter sich das dabei gedacht haben, dann können sie mich sicher zurückhalten, bevor wir wieder ausfahren. Vorerst glaube ich nur, dass sie mir Wolfs Hochzeitsgelage gönnen wollten. Hierbleiben werde ich freiwillig nicht, und ich glaube auch nicht, dass du an meiner Stelle bleiben würdest, Vater.«

»Unter anderen Umständen dürftet ihr alle fahren, bis euch die Knochen rasseln. Aber bei dem, was kommt, kann es schnell geschehen, dass ich hinübergehe, und dann braucht ihr jeden Mann, um Wolfger zu stützen.«

»Du siehst noch ganz frisch aus«, bemerkte Wolfger. »Du kommst noch lange ohne uns zurecht. Am liebsten würde ich mit Haven fahren.«

»Ich auch«, sagte Vitgeir.

Ingvar nickte missmutig. »Ich auch. Ihr anderen wart schon viel öfter fort als ich.«

»Was macht dein Arm?«, erkundigte sich Havenar.

»Ich bin mit links jetzt so gut wie vorher mit rechts. Der rechte tut's leidlich.«

»Irgendwann wird Olof einen Tag erleben, an dem dieser Pfeil ihm leidtut«, sagte Havenar.

»Nicht, solange der Friede hält«, meinte Ingvar.

Havenar zuckte mit den Schultern. »Der Tag wird kommen.«

»Was dich an Olof bloß so reizt?«, bemerkte Wolfger.

Vitgeir lächelte wölfisch. »Havenar findet, dass Olof Verschiedenes hat, was er nicht verdient. Nicht wahr, Haven?«

Havenar öffnete die Augen nicht. »Nichts von dem, was er hat, verdient der Trottel.«

»Deswegen hast du ihm ja auch schon einiges weggenommen«, sagte Vitgeir.

Havenar seufzte. »Willst du mit nach Süden fahren, Vit? Einen Flussdrachen oder Riesenkatzen suchen?«

»Willst du mich verfüttern?«

»Würdest du den Tieren schmecken?«

»Du musst jemanden mitnehmen, der schon im Süden war«, mischte Orm sich ein. »Du kommst sonst mit den Sitten nicht zurecht. Die arabischen Händler sind windige Füchse, nie um eine List verlegen. Ich habe viele gekannt.«

»Willst du mit?«, fragte Havenar ihn.

Sein Vater traf ihn mit dem nassen Lappen, mit dem er sich gerade gewaschen hatte, im Gesicht. »Verdammt, Junge. Mach wenigstens vor meinem Bruder Halt.«

Orm stützte die Ellbogen auf die Knie und rieb sich die Kopfhaut. »Lass doch, Hademut. Vielleicht ist das ein anderer guter Tausch. Er nimmt mich mit und lässt dafür seine eigenen Brüder hier. Mich kannst du entbehren. Hast ja Erik, und der ist zehn Jahre jünger geworden, seit er Havenars Bohnenstange im Bett hat.«

Havenar nahm den Lappen aus dem Gesicht und richtete sich auf. »Schönheit konntest du noch nie beurteilen. Rike ist übrigens nicht mehr mein. Sie gehört zu Erik. Das ist ihr Wunsch, und mir ist es recht.«

»Aber ihr Junge …«, setzte Ingvar an.

»Der Junge ist meiner und bleibt es.«

»Gibst du noch mehr von deinen Frauen ab? Kann man sich bei dir melden, wenn man Interesse hat?«, meinte Orm.

»Die Frauen sind alle frei und werden entscheiden, ob sie abgegeben sein wollen, bevor ich wieder fortgehe.« Er sah Trude liebevoll an, die bei seinen Worten aufgehört hatte, Wolfgers Schultern zu massieren.

»Da gibt es höchstens noch eine, die du das fragen musst«, sagte sie.

»Dich?«, fragte Havenar.

Trude gluckste. »Mich ganz sicher nicht. Wo fände ich wieder einen wie dich?«

»Hier«, meinte Orm.

»Hier«, sagte Wolfger und reckte sich, genüsslich stöhnend.

Auch Hademut lachte. »Also, da wäre ich ebenfalls …«

Trude gluckste lauter. »Ich meinte einen wie ihn, nicht einen wie euch.«

»Oh, das tut mir fast so gut wie deine Hände«, stellte Havenar genießerisch fest. »Aber wen meinst du denn nun?«

»Thilde. Du kannst nichts mit ihr anfangen, das hat sie längst gemerkt. Mit uns Frauen ist sie auch nicht zufrieden, sie nörgelt. Und es gibt einen anderen Mann, der ist ganz gefesselt von ihr.«

»Ich werde mich darum kümmern. Warum nicht? Solange sie das Kind hierlassen.«

»Es wird einem ganz kalt, wenn man dich reden hört, Bruder. Du glaubst wirklich, diesmal ist es endgültig, oder?«

Havenar sah mit regungsloser Miene von Wolfger zur rußschwarzen Hüttendecke. »Ich glaube gar nichts. Ich fahre aus, um über das Glauben zu lernen.«

»Da im Süden glauben die Leute mancherorts seltsame Dinge«, meinte Orm.

»Was?«, fragte Ingvar.

»Zum Beispiel, dass die Toten in anderen Leibern noch mal geboren werden.«

»Dass die gleichen Leute wieder als Kinder auf die Welt kommen? Was für ein Schlick«, sagte Wolfger.

»Nicht nur als Kinder. Als Hund, als Hirsch, als Wurm oder vielleicht als verdammte Brennnessel.«

»Freyas Ohrläppchen! Wozu das?«, fragte Havenar. »Was muss man getan haben, damit die Götter einen fürs nächste Leben in einen Wurm stecken?«

»Man muss sich viel gewunden haben«, meinte Wolfger, und die Männer lachten gemeinsam, bis sie durchgeschwitzt und sauber gewaschen waren und in die Halle zum Essen gehen wollten. Nur Trude wurde früher geschickt, damit sie ausrichten konnte, dass die ausgehungerten Kämpen ein Festmahl erwarteten.

Als Havenar später in der Halle zwischen all den guten Männern saß, warm, den Bauch voll, das Methorn gefüllt, Guntram und Brunolf in der Nähe, die sein Lob sangen, und Gebke auf dem Schoß, die vor Freude und Lust schon glühte, obgleich er sie noch kaum angefasst hatte, da wuchs sein Bedauern darüber, dass er nicht zufrieden sein konnte, ins Unermessliche.

Mit grölendem Lachen schlug Thor sich begeistert auf den Schenkel.

Die anderen tauschten verwunderte Blicke. »Lacht er über das mit dem Wurm?«, fragte Frigg.

Freya verzog das Gesicht. »Wirklich als Würmer?«

Loki lächelte so genüsslich wie Odin. »Glaub mir, Liebchen: Viele von ihnen verdienen es.«

»Thor?«, erkundigte sich Frigg. »Worüber lachst du? Über den Wurm?«

Thor wischte sich mit dem Handrücken die juckende Nase. »Nee. Über den Zwerg. Den kenn ich, der gefällt mir gut. Hab seinen Großvater gezeugt. 'ne Wucht, die Mutter von dem.«

Frigg stieß entnervt die Luft aus und warf ihm einen verächtlichen Blick zu. »Was auch sonst? Weiter, Loki!«

6. Kapitel

Die verbitterte Gebharde hatte endlich einen von Guttorms treuesten Männern geheiratet und war zu ihm gezogen, Gunda weilte fern in Gammelby, und Armgard hatte am Ende des Winters, in dem Havenar aus Schweden kam, zu ihrem gut einjährigen Kind bereits das zweite an der Brust. Das ließ nur Olofs Ortrud übrig, mit der Frygdis noch um die Macht auf Midbikhus zu ringen hatte, und diesmal löste sie das Problem mit Entschiedenheit. »Geh in ihr Bett, Olof, wenn du musst«, sagte sie. »Aber dies ist jetzt mein Haushalt, und sie wird mir nicht ins Werk pfuschen. Deine Schwester musste vielleicht mit ihr kämpfen, ich aber habe das Recht ganz auf meiner Seite. Sag ihr, sie darf sich mit Armgard um ihr Haus streiten, über den Rest hat sie nicht zu bestimmen.«

»Du reißt den Mund weit auf. Von wegen Recht! Soll ich fragen oder soll ich nicht, warum du noch nicht wieder schwanger bist, wenn deine Tochter doch von mir sein soll?«, erwiderte Olof kalt.

»Du könntest sie dir mal ansehen, du Narr, dann müsstest du mir keine dummen Fragen stellen. Und es ist ja auch nicht so, dass du viel Bemühen darum zeigst, noch einen Erben zu bekommen.«

»Wenn es sinnlos ist, wieso soll ich Nacht für Nacht über eine steigen, die mich mit dem Feuer eines Fisches begrüßt? Ortrud hat wärmere Arme.«

»Schwitz dich aus, wo du magst. Ich habe meinen Teil öfter als einmal dazu gesagt. Es ist nicht meine Sache zu betteln, dass du dir selbst nicht länger im Weg stehst. Nur wirst du mir nicht im Weg stehen, wenn es darum geht, dieses Haus zu führen.«

»Wenn du aufhören würdest zu blöken, dann könnte ich zu

Wort kommen und sagen: Mir ist es völlig gleich, welche von euch Zicken das Sagen hat, solange ihr es schafft, dass alle ihr Essen kriegen. Herrsche also, Ortrud wird sich danach richten.«

Als er aus dem Haus war, ließ Frygdis erleichtert die Schultern sinken, Auda spendete lautlosen Beifall, Halfdan musterte sie abschätzend, und die beiden Hausmägde wandten ihre schmunzelnden Gesichter ab. Hadwig saß auf der Bank bei Frygdis' Webstuhl und spielte mit einer Wollpuppe und einem Lappen. Ihre Beinchen reichten noch lange nicht bis zum Boden. Sie hatte ihr dunkles Säuglingshaar ganz verloren, und ihr neuer Flaum war von der gleichen rötlich blonden Farbe wie Olofs Haar. Ein Jahr war sie erst alt, und sie konnte schon gut laufen. Ein starkes Kind war sie, und Frygdis freute sich jeden Tag über ihre Verständigkeit. Zärtlich strich sie ihrer Tochter über den Kopf, bevor sie sich wieder an den Webrahmen setzte.

Auda spann, und die beiden Mägde zogen mit dem Korn, das Frygdis für das Abendessen abgemessen hatte, in eine der Webhütten zum Mahlen. Frygdis hatte das Kornmahlen aus dem Haus verbannt, denn das immerwährende Knirschen und Klopfen zerrte an ihrer Geduld. Hadwig krabbelte zu ihrem Bein, richtete sich daran auf, blieb dicht an ihrer Seite stehen und versuchte, mit ihren molligen Fingerchen ihren Lappen durch die Kettfäden zu stopfen. Frygdis hielt inne und sah ihr lächelnd zu.

Es war ungewöhnlich, dass Halfdan sich von seiner Schnitzerei erhob, zu ihr kam und über ihre Schulter die Webarbeit musterte. Er sprach selten mit ihr.

»Es ist gleichgültig, ob die Kleine von Olof ist«, sagte er. »Alle wissen, dass dein Mann so gut wie ein trockener Brunnen ist, was das angeht. Bist du klug, machst du, was er sowieso denkt. Wenn du ihm einen Erben geben willst, dann bin ich gern bereit, dir zu helfen. An der Familienähnlichkeit soll es nicht mangeln.«

Sein Ton war eindeutig, die Hand auf ihrer Schulter desgleichen. Frygdis wurde starr. »Ich ziehe es vor, nicht zu verstehen, wovon du sprichst, Onkel«, sagte sie eisig, worauf er die Finger von ihrer Schulter nahm und zurück zu seinem Werkstück ging.

»Es ist ein Angebot«, sagte er. »Nichts als ein Angebot. Vielleicht überlegst du es dir noch. Ich könnte diesen Sommer hierbleiben. Zu eurem Schutz.«

»Was glaubst du mit diesen Albernheiten zu gewinnen?«, fragte sie gereizt.

Er strich zärtlich über das Seitenbrett eines Wagenkastens, das ein Flechtmuster von seinem Messer bekam. »Dich.«

»Ach«, schnaubte Frygdis abfällig und versenkte sich zurück in ihre Weberei. Von ihr war nichts mehr zu gewinnen, dachte sie. Sie hatte alles vergeben. Havenars Ring hing mit ihrem Messer und der Schere als geschickt angebrachte Zierde an ihrem Schlüsselbund. Auf diese Art fiel er niemandem auf, und sie berührte ihn jeden Tag. Sie berührte ihn und sprach mit den Göttern über Havenar. Schützt ihn, lasst ihn leben, schickt ihn zurück ans sichere Ufer. Lasst ihn glücklich sein, aber ich bitte euch, lasst ihn mich nicht vergessen.

Das Letzte war ein grausamer Wunsch, wenn es ihm ging wie ihr. Es war, als würde ein unsichtbares Seil sie an ihn binden. Manchmal war es ein Trost, manchmal schnitt es schmerzhaft ein. Doch solange sie das fühlte, musste es ihn immerhin noch geben.

Der Winter verging, und das Vieh kehrte mit schwächlichen, stolpernden Schritten auf die Weiden zurück. Es wurde gesät, Hadwig lernte zügig sprechen, und Frygdis lernte, dass sie das Haus führen konnte. Niemand hatte Grund, sich über ihre Leitung zu beschweren.

Die Männer fuhren aus, auch Halfdan, und wieder blieb Frygdis mit dem Gefühl zurück, dass Midbikhus schlecht befestigt war. Doch nichts geschah. Die Leute brachten die Ernte ein und verarbeiteten sie. Hadwig wurde sauber, fing an, mit den anderen Kindern zu spielen. Armgard erwartete ihr drittes. Eine alte Magd starb und zwei Knechte. Einer traf sich selbst mit der Axt und verblutete, der andere fiel einfach um, die Augen verdreht. Verhext, sagten die Leute, doch man nahm es hin. Was blieb ihnen schon übrig?

Die Männer kamen zurück, und Olof bevorzugte umstandslos Ortruds Bett, um die Heimkehr zu feiern, obwohl er Frygdis für ihre gute Arbeit lobte. Halfdan erneuerte daraufhin sein Angebot mit Blicken, aber nachdem sie ihn mit Nichtbeachtung gestraft hatte, suchte auch er sich eine von den jungen Frauen, die sie mitgebracht hatten, für sein Bett aus.

Deshalb teilte Frygdis zum ersten Mal seit langer Zeit ihre Bleibe mit einem Paar, das sich des Nachts miteinander wälzte. Dabei entdeckte sie, dass sie mit ihren neunzehn Jahren nunmehr das spürte, was die Sehnsüchte einer erwachsenen Frau sein mussten. Hinzu kam, dass sie im Schlaf wieder und wieder nach Havenar suchte und ihn nicht fand, auch nicht das Seil, das sie verband. Schweißgebadet wachte sie dann auf.

Hätte sie Hadwig und Auda nicht gehabt, sie wäre bei all ihrer neuen ehrenvollen Geschäftigkeit verzweifelt. Doch mit Hadwig, die ihrem Leben Sinn gab, und mit Auda als Freundin konnte sie ihr Leben aushalten.

Und bald kam wieder das Frühjahr, die Männer verschwanden, die dunklen Träume versiegten in den kürzer werdenden Nächten, und ihre Verantwortung wurde das Wichtigste. Noch mehr, weil Armgard im Sommer das vierte Kind, mit dem sie schwanger ging, verlor und auf Wochen krank lag, was Ortrud anzustecken schien, die sich dazulegte und nur noch jammerte.

Frygdis ließ die beiden ohne Unterschied versorgen und bewies, dass keine von ihnen unentbehrlich war. Die Leute gehorchten ihrer jungen Herrin zunehmend gern, vor allem die auf dem Gehöft gebliebenen Männer, die ihre freundliche Zuwendung genossen. Kaum einer von Olofs Gefolgsleuten hätte gewagt, ihn mit ihr zu hintergehen, doch sie ahnte, wie viele mit dem Gedanken spielten. Wenn sie sah, wie einer von ihnen sich eine Magd hinter den Stall zog, spielte auch sie mit dem Gedanken.

Ihre Sehnsucht brachte sie so weit, dass sie besonders freundlich zu Olof war, als die Mannschaften heimkehrten, aber er verlief sich nicht in ihr Bett, und sie schwor sich beschämt, nicht mehr auf ihn zu zählen. Halfdan hatte sein Mädchen vom Vorjahr abgelegt und warf nun Frygdis wieder seine halb mitfühlenden, halb begehrlichen Blicke zu. Einmal berührte er ihre Brust und sagte, es sei ein solcher Jammer. Da schlug sie nach seiner Hand und sagte, das sei nicht seine Sorge.

Das Einzige, was ihr an Halfdan gefiel, der mehr als doppelt so alt war wie sie selbst und damit so gut wie ein weißhaariger Greis, waren seine jung wirkenden Augen und seine Schnitzereien.

Einige Tage nachdem sich Olof und Halfdan Ende August wieder auf Midbikhus niedergelassen hatten, kam ein Skalde mit einer Nachricht auf das Gehöft, die die Männer nicht zu überraschen schien. Halfdan jedoch ließ sie grimmig, Frygdis erschüttert zurück. Weder sie noch Halfdan hatten für die Lieder des Skalden anschließend noch ein Ohr.

An einem von Hunolds Stränden war ein gekentertes Boot angetrieben sowie einige Ertrunkene, darunter der jüngste von Hademuts Söhnen, Gundas Gatte Ingvar. Als wäre das nicht Unglück genug, hieß es, auch der Älteste wäre auf dem Boot gewesen und seither vermisst. Vermisst war auch der Mittlere, der vor eineinhalb Jahren ausgefahren war: Havenar. So blieb Hademut außer seinen drei Töchtern nur der Bastard Vitgeir, den er nie als an der Erbfolge Beteiligten anerkannt hatte.

Frygdis hatte erfahren, dass Havenar zur Hochzeit seines älteren Bruders für kurze Zeit in Danmark gewesen und dann nach Süden aufgebrochen war. Sie hatte auch gewusst, dass Gunda mit ihrem jungen Mann unverhofft glücklich gewesen war, und sie wusste nun, dass Olof und Halfdan sich anders verhalten hätten, wenn das Unglück nur ein Unfall gewesen wäre. Für einige Zeit verhielten sich die Menschen auf Midbikhus wachsam und angespannt. Doch als nichts geschah und man nichts weiter hörte, als dass Ingvar bestattet war und man der schwangeren Gunda untersagt hatte, ihm in den Tod zu folgen, entspannte sich die Stimmung wieder.

Da fasste Frygdis sich ein Herz und fragte Halfdan, als hätte sie die Sache durchschaut: »Eines kann ich nicht begreifen. Wie genau hat man die Hademutssöhne umgebracht?«

Halfdan sah sie düster an und zeigte keine Verwunderung über ihre Frage. »Einen Drachen auf jeder Seite längsseits, ein weiteres Boot mit Bogenschützen. Nur die, die unverwundet waren, hat man einzeln ertränkt und anspülen lassen. Der Rest ist verscharrt.«

Frygdis presste die Hand vor den Mund und schluckte, um ihre Übelkeit nicht siegen zu lassen.

»Ich weiß, Mädchen. Das ist nichts, was denen zur Ehre gereicht, die dahinterstecken, und daher wird es niemand erfahren. Mach dir klar, wie gefährlich es ist, wenn du es andere wissen lässt. Halt den Mund.«

»Aber wer war es?«

»Von Thorolfs Männern war keiner dabei. Ich wünschte trotzdem, Gunda würde hierher zurückkommen. Wer weiß, was sie mit ihr machen, wenn Hademut schließlich Wind von den Totschlägern bekommt.«

Ohne zu antworten, drehte Frygdis sich um und ging hinaus. Die Hand behielt sie vor dem Mund, und ihre Tränen liefen reichlich. Sie ging bis zum äußeren Pfahlzaun, ohne zu merken, wohin. Dort legte sie die Stirn und die Handflächen gegen das warme Holz und weinte, bis sie leer war. Dann wischte sie sich mit ihrem Oberkleid das Gesicht ab und setzte sich auf den Boden, in die Sonne.

In der Nähe grasten drei verwaiste Kälber, die beim Haus gehalten wurden, weil man sie mit Milch zufütterte. Weit oben kreisten zwei Bussarde. Sie schloss die Augen, lauschte auf das verspielte Grasrupfen, ließ ihr Herz zu den Vögeln aufsteigen und auf die Suche nach Havenar gehen. Sie würde es doch wissen, wenn er tot war, dachte sie und sandte alle ihre Sinne aus, um das Seil zu finden, das zwischen ihnen verlief. Schickt ihn heim, bat sie die Götter. Sie konnte nicht anders, obwohl sie wusste, dass der Wunsch vielleicht grausam gegen ihn war. Schickt ihn heim. Schützt ihn. Als sie schließlich aufstand und sich abklopfte, war sie sicher, dass er lebte und auf dem Rückweg war.

Der Sommer ging seinem Ende zu, und wie üblich wischte die Arbeit überflüssige Gedanken fort. Sie hatte keine Zeit, sich dem Kummer hinzugeben, schon gar nicht einem, den sie niemandem erklären konnte.

Erst als die Ernte eingebracht war und es kalt wurde, kehrten ihre dunklen Gedanken mit Macht zurück. So stimmte sie erfreut zu, als Halfdan sie am Anfang des Winters einlud, mit ihm nach Haithabu zu segeln, wo er Verschiedenes zu verkaufen und zu kaufen gedachte. Nach ihrer Erfahrung mit Aslak bestimmte sie diesmal zwei Unfreie, die sie mit Auda und Hadwig durch die Stadt und zu den verschiedenen Händlern begleiten sollten.

Weder ihr Vater noch ihre Brüder waren in der Stadt, doch Thorolfs Leute hatten das Recht, Rodegangs Anleger und sein Haus zu nutzen.

Es wunderte Frygdis nicht, dass ihr Vater sie nie besuchte oder ihr Nachricht zukommen ließ, so wenig wie ihre Mutter es je tat. Wenn sie sich jedoch bei ihren raren Besuchen in der Stadt für eine Nacht in dem Haus einrichtete, in dem sie auch früher gewohnt hatten, als sie noch ein Kind war und mit ihrer Mutter ihren Vater in die Stadt begleitete, dann spürte sie einen Stachel, als hätten ihre Eltern ihr Unrecht getan – obwohl das nicht die Wahrheit war, denn sie war gut versorgt und hatte genug Silber im Beutel.

Während Halfdan am Morgen seinen Geschäften nachging, begab Frygdis sich, mit Auda zur Seite und Hadwig abwechselnd an der Hand oder auf dem Arm, auf ihren Bummel.

Zwei Monate nach seiner Heimkehr ging Havenar am Morgen durch Haithabu. Sein Haar und sein Bart waren mit Walnusssaft braun gefärbt, er trug zu seiner Bauerntracht eine Kapuze und schlichte Waffen. Es war die Pflicht der Rache, die ihn auf die Jagd nach Geschwätz und Gerüchten geschickt hatte. Schon eine Woche hatte er in der Stadt verbracht, und noch immer hatte er nichts gefunden, was auf die Mörder seiner Brüder hinwies. Gerüchte über Krieg dagegen hatte er mehr als erwünscht geerntet. Er hatte schon einen Boten zu Hademut gesandt, damit er jemanden schickte, die Schweden vorzuwarnen.

Seine Schritte auf Haithabus Holzstegwegen klangen hohl und klappernd, denn er trug unbequeme Stiefel mit Holzsohlen. Der Klang passte dazu, wie er sich nach der kurzen Nacht fühlte.

Reich und erschöpft war er vor zwei Monaten nach Hause gekommen und in dem Glauben, dass er endlich Ruhe finden konnte. Nun fühlte er sich hohl, weil er sich seit zwei Monaten kein Ausruhen und keine Trauer erlaubte. Es gab noch ein Wirtshaus, das er nicht durchforscht hatte. Wenn er damit zu Ende war, blieben ihm nur noch wenige Möglichkeiten.

Niemand hatte nur einen Moment lang daran gezweifelt, dass es Mord gewesen war. Das Schiff war ausgezeichnet, keiner seiner Brüder hätte es je kentern lassen, und außerdem hatte sogar Ingvar mit seinem steifen Arm zu gut schwimmen können, um an jener Stelle zu ertrinken. Es ging beinah über Havenars Kraft, diese Sache zu verfolgen, ohne ständig darüber nachzudenken, wie Wolfger und Ingvar gestorben waren. Immerhin erinnerte ihn hier weniger an sie als in Gammelby.

Er blinzelte in die schwächliche Sonne und rieb sich die Stirn. Es half nichts, er war so müde, dass er nicht mehr denken konnte, musste einen ruhigen Ort finden und sich einen Augenblick ausruhen. Zur Rechten lag der Bach, doch der stank, so dicht an der Mündung, bestialisch, daher wandte er sich nach links und fand dicht bei den Anlegern eine Lagerhauswand, die in die Sonne wies. Da hockte er sich hin, legte seinen Leinwandsack zwischen die Füße und lehnte sich mit dem Rücken an die angewärmte Lehmwand. Zum Sitzen war es schon zu kalt. Ohnehin fand er es zu kalt. Es war dort im Süden viel wärmer gewesen. Man gewöhnte sich daran, nie zu frieren.

Das war der Grund, den Orm dafür genannt hatte, dass er dort zurückbleiben wollte, nachdem er einen Zahn verloren hatte. Ein angenehmes Land, um zahnlos alt zu werden, waren sie sich einig gewesen. Jetzt wünschte Havenar, Orm hätte das nicht getan. Jetzt, wo seine Brüder tot waren und sein Vater plötzlich unentschlossen und leidend, hätte er seinen derben Onkel gern bei sich gehabt.

Immerhin gab es noch Erik und Vitgeir, doch die beiden hatten ihre Erleichterung darüber nicht verborgen, dass sie alle Verantwortung an ihn abgeben durften, als er kam. Sein Vater hatte keine Freude darüber gezeigt, ihn zu sehen.

»Du kommst sechs Wochen zu spät«, hatte Hademut ihn schroff begrüßt. »Sechs Wochen eher, und das wäre nicht passiert. Du hättest es gerochen, es wäre nicht passiert. Jetzt bist du der Letzte und mein Erbe. Sieh zu, wie du damit fertig wirst.« Nach diesen Worten hatte er sich abgewandt und war wieder ins Haus gegangen, zurück in sein Bett.

»Du bist nicht mehr bei Trost, Hademut!«, brüllte Erik ihm wütend nach. »Sie hätten auch ihn umbringen können. Sei froh, dass du den einen noch hast.«

»Lass ihn«, sagte Havenar. »Keiner wird je wissen, ob er nicht Recht hat.«

»Gerade deshalb könnte er sich sparen, es zu sagen. Er wirft es jedem vor. Du willst nicht wissen, was sich Vitgeir schon alles anhören musste.«

»Er wird sich fangen«, sagte Havenar und hoffte, dass es so war, hoffte, dass er sich selbst wieder fangen würde. Er konnte sich genau an das letzte Gespräch erinnern, das er vor der Abreise mit Wolfger geführt hatte. Sein Bruder war gerade zwei Wochen mit Reidun verheiratet gewesen, als er seine Mannschaft sammelte, und hatte sich neidisch darüber gezeigt, dass er nicht mitfahren konnte.

Eine Weile nach den Morden war Reidun mit Wolfgers Kind niedergekommen, doch sie war zu schmal gewesen und mit ihm gestorben. Was von seinem großen Bruder blieb, waren seine Tochter Hedda und der kränkliche Ansgar, den ihm Brigid geboren und den er nicht anerkannt hatte.

Ingvars Gunda lebte noch. Sie hatte kurz vor Havenars Fahrt nach Haithabu eine gesunde Tochter geboren und bekam langsam die Oberhand über ihre Trauer.

Auch er selbst hatte eine Tochter. Dirdra hatte es richtig gemacht. Seine kleine Anselma war noch vor Wolfgers Hochzeit auf die Welt gekommen, und gegen jeden Widerspruch war Havenar dabei gewesen. Still hatte er aus dem Hintergrund zugesehen und verheimlicht, wie ihm der Schweiß ausbrach, als er seine Frau an der Geburt arbeiten sah. Am Ende waren die helfenden Weiber mit ihm zufrieden gewesen und hatten ihn damit belohnt, dass er seine Tochter ihrer Mutter selbst zum ersten Mal in den Arm legen durfte. Er hatte in jenem Moment viel über die Frauen begriffen. Begriffen, warum sie ihre Kinder anders liebten, als Männer das taten. Mit dem winzigen Mädchen in seinen großen Händen war ihm gewesen, als wäre etwas davon auf ihn übergesprungen. Nicht nur weil sie eine Tochter war, liebte er sie anders, weicher.

Besonders der Gedanke an Anselma war es gewesen, der in ihm unterwegs die Einsicht reifen ließ, dass er nach Gammelby zurückkehren musste, aber auch der an die Jungen.

Arwed war krank geworden, während Dirdra im Kindbett lag. Und obwohl genug Frauen sich um ihn kümmerten, hatte es ihn doch aufleuchten lassen, wenn Havenar sich zu ihm setzte und mit ihm darüber sprach, wann er ein eigenes Eisenschwert bekommen würde oder wie wahrscheinlich es war, dass im Ostwald ein Werwolf hauste. Was er bei Anselmas Geburt an Liebe aufgefangen hatte, hatte auch seinen Blick auf die anderen weicher gemacht. Er hatte damals eine Vorliebe dafür entwickelt, die Kinder im Schlaf zu betrachten.

Während seiner langen Abwesenheit hatten Rämna und Gebke ihm zwei weitere Söhne geboren. Damit hatte er neun. Er wusste, dass die Leute inzwischen Geschichten über seinen Segen an blonden Söhnen erfanden. Rämna hatte ihren Jungen Sven genannt. Der von Gebke hieß Lodin.

Doch seine Kinder und sein Haus zu genießen, hatte er noch

keine Zeit und Ruhe gehabt. Jedermann schien jetzt ständig etwas von ihm zu wollen. Als wäre er schon Jarl.

Außerdem war sein Haus voll, weil auch Guntram und dessen junge Frau vorübergehend darin wohnten. Das Haus, das sie sich mit Brunolf gerade bauten, war noch nicht ganz fertig. Brunolf und Guntram hatten beide mit seiner Hilfe ihre Bräute geworben, bevor er sich verabschiedete. Nach langem Ringen mit seinem Vater, der Braut und sich selbst hatte Brunolf schließlich Guntrams Schwester Swanhild gefreit.

Im Verlauf der Verhandlungen hatte Guntram gestanden, dass ihm auch eher nach Heiraten als nach Ausfahren wäre, würde er sich nur an seine Braut herantrauen. Es stellte sich heraus, dass er schon lange ein Auge auf Brunolfs jüngste Schwester Mildburg geworfen hatte, auf die er unter gewöhnlichen Umständen keine Aussicht gehabt hätte. Brunolfs und Havenars Fürsprache erweichte Jarl Hunold jedoch, und Mildburg war froh gewesen, nicht weiter fort zu müssen als nach Gammelby, wo sie jeden kannte.

Auch eine zweite Schwester von Guntram lebte inzwischen auf Gammelby, sie hatte einen von Hademuts Gefolgsleuten geheiratet: Kodran, den Sohn von Ragnhilds freier Magd Dagny. Mit Kodrans Bruder Delling hatte Havenar Thilde verheiratet und sie auf diese Weise gut untergebracht, nachdem sie nicht mehr bei ihm hatte bleiben wollen.

All diese Verbindungen hatten für Havenar nun auf einmal viel Gewicht gewonnen. Er brauchte so viele wie möglich, denen er blind vertrauen konnte. So wie Thorwald. Der eindrucksvolle Kerl war ihm in vielen Fällen auf der Reise nützlich gewesen, nur hatte er bei all seiner Brauchbarkeit zwei Schwächen: Er konnte nicht schwimmen, und auf Schiffen wurde er seekrank und ungeschickt. Sie waren noch nicht aus der Nordsee heraus gewesen, da hatte Havenar ihn aus dem unruhigen Meer gefischt. Damit es gelang, hatte er ihm mit der Faust gegen die Schläfe schlagen müssen. Der zappelnde Riese hätte ihn sonst mit hinuntergezogen. Nachdem Orm und die anderen sie beide wieder ins Boot gezerrt hatten, lag Havenar lange keuchend auf dem Rücken und konnte nicht aufhören zu lachen, weil Thorwalds ängstliches Klammern so komisch gewesen war. Der zu sich kommende Thorwald nahm den Spott gutmütig hin, wusste er doch, dass nicht jeder sich darauf eingelassen hätte, zu ihm ins Wasser zu springen.

Seit dem Vorfall reichte für ihn ein Wort von Havenar, um widerspruchslos auch das Seltsamste zu tun. Und Seltsames hatten sie oft getan, auf jener Reise. Sie hatten unter anderem die Flussdrachen gefunden und noch mehr: Sie hatten einen davon getötet. Havenar hatte es versuchen müssen, es führte kein Weg daran vorbei. Er hatte gesucht, bis er vom Boot aus einen sah, der einzeln am Flussufer in der Sonne lag. Dann war er, mit einem Speer in jeder Hand und der Axt im Gürtel, vom Boot ins knietiefe Wasser gesprungen und hatte dem Tier seinen Fluchtweg ins Nasse abgeschnitten. Es war am Ende nicht allzu schwer gewesen, ihm den flachen, hässlichen Schädel zu spalten, obwohl die Haut der langschwänzigen Ungetüme hart und dick war. Alle hatten das Vieh bestaunt, nachdem es tot war, und Havenar hatte sich ein paar der spitzen, großen Zähne als Andenken mitgenommen.

Es war nicht so, dass er furchtlos gewesen war, als er aus dem Boot sprang, doch es war wichtiger gewesen zu beweisen, dass der Drache nur ein Tier war und wie jedes andere Tier besiegt werden konnte. Auf diese Art konnte er zum einen wieder einmal die Angst selbst besiegen, zum anderen die Männer – in diesem Fall überwiegend Björns Schweden – stolz darauf machen, dass sie zu ihm gehörten.

Havenar schloss die Augen und rieb sich die Schläfen unter seiner Kapuze, bis er sich fähig fühlte, wieder aufzustehen. Sein Kopf war entweder voll von lähmender Trauer oder von einem wirren Gemisch aus frischen, fremdländischen Erinnerungen, das ihm das Denken erschwerte. Der dritte Zustand war der, in dem er all das verdrängte und ein Ziel verfolgte wie eine leere Hülle.

Das war nicht gesund, so kam er nicht weiter. Er würde sich vorübergehend etwas Angenehmerem widmen als der Rache und etwas suchen, was er den Kindern mitbringen konnte.

Er schacherte ein Weilchen mit einem Juwelier um eine kleine Bernsteinhalskette für Anselma, dann kaufte er einen Satz ungewöhnlicher Schachfiguren aus Speckstein, grau und sahnefarben, die den Jungen gefallen würden, und rohen Stein dazu, damit sie selbst schnitzen konnten. Das Spielbrett wäre schnell selbst gemacht. Für Bjarne fand er einen schmalen Oberarmring, der dem Stolz des kleinen Kriegers schmeicheln würde. Abschließend erstand er einen Beutel voll harter kleiner, aber köstlich süßer Birnen und einen voll Korinthen, die teuer waren, aber die Frauen beglücken würden.

Gerade als er die Birnen als Letztes in seinem Sack verstaut hatte und sich wieder aufrichtete, sah er Frygdis. Sie stand mit ihrem Kind auf dem Arm vor der Auslage des Specksteinhändlers, bei dem er kurz zuvor selbst gewesen war. Der Mantel, den sie trug, war rostrot und hatte eine hellgraue Borte mit eingewebtem Goldfaden. Ihre Magd war bei ihr und zwei Begleiter.

Ohne dass sein Verstand maßgeblich daran beteiligt war, griff er noch einmal in seinen Sack und nahm eine von den Birnen heraus, dann schlenderte er hinüber. Die Kleine hatte ihren Kopf auf die Schulter ihrer Mutter gelegt und drei Finger im Mund. Die Beschützer standen zu beiden Seiten der Frauen, die ihre Köpfe über einer Ware zusammensteckten, und hinderten ihn nicht daran, sich Frygdis von hinten zu nähern. Das Kind nahm die Finger aus dem Mund und sah ihn mit großen Augen an, als er ihm plötzlich so nah war. Es waren Frygdis' Augen, aber das Mädchen hatte Olofs Haare. Dennoch ein hübsches Kind. Er blieb erstaunlich ruhig bei dem Gedanken an Olof, obwohl er zum ersten Mal achtbaren Grund zum Hass gehabt hätte. Olof war in den Mord an seinen Brüdern verwickelt, das war fast sicher.

Er schenkte der Kleinen sein freundlichstes Lächeln und hielt ihr die Birne hin. Sie griff die Frucht nach kurzem Zögern, doch da senkte sich der Stiel einer Lanze zwischen ihn und sie und schob ihn mit Bestimmtheit auf Abstand. Die Qualität ihrer Beschützer hatte sich doch verbessert. Er lächelte weiter das Kind an, während er zurückwich. Es biss vergnügt in die Birne und wischte den safttropfenden Mund am Kragen der Mutter ab. »Mmh«, sagte die Kleine. »Guck, Mama.« Endlich drehte Frygdis sich um, sah erst die gesenkte Lanze hinter sich, dann ihn.

»Nichts für ungut«, sagte er mit dem schleppenden Akzent eines Angeln-Bauern. »Ein hübsches Kind. Ich hatte nur die Birne da übrig. Schmeckt ihm.«

Für zwei Wimpernschläge sah Frygdis ihn regungslos an, und sein Herz flatterte. Dann weiteten sich ihre Augen in jähem Erkennen, und ein Lächeln flog auf ihre Lippen, nur um gleich wieder zu erlöschen. »Es ist schon gut, Närve. Ich glaube, der Mann will uns keinen Harm.«

»Wo werd ich?«, sagte Havenar. »War nur grad der Anblick. Hab selbst so eine Lütte. Der bring ich die andern Birnen. Meinen Respekt, hohe Frau. Auf Wiedersehen.«

Er drehte sich um und ging. Sein Herz veranstaltete einen solchen Tumult, dass ihm beinah die Brust platzte. Und er hatte den Zauber überwunden geglaubt! Gerade bevor er nach Haithabu fuhr, hatte er ihren Ring abgenommen. Nicht zum ersten Mal, dennoch hatte seine tief gebräunte Hand einen weißen Streifen gehabt, wo er fehlte. Er hatte die weiße Haut mit dem Nusssaft getönt und den Ring zurück in seinen Hosenbeutel getan, in dem Glauben, dass er ihn diesmal nicht wieder anstecken würde.

Vor einem Glasperlenmacher blieb er stehen und sah zu, wie der Mann grüne Perlen drehte. Frygdis' Ring war auf einmal in seiner geschlossenen Hand, brannte dort wie eh und je. Den Blick in ihre Augen hätte er noch verkraftet, er hätte tun können, als wäre nicht eindeutig, was darin stand. Etwas anderes jedoch war eindeutig: An ihrem Hausfrauenbund mit Messer, Schere und Schlüsseln trug sie seinen Ring. Auf einen Schlag war alles, als hätte er sich erst am Vortag von ihr verabschiedet.

Mit einer hundertfach geübten Bewegung streifte er ihren Ring wieder über seinen kleinen Finger.

Hinter ihm näherten sich leichte Schritte, er wagte nicht, sich umzudrehen, aus Angst, dass sie es nicht sein würde. Doch sie war es. Schwerere Schritte meldeten auch einen ihrer Begleiter.

»Guter Mann«, sagte sie. »Ich denke, ich habe deine Freundlichkeit unhöflich vergolten. Ich möchte dir etwas für die Birne zurückgeben, das bringst du dann deiner Tochter.« Sie griff sich an den Gürtel und schlug sich dann die Hand vor die Stirn. »Auda hat meinen Beutel. Lauf hinterher und hol ihn bitte, Närve. Für einen Moment kann ich hier ohne dich sein. So viel Zeit hast du doch, um kurz hier mit mir zu warten?«, wandte sie sich Havenar zu, während Närve folgsam davonschritt. Ihr Blick saugte sich an seinem Gesicht fest, liebkoste ihn, untersuchte ihn auf Veränderung, sank in seine Augen.

»Ich warte hier mit dir bis ans Ende aller Tage. Leichtsinnig bist du immer noch, obwohl wenigstens deine Beschützer sich etwas gebessert haben.«

»Ich suche sie jetzt selbst aus. Lieber Himmel, Havenar, was habe ich gehofft … Ich weiß von deinen Brüdern, und es tut mir leid. Wenigstens das musste ich dir sagen. Das ist eine üble Geschichte.«

»Wirst du mir sagen, wer es getan hat?«

»Auf die Gefahr hin, dass du mir nicht glaubst – ich weiß es nicht. Halfdan sagt, es war keiner von Thorolfs Männern dabei. Vielleicht war es Guttorm. Er und Thorolf bekennen sich inzwischen offen zu Harald, und sie hätten euch gern aus dem Weg. Du wirst das Leben deines Vaters und dein eigenes gut hüten müssen.«

»Was mein eigenes betrifft, bin ich in Übung. Auf dem Hinweg wollte ich es noch verlieren, auf dem Rückweg lieber behalten. Ich habe inzwischen eine Tochter, weißt du. Plötzlich fand ich, dass ich zu meiner Sippe gehöre. Was ist mit dir, geht es dir gut?«

»Ja, es geht mir gut, und da kommt Närve. Seine Beine sind zu lang. Ich wünsche dir Glück, Haven.«

Sein rasendes Herz trieb seine Worte an. »Nur noch eins: Sollte es einmal um Leben und Tod gehen, wirst du für Olof sein oder für mich?«

»Mögen die Götter mir die Wahl ersparen. Aber ich werde nicht gegen dich sein. Niemals.«

»Da ist er«, sagte Havenar, setzte ein dümmliches Lächeln auf und wies auf Närve, der herangekommen war und Frygdis ihren Beutel reichte. Sie kramte darin. Havenar kämpfte gegen den verzweifelten Drang, sie anzufassen und zu streicheln, um sich zu vergewissern, dass sie wirklich war.

»Ach«, meinte sie und tauchte wieder auf. »Eigentlich wollte ich dir Silber geben, aber sieh mal das: Das gefällt deinem kleinen Mädchen sicher.« Sie bückte sich und ließ einen grün, rot und golden verzierten Kreisel auf dem Boden zwischen ihnen tanzen.

»Das ist ein hübsches Ding. Da wird sie sich freun«, sagte er. »Du bist eine gute Frau. Nimm dafür noch eine von den Birnen.« Er hob den Kreisel auf und rückte ihr dabei näher, dann holte er eine weitere Birne aus seinem Sack und hielt sie ihr auf der flachen Hand hin, sodass sie ihren Ring an seinem Finger sehen konnte. Sie nahm die Birne und strich dabei über seine Handfläche. »Nun müssen wir aber zurück«, sagte sie. »Leb wohl.«

»Dir das Gleiche«, sagte Havenar, und dabei ging ihm ein bisschen der Akzent verloren. Seine Hand schloss sich, als könnte er Frygdis' Berührung festhalten.

Während sie sich von ihm entfernte, blickte sie sinnend auf die Birne, als wolle sie hineinbeißen, und steckte sie dann doch in die Tasche ihres Oberkleides. Havenar war sich gewiss, dass ihre Tochter sie bekommen würde. Mütter wie sie nahmen nicht den besten Bissen selbst.

Er fühlte sich durcheinander, doch weniger hohl als vor der Begegnung. Zudem war er froh, dass sich seine Rache nicht als Erstes gegen Thorolfs Sippe richten musste. Es wäre schwierig gewesen, Frygdis und ihre Kleine da herauszuhalten.

Allerdings wusste er bereits, dass auch Guttorm nicht hinter den Morden steckte. In dessen engem Gefolge kannte er einen vertrauenswürdigen Mann, der ihm das Gegenteil versichert hatte. Das Rätsel blieb daher ungelöst. Wem lag so mörderisch viel daran, seine Sippe zu entmachten?

Es gab wenig Grund für Frygdis' Beschwingtheit, als sie mit Auda und Hadwig zurück zu Rodegangs Haus ging, und doch jubelte sie innerlich: Er lebte, er war zurück. Und er trug ihren Ring. Oh ja, er trug ihren Ring, wie sie seinen trug, und was sollte da noch die Vernunft? Was sollte die Feststellung, dass sie sich kaum kannten und dass die Ringe keinen Unterschied machten? Sollten sie auch nie zusammenkommen, so gehörten sie doch einander!

»Wer war der Mann?«, fragte Hadwig.

»Das war ein Bauer aus Angeln, der Kinder gern hat. Er hat selbst ein kleines Mädchen wie dich.«

»Und wie viele Jungen hat der Bauer?«, fragte Auda mit ironisch gehobenen Brauen, worauf Frygdis ihr einen strafenden Blick zuwarf.

»Das Apfelding war lecker, mmh«, sagte Hadwig.

»Eine Birne. Das war eine Birne, mein Vögelchen. Hier, er hat mir noch eine gegeben. Du bekommst sie, wenn du nach dem Mittagsmahl geschlafen hast. Vielleicht will übrigens Onkel Halfdan heute noch zurücksegeln. Dann kannst du die Birne auf dem Schiff essen.«

Seit die Morde bekannt geworden waren, hatte sich Frygdis' Einstellung zu Halfdan ein wenig verändert. Dass er die Unehrenhaftigkeit der Tat so verurteilte, wie sie selbst es tat, und sich noch dazu um seine Tochter sorgte, milderte ihr Urteil über ihn. Zudem hatte er es hingenommen, dass sie seinen Antrag abwies, ohne ihr zu grollen. Im Gegenteil, er war bemüht, sie durch kleine Freundlichkeiten davon zu überzeugen, dass er ihr nichts Übles wollte, und er verwöhnte Hadwig. Er hatte seiner Großnichte eine ganze Reihe von Kreiseln und ähnlichem Spielzeug aus seinen Holzresten geschnitzt, und sie bat ihn nie vergeblich um etwas Neues. Einer seiner Freunde, der auch Schiffe und Schilde mit Farben zu verzieren verstand, hatte Freude daran, die Kleinigkeiten zu bemalen. Wenige Kinder hatten so viel Spielzeug wie Hadwig.

Halfdan segelte seit seiner Jugend auf der Schley und der Ostsee, und obgleich sie einigen Booten begegneten, die ihnen nicht geheuer waren, fuhren sie doch zielstrebig an Silveid vorüber und aus der Schley hinaus. Die Männer zogen Halfdans Schnigge bei Midbikhus' Hafen an Land, als es dämmerte.

Der Hafen war klein, nur ein Bootslagerplatz mit Wachtposten, daher mussten sie über Land weiter. Als sie den Wagen durch das Tor von Midbikhus lenkten, war es bereits dunkel.

»Das war eine schöne Abwechslung«, sagte Frygdis zu Halfdan.

Halfdan nickte. »Ich habe gemerkt, dass es dir gefallen hat. So fröhlich habe ich dich selten gesehen. Wenn ich das nächste Mal fahre, kannst du wieder mit.«

»Ich weiß nicht, ob das richtig ist. Es kam mir so vor, als ob sich in der Stadt eine Menge rauflustiges Volk tummelt. Als würden alle Besitzlosen derzeit noch mehr als früher nach Haithabu strömen und einen suchen, dem sie folgen können. Hast du das denn nicht bemerkt?«

»Es liegt auf der Hand. Thorolf allein hat drei Werber in der Stadt sitzen, die ihm Männer anheuern. So werden es alle Jarle machen. Je mehr Macht sich jeder kauft, desto mehr wird er beim Thing bewegen können, wenn es um die Entscheidung zwischen Horich und Harald geht. Und je mehr einer für den zukünftigen König bewegt, als desto dankbarer wird der sich erweisen.«

»Aber einige spielen nicht mit – Hademut und Hunold. Und wer noch?«

»Man munkelt, Horichs Freund Gundakar hätte sich mit ihm überworfen und würde ebenfalls versuchen, sich herauszuhalten. Außerdem dein hochvorsichtiger Onkel Blidmunt, aber mit seinem Fleckchen Land und bei seinem Alter betrachtet ihn niemand mehr als bedeutsam.«

»Sein Land hat eine sehr gute Lage, und als Gastgeber fürs Thing war er immer geachtet. Aber was ist mit den anderen, nimmt man die ernst?«, tastete Frygdis sich weiter vor.

Halfdan warf ihr einen düsteren Blick zu. »Die anderen wird es nicht mehr lange geben. Nur Gundakar ist stark genug, um neutral bleiben zu können. Hademut und Hunold sind inzwischen von Haralds Freunden umgeben. Sie haben wenig Männer, aber gute. Ihr Wort beim Thing hat daher einiges Gewicht. Horich wird alles daransetzen, sie doch noch auf seine Seite zu bringen, Harald alles, um das zu verhindern, da sie ihm nicht folgen wollen. Man fragt sich, ob sie so dumm sind oder so mutig. Dem Druck von beiden können sie nicht standhalten.«

»Heißt es nicht, sie würden auf ihre schwedische Sippe rechnen?«

»Wo ist sie aber, die schwedische Sippe? Wo war sie, als man Hademuts Söhne ersäuft hat?«

»Schsch«, sagte Frygdis mit einem unruhigen Blick auf Hadwig, doch die saß auf Audas Schoß und lauschte gebannt einer harmloseren Geschichte.

Halfdan lachte bitter auf. »Ach, Mädchen. Sollte es gehen, wie ich befürchte, dann wird dein Töchterchen bald mit eigenen Augen sehen, was du jetzt vor ihr verstecken möchtest.«

Frygdis griff unwillkürlich nach seinem Ärmel, und er wandte den Blick von den Zügeln in seinen Händen zu ihr. »Das befürchte ich schon lange«, sagte sie. »Versprichst du mir, dass du ein Auge auf Hadwig hast, wenn etwas passiert?«

Halfdan zuckte mit den Schultern. »Das werden alle, das weißt du doch. Sie ist Olofs Tochter.«

»Alle wissen, dass er das nicht glaubt und dass ihm nichts an ihr liegt. Aber dir liegt an ihr.«

Verlegen räusperte er sich. »Vielleicht macht Olof irgendwann noch die Augen auf.«

»Bis dahin kann es zu spät sein.«

»Hm. Ich bin nicht mehr so jung, Frygdis, und ich habe nicht die Absicht, auf dem Stroh zu sterben. Wenn es einen Kampf gibt, wird es vielleicht mein letzter sein. Das mag deiner Kleinen helfen oder auch nicht. Ein lebender Beschützer wäre aber wohl nützlicher.«

Frygdis ließ betreten seinen Ärmel los, und ihre Schultern sanken herab. »So alt bist du noch nicht«, murmelte sie halbherzig.

Halfdan schnaubte belustigt. »Zu alt für dich, nicht wahr? Weißt du, seit Gundas Mutter tot ist, bist du die Erste, die ich gern habe.«

Er lachte leise und warf ihr einen schalkhaften Seitenblick zu. »Du hast etwas Verlockendes. Dazu genug Geist, dass man dir nicht vor Überdruss den Mund verbieten müsste, nachdem man seine Lust hatte.«

»Dass du dich nicht schämst! Gleich stoß ich dich vom Wagen«, meinte Frygdis, aber sie musste lächeln.

»Ach, Goldfibelchen, du hast mir nein gesagt, und ich habe es verstanden. Was soll so ein alter Kater wie ich sich noch groß auf die Zunge beißen? Olof ist ein Holzkopf. Wäre ich an seiner Stelle gewesen, hätte ich dafür gesorgt, dass dir im Bett nicht kalt wird. Meine Ehefrauen haben vielleicht beide keine hochachtungsvollen Gefühle für mich gehabt, aber unter den Decken hatten wir immer unser Vergnügen. Ein Jammer, dass sie so kurz gelebt haben.«

»Würdest du einmal zur Seite sehen, würdest du merken, wie du mich in Verlegenheit bringst mit deinen Reden. Er will eben nicht, und ich habe keine Lust mehr, darüber zu sprechen.«

»Aber andere Lust hast du schon, oder nicht? Dann und wann hört man dich im Dunkeln seufzen. Es regt sich etwas bei mir, wenn ich das höre.«

»Wirst du wohl jetzt ruhig sein! Was Menschen im Dunkeln seufzen, geht ja wohl die anderen nichts an. Oder soll ich laut sagen, was ich höre, wenn deine Decken aufhören zu zittern?«

»Oho. Hast du ganz genau hingehört? Ist es nicht dein Name, der mir dann über die Lippen rutscht?«, meinte Halfdan spöttisch.

»Ach, das soll mein Name sein? Ich dachte, es wäre der Name von einem unserer Schafe.«

Halfdan lachte laut und lange. »Ach, was ist Olof für ein Narr.«

Lachend und scherzend hob Halfdan Frygdis vom Wagen, als sie auf dem Hof vor dem Haus angehalten hatten. Keinem von ihnen fiel das finstere Gesicht auf, das der in der Tür wartende Olof dazu machte. Nur Auda widmete ihm mit gesenktem Kopf einen misstrauischen Blick, als sie die schläfrige Hadwig an ihm vorbei ins Haus trug.

Frygdis warf ihren Mantel ab und verhalf eilig Halfdan, Hadwig, Auda und sich selbst zu Schüsseln voller Abendeintopf, den die Mägde für sie zubereitet hatten. Erst als sie Hadwig ein Tuch umgebunden hatte, fiel ihr auf, dass Olof noch immer nur schweigend zusah. Sie nahm ihre eigene Schale und bot sie ihm an. »Hast du gegessen, Olof?«

Mit einem feindseligen Blick durchbohrte er sie. »Als ob mir nach Essen sein könnte.«

Frygdis zog die Brauen zusammen und fing an zu löffeln, so wie die anderen. »Was hast du denn?«

Die Mägde hatten es sich leichtgemacht und mit Salz und Kräutern gespart, die Suppe war fad.

»Bäh, Frygdis«, bemerkte Halfdan. »Mach was mit dem Brei, dass er schmeckt.«

Olof wandte seinen grollenden Blick von Frygdis zu ihm, dann zurück. »Was ich habe? Weißt du das nicht? Du machst mich zum Gespött und fragst mich, was ich habe?«

Frygdis ließ Schüssel und Löffel sinken, sodass ihr die Suppe beinah auslief. »Was?« Ihr wurde noch kälter als vorher. Es war schwer, einem unbestimmten Vorwurf gelassen zu begegnen, wenn man kein reines Gewissen hatte. Sich so zu fühlen, hatte sie keinen Grund mehr gehabt, seit sie als Kind ihrer Mutter einen guten Kamm zerbrochen und es verschwiegen hatte. »Wovon sprichst du?« Mit bewusst großen, erstaunten Augen sah sie Olof an.

Er ging zwei Schritte auf Halfdan zu, der auf der Bank saß und die Füße dicht ans Herdfeuer hielt. »Weißt du vielleicht, wovon ich spreche, Onkel Halfdan? Ich bin sicher, du weißt es. Du siehst doch so viel von meiner Frau. Ganz sicher hast du auch den Schatten von dem gesehen, der sie geschwängert hat. Ich würde gar nicht wissen wollen, wer ihr zu Diensten war. Nur dass ihr mich für blöd haltet, wurmt mich.«

Halfdan hatte sichtlich Schwierigkeiten, seinen Bissen Suppenrindfleisch herunterzubringen. »Worauf spielst du an, Olof?«, fragte er, nachdem ihm das Schlucken gelungen war.

»Was wühlst du schon wieder in diesem stockigen Streit herum?«, fragte Frygdis ärgerlich.

»Ich war blind«, meinte Olof und hob eine geballte Faust. »Aber man hat mir die Augen geöffnet. Es war sicher schön in der Stadt, was, Frygdis? Und erwarten wir nun unser zweites Kind?«

Frygdis' Herz schlug ihr bis zum Hals vor Schreck und Zorn. Sie war so guter Dinge gewesen über eine nichtige kleine Begebenheit. Musste jetzt ihr trampliger Gatte daherkommen und sie in Angst versetzen? Was konnte er erfahren haben? Hatte einer seiner Männer sie mit Havenar gesehen? Doch was war da schon zu sehen gewesen?

»Geschickt überlegt habt ihr das«, wetterte Olof weiter. »Kein Mangel an Familienähnlichkeit. Also, was rege ich mich auf. Nur zu, kriecht unter die Decken. Macht mir meine Nachkommen. Solange ihr nicht wagt, dabei über mich zu lachen.«

Frygdis' Herz machte einen Erleichterungssprung, und Halfdan stellte mit einem dumpfen Knall seine Suppenschüssel neben sich auf die Bank. »Moment, Olof. Nun solltest du dich bremsen.«

»Bei Odins Tisch, was kannst du gediegen lügen, Thorhildsdottir. Hat deine Mutter dir das beigebracht? ›Sieh sie dir doch an, Olof, sie sieht dir ähnlich‹, flötest du. Ja, das soll sie wohl, wenn das Kind meine Base ist, das kommt oft vor, dass es da eine Ähnlichkeit gibt.«

»Du irrst dich«, warf Halfdan ein und stand kampfbereit auf.

Ihren Schrecken hatte Frygdis überwunden, nun gab sie sich der Wut hin. Olof hatte noch immer keine Ahnung, wo ihr wahrer Verrat lag. Das gab ihr kalte Ruhe.

»Ach, es war ja nur gut gemeint«, sagte sie mit falscher Sanftheit. »Von wem hast du es denn nun am Ende erfahren, mein Lieber?«

»Frygdis!«, sagte Halfdan entgeistert.

Olof ließ verblüfft die Fäuste fallen. »Ortrud hat euch gesehen.«

Frygdis lächelte grimmig. »Die gute Ortrud. Wenn du die nicht hättest, was würde dir alles entgehen.« Von der hinteren Ecke der Bank, wo Auda mit Hadwig saß, hörte sie Audas Hustenanfall. Sie musste sich an der Suppe verschluckt haben.

Auch Halfdan sah aus, als würde er um Luft kämpfen. »Dreimal verdammt und verflucht, was redest du da? Also, ich schwöre, wenn du mich ins Bett genommen hättest, dann würde ich vor dem Grünschnabel dazu stehen und ihm notfalls einen Scheitel ziehen, aber du hast es nicht getan!«

Frygdis sah ihn erstaunt an. »Aber Halfdan! Ortrud hat es doch gesehen, es muss also wahr sein.«

Nun breitete sich ein Grinsen auf Halfdans Gesicht aus. »Wäre alles wahr, was das Weib schwätzt, dann wäre mancher Furz ein Sturm.«

»Pass auf, was du sagst«, brüllte Olof. »Jetzt nennst du mich tumb.«

»Das hatte er gewiss nicht im Sinn«, meinte Frygdis. »Aber es ist schon so eine Sache. Recht erinnern, dass ich bei deinem Onkel gelegen habe, kann ich mich nämlich auch nicht. Das mag nun an meinem schlechten Gedächtnis liegen. Obwohl … Halfdan hätte wahrscheinlich dafür gesorgt, dass ich es nicht vergesse, oder?«

Sie warf Halfdan einen Blick zu, und er nickte. »Darauf kannst du wetten, Mädel.«

Olofs Gesicht war derweil hochrot geworden und seine Fingerknöchel weiß. »Treibt es nicht zu weit. Meine Nachsicht hat

Grenzen. Ich wollte dir schon glauben, Frygdis. Ich hätte gern geglaubt, dass sie mein Kind ist. Dass es eine Frau gibt, die mir Kinder schenken kann. Beweis mir, dass es nicht wahr ist, was Ortrud sagt.«

Frygdis' Suppenschale flog samt Inhalt gegen die Hauswand, ohne dass sie sich genau erklären konnte, wie das vonstattengegangen war. Mit ihrem Löffel gegen Olofs Brust drohend, ging sie wutbebend auf ihn los, sodass er sich mit sichtlichem Unbehagen rückwärts in Richtung Tür bewegen musste. »Ich werde dir gar nichts beweisen. Das ist mir keinen Aufwand wert. Aber deiner ränkesüchtigen Kebse werde ich etwas beweisen.«

Damit rauschte sie an ihm vorbei. Den ersten Mann, den sie draußen erwischte, griff sie am Ärmel. »Alle versammeln sich auf dem Hof«, befahl sie. »Jetzt, auf der Stelle. Sag ihnen, es dauert nicht lang.«

»Was hast du vor?«, rief Olof ihr nach, deutlich unangenehm berührt, doch sie gab ihm keine Antwort.

Binnen Kurzem standen die Bewohner von Midbikhus auf dem dunklen Hof zwischen den Gebäuden. Einige hielten Fackeln, alle fröstelten und schlangen sich gegen den kalten Wind die Arme um den Leib.

Frygdis stand mit verschränkten Armen da und wartete, bis niemand mehr kam. Dann hob sie die Hände. »Ruhe! Wir suchen einen Zeugen für eine Tat. Ortrud sagt, ich hätte Olof hintergangen. Jeder, der das bezeugen kann, soll Olof das jetzt sagen.«

»Gute, dicke Göttin, dafür müssen wir hier im Dunkeln stehen?«, maulte Magnus. »Was soll das, Olof? Du glaubst deiner Kebse diesen Brei doch wohl nicht! Deine Frau ist so züchtig wie eine gescheuerte Buchenplanke, da wird dir keiner was anderes sagen.«

»Niemand hat etwas zu fürchten, wenn er die Wahrheit sagt«, meldete Frygdis sich wieder zu Wort. »Nun kommt, einer wird doch etwas gesehen haben, was Olofs Glauben und Ortruds Worte stützt.«

»Da hast du deine kleine Frau aber wütend gemacht, Olof«, meinte Halfdans farbenkundiger Freund belustigt. »Das sieht ihr gar nicht ähnlich, so laut zu werden.«

Olof hatte seine Arme ebenfalls verschränkt und war bemüht, mit unbeteiligter Miene an allen vorbeizusehen.

»Wenn sich also sonst niemand findet, dann soll Olofs Freundin selbst sprechen«, sagte Frygdis scharf. »Sag laut, was du mir vorwirfst, Ortrud.« Sie zeigte auf Ortrud, bis alle sich dieser zugewandt hatten, und genoss den Anblick.

Die große, füllige Ortrud schrumpfte unter den Blicken des versammelten Hausstands. Verlegen schob sie sich die braunen Haarsträhnen hinter die Ohren. »Es war doch nur gescherzt«, murmelte sie.

»Was?«, fragte Frygdis.

»Dass du, nun … Es war nur, weil … Man konnte schließlich schon glauben, dass euer Kind … Überlegt haben das doch alle.«

»Aber alle außer dir scheinen zum richtigen Schluss gekommen zu sein. Lass dir gesagt sein: Nur weil du Olof kein Kind geben kannst, heißt das nicht, dass ich es nicht kann. Redest du mir noch ein Mal schmutzig nach, dann werde ich verlangen, dass du verschwindest. Und dafür sind jetzt alle hier Zeugen. Ich danke euch, ihr könnt wieder gehen.«

»Mein Beifall«, rief Magnus spöttisch, rieb sich die Arme und zog Armgard nach einem Blick auf die bleich gewordene Ortrud schleunigst zurück ins Haus.

»Da siehst du, was für ein Esel du bist«, murmelte Halfdan, der neben Olof stand. »Da hast du die eine Frau, die dir Kinder geben kann, und machst sie so wütend, dass sie dir stattdessen mit dem Löffel aufs Leben zielt.«

»Sie hat mehr Feuer, als ich dachte«, murmelte Olof zurück.

»Fraglich, ob sie dich noch daran kochen lässt«, bemerkte sein Onkel mit einem abfälligen Blick und folgte Frygdis zurück ins Haus. Einen Moment lang stand Olof unschlüssig in der Kälte, dann ging er ihm nach. Vor Frygdis, die sich neue Suppe genommen hatte und mit vorgeblicher Ruhe löffelte, baute er sich auf.

»Du hast eine Art zu überzeugen. Ich dachte nie, dass es so weit kommen würde, aber ich bitte dich um Verzeihung.«

Frygdis sah kühl zu ihm auf. »Hast du eine Tochter?«

Er nickte. »Ich habe eine Tochter. Und eine Frau. Bleib meine Frau, Frygdis.«

Frygdis sah ins Feuer und hatte ihn schon fast vergessen. Er bedeutete ihr so wenig. Nur ihre Ehre hatte sie hochhalten müssen, vor allem um Hadwigs willen. Flüchtig sah sie Olof noch einmal an und zuckte mit den Schultern. »Nun iss«, sagte sie.

7. Kapitel

Havenar fand in Haithabu keine weiteren Hinweise auf die Mörder seiner Brüder. Er traf sich zur vereinbarten Zeit mit Guntram und Brunolf in einem Wirtshaus wieder. Die beiden waren während Havenars Suche nach Flintholm gesegelt und hatten über Herjulf Nachricht an die Schweden geschickt. Sie waren so unkenntlich gemacht wie Havenar, und auch der kleine Küstensegler war nicht als eines von Hademuts Booten zu erkennen, denn er stammte nicht aus Herjulfs Werkstatt und wurde nicht in Flintholm aufbewahrt. So verließen sie Haithabu unerkannt und zogen wenige Stunden später das Boot in sein Schilfversteck. Zu Fuß gingen sie nach Flintholm, wo sie die Kleidung wechselten.

»Nein, nichts«, gab Havenar auf Gerlögs Frage Auskunft.

Seine älteste Schwester hatte noch rote Augen, weil sie nicht verwinden konnte, dass es ihre Brüder nicht mehr gab. Sie brannte vor Durst auf Rache und machte Havenar Vorwürfe. »Sonst findest du doch auch alles heraus.«

Havenar legte das Methorn beiseite und streckte seine Hände nach dem Feuer aus. »Ich frage mich, ob du eigentlich weißt, worauf du so ungeduldig hoffst. Denk doch nach. Es war keiner von Horichs Seite. Der hofft noch, dass er uns anders kriegt. Harald selbst wusste nichts davon, es war nicht sein Auftrag. Guttorm war nicht dabei, obwohl man dort nicht überrascht war, als es geschah. Thorolf wusste, was geplant war, doch angeblich waren auch seine Leute nicht beteiligt. Gehen wir davon aus, dass es Mörder waren, die Harald gefallen wollten, dann stößt mich alles auf Asmund oder Swidbert, und das ist ein böser Gedanke. Willst du eine Fehde in unserer eigenen Sippe?«

Gerlög schnaubte. »Und willst du aus Angst davor den

Schwanz einziehen? Du findest das Ungeziefer, und dann wird abgerechnet, Sippe oder nicht. Ich mochte Asmund noch nie, diesen dürren Wendehals.«

Havenar seufzte. »Nein, ich auch nicht. Trotzdem hoffe ich, dass er nichts damit zu tun hat. Guntram besucht nächste Woche seine Eltern. Danach wissen wir mehr.«

Herjulf hustete und sah aus, als würde er glücklich der Tatsache gedenken, dass sein eigener Wanst nicht dürr, sondern prachtvoll war und er seiner Frau und seinem Schwager nie Grund gegeben hatte, sich gegen ihn zu wenden. »Hm. Also, wenn wir nun vielleicht noch über etwas anderes sprechen könnten, Havenar. Ich habe hin und her überlegt. Vier neue Anleger brauchen wir, sagtest du. Es führt kein Weg daran vorbei, dass wir die Sperren vergrößern. Wirst du dir das mal mit mir ansehen?«

»Sicher. Hast du die Boten nach Schweden geschickt?«

»So, wie du gesagt hast. Zwei Boote im Abstand von zwei Tagen und gute Seeleute. Einer kommt bestimmt an.«

»Wenn du anfängst, die Anleger und die Sperren zu bauen, dann mach keinen großen Wirbel darum. Tu so lange wie möglich, als müsstest du erneuern, nicht vergrößern. Musst du mehr Leute dafür haben?«

»Nein. Ich kann alle von den Schiffen abziehen. Wir haben die letzten Wochen gearbeitet wie Knechte. Alle Schiffe sind in bester Form, auch der *Kielvogel* schwimmt wieder.«

»Murren die Männer?«

»Nein. Eher sind alle froh, dass wieder einer da ist, der sagt, wie es weitergeht. Dein Vater hat sie ein bisschen unsicher gemacht in letzter Zeit, das weißt du ja selbst.«

»Er wird bald wieder der Alte sein«, sagte Havenar und versuchte, seinen eigenen Worten zu glauben.

Havenar, Guntram und Brunolf brachen bald aus Flintholm auf und waren bei Anbruch der Dunkelheit in Gammelby. Vitgeir kam zu Havenar, bevor dieser vom Pferd steigen konnte.

»Der Schmied ist krank, Haven«, begrüßte er ihn. »Hat einmal laut und lange gebrüllt, und nun kann er kaum noch den Arm heben. Er war der Beste. Wir brauchen Ersatz, sonst können wir deine Anweisungen nicht ausführen.«

»Mit den einfachen Sachen habt ihr aber weitergemacht?«, erkundigte Havenar sich beim Absteigen.

»Damit kommen wir gut voran. Pfeilspitzen machen und Klingen schärfen kann jeder. Und die Frauen schlachten, pökeln und räuchern wie besessen. Es wird immer noch Vieh gebracht. Die Kornspeicher platzen, die Fässer stapeln sich. Delling wollte mit dir sprechen, ob er mehr Lagerraum bauen soll.«

»Hört sich gut an. Was macht Vater, Vit?«

»Frag nicht mich, mit mir spricht er nicht mehr. Ich habe angefangen, die beiden neuen Wachtürme zu bauen, wie du siehst. Vater hat's betrachtet und nichts dazu gesagt. Sogar deine Mutter scheint langsam die Geduld mit ihm zu verlieren. Sie hat gedroht, dass sie ihm das Essen nicht mehr bringt.«

»Ich wünschte, sie würde zu ihm durchdringen«, meinte Havenar. »Bis dahin mach einfach weiter, als wäre er nicht da. Bei Thors Bart, ich brauche Essen, wo du's sagst, und eine Nacht ruhigen Schlaf. Wo ist Erik?«

»Schindet wie angeordnet unsere jungen Männer. Aber er wird wohl gleich Schluss machen, ist ja fast dunkel.«

»Ich würde gern all unsere Männer in einer Stunde im Männerhaus sehen. Lässt sich das machen?«

Vitgeir hatte sich schon mit Brunolf und Guntram zum Gehen gewandt und drehte sich nun noch einmal um. »Lässt sich das machen? Wenn du es sagst, dann lässt es sich machen, Bruder, das solltest du wissen. Hier warten alle gierig auf jede Anordnung von dir, so froh sind sie, dass einer das Anordnen an sich genommen hat, dem sie vertrauen. Sie haben alle ihre Dickköpfe, aber wenn die Lage schwierig wird, wollen sie einen, der einfach befiehlt und nicht zögert. Lass dich nicht unsicher erwischen. Sag, was du willst, dann sorgen Erik, deine Freunde und ich schon dafür, dass es geschieht.«

»Ich bin nicht Jarl, Vitgeir«, widersprach Havenar.

»Darüber könnten wir nun lange plaudern, aber wolltest du nicht essen? Eins ist sicher: Wenn du es nicht bist, ich bin es noch weniger. Versteh doch! Die Leute glauben, die Götter hätten dich ihretwegen wieder hergeschickt. Wenn sie morgen einen neuen Jarl bestimmen sollten, würdest du das sein, so sicher wie Wolf es gewesen wäre, wenn wir besser auf ihn aufgepasst hätten.«

»Hör doch auf, Vit. Du lässt dich ja von Vater anstecken. Glaubst du, dass Wolf sich von dir oder mir hätte an die Hand nehmen lassen?«

»Eher als du. Hätte ich etwas zu sagen, würdest du keinen Schritt mehr allein tun.«

»Du machst mich brastig. Ich gehe essen. Darf ich das allein, oder willst du mein Schatten sein? Danach werde ich übrigens in aller Eile ein williges Weib auf die Bank ziehen. Bei Freyr, ich habe einen Druck ... Willst du danebenstehen und auf mich aufpassen?«

Vitgeir machte ein Gesicht, als hätte er ihm gern vor die Füße gespuckt. »Gut für dich, dass deine Gefolgsleute übersehen, wie kindisch du sein kannst.«

»Sie sehen ja dich als wandelnde Vernunft an meiner Seite, was gibt es da zu fürchten? Aber mach dir keine Hoffnung, ich gehe meine Schritte allein, wann immer es mir gefällt.«

»Nichts anderes habe ich eben gesagt. Erzähl mir noch, woher wir das Holz für die Pfähle holen sollen, die du im Zaun ersetzt haben willst. Dann kann ich überlegen, wen ich danach schicke.«

»Wo Hoskuld seinen Hof hat, kann man das Holz gut schlagen. Schick morgen seinen Sohn zu ihm vor. Er soll ihn gleich warnen.«

»Vor uns?«

»Vor Horichs frischen Norwegern und Haralds gesammelten Räubern. Vielleicht wird er lieber herkommen oder zumindest Vieh und Frauen herbringen.«

»Glaubst du eigentlich wirklich, dass diese zerfransten Lumpenbanden uns je hier angreifen werden?«, erkundigte sich Vitgeir.

»Die Wahrscheinlichkeit sinkt, je besser vorbereitet wir aussehen. Das bringt mich darauf, dass ich auf den Türmen nie jemanden mit rostigem, schartigem Zeug sehen will. Ein dreckiges Schwert mag sicherer umbringen, aber ein blankes macht beim Spitzel mehr Eindruck. Soll niemand verbreiten, dass Hademut kein Silber für einen anständigen Schmied hat. Ach verdammt, der Schmied! Hast du eine Idee?« Vitgeir schüttelte bedauernd den Kopf. »Na, vielleicht fällt mir beim Essen etwas ein. Bis später.«

Vitgeir war noch keine sechs Schritte gegangen, als er Havenar noch einmal hörte. »Warum«, brüllte sein Bruder in Richtung der Stallknechte, »warum, wenn alle hier doch so gern Anordnungen befolgen, läuft da noch ein gesatteltes Pferd auf dem Hof herum? Wenn ich in Zukunft selbst mein Pferd in den verfluchten Stall bringen muss, dann stelle ich euch daneben und lasse euch eine Woche lang Heu fressen.«

Im Handumdrehen war Guntrams Pferd vom Hof verschwunden und versorgt, und Havenar ging zu seinem Haus. In der Tür kam ihm Bjarne entgegen, ein Stück Brot in der Hand. Bis zur Brust reichte der Junge ihm inzwischen, und seit zwei Jahren ließen die Frauen seine Haare wachsen. Wenn er sie offen trug, fielen sie ihm bis zwischen die Schulterblätter. Havenars Haare waren nur wenig länger, und die Sonne auf See hatte sie immer wieder gebleicht, sodass sie ebenso hell geblieben waren wie die seiner Söhne.

»Tag, Bjarne«, grüßte Havenar ihn.

»Hm«, meinte Bjarne.

»Ach wirklich?«, zog Havenar ihn auf. »Wer hätte das gedacht. Womit hast du sie dir denn zusammengeklebt, deine Kiefer?«

»Mein Mund war voll«, murmelte Bjarne trotzig.

»Irgendwann werden wir uns noch darüber unterhalten müssen, in welchem Moment es richtig ist, den Mund voll zu nehmen, und in welchem nicht. Bei einem Haufen Leute, bei denen mir nichts daran liegt, sehe ich zurzeit gebeugte Köpfe, und mein Sohn kriegt die Zähne nicht auseinander für einen Gruß.«

»Ich habe doch gesagt … Lass mich doch in Ruhe. In Wirklichkeit findest du, dass ich dir auch den Kopf beugen muss.« Bjarne lief ein paar Schritte auf den Hof, dann drehte er sich wieder um. »Du tust immer so. Du tust so, als fändest du uns so viel wert wie die anderen. Aber du glaubst es nicht. Und außerdem … Außerdem muss Großvater die Knechte nicht anbrüllen, so!«, rief er und rannte davon.

»Kleiner Teufelsbraten«, bemerkte Havenar zu sich und ging ins Haus. »Ich tu nicht so«, sagte er laut, als er über die Schwelle trat, woraufhin ihn die geschäftigen Frauen erstaunt ansahen. »Ihr seid so gut wie die anderen. Besser. Und die, die mir jetzt was zu essen gibt, das ist für den Moment die Beste.«

Beruhigt lachten die Frauen, und wenig später gab ihm Franka einen Brotfladen und kaltes Bratfleisch in die Hände. Sie räusperte sich und sah angestrengt von seinem Gesicht zum Boden und wieder zurück. Er wartete geduldig. Das Sprechen fiel Franka weiterhin schwer, obgleich sie keinen Sprachfehler hatte. »Bjarne«, brachte sie endlich heraus. »Er hat eine schlechte Meinung von sich.«

»Da hat sie Recht«, sagte Rike, die von Erik schwanger war und schon sehr rund. »Du solltest mal mit ihm reden.«

Havenar zuckte mit den Schultern. »Er läuft grundsätzlich schneller weg, als ich meinen dritten Vers zu Ende bringen kann.«

Verschwitzt und dreckbesudelt kam Erik ins Haus, gefolgt von Guntram. Rike ging zu ihrem Mann, um ihm aus den Sachen zu helfen, Guntram wurde von seiner Mildburg mit einem Kuss empfangen.

»In einer Stunde im Männerhaus?«, begrüßte Erik Havenar. »Hättest du mir nicht Zeit zum Baden lassen können?«

»Baden können wir anschließend in Ruhe. Ich will erst das Palaver hinter mir haben. Wie kommst du mit unseren jungen Männern zurecht?«

»Meine Geduld kommt mir dann und wann abhanden. Es gibt einen Unterschied zwischen dir und deinen Brüdern und den meisten Bauernjungen: Euch konnte man erklären, ihnen muss man alles zeigen. Manchmal möchte ich ernstlich dreinhauen.«

»Wenn Brunolf nicht mehr mit dem Waffenlager beschäftigt ist, kann er dir helfen. Rämna, was versteckst du dich dahinten? Warum sitzt du noch nicht auf meinem Knie?«

Rämnas kehliges, raues Lachen war nur wenig schneller bei ihm als sie selbst. »Ich tu mein Bestes zu lernen, dich erst einmal ankommen zu lassen. Legst wohl heute keinen Wert drauf, was?«

Er griff nach ihrer Hand und zog sie auf seinen Schoß. »Ich will dir sagen, worauf ich heute Wert lege«, sagte er und machte seine Stimme tief und lockend, als er in ihr Ohr weitersprach, bis sie wieder lachte und er sich von ihrem ungestümen Kuss umwerfen ließ.

»Ach, liebe Zeit, könnt ihr nicht nach hinten gehen?«, sagte Trude. »Die Jungen machen Stielaugen, und wir kommen mit dem Kochen nicht weiter. Ulf, Arwed, da, nehmt Bard mit und packt euch noch eine Weile nach draußen.«

»Mmmh«, sagte Havenar und zog eine Decke über Rämna und sich. »Lange darf's ohnehin nicht dauern. Der Weg nach hinten lohnt sich kaum. Oh, Rämna, Freyrs … Lange wird es nicht dauern.«

Woraufhin alle Hausbewohner ihre belustigten Blicke von ihm und Rämna abwandten und ihren bisherigen Beschäftigungen nachgingen. Einen Moment später allerdings kam Framhilds Mann Jostein zur Tür herein. »Ich muss mit Havenar sprechen. Mir fehlt Verschiedenes.«

»Das ist nicht der beste Moment«, warnte Erik.

»Verflucht, Jostein«, stieß Havenar hervor. »Hat es nicht Zeit?«

»Wenn erst alle beisammensitzen, kann ich doch darüber nicht in Ruhe mit dir sprechen.«

»Sollte ich sagen, dass ich jetzt gerade in Ruhe über etwas sprechen kann, ich müsste lügen.« Havenar kniff die Lippen zusammen, während Rämnas Kopf unter der Decke an ihm herabglitt und ihre Hände die Schnüre seiner Hose öffneten.

»Nur ein paar Worte«, beharrte Jostein.

Havenar hielt Rämna mit der Hand zurück und zuckte, weil sie ihn in den Finger biss. »Dann sprich.«

»Jeder Mann sollte einen guten Bogen haben und reichlich Pfeile. Gib mir freie Hand für das Holz und die Sehnen, und ich mache dir die Leute zu anständigen Schützen, die es noch nicht sind. Erik kann das nicht allein schaffen.«

»Danke, Jostein«, sagte Erik. »Wenn ich auch nicht glaube, dass du alle so weit kriegst, dass sie sich nicht regelmäßig ihre Bogensehne hinter das Ohr hängen oder sich die Nasen damit abreißen.«

»Das ist gut«, sagte Havenar, während er zurücksank. »Freie Hand für ... Jostein. Ihr ... entschuldigt. Oh! Das ist gut ... verflucht ... gut.«

Jostein ging grinsend und war mit der Wahl des Moments völlig zufrieden. Hatte er sich doch auf eine lange Diskussion über die Unehrenhaftigkeit des Bogeneinsatzes im Kampf eingestellt gehabt.

Als Havenar aufstand und sich wieder richtig ankleidete, war sein Kopf klarer. Auch wenn Rämna ihm die Sehnsucht seines Herzens nicht nehmen konnte, den Druck in seinem Blut brachte sie auf reizvolle Art herab. Die Begegnung mit Frygdis hatte ihn wieder einmal unerklärlich aufgewühlt. Nichts hatte sich geändert, und doch war die Welt hinter seinen Sorgen heller geworden. Frygdis würde nie gegen ihn sein, hatte sie gesagt, und das hatte seiner unvernünftigen Hoffnung neues Leben eingehaucht.

Worauf er hoffte, wollte er nicht genauer untersuchen. Für den Moment musste es reichen, dass er sich an dieser kostbaren kleinen Gewissheit festhalten konnte: Sie war ihm gut, war es in der langen Zeit geblieben, in der er versucht hatte, sie abzuschütteln. Es war ein warmer Gedanke, einer, der ihn damit aussöhnte, dass er nun in Gammelby festgebunden war.

Ihm fiel ein, dass er den Kindern ihre Geschenke noch nicht gegeben hatte. Anselma saß auf Dirdras Schoß, brabbelte und knetete ein kleines Stück Brotteig zwischen den dicken Händchen, während Dirdra leise mit Gebke schwatzte, die den Rest des Teiges walkte. Franka bewegte die langstieligen Brotpfannen über der Glut. Der wohlige Geruch des backenden Brotes erfüllte das Haus. Havenar ging zu seinem Reisesack und breitete den Inhalt auf der Bank aus. Gerade wollte er sich Anselma zuwenden, da brach auf dem Hof Geheul und Gebrüll aus, und dann stürzte Ulf herein. »Komm schnell einer«, schrie er, »Bard …«

Im Nu hatte Dirdra Anselma auf die Bank gesetzt und rannte zur Tür, Havenar folgte ihr, hinter ihm Erik, der inzwischen halb umgezogen war.

Der knapp fünfjährige Bard saß draußen im Halbdunkel auf der Erde, hielt sich mit beiden Händen das Bein und war als einziges der ihn umgebenden Kinder völlig stumm. Arwed kniete hinter ihm und hielt ihn umfasst. »Es tut mir leid«, wimmerte er. »Es tut mir leid, Kleiner. Ich wollte das nicht.«

Dirdra kam mit hastigen Schritten bei ihnen an und griff Arwed bei der Schulter. »Arwed, was ist?«

»Ich hab's nicht gewollt«, sagte Arwed.

»Oh ihr Götter«, sagte Dirdra mit zitternder Stimme und sah auf Bards Bein.

Vom Männerhaus kam Bjarne über den Hof gerannt. »Ihr habt es doch genommen!«, brüllte er. »Ich hatte gesagt, ihr sollt die Finger davon lassen.« Erst da schien er die Erwachsenen zu bemerken, die sich zu seinen Brüdern gekauert hatten. Abrupt hielt er an. »Wie könnt ihr so blöd sein?«, stieß er noch hervor.

»Finde heraus, woher das Schwert stammt«, seufzte Havenar in Eriks Richtung und hob Bard auf, der noch immer stumm war, seine Arme aber so fest um Havenars Nacken klammerte, als müsse ihn das vor dem Ertrinken retten. Das Blut lief aus der langen Wunde in seinem Bein über Havenars Arm, färbte sein Wams rot und tropfte beim Gehen auf seine Schuhe. Arwed sprang auf und hing mit einer Hand an Havenars Wams, fast fiel er über seine Füße, um wie Dirdra mit seinem Vater Schritt zu halten.

»Hatten wir nicht darüber gesprochen, wann ihr alt genug für scharfe Waffen seid?«, fragte Havenar.

Hinter sich hörte er Erik mit Bjarne und Ulf schelten. »Ich hab's ihnen doch gesagt«, schrie Bjarne. »Was soll ich denn noch tun?«

»Ich tu's nicht wieder«, sagte Arwed. »Lass Bard nur heil werden.«

Havenar wollte Bard auf die Bank legen, doch der Junge ließ seinen Nacken nicht los, und so setzte er sich mit ihm zusammen hin und behielt ihn auf dem Schoß, während Dirdra mit zitternden Händen Bards Hose aufschnitt.

»Lass mich das machen«, sagte Trude und schob Dirdra sanft beiseite. Neben ihr tauchte Franka auf. Bard gab keinen Laut von sich, sondern presste nur sein Gesicht in Havenars Halsbeuge. »Oha«, sagte Trude. Arwed wimmerte auf.

Havenar streckte seine freie Hand aus und griff seinen zweitältesten Sohn am Ärmel. »Halb so schlimm, Arwed. Tut weh, wird aber heil. War das Schwert schmutzig?«

Arwed schüttelte den Kopf. »Nein, es war eins von den neuen.«

»Jetzt läufst du zu deiner Großmutter und sagst, wir brauchen das Beste, was sie zum Blutstillen und Säubern hat. Renn los!«

Dankbar für die Aufgabe, stob Arwed zur Tür hinaus. Trude wusch die Wunde, Franka kam mit Nadel und Faden, und Dirdra machte, bleich geworden, ein sauberes Lager für Bard zurecht.

»Jetzt halt dich fest, Bard«, sagte Havenar. »Nun kriegst du deine erste Ziernaht. Was werden die anderen neidisch sein.«

»Mama«, sagte Bard, doch er ließ Havenar nicht los und öffnete nicht die Augen, bis Franka die Naht fertig hatte.

Havenar stieß die Luft aus. »Das ist ein Sohn!«, sagte er. Und dann tat er, was er noch nie getan hatte: Er gab seinem Sohn einen Kuss auf die Wange. Behutsam legte er ihn auf sein frisches Lager und strich ihm die Haare aus der Stirn. Bards Augen waren weit aufgerissen und dunkel vor Schmerz, doch sie blieben trocken, bis Havenar zurücktrat und Dirdra sich über ihn beugte. »Mama«, sagte er wieder und hielt sich diesmal an ihrer Hand fest, die sie ihm tröstend aufs Gesicht legte. Nun verzog sich seine Miene doch, und eine Tränenflut spülte sein Entsetzen heraus.

Havenar hatte sich gerade das blutige Wams über den Kopf gezogen, als Arwed mit Ragnhild zurückkam. Er vermutete, dass es das erste Mal war, dass seine Mutter sein Haus betrat. Jedenfalls hatte sie es noch nie während seiner Anwesenheit getan, und auch diesmal hatte er eher erwartet, dass sie Dagny mit dem Verbandszeug schicken würde. Er warf das Wams fort und begrüßte Ragnhild mit höflichen Küssen, die sie ebenso erwiderte. »Du wirst am Ende nicht mehr zählen können, wie oft so etwas passiert«, sagte sie.

»Kümmerst du dich um den Verband? Ich muss ins Männerhaus. Was macht Vater, will er auch kommen?«

»Wahrscheinlich. Geh schon, das hier können wir Frauen sowieso besser.«

Die Frauen bildeten einen dichten Halbkreis um Bards Lager, nur Rämna und Rike waren damit beschäftigt, die Kleineren in Schach zu halten, und Arwed stand unschlüssig beim Herd. »Arwed, kümmere dich mit um die Kleinen, dann kann Rike nach dem Essen sehen«, sagte Havenar und ging noch einmal zu den Sachen aus seinem Sack. Er nahm die Tüten mit Birnen und Korinthen und gab sie Rike, die ihm im Austausch ein sauberes Wams reichte. Im Vorübergehen machte er Anselma die Kette um und küsste sie, dann ging er mit langen Schritten zur Tür. Bevor er sie erreichte, wurde er bei der Schulter genommen, herumgedreht und bekam einen schallenden Kuss. »Wofür das?«, fragte er Trude.

»Weil du wieder da bist«, sagte sie und lächelte ihr breites Lächeln.

Den Männern zu erklären, was sie wissen mussten, dauerte länger als erwartet. Hademut kam herein, als Havenar schon sprach, hörte ihn mit ausdrucksloser Miene zu Ende an und ging dann wortlos wieder. Havenar wollte ihm gerade hinterherlaufen, um ihm deshalb die Meinung zu sagen, da stand plötzlich Vitgeir vor ihm, verstellte seinen Weg und raunte: »Du hast das Sagen. Tu, als wäre es selbstverständlich.«

Havenar folgte seinem Rat. Die Besprechung ging in das Abendessen und ein Gelage über, dem Havenar und Erik sich nur kurz entziehen konnten, um sich zu waschen und ein ruhigeres Gespräch zu führen. Als sie beide wesentlich später aus der Halle zurück in Havenars Haus kamen, stützten sie sich gegenseitig. Rike empfing Erik mit belustigtem Murmeln im Bett, die anderen Frauen schliefen schon, auch Guntram, der früher gegangen war.

Havenar hatte nicht mehr den Drang, eine Frau mit ins Bett zu nehmen. Er hatte im Getümmel der Halle plötzlich eine Magd auf dem Schoß gehabt, die er sich nicht erinnerte, je vorher gesehen zu haben, und er hatte sich schwerlich die Blöße geben können, sie von sich zu weisen. Vorsichtig ging er an den Bänken entlang eine Runde durchs Haus und warf im letzten Glutlicht einen Blick auf jedes Kind und jede Frau. Kjartan und Lodin schliefen zusammengeschmiegt mit den Köpfen dicht bei Gebkes Kopfkissen, Bjarne und Ulf daneben. Dann Franka. Rolleif und Klein Erik lagen neben ihr in einem Knäuel zusammen, Anselma an Dirdras Seite, Trude allein und Sven nah bei Rämna. Dann kam er zu Bard, der ihn zu seinem Erstaunen mit hellwachen Augen ansah. An seiner Seite lag Arwed, der im Schlaf einen Arm um seinen kleinen Bruder gelegt hatte. Die beiden schienen sich mehr zu lieben, als er selbst seine Brüder in der Kindheit geliebt hatte, dachte Havenar. Ohnehin fiel es Dirdras Kindern leicht, es zu zeigen, wenn sie jemanden mochten. Sie überraschten ihn immer wieder damit. Er konnte nur hoffen, dass ihnen diese Weichheit nie zum Nachteil werden würde. Sie ihnen auszutreiben hatte er nicht das Herz.

Havenar lächelte Bard zu und ging kurz zu seinen Sachen, dann setzte er sich neben den Jungen. »In der Stadt habe ich ein hübsches kleines Mädchen gesehen, etwas kleiner als du, das war die Tochter einer Halbgöttin. Ich habe ihr eine Birne geschenkt und ihrer Mutter erzählt, dass ich selbst Kinder habe, und da hat sie mir das hier mitgegeben.« Er zeigte Bard den schimmernden bunten Kreisel. »Willst du ihn haben?«

Sein Sohn lächelte und streckte die Hand aus. Mit dem Kreisel in der Faust schloss er die Augen und war eingeschlafen, bevor Havenar wieder aufstand. Noch einmal ging er vor die Tür. Die Nacht war klar und kalt. Einen Moment länger als nötig verharrte er und sah die Sterne an. Sein Rausch war fast ganz verflogen, als er wieder hineinging.

Eine der Frauen hustete. Es war Gebke, sie saß aufrecht im Bett und krümmte sich keuchend. Ihr Lager war das erste vorn bei der Tür. Havenar setzte sich zu ihr. Die Glut gab nun kaum noch Licht, sodass einer das Gesicht des anderen nicht erkennen konnte. »Nimmst du mich unter die Decke?«, flüsterte Havenar. Gebke hob die Hand, viel matter, als er es von ihr kannte, und strich über seine Schulter. »Ja«, flüsterte sie zurück. »Aber Havenar, weißt du, ich fürchte, ich bin ein bisschen krank.«

»Stör ich dich beim Schlafen?«

»Nein«, sagte sie wehmütig. »Aber ich werde dich stören.«

Havenar entledigte sich seiner Kleidung, schlüpfte zu ihr unter die Decke und zog sie in seine Arme. »Mich stört heute Nacht nichts mehr. Vielleicht hustest du weniger, wenn es wärmer in deinem Bett ist. Du solltest nicht gleich neben der Tür schlafen.«

»Das ist wegen dem Rauch. Hier ist die Luft frischer. Der Rauch macht den Husten schlimmer.«

»Ein kaltes Bett auch.«

»Nun bist du ja da.« Sie küsste ihn in den Mundwinkel, zärtlich, verspielt, aber auch traurig, so kam es ihm vor, nur war er zu erschöpft, um darüber nachzudenken. Stattdessen wandte er ihr das Gesicht zu und küsste sie voll. Alle Müdigkeit verhinderte nicht, dass ihn das erregte, doch sie genoss nur den Kuss und schmiegte sich dann wieder still an ihn, sodass er sich der Erregung ihr zuliebe verschloss, alle unruhigen Gedanken abwehrte und sich in den Schlaf sinken ließ.

Als Gebke am nächsten Morgen mit den anderen aufstehen wollte, hielt er sie zurück und blieb mit ihr liegen. Auch Erik und Guntram regten sich mit ihren Frauen noch nicht. Die Kinder allerdings waren so flink auf den Beinen wie die Frauen, flitzten nach draußen, um sich zu erleichtern, kamen frierend aus der Dunkelheit wieder herein und hatten sich schon das erste Spiel ausgedacht, bevor das Feuer richtig brannte. Nur unwillig ließen sie sich aus ihrer Welt reißen, wenn ihre Mütter Hilfe von ihnen einforderten.

Auch Wolfgers Ansgar war jetzt unter ihnen, stellte Havenar im Halbschlaf fest. Sie mussten sich draußen getroffen haben. Der weiterhin oft unter Atemnot leidende Ansgar schlief mit seiner Mutter im Gesindehaus, wohin Brigid hatte umziehen müssen, nachdem Wolfger Reidun geheiratet hatte. Im Grunde war das nicht richtig. Havenar fand, dass er daran etwas ändern sollte, aber er konnte schlecht anordnen, dass Wolfgers ehemalige Bettgenossin mit ihrem Sohn zurück ins Jarlshaus zog.

Es gab vieles, was er nicht anordnen konnte, solange sein Vater dem Recht nach Jarl blieb. Mit Freuden hätte er aufs Anordnen ganz verzichtet, wenn sein Vater sich besonnen und sein Amt wieder mehr als nur dem Recht nach wahrgenommen hätte. Es war nicht so einfach, wie Vitgeir meinte. Er zweifelte daran, dass man ihn selbst freudig zum Jarl machen würde, wenn Hademut nicht starb oder ihm vorzeitig das Erbe übergab. Er selbst galt zwar als wohlhabender Mann, und was er besaß, konnte seinen Anhang gut versorgen, doch mit dem Besitz an Land und beweglichem Gut, den ein Jarl sein Eigen nennen sollte, war das nicht zu vergleichen. Es würde den Leuten nicht gefallen, den Sohn zum Jarl zu haben, während der Vater noch über den Besitz bestimmte.

Ein bisschen Zeit konnte man noch herausschinden, doch dann musste er Hademut vor die Entscheidung stellen. Entweder er übergab das Erbe, was ihn zehn Jahre zu früh zum Greis machte, oder er kam aus seiner vernagelten Trauerhöhle, um weiterzuleben.

Havenar hätte vielleicht weniger Verständnis für seinen Vater gehabt, wenn er nicht in einem Haus gelegen hätte, wo die munter und damit lauter werdenden Stimmen seiner zehn Kinder um ihn herumschwirrten. Keines von ihnen wollte er an den Tod verlieren. Die meisten Leute verloren zwei Kinder für jedes, das sie aufwachsen sahen, und nahmen es hin. Andere hoben nach der Geburt die Säuglinge gar nicht erst vom Boden auf, die schwach aussahen. Er hatte nie über eine solche Entscheidung nachgedacht und Glück damit gehabt. Sie waren alle gesund, und waren sie es nicht, so konnte er auf die Fürsorge ihrer Mütter vertrauen. Er selbst musste nur dafür sorgen, dass sie das dazu hatten, was sie brauchten: Wohlstand und Sicherheit. Wenn er Jarl werden musste, um ihnen das zu geben, dann würde er Jarl werden, obwohl er sich für geschickter in anderen Dingen hielt.

Bereits am Nachmittag vergaß er diese Entschlossenheit beinah wieder. Man ließ ihm keine Zeit zum Luftholen. Er fragte sich, wie ein Mann dabei noch denken können sollte. Einige Male war er kurz davor, Ratsuchende, die ihn vor haarige Entscheidungen stellten, brüllend zu Hademut zu scheuchen, doch häufig fanden sich dann auf einmal Erik oder Vitgeir in nächster Nähe, die ihm stählerne Blicke zuwarfen, und er beherrschte sich.

Bis zum Abend.

Als die Dämmerung fiel, kam der Feldknecht eines Bauern in Guntrams Begleitung zu ihm in sein Haus und stotterte schon beim Grüßen. Havenars Anblick schien ihm vor Angst die Zunge sperrig zu machen. »Ich gehöre zu Fl-Floki, d-der seinen Hof im Rabenholz hat«, sagte der Mann. Er war einen Kopf kleiner als Havenar, hatte eine halbe Glatze, schlechte Haut und schiefe Schultern. »Es gibt etwas im Wald, d-das seine Schweine aufgesch-sch-schlitzt hat. Und die Rüben hat es auch gefressen. Es kommt immer wieder, und k-keiner sieht es. Floki fragt, ob der Jarl helfen kann. Dem Jarl sollte ich das sagen.« Er zog den Kopf ein, als rechnete er damit, im nächsten Moment sein Leben zu verlieren.

Havenar seufzte. »Was glaubt Floki denn, was das für ein Etwas ist?«

Der Thrael zog die Schultern noch höher und verzog sein Gesicht zu einer unbehaglichen Grimasse.

»Sag schon«, meinte Havenar.

»Ein Ungeheuer. Nofreskja«, stieß der Mann hervor. »Alle glauben das. Alle haben g-große Angst«, schickte er hastig hinterher, als er Havenars skeptische Miene sah.

»Frisst Nofreskja Rüben?«, fragte Havenar. »Das ist mir neu. Lämmer, Hühner, Pferde, einsame Wanderer, ja. Aber Rüben?«

Das Gesicht des Mannes verzog sich wieder, diesmal vor Besorgnis. »K-kann der Jarl helfen?«

Havenar ließ zischend die Luft durch seine Zähne entweichen. »Wie es mit dem Jarl ist, weiß ich nicht. Aber was mich betrifft, mir ist gerade im Moment nach nichts mehr zumute als nach einer Ungeheuerjagd. Morgen früh gehe ich mit dir ins Rabenholz.«

»Havenar«, mahnte Erik von hinten. »Wir können jetzt nicht gut hier weg.«

»Keiner spricht von ›wir‹. *Ich* gehe jagen. Mir platzt der Schädel. Ein Tag im Wald ist das, was ich brauche.«

»Wir können dich nicht allein gehen lassen.«

Havenar schnaubte abfällig. »Ich nehme zwei von den Hunden mit. Und diesen …« Er sah wieder den Sklaven an. »Wie heißt du?«

»Ü-Übbe, Herr.«

»Und den wackeren Übbe.«

»Haven!« Das war die Unmutsstimme seines Onkels, und sie saß Havenar aus Jugendtagen noch tief genug, um ihn zu ernüchtern.

»Thorwald geht auch mit«, überwand er sich.

Erik gab sich damit noch nicht zufrieden. »Du kannst erst übermorgen Abend zurück sein. Wer soll so lange entscheiden?«

Der letzte Rest von Havenars Geduld verdampfte, er sprang

auf. »Wer soll … Ja, wer? Nun reicht's mir aber! Ich gehe also nicht auf die Jagd, ich schicke einen, der oft genug Ungeheuer gejagt hat. Na warte, da soll mir doch …« Ohne mit dem Schimpfen aufzuhören, stürmte er an seinem verdutzten Anhang und dem verstörten Übbe vorbei aus dem Haus, zwischen den Webhütten und Lagerhäusern hindurch, über den Hof und ins Haus seiner Eltern. »Hademut!«, brüllte er. »Du gehst ein Ungeheuer jagen. Und zwar morgen früh. Entweder das, oder du bewegst deine faule Leidensmiene nach draußen unter die Leute und gibst ihnen verdammte Antworten auf ihre verdammten Fragen. Ich habe die Nase voll!«

Hademut kam so zögerlich und langsam hinter dem Vorhang seines Lagers hervor, als wäre er gebrechlich. Zum ersten Mal seit seiner Rückkehr ertappte Havenar ihn ohne seine äußere Grimmigkeit. Sein Vater war schmaler geworden, in seinem blassen Gesicht traten Knochen hervor, die früher nicht aufgefallen waren, und er hatte Tränensäcke unter den Augen.

Der alte Jarl setzte sich neben die spinnende Ragnhild auf die Kante der Bank vor dem Hochsitz, stützte die Hände auf die Knie und sah seinen Sohn ruhig an. »Na«, sagte er. »Bisher hast du es ja ganz gut gemacht. Wenn du es also dringend willst, dann geh eben jagen. Nur nicht so lange.«

Havenar hatte sich mit gespreizten Beinen vor ihm aufgebaut, die Hände in die Seiten gestemmt, und beherrschte seine Wut nur mit Mühe. »Dich könnte Thor vor seinen Wagen spannen. Der Unterschied zu deinem Nachbarn würde nicht auffallen«, knurrte er.

»Vielleicht werden du und ich sein Gespann«, sagte Hademut, ohne eine Miene zu verziehen. »Ich hoffe, dass das Ungeheuer essbar ist, wir hatten lange kein Wild.«

»Ich bringe es lebendig mit, damit es dich fressen kann.«

»Prahlhals.«

»Havenar!«, tadelte Ragnhild. »Nun ist es aber gut.«

»Ist doch wahr«, sagte Havenar, ließ aber die Arme sinken. »Als würde es mir nicht leidtun. Als wären es nicht meine …

Als hätte ich sie nicht auch verloren! Du tust, als wärst du der Einzige, dem es den Hals zudrückt, Vater.«

Hademut presste die Lippen zusammen. Als er schließlich antwortete, verriet der Klang seiner Stimme, wie nah er sich entlang eines inneren Abgrunds bewegte. »Verzeih, Havenar. Aber ich bin der Einzige, der ihr Vater war, und … ihr Götter.« Die Tränen erzwangen ihren Weg über seine Wangen. »Junge, was war ich stolz auf sie! Zu stolz. Zu stolz auf euch. Das musste die Götter verleiten.«

Havenar war entwaffnet und rang um Haltung. »Nun«, sagte er schließlich. »Mich wollen sie nicht, da kannst du dir sicher sein. Ich hab's ihnen oft genug angeboten.«

»Vielleicht wollten sie dich noch aufbewahren, um mir den Rest zu geben.«

»Hört auf«, sagte Ragnhild, und sowohl Havenar als auch Hademut wandten sich ihr überrascht zu, denn sie weinte. Ragnhild weinte, und das hatte zumindest Havenar noch nie gesehen. Seine Mutter hörte nicht auf zu spinnen und sah keinen von ihnen an, doch ihre Tränen liefen, ihre Schultern bebten, und ihre Stimme klang gequält. »Die Götter haben nichts damit zu tun. Es wird gelebt, und es wird gestorben, und ihr solltet es wie Männer nehmen.«

»Ach, Ragnhild«, seufzte Hademut. »Was ist das schon, ein Mann? So viele Jahre war ich ein Mann. Und wenn es mir nicht bald gelingt, zu sterben wie ein Mann, dann bin ich am Ende doch wieder ein Kind. Was bleibt von mir? Was hat es für einen Sinn?«

Ragnhild wischte mit dem Handrücken ihre Tränen fort und warf ihrem Mann einen kurzen verachtungsvollen Blick zu. »Und so jammert nun einer, der Enkel hat wie du. Sieh dir Havenars Bard an. Keinen Augenblick hat der gejammert, klein wie er ist. Mancher Mann hätte weniger stillgehalten.«

Havenar nickte. »Der Kleine ist stark, nicht wahr?«

Hademut hob den Blick zu ihm. »Bist du stolz auf ihn?«, fragte er mit galliger Ironie.

Havenar hielt seinen Blick aus. »Götter haben meine Söhne so gemacht, dass man stolz auf sie sein kann. Götter wären beleidigt, wenn ich es nicht wäre. Mutter hat Recht. Wenn die Götter damit zu tun haben, dann sind sie sich nie einig. Der eine gibt, der andere nimmt. Wir wissen nie, wem wir gefallen, Vater.«

Hademut sah ihn mit rot geränderten Augen an. »Du bist herumgekommen, hast gehört, was andere glauben. Was glaubst du, wo sind deine Brüder jetzt?«

»Ich bin nicht klüger als früher, es wird viel Verschiedenes geglaubt. Nur eins weiß mein Herz: Falls Wolf und Ingvar irgendwo sind, dann sind sie beisammen. Und was Vit betrifft, der ist bei den Männern und baut mir ein Rückgrat aus Eisen, damit ich dein verfluchtes Amt ausfüllen kann. Immer wenn ich einen Schritt zur Seite machen will, steht er im Weg. Du solltest wissen, was du an ihm hast.«

»Glaub nicht, dass ich das nicht weiß. Aber besser, die Götter finden es nicht heraus.«

»Du läufst im Kreis. Ich will dir etwas sagen: Morgen gehe ich ein Ungeheuer jagen, und übermorgen Abend komme ich zurück. Bis dahin bist du entweder wieder Jarl, oder du übergibst mir das Erbe und ziehst dich aufs Stroh zurück. Dazwischen gibt es nichts, verstehst du?«

»Du bist ein Großkotz.«

»Dein Sohn, Vater.«

»Scher dich weg.«

»Schlaf gut. Gute Nacht, Mutter.«

Ragnhild nickte mit zusammengekniffenen Lippen und wandte den Blick nicht noch einmal von der wirbelnden Spindel ab.

Jarl Hademut hielt sich trotz feuchter Kälte auf dem Hof bei seinen Leuten auf, als Havenar mit Thorwald von der Jagd zurückkehrte, und Vitgeir stand an seiner Seite.

Havenar war durchgefroren und ging ohne Verweilen in sein Haus. Arwed saß bei Bard auf der Bank und hielt ein Brett, auf dem sie den tanzenden bunten Kreisel balancierten. Bjarne und

Ulf saßen auf den Hochsitzen, Bjarne stellte die neuen Schachfiguren auf und versuchte, seinem zwei Jahre jüngeren Bruder die Regeln zu erklären.

Arwed ließ den Kreisel vom Brett springen, als er seinen Vater sah, und bekam leuchtende Augen. »Hast du Nofreskja gesehen?«

Havenar überlegte, wann er die älteren Jungen zum ersten Mal mit auf die Jagd nehmen würde. Bjarne hatte Erik schon begleiten dürfen.

»Erzähl!«, bettelte auch Bard und lehnte sich aufgeregt vor, um dann das Gesicht zu verziehen, weil ihm das Bein wehtat.

»Nofreskja? Oh ja«, sagte Havenar. »Ja, die habe ich gesehen. Sie hätte mich fast erwischt. Ohne einen Laut ist sie von hinten an mich herangeschlichen, als ich gerastet habe. Wenn ich nicht gerade hätte aufstehen müssen, um meine kalten Füße zu bewegen, dann hätte sie mich wohl gefressen. Zähne, lang wie Steuerpinnen, hatte sie. Die Hunde haben nur noch gewinselt, weil sie so stank.«

»Was hast du gemacht?«, wollte Arwed gebannt wissen.

»Ich habe laut nach Thor gerufen. Thor hat einen Blitz geschickt, und Nofreskja war starr vor Schreck, sodass ich mit meinem Speer zustoßen konnte. Mit dem Holz zwischen den Rippen ist sie davongerannt. Erst als es hell wurde, habe ich gewagt, die Hunde loszumachen und der Spur zu folgen.«

»Und hast du sie gefunden? War sie tot? Hast du sie mitgebracht?«

»Oh ja, sie war tot. Aber es war ein großer Zauber dabei, denn bei Tageslicht war Nofreskja nichts weiter als der fette Keiler, der draußen liegt.«

Die Jungen lachten, und Arwed lief mit Ulf hinaus, um den Keiler anzusehen. Bjarne dagegen tat unbeteiligt und schob weiter die Schachfiguren in Position.

Havenar stieg auf die Bank und setzte sich ihm gegenüber.

»Ich möchte das Schwein auch sehen«, meldete Bard sich von der Bank zaghaft zu Wort.

»Du musst liegen bleiben«, wandte Dirdra ein.

»Ich zeige dir nachher die Zähne. Du kannst einen davon haben, wenn du willst«, sagte Havenar und blickte versunken aufs Spielbrett.

»Sind sie so groß wie deine Drachenzähne?«, wollte Bard wissen.

»Größer«, meinte Havenar und zog einen Bauern, ohne Bjarne anzusehen. Der warf ihm unter missmutigen Brauen hervor einen Blick zu, überlegte einen Augenblick und erwiderte einen Zug.

Schweigend spielten sie, Bjarne mit sturer Verbissenheit.

Havenar schenkte ihm keinen Vorteil und gewann schnell. »Matt«, sagte er.

Bjarne stand auf und mied seinen Blick. »Das wusstest du ja vorher.«

»Du spielst gut für dein Alter. Nur ist es hinderlich, dass du dabei dauernd damit beschäftigt bist, wie sehr du mich nicht magst. Warum ist das eigentlich so?«

»Du magst mich doch auch nicht.«

»Ich weiß nicht, wie du darauf kommst.«

»Wir sind für dich doch nur Dinger, die dir gehören, das sagen alle. Sie sehen dich hoch an, weil du so viele Söhne hast, aber wenn du eines Tages heiratest und deine Ehefrau Kinder bekommt, dann sind wir weniger als nichts. So ist es doch, oder? Dann sind wir nur noch Halbsklavenpack, so wie die freien Jungen sagen. Du tust immer so. Aber in Wirklichkeit sind unsere Mütter für dich doch auch nur Huren, und wir …«

Havenar lehnte sich zurück und unterbrach ihn mit einer energischen Handbewegung. »Du bist mir zu jung, als dass ich dir meine Einstellung zu Huren erklären möchte, mein Sohn. Nur so viel: Wenn du denkst, dass ich keine Achtung vor euren Müttern habe, dann täuschst du dich ganz und gar.«

Bjarne sah ihm mit höhnischem Trotz in die Augen. »Warum hast du dann nicht eine von ihnen geheiratet?«

Havenars Kiefermuskel zuckte. »Du meinst, abgesehen davon,

dass dein Großvater mich aus Gammelby weggejagt hätte, wenn ich auch das noch versucht hätte? Nun, ich verrate dir etwas: Ich bin nicht frei zu heiraten. Außerdem könnte ich mich nicht entscheiden. Jede von euren Müttern habe ich am liebsten.«

»Meine mochtest du nicht.«

»Ich mochte sie. Sie war klug. Es tat mir immer leid, dass ich mich mit ihr zerstritten habe.«

Bjarnes Gesicht blieb misstrauisch. »Warum bist du nicht frei zu heiraten?«

»Das bleibt allein mein Geheimnis. Aber wenn du mehr darüber wissen möchtest, warum ich keinen Grund sehe, eine Freigelassene geringzuschätzen, dann geh zur alten Amma und lass dir von ihr erzählen, in wie viele hochgeachtete Sippen unfreies Blut gemischt ist. Du sprichst doch manchmal mit ihr, oder?«

Bjarne zuckte mit den Schultern. »Manchmal. Sie ist so taub. Aber von früher erzählt sie gern.«

»Ja. Und sie verrät mehr, als andere zugeben würden«, sagte Havenar und bückte sich, um seine Stiefel aufzuschnüren. »Da liegt nebenbei noch etwas für dich in meinem Sack. Kannst es dir nehmen.« Er sah nicht zu Bjarne hin, als dieser zögernd zu dem Sack ging und hineinspähte, sondern kleidete sich weiter aus, trennte sich von Waffen, Fellweste und oberem Wams, nahm von Dirdra ein gefülltes Horn an und küsste sie dankbar.

»Das hier?«, fragte Bjarne verwundert und hielt den Armreif hoch.

»Der ist doch richtig für dich, oder?«, fragte Havenar zurück.

Bjarne schluckte und nickte, dann ging er hastig zur Tür, wo er sich noch einmal umdrehte und Havenars Blick begegnete. »Danke«, brachte er heraus, und dann rannte er fort.

»Uff«, sagte Havenar in Frankas Richtung. »Wie viele Verse waren das?«

Und Franka tat etwas ganz Unerwartetes. Sie lachte.

8. Kapitel

Nach dem großen Streit bemühte Olof sich eine Weile um Frygdis' Gunst, schlief gleichgültig geduldet in ihrem Bett und ließ Ortrud links liegen, doch nach dem Julfest wurde ihm der Winter zu langweilig, und er zog mit Magnus nach Silveid zu seinem Vater und seinen Brüdern, wo die Gelage lustiger waren.

Frygdis winkte ihm matt nach. Ehre hin oder her, fast war es ihr angenehmer gewesen, als Olof ihr keine Aufmerksamkeit geschenkt hatte. Sie stellte sich auf einen ruhigen Monat ein, bevor die Arbeit auf den Feldern wieder beginnen würde.

Zum Julfest hatte hoher Schnee gelegen, doch nun, zwei Wochen später, war der Schnee verschwunden und alles draußen von kalter, nasstrüber Schlammigkeit. Frygdis litt unter einem nie gekannten Überdruss und hatte Mühe, ihre Geduld mit Hadwig und den anderen Kindern zu bewahren, die im Haus zunehmend lästig wurden, je länger das schlechte Wetter anhielt. Als es wieder fror, atmete sie auf. Wenigstens spielten die Kinder nun draußen.

In der Abenddämmerung ging sie aus dem Haus, um Hadwig zu suchen, und fühlte sich nach dem vergleichsweise stillen Tag am Webstuhl ausgeglichener. Nicht die leiseste Ahnung warnte sie davor, dass etwas über sie hereinbrechen sollte.

Genau so hatten die Eindringlinge es geplant.

Die Erinnerung an einen ähnlichen Angriff saß Frygdis noch in den Knochen, und ihr Körper handelte schneller, als ihr Verstand begriff. Als zwei Paar Hände aus dem Schatten grob nach ihr fassten, schrie sie laut, schlug und trat um sich und entkam den Angreifern. Aus allen Schatten tauchten nun bewaffnete Männer auf, während sie rannte und eine Warnung herausschrie. Die Männer ließen sie laufen, nun offenbar vorerst nicht mehr an ihr interessiert, da sie ihnen die Überraschung verdorben hatte.

Aus den Häusern stürzten Olofs Männer, Halfdan allen voran. »Ins Haus, Frygdis«, rief er, doch sie konnte nur eines denken: Die Kinder! Wo waren die Kinder? So lange hatte sie Pläne zu ihrem Schutz ausgeklügelt, und nun kam es auf sie herab wie ein Blitz aus dem blauen Himmel. Mit rasendem Herzen rannte sie von Schatten zu Schatten, bis schließlich eine kleine verhüllte Gestalt zu ihr stieß.

»Alles in Ordnung«, sagte Auda, doch die Angst in ihrer Stimme sprach ihren Worten Hohn. »Närve hat sie ins Versteck gebracht. Nun fehlen nur noch wir.«

Sie fassten sich an der Hand und versuchten ihr Ziel zu erreichen, aber inzwischen wimmelte der Hof von kämpfenden, brüllenden Männern, und die Eindringlinge wussten, was sie wollten. Auda und Frygdis schafften es halb zum Stall, bevor man sie ergriff, und sie gerieten an Männer, die keine Skrupel hatten, Frauen zu schlagen.

Als Frygdis viel später zu sich kam, waren ihre Hände hinter dem Rücken gebunden und die Füße an den Knöcheln gefesselt. Sie lag mit Auda, Ortrud, vier von den Mägden und Armgards zwei kleinen Töchtern bäuchlings auf einem schwerfällig rumpelnden Wagen. Sie konnte es aushalten, doch dass man die zwei wimmernden kleinen Kinder brutal zu ihnen auf den Wagen geworfen hatte, das machte sie krank. Auch wagte sie noch nicht daran zu glauben, dass Hadwig in Sicherheit war, denn sie konnte sich nicht genug bewegen, um zu sehen, wie viele Wagen es gab. Selbst Ortrud und Auda erkannte sie in der Dunkelheit nur, weil sie ihr zunächst lagen.

»Armselige Beschützer«, entfuhr es ihr erbost, als ein Sprung des Wagens die Schwellung an ihrer Schläfe erneut aufs harte Holz prallen ließ und ihr die Tränen in die Augen schossen. »Auda, lebst du?«

»So kalt, wie mir ist, muss ich wohl am Leben sein.«

»Was ist passiert?«

»Etliche von Olofs Männern sind gefallen, auch Halfdan. Ob sie tot sind, konnte ich nicht sehen. Diese Reisenden hatten es zu eilig, wieder fortzukommen.«

»Zu wem gehören sie?«

»Norweger, wenn du mich fragst.«

»Götterwitz, Auda. Vielleicht kauft mich meine Mutter.«

»Du bist schon verkauft«, sagte da eine Männerstimme vom Bock. Sein Akzent bestätigte, dass er Norweger war. »Ihr alle drei. Olofs Frauen und die eine von seinem Vetter. Das seid ihr doch, nicht wahr?«

Ortrud jammerte schrill auf, und Frygdis stieß sie mit der Schulter an.

»Nun ja …«, murmelte Auda.

»Ja«, sagte Frygdis laut. »Das sind wir wohl. Wem liegt denn so viel an Olofs gutem Willen, dass er uns einlädt?« Sie schmeckte Blut und stellte fest, dass ihre Lippe aufgesprungen war.

»Das findet ihr noch heraus«, sagte der Mann gelassen. »Wenn ihr brav seid, wird euch vielleicht nichts zustoßen.«

Auda schnaubte. »Na, ich sag euch! Was der unter Bravsein versteht, darunter verstehen andere, dass ihnen etwas zustößt.«

Diesmal stieß Frygdis nach ihr, und Auda verstummte.

Der Wagen bockte und sprang, während die Entführer ihn in achtloser Eile den kürzesten statt den besten Weg entlanglenkten. Jede Stelle von Frygdis' Körper, die das Holz berührte, schmerzte bald wie geschlagen, später wie versengt. Immerhin lagen die Kinder auf Stroh, tröstete sich Frygdis. Sie waren ruhig geworden, vielleicht eingeschlafen. Sie zwang sich, fest daran zu glauben, dass Hadwig nichts geschehen war, dass Närve mit ihr in das Versteck unter der Stallwand geklettert war und sie dort ruhig gehalten hatte. Ihr blieb keine Kraft übrig, um auch noch zu glauben, dass eine Rettung für sie selbst unterwegs sein könnte.

Im Morgengrauen luden die Norweger ihre Gefangenen und die Beute vom Wagen und trugen sie über der Schulter eine Böschung hinunter auf ein wartendes Schiff. Frygdis' Hoffnung sank weiter. Sie waren an der Schley. Nur wenige Stunden, und sie wären nicht mehr einzuholen, denn niemand aus Midbikhus hatte hier sein Boot liegen. Das Einzige, was sie noch retten konnte, waren die Wachen auf Silveid, die die Schleymündung im Auge behielten. War das Schiff verdächtig genug, würden Thorolfs Leute es vielleicht aufhalten. Vielleicht aber auch gerade nicht.

Frygdis war schon so weit, dass sie nur noch hoffte, dass man ihr wenigstens eine Decke geben würde, damit sie nicht als Eisblock in Norwegen ankam, da warf der Mann im Heck das Ruder herum, steuerte eine Stelle am gegenüberliegenden Ufer der Schley an, und sie landeten. Zehn Männer stiegen aus und brachten die sieben Frauen und die beiden Kinder an Land. Zügig stießen sie dann das Schiff wieder ab, das mit den restlichen dreißig gen Ostsee segelte.

Oben an der Böschung warteten zwei Männer mit Pferden. Schweigend und zielstrebig nahm je ein Mann eine Gefangene vor sich in den Sattel, die Kinder blieben zusammen, und die überzähligen Männer gingen so zügig neben den Pferden, dass sie kein Hemmnis waren.

Nun durchquerten sie das Land, um das Thorolf und Hunold sich seit Ewigkeiten stritten. Frygdis überlegte, ob Hunold sie hatte entführen lassen, doch sie verwarf den Gedanken genau wie den, dass es Hademuts Rache war. Keiner von beiden würde sich mit den Norwegern einlassen.

Der Mann, der hinter ihr auf dem Pferd saß, hatte ihr die Fußfesseln gelöst und die Hände nach vorn gebunden, damit sie mit gerafftem Kleid rittlings vor ihm sitzen konnte. Die erste Zeit hastete die Schar angespannt durch die Dunkelheit, und die Pferde stolperten immer wieder, doch dann fiel der Druck von den Männern allmählich ab, und sie wurden langsamer.

Frygdis konnte sich beim besten Willen nicht mehr gerade halten. Sie musste sich etwas zurücksinken lassen, und zu ihrer eigenen Scham genoss ihr kältezitternder Körper die Wärme, die von ihrem Bewacher ausging. Der Mann begrüßte ihr Nachgeben mit ein paar aufdringlichen Griffen nach ihren weichen Teilen. »Lass das«, fauchte sie, doch er brummte nur belustigt und legte ihr eine Hand in den Schritt.

»Nachher, wenn wir Pause machen, können wir beide Spaß haben«, sagte er. Seine Stimme war rau. »Darauf haben wir uns alle die ganze Zeit gefreut, als wir diesen Dreck hier planen mussten.«

»Für wen habt ihr diesen Dreck geplant?«, fragte Frygdis.

»Das siehst du ja, wenn du bei ihm bist.«

»Ich wünsche dir die Krätze«, sagte sie eisig. »Mir tut alles weh, und den Kindern geht es sicher noch schlechter.«

»Eins davon gehört dir, nicht wahr? Vielleicht bekommst du mehr Lust auf mich, wenn ich dafür sorge, dass die Kinder gut behandelt werden. Was meinst du, könntest du dich dann für mich erwärmen? Wenn deinem Balg nicht wehgetan wird?«

»Mir wird schlecht, wenn ich dich höre.«

»Das wird schon wieder vergehen. Hoffentlich machen wir bald Rast.« Er blies ihr seinen Atem in den Nacken, und für einen widerlichen Moment spürte sie seine Zunge auf ihrer Haut und das Zucken seines schwellenden Gliedes. »Von hinten, ja?«, raunte er und lachte.

Nachdem Havenar sich davon überzeugt hatte, dass sein Vater sein Amt wieder wahrnahm, wenn auch kraftloser als früher, ritt er mit Brunolf und Thorwald nach Brarup zu Jarl Hunold, um mit ihm Verteidigungspläne durchzugehen und Neuigkeiten auszutauschen.

Sie waren den dritten Tag dort, als eine der heimlichen Wachen, die Hunold entlang der Schley postiert hatte, nach Brarup hereingestürmt kam. »Ein Trupp Fjord-Kröten hat eine Wagenladung Weiber von Thorolf herübergebracht. Ihren Drachen mit dem Rest der Beute haben sie die Schley entlanggeschickt. Bestimmt nimmt er sie an der Küste wieder auf.«

»Woher kamen sie?«, fragte Brunolfs ältester Bruder Gudfast.

»Na ja, von geradeaus. Ziemlich genau von Midbikhus, wäre meine Meinung.«

Havenar stand auf und schnallte sein Schwertgehänge fest.

»Was hast du vor?«, erkundigte sich Jarl Hunold.

»Ich mache, dass ich nach Hause komme, und schicke einen Boten zu Herjulf. Wenn es schon so weit ist, dass sie Jarlshöfe überfallen und dickfellig über Land trampeln, statt schnell mit den Schiffen zu verschwinden, dann wird die Zeit knapp.«

»Glaub nicht, dass ich das Dreckszeug über mein Land trampeln lasse. Wenn sie noch nicht an der Küste sind, erleben sie den morgigen Tag nicht. Ich reite selbst. Zwanzig Mann, Gudfast!« Sein Ältester nickte und ging. »Dein Bote kann das erste Stück mit uns reiten, Havenar.«

»Oh, wenn das so ist, dann komme ich selbst mit. Thorwald kann Gammelby warnen, nicht, Thorwald?«

»Nee«, sagte Thorwald.

»Was heißt ›nee‹? Wenn ich es doch sage. Du bist mein Mann, wenn ich mich recht entsinne.«

Thorwald schüttelte das mächtige Haupt. »Nee. Nicht mehr.«

Havenar starrte ihn an und zischte gereizt. »So kann man sich irren. Und wenn ich dich darum bitte?«

»Ich geh mit dir«, stellte Thorwald klar.

Jarl Hunold lachte. »Bei Odin! Ist das der hehre Göttersohn, dem seine Männer auf einen Wimpernschlag gehorchen? Das ist nett von deinem Riesenfreund, dass er dich wieder zu uns Sterblichen herunterholt, Neffe. Ich war schon ganz ehrfurchtsstarr von dem, was die Leute über dich schwatzen.«

»Dein Verstand muss vorher schon starr gewesen sein, dass du auf das hörst, was die Leute schwatzen«, sagte Havenar. »Brauchst du noch lange?«

»Andere werden mit dem Alter höflicher, bei dir ist es umgekehrt«, murrte Hunold, beeilte sich aber dennoch.

»Kann ich Brunolf nach Gammelby schicken, Onkel?«, erkundigte sich Havenar.

Hunold lachte wieder. »Na, einer von deinen Männern wird dir doch wohl gehorchen, oder? Versuch es halt.«

»Und du wunderst dich, wie einer in dieser Sippe die Frechheit lernt«, meinte Havenar.

Sie holten die Norweger ein, bevor sie an der Küste waren, und machten sie bis auf den Letzten nieder. Dennoch ritt ein Bote weiter zu Herjulf, damit der zwei Schiffe schickte, um den norwegischen Drachen vor Hunolds Küste abzupassen.

Die zwei gefangenen Frauen und die beiden verstörten kleinen Mädchen brachte man nach Brarup. Zwei weitere, tote Frauen hatten sie an einer verlassenen Lagerstelle des Trupps gefunden, eine davon war keine Magd.

Zuerst hatte Havenar aufatmen wollen, weil Frygdis weder bei den einen noch bei den anderen war, doch dann quälte ihn der Gedanke, dass sie schon beim Überfall zu Schaden gekommen sein könnte. Er überlegte noch, wie er einer der beiden Mägde unverfänglich die Frage danach stellen konnte, da gab ihm die eine die Antwort ungefragt. »Sie sind da lang. Da lang«, erklärte sie Hunold schrill. »Sie dachten, die Magd der Herrin wäre Ortrud. Und Eanna haben sie zum Spaß mitgenommen. Sie waren wütend, weil keins der Kinder Frygdis' Tochter war.«

»Bis bald, Onkel«, sagte Havenar, wendete sein Pferd und folgte dem zeigenden Finger der Magd, der grob in die Richtung von Gammelby wies. Thorwalds Pferd schloss dicht hinter seinem auf und bemühte sich, Schritt zu halten, obwohl der massige Thorwald es den Pferden nicht leichtmachte.

»Mach keine Dummheiten, Junge«, rief Hunold ihnen nach. »Die Weiber sind nicht wichtig für uns.«

Der Morgen dämmerte, und Frygdis saß benommen vor Erschöpfung bei einem anderen Mann auf dem Pferd. Ihr war deutlich geworden, wie kurz der Weg zum Todeswunsch war. Nur noch wenig mehr an Schmerz, Kälte, Hunger und Angst, und sie würde nicht mehr fest am Leben hängen. Sie musste sich daran aufrichten, dass es irgendwann ein Ende haben würde. Denn Horich selbst würde seine Geiseln annehmbar behandeln, solange er auf einen Nutzen hoffte.

Sie hatten erfahren, dass Horich hinter der Entführung steckte, als die Norweger gerastet hatten und ein Durcheinander ausgebrochen war. Die Männer hatten angefangen, sich um einige der Frauen zu zanken, sie selbst eingeschlossen. Eine der Mägde hatte einen Schreikrampf bekommen, als zwei Männer an ihr zerrten und sich dabei laut mit einem dritten stritten. Die Ablenkung hatte Ortrud dazu verleitet, in die Dunkelheit loszulaufen, die Männer schrien ihr nach. Der Tumult brachte die Kinder zum Kreischen, alle Männer ließen kurzzeitig von den Frauen ab, zwei von ihnen liefen mit gezogenen Schwertern Ortrud nach und erstachen sie in gedankenloser Unbeherrschtheit, worauf ein mörderisches Fluchen unter den anderen ausbrach. Ihr Anführer zog sein Schwert und schnitt wutentbrannt der gellend schreienden Magd die Kehle durch. Eine der anderen Mägde machte sich los, sprang zu den kreischenden Kindern, drückte sie an sich und brachte sie zum Verstummen. Selten war Frygdis jemandem dankbarer gewesen.

Den Männern schien nun die Lust auf Abwechslung vergangen. Sie bündelten die Frauen und Kinder schimpfend zurück auf die Pferde und hasteten weiter.

Am Rand eines Ackers, bei einer mächtigen Eiche in der Windhecke, machten sie wieder Halt, die Männer stiegen ab und hielten wartend die Pferde ruhig. Niemand gab einen Laut von sich. Die Kinder hatte man verteilt, jedes wurde jetzt von einer Magd gehalten. Frygdis war noch unschlüssig gewesen, ob sie den Kindern einen Gefallen damit tun würde, wenn sie eines als ihre Tochter bezeichnete. Immer wieder fielen ihr die Augen zu, und sie schlief fast auf dem Pferd sitzend, als zehn weitere fremde Männer die Hecke entlanggeritten kamen.

Wie von den Norwegern erwartet, brach ein Streit aus, als sie zugeben mussten, dass sie eine der verlangten Geiseln getötet hatten, und dann kam der von Frygdis gefürchtete Moment. Einer von den Neuen kam zu ihr und stieß sie an.

»Bist du Olof Thorolfssons Frau?« Sie nickte. »Und das ist seine Kebse?« Er zeigte auf Auda, und Frygdis nickte wieder. »Welches von den Kindern ist deins? Olof hat nur eins, das wissen alle.«

Sie hob den Kopf und sah zu den Kindern hinüber, die sich auf den Pferden an die beiden Mägde klammerten. Das Denken fiel ihr unendlich schwer. Auf welche Art wären die Kleinen sicherer, und was würde mit dem zweiten geschehen, wenn …?

»Wenn du den Mund nicht aufkriegst, fragen wir sie eben selbst.« Er ging zu Armgards älterer Tochter, hob ihr das Kinn. »Ist das deine Mutter, Kleine?« Doch das Kind klammerte sich nur an die Magd an und sagte nichts.

»Was erwartet ihr denn? Die Kinder können vor Angst nicht sprechen. Lasst sie in Ruhe«, sagte Frygdis.

»Das sind nicht ihre Kinder«, stieß die andere Magd hervor und nahm die Kleinere fester in den Arm. »Das hier ist meine.« Ihr Name war Noreen, fiel Frygdis ein. Ob sie klug handelte, war noch nicht zu entscheiden, aber für den Mut allein verdiente sie Achtung.

»Und das?«, fragte der Mann.

»Meine Nichte«, sagte Noreen.

»Ihr seid zu blöd zum …«, wandte sich der Mann an die Norweger, doch ihre drohenden Mienen brachten ihn zum Umdenken. »Also die zwei da, Olofs Weiber. Und diese da als kleine Vorabentschädigung für den Ärger, den ich morgen wegen euch haben werde.« Er zeigte auf die dritte Magd, die kein Kind vor sich hatte. Sie hieß Eanna und war drall und ansehnlich. »Mit den anderen beiden und den Kindern könnt ihr machen, was ihr wollt. Immerhin müssen wir so kein Balg mitschleifen.«

Die Norweger setzten ihren Weg in Richtung Küste fort. Frygdis, Auda und Eanna wurden von Horichs Männern in die entgegengesetzte Richtung gebracht. Ohne Unterbrechung waren sie unterwegs. Es ging langsam, wo sie einen gangbaren Pfad durch die sumpfige Flusslandschaft finden mussten oder der Wald dicht war.

Als es wieder dunkelte, lehnte Frygdis sich, Stolz und Abscheu hinter sich lassend, endgültig in die Arme ihres Entführers. Ihr blieb keine Wahl. Sie hatte keine Knochen und Muskeln mehr, mit denen sie sich aufrecht halten konnte, und sie sah, dass es Auda und Eanna genauso ging. Endlich brauchten auch die Männer eine Rast, hielten an, nahmen sie vom Pferd und legten sie ab. Stehen konnte keine von ihnen, und so blieben sie auf der eisigen Erde liegen.

»Zwei schlafen«, sagte der Anführer, nahm seinen Fellsack vom Pferd und warf ihn auf den Boden. Dann ging er zu Eanna, hob sie auf, machte ihre Hände los und trug sie zu seinem Lager. »Aber ich muss«, sagte sie schwach, worauf er lachte und sie zu einem Busch brachte.

Frygdis stellte nüchtern fest, dass sie bereit war, einem von den Männern klaglos ihren Körper zu überlassen, wenn er sie dafür nur auch mit in seinen warmen Fellsack nahm. Zu ihrer Erleichterung nahmen zwei der Männer ihre Säcke von den Pferden und machten sich daran, Auda und sie darin zu verpacken, ohne ihnen ihre Gesellschaft aufzudrängen. Ein dritter legte sich selbst zwischen sie.

Der Anführer hatte gerade Eanna in seinen Sack geschoben und wollte dazukriechen, als erneut Lärm und Tumult ausbrachen. Frygdis kniff die Augen zu und wünschte nur, es würde aufhören – es würde einfach nichts geschehen, gar nichts mehr, nie wieder, damit sie schlafen konnte. Der Mann zwischen Auda und ihr sprang auf, schrie und fiel vornüber, und schon wurde wieder an ihr gezerrt. Falls sie überlebte, schwor Frygdis sich benommen, wollte sie den Rest ihrer Tage an einem Ort verbringen, wo niemals wieder ein Mann an ihr zerren würde. Zu den nächstgelegenen Büschen zerrte er sie, halb unter einen Arm geklemmt, ein paar Schritte hinein ins Dickicht, und dort warf er sie unter eine von Holunder überragte alte Baumwurzel.

»Lass sie«, hörte Frygdis zu ihrer Verblüffung hinter ihm Auda fauchen.

Er wirbelte herum, schnappte Auda und presste ihr die Hand auf den Mund. »Freyas Hintern, Mädchen, halt doch die Klappe«, fuhr er sie wispernd an, dann warf er sie unsanft neben Frygdis, und einen Augenblick später lagen sie beide zitternd aneinandergepresst in der Finsternis unter der Wurzel, bedeckt von seinem dunklen Mantel. »Rührt euch nicht«, befahl er und warf noch etwas auf den Mantel, bevor er wegrannte, zurück zum Lager.

Frygdis gab sich nicht einmal Mühe, die Sache zu verstehen, und sie hatte nicht die Absicht, sich zu rühren. Sie lag nur da und hielt sich an Auda fest.

»Liebste Göttin, beste Göttin, von allem, was mir je gehört …«, flüsterte Auda panisch vor sich hin.

»Sei doch ruhig«, sagte Frygdis.

Erst als vom Lagerplatz her ein haarsträubendes Kampfgebrüll zu hören war, blitzte in Frygdis ein winziger, kaum erklärlicher Funken Hoffnung auf. Sie hatte das schon einmal gehört. Fast genauso hatte es geklungen. Und danach …

Havenar hatte die Spur der Männer mit Thorwald zusammen gefunden und vorgehabt, ihnen Frygdis im Alleingang abzunehmen. Doch er war über seine eigenen Sicherheitsvorkehrungen gestolpert. Horichs Trupp – es gab für ihn keinen Zweifel, dass es Horichs Leute waren – hatte längst hinüber auf Hademuts Land gewechselt. Und auf Hademuts Land gab es Wachen, die er selbst aufgestellt hatte. Einer der Wachtposten hatte sich auf den Weg nach Gammelby gemacht, sobald der Trupp in Sicht war. Unterwegs war er auf Vitgeir und drei Männer gestoßen, die einen Hirsch jagten. Vitgeir hatte befunden, dass fünf von Hademut genug waren gegen zehn von Horich, zumal, wenn man sie überrumpelte. Trotzdem war er erfreut gewesen, als er auf Havenar und Thorwald traf.

Sie ließen die Pferde und Hunde mit dem jungen Wächter zurück und folgten den Eindringlingen zu Fuß. Dabei waren sie nicht langsamer als die Fremden zu Pferd, und sie alle waren auf heimatlichem Grund so gute Schleicher, dass sie keine Schwierigkeiten hatten, die Lagernden zu überraschen.

Als klar war, dass ihnen Horichs Leute trotz der Überraschung einen erbitterten Kampf lieferten, war Havenar schon auf dem Rückweg von der Stelle, wo er die Frauen versteckt hatte, und er war sich sicher, dass alle zu beschäftigt gewesen waren, um zu merken, was er getan hatte. Sogar Vitgeir würde diesmal nichts bemerkt haben, denn er hatte es mit zwei Gegnern zu tun.

Brüllend stürmte Havenar zu seinem Bruder und befreite ihn von einem der beiden, dann wandte er sich dem nächsten zu, so lange, bis keiner von seinen Männern noch zwei gegen sich hatte, außer ihm selbst. Dann löste sich der Kampf auf. Vitgeir sprang ihm bei und nahm ihm seinen zweiten ab, worauf der verbleibende sich umdrehte und wegrannte, gefolgt von dem, der Thorwald gegen sich gehabt hatte. Noch ein dritter lief davon. Er hatte zu Havenars Wut einen von den ihrigen niedergeschlagen. Mit einem Kriegsschrei setzte er den Fliehenden nach und schüttelte Vitgeirs Hand ab, als der ihn aufhalten wollte. Er hörte, wie ihm die anderen folgten, doch sie waren langsamer, sodass er die Flüchtigen allein stellte.

Die Fremden waren tief in eine Baumgruppe geraten, wo Reisig und Gestrüpp, alte Äste und Schösslinge das Vorankommen schwer machten, daher wandten die drei sich ihm mit dem Mut der Verzweiflung zu. Die Wolken verschoben sich und ließen Mondlicht durch die kahlen Baumkronen herabsickern. Drei gegen einen war kein Verhältnis, bei dem Havenar sich zu einem ehrenvollen Kampf verpflichtet fühlte, zumal wenn das Licht ihm ein so günstiges Geschenk machte. Er griff mit weit öfter als tausendfach geübter Geschwindigkeit sein Schwert nach links um und schleuderte mit rechts zuerst die Axt und dann den Dolch, bevor er, mit dem Schwert zurück in der Rechten, auf den letzten Stehenden zusprang.

Als er sich wieder aufrichtete und der Blutrausch nachließ, bemerkte er, dass vier von seinen Leuten mit gesenkten Schwertern in den Händen unweit von ihm standen und zu ihm hersahen. Vitgeirs und Thorwalds Züge waren ungerührt, aber Delling und Ake sahen ihn mit ehrfürchtigem Grusel und Misstrauen an. Er wischte sein Schwert an einem trockenen Grasbüschel ab, bevor er es wegsteckte, dann ging er zu den anderen beiden Toten und sammelte sowohl seine Axt als auch seinen Dolch ein. Als er zu seinen Gefährten ging, rührten sie sich noch immer nicht.

»Was ist los, waren sie Freunde von euch?«, fragte er Delling und Ake, die daraufhin verlegen ihre Schwerter einsteckten und seinen Blick mieden.

»Sie dachten, du bist ein Berserker«, sagte Vitgeir.

»Wäre ich das, dann hättet ihr rennen müssen und nicht herumstehen und glotzen. Sie kennen nicht mehr Freund und Feind, wenn sie im Rausch sind, sagt man.«

»Mir hat es gutgetan, das zu sehen«, sagte Vitgeir. »Mir scheint, du kannst doch selbst auf dich aufpassen. Ich hatte vergessen, wie schnell du bist. Obwohl ich weiterhin denke, dass du an deiner Linken arbeiten solltest.«

»Meine Linke hat mir auch heute wieder nicht gefehlt«, sagte Havenar. »Dabei fällt mir ein: Ist mein Linkshänder Guntram schon zurück?«

Sie ließen die Toten vorerst liegen und lenkten ihre Schritte zurück zum Lager.

»Er ist zurück und hat uns einen Schmied mitgebracht. Samt seinen beiden Brüdern und seinen Eltern. Sie haben sich in Unfrieden von Asmund getrennt.«

»Das war nur eine Frage der Zeit. Trotzdem ist es nicht günstig. Es wird dadurch schwieriger, an Neuigkeiten von dort zu kommen.« Havenar musterte seine Handfläche. »Verdammter Mist, ich habe eine aufgesprungene Schwiele. Das macht die Kälte. Ich will, dass ihr die Männer im Sumpf begrabt und sofort nach Gammelby zurückkehrt, Vit. Brunolf muss inzwischen dort Alarm geschlagen haben. Sag ihnen, dass Hunold die Norweger erwischt hat. Wer war das, der vorhin gefallen ist? Lebt er?«

»Glaub schon, dass er lebt. Es ist Armod. Er sollte allerdings schnell aus der Kälte.«

»Weißt du, welchen Sumpf ich meine? Ich denke, mit ein paar starken Ästen könnt ihr da eine Grube zustande bringen.«

»Ich höre immer ›ihr‹. Was hast du denn vor?«

»Ich muss noch etwas erledigen. Frag nicht.«

»Jawohl, Herr«, sagte Vitgeir bissig.

»Willst du mit in die Grube?«, sagte Havenar.

Vitgeir spuckte im Bogen in die Büsche. »Sollen dich die Ratten beißen.«

Havenar trieb seine Leute an, während sie die Toten und ihren Verletzten auf die Pferde luden. Ganz zuletzt griffen sie die Fellsäcke von Horichs Männern, die noch am Boden lagen. »Mein Arsch«, sagte Delling, als er versuchte, den letzten aufzuheben. »Was ist das?«

Die Männer wandten sich ihm zu und sahen, wie er Eanna aus dem Fell schälte, die so sehr zitterte, dass ihre Zähne aufeinanderschlugen.

»Gute Göttin«, murmelte Havenar. Es wurde kompliziert. Er ging zu Delling und hob der Frau das Kinn, um sie anzusehen. »Wer bist du?«, fragte er, doch sie presste die Lippen zusammen und kämpfte nur wimmernd mit Dellings Griff. »Was soll's«, sagte Havenar. »Steckt sie mit in mein Haus. Wer ihr unters Kleid greift, dessen Ohren gehören mir. Alle gehört?«

Die Männer bejahten belustigt, und Havenar trieb sie wieder zur Eile.

»Du gehst mit ihnen, Thorwald«, sagte er, als sie schließlich aufbruchsbereit waren.

»Nee«, sagte Thorwald.

»So haben wir nicht gewettet«, fauchte Havenar. »Du gehst! Dass so ein Brocken wie du mir bei jeder Gelegenheit querkommt, kann ich mir nicht leisten.«

»Dachte, ich geh mal und besuch meine Eltern«, brummte Thorwald. »Ist nicht weit von hier.« Er sah Havenar ausdruckslos an.

»Dann geh«, sagte der. Thorwald nickte bedächtig und blieb stehen, während die anderen abrückten. Höher und breiter als ein Ochse, dachte Havenar und gab auf. »Verflucht, also komm«, sagte er und schlüpfte ihm voraus ins Dickicht, wo sie versteckt ausharrten. Mit Genugtuung beobachtete Havenar, wie nach einer Weile Vitgeir schattengleich zurückgeschlichen kam.

Lautlos bewegte Havenar sich ein Stück von Thorwald fort und warf einen Ast, so weit er konnte. Vitgeir fuhr beim Geräusch des Aufpralls herum und drehte ihm den Rücken zu. Havenar stand auf. »Hab dich, Vit! Und jetzt scher dich weg.«

Vitgeir zeigte ihm verärgert eine unflätige Geste und lief geschmeidig seinen Männern nach. Es konnte sein, dass sein listiger Bruder noch einen weiteren Versuch machen würde, wusste Havenar, aber es half nichts. Noch länger konnte er die Frauen auf keinen Fall in ihrem kalten Versteck lassen. Eilig ging er zu der Stelle, wo er einen verzweigten alten Ast auf seinen Mantel geworfen hatte.

Nur Audas Augen glänzten ihm wach entgegen, als er den Mantel aufnahm. Frygdis lag in ihren Armen und war besinnungslos oder schlief. Das Mondlicht fiel auf ihre wirren Haare, zeigte ihm ihre aufgeplatzte Lippe und die rotblaue Schwellung an Wange und Schläfe. Die Frauen waren beide fast unkenntlich schmutzig und ihre viel zu dürftigen Kleider vielfach zerrissen. Olof gehörte dafür gehäutet, dachte Havenar, während er die Arme mit einem Gefühl verzweifelter Zärtlichkeit nach Frygdis ausstreckte.

Er hatte sie noch nicht berührt, als er sah, wie Auda ihre Herrin fester umschlang. »Fass sie nicht an«, zischte sie, und ein Dolch blitzte in ihrer Hand. Thorwald trat neben ihn und sah in die Mulde hinab, sein Gesicht unter dem wilden Bart unbewegt wie meist.

»Nimm das Messer weg«, schnurrte Havenar mit sanftester Stimme.

»Wenn du dein Gemächt los bist«, erwiderte Auda.

»Heiliger Hain. Weißt du, wer ich bin?«

»Das ist mir völlig gleich«, sagte Auda. »Ich habe nun wirklich die Nase voll.«

»Das Gefühl kenne ich«, sagte Havenar.

Frygdis öffnete die Augen und erwachte aus ihrem Traum, dem Traum von seinem Blick und seiner Stimme. Es wunderte sie nicht im Geringsten, dass er dastand und auf sie herabsah. »Haven«, sagte sie leise.

Audas Anspannung sank in sich zusammen. Blitzartig schnappte Havenar ihr den Dolch aus der Hand. »Liebe Göttin«, brachte sie hervor, ließ Frygdis los und versuchte steif, sich aufzurappeln, während Havenar Frygdis aufhob und behutsam auf die Füße stellte, ohne sie jedoch loslassen zu können. Es war deutlich, dass die Frauen vorerst nicht würden laufen können. Er stieß den starren Thorwald an und wies auf Auda.

»Nun mach dich nützlich, wo du einmal da bist. Nimm die Frau und lass uns hier verschwinden, bevor Vitgeir uns doch noch erwischt. Und seid alle still.« Er wickelte Frygdis in seinen Mantel, nahm sie wieder auf den Arm und ging los. Thorwald tat das Gleiche mit Auda und folgte ihm. Erst als Havenar sich sicher war, dass sie sich außerhalb der Reichweite von Vitgeirs neugierigen Nachforschungen befanden, setzte er Frygdis ab. Widerstrebend löste sie die Arme von seinem Nacken, und ihn überflutete eine Woge von Verwirrung und Glückseligkeit, die – wie die Stimme der Vernunft ihm sagte – völlig fehl am Platze war. »Kannst du laufen?«, fragte er. Sie nickte und ließ ihren Blick nicht von seinen Augen. Er wollte sie küssen, zerschunden wie sie war, verbot es sich aber. Sie waren nicht in Sicherheit. »Thorwald, können wir sie zu deinen Eltern bringen, ohne dass ich viel erklären muss?«

»Mhm«, bestätigte Thorwald, und während Havenar mit Frygdis an der Hand weiterging, machte er keine Anstalten, Auda auf die Füße zu stellen. »Ich kann auch laufen«, sagte die, doch sie sagte es leise und ohne Überzeugung. Thorwald war nicht anzumerken, ob er es überhaupt gehört hatte.

Fast zwei Stunden liefen sie, die Frauen mal auf eigenen Füßen und mal halb schlafend auf den Armen der Männer, und dann räusperte sich Thorwald. Havenar hielt inne und sah ihn über Frygdis hinweg an.

»Willst du im Dunkeln durchs Moor?«, fragte Thorwald.

»Du kennst doch den Pfad, oder?«, sagte Havenar.

»Och. Das meinte ich nicht. Ich meinte wegen der Geister.«

»Thorwald!«, entfuhr es Havenar. »Das ist nicht dein Ernst.« Frygdis begann an seiner Schulter zu kichern und war einem überdrehten Lachanfall nah.

»Darüber gibt es nichts zu lachen«, sagte Auda spitz, und Frygdis beruhigte sich mühsam.

Havenar seufzte. »Manche sagen mir göttliche Verbindungen nach. Ich nehme an, demnach kann ich euch vor den Geistern schützen, wenn schon vor sonst nichts.«

»Überheblichkeit lockt Böses an«, murmelte Auda.

»Lass mich wieder laufen, Göttersohn«, sagte Frygdis mit einem Lächeln und einem bezeichnenden Seitenblick zu Auda, die rot wurde.

»Wie weit ist es noch?«, fragte Havenar, während er sie hinstellte und stützte. »Von dieser Seite bin ich noch nie nach Freienwil gekommen.«

»So weit wie von Gammelby bis ins Häherholz«, gab Thorwald Auskunft.

»Wird dein Vater auf uns schießen, wenn wir nachts kommen?«

»Die Hunde sind los. Wen sie nicht fressen, den trifft auch kein Pfeil.«

Auda verschluckte sich an ihrer Spucke und hustete, dann räusperte sie sich. »Große … Hunde?«

»Mhm«, machte Thorwald.

»Riesenköter«, meinte Havenar. »Vater versucht seit Jahren, Thorhall einen Wurf abzukaufen, aber der will sich nie von ihnen trennen.«

»Lässt nur die Besten leben«, stellte Thorwald richtig. »Die anderen schenkt er Thor.«

»Die Besten bedeutet die Größten und Bissigsten«, sagte

Havenar. »Aber so, wie ich euch vor den Geistern schütze, wird Thorwald uns wohl vor den bösen Hunden retten. Können wir weiter?«

Er fragte es dicht bei Frygdis' Ohr, und seine Stimme war eine Freude für sie, die sich in ihr Blut mischte und wie warmer Heiltrank durch sie floss. Bis an den Rand der Welt würde sie mit ihm gehen können, selbst wenn sie inzwischen schon ihre Füße nicht mehr spürte. Tapfer machte sie sich daran, mit Thorwald Schritt zu halten, der ihre kleine Gemeinschaft anführte. Wegen des unsicheren Bodens gingen sie in einer Reihe hintereinander. Auch Auda hatte sich von Thorwalds Arm gestrampelt und lief wieder selbst, vor Frygdis.

Havenar folgte als Letzter, nach hinten sichernd. Er hatte noch keine Ahnung davon, wie die Sache weitergehen sollte, doch eines war sicher: Nach Gammelby konnte er seine Schützlinge nicht bringen. Niemand würde das kleinste bisschen Verständnis für ihn haben, wenn er die Frauen nicht als Geisel gegen Thorolf einsetzte. Viele dort hätten nicht gezögert, Frygdis die Finger einzeln abzuschneiden, so sehr hatte der Hass seiner Sippe auf Olof seinen eigenen überrundet. Er dagegen wollte ihre Finger einzeln küssen. Er wollte sie ausziehen und waschen, neu kleiden, sie füttern und zu Bett bringen. Mit ihr zu Bett gehen. Mit ihr sprechen. Endlich mit ihr sprechen, so lange, bis es nichts mehr zu sagen gab, und das würde dauern, das wusste sein Herz. Er musste einen Weg finden.

Frygdis' wiederbelebter Wille bewirkte viel, doch die Schritte fielen ihr zunehmend schwer. Abgerissene Gedanken und Fetzen von entsetzlichen Bildern tanzten in ihrem Kopf. Das Schwert, das ein so grässliches Geräusch gemacht hatte, als es Ortrud tötete, die wimmernden Kinder. Midbikhus. Hadwig. Ihre süße Hadwig! Wie bald konnte sie erfahren, was mit ihr geschehen war? Der Gedanke brachte ihr Herz wieder zum Rasen, dabei tat ihr die Brust schon weh, weil es seit dem Überfall dauernd vor Schreck und Angst gegen ihre Rippen gesprungen war. Wie lange konnte ein Herz das vertragen?

Nun auch noch der Mann hinter ihr, der es schon immer zu merkwürdigen Sprüngen getrieben hatte. Er war Horich in die Quere gekommen wegen ihr, und im Grunde pfuschte er auch Harald ins Handwerk, solange er sie nicht Olof zurückgab. Olofs Vater Thorolf war ein Anhänger Haralds, und dem war Thorolfs Treue wichtig. Er würde nicht tatenlos zusehen, wenn jemand auf der Ehre von Thorolfs Sohn herumtrampelte, indem er dessen Gattin stahl. Havenar konnte sie nicht behalten, das lag auf der Hand, und sie wollte nicht, dass er es tat. Sie musste zu ihrer Tochter. Durfte nicht bei ihm bleiben. Wollte nicht. Darf nicht, sagte ihr rechter Fuß, will nicht, ihr linker. Darf nicht, will nicht, darf nicht …

Die Tränen liefen ihr schon eine ganze Weile übers Gesicht, als sie stolperte. Havenar hob sie wieder auf seinen Arm. »Nicht mehr weit«, sagte er ihr ins Ohr, und sie lehnte den Kopf gegen seine Schulter.

Die Hunde schlugen an und stürzten ihnen entgegen, als sie Thorhalls Hof erreichten. »Johoho«, begrüßte Thorwald das achtköpfige Rudel fröhlich, und die rindergroßen braunen Wolfshunde begnügten sich damit, an den beiden Männern hochzuspringen, neugierig auf die Bündel, die sie trugen. Die Tür des Hauses öffnete sich, und Thorwalds barbrüstiger Vater erschien, ein Riese mit aufgenocktem Pfeil, aber ungespanntem Bogen. Als er seinen Sohn erkannte, nahm er den Pfeil von der Sehne und ging beiseite, um sie einzulassen. Die aufgeregten Hunde konnte er nur mit Mühe hinter ihnen wieder aussperren.

»Was für ein Glück.« Auda atmete auf, als die Tür sich schloss, und befreite sich aus Thorwalds Armen. Sie stand gerade auf dem Boden, als eine große struppige, feuchte Schnauze sich auf ihre Schulter legte. »Oh«, sagte sie schwach.

Thorwald hustete kurz, beugte sich zu ihr und hob sie auf die Bank, wo die Hundeschnauze ihr nur noch bis zur Hüfte reichte und von wo sie Thorwald hätte in die Augen sehen können, wenn es heller gewesen wäre. Doch es war finster in der Hütte, viel dunkler, als es draußen im Mondlicht gewesen war. »So kleine Frauen kennen sie nicht«, sagte Thorwald.

Auda nickte. »Verstehe«, sagte sie und wich auf der Bank bis an die Hauswand zurück, wo sie sich vorsichtig in die Hocke rutschen ließ und darauf wartete, dass man das Feuer schürte.

Havenar setzte Frygdis ab, behielt sie aber in der Dunkelheit im Arm. Plötzlich fing sie an zu zittern, und es wurde immer heftiger. Ihm fiel nichts anderes ein, als sie fester zu umarmen, und sie schlang die Arme um seinen Nacken und hielt sich an ihm fest, als würde sie über dem Abgrund hängen. »Frygdis«, sagte er beruhigend. »Sch-sch.« Sie umfasste sein Gesicht und holte ihn in ihren dankbaren, sehnsüchtigen, wunden, hungrigen Kuss.

Das Feuer brannte wieder, und sie küssten sich immer noch. Doch als es im Haus heller wurde, riss Frygdis sich von seinen Lippen los. »Ich muss zurück, Havenar. Ich muss zurück.«

Er brachte betroffen eine Armlänge Abstand zwischen sie und sich und ließ sie los. »Erst einmal hörst du auf zu zittern. Dann sprechen wir über vor oder zurück.«

»Da gibt es nichts zu sprechen«, sagte sie, und ihre Wangen waren schon wieder nass.

Havenar drehte sich um und ging aus dem Haus. Von den misstrauischen Hunden umlagert, lehnte er sich gegen die Hauswand. Einer der Rüden knurrte ihn bedrohlich an. »Würde dir nicht bekommen«, schnappte er wütend, und der Hund ließ einsichtig die Lefzen sinken.

Frygdis erwachte neben Auda, auf dem Lager von Thorwalds Eltern, die sich nach der nächtlichen Störung nicht mehr niedergelegt hatten. Ihr Fußknöchel juckte von Flohbissen. Ein dunkler Vorhang umgab den Schlafplatz, deswegen konnte sie nicht schätzen, welche Tageszeit es war. Nachdem sie in der Nacht von Thorwalds Mutter Erindis zu essen und zu trinken bekommen hatten und die Wärme in ihre Hände und Füße zurückgekehrt war, hatte sie trotz ihrer Aufgewühltheit schlafen können.

Havenar war ins Haus gegangen, als sie mit Auda und Erindis hinaustrat, um sich zu erleichtern. Er hatte sie nicht mehr angesehen, und sie war mit Auda unter die Decken gekrochen. Eine Weile hatte sie noch gehört, wie er kurze, leise Bemerkungen mit Thorwald und dessen Vater wechselte, dann war es still gewesen.

Erindis hatte in der ganzen Zeit nicht ein einziges Wort gesagt, sondern sie nur hin und wieder mit unbewegter Miene gemustert. Hinter einem weiteren Vorhang schlief noch jemand, hatte sich jedoch nicht gezeigt. Sie setzte sich auf, ohne Auda zu stören, und schob den Vorhang beiseite. Dem Licht nach, das durchs Rauchloch fiel, musste es bald Mittag sein. Erindis hockte am Herd auf einem Schemel und schälte Zwiebeln, ihr zur Seite lag einer von den großen Hunden.

Der Anblick und der Duft der Zwiebeln ließen Frygdis ihren Hunger bewusst werden. Zögernd stand sie auf. Ihre Füße trugen sie besser als erwartet, auch wenn sie schmerzten. Weiche Fellschuhe hatte sie getragen, warm und gemütlich genug, um damit im Winter im Haus zu arbeiten oder einmal über den Hof zu gehen, doch völlig ungeeignet, um eine Wanderung durch Wald, Feld und Moor zu machen. Es waren nur noch nasse Klumpen gewesen, als sie sie vor dem Bett auszog. Auch ihr Oberkleid war nur noch ein verdreckter Lappen, die Fibeln und ihren Schlüsselbund hatte man ihr während ihrer Ohnmacht abgerissen. Nur weil ständig irgendjemand sie festhielt, hatte das Kleid noch an ihr gehalten. Das Unterkleid und das Wollhemd darunter trug sie noch, obwohl es sie ekelte. Die Säume waren schlammverkrustet und zerfetzt. Ein genauerer Blick zeigte ihr getrocknetes Blut auf der ehemals weißen Brust. Woher es stammte, wusste sie nicht.

Der Hund hob den Kopf zuerst, als sie hinter dem Vorhang hervortrat, dann sah Erindis sich zu ihr um.

»Guten Tag«, sagte Frygdis. Ihre Stimme war heiser, ihr Hals schmerzte, sie würde eine Erkältung bekommen. Erindis nickte und sah sie weiter nur an. Frygdis fiel nichts ein, was sie sagen konnte. Hilfesuchend blickte sie sich in der Hütte um. Der zweite Schlafplatz war leer, bis auf einen weiteren Hund, der sich dort ausgestreckt hatte. Für einen Moment dachte sie, die Männer wären alle fort, doch dann sah sie Havenar auf der Bank nahe der Tür unter einem Fell liegen. Er schien fest zu schlafen. Frygdis zeigte auf die Zwiebeln. »Kann ich helfen?«

Erindis schüttelte den Kopf und ließ einen vielsagenden Blick von ihrem Haar über ihr Gesicht und ihr Kleid wandern. »Da ist Wasser«, sagte sie und zeigte mit dem Kopf auf einen Eimer. Ihre Stimme war so tief wie die mancher Männer. Es war deutlich zu erkennen, dass sie Thorwalds Mutter war. Frygdis glaubte, noch nie eine Frau mit so mächtigen Brüsten gesehen zu haben. Alles in Thorwalds Familie passte zu ihm, auch sein Vater zog tief den Kopf ein, wenn er durch die Tür ging.

Erindis legte ihre Stirn in Falten, als missfiele ihr Frygdis' Begriffsstutzigkeit. »Zum Waschen«, fügte sie hinzu.

Frygdis lächelte. »Ja. Danke.« Der Wassereimer stand auf der Herdkante vor der Bank, wo Havenar schlief, und zu ihrer Wonne war das Wasser warm. Ein Lappen hing über dem Eimerrand. Bevor sie nach dem Henkel griff, hielt sie inne. Es war nicht möglich, so zu tun, als wäre Havenar nicht da. Sie spürte seine Nähe durch und durch, egal ob er schlief oder wach war. Warum sollte sie vor Erindis so tun, als ob ihr nichts an ihm läge? An jedem Mann, der ihr auf ähnliche Weise geholfen hätte, läge ihr schließlich. Sie wandte sich ihm zu und betrachtete ihn. Jeder Mensch sah jünger aus im Schlaf, er machte keine Ausnahme. Sie rechnete. Dreiundzwanzig Winter musste er alt sein, er war gute zwei Jahre älter als sie. Und ebenso schmutzig wie sie. Nur sein Haar, das wieder so blond war, wie sie es gekannt hatte, war fast sauber, der Helm hatte es weitgehend vor Schmutz bewahrt. Eine lange Strähne fiel ihm über die erd- und blutverschmierte Wange, über den Bart und legte sich um seinen Hals. Wahrscheinlich war das Blut von ihm an ihr Kleid gelangt, als er sie aufgehoben hatte. Es war nicht seines und nicht ihres. Der Raum drehte sich ein bisschen um sie, als sie an die blutigen Geschehnisse der Vortage dachte.

Havenar atmete tief und gleichmäßig, den Kopf auf seinen angewinkelten nackten Arm gelagert. Auch er musste seine Kleidung zu schmutzig gefunden haben, um darin zu schlafen. Der dunkelgrüne Mantel mit der golddurchbrochenen Webkante, unter dem er sie versteckt hatte, hatte ihm zusammengerollt als Kissen gedient. Sein linker Arm war über dem Fell ausgestreckt. Frygdis folgte mit ihrem Blick seinen prächtig muskulösen Wölbungen bis zur Hand, die offen und entspannt vor ihm lag. Die Nägel kurz, wie es sich gehörte. Eine große, harte Hand mit langen, schlanken Fingern. Am kleinsten steckte ihr Ring. Unverändert. Ihr Herz sprang gegen die Rippen und verkrampfte sich. Berühre ihn noch ein Mal, sagte ihr Verstand, und du wirst ihm nicht widerstehen. Widersteh ihm nicht, und du kannst nicht mehr zurück zu Olof. Nie wieder. Aber du willst. Aber du musst. Hadwig kann nicht ohne dich, und Havenar Hademutsson kann nicht mit dir.

Sie wandte sich ab, griff den Eimer und trug ihn ein Stück von ihm fort, neben die Tür, wo es so aussah, als würde dort in einer Mulde des gestampften Erdbodens häufig Wasser vergossen. Da hockte sie sich hin, krempelte ihre Ärmel weit hoch, wusch sich sachte das Gesicht, den Hals, die Arme und Hände und schließlich die Beine bis zum Knie. Dann richtete sie sich auf, löste die Reste ihrer ursprünglich hochgesteckten Frisur und strähnte das Haar, so gut wie es ging, mit den Fingern. Zum Einflechten musste sie auf Auda warten und sich einen Kamm leihen. Es war zu mühsam, die verklettete lange Mähne selbst zu glätten, ihre Arme waren zu kurz.

Havenar fühlte sich unter dem Fell glühen, während er ihr zusah. Als sie ihr Kleid hochzog und sich die Beine wusch, nahm seine Morgenhärte ein Ausmaß an, bei dem er gewöhnlich nicht gezögert hätte, die nächstbeste willige Frau zu einem raschen Gerangel aufzufordern oder mangels dessen selbst Hand anzulegen. Doch es war eben etwas anderes als nur das. Frygdis richtete sich auf und fingerte ihr Haar los, und jeder Pfad in seinem Verstand war blockiert durch den einen brennenden Gedanken.

Er wollte sie. *Diese* Frau. Nicht *eine* Frau, nicht eine schnelle schlichte Befriedigung. Frygdis. Und Frygdis wollte zurück zu ihrem Mann. Das war ihr erster Gedanke gewesen.

Sein inneres Aufbegehren gegen ihre Entscheidung ließ ihn fast aus dem Bett springen, um sie körperlich zu seinem eigenen Wunsch zu bekehren. Aber gerade jetzt würde sie ihm das nicht verzeihen, fürchtete er. Ohnehin fürchtete er viel, was sie betraf. Er hatte Angst, vor ihr Dinge falsch zu machen, bei denen er früher nicht einmal überlegt hatte, ob es ein Richtig oder Falsch gab. Nur ja ihre Achtung nicht mit einer Unbedachtsamkeit verspielen. Frauen konnten empfindlich sein. Er wusste nicht einmal, ob einer der Räuber sie gegen ihren Willen besessen hatte, und danach fragen konnte er keinesfalls. So oder so war der Mann tot, was ihn mit Genugtuung erfüllte.

Es war sicher keine Absicht von ihr, aber die Art, wie sie sich nun das Unterkleid über ihrem anziehenden Hintern glattstrich, zwang ihn, seinen Hammerstiel durch das Fell gegen seine Hand zu pressen, um sich wenigstens den Hauch eines Trostes zu verschaffen. Sie drehte sich um und hob die Brauen, als sie bemerkte, dass er sie beobachtete. Purpurviolett schimmerte die Beule an ihrem Wangenknochen, aber die Schwellung ihrer Lippe war kaum nennenswert. Immerhin hatte sie ihn klaglos mit dieser Lippe geküsst.

Sie kam näher und lächelte zart. »Einer fremden Frau beim Waschen zuzusehen, ist eine Beleidigung.«

Er liebte ihre Stimme selbst dann noch, wenn sie heiser war, stellte Havenar fest. »Hm. Was willst du noch dafür haben? Ich gehöre dir schon.«

»Glaubst du, deswegen kannst du dir jetzt alles herausnehmen, weil du nur ein Leben zu vergeben hast?«

Ihre Worte waren hart, aber ihr Blick weich, sah Havenar. »Ich dachte, du würdest mir die kleine Freiheit gestatten. Außerdem bist du nicht fremd.«

Frygdis schüttelte nachdenklich den Kopf. »Wir kennen uns kaum.«

»Versuch, das meinem Herzen klarzumachen. Es beharrt darauf, dass es dich kennt. Nicht nur mein Herz, nebenbei.« Er hob das Fell und ließ sie sehen, was er meinte.

Sie wurde rot wie eine reife Sauerkirsche, und der Anflug von Lächeln verschwand. »Bilde dir nichts ein, Hademutsson«, sagte sie mit gekrauster Stirn.

Er ließ das Fell fallen. »Ich habe mir nicht alles eingebildet, was mit dir und mir geschehen ist, Thorhildsdottir. Verdammt und geteert, Frygdis – gibt es zwischen uns nicht schon genug Hindernisse?« Er setzte sich auf und stellte seine nackten Füße auf den Boden. Ihrer Verlegenheit wegen behielt er das Fell über dem Schoß. »Hast du so viel Zuneigung zu deinem Gatten gefasst, dass du ihn vorziehst, obwohl er gerade bewiesen hat, dass er nicht ein Haar von dir wert ist?«

»Ich werde nicht anfangen, mit dir darüber zu sprechen, was ich für meinen Gatten übrig habe oder was einer von euch wert ist. Ich gehe zurück. Das ist alles, was du von mir wissen musst.«

Havenar stand auf, und das Fell fiel. »Hättest du das Gleiche zu Horich gesagt?«

Frygdis sah ihn sich an, ihren nackten Geliebten, mit seinen glänzend schönen Muskeln von der Schulter bis zur Ferse und dazwischen mehr als einem Ding, das ihr den Atem stocken ließ. Der Wunsch, ihn zu berühren, war überwältigend. Sie schluckte. »Ich will dich nicht kränken. Ich bin dir dankbarer, als du dir vorstellen kannst. Ich habe …« Ihr Blick landete wieder bei seinen graublauen Augen, die sie verschlingen wollten. »Weißt du nicht, was geschehen wird, wenn wir tun, was uns nicht zusteht? Ich werde dir nicht geben, was du von mir willst, Havenar, und du wirst es dir nicht noch einmal ungebeten nehmen, wenn du dir meine Achtung bewahren willst.«

»Ich habe mir noch nicht den kleinsten Teil von dem genommen, was ich von dir will.«

»Tust du auch nicht, in meinem Haus. Jarlssohn hin oder her, die Hunde machen keinen Unterschied«, warf Erindis mit ihrer tiefen Stimme ein. Sie stand gelassen auf und warf die geschnittenen Zwiebeln in einen Topf mit zischendem, zerlassenem Fett, der über dem Feuer hing. Von dem Geruch bekam Frygdis schwache Knie. Wie um die Worte ihrer Herrin zu bekräftigen, erhob sich die gewaltige Hündin und streckte sich gähnend.

»Ich habe nicht die Absicht, von ihr zu nehmen, was sie mir nicht geben will«, verteidigte sich Havenar.

»Dann kannst du dich ja anziehen«, sagte Erindis. Frygdis verkniff sich ein Lächeln.

»Falls ich in die Hose komme«, murmelte Havenar leise, mit einem vorwurfsvollen Blick in ihre Augen. Sie waren so warm für ihn, so weit und dunkel, und doch …

»Du hättest nicht hersehen müssen«, sagte sie.

Er stieg in seine Hose und verpackte sich mit verkniffenen Lippen. »Mach dich in Zukunft klein und schmal, damit ich dich nicht sehen muss.« Dann ging er zur Tür hinaus. Im Vorübergehen griff er Wascheimer und Lappen.

Das tat weh, stellte Frygdis fest, aber sie durfte ihn nicht glauben lassen, dass sie ihn wollte, sonst würde er es als Erlaubnis auffassen. Und sie würde sich nicht wehren.

Auda wagte sich an den beiden Hunden vorbei, kam an ihre Seite gehumpelt und fuhr ihr mit einer Hand behutsam durch die Haare. »Na, wie lange du das wohl aushältst?«

»Je eher er uns wieder zurückschickt, desto besser«, erwiderte Frygdis. »Ich muss wissen, was mit Hadwig ist, Auda. Dauernd muss ich darüber nachdenken, es macht mich fast wahnsinnig.«

»Von Närve und unserer Süßen war kein Zipfel zu sehen, und es ist keiner von den Norwegern dort zurückgeblieben, oder? Was soll also mit ihr sein? Närve wird aufpassen, wenn es sonst keiner tut. Wahrscheinlich ist Hadwig schon bei Olof und heult nur, weil du nicht da bist.«

»Sie wird sich furchtbar erschrocken haben.«

»Das überlebt sie. Sie ist tapfer.«

»Im Gegensatz zu mir. Ich konnte die ganze Zeit vor Angst kaum atmen.«

Auda sah sie verblüfft an. »Was? Wirklich? Ich habe dich immerzu angestarrt und gedacht: ›Sieh sie dir an. Nimm dir ein Beispiel und reiß dich zusammen.‹ So ruhig und vernünftig hast du ausgesehen.«

»Ich hatte mir bloß das Fühlen verboten. Allein die Kälte. Hast du dir je vorstellen können, wie es sich anfühlt, so zu frieren?«

»Ich habe schon einmal so gefroren. Auf dem Weg von Northumbria nach Schweden. Die Kerle waren da auch nicht achtsamer. Aber das ist lange her. Glaubst du wirklich, dein Bekannter wird uns gehen lassen?«

»Sicher wird er das.«

»Woher du nur das Vertrauen in ihn nimmst. Er wirkte eben nicht sonderlich freundlich gestimmt. Es wäre für ihn …« Sie verstummte, als die Tür aufging und ein Mann hereinkam, der Thorwalds Bruder sein musste. Hinter ihm kam ein groß gewachsenes Mädchen von vielleicht zehn Jahren, das ihm ähnlich sah. Die Frau, die ihr folgte, war eindeutig ihre Mutter. Dann kamen Havenar, Thorwald, ein weiterer von den Hunden und als Letztes Thorhall. Für einen Moment war die Hütte überwältigend voll mit großen Menschen und Hunden. Frygdis' Finger krampften sich nervös in den Stoff ihres Unterkleides, das man nicht als schickliche Kleidung betrachten konnte. Noch dazu blieb Havenar so nah bei ihr stehen, dass nur eine Handbreit Raum zwischen ihnen war und sie seine Wärme spüren konnte.

»Hast du ihnen noch nichts zum Anziehen gegeben, Mutter?«, fragte Thorwalds Schwägerin. Auch sie war weit größer und stattlicher als Frygdis oder gar Auda, doch ihr Haar war dunkelbraun und nicht rot wie das vom Rest der Familie.

»Immer das Wichtigste zuerst«, brummte Erindis und goss Wasser auf die bratenden Fleischstücke, Zwiebeln und geschnittenen roten Rüben. Dann warf sie Hirse dazu und eine Handvoll gehackte Kräuter. Frygdis' Magen knurrte vernehmlich. Havenar ging zum Herd, holte sich einen der Brotfladen, die auf dessen Rand lagen, brach ein Stück für sich ab und gab ihr den Rest. Nicht ein einziges Mal sah er sie dabei an. Frygdis drehte sich zu

Auda um, die sich vor einem der Hunde wieder auf die Bankhinterseite gerettet hatte, und reichte ihr die Hälfte von dem Brot.

Havenar folgte ihrer Bewegung mit dem Blick, und Auda sah darin etwas aufblitzen, das sie für Missbilligung hielt. Nun, dachte sie, was erwartest du? Es gab viele Herren, die der Ansicht waren, dass eine Freie kein Brot mit einer Unfreien teilen sollte. Dennoch machte es sie bitter. Frygdis war ihr ans Herz gewachsen, es war längst nicht mehr die Hoffnung auf ihren eigenen Vorteil, die sie mit ihrer Herrin verband. Der brünstige Jarlssohn sollte sich hüten zu tun, was Frygdis schaden würde.

Nun hing sein Blick schon wieder an deren zu dünn betuchter Brust. Zornig stand Auda auf, griff seinen Mantel, der noch auf der Bank neben ihr lag, und nahm ihren Mut zusammen, um an dem struppigen Rüden vorbei zu Frygdis zu schleichen. Sie hielt ihr Brot mit den Zähnen fest, als sie Frygdis den Mantel umlegte, die sie dankbar anlächelte. Beim Schließen der Fibel erstarrte Auda. Eine feuchte Hundeschnauze schob sich über ihre Schulter und stahl ihr behutsam, aber entschlossen das Brot vom Mund. Wütend fuhr sie herum. »Du!«, fauchte sie das Tier an, doch der Hund ließ sich unbeeindruckt vor Havenar, der inzwischen saß, auf den Boden fallen, halb auf dessen Füße, und fraß bedächtig seine Beute. Thorwald hüstelte, und als Auda sich nach ihm umsah, wusste sie, dass er den Diebstahl genüsslich beobachtet hatte. Sie presste die Lippen zusammen und machte ihr finsterstes Gesicht. »Was für ein schlechtes Benehmen«, stieß sie hervor.

»Gute Götter. Es ist ein Hund«, sagte Havenar. »Hör auf, dich vor ihm zu verkriechen, dann wird er dich ernster nehmen. Du bist doch sonst nicht feige. Gib der Frau noch ein Brot, Dagmar, sei so gut.«

Das Mädchen legte die Spindel weg und brachte Auda noch ein Brot. »Danke«, sagte Auda, zwischen Stolz und Beschämung schwankend. Dagmar nickte und ging zurück zu ihrem alten Platz. Worte waren nicht üblich in dieser Familie, dachte Auda und biss gierig in den knusprigen Fladen.

»Frygdis, setz dich zu mir. Lass uns reden«, sagte Havenar, und Auda traf als Nächstes die Feststellung, dass der blonde Wikinger nie seinen Befehlston ablegte.

Frygdis blieb stehen, sah ihn gleichmütig an und aß die letzten Bissen von ihrem Brot. Offensichtlich gab sie nichts auf jenen Tonfall.

»Frygja«, lockte er leise, und Auda stellte ihre Meinung richtig. Er konnte bitten, wenn er wollte. Und wenn das auf jemanden wirkte, dann auf Frygdis. Ihr Blick schmolz, und gleich darauf saß sie an seiner Seite.

Behutsam nahm er den Saum seines Mantels in die Hand und ließ die glitzernde Borte durch seine Finger gleiten, ohne die Frau oder auch nur ihr wallendes Haar zu berühren. »Ich sehe nicht, wie ich dich so bald zurückbringen kann.« Frygdis nieste, schniefte und zog den Mantel enger um sich. Er legte die Seite des Mantels, die er gehalten hatte, über ihre Knie und nahm seine Hand zurück. »Du bist ohnehin nicht kräftig genug für die Reise.«

Frygdis schüttelte den Kopf. »Du sollst mich gar nicht bringen. Das wäre verrückt. Die Gefahr für dich wäre viel zu groß.«

Er stöhnte belustigt auf. »Wenn es mir nicht so gut gefiele, dass du dich um mich sorgst, müsste ich beleidigt sein. Um meine Haut mache ich mir keine Gedanken. Die meiste Angst hätte ich, Prügel von Brunolfs Brüdern zu beziehen, wenn sie mich dabei erwischen, einen Fang wie dich zu vergeuden. Vater würde mich wahrscheinlich nur an den Füßen aufhängen, wenn er davon erfährt. Die Sitten waren bei uns bisher ja noch zu gut, als dass wir Geiselräuber geworden wären, aber wenn uns die Götter einen solchen Ball zuspielen … Keiner würde auf die Idee kommen, dich Olof einfach zurückzugeben, Liebes.«

Frygdis wich seinem Blick aus. »Nenn mich nicht so. Das weiß ich alles. Aber hast du nicht zwei Männer, die du mit uns schicken kannst?«

»Ich lasse dich in dieser rattenverseuchten Zeit mit niemandem als mit mir selbst reisen.« Unvorsichtig sah sie ihm ins Gesicht. »Liebes«, fügte er hinzu.

Sie seufzte. »Gibt es keine Möglichkeit?«

»Unser Land steht voll Wachen, Hunolds Land steht voll Wachen, überall gibt es zwischen hier und dort Ärger mit räudigen Plünderern und Erpressern. Horich wird wutschnaubend auf Rache aus sein, und Thorolf hat vermutlich ein Heer von Leuten ausgeschickt, die dich finden sollen und die mit jedem Streit anspinnen. Ich wäre mehr als leichtsinnig, mit euch Frauen zu Fuß bis zurück über die Schley zu schleichen. Boot oder Pferd müssen wir gar nicht erst versuchen. Außerdem muss ich in Gammelby sein, wenn die Schweden kommen, und die erwarten wir jederzeit.«

»Die Schweden? Also doch.«

»Da siehst du. Nun kann ich dich sowieso nicht gehen lassen, bevor sie da sind, sonst kommt Harald noch auf die Idee, unserer Verstärkung die Anreise zu erschweren.«

Verletztheit zeigte sich in ihrer Miene. »Glaubst du, ich würde dich verraten?«

»Was soll ich denn glauben? Warum willst du so dringend zurück? Bisher ahnt niemand, wohin du verschwunden bist. Vielleicht bist du in Norwegen oder tot oder sonst wo. Alle möglichen Krähen können dich verschleppt haben. In ein paar Wochen kann alles anders aussehen. Geh dann, wenn du dann noch willst.«

»Das ist es, was du nicht verstehst«, sagte sie. »Es hat keine Bedeutung, was ich will. Ich muss zurück. Mach es mir nicht so schwer.«

Havenar sprang auf. »Verflucht sei der Tag, an dem Olofs Mutter sich zu Thorolf gelegt hat. Was bist du ihm schuldig, Frygdis? Er hätte dich schon damals auf Langsee verloren.«

Sie hob bittend die Hand. »Es geht nicht um Olof. Es geht um meine Tochter und um …«

»Friggs Güte! Ich hole dir deine Tochter, wenn es das ist. Ich …«

»Hörst du dich eigentlich selbst, Havenar? Wie stellst du dir das vor? Es geht nicht, nimm es hin. Du bringst zwei mögliche

Könige gleichzeitig gegen dich auf, wenn bekannt wird, dass du mich hast und dann noch Olofs Kind dazu …« Sie schüttelte den Kopf.

»Weißt du, wo mich das jucken würde? Wenn du willst, wird es gehen, ich finde einen Weg.«

Sie erwiderte nichts, sondern schüttelte nur weiter langsam den Kopf.

Havenar rieb sich mit der Hand die Stirn und fuhr sich durch den Bart. Er tat Frygdis leid, und gleichzeitig ärgerte sie sich über seine sture Verbissenheit. Warum sah er nicht, wie sie mit sich zu kämpfen hatte, und ließ sie mit ihrem Entschluss in Frieden? Sie sah ihn tief atmen und sich fassen.

»Ganz gleich«, sagte er. »Es ist wahr, was ich gesagt habe. Im Augenblick kann ich dich nicht bringen.«

»Wie geht es also weiter?«

»Thorwald geht morgen früh nach Gammelby, findet heraus, was sie wissen und ob jemand etwas von dir ahnt. Da ist dieses Mädchen, das bei euch war. Sie wird früher oder später ausplaudern, dass sie nicht die einzige überlebende Frau gewesen ist. Dann weiß Vitgeir Bescheid.«

»Niemand ahnt etwas, hast du vorhin gesagt.«

Havenar sah sie gereizt an. »Vit ist mein Bruder. Er wird es mit mir austragen und nicht schwatzen.«

»Also gut. Thorwald kommt wieder. Und dann?«

»Dann verstecken wir euch und …« Er verstummte, als Thorwalds Schwägerin zu ihnen trat. Sie gab Frygdis einen Satz Kleidung und ging wieder, kaum dass die ihren Dank loswerden konnte.

»In dem Versteck bleibt ihr, bis wir weitersehen können«, fuhr er fort.

»Wir allein?«

»Auf jeden Fall mit Thorwald«, gab Havenar Auskunft. Nicht einen Tag würde er selbst woanders verbringen als mit ihr in diesem Versteck, wenn es nicht unumgänglich war, das wusste er.

Frygdis spürte zu all ihrer Zerschlagenheit nun auch noch, wie sich die Erkältung in ihre Glieder bohrte und ihr Kopf schwer wurde. Selbst Essen lockte sie nicht mehr. Sie hatte reißende Sehnsucht danach, dass Havenar sie wieder in seine Arme nahm. In der Nacht war ihr das so einfach und richtig erschienen. Doch da war gewiss gewesen, dass er kein Verlangen empfand.

Havenar wandte sich ab und folgte Thorwalds Schwägerin in die Ecke der Hütte, wo sie mit ihrem Mann ihr Lager hatte. Frygdis hörte nicht, was er mit ihr redete, denn die anderen Männer lachten zu laut, sie hatten angefangen zu würfeln und einen Witz gemacht. Auda war hinter dem Bettvorhang, um sich umzuziehen. Frygdis wollte es ihr nachtun, hatte aber das Gefühl, dass sie sich nicht rühren konnte. Alles tat weh, sie fror und wollte das bisschen Wärme nicht hergeben, das Havenars Mantel ihr verschafft hatte. Noch enger kuschelte sie sich darin ein, der Raum verschwamm um sie. Sie war so müde. Hinter ihr lag noch das Fell, unter dem Havenar geschlafen hatte. Die Bank hatte kein Polster außer einer Webmatte. Etwas unbequem, aber … Sie rollte sich unter dem Fell ein und schloss die Augen. Einen Augenblick später legte sich eine harte Hand auf ihre Stirn. »Wozu das ganze Gerede? Du glühst ja.«

»Tut mir leid«, murmelte sie.

»Schlaf dich aus«, sagte er, und sie musste lächeln, weil er es nicht fertigbrachte, die Gelegenheit ungenutzt zu lassen, und mit seinen Lippen die ihren streifte, sanft wie mit einer Feder.

Schlaf und ein blutstillender Verband waren beinah die einzigen Mittel, die Havenar gegen Krankheiten ernst nahm, und es stellte sich heraus, dass Thorwalds Familie einer Fieberkrankheit noch verständnisloser gegenüberstand als er. Er selbst hatte immerhin schon gesehen, wie das eine oder andere seiner Kinder fieberte und versorgt wurde.

Auda hätte sicher gewusst, ob man etwas tun konnte, doch sie legte sich eine Weile nach Frygdis neben ihr nieder und klapperte mit den Zähnen, während das Hemd ihrer Herrin inzwischen schweißnass war. So überließ Havenar es, wie bei Männern üblich, der Natur, das Fieber zu besiegen.

Mehrmals wachte Frygdis auf, fühlte Auda neben sich frösteln oder schwitzen und suchte mit den Augen Havenar. Meist war er da, saß auf der Bank gegenüber, mit Thorhall oder Thorwalds Bruder zusammen, ein oder zwei Hunde vor den Füßen. Er hielt Thorhalls Bogen und erklärte ihm daran etwas, oder sie hatten Pfeile in den Händen und sprachen darüber, wie man sie am besten für welchen Zweck herstellte, wie groß der Bolzen an einem Vogelpfeil sein sollte, wie man einen gebrochenen Schaft retten konnte. Havenar sprach am meisten, und Frygdis driftete zum wohltuenden Klang seiner Stimme zurück in den Schlaf. Thorwald war nie zu sehen, und so schloss sie, dass er schon aufgebrochen war. Ihr war zu elend zumute, als dass sie sich Gedanken darüber gemacht hätte, wie es weitergehen sollte.

Fieber war unangenehm genug. Durch einen Fiebersumpf zu waten, wenn man gerade furchtbare Erlebnisse hinter sich hatte, war scheußlich. Immer wieder bildete sie sich ein, unterwegs zu sein, machtlos bösartigen Entführern ausgeliefert. Im Dunkeln, als alle zu Bett gegangen waren, wurde es noch schlimmer. Auch Auda neben ihr wälzte sich unruhig hin und her. Einmal hob einer der Männer in Frygdis' Traum sein Schwert, um Auda die Kehle durchzuschneiden, und Frygdis schoss empor, um keuchend sitzen zu bleiben und ins Schwarze zu starren. Ihre Lippen waren trocken wie Stockfisch und der Geschmack in ihrem Mund ähnlich. Gegenüber stand Havenar von der Bank auf, kam zu ihr und setzte sich neben sie.

»Was ist?«, fragte er.

»Ein Traum. Die Norweger. Sie waren widerlich. Es tut mir leid, wenn ich dich gestört habe.«

»Gestört? Du hast mich gerufen«, sagte er und blieb sitzen.

Frygdis konnte sich nicht erinnern, das getan zu haben. Sie wischte sich mit dem Handrücken den Schweiß von der Stirn. »Da siehst du. Sogar im Traum rufe ich nun schon dich, wenn etwas gefährlich aussieht.«

»Ich würde immer kommen, wenn ich dich höre«, sagte er. Seine Hand fing wieder an, mit ihrem Kleid zu spielen. »Das ist triefnass. Du solltest es ausziehen.«

»Ich werde besser nichts ausziehen, wenn du in der Nähe bist«, meinte Frygdis mit matter Belustigung. »Außerdem kann ich mich nicht bewegen.«

»Hab dich nicht so. Es ist finster, und du hast mein Wort.« Tastend fand er in dem Kleiderstapel, den Frygdis früher am Tag bekommen hatte, das Unterkleid. Er brauchte kein Licht, um eine Frau auszuziehen. Rasch hatte er ihr geholfen, das nasse Kleid und das Hemd über den Kopf zu streifen. Anziehen war schwieriger, und es war unvermeidlich, dass seine Hand dabei mehrfach über ihre heiße Haut strich. Es war nicht wildes Verlangen, das dadurch in ihm geweckt wurde, doch Sehnsucht nach mehr von diesen süßen Berührungen. Warum konnte sie nicht in seinen Armen liegen? Dort würde sie sich auch im Traum weniger fürchten müssen.

»Ich habe schrecklichen Durst«, sagte sie, und er wandte sich ab, dankbar für den Grund. Er wollte sich ihr nie wieder aufzwingen, das hatte er sich hundertfach geschworen. Den Wasserkrug im Dunkeln zu finden, machte ihm mehr Mühe als die Kleidung zuvor. Als er zu ihr zurückkam, lag sie wieder.

»Kann nicht mehr sitzen«, sagte sie schwach.

Er hob sie an, setzte sich hinter sie und nahm sie in den Arm, während sie trank. Dankbar lehnte sie sich an seine nackte Brust, ihr Haar lag zart auf seiner Haut. »Sag mir eins«, meinte er leise. »Wäre ich damals nicht so ein dummer Hornochse gewesen, hätte ich dich bekommen?«

Sie ließ den Becher sinken, drehte den Kopf und schmiegte die Wange in sein Brusthaar. Tief atmete sie seinen Geruch, gewillt, ihn sich fest einzuprägen. »Wohl nicht. Nicht von Vater. Jetzt wäre das anders. Jetzt bist du Erbe.«

»Töchter haben oft Möglichkeiten, ihre Väter zu bewegen. Hättest du es versucht?«

»Hättest du um mich geworben, hätte ich alles versucht. Hättest du zu mir gesagt, dass du mich willst, hätte ich dafür geheult und gelogen, dass Rodegang dir den Vorzug gibt.«

»Du hättest gelogen? Was hättest du gesagt?«

»Ich hätte gesagt … Nun, was man sagt. Ich hätte gesagt, du hast mich schon … geküsst. Oder … Mir ist ganz wirr im Kopf. Das ist das Fieber. Es ist nicht recht, dass du über diese Dinge mit mir sprichst, wenn ich so wirr bin. Mir ist, als wäre ich betrunken.«

»Ich kann mir nicht vorstellen, dass du je betrunken warst.« Er senkte den Kopf und küsste sie auf die Stirn, strich ihr über das Gesicht. »Du bist nicht mehr so heiß. Wahrscheinlich ist das Fieber morgen fort.«

Der leere Wasserbecher war Frygdis aus den Händen und von der Bank gerollt. Sie legte ihre Hände auf seine. Ewig wollte sie so sitzen, doch die Augen fielen ihr zu, und sie fühlte sich wieder in den Schlaf gleiten.

Eine Weile blieb Havenar noch sitzen und kostete aus, ihren Körper zu spüren, dann legte er sie hin, deckte das Fell über sie und ging zurück auf sein eigenes Lager.

Tatsächlich verging Frygdis' Fieber im Laufe des Tages, und auch Auda ging es bald besser. Mit dem Tageslicht kehrte die Entfernung zwischen Havenar und Frygdis zurück. Er saß auf der Bank, weit wortkarger als am Vortag, spleißte und schnitt Federn für Pfeile, putzte seine Waffen und flickte eine Naht an seinem Stiefel. Nur gelegentlich warf er einen Blick auf Frygdis. Erst als sie sich zittrig aufsetzte und ihre Füße den Boden berührten, sah er sie an und lächelte.

»Was ist denn?«, fragte sie verwirrt und sah an sich herab.

»Eine Woche wirst du brauchen, deine Haare wieder glatt zu kämmen.«

Sie griff nach ihren Haaren und begutachtete deren Zustand. »Gewaschen werden müssten sie.«

»In Gammelby würde ich dich mit ins Badehaus nehmen und sie dir waschen, und dann würde ich sie dir kämmen.«

Frygdis schauderte bei der Vorstellung von so intimer Nähe zu ihm. »Was würde dein Vater Olof abpressen wollen, wenn er mich hätte?«

»Was würde Olof alles für dich geben?«, fragte Havenar zurück.

Frygdis stand auf, schwankte leicht, weil es in ihrem Kopf noch pochte, und zog sich den Rest der Kleidung an. Alles war zu groß, ließ sich aber feststecken. Zart kam sie sich in den Sachen vor, und dieses Gefühl spiegelte sich in Havenars Miene. Wieder war nur Erindis im Haus und kümmerte sich um das Essen. »Danke für die Kleider«, sagte Frygdis in ihre Richtung. Erindis nickte wortlos und verlas weiter Erbsen. »Vor zwei Monaten hätte ich angenommen, dass Olof einen Dreck für mich gäbe. Im Augenblick allerdings redet er sich ein, dass ich die Einzige bin, die ihm Nachkommen schenken kann.« Sie sah sich nach Auda um, die wach war, aber offenbar zu matt, um sich aufzusetzen. »Möchtest du trinken, Auda?«

»Bitte«, gab Auda heiser zurück. Frygdis ging zum Herd und bückte sich nach dem Wasserkrug und dem Becher. Dabei wurde ihr schwindlig, und sie wankte.

Havenar kam zu ihr, hob für sie den Krug auf und half Auda trinken. Danach legte er Frygdis den Arm um die Taille und steuerte sie zu seinem eigenen Platz, wo er seine Arbeit mit den Pfeilen wieder aufnahm.

»Die werden schön. Machst du die für dich?«, fragte Frygdis.

»Nein. Für Thorhall. Es gibt hier sonst nicht viel für mich zu tun.«

»Was würdest du jetzt in Gammelby tun?«

»Guntram überreden, dass er mit mir einen Linkshänder-Gang kämpft. Er tut's nicht gern, ist ihm zu anstrengend. Das Schwert ist nicht seine Stärke, er hat andere Vorzüge. Trotzdem ist er besser als die meisten Rechtshänder im Linkskampf.«

»Es scheint unendlich lange zurückzuliegen, dass wir darüber gescherzt haben. Ist Guntram dein Freund?«

»Mein Schwurbruder. Erzähl mir von dir. Willst du erzählen, was auf Midbikhus passiert ist? Oder erzähl mir von deiner Tochter. Sie hat mir gut gefallen.«

»Du weißt, was du einer Mutter sagen musst, nicht wahr? Hadwig ist gesund und stark, eigensinnig und hell. Alles, was man sich wünschen kann.« Frygdis unterbrach sich und lehnte sich mit kummervoller Miene gegen seine Schulter. »Sie fehlt mir. Fehlen euch Männern eure Kinder nie?«

Havenar schwieg nachdenklich. »Bis zum letzten Sommer haben sie mir nie gefehlt, nein. Es war wichtig, dass es sie gibt, aber ich musste sie nicht in der Nähe haben. Das ist anders geworden. Meine Ältesten sind jetzt so weit, dass man mit ihnen reden kann. Sie lohnen es mir, wenn ich Zeit mit ihnen verbringe. Und Anselma ist mein Stückchen Sonne.«

»Sieht sie ihrer Mutter ähnlich oder dir?«

»Der ganze Haufen hat mehr von mir als von seinen Müttern. Wenigstens am Kopf. Rolleif ist so mollig wie seine Mutter, Klein Erik groß für seine drei Sommer. Ich wette, er wird größer als ich. Hadwig hat viel von Olof, nicht?«

Frygdis spürte, dass seine Gedanken wieder auf die leidigen Fragen zutrieben, und fühlte nicht die Kraft, ihm erneut standzuhalten. »Erzähl mir von deinen Kindern«, sagte sie daher. »Von allen. Auch von den Müttern.«

Er ließ seine tätigen Hände sinken. »Das willst du wirklich hören? Über meine Frauen?«

Doch sie lächelte, und er kam ihrer Bitte nach. Er erzählte ihr viel, bevor Thorwald zurückkam. Von seinen Kindern, von Gammelby, von Flussdrachen, Pfefferschoten, Kuhanbetern und Seidenraupen, und sie hing an seinen Lippen, so wie er an ihren, wenn sie ihm das wenige Unverfängliche aus ihrer eigenen Welt schilderte.

Auda rappelte sich einen halben Tag nach Frygdis auf und verfolgte die endlose Unterhaltung der beiden mit Sorge, aber auch mit Verwunderung. Vor allem, wenn Havenar Bemerkungen über seine Frauen machte, so als wären sie geschätzte Bekannte und nicht Halbfreie, die seinem Vergnügen dienten, verengten sich Audas Augen, und sie fragte sich, wie viel von seinen Worten der Wahrheit entsprach und wie viel er erfand, um das Netz zu spinnen, mit dem er ihre Herrin einwickelte. Denn das tat er geschickt, daran war kein Zweifel. Er brachte sie zum Strahlen, zum Lachen, als würde sie vergessen, wo sie war und warum. Wenn sie genug vergessen hatte, dann würde er von ihr nehmen, worauf er aus war. Sobald er sie satthatte, würde er sie verkaufen und hätte jeden Vorteil von ihr gehabt. Seine Lust, seinen Gewinn und seine Rache an Olof. Keinen Wimpernschlag lang traute Auda einem Wikinger.

Frygdis' Vertrauen zu Havenar wuchs dagegen mit jedem seiner Worte. Er war nicht mehr und nicht weniger ein listiger Seekrieger als ihr Vater, ihre Brüder, Olof oder Halfdan. Ein Mann, für den es verschiedene Arten Recht gab, je nachdem, wo er sich befand. Doch eines hörte sie mit unerschütterlicher Überzeugung aus seiner Stimme: Wem auch immer er auf seinem Weg Schaden zufügen würde, sie würde es nicht sein. Wenn er zu ihr sprach, war seine Stimme warm und voll und bar jeder Lüge.

Thorwald kam vor der nächsten Nacht mit seinem eigenen Fellsack auf der einen und dem von Havenar auf der anderen Schulter aus Gammelby zurück. Man hatte ihn dort nach Havenar gefragt, doch nicht nach den Frauen, und selbst Vitgeir war es nicht gelungen, aus ihm etwas anderes herauszubringen als: »Er jagt.«

»Hoffentlich jagt er in unsere Richtung«, hatte Vitgeir schließlich nur gemeint.

Die Jagd, die Havenar währendessen unternahm, war die schwierigste, die er je unternommen hatte. Noch nie hatte er mit so großer Behutsamkeit um eine Frau geworben, so verzweifelt um ihr Wohlwollen gerungen. Er wusste genau, dass er ihr mit dem, was er erzählte, ein Bild von sich machte. Zuerst sprach er nur von dem, was ihr gefallen musste, doch bald gewann das Bedürfnis die Oberhand, wahrhaftig zu sein. Frygdis sollte ihn kennen, wie er sich selbst kannte. Je länger er mit ihr sprach, desto mehr vergaß er alle Hintergedanken. Es war deutlich, dass ihr

Herz für ihn schlug. Es war auch deutlich, dass sie ihn begehrte. Trotzdem hatte sie sich darauf versteift, ihn abzuweisen. Er musste noch dahinterkommen, warum sie nichts anderes zuließ.

Zuvor allerdings gab es Dringenderes. Zusammen mit Thorwald hatte er sich ein Versteck für die Frauen ausgedacht. Es gab am Moor eine Hütte, die Thorhall in früherer Zeit bewohnt hatte und die noch nicht allzu hinfällig war. Halb im Wald verborgen, war sie von keiner Seite auffällig, und vom Moor aus durfte man sich kaum heranwagen, wenn man den Weg nicht gut kannte.

Noch am Abend von Thorwalds Rückkehr kaufte Havenar für etwas Silber von Thorhall die nötigste Ausstattung für das Leben in der Hütte. Beim Abschied am nächsten Morgen hielt Thorhall ihn kurz zurück. »Wenn du nach Gammelby gehst, dann komm hier vorbei. Ich will dir etwas mitgeben.«

»Ich komme übermorgen«, sagte Havenar. Bis dahin würden sie die Frauen untergebracht haben, wusste er, und es trieb ihn nach Gammelby. Je schneller er dort seine Pflicht getan hatte, desto schneller konnte er zurückkommen.

Herjulf und die Männer von Flintholm hatten zwei norwegische Drachenschiffe aufgebracht, die Frauenräuber waren nicht allein gewesen. Die Hälfte der Norweger war tot, der Rest gefangen. Noch war nicht entschieden, was aus ihnen werden sollte. Havenar hätte bevorzugt, sie ins Meer zu den anderen zu werfen. Trauen konnte man ihnen nicht, und als Geiseln waren sie vermutlich wertlos. Man konnte nichts mit ihnen anfangen. Es sei denn … Nun, das würde nicht nur Horich ärgern, schloss er vergnügt und ging zur Planung der Einzelheiten über, während er hinter Thorwald, Frygdis und Auda durchs überfrorene Moor lief. Er würde die Norweger über einen Mittelsmann an Guttorm verkaufen. Jeden Preis zahlten die machtversessenen Jarle derzeit für fähige Männer. Üblicherweise gab man ihnen gegen einen Treueschwur die Freiheit zurück. Ob Haralds Guttorm das jedoch mit Horichs Norwegern wagen würde, war zumindest zweifelhaft. Man musste das Geschäft so einrichten, dass die Herkunft der Männer erst herauskäme, wenn der Zwischenmann mit der Bezahlung in Sicherheit war.

Thorwald schritt gemächlich voran. Havenar nahm an, dass er die Frauen schonen wollte, aber die sahen munter genug aus. »Wir wollen ankommen, bevor all die Geister herauskriechen, Thorwald«, sagte er.

Auda warf einen erbosten Blick über ihre Schulter zurück zu ihm. »Diese Spötterei fordert die Geister heraus.«

Frygdis lächelte. »Sie holen doch immer den zuerst, der als Letzter geht, Auda.« Woraufhin Havenar sie spielerisch am Zopf zog.

Die Hütte hatte nur zwei Mängel: An einer Handvoll Stellen war sie undicht, und sie wurde von mehreren Handvoll Mäusen bewohnt. Während die Männer das Dach und die Wände flickten, fegten die Frauen den Raum aus und machten Feuer. Dann ging Havenar mit Thorwalds Bogen in den Wald und kam wenig später mit drei erlegten Moorhühnern wieder.

Auf den Bänken in der Hütte war nur Platz für zwei Betten. Frygdis und Auda konnten sich eines davon teilen, doch die Männer lehnten das für sich ab. Havenar warf seinen Fellsack auf den Boden hinter dem Herd, und dort saß er mit gekreuzten Beinen auch beim Essen. Frygdis fiel auf, wie still er geworden war, und sie fragte sich, ob er die ganze Sache inzwischen bereute. Sie machte ihm beträchtliche Umstände und würde ihn nicht dafür entschädigen können.

Es gab eine Flamme in ihrem Körper, die mit beharrlicher Stimme danach verlangte, dass sie ihn und sich selbst entschädigte. Dass sie von ihm nahm, so viel sie konnte. Doch hart und klar wie ein Kristall stand die Gewissheit dagegen, dass sie sich nicht Havenar hingeben konnte und danach noch einmal Olof oder einen anderen ertragen. So war sie nicht gemacht. Zudem ahnte sie, wie schwer es ihr den Abschied von Havenar machen würde, wenn sie auch jene körperliche Nähe noch zuließe. Ihre Vernunft hatte ohnehin hart genug gegen den Sog zu kämpfen, den er auf sie ausübte.

Am übernächsten Morgen, als sie sich eingerichtet hatten und Havenar sich von ihr verabschiedete, fühlte sie sich zerrissen. Erleichtert, der Lockung widerstanden zu haben, reuevoll, weil er ging und sie nicht mehr getan hatte, um ihn an sich zu binden. Er würde es mit dem Wiederkommen vielleicht nicht eilig haben.

»Lauft nicht davon, und lasst euch von niemandem sehen«, sagte Havenar und versagte es sich sogar, Frygdis wie eine Schwester zum Abschied auf die Wange zu küssen.

»Komm bald wieder«, sagte sie und biss sich auf die Zunge. Ihre Mutter hatte sie gelehrt, dass eine Frau derlei nicht zu einem Mann sagen sollte.

Aber er sah sie ernst an und nickte. »Sobald ich mich losmachen kann. Leb wohl.«

Frygdis lächelte. »An meinem Beschützer ist diesmal nichts auszusetzen?«

Havenar warf einen Blick auf Thorwald, der dabei war, einen üppigen Stapel Brennholz an der Hüttenwand anzulegen. »Diesmal nicht. Thorwalds Anblick ist schon genug Abschreckung.«

9. Kapitel

Der Januar war noch nicht ganz vorüber und blies eisigen Atem über das Land. Ein schwerer grauer Himmel lag über Havenar, als er den Weg durchs Moor zu Thorhalls Haus ging. Ihm schien Schnee in den Wolken zu hängen, daher wollte er sich nicht aufhalten, sondern so schnell wie möglich reisen. Er lehnte es ab einzutreten, als Thorhall ihn einlud. »Was wolltest du mir mitgeben? Willst du etwas in Gammelby in Sicherheit bringen?«, fragte Havenar, mit einer Hand die aufdringlichen Hunde abwehrend, die sich über das Wiedersehen freuten.

»Das tut nicht not.« Thorhall trat mit einem Strick in der Hand zu ihm heraus. Mit einer schnellen Bewegung hatte er einer der jungen Hündinnen die Schlaufe über den Kopf gezogen, dann drückte er Havenar den Strick in die Hand.

Der pfiff vor Überraschung. »Für Vater?«

Thorhall richtete sich zu voller Größe auf. »Dein Vater hätte meinen Sohn vielleicht auch aus dem Wasser gezogen. Oder auch nicht. Der Hund ist für dich. Trächtig ist sie. Da kannst du dann selbst sehen, wie nett du zu deinem Vater sein willst.«

Havenar lachte. »Vielleicht kann ich ihn mit einem Welpen bestechen. Das käme mir gelegen.«

Thorhall befahl der Hündin, ihrem neuen Herrn zu folgen, Havenar bedankte sich, und dann schritt er weit aus, mit dem fast brusthohen Tier zur Seite.

Der Schnee kam, als er den Gammelbyer Wald betrat. So dicht und heftig trieben die Flocken, dass er dankbar sein musste, jeden Schritt zu kennen. Die Hündin tappte mit gesenktem Kopf und eingeklemmtem Schwanz dicht neben seinem Bein, doch sie schien ihn schon als ihren neuen Herrn angenommen zu haben. Havenar vertrieb sich die Zeit damit, nach einem Namen für sie zu suchen und jeden, der ihm einfiel, an ihr auszuprobieren. Sie blieb unbeeindruckt von seinen Einfällen.

»Brauchst keinen Namen, was? Liebe Zeit, hast ja Eis im Fell«, sagte er zu ihr. Und da sah sie zu ihm auf. »Eisfell«, wiederholte er, und sie wedelte mit dem Schwanz. »Wunderbar«, meinte er und klopfte liebevoll ihren Kopf. »Also Eisfell.«

Sie hatten beide ein Eisfell, als die fluchenden Turmwachen sie dicht beim Tor unverhofft aus dem Schneetreiben auftauchen sahen. Havenar nahm rasch die Kapuze ab und hob die Hand, woraufhin die Wachen johlten und ihm öffneten. Das Schneetreiben ließ nach und hörte ganz auf, während er durch das Tor trat. Eisfell schüttelte sich und knurrte drohend den neugierigen Männern entgegen, die den Ankömmling empfangen wollten.

Es war Guntram, der sich als Erster aus der Gruppe löste und zu ihm kam, nicht ohne einen respektvollen Abstand zu der Hündin einzuhalten. »Wie hast du gewusst, dass sie heute kommen?«

Havenar hob die Brauen. »Was habe ich gewusst?«

»Die Schweden«, sagte Guntram. »Sie sind seit heute Mittag hier. Dein Vater sitzt mit König Björn in der Halle.«

»Thors Hammerschlag, das passt«, grinste Havenar. »Da hatten meine Götter schon wieder den richtigen Riecher, dass sie mich genau zum Festessen hergeschickt haben.«

»Du hast es gewusst«, meinte Guntram stirnrunzelnd.

»Jaja«, winkte Havenar ab. »Ich frage mich, ob ich meine neue Freundin hier gleich zu meinen Frauen und Kindern stecken soll oder … Was meinst du, Eisfell, kommst du mit in die Halle?«

Eisfell wedelte mit dem Schwanz, und Havenar ging mit ihr und den Männern in Richtung Männerhaus. Aus dem Gesindehaus kamen Bjarne und Arwed mit einigen anderen Jungen gerannt. Alle blieben ruckartig stehen, als sie Havenar mit dem Hund sahen. Der Großteil der Jungen war starr vor Ehrfurcht, doch Bjarne bekam aufgeregt leuchtende Augen und kam näher. »Tag«, sagte er, und zu Havenars Erstaunen lächelte er dabei. »Mann, ist die groß. Ist sie böse? Kann man sie anfassen?«

»Traust du dich?«, fragte Havenar.

Die Blicke aller Jungen richteten sich auf Bjarne, der seinerseits forschend in Havenars Augen sah. Eisfell knurrte leise, und die kleineren Jungen wichen zurück. »Klar«, sagte Bjarne und kam zielstrebig näher. Havenar klopfte der Hündin die Seite und nahm ihren Strick etwas kürzer. Sollte sie den Jungen bedrohen, würde er sie schneller töten, als sie Schaden anrichten konnte. Doch sie begrüßte Bjarne fröhlich wedelnd, ließ sich von ihm das drahtige Halsfell kraulen und stupste ihn mit der Schnauze, dass es ihn beinah umwarf. Immerhin hatten Hund und Kind die gleiche Höhe. Nun wagten sich die drei mutigsten von den großen Jungen ein paar Schritte näher. Prompt knurrte die Hündin wieder.

»Hm. Scheint dein Hund zu sein«, sagte Havenar.

Bjarne wurde rot. »Ich hätte gern so einen Hund.«

Havenar grinste. »Liegt in der Familie. Sie wird bald Welpen haben. Vielleicht kannst du dir einen verdienen.«

»Was? Ehrlich?« Bjarne sah vor aufflammender Begeisterung fiebrig aus.

»Havenar, willst du nicht erst einmal mitkommen?«, fragte Guntram mit Unbehagen. »Ich meine, da sitzt dieser König, und immerhin ist er mehr oder weniger deinetwegen hier …«

Havenar machte eine abfällige Handbewegung. »Ach, Könige! Björn sitzt doch nicht allein da drin. Aber Hunger habe ich. Wir sprechen später über den Hund, Bjarne. Jetzt nehme ich Eisfell mit hinein. Ich will deinen Großvater vor Neid grün werden sehen.«

»Eisfell? So heißt sie? Das passt zu ihr. Sieh mal, sie hat hier oben lauter weiße Stichelhaare. Kann sie bei uns im Haus schlafen? Du gibst sie doch nicht weg, oder? Meinst du, Arwed kann sie auch anfassen? Ich glaube, sie ist freundlich. Soll ich ihr Futter besorgen?«

Havenar seufzte. »Weißt du, mein Sohn, am besten kommst du mit in die Halle und passt auf sie auf. Dann kann ich sicher sein, dass sie in guten Händen ist.«

Bjarne sah ihn fassungslos an. »Darf ich?«

»Wenn du König Björn guten Abend sagst, ohne zu nuscheln. Du trinkst kein Bier und keinen Met, auch wenn die Männer dich triezen, und gehst, wenn ich es sage. Ohnehin werden eure Mütter nicht glücklich darüber sein.«

»Das mach ich alles. Lass mich mit.«

Inzwischen waren die anderen Männer zur Halle vorgegangen, und von den Jungen war nur Arwed bei ihnen geblieben. »Oh, das ist ungerecht«, meckerte er. »Er ist nicht einmal ein ganzes Jahr älter. Vater! So oft kommen keine Könige zu uns.«

»Sei froh, Arwed. Wir wollen lieber unsere eigenen Könige sein. Hör zu, du darfst mit, wenn du vorher zu deiner Mutter läufst und sagst, dass ihr mit mir in die Halle geht.«

Arwed schluckte, rannte aber los wie eine Böe und war im Handumdrehen zurück.

»Hat sie etwas gesagt?«, fragte Bjarne, der die Hündin innig umarmte.

»Hab nicht drauf gewartet«, keuchte Arwed.

Havenar lachte, und zu viert gingen sie ins Männerhaus, wo der Lärm vorübergehend verstummte, als man sie bemerkte. Havenars Erscheinen im rechten Augenblick bestätigte die, die ihm ohnehin Übersinnliches zugeschrieben hatten, und das stattliche Bild, das er abgab, so voll bewaffnet und rau gekleidet, wie er aus dem Wald gekommen war, mit seinen beiden ältesten Söhnen und dem Riesenhund, beeindruckte diejenigen Schweden, die ihn noch nicht kannten. Das mochte auch daher rühren, dass er sich aufblies, wie Brunolf es nannte, und seine Söhne ihn nach Kräften nachahmten. Alle drei begrüßten König Björn höflich, doch mit dem gleichen Respekt, als wäre er der neue Schmied. Havenar machte zwischen Björn und seinem Vater keinen Unterschied.

Hademut hingegen grüßte seinen Sohn überhaupt nicht. »Wo, bei allen Untieren der Tiefe, hast du den Hund her?«, fragte er erbost.

»Ein Geschenk von Thorhall«, sagte Havenar lächelnd.

König Björns Gesichtsausdruck hatte seine königliche Würde verloren. Mit offenem Mund zeigte er auf das Tier. »So einen will ich auch«, brach es aus ihm hervor.

»Na rate mal, wie lange ich das schon will«, sagte Hademut, seine Würde gleichfalls vergessend.

Havenars Lächeln wurde breiter, während die Jungen sich mit verdoppeltem Stolz dem Streicheln des Hundes widmeten. »Die ersten beiden Welpen habe ich schon Bjarne und Arwed versprochen. Aber wer weiß, wie viele sie wirft.«

»Trächtig auch noch!«, brüllte Hademut. »Sei verdammt! Und überhaupt, wo hast du dich herumgetrieben? Ehrlichen Bauern die Hunde abschwatzen, ha! Unsereins sitzt hier und macht Pläne, um dein Erbe zu schützen.«

»Das konntest du schon immer gut«, sagte Havenar. »Björn wird mit deinen Einfällen zufriedener sein als mit meinen. Redet ruhig weiter. Ich suche mir einen Platz bei …«

»Nichts da«, sagte Hademut und zeigte entschieden auf den Bankplatz zu Füßen seines Hochsitzes. »Hier sitzt du.«

Erik und Vitgeir rückten grinsend zur Seite und boten ihm einen Platz an. Havenar zuckte mit den Schultern. »Wenn du's so haben willst.« Er warf einen Blick in die Runde, grüßte einige der Männer mit der Hand und wandte sich dann an die Jungen. »Ihr könnt bei Brunolf und Guntram sitzen. Halt Eisfell kurz, damit sie auf niemanden losgeht, Bjarne.«

Havenar blieb gespannt stehen, während die Jungen die knurrende Hündin durch das ihr ungewohnte Gedränge in der Halle manövrierten, doch seine Vorsicht war unbegründet. Es stellte sich schnell heraus, dass Eisfell zu seinen Welpen in Liebe entbrannt war, wenn auch zu Bjarne über allen anderen. Sie verschaffte den Kindern Platz im Gewühl, ließ sich von ihnen lenken und zeigte kein Interesse, mit anderen Hunden zu raufen. Zufrieden wandte Havenar seine Aufmerksamkeit Björn und seinem Vater zu und bemerkte, dass beide wissend lächelten. Gleich darauf hatte er ein Methorn in der Hand und hob es.

»Na dann«, sagte er. »Mögen die Götter mit uns sein.«

Zehn Tage lang durfte Havenar an nichts anderes denken als an die Verteidigungspläne für Hademuts Land und den listigen Verkauf der Norweger. Dennoch erfuhr er nebenbei Neuigkeiten von Olof.

Olof war den Norwegern nachgesegelt, als er Nachricht vom Überfall auf Midbikhus erhalten hatte, und hatte nach erfolgloser Suche die von Herjulf erbeuteten norwegischen Drachenschiffe am Anleger von Flintholm entdeckt. Von seinem Schiff aus hatte er daraufhin Herjulf befohlen, die entführten Frauen und Kinder herauszugeben. Es wurde als guter Witz herumerzählt, wie Herjulf ihn daraufhin gefragt hatte, ob seine Frauen und Kinder Bärte trügen, wenn nicht, dann wären sie nicht dabei gewesen. Beleidigt und ohne ihm Glauben zu schenken, aber den gewappneten Kriegern von Flintholm gegenüber machtlos, drehte Olof ab.

Daheim in Silveid erwartete ihn bereits eine Nachricht, die genau bezeichnete, wie groß Jarl Hunold sich die Dankbarkeit für die Rückgabe von Magnus' Kindern und zwei Mägden vorstellte.

Thorolf brüllte Hunolds Boten wegen der frechen Forderung zusammen, bei der es wieder einmal um das Land entlang der Schley ging. Olof meinte, die Forderungen würden ihn nicht interessieren, solange er nicht erführe, was mit Frygdis und Ortrud geschehen sei. Vielleicht sagte er auch Ortrud und Frygdis.

Zur gleichen Zeit hatte allerdings Magnus Hunolds zweitem Boten, der nach Midbikhus kam, schon seine persönliche Dankbarkeit für die Rückgabe der Kinder zugesagt. Sie belief sich immerhin auf vier Stück bestes Milchvieh, einen erstklassigen Bullen und acht Stück Schlachtvieh. So hatte Hunold seinen Spaß und einen Gewinn, Thorolf den Ärger, Olof das Nachsehen, aber Magnus und Armgard ihre Töchter und die Magd Noreen wieder. Die zweite Magd, in die sich einer von Hunolds Männern verguckt hatte, kehrte nicht zurück.

Jarl Hunold erwischte im Anschluss an die kurzen Verhandlungen mehrere Trupps von Olofs Männern, die sein Land durchstreiften. Immer wieder kamen auch fremde Handwerker und Sänger nach Brarup, die nicht offen, aber doch erkennbar nach dem Verbleib von Olofs Gattin und Kebse forschten. Schließlich teilte Hunold einem der Spitzel verärgert mit, dass die Kebse mit einiger Sicherheit tot sei und die Gattin wie vom Erdboden verschluckt.

So weit hatte Havenar Recht gehabt. Frygdis' Spur war verloren gegangen. Die Einzige, die alle wieder darauf hätte stoßen können, wäre Eanna gewesen. Vitgeir und seine Männer hatten sie stumm und verstört in seinem Haus abgeliefert, wo sie am gleichen Abend weit schwerer fieberkrank geworden war als Frygdis und Auda. Havenars Frauen versorgten sie gut, doch als das Fieber sank, konnte sie sich an die ganze Entführung nicht erinnern und wollte wissen, warum sie nicht mehr in Midbikhus war. Was die Frauen ihr sagen konnten, nahm sie hin. Frygdis' Anteil am Ausgang der Geschichte blieb im Dunkeln.

Nachdem Havenar sich vergewissert hatte, dass sein Geheimnis für den Moment sicher war, schenkte er die hübsche Eanna aus einer ironischen Laune heraus Vitgeir. Er glaubte, dass sein Bruder die junge Frau ablehnen würde, doch nach kurzem Zögern nahm er sie an. Einige Tage später gab er ihr die Freiheit. Eanna war von den plötzlichen Sprüngen in ihrem Leben überfordert und zog die Sicherheit der freien Wahl vor. Sie blieb in Vitgeirs Bett und wurde seine erste offizielle Dauergeliebte, was Havenar insgeheim sehr erheiterte, zumal Vitgeir nicht in Leidenschaft für sie zu brennen schien.

Wie auch er selbst für seine Frauen nicht halb so hoch brannte wie für Frygdis. Dennoch liebte er sie, und das Schwierigste lag noch vor ihm. Er musste rechtfertigen, warum er so bald wieder fort wollte. Sie würden ihn nicht fragen, doch er war ihnen vor den Leuten eine Begründung schuldig. Niemand sollte annehmen, dass er sie geringschätzte und in einer bedrohlichen Zeit leichtfertig allein ließ. Zu seinem Bedauern fiel ihm beim besten Willen kein guter Grund ein, daher trieb er großen Aufwand, um für den Schutz seines Hauses vorzusorgen. Eine

Gruppe seiner eigenen besten Männer musste ihm schwören, dass Angreifer nur über ihre Leichen näher als fünf Schritt an sein Haus gelangen würden. Frauen und Kindern prägte er ein, wo sie sich bei der ersten Warnung einzufinden und was sie zu tun hätten. Auch dafür, dass diese Warnung früh genug kommen würde, versuchte Havenar zu sorgen.

Erik durchschaute seine Vorbereitungen als Erster. »Du willst wieder fort«, stellte er entgeistert fest, nachdem er Havenar dabei zugehört hatte, wie er die Knechte anwies, was sie im Falle von Bränden innerhalb des Pfahlzaunes zu tun hätten.

»Eine Weile«, gab Havenar zu. »Wenn ihr mich braucht, könnt ihr Nachricht zu Thorhall schicken.«

»Dein Vater wird toben.«

»Das schadet ihm nicht.« Havenar wollte es damit abtun, doch Erik griff zornig nach seinem Ärmel.

»Was, in Hels Namen, kann so wichtig sein, Havenar?«

»Das ist nichts, was ich erklären kann. Nenn es mein Schicksal. Nimm an, ich hätte keine Wahl.«

»Deine Götter? Wirst du die vorschieben, wenn man dich fragt?«

»Kaum jemand wird mich fragen, das weißt du genau. Aber das ist, was ich sage: Ich gehe, weil ich gehen muss. Die Götter denken sich die Leute selbst dazu.«

»Solltest du einen Kampf verpassen, während du deinem geisterhaften Ruf folgst, dann wirst du schnell alle Achtung verloren haben, die du hier bei den Leuten genießt.«

»Ich werde von jedem Kampf rechtzeitig erfahren und da sein, bevor er zu Ende ist.« Havenar hoffte, dass er die Wahrheit sprach.

»Vorbereitet hast du alles, als würdest du nicht damit rechnen, hier zu sein.«

»Verdammt, Onkel. Vielleicht ist ein Kampf an anderer Stelle zur gleichen Zeit wichtiger, dann werde ich eben dort sein. Es ist doch nicht so, als käme alles auf mich an. Vater ist wieder der Alte. Und bisher wusstet ihr immer am besten, was zu tun ist.«

»Du verdienst es mit deiner unsteten Art wahrlich nicht, dass ich das sage, aber wenn du dich entschließen könntest, die Aufgabe anzunehmen, dann wärest du ein besserer Anführer als dein Vater. Das weiß er, und das weiß ich. Verstehst du nicht, dass es mich ärgert, wenn du ausweichst?«

»Ich bin nützlicher, wenn ich frei bleibe, das habe ich schon immer gesagt. Wenn sich die Leute erst daran gewöhnen, dass ich hier bin, kann ich nie mehr unauffällig fort. So, wie es jetzt ist, wundert sich niemand, wenn ich verschwinde.«

»Sie wundern sich alle«, widersprach Erik. »Du ahnst offenbar nicht, wie viel über dich geredet wird. Die Zeit, wo du etwas unbemerkt tun konntest, ist lange vorbei. Jeder Schritt von dir wird belauert und zu einer Geschichte gesponnen.« Er merkte, dass Havenar mit Augen und Gedanken schon am Waldrand war, und sein Ton wurde bitter. »Was ich sage, ist gleichgültig, nicht wahr?«

»Unsinn«, sagte Havenar und mied seinen Blick. »Wenn mir einer was zu sagen hat, dann du. Aber nicht in dieser Sache.«

»Sieh verflucht noch mal zu, dass du am Leben bleibst«, erwiderte Erik anstelle eines Abschiedsgrußes.

Tatsächlich staunte man, als Havenar ging, wenn auch weniger darüber, dass der Jarlssohn Gammelby wieder einmal verließ. Es verblüffte die Leute mehr, dass er nach mehreren trockenen Tagen in das gleiche unbändige Schneetreiben zurückkehrte, aus dem er gekommen war. Noch wunderlicher war, dass dieses jähe Schneegestöber ihn innerhalb eines Augenblicks verschluckte, jedoch vor seinen beiden Ältesten und dem Hund, die ihn vor das Tor begleitet hatten, Halt machte. Tiefschwarz war der Himmel über dem Wald und fast wolkenlos hell über Gammelby, den Jungen und dem Hund, die ihm nachblickten. Erst nach Minuten zog der Schnee langsam auch über den Pfahlzaun und trieb die Kinder hinein.

Bjarne und Arwed wunderten sich nicht, sie waren stolz. Sie hatten die Verantwortung für Eisfell übertragen bekommen und durften sich damit und mit gewissen anderen Hilfsarbeiten ihre Welpen verdienen. Es schmerzte sie angesichts dieser Aussicht wenig, dass ihr Vater fort war. Anders waren sie es nicht gewöhnt, und sobald er zurück war, würde er sie und Ulf mit auf die Jagd nehmen, hatte er gesagt.

Hademut hätte unter normalen Umständen getobt, so wie Erik angekündigt hatte. Doch auch ihn hatte insgeheim längst der Glaube an das Übernatürliche gepackt, was seinen Sohn betraf. Zugegeben hätte er es nicht, aber Havenars festem Entschluss ernsthaft zu widersprechen, wagte er nicht. So tat er seinen Abschied mit einem Schulterzucken ab.

Wütend war Vitgeir. Vor allem wegen des Schneetreibens, denn so gewiss, wie sein Halbbruder nicht zu seinen Göttern wanderte, wäre er ihm nachgeschlichen und hätte die Wahrheit herausgefunden, wäre nicht der Schnee gekommen. Der deckte nun die Spuren zu, bevor Vitgeir auch nur den Waldrand wieder sehen konnte. Die Verfolgung hatte keinen Zweck.

So entkam Havenar seinem Zuhause auf verdächtige Weise, doch seinem geheimnisvollen Ruf getreu. Er selbst hätte es vorgezogen, Vitgeir auf die gewöhnliche Art abzuhängen, statt schon nass und kalt zu sein, bevor er richtig unterwegs war. Dennoch nutzte er das Wetter und strebte vorwärts, so schnell er konnte, bevor der Schnee zum Spurenzeiger statt -verstecker wurde.

Er hätte nicht fürchten müssen. Eine Weile, nachdem er den Gammelbyer Wald verlassen hatte, ging der Schnee in eisigen Regen über. Nur der Gedanke an sein Ziel trieb ihn voran und sorgte dafür, dass er nicht fror.

Frygdis wurde die Zeit in der Hütte mit Auda und Thorwald schon am dritten Tag zu lang. Es gab kaum etwas zu tun. Thorwald sagte nie mehr als unbedingt notwendig, was daran liegen mochte, dass Auda ihn so missbilligend behandelte. Auda war erfüllt von üblen Vorahnungen und erging sich in düsteren Zukunftsvoraussagen, und Frygdis selbst konnte nur an Hadwig und Havenar denken.

Am vierten Tag bat sie schließlich vor Langeweile Thorwald, sie mit auf die Jagd zu nehmen. Sie tat ihr Bestes, um so gut zu pirschen wie er, und er schien nicht unzufrieden mit ihr. Jedenfalls zögerte er nicht, sie am nächsten Tag wieder mitzunehmen. Er zeigte ihr, wie man Schlingen legte und Spuren fand, und als sie nach dem dritten Tag fragte, ob sie nicht auch einen Bogen bekommen könnte, musterte er zwar zuerst zweifelnd ihre schmale Gestalt, fing dann aber schulterzuckend an, ihr einen zu schnitzen.

Frygdis kam im Gegensatz zu Auda gut mit Thorwald aus. Er unterhielt sich auch mit ihr nicht, zeigte ihr gegenüber jedoch weit größere Verständigkeit.

»Ein grober Klotz«, fand Auda jeden Tag Grund zu murmeln. »Am Tag kriegt er die Zähne nicht auseinander, und nachts ist er lauter als eine halbe Siedlung.«

»Sicher verscheucht sein Schnarchen nachts die Sumpfgeister«, meinte Frygdis.

»Sicher lockt sein Schnarchen sämtliche Ungeheuerjäger von Danmark an«, gab Auda naserümpfend zurück. »Und einen schönen Fang würden sie machen.«

Thorwald schien stets taub gegen solche Anwürfe, obgleich Frygdis einige Male den Eindruck hatte, dass sein Schnarchen auffallend laut war, wenn sich Auda zuvor besonders entrüstet über ihn beschwert hatte.

Ungeduldig zählte Frygdis die Tage. Einmal verlor sie so sehr die Zuversicht, dass sie Thorwald fragte, ob Havenar wirklich vorhatte, bald wiederzukommen.

»Hat's gesagt«, war die Antwort, und ihr blieb nichts anderes übrig, als sich Thorwalds unerschütterlichem Vertrauen anzuschließen. Dennoch wartete sie von Stunde zu Stunde und verbrachte viel Zeit mit fruchtlosem Ausschauhalten.

Als sie Havenar dann tatsächlich entdeckte, konnte sie sich deshalb nicht zurückhalten, ihm zwischen den Bäumen hindurch entgegenzulaufen. Eigentlich wollte sie in seine Arme, und er blieb schon stehen, bereit, sie aufzufangen. Doch dann erinnerte sie sich an ihre Vorsätze und blieb vor ihm stehen. Nur das Strahlen konnte sie so schnell nicht aus ihrem Gesicht wischen. Er antwortete mit so ehrlicher Freude darauf, dass es ihr nicht leidtat.

»Geht's euch gut?«, fragte er lächelnd.

»Sicher«, sagte sie. »Ein bisschen langweilig war's.«

»Ich habe ein Schachspiel mitgebracht. Kannst du spielen?«

»Schon von Kind an. Deine Sachen sind nass.« Sie musterte ihn und spürte ihr Herz schneller werden. Da war sie wieder, die Verlockung. Greifbar nah war er, und alles, was sie zu wollen schien.

Havenar fühlte ihren Blick durch seine feuchten Kleider brennen. Ihre Wangen waren rosig, sie sah erholt aus. Thorwald hatte gut für die Frauen gesorgt. Die Vorstellung, mit Frygdis ins warme Haus gehen zu müssen, ohne sie berühren zu dürfen, ließ ihn bereits wieder an seinen ehrbaren Absichten zweifeln. Unweigerlich sah er sich selbst dabei, wie er sie auf der Bank auszog und ihre Schenkel spreizte.

Ihre Blicke trafen sich, und sie schluckten beide. Havenar räusperte sich. »Hat es … Hat es hier nicht geschneit?«

Frygdis schüttelte den Kopf, unfähig, von seinen Augen loszukommen. »Nein. Nein, es war … ganz … trocken. Wir … wir konnten jeden Tag gut jagen.«

Havenar hob verwirrt die Brauen. »Ihr?«

»Ja. Wir. Thorwald und … er hat mich … er … er hat mich mitgenommen. Mir alles …« Noch immer hing sie an seinen Augen, und Worte schienen ihrem Verstand plötzlich fremd.

Havenar stöhnte resigniert. »Glaub mir, ich bin mit besten Vorsätzen gekommen. Aber kann ich dich nicht wenigstens küssen?«

Frygdis seufzte und konnte das Bedauern darin nicht verbergen. »Frigg hilf! Küssen, Havenar. Wann hat eine Geschichte je gleich nach dem Anfang aufgehört?«

»Du willst es genauso wie ich.«

»Ich hab's dir doch gesagt. Darum geht es nicht.«

»Worum denn bloß? Hast du Angst, von mir schwanger zu werden? Ist es das? Das muss doch nicht unbedingt passieren.«

Frygdis sah sich, wie sie ihm die Arme entgegenstreckte und die Schenkel öffnete, um seinen Samen zu empfangen, und fühlte heiße Lust in ihrem Schoß quellen. Das Luftholen fiel ihr schwer, als würde ihr Körper alle Kraft brauchen, um das Verlangen gleichzeitig zu nähren und zu beherrschen. Einen tiefen Atemzug rang sie sich ab, dann riss sie sich von seinem gefährlichen Blick los. »Ich muss zurück. Versteh das doch. Wie soll ich das schaffen, wenn ...«

»Du meinst, wie sollst du wieder vor deinen Gatten treten, wenn du einen anderen hattest? Wäre ich nicht dazwischengekommen, hättest du längst einen anderen gehabt. Das ist dir doch klar, oder? Olof hat kein Recht, auch nur danach zu fragen.«

»Du verstehst es nicht.«

»Nein.« Havenar gab auf. »Lass uns hineingehen. Ich wollte nicht wieder deshalb mit dir streiten.«

»Nur deshalb nicht?«

»Jeden anderen Streit behalte ich mir vor. Wer weiß, vielleicht betrügst du beim Spielen.«

»Ich betrüge beim ... Also, hör mal! Niemals betrüge ich.«

»Das will ich erst sehen.«

»Du wirst betrügen, du marderzähniger Seeräuber. Keinen Moment traue ich einem wie dir.«

Havenar lachte. »Das ist gut für dich. Habt ihr heute auch Jagdbeute gemacht?«

Sie gingen in die Hütte, und Havenar packte sein Bündel aus, das mit nützlichen Vorräten beladen war. Seinen Fellsack warf er wieder auf den Boden hinter dem Herd.

So langsam, wie die Zeit vorher vergangen war, so schnell verging sie nun. Havenar nahm Frygdis ebenfalls mit auf die Jagd, oft nur um des Pirschens willen. Er tat sich mit Thorwald zusammen, um ihr einen Bogen zu bauen, für den ihre Kraft genügte, brachte ihr bei, Pfeile zu machen und zu schießen. Wenn er dabei hinter ihr stand und ihre Schultern, ihren Arm gerade richtete, waren es die einzigen Berührungen zwischen ihnen, flüchtig und doch so quälend verführerisch, dass sie sie nach Möglichkeit mieden. Dennoch waren sie beide glücklich über jeden Moment, den sie zusammen hatten. Bald bemerkte Frygdis ihren Irrtum: Ganz gleich, ob sie mit ihm das Bett teilte oder nicht – wenn sie sich nicht bald von ihm trennte, würde ihr die Rückkehr unmöglich werden. Von Tag zu Tag war sie mehr seine Frau als die von Olof.

Am Abend des Tages, an dem sie im Wald die ersten blühenden Anemonen gefunden hatten, saßen sie zu viert und würfelten. Seit Havenar zurück war, richtete sich Audas Groll überwiegend gegen ihn statt gegen Thorwald, sodass es zwischen den beiden entspannter, wenn auch nicht freundlich zuging. Einem Spiel konnten sie allerdings alle nicht widerstehen. Für eine kurze Weile konnte Frygdis bei einem solchen Vergnügen sogar ihre stets dumpf pochende Sehnsucht nach Hadwig vergessen.

Dieses Mal hatte sie so viel Würfelglück, dass die anderen sich zunehmend darüber wunderten. »Hätten wir bloß um mehr als um Nüsse gespielt«, sagte sie lächelnd.

»Vielen Dank, mir tut es schon um die Nüsse leid genug«, meinte Auda.

»Frygdis wird zum Eichhörnchen werden«, bestätigte Havenar. »So viel Glück kann man eigentlich nicht … Also, hohe Frau, ich muss dich bitten, mir die Würfel zu zeigen, die du hinter dem Rücken versteckst.«

Frygdis verbarg beide Hände mit den Würfeln hinter dem Rücken. »Hinter meinem Rücken? Also ich bitte dich! Wieso? Das soll doch wohl nicht heißen … Welche meinst du denn? Die Würfel, die du uns zum Spielen gegeben hast, oder die, die du in deiner Tasche hattest?«

Havenar grinste breit. »Willst du sie wohl zeigen, Fuchstochter?«

Frygdis kniff die Lippen zusammen und schüttelte den Kopf.

Flink neigte er sich zur Seite und griff nach ihren Händen. Sie lachte und verlor das Gleichgewicht, als er gegen sie stieß. Er fing sie auf, sodass sie einen Augenblick lang in seinen Armen lag. Wie Zunder spürten sie beide ihre Sehnsucht auflodern, als ihre Körper sich aneinanderschmiegten. Hastig drückte Frygdis Havenar seine gezinkten Würfel in die Hand, nur damit es schnell wieder einen Abstand zwischen ihnen gab. Ebenso hastig, als hätte er sich verbrannt, zog Havenar sich auf seinen Platz zurück. Schlagartig war ihnen die Freude an dem Scherz vergangen.

Auda ließ ihren Blick traurig zwischen ihm und Frygdis hin und her wandern. Auch wenn sie dem Wikinger noch immer nicht traute, konnte sie nicht länger leugnen, dass diese zwei füreinander geschaffen waren. Die Schönheit und das Wesen des einen leuchteten an der Seite des anderen. Wie grausam von den Göttern, so ein übles Spiel mit den beiden zu treiben. Aber so waren sie, die Götter. Dies war nicht das einzige Lied, das Auda davon singen konnte. Mitleidig sah sie ihre Herrin an, die die Hände in ihren Rock gekrampft hatte.

»Havenar, wann lässt du mich fort?«, fragte Frygdis und beherrschte das Zittern in ihrer Stimme kaum.

Er wich ihrem Blick aus. »Ich gehe morgen und höre mich bei den Wachen um, was es Neues gibt. Am besten wäre es, wenn wir zur Förde laufen und nachts segeln. Wir müssten aber im Dunkeln weit aufs Meer hinaus, um an Flintholm und Hunolds Küste vorbeizukommen. Das Wetter ist mir dafür nicht sicher genug. Den ganzen Weg über Land könnte ich allein schaffen, aber nicht mit euch … Will deine … Willst du überhaupt mit zurück, Auda?«

Auda starrte ihn an. »Ich gehöre Frygdis.«

»Nein. Du gehörst mir«, widersprach Havenar.

»Was?«, warf Frygdis ein.

»Ihr seid beide Beute«, stellte er fest. »Ich könnte Auda hier wohnen lassen, mit nach Gammelby nehmen, Thorwald schenken oder freigeben. Das hat nichts mit dem zu tun, was ich dir versprochen habe. Aber ich denke, sie sollte selbst entscheiden. Nimm also an, ich gebe sie frei.«

Frygdis stand zornbebend auf, sah auf ihn herab und drohte mit dem Finger gegen ihn. »Du bist ein erstaunlich aufgeblasener, unverschämter Dickschädel. Wie kannst du … Na warte! Das lasse ich mir nicht bieten. Auda, ich gebe dich frei! Schon längst hatte ich das vor, da kommt dieser verlauste Frauensammler daher …«

Havenar stand ebenfalls auf. »Nun aber langsam. Wen nennst du hier verlaust? Wollen wir wetten, bei wem wir mehr finden, in deinem verkletteten Stroh oder bei mir?«

»Ich weiß, wer die meisten hat.« Nun hatte Auda Mühe mit ihrer Stimme. Mit Seitenblick auf Thorwalds wüste Mähne versuchte sie sich in einen Scherz zu retten. »Und was das Freigeben betrifft, meint ihr es wohl beide nicht ernst. Aber es spielt keine Rolle. So oder so gehe ich dahin, wohin Frygdis geht.«

Havenar nickte. »Das wollte ich wissen.«

Frygdis wandte sich Auda zu, die nun auch aufstand, wogegen Thorwald ruhig sitzen blieb und anfing, die Haselnüsse, die vor ihm auf Havenars Fell lagen, mit den Fingern zu knacken und sich die Kerne zwischen die Zähne zu schieben. »Aber ich meine es ernst, Auda. Von mir aus bist du frei. Havenar und Thorwald sind Zeugen.«

»Ich war nie frei«, sagte Auda. Ihre Hände bebten. »Ich weiß nicht, wie das geht.«

Einen tiefen Atemzug lang schwiegen sie alle.

»Ganz leicht ist es nicht«, meinte Havenar dann und suchte Frygdis' Blick.

»Nein«, bestätigte die, »das ist es nicht.«

In derselben Nacht fasste Frygdis ihren Entschluss. Sie konnte nur zu Havenar gehören. Weil das aber nicht möglich war, würde sie zu keinem mehr gehören, sobald sie sich von ihm getrennt hatte.

Noch glaubte sie, dass es dem Menschen möglich sei, sich einem Spiel der Götter zu entziehen.

»Ich will etwas zu trinken holen«, sagte Frigg.

Während sie den Krug holte, machte Loki eine Pause und sah sinnend auf Frygdis' schwebendes Bild in seiner Hand. »Soll die junge Schöne ruhig glauben, dass es einem Menschen möglich ist, sich meinem Spiel zu entziehen. Das ist die hohe Kunst, sie stets denken zu lassen, sie würden selbst entscheiden. Aber glaubt mir, wohin sie sich auch wendet und was sie auch opfert – sie ist der Grund dafür, dass ihr Held auf Knien vor anderen Männern kriechen wird.« Lokis Lächeln war kalt und grausam, er streichelte seiner Sigyn den Hals wie einem Hund.

Freya, deren ureigenes Wirkungsfeld Fruchtbarkeit und Liebe waren, verzog angeekelt das Gesicht. Sie war nicht unbedingt einfühlsam, was die Menschen betraf, verteilte ihre Zuwendungen so achtlos wie großzügig, ohne Rücksicht darauf, ob sie willkommen waren. Wie die meisten Wesen liebte sie jedoch besonders die, die ihre Gaben freudig annahmen und schätzten. Der hellhaarige Wikinger gehörte dazu. Auch wenn sie Loki gelobt hatte, sich nicht einzumischen, und sie sich ohnehin nicht aufs Einflüstern und Geschichtenspinnen verstand wie er, konnte sie dem Mann vielleicht hie und da mit ihrer Gunst beistehen. Nur wenig und behutsam, damit es keiner bemerkte. Als Frigg zurückkehrte, wandte Freya sich mit ganzer Aufmerksamkeit wieder dem Bild zu, das sich zwischen Lokis Händen entfaltete, sodass ihr entging, wie Loki ihr Gesicht mit einem berechnenden Blick streifte. Nur das Zucken eines Mundwinkels verriet seine Zufriedenheit. Er zählte fest auf Freyas Einmischung.

Für die nächsten fünf Tage verschwand Havenar. Frygdis machte gleich am zweiten davon einen seltsamen Fund. Als sie mit Thorwald durch den Wald pirschte, hörten sie aus den Eichenkronen am Rande einer Lichtung lautes Krähengezeter und sahen wildes Flügelschlagen. Die Vögel trugen einen Kampf aus. Was ihnen kurz darauf vor die Füße fiel und von seinen Verfolgern nur deshalb nicht weiter zerhackt wurde, weil sie beide da standen, war jedoch keine Krähe, sondern ein junger Rabe.

Entsetzt starrte der gerade flügge gewordene Vogel sie an und schlug vergeblich mit seinen beschädigten Schwingen. Frygdis fand ihn sofort bemerkenswert schön. Thorwald griff in seinen Gürtel, und sie war sicher, dass er das verletzte Tier totschlagen wollte.

»Müssen wir ihn umbringen?«, fragte sie.

Thorwald warf ihr einen erstaunten Blick zu, dann griff er den Vogel mit für seine Größe überraschender Gewandtheit, klemmte ihn sich unter den Arm und band ihm die Flügel zusammen. »Manchmal werden sie zahm«, sagte er. »Mutter hatte mal einen. Hat immer die Hunde geärgert.«

»Gib ihn mir, dann hast du die Hände frei«, sagte Frygdis. Als sie etwas später mit zwei erlegten Rebhühnern und dem Hasen aus einer ihrer Schlingen zur Hütte zurückkehrten, hatte sie sich schon mit dem Vorhaben angefreundet, den Raben zu zähmen. Sie befestigte ihm einen Riemen am Bein und band ihn dicht bei der Tür an einem Pfosten fest. Die Schnur von den Flügeln nahm sie ihm ab. Nachdem er begriffen hatte, dass er festsaß, zog er sich schmollend in die dunkelste Ecke zurück und steckte den Kopf in die Federn.

»So sieht er wie ein Troll aus«, meinte Frygdis.

»Wie in einem Trollshaus stinkt es hier ja ohnehin schon fast«, bemerkte Auda grimmig.

Bereits das erste Futter nahm Troll, der Rabe, ohne langes Zögern. Noch bevor Havenar zurückkehrte, hatte der kluge Vogel begriffen, dass er nicht bequemer an Futter kommen konnte als in dieser Hütte und dass er dafür notgedrungen die Anwesenheit der merkwürdigen großen Zweibeiner hinnehmen musste. Bald befreite Frygdis ihn von dem Riemen, und kurz darauf wurde er bereits so frech, dass sie ihn von ihren Vorräten verscheuchen mussten. Er ließ sich immer furchtloser Brust und Kehle kraulen und setzte sich schließlich auf Thorwalds Schulter.

Havenar kam in der Nacht, und das Geräusch seiner Schritte brachte nicht nur Thorwald mit der Axt zum Eingang, sondern auch den Beweis, dass ein Rabe als Wächter dienen konnte. Der fremde Mann erschreckte Troll so, dass er erst wieder Ruhe gab, als alle hellwach waren.

Havenar war kaum weniger erschrocken. Für einen kurzen Augenblick war seine Weigerung, an Geister zu glauben, ins Wanken geraten, als er die dunkle Hütte betrat und krächzendes Spektakel ausbrach.

»Neuigkeiten?«, fragte ihn Frygdis.

»Wie ich gesagt hatte«, meinte er und betrachtete staunend den Raben, der neben ihr und Auda auf der Bank saß. »Es hat jetzt keinen Sinn zu gehen. Du wirst noch aushalten müssen.«

Frygdis sagte nicht, dass sie sich längst entschlossen hatte, noch eine Weile bei ihm zu bleiben. Wortlos legte sie sich zurück auf ihr Lager und beobachtete in der Dunkelheit, wie er sich auszog und in seinen Fellsack am Boden schlüpfte.

Am nächsten Tag war Havenar müde und wortkarg. Frygdis schöpfte aus all ihrem Können und Wissen, um aus den öden Endwinter-Vorräten, die sie noch hatten, und dem Wenigen, was der Wald schon hergab, ein besonders gutes Essen zu machen. Das verfehlte nicht seine Wirkung. Am Abend nach der Mahlzeit wurde ihr Geliebter gesprächig und fand seine bessere Laune wieder.

Tags darauf schien endlich die Sonne, und die Vögel balzten jubilierend. Havenar ging zur Abwechslung allein jagen, Frygdis fühlte sich faul. Sie stand mit dem Rücken an die Hüttenwand gelehnt und hielt genüsslich die Nase ins Licht, als er mit einer toten Wildsau über den Schultern wiederkehrte.

»Liebe Güte«, lachte sie ihm entgegen. »So lange soll es also noch dauern.«

»Lief mir eben über den Weg«, sagte er und ließ das Tier mit einem Ächzen vom Rücken auf den Boden fallen, wo es dumpf aufprallte. »Nun wird dein Vogel ein paar Tage satt.«

Sie blieb an der Wand stehen und sah ihn an. Wildblut und Schmutz zogen sich über sein Wams und seine Wange. Sie stellte sich vor, wie es wäre, ihm beim Waschen zu helfen. In Gedanken wusch sie ihn mit einem warmen nassen Tuch. In ihren Gedanken war es Sommer, und er war nackt. Sie schauderte.

Havenar lehnte sich neben ihr an die Wand. »Findest du nicht auch, dass es sich in der frühen warmen Sonne anfühlt, als wäre man auf einmal in einer anderen Welt? Vorhin im Wald war die Luft so ruhig und lau, dass man sie beim Atmen nicht spürte. Das nimmt mir jedes Gewicht, jede Sorge. So einen Moment wünsche ich mir zum Sterben.«

Frygdis wünschte sich, im Moment ihres Sterbens seine Stimme zu hören, so ruhig, wie er jetzt klang. Sie wandte ihm das Gesicht zu, und er drehte sich mit der Schulter gegen die Wand, sodass er sie ansehen konnte.

»Frygja«, sagte er und hätte sie nicht liebevoller berühren können als mit diesem Wort. Sie hob ihre Hand und schob sie unter seine Weste auf seine Brust, dahin, wo sie die Kraft fühlen konnte, mit der sein Herz schlug.

Havenar hob ebenso die Hand, ließ sie jedoch wieder sinken. Sie fing sie ein und legte sie auf ihre Brust, worauf er tief Luft holte und für einen Moment die Augen schloss. Sie tat es ihm nach und legte den Kopf zurück gegen das Holz. Die Wärme seiner Hand mischte sich mit der Sonnenwärme, drang durch den Stoff ihrer Kleider, durch ihre Haut. Sie wollte viel mehr davon.

Er fing an, sie vorsichtig zu streicheln, als würde er dem Frieden nicht trauen. Ihre Brustknospen brauchten seine Berührung kaum, um aufgerichtet gegen das Leinen zu stoßen. Sie rührte sich nicht. Ihren Hals streichelte er mit dem Rücken seiner Finger, dann ihre Lippen. Sie lächelte. »Oh, Freya. Du willst mich quälen«, murmelte er, doch sie lächelte nur und öffnete die Augen nicht.

Seine Hand glitt über ihren Hals hinunter, durch das Tal zwischen den Brüsten, verweilte auf ihrem Bauch und wagte sich dann tiefer, drückte den Stoff ihrer Kleider in den Winkel ihres Schoßes. Ihre Knie wurden schwach. Und er hatte genug Frauen gesehen, um es zu merken. Erfahren rieben seine gebeugten Finger über den Hügel, der sich unter dem Stoff verbarg, und als sie die Luft einsog und die Augen öffnete, ließ er nicht von ihr ab, sondern machte die Bewegung drängender.

Frygdis fühlte die Feuchtigkeit ihres Schoßes den Stoff benetzen und schämte sich ihrer Gier nur deshalb nicht, weil in seinem Gesicht die gleiche stand. Er zog das Kleid hoch und fand die Stelle darunter wieder, ihre weiche Haarkrause auf dem geschwollenen Fleisch. Frygdis war froh, die Wand im Rücken zu haben, sonst hätte sie nicht mehr stehen können. Hilflos ließ sie seine Finger gewähren, auch, als sie den schlüpfrigen Weg in sie hinein nahmen und tastend eine Stelle fanden, bei deren Berührung ihr der Verstand verloren ging.

Er war es, der innehielt und um Atem rang. »Der Göttin Webstuhl, Frygdis! Ich fühle mich wie als Junge hinter dem Stall. Mir wird es kommen, bevor ich die Hose offen habe. Was ist das bloß zwischen uns?«

Statt zu antworten, öffnete sie die Schnüre seiner Hose, ließ die Hand erst scheu unter seinem Wams über den nackten, festen Bauch streichen, dann mutiger die Haarlinie vom Nabel aus hinab, um seine Männlichkeit zu finden, prall, die Kuppe feucht. Vor Staunen darüber, was sie wagte und wie gut er sich in ihrer Hand anfühlte, hielt sie den Atem an.

Er zog die Luft durch die Zähne ein. »Lass es mich nicht beweisen.«

Ihre Stimme war weich und heiser vor Begehren. »Beweis es, und dann beweis das Gegenteil. Ich habe es mir überlegt. Es wird mehr als dieses eine Mal geben, wenn du willst. Ich will, Haven. Und wir haben offenbar eine Weile Zeit.«

Das schien zu genügen, um aus dem Jungen wieder einen Mann zu machen. Er nahm ihre Hände in seine und presste sie über ihrem Kopf gegen die Wand, dann senkte er seinen Mund auf ihren und rieb sich sanft im Takt des Aktes an ihr. Ihr wurde schwindlig vor Verlangen, ihre Knochen schienen sich aufzulösen.

»Wie lange habe ich mich danach gesehnt, dass du das sagst«, flüsterte er in ihre vor Lust vollen Lippen und gab sich erneut einem Kuss hin, mit dem sie ihre Vereinigung vorwegnahmen.

Arm in Arm gingen sie schließlich hinein. Auda brauchte keine Erklärung. Sie stand auf und ging hinaus. »Hilf mir mit dem Schwein, Großer«, hörten sie sie einen Augenblick darauf hinter der Hütte schroff zu Thorwald sagen, der dort mit dem Brennholz beschäftigt war. Da saßen sie sich auf der Bank schon nackt gegenüber und streichelten einander andächtig. Kurz darauf kniete Frygdis sich über Havenar und sank, von seinen Händen behutsam geführt, auf sein Glied, das sich ihr entgegenreckte. Vereint und verschlungen saßen sie und küssten sich unersättlich, bis Havenar die Beherrschung entglitt und er sie zurück auf das Fell legte, um tief in sie zu stoßen, immer härter und schneller, bis ihre Lust laut wurde und seine überschwappte und er sich in sie ergoss.

Verlegen und außer Atem lachten sie danach beide leise. Frygdis fuhr ihm durchs schweißfeuchte Haar, er barg sein Gesicht an ihrem Hals. Da legte sie die Arme um ihn und hielt ihn fest. »Ich will für immer in dir bleiben«, sagte er.

»Du bist für immer in mir«, sagte sie. »Ich wusste, dass es so sein würde.«

»Die Götter haben uns füreinander gemacht, und ich habe es nicht schnell genug begriffen.«

»Wie meistens waren die Götter sich nicht einig.«

»Du denkst auch so? Dann soll es uns nicht kümmern, was sie treiben. Ich muss es dir jetzt sagen, Frygdis: Du kannst nicht zu Olof zurück. Du gehörst mir.«

»Ich gehöre niemandem, Havenar.«

»Das, was ich fühle, ist zu stark, um keine Bedeutung zu haben. Wenn du so tust, als könnten wir einfach wieder auseinandergehen, dann bedeutet mir nichts auf dieser Welt noch etwas.«

»Hör doch auf. Denk an deine Sippe, deine Kinder. Wenigstens an deine Kinder, Havenar. Und an deinen starken Arm. Das hat eine Bedeutung, nicht diese Verrücktheit, die zwischen uns ist.«

Er machte sich aus ihrer Umarmung los. »Ich bin ein Narr, dass ich dachte, du hättest das Gleiche für mich im Herzen, was ich für dich habe. Du könntest nicht so reden, wenn du es hättest. Du könntest nicht … Du würdest nicht daran denken, zu ihm … Verflucht sei der Tag …«

Sie legte ihm die Hand auf den Mund. »Wirst du wohl Ruhe geben und aufhören, mich zu zerquetschen? Du bist in meinem Herzen. Im Herzen, im Kopf, im Bauch. Überall. In meinem kleinen Finger bist du. Ich denke keinen Gedanken, ohne dass du darin bist, und das wird bis an mein Ende so sein. Aber ich werde nicht alles tun, was du willst. Sterben würde ich für dich, aber bei dir bleiben kann ich nicht.«

»Ich kann dich nicht verstehen. Ich würde alles tun. Alles. So sieht es aus. Du gehörst mir nicht, aber ich gehöre dir wie ein Thrael, Frygdis.«

»Das ist gut. Dann wirst du tun, was ich dir sage.«

Er sah ihr in die Augen, und sein Blick wurde wieder weich. »Was immer du befiehlst.«

»Ich werde dich daran erinnern, wenn es so weit ist. Jetzt bitte ich dich um etwas.«

»Worum?«

»Dass du so tust, als wären wir für ewig zusammen, und nicht versuchst, mich von etwas abzubringen, was sich nicht ändern lässt. Ich kann nicht bei dir bleiben, es wäre unser Verderben. Eines Tages wirst du es einsehen.«

»Ich fände einen Weg.«

»Hör auf, darüber nachzudenken. Du hast gesagt, du würdest gehorchen.« Sie umfasste mit beiden Händen sein Gesicht und küsste ihn, bevor er weiter widersprach, und sofort fiel ihm ein, was er alles an ihr noch nicht gesehen und berührt hatte.

Die Wildsau war komplett zerlegt, bevor sie fürs Erste genug aneinander entdeckt hatten, und Havenar schlief tief, als schon Bratengeruch die Hütte ausfüllte.

»Diese Schlacht scheint ihn erledigt zu haben«, stellte Auda mit Blick auf sein Lager fest. »Wie kommt es, dass du nicht daneben liegst?«

Frygdis schüttelte den Kopf. »Mein Gewissen ist zu schlecht. Ich bin sehr schwach, dass ich das getan habe. Was kommt, wird nicht nur ihn unglücklich machen.«

»Natürlich auch noch dich. Wo du den Baum nun aber einmal gefällt hast, iss lieber die Äpfel und freu dich dran, dass sie so leicht zu pflücken sind.«

»Ich gebe mir Mühe.«

Und das tat sie. Jeden Moment kostete sie aus. Sie saß neben Havenar, als er aufwachte, reichte ihm sein Essen, das Wasser, ließ sich von ihm mit den besten Bissen füttern, als er nicht hinnehmen wollte, dass sie keinen Hunger hatte, und gab sich ihm erneut hin, als die Nacht anbrach.

Nicht weniger gab er sich hin. Sie hatte nicht gedacht, dass einem Mann daran liegen könnte herauszufinden, wie eine Frau am meisten Lust empfand. »Sag mir, was dir gefällt«, flüsterte er. Ihre Fingernägel hatten Furchen in seine Schultern gekerbt, während er an ihren Brüsten sog. Sie führte seinen Mund zurück zu einer der festen Knospen. »Das«, sagte sie scheu, und immer wieder sagte sie es, wenn er etwas Neues fand, das ihre Sinne zum Glühen brachte und sie höher steigen ließ, bis sie wünschte, es würde eine Erlösung geben für all die Lust, die immer heftigeres Verlangen schürte. Sie fühlte sich maßlos gierig.

Havenar hatte selbst nicht gewusst, dass ihm so viel daran liegen konnte, einer Frau Genuss zu schenken. Er hatte es immer gemocht, wenn Frauen am Liebesspiel Freude hatten, und in der Regel war es eine einfache Sache, da ihnen das Freude machte, was er ohnehin gern tat. Doch dies ging weiter. Er wollte, dass Frygdis in seinen Armen das Äußerste empfand. Sie sollte so rasend sein in ihrem Wunsch nach ihm wie er in seinem nach ihrem langgliedrigen schlanken Leib. Er versank so sehr in diesem Spiel, dass es die Welt nicht mehr gab. Es gab nur noch sie und ihn.

Und Troll. Der Rabe fand eigenartig, was sie taten, äugte verwundert von dem Dachbalken, den er sich als Sitzplatz angeeignet hatte, zu ihnen herab.

Zu dem pechschwarzen Vogelschatten sah Havenar hinauf, wenn er um Beherrschung rang. »Oh. Das …«, sagte Frygdis mit kippender Stimme, etwas lauter als sonst, und sein Finger verharrte bei dieser Stelle in ihr und tastete, bis ihr Keuchen so viel Blut in seine Schläfen getrieben hatte, dass er fast rot sah. Plötzlich wimmerte sie, und es geschah, was er sonst nur von Rämna kannte, die hemmungslos ihrer eigenen Lust nachhalf, wenn ihr danach war. Frygdis wurde starr wie im Krampf, und ihre weibliche Öffnung zog sich pulsierend um seine Finger zusammen. Das war alles, was es noch gebraucht hatte, um ihn auszuhebeln, da half auch der Blick auf den Raben nicht mehr. Er legte sich ihre langen Beine über die Schultern, drang in sie ein und holte sich ohne weitere Rücksicht seine eigene Lust. Seine Härte vertrieb ihre Benommenheit und brachte ihr neue Erregung. Mit völliger Hingabe begrüßte sie seinen Höhepunkt.

»Freyas Nippel, Frygdis …«, murmelte er wie betrunken. Woraufhin Frygdis, die selbst noch verblüfft und atemlos war, kicherte und nicht aufhören konnte, bis er auch lachen musste. »Das ist überhaupt nicht lustig«, sagte er. »Du machst mich zum Narren.«

»Da war nicht mehr viel zu tun«, hörte Frygdis Auda in der Dunkelheit vor sich hin nuscheln. Erst jetzt fiel ihr auf, dass Havenar Audas Schlafplatz eingenommen hatte. Auda lag nun in seinem Fellsack hinter dem Herd.

Sie fragte sich, ob sie gerade erlebte, was auch Auda einmal gekannt hatte. Es stellte sich heraus, dass ihre Befürchtungen richtig gewesen waren, was diesen Gipfel der Nähe zu Havenar anging. Ihre Hoffnung fing an, einen schmerzhaften, sinnlosen Kampf gegen ihre Vernunft zu führen, und nannte die Welt unwichtig. Sie wollte hoffen, dass es doch eine Lösung gab. Dass sie sich von Olof lossagen konnte, ihr Kind nehmen und mit Havenar leben, ohne behelligt zu werden. Dass Olof und seine Sippe es nicht als unverzeihliche Beleidigung ihrer Ehre behandeln würden, dass Harald es nicht als willkommenen Grund benutzen würde, offen Krieg gegen Havenars Sippe zu führen, dass Horich vergessen würde, wie Havenar seine Pläne verdorben hatte, dass Havenars Sippe es hinnehmen würde, wenn er eine Frau nahm, die so viel Schwierigkeiten und so wenig Vorteile einbrachte. Die Tochter einer Norwegerin, die selbst ihren einflussreichen Mann verlassen hatte: die ehebrüchige Tochter einer flatterhaften Mutter.

Gegen jede Vernunft wollte Frygdis' Hoffnung angehen. Sie fragte nicht mehr, wann sie fortkonnte, denn sie bekam große Angst vor dem Tag, an dem sie zu Olof gehen musste und ihre Hoffnung sterben würde.

10. Kapitel

Nachdem sie sich ein paar Tage in ihrem neuen, weltfernen Glück vergraben hatten, fing Frygdis an zu bluten, und Havenar nahm es als Zeichen, dass er wieder einmal gehen sollte, um sich bei den Wachen nach Neuigkeiten umzuhören. Er stellte es stets so an, dass sie nicht wussten, woher er gekommen war und wohin er ging. Immerhin hatte er sie selbst postiert, das Versteckspiel fiel ihm also nicht schwer. Bei den ersten Malen hatten sie sich erschrocken, als er unerwartet in ihrem Lager erschienen war. Schon bald hatte sich jedoch ein neues Gerücht um seine übernatürlichen Fähigkeiten gerankt. Von da an nahmen es die Wachen als gegeben hin, dass er jederzeit überall auftauchen konnte, und man begrüßte ihn mit Ehrfurcht.

Havenar fand das vorteilhaft. Warum sollte er es nicht nutzen, wenn die Leute dummes Zeug über ihn schwatzten? Er behielt für sich, welche Mühe und Anstrengung es ihn in Wahrheit kostete, den Weg zu den Grenzen im unbeständigen Frühjahrswetter unbemerkt zurückzulegen, aufzutauchen und wieder zu verschwinden.

Bei diesem Mal stieß er zu einem Wachenpaar, als sich einer der beiden gerade auf den Weg machen wollte, um die Warnung vor einem Trupp von Haralds Erpressern weiterzugeben, die es auf die Bauern im Grenzgebiet zu Hunold abgesehen hatten. Es waren nur zehn Mann, mit Haralds Farben auf den Schilden. Sie bewegten sich ahnungslos und lagerten unvorsichtig. Havenar sah aus der Ferne, dass es keine ernstzunehmenden Kämpfer waren. Er änderte die Vorgehensweise und ließ nicht nach Gammelby schicken, sondern in Windeseile die benachbarten Wachpaare holen. Mit den sechs Wächtern überfiel er Haralds lagernde Leute und ließ die drei Überlebenden nach Gammelby bringen, während er selbst auf die Wachablösung wartete, die mit ihm die Toten bestatten sollte.

Zu seiner Belustigung landete, kaum dass die anderen fort waren, Troll zwischen ihm und den Leichen auf dem Boden und kollerte ihn aufgeregt an. »Vor meinen Augen frisst du niemanden«, teilte er dem Raben mit, als der sich interessiert den Erschlagenen zuwandte. Zu seinem Erstaunen schien Troll die Regel zu begreifen. Plötzliches Desinteresse mimend, landete der Vogel auf seiner Schulter, putzte sich die Federn und ließ sich kraulen. Jedes Mal, wenn er das tat, war Havenar froh, dass seine Lederweste ein taugliches Polster gegen die starken Krallen war. Die Frauen duldeten Trolls Annäherung auf diese Weise nicht mehr.

Er legte dem Raben ein Stück Rehkeule vom Abendessen der Wachen auf einen Baumstamm. Der bedankte sich mit einem Geräusch, das bemerkenswerte Ähnlichkeit mit Thorwalds Schnarchen hatte.

»›Danke‹ wäre höflicher«, bemerkte er. »Versuch's mal: Danke.«

Troll sah ihn mit schiefgelegtem Kopf an, und Havenar wiederholte seine Aufforderung, was Troll mit einem sehr schlichten Rabenlaut quittierte.

Havenar bekam reißendes Heimweh nach Frygdis, als er mit dem Raben herumalberte, obwohl er erst den fünften Tag fort war. Noch bevor die frischen Wachen kamen, hatte er vor Ruhelosigkeit die Toten allein begraben.

Bei der Ankunft der beiden jungen Wachmänner am nächsten Vormittag hatte er sich so an Trolls Anwesenheit gewöhnt, dass er zuerst nicht begriff, warum die Ankömmlinge sprachlos und bleich in einiger Entfernung von ihm verharrten, als er sie grüßte. Troll saß neben ihm im Baum und scheuerte sich den Schnabel an einem Ast. Erst als der Rabe beschloss, dass die neuen Menschen ihm unheimlich waren und er sich auf Havenars Schulter sicherer fühlte, verstand dieser. Die beiden jungen Männer hatten Mühe, nicht auf die Knie zu fallen.

»Freyas Knöchel«, sagte Havenar halblaut. »Verschwinde, Troll. Sie machen sich gleich vor Angst ins Hemd.« Er wollte Troll mit der Hand von der Schulter streifen, doch der krallte sich fest und kollerte die Wachen böse an. »Wirst du wohl verschwinden«, murmelte Havenar.

Troll schnarrte. »Freya«, sagte er laut und deutlich. »Freya.«

Havenar stöhnte und stieß Troll energisch von sich, worauf der Vogel mit verärgertem Krächzen in einen Baumwipfel umzog. Havenar beschloss, dass ein schneller Abgang in diesem Fall wirkungsvoller und weit einfacher war als jeder Erklärungsversuch. Er nahm sein Bündel auf, während er zu den Männern ging. Es waren Bauernsöhne, er kannte ihre Gesichter, aber ihre Namen nicht. »Thor mit euch«, sagte er. »Gibt es Neues aus Gammelby?«

Einer von beiden schüttelte mit weit aufgerissenen Augen den Kopf, doch der andere nahm sich zusammen. »Dein Onkel lässt dir etwas ausrichten, Herr. Seine Kebse hat ein Mädchen geboren, und ein Skalde hat eine Nachricht für dich hinterlassen. Du sollst kommen.« Er errötete und warf einen verstörten Blick hinauf zu dem Raben. »Das ist, was dein Onkel sagt«, fügte er unsicher hinzu, wie eine Entschuldigung.

»Mein Onkel weiß, was er sagt«, meinte Havenar missgelaunt. Nach Hause hatte er nicht gewollt, doch die Nachricht musste er haben. Nun würde es doppelt so lange dauern, bis er zu Frygdis zurück konnte.

Es dauerte noch weit länger, als Havenar befürchtet hatte. Erik empfing ihn mit seiner Tochter auf dem Arm, als er, bis auf die Haut durchgeregnet, in sein Haus kam. Rike lag auf ihrem Lager und schlief, Franka war wie meist am Herd zugange, und Eisfell näherte sich schwanzwedelnd. Aus einem Verschlag im hintersten Teil des Hauses fiepte und winselte es: Die Welpen waren auf der Welt.

»Ich heirate«, sagte Erik anstelle einer Begrüßung.

Havenar warf einen zweifelnden Blick auf das pausbäckige

Säuglingsgesicht in Eriks Armbeuge. »Ist sie nicht ein bisschen jung?«

Sein Onkel lachte auf. »Ich könnte mich wohl glücklich schätzen, wenn ich sie noch mannbar werden sehe. Ihre Mutter will mich nehmen, nachsichtig, wie sie ist. Und ich will, dass du dabei bist. Deshalb heiraten wir, bevor du wieder verschwindest, du unheimlicher Halbirdischer.«

»Oh warte, was ich erst sein werde, wenn die Wachen wiederkommen, die mich abgelöst haben. Wahrscheinlich werde ich dann zum leichenzehrenden Werraben. Wusstest du, dass Raben sprechen lernen können? Wie dem auch sei. Du heiratest Rike. Habe ich doch geahnt, dass ihr zueinander passt. Und eure Tochter ist ein schönes Kind, ich wünsche ihr Glück. Wo ist meine?«

»Alle arbeiten in den Webhütten. Bald soll geschoren werden, sie räumen auf und schaffen Platz. Bevor sie dich entdecken und der Trubel ausbricht, würde ich gern von dir hören, dass du für meine Tochter sorgst, wenn es so weit ist. Gehen wir einmal davon aus, dass du dann hier bist.«

»Für die ganze Horde eurer Kinder, Onkel. Ihr werdet ja nach dem einen nicht Halt machen. Wie heißt sie denn?«

»Inga«, meldete sich Rike verschlafen zu Wort. Havenar ging mit Erik zu ihr und küsste sie. »Gut gemacht«, sagte er. »Mädchen fehlen in diesem Haus.«

»Weißt du, was die Leute über dich sagen?«, meinte Erik. »Freya gönnt dir aus Eifersucht nicht mehr Töchter, weil du zu vernarrt in sie wärst.«

»Ach ja, Freya und ich, wir haben ein schwieriges Verhältnis. Ich hatte schon viel Streit mit ihr, weil sie mir das eine oder andere nicht gönnt.«

Erik setzte sich neben Rike, die sich aufrappelte und sich von ihm das Kind geben ließ, das zu nörgeln begonnen hatte. Sie befreite eine Brust und legte Inga an. Havenar stellte fest, dass der Anblick eines saugenden Kindes ihm immer von Neuem gefiel.

»Ich hätte gemeint, es gäbe nichts, was deine Göttin dir vorenthält«, sagte Erik, dessen Blick mit gleichem Wohlgefallen an seiner trinkenden Tochter hing.

»Unsinn, Erik«, sagte Rike. »Das, was er am meisten braucht, gönnt sie ihm nicht.«

Die Männer sahen sie überrascht an. »Ach. Und was wäre das?«, erkundigte Erik sich.

»Die Frau, die ihm endlich seine Ruhe gibt«, erklärte Rike und sah von einem zum anderen. »Seht mich nicht so an. Darüber sind sich in diesem Haus alle einig. Wir wissen nur nicht, warum du sie nicht findest, Havenar. Freyas Eifersucht würden allerdings alle verstehen.«

Havenar sah an ihr vorbei und musterte abwesend das Reisiggeflecht der Hauswand und die Schnur mit trockenen Pilzen, die von der Decke hing. »Freya ist weitherziger, als ihr denkt. Sie hat mir in Wirklichkeit alles gegeben, auch die eine. Ich war nur zu dumm, es zu begreifen, und dann war es zu spät. Nun ist die Göttin wohl beleidigt.«

»Ist die Frau tot?«, fragte Erik.

»Oh nein. Sie lebt. Ist noch weit schöner als am ersten Tag. Sie ist die Hälfte von dem Ganzen, das ich sein möchte. Das war sie immer.«

»Sie gehört einem anderen«, stellte Erik fest.

»Ja«, sagte Havenar. »Und besser, ihr fragt nicht und vergesst, was ich dahergeredet habe. Ich bin nicht ganz bei mir, das muss der Hunger sein.«

»Vielleicht ist es auch, weil du so nass bist, dass du auf mich tropfst«, zog Rike ihn auf. »Übrigens verrätst du viel mehr, als du glaubst. Wenn die Sache hoffnungslos wäre, würdest du ganz anders klingen. Sie liebt dich zurück, nicht wahr?«

Havenar zögerte. Nicht genug, um bei mir zu bleiben, lag ihm auf der Zunge. Doch dann sah er Frygdis, wie sie ihm leidenschaftlich alles schenkte, was einer Frau möglich war, wie sie ihn umfing und sich selbst darin aufgab. Plötzlich verstand er, dass sie mit dem, was sie tat, vor allem sein Wohl im Sinn hatte. Sie sah weiter voraus als er, wollte ihn nicht zu Fall bringen.

»Darum geht es nicht«, sagte er und fühlte sich schrecklich müde. »Schluss damit. Was machen die Jungen bei dem Regen?« Er ging nach hinten zu dem Bretterverschlag, den man für Eisfell und ihren Wurf gebaut hatte, und hockte sich daneben. Die Hündin lag auf der Seite, und die noch halbblinden Welpen rangelten um die besten Zitzen an ihrem Gesäuge.

Erik lächelte. »In jüngster Zeit findet man sie häufig im Haus deines Vaters. Herjulf hat vor zwei Wochen seine beiden Ältesten hergeschickt, Hagbert und Brede. Hagbert hat die Jungs anfangs mächtig beeindruckt und sich entsprechend aufgespielt. Das hat Bjarne geärgert, wie du dir denken kannst. Es macht ihn fuchtig, wenn seine Brüder sich vor einem anderen ducken anstatt vor ihm selbst.«

»Wie viel älter ist Hagbert als Bjarne? Fünf Jahre?« Havenar griff einen der strampelnden Welpen aus der Kiste und musterte ihn von allen Seiten.

»Vier. Und keine Grasmücke. Er kann Bjarne mit einem Arm auf den Rücken legen. Dein Sohn hat es allerdings im Kopf, und, bei aller Bescheidenheit, er hat schon einige Tricks gelernt. Er hat schnell herausgefunden, was Hagbert schlecht kann, und ihn bei jeder Gelegenheit vorgeführt. Inzwischen vertragen sie sich und lassen sich von deinem Vater das Rechnen beibringen, wenn sie nicht Schach mit ihm spielen.«

Havenar setzte den Welpen zurück, kraulte Eisfell beschwichtigend hinter dem Ohr und griff sich einen weiteren. »Hat Vater sich also entschieden, sich mit seinen Großsöhnen abzugeben?«

»Er hat wohl eingesehen, dass es die einzigen sind, die er haben wird. Jetzt sag einmal, wie lange du bleibst.«

»Kommt darauf an, wie schnell ich mich wieder losmachen kann. Was ist mit der Nachricht von dem Skalden?«

»Ach ja. Dieses nebelhafte Zeug. Was hat er noch gesagt … Einar ist unerwartet Erbe und Jarl in Jütland geworden. Er ist Horich treu und hat Streit mit Olof Thorolfsson. Aus einem Grund, den du raten wirst, sagte dein Sänger. Also ich für meinen Teil … Wer ist Einar?«

»Ist das alles? Die ganze Nachricht?«

»Nein. Rodegangs Sohn Nandolf hat seinen Großvater Jarl Gotmar beerbt, ist auf Haralds Seite, aber noch nicht Jarl. Er und sein Vater haben ebenfalls Streit mit Olof. Ich nehme an, es geht um Rodegangs Tochter, Olofs verschwundene Frau. Dabei fällt mir ein, dass Herjulf eine Kiste voll Plündergut mit den Jungen hergeschickt hat, die sie bei den Norwegern gefunden haben. Sie steht auf dem Balken, wir haben uns noch nicht damit befasst.«

»Ah«, sagte Havenar. »Nun sieh dir das an, vier weiße Pfoten.« Er hatte inzwischen den fünften Welpen in den Händen. »Haben Bjarne und Arwed sich ihre schon ausgesucht?«

Erik schüttelte belustigt den Kopf. »So viel also zu dieser seltsamen Nachricht. Behalt ruhig alle Geheimnisse für dich, mir ist das ohnehin zu wirr. Die beiden hatten sich ihre Hunde ausgesucht, da waren sie noch nicht ganz geboren. Frag nur nicht mich, welche es sind. Was machst du mit den anderen sechs?«

»Falls sie alle am Leben bleiben: zwei für Vater, einen für Brunolf, einen für Vit, zwei für Björn von Birka. Ich würde dir einen geben, aber mit Eisfell habt ihr schon drei im Haus. Das ist genug.«

»Wir hoffen darauf, dass diese Hunde sommers vor der Tür schlafen. Übrigens hat Hademut die Welpen jeden Tag besucht. Er wird dir von heute an alles verzeihen.«

Havenar sah ihn nachdenklich an. »Das möchte ich bezweifeln«, sagte er schließlich. »Wie bald könnt ihr heiraten?«

»Die Bräuche haben für uns beide nicht viel zu bieten. Gib uns eine Woche.«

»Sechs Tage?«

»Thors Bart! Was dich bloß hetzt. Sechs Tage also.«

»Dann gehe ich gleich morgen mit den Jungen auf die Jagd.«

»Die drei werden dir von morgen an auch alles verzeihen. Du glaubst wohl, du müsstest etwas gutmachen, was?«

»Ich glaube immer noch, dass ihr ausgezeichnet ohne mich auskommt und dass es gut so ist.«

»Es gibt Auskommen und Auskommen«, sagte Rike leise.

»Denk nicht, dass ich das nicht auch weiß«, sagte Havenar und setzte den letzten Welpen sachte zurück.

Stolzer als Könige gingen Bjarne, Arwed und Ulf am nächsten Tag mit ihrem Vater auf die Jagd. Als wäre es nicht schon großartig genug gewesen, dass er mit ihnen erzählend die Nacht im Wald am Feuer verbrachte und geduldig nichts von Rückkehr sagte, bis jeder seine eigene Beute aufzuweisen hatte, führte er ihnen auch noch einen zahmen Raben vor, der »Freya« sagen konnte und schnarchen wie ein Mann. Sie waren einhellig der Meinung, dass niemand einen aufregenderen Vater haben konnte. Selbst Bjarne war mit Havenar ausgesöhnt.

Die Frauen bekamen Havenar diesmal wenig zu sehen. Wenn er nicht mit den Jungen und Männern auf dem Übungsplatz war, in der Halle oder im Haus seines Vaters, dann saß er allenfalls für eine Plauderei mit ihnen beim Essen.

Havenar wusste, wieso er die Gesellschaft seiner Frauen mied. Er war zu voll von Sehnsucht nach einem anderen Frauenleib, ihm stand nicht der Sinn nach ihnen, und gleichzeitig wollte er keine vor den Kopf stoßen. Rike dachte sich ihren Teil und beschwichtigte die Frauen, wenn sie sich betroffen wunderten, warum ihr sonst so sinnenfroher Mann so wenig mit ihnen zu tun haben wollte.

Am siebten Tag gab es eine Hochzeit, die um einiges größer ausfiel, als Erik sich vorgestellt hatte. Hunolds Sippe kam von Brarup herüber, und dann wurde den Schweden vorgemacht, wie man bei Hademut zu feiern verstand. Havenar gab die Braut fort, was bei vielen stille Heiterkeit auslöste. Zumal Klein Erik später bei der Trauung auf seinen Schultern saß und zusah, wie sein Großvater Hademut die Hand seiner Mutter mit der seines Großonkels zusammenband.

Dirdra hielt derweil die kleine Inga auf dem einen Arm und die mit brettchengewebten Borten und Schmuck herausgeputzte süße Anselma an der anderen Hand. Die übrigen acht Havenarssöhne waren zur Abwechslung sauber und in ihre besten Sachen gesteckt und standen, von ihren Müttern unerbittlich in Schach gehalten, in einer eindrucksvollen Gruppe beisammen. Sven und Lodin, die kleinsten, an Rämnas Händen.

Havenar betrachtete sie und dachte zum ersten Mal, dass er nicht unbedingt mehr Kinder haben musste als diese, so sie ihm alle blieben. Es war unvermeidlich, dass seine Gedanken wieder zu Frygdis schweiften. Kinder und Frygdis in einem Zug zu denken, machte ihn krank. Es war so anstrengend, den Kummer zu verdrängen, der dabei in ihm losbrechen wollte. Er wollte derjenige sein, der, neben Frygdis, vor seinem Vater stand, ein festes blaues Band um ihre und seine Hand gewunden. Fast konnte er nicht mehr stillstehen, weil das Bewusstsein, Zeit zu vergeuden, übermächtig wurde. Den zwölften Tag war er fort von ihr, und drei weitere würden vergehen. Sie würde ihn längst erwarten.

Er hatte in die Kiste gesehen, die Herjulf von dem norwegischen Schiff geholt hatte, und ihr Schlüsselbund gefunden, mit seinem Ring daran. Auch Schmuck, den er für ihren hielt. Er würde ihr alles zurückbringen, auch wenn er es hasste, dass die Sachen nicht von ihm stammten. Er wünschte sich, sie schmücken zu dürfen, sie seinen Wohlstand zeigen zu lassen. Ihr Bild erschien ihm so deutlich vor Augen, dass er sie bei sich stehen spürte.

Beinah hätte er laut geflucht. Er würde es nicht einmal für eine Stunde ertragen, sie wieder bei Olof zu wissen. Er würde Olof töten. Danach allerdings würde einer von Olofs Brüdern ihn töten. Oder Vitgeir. Oder Erik oder … Oder Bjarne. Daraufhin würde Hademut Olofs Bruder töten lassen. Dann … Wolfger und Ingvar fielen ihm ein. Ungerächt. Bevor er eine weitere Fehde auslöste, blieb ihm auch das noch zu tun. Kein Stück weiter war er in der Sache.

Er hob den Blick von den Fersen des Brautpaars und suchte Ingvars Witwe. Sie stand mit ihrer Tochter hinter Ragnhild und sah seltsam verlegen aus. Havenar sah sich unauffällig um. Als er herausfand, welcher Mann Gunda mit seinem Blick die

Wangen rötete, konnte er seine Verblüfftheit nicht verbergen. Er starrte Vitgeir an. Sein Halbbruder machte zum ersten Mal in seinem Leben einer Frau Augen wie ein bettelnder Bauhund. Havenar musste husten, um sein Auflachen zu verstecken, und prompt erwischte Vitgeir ihn. Sofort grub sich eine Zornesfalte in seine Stirn, was Havenar noch mehr amüsierte. Für einen Augenblick ließ er Klein Eriks Füße los und signalisierte Vitgeir mit gekreuzten Händen Ehegebundenheit, worauf der ihm die gewohnte unflätige Geste zeigte, seine Zornesfalte jedoch verlor. Havenar grinste breit und ließ das Grinsen gleich stehen, denn nun drehten Erik und Rike sich zu den Zuschauern um und hoben die gebundenen Hände.

Havenar fand seine Pappel umwerfend schön im Prachtschmuck einer Braut und ergriff Klein Eriks Hände, um sie mit einem triumphierenden Johlen in die Höhe zu recken. Lachend fielen die Leute ein, und das Necken, Trinken und Spielen begann.

Seine Ungeduld zügelnd, tat Havenar sein Bestes, um gute Stimmung zu verbreiten, doch am Abend des zweiten Tages, lange bevor das Ende des Festes absehbar war, verabschiedete er sich heimlich von den Bewohnern seines Hauses und entrann Gammelby fast unbemerkt. Nur die Wachen sahen ihn. Sie sahen auch, wie am Waldrand ein Rabe auf seiner Schulter landete, und wechselten einen Blick, als würde das alles erklären, was sie bisher nicht verstanden hatten.

Die Leute zweifelten fortan nicht mehr daran, dass der Sohn ihres Jarls dem besonderen Willen der Götter folgte.

Havenar hatte den halben Weg hinter sich, als es wieder anfing zu regnen. Er schritt weit aus und wünschte trockenes, warmes Sommerwetter herbei, ohne sich viel Hoffnungen darauf zu machen. Der Winter war noch nicht besiegt.

Thorwald und die Frauen waren in der Hütte, doch die Tür stand offen. Er hatte unterwegs nicht darauf geachtet, ob Troll in der Nähe war. Erst als der Rabe nun direkt vor ihm beinah im

Sturzflug zur Tür hineinrauschte, wurde ihm deutlich, dass er viel zu wenig darauf geachtet hatte, was um ihn war. Hätte Vitgeir es diesmal darauf angelegt, hätte er ihm vermutlich folgen können. Doch Vitgeir hatte seine Augen anderswo gehabt, als Havenar sich davonmachte. Ihm dämmerte die Erkenntnis, wie schwach Verliebtheit einen Mann machte. Man konnte sich noch so sehr zusammenreißen – wenn sie über einen kam, neigte man zu Fehlern. Er musste besser auf sich achtgeben.

Frygdis trat ihm entgegen, während Auda im Hintergrund schimpfte. »Schietiger schwarzer Federwisch, als könntest du es nicht auch ungesalzen fressen. Mach, dass du fortkommst! Untersteh dich zu husten, du ungehobelte Planke.« Troll krächzte und stob mit der Beute über Frygdis' und Havenars Köpfe hinweg aus der Hütte, seine Flügel trafen sie beide.

»Wusstest du, dass er ›Freya‹ sagen kann?«, begrüßte Havenar sie.

»Wirklich? Das hat er wohl gelernt, weil du es so oft sagst.«

»Er schnarcht auch wie Thorwald.« Havenar sah ihr in die Augen, aber ihre Miene blieb verschlossen. Sein Herz sank ihm in den Magen.

»War er die ganze Zeit bei dir?«, fragte sie.

»Nicht die ganze Zeit. Nach Gammelby hat er sich nicht hineingetraut.«

Ihr Gesicht blieb reglos, vielleicht wurde es ein bisschen blasser. »Du warst zuhause.«

»Ja. Ich musste. Es war … Kann ich es dir nicht später erzählen? Ich bin nass.« Sie ging beiseite, damit er ganz eintreten konnte. »Thorwald. Auda«, sagte er.

Sie nickten ihm beide zu, Auda zornig, Thorwald gleichmütig wie stets. »Der hohe Gast ist wieder da«, sagte Auda spitz. »Und kein Salz mehr fürs Essen.«

»Ich habe welches gebracht. Auch ein paar andere Dinge.« Havenar setzte sein Pack ab, dann fiel sein Blick auf einen frisch gebauten Webrahmen, der unbespannt dastand. Plötzlich fühlte er sich sterbenselend. »Wolle habe ich allerdings nicht.«

»Thorwald wollte welche von seiner Mutter holen«, sagte Frygdis. Ihre Arme waren verschränkt, und sie sah ihn noch immer so abweisend an, dass sie ihn auf einmal an Ragnhild erinnerte und daran, was ihr eigentlich gebührte.

Er dachte an ihre Brüder Einar, Nandolf und Momme, die mit Recht tobten, weil sie verschwunden war. Wollte sie zurück, so war es ein unsinniges Wagnis, wenn er sie noch länger bei sich behielt. Der Weg nach Midbikhus würde nicht leichter werden, davon war er jetzt überzeugt. Ihre Rückkehr als Frau von Rang allerdings wurde schwerer und die Gefahr für seine Sippe größer, denn der Schatten, der auf ihre Ehre fiel, wuchs täglich. Auf der anderen Seite konnte er sie auch nicht ewig in einer abgelegenen Hütte hausen lassen, wenn sie es sich anders überlegte und auf die Rückkehr doch noch verzichtete. Es war eine verfahrene Angelegenheit.

Er entledigte sich seiner nassen Kleidung, bis er nur noch in Hose und Stiefeln war, dann breitete er seine Sachen zum Trocknen beim Herd auf der Bank aus und hockte sich ans Feuer, um wieder warm zu werden.

Frygdis hinter ihm rührte sich nicht, und schließlich fühlte er sich erneut so verunsichert wie ein Junge. Zögernd sah er sich über die Schulter zu ihr um, während er seine Hände weiter dem Feuer zureckte. Was er sah, ließ ihn in die Höhe schnellen. Über Frygdis' Wangen liefen Tränen, obgleich sie ihre Haltung nicht verändert hatte.

»Was ist denn?«, fragte er.

»Es ist … so schwierig«, sagte sie, und die Tränen liefen schneller, als sie ihn nun ansah.

Mutlos zuckte er mit den Schultern. »So verdammt schwierig, dass man zum Stein werden möchte. Dein Bruder Einar ist Jarl in Jütland geworden und ungehalten darüber, dass du verschwunden bist. Nandolf hat Gotmar beerbt und wirft ebenfalls ordentlich Holz aufs Feuer. Man schätzt dich allerseits hoch, wie du siehst. Ich bin nicht der Einzige.«

»Ich … Ich hatte … Ist das so? Du warst sehr lange fort.«

»Bist du deswegen … Es war … Ich hatte so viel zu tun. Es hat mir selbst alles viel zu lange gedauert, glaub mir.«

Frygdis schniefte. »Es gibt so vieles, was ich früher für einfach richtig gehalten habe, wo es nie Zweifel gab. Nun bist du da, und ich zweifle an allem.«

Havenar trat dicht vor sie. »Nicht an mir«, sagte er.

Sie warf die Arme im gleichen Moment um seinen Hals, als er sie umfasste, und sie hielten einander so eng und fest, dass kaum Raum zum Atmen blieb.

Frygdis gab ihm einen zaghaften kurzen Kuss. »Meine Mutter meinte, ich dürfe einen Mann nicht festhalten. ›Eine Frau kann gut zurechtkommen ohne den Mann. Du solltest ihn nie denken lassen, dass das nicht so ist, und nie, dass es zu sehr so ist. Sonst machst du euch beide schwach.‹ Havenar, ich will dir etwas sagen: Ich habe mich noch nie vorher so schwach gefühlt. Mir scheint, ich mache alles falsch.«

Havenar lächelte gequält. »Wir wissen ja, dass dein Vater für deine Mutter nicht viel war. Für sie wird es nicht schwierig gewesen sein. Aber ich fürchte, sie hat Recht. Es ist besser, wenn einem der Abschied nicht schwergemacht wird. Das ist es doch, was du dir auch wünschst, oder nicht? Ich schwöre dir jetzt, dass ich dir den Abschied leichtmachen werde. Wenn du gehen musst, werde ich dich nicht zurückhalten.«

»Soll das heißen, dass ich jetzt gehen soll?«

Havenar drückte sie noch fester an sich. »Dass du gehen sollst, wirst du von mir nie hören. So leicht kann ich es dir nicht machen.«

Frygdis schmiegte ihr Gesicht an seinen Hals und ließ sich von seinem Geruch einhüllen. Sauber roch er, nur nach frischem Schweiß, dem Zeichen eines anstrengenden, langen Marsches. Sein Haar und sein Bart waren frisch gestutzt und gekämmt. »Ich wünschte, es würde endlich so warm, dass ich alles waschen kann. Du bist viel sauberer als ich«, murmelte sie und küsste seine Halsbeuge, gerade dass sie sich noch zurückhalten konnte, mit der Zungenspitze über seine Haut zu fahren.

»Ich habe euch ein paar Längen Leinen mitgebracht für neue Sachen, falls dir das hilft. Mir bist du sauber genug«, murmelte Havenar zurück und wickelte sich ihren Zopf um die Hand. Sein Blut nahm langsam den Weg zu seinen Lenden. Kalt war ihm nicht mehr.

Sie hob das Gesicht zu seinem, und ihrer beider Augen verrieten, was sie sich mit Worten nicht sagen wollten. Verrieten, wie schwer die Stunden ohne den anderen geworden waren. Wie unerträglich der Gedanke an die kommende Ewigkeit war, die sie ohneeinander verbringen sollten.

Schließlich trösteten sie sich mit einem Kuss, der Vergangenheit und Zukunft verdrängte und nur den köstlichen Moment übrig ließ.

»Vater hat den Frauen zur Hochzeit roten Rheinwein spendiert. Davon habe ich welchen abgezweigt. Er sollte heute noch getrunken werden, sonst schmeckt er nur noch nach dem Beutel. Magst du?«

»Ich weiß nicht. Ich habe noch nie welchen getrunken.«

»Dann werde ich dich heute damit betrunken machen. Damit du nächstes Mal weißt, wovon du sprichst. Freya bekommt auch ihren Becher, wo sie nun sogar unserem Raben das Sprechen beigebracht hat.«

Frygdis lachte. »Und Thor, weil der Rabe schnarcht wie Thorwald?«

»Nichts übertreiben. Geben wir lieber Thorwald selbst welchen ab.«

»Was hast du zu essen dabei?«

»Käse und Wurst von der Hochzeit. Salz, Dörrobst. Sonst nur Korn. Mehr konnte ich nicht davonschleppen.«

Frygdis seufzte. »Wenn's doch schon grün wäre.«

»Mir ist noch nicht sommerlich. Ich finde, es ist wieder reichlich kalt geworden.«

Ihr Lächeln verspottete ihn, während sie ihre Hüfte vorschob und sich an seiner schwellenden Hitze rieb. »Findest du?«, sagte sie.

Der Mund wurde ihm trocken, er holte tief Luft. »Fand ich«, erwiderte er. »Vorhin.«

Sie aßen Brot und Käse und teilten den Wein mit Thorwald und Auda, bevor sie zu Bett gingen. Frygdis war sich nicht sicher, ob sie den herbsauren Geschmack des Weines mochte, und sie war gewiss nicht schwer betrunken, als er alle war, doch er gab ihr das Gefühl, vor Verlangen zu brennen. Rückhaltloser, als sie sich nun auf das Spiel mit Havenar einließ, hatte sie es noch nie getan. Sie war allerdings von mehr als dem Wein getrieben, als sie sich daranmachte zu entdecken, wie sie ihren Geliebten zur Raserei bringen konnte. Die ganze Nacht und den nächsten Morgen war es ihr größtes Vergnügen, ihn auf immer neue Arten aufzureizen. Sie tat Dinge, von denen sie nicht geglaubt hatte, dass sie sie je tun würde. Und Havenar unterwarf sich ihr, ahnend, dass sie ihre Gefühle ausleben musste, wenn er auch nicht ganz begriff, woher die Wut rührte, die sie ihn spüren ließ.

Frygdis dagegen wusste, wofür sie sich rächte. Jede Nacht der zweiten Woche hatte sie wachgelegen und überlegt, ob er in Gammelby bei seinen Frauen war und bei einer von ihnen lag. Die quälende Eifersucht hatte ihr noch schmerzhafter unter die Haut gerieben, wie schwierig ihre wahnsinnige Verliebtheit das Leben machte.

»Nie wieder kriegst du Wein«, sagte Havenar am Morgen, nachdem er zu dem Schluss gekommen war, dass ein Platzhirsch am Ende der Brunft im Vergleich zu ihm taufrisch sein würde, falls Frygdis im Sinn hatte, auch nur eine Woche so weiterzumachen.

Sie küsste ihn lachend und setzte sich auf. »Ist ja keiner mehr da.«

»Ich steh heute nicht auf«, brummte er und schloss die Augen wieder.

»Das Wetter ist das Aufstehen nicht wert«, sagte Frygdis, die schon vor der Tür gewesen war, und zog sich ihr Hemd über den Kopf. »Aber einer muss Fleisch heranschaffen.«

»Wie genau ist das Wetter?«, fragte er mit geschlossenen Augen.

»Eisig. Und Regen. Scheußlich«, gab Frygdis Auskunft. »Troll findet das auch.« Der Rabe war mit ihr durch die Tür gesaust, als sie wieder hereinkam.

»Ich war gestern erst nass«, murmelte er.

Frygdis beugte sich zu seinem Ohr. »Du warst die ganze Nacht nass.«

»Das war ich? Und ich dachte, das warst du.«

Sie hielt ihm den Finger auf die Lippen. »Ist schon gut. Ich gehe. Mittlerweile schieße ich ganz gut, für einen Vogel wird es reichen.«

Thorwald setzte sich auf der Bank gegenüber auf und griff nach seiner Weste, das Wams trug er schon. »Ich geh. Das Wetter wird noch schlechter.«

»Es macht mir nichts aus«, log Frygdis. Inzwischen war sie auf und schon dabei, ihr Oberkleid festzustecken.

Thorwald schüttelte den Kopf. »Ich hole gleich die Wolle.«

Auch Auda setzte sich nun auf. Sie nieste, und Frygdis sah sie schuldbewusst an. Auda hatte wieder mit ihr im Bett geschlafen, solange Havenar fort gewesen war. Auf dem Boden war es viel kälter und feucht. »Ja, geh du auf jeden Fall«, sagte Auda leise, wie zu sich selbst. »Dann können andere Leute vielleicht auch noch ein bisschen schlafen.«

Auda sah zu Boden und rieb sich den Nacken, deshalb entging ihr Thorwalds stummer Blick, den Frygdis ihrerseits bemerkte. Frygdis hatte so viel Zeit mit Thorwald verbracht, dass es ihr nun mitunter gelang, etwas anderes als Gleichmut aus seiner Miene herauszulesen. Es kam ihr so vor, als würde sich Thorwald über Auda wundern. Sein Ausdruck ähnelte dem, den er gehabt hatte, als sie selbst dachte, er würde den Raben totschlagen. Sie fragte sich, ob Thorwald über die Merkwürdigkeit der Frauen staunte oder über das, was sie von ihm dachten.

Nun, was dachte Auda von Thorwald? Sie hackte unaufhörlich auf ihm herum, doch wenn Frygdis es sich recht überlegte, achtete Auda sehr darauf, dass Thorwald gut versorgt war. Vielleicht tat sie das nicht nur, weil Thorwald ihnen nützlich war. Frygdis nahm sich vor herauszufinden, wie ihre Freundin zu der langen, ungehobelten Planke tatsächlich stand.

Ihren zerzausten Zopf neu zu flechten, verschob sie auf später. Sie griff sich die beiden Wassereimer und ging hinaus, während Thorwald noch seine Stiefel anzog. Mit Schwung goss sie das alte Wasser neben die Hütte, dann rannte sie durch den Regen zum Bach und füllte die Eimer neu. Die nasse Kälte biss in ihre Haut, als fehlte nicht viel bis zum Frost. Sie beeilte sich, zurück in die Hütte zu kommen, wo Thorwald inzwischen Brot und Wurst kaute. »Es ist wirklich nicht so wichtig mit der Wolle«, sagte sie, außer Atem vor Zittern und vor Hast, füllte den Kessel über dem Feuer halb mit Wasser und warf Salz und das Grützeschrot hinzu, das Auda am Vorabend gestoßen hatte. Allmählich begann ihr die Milch zu fehlen, stellte sie fest. Sie schöpfte einen Becher Wasser und reichte ihn Thorwald. »Bei dem Wetter musst du dir den Weg nicht vornehmen.«

»Macht mir nichts.«

»Bring Milch mit, wenn du schon gehst«, sagte Auda.

»Das wäre schön«, schloss Frygdis sich an.

»Und Schmalz, Lachs, ein paar Mandeln, Honig und ein kleines Fass Met, bitte«, mischte sich Havenar gähnend ein. »Aber vergiss das Schwein nicht, das du unterwegs erlegst, und sieh mal, ob du nicht noch was hübsches Pelziges erwischen kannst. Für einen neuen Kragen.«

Frygdis lachte. »Ich sage doch, er soll nicht gehen, du Spottvogel.«

»Wer würde nicht gehen, wenn er wüsste, dass du einen Wunsch übrig hast. Oder sogar zwei.«

»Dich holt das offensichtlich nicht aus dem Bett.«

»Ich warte lieber hier, um dir noch ein, zwei Wünsche zu erfüllen.« Frygdis warf ihm einen strafenden Blick zu, konnte sich das Lächeln dann aber nicht verkneifen.

Thorwald hustete und trat an die Tür, um ins Wetter hinauszusehen. »Ich geh, bevor's ärger wird«, sagte er.

Auda stöhnte. »Vielleicht geh ich auch lieber, bevor's noch ärger wird.«

Havenar hatte mit einer Hand nach Frygdis' Kleidersaum gefischt und zog sie nun daran zu sich auf die Bank. »Rühr lieber die Grütze um und leg dich in Thorwalds Bett, solange es noch warm ist. Du wolltest doch weiterschlafen«, sagte er in Audas Richtung.

Thorwald war beinah fertig angezogen. Frygdis beobachtete, wie sein Blick bei Havenars Worten zu seinem Lager wanderte, zu Auda und wieder zurück. Sie meinte zu bemerken, dass seine Augen sich ein bisschen verengten und er seinen Mund für einen Wimpernschlag verkniff. »Bis abends wird's dauern«, brummte er, und dann war er fort. Troll stob mit ihm hinaus.

»Maulfauler Baum«, murrte Auda, stand flink auf, rührte die Grütze um und schlüpfte dann mit einem wohligen Seufzer in Thorwalds warmen Fellsack.

»Maulfaul?«, meinte Havenar und bettete seinen Kopf in Frygdis' Schoß. »Ich habe ihn selten so redselig erlebt wie hier. Er hat gerade zum Abschied einen ganzen Satz gesagt.«

»Aber dumm ist er nicht«, nahm Frygdis Thorwald in Schutz.

»Das ist allerdings richtig. Man sollte sich nie völlig in Sicherheit wiegen, was seinen Verstand betrifft«, meinte Havenar.

Auda schnaubte. »Na ja«, schloss sie abfällig, dann rollte sie sich ein und zog das Fell übers Kinn. »Bin ich für die Grütze zuständig?«

Frygdis kämmte Havenars Haar mit den Fingern und zeichnete sanft streichelnd die Formen seines Gesichtes nach. Seine Augen waren geschlossen. »Schlaf ruhig«, sagte sie zu Auda.

»Kann es die Grütze mit dem Rest Wurst geben, oder müssen wir sparen?«, fragte Havenar. »Ich fühle mich wölfisch.«

»Meinst du denn, du wirst kräftig genug sein, um selbst zu essen, oder muss ich dich füttern?«

»Pass lieber auf, dass du nicht selbst gefressen wirst, bevor die Grütze gar ist«, knurrte er und zog sie am Nacken herunter zu seinem Mund für einen kurzen harten Kuss. Dann ließ er sie los und stand auf. »Mit dem Liegenbleiben wird's ohnehin nichts.«

Frygdis sah an ihm herunter und staunte mit großen Augen. Havenar lächelte flüchtig, zog sich sein Wams über den Kopf, das ihm ungegürtet bis über die Knie fiel und augenblicklich eine auffallende Ausbeulung hatte, und ging zur Tür. »Und ich dachte, du wärest erschöpft«, meinte Frygdis.

»Du glaubst nicht, du könntest an mir herumstreicheln, ohne dass das geschieht, oder?«

»So war es diesmal nicht gemeint, das Herumstreicheln«, entschuldigte sie sich.

»Hör nur ja nicht auf damit. Trag lieber später die Folgen«, meinte er im Hinausgehen. Der Schauder, der Frygdis daraufhin überlief, war nicht nur Freude über sein Verlangen. Sie war bereit, die Folgen zu tragen, und ihr Liebster würde nicht so bald erfahren, wie weit sie reichten.

Havenar gab Frygdis ihre Schlüssel und den Schmuck zurück, während sie darauf warteten, dass die Grütze fertig wurde. Frygdis strahlte, und das versetzte ihm einen Stich. Er wollte so gern, dass nichts, was von Olof stammte, ihr etwas bedeutete. Aber ihre Freude über das verloren Geglaubte war echt, und er wollte sie ihr nicht nehmen. Dann war das Frühstück fertig, und sie aßen. Anschließend ging er Holz holen, und Auda säuberte die beiden Schüsseln, die sie sich teilten.

Als Havenar wieder hereinkam, saß Frygdis vornübergebeugt und fingerte an etwas auf ihrem Schoß. Zuerst lud er das Holz ab, dann wandte er sich ihr neugierig zu. Gerade war sie fertig. Sie legte sich ihre gedrehte Goldkette um, auf die jetzt sein Ring gefädelt war. Am Schlüsselring hingegen waren nur ihr Messer und ihre Schere zurückgeblieben, die vier Schlüssel lagen lose auf ihrem Kleid. Den Ring mit Schere und Messer machte sie am Gürtel fest, die Schlüssel nahm sie nachdenklich in die Hand und hielt sie ihm dann hin. »Kann man damit noch etwas anfangen?«

Havenar hörte nicht. Er sah nur durch das Kleid hindurch seinen Ring auf ihrer hellen glatten Haut im Tal zwischen ihren wundervollen Brüsten liegen und sich mit ihrem Atem und ihrem Herzschlag heben und senken. Er hielt sich daran fest, dass es sein Ring war, der dort lag.

»Havenar?«

Er besann sich auf die Frage. »Du lädst mich nicht ein, in dein Haus einzudringen und diese Schlüssel zu benutzen, oder?«, fragte er zurück, seine Stimme zu kühl für einen Scherz.

Sie runzelte missbilligend die Stirn. »Ach, dummes Zeug. Sie haben die Schlösser längst aufgebrochen, was denkst du?«

»Du wirst neue Schlüssel bekommen, wenn du zurück bist.«

Frygdis wich seinem Blick aus und warf die Schlüssel mit einer gereizten Handbewegung ins Feuer. »Vielleicht.«

»Wenn ich ihn töten würde, was würdest du dann tun?«, wollte er wissen.

Sie blickte erschrocken auf. »Das würdest du doch nicht tun, wegen mir. Du würdest nur Unheil damit anrichten. Alles Recht liegt bei ihm. Wenn keine Fehde daraus erwachsen soll, wird der Ausgleich so hoch sein, dass du deine Sippe in Armut stürzt.«

»Was du tun würdest, habe ich gefragt.«

Frygdis' Augen wurden schmal vor Ärger. »Du würdest mich nicht damit gewinnen, wenn es das ist, worauf du hinauswillst. Ich würde mit Hadwig nach Norwegen gehen, zu meiner Mutter.«

»Da würde ich dich nicht besuchen können.«

»Nein, das würdest du nicht. Und nun hör auf mit dem Unsinn. Falls es sich ergibt, dass du eines Tages gegen Olof stehst, dann ist meine Hoffnung mit dir. Wenn du aber meiner Tochter den Vater mordest, weil ich eine jämmerliche … Nein. Dann siehst du mich nicht wieder.«

Havenar trat so dicht vor sie, dass seine Knie ihre berührten, und sah auf sie herunter. Frygdis fühlte eine bedrohliche Anspannung in seinem machtvollen Körper. Wenn man ihn und Olof aufeinander losließe, dann würde blindwütiger Hass die Hände führen. Es war spürbar, wie er um Ruhe rang, als er sprach. Seine geballten Fäuste und die Sanftheit seiner Stimme standen in eigenartigem Widerspruch zueinander.

»Ich kann den Gedanken nicht ertragen, dass er dich berührt, und der Gedanke lässt sich nicht zügeln, verstehst du? Ich sehe dich mit deinem Mann, ob ich will oder nicht, und mir wird schwarz vor Augen, mir steigt die Blutgier auf. Es macht mich zum Tier, Frygdis. Ich kann kaum dagegen an.«

Frygdis schloss müde die Augen und senkte den Kopf. »Wenn es das ist, sei beruhigt. Olof wird mich nie mehr berühren.«

»Es ist sein Recht. Er wird es einfordern.« Havenar hatte das Gefühl, sein Kiefer würde jeden Moment brechen, als er die Worte heraus hatte.

»Ich habe so viel gegen ihn zu halten, dass er nicht darauf pochen wird. Versucht er Gewalt, wird es ihm leidtun, dafür kann ich schon selber sorgen. Glaub übrigens nicht, dass mir der Gedanke gefällt, dass du mit deinen Frauen liegst.«

»Bliebest du bei mir, dann würde ich es nicht mehr tun.«

Sie sah wieder zu ihm auf, mit zusammengezogenen Brauen und ärgerlich aufeinandergepressten Lippen. »Hast du's getan, als du dort warst?«

Havenar entspannte sich etwas, er musste lächeln. »Hast du das geglaubt? Dass ich mir schnell eine kleine Abwechslung gegönnt habe? Kannst du dir eigentlich vorstellen, wie oft ich in den letzten Jahren eine von meinen Frauen im Arm hatte und mir wünschte, dass du es wärst?«

»Das ist nicht freundlich gegen sie.«

Er nickte. »Ich habe es ihnen in der Tat auch nicht erzählt.«

»Sind sie je eifersüchtig aufeinander?«

»Reißt du mir den Kopf ab, wenn ich sage, dass sie gewöhnlich keinen Grund haben? Sie merken doch, dass sie mir alle gleich viel bedeuten.«

Frygdis lachte spöttisch. »Sieh an! Nun hätte ich gedacht, gerade das wäre ein Grund zur Eifersucht. Wenn ich sagte, du bedeutest mir gleich viel wie Olof, was ginge dann in dir vor?«

»Wer spricht denn von dir und mir? Das ist doch was ganz anderes.«

»Wenn du mich nach Gammelby bringen könntest – du kannst

es nicht, das weiß ich – wenn aber, was wäre ich dir dann? Die sechste in deinem Haus?«

Havenar zog sie an den Oberarmen hoch und löste die Spangen von ihrem Kleid, dann die Bänder vom Unterkleid. Sie ließ ihn gewähren. »Wenn ich dich in mein Haus bringen würde, dann wärst du meine Gattin. Ich würde einen Vorhang aufhängen, hinter dem wir schlafen, und erst wenn du mich satthättest, würde ich wieder …«

»Oh nein. Darauf, dass ich das erlaube, könntest du lange warten.« Frygdis griff in sein Haar und zog ihn in einen heißen Kuss, der mit einem hastigen, gierigen Gerangel auf der Bank endete.

Der Rest des Tages verging sanftmütiger und schläfrig.

Mitten am Nachmittag allerdings kam ihr Rabe ins Haus und gebärdete sich lästig. Aufgeregt lärmte er, zerrte mit dem Schnabel an Dingen und flatterte, bis sie ihn hinauswarfen. Frygdis schob es darauf, dass er hungrig war und sie ihm ausnahmsweise nichts zu fressen bieten konnten. Auda dagegen geriet in Furcht. »Wenn das bloß kein übles Omen ist«, sagte sie mehrfach.

»So viel Achtung hast du also vor dem Federwisch, dass du ihn für ein Omen hältst?«, zog Havenar sie auf.

»Wenn die Gänse nach Süden ziehen, kommt der Winter«, erwiderte Auda. »Dafür muss ich die Gänse nicht mögen.«

»Wenn der Rabe flattert, heißt das nur, dass Thorwald bald kommen sollte«, meinte Frygdis heiter.

Doch die Zeit schritt fort, und Thorwald kam nicht. Als es dämmerte, wurde Havenar unruhig. »Sollte mich wundern, wenn er im Dunkeln allein durchs Moor geht.«

»Es wird ihn bei seinen Eltern aufgehalten haben. Vielleicht verbringt er die Nacht dort«, vermutete Frygdis.

»Der dicke Klotz kommt mir zwar nicht so helle vor wie euch«, meinte Auda, »aber wenn er gesagt hat, es dauert bis abends, dann hatte er nicht vor, sich lange bei seinen Eltern aufzuhalten. Wenn er mal was sagt, dann meint er's. Bestimmt ist er gleich da.« Doch gerade sie konnte ihre Unruhe am schlechtesten verbergen.

Sie warteten noch eine Weile, dann stand Havenar kopfschüttelnd auf. »Es kostet mich nichts, ihm entgegenzugehen. Der Regen hat aufgehört. Ich lasse euch nur nicht gern allein.«

»Ich komme mit«, sagte Frygdis.

»Dann komme ich auch«, schloss Auda sich an.

»Das ist wohl nicht schlechter, als wenn ihr allein bleibt«, meinte Havenar nach kurzem Zögern.

Der Frost machte ihren Atem weiß, als sie vor die Hütte traten. Frygdis trug einen von Havenars Mänteln. Für Auda hatte er einen Mantel seiner Frauen mitgebracht, von dem er hoffte, dass niemand ihn so bald vermissen würde. Es war schwierig, aus einem gut geführten Haushalt unbemerkt Dinge zu entwenden.

Sie folgten dem Weg durchs Moor, den Havenar sich fest eingeprägt hatte. Die sumpfigen Gebiete lagen wie ein offener Gürtel um eine leicht erhöhte trockene Zunge herum, daher mussten sie für die erste Zeit hintereinander laufen, Havenar vorn, Auda in der Mitte. Frygdis konnte sich bei aller Vernunft nicht gegen ein unangenehmes Kribbeln in ihrem Rücken wehren. Die Geister holten immer den, der zuletzt ging.

Troll kreiste für eine Weile über ihnen, dann flog er voraus. Als sie sich der trockenen Erhebung näherten, sahen sie den Raben am Boden sitzen und an etwas herumhacken, das sie kurz darauf als zerfledderte Reste eines Kadavers erkannten, an dem das Blut noch nicht länger als einige Stunden getrocknet war.

»Wölfe«, stellte Havenar fest. Auda blieb ruckartig stehen, schlang sich die Arme um den Leib und sah sich nach allen Seiten um, doch von den Wölfen war nichts zu sehen.

»Was war das für ein Tier?«, fragte Frygdis.

Havenar sah sich zwischen den Knochen um. »Eine Hirschkuh, würde ich sagen.« Einige Schritte folgte er den Spuren, dann drehte er sich sorgenvoll zu den Frauen um. »Zwölf waren es sicher. Ich frage mich, ob Thorwald ihnen begegnet ist.«

»Würden sie sich an einen Mann heranwagen?«

»Schwer zu sagen. Wenn sie hungrig sind … ach was. Jagen würden sie ihn wohl nicht, aber an Thorwalds Stelle hätte ich schon einen Bogen um sie geschlagen.«

»Wo entlang wäre er dann gegangen?«, fragte Frygdis.

Troll war unzufrieden mit den Aasresten, stieg wieder in die Luft, drehte eine Schleife und landete dann auf Havenars Schulter. »Küss mich nicht, wenn du den Schnabel noch voll Gammel hast, Federwisch«, sagte der. »Du könntest dich mal nützlich machen und Thorwald suchen, alter Schmarotzer.«

»Genau. Such Thorwald, Troll«, sagte Frygdis.

»Freya«, sagte Troll und sah sie mit schiefgelegtem Kopf an.

»Sag ich auch immer, aber sie behauptet, dass sie's nicht ist«, meinte Havenar zu dem Vogel.

»Dass ihr herumalbern könnt, wenn Wölfe in der Nähe sind«, sagte Auda und blickte sich wieder ängstlich um.

Havenar lächelte. »Sie sind längst nicht so groß wie Thorhalls Hunde, Auda.«

»Haben aber sicher ein noch schlechteres Benehmen«, murmelte Auda.

Troll verlor abermals die Geduld und erhob sich in die Luft. »Ich wünschte, er würde einem nicht jedes Mal die Flügel um die Ohren schlagen, wenn er das tut«, sagte Havenar.

»Verbiete ihm, da zu landen. Bei Auda und mir macht er es doch auch nicht mehr. Aber im Grunde gefällt es dir ganz gut, wenn er auf deiner Schulter sitzt, oder?«

Sie sahen alle drei zu Troll hinauf, der jetzt gradlinig nach links ins Moor hineinflog. Havenar nickte. »Wenn mir euer schwarzer Freund schon den Ruf verdirbt, dann wenigstens eindrucksvoll. Nebenbei glaube ich, dass Thorwald links durchs Moor gegangen ist. Das ist sicher kürzer als rechts.«

»Und wenn er die Wölfe gar nicht gesehen hat? Oder wenn er auf dem Rückweg davon ausgeht, dass sie nicht mehr da sind?«, fragte Auda.

»Es ist so ein Gefühl«, meinte Havenar.

»Lasst uns links gehen«, stimmte Frygdis zu.

Es dauerte nicht lange, bis sie im nun halb gefrorenen Schlamm bei schwächer werdendem Licht Abdrücke von Thorwalds großen Stiefeln fanden. Und von mindestens vier Wölfen. Havenar hielt sich nicht damit auf, genauer zu zählen, sondern ging schneller und fluchte stumm, weil er die Frauen mitgenommen hatte. Er gab im Laufen seinen Dolch an Frygdis weiter und nahm die Axt in die Hand.

Sehr schnell kamen sie auf dem unbekannten schmalen Pfad nicht voran, doch endlich sahen sie zwei Wölfe, die wütend hin- und hersprangen. Thorwald steckte mit der Axt in der Hand bis zu den Oberschenkeln im Sumpf, den Tieren gegenüber. Mit ihm halb im Morast versunken lagen ein toter Wolf und ein weiterer, der sich noch schwach regte. Über der Szene zog Troll Kreise und stritt erbost mit dem kleinen Schwarm Krähen, die ebenfalls auf Fleisch lauerten.

Thorwald sah aufrecht aus, aber erschöpft. Havenar warf seine Axt nach dem einen der beiden Wölfe und traf ihn im Genick. Bevor der zweite die Gefahr begriffen hatte, hatte er ihm mit dem Schwert die Kehle durchgeschnitten. Frygdis musste beinah würgen, war aber dankbar, als er noch einmal ausholte und auch den im Sumpf zappelnden Wolf rasch tötete.

»Himmel, Thorwald«, sagte Havenar, »so beim Wort hättest du mich nicht nehmen müssen. Ein ganzer Pelzmantel wäre nicht nötig gewesen.«

Thorwald ließ Axt und Schultern sinken und atmete tief aus. Havenar beugte sich vorsichtig zu ihm, um nur ja nicht im Schlamm zu landen, nahm ihm die Axt ab und gab sie Auda. »Hol meine auch wieder«, sagte er. »Frygdis, halt mich fest. Mal sehen, ob wir den Baum aus der Erde ziehen können.«

Frygdis griff ihm unter den Mantel in den Gürtel und sorgte für festen Halt ihrer Füße, dann umfassten die Männer einander die Unterarme. Thorwald arbeitete sich aus dem Sumpf, und für einen Moment hatten sie so große Schwierigkeiten damit, dem heimtückischen Bodenlosen zu entgehen, dass auch Auda noch zu Hilfe kommen musste. Als Thorwald auf festem Boden stand, knickten ihm die Knie ein.

Es erschütterte Frygdis, ihren mächtigen Freund zitternd am Boden zu sehen. Auch Auda wirkte ängstlich besorgt um den großen Mann.

»Wie lange warst du da drin?«, fragte Havenar.

»Seit morgens«, sagte Thorwald schwer atmend und hustend, und beide Frauen schlugen sich die Hände vor den Mund.

»Ab nach Haus«, sagte Havenar und nahm eilig Thorwalds Arm über seine Schultern. Frygdis konnte auch in seiner Stimme die Besorgnis hören. Wenn Thorwald den ganzen Tag im Schlamm gesteckt hatte, dann musste er mehr als halb erfroren sein.

Frygdis und Auda versuchten zu helfen, doch sie hatten wenig Platz auf dem Pfad, sodass Havenar den größten Teil von Thorwalds Gewicht bis zur Hütte zurücktragen musste und dort eine Weile brauchte, bis er wieder zu Atem kam.

Das Feuer war fast aus. Auda wirbelte geschäftig herum, um es wieder zum Lodern zu bringen und die Frostkälte aus der Hütte zu vertreiben. Mangels Fleisch setzte sie hastig eine Suppe aus Grützeresten und Dörrobst an, während Havenar und Frygdis dem halb besinnungslosen Thorwald halfen, sich von den moorgetränkten Sachen zu befreien, sich zu trocknen und in den Fellsack zu kriechen. Die Zähne schlugen ihm aufeinander, als er lag. Nachdenklich sah Havenar auf ihn hinunter, dann zuckte er mit den Achseln und drehte sich um. »Auda, hör auf herumzufummeln. Leg dich zu Thorwald, sonst wird er nicht warm.«

Sowohl Auda als auch Frygdis erstarrten. »Also, mein Lieber, du hast einen Ton«, sagte Frygdis stirnrunzelnd.

Audas Wangen waren rot. »Schon gut«, sagte sie zu Frygdis' Erstaunen. Auda zog sich bis aufs Unterkleid aus und ging zu Thorwald, der sich bei aller Benommenheit vor Überraschung halb aufrichtete. Auda drückte ihn zurück auf die Bank und schlüpfte zu ihm in den Fellsack. »Bilde dir nur nichts ein, altes Ungetüm«, sagte sie. »Wo der hohe Herr Recht hat, hat er Recht. Es ist zu kalt hier. Ich habe auch keine Lust mehr auf den Fußboden.«

»Das heißt, es werden zwei Decken frei«, sagte Havenar, holte seinen Fellsack vom Boden auf die zweite Bank und breitete dann eine der beiden Decken, die er mit Frygdis geteilt hatte, über Thorwald und Auda.

»Aber nur, bis er gesund ist«, sagte Auda energisch.

Als Frygdis vor die Tür ging, war auch ihr Rabe wieder da und lauerte in der nahe stehenden Birke darauf, dass er ins Haus konnte. Vollgefressen und zufrieden saß er später auf seinem Balken und schnarchte gut gelaunt, während die Menschen ihre karge Obstsuppe löffelten.

Auch Thorwald aß im Bett sitzend, doch sie merkten ihm an, dass er sich krank fühlte. Frygdis schloss zudem aus seiner Haltung und der völligen Sprachlosigkeit, dass ihm die ganze Geschichte peinlich war. Es war das zweite Mal, dass Havenar ihm das Leben rettete. Das musste eine schwere Last für den Stolz eines Mannes sein, der so groß und stark war.

»Diese Wölfe müssen wirklich hungrig gewesen sein«, sagte sie. »Gut, dass du dich verteidigen konntest.«

Thorwald wurde unter seinem Bart sichtlich rot. »Ein Rindvieh bin ich. Musste ich in den Sumpf latschen. Auf dem Trockenen hätten die Biester mir nichts gekonnt.«

Frygdis beobachtete, wie Auda, die in die Decke gehüllt neben Thorwald auf der Bank saß, ihm einen Seitenblick zuwarf und sich auf die Lippen biss.

»Jeder tritt mal daneben«, sagte Havenar, dem man von klein auf eingebläut hatte, dass er sich keinen Fehltritt erlauben durfte. Erik hatte ihn ebenso viel balancieren, klettern, rennen und springen lassen wie mit Waffen üben. Immer neue Herausforderungen hatte er gefunden. »Was deine Hand kann, hilft dir gar nichts, wenn die Füße nichts taugen«, pflegte er zu sagen. Aber Thorwald hatte nicht den Vorteil eines solchen Lehrers gehabt, und Havenar hielt es für das Wichtigste, seinen Stolz zu flicken.

Thorwald betrachtete ihn wortlos eine Weile. »Bullenmist«, brummte er schließlich. »Vater hat schon immer gesagt, dass mir das Geschick abgeht.« Das war eine Feststellung, ganz nüchtern.

Auda schnaubte. »Ja, wie soll denn so ein klobiger Riesenklotz mit Füßen wie Booten dahertänzeln wie ein Eichhörnchen? Musst ja nicht auf dem Dach balancieren, du kannst das Schilf von unten drauflegen. Nächstes Mal, wenn du losgehst, achtest du aber gefälligst auf den Weg und lässt dich nicht von ein paar Kläffern durcheinanderbringen.«

Thorwald sah sie von der Seite an. Er hatte inzwischen Schweißperlen auf der Stirn, dennoch funkelte nun Belustigung in seinen Augen. »Hm«, sagte er. »Waren gar nicht die Kläffer, die das getan haben.«

Frygdis begriff nicht, wieso Havenar sich mit einem Aufstöhnen nach hinten auf die Bank umfallen ließ. »Was ist denn mit dir?«, fragte sie.

Er lachte in sich hinein. »So stöhnt ein Esel, der einen anderen Esel nach Haus geschleppt hat. Ich muss jetzt schlafen, obwohl ich nicht satt bin. Morgen werden wir beide gegen diese Not etwas unternehmen. Auf dem Weg von Gammelby hierher habe ich Bärlauch wachsen sehen. Etwas weiter weg vielleicht, als ihr sonst wandert. Da gehen wir hin. Unterwegs finden wir Fleisch. Du passt auf, dass ich nicht danebentrete, und Auda kümmert sich um Thorwald.«

»Kommt es gelegentlich vor, dass dir jemand nicht gehorcht?«, fragte Frygdis mit leisem Unwillen.

Er zog sie auf sich, in seinen Arm. »Alle, die mir gelegentlich nicht gehorchen, befinden sich in dieser Hütte. Darunter eine, der ich gehorche. Weißt du eine bessere Anordnung?«

»Für Bärlauch würde ich zurzeit alles tun. Wir gehen.«

»Hätte ich das gewusst …«, murmelte Havenar.

Die Kälte dauerte nur noch einige Tage an, bevor sie endgültig vom Frühling vertrieben wurde. Genauso lange dauerte es, bis Thorwald das Bett verlassen konnte. Auda bezog daraufhin wieder ihren alten Platz am Boden. »Lieber einen steifen Nacken als taub«, sagte sie.

Thorwald sagte nichts. Selbst Frygdis konnte aus seinem unbewegten Blick diesmal nicht lesen, was er vom Verlust seiner Bettgefährtin hielt. Soviel Frygdis wusste, hatte Auda nicht mehr getan, als ihn zu wärmen, doch oft waren Havenar und sie des Nachts zu beschäftigt, um andere hören zu können. Und waren sie es nicht, so schliefen sie tief.

Dank ihrer täglichen Ausflüge herrschte im Suppenkessel keine Not mehr. Frygdis war froh, dass man in Havenars Sippe Wert auf die Jagd legte. Längst nicht in jeder Sippe fanden sich geschickte Jäger, in vielen kam Wild kaum auf den Tisch. Einmal wanderte Havenar mit ihr sogar bis zu Thorhalls Haus, um Wolle zu holen und Neuigkeiten zu tauschen. Ein anderes Mal gingen sie in die Gegenrichtung zu einem abgelegenen Hof kleiner Bauern, um Korn zu kaufen. Frygdis blieb im Gehölz zurück, während Havenar verhandelte und mit den Leuten plauderte.

Tage und Wochen vergingen, es wurde warm und grün. Für die Frauen war es ungewohnt, diese Jahreszeit so untätig zu verbringen. Wenn sie nicht jagten oder sammelten und Frygdis ausnahmsweise die Hände frei von Havenar hatte, webte sie. Sie machte einen Stoff, der übersät war mit Reihen kleiner Raben, die sich die Schnäbel zuwandten, und Havenar erbat ihn für sich.

»›Havenar Rabenzunge‹ nennen mich inzwischen ein paar von den Leuten. Andere sagen ›Freyasfreund‹. Wie schnell die Leute bereit sind, etwas zu glauben, wenn es ein bisschen Aufregung verspricht.«

»Du fütterst sie ja mit dem Unfug«, meinte Frygdis. »Oder willst du etwa kein Wams aus diesem Stoff? Dann sagst du noch ein Mal ›Freyas Webstuhl‹, und alle wissen Bescheid.«

»Es ist doch so nützlich«, meinte er kleinlaut.

Als sie das Wams fertig hatte, um Beltane herum, wusste Frygdis ganz sicher, dass sie schwanger war. Sie sagte Havenar nichts, und der zählte nicht die Tage, auch war er zu oft fort gewesen, um ihren Monatsfluss gut zu kennen. Es waren schwere Tage, als sie sich bewusst wurde, dass das, was ihre größte Freude hätte sein können, das Ende ihrer gestohlenen, glücklichen

Zeit bedeutete. Sie musste sich nun beeilen, wenn es noch Hoffnung für ihren heimlichen Plan geben sollte. Sobald sie ihren Entschluss gefasst hatte, wurde ihre Sehnsucht nach Hadwig so übermächtig, als wäre in ihr ein Damm gebrochen.

Doch als Havenar diesmal von seiner Runde zurückkehrte, hungerte er so verzweifelt nach ihrer Zärtlichkeit, als wüsste er, dass ihnen die Zeit ausging. Frygdis versuchte Stunde für Stunde, mit ihm zu sprechen, und brachte es nicht fertig. Dann und wann erwischte sie seinen Blick, mit dem er sich ihre Züge ins Gedächtnis zu meißeln schien.

Zwei Tage darauf kehrte Thorwald von einem Besuch bei seinen Eltern zurück, und Frygdis lauschte ungewollt einem Teil des Gesprächs, das er mit Havenar führte, als er sich ungehört wähnte.

»Müssen mal reden«, sagte Thorwald und räusperte sich, als von Havenar keine Antwort kam.

»Hm«, machte der darauf.

»Da ist diese Sache wegen ihr.« Thorwald machte eine Pause. »Vater hat's von den Nachbarn. Du weißt ja, was du tust, aber wenn du ihr das nicht sagst, wird sie mit Recht böse wie der Donnerer selbst.«

Wieder gab es eine längere Stille. »Ich wollte es noch ein paar Tage aufschieben«, sagte Havenar, und er klang so hoffnungslos und müde, dass Frygdis die Tränen in die Augen stiegen.

Am nächsten Tag gingen sie jagen. Das Wetter war sommerlich, und doch hielt sich das Ungeziefer zurück, woran sie sich freuten. Sie fanden eine lichte Stelle im Wald, die von blühenden Maiglöckchen bedeckt war, und rasteten dort.

Havenar bückte sich, um den Proviant aus seiner abgesetzten Schultertasche zu nehmen. Als er sich aufrichtete, stand Frygdis mit dem Rücken an einer Eiche und schien ihn mit ihrem Blick zu trinken. Schon seit den ersten warmen Tagen war ihr Haar gewaschen und glatt gekämmt. Auda hatte es ihr kunstvoll aufgesteckt, nur ein paar entwischte sonnengebleichte Strähnen rahmten ihr Gesicht. Das Kleid, das sie trug, war auch durch die Änderungen nicht hübsch geworden, doch das nahm der Schönheit dieser Frau nichts. Aufrecht und biegsam war sie. Zart, wohin zart gehörte, und üppig, wohin üppig gehörte. Die Linie ihres Nackens raubte ihm noch immer den Atem.

Er sah ihr in die Augen, und sein Herz änderte den Takt. Ohne den Blick von ihrem zu lösen, nahm er wahr, wie sie langsam ihr Kleid an der Seite hochzog. Über ihre Wade glitt es. Fester war diese Wade geworden durch das Wandern im Wald. Über ihr Knie. Das Knie hatte eine besondere Bedeutung, denn nur bis zu dieser Stelle ihres Körpers konnte Havenar noch einigermaßen klar denken. Als sie das Kleid höher zog, war er mit wenigen Schritten bei ihr.

»Ich dachte, eine ehrbare Frau wie du kennt solche Tricks nicht«, sagte er, legte seine Hand auf ihre, die das Kleid hielt, und bremste sie spielerisch.

»Was für Tricks?«

»Tricks einer Magd, die einen Mann lockt.« Sein Gesicht näherte sich ihrem Hals, ohne ihn zu berühren. Er sah, wie ihr Atem schneller wurde, und sein Begehren erfüllte ihn mit unhörbarem Wutgebrüll. Er schwankte mit seinem Herzschlag.

»Nun«, sagte sie, »ich will einen Mann. Ich habe die Mägde manchmal darum beneidet, wie leicht sie das haben konnten. Wäre ich damals auf dem Thing, als ich dich das erste Mal sah, kein dummes Mädchen gewesen, hätte ich gewusst, was ich jetzt weiß …« Sie brach ab, fuhr ihm mit der Hand unters Wams und öffnete seine Hosenschnur.

»Dann hättest du für den dummen Jungen dein Kleid gehoben?«

»Hättest du mich verachtet?«

»Schwer zu sagen, aber genommen hätte ich dich. Die Achtung hättest du mir schon wieder beigebracht.«

»Nimm mich jetzt«, sagte sie, ahnend, dass sie schon an zwei Händen abzählen konnte, wie oft es noch geschehen würde.

Havenar hatte beide Hände unter ihrem Kleid, auf ihren Hüften, dann auf ihrem Hintern, und fühlte nur noch schwache Reste von Verstand, doch nun musste er lachen. Kopfschüttelnd sah er sich in alle Richtungen um.

»Willst du nicht?«, fragte sie.

»Doch. Es ist nur ... Glaub es oder nicht, es ist das erste Mal, dass ich das im Freien tue, und das ist doch irgendwie lustig, wenn man bedenkt, wie lange ich ... Freyas Locken! Du weißt so gut, wie sehr du mich in der Hand hast.«

Sie klappte sein Wams vorne um und steckte es von oben in den Gürtel. Während ihre Zungen in der Hitze ihrer Münder miteinander spielten, schob sie ihm die Hose herunter und reizte ihn, bis er den Kuss abbrach. Er drängte sie gegen den Stamm, hob einen ihrer Schenkel zu seiner Hüfte, doch sie wehrte ihn ab. Er hatte den Schleier über den Augen und das Glühen in den schönen Zügen, das ihr zeigte, dass nicht mehr sein Kopf bestimmte, sondern sein Trieb. Trotzdem wurde er nicht grob. Nie wurde er grob. Frygdis' Gefühl für ihn füllte sie so sehr aus, dass sie vor Wut und Trauer laut schreien wollte. Sie wollte ihn. Wollte ihn für sich, für immer. Ein Schluchzen steckte in ihrer Kehle, mühsam presste sie die Worte daran vorbei.

»Hör mir zu«, sagte sie heftig, legte ihre Hände auf sein Gesäß und zog ihn heran. Er verschluckte ein Stöhnen, aber sie erlaubte ihm nicht, wonach er fieberte, sondern grub ihre Fingernägel in seine Weichen. »Jedes Mal, wenn du eine Frau hast, werde ich bei dir sein. Jedes Mal wirst du mich mit ihr nehmen, und wenn du mich je dabei vergisst, dann schlage ich meine Nägel in dich, und du wirst es bereuen.«

Nun erst ließ sie ihn gewähren. Machtvoll drang er in sie ein und verharrte dann.

»Versprich mir das«, flüsterte er. »Versprich mir, dass du da sein wirst.« Um Frygdis herum sah Havenar nichts mehr, aber sie sah er. Ihr Gesicht schimmerte vor Lust, ihre Augen, die über seine Schulter ins Nichts blickten, unter flatternden Lidern dunkel vor Verlangen, dunkel wie das nächtliche Meer. Ihr Kopf fiel zurück gegen den Baumstamm, ihr Atem ging hastig.

»Immer«, stieß sie hervor. »Du wirst nie frei von mir sein. Wir sind eins.«

Sie blieben nicht lange stehen, es gab für ihre Hände zu wenig Möglichkeiten. Zu Füßen der alten Eiche sanken sie in eine Mulde zwischen den großen Wurzelausläufern und liebten sich nach allen Regeln der Kunst, die sie einander gelehrt hatten. Lange blieben sie in ihrer besonderen Welt außerhalb der Zeit. Frygdis war schon jenseits ihrer Höhen, während Havenar sich noch dagegen wehrte, zum Ende zu kommen. Verbissen kam er Frygdis vor. Sie legte die Hände in seinen Nacken und holte ihn noch einmal zu einem Kuss.

»Lass los«, flüsterte sie.

Er keuchte überrumpelt. »Was?«

»Du musst loslassen.«

Lust, Wut und Schmerz brüllten in ihm auf, er kam tief in ihr, und doch nicht so tief, wie er gern wollte. Schweißbedeckt sank er über ihr zusammen, sein Herz sprengte beinah seine Brust. Er verlagerte sein Gewicht, damit er sie nicht erdrückte, und lag dann lange an sie geschmiegt, mit geschlossenen Augen, unfähig zu denken oder sich noch zu regen. Sie schwieg und streichelte ihn nur. Ihre Kleidung war im Eifer der Sache unter sie geraten, sie waren beide nackt.

Frygdis liefen die Tränen über die Wangen. »Es gibt noch so viel, was ich dir sagen möchte«, murmelte sie. Er erwiderte nichts, und sie nahm halb an, dass er schlief. »Ich wäre glücklich mit dir gewesen«, fuhr sie leise fort. »Und stolz. Ich will nicht mehr an die Götter glauben, weil sie so ungerecht und gehässig sind. Ich möchte lieber das Gleiche glauben wie die Leute im Süden, von denen du erzählt hast. Dass wir noch einmal leben werden. Beim nächsten Mal werden wir beide schneller begreifen und beieinander sein können. Wenn ich fort bin, werde ich nur noch daran glauben. Ich muss jetzt gehen, Havenar.« Fast unhörbar sagte sie es. »Hörst du?«

»Ja«, sagte er. Mehr traute er seiner Stimme nicht zu. Er öffnete die Augen nicht, aber er spürte ihre Tränen auf sein Gesicht fallen, als sie sich aufrichtete und ihn wieder küsste. Ruhig fühlte er sich, entfernt, wie im Nebel. Sie brauchte ihn stark, also würde er stark sein.

Er legte die Faust auf seine Stirn und räusperte sich. »Ich hätte es dir längst erzählen sollen. Ich wollte nur nicht … Es ist gut, dass du gehen willst. In knapp vier Wochen ist schon das Thing. Harald wird Horich herausfordern. Alle thingfähigen Männer werden da sein, um abzustimmen und ihre Muskeln spielen zu lassen. Ich auch. Und du. Gewissermaßen. Deine Brüder haben angekündigt, dass sie vor der Wahl von jedem Mann einen Schwur fordern werden, dass er nichts darüber weiß, wohin du geraten bist. Sie begründen es damit, dass es die Stimmen beeinflussen könnte, wenn die Wahrheit vor der Wahl nicht ans Licht kommt. Beeinflussen würde es aber zweifellos vor allem die Dauer meines Lebens, wenn ich die Wahrheit sagte.«

Frygdis fuhr auf und starrte ihn entgeistert an. »Bring mich so schnell wie möglich zurück!«

Havenar öffnete die Augen und traf ihren Blick. Dann nickte er und setzte sich schwerfällig auf. Sie war dabei, sich eilig anzuziehen, als würde diese Eile jetzt schon einen Sinn haben.

»Das hättest du mir gleich erzählen sollen«, meinte sie aufgebracht.

Weit langsamer kleidete Havenar sich selbst an. »Es ist noch Zeit genug für den Weg. Ich wusste doch, dass du keine Ruhe mehr haben würdest. Du wirst mir nicht verübeln, wenn ich … Sei jetzt nicht wütend auf mich, Frygja.«

Sie holte tief Luft und sah ihn an. Ihre Tränen liefen einfach weiter. Sie fing an, sich an das Gefühl zu gewöhnen. »Ich hätte genau das Gleiche getan«, gestand sie. »Genau das Gleiche. Aber nun komm. Wir haben ja noch nicht einmal etwas für den Kessel heute Abend.«

Havenar gürtete sein Wams und hob die Waffen auf. »Morgen gehe ich und hole das Boot in die Förde. Den halben Weg von Flintholm habe ich es schon hergebracht. Am vierten Tag von heute an bist du auf Midbikhus, wenn nichts dazwischenkommt.«

11. Kapitel

Im kühlen Morgengrauen schmiegten sich die Liebenden in einem Versteck an einem von Thorolfs Stränden für eine letzte Stunde aneinander. Havenar hatte Thorwalds Hilfe nicht gebraucht, um sie bei Nacht dorthin zu segeln, denn das Wetter war ruhig und der Himmel sternenklar gewesen.

Frygdis verbot Havenar, sie näher an Midbikhus heranzubringen. Nur Thorwald sollte Auda und ihr das Geleit geben. Havenar gehorchte. »Ich werde bis zur Dunkelheit auf dich warten, Thorwald. Wirst du dann wieder hier sein?«

Thorwald sah ihn bedauernd an. »Nee.«

Havenar fühlte sich zu elend, um sich aufzuregen. »Nee«, wiederholte er mit traurigem Spott. »Dann nicht. Willst du Olofs Mann werden?«

Thorwald zuckte mit den Schultern. »Hm.«

Havenar nickte. »Ich versteh schon. Pass auf euch auf.« Er schlug dem Riesen freundlich auf den Oberarm und wandte sich dann Frygdis zu. Sie hatte so viel auf ihre stumme Art geweint, dass sie gerötete Augen hatte. In seinem Kopf fand sich nichts mehr, was er in diesem Moment noch zu ihr sagen konnte.

»Versprich mir etwas«, sagte sie da. »Schwöre, dass du nicht versuchst, für mein Wohl zu sorgen, gleichgültig, was geschieht. Ich werde besser auf mich achtgeben als bisher, und wenn ich deine Hilfe brauche, sende ich dir Nachricht. Du wirst keine Verbindung zu mir suchen und nach deiner Vernunft handeln, nicht aus Rücksicht auf mich. Denk daran, dass ich mir wünsche, dass du lebst und deinen Pflichten nachgehst.«

»Ich werde nie etwas tun, was dir schadet, Vernunft hin oder her«, widersprach er, seine Stimme gefährlich nahe am Kippen.

Frygdis konnte sich nicht mehr beherrschen, sie schluchzte auf. »Ja. Ich weiß.« Und das war gerade der allerwichtigste Grund, nicht bei ihm zu bleiben, dachte sie, während sie sich zum Abschied küssten. Sie machte ihn leicht verwundbar.

»Ich warte bis zur Dunkelheit. Für den Fall, dass …«, sagte er.

Frygdis schüttelte den Kopf. »Du segelst jetzt. Sei vorsichtig.«

Er wollte noch einmal widersprechen, doch dann ließ er den Kopf sinken und nickte. Wenig später stand er in dem kleinen unscheinbaren Küstensegler und hob zum Abschied die Hand.

Die drei am Ufer sahen ihm stumm nach, bis das graue Segel kaum noch zu erkennen war.

»Thorwald?«, sagte Frygdis. Er sah sie mit regungsloser Miene an. »Jetzt muss ich dir etwas sagen.«

»Jetzt schon?«, warf Auda ein.

Frygdis nickte. »Thorwald wird vielleicht lieber von hier geradewegs nach Gammelby gehen, wenn er es weiß. Wir werden doch auch allein zurechtkommen, oder nicht? Es ist so, Thorwald: Ich will nach Midbikhus, um meine Tochter zu holen und mich von Olof loszusagen. Dann werde ich fortgehen. Vielleicht zu Einar oder nach Norwegen zu Mutter. Noch lieber würde ich ganz verschwinden. Desto weniger Aufruhr würde es geben. Auda kommt mit mir. Aber du hast für dich sicher bessere Pläne.«

Thorwald senkte den Blick und starrte für eine Weile nachdenklich in den Kies.

»Hm«, brummte er endlich. »Nee. ›Pass auf sie auf‹, hat er gesagt. Hel soll mich holen, wenn ich das nicht tu'.«

»Du würdest sogar mit nach Norwegen kommen?«, fragte Frygdis ungläubig.

Er zuckte mit den Achseln. »Wenn du da hin willst.«

»Will sie nicht«, sagte Auda. »Am liebsten will sie heimlich in einem Erdloch in Hörweite von Gammelby sitzen, damit ihr nicht entgeht, was ihrem Jarlssohn geschieht. Umgekehrt soll er von ihr nichts wissen, weil er sonst nur Dummheiten macht, närrisch, wie er ist.«

Thorwald sah Frygdis an und bewegte die Lippen, als würde er an einem schwierigen Satz kauen.

»Im Land würde ich schon gern bleiben«, bestätigte Frygdis mutlos. »Aber niemand darf wissen, wo. So ein Ort wird kaum zu finden sein. Ein Erdloch wird es nicht tun, mit zwei Kindern.«

Thorwald hob die Brauen, und Auda fuhr herum. »Davon hast du mir nichts gesagt«, schimpfte sie. »Nun klingt die ganze Sache noch verrückter. Vor zwei Männern ihre Kinder verstecken und dabei überleben. In einer Zeit wie dieser! Wie stellst du dir den nächsten Winter vor?«

»Ich sollte wohl besser zu Einar gehen«, gab Frygdis zu.

Auda schüttelte den Kopf. »Du hast mir schon gute Gründe dagegen aufgezählt.«

»Auch wenn ich nicht bei ihm bliebe. Er könnte vielleicht wenigstens einen sicheren Ort für uns finden. Bestimmt würde er das tun.«

»Also, was ich von ihm weiß … Das wäre dem einen Narren entronnen und dem nächsten in die Hände gelaufen. Er wird sich doch etwas von dir erhoffen.«

»Aber Einar war immer so vernünftig. Er wird sich doch nicht ernstlich Hoffnungen auf mich machen. Zudem werden die Kinder ihn abschrecken.«

Auda lachte trocken auf.

Frygdis seufzte, zeigte in Richtung Midbikhus, und sie setzten sich in Bewegung. »Es ist ja auch gleich. Zuerst muss ich den ersten Schritt hinter mich bringen. Dann holen wir meine Kiste und gehen zum Boot. Bis dahin fällt mir ein, was das Richtige ist.«

»Ich wüsste etwas«, sagte Thorwald. »Da ist eine Höhle auf Swidberts Land. Fast eine Hütte.«

Eine Höhle klang für Frygdis nicht verlockend, doch sie war bereit, nach jedem Strohhalm zu greifen. Das Wichtigste war, zuerst einmal unsichtbar zu werden. Dann konnte sie weitersehen. »Havenar kennt sie nicht?«, vergewisserte sie sich.

Thorwald schüttelte den Kopf. »Keiner.«

Sie überlegte einen Moment. »Thorwald? Kannst du uns allein dorthin bringen? Ich meine, kannst du gut genug segeln?«

Er wurde rot. »Nicht wie Havenar Hademutsson. Wird aber wohl reichen.«

Auda schnaubte. »Nicht wie Havenar Hademutsson«, brummelte sie. »Der ist vermutlich schon in Windeln gesegelt. Hat man doch erwartet, dass er sein Leben damit verbringen wird. Sicher ist er jetzt schon halb in Flintholm. Wenn er es sich nicht überlegt hat und einen Abstecher nach Schweden macht. Er sah nicht so aus, als ob …«

»Auda!« Frygdis' Stimme war schneidend. »Würdest du bitte aufhören, über ihn zu sprechen? Erwähne ihn nicht mehr, bis ich es dir erlaube. Es ist gefährlich und … Und … Lass es bitte.«

Auda legte sich betreten die Hand vor den Mund. »Verzeih. Ich vergesse immer, wie ernst du es meinst.«

Frygdis warf ihr einen traurigen Blick zu. Den Rest des Weges brachten sie schweigend hinter sich.

Olof war nicht in Midbikhus. Frygdis fragte sich, wieso sie davon ausgegangen war, dass er es sein würde. Es ärgerte sie schon beim Näherkommen, dass der Pfahlzaun noch immer in keinem besseren Zustand war. Die Wachen waren aufmerksamer geworden und öffneten das Tor erst, als sie sich zu erkennen gab, doch sonst hatte man die Befestigung des Hofes nicht verbessert.

Kurz nach ihrem Eintreten stand sie Olofs Vetter Magnus gegenüber, der zu verdutzt war, um sie auch nur zu grüßen. Schon die Wachen hatten ihr mitgeteilt, dass Olof auf Silveid weilte, und nun schlug Frygdis' Herz wild, weil sie fürchtete, dass Hadwig bei ihm und nicht in Midbikhus sein würde.

»Frygdis!«, sagte Magnus. »Wir hätten nicht gedacht, dass … Wo kommst du her?«

Frygdis musterte ihn kurz. Magnus' Züge begannen, schwammig zu werden. Er hatte immer die Neigung gehabt, übermäßig zu trinken und zu faulenzen. »Wo ist meine Tochter?«, fragte sie zurück.

Magnus sah sich suchend auf dem Hof um. »Ich weiß nicht. Spielt mit den anderen.«

»Wie geht es euren Töchtern? Ihr habt sie doch wiederbekommen, oder?«

»Ah. Schon, ja. Die Große lebt nicht mehr. Hatte Bauchkrämpfe, und dann … Tja.«

»Das tut mir leid.«

»Ja. Armgard hat es sehr getroffen. Sieh mal, dahinten ist Hadwig.«

»Habt ihr euch um sie gekümmert?«

»Da war anfangs dieser Knecht, Närve. Der hat sie gehütet. Lebt jetzt auch nicht mehr. Nun schläft sie bei unseren. Kommt ja auf eines nicht an. Mein Vater ist auch tot, wusstest du das?«

Frygdis schüttelte den Kopf, während sie schon unterwegs zu Hadwig war. Auda folgte ihr. Thorwald blieb zuerst mit verschränkten Armen bei Magnus stehen, bis Auda sich noch einmal zu ihm umsah und ihm winkte. »Komm schon«, sagte sie. »Hadwig soll dich kennenlernen. Wahrscheinlich gefällst du ihr. Sie hatte immer etwas übrig für unheimliche Gestalten.«

Thorwald nickte dem noch immer verdatterten Magnus zu und ging ihr nach.

Hadwig war bei ihrem Wiedersehen nicht so verstört, wie Frygdis befürchtet hatte. Sie erkannte ihre Mutter und Auda sofort und ließ sich in den Arm nehmen. Statt zu weinen, drehte sie sich plötzlich zu den anderen Kindern um. »Jawohl ist sie doch wiedergekommen, da seht ihr mal«, rief sie wütend. »Jetzt bleibst du da, oder?«, wandte sie sich dann besorgt an Frygdis.

Frygdis schloss sie wieder in die Arme. »Wir bleiben zusammen. Du hast mir sehr gefehlt.«

Hadwigs Gesicht verzog sich zu einem Schmollen. »Wo warst du denn?«

»Das erzähle ich dir alles später. Nun komm, wir haben Arbeit zu tun.«

»Wohnst du jetzt wieder mit mir im großen Haus? Onkel Halfdan ist tot, weißt du? Er hatte so eine Wunde am Bein, die ist ganz faulig geworden. Das hat gestunken, oh weh. Das konnte man gar nicht aushalten. Deshalb ist er gestorben, hat Armgard gesagt.«

Frygdis küsste sie und bemerkte, dass ihre Tränen wieder liefen. »Ich weiß, ja. Sieh mal, wir haben einen neuen Freund mitgebracht. Das ist Thorwald. Er bleibt bei uns.«

Hadwig ließ ihren Blick langsam an Thorwald emporwandern und machte große Augen, als sie oben ankam. »Oh. Ist er ein echter Riese?«

Thorwald beugte sich vor und hielt ihr die Hand hin. »Halbriese«, sagte er.

Hadwig beachtete die Hand nicht, sondern sah einen Moment lang misstrauisch forschend in seine Augen. Dann grinste sie. »Du lügst«, sagte sie, tippte ihm aber dennoch nur vorsichtig auf seine Pranke.

Thorwald richtete sich auf und nickte mit dem belustigten Funkeln in den Augen, das Frygdis inzwischen gut kannte. »Stimmt.«

»Den find' ich gut«, sagte Hadwig daraufhin leise in Frygdis' Ohr, bevor sie ihr Gesicht in ihre Halsbeuge schmiegte und sich anklammerte, sodass Frygdis mit ihr auf dem Arm aus der Hocke aufstehen musste.

»Schwer bist du geworden«, sagte sie. »Und gewaschen hat dich wohl niemand, was?«

»Nee«, sagte Hadwig.

Nicht nur Olof fehlte in Midbikhus, sondern auch viele andere Männer. Der Ort kam Frygdis unsicherer vor denn je, und ihr Zorn auf Olof wuchs. Auf der anderen Seite kam seine Geringschätzung für seine Tochter ihr nun gelegen.

Während sie selbst sich oberflächlich mit Magnus und Armgard unterhielt, die nun Herren von Midbikhus waren, sammelte Auda mit Thorwald und Hadwig zur Seite das zusammen, was von ihren und Hadwigs Sachen noch aufzufinden war. Vor allem auf die warmen Decken legte sie nach den zurückliegenden winterlichen Erfahrungen Wert. Was sie sonst noch aufstöberte, war kaum nennenswert. Frygdis' Hab und Gut hatte längst neue Besitzer gefunden, doch immerhin hatten sie noch die Hoffnung, ihre verborgene Truhe unangetastet zu finden.

Als sie zur Abreise bereit waren, ließ Frygdis alle in Midbikhus anwesenden thingfähigen Männer zu Magnus rufen. »Bestätigt ihr, dass ich Frygdis Thorhildsdottir bin, Olofs Frau?«, fragte sie. Verwirrt stimmten die Männer zu. »Wenn ihr aufs Thing geht, werdet ihr bezeugen, dass ihr mich heute lebend hier gesehen habt. Ihr werdet erzählen, wie ich mich aus freiem Willen und mit gutem Grund von Olof losgesagt habe. Mein Gatte hat mich nicht geschützt, und er hat sein Kind schlecht geschützt. Er hat mir nicht mehr als das eine Kind gegeben, und nach meiner Überzeugung wird er mir auch nicht mehr geben. Ich sage mich von ihm los und gehe fort und wünsche nun nicht mehr, dass er oder sonst jemand mich sucht.«

Die Männer waren sprachlos und starrten sie an, bis Magnus sich räusperte. »Da hast du vielleicht mit ein, zwei Dingen nicht ganz Unrecht, aber … Willst du ihm nicht lieber selbst … ich meine … Willst du nicht wenigstens einmal offenbaren, wo du gewesen bist?«

»Nein«, sagte sie. »Wenn Olof hier gewesen wäre oder wenn er wenigstens seine Tochter bei sich gehabt hätte, dann hätte ich mit ihm gesprochen. Dazu bin ich hergekommen. Aber nun ist mir die Zeit zu schade.«

»Wo willst du hin?«

Frygdis zuckte mit den Schultern. »Ich bleibe nicht im Land.«

»Ich nehme an, Olof packt mich an der Gurgel, wenn ich dich gehen lasse«, sagte Magnus.

»Ich nehme an, Olof hat nicht mehr über mich zu bestimmen, wie ihr gerade gehört habt. Was er über euch zu bestimmen hat, müsst ihr selbst wissen. Ich nehme nichts mit, was ihm gehört. Nur das Kind, an dem ihm nichts liegt. Und nun Schluss der Rede.« Entschlossen drehte sie sich um und ging zu Thorwald und Auda, die mit drei geschnürten Deckenbündeln auf sie warteten.

»Na, das gibt ein Fest«, hörte sie einen der Männer hinter ihr betreten murmeln. »Wäre ich heute bloß fischen gegangen.«

Frygdis staunte den ganzen Weg bis zum Versteck ihrer Kiste darüber, wie leicht man es ihr gemacht hatte. Immer wieder sahen sie sich misstrauisch nach Verfolgern um, doch niemand zeigte Interesse daran, sie aufzuhalten. Schließlich hatten sie so oft die Richtung gewechselt, dass sie nicht mehr befürchteten, gefunden zu werden.

Hadwig war hocherfreut über das Abenteuer und hielt tapfer mit, so lange sie konnte, dann ließ sie sich nach kurzem Widerstreben von Thorwald aufheben und ritt vergnügt auf seinen Schultern weiter.

Frygdis' Truhe lag im vergessenen Erdkeller einer vor langer Zeit abgebrannten Schäferhütte. Sie fanden sie unberührt und darin jedes Stück ihres Schmucks und Silbers, das sie unauffällig hatte zur Seite schaffen können, was der größte Teil gewesen war. Außerdem ein guter Satz Hausgerät und Werkzeug und sorgsam wasser- und mottendicht verpackte Stoffbahnen sowie warme Kleidungsstücke und Salz.

Da Thorwald nun zusätzlich zu seinem Deckenbündel die Truhe schultern musste, während Hadwig wieder selbst lief, wurde das Vorankommen schwieriger, doch weit war der Weg zum Schley-Ufer nicht mehr. Im Vorübergehen gaben sie einem Bauern Bescheid, der seit Jahren ein kleines Boot für diesen Notfall hütete. Auch der Bauer erfuhr, dass sie sich von Olof losgesagt hatte und aus freien Stücken fortging. Es würde sich auf diese Art herumsprechen und zur endgültigen Wahrheit werden.

Sie gab dem Bauern nicht nur den vereinbarten Preis für das Boot, sondern kaufte ihm auch Vorräte ab, die sie großzügig mit Silber bezahlte. Dafür half er ihnen beim Beladen des Schiffes und schenkte ihnen sein altes Fischernetz, das noch brauchbar war.

Es war früher Abend, als sie an Silveid vorübersegelten, so weit aufs Meer hinaus, wie Thorwald es wagte. War er sonst schon schweigsam, so war er auf der Fahrt stumm vor Anspannung. Die Frauen teilten diese mit ihm, doch am Ende stellte sich heraus, dass auch er auf seinen Fahrten genug gelernt hatte, um sie sicher an den Gefahren vorbei zurück in die Förde zu bringen. Erst am Ufer von Swidberts Land suchte er eine Stelle zum Anlegen und sagte, dass er für die Weiterfahrt aufs Tageslicht warten wolle. So gut es ging, schliefen sie abwechselnd im Boot. Nur Hadwig hatte einen behaglichen Platz und schlief noch, als sie beim ersten Licht weiterfuhren. Am entfernten Gegenufer sahen sie die Stelle vorbeigleiten, an der sie mit Havenar vor erst so kurzer Zeit in das andere Boot gestiegen waren. Eine gute Weile später fand Thorwald auf ihrer Seite eine Stelle zum Landen, ließ sie aussteigen und zog das Boot aufs Trockene.

»Ihr bleibt hier. Ich muss vorgehen«, sagte er.

»Dabei ist mir nicht wohl«, sagte Frygdis. Sie hätte gern etwas Beschwichtigendes von Thorwald gehört, doch der mied ihren Blick.

»Gerade über die Förde und nach Südwest kommt ihr zu meinen Eltern, falls ich wegbleibe«, sagte er.

»Na, dann sind wir ja ganz beruhigt«, meinte Auda. »Dann kann ja nichts Schlimmeres geschehen, als dass wir auf dem Weg dorthin kentern, von Wölfen gefressen werden oder im Moor versinken.«

Frygdis sah Hadwigs furchtsame Miene und stieß Auda vorwurfsvoll an. »Auda macht nur einen Scherz, Kleines«, sagte sie.

Aber Hadwig hatte durchaus begriffen. »Thorwald passiert doch nichts«, sagte sie in unsicherem Ton. »Er ist so groß.« Sie sah Thorwald fragend an.

»Passieren kann immer etwas. Passiert nichts, bin ich wieder hier, wenn die Sonne da ist.« Er zeigte ihnen am Himmel den Verlauf einer Stunde, dann ging er.

»Merkwürdig«, murmelte Auda und starrte ihm nach, wie er einen kaum sichtbaren Pfad den Strandwall hochstieg. »Sehr merkwürdig benimmt er sich. Was glaubt er denn, was er auf der anderen Seite findet? Wenn Swidbert Wachen da stehen hat, dann wird er sich doch nicht mit denen anlegen. Warum muss der Mann so eine träge Zunge haben? Sag mir das.«

»Ich find' ihn gut«, wiederholte Hadwig.

Frygdis lächelte. »Ich auch. Er ist ein guter Freund und ein sanfter Mann. Ist es so schlimm, wenn er nicht gern redet, Auda?«

Auda warf ihr einen missmutigen Blick zu. »Ja. Wenn er nicht redet, werde ich nicht schlau aus ihm.«

»Da gibt es doch meist nicht viel zu verstehen. Bis heute habe ich ihn immer begriffen. Was ist dir denn nicht klar an ihm?«

»Oh«, sagte Auda und starrte einen Moment aufs Wasser hinaus, bevor sie Frygdis ihren Blick voll zuwandte. »Zum Beispiel dies: Will er mit mir liegen, oder will er nicht?«

Frygdis blieb der Mund offen stehen, während sie versuchte, die Antwort auf diese interessante Frage zu finden. »Nun, wenn er den Mund nicht von selbst aufkriegt, frag ihn doch. Ich wette, dass er will«, sagte sie schließlich.

»Das wettest du? Worum? Ich wette, er hat nichts übrig für eine, die eine Zwergin ist gegen ihn. Kein lediger Mann hat mir je so wenig Aufmerksamkeit geschenkt.«

»Ich wette um die Pelze der nächsten beiden Füchse, die ich schieße«, sagte Frygdis. »Was setzt du dagegen?«

»Mein Besitz ist dürftig, wie du weißt. Ich wette um die nächsten Honigwaben, die ich finde, wenn es dir recht ist.«

»Oh ja. Bekomme ich davon was ab?«, fragte Hadwig. »Ganz lange habe ich keinen Honig essen gedurft.«

»Abgemacht«, sagte Frygdis und gab sich mit Auda die Hand.

Gleich darauf schlug sich Auda beide Hände vors Gesicht. »Oh nein, nein, nein! Was habe ich getan? Nun muss ich ihn fragen, nicht wahr?«

Hadwig lachte hell auf. »Ich kann ihn für dich fragen. Mir tut er nichts.«

Worauf auch Frygdis lachen musste. »Ja, mein Schatz. Tu das für Auda.«

»Untersteh dich«, brauste Auda auf.

Tatsächlich hatte die Sonne recht genau den angekündigten Stand erreicht, als Thorwald mit schwerfälligen Tritten den Wall herunterkam. Hadwig entfloh Audas Bewachung und sprang ihm entgegen. Zweifellos hatte sie die peinliche Frage schon auf den Lippen, doch dann blieb sie erschrocken stehen. »Oh. Du bist aber blutig«, sagte sie zu Thorwald.

Im Nu waren die Frauen an ihrer Seite und musterten Thorwald besorgt.

»Ist nicht meins«, sagte er. »Ist das von dem, der in unserer Höhle gelebt hat.«

Frygdis schlug sich die Hand vor den Mund. Auda dagegen stemmte die Fäuste in die Seiten. »Du willst nicht sagen, du hast gerade jemanden erschlagen, damit wir sein Heim übernehmen können, oder? Was hast du uns damit nun aufgehalst, du dicker Holzschädel? Wer war es?«

Thorwald sah sie an, und seine Augen funkelten. »Ein Bär.«

»Du hast allein und ohne Hunde einen Bären gestellt?«, fragte Auda. »Wie viel Verstand ist eigentlich wirklich in deinem übergroßen Kopf? Ist es mehr, als in eine Erbse passt?«

»Thorwald?«, sagte Hadwig fröhlich. »Willst du eigentlich mit Auda liegen?«

Frygdis prustete los. Thorwald sah von Auda zu ihr, dann zu Hadwig und wieder zurück zu Auda, die inzwischen purpurrot war und seinem Blick auswich. »Ja. Schon«, sagte er mit unbewegtem Gesicht.

»Mama gewinnt«, rief Hadwig, und Frygdis fing sie lachend ein, während Auda nun doch wagte, vorsichtig ihren Blick zu Thorwalds Augen zu heben. »Warum sagst du es dann nicht?«, murmelte sie.

Er zuckte mit den Schultern. »Hab's doch gerade gesagt.«

»Soll dich doch eine Seeschlange holen«, sagte Auda, dann ging sie zu ihm und stieg neben ihm auf einen Stein. »Jetzt sag ich dir was: Wenn du was von mir willst, dann lernst du gefälligst reden. Bei solcher Wortknauserei kann aus uns nichts werden.«

Thorwald legte die Stirn in Falten. »Du redest doch immer.«

»Muss ich ja, wenn von dir nichts kommt.«

»Aha«, sagte er, dann beugte er sich zu ihr und streifte ihre Lippen vorsichtig mit seinen. »Werd 'ne Weile brauchen, bis ich das raushabe.«

Frygdis sah den Kuss, während sie Hadwig im Arm hatte. Selbstverständlich freute sie sich für ihre Freunde, doch ebenso stark war der Schmerz, der sie durchfuhr. Nun würde sie vielleicht noch einsamer sein. Und das für alle Zeit.

Havenar hatte das Boot ins Versteck gebracht und festgestellt, dass er es nicht fertigbrachte, auch nur einen einzigen Schritt in Richtung Gammelby zu tun. Kaum eine Stunde hatte er in der Nacht zuvor geschlafen. Er fühlte sich, als ob er den Rest seines Lebens vorzugsweise schlafend verbringen würde. So legte er sich in das versteckte Boot in seinen Fellsack, der noch Frygdis' Wärme zu halten schien, und wirklich fiel er in tiefen Schlaf.

Erst als er aus der Tiefe wieder heraufdämmerte, erkannte er seine Träume. Voller Sorge war er in seinem Traum darum bemüht, dass die Jäger um ihn her nicht den Raben schossen, den er für Troll hielt. Dabei kam selten jemand auf den Gedanken, einen Raben zu schießen. Die Leute mussten schon dem Hungertod nahe sein, um so einen Zwist mit Odin zu wagen. Dennoch, die Männer, die Havenar umgaben, hatten alle nichts anderes im Sinn, als ausgerechnet diesen Raben zu töten. Schließlich blieb ihm nichts anderes übrig, als zu Troll in die Baumkronen emporzufliegen und ihn mit seinem eigenen Leib zu schützen.

»Nein. Tu das nicht«, hörte er Frygdis sagen. »Du segelst jetzt.«

Da wachte er auf, noch mit dem Gefühl schwebender Leichtigkeit und völlig ausgeruht. Die Sonne stand schon tief.

Statt den kürzesten Weg nach Hause zu nehmen, zog er die Stiefel aus und folgte am Wasser entlang den Buchten nach Flintholm. Der Wind blies ihm seine Haare und die Gischt ums Gesicht, so konnte er sich einreden, dass das Salzige auf seinen Wangen von der See kam. Dann und wann bückte er sich und hob ein Stück Bernstein auf. Eine ganze Handvoll hatte er gesammelt, als er die Klippen emporstieg, um in die abgesperrte Bucht von Flintholm zu gelangen.

Oben empfing ihn eine Wache mit gezogenem Schwert. Er war dem Mann noch nie begegnet, doch als dieser ihn aus der Nähe sah, ließ er das Schwert sinken und grüßte ihn ehrfürchtig.

»Kennst du mich?«, fragte Havenar leicht verwundert.

Der junge Mann nickte eifrig. »Havenar Rabenzunge, Hademuts Sohn und Freyas Freund.«

Havenar hob die Brauen. »Erkennt man mich so leicht?«

»Ja. An den Haaren. Und …« Der Wachmann musterte das Rabenwams. »Das ist etwas Besonderes, was du da trägst. Hat SIE dir das gemacht?«

Ein flüchtiges Lächeln huschte über Havenars Gesicht. »Ja, das hat sie. Aber weißt du, SIE und ich, wir haben gerade mal wieder Streit. Ich will nicht darüber reden. Wessen Mann bist du denn? Wo kommst du her?«

»Ich bin Sven Woldsson. Mein Vater folgt Jarl Guttorm, das wollte ich nicht. Jetzt bin ich dein Mann.«

»Das freut mich, wenn ich auch noch nichts davon wusste. Hat Herjulf dir deinen Schwur abgenommen?«

»Uns hat noch niemand schwören lassen. Wir haben darauf gewartet, dass du kommst. Die Leute sagen, du ahnst immer, wo dich was angeht. Und da bist du. Wir warten erst vierzehn Nächte.«

Havenar hustete erheitert. Dann zog er mit einer raschen, brutalen Bewegung sein Schwert und ließ die Spitze auf die Brust des Mannes schnellen, bevor der an Kampf oder Gegenwehr denken konnte. Gleichzeitig ließ er seinen gelassenen Plauderton fallen.

»Von Guttorm zu kommen und mich mit gezogener Waffe zu begrüßen, erwirbt nicht mein Vertrauen, wie du dir denken kannst. Für sehr schlau halte ich den Alten nicht, aber das muss man nicht sein, um ein paar Männer zu kaufen, denen das Doppeltschwören nichts ausmacht. Du wirst es dir mit deinen Begleitern vielleicht noch einmal überlegen, wenn du weißt, dass ich mit eigener Hand jeden zu Fischfutter hacke, der mir einen Schwur bricht.«

Der Mann wurde bleich und ließ nervös sein Schwert fallen. »Versucht hat er schon, uns zu kaufen. Aber ich für meinen Teil bin ihn satt. Es geht ja nur noch um Harald. Alles für Harald, jede dreckige Kriecherei. Dabei ist es mir gleich, ob er gewinnt. Mir wäre lieber, wir hätten keinen König und würden nur sehen, dass wir die Norweger aus dem Land jagen. Drei Mal haben sie in den letzten Jahren meinem Vater den Hof geplündert. Meine Mutter und einen Bruder haben sie dabei erschlagen, zwei von meinen Schwestern verschleppt.«

Havenar senkte das Schwert. »Nun, du weißt, woran du bist. An treuen Männern liegt mir etwas. Wie viele seid ihr?«

Sven Woldsson atmete erleichtert auf und bückte sich nach seinem Schwert, nur um festzustellen, dass Havenars Fuß darauf stand. Er richtete sich wieder auf und sah ihn mit neuem Unbehagen an. »Acht.«

Havenar lächelte ihm zu und steckte sein eigenes Schwert ein. »Je zwei fahren auf den beiden Schiffen mit, die wir dieses Jahr ausschicken. Zwei bleiben hier, und zwei gehen mit mir nach Gammelby.« Er hob das Schwert des Mannes auf und reichte es ihm. »Bei welchen möchtest du sein? Gehst du mit nach Gammelby, kannst du mit mir Norweger und Wölfe jagen.«

»Und wenn ich hierbleibe?«

»Jagst du Norweger und Fische mit Herjulf.«

Der Mann lächelte. »Ich kann nicht sagen, dass ich mich von dir besonders freundlich aufgenommen fühle, aber verdenken kann ich es dir nicht. Man munkelt, dass Guttorm weiß, wer deine Brüder morden ließ.«

»Was munkelt man denn, wer es war?«

»Ein Abtrünniger von Horichs Norwegern mit seinen Männern. Sie sind danach in ihr Land zurückgefahren.«

»Munkelt man auch, was sie davon hatten? Wer hat sie dafür

bezahlt? Wieso glauben die Leute so hartnäckig, dass Guttorm damit zu tun hat? Ich weiß, dass er es nicht selbst war.«

Sven mied verlegen seinen Blick. »Das sind die Frauen«, sagte er. »Die Weiber schwatzen. Da ist eine von ihnen, eine Überstolze, die Guttorm nahesteht. Eine Tochter von Thorolf. Die prahlt damit, wie leicht es war, deine Brüder beiseitezuschaffen. Daher munkelt man, aber wissen tut man nichts.«

Havenar fühlte einen kalten Schauder. »Gebharde?«

»Ja, so heißt sie«, bestätigte Sven.

Der Verdacht, der Havenar kam, verursachte ihm ein bohrendes Gefühl in der Mitte seines Schädels. *»In ihren Augen stand Mord«*, murmelte er Wolfgers Worte.

»Wie bitte?«, fragte Sven.

Havenar sah ihn abwesend an. »Ich hätte daran denken sollen«, sagte er. Svens Gesicht blieb verständnislos.

Havenar verließ ihn noch niedergeschlagener, als er es vor ihrer Begegnung gewesen war.

Von den Felsen herab sah er, dass Herjulf bei den Schiffen war, doch er entschied, dass er zuerst seine Schwester Gerlög sehen wollte. Sie arbeitete auf dem Gemüseland beim Haus und fuhr überrascht herum, als er sie vom Rand des Feldes her ansprach.

»Kleiner! Das ist aber schön, dich mal wieder zu sehen. Wo kommst du denn her? Siehst aus, als hätte man in letzter Zeit gut für dich gesorgt. Aber in Gammelby warst du nicht, oder?«

Gerlög lebte ihren dreißigsten Sommer, und daran, dass sie nicht aussah wie eine alte Frau, erkannte man, dass für sie allezeit gut gesorgt worden war. Sie war füllig und frisch und wirkte wieder zufrieden, seit sie die Trauer über den Tod ihrer Brüder überwunden hatte. Sechs von sieben Kindern hatten Herjulf und sie über die Säuglingszeit gebracht, das Jüngste war zwei Jahre alt und lag schlafend unter dem Haselbusch. Wenn er nach Gammelby kam, würde er sich um ihre beiden Ältesten Hagbert und Brede kümmern, nahm Havenar sich vor.

Plötzlich fühlte er tatsächlich den Drang, aufzuholen und gutzumachen, wie Erik behauptet hatte. Ein mörderisches Sehnen nach Frygdis beanspruchte einen ständigen Platz in ihm, doch jede Spur der alten Rastlosigkeit und Ungewissheit, des Fernwehs, war verschwunden. Es war nicht mehr nötig zu suchen. Er kannte alles, was er wollte. Den einen Teil konnte er nicht haben, und es gab dafür keinen Ersatz, also würde er klug werden und aus dem anderen Teil das Beste machen. Zudem war es Frygdis' Wunsch, dass er es tat. Ihre Achtung sollte sein Wegweiser sein.

»Du siehst auch gut aus. Wie stets«, sagte er. »Was machen die Kinder?«

»Alle gesund. Wer hat dir denn genäht, was du da anhast? Ein schönes dunkles Blau, und die Raben sind ein hübscher Einfall. Du solltest dich übrigens schämen, dass du die Leute so viel dummes Zeug über dich schwatzen lässt. Als hättest du sonst nicht genug zu bieten.«

»Versuch mal, die Leute am Schwatzen zu hindern.«

»Oh. Ich fahre ihnen immer über den Mund, wenn sie mit ihrem Zauberkram kommen. Sprechende Raben! Haha.«

»Er spricht wirklich.«

»Wirst du dich unterstehen, deine Witze mit mir zu machen«, schimpfte Gerlög. »Sonst komme ich gleich da rüber zu dir.«

»Du kannst mir glauben.«

»Ach, was sagt er denn, dein Rabe?«

Havenar grinste. »Freya«, sagte er, und richtig, Gerlög warf eine Handvoll rote Rüben nach ihm, ohne zu treffen. »Nicht doch. Die wollen wir lieber essen«, meinte er. »Hier, ich habe dir etwas mitgebracht.« Er ging zu ihr und legte ihr die Bernsteinbrocken in die offenen Hände. »Und jetzt will ich mal sehen, was dein Mann treibt.«

Gerlög sah auf die stumpf-braunen Steine in ihren Händen und steckte sie dann kopfschüttelnd in die Tasche. »Also, lieber Bruder, deine Geschenke waren auch schon mal von größerem Reiz.« Sie lachte auf, zog ihn an sich und küsste ihn auf die Wangen.

Er drückte sie und sah ihr dann in die Augen. »Wenn meine

Männer mit dem *Kielvogel* wiederkommen, kriegst du etwas Schöneres. Selbst werde ich vorerst nicht mehr ausfahren. Auch nicht mehr wandern. Ich gehe morgen nach Hause.«

Sie tätschelte ihm den Oberarm. »Da tust du recht.«

Zur Abwechslung kam Havenar niemand begrüßen, als er mit Guttorms Abtrünnigen durch das Gammelbyer Tor schritt. Man hatte das Johlen der Wachen glattweg überhört, denn auch auf dem Hof wurde gejohlt. Der ganze Pulk der Kinder und jüngeren Leute bildete einen Zuschauerkreis, außen herum standen auch einige Erwachsene und spähten über die Kleineren hinweg zur Mitte, darunter Erik und Hademut.

Unbemerkt stellte Havenar sich hinter die beiden und sah zwischen ihnen hindurch, während seine Begleiter gleich zum Männerhaus geführt wurden. Der Lärm von Gelächter, Aufmunterungen und Spott war ohrenbetäubend. Im Kreis hielten die Jungen einen Wettstreit im Turnen ab. Eine ganze Reihe von Halbwüchsigen stand dort auf den Händen. Einer von ihnen war Hagbert, Gerlögs Ältester. Sie schienen gerade erst angefangen zu haben, denn noch zitterte keiner.

Plötzlich warnte Havenars Nacken ihn vor einem Angriff von hinten. Er fuhr herum, als er schon einen gewaltigen Stoß bekam und gegen seinen Onkel und seinen Vater prallte. Nur mit Mühe gelang es ihm, auf den Füßen zu bleiben und sich gegen Eisfell zu wehren, die ihre Riesenpfoten auf seinen Schultern platziert hatte und sich freudig mühte, sein Gesicht abzulecken. Havenar beutelte sie lachend im Halsfell und hielt sie von seinem Gesicht fern. »Ich liebe dich auch«, sagte er. »Aber ehrlich, du stinkst gegen den Wind.«

Endlich ließ sie sich wieder auf den Boden zwingen. Wieder fuhr Havenar herum, nun kam der Angriff von der anderen Seite des Zuschauerkreises, von wo er Jubeln hörte. Es war Bard. »Vater ist da«, brüllte er und kam mitten durch den Kreis gerannt, haarscharf an den Wettstreitern vorbei, die ins Schwanken gerieten.

Havenar hatte Bard schon aufgefangen und in die Luft geworfen, als Rolleif ihm nachgeflitzt kam. Auf halbem Weg stolperte er und landete auf dem Bauch. Das war zu viel für die Akrobaten. Unter Geschimpf und Gelächter fielen sie gleichzeitig um. Das hellste und lauteste Lachen gehörte Bjarne, Arwed und Ulf, die sich vor Schadenfreude am Boden wanden. Havenar setzte Bard ab, warf sich den quietschenden Rolleif über die Schulter und grinste breit. »Nicht sehr standfest, eure Zöglinge«, sagte er zu Erik und seinem Vater, die sich noch nicht von der Überraschung erholt hatten.

»Ich bezweifle, dass du selbst es überhaupt noch kannst«, sagte Hademut.

»Es besteht sogar der Verdacht, dass dein Schwert in der Scheide rostet«, schloss Erik sich an.

»Wann hast du das letzte Mal diesen Überschlag gezeigt, mit dem du mich vor Jahren zum Wahnsinn getrieben hast?«, neckte Havenar seinen Onkel zurück.

Erik zuckte mit den Schultern. »Ich bin ein alter Mann. Schon lange sage ich, dass die Jungen ein jüngeres Vorbild haben müssten. Natürlich keins, das so rostig ist wie du.«

»Jarl Hademut, wie kannst du jemanden deine jungen Leute ausbilden lassen, der sich selbst einen alten Mann nennt? Du hast doch sicher ein Dutzend bessere als den.«

Hademut grinste. »Mit irgendwas muss mein armer Bruder sich doch sein Brot verdienen.«

»Wie bitte?« Erik zog die Brauen zusammen. »Geht es jetzt gegen mich? Als könnte ich nicht euch beiden noch standhalten, wenn es ernst würde.«

»Ihr zwei könnt euch meinen Spott teilen. Helden des Webstubengeschwätzes seid ihr, aber sehen tut man nichts mehr von euch«, meinte Hademut.

»Lieber Vater, es hallt im Webstubengeschwätz auch noch das Gerücht nach, dass du einmal ein Schwert zu führen wusstest. Aber da gilt wohl ›vorbei ist vorbei‹.«

»Du Grünschnabel würdest immer noch blass, wenn ich wütend werde.«

»Noch nie im Leben bin ich blass geworden, wenn du wütest. Mutter wütet schlimmer.«

Sie bemerkten, dass der Kreis der Zuschauer sich um sie herum verlagert hatte und gespannt ihre Neckerei verfolgte.

»Erik hat mir den Überschlag schon einmal gezeigt«, sagte Bjarne. »Er hat gesagt, du konntest früher noch mehr als das. Hast du das wirklich verlernt?«

Havenar schwang den glucksenden Rolleif von seiner Schulter und setzte ihn ab. »Wohl kaum. Was kannst du denn schon?«

Bjarne zog flink sein ärmelloses blaues Wams aus und ließ es zu Boden fallen.

»Macht mal Platz«, sagte Havenar und griff Eisfell, die begeistert zwischen Bjarne und ihm hin und her sprang, ins Halsband.

Bjarne bog sich schwungvoll hintenüber und stellte sich auf die Hände. Dann sprang er zurück auf die Füße und schlug sauber ein paar Räder mit beiden Händen, dann nur mit einer. »Hilf mir, Arwed«, sagte er dann. Arwed, der wusste, worum es ging, hielt ihm die Hände als Tritt hin und gab seinem Bruder den Schwung für einen Salto rückwärts.

»Jetzt ich«, sagte er dann und zeigte das Gleiche. Abschließend führte sogar Ulf es vor.

»Na«, meinte Havenar, »ihr wart jedenfalls nicht faul. Da kann ich ja nicht gut kneifen.« Er zog die Stiefel aus, gab Erik sein Wams zu halten, band sich den Zopf kürzer und dehnte seine Muskeln. Fast spürte er seine Brüder neben sich, die ihn anstachelten. Er konnte nur hoffen, dass er den Mund nicht zu voll genommen hatte. Zur Probe fing er mit einem Handstand an und suchte sein Gleichgewicht, indem er ihn einmal einarmig rechts machte, dann links. Schon das entlockte den Jungen ein bewunderndes Stöhnen. Er kam wieder auf die Füße und sah Erik zweifelnd an. »Verlernt man es?«

Erik schüttelte lächelnd den Kopf und sah dann zu, wie sein Neffe tief Luft holte, sich konzentrierte und in einer langen Folge von Rad- und Überschlägen über den Hof federte bis zur Rückwand einer Webhütte, deren Querbalken er abschließend als Fußtritt für einen Rückwärtssalto benutzte. Die jungen Zuschauer starrten mit offenen Mündern und johlten schließlich Beifall. Nur Erik zuckte mit den Schultern. »Jeden Tag haben wir das früher gemacht«, sagte er, konnte jedoch seinen Stolz nicht verbergen.

Havenar kam zurückgeschlendert. »Reicht das eine Weile als Vorbild?«, fragte er und rieb sich mit verzogenem Gesicht die Schulter.

Erik lachte. »Ganz sicher. Bis du das nächste Mal kommst.«

»Oh. Ich wollte gar nicht wieder fort«, gab Havenar bekannt.

»Was?«, fragten Erik und Hademut wie aus einem Mund.

»Diesmal bleibe ich«, wiederholte er.

»Meint er das ernst?«, fragte sein Vater Erik.

»Sieht so aus«, meinte der.

»Es gibt ein Blot. Gleich morgen«, sagte Hademut strahlend.

Havenar schluckte. Ein Blot hieß, mit selbstaufopfernder Dankbarkeit den Gaben der Götter zuzusprechen. Er zweifelte stark daran, dass er gerade genug Dankbarkeit für die Götter aufbringen konnte, um das in guter Stimmung durchzustehen. So sehr er sich einen Rausch wünschte, der ihn vergessen ließ – so ungewiss war, ob ihn dieser Rausch nicht zu einem heulenden Narren machen würde. »Nicht gleich morgen«, sagte er und zog sich sein Wams wieder über. »Verschieb es ein paar Tage.« Der Blick seines Vaters fiel auf sein von klugen Raben bedecktes Wams und suchte dann forschend seine Augen. Havenar wich seinem Blick aus.

»Gut«, sagte Hademut. »Umso besser wird es dann.«

Havenars Entschluss zu bleiben wurde von allen freudig aufgenommen. Nur Rike beobachtete ihn nachdenklich und setzte sich am zweiten Abend schließlich zu ihm, als er sich der Gesellschaft der Männer entzog, um bloß versunken ins Herdfeuer seines Hauses zu starren. »Was ist denn passiert?«, fragte sie ihn leise.

Von weit her kommend, sah er sie an. Das Licht des Feuers ließ seine harten Züge weicher wirken. So weich, wie ihn wohl nur seine Frauen und Kinder kannten, dachte Rike. Sie verdankte ihm ihr Glück und hätte auch ihn gern glücklich gesehen. Doch er schien so ruhig, als hätte er aufgegeben, danach zu streben.

Havenar sah in Rikes hübsches Gesicht, in ihre mitfühlenden Augen und hatte den überwältigenden Wunsch, ihr alles zu erzählen. Wer sollte es besser verstehen als sie, die selbst liebte und so klug war, dass sie Dinge über ihn erriet, die sonst niemand ahnte? Gern hätte er seinen Kummer ausgeschüttet, von ihr tröstend gehört, dass es Hoffnung gab, dass Frygdis oder die Götter auf einen Weg sinnen würden, wo er selbst keinen sah. Vor allem hätte er sich gern von der einen Frau erklären lassen, was in der anderen vorging, denn seine Zweifel waren das Schlimmste. Konnte es Frygdis möglich sein, in ihr altes Leben zurückzukehren, als wäre nichts geschehen? War sie so viel stärker als er, oder fühlte sie für ihn am Ende doch viel weniger als er für sie?

Der Schmerz in ihm schlug hoch wie ein Beltane-Feuer, wenn er daran dachte, dass er nicht zu ihr gehen konnte, um sich ihrer zu vergewissern. Er begriff, dass er nicht über sie sprechen konnte. Nicht so bald.

»Ich würde es dir gern erzählen«, sagte er, und seine Stimme war heiser vom Rauch und den vielen Worten des Tages. »Später. Es ist nicht mehr geschehen, als geschehen musste. Niemand ist gestorben. Ich muss nur … nur eine Weile … vergessen.«

Rike rieb ihm den Arm und lächelte sanft. »Hast du gesehen, dass Klein Erik sich ein Stück Zahn abgeschlagen hat? Er ist gar nicht der Wildeste, aber immer hinter den Großen her, und dann lassen ihn die Beine im Stich. Aber er kann gut sprechen. Ich bin froh, dass du jetzt bleibst. Erik und dein Vater geben sich viel Mühe mit den Jungen, aber sie haben Recht. Sie brauchen einen Jüngeren als Vorbild.«

»Ich war nicht viel älter als Bjarne, als sie mich zu Asgrim geschickt haben, damit ich Vorbilder finde. Danach zu Hunold, und danach war ich zwei Jahre lang mehr bei Herjulf und Gerlög als hier. Trotzdem habe ich von allen zusammengenommen nicht so viel gelernt wie von Erik. Ich habe es nicht eilig, den Jungen einen anderen Lehrer zu geben als ihn. Ohnehin haben wir jetzt mehr gute Männer hier als damals. Meister aus jedem Fach. Wenn du mich fragst, brauchen meine Söhne mich nicht.«

»Sicher. Was sie aber brauchen, ist, dass du dastehst und sie voll Stolz ansiehst. Da wachsen sie gleich doppelt schnell.«

Er lachte auf. »Nun, das ist eine Aufgabe, die mir leichtfällt.«

»Mhm. Allerdings brauchen das nicht nur die Kinder«, meinte Rike.

Havenar sah betreten zurück ins Feuer und schwieg einen Moment. »Weißt du«, sagte er dann, »ich konnte nie verstehen, warum die Frauen auf mich warten. Auch wenn ich gewünscht habe, dass sie's tun.«

Diesmal lachte Rike. »Sie leben sorgenfrei und unbelästigt, ob du hier bist oder nicht. Zeig mir die Frauen, für die das noch so ist. Du hast uns das Leben leichtgemacht, warum sollten sie nicht auf dich warten? Zumal du eine solche Belohnung sein kannst, wenn du bei ihnen bist.« Sie zwinkerte anzüglich. »Trotzdem sind sie traurig, dass die Dinge sich geändert haben. Du willst sie nicht mehr, das ist hart.«

Er lächelte müde. »Ich würde dir gern widersprechen, aber heute Abend weiß ich nicht, ob ich damit nicht lügen würde. Auf der anderen Seite habe ich mehr als einmal festgestellt, dass ich nicht auf euch Frauen verzichten kann, auch wenn ich noch so besessen von einer bin, die weit weg ist.«

»Dazu bist du ein viel zu froher Mann. Die Freude wird schon wiederkommen, Havenar.«

»Hättest du eigentlich auch gewartet, wenn Erik nicht wäre?«, fragte Havenar und kniff neckend ihre Taille.

Rike lachte und sprang auf. »Das weißt du doch.«

Zwei Tage darauf kam einer von Hunolds berittenen Boten nach Gammelby galoppiert, kurz danach zwei Grenzwachen. Harald war mit Thorolf, Guttorm und dreihundert Männern an Hunolds Küste gelandet. Je hundertfünfzig waren unterwegs nach Brarup und Gammelby.

Dies war einer der Fälle, für die vorgesorgt war. Es dauerte nur Minuten, die notwendigen Befehle auszusprechen und die Verteidiger in Stellung zu bringen. Drei Stunden später zogen achtzig von Haralds gesammelten Kriegern vor Gammelbys Haupttor auf. Havenar stand auf einem der Türme und musste sich nicht umsehen, um zu wissen, dass die andere Hälfte des kleinen Heeres sich an das hintere Tor heranmachte. Er sah Thorolf und Harald vortreten und näher kommen. Jedem von ihnen folgte zu beiden Seiten ein Krieger, alle sechs trugen feindselig die Schilde vor sich. Harald hatte ein Kettenhemd an und einen glänzenden Helm auf.

Havenar schüttelte verächtlich den Kopf. Harald war nicht besonders groß, und es war zu bezweifeln, dass das viele Eisen am Leib seine Kampfkraft verbesserte. Auch hätte er selbst einen Metallhelm äußerst unbehaglich gefunden. Er kannte niemanden, der einen trug. Gut sitzende Lederhelme waren weit begehrter, doch selbst die konnte er im Sommer nicht gut aushalten. Erst als die Männer näher kamen, erkannte er in Thorolfs beiden Begleitern Olof und einen seiner Brüder. Bei Harald ging einer von Guttorms vielen Söhnen und ein Unbekannter.

Havenar sah Olof und fühlte sich seltsam ruhig. Das konnte nur an der süßen Gewissheit liegen, dass Olof immerhin nicht bei Frygdis war, solange er in feindlicher Absicht vor Gammelby stand. Es gab an dieser Absicht nichts misszuverstehen. Niemand bemühte sich um eine friedliche Geste. Dennoch würde er an diesem Tag noch nicht gegen Olof stehen, auch wenn er Lust darauf hatte. Der Plan sah es nicht vor.

»Sei gegrüßt, Harald«, brüllte er hinüber, als die Männer gerade in Hörweite stehen blieben. »Versuchst du deinen Männern das Fett herunterzubringen? Du hast sie dabei zu hart angefasst, nun schaffen sie es nicht mehr bis auf unsere Hausweide. Ho, Guttormsson! Hast du die Norweger dabei, die dein Vater so teuer eingekauft hat? Ihr scheint auch außer Atem. Oder warum kommt ihr nicht näher ans Tor?«

»Ich dreh dir den Hals um, du …«, schrie Guttorms Sohn, doch Harald brachte ihn mit einer wütenden Handbewegung zum Schweigen.

»Bist du der Jarl, dass du das Wort an mich richtest?«, schrie Harald zurück. »Hol deinen Vater, damit das Sprechen sich für mich lohnt.«

»Der sitzt im Badehaus und will nicht gestört werden. Er sagt, ich soll euch wegschicken, er hätte keine Zeit. Kommt ein andermal wieder, dann hört er sich dein Jammern an.« Havenar verkniff sich den Blick auf seinen Vater, der zufrieden grinsend unterhalb des Turms an den Zaun gelehnt stand, so wie die meisten anderen Männer der Siedlung.

»Das Baden wird ihm vergehen, wenn euer eigenes Jammern einsetzt.«

»Komm doch endlich einmal näher. Deine Stimme wird ja schon heiser. Warum sollen wir denn jammern, soll es Regen geben?«, rief Havenar.

Haralds Fluchtirade war zu leise, um sie im Einzelnen verstehen zu können, doch im Anschluss kamen die sechs Männer näher, und das Gespräch konnte beinahe in normaler Lautstärke geführt werden.

»Guten Tag, Thorolf«, sagte Havenar. »Ich muss mich geirrt haben, als ich dachte, du wärst mit uns verschwägert.«

»Wenn du meinst, wir wären verwandt, dann kommt auf unsere Seite. Folgt Harald«, erwiderte Thorolf.

»Mein Vetter sagte einmal: ›Komm mit.‹ ›Da will ich nicht hin‹, habe ich gesagt und bin sauber geblieben, als er in Kuhfladen trat.«

»Wir dachten, dass du's mit der Verwandtschaft genauer nimmst. Hat einer deiner Männer nicht ehrlicherweise vor ein paar Tagen Olofs Frau nach Midbikhus zurückgebracht?«

Havenars Herz machte einen Satz, der ihn beinah vornüber vom Turm gestoßen hätte, doch er hatte sich für diese Möglichkeit gewappnet. »Mein Mann? Nicht dass ich wüsste. So hartherzig könnte ich kaum sein, ein Weib dahin zu schicken, wo gleich die nächste Streunerbande sie wieder mitnimmt. Oder hast du etwa dazugelernt, Olof?«

»Ich werde sie wiederfinden, Hademutsson.« Olofs Gesicht war verzerrt vor Zorn. »Und ich schwöre dir, wenn ich sie bei dir finde, werde ich dich zerfetzen.«

»Oh. Ich zittere«, sagte Havenar, und höhnisch, wie er klang, so war es doch die Wahrheit. Seine Knie waren schwach, und sein Puls raste vor Sorge um Frygdis. »Aber was soll denn das heißen? Ich dachte, du hättest sie zurück? Nun musst du sie schon wieder suchen? Das ging dann sogar schneller, als ich vermutet hätte.«

Der wütende Blick, den Thorolf seinem Sohn Olof zuwarf, war nicht zu übersehen. Offenbar hatte Olof zu viel preisgegeben. »Das Weib ist verwirrt«, sagte Thorolf. »Wer weiß, wo sie gewesen ist. Jetzt hat sie Olofs Kind gestohlen und ist verschwunden. Mein närrischer Neffe hat sie ziehen lassen. Aber wir werden sie schon wiederfinden.«

Nun räusperte sich Harald, den die Sache sichtlich belustigte. »Nun, mir ist ein Gerücht zu Ohren gekommen, das anders klingt. Losgesagt hätte sie sich, sagt man. Aber eigentlich ist das jetzt ganz gleich. Jungchen, geh zu deinem Vater und sag ihm, er wird mir zuschwören, oder wir machen sein Haus zu einem gestampften Fleck aus Knochenasche und Blut. Zuvor könntest du dir dann eine neue Frau aussuchen, Olof. Kommt doch nicht so darauf an.«

»Ach nein, armer Olof«, sagte Havenar. »Wieder eine Frau, die nicht bei dir bleiben wird. Aber keine Sorge, ich helfe dir. Es wird nicht so weit kommen.«

Olof zog zornig das Schwert und trat vor, doch sein Vater hielt ihn am Arm zurück.

»Jaja, ein schönes Schwert«, fuhr Havenar fort. »Noch nicht viel benutzt, was? Leider wirst du es heute nicht ausprobieren können. Es zieht tatsächlich Regen auf. Seht mal.«

Er wies mit der Hand dorthin, wo Harald seine restlichen Männer zurückgelassen hatte. In den Gehölzen und Gräben war dort Gammelbys äußere Verteidigung aufgezogen. Havenars Geste folgte ein Hornstoß, daraufhin kamen die Männer aus der Deckung und machten den Eindringlingen deutlich, dass sie von einer bogenbewaffneten Übermacht eingeschlossen waren. Denen, die sich von der Rückseite genähert hatten, ging es nicht anders.

»Das ist also der Dank dafür, dass wir herkommen, um euch zur Vernunft zu bringen«, sagte Harald. »Wenn ich König bin, werdet ihr diese Unverschämtheit bereuen. Ihr seid doch nicht zu dumpf, um das zu begreifen.«

»Mein König wirst du nicht«, sagte Havenar und trat zur Seite, weil nun auch sein Vater auf den Turm gestiegen kam.

»Du solltest sie doch wegschicken«, sagte Hademut laut. »Nun habe ich schon so lange gebadet, und sie sind immer noch da. Ist der kleine Mann da Harald?« Hademut beschirmte seine Augen mit einer Hand, als fiele es ihm schwer, den kleinen Mann genau zu sehen. »Sei gegrüßt, Harald. Ich bin auf Gäste dieser Tage schlecht eingestellt. Komm doch ein andermal wieder, sagen wir: in ein paar Jahren, wenn du dann noch lebst. Für jetzt würde ich sagen, ihr geht den gleichen Weg zurück, den ihr … ach, Augenblick, vielleicht … Havenar? Haben sie ihre Schiffe noch?«

»Du meinst, Herjulf lässt fast herrenlose Schiffe vor unserer Küste herumdümpeln? Du weißt, er ist ein begeisterter Sammler von Schiffen.«

»Je, nun. Dann ist es wohl besser, ihr stellt euch auf einen Fußmarsch ein und lauft zu Asmund«, wandte Hademut sich wieder an Harald. »Denn Hunold kriegt immer schlechte Laune, wenn man über sein Land trampelt. Eure Waffen schicken wir euch gern mit einem Kahn zurück, dann müsst ihr sie nicht tragen.«

Haralds Miene hatte jede Spur von Heiterkeit verloren. »Ich warne dich, Hademut! Wenn du versuchst, meine Schiffe zu behalten, dann hast du keinen sorglosen Tag mehr. Ich habe schon größere Heere zerrieben als deinen Haufen.«

Hademut lachte. »Warum sollte ich deine Boote behalten wollen? Ich habe so viele Schiffe, wie ich brauche, und mein *Kranich* ist weit prächtiger als dein *Wellenadler*. Havenar segelt mit seiner *Sturmfaust* jeden von deinen Eimern aus. Wahrscheinlich macht Herjulf Flick- und Feuerholz aus den Kähnen.«

»Es wird der Tag kommen, an dem dir der Frohsinn vergeht. Du wirst vor Reue Blut und Tränen heulen, weil du dich gegen mich gestellt hast.«

»Das ist ein hartnäckiger Irrtum, dem du anhängst. Ich habe das schon denen erklärt, die du vorher dauernd geschickt hast. Ich stelle mich nicht gegen dich. Wenn du König wirst, erkenne ich dich an. Nur wählen werde ich keinen König, und zuschwören keinem. So sieht es Hunold, und so sehen es alle, die zu uns gehören. Wirst du mir zusagen, dass du uns endlich damit zufrieden lässt, dann kannst du deine Männer wieder auf deine Schiffe laden und abfahren, als hättest du mir einen höflichen Besuch abgestattet.«

»Schwöre, dass du und die Deinen nicht für Horich stimmen.«

»Gar nichts schwöre ich, und für keinen König stimme ich. Habe ich das nicht gerade gesagt? Wir waren von jeher freie Männer, die für sich selbst sorgen.«

Das Geplänkel zog sich noch eine Weile in die Länge. Havenar musste seine Ungeduld unterdrücken, während auf Haralds Seite des Zauns notgedrungen gezügelte Wut vorherrschte. Schließlich zog Harald mit seinem kleinen Heer ab, nicht entwaffnet, doch geleitet von Vitgeir und Hademuts überwiegend schwedischen Leuten, die darauf achteten, dass er bis zu den Schiffen nicht vom Weg abwich.

Von den Männern, die Harald bei den Booten zurückgelassen hatte, lebte keiner mehr, und Herjulf machte sich einen Spaß daraus zu behaupten, dass er zwar die Schiffe zurückgeben könne, nicht aber die Segel und Riemen, die hätte er bereits anderweitig verwertet. Schließlich ließ er sich überreden, Haralds *Wellenadler* wieder auszustatten und wenigstens die Hälfte der Riemen an die anderen drei Schiffe zurückzugeben.

Hademut und Havenar sahen vom Turm aus zu, wie die Krieger abzogen. »Das ist gutgegangen«, stellte Hademut fest.

»Ich kann nicht sagen, dass ich mich gut fühle. Er wird gegen Horich gewinnen, was meinst du?«

»Wahrscheinlich. Man kann es nicht glauben, wenn man ihn sieht, aber er versteht es, Fäden zu knüpfen und Druck auszuüben. Und Horich hat es ihm leichtgemacht. Nach wie vor sage ich, dass beide nichts taugen, und wenn sie noch so laut mit göttlicher Abstammung angeben. Einen wie die beiden brauchen wir nicht. Harald wählen hieße, ein Übel mit dem anderen austreiben.«

»Einen guten Mann würdest du als König wollen?«

»Der gute Mann ist mir noch nicht begegnet. Müsste schon weit besser sein als ich.« Hademut grinste, und sein Sohn lachte.

»Dem muss der Bart noch wachsen, falls er schon geboren ist«, sagte Havenar.

»Oho! Ein Lob von dir? Wozu musst du mir den Bauch pinseln? Was hast du auf dem Kerbholz?«

Havenar zog die Brauen zusammen. »Da will ich einmal freundlich zu meinem alten Vater sein, und der …«

»Was ist das für eine Sache mit Olofs Gattin? Ich bin alt, Havenar, aber mein Gedächtnis ist gut. Du hast sie damals gewollt. Hattest du etwas mit ihrem Verschwinden zu tun?«

»Es ist eine Plage, von misstrauischen Verwandten umgeben zu sein. Vitgeir hat mich auch ständig in Verdacht. Weißt du, deshalb finde ich es so angenehm, unterwegs zu sein. Man wird nicht ständig beobachtet. Als Brunolf vorige Woche mit den Männern nach Flintholm aufgebrochen ist, hat er auch gesagt, dass es eine solche Erleichterung ist, einmal wieder von den Blicken hier fortzukommen. Ich bin gespannt auf seinen Schnitt. Es ist das erste Mal, dass er ein Schiff führt. Allerdings glaube ich …«

»Bei manchem anderen kämst du mit deinem Geschwätz durch, mein Sohn. Zufällig stehst du aber vor dem Jarl. Hattest du etwas mit dieser Entführung zu schaffen?«

»Ich habe sie nicht entführt, nein.«

»Das war nicht meine Frage. Bist du der Frau begegnet, seit sie Olof verloren gegangen ist?«

»Olof ist eine Sumpfkröte. Er verdient, dass ihm Dinge verloren gehen. Ich habe es sehr bedauert, dass heute …«

»Havenar!«

»Ja, verdammt. Häng mich eben an den Füßen auf. Ich hatte sie versteckt. Dann haben ihre Brüder die Sache mit dem Schwur erfunden, und ich habe sie zurückgebracht. Was willst du nun tun?«

Hademut griff nach einem Pfosten und starrte ihn entgeistert an. »Sie hat sich losgesagt und das Kind geholt! Wo hast du sie jetzt?«

Havenar ließ die Schultern sinken und sah, nachdenklich seinen Atem auspustend, auf seine Stiefelspitzen. »Ich habe sie nicht. Und dass sie das vorhatte, wusste ich nicht. Vielleicht ist sie unterwegs nach Norwegen zu ihrer Mutter.«

Er machte sich darauf gefasst, einen handgreiflichen Angriff seines Vaters abzuwehren oder zumindest einen Wutanfall abzuwettern, doch Hademut schwieg. Verwundert sah Havenar auf und bemerkte, dass die Schultern seines Vaters von stummem Gelächter geschüttelt wurden. Er verschränkte die Arme. »Was ist so lustig?«

Hademuts Gelächter brüllte auf, er rieb sich die Augen mit dem Handrücken. »Was so lustig ist? Dass ich es nicht eher begriffen habe! Das ganze Land sucht zähnefletschend und um sich beißend ein Weib, das mein Frauen sammelnder Sohn sich warm und trocken – oder soll ich sagen: feucht? – zum Vergnügen aufbewahrt! Lieber Junge, du musst sie gut bedient haben, dass sie sich mit ihrem Gatten nicht mehr abgeben mochte.«

Havenar verzog den Mund zu einem angewiderten Strich. »Und was meinst du: Ist der Scherz so gut, dass die Welt davon hören muss, oder könnten wir das für uns behalten? Immerhin war es nicht der klügste Zug, dass ich sie behalten habe. Das ist mir durchaus klar.«

»Manchmal stellt sich eine Blödheit im Nachhinein als nützlich heraus. Wir hätten vielleicht ein hübsches Geld für sie gekriegt, aber wie es nun gekommen ist, hat es Olofs und Thorolfs Ansehen einen weit größeren Hieb versetzt. Es gibt doch keinen, der nicht über Olof lacht. Monatelang versucht er sie zu finden, dann kommt sie nach Hause spaziert, nur um gleich wieder abzureisen. Ist sie schwanger von dir?«

Havenar sah ihn weiter angewidert an. »Nicht dass ich wüsste. Können wir jetzt über etwas anderes sprechen, nachdem wir beschlossen haben, es für uns zu behalten?«

Hademut lachte wieder. »Du bist ja mächtig angestochen. Ärgert es dich, dass du dich von deinem Gemächt hast lenken lassen, was? Und ich war schon so weit zu glauben, dass du … ach, egal.« Immer wieder aufprustend, sah er Havenar nach, wie dieser vom Turm stieg und über den Hof schlenderte.

Wenig später zog sein Sohn mit einigen Männern zum Übungsplatz, wo er die Stunden bis zur Dunkelheit damit verbrachte, gegen wechselnde Gegner zu kämpfen und zu siegen, bis er schweißgebadet war. Ausnahmsweise hatte er dabei sogar für seine zuschauenden Söhne weder einen Blick noch einen Scherz übrig.

Dritter Teil

12. Kapitel

Harald war seit drei Monaten König, als Frygdis bereits so zugenommen hatte, dass sie sich fragte, ob sie sich über den Zeitpunkt der Empfängnis getäuscht haben konnte. Sie hatten sich in der Höhle eingerichtet und arbeiteten hart, um ihr Überleben im Winter zu sichern. Thorwald hatte Recht damit gehabt, dass der Ort gut geeignet war. Doch selbst nachdem sie ihn von Bärendreck befreit hatten, brauchte es noch all ihren Fleiß, um ihn zu einer menschlichen Behausung zu machen.

Wenn man nichts über die Lage des Tals wusste, war es weder von der See- noch von der Landseite aus zu erahnen. Von beiden Seiten waren felsige, bewachsene Anhöhen zu überwinden, die nicht zum Besteigen einluden. Auch den vier Siedlern, die weniger gute Kletterfertigkeiten besaßen als ein Bär, machten die Hänge Schwierigkeiten, bis sie einige Hilfsmittel anbrachten. Hier schlug Thorwald zwei Stufen in den Stein, dort befestigten sie ein Seil, und an der steilsten Stelle verbargen sie eine Leiter.

Von der Seeseite aus hätte niemand vermutet, dass es einen Weg den Steilhang hinauf gab. Thorwald hatte als Junge vom Boot aus einmal einen Bären auf dem Pfad beobachtet. Einige Jahre später hatte er nachgesehen und das kleine, von einem Rinnsal durchschnittene Tal mit der zu jener Zeit leer stehenden Bärenhöhle gefunden.

Die eigentliche Höhle war klein. Auf dem sandigen Boden konnten vier Erwachsene dicht nebeneinander liegen, nicht mehr. Der Raum war hinter dem Eingang gerade hoch genug, um auch Thorwald gebücktes Stehen zu erlauben. Über der Höhle jedoch gab es einen großen Felsvorsprung, der ein Vordach bildete. Darunter bauten sie ihren Herd, und nach und nach schaffte Thorwald genug Bauholz heran, um Seitenwände zu ergänzen und gegen die Winterkälte zu befestigen. Danach bauten sie Bänke in den vorderen Raum und machten die Höhle dahinter zum Vorratslager.

Das Anschaffen der Vorräte kostete sie Kraft und Erfindungsreichtum. Thorwald legte weite Wege zurück, um verschiedenen Bauern Überschüsse abzukaufen, ohne dass es zu sehr auffiel.

Auf einem dieser Ausflüge ging Thorwald zu ihrer alten Hütte zurück, um den Webrahmen zu holen, der dort verstaubte, und bei der Gelegenheit wurde er von Troll entdeckt. Der Rabe blieb ihm entschlossen auf den Fersen und folgte ihm bis ins Tal, wo Frygdis und vor allem Hadwig ihn begeistert begrüßten und mit Futter verwöhnten.

Bereits im Sommer hatte Frygdis geplant, ein oder zwei tragende Ziegen anzuschaffen, und schon Heu geerntet, bevor Thorwald im Herbst die beiden Tiere brachte. Anfänglich hatten sie vorgehabt, die Ziegen nachts und bei schlechtem Wetter in ihrer Unterkunft zu halten, doch das störte sie bald so sehr, dass sie einen weiteren Verschlag bauten und einen Teil des Tals ziegensicher einzäunten.

Hadwig hielt den Umzug ins Tal für ein prächtiges Abenteuer. Das Einzige, was ihr fehlte, waren andere Kinder, doch das glich sie aus, indem sie sich mit Eifer an Thorwald hängte und ihm auf den Zehen stand, was auch immer er tat. Sie geriet außer sich, als sie erfuhr, dass ihre Mutter gelernt hatte, mit dem Bogen zu schießen. Tagelang lag sie Thorwald in den Ohren, bis er ihr einen Bogen und Pfeile zum Spielen machte. Er verlor niemals die Geduld mit Hadwig. Frygdis, der diese Langmut oft abging, bewunderte ihn dafür. Es schien, als hätte der große wortkarge Mann gerade für diejenigen eine Schwäche, die genau das Gegenteil von ihm waren.

Seit ihrer Ankunft schlief Auda bei ihm, und Frygdis musste oft lächeln, wenn sie die beiden sah und daran dachte, was Auda am Morgen nach jener ersten Nacht offenbart hatte. »Breiter als ein Bulle. Wüst wie ein Bär. Aber schüchtern wie ein kleiner Junge.« Dann war ein Ausdruck von Hilflosigkeit und Verwunderung in ihre Augen getreten. »Und sanft wie … du liebe Güte. Er fasst mich an, als könnte ich zerbrechen. Dabei würde ich ihm ein bisschen Grobheit nachsehen. Es ist sehr aufregend, wenn er … er ist so … groß.« Sie war tiefrot geworden. »Oh nein, oh nein. Ausgerechnet dir erzähl ich das. Erstens weißt du, wie das ist, und zweitens muss das ja ganz scheußlich für dich sein, wenn er und ich … Wenn du es wünschst, werden wir das wieder lassen.«

Frygdis hatte abgewehrt und versichert, dass das Glück der beiden ihr eine Freude war. Entgegen ihrer ursprünglichen Annahme wurde es das tatsächlich. Da Thorwald sich bei allem guten Willen nicht zum Plauderer mauserte, sprach Auda nach wie vor überwiegend mit ihr. Beide blieben ihr nah, und was unter den Decken geschah, ließ Frygdis ruhig. Bei ihr lag Hadwig, zufrieden angeschmiegt. Erst als Frygdis' Bauch zu dick wurde und sie häufig die Stellung wechseln musste, um noch liegen zu können, bezog Hadwig ein eigenes Lager.

Und dann war da eben dieser Bauch, den Frygdis als eine der größten Kostbarkeiten der Welt betrachtete. Viel früher als in der ersten Schwangerschaft wurde sie behäbig, und sie war ständig müde. Dennoch liebte sie es zu spüren, wie das Kind in ihr wuchs.

Als im Herbst die Kälte hereinbrach, war sie so schwerfällig geworden, dass sie das Tal kaum noch verlassen konnte.

Die ersten Winterwochen vergingen recht behaglich, wenn auch das Liegen für Frygdis zur Qual wurde. Bald schmerzte ihr Rücken auch am Tag so sehr, dass sie keine Haltung mehr lange beibehalten konnte. Es fing an zu regnen. Eisiger Regen, der das halbe Tal unter Wasser setzte. Thorwald musste durch schienbeintiefes Wasser waten, wenn er auf die Jagd wollte, und die Ziegen drückten sich unglücklich an die Felswand ihres Auslaufs.

Dann kam plötzlich der Frost und verschaffte Hadwig das Vergnügen einer riesigen Schlitterbahn ganz für sie allein. Thorwald machte ihr Schlittschuhe aus Bärenknochen, und sie blieb zum Spielen draußen, bis sie blau gefroren war.

Kurz darauf wurde sie krank. Ein Fieber mit Schnupfen, Durchfall und Erbrechen machte sie zu einem teilnahmslosen ausgezehrten Bündelchen, und Frygdis fühlte sich selbst so erschöpft, dass sie kaum die Kraft zum Trösten aufbringen konnte, geschweige denn zum Pflegen.

Genau an dem Tag, als es Hadwig so schlecht ging, dass sie um ihr Leben fürchteten, entdeckten sie, dass die Vorräte, die sie zu dicht an den eisigen Höhlenwänden gelagert hatten, schimmelten. Außerdem riss eine der Ziegen aus. Zwar brachte Thorwald sie nach stundenlanger Hatz durch die Felsen spät am Tag zurück, doch ebenso lange meckerte das zweite Tier nervenzerreißend.

Als Hadwig sogar den Schluck Wasser sofort wieder auswürgte, den Frygdis ihr gerade eingeflößt hatte, drehte diese sich um, ging vor die Hütte und brach in unbeherrschtes Schluchzen aus. Alles, was sie je getan hatte, kam ihr wie eine Reihe von dummen Fehlern vor. Wäre sie bei Olof geblieben, wäre Hadwig gesund. Hätte sie sich nicht mit Havenar eingelassen, wäre sie selbst keine schwache, zermürbte Schwangere, deren Herz ebenso schmerzte wie der Rücken. So sehr schüttelte sie ihr Schluchzen, dass sie in die Knie ging und auf dem gefrorenen Boden saß. Einen Augenblick später durchfuhr Rücken und Bauch ein stechender Schmerz.

Der Schreck brachte sie wieder zu sich. Wenn jetzt die Geburt einsetzte, würde es bedeuten, dass sie vielleicht alle beide Kinder an diesem Tag verlor. Plötzlich sah alles wieder ganz anders aus. Ihr fiel ein, dass es das Schönste in ihrem Leben gewesen war, dass sie sich mit Havenar eingelassen hatte. Sein Kind musste leben, für sie beide.

Sie rappelte sich auf und schleppte sich wieder hinein, wo Auda gerade Hadwig gesäubert hatte und ihr nun leise und sanft eine kleine Geschichte erzählte.

»Auda«, flehte Frygdis. »Das war eine Wehe. Was soll ich tun?«

Auda sah sie erschrocken und hilflos an. Geburtshilfe war nicht ihr Gebiet. Sie zuckte mit den Schultern. »Vielleicht am besten nicht bewegen?«

»Ja. Vielleicht geht es wieder weg. Es muss wieder weggehen.«

Frygdis legte sich hin und blieb wochenlang mit schmerzenden Knochen liegen. Noch als Hadwig längst wieder herumsprang und Thorwald belästigte, konnte Frygdis nicht länger als eine halbe Stunde stehen, ohne dass Wehen über sie kamen. Selbst sitzend zu weben, ging nicht immer gut. Eine Weile vor dem Julfest trat und wühlte es in ihrem prallen Bauch, als müsste sie platzen.

Am Abend des ersten Jultages ließen die Wehen sie nicht mehr in Ruhe, auch wenn sie ganz still hielt. Schließlich gab sie es auf, sich zu wehren.

Am nächsten Morgen brachte sie ein Mädchen zur Welt – und in der Mitte des Tages das zweite ihrer Zwillingsmädchen. Beide waren winzig und von fast durchsichtiger Zartheit, die Erstgeborene noch mehr als die Zweite. Sie waren alle überzeugt davon, dass diese unfertigen Geschöpfe sterben würden. Doch nach einigen Stunden unter den Decken, auf Frygdis' nackter Brust, gehütet von Auda, Hadwig und dem bis ins Mark erschütterten Thorwald, wollte die stärkere der beiden saugen. Etwas später auch die zweite.

Frygdis' Herz stemmte sich verzweifelt gegen das, was unausweichlich schien, und in einem Akt trotziger Hoffnung gab sie den beiden Namen. Die erste nannte sie Ishild, die zweite Alrun. »Ich will, dass sie leben«, beschloss sie laut und sah Auda und Thorwald flehend an.

Thorwald musterte die beiden kleinen Handvoll Mensch nachdenklich. »Hm. Immer warm halten«, brummte er und konnte nicht verbergen, dass seine Stimme wankte. »Immer dicht auf der Haut behalten. So machen wir's mit Welpen.«

Woraufhin sich Auda entrüstet zu ihm umdrehte und den Mund öffnete. Doch dann sah sie Thorwalds Miene und sagte nichts. Stattdessen ging sie zu ihm, umarmte ihn und vergrub ihr Gesicht an seiner Brust. Thorwald tätschelte ihren Nacken und klopfte ihr beschwichtigend den Rücken. »Wird schon gutgehen. Wissen wir doch, wessen Kinder das sind.« Dabei sah er Frygdis in die Augen, und die schenkte ihm ihr erstes Lächeln seit langer Zeit.

Acht harte Wochen später hatten Ishild und Alrun aufgeholt und machten ihnen kaum noch mehr Sorgen, als andere Neugeborene es getan hätten. Nur waren die Säuglinge zu zweit und sogen Frygdis so leer, dass sie jedes Mal danach einschlief und täglich an Gewicht verlor. Weitere drei Monate später, als der Frühling schon warme Tage schickte und die Ziegen ihre Zicklein bekamen, war Frygdis überaus dankbar dafür, dass sie die Tiere und deren Milch hatten.

Hadwig freute sich selig über ihre Schwestern und half mit Freude bei allem, was sie mit ihren vier Jahren schon zu tun vermochte. Frygdis war froh, dass Hadwig gelernt hatte, ohne sie zurechtzukommen. Sie gab sich mit Audas und Thorwalds Aufmerksamkeit zufrieden und kam nur dann und wann, um sich von ihrer Mutter durch einen Kuss und eine zärtliche Geste deren Zuneigung versichern zu lassen.

Jener erste Sommer mit den Zwillingen war die anstrengendste Zeit, die Frygdis bis dahin erlebt hatte. Nicht nur die Kinder wollten versorgt sein, sondern auch die Arbeit getan, die ihr Überleben sicherte. War diese Arbeit schon im Vorjahr anstrengend gewesen, so wurde sie es jetzt noch mehr, denn nun pflanzten sie selbst Gemüse, sammelten und pökelten und räucherten nach Kräften, um Frygdis' Gold und Silber so zu strecken, dass sie langfristig aushalten konnten.

Wenige Male hatte Thorwald seine Eltern besucht, die nicht fragten, wo er sich sonst aufhielt, und Nachrichten darüber eingeholt, was Havenar tat und wie sich der neue König machte.

Der Sommer war gerade zu Ende gegangen, und die Zwillinge lernten krabbeln, als Thorwald von einem Ausflug ein Geschenk für Hadwig mitbrachte, welches sie zum glücklichsten aller Kinder machte. Er hatte seinem Vater einen Welpen abgehandelt. Hadwig nannte ihn Schneepfote nach der einen weißen Vorderpfote, die er hatte, und ging ohne ihn nirgends mehr hin, auch nicht ins Bett.

Troll konnte den Hund nicht ausstehen. Die Menschen duldeten den Raben nicht mehr im Haus, weil er zu viel Schmutz und Unsinn machte, und es ärgerte ihn offenbar maßlos, dass der Hund dorthin durfte, während man ihn hinauswarf. Daher musste Hadwig ihr Hundchen im Freien anfangs mehrfach vor dem Rabenschnabel retten und ging dabei sehr wütend gegen den Vogel vor. Schmollend verschwand Troll daraufhin aus dem Tal.

Das war die Zeit, in der Frygdis' Kampf gegen ihre Sehnsucht erneut begann. Jeden Morgen musste sie sich mühsam davon überzeugen, dass es richtig war, keine Verbindung zu Havenar aufzunehmen.

Jarl Hademut verlor zu niemandem eine Silbe über Havenars Anteil an Frygdis' Entführung, obgleich es ihm schwerfiel. Als die Sache auf dem Thing zur Sprache kam und die Männer ihre Belustigung miteinander teilten, wann immer ihnen Thorolfs Sippe den Rücken zuwandte, hätte er gern ein wenig mit seinem verwegenen Sohn geprahlt. Gleichzeitig wusste er, wie viel auf dem Spiel stand. Auch wenn das Weib sich nun losgesagt hatte, handelte es sich doch um Ehebruch, was Havenar getan hatte. Selbst wenn man es ihm der merkwürdigen Umstände halber nachsehen würde, war es doch gewiss, dass sich mehr als einer aus Thorolfs Sippe oder die Brüder der Frau ehrenhalber mit ihm schlagen würden. Havenar selbst schwieg hartnäckig zu der ganzen Geschichte. Sein Vater nahm es als Zeichen begründeter Scham.

In Wahrheit hörte Havenar die unflätigen Scherze, die über Olof und seine Gattin geäußert wurden, kaum. Die Männer sprachen für ihn über eine andere Frau als die, die er kannte. Wenn ihr Name fiel, driftete er ohne Verzögerung in einen Tagtraum von ihr, einen Traum, in dem er wieder zu ihr konnte.

Er machte sich Sorgen um ihr Wohl und war wütend auf sie. Wie konnte sie so hart sein, dass sie ihn ohne Nachricht ließ? Er hätte ihr ja gehorchen wollen, wäre nicht zu ihr gegangen und hätte niemanden ihr Geheimnis ahnen lassen, wenn er nur gewusst hätte, dass es ihr gutging. Wenn sie ihn nicht ganz allein gelassen hätte mit seiner bohrenden, reißenden Sehnsucht, seiner Angst um sie und um seinen Verstand. In den unpassendsten Momenten schnellten Bilder in seine Vorstellung – von dem, was gewesen war, und von dem, was nun vielleicht mit ihr geschah.

Die Enthaltsamkeit hatte Havenar schon bei dem festlichen Blot nach Haralds Rückzug von Gammelby aufgegeben. Sein Vater hatte eine Färse und einen Hammel geopfert, sie hatten den Göttern, Ahnen und Helden zugetrunken und deren Geschichten gehört. Dann kam das Essen, und nach dem Essen zogen sich alle Frauen zurück, die keinen Anteil am Gelage haben wollten und wählen konnten. Zu Havenars Überraschung blieb seine rote Rämna bei ihnen in der Halle. Schamlos wehselte sie Blicke mit allen Männern, die ihr Aufmerksamkeit zu schenken wagten, und diese waren zahlreicher, als es Havenar gefiel. Seine alte Besitzereifersucht erwachte, und als Rämna endlich auch ihn vom anderen Ende des Hauses her mit einem betont achtlosen Blick bedachte, wies er ihr durch eine entschiedene Geste den Platz auf seinem Knie zu.

Rämna legte unter den bewundernden Augen ihrer Verehrer den Kopf in den Nacken und ließ triumphierend ihr wildes, raues Lachen hören. Ihre glänzenden roten Locken flossen ihr den Rücken hinab. Dann wand sie sich zielstrebig und rasch zwischen den anderen hindurch bis zu ihm auf den Hochsitz. Sie legte eine Hand auf die prächtig geschnitzte Säule neben dem Hochsitz und stemmte die andere in die Hüfte. »Lebst du also doch noch?«

Seine Hand schnellte nach vorn und zog sie auf seinen Schoß. »Ich habe Frauen, die Tote aufwecken können«, sagte er in ihr Ohr und zog ihren Kopf an ihrer Mähne in den Nacken, um seine Zähne sanft in ihren Hals zu senken.

»Ich dachte, das hättest du vergessen«, flüsterte sie atemlos, und ihr Atem wurde noch weit schneller, bevor Havenars Lippen bei ihren ankamen und seine Zunge ihr mit roher Sinnlichkeit sein Verlangen verriet. Es war nicht wie früher, kein Necken und Spielen. Sein Körper verlangte nach einer Lust, die so schier war, dass sie die Male glücklicher Zärtlichkeit ausbrennen konnte, die ihn bedeckten und quälten. Die ihn vergessen lassen konnte, wie er unter anderen Fingern, anderen Lippen geglüht hatte.

Doch es floss noch viel Bier und Met, es wurde viel gesponnen, geprahlt und gegrölt, bis es so weit war, dass er dem für eine kurze Weile nahekam. Kaum ein Viertel der Männer war noch bei Bewusstsein, als Havenar es im Rausch von Trunk und Rämnas Schoß endlich zur gnädigen Verdunklung seiner Erinnerung brachte und auf der Bank neben dem Hochsitz einschlief.

Von dem Moment an, als Rämna ihn am nächsten Vormittag wachstreichelte und in sein Haus zurücklotste, war er seinen Frauen in jeder Hinsicht wieder der Mann, um den zahllose andere sie beneideten. Sie taten ihr Bestes, um ihm auch noch zu seinem Frohsinn zurückzuhelfen.

Nach einer Weile war Frygdis tatsächlich oft dabei, wenn er mit einer Frau lag, wie sie es versprochen hatte. Es tröstete ihn ein wenig, sich vorzugaukeln, dass sie bei ihm war, gab ihm jedoch auch das Gefühl, seinen Frauen mehr schuldig zu sein. Bald tuschelten sie errötend darüber, welche neue Wonne seine Arme bedeuteten, obgleich sie sich auch vorher nie beschwert hatten.

Einige Tage nachdem die Männer von dem Thing zurückgekehrt waren, das Harald zum König gemacht hatte, kam eine kleine Gruppe von Handwerkern nach Gammelby. Unter ihnen war ein Skalde, der sich zu Havenar durchfragte.

Der wandernde Sänger hatte in Jarl Asmunds Halle einen Mann kennengelernt, der behauptete, einem Riesen begegnet zu sein. Der Riese habe eine Nachricht für den Jarlssohn Havenar Hademutsson gehabt. »Ich werde für ihn hüten, was ihm gehört, bis andere Zeiten kommen«, habe er gesagt.

Havenars Haut prickelte, so schnell stellten sich seine Haare auf vor Spannung. »Wo hat der Mann diesen Riesen getroffen?«

»Das hat er nicht gesagt. Nur, dass es im Nebel war und der Anblick ihn fast zu Tode erschreckt hat. Hoch wie ein Berg sei er gewesen und wüst wie der unbetretene Wald. Du musst ein mächtiger Mann sein, dass du solche Riesen zu deinen Freunden zählst.«

Freude und Übermut trieben Havenar dazu, dem unbedarften Skalden ein Märchen aufzutischen. »Die Riesen sind mir verbunden, weil ich einem von ihnen eine Gefälligkeit erwiesen habe. Seitdem beugen sie sich immer ein wenig herab, bevor sie einen Menschen zerdrücken, und sehen nach, ob ich es bin.«

Die Augen des Sängers wurden groß vor Begeisterung über die schöne Vorlage für ein Lied. »Was hütet der Riese für dich?«

Havenar lächelte geheimnisvoll. »Das, was zu mir zurückkehrt, wenn die Zeiten anders werden. Einen kostbaren Schatz und eine scharfe Waffe. Mehr werde ich nicht sagen.«

Für den Skalden war das ausreichend, um ein neues Lied über den grimmen Helden von Angeln zu verfassen. Loki lachte laut darüber, denn es sprach von hartem Silber und scharfem Stahl statt von weichen Blicken und hellem Haar.

»Warte kurz, ich will mein Wasser abschlagen«, sagte Thor und stand auf.

»Von wegen kurz«, protestierte Freya. »Es wird dort tagelang …«

»Tu's in die andere Richtung«, befahl Odin. Die Götter stöhnten und lachten.

»Das mit dem Riesen ist gut, was, Thor?«, meinte Tyr zu Thors Rücken.

Thor sah sich über die Schulter um und schnaubte herablassend. »Die Sterblichen haben keine Ahnung, was ein Riese ist.«

Loki hielt derweil das Bild mit einer Hand still und beugte sich zu Sigyns Ohr. »Freyas kleiner Liebling macht mir Spaß. Er glaubt, er wüsste, wie scharf die Waffe ist, über die er scherzt.

Er fängt schon an zu hoffen, dass er sie eines Tages meistern kann, so wie sein Schwert. Am Ende wird er wissen, dass keine Rüstung schützen kann, wo solche Liebe zuschlägt.«

Sigyn schloss voll Kummer die Augen, doch er zog ihren Kopf mit der freien Hand am Haar in den Nacken, bis sie ihn wieder mit großen, wissenden Augen ansah. »Und geschlagen wird«, fügte er wispernd hinzu. Seine Lippen verharrten sekundenlang vor ihren, als wollte er sie an die Qual des Verlangens nach einer Berührung erinnern. Als wäre das nötig. Sie kannten sich so gut. Früher hätte er seine Geschichte weit schadenfroher erzählt, wusste sie. Früher, bevor Balder sein Opfer geworden war. Alle Götter wussten, dass Balder Loki einen Grund dafür gegeben hatte. Doch so sollte es nicht sein, denn die Skalden besangen es anders. Sanft strich Sigyn Loki über die giftvernarbte Wange, die einmal der von Balder in glatter Schönheit nicht nachgestanden hatte.

Thorwalds Nachricht war ein Schwur, wusste Havenar, und das erleichterte ihn so sehr, dass sein Lachen wieder frei wurde. Frygdis war im Land, sie dachte an ihn, und Thorwald schützte sie. Grund genug, an der Hoffnung festzuhalten. Wenn die Lage ruhiger geworden war, würde er sie suchen.

Im Laufe der Wochen stellte sich heraus, dass von Ruhe keine Rede sein konnte, und bald war Havenar dankbar, dass Frygdis sich und ihre Tochter in Sicherheit gebracht hatte. Er hoffte, dass sie sich so gut verborgen hielt, dass nicht einmal die Götter sie sehen konnten, denn nach Haralds Wahl brach eine blutige Zeit herein. Es war nicht Harald, der seine Macht missbrauchte, sondern Horich, der seine norwegische Sippe beweisen hieß, wie sehr er sie vorher im Zaum gehalten hatte, als er noch König gewesen war.

Keine Siedlung, kein größerer Hof in ganz Danmark, den sie nicht zu plündern versuchten. Viel zu oft hatten sie Erfolg. Bald strömten die Angeln, die ihren Besitz an die Räuber und das Feuer verloren hatten, nach Gammelby und Brarup. Hademut,

Erik, Vitgeir, Havenar und Jarl Hunold mit seinen Söhnen waren ohne Unterbrechung abwechselnd mit ihren Männern unterwegs, um die Plünderer abzuwehren und zu töten, wo sie zu fassen waren.

Nach Monaten schien sich bei den Norwegern herumgesprochen zu haben, dass Angeln für sie keine leichte Beute war, und es wurde friedlicher. In Sicherheit wähnte sich jedoch niemand. Havenar und Vitgeir hörten nicht auf, an den Grenzen und Küsten entlangzustreifen, schon allein, um den Bauern ein besseres Gefühl zu geben, die noch auf ihren Gehöften aushielten.

An einem klirrend kalten Januartag kehrten Havenar und seine Leute mit Jagdbeute beladen durch den Gammelbyer Wald zurück, als ein wohlbekanntes »Freya« aus einer Baumkrone herausschallte. Verblüfft zügelte der kleine Trupp die Pferde und starrte hinauf.

»Freya«, sagte Troll noch einmal.

Havenar fühlte, wie seine halb vergessene Traurigkeit zurückkehrte. »Reitet schon weiter«, befahl er seinen Leuten bedrückt, und sie gehorchten. Als sie sich neugierig noch einmal umblickten, sahen sie, wie Havenar vom Pferd stieg und der Rabe vor ihm landete. Der Vogel streckte ihm den geöffneten Schnabel entgegen und krächzte und kollerte, und der Sohn ihres Jarls betrachtete ihn unüblich niedergeschlagen und gebeugt. Dann waren sie durch die Bäume außer Sicht.

Havenar suchte in seinen Taschen und ärgerte sich, dass er die Jagdbeute mit den Männern weggeschickt hatte. Er hatte nichts für Trolls hungrigen Schnabel. »Tut mir leid, alter Federwisch. Es ist besser, wenn du die anderen findest, die werden vielleicht etwas für dich haben. Bestell ihnen Grüße.«

Der Vogel blieb nicht lange. Beleidigt, weil er kein Futter bekam, flog er davon.

Havenar war traurig und sanft, als er nach dieser Begegnung in sein Haus kam, und der Anblick von Gebke, die seit Tagen nicht mehr aufstand, weil es ihr schlecht ging, schnürte ihm die Kehle zu. So brachte er seine kummervolle Zärtlichkeit zu ihr, die nur noch drei Tage leben sollte. Sie starb Blut hustend und qualvoll, aber in Havenars Armen, an dessen Zuwendung ihr Glück stets mehr gehangen hatte als das der anderen Frauen im Haus.

Havenar ließ Gebke würdevoll begraben, obgleich der Boden hart war und der Wind eisig schnitt. Er behielt Kjartan, der mit seinen fünf Jahren schon begriff, was geschehen war, die ganze Zeit dicht bei sich, und wohl deshalb weinte der Junge nicht. Der gleichaltrige Rolleif, der mit Kjartan unzertrennlich war, hielt sich ebenfalls bei ihnen auf und legte seinem Halbbruder einen Arm um die Schultern. Lodin, der so alt war wie Rämnas Sven, ließ sich auf deren Arm trösten. Er verstand noch nicht, warum seine Mutter fortan in einem Schiff aus Erde und Stein schlafen sollte.

Ein ganzes Jahr lang blieb es überraschend ruhig in Angeln. Es kam Havenar so vor, als wäre es das ruhigste Jahr seines Lebens, was Angriffe von außen betraf. Das war allerdings noch immer nicht König Harald zu verdanken, denn dieser war zu den krummrückigen Franken gezogen, um deren freudlosem Gott zuzuschwören, was nicht nur Havenar mit Verständnislosigkeit erfüllte. Harald hatte nicht viel von dem getan, was sich seine Anhänger von ihm erhofft hatten. Stattdessen hatte er sich in endlose Verhandlungen mit den Franken verstrickt, um die sich nach Havenars Kenntnis die wenigsten Dänen scherten. Gerade den Franken konnte man doch unendlich viel wegnehmen, ohne dass sie es rechtzeitig fertigbrachten, die Schwerthand auch nur halb zu heben.

Havenar nutzte die Ruhe, um Frygdis zu suchen. Diesmal ging er nicht allein auf Wanderschaft, sondern verband die Streifzüge, die er mit seinen Männern machte, mit kurzen Abstechern. Er fragte bei Thorhall nach und erfuhr, dass sein Sohn dort gewesen war, doch nicht mehr als das. Die alte Hütte war leer, Frygdis' Webrahmen verschwunden. Eine Stunde saß Havenar träumend auf der Bank, wo er mit ihr geschlafen hatte, seine Hand auf dem unbedeckten Lehm, als könne er ihre Wärme dort noch spüren. Bei allen Bauern erkundigte er sich unauffällig nach Thorwald. Manche hatten ihn gesehen, doch niemand wusste, wo er sich aufhielt, nur, was man ihm verkauft hatte. Schließlich hörte Havenar auf zu fragen, um nicht doch noch Aufmerksamkeit auf seine Suche zu ziehen und ein Versteck in Gefahr zu bringen, das offenbar gut war.

Erst als Anfang des Winters Troll wieder auftauchte, der inzwischen gelernt hatte, zu meckern wie eine Ziege, machte er einen letzten Versuch. Havenar folgte dem Raben, als dieser nach einigen Tagen davonflog, doch es war ein aussichtsloses Unterfangen. Bereits am ersten Moor verlor er ihn.

Während er dem verschwindenden schwarzen Fleck am Himmel nachblickte, überlegte er, wie viel Zeit seines Lebens er damit verbracht hatte, Frygdis nachzuhängen. Zum ersten Mal fühlte er, dass er der aufreibenden Sehnsucht müde war. Er würde aufgeben. Wenn sie nicht zu ihm kommen wollte, so war es Zeit, loszulassen und ihr zu wünschen, dass sie ihn vergaß. Vielleicht würde sie ein anderes Glück finden, so wie er selbst es im Grunde hatte. Er war ein geachteter Mann, verehrt und gefürchtet, mit allem gesegnet. Gerade am Anfang des Sommers hatte Dirdra ihm wieder einen Sohn geboren. Conn hatte sie ihn genannt, es war sein zehnter.

Zum Festhalten hatte er für beide Hände genug.

Als schließlich über Angeln – und nicht nur über Angeln – hereinbrach, was das vergangene Jahr ihnen erspart hatte, vergaß Havenar Frygdis tatsächlich. Die Norweger kamen nun in großen Trupps. Sie landeten mit drei oder vier Drachen und überfielen Siedlungen nicht mehr, um zu plündern, sondern um zu zerstören.

Die Jarle, ihre Brüder, Söhne und Vertrauten schliefen nicht mehr, sie legten die Waffen nicht mehr aus der Hand und verteidigten jeden Fußbreit von ihrem Land erbittert. Jeden Trupp Angreifer drängten sie zurück auf die Schiffe, nur damit einige Tage später trotz der Winterkälte mehr Schiffe mit frischen Männern landeten.

Havenar hätte gern gewusst, woher all diese Norweger kamen, denn dass sie nicht von Norwegen her durchs Eis fuhren, da war er sicher. Er stand mit seinen durchgefrorenen Männern nach einer durchwachten Nacht nahe Flintholm an der Küste und beobachtete, wie zwei große Drachen in der Ferne vorübersegelten. Erleichtert atmeten sie auf, als die Schiffe keine Anstalten machten, näher zu kommen. Sie hatten bereits mehr als genug Gelegenheit gehabt, ihren Kampfesmut abzukühlen. Eine warme Halle, Fleisch und Bier war das, wonach ihnen jetzt der Sinn stand.

Doch die Halle war noch weit. Bevor sie nach Flintholm kamen, erreichte sie ein gehetzter Bote: Jarl Hunold schrie um Hilfe für Brarup. Nur um die Pferde zu wechseln, hielten sie in Flintholm, dann machten sie sich ohne Zögern auf den Weg und kamen am Nachmittag an.

Es mochte tatsächlich sein, dass ihr Kommen Brarups Tor vor dem Sturz bewahrte, wie Hunold später immer wieder behauptete. Havenar war allerdings überzeugt davon, dass sein Onkel damit nur rechtfertigen wollte, sie gerufen zu haben. Denn als in der Nacht der gleiche Hilferuf von Gammelby nach Brarup drang, kamen sie zu spät, um das Tor noch vor dem Fall zu retten. Die ganze Siedlung war ein mondbeleuchteter Kampfplatz, als sie eintrafen. Jarl Hademut und Erik standen Rücken an Rücken in der Mitte.

Havenar machte sich wutentbrannt daran, eine Schneise zu ihnen zu schlagen. Er brüllte Befehle zu denen, die nicht da standen, wo sie stehen sollten, und die nicht taten, was im Vorfeld angeordnet worden war. Wie eine Peitschenschnur schlug er in das dunkle Getümmel, und wo er vorbeikam, da ordnete sich hinter ihm der Kampf, als würde es hell, und der Stand der Angreifer wurde schwerer. Er war noch nicht ganz bei seinem Vater angekommen, der laut Plan weit besser geschützt in der Nähe des Jarlshauses hätte stehen sollen, von wo er überblicken und befehlen konnte, da sah er, dass vor der Tür seines eigenen Hauses Vitgeir kämpfte, während die meisten der Männer, die es hatten schützen sollen, mit vielen anderen erschlagen dalagen.

Schon als er nur ahnte, was geschehen war, spürte er eine Kraft und eine Ruchlosigkeit in sich aufbrodeln, die ihn zur bedingungslos tödlichen Waffe machten.

In kürzester Zeit war er bei seiner Tür und befreite Vitgeir von allen Gegnern. Hinter seiner Stirn kochte das Blut so schäumend, dass er tief atmen musste, um zu begreifen, was er in seinem Haus sah. Frauen und Kinder waren am Leben. Sie drängten sich bewaffnet an der Rückwand, die Kleinen hinter den Großen verborgen. Trude hielt die geifernde und wie wahnsinnig bellende, blutverschmierte Eisfell am Halsband zurück, Arwed seine Bärin, doch Bjarnes Rotwolf lag leblos am Boden, und von Bjarne selbst war nichts zu sehen.

Während Havenars Augen seinen ältesten Sohn suchten, sah er, was er im ersten Augenblick nicht verstehen konnte. Rike hockte weinend neben den anderen und drückte Anselma an sich. Die Kleine rührte sich nicht. Havenar schloss die Augen und öffnete sie wieder. Das Bild blieb gleich. Rämna trat vor, hochschwanger, lodernd vor Zorn und in der Hand eine Axt. »Sie haben Dirdra und Bjarne mitgenommen. Deine Tochter lebt nicht mehr«, sagte sie, starrte ihn an und zeigte zur Tür.

Von da an fühlte Havenar nichts mehr außer dem Verlangen zu töten. Er war nur gerade eben fähig, zwischen Freund und Feind zu unterscheiden, als er sich umdrehte und begann, ein solches Entsetzen unter den Kämpfenden zu verbreiten, dass Gammelby nach kurzer Zeit sein Tor hinter den fliehenden Angreifern wieder schließen konnte.

Für einen Augenblick kam er dann wieder zu sich, doch kaum länger, als es dauerte, zwei Trupps noch kampffähiger Männer mit Pferden zusammenzustellen. Dem einen befahl er, die fliehenden Feinde zu stellen, mit dem anderen nahm er die Verfolgung der Entführer auf.

Der Spur zu folgen war leicht, aber als sie zur Küste kamen, war das Schiff mit den Entführten schon weit draußen auf See. Auf zwei weiteren, in überheblichem Leichtsinn vor Anker liegenden Schiffen warteten ein paar Wachen. Havenar ließ sie von seinen Bogenschützen erschießen, bevor sie auch nur die Ankerseile kappen konnten. Dann zog er sich aus und schwamm zum ehrfürchtigen Erstaunen seiner Männer durch das unruhige, eisige Wasser, hievte sich an Bord des näheren Bootes und brachte es an Land, um seine Krieger nachzuholen und die Verfolgung fortzusetzen.

Als er sich zitternd und keuchend wieder ankleidete, war seine Nüchternheit zurückgekehrt. Er segelte den norwegischen Drachen, was Segel und Mast hielten, und freute sich darüber, dass die Entführer trödelten, weil sie annahmen, ihre Freunde hinter sich zu haben. Ihren Irrtum begriffen sie erst, als Havenar sie eingeholt hatte und sie die Gesichter ihrer Verfolger erkennen konnten.

Havenar rammte sie und zögerte damit nicht einen Wimpernschlag lang, obwohl einer der Norweger so viel Geistesgegenwart aufbrachte, Dirdra hochzureißen und ihr drohend ein Messer an die Kehle zu halten. Es brachte ihm nur ein, dass er als Erster starb. Havenar stieß die entsetzensstarre Dirdra auf das andere Schiff, sah sich nach Bjarne um und fand nicht nur ihn, sondern auch noch Ingvars Witwe Gunda. Bjarnes Gesicht war so blutverkrustet und geschwollen, dass er kaum sehen konnte, außerdem war er gefesselt. Havenar warf ihn sich über die Schulter und zog Gunda am Arm hinüber auf sein Schiff, während seine Männer ihn absicherten.

Danach ging er wieder in den Kampf. Mit weniger Wut diesmal, aber mit eiskalter Bestimmtheit. Ohne zwischen tot und noch halb lebendig zu unterscheiden, versenkte er das Schiff der Entführer mitsamt seiner Besatzung und kreuzte dann, bis er sicher war, dass keiner mehr lebte. Mit kurzen Befehlen hieß er seine Leute rudern, holte das letzte, leere Schiff von der Küste, nahm es in Schlepp und steuerte nach Flintholm.

Dort ließ er Herjulf sofort frische Leute ausschicken, um von

Gammelby her flüchtende Norweger abzufangen. Dann wandte er sich dem erschöpften Haufen derer zu, die ihn begleitet hatten. Erst jetzt nahm er bewusst wahr, dass Brunolf und Guntram darunter waren. Sie standen bei Bjarne und den Frauen und hatten ihre Schrammen, so wie er selbst. Von einem Moment zum anderen überfiel Havenar Schwäche, und er musste sich anstrengen, sein Zittern zu verbergen. Er hatte maßlose Angst, Dirdra in die Augen zu sehen. Wie war er doch immer voll Verachtung für die gewesen, die nicht schützten, was zu ihnen gehörte. Und nun hatte er selbst versagt.

»Können wir hineingehen?«, fragte Brunolf vorsichtig, fast misstrauisch.

Havenar nickte. »Sicher.« Heiser und flach kam es heraus.

Erleichtert schoben sich die Männer Richtung Halle, nur seine Freunde, die Frauen und der Junge blieben stehen, um auf ihn zu warten. Er gab sich einen Ruck und ging zu ihnen.

Brunolf fasste ihn an der Schulter, schüttelte dann den Kopf und umarmte ihn. »Du bist der verflucht heldenhaft größte Narr, den man zum Freund haben kann«, sagte er. »Ich wünschte nur, man müsste zwischendurch nicht immer Angst vor dir haben.«

Guntram nickte zustimmend. »Du bist wirklich ein verdammter Berserker, Haven.«

Havenar sah von Brunolf, der ihn wieder losgelassen hatte, zu Guntram, dann ließ er zögerlich seinen Blick zu Dirdra wandern, die mit irren Augen ins Leere starrte und auch Gunda nicht wahrzunehmen schien, obwohl diese den Arm um sie gelegt hatte. Bring es hinter dich, sagte Havenars Vernunft. Gib es zu. »Anselma ist tot«, sagte er.

Brunolf und Guntram tauschten einen erschrockenen Blick. »Verflucht«, entfuhr es Brunolf. »Konnte Vater seinen Dreck nicht allein machen?«

Dirdras Blick flackerte in kleinen Sprüngen, bis er bei Havenars Augen ankam. »Ja«, flüsterte sie. »Ich bitte dich um Verzeihung. Ich habe nicht richtig aufgepasst. Ich habe nicht auf sie aufgepasst, Havenar. Sie ist mir davongelaufen. Sie ist mir …«

Es war, als verstünde sie erst jetzt. »Er hat sie gar nicht umbringen wollen. Hätte ich sie festgehalten. Hätte ich sie festgehalten. Hätte ich sie …«

Havenar ging zu ihr und umarmte sie. »Hör auf. Niemand wird sagen, dass du schuld warst. Dass ich schuld war, werden sie sagen, und sie haben Recht.«

»Nein«, widersprach Brunolf. »Keiner wird das denken. Alle wissen, wie es im Land aussieht. Du hast Gammelby nicht ohne Schutz gelassen. Dein Vater war da, dein Onkel, Vitgeir. Du konntest annehmen, dass das genug war.«

Havenar zuckte ohne Überzeugung mit den Schultern. »Ja. Vielleicht. Geht zu den Männern. Ich bringe die Frauen in Herjulfs Haus. Und …« Zum ersten Mal sah er Bjarne an und bemerkte, dass der Junge zitterte. Keinen Laut gab er von sich, zitterte aber, als könne er nicht mehr lange stehen. »He, Sohn«, sagte er und gab sich Mühe, seine Stimme nicht schwanken zu lassen. Er machte einen Arm von Dirdra los, holte Bjarne hinein und zog ihn an sich, ohne auf Widerstand zu stoßen, dann ging er mit den beiden los.

»Er war so mutig«, sagte Gunda, die ihnen ebenfalls zitternd nachkam.

»Was ist mit Ulf?«, fragte Bjarne zähneklappernd. »Er war nicht bei uns. Habt ihr ihn gesehen? Hast du meinen Hund gesehen? Er ist auch tot, nicht? Die Hunde waren gut, Vater. Ohne die Hunde wäre es noch schlimmer gekommen.«

»Hätte er mich umgebracht«, sagte Dirdra. »Hätte er mich doch umgebracht.«

Havenar ging schneller und zog die anderen mit sich. »Wer?«

»Der Schwarzhaarige. Warum hat er mich nicht gleich umgebracht? Mir wäre es doch recht. Warum muss ich noch leben? Nun habe ich auch noch davor Angst, und meine Kleine ist ganz allein. Havenar, sie ist ganz allein da unten, und sie ist noch so klein. Warum kann ich nicht auch sterben?«

Alle Haare stellten sich Havenar auf. »Du hast lebende Kinder, die dich brauchen. Was für einen Schwarzhaarigen meinst du?«

»Hässlich war er und gemein. Dunkel und hässlich.« Dirdra schluchzte und hielt plötzlich inne, die Hand vor den Mund gepresst.

»Tyrs Finsternis!«, sagte Havenar heiser. »Muss denn alles auf einmal kommen? Geht weiter.« Er gab Bjarne Gunda in den Arm und schob sie sanft weiter in Richtung Haus, dann wandte er sich Dirdra zu, die vornübergebeugt würgte, mit weit aufgerissenen Augen, die das Böse selbst gesehen hatten.

»Du kannst das überleben«, sagte er. »Du bist nicht die Erste, die das überlebt. Bleib bei Verstand, meine Liebste. Ich brauche dich.«

Sie sah mit irrem Blick auf, streckte die Arme aus und krallte die Hände in seine Weste. »Kannst du machen, dass es fortgeht? Wenn er mir ein Kind gemacht hat, Havenar … Du bist stärker. Mach, dass es fortgeht. Dass alles fortgeht.«

Vernunft war jetzt nicht gefragt, wusste Havenar. »Ja. Das werde ich tun. Komm.« Er legte den Arm um sie, brachte sie ins Haus und ging mit ihr in Herjulfs Ehebett, nachdem er sichergestellt hatte, dass Gerlögs alte Magd Gunda und Bjarne versorgte. Seine Schwester war mit den Kindern in Gammelby, weil sie geglaubt hatten, dass es dort sicherer war. Eine Ironie, über die er nicht lachen konnte.

Dirdra schluchzte in seinen Armen, und er war nicht im Geringsten gewiss, dass es ihr guttat, was sie machten, wund wie sie in jedem Sinn war, aber er gab ihr, wonach sie verlangte. Voll behutsam tröstender Zärtlichkeit zuerst, doch dann überfuhr ihn sein eigener trauriger Wahnsinn, seine Kampfeshitze, und er wurde heftig. Später weinte sie lange, still an ihn geschmiegt, und er hielt sie nur, weit länger, als sein Atem brauchte, um sich zu beruhigen. »Wenn ich nun ein Kind bekomme«, flüsterte sie schließlich, »wirst du es dann umbringen?«

»Es wird mein Kind sein«, behauptete er und schwor sich still, dass er dazu stehen würde, auch wenn das Kind schwarzhaarig würde. Eine Weile danach war Dirdra eingeschlafen, und er stand auf und zog sich wieder an, obgleich er merkte, wie lange er selbst nicht geschlafen hatte. Trotzdem musste er noch nach den Männern sehen.

Auch Bjarne und Gunda lagen unter Decken da, waren aber wach. »Ich danke dir«, sagte Gunda. »Auch wenn du vielleicht nicht an mich gedacht hast, als du uns nachgekommen bist.«

»Meiner Sippe stiehlt man keine Menschen. Egal wen«, gab er zurück.

»Sie wollten aber gerade dich treffen. Sie wollten so viele wie möglich aus deinem Haus. Es war Zufall, dass ich auch dort war. Für deine Kinder und Frauen würdest du gefügig werden, dachten sie. Sie fanden das sehr witzig. Nun hat ihnen der Witz die Kehlen zerschnitten.«

»Ich würde lieber sterben, ehe dass du wegen mir gefügig wirst«, sagte Bjarne mit müder Stimme.

»Sorgen wir dafür, dass keines von beidem geschieht, Kleiner.« Havenar strich ihm vorsichtig mit den Fingerspitzen das schmutzige Haar aus dem zerschlagenen Gesicht. Bjarne hielt seine Hand fest, bevor er sie ganz zurückziehen konnte. »Ich weiß ehrlich nicht, warum ich dich mal nicht leiden konnte«, sagte er und sah ihn verlegen an.

»Ich weiß ehrlich genau, warum ich dich von der ersten Stunde an leiden konnte. Du bist ein Prachtjunge.«

»Gute Güte, das ist er wirklich«, mischte sich Gunda ein. »Er hat mit einer geworfenen Axt den Mann getötet, der Anselma erschlagen hat, wusstest du das?«

»Gunda, lass das, ich will das jetzt nicht hören«, wehrte Bjarne ab. »Ich will jetzt nicht daran denken.«

Havenar starrte ihn an und fragte sich, ob es tatsächlich so weit kommen würde, dass seine eigenen Tränen vor denen seines neunjährigen Sohnes flossen. »Du hast deinen ersten Mann getötet?«, fragte er leise nach. Bjarne nickte. Und nun standen doch die Tränen in den Jungenaugen. »Und?«, fragte Havenar weiter.

»Das fühlt sich nicht gut an«, sagte Bjarne und machte aus einem unterdrückten Schluchzen einen tiefen Atemzug. »Fühlt sich alles nicht gut an. Ist das immer so?«

»Nicht für jeden. Nicht immer. Aber oft«, sagte Havenar und atmete ebenso tief.

»Aber unsere Süße …«, sagte Bjarne, und nun schluchzte er.

»Ja«, sagte Havenar. Seine eigenen Tränen liefen stumm.

Es stellte sich heraus, dass Angeln nicht der einzige Teil des Landes war, der unter dem neuen Ansturm von Horichs Heer ins Straucheln gekommen war. Für viele Jarle war es nicht beim Straucheln geblieben, sie hatten sich weniger gut verteidigt. Und da Harald weiterhin fern war, gewann Horich die wendigsten von ihnen rasch als Anhänger zurück.

Nach den für ihn ergebnislosen Angriffen auf Brarup und Gammelby ließ er Hademut und Hunold dagegen ganz in Ruhe. Er ging so weit, ihnen eine Woche nach den Kämpfen einen Boten zu schicken, der ausrichtete, man würde sie nicht mehr belästigen, solange sie dem Rückkehrer keine Steine in den Weg legten.

Hademut nickte dazu und antwortete wie immer, dass er Steine nur auf seinem eigenen Land legen würde. Horich solle also einen anderen Weg nehmen, dann müsse er nicht stolpern. »Kein Wort glaube ich dem Aas«, sagte er, als der Bote fort war, und diese Ansicht teilten die meisten Leute.

Es herrschte finstere Stimmung in Gammelby. Jarl Hademut konnte es nicht verwinden, dass es den Verteidigern unter seinem Befehl nicht gelungen war, Zäune und Tore zu halten. Die Angreifer waren zu gut vorbereitet gewesen, waren in der Dunkelheit von allen Seiten herangeschlichen, sogar zwischen See und Siedlung waren sie durchs Moor gekrochen und hatten Hakenseile und Strickleitern dabeigehabt. Als die Wachen Alarm schlugen und ins Horn bliesen, waren die Verteidiger zwar flink, trotzdem kamen über den Zaun so viele Feinde herein, dass sie die Tore für den lauernden Sturm öffnen konnten. »Ist halt keine kreuzverdammte fränkische Burg«, fluchte Hademut, und niemand widersprach ihm oder machte ihm einen Vorwurf. Dennoch fiel es ihm tagelang schwer, seinem Sohn in die Augen zu sehen, der neben Anselma tatsächlich auch Ulf verloren hatte. Er war bei seiner Mutter Thilde gewesen und mit ihr zusammen gestorben.

Havenar arbeitete verbissen mit den Leuten in der Winterkälte, um die Schäden an der Befestigung und den Häusern zu beheben, alle Schwächen der Siedlung und ihrer Verteidiger auszumerzen. Seine Tränen hatte er vergossen, als er in Flintholm bei Bjarne saß. In Gammelby gestattete er sich keine Weichheit mehr.

Dirdra war wieder zu sich gekommen, doch sie war so traurig, dass sie kaum je den Blick vom Boden hob, es sei denn, die Jungen wollten etwas von ihr.

Der Einzige, der bei ihrem Eintreffen in Gammelby auch Grund zur Freude gehabt hatte, war Bjarne. Taumelnd, aber schwanzwedelnd war Rotwolf seinem jungen Herrn entgegengehinkt, als sie das Haus betraten. Bjarne war vor Glück bei seinem Hund in die Knie gegangen. Hinzu kam, dass die Jungen ihren ältesten Bruder ehrfürchtig bewunderten, fast mehr als ihren Vater, dessen furchteinflößende Kampfkraft so sehr in aller Munde war, dass sie ihnen schon selbstverständlich erschien.

Einen guten Monat nach dem Überfall fand Havenar nichts mehr zu verbessern, wohl oder übel musste er innehalten. Die erste Frühlingssonne wärmte ihn, während er am See stand und aufs Wasser sah, über dem in der reglosen Luft Mücken tanzten. Glatt war der See und glänzend, glänzend wie glückliche Mädchenaugen. Ein Moment zum Sterben, dachte er, und nach all den Wochen der Härte und Selbstvergessenheit war plötzlich Frygdis wieder in seinem Kopf. Mächtiger als seit langer Zeit wünschte er sich zu ihr. In Gedanken erzählte er ihr alles, was geschehen war. Stellte sich vor, wie sie ihn in ihre Arme nehmen und ausruhen lassen würde.

Der Vorsatz, sie aufzugeben, verflog. Er wollte hoffen.

Einige Tage darauf kam Rämnas zweiter Sohn zur Welt, Boje. Mit ihm hatte er nun wieder zehn lebende Söhne. Etwas später bekam Erik von Rike eine zweite Tochter, Gudrid. Langsam kehrte die Freude in Havenars Haus zurück.

Als das Frühjahr allmählich in den Sommer überging, kam ein Besucher nach Gammelby, der von vielen feindselig beäugt wurde, während er seinen Weg zum Rand des Übungsplatzes machte, wo Havenar beschäftigt war.

Es war Thorwald. Havenar sah ihn schon, als er aus dem hinteren Tor und über die Hausweide heranschritt, und er konnte sich weder rühren noch einen klaren Gedanken fassen. Seine Hoffnung war ebenso groß wie die Furcht vor bösen Neuigkeiten. Thorwald kam näher, und die Waage neigte sich zur Furcht. Der Riese zeigte nicht den früheren Gleichmut, sondern eine finstere Miene. Mit nachlässigem Zögern hob Havenar eine der Äxte auf, die neben ihm verstreut lagen, und hielt sie Thorwald zum Gruß entgegen. Der zog seine eigene und schlug in Erwiderung des Grußes gegen die von Havenar.

»Bring mir keine schlechte Nachricht«, sagte Havenar.

»Soll eine Nachricht holen, nicht bringen«, gab Thorwald zurück und sah sich vorsichtig um. »Wir haben von Kämpfen gehört. Ich musste kommen und nach dir sehen, das ist mein Auftrag. Ob du noch lebst und heil bist.«

Havenars Herz schlug ihm bis zum Hals. »Wegen mehr kommst du nicht? Dann könnte ich fast bedauern, dass ich noch lebe. Wir haben zwei Dutzend Menschen verloren. Besser, ich wäre gefallen, um das zu verhindern.«

Thorwald sah zu Boden. »Zwei von deinen Kindern. Leute sagen, du wärst zum Berserker geworden.«

»Meine einzige Tochter, Thorwald. Sie war meine hellste Freude.« Er sah von Thorwald weg zu den Übenden und bemerkte Vitgeir, der schweißnass am Rande des Geschehens hockte und vorgeblich Klingen prüfte, während er Thorwald und ihn beobachtete.

»Nicht deine einzige, dennoch«, sagte Thorwald.

Langsam kehrte Havenars Blick zu ihm zurück. Immer verrückter schlug sein Herz, als könnte Frygdis jeden Augenblick hinter Thorwald hervortreten. »Was willst du damit sagen?«, fragte er leise.

»Zwei hast du noch.« Thorwald sah ihn mitfühlend an, während Havenar damit rang, die Zahl zu verstehen, was Thorwald jedoch entging.

»Sag mir, wo sie sind. Sag, sie will, dass ich komme.« Havenars Lippen bewegten sich kaum, nur seine Augen flammten.

Thorwald schüttelte bedauernd den Kopf.

»Willst du mich zum Berserker werden sehen?«, fragte Havenar.

»Es geht ihnen gut. Ich soll dich grüßen. Aber alles wissen sollst du nicht. Erst wenn Ruhe herrscht, sagt sie. Sie ist eine kluge Frau.«

Havenar starrte ihn wütend an, doch seine Wut brandete gegen Thorwald wie gegen einen Felsen. Mit Bedacht musste er Luft holen, bevor er darauf vertrauen konnte, dass er den alten Freund nicht angreifen würde. Seine Faust lag eisenhart um den Stiel der Axt, Finger für Finger lockerte er sie und warf die Waffe zur Vorsicht beiseite. »Sag mir wenigstens, wie ihr lebt.«

»Wir drei und die Kinder. Kommen gut zurecht.«

Thorwalds Gesicht zeigte noch immer Mitgefühl, und das nahm Havenar den Rest seiner Spannung. »Verzeih. Ich weiß, dass du sie gut hütest. Gibt es etwas, das ihr braucht?«

Thorwald hustete. »Hätte nichts einzuwenden gegen ein paar Schluck Bier.«

Ihre Blicke trafen sich, und Havenar musste lächeln. Er winkte Brunolf und Guntram heran, die ebenfalls nur noch dastanden und sie verstohlen beobachteten, statt an ihrer Form zu arbeiten. Nun kamen sie zu ihnen und begrüßten Thorwald zurückhaltend, was dessen Miene wieder verfinsterte.

»Weißt du, Hademutsson«, grollte er. »Dass mich manche ansehen wie einen Feigling, das beißt.«

»Tun sie das?« Havenar hatte nicht darauf geachtet, wie man Thorwald begegnete.

»Er war dein Mann«, sagte Brunolf. »Die Leute fragen sich, warum er erst jetzt kommt, wo das Kämpfen für den Moment getan ist.«

»Er kämpft einen anderen Kampf für mich«, sagte Havenar und griff nach dem nächstbesten Einfall. »Thorwald hat sich den Göttern verschrieben.«

Thorwald hustete wieder. »Ja. Freya.«

Brunolf und Guntram wechselten einen Blick. »Na sicher«, sagte Brunolf. »Das werden sie glauben.«

»Das werden sie«, versicherte Havenar. Und er behielt Recht. Brunolf und Guntram streuten das Gerücht, während er selbst mit Thorwald trank. Es gab keine feindseligen Blicke mehr, als Thorwald eine Stunde nach seiner Ankunft wieder ging.

»Was soll ich ihr sagen?«, fragte er beim Abschied.

Havenar hatte bemerkt, dass Thorwald redefreudiger geworden war, dennoch hatte er nicht die kleinste Kleinigkeit über die Frauen oder die beiden Mädchen aus ihm herausgebracht. Einer, der nicht gern sprach, hatte es leichter, Geheimnisse zu hüten, stellte er fest. Jetzt überlegte er, ob Thorwald auch nur den Atem für ein Viertel der Dinge aufbringen könnte, die er Frygdis sagen wollte. Was konnte er ihr also in aller Kürze ausrichten lassen, nach der langen Zeit? Fast zwei Jahre. Welche Worte hatten das meiste Gewicht? Was hätte er von ihr hören wollen? Was wünschte er …? »Sag ihr, dass ich mich nach ihr sehne. Bei Tag und bei Nacht.«

Thorwald nickte bedächtig und schwieg ein paar Atemzüge, dann sah er auf. »Auda hat mich mal geweckt, damit ich höre, wie deine Frau im Schlaf deinen Namen sagt.«

Ein aberwitziges Glücksgefühl brachte Havenar zum Lächeln. »Hatte Auda einen weiten Weg, um dich zu wecken?«

Thorwald schüttelte den Kopf. »Ist nicht viel Platz in unserem Bett.«

»Hast du dich also mit der kleinen Nadelzunge zusammengerauft.«

»Als sie einmal heraushatte, dass ich nun mal zu taub und zu blöd bin, um alles zu verstehen, was sie gegen mich sagt, ist sie ein warmes Frauchen geworden. Weich genug, wenn manche Teile von ihr in meinen Händen liegen.«

Havenar lachte. »Dass du sie nur nicht erdrückst.«

Thorwalds rares Grinsen wurde breiter. »Sie ist haltbarer, als ich dachte.«

Längst lag Guntram, die Kapuze über das Gesicht gezogen, in Havenars Auftrag vor Gammelby auf der Lauer, als Thorwald schließlich herauskam. Schleichen war seine feinste Begabung, und er schlich viele Stunden, bis in die Nacht, und noch mehr Stunden, bis Thorwald am nächsten Tag vor seinen Augen an der Förde ein Boot aus einem Versteck holte und bestieg. Da konnte er nicht mithalten. Doch er folgte ihm am Ufer und kletterte und lief geduckt und unermüdlich, bis er sah, wo Thorwald am gegenüberliegenden Ufer anlegte. Schwer atmend prägte er sich die Stelle ein, beschloss, dass es das Beste war, was er erreichen hatte können, und wanderte ebenso unsichtbar, wie er gekommen war, zurück nach Gammelby.

13. Kapitel

Horich erklärte sich erneut zum König, nachdem Gundakar, Gotmar und Asmund zu ihm übergelaufen waren, er Guttorm und Thorolf gewaltsam unterworfen und Swidbert vernichtend bekriegt hatte.

Harald kam darauf endlich ins Land zurückgeeilt, wurde jedoch von Horichs wiedergewonnener Kraft mit Leichtigkeit abgewehrt.

Dann kam ein Thing, das Horich wohl oder übel als König neu bestätigte. Hademut und Hunold waren auf alles gefasst, doch zu ihrer Verwunderung akzeptierten Horichs Anhänger ihre Enthaltung und ließen sie in Ruhe. Sogar der siegesfrohe Horich selbst tat leutselig. »Zumindest habt ihr euch Harald gegenüber als genauso stur erwiesen wie gegen mich«, sagte er und schlug Hunold auf die Schulter, was der mit abweisend gerunzelter Stirn hinnahm.

Tatsächlich brach jedoch mit jenem Schulterklopfen wieder ein friedliches Jahr an. Hatte Havenar bis dahin noch alle Hände voll damit zu tun gehabt, den Bauern gegen hungrige Plünderer aller Parteien beizustehen, fand er sich danach zunehmend entbehrlich. Er begann, sich von den Anführerpflichten zurückzuziehen, verbrachte Tage nur noch mit seinen Jungen und der Jagd, dann nur noch allein mit der Jagd, und dann konnte er beim besten Willen nichts mehr sehen, was ihn noch zurückhielt.

Zwei weitere Tage blieb er in Gammelby, gereizt und rastlos wie ein eingesperrtes Tier. Am dritten packte er wortlos sein Bündel. Keine Frau wagte zu fragen, wohin und wie lange er ging, und er schwieg. Doch zumindest Dirdra legte er zum Abschied die Hand auf den Bauch und küsste sie. »Es ist meins«, flüsterte er ihr ins Ohr, und sie lächelte ihn an, mit Tränen in den Augen.

»Passt auf euch auf«, sagte er.

»Du auf dich«, erwiderte Erik, der sich mit Rike darüber einig war, wohin sein Neffe wollte.

Der Abschied von seinem Vater und Vitgeir, der bei ihm war, wurde schwieriger. »Ist es wieder so weit?«, empfing Hademut ihn. »Du findest wohl nicht, dass eigentlich ich jetzt an der Reihe wäre, ein bisschen auszuruhen, was?«

»Du wirst doch nicht ausruhen, gerade jetzt, wo du einigermaßen in Form gekommen bist«, gab Havenar zurück.

»Die Form wird bald genug wieder gefragt sein«, meinte Hademut. »Ich hoffe, du bist dann hier.«

»Eure Verteidigung ist besser als je zuvor, und die Feinde sind schwächer. Horich ist noch für eine Weile beschäftigt, Harald matt. Ihr könnt mich entbehren.«

Vitgeir schnaubte verächtlich. »Du solltest überlegen, in welchem Teil deines edlen Körpers du deinen Verstand gerade trägst.«

Havenar setzte sein Bündel ab. »Willst du dich schlagen?«

»Bei Odin, danach ist mir. Wie viel Kraft du an dieses Weib schon verschleudert hast! Ich dachte, du hättest begriffen, dass es Wichtigeres gibt. Hast du nicht Angst, dich lächerlich zu machen, wenn du wieder zu ihr kriechst?«

Hademut hob überrascht die Brauen. »Ach, du meinst, dahin geht er?«

»In den Wald gehe ich«, sagte Havenar.

Vitgeir stöhnte voll Überdruss. »Zu einer hirnverdrehten Ehebrecherin mit einer verräterischen Norwegerin als Mutter.«

Havenar schnalzte. »Oho! Ein verbitterter Hurensohn, der sich nicht an das Weib herantraut, das er gern hätte, weil er sich zu mickrig findet. Aber wer weiß, Vit, vielleicht hat Gunda ja auch so einen seltsamen Geschmack wie ich.«

»Wie bitte?«, erkundigte sich Hademut, aber Vitgeir war schon auf Havenar losgegangen.

Der hatte darauf gewartet und sprang zurück. Über den ganzen Hof wich er seinem wutschnaubenden Halbbruder aus, dabei zerrte er zum johlenden Vergnügen nicht nur seiner sich sammelnden Söhne jeden alten Spottvers aus seinem Gedächtnis, den er finden konnte. Bei »Sott am Stängel, Hurenbengel« blieb Vitgeir keuchend stehen und hielt sich vor Lachen die Seiten. Aber Havenar war das noch nicht genug. »Gunda! Vitgeir will dich etwas fragen!«

Wie von Wespen gestochen, ging Vitgeir wieder auf ihn los. »Willst du wohl das Maul halten, du geschniegelter Mistbalg! Großkotziges Herrensöhnchen, du. Jetzt kannst du gleich nach deinem Aufpasser schreien.« Er erwischte Havenar und brachte ihn zu Fall.

»Gunda!«, rief Havenar, der sich nun selbst vor Lachen kaum noch rühren konnte. Vitgeir griff nach seiner Kehle, und sie rangen prustend und lachend, bis ein Schatten über sie fiel.

»Ja?«, fragte Gunda, nur soeben laut genug, dass sie es hörten, und deutlich verstört.

Vitgeir erstarrte, und Havenar nutzte die Gelegenheit, sich zu befreien. Er sprang auf, zog Vitgeir am Arm hoch und klopfte ihn ab. »Hohe Frau, tu mir einen Gefallen. Hier.« Er schob ihr Vitgeir entgegen. »Heirate noch einmal einen meiner Brüder, und halt ihn mir vom Hals. Er wird sonst ein mürrischer alter Neidling.«

Gunda war ebenso rot wie Vitgeir, der vergeblich um seine Würde rang. »Ist er nicht ein unmöglicher Schwätzer?«, murmelte er entschuldigend und wirkte dabei, als wäre ihm seine Haut zu eng.

»Ja?«, fragte sie. »Nun. Ich … Dann gehe ich wohl wieder.«

Havenar schüttelte den Kopf. »Jammervoll ist es mit dir, Vitgeir. Sie wollte doch schon ja sagen. Oder nicht, Gunda? Warte, bleib! Hättest du ja gesagt?«

Gunda drehte sich noch einmal um und zuckte mit den Schultern. »Ich bin dir schließlich etwas schuldig. Aber wenn er nicht will …«, sagte sie, und dann sah sie wieder Vitgeir an, mit heißem Gesicht und glänzenden Augen.

Havenar lachte laut auf, schlug Vitgeir mit Wucht auf den Rücken und machte sich auf den Weg zu seinem Bündel. Dabei wischte er mit einer Geste die Zuschauer vom Hof, die sich heiter zerstreuten. »Zu eurer Hochzeit bin ich jedenfalls da«, rief er dem sich windenden Paar noch zu.

»Darauf bin ich nicht gekommen«, sagte sein Vater, der mit verschränkten Armen dastand.

»Er hat es gut verborgen, nicht wahr? Sieh zu, dass er die Sache nun nicht mehr verbockt. Es wäre zu schade um die junge Frau. Was soll sie ewig Witwe bleiben?«

»Dass du immer wieder vergisst, vor wem du stehst. Ich bin nicht Jarl, weil meine Rinder zufällig Gold scheißen. Wo hast du die Frau?«

Havenar verlor sein Lachen. »Ich habe sie nicht. Aber ich werde sie finden.«

»Du kannst sie nicht herbringen.«

»Vergisst *du* vielleicht, wer vor dir steht? Bin ich blöd?«

»Nun, Vitgeir hätte uns nicht darauf stoßen müssen, damit wir uns erinnern, wo du deinen Verstand bei dieser Sache hast.«

»Kommt es einem von euch eigentlich einmal in den Sinn, dass ich es nicht nötig habe, Meilen zu laufen, um mein Gemächt zu erleichtern? Ich schätze die Frauen in meinem Haus, und sie sind in jeder Weise gut zu mir.«

»Warum kannst du dann nicht die Finger von dem flüchtigen Vogel lassen? So besonders ist kein Weib. Lass sie verschwunden bleiben, du wirst es verschmerzen. Such dir eine, die ihr ähnlich ist.«

»Ja. Vielleicht. Sieh mal, was für ein riesiger Bussard. Hast du eigentlich auch schon mal überlegt, ob wir nicht ein paar Falken halten können? Es ist ein Genuss, mit ihnen zu jagen. Hunolds Falkner würde uns zeigen, wie man sie zieht.«

»Ich bin zu alt für etwas Neues. Aber wenn du die Vögel besorgst und … bist du nicht eher auf Raben aus?«

»Wollte ich einen Vogel zum Stehlen bringen oder dazu, Halbtote zu finden und dabei zu schwatzen, nähme ich einen Raben.

Für die Jagd hätte ich gern einen Wanderfalken, die mit der schwarzweißen Brust wie Habichte und dem dunklen Backenbart. Edle Köpfchen haben die, und nicht jeder kann sie sich leisten. Gudfast hatte mal einen Adler, aber er meint, die sind auf Dauer für den Arm zu massig und dabei zu abhängig vom Wetter. Es scheint, sie brauchen Luftströme, die sie nach oben tragen.« Havenar schulterte sein Bündel und klopfte seinem Vater freundlich auf den Oberarm. »Bis bald.«

»Asgrim hatte Habichte, aber er konnte nie damit umgehen. Kamen mir immer schrecklich tumb und flatterhaft vor, die Biester. So ein hübscher Falke auf der Hand ist schon was anderes. Damit kann man sich sehen lassen. Weißt du, der Einfall ist gut, das gefällt mir. Vielleicht höre ich mich doch schon mal selbst … Havenar! Wenn du denkst, du hättest es diesmal geschafft, dann täuschst du dich!«, rief er seinem Sohn nach. »Ich lasse dich nur gehen, weil du in letzter Zeit ein guter Mann gewesen bist.«

Havenar hob die Hand zum Abschiedsgruß, ohne sich noch einmal umzudrehen. Wenig später war er im Wald, schlug ein paar Haken und suchte sich ein Versteck, wo er sich rasch umzog, sein helles Haar unter einem dunklen Tuch verbarg und dann reglos auf den wartete, der ihm folgen würde. Er zählte neun Mückenstiche, bis Vitgeir kam. »He, Havenar«, rief er, ohne sein Versteck zu sehen.

Havenar stand auf. »He, Vit.«

Vitgeir atmete rasch, er musste ihm auf seiner Spur nachgelaufen sein. »Ich wollte dir noch etwas sagen. Als du den Norwegern nach bist … Ich habe gezittert, als du die Frauen zurückgebracht hast, so erleichtert war ich. Die Liebe macht aus einem Mann einen Narren, Bruder. Pass bloß gut auf, wohin du trittst. Deine Söhne sind noch lange zu jung, um Jarl zu werden.«

Havenar lächelte. »Sicher. Hast du Gunda also gefragt?«

»Ja.« Vitgeir wich seinem Blick aus.

»Und?«

»Wir heiraten, wenn die Ernte unterm Dach ist.«

»Dann bin ich lange wieder da. Und nun lass mich gehen.«

»Weißt du, wo sie ist, oder musst du sie suchen?«
»Ich habe die Richtung.«
»Dann wünsche ich dir Heil.«

Die Zwillinge hatten laufen gelernt, und Frygdis hatte das ganze Tal zum Kinderstall gemacht. Geflochtene Weidengatter versperrten die wenigen gefährlichen Stellen und die Wege aus dem Tal. Auch der nun fast ausgewachsene Schneepfote hütete die Kleinen, wenn er nicht mit Thorwald und Hadwig jagen ging, sodass Ishild und Alrun viel Freiheit genossen. Sie waren leichter zu beschäftigen, als Hadwig es gewesen war, denn sie hatten einander und fühlten sich selten einsam. Stundenlang konnten sie beim Rinnsal sitzen und im Sandschlamm wühlen, Steinchen aus dem Wasser fischen und auf einen Haufen türmen oder Becher füllen und ausgießen. Wie sie dort in ihren Kleidchen in der Sonne saßen, mit Schöpfen, so glänzend hellblond wie der von Havenar, erfüllten sie Frygdis mit genug Glück, um sie mit jedem ihrer Fehler auszusöhnen und alles zu rechtfertigen.

Sie würde ihre drei Mädchen in Sicherheit groß werden sehen, schwor sie sich, und keine von ihnen würde einem anderen Nutzen dienen müssen als dem, den sie selbst wählte. Ob ihre Töchter je heiraten würden, blieb ohnedies dahingestellt. Reichtümer hatten sie nicht zu bieten. Die Schätze ihrer Mutter würden aufgezehrt sein, wenn sie erwachsen waren, und der Besitz jedes Mädchens würde sich dann vermutlich auf eine Ziege, einen Hund und ein oder zwei zahme Raben belaufen.

Frygdis stand auf ihrem Gemüsefeld, auf die Hacke gestützt, während sie zu ihren Töchtern sah. Der sandige Boden war anfangs zu schlecht gewesen, um Gemüse zu pflanzen. In knochenbrecherischer Arbeit hatte Thorwald nach und nach Kiepen voll besserer Erde von außerhalb des Tals herangeschafft. Mit all dem Dünger bedacht, den sie finden konnten, gedieh ihr Feld nun leidlich.

Dabei erwiesen sich die Raben als unverhoffte Verbündete. Troll hatte ein Weibchen gefunden und mit ihr in den Klippen gebrütet. Mit ihren gerade flüggen Jungen hielten sie das Tal eifersüchtig frei von Saaträubervögeln. Selbst ließen sie sich lieber mit Fleischresten füttern, als im Gemüse zu scharren. Nur eines der Jungen war jedoch so zutraulich wie Troll.

Auda kam mit einem Eimer aus der Höhle und ging hinüber zu Ishild und Alrun ans Rinnsal. Die milde Luft und der kaum spürbare Wind machten den Sommertag leicht und friedvoll. Es war ein Tag zum Zufriedensein. Frygdis sah, wie ihre Freundin jedem Mädchen ein Stück Brot in die Hand gab und sich dann hinhockte, um einer von beiden mit einem Schürzenzipfel die Nase abzuwischen. Sie musste sich wieder einmal eingestehen, dass sogar sie selbst die Kinder nur aus der Nähe auseinanderhalten konnte.

Auda stand auf und schlüpfte mit dem Eimer durch ein Weidengatter zur Quelle, unter der es einen tieferen Tümpel gab, an den die Kinder nicht durften. Die Zwillinge kamen ihr nachgewackelt, als sie zum Haus zurückging. Man hörte ihr gestammeltes Betteln um mehr Brot. Frygdis schloss daraus, dass Honig auf dem Brot gewesen war, denn Hunger hatten die beiden sicher nicht. Sie lächelte und nahm ihre Arbeit wieder auf.

Eine Weile später kam Thorwald den Landseitenpfad ins Tal hinab, ein Bündel toter Stockenten an einer Schnur über der Schulter und hinter ihm Schneepfote mit eingeklemmtem Schwanz. »Wo hast du Hadwig gelassen?«, fragte Frygdis stirnrunzelnd.

Thorwald hielt ihr über den Gartenzaun seine offene Tasche hin, in der Enteneier lagen. »Sie wurde wild aufs Eiersammeln. Ich habe erlaubt, dass sie beim Bärenpfad klettert und Möweneier sucht.«

»Ich habe immer Angst, wenn sie allein ist.«

Thorwald schüttelte den Kopf. »Sie ist geschickt. Würde sie sonst nicht allein lassen. Wenn sie sich versteigt, findet der Hund sie.«

»Ach, das weiß ich ja. Es hilft mir aber nicht.«

»Soll ich sie holen?«

»Nein, nein. Lass sie. Komm, gib mir die Enten.«

Als die Frauen mit dem Rupfen fertig waren und bereits beim Kochen, war Hadwig noch nicht zurück. Thorwald brauchte keine Aufforderung. Seufzend rief er den Hund und stieg den Landpfad wieder hinauf.

Havenar hatte lange gehadert, ob er zu seinem Boot an der Küste oder gleich zur Förde laufen sollte. Swidbert, dessen Sippe Horich zerrieben hatte, unterhielt keine Wachen mehr auf dem entvölkerten Land entlang der Förde, doch wieder einmal war Havenar zu schlau für sich selbst gewesen und hatte die Wachen an der Mündung durch eigene Männer ersetzt. Die Angeln konnten es sich nicht erlauben, einen Seeweg ins Land hinein unbeobachtet zu lassen.

Nun hieß das für ihn, dass gerade er nicht unbemerkt in die Förde hineinsegeln konnte und drüben anlegen, und tarnte er sich auch noch so sorgsam. Im Dunkeln hätte er es wagen dürfen, doch dann hätte er die Stelle nicht gefunden, die Guntram ihm nur vom Gegenufer aus hatte beschreiben können. Er hätte wieder auf den Tag warten müssen. Zögernd entschied er sich für den Landweg. Als er an der Förde stand, wo Guntram damals die Verfolgung Thorwalds aufgegeben hatte, haderte er schlimmer denn je. Die Stelle, zu der es ihn zog, war entmutigend weit weg.

Missmutig legte er seine Sachen in ein Versteck, bis auf die Hose, das Tuch um den Kopf und den Dolch am Gürtel. Dann suchte er sich einen Weg ins Wasser. Lange bevor er am anderen Ufer ankam, hatte er seine Entscheidung vielfach bereut. Keuchend zog er sich schließlich an Land, blieb auf einem sonnenbeschienenen Felsen liegen und versuchte, die Wärme aus dem Stein zu ziehen. Erst als er wieder ohne Stechen in der Lunge atmen konnte, stand er auf und suchte den Pfad, auf dem Thorwald laut Guntram verschwunden war.

Zuerst fand er das verborgene Boot. Erleichtert überlegte er, ob er seine Sachen herüberholen sollte, doch ihm fehlte die Geduld, denselben Weg gleich noch zwei Mal zu machen, und er beschloss, vorher auszukundschaften, wie es hinter dem Steilhang weiterging.

Starr vor Staunen blieb er stehen, als er dann das kleine Tal vor sich liegen sah und eine an die Felsen gelehnte Hütte. Zum einen hatte er nicht damit gerechnet, so bald an sein Ziel zu kommen. Zum anderen rief ihn eine helle Stimme an, die von hinter und über ihm kam. »Rühr dich nur ja nicht. Ich schieße«, sagte das Kind.

Havenar glaubte ihr und blieb bewegungslos stehen. »Darf ich mich nicht umdrehen?«, fragte er.

»Meinetwegen«, sagte sie.

Er drehte sich langsam um, die Hände friedfertig mit den Flächen nach oben gewendet. Über ihm auf einem Felsen entdeckte er das Mädchen. Tatsächlich war ein kleiner Pfeil auf ihn gerichtet, dessen scharfe Steinspitze ihm durchaus Achtung einflößte. »Guten Tag, Hadwig«, sagte er.

»Ich kenn dich nicht. Geh wieder weg«, sagte sie.

Ihr niedliches, frisches Gesicht war böse verzogen, und sie funkelte ihn mit Augen an, die so meerblau waren wie die von Frygdis. »Deine Mutter kennt mich. Ich möchte sie besuchen.«

»Du denkst wohl, ich bin dumm. Niemand soll wissen, wo wir sind, also soll uns auch niemand besuchen. Warum willst du sie besuchen?«

»Tja. Aah … Hm. Ich … ich habe sie gern. Sie fehlt mir.«

Hadwig überlegte eine Weile, ihr Gesicht wurde etwas sanfter. Doch der Pfeil blieb weiter, wo er war.

»Schieß bitte nicht auf mich. Ich gehe auch wieder, wenn's sein muss.«

»Bist du mit einem großen Boot gekommen oder mit einem kleinen? Ein großes möchte ich gern mal sehen.« Hadwig ließ den Bogen sinken.

»Ich bin geschwommen. Vom anderen Ufer.«

»Nee.«

»Doch.«

»Das glaub ich nicht. Ich kann nicht schwimmen, Thorwald auch nicht. So weit kann keiner schwimmen.«

»Ich weiß, dass Thorwald nicht schwimmen kann. Ich habe ihn mal aus dem Wasser gezogen. Was machst du eigentlich da oben, Frygdisdottir? Ist es gemütlich, wo du da hockst?«

Hadwig kicherte und nahm den Pfeil von der Sehne. »Ich war Eier suchen. Aber ehrlich gesagt, kann ich hier nicht wieder weg. Von oben herunter war es leichter.« Sie verzog wieder misstrauisch das Gesicht. »Aber Thorwald kommt gleich und holt mich.«

»Hmhm. Wie wär's, wenn ich dich einfach schon mal herunterhebe, und dann läufst du zum Haus? Einer dort wird ja wissen, ob ich kommen darf. Hast du Eier gefunden?«

»Au ja. Schau.« Vorsichtig nahm sie ihre Tasche von der Schulter, legte sich an der Felskante auf den Bauch und ließ sie am langen Arm zu ihm herunterbaumeln. Er kletterte etwas näher zu ihr und nahm sie ihr ab. Zwei oder drei Dutzend hellblaue Möweneier hatte sie darin. »Lecker«, sagte er und stellte den Beutel behutsam zur Seite. Dann streckte er ihr die Arme entgegen.

»Nee«, sagte sie. »Ich glaube, das gibt Ärger.«

Havenar seufzte und ließ die Arme sinken. »Hast Recht. Ich geh wohl doch besser selbst zum Haus und hole deine Mutter.« Er wandte sich zum Gehen.

»Warte, warte, ich komme«, rief Hadwig. Er lächelte und hob sie vom Felsen.

»Hadwig«, schrie in dem Moment eine angstvolle Stimme vom Haus her, und dann wurde es schwarz um Havenar.

Zum Klang von Frygdis' leise scheltender Stimme kam er wieder zu sich. Es musste ihr Schoß sein, auf dem sein Kopf lag. Er ließ die Augen geschlossen und redete sich ein, dass die Tränen, die herausdrängten, Folge des hämmernden Schmerzes in seinem Schädel waren. »Nächstes Mal schreist du laut«, sagte Frygdis.

»Ich wusste doch nicht, ob noch mehr Männer da sind. Die hätten mich gehört«, wehrte sich Hadwig.

»Aber er hätte dich einfach mitnehmen können.«

»Nee. Ich glaub, der ist nicht so.«

Frygdis seufzte, und er spürte, wie sie tonlos in sich hineinlachte.

»Ich hätte ihn erkennen sollen«, sagte Thorwald.

Havenar konnte sich das Lächeln nicht mehr verkneifen, wenn der Schmerz ihm auch ratsam erscheinen ließ, die Augen weiter geschlossen zu halten. Nun war ihm klar, was geschehen war. »Wie der grimme Held von Angeln dem steinschleudernden Klippenriesen unterlag«, murmelte er. »Ich glaube, die Strophe verbiete ich den Skalden.«

»Oh, der Held lebt. Beruhig dich, Thorwald. Sein Schädel ist so hart wie vermutet.« Havenar fühlte ihre Hand behutsam sein Haar zurückstreichen.

Thorwald stieß hörbar die Luft aus. »Nichts für ungut, Havenar. Komm, Hadwig. Auda muss mehr Essen kochen.«

»Du lässt meine Mama mit ihm allein?«, fragte Hadwig ungläubig. »Na, ob das richtig ist? Mir sagt ihr immer: Vorsicht, Vorsicht, Vorsicht. Wer ist denn der? … Oh, wart mal, meine Eier! Die kann Auda machen.«

Havenar hörte sie den ganzen Weg zu ihrem Höhlenhaus zwitschern. Als er sie nicht mehr verstehen konnte, öffnete er die Augen und fand Frygdis' Blick darauf warten. »Bist du mir böse?«, fragte er.

»Ja«, sagte sie, aber in ihren Augen stand so viel Glück, dass es auch bei ihr überzuquellen drohte, so wie bei ihm kurz zuvor.

»Du hast mir so gefehlt«, sagte er.

»Kindskopf«, sagte sie, und dann krümmte sie sich, um ihm einen Kuss zu geben, und seine Hände durften sie endlich wieder berühren. Ausreichenden Spielraum hatte er dazu in seiner Lage jedoch nicht, deshalb setzte er sich, seinen Kopf haltend, auf. Sie musste lachen, und er hatte Zeit, sie ausgiebig anzusehen.

Sein forschender Blick machte Frygdis stumm und brachte sie ihrerseits dazu, ihn zu mustern. Es hatte sich ein Zug um seinen breiten, herben Mund und seine jungen Augen geprägt, der hart war und den sie lieber nicht sehen wollte. Sie musste nicht lange suchen, um neue Narben an ihm zu finden. Es musste eine bittere Zeit gewesen sein, und sie hatte ihm nicht beigestanden, ihn nicht getröstet.

»Bist *du* mir böse?«, fragte sie leise. Er sah wieder in ihre Augen, dann lächelte er, und sie war froh zu sehen, wie viele der harten Linien das Lächeln auswischte.

»In der Mitte der Förde war ich dir ernstlich böse«, sagte er. »Rans Hand war kalt. Weißt du, wie groß Muskatnüsse sind?«

Frygdis lachte wieder. »Nein. Lass sehen.« Sie griff in bloß neckender Absicht nach seinem Hosenbund, doch er fing ihre Hand dort ein, presste sie gegen seine Seite, halb auf die nackte Haut, und sie erinnerten sich schweigend und ohne sich anzusehen an die Hitze, die zwischen ihnen gewesen war. Es war, als würden sie beide ängstlich nachspüren, was davon übrig war. Ob etwas übrig war.

»Es ist so lange her«, beendete Frygdis schließlich das Schweigen.

»Schick mich jetzt weg, wenn du willst, dass es zu Ende ist«, sagte er.

Sie biss sich auf die Lippen. »Bist du enttäuscht?«

Seine Miene wurde verständnislos. »Was?«

»Bin ich nicht das, was … Nun. Ich bin nicht mehr so …« Frygdis ließ ihren Blick zwischen den Felsen versinken und fühlte eine überwältigende Welle von Verlegenheit, Furcht und Hoffnungslosigkeit.

Havenar sah die Meeraugen traurig werden, in ihrem eben noch leuchtenden Gesicht, dessen Bild er seit so vielen Jahren im Herzen trug. Das Gesicht eines Menschen, der mit einem Wimpernschlag jederzeit alles von ihm bekommen und ihn mit der Bitte noch glücklich machen würde. Da saß die Frau mit diesen schönen, klugen Zügen und redete sich ein, dass er sie nicht mehr wollte, obwohl er zu ihr gekrochen war, um zu betteln, dass sie ihn wiedernahm, dass sie ihn endlich aus der Einsamkeit erlöste. »Mädchen«, sagte er rau und streckte die Hände nach ihr aus, »auf jeden Fall bist du zu dünn.«

Sie hob den Blick, und er sah Tränen schimmern. »Und du zu frech. Schließlich bist du schuld daran.«

Havenar zog sie an sich, ihre Brust an seine, lehnte seine Wange an ihren Kopf. »Ach? Daran auch?«

Sturm kam in Frygdis auf. Sollte er fühlen, was er mochte. Sie wusste, was sie fühlte. Entschlossen griff sie ihm ins Haar und zog ihn in einen Kuss, in den sie die Sehnsucht von zwei Jahren legte.

Havenar dankte stumm seiner Göttin. Schicht um dünne Schicht legte der Kuss ihre Gier nacheinander frei. Bald glaubte Havenar, man müsse Dampf von der nassen Hose auf seinen Schenkeln aufsteigen sehen. Plötzlich erschien es ihm als das einzig Richtige, auf der Stelle mit seiner Geliebten zu liegen und damit jede unsinnige Befangenheit aus dem Weg zu räumen. Zwar gab es noch Dinge, die man vorher vielleicht sagen, fragen, tun konnte, sollte, doch … sie waren ihm alle entfallen. Mit sanfter Gewalt zwang er Frygdis auf den Boden. Ihr wohliges Seufzen ließ jeden glückseligen Moment zu ihm zurückkehren, den er mit ihr gehabt hatte.

Er stützte sich auf die Ellbogen, die Hände ein zärtlicher Rahmen für ihr Gesicht, und sah ihr in die Augen.

Sie schenkte ihm ein glühendes Lächeln. »Nicht hier«, sagte sie dennoch, denn die Felsen waren hart.

Unwillig folgerte er, dass sie sich schämte, und sah zum Haus. Sein Blick blieb dort hängen. Ein kleines, hellblondes Mädchen war aus der Tür getappt gekommen, und der Anblick traf ihn bis ins Mark. Sie war viel kleiner und zarter, als Anselma gewesen war. Das Kind blieb stehen und untersuchte etwas, das auf dem Boden lag. Meisterlich auf ihr Gleichgewicht konzentriert, wie Kinder es an sich hatten, die noch nicht lange laufen konnten, hob die Kleine das Ding auf, das sie entdeckt hatte. Mit einem vergnügten Aufschrei drehte sie sich um und wedelte mit der Rabenfeder ins Gesicht des zweiten hellblonden Mädchens, das hinter ihm aus der Tür gekommen war und sein genaues Abbild war. Havenar schluckte und verlor die Fassung vollends. »Freya, hilf …«

Sein Gesichtsausdruck erschreckte Frygdis. Hastig arbeitete sie sich unter ihm vor, um zu sehen, was nicht in Ordnung war. Als sie begriff, dass sein Blick an den Zwillingen hing, legte sie ihm die Hand in den Nacken. »Deine Töchter, Haven. Ich dachte, Thorwald hätte es dir gesagt.«

Verwirrt riss er seinen Blick los, streifte Frygdis abwesend, nur um sofort wieder die Kinder anzustarren. »Zwei. Zwei hat er gesagt. Ich hab's nicht begriffen. Ich dachte, er zählt Hadwig mit.« Er setzte sich auf und stützte den Kopf in die Hände. Frygdis sah, wie ihm die Tränen über die Wangen liefen. »Nimmt mir eine weg und gibt mir zwei zurück. Nun sollte ich mich großmütig behandelt fühlen, nicht wahr? Aber gerade jetzt tut es nur weh. Himmel, Frygdis!«

»Ich habe oft überlegt, dir Nachricht zu geben. Aber dann fand ich immer, es wäre nur meine Eigensucht. Es gab nichts Vernünftiges, was du hättest tun können. Es gibt auch jetzt nichts. Du solltest eigentlich nicht hier sein. Wie hast du uns gefunden? War Thorwald unvorsichtig?«

»Nein. Er hatte Guntram auf den Fersen. Guntram schleicht für mich, wenn es wichtig ist. Er kann sich unsichtbar machen. Hätte er euch nicht gefunden … Ich hätte vielleicht nie gewusst … Ich hätte sie nie gesehen. Die beiden da.« Er zeigte zum Haus hinüber, noch immer erschüttert. »Es war nicht recht, dass du mir das nicht gesagt hast.«

»Das stimmt, es war nicht recht. Es war auch nicht recht, dass ich sie von dir empfangen habe. Es ist nicht recht, dass ich Hadwig gestohlen habe. Ich habe mich damit abgefunden, dass mein Recht das Unrecht anderer ist. Verzeih mir oder verzeih mir nicht, ich würde es wieder so machen.«

»Wirst du wieder weglaufen und euch woanders verstecken, wenn ich euch den Rücken zukehre?«

»Das kommt darauf an, ob du mir schwören kannst, dass die Welt nichts von uns erfährt. Meine Töchter und ich sollen keine

Schachfiguren werden. Ich will keine Angst vor Geiselräubern haben, die dich mit uns erpressen wollen. Genauso will ich nicht der Anstoß zu endlosen Ehrenfehden sein.«

»Hm. Dein Gatte hat in der Tat gedroht, mich zu zerfetzen, wenn er dich in meiner Nähe findet. Jemand hat Thorwald als meinen Mann erkannt.«

»Olof ist nicht mehr mein Gatte.«

»Heiratest du nun mich?«

Frygdis blieb der Mund offen stehen. Dann schnaubte sie. »Ja. Aber sicher. Wen laden wir alles ein? Meinen Bruder Einar? Mutter? Deinen misstrauischen Halbbruder? Vielleicht Olof selbst? Und natürlich deine fünf Frauen.«

»Vier. Gebke ist tot. Du kannst mich jetzt heiraten. Hier und jetzt, ohne Gäste. Die Feier holen wir im nächsten Leben nach. Sei meine Gattin. Thorwald und Auda können es bezeugen.«

»Der Göttin Webrahmen, Havenar Hademutsson! Wozu soll das gut sein?«

»Für mich. Nur für mich.«

»Willst du dir vorher noch eine trockene Hose anziehen?«

»Gib mir eine ernste Antwort.«

»Ich glaube, es ist nicht recht.«

»Was sagtest du gerade vorhin über das Recht?«

»Also gut. Ja. Ich will. Natürlich will ich. Mein Recht, dein Unrecht. Merk dir meine Worte.« Frygdis fühlte ein wildes Schluchzen in der Kehle. Immer warf er alles über den Haufen, wenn er auftauchte.

»Es wird mir nicht schaden. Es wird mir Ruhe geben. Ich kann mir dann einbilden, dass ich einen Anteil an deinen Entscheidungen habe«, sagte Havenar und führte dabei ihre Hand an seine Lippen.

»Die Ruhe kannst du auch so haben. Du kannst mich nicht fester binden, als ich es schon bin. Sei dir gewiss, dass du immer mit meinen Entscheidungen zu tun hast. Vor den Leuten wird so eine Ehe aber nichts gelten, und du brauchst auch nicht zu denken, dass du sie mir schuldig bist.«

Er legte den Arm um sie, ohne die Augen von den Zwillingen zu wenden, die nun zu den grasenden Ziegen unterwegs waren. »Nun hör schon auf damit. Es ist abgemacht. Kann ich euer Boot nehmen und meine Sachen holen, ohne dass ihr verschwindet? Ich bin mir noch nicht ganz sicher, ob ich träume, weißt du.«

Frygdis lachte. »Ich habe oft genug geträumt, dass du kommst, das wissen die Götter. Aber glaub mir, du hast es ganz anders gemacht als in meinen Träumen. Ich bin mir also sicher, dass ich wach bin.«

»Ich nicht. Du bist meinen schönsten Träumen ebenbürtig. Vielleicht segelst du besser mit mir, damit du mir die Gewissheit geben kannst, wach zu sein.«

»Wir segeln nicht, wir rudern. Thorwald sagt, das Segel sieht man zu weit.«

»Noch besser, dann wird mir wieder richtig warm. Komm.«

Die Stunden bis in die Nacht hinein verbrachten sie mit Erzählen. Die Zwillinge hielten sich bis zum Schluss furchtsam von Havenar fern, und auch Hadwig fand den fremden Mann nun, da er so dicht bei ihrer Mutter saß und sie sogar anfasste – was Thorwald nie tat –, noch verdächtiger als anfänglich. Dem Gespräch der Erwachsenen konnte sie meist nicht folgen, und es machte sie wütend, dass selbst Thorwald den Worten des Eindringlings mehr Aufmerksamkeit schenkte als ihr. Sie warf Havenar finstere Blicke zu, während sie zu ihren schon schlafenden Schwestern unter die Decke kroch. »Wer ist der denn nun?«, flüsterte sie Frygdis zu, als diese sie küssen kam.

»Das ist der Vater von Isi und Alrun. Ein guter Freund, Kleines.«

»Vater, so wie Olof Thorolfsson mein Vater ist?«

»Genau so.«

Hadwig überlegte einen Moment. »Thorwald zu haben, ist besser. Ich glaube auch, er reicht für uns alle. Geht der Vater von Isi und Alrun wieder weg? Den brauchen wir eigentlich nicht.«

»Eigentlich brauchen wir ihn nicht«, flüsterte Frygdis zurück. »Aber ich habe ihn gern. Glaubst du, du kannst ein bisschen freundlich zu ihm sein? Sehr lange bleibt er sicher nicht.«

Hadwig grübelte, dann gähnte sie. »Hm. Mal sehen.«

Als auch Hadwig schlief, gingen Frygdis und Havenar Hand in Hand aus dem Haus und stiegen zusammen den Landpfad hinauf, um sich einen Ort zu suchen, der nur ihnen gehörte. Dort erzählten sie einander das, was für niemanden sonst bestimmt war, und erprobten, ob ihre Zärtlichkeiten noch die gleiche Wirkung hatten.

»Frygja«, sagte Havenar und strich ihr federsanft mit dem Finger über die Lippen. »Hast du gespürt, wie oft ich meinen Kopf in deinen Schoß gelegt habe?«

»Hast du gespürt, wie oft mein Gesicht an deiner Brust lag?«

Ihre Lippen trafen aufeinander, jede zarte Berührung machte sie empfänglicher für das Glück, das in ihren Adern perlte und das ihnen die eine Wahrheit in Erinnerung rief, die in ihrem Leben unumstößlich schien: Sie waren zwei Teile von einem Wesen, das zusammengefügt sein musste, und die Freude eines Liebesaktes war nur flüchtig ausreichend, um dem Genüge zu tun. Immerwährend wollten sie verschmelzen, Havenar in Frygdis, Frygdis in Havenar. Zunge an Zunge und Leib an Leib.

»Mein Blut singt«, sagte Havenar.

»Eher brummt dein Schädel. Du hast ein ziemliches Horn.«

»Erinnere mich nicht daran. Immerhin hat Thorwald bewiesen, dass er zum Beschützer taugt.«

»Thorwald taugt zu vielem. Hadwig vergöttert ihn.«

»Du auch?«

Frygdis hörte den feinen Unterton von Neid und Eifersucht in seiner Stimme. Sie griff sich hinter den Kopf und stopfte sich Havenars Wams, das ihr als Kissen diente, fester unter den Nacken. Dann streichelte sie weiter seine Schultern, seine prachtvollen Oberarme bis hinab zu den Ellbogen, auf die er sich beiderseits ihrer Brust stützte. Er hatte sich für den Augenblick verausgabt und hielt sie mit träger Zufriedenheit unter sich gefangen. »Liegst du noch mit allen vier von deinen Frauen? Das muss sehr anstrengend sein«, erwiderte sie spöttisch.

»Du liegst nicht mit Thorwald«, sagte er mit gleichem Spott, und doch klang es wie eine Frage.

»Nein. Auda wäre eifersüchtig. Sie will ihren Mann nicht teilen.«

»Freyrs Knochen – du weißt doch, wie es ist. Ich bin ein Mann. Ich kann nicht so lange verzichten. Und ich wollte immer eine Horde Nachkommen. Schon allein … Was sollten die Leute denken? Außerdem werde ich meine Frauen nicht vor den Kopf stoßen. Es sind ohnehin nur noch Rämna und Dirdra, die mit mir liegen. Franka wollte nie, und Trude … nun, sie hat es fast abgetan, seit sie Rolleif hat.«

»Aber Rämna und Dirdra sind mit dir zufrieden, ja?«

»Sei nicht kratzig. Ich habe dir gesagt, ich würde keine andere mehr wollen, wenn du bei mir wärst.«

Frygdis seufzte. »Ich wollte gar nicht kratzig werden. Es sieht nicht so aus, als würde ich bald bei dir sein. Nach dem, was du sagst, würde Olof ankommen wie ein gestochener Bulle.«

»Olof macht mir keine Angst.«

»Der grimme Held von Angeln hat vor nichts Angst, nicht wahr?« Sie kraulte ihm mit den Fingerspitzen den Bart.

»Lach du nur. Ich habe meinen Teil davon. Wie jeder andere. Bloß habe ich schon als Junge begriffen, dass man besser beseitigt, wovor man sich fürchtet, als vom ewigen Bibbern krank zu werden.«

»Vielleicht bist du dem gewachsen. Ich bin es nicht. Deshalb will ich mit den Kindern hier sein, wo ich mich leidlich sicher fühle.«

»Etwas anderes hätte ich nicht vorgeschlagen. Ich stelle Mut nicht über kluge Vorsicht. Wir wissen nicht, was Horich in nächster Zeit tun wird. Er ist einer, dem jedes Mittel recht ist. Keiner von uns mag ihm seine Versöhnlichkeit glauben.«

»Wie lange willst du eigentlich bleiben? Nur für den Fall, dass Hadwig mich noch einmal fragt.«

»Ich habe nicht darüber nachgedacht. Zwei Wochen?«

Sie schüttelte den Kopf. »Zwei Jahre?«

Er lachte. »Zwei Leben?«

»Na gut. Zwei Monate.«

»So lange nicht, Frygdis. Lieber komme ich im Herbst wieder.«

»Hm. Drei Wochen.«

»Du gibst aber schnell nach. Soll ich jetzt beleidigt sein?«

»Du sollst mit dem Schwatzen aufhören.« Frygdis spannte ihre Muskeln an und spürte, wie er in ihr zuckte, wie seine Männlichkeit erneut zu schwellen begann und auf ihr Necken antwortete.

»Du wirst noch ein Kind bekommen«, prophezeite er.

»Solange es nicht wieder zwei auf einmal sind.«

»Sie sind wunderschön. So schön wie du.«

»Und nicht zu dünn?«

»Schluss mit dem Schwatzen«, sagte er in ihr Ohr und ließ seine Zunge die empfindlichste Stelle daran suchen.

»Lass Taten sprechen«, stimmte sie ihm lächelnd zu.

Sie waren müde am nächsten Tag, doch es gab Arbeit zu tun, und Frygdis mochte nicht liegen bleiben. Während sie sich mit Auda um Essen, Ziegen, Kinder und Heu kümmerte, verließ Havenar mit Thorwald das Tal, sah nach den Wildfallen und stellte mit ihm neue auf. Er wartete im Wald, bis Thorwald von einem Bauern die von ihm dort bestellte rohe Wolle geholt hatte. Hadwig nahmen sie nicht mit. Es war nicht zu übersehen, wie sehr sie deshalb schmollte.

Als sie zurück waren, setzte Havenar sich zu Frygdis und dem Wollberg vor der Hauswand in die Sonne. Das klumpige, filzige Vlies, mit dessen grober Reinigung Frygdis beschäftigt war, zog auch die Zwillinge an. Eine Weile saßen sie in friedlicher Ruhe da. Havenar sog regungslos das Bild seiner spielenden Töchter ein und Frygdis mit regen Händen das Gefühl seiner Nähe.

Als Hadwig ihrer Zielübungen mit dem Bogen am anderen Ende des Tals müde wurde, herüberkam und sich vor Havenar aufbaute, ahnte Frygdis, dass es mit der Ruhe zu Ende war, und sie schmunzelte. Hadwigs Gesicht war nicht offen unfreundlich, eher zogen sich ihre Brauen kühl und abschätzend zusammen. »Bist du ein Krieger?«, fragte sie.

Havenar sah sie ernst an. »Ja.«

»Thorwald sagt, Krieger brüllen fürchterlich. Brüll doch mal.«

»Das kann ich nicht, wenn ich nicht kämpfe.«

»Warum nicht?«

»Weil ich nicht wütend bin.«

»Sei doch mal wütend.«

Frygdis verkniff sich das Lächeln. »Hadwig, du wirst ihn gleich wütend haben«, mahnte sie.

»Oh«, sagte Hadwig, nicht sonderlich beeindruckt. »Kannst du nicht so tun, als ob du kämpfst?«

»Mit wem soll ich denn kämpfen? Mit dir, du frecher Spatz?«

»Mit Thorwald. Thorwald ist stark.«

Havenar lächelte flüchtig. »Ja. Thorwald ist stark.«

»Er ist auch größer als du. Ich glaube, er würde gewinnen.«

Nun lachte Frygdis. Havenar sah sie mit gespieltem Unwillen an. »Worüber lachst du, Weib?«

»Ich lache, weil du gleich mit Thorwald kämpfen wirst. Und du wirst fürchterlich brüllen.«

Er lächelte nicht. »Thorwald!«, rief er laut, sodass Hadwig zuckte.

»Du tust ihm doch nichts?«, fragte sie eilig. »Dann, dann … tut er dir nämlich auch nichts, weißt du.«

»Wir tun nur so als ob«, sagte Havenar ernst. »Dabei verliert man höchstens mal einen Arm.«

Frygdis prustete, und Hadwig sah verunsichert von ihm zu ihr. »Nun hast du's angestiftet«, sagte ihre Mutter, aber sie zwinkerte, und Hadwig beruhigte sich.

Havenar und Thorwald kämpften mit Knüppeln, und Havenar brüllte nicht. Er erklärte Hadwig, dass er das für leichtsinnig hielte, weil ja niemand wissen sollte, dass er bei ihnen war. Damit stieg er in Hadwigs Achtung mehr, als wenn er es getan hätte. Der Kampf allein reichte ohnehin, um sie zu begeistern, und das Freundlichsein fiel ihr danach leichter, obwohl ihr geliebter Thorwald an Geschick unterlag.

»Hadwig hat doch viel mehr von dir als von Olof«, sagte Havenar später am Gemüsefeld zu Frygdis. »Das ist gut für sie.« Er pflückte sich einen Stängel Minze, nahm ein Blatt davon zwischen die Lippen und zupfte den Rest verspielt in Fetzen.

Frygdis verriet nicht, wie sehr sie seine Vorführung genossen hatte. Er war nackt bis zum Hosenbund gewesen; und war sein Körper schon schön, wenn er untätig war, so war er atemberaubend, wenn er ihn einsetzte. Bei aller Härte und Massigkeit, die seine Muskeln hatten, flossen seine Bewegungen flink und glatt, fast mit Anmut. »Das soll wohl heißen, dass du sie magst.«

»Es ist leicht, sie zu mögen.«

»Ich würde gern deine Jungen einmal sehen. Sind sie auch leicht zu mögen?«

»Nein. Natürlich nicht. Bin ich leicht zu mögen?«

Frygdis lächelte ihre Rübenpflänzchen an und zupfte kniend weiter Unkraut aus, ohne zu ihm aufzusehen. »Da fragst du die Falsche. Es gab Zeiten, da hätte ich etwas dafür gegeben, dich nicht zu mögen, aber es war ganz unmöglich.«

Einen Moment schwiegen sie beide. »Wenn es ruhig bleibt, dann bringe ich euch heim nach Gammelby, und du wirst mehr von meinen Söhnen sehen, als dir lieb ist. Sie sind überall. Ich kann kaum einen Schritt gehen, ohne über einen von ihnen zu stolpern. Wenn sie alle im Haus sind, ist es oft so laut, dass die Frauen schreien müssen, um sich zu verstehen. Vielleicht bauen wir uns lieber ein zweites Haus, damit du mehr Ruhe hast.«

»Es kommt mir vor, als würdest du wachträumen, mein Lieber. Selbst wenn es friedlich bleibt, ist da immer noch Olof.«

»Das kann doch nicht ewig dauern. Olof wird eines Tages wieder heiraten. Sein Vater wird ihm Beine machen. Er ist seiner Sippe nach wie vor Erben schuldig. Hat er erst eine neue Frau, wird er wegen dir keinen Krieg mehr führen.«

»Das ist eine Hoffnung. Hat dein Vater ganz aufgegeben, dich zu verheiraten?«

»Wie soll er mich verheiraten, wenn ich verheiratet bin? Meine Gattin sträubt sich zwar noch, es zuzugeben, aber wenn ich eine andere nehmen wollte, würde sie wohl hoffentlich dazwischengehen.«

Frygdis' Wangen wurden rot. Tatsächlich hatten sie sich vor Thorwald und Auda den Eid geschworen und ihre Hände miteinander verbunden. »Narretei war das«, murmelte sie. »Du kannst es doch niemandem sagen, deinem Vater wohl schon gar nicht. Ich verstehe noch nicht, warum du es unbedingt wolltest.«

Havenar warf den letzten Minzefetzen fort. »Versprichst du, dass du mich nicht auslachst?«

Nun setzte Frygdis sich auf die Fersen und sah zu ihm auf. Plötzlich klang er ernst. »Lassen wir beiseite, dass du vielleicht eines Tages ein Recht für unsere Töchter geltend machen kannst, wenn ich nicht mehr lebe. Es ist … Manchmal habe ich den Tod nach mir Ausschau halten fühlen in den letzten beiden Jahren, und da schoss mir durch den Sinn, dass er vielleicht nicht weiß, dass du zu mir gehörst. Und ich dachte, vielleicht würde er gnädig sein und mein nächstes Leben warten lassen, wenn es bezeugt wäre, dass wir zusammengehören. Ich will mir nicht vorstellen, wie es wäre, wenn du zu spät nachkämst und ich noch ein Leben ohne dich verbringen müsste.«

Frygdis nickte gedankenverloren. »So hat jeder Glaube seine Tücken. Seit du so ein weitbekannter Todbringer geworden bist, habe ich oft Angst, dass es am Ende doch die Götter sind, die alles bestimmen. Odin wird dich für sich verlangen, in seine Halle. Du feierst dann das ewige Männerfest, schläfst bei den Walküren, und ich kann niemals zu dir. Ich sitze in Niflheim und spinne bis in die gleiche Ewigkeit.«

»Nun, wie ich uns beide kenne, würden wir uns auch dann über den Weg laufen. Ich würde bei der Himmelsjagd stürzen und genau vor deine Füße fallen.«

»Zur Strafe für dein Ungeschick wirst du aus Walhall verbannt.«

»Dabei kam das Ungeschick nur daher, dass ich an dich denken musste. Selbst schuld, Odin, kriegsherrliches Einauge. Warum hast du meine Frau nicht zu mir gelassen?«

Sie lächelten beide, und Frygdis wandte sich wieder der Arbeit zu, während Havenars Blick verträumt an ihr hängenblieb. »Wo ich von Odin spreche ... Habt ihr Trolls vorwitzigem Kind schon einen Namen gegeben?«

»Hadwig nennt ihn Ruß, ich nenne ihn Trollskind, Thorwald nennt ihn gar nicht und Auda nur ›Ksch‹.«

»Hängt ihr an ihm?«

»Warum? Brauchst du schwarze Federn?«

»Ich frage mich, ob ich ihn mitnehmen kann. Er ist noch jung, leicht zu zähmen. Die Jungen wären begeistert.«

»Du musst Hadwig fragen. Wir anderen können sicher auf ihn verzichten. Ein Rabe ist im Grunde mehr als genug.«

»Wo ist sie? Mit Thorwald gegangen?«

»Nein. Sie sucht wieder Eier.«

»Ich sehe mal, ob ich sie finde. Vielleicht kann ich ihr Eier tragen helfen.«

»Nimm den Hund mit.«

Schneepfote fand Hadwig, die wieder einmal mit sich selbst schmollend auf einem Felsvorsprung saß, von dem sie nicht allein herunterkam. Es war ihr nach wie vor ein Rätsel, warum manche Wege nur in eine Richtung zu bewältigen waren. Sollte man doch meinen, sie käme auch wieder herunter, wo sie hinaufgelangt war, oder umgekehrt. Gerade hatte sie beschlossen, noch einen Versuch zu machen, da kam ihr Hund angesaust und stellte sich am Felsen auf die Hinterbeine, sodass sie fast seine Vorderpfoten anfassen konnte.

»Genießt du da oben die Sonne?«, fragte Havenar.

»Wirklich sehr lustig«, gab sie zurück. »Willst du nur über mich lachen, oder holst du mich auch herunter?«

»Verzeih, hohe Frau. Der Spott rutscht mir immer so heraus.«

»Ich ärgere mich doch schon selbst genug. Mama darf's am besten gar nicht wissen.«

»Würde es dir helfen, wenn du auf meine Schultern trittst?« Hadwig nickte, und Havenar stellte sich so dicht an die Wand, dass sie auf dem Bauch liegend mit den Füßen seine Schultern fand, auf denen sie einen Moment stehen konnte, bevor er sie zum Umkippen brachte und auffing, während sie vergnügt quietschte. »Du bist wirklich wie deine Mutter. Die hat schon immer den Fuß in meinem Nacken gehabt. Und Gefahr hat sie auch immer etwas zu spät gesehen.«

»Kennst du Mama schon lange?«

»Länger, als es dich gibt.« Havenar stellte sie auf die Füße und tätschelte den braven Schneepfote zum Dank.

»Kennst du auch meinen Vater Olof?«

»Hm«, sagte Havenar und schob sie sanft an, um zurückzugehen.

»Du kannst ihn wohl nicht leiden, was?«

Sie klang ein bisschen traurig, aber Havenar konnte es nicht ändern. »Wir sind keine Freunde«, bestätigte er.

»Wie doll seid ihr keine Freunde?«

Havenar zuckte mit den Schultern und beschloss, es mit der Wahrheit zu versuchen. »Es ist so: Dein Vater möchte deine Mutter als seine Frau zurück, und ich möchte deine Mutter als Frau. Da können wir uns wohl schlecht vertragen, was meinst du?«

»Mama will nicht Vaters Frau sein. Will sie deine sein?«

»Ich glaube schon. Was willst denn du? Wärst du lieber bei deinem Vater?«

»Nee. Oder … ich weiß nicht. Ich kenn ihn eigentlich nicht. Jedenfalls will ich am liebsten bei Thorwald sein. Aber der hat schon Auda als Frau. Am besten, wir bleiben hier. Du kannst meinetwegen mit hier wohnen. Dann haben Isi und Alrun dich, und ich habe Thorwald.«

»Wir beide können auch Freunde sein.«

»Aber du kannst meinen Vater nicht leiden.«

»Das heißt ja nicht, dass ich dich nicht mag.«

»Aber ich will dir was sagen: Wenn du gegen meinen Vater

kämpfst, dann ist es doch nicht recht, wenn ich dich leiden kann, oder?«

Havenar nickte nachdenklich. »Ich kann dir nicht versprechen, dass ich nicht eines Tages gegen ihn kämpfe. Das könnte passieren.«

»Würdest du ihn töten?«

»Wenn ich geschickter wäre als er.«

»Du bist geschickter als Thorwald. Das sagt er selbst. Kannst du nicht gegen Olof kämpfen und ihn nicht töten?«

»Wenn ich mein Leben verteidigen muss, bleibt mir keine Wahl.«

»Aber wenn dir eine bliebe. Kannst du mir nicht versprechen, dass du ihn nicht tötest, wenn du nicht musst?«

»Du bist hartnäckig.«

»Kannst du?«

Havenar fühlte sich in die Enge getrieben. Es war kein leichtgewichtiges Versprechen, um das sie ihn bat.

»Wenn du mir das versprichst, dann darf ich dich, glaub ich, mögen«, fügte Hadwig hinzu und sah mit den blauen Augen, die sie von Frygdis hatte, zu ihm auf.

»Einverstanden«, sagte er. »Ich verspreche, dass ich deinen Vater nicht töte, wenn ich eine Wahl habe. Richtig so?«

Hadwig strahlte. »Richtig so«, sagte sie. Und dann lief sie übermütig los, vor ihm den schmalen Pfad entlang.

»Warte«, rief er. »Eigentlich wollte ich dich etwas ganz anderes fragen.«

Hadwig schenkte Havenar den Raben Ruß. Gut verschnürt nahm er ihn mit, als er ging. Im Austausch überließ er Frygdis alles, was er an Silber und Schmuck bei sich hatte, außer ihren Ring, der nach wie vor an seinem Finger stecken musste.

14. Kapitel

Als Havenar zurück nach Gammelby kam, gab es die erwarteten Neuigkeiten. Harald wollte den Verlust seiner Königswürde nicht hinnehmen und war mit einer bei den Franken geworbenen Gefolgschaft in die südlichen Ländereien seiner ehemaligen Anhänger eingerückt. Von dort aus kämpfte er nun mit den alten Mitteln darum, seinen Einfluss zurückzugewinnen. Diesmal allerdings war Horich auf der Hut und ihm immer einen Schritt voraus. Dennoch kam es überall im Land zu Zusammenstößen und Auseinandersetzungen blutiger und unblutiger Art, über die vor allem Horich herausfand, wer zu seinen Schwüren stand und auf wen er ein Auge haben musste.

Thorolf und Guttorm bewiesen Horich bei den Reibereien mit Haralds Franken Schwurtreue, doch Horich erinnerte sich sehr genau daran, wie lange ihre Treue zu ihm beim letzten Mal gehalten hatte und wie schnell sie erneut abfallen würden, falls das Blatt sich wendete. So sorgte er erbarmungslos dafür, dass das Blatt sich nicht wenden konnte, verfolgte und metzelte seine Gegner samt ihren Sippen.

In Angeln unter Jarl Hademut und Jarl Hunold wagte man kaum zu atmen. Wie Bienen um den Stock summten ihre Spitzel und Beobachter in Gammelby und Brarup ein und aus, nur weit heimlicher. Sie hielten die Jarle auf dem Laufenden über Schwüre, Treue und Tod und lieferten damit Material für das große Raten darum, wann Horich sie selbst an die Reihe nehmen würde. Doch Horich tat nichts dergleichen. Er machte einen Bogen um sie, genau wie Harald, selbst als Hunold aus verwandtschaftlichen Gründen einer von Asmunds Schwestern und ihrer Familie Zuflucht bot; und selbst als Havenar Häuflein von kriegerischen Bauern auflas, die es müde waren, von ihren wankelmütigen Jarlen zwischen den Königen hin- und hergezerrt zu werden, um schließlich gar in den Kampf gegen ihre eigenen Schwäger geschickt zu werden.

Bald war es so, dass nach Angeln ging, wer Horichs Gefolge und Haralds Horden bisher noch hatte entkommen können. Sie fanden Aufnahme, obgleich die beiden Jarle wussten, dass sie sich auch damit nicht beliebter bei den Königlichen machten.

Am Ende des Sommers hörten sie endlich von der entscheidenden Schlacht im Süden, die Haralds überlebende Franken zurück nach Hause entließ. Es ging das Gerücht um, dass Harald tot sei. Drei von Horichs fünf zu der Zeit noch verbliebenen Söhnen waren es gewiss. Horich blieb im Süden und ließ an dem Wall bauen, der es den Franken verleiden sollte wiederzukommen. In jener Zeit ließen Havenar und sein Vater die mit ihnen verbündeten Schweden heimkehren, sofern diese es wünschten.

Es wurde ruhig, und als die Ernte eingebracht war, konnte Vitgeir mit Gunda ohne Angst vor Störungen Hochzeit feiern. Gundas Bauch begann schon, sich zu wölben.

Havenar erkannte in dem glücklichen Mann, der von seiner Braut sein neues Schwert gereicht bekam, seinen düsteren Bruder nicht wieder. Auch Hademut und Ragnhild veränderte die Hochzeit. Es geschah, was ewig undenkbar gewesen war: Vitgeir zog zu ihnen, Gunda und Framhilds Familie ins Jarlshaus. »Hast dich nach oben geheiratet«, konnte Havenar sich nicht enthalten, leise zu spotten, als er zum Gratulieren zu seinem Halbbruder trat.

Vitgeir lächelte. »Deine Mutter ist nicht überstolz. Auch wenn sie mich nicht mag, Gunda und ihre Enkelin hat sie gern genug, um mich in Kauf zu nehmen.«

»Ich glaube nicht, dass meine Mutter dich weniger mag als mich.«

»Habe ich behauptet, dass sie dich mag? Du darfst doch nicht mehr im Haus deiner Eltern wohnen, seit du neun Jahre alt warst.«

»Da hast du Recht, das sollte mir zu denken geben. Warte, wo ist sie denn? Ich will sie einmal fragen. Mutter?«

Ragnhild sah mit unwillig gekrauster Stirn aus ihrem Gespräch auf und zu ihm herüber.

»Darf ich auch wieder bei euch einziehen?«

Ragnhilds linker Mundwinkel verzog sich spöttisch. »Wenn du heiratest«, sagte sie und wandte sich wieder ab.

Havenar schüttelte traurig den Kopf. »Sie mag mich wirklich nicht.« Dann sah er Vitgeir wieder an. »Umso besser für euch, da habt ihr mehr Platz für die Kinder.«

Vitgeir sah ihn abwägend an. »Irgendwann musst du heiraten.«

Havenar wehrte lächelnd ab. »Ich sehe ganz gern dabei zu. Du hast eine schöne Braut. Fröhlich sieht sie aus. Du hast sie ihre Trauer endlich vergessen lassen.«

»Ich glaube, es hat mich gerettet, dass ich euch nicht ähnlich bin. Gunda hätte keinen genommen, der aussieht wie Ingvar. Sie wird mich nie so lieben wie ihn, aber …« Er zuckte grinsend mit den Schultern und wischte den Gedankengang mit der Hand fort. »Ach, und weißt du noch etwas? Der Goldschmied, von dem ich ihren Halsring habe machen lassen, der bei der dritten Brücke, zwei Häuser weiter, weißt du? Der meinte doch tatsächlich, fast genau so einen Hochzeitsreif hätte er im Monat davor gemacht. Gerade, als du in Haithabu warst. Seltsam, nicht wahr?«

Havenar fixierte Vitgeir und fühlte den widersinnigen Drang, vor Ärger zu lachen. Er war nicht einmal selbst zu dem Goldschmied gegangen, sondern hatte Guntram in Verkleidung geschickt. Er warf einen kurzen Blick auf Gundas Hals und begriff seinen Fehler. Auch Vitgeir hatte den kostbaren Reif für seine hohe Gattin genau wie den von Ragnhild machen lassen: feine Schnüre aus schwerstem Gold, vielfach ineinander zu einer starken Kordel gedreht und an den Enden zu exakten komplizierten Knoten geschlungen, die in je einen gerundeten Knauf übergingen. Nichts, was ein Goldschmied jeden Tag anfertigte. Äußerlich waren Vitgeir und er sich vielleicht nicht ähnlich, innerlich waren sie beide Hademuts Söhne. »Was für ein Zufall«, sagte er.

»Ja«, sagte Vitgeir und sah ihn mit einem ganz neuen Mitgefühl an. »Vielleicht solltest du sie einfach herbringen, und Schluss damit. Ich meine, sieh dir an, womit wir bisher durchgekommen sind. Mag sein, dass du es damit nicht schlimmer machst. Wenn du sie nach den Gebräuchen heiratest, steht Olof vor Tatsachen.«

»Ausnahmsweise finde ich freundlich, was du sagst. Trotzdem bitte ich dich, nicht mehr davon zu sprechen. Du weißt mehr als die meisten, und das soll so bleiben. Es ist nicht meine Entscheidung.«

»Will sie nicht?« Vitgeirs Ton verriet, wie erstaunt er über eine Frau war, die ein ärmliches Versteck dem Haus seines Bruders vorzog.

»Sie denkt, es ist für uns beide und die Kinder sicherer, wenn sie bleibt, wo sie ist. Aber wie lange willst du noch hier mit mir stehen, während andere mit deiner Braut schäkern? Heute ist dein Tag, nicht meiner.«

»Ich weiß genau, wie viel ich dir dafür schulde. Aber es lässt mir keine Ruhe. Seit ich weiß, dass du etwas mit jener Frau hast, frage ich mich, ob du der Vater von Olofs Tochter bist. Bist du's?«

»Ob es mir wohl leidtut, dass ich dir den kleinen Finger gereicht habe? Dies ist der letzte Bissen, den du bekommst. Nein, das Mädchen ist nicht meine Tochter. Darauf käme keiner, der sie sieht.«

»Sie hätte es aber sein können, nicht wahr? So lange geht die Sache doch schon. Hat sie inzwischen denn auch …«

»Dahinten am Männerhaus steht Eanna, Vit. Sie sieht trübe aus. Was hast du mit ihr abgemacht wegen dem Kind in ihrem Bauch?« Havenars Mund bekam einen spöttischen Zug.

Vitgeirs Augen wurden schmal. »Das Kind in Gundas Bauch ist von mir, so viel weiß ich sicher. Eanna lässt sich schon lange von anderen trösten, sie wird sich nicht über Einsamkeit beschweren können. Ich glaube nicht, dass ich sie dick gemacht habe.«

»Du hättest aber derjenige sein können, nicht wahr?«

»Ich wollte keinen Streit mit dir. Du fängst damit an.«

»Ich wette, Eannas Kind wird genau aussehen wie du, Bruder.«

»Hör doch auf damit. Ich meine, muss sie ausgerechnet jetzt … Warum ist sie vorher nie schwanger geworden? Sag mir das.«

»Manche Frauen kennen Tricks … Vielleicht dachte sie, sie behält dich doch noch, wenn sie dir ein Kind schenkt.«

»Das spräche nicht für sie. So oder so – es wird nicht von mir sein.«

»Man begreift es gewöhnlich nach etwa einem Jahr. Es sei denn, man ist schon gereifter und klüger, sagen wir, ein Mann von bald dreißig Wintern. Dann mag es schneller gehen.«

»Freyas Rocken! Was soll ich denn tun, wenn du dich so gut auskennst? Das ist doch kein Gespräch für den Anfang einer Ehe.«

»Nicht für den Anfang und nicht für die Mitte. Hademut hat es trotzdem eines Tages mit Ragnhild geführt, und siehe da: Heute hat sie ihm vergeben. Du ziehst bei ihnen ein.« Havenar grinste breit.

»Du bist eine borstige Wildsau. Glaubst du, ich will dreißig Jahre lang mit Gunda um meinen Bankert streiten?«

Havenar lachte. »Das war so gut wie ein Geständnis, Vit Hurensohn. Sag es Gunda lieber gleich morgen. Deine beiden Erstgeborenen werden fast das gleiche Alter haben.«

»Das war kein Geständnis. Es ist nicht so, dass ich sicher wäre.«

»Du wirst es anerkennen, wenn es nach keinem anderen aussieht.«

»Ein Befehl, Herr?«

»Eine Voraussage.«

»Geh doch in den Wald, Herrensöhnchen. Glaubst du wirklich, ich könnte schlechter handeln als mein Vater an mir?«

»Geh doch im Moor schwimmen, Bankert. Natürlich nicht. Und jetzt feiere endlich deine Hochzeit. Was deine Kinder angeht, finden wir schon Rat. Für Gunda geht es nicht um so viel wie für Mutter.«

»Wie sieht es denn bei dir aus? Wenn deine seltsame Liebe dir einen Sohn schenkt, falls sie es nicht schon getan hat … Bleibt Bjarne dein Erbe, und nach ihm die anderen?«

»Daran ändert sich nichts. Denk allein ans Alter. Bjarne ist zehn. In acht, neun Jahren ist er alt genug zum Erben, sogar, um Jarl zu werden. So lange werden Vater oder ich es noch machen. Bei den Jüngeren ist das weniger gewiss.«

»Hätte Wolf mit Luitgard einen Sohn gehabt, könnte der jetzt schon mit ausfahren.«

»Ja. Ich kann nicht sagen, dass ich mich auf den Tag, an dem Bjarne danach fragt, so freue, wie ich es sollte.«

»Wenn es so weit ist, wirst du froh sein, ihn eine Weile vom Hals zu haben. Werden schon alle auf ihn aufpassen.«

Sie lachten, dann hielten es endlich andere Gratulanten für gestattet, sich zu nähern, und Havenar trennte sich mit einem Schulterklopfen von Vitgeir.

Wieder schnürte Havenar sein Bündel, bevor Gammelby mit dem Feiern aufhörte. Ohne dass er viel darüber nachgedacht hatte, waren beinahe vier Monate vergangen, seit er Frygdis verlassen hatte. Die Hochzeit hatte ihn daran erinnert, wie dringend er zu ihr zurückwollte. Als er alles beisammenhatte, ging er zu der Greifvogelhütte, die sein Vater hatte bauen lassen, und holte Ruß ab. Die Jungen hatten den Raben mehr als gründlich gezähmt. Er war so dreist, dass er angeleint bei den Falken und Habichten gehalten wurde, wenn niemand sich berufen fühlte, auf ihn aufzupassen oder sich zumindest für den Schaden zu entschuldigen, den er anrichtete. Das hieß nicht, dass er viel Zeit dort verbrachte, denn die Jungen fanden ihn stets unterhaltsam. Während Troll es nie über sein »Freya« hinausgebracht hatte, hatten Havenars Söhne Ruß ein anfeuerndes »Göttersohn voran« beigebracht, was ihnen einige Mühe bereitet hatte. »Hau zu« und ein spottendes »Daneben, daneben« waren dem Vogel fast von selbst zugefallen, auch »guter Hund« hatte ihm niemand beibringen müssen, und »Ruß Hunger« setzte er gezielt ein, um sich sein Futter zu erbetteln.

Havenar hoffte, Ruß würde ihm als Bote dienen und ihm ersparen, durch die Förde schwimmen zu müssen. Außerdem wollte er ihn Hadwig und den Zwillingen vorführen und sie damit amüsieren. Das Herz lief ihm über, wenn er an seine Töchter dachte. Eines Tages würde er sie in Gewänder kleiden, die von feinstem Schmuck schwer waren. Sie würden mit nichts zu vergleichen sein. Ein Juwelenpaar, für das zwei Männer sich weit strecken müssten, um sie zu erreichen. Doch noch waren sie besser aufgehoben, wo sie waren. Er hatte sich angewöhnt, von dem kleinen Tal als von seiner kostbarsten Schatztruhe zu denken.

Er nahm Ruß auf die Schulter und machte sich daran, seinen Vater zu suchen. Bjarne, Arwed, Bard und ihre beiden Vettern Hagbert und Brede liefen ihm über den Weg, bei ihnen Bjarnes und Arweds Hunde. Man sah diese Gesellschaft inzwischen fast nur noch gemeinsam. Sie waren eine Respekt einflößende Bande und sich dessen völlig bewusst. Es belustigte Havenar immer, sie zu sehen. Vorbei war die Zeit, wo ein Kind der Siedlung gewagt hätte, einen von Havenars Söhnen wegen seiner mütterlichen Herkunft aufzuziehen.

»He, willst du weg?«, fragte Arwed.

»Warum nimmst du Ruß mit?«, wollte Bard wissen.

»Wann kommst du wieder?«, erkundigte sich Bjarne. »Du wolltest mit Arwed und mir nach Brarup zum Falkner.«

»Wir reiten nach Brarup, wenn ich zurück bin. In vier Wochen ungefähr. Den Raben brauche ich für eine Weile, Bard. Es kann allerdings sein, dass er vor mir wiederkommt.«

Bard musterte ihn nachdenklich. »Wozu brauchst du ihn? Ich meine … Es stimmt doch nicht, dass du mehr mit ihm reden kannst als wir und so. Zu dir sagt er auch nichts anderes.«

Havenar grinste und zwinkerte einäugig. »Nicht, wenn ihr zuhört. Ist nicht alles für Kinderohren bestimmt.«

»Kinder?« Das Protestgemurmel aller Jungen brachte ihn zum Lachen.

»Er zieht uns auf«, stellte Bjarne fest. »Gehst du noch zu Großvater?«, fragte er Havenar, der bestätigend nickte. »Kannst du ihn nicht dazu bringen, dass er mir jetzt schon einen von den jungen Falken gibt? Ich kann genauso gut mit ihnen umgehen wie Delling.«

Havenar schüttelte den Kopf. »Euer Großvater hat die Bedingungen ganz klar gemacht. Niemand bekommt einen Vogel, der nicht von Hunolds Falkner gelernt hat, was wichtig für die Jagd mit ihnen ist.«

»Aber wenn du jetzt erst wieder fortgehst, dann … Können wir allein nach Brarup? Ich meine, es ist doch nicht weit.«

»In vier Jahren werden wir darüber sprechen, wo ihr allein hinreitet. Ihr wartet, bis ich zurück bin. Bis dahin könnt ihr Delling mit den Vögeln helfen. Soweit ich weiß, habt ihr daneben noch genug andere Dinge zu tun.«

»Göttersohn voran«, schnarrte Ruß.

»Genau«, stimmte Havenar dem Vogel zu und kraulte ihn. »Ist es doch das erste Jahr, in dem sie an Wettkämpfen teilnehmen. Man sollte meinen, sie würden nichts anderes mehr tun, als zu üben, damit ihr Vater sich nicht schämen muss.«

Bjarne grinste. »Und du? Du nimmst doch auch teil. Ich habe dich aber schon lange nicht mehr schießen sehen. Am Ende besiegt dich Jostein. Seit er nur noch Pfeile und Bögen baut, ist er der beste Schütze hier.«

»Du glaubst wirklich, er ist besser als ich, ja? Nun, ich werde unterwegs üben. Mal sehen, ob du dann noch Recht hast. Übrigens sagt Jostein, dass du gut bist, Arwed. Es hat mich gefreut, das zu hören. Und nun lebt wohl, ich muss los.«

Bjarne hob die Hand und streichelte Ruß zum Abschied. »Leb wohl.«

»Guter Hund«, gab Ruß zurück. Sie lachten.

»Sagt er wirklich noch andere Sachen zu dir?«, fragte Gerlögs Zweitältester, Brede.

Havenar zuckte mit den Schultern. »Ich habe mich noch nicht viel mit ihm unterhalten. Sein Vater sprach immer viel von Freya.«

»Freyas Hintern«, bestätigte Ruß, woraufhin alle ihn anstarrten, Havenar nicht weniger verblüfft als die Jungen.

»Nein«, sagte er, an den Raben gewandt, »so derb hat er sich nicht ausgedrückt.«

»Hau zu«, schnarrte Ruß und schlug mit den Flügeln, was Havenar nutzte, um den verdutzten Jungen zu winken und seines Weges zu gehen. Eine Weile darauf war er im Gehölz und schlug Haken, bis er sicher war, alle Neugierigen abgehängt zu haben. Dann genoss er die Wanderung durch den herbstlichen Wald und die Vorfreude auf seine sanfte Liebste und ihre schönen Töchter.

»Was soll denn schon groß passieren, wenn ich euch begleite?«, sagte derweil Bredes Bruder Hagbert. »Wir können uns doch nicht immer wie Kleinkinder behandeln lassen. Oder habt ihr etwa selbst Angst?«

»Ich habe keine Angst«, sagte Bjarne. »Wenn Vater es verbietet, dann werde ich es nicht tun, geh zur Hel.«

»Du hast Angst vor ihm.«

»Ich habe keine Angst vor meinem Vater, Blödmann. Aber wenn ich etwas tu, was er verboten hat, und dadurch in Schwierigkeiten gerate, aus denen er mich herausholen muss, dann sterbe ich vor Scham.«

»Musst dich halt selbst aus den Schwierigkeiten herausholen, Kleiner. Ich könnte das.«

Bjarne sah ihn mit kalter Verachtung an. »Einen Dreck könntest du. Du weißt nicht, was Schwierigkeiten sind. Du bist noch nicht halb so stark wie ein Mann, auch wenn du gern so tust.«

Hagbert stürmte mit einem wütenden Laut auf ihn zu, doch Bjarne wich gewandt aus, stellte ihm ein Bein und saß auf seinem Rücken, bevor sein Vetter richtig begriff. »Du hast Recht, Hagbert. Üben solltest du. Wie Vater sagt. Willst du's gleich noch mal versuchen?«

Er stand auf und klopfte sich mit überdeutlicher Gelassenheit den Staub von der Hose. Hagbert sprang ebenfalls auf und überlegte wutrot, ob er tatsächlich noch einmal versuchen sollte, seinen jüngeren Vetter zusammenzustauchen, doch letztlich hielt Rotwolfs Knurren ihn davon ab. »Freyas Hintern!«, sagte er. »Also gut. Lasst uns üben. Wirst schon sehen, was du davon hast.«

Worauf sie lachend und rempelnd gingen, um den großen Erik zu finden und ihn von der Feier weg mit zum Übungsplatz zu locken.

Havenars sanfte Liebste zerrte, nicht weniger derb fluchend als Ruß, eine Zicke vom Gemüsefeld, wo sie sich über den Kohl hergemacht hatte. Thorwald hatte zwei von ihren drei alten gegen zwei tragende Tiere eingetauscht, denn sie konnten sich nicht entschließen, auf ihrem begrenzten Raum einen Bock zu halten, und wollten doch nicht auf Milch verzichten. Die beiden neuen Ziegen waren ausgezeichnete Springer. Der Zaun ums Feld musste verbessert und erhöht werden, aber Thorwald hatte auch ohne das genug zu tun, und ihr selbst tat der Rücken weh. Der Rücken tat weh, ihr war am Morgen noch immer übel, sie musste unzählige Male laufen, um sich zu erleichtern, die Zwillinge durchlebten eine Zeit, in der sie überall dabei sein wollten und überall störten, Auda hatte eine Fehlgeburt gehabt und musste geschont werden, und der Gedanke an den langen, grauen, kalten Winter trieb Frygdis die Tränen in die Augen. Wieder würde sie unzählige Stunden unbeweglich in der Höhle sitzen, unfähig, das Tal mit ihrem wachsenden Bauch auch nur für den kleinsten Ausflug zu verlassen. Sie hoffte, dass es nicht so sein würde wie bei den Zwillingen, dass sie keine ständige Angst haben musste, das Kind zu verlieren. Oder die Kinder. Anfangs hatte sie geglaubt, sie würde es diesmal sicher erkennen, ob da ein oder mehr Kinder wuchsen, aber sie konnte es nicht. Sie konnte nur hoffen, dass es nicht mehr als eines war.

Es hatte alles so einfach ausgesehen, als Havenar bei ihr war. Was konnte schöner sein, als noch ein Kind mit ihm zu haben? Sie hatte schon geahnt, dass es wieder geschehen war, bevor er ging. Als er fort war und es wieder zum Wichtigsten wurde, dass die Vorräte stimmten, als Auda ihre Schwangerschaft bemerkte und dann verlor und sie selbst sich ihres Zustands sicher wurde, da fing die Angst an zu brodeln. Wie sollte sie für vier Kinder sorgen, wenn Thorwald und Auda etwas zustieße? Was würde geschehen, falls sie mit dem Ungeborenen starb? Würde Havenar seine Töchter zu sich holen? Was wäre mit Hadwig? Was, wenn Havenar etwas zustieße, was, wenn er doch nicht wiederkommen wollte? Lange war er fort, und sie hatten keine Neuigkeiten gehört, außer dass es unruhig im Land war. Es war nicht gesagt, dass sie schnell davon hören würden, wenn er fiel. Viele Männer starben jeden Tag bei den Reibereien im Umfeld des Königs. Für Horich waren sie nur unerwünschte Fransen an seinem Gewebe, die er ohne zu zucken abschnitt.

Manchmal fragte sich Frygdis zweifelnd, ob es nicht klüger für Hademut und Hunold wäre, dem König zu folgen. Horich wäre vermutlich dankbar und offen für Verhandlungen gewesen, wenn sie freiwillig zu ihm gekommen wären. Es musste sich durch den Schwur nicht viel für die Jarle ändern. Manchmal fand sie die sture Freiheitsliebe der Angeln zu viel des Guten. Sie führte nur dazu, dass niemand sich je sicher fühlte, und sie wollte sich so gern wieder einmal sicher fühlen. So sicher wie an der Hand ihrer Mutter.

Schon wieder kamen ihr die Tränen. Das schien zu ihren Schwangerschaften zu gehören wie die schmerzenden Brüste. Des Nachts lag sie da und sehnte sich danach, dass jemand sie umfasste und sich an sie schmiegte, um die erste Herbstkälte zu vertreiben. Wenn sie fröstelnd einsehen musste, dass da niemand war und selten jemand sein würde, liefen ihr die Tränen besonders reichlich. Havenar lag bei seinen anderen Frauen, und die froren gewiss nicht, noch hatten sie Angst vor dem Winter. Gequält von Eifersucht sah sie jede einzelne von ihnen in seinen warmen Armen.

Oft zweifelte sie, ob es nicht doch besser wäre, Stolz und Weitsicht über Bord zu werfen und mit Havenar nach Gammelby zu ziehen, für wie lange es auch immer hielte. Es ging ja nicht mehr nur um sie selbst und ihn. Doch dann dachte sie an Olof und seufzte. Viele würden es gutheißen, wenn er käme, um sie oder Havenar oder sie beide zu töten. Es schien ihr, als sei alles leichter zu ertragen gewesen, als sie noch dachte, dass sie Havenar nie wiedersehen würde. Zumindest hatte sie da nicht so viel Zeit damit vertan, über immer die gleichen Fragen nachzudenken.

Am Vormittag des folgenden Tages zerrte sie beide Ziegen von ihrem Kohl und brach dabei in Tränen aus. Ishild und Alrun hatten die halbe Nacht nicht geschlafen, weil sie so sehr von Flöhen zerbissen waren, dass sie sich wundkratzten. Nun waren sie quengelig, eine von ihnen weinte und jammerte immer. Schneepfote war es, der die Flöhe ins Haus brachte. Sie würde das Bettzeug reinigen müssen, die Hütte ausfegen und vor allem den Hund waschen und mit Essig und Kräutern einreiben, um die Plage einzudämmen. Aber auch das Letztere überstieg ihre Kräfte. Diesen Hund zu waschen, war eine Aufgabe für einen Mann, und Thorwald war schon am frühen Morgen wieder aufgebrochen, um die üblichen Tauschgeschäfte bei weit entfernten Bauern zu tätigen. Auda war etwas später mit Hadwig und dem Hund in den Wald gezogen, um letzte Brombeeren, Pilze und Hagebutten zu suchen.

Schluchzend brachte sie die Ziegen in ihren Verschlag zu der laut meckernden dritten und sperrte zu. Sie wagte nicht, sie anzubinden, denn in jeden Strick verwirrten sie sich in kürzester Zeit hoffnungslos und würgten sich. Außerdem fraßen sie Stricke. Als der Riegel vorgeschoben war, ging sie zum Haus, wo Ishild brüllend stand und mit ihren kleinen Händen von außen gegen die verschlossene Tür patschte, offenkundig wütend, weil jemand gewagt hatte, die Tür zu verschließen. Alrun kniete auf dem Boden und bohrte den Finger in das hübsch rosa-schwarz gestreifte Haus einer lebenden Schnecke. »Äh«, entfuhr es Frygdis, und sie nahm Alrun die Schnecke aus der Hand, worauf ihr Kind schmollend den Mund verzog und die Hand mit dem Schneckenbohrfinger trostsuchend hineinsteckte. Frygdis schüttelte sich und warf die Schnecke fort, um Ishild auf den Arm nehmen zu können. »Nein-nein«, schrie die zappelnd, was ebenso gut »Rein, rein« heißen konnte.

»Was willst du denn drin?«, seufzte Frygdis.

»Bothap. Wata«, schniefte Isi.

Hadwig würde das verstehen, wusste ihre Mutter, aber Hadwig war beim Brombeerensuchen. »Du willst dein Boot fahren lassen? Aber das liegt hier draußen beim Holz«, riet sie, woraufhin ihre Tochter, außer sich vor Zorn »Nein-nein« kreischend, sich von ihrem Arm strampelte und mit Händen und Füßen auf die Tür losging. »Das musst du von deinem Vater haben«, stellte Frygdis fest und öffnete ergeben die Tür. »Also gut. Zeig es mir.«

Zielstrebig marschierte Ishild zum Herd, nahm das Brot aus der Pfanne und hielt es Frygdis hin. »Ach, Brot!«, sagte diese erleichtert und brach dem Kind ein Stück davon ab.

»Bothap«, bestätigte Ishild zufrieden und biss hinein.

»Aha«, sagte Frygdis und erwartete die Auflösung für das »Wata«.

Mit dem Mund und der Faust voll Brot ging Ishild um den Herd herum, bis sie zum Wassereimer kam. Dort bekam sie ihren nächsten Wutanfall, weil der noch halb gefüllt war und sie ihn nicht hochheben konnte. Tränen und Rotz liefen ihr über das müde Gesicht.

»Ich wünschte, ihr würdet schlafen«, murmelte Frygdis. »Was willst du denn mit dem Wasser?«

»Tige«, jaulte Ishild.

»Ich helfe dir, Wasser zur Ziege zu bringen.« Frygdis nahm Ishild an die eine Hand, den Eimer in die andere, und stellte fest, dass ihre Tochter vor Entrüstung auf den Boden gepinkelt hatte. Angesichts der Lage verkniff sie sich die Schelte und ging kopfschüttelnd aus dem Haus, doch schon nach einigen Schritten in Richtung Ziegen ließ Ishild sich wieder brüllend auf die Erde fallen. Frygdis holte tief Luft. »Was denn nun?«

»Wata holen.«

»Gut«, sagte Frygdis. »Also Wasser holen.« Sie warf einen Blick zur Hütte zurück, um sicherzugehen, dass sie die Tür wieder verschlossen hatte und Alrun nicht hinein und ans Feuer konnte. Die Tür war zu. Und Alrun fort. Sie versuchte, sich zu erinnern, ob ihre Kleine beim Herauskommen noch dagesessen hatte, und drehte sich um sich selbst. Ishild war dabei, den Eimer auszuleeren, von Alrun war nirgends etwas zu entdecken.

Frygdis' Herz fing an zu rasen, als sie sah, dass der Durchgang zur Quelle offen stand. Sie hob ihr Kleid und lief zur Quelle, so schnell sie konnte. Als sie ankam, stachen ihre Seiten, und ihre Angst erstickte sie halb. Sie hielt sich keuchend am Gatter fest, eine Hand auf ihrem Bauch, und suchte hastig die Umgebung ab.

Es war kein Kind bei der Quelle, auch nicht in der Quelle. Sie fuhr herum, musste aber nicht länger suchen. Alrun hatte es gerade geschafft, die Tür vom Ziegenstall für ihre Schwester zu öffnen, die vergessen hatte, dass kein Wasser in ihrem Eimer war. Die drei Ziegen trabten an den Kindern vorbei und sprangen ohne Zögern über die Einzäunung des Gemüsegartens. Frygdis schlug sich die Hände vors Gesicht und schüttelte den Kopf. »Schlachtvieh«, sagte sie. Dann schloss sie das Quellengatter und ging zum Haus, um Ishilds Pfütze wegzuwischen, bevor sie sich wieder den Ziegen stellte.

»Mama, Bothap«, schrie Alrun.

»Aber ja doch«, sagte Frygdis und seufzte tief.

Sie war froh, dass die Zwillinge zur Mittagszeit endlich so müde waren, dass sie in ihrem gereinigten Bett schliefen, obwohl die Flohbisse juckten. Sie hatte sich gerade vor die Tür in die fahle Sonne gesetzt, um sich auszuruhen, da landete ein Rabe vor ihr. Es war nicht Troll. Dieser da hatte ein mehrfarbiges Band ums Bein und versuchte frech, ihr das kalte Gänsebein von der Seite zu stehlen. »Nichts da«, sagte sie und hielt es fest.

Der Vogel schnarrte sie an. »Ruß Hunger«, sagte er. Sie musste lachen. »Soso, Trollskind. Kannst den Knochen haben, wenn ich fertig bin.«

»Guter Hund. Ruß Hunger«, sagte Ruß.

»Lieber Himmel, dir haben sie ja was beigebracht.« Sie lachte wieder und gab nach. Rasch löste sie das beste Fleisch von dem Gänsebein für sich selbst und gab dem Raben den Rest.

»Guter Hund«, wiederholte er.

»Schmeicheln tust du nicht gerade. Oder glaubst du, du wärst selbst ein Hund? Du bist ein Rabe.«

»Göttersohn voran. Hau zu.«

Frygdis nickte. »Na. Die Töchter sind auch nicht ohne.« Sie stand kauend auf und ging zum Seepfad, um Ausschau nach Havenar zu halten. Dabei hielt sie es durchaus für möglich, dass der Vogel allein gekommen war. Die Tiere fanden sich erwiesenermaßen über weite Strecken gut zurecht. Bis zum Ufer kletterte sie und merkte, dass sie schon bald zu schwerfällig dazu sein würde. Zu leicht konnte sie stürzen. Sie suchte lange und gründlich die Gegenküste ab, doch von Havenar fand sie kein Zeichen. Enttäuscht kehrte sie um und fand Alrun bereits wieder wach vor.

Havenar hatte gegen Mittag einen vierköpfigen Trupp verdächtiger fremder Männer entdeckt, die ihn zu seiner Erleichterung noch nicht bemerkt hatten. Er verbarg lautlos sein Gepäck, machte den Raben los und verscheuchte ihn. Das verdarb ihm zwar seinen Plan zur Förde-Überquerung, doch Ruß' Geplapper hätte ihn schnell verraten. Eilig verhüllte er Haar und Gesicht mit seinem dunklen Tuch, dann schlich er den Fremden nach. Sie bewegten sich in Richtung Gammelby. Havenar fluchte stumm. Es gab hier keine Wachen mehr, die er auf sie hätte ansetzen können, dafür einige kleine Bauern, denen vier so düstere Kerle Schaden zufügen konnten. Mit etwas Glück und Bedacht konnte er sie alle vier töten, überlegte er, doch sie hatten ihn mit ihrer Heimlichkeit neugierig gemacht. Er entschied sich für eine List, rückte das Tuch über seinem Haar zurecht, rieb sich eine Handvoll Schmutz ins Gesicht und in den Bart und stand auf.

»He da«, rief er heiser.

Die Männer fuhren herum, die Hände an den kurzen Schwertern. »Ihr trampelt mir fast auf die Zehen und merkt es nicht.

Wo wollt ihr denn hin?« Mit gebeugten Schultern und leichtem Hinken ging er auf sie zu und freute sich, dass keiner von den Fremden einen gespannten Bogen in der Hand hatte. Sie mussten auf die sperrigen Waffen verzichtet haben, um besser schleichen zu können. Auch er hatte den Bogen bei seinem Gepäck gelassen.

»Wer bist du?«, fragte einer zurück.

Havenar ging näher zu ihnen. »Ich habe mal auf Swidberts Land gewohnt. Jetzt geh ich nach Gammelby. Vielleicht reist man zusammen?«

Die Männer wechselten Blicke, und Havenar konzentrierte sich darauf, ihre Bewegungen wahrzunehmen. Nur ausgezeichnete Krieger verrieten nicht im Voraus, wann sie das Schwert ziehen würden. Erik hatte ihm sorgsam beigebracht, wie man solche Bewegungen sah, bevor sie geschahen. Man musste dazu gelassen, aber höchst aufmerksam sein. Dabei ein so unschuldig blödes Gesicht zu machen wie ein einjähriges Rind, war nicht ganz einfach, doch auch in dieser Art von Verstellung hatte er viel Übung.

Die vier vor ihm mussten den Mund nicht aufmachen, um ihm zu verraten, wer ihr Anführer war. Es war der, der am aufrechtesten stand. Seine Wampe hing über den Gürtel, und sein langer Dolch war angelaufen und schartig, eine bösartige Waffe. Und richtig, er sprach als Nächster. »Kennst du dich hier aus?«, fragte er Havenar in unverfänglichem Ton.

»Oh ja. Wir hatten mal Sippe hier. Als Junge habe ich bei denen gelebt. Gar nicht weit. Sind aber alle tot.«

»Ah. Wie heißt du?«

Havenar kratzte sich, als hätte er Flöhe. »Mein Name ist Herjulf. So wie der Schwiegersohn vom alten Jarl Hademut. Ein guter Bootsbauer ist das, das sagen alle. Reich ist der damit geworden. Solches Heil hat mir der Name nicht gebracht. Wer seid ihr?«

»Eben auch Reisende nach Gammelby. Wenn du uns begleitest, lernen wir bald mehr voneinander. Kennst du den alten Jarl?«

Havenar schloss nun ganz mit der Gruppe auf, und sie gingen zusammen voran, sein Hinken verlangsamte die Sache beträchtlich. »Hademut? Ja. Hab ihn schon gesehen. Wollt ihr seine Männer werden?«

»Eigentlich wollen wir seinen Sohn kennenlernen. Havenar. Kennst du den auch?«

»Jaja. Sicher. Hab ihn mal gesehn. War er aber noch jung. Ist lange her. Da in Gammelby war er letztens nicht, als ich dort war.«

»Letztens. Was heißt letztens?«

»Also, liebe Leute, ihr fragt aber viel. Hättet ihr nicht wenigstens mal einen Tropfen zu trinken für mich, bei so viel Reden? Könnte auch eine Rast brauchen. Da könnt ihr dann immer zufragen.«

Wieder wechselten die vier Kerle Blicke, der Anführer zuckte mit den Schultern, sie hielten und setzten sich. Einer holte einen Beutel aus seinem Bündel und reichte ihn Havenar. Er trank zwei tiefe Züge. Es war lausiges Bier, doch er verkniff sich das Schaudern und seufzte genießerisch. »Aah. Was wollt ihr wissen über Havenar? Dass ich in Gammelby war, ist drei Monate her.«

»Stimmt es, dass er eine Tarnkappe hat?«, fragte der, der ihm den Beutel gegeben hatte. Sein linkes Auge schielte auswärts, und seine Fingernägel waren unanständig lang.

Von Augenblick zu Augenblick gefielen diese Gestalten Havenar weniger. »Nee«, sagte er. »Das glaube ich nicht. Ich glaub', er hat was mit dem kleinen Volk. Ich mein', mal ist er hier, mal ist er dort. Unsichtbar ist schön und gut, aber wie macht er das so schnell? Nee. Er benutzt die Gänge vom kleinen Volk. Unter der Erde. Sicher ist das so. Manche sagen, er ist ein Wechselbalg. Das würde doch viel erklären.«

»Manche sagen, er ist ein Werwolf. Oder ein Werrabe. Das würde es auch erklären«, sagte einer der anderen Männer.

Der Anführer schnaubte verächtlich. »Wie viele Frauen hat er? Das ist, was ich gern wüsste.«

»So zwölf, sagen die Leute.« Havenar kratzte sich den Bart und hoffte, dass er schmutzig genug war, um das unterhaltsame Spiel noch eine Weile weiterspielen zu können. Die Männer raunten spöttische und neidische Worte.

»Zwei Wochen lang jeden Abend eine andere, hoho«, meinte der Anführer.

Havenar schüttelte mit seinem dümmsten Gesichtsausdruck den Kopf. »Ach nee. So lange braucht er wohl nicht für alle. Ich mein … gibt ja Nacht und Tag, nech?«

Die Männer lachten und tranken ihm aus ihren Beuteln zu. Havenar reichte seinen an dessen schielenden Besitzer zurück.

»Hast du sie denn mal gesehen, seine Frauen?«, fragte der Anführer.

Havenar spürte, dass der Mann versuchte, schlau zu sein. »Ja. Schon. Die sind ja immer da. Na. Alle hab ich sie vielleicht nicht gesehen. Liegen ja meist welche im Kindbett und so weiter.«

Wieder lachten die Männer. Der Anführer trank und wartete, bis das Gelächter verklang. »Eine Besondere soll dabei sein. Eine blonde, stolze. War mal die Frau von Jarl Thorolfs Sohn. Havenar soll sie gestohlen haben. Hast du die gesehen?«

Nun wusste Havenar, wo der Hase lief, und es grauste ihn. Keine Angelner Frau sollte in die Hände dieser schmutzigen Bande geraten, dafür würde er sorgen. Er wollte nur noch herausfinden, mit wem er es zu tun hatte. »Hach, jeder kennt doch die Geschichte«, winkte er ab. »Wär das Weib in Gammelby, wüsste ich davon. Nee, nee. Die ist damals unter die Norweger gekommen und hat den Verstand verloren, darauf kann man wetten. Die haben jetzt schon die Wölfe gefressen. Ich mein' … überlegt doch mal. Was soll der Mann sich noch so eine holen, mit der's so schwierig ist?«

»Es gibt Leute, die nicht glauben, dass die Frau den Verstand verloren hat. Manche wollen sie gern aufspüren. Es würde sich lohnen, ihnen zu helfen.«

»Hat sie Sippe, ja? Brüder und einen Vater und so weiter? Suchen die sie?«, erkundigte sich Havenar.

»Nun, ein Ziehbruder sucht sie. Einar. Zufällig ist der ein Freund unseres Königs, der die Frau auch finden will.«

»Was könnte dabei herausspringen, wenn ich helfe?«, fragte Havenar.

»Wenn du so gut hilfst, dass wir sie Horich bringen können, dann sind wir reiche Männer.«

»Ist wahr? Deshalb wollt ihr nach Gammelby, ja? Eine Spur finden?«

»Besser noch das Weib selbst. Bist du sicher, dass sie nicht da ist?«

Jetzt wurde Havenar der Sache überdrüssig. Er stand auf und reckte sich. »Ganz und gar sicher. Ihr könnt euch sparen hinzugehen, wenn das euer einziger Grund war.«

Der Anführer stand ebenfalls auf und beobachtete ihn lauernd. »Hast du eine Ahnung, wo sie ist?«

»In Norwegen«, sagte Havenar. »Bei ihrer Mutter.«

»Da ist sie nicht«, gab der Mann ihm gegenüber zurück. »Das weiß Jarl Einar sicher.«

»Dann ist wohl das Schiff untergegangen«, sagte Havenar. »Arme Frygdis.«

Die drei restlichen Männer sprangen auf. »Du kennst sie!«, fuhr der Anführer ihn an.

»Ich habe doch gesagt, dass jeder hier die Geschichte kennt.«

»Du bist verdächtig, Freund.«

Mit einer Bewegung, so rasch, dass kein Auge folgen konnte, war Havenar hinter ihm und hielt ihm seinen Dolch an die Kehle. Die drei Gefolgsleute erstarrten.

»Ich frage mich, warum Horich Frygdis haben will. Bei Olof und Einar ist es verständlich. Aber was liegt Horich an ihr? Sag einmal«, forderte Havenar den Mann vor ihm auf und ließ ihn seine Klinge gerade so spüren, dass sie die Haut nicht aufschnitt.

Das Sprechen fiel dem Mann nicht leicht, während er sich hütete, sich an der Schneide zu verletzen. »Wenn es ist, wie Horich es sich denkt, dann kann er mit dem Weib drei große Männer lenken. Einar, Olof und Havenar. Droht er, ihr ein Auge auszustechen, werden sie fügsamer. Außerdem kann es sein, dass Frygdis das Land von Jarl Blidmunt erbt. Ihre Halbbrüder sind beide tot. Da siehst du, alles kein Geheimnis. Was bist du für ein Mistkerl? Trinkst mit uns, dann gehst du mir an den Hals.«

»Wolltest du mir nicht gerade an meinen gehen? Ich hatte den Eindruck. Nun, ich denke, dass ihr weder in Gammelby noch sonst irgendwo auf Hademuts Land etwas verloren habt. Ihr werdet von der Frau hier keine Spur finden. Daher geht ihr zurück zu Horich und versucht, anders reich zu werden. Bei der Gelegenheit könnt ihr dort ausrichten, dass Geiselraub nach wie vor schändlich ist, selbst für Männer, die sich König nennen dürfen. Er soll davon absehen, noch mehr von eurer Sorte zu schicken.«

»Wer bist du?«, fragte sein Gefangener mit zusammengebissenen Zähnen.

»Wir gehen jetzt zurück«, sagte Havenar, die Frage ignorierend, zog sein Schwert und tauschte den Dolch mit der Axt. »Die drei voran. Wer wegläuft, den trifft meine Axt. Wer kämpfen will, stirbt gleich nach dir.«

Wortlos formierten sich die Männer und stapften verärgert, aber zügig durch den Wald. Havenar dankte stumm den Göttern für seine Fähigkeit, andere einzuschüchtern. Hätten die vier gemeinsam und entschlossen gehandelt, wären sie ihm überlegen gewesen. Nun hatte er die Oberhand. Sie kamen doppelt so schnell voran wie auf dem Hinweg und ließen schließlich die Stelle hinter sich, wo er seine Sachen versteckt hatte. Mit klopfendem Herzen sah er, wie nah sie dem Ort kamen, wo er zum Ufer hinuntersteigen musste, um die Förde zu überqueren. Doch die Männer gingen daran vorbei und weiter den Landweg in Richtung Grenze.

Ein schwarzer Schatten schoss heran und landete auf einem Stein am Wegrand. Ruß war begeistert über das Schwert in Havenars Hand. »Hau zu, hau zu, hau zu«, sagte er und ahmte das Knirschen von Metall nach. Zwei der Männer stolperten vor Schreck, und Havenars Gefangener blieb so abrupt stehen, dass er ihn beinah versehentlich mit dem Schwert aufspießte.

»Nein, nein«, sagte Havenar. »Wir wollen sie diesmal noch leben lassen. Immerhin haben sie mich gastlich behandelt.«

»Hau zu, hau zu«, sagte Ruß. »Göttersohn voran.« Mit einem Sturzflug landete ein zweiter Rabe auf dem Weg vor ihnen. Havenar lächelte. »Wen haben wir da? Wer schickt dich?«, sagte er.

»Freya«, knarrte Troll und bettelte mit offenem Schnabel. Ebenso weit standen den Männern die Münder auf. Noch weiter auf ging es selbst dann nicht, als ein triefnasses und schlechtgelauntes Ungeheuer zwischen den Felsen hervorsprang und sich knurrend vor ihnen aufbaute. »Guter Hund«, sagte Ruß und erhob sich genau wie Troll in wohlweislicher Vorsicht wieder in die Luft.

»Ja, das ist ein guter Hund. Er und seine Brüder werden euch bis über die Grenze jagen, wenn ich sie auf euch hetze«, sagte Havenar, obwohl er sich keinesfalls sicher war, dass Schneepfote nicht die Absicht hatte, ihn selbst gleich mit zu jagen. »Am besten, ihr geht so schnell, wie ihr könnt, und seht euch nicht um. Die Raben werden ein Auge auf euch haben.«

Nun begriff der Anführer. »Havenar. Er ist Havenar. Verdammter Mist.«

Ein dumpfes, tiefes Husten, das aus den Felsen kam, und eine riesenhafte Silhouette, die gleich darauf dort sichtbar wurde, gaben den Männern den Rest. Bleich drehten sie sich um und stolperten davon.

»Hat sie doch Recht gehabt«, sagte Thorwald einen Moment später. »Sie meinte, ich soll mal nach dir Ausschau halten.«

»Gelobt sei Freya«, sagte Havenar. Keiner der vier Männer wagte sich umzudrehen, sie beschleunigten ihre Schritte sogar noch. »Lass uns meine Sachen holen«, wandte er sich an Thorwald. »Geht es meinen Schönen gut?«

»Aah … hm«, sagte Thorwald.

Es dämmerte, und Frygdis ließ die Arme sinken. Erst hatte sie Hadwig geschrubbt, dann die Zwillinge gewaschen, dann Hadwigs Kleidung, während Auda sich um das erjagte Wild und die gesammelten Vorräte kümmerte.

Hadwig war vom Baum in den Dreck gefallen. Stinkender Dreck, Frygdis vermutete Wildschweine als Erzeuger. Das Mädchen war glücklicherweise heil geblieben, nur die Brombeeren in ihrem Beutel waren Mus. Rotschwarzes Mus. Im Beutel, auf dem Kleid, auf dem Kind, sogar in den Haaren. Die Zwillinge hatten Ziegenmist und Honig in den Haaren gehabt, nachdem sie beim Stall um ein Honigbrot gestritten hatten. In den Haaren. Und in den Gesichtern. An den Händen. Sie wurden nicht gern mit kaltem Wasser gewaschen und schrien. Während der ganzen Zeit war auch noch Schneepfote um sie herumgesprungen und hatte gebellt, wenn er sich nicht gerade kratzte. Frygdis wusste am Ende nicht mehr, was von beidem ihre Geduld schneller zerrieb. Auf dem Zaun nahebei saß Ruß und brachte die Mädchen mit seinem wiederholten »Guter Hund« zum Lachen, bis Frygdis einen nassen Lumpen nach ihm warf.

Als Thorwald kam, war es weniger die Sorge um Havenar, die sie dazu veranlasste, ihn gleich weiterzuschicken. »Geh und sieh nach, ob mein hoher Gatte drüben sitzt und auf einen Fährmann wartet«, fauchte sie und wischte sich mit dem Rücken ihrer nassen, kalten Hand die gelösten Haarsträhnen aus dem Gesicht, das nicht mehr sauberer war als ihre Töchter kurz zuvor. »Und nimm dieses Viehzeug mit. Wirf den Hund aus dem Boot und lass ihn in der Förde schwimmen, vielleicht wird er dabei seine Flöhe los. Wenn nicht, wirst du ihn waschen. Und morgen ist das Erste, dass der Zaun um das Gemüsefeld höher gemacht wird.«

»Hmhm«, hatte Thorwald gesagt, den Hund zu sich gewunken, den Raben gegriffen und war gegangen. Sofort tat es Frygdis leid. »Verzeih, Thorwald«, rief sie ihm nach, doch er hob nur abwinkend die Hand.

Mit dem Bündel nasser Sachen in den Armen eilte sie ins Haus. Dort setzte sie zuerst Ishild an den Herd, wo Auda kochte, und kämmte ihr die Haare trocken, dann Alrun. Bei den beiden war das schnell getan. Mit Hadwigs krauser roter Mähne war es anders. Hadwig zeterte laut, bevor sie fertig waren. Gleich nachdem Frygdis die Haare ihrer Tochter getrocknet und geglättet hatte, flocht sie sie wieder ein. Anders waren sie nicht zu pflegen. Frygdis war dankbar dafür, dass Hadwig so stark und gesund war, doch gelegentlich wünschte sie sich, dass sie weniger wild gewesen wäre. Thorwald behandelte sie wie einen Jungen, und das schien Hadwigs Natur entgegenzukommen. Im Grunde war das unter den Umständen ja von Vorteil, doch um ein zahmeres Mädchen hätte sie sich in diesem Alter weniger sorgen müssen. Mit Schrecken dachte sie daran, dass die Zwillinge Hadwig nacheifern würden.

Auda gab den sauberen Kindern ihr Essen, und Frygdis setzte sich erleichtert und erschöpft auf die Bank, vorgebeugt, um ihren Rücken zu beruhigen. Dann bellte draußen der Hund. »Ruß Hunger«, hörte sie und schlug die Hände vor die Ohren. Die Tür ging auf. »Guten Abend«, drang es gedämpft zu ihr.

»Huch! Schau, Isi, euer Vater«, rief Hadwig.

»Nein-nein«, quiekte Ishild und kam gleichzeitig mit Alrun schutzsuchend auf Frygdis' Schoß gekrabbelt. In jedem Arm einen Zwilling, ließ Frygdis sich nach hinten auf die Bank umfallen und schloss die Augen.

»Frygdis?«, fragte Havenar zaghaft.

»Nein«, sagte sie.

»Geht es dir nicht gut?«

»Ich hatte einen … anstrengenden … Tag.«

»Oh. Bin ich schuld?«

»Ja.«

Er wandte sich ab, und sie hörte sein Bündel zu Boden fallen. »Du bist hoffnungslos, Thorwald«, sagte er. »Hättest du mir nicht sagen können, dass sie schwanger ist? Dann wäre ich nicht so arglos gewesen.«

Er kramte in seinem Bündel, kam wieder und setzte sich zu ihr auf die Bankkante. »Verzeih mir. Ich tu's nicht wieder.«

In Frygdis' Kehle gluckste es, sie öffnete die Augen und sah ihn an. »Hademutsson, das glaube ich dir nicht.«

Havenar erwiderte ihren Blick verständnislos und folgte ihm dann zu den Köpfen der Zwillinge, die ihre Gesichter an ihr verbargen, und dann zu ihrem Bauch in der Mitte. »Ach. Also, um ehrlich zu sein … Dafür kann ich tatsächlich nicht schwören. Sieh mal.« Er hielt zwei Stoffpuppen mit Holzgesichtern hoch.

»Schön«, sagte Frygdis und lächelte, weil nun auch Ishild und Alrun aufsahen und spähten, was der Mann mitgebracht hatte.

»Willst du sie haben?«, fragte er.

»Oh, ein bisschen Spielzeug ist genau das, was ich jetzt brauche«, erwiderte Frygdis.

»Das is?«, fragte Ishild.

»Puppen. Für euch«, sagte ihre Mutter, richtete sich auf und gab jeder von ihnen eine in die Hand. »Lauft und zeigt sie Auda.«

»Willst du auch eine?«, fragte Havenar Hadwig, die das ganze Geschehen zurückhaltend beobachtete.

Nun kam sie näher. »Ich hatte mal eine Puppe«, sagte sie mit nachdenklich gekrauster Stirn. »Ich habe vergessen, ob man gut damit spielen kann.«

»Nun, für alle Fälle habe ich dir noch etwas anderes mitgebracht. Das wirst du nützlich finden. Ich habe gesehen, dass dein Köcher nicht gut ist. Dies ist ein alter von Bjarne, er ist ihm zu klein geworden. Wie gefällt dir der?«

»Oh, der ist schön. Mama, sieh mal! Den brauchen deine Söhne nicht mehr? Bestimmt nicht?«

»Bestimmt nicht. Seit ihr Großvater ihnen seine Aufmerksamkeit schenkt, bekommt jeder von ihnen alles neu gemacht. Ein Unfug, das Zeug fängt schon an herumzuliegen. Ich habe auch einen Armschutz für dich. Da.«

Hadwig strahlte. »Der ist so gut. Thorwald wollte mir neue Sachen machen, aber er hat immer keine Zeit. Im Winter, meint er. Sieh mal, Thorwald. Jetzt kannst du im Winter was anderes machen.« Sie besann sich, kehrte zu Havenar um und gab ihm einen stürmischen Wangenkuss. »Danke schön, Havenar.«

Frygdis seufzte. »Gerade vorhin wünschte ich, sie wäre nicht so sehr wie ein Junge.«

»Ach was. Eine Frau wird sie von selbst. Ich für meinen Teil weiß ein Weib zu schätzen, das in der Lage ist, zwei, drei Vögel fürs Abendessen zu schießen, wenn ich … müde bin. Hadwig wird eines Tages ein vernünftiger Mann ganz besonders zu schätzen wissen. Sie wird ihm auch die Bären und Wölfe abnehmen.«

Frygdis lachte. »Er müsste nur vorher ein Mal dicht genug an sie herankommen und es überleben, um das genießen zu können.«

»Ach, da gibt es Tricks«, sagte Havenar und sah ihr in die Augen.

»Soso, da spricht wohl ein Könner. Ist dein Trick heute, meine Töchter zu beschenken, oder hast du mir auch etwas mitgebracht?«

»Unzählige wahre süße Worte. Du bist als Schwangere so schön, dass mir das Herz stehenbleibt, wenn ich nicht aufpasse. Weißt du, dass es das erste Mal ist, dass ich dich so sehe? Schwer mit meinem Kind, und dabei ein Anblick wie eine blühende Heckenrose.« Er streichelte glücklich ihren Bauch.

»Ich fühle mich gerade so schön wie eine über Winter am Zweig vergessene Hagebutte, wo wir bei Rosen sind. Schmeicheleien wirken heute nicht.«

»Na gut, dann vielleicht das.« Havenar griff noch einmal in den Tuchsack zwischen seinen Füßen, nahm den goldenen Halsreif heraus und legte ihn in ihre Hände. Ihre Augen wurden groß.

»Meine Güte, ist der schön.« Sie drehte und wendete ihn und strich mit den Händen darüber.

»Der bringt dir mehr Heil als dein letzter. Versprochen«, sagte er sanft, nahm ihn zurück und legte ihn dann um ihren Hals. »Weißt du, du hast den anmutigsten Nacken aller Sterblichen. Das habe ich schon vor acht Jahren gedacht.«

»Du meinst, hartnäckiges Schmeicheln hilft vielleicht doch.«

»Ich meine, hartnäckig hilft auf jeden Fall.«

»Wie lange wirst du bleiben?«

»Einen Monat, habe ich den Jungen gesagt.«

»Morgen erhöhst du den Zaun vom Gemüsefeld, dann hast du meine Gunst gewonnen.«

»Ich erhöhe dir die Berge um dieses Tal, wenn ich sie damit gewinne.«

»Oh, bitte nicht. Sie sind mir zurzeit auch so schon zu hoch.«

»Sag, es ist wohl nicht möglich, einen Kuss im Voraus zu bekommen? Bevor ich dich morgen mit so viel Schweiß gewinne, meine ich.«

Frygdis hob die Hand und fuhr mit dem Finger über den Goldreif an ihrem Hals, den Blick mit seinem verschränkt. »Musst du wirklich fragen, bevor du deine Gattin küsst, du Armer?«

»Nein. Aber sicherer ist es allemal.« Er lächelte und fuhr mit seinem Daumen über ihre Lippen, bis sie dessen Kuppe küsste. Die feuchte Wärme, die ihr weicher Mund auf dem empfindsamen Hautfleckchen hinterließ, weckte bereits sein Verlangen. Es folgte auf die winzigste ihrer sinnlichen Gesten. »Mein Leben«, sagte er rau.

»Schön, dass du da bist«, sagte sie.

Als die Kinder schliefen, stand Havenar lange vor der Bank und genoss das Bild. Frygdis kam zu ihm und tat es ihm mit verschränkten Armen gleich. »Wie kleine Vögel«, sagte er leise. »Sie sehen so hübsch und zerbrechlich aus und dabei doch gesund. Ich könnte weinen, wenn ich sie ansehe. Ihr macht mich unschicklich weich.«

»Du bist der weichste Mann, den ich kenne, mein Held. Aber keine Angst, ich verrate es niemandem. Nebenbei werden die beiden dich ab morgen auf ganz andere Weise weich machen. Kleine Vögel, haha! Allenfalls kleine Raben. ›Isi Hunger.‹«

Sie lachten gedämpft und setzten sich dann noch ein Weilchen zu Thorwald und Auda an den Herd, bis ihr Lager sie mit Macht anzog. Auda schob das Feuer zusammen, und kurze Zeit hörte man in der Dunkelheit nur noch das Knacken der Kohlen, das Geräusch fallender Kleider und den Atem ihrer Eigentümer.

»Es geht mir gut«, hörte Frygdis Auda gereizt flüstern. »Hm«, machte Thorwald. Das antwortete er Auda seit einer Woche, doch an diesem Abend klang es anders. Frygdis wusste, dass er sich seit Audas Fehlgeburt, sehr zu deren wachsendem Unwillen, aus Sorge um sie nachts von ihr fernhielt. Möglicherweise würde es ihrer Freundin an diesem Abend gelingen, seinen Widerstand zu brechen. Einen Augenblick verharrte Frygdis in ihrem Unterkleid, faltete langsam ihre Oberkleidung und lauschte. Dann hörte sie Audas wohliges Seufzen und fühlte gleichzeitig Havenars starke Hände an ihrer weit gewordenen Taille.

Gleich darauf zog er ihr das Unterkleid hoch. Sie hob die Arme, damit er sie ganz ausziehen konnte. Tastend streichelte er ihre geschwollenen Brüste, ihren gewölbten, aber noch weichen Bauch, spielte mit ihrem offenen Haar. Sie genoss die Behutsamkeit seiner harten Finger mit geschlossenen Augen und fragte sich, ob es durch die Schwangerschaft anders sein würde. In ihrem Kopf spukten alte Vorstellungen – das Geschwätz der Frauen, die nicht liebten und es als willkommenen Grund nahmen, sich ihren Männern zu verweigern, wenn sie schwanger waren. Die Männer, die schwangere Frauen abstoßend fanden. Dazu ihre Gewohnheit, den Wunsch nach dem Körper ihres Mannes nicht aufkommen zu lassen, weil er nicht bei ihr war.

Doch nun war er da, und sie sehnte sich nach mehr als nur liebevollen Berührungen. Sie sah Havenar nur noch als dunklen Schatten und streckte die Hände nach ihm aus. Er war nackt. Ihre Hand folgte der Spur seines krausen Haars über Brust und Bauch nach unten, während sich seine Hände um ihre Hinterbacken legten. Sein Glied war hart, warm und glatt, sie holte tief Luft. Kaum hörbar raunte sie in sein Ohr, wonach ihr war.

Er seufzte belustigt. »Ich tu mein Bestes«, sagte er und drängte sie zu ihrem Lager, bis sie auf dem Rücken lag und ihn über sich hatte. Mit seinen Fingern schenkte er ihr Lust und bereitete den Weg, weit reichte seine Geduld jedoch nicht. »Später«, versprach er wispernd und schob mit seinen Knien ihre Schenkel auseinander.

Frygdis vergaß, dass sie Bedenken gehabt hatte. Erst später, als Havenar an sie geschmiegt mit dem Schlaf rang, für eine Weile der schweren Mattigkeit erliegend, die ihn immer häufiger ahnen ließ, dass er bald kein junger Mann mehr sein würde, der seine Freuden nehmen konnte, ohne dafür zu zahlen, überfiel Frygdis kurz die Sorge. Ihr Bauch zog sich zusammen und wurde fest wie in einer schmerzlosen Wehe. Ängstlich hielt sie den Atem an.

Havenar legte die Hand auf ihren Bauch. »Das Kind grüßt seinen Vater«, murmelte er in ihre Halsbeuge.

»Ist es das?«

»Mhm«, bestätigte er. Sie spürte nach, wie ihr Leib sich langsam wieder entspannte, dann fühlte sie seine Hand vom Bauch zwischen ihre nassen Schenkel rutschen und schloss die Augen, als er begann, sein Versprechen auf »später« einzulösen. Ihre Anspannung wuchs bis zum Zerbersten, dann blendete ein Wonneblitz ihre Sinne und warf sie für einen Augenblick aus der Welt. Sie atmete wie nach einem langen Lauf und ließ sich ermattend in die Zufriedenheit sinken, die danach kam. »Das war nötig«, flüsterte sie.

»Wie lange hast du denn darauf verzichtet?«, raunte er. »Machst du dir das nicht selbst, wenn ich nicht da bin?«

Es verschlug Frygdis die Sprache. Die Möglichkeit war ihr noch nie in den Sinn gekommen. »Also, weißt du … Ich … Nein.«

Er lachte leise auf. »Kein Wunder, dass du so über mich herfällst, wenn …«

Frygdis schlug ihm spielerisch mit der Faust gegen die Brust. »Oh, du … na warte.«

Kichernd rangen sie, bis sie sich zu so einem behaglichen Knäuel verschlungen hatten, dass sie sich nicht mehr regen mochten und einschliefen.

Frygdis erwachte, weil sie nach draußen musste, und konnte sich doch nicht entschließen, diesem Ruf sogleich zu folgen. Sie schwelgte in dem seligen Gefühl, ihren Mann bei sich zu haben.

Es war eine Lüge, dass ihr die kleine Zeremonie nichts bedeutet hatte, mit der sie ihre Ehe besiegelt hatten. Havenar, mein Gatte, mein Geliebter, mein, mein, mein, dachte sie und genoss den Geschmack der Worte wie seinen Geruch, der sich mit ihrem mischte, wie die Hitze, die er ausströmte, die entspannte Schwere seines Arms auf ihrer Brust, seines Beines über ihren. Er hatte ihr endgültig bewiesen, dass er ihr gehörte, dass er immer zu ihr zurückkehren würde, immer wieder mit dem gleichen Sehnen, der gleichen Freude.

Sie schwor sich für die Zukunft mehr Tapferkeit und mehr Zuversicht, während sie sich behutsam aus der Verschlingung mit ihm befreite und sich aufsetzte. Er seufzte und drehte sich auf die andere Seite, das machte seinem leisen Schnarchen ein Ende. Frygdis lächelte. Sie konnte seinen bärtigen Kiefer, die wirren langen Haarsträhnen nicht gut ansehen, ohne sein Gesicht zu berühren, also stand sie endlich auf und ging hinaus.

Als sie wieder zu Bett kam, schlief Havenar unruhig. Fröstelnd schlüpfte sie an seiner Seite unter die Decke. Er umfing sie mit seinen Armen, ohne aufzuwachen, und sie wollte gerade weiterschwelgen, als er seufzte. »Dirdra.«

Ruckartig setzte Frygdis sich auf und hielt sich gleich darauf mit schmerzverzerrtem Gesicht den Rücken.

Auch Havenar schreckte hoch. »Was?«, sagte er schlaftrunken. »Ach. Frygdis.« Er ließ sich wieder zurückfallen.

»Dirdra«, sagte Frygdis empört. »Hast du von Dirdra geträumt?«

»Mhm«, murmelte er mit geschlossenen Augen.

»Du könntest es leugnen.«

»Wozu?«

»Manchmal träume ich von Olof, weißt du. Aber werde ich so dumm sein und dir das auf die Nase binden?« Sie verschwieg, dass ihre Träume von Olof finster und furchteinflößend waren. Oft stand er im Schlaf vor ihr und forderte, sie solle zu ihm zurückkehren, und sie konnte keinen Ausweg finden. Aber Havenar sollte nur ruhig glauben, dass es freundliche Träume waren.

»Freyas … Frygja, ich bin noch so müde. Müssen wir … also, ich meine … du Arme! Olof! Bringt er in deinen Träumen auch ein Kind zur Welt, das du als deines ausgeben willst, das aber weder dir noch ihm ähnlich sieht, sondern mit schwarzen Haaren bedeckt ist? Ich bitte dich, sei gut. Schlaf noch ein bisschen mit mir.«

Wider Willen musste sie kichern und schmiegte sich ohne weitere Widerworte an ihn. »Verzeih. Das ist nicht lustig«, sagte sie dann, wieder ernst. »Wann kommt das Kind?«

»Noch ein Monat. Ein Grund, dass ich dann dort sein will.«

»Was machst du, wenn es schwarze Haare hat?«

»So tun, als ob ich das nicht sehe. Was sonst? Ich hab's ihr versprochen.«

»Der weichste Mann, den ich kenne. Ich weiß nicht, wie du so sein kannst und trotzdem ein solcher Todbringer. Ihr Männer seid seltsam.«

»Bild dir nichts ein. So weich, wie du mich wünschst, bin ich nicht. Das kommt dir nur so vor, weil du mich an einer empfindlichen Stelle gepackt hältst. Wenn Dirdras Kind von dem Drecksnorweger ist, dann ist es für mich weniger als ein Schaf. Ich will nur, dass die Frau den Verstand behält. Es war schlimm genug, dass … So viel zahle ich eben für meine Blödheit. Eine Kleinigkeit gegen das, was ich ihr schulde.«

»Ich denke, da du zu Hadwig freundlich sein kannst, kannst du es auch zu Dirdras Kind.«

»Das ist etwas ganz anderes.«

»Wieso?«

»Hadwig führt mir nicht jeden Tag meine Schande vor.«

»Ach hör auf. So darfst du das nicht sehen. Und … Hast du noch nichts getan, wofür dich die Norweger einen Drecksdänen nennen?«

»Ich wollte noch schlafen, aber nun hast du mich wach. Ist das eine Art, einen Mann schon zu beleidigen, bevor er beide Augen offen hat?«

»Hast du, oder hast du nicht?«

»Das will ich doch hoffen, dass ich das habe. Aber Geiseln habe ich noch nicht geraubt. Und wenn ich sie rauben würde, würde ich sie nicht als Erstes schwängern.«

»Du bist sicher immer sehr respektvoll mit den Frauen umgegangen, die du unterwegs … denen du begegnet bist.«

»Nun … ja. Na ja. Manche Dinge geschehen eben. Ich bin ein Mann. Manchmal … es ist manchmal … Da kann ich nicht …«

»Mach dir keinen Knoten in die Zunge. Ich will gar nicht mehr darüber wissen, als ich schon weiß. Was ich sagen will, ist: Was kann das Kind für seine Herkunft und dein Verschulden daran? Du bist eher auch dem Kind etwas schuldig, wenn du ihm den Vater getötet hast.«

»Nun hör du aber auf. Du willst mir jetzt nicht in den Kopf setzen, dass ich all den Kindern etwas schulde, deren Väter von meiner Hand gestorben sind. Sie sollen dankbar sein, dass ihre Väter den besten aller Tode gefunden haben. Hätte ich nach deiner Ansicht den laufen lassen sollen, der meine Frau geschändet hat?«

»Oh nein. Der Dreckskerl hätte allerdings einen schlechteren Tod verdient gehabt.«

»Du verwirrst mich. Muss mir das Kind jetzt dankbar sein, oder bin ich ihm etwas schuldig?«

»Kannst du es nicht einfach nur freundlich aufnehmen? Außerdem … am Ende wird Dirdra dir wieder einen blonden Sohn schenken, und wir haben wegen nichts gestritten.«

»Ich wollte gar nicht streiten. Ich wollte schlafen. Daran ist nun nicht mehr zu denken.«

»Umso besser. Dann wird der Zaun früh fertig.«

»Ach, das. Hm. Wenn es so ist … Gibt es noch ein bisschen von meinem Gewinn im Voraus? Vor dem Aufstehen?«

»Wirst du dann fleißig sein?«

»Nach Kräften.«

»Also gut. Was hast du da vorhin von einer empfindlichen Stelle gesagt? Meintest du diese hier?« Frygdis setzte sich auf und wog den üppigen Stolz seiner Männlichkeit in einer ihrer Hände.

Havenar nahm ihre andere Hand, küsste sie und legte sie auf sein Herz. »Das hier war die, an die ich dachte, aber ich fürchte … Nun. Dazu hast du wohl zwei Hände.«

Es wurde ein heiterer Tag, der erste eines ganzen Monats.

Nur ein einziges Mal schlich Havenar zu den Wachen. Nicht die kleinste Bedrohung für Angeln war zu spüren, und so durfte er das Beisammensein mit seinen Liebsten genießen. Die Zwillinge hingen an ihm als ihrem neuen Spielzeug wie Kletten, nachdem das Eis einmal gebrochen war. Selbst Hadwig, die im Grunde weiterhin Thorwald für den besseren Mann hielt, liebte Havenar dafür, dass er unermüdlich mit ihr Schießen übte, und für seine Geschichten. Es war bereits kalt, die Bäume hatten ihr Laub verloren, und die Sonne ging so früh unter, dass auch die Kinder bei Einbruch der Dunkelheit noch nicht schlafen mochten. Daher saßen sie oft am Herd und erzählten, und Havenar konnte wunderbare Geschichten erzählen.

Er erzählte nicht wie Auda und Frygdis, nicht nur Märchen und die wenig ausgeschmückten Taten der Götter, sondern atemberaubend aufregende Geschichten von gefährlichen Reisen und Kämpfen bekannter Helden, namentlich ihm selbst. Hadwig fühlte sich immer, als sei sie dabei gewesen. Nur gelegentlich räusperte sich Frygdis, und dann war es meist so, dass Havenar seine Geschichte plötzlich in eine andere, weniger aufregende oder blutige Richtung lenkte. Manchmal lachte Hadwig dann. »Stimmt's, das glaubst du auch, dass er flunkert, ja, Mama?«

Doch dann lächelte Frygdis nur, während Havenar die Stirn runzelte. »Na warte, nächstes Mal stecke ich dich in einen Sack und hänge dich an den Mast, kleine Füchsin. Dann sollst du wohl sehen, ob es wahr ist, was ich erzähle.«

»Oh nein, oh nein«, kicherte Hadwig. »Dann wird mir schlecht. Erzähl noch was von der Riesenkatze, ich glaub auch alles, ehrlich. Hat sie den Mann von deinem Onkel ganz aufgefressen? Ich glaube, Schneepfote kann auch einen Mann auffressen. Aber das würde er nicht tun, oder? Mädchen frisst er jedenfalls nicht.«

Worauf sogar Thorwald lachte.

Jede Nacht, wenn Havenar mit Frygdis vor sich im Arm einschlief, sagte er sich, dass er nie im Leben glücklicher gewesen war. Selbst der Abschied quälte ihn diesmal nicht. Er war fest entschlossen, seine kleine Zweitsippe bald heimzubringen. Zudem schwor er sich, das nächste Kind, das seine Gattin ihm gebar, auf der Welt zu begrüßen, wie es sich gehörte. Er würde da sein und helfen, ihm einen Namen zu geben. Er wollte Frygdis' Gesicht sehen, wenn sie ihren Säugling an die Brust legte, wollte sehen, wie die Mädchen über ihren neuen Bruder oder ihre neue Schwester staunten. Das versprach er Frygdis. Und es erleichterte auch ihr den Abschied.

15. Kapitel

Kurz vor Gammelby ließ Havenar den Raben los und wurde daher schon außerhalb der Siedlung von der Jarlsenkel-Bande empfangen. Wäre es nach Bjarne, Arwed und ihren Vettern gegangen, hätte er noch am gleichen Nachmittag mit ihnen aufs Pferd steigen müssen, um nach Brarup zu reiten, so ungeduldig hatten sie ihn erwartet.

Stattdessen verdonnerte er die Jungen zum Putzen ihres Lederzeugs und ihres Schmucks und zu einer Stunde im Badehaus, damit er am nächsten Tag standesgemäß mit ihnen auftreten konnte.

Dirdra sah schlecht aus, als sie ihn freudlos begrüßte, und die anderen Frauen machten ihm gegenüber keinen Hehl aus ihrer Sorge um sie. »Sie schläft schlecht«, sagte Rämna.

Trude nickte. »Dauernd hat sie diesen glasigen Blick.«

»Kannst du die Sache mit Brarup nicht verschieben?«, steuerte Rike bei.

Havenar schüttelte bedauernd den Kopf. »Ihr habt gesagt, das Kind kommt nächste Woche noch nicht, und ich habe es den Jungen versprochen. Aber ich rede mit Dirdra.«

Dirdra entschied, dass er nicht bleiben sollte. Genau wie er wollte sie nicht, dass die Jungen enttäuscht wurden. Sie wollte Havenar auch nicht mehr in ihrem Bett. Und auf keinen Fall wollte sie darüber sprechen, warum es ihr schlechtging.

So verbrachte Havenar zehn Tage mit den vier Jungen bei seinem Onkel Hunold, wo sie die Grundlagen der Falknerei lernten und nebenbei einige mitunter schmerzhafte Aufmerksamkeit von ihren Vettern zweiten Grades bekamen, die sie zu mehr Bescheidenheit anhielten. Dabei kam Havenar entgegen seiner früheren Ansicht zu dem Schluss, dass es seinen Söhnen doch guttun würde, wenn sie sich eine Weile außerhalb ihres eigenen kleinen Reichs behaupten mussten. Ein Jahr wollte er Bjarne und Arwed noch geben, dann würde er sie wenigstens für ein Jahr bei Hunold unterbringen.

Zurück in Gammelby war der erste Weg der Jungen zu ihrem Großvater, um ihm vom Lob des Falkners zu berichten. Havenar dagegen ging, von Unruhe getrieben, in sein Haus. Die Mienen der Frauen bestätigten seine Ahnung, noch bevor er nach Dirdra fragte.

»Sie ist fortgegangen, schon vorgestern«, sagte Rämna. »Dein Onkel wollte sie zurückholen, aber wir fanden das nicht richtig. Sie wollte allein gehen.«

»Zur Hel damit. Wo ist sie hin?«

»Es ist möglich, dass sie nicht mehr leben will, Havenar«, sagte Trude. »Vielleicht ist es besser, wenn du sie lässt. Es ist nicht so, dass wir nichts versucht hätten.«

»Sie trägt mein Kind«, stellte er fest, dann rief er Eisfell, nahm Dirdras Decke und die lange Schweißleine und verließ Gammelby so, wie er gekommen war. Vor dem Zaun setzte er die Hündin mit Hilfe der Decke auf Dirdras Geruch an und ging mit ihr weite Bögen, bis sie ihre Nase fest auf einer Fährte hatte. Die Fährte stellte sich als frische Fuchsspur heraus, und er musste von vorn beginnen. Erst nach drei weiteren Anläufen schien es sich nicht mehr um Wild zu handeln.

Es wurde dunkel, und Havenar war hungrig, gereizt und erschöpft. Dem lang angeleinten Hund nachzuhetzen, war mühselig. Doch dann stieß Eisfell kläffend und winselnd vor Freude auf Dirdra. Sie kam ihnen zwischen den Eichen hindurch entgegen, so langsam und steif wie eine uralte Frau. Im Arm hatte sie ein Bündel, das kräftig zu schreien begann, als der Hund loskläffte.

Erleichtert machte Havenar die Leine los und ließ sie fallen. »Was machst du denn bloß?«, sagte er.

»Ach. Sag nichts«, meinte sie, unüberhörbar geschwächt. Dann hielt sie ihm das Bündelchen entgegen. »Dein Sohn.«

Es war noch hell genug, um sie matt lächeln zu sehen, so erriet Havenar, dass das Kind jedenfalls keine Missgeburt war. Er trat zu ihr, nahm den Winzling in den einen und sie in den anderen Arm. »Mein elfter. Ich danke dir.«

Dirdra lehnte sich an ihn. »Ja. Aber, Havenar – das ist das letzte Kind, das du von mir bekommst.«

»Du bist erschöpft. Ihr Frauen glaubt jedes Mal, dass es das letzte ist, und das kann ich gut verstehen. Meinst du, wir können heimgehen? Oder wollen wir hier übernachten? Ich habe eine Decke, und wenn der Hund und ich euch wärmen, wird es wohl gehen.«

»Wir können nach Haus. Langsam. Aber hör mir zu: Diesmal ist es anders. Ich will nicht mehr.«

Havenar zog sie fester an sich und gab ihr einen Kuss aufs Haar. »Ist gut. Schon gut. Du hast mir mehr als genug gegeben, du schuldest mir nichts. Hast du einen Namen für diesen hier?« Er warf den ersten Blick auf den Säugling, der nicht mehr schrie, aber nörgelte. So viel er von ihm im Dämmerlicht noch erkannte, war der Kleine so sehr sein Sohn wie Dirdras andere. Was ihm vom Herzen fiel, war noch größer und schwerer, als er angenommen hatte.

»Kieran«, sagte Dirdra.

»Kieran. Gut. Was heißt das?« Wie Arwed, Bard und Conn war es ein irischer Name. Dirdra musste ihn aus den Erzählungen ihrer Mutter haben.

»Es heißt ›schwarz‹. Weil die ganze Zeit meine Gedanken so waren«, erwiderte sie ruhig. Darauf schwiegen sie beide eine kleine Ewigkeit und sahen nur das Kind an.

»Hast du wirklich daran gedacht, dir das Leben zu nehmen?«, fragte Havenar.

»Deswegen bin ich nicht fortgegangen. Ich wusste nur, dass ich dieses Kind nicht auf die Welt bringen kann, wenn ihr mich alle anstarrt. Ich musste es allein kennenlernen.«

Es kam Havenar vor, als würde er seine mollige kleine Irin zum ersten Mal richtig sehen. Plötzlich begriff er, welches Glück er mit den Müttern seiner Söhne hatte, wie stark sie waren, und er schämte sich, weil er ihnen nie alles von sich gegeben hatte, so wenig wie er je alles genommen hatte, was sie ihm hätten geben können. »Hätte ich nur dich und deine vier Söhne, wäre ich schon ein reicher Mann«, sagte er und gab ihr das Kind zurück, um die lange Leine zu greifen, aufzuwickeln und an seinen Gürtel zu hängen. Dann nahm er seinen Sohn wieder, bot Dirdra den Arm und pfiff Eisfell. »Wenn du nicht mehr kannst, trage ich euch beide ein Stück«, meinte er lächelnd.

Dirdra hatte ihn nachdenklich beobachtet. »Meine Mutter ist auch einmal mit Hunden gesucht worden. Sie hat deinen Vater gehasst.«

Havenar zuckte ein bisschen. Diese Bemerkung grenzte an Dinge, die als unaussprechlich zwischen seinen Frauen und ihm galten. Über das Leben vor dem Augenblick, als er sie für sich beanspruchte, hatte er nie mit ihnen reden wollen. »Ich habe deine Mutter lange nicht gesehen.«

Dirdra lächelte wieder. »Sie ist kurz nach dem Überfall auf Gammelby gestorben, Havenar.«

»Ah. Und hat sie uns bis zum Schluss gehasst?«

»Ich weiß nicht. Seit Arwed auf der Welt ist, hat sie nie mehr davon gesprochen.«

»Du hast mich nicht gehasst, als ich zu dir gekommen bin, obwohl ich nicht lange gefragt habe. Oder habe ich gefragt?«

Dirdra zuckte mit den Schultern. »Du warst nie gemein. Hätte ich nein gesagt, hättest du vielleicht gehört. Aber ich hätte nicht nein gesagt. Ich mochte dich und war stolz, dass du mich wolltest. Welche wäre das nicht gewesen? Ich habe es nie bereut. Sieh ihn dir an.« Sie berührte Kieran. »Er ist schön. Ich bin einen halben Tod gestorben, bevor ich ihn sauber hatte und sehen konnte, dass es dein Sohn ist. Alle Götter habe ich gebeten, dass es deiner sein soll und dass man es sehen kann. Ich will jetzt nie wieder ein Kind austragen. So viel Gnade finde ich nicht noch einmal.«

Es war später Abend, als sie nach Gammelby kamen, aber vor den Toren standen Wachen bei hellen Feuern, die Havenars Rückkehr erwarteten. Inzwischen trug er Dirdra mit dem Jungen und beeilte sich, um sie rasch aus der Kälte in sein Haus zu bringen. Ihr Rock war jetzt blutfleckig, aber das gehörte dazu, soweit er wusste. Er schmunzelte über die vorsichtige Zurückhaltung, mit der man seinen Weg durch die beleuchtete Siedlung aus den Türen heraus beobachtete, und wusste, dass die Leute allen Grund gehabt hätten, ihn nicht anzusprechen, wenn es nicht sein Kind gewesen wäre.

Erik hatte ihn vom Jarlshaus aus gesehen und kam zügig über den Hof zu ihnen. »Na?«, fragte er behutsam.

Havenar lachte. »Ein Sohn. Was hast du erwartet?« Er blieb stehen, und Dirdra ließ sich das Säuglingsbündel von Erik abnehmen, der die Decke auseinanderschlug, sofort breit grinste und schnurstracks mit dem Kind in die Mitte der Siedlung marschierte. Dort hielt er den entrüstet brüllenden Kieran mit beiden Händen in die Höhe. »Havenar hat einen Sohn«, schrie er, so wie es schon so viele Male einer von den Männern der Familie getan hatte, und aus den Häusern antwortete Jubel, während Dirdra sich auf Havenars Arm an ihn schmiegte und die Augen schloss.

Schon am nächsten Tag feierte Gammelby, und alle waren sich darin einig, dass man Havenar selten so ausgelassen frohsinnig erlebt hatte, seit er erwachsen war.

Havenar blieb nicht die geringste Erinnerung daran, wie er aus der Halle zurück in sein eigenes Haus gelangt war. Er war beinah ebenso erstaunt darüber, an Trudes Seite aufzuwachen, wie bei ihrem allerersten Mal. Halb leidend, halb genussvoll stöhnte er. »Trude, Wunder der Weiblichkeit! Wie habe ich das geschafft?« Dabei nahm er nicht den Kopf von ihrer überaus weichen Brust.

Trude gluckste und tätschelte ihn. »Du warst mit Brunolf schon halb aus dem Tor, als Rämna mich geholt hat. Ihr wolltet auf die Sauhatz, habt ihr gesagt, aber stehen konntet ihr nicht mehr gut.«

Havenar spähte zu Rämnas Lager, wo er tatsächlich Brunolfs dunklen Schopf an deren Seite sah. »Armer Brunolf«, murmelte er, als er den Kopf wieder sinken ließ. »Erst wird er's von mir kriegen, dann von Swanhild.«

»Nicht, dass noch viel passiert wäre«, kicherte Trude.

»Ah. Tut dir das leid?«, sagte er, ließ seine Hand verspielt über das weite, nachgiebige Feld ihrer tuchbedeckten Bauchfalten wandern und stellte fest, dass sie einen großen Reiz auf ihn ausübten.

Sie wurde still, dann holte sie tief Luft. »Es ist mir nicht so wichtig, das mit euch Männern. Aber in letzter Zeit … Als du Dirdra mit dem Kleinen wiedergebracht hast und … Sie ist wieder froh. Wer hätte das gedacht?«

»Sie will keine Kinder mehr«, sagte Havenar leise.

»Ach? Wirklich? Na ja, das wundert mich nicht. Ich dachte schon nach Rolleif, dass ich keines mehr will. Aber jetzt, das ist, was ich sagen wollte … Huch!«

Havenar hob den Kopf und sah, wie glühend rot ihr Gesicht geworden war. Er grinste, und in der Folge stellte er selbstzufrieden fest, dass er mittlerweile genug über Frauen gelernt hatte, um die Sache mit den Männern für Trude interessanter machen zu können. Den ganzen Tag mied sie – errötend wie eine junge Unschuld, doch strahlend – seinen Blick, und er wurde staunend gewahr, dass sie als einzige seiner Frauen nicht einen Tag älter geworden schien, seit er sie kannte.

Sein Schwurbruder Brunolf war verstört, als statt seines eigenen Sohns Rämnas Boje ihn weckte, und er konnte nicht mitlachen, als Havenar ihm einen guten Morgen bot, während Boje sich einen kleinen Morgentrunk an Rämnas Brust verschaffte.

»Thor und Odin, steht mir bei«, sagte er heiser. Dann wandte er sich der Frau neben ihm zu. »Rämna, ich gestehe gern, dass ich schon immer mal mit in dein Bett wollte, aber sag jetzt bitte, dass ich zu voll war, um … Vor allem sag es Swanhild.«

»Swanhild ist keine Gans«, sagte Rämna. »Die weiß doch, dass ihr bei mir nichts von dir verloren geht. Sie wird froh sein, dass ich dich letzte Nacht nicht zu ihr gebracht habe und sie schlafen konnte. Nebenbei: Dafür, dass du blau warst, warst du noch …«

Entsetzen zeichnete sich in Brunolfs Gesicht ab. »Sag das nicht vor ihm«, meinte er und zeigte auf Havenar, doch der lachte noch immer.

»Ich bin ganz ruhig. Wenn Swanhild dich rauswirft, dann darfst du hier unterschlüpfen. Sicher teilen die Jungen ein Bett mit dir«, meinte er.

Brunolf stöhnte und schlug sich die Hände vor das Gesicht. »Bitte«, sagte er, »bitte.«

»Also gut«, meinte Rämna, »wir sagen, du hättest bei den Hunden auf dem Boden geschlafen.«

Sven, Lodin, Kjartan und Rolleif kicherten, und Havenar lachte wieder. »Wissen's dreie, so weiß es die Welt. Aber ihr könnt es versuchen. Mal sehen, ob sie gnädiger ist, wenn du es erst mit Lügen versuchst.«

Brunolf kam mühsam auf die Beine und hielt sich mit der einen Hand den Kopf, während er sich mit der anderen umständlich ankleidete. »Ich sag's ihr besser gleich. Solange ich noch etwas betrunken bin.«

Nachdem er aus dem Haus war, sah Havenar Rämna so durchdringend an, dass auch sie lachen musste. Sie schüttelte den Kopf und blickte ihm in die Augen. »Er lag noch nicht richtig, da hat er schon geschnarcht.«

Havenar nickte. »Willst du ihn denn?« Sie zuckte mit den Schultern. »Ich würde dich nicht dafür kränken.«

Er fühlte einen Moment in sich hinein und zuckte dann ebenfalls mit den Schultern. »Tust du nicht. Nicht bei ihm.«

»Seine Swanhild sitzt ihm unter der Haut. Er muss schon sehr betrunken sein, damit er woanders als bei ihr landet.«

Havenar schnaubte belustigt. »Brunolf ist kein Lamm unter den Mägden, wenn wir in der Halle sitzen.«

Rämna lächelte. »Das ist doch etwas anderes. In der Halle, da müsst ihr alle Kerle mit Klöten wie Bullen sein.«

Nur für einen Wimpernschlag dachte Havenar über eine Entgegnung nach, dann gab er ihr innerlich Recht. Er beendete das Gespräch mit einem dumpfen Muhen, einem Kuss für ihren lachenden Mund und einem Kitzeln für Boje, der das für ihn längst unnötige Saugen aufgegeben hatte und sich gemütlich an die Brust seiner Mutter ankuschelte.

Auf einmal zog ihm ernüchternd durch den Sinn, wie es wäre, wenn Frygdis bei ihm lebte.

Er sehnte sich nach ihr, doch er konnte sie sich in seinem Haus nicht vorstellen. Seine Frauen waren eine eingeschworene Gemeinschaft. Wo sollte sie ihren Platz finden? Wie würden die Frauen es aufnehmen, wenn er Tag für Tag nur noch einer gehören wollte, die im Rang über ihnen stand? Wie würde Frygdis ihre Eifersucht im Zaum halten? Nun, da der Tag näher zu rücken schien, dass er Frygdis heimholen würde, trauerte er schon beinah der Schlichtheit nach, die ihr bisheriges Zusammensein gehabt hatte.

Vor dem Julfest lagen die Wettkämpfe. Eine Woche lang würden sich die Männer und Jungen messen. So sollten sie den Anreiz behalten zu üben und gleichzeitig eine Gelegenheit bekommen, ihre Spannung loszuwerden.

Havenar hatte an den Schwertkämpfen teilnehmen wollen, doch Erik und sein Vater hatten ihn ausgelacht. »Dir Gegner auszulosen, ist sinnlos«, sagte Hademut. »Die meisten Männer haben zu viel Angst davor, dass du rot siehst, wenn sie dich wütend machen.«

»Ich werde in einem Übungskampf nicht wütend, und das wissen sie.«

»Übungskampf ist etwas anderes als Wettkampf. Und ich bin nicht sicher, ob du selbst so genau weißt, wann du wütend wirst.«

»Du unterstellst mir, dass ich mich nicht beherrschen kann. Das macht mich durchaus wütend.«

»Verwende einen Gedanken darauf, dass ich war wie du, als ich jünger war. Ebenso stolz, mich in der Gewalt zu haben. Aber da ist etwas von den Berserkern in uns, Havenar, und das soll man nicht zum Spaß hervorlocken. Es ist in dir stark geworden in den letzten Jahren. Ein Übungskampf ist dir gleich, du genießt höchstens dein Geschick. Einen Wettkampf willst du gewinnen. Begnüge dich mit den Zielwettkämpfen und richte mit mir bei den anderen. Niemand wird das falsch auffassen.«

»Den Leuten zuliebe beuge ich mich deinem Vorschlag, aber

ich gebe dir nicht Recht. Meine Güte, es ist nur ein Spiel. Ich habe mich in der Gewalt. Besser als viele andere hier.«

Erik nickte freundlich. »Im Gegensatz zu deinem Vater stimme ich dir zu. Allerdings muss ich dich daran erinnern, dass nicht viele andere mit einem einzigen unbeherrschten Hieb einen Mann längsteilen können.«

Havenar sah ihn mit zusammengekniffenen Brauen an. »Habe ich das je getan?«, fragte er und ärgerte sich über die leichte Unsicherheit in seiner Stimme.

Erik wechselte einen raschen Blick mit Hademut und drückte Havenar dann beschwichtigend den Arm. »Das hast du wohl vergessen. Niemand erzählt gern die Geschichten von dem Überfall, wenn du dabei bist.«

Havenar schluckte. »Ihr zieht mich auf.« Doch Erik und sein Vater schüttelten bedächtig die Köpfe. Er holte tief Luft. »Wenn es so ist, dann hat vielleicht auch Jostein genug Angst vor mir und schießt daneben, wenn ich mich in seine Nähe stelle. Das werde ich versuchen. Womit soll ich die Jungen sonst beeindrucken?«

Erik lächelte. »Sie werden begeistert sein, wenn du einmal verlierst, während sie gewinnen. Arwed wird jedenfalls das Schießen der Jüngsten gewinnen und Bjarne das Laufen der Mittleren. Außerdem hat er sich in den Kopf gesetzt, seine beiden Schwertkämpfe zu gewinnen aber in seiner Gruppe ist er der Jüngste. Das Geschick hätte er zwar, aber er wird nicht so lang durchhalten können wie die anderen.«

Havenar verabschiedete sich von den beiden älteren Männern, um mit eigenen Augen zu sehen, wie seine Söhne sich bei den Übungen machten.

Bjarne arbeitete mit einem Bauernsohn, der zehn Jahre älter war als er, an seiner schildlosen Verteidigung mit dem Schwert. Havenar sah sofort, dass etwas nicht in Ordnung war. Bjarne reagierte unbeholfen auf die Angriffe seines Gegners, den Erik vermutlich mit dieser einfachen Lehrtätigkeit beauftragt hatte. Der junge Mann ließ das Schwert sinken und bremste ihn mit der erhobenen Hand. »Was ist denn, Junge?«

»Nichts«, sagte Bjarne. »Ich war nicht bei der Sache. Versuch's noch mal mit mir.«

»Sicher?«

Bjarne nickte, und sein Gegenüber hob das stumpfe Schwert. Havenar erkannte aus der Entfernung des Platzrandes, auf welche todbringende Stelle Bjarnes Gegner zielen würde. Bjarne hob sein Schwert viel zu langsam für die Abwehr. »Tot«, sagte der junge Mann, als er Bjarne mit abgemildertem Schwung traf. Havenar schauderte, eine unheimliche Furcht überlief ihn.

Bjarne sah kopfschüttelnd und mit hängenden Schultern zu Boden. »Bjarne!«, rief Havenar ihn an, woraufhin sein Sohn sich zu ihm umwandte und schamrot wurde. Havenar grüßte dankend den jungen Lehrer und winkte dann den Jungen zu sich, der mit verkniffenen Lippen bei ihm ankam.

Die winterkahle Birkengruppe hinter Havenar schien Bjarnes ganze Aufmerksamkeit zu fesseln, mit verschlossenem Gesicht starrte er deren Zweige an. Für einen Moment schwieg Havenar und musterte die verkrampft verschränkten Arme seines Sohnes. »Weißt du was?«, meinte er dann. »Ich werde tatsächlich gegen Jostein verlieren. Ich habe geübt, aber er ist so verdammt gut.«

Bjarnes Blick wanderte langsam zu Havenar, und in seine Mundwinkel hängte sich ein kleines, spöttisches Lächeln, das seinen Vater an Ragnhild denken ließ oder vielleicht doch an Maralde, er konnte sich nicht so genau erinnern.

»Glaubst du, ich habe Angst vor dem Wettkampf?«, fragte Bjarne.

Havenar räusperte sich. »War nur so ein Gedanke. Wahr ist es aber. Jostein hat höchstens vier Fehlschüsse auf hundert. Ich habe mindestens fünf.«

»Arwed hat auch vier auf hundert auf seine Entfernung. Ich habe etwa sechs bei den Älteren. Aber das macht mir nichts. Ich werde dauernd besser, und Brede ist schlechter als ich, obwohl er älter ist.«

»Wenn du so gelassen bist, dann hat das, was ich gerade gesehen habe, wohl nichts damit zu tun. Fast hatte ich den Eindruck, du benutzt ein Schwert, das zu schwer für dich ist. Kann das sein?«

Bjarne schüttelte stumm den Kopf, die Lippen wieder verkniffen. Entlang des Übungsplatzes kamen die Jungen herangetrödelt, die noch zu jung für den Wettkampf waren. Kjartan, Rolleif, Klein Erik, Sven und Lodin, dabei auch Framhilds und Brunolfs Älteste und eine Handvoll weiterer Jungen.

»Du könntest mir gerade noch schnell sagen, was dahintersteckt, ehe die Kleinen dir dabei zusehen, wie du das traurige Lied wiederholst«, sagte Havenar.

Bjarne zuckte mit den Schultern. »Mir egal. Schon in Ordnung.« Er lächelte Havenar schwach zu, drehte sich um und ging zu seinem Übungspartner zurück.

Die Tatsache, dass die Kleineren sich nicht über Bjarne lustig machten, als der wieder keine Verteidigung zustande brachte, machte Havenar stutzig, und kurz bevor Klein Erik ihn anstieß, hatte er endlich begriffen: Sein Sohn hatte jetzt das Schwert in der Linken.

»Bjarne ist gestern auf seine Hand gefallen«, teilte Rikes Sechsjähriger ihm mit. »Er hat gesagt, er verdrischt uns, wenn wir's verraten, aber so ist es doch blöd. Wozu soll denn das gut sein, dass er so beim Wettkampf mitmacht? Das ist nicht gerecht. Er ist sonst besser.«

»Mann, Erik, spinnst du, dass du das ausplapperst?«, meinte Kjartan und gab seinem kleinen Bruder einen schwachen Stoß.

»Nee«, erwiderte Klein Erik. »Soll er mich doch verdreschen. Es ist nicht gerecht.«

»Ganz schön wild sah das aus, wie er da mit Brede vom Pferd gefallen ist«, meinte Lodin begeistert.

»Bjarne!«, befahl Havenar, als Bjarne in dem Moment zum vierten Mal einen formal tödlichen Hieb erhielt. Der Junge ließ den Kopf hängen und kam wieder heran. Selten hatte Havenar jemand so leidgetan. Er griff seinen Ältesten bei der Schulter und schob ihn Richtung Jarlshaus. »Deine Linke kann dich genauso wenig retten wie meine mich, nicht wahr? Ist einfach kein Ersatz.«

»Ich bin in Ordnung, ehrlich. Es ist ein schlechter Tag heute, mehr nicht«, protestierte Bjarne.

»Du wirst noch oft beweisen müssen, dass du die Zähne zusammenbeißen kannst. Aber für einen Wettkampf lasse ich dich nicht deine Knochen zerreiben.«

»Vater!«

»Nein. Wir gehen zu eurer Großmutter und zeigen ihr deine Hand.«

»Das ist albern.«

»Nenn bloß nicht albern, was ich anordne.«

»Aber morgen ist es wieder heil.«

»Das wirst du nicht allein beurteilen.«

»Die anderen lachen sich tot.«

»Schieb es auf mich. Darfst auch auf mich schimpfen.«

»Oh, Mann. Wenn du gerade nicht hier wärst, hätte das gar keiner gemerkt. Sie sagen alle, dass du und Großvater uns weichhätschelt, wusstest du das?«

Havenar blieb stehen und drehte ihn zu sich. »Wie bereits gesagt, erwarte ich, dass du das Gegenteil beweisen wirst. Aber außerdem erwarte ich, dass du Verstand zeigst. Verschlimmerst du deine Verletzung leichtfertig, kann es dich am Ende viele Stunden Übung mehr kosten als auf diese Art.«

»Es ist gar nicht wirklich eine Verletzung.«

Havenar stieß unwillig die Luft aus. Bjarne hielt ihm die Hand vor die Augen. »Man sieht nichts, guck doch. Wärst du damit zu deiner Großmutter gelaufen?«

»Natürlich nicht«, gab Havenar zurück. »Ich hätte mich durchgekämpft und mit einer monatelang schmerzenden Hand bezahlt. Tyrs Zorn, Bjarne, du musst ja nicht in allem so blöd sein wie ich. Nimm doch einfach an, ich hätte die größten Blödheiten schon für dich erledigt. Lass dir von mir einen Rat geben.«

»Wahrscheinlich hast du den größten Ruhm auch schon für mich erledigt. Werde ich überhaupt etwas selbst machen dürfen, bevor ich alt genug bin zu erben? Du und deine Brüder, ihr wart noch viel jünger, da wart ihr schon nicht mehr immer hier. Uns lässt du nicht mal allein für eine Woche nach Brarup.«

Havenar machte eine Geste, die entschieden auf Beendigung des Gesprächs bestand. »In einem Jahr sprechen wir darüber, wie lange du und Arwed noch hierbleiben.«

»So machst du es immer.« Bjarne traf Havenars Blick nun ganz direkt. Und der hatte das Gefühl, seinem jungen Selbst in die Augen zu sehen. »Ich weiß ja, warum du so bist«, sagte sein Sohn. »Aber manchmal ist es ein bisschen zu viel, dass ständig jemand auf uns aufpasst. Wir sind doch nicht blöder als die Bauernjungs, und auf die achtet keiner.«

Havenar seufzte. »Schön, dass ich es endlich geschafft habe, dich davon zu überzeugen, dass ihr mir nicht gleichgültig seid. Also gut, hör zu: Ich habe mir überlegt, Arwed und dich nächstes Jahr zu Hunold zu schicken. Danach sehen wir weiter. Kannst du dich damit zufriedengeben und meine Aufsicht noch so lange ertragen?«

Wieder wurde Bjarne rot. Verlegen nickte er, sah auf seine Zehenspitzen, dann wieder auf zu Havenar. »Und die Wettkämpfe?«

»Zum Laufen brauchst du deine Hand nicht, oder?«

Der Junge legte die Stirn in Falten. »Aber da gewinne ich sowieso. Das sieht doch dann aus, als ob ich … na, du weißt schon. Als ob ich vor dem kneife, wo ich nicht der Beste bin.«

»Hm«, sagte Havenar.

»Dann lieber gar nicht«, stellte Bjarne fest und sah voll Trauer wieder zu Boden.

Havenar legte ihm einen Arm um die Schultern und schob ihn weiter zum Jarlshaus. »Es sind nicht die letzten Wettkämpfe. Und ganz ehrlich, es ist saukalt, findest du nicht? Im Frühling macht es mehr Spaß.«

Sie fuhren beide herum, als vom Übungsplatz ein grauenhafter Schmerzensschrei zu ihnen herüberdrang.

»Geh schon vor zu Ragnhild«, sagte Havenar und kehrte selbst um. Ein Schwarm Krähen zog über ihn hinweg und überdeckte mit seinem Gekrächz fast die gellenden Schmerzenslaute des

Unglücklichen. Havenar sah zu den dunklen Vögeln auf und bemerkte, wie schwarz die Wolken waren, die vom Inland herantrieben.

Der Verletzte auf dem Übungsplatz gehörte zu den Männern, die von Jarl Guttorm abgefallen waren. Ein ungehemmter Hieb seines Übungsgegners hatte ihm den Arm gebrochen. Das bedeutete mehr Arbeit für Ragnhild. Havenar war froh, dass sie mit Bjarne schon fertig sein würde, wenn er mit dem Mann zu ihr kam. Man würde den Verletzten gut festhalten müssen und hoffen, dass er sich nicht stummschrie, wenn der geknickte Knochen gerichtet wurde. Er selbst hatte noch nie im Schmerz geschrien, doch die meisten taten es.

Nur einen Blick warf Havenar noch zum Himmel, bevor er den vor Schmerz zitternden Mann ins Jarlshaus brachte. Es war ein nachtfinsteres Unwetter, das sich ihnen näherte.

Die Wettkämpfe wurden von den geweihten Nächten des Julfestes abgelöst. Inmitten garstiger Unwetter voll Schnee und Hagel brauste die Wilde Jagd über Gammelby, und die vom Fest verkaterten Menschen zogen die Köpfe ein.

Bald begannen die Wände von Havenars Haus zu wackeln. Nicht von den Stürmen, die durch die Siedlung wüteten, sondern von der aufgestauten Kraft seiner elf Söhne, ihrer sechs Vettern und zwei kleinen Basen. Nur Erik, Havenar und Rämna konnten laut und bedrohlich genug brüllen, um gelegentlich einen Moment Ruhe in ihr Heim zu bringen.

Das waren die Tage, an denen Havenar endgültig beschloss, ein zweites Haus zu bauen. Ein Haus für Frygdis, Thorwald, Auda und die Mädchen. Dicht neben Brunolfs und Guntrams Haus war gerade noch genug Platz innerhalb des Zaunes.

Das Vergnügen an diesem gefassten Entschluss ließ ihn nun ungeduldig auf den Tag warten, an dem das Wetter ihm die Reise zur Förde erlauben würde. Gleich nachdem er sein neues Kind von Frygdis begrüßt hätte, würde er nach Gammelby zurückkehren und das Haus bauen. Er würde Frygdis nichts davon erzählen, doch wenn es fertig war, würde er dem Versteckspiel ein Ende machen und sie holen. Er würde nicht mehr von ihrer Seite weichen und dafür sorgen, dass kein Fremder ihr oder den Kindern zu nahe kam. Er würde nur noch dafür leben: schützen, was sein war.

Noch während die Stürme zum Julfest tobten, gebar Eanna einen Jungen, den Vitgeir als seinen Sohn anerkannte. Kurz bevor Havenar mit seinem Bündel in die Kälte wanderte, schenkte Gunda seinem Halbbruder einen zweiten Sohn, seinen rechtmäßigen Erben. Vitgeir war noch betrunken, als Havenar Gammelby verließ.

Es war einige Tage kein neuer Schnee gefallen, und die Reste des alten lagen als großzügig verstreute Flicken auf der braunschwarzen Erddecke entlang des Weges. Diesmal war Havenar vor Sonnenaufgang aufgebrochen und lief beinah ohne Rast, bis er nach Sonnenuntergang an die Förde kam. Er ließ den Raben los, steckte eine Fackel ans Ufer und wartete mit klopfendem Herzen. Nach einer Weile bewies ihm ein Lichtpunkt am Gegenufer, dass seine Nachricht angekommen war, und wenig später umarmte er Frygdis den Umständen entsprechend – von hinten.

Das Kind ließ danach nicht mehr lange auf sich warten. Helche wurde in den Morgenstunden eines Tages geboren, an dem die Sonne aus wolkenlosem Himmel und durch stille Luft eine frische Schneedecke zum Leuchten brachte. An den Dachvorsprüngen hingen Eiszapfen, die funkelnd das Licht fingen und mit dem glänzenden und glitzernden Schnee wetteiferten, um den Tag zu einem Juwel zu machen.

Die Kinder und Thorwald verschliefen die Geburt im brüllend warm geheizten Haus, doch Havenar hielt Frygdis im Arm, während sie auf Leder biss und presste, und erlebte zum zweiten Mal die Ankunft einer Tochter. Helche hatte einen leichten Lebensanfang, ihre Geburt verlief schnell, und Frygdis fand sie einfach im Vergleich zu denen vorher. Auch schreien musste die Kleine nicht lange, denn Havenar entrüstete sich über diese Art, die Lungen einzuweihen, und forderte das Kind sofort von Auda in seine tröstenden Hände. Weit offene, große Augen hatte sie und suchte nach der Mutterbrust, kaum dass sie den Schreck überwunden hatte, in der Welt gelandet zu sein.

Die hilflose, doch bestimmte Forderung des süßen Mundes seiner winzigen Tochter wickelte Havenar ebenso ein wie Jahre zuvor bei Anselma. Diesmal allerdings fühlte er sich mit dem Säuglingsköpfchen an seiner Schulter weit länger wohl, denn von Frygdis und Auda kam ihm nur Wohlwollen entgegen. Keine von beiden fand es seltsam, dass seine Männerhände auch dafür taugten, einem Neugeborenen Wärme zu geben, und niemand hätte hier seinen Spott damit getrieben. Er kannte keinen Mann, der sein Kind schon so früh für mehr in Händen gehalten hatte als für den kurzen Akt des Anerkennens, und er war dankbar für diese Gunst.

Frygdis schwieg und sah ihm zu. Sie war noch nicht schläfrig, das würde später kommen. Die Natur gab Müttern großzügig einen Aufschub, bevor sie den Preis für die Anstrengung des Gebärens zahlen mussten. Zeit, das Glück zu genießen im besten Fall, und dies war der beste Fall. Mehr Liebe, als sie für Kind und Mann fühlte, konnte unmöglich jemand fühlen.

Havenar hörte auf, mit dem Finger Helches Gesicht zu streicheln, und sah zu Frygdis. »Machen sie eigentlich immer so einen runden Mund, wenn man ihnen die Wange kitzelt?«

Frygdis lächelte, öffnete ihr Hemd und streckte verlangend die Hände aus. Sie bekam die Kleine, kitzelte ihre Wange und half ihrem runden Mund, die Brust zu finden. Helche wusste, was zu tun war, und holte sich die spärliche, doch gute Vormilch mit Lust. »Meine Töchter tun das jedenfalls«, sagte Frygdis zufrieden.

»Du auch, wenn ich es mir recht überlege«, sagte Havenar. »Du machst oft einen runden Mund, wenn ich dich kitzle. Unwiderstehlich.« Er kitzelte mit einem Finger Frygdis' Wange und küsste über das Kind hinweg zärtlich ihre lächelnden Lippen.

Auda stand versonnen da, mit einem Arm voll nasser, schmuddliger Tücher, und sah eine Weile von einem zum anderen. Dann ging sie zur Tür, wo der Eimer mit der Nachgeburt stand, und warf alles hinzu. Später würden sie sich einen segenbringenden Ort überlegen, wo sie die Nachgeburt vergraben konnten. Im Wassereimer daneben wusch sie sich die Hände und trocknete sie am Oberkleid, bevor sie noch einmal an Frygdis' Bett trat und über Havenars Schulter einen Blick auf Helche warf.

»Jede Frau würde das neidisch machen, euch so zu sehen«, sagte sie leise. »Und obwohl ich es von mir nie dachte, ein Mal wünsche ich mir das Gleiche. Leg doch bei Freya ein gutes Wort für mich ein, Havenar, dass sie mir Heil bringt und ich dem großen Schnarchsack da drüben wenigstens ein Kind schenken kann. Selbst wenn er sagt, es ist ihm nicht das Wichtigste, und selbst wenn es dann hier eng wird.«

Havenar grinste flüchtig. »Also, Auda – wirklich! Die guten Worte, die ich bei Freya einlege, führen gewöhnlich dazu, dass die Frauen Kinder von mir auf die Welt bringen und nicht von anderen Männern.«

»Du bist ihr Liebling«, meinte Auda, ebenfalls flüchtig lächelnd. Sie fühlte schon lange kein Misstrauen mehr gegen den Wikinger. »Vielleicht hört sie auch zu, wenn du auf andere Art bittest. Es ist ja nicht so, dass Thorwald und ich nichts dafür tun.«

Havenar sah sie einen Moment sinnend an, dann setzte er eine feierlich-ernste Miene auf. »Freyr und Freya«, sagte er, »schenkt dieser Frau und ihrem Gefährten Thorwald einen Sohn, der ein gesunder Baum wird wie sein Vater und dazu die geschickte Zunge seiner Mutter bekommt. Diesen Sohn will ich als Gefolgsmann für mich und meine Erben. Er wird einen unschätzbaren Wert für meine Sippe haben.«

Auda starrte ihn an, klappte den Mund auf, dann wieder zu. »Danke«, sagte sie schließlich mit unsicherer Stimme.

»Gern geschehen«, gab Havenar zurück und lächelte wieder, die Tatsache genießend, dass es ihm ein Mal gelungen war, Auda sprachlos zu machen.

Bald danach erwachten die Kinder. Sie durften ausgiebig ihre neue Schwester bewundern, doch als sie die Geduld verloren und anfingen zu lärmen, schickten die Erwachsenen sie nach draußen in den wunderbaren, leuchtenden Schnee.

»Komm mit«, sagte Hadwig zu Havenar. Ishild und Alrun griffen seine Hände. Er ging willig.

Das Wetter ließ noch keinen ernsthaften Gedanken an Bauen zu, als Havenar wieder nach Gammelby kam. Der Winter zog sich lange hin, so lange, dass die Bauern um die Ernte zu fürchten begannen. Umso wichtiger nahmen es die Jarle, die Ausfahrt ihrer Händler und Beutejäger zu planen. Lange wurde gewürfelt und geredet, wer fahren sollte und wohin. Schließlich beschlossen Hademut und Hunold, die bewährten Kaufleute von Haithabu zu Rate zu ziehen, und bereiteten einen Besuch in der Stadt vor. Sie sahen die Aufgabe als wichtig genug an, um selbst zu gehen, machten aber keinen Hehl daraus, dass es auch winterliche Langeweile war, die sie zu dem Ausflug trieb. Nicht nur Havenar schloss sich ihnen freudig an, sondern auch Brunolf und seine beiden Brüder Gudfast und Sigvid, ebenso wie die zur standesgemäßen Begleitung mindestens notwendigen vierzehn Männer.

Der Platz im Hafen von Haithabu war knapp, und kein Jarl mit Gefolge konnte dort landen, ohne jedem Anlegereigner aufzufallen. Zwei von den großen Kaufherren kamen den Ankömmlingen persönlich entgegen, zwei weitere schickten ihre Boten, um sich als Gastgeber anzubieten. Frygdis' Vater Rodegang war nicht darunter, was niemanden wunderte. Gut gelaunt trennte man sich in zwei Gruppen, um erst die einen und dann die anderen zu besuchen.

Havenar und Brunolf begleiteten Hademut. Es war Brunolf, der wie zuvor die Handelsreise anführen sollte, und ein beträchtlicher Teil von Havenars beweglichem Vermögen ging mit auf diese Reise. Entsprechend widmeten sie der Unterhaltung mit den erfahrenen Händlern viel Zeit.

Es dunkelte, als sie in dem vereinbarten Wirtshaus wieder mit Hunolds Gruppe zusammentrafen. Havenar hatte trotzdem noch nicht die Ruhe, mit den anderen sitzen zu bleiben. »Ich sehe mich noch um«, wollte er sich flink verabschieden, aber Brunolf schien auch keine Ruhe zu haben. Im Nu hatte er seinen Mantel wieder übergeworfen. »Ich gehe mit.«

Es gelang Havenar, seinen Unmut nicht zu deutlich zu zeigen. »Ah. Willst du wirklich? Ich suche etwas Bestimmtes, weißt du.«

Hunold lachte und schlug seinem Schwager Hademut auf die Schulter. »Dein Sohn hat lange keine neue Frau angeschafft, was, Hademut? Aber zu dieser Jahreszeit hat der Markt wenig Frisches zu bieten, Junge. Besser, du wartest bis zum Herbst.«

Havenar lächelte matt. »Das wird dich wundern, Onkel, aber ich habe alle Frauen, die ich brauche.«

»Was für ein Sinneswandel! Das wird dem Mädel leidtun, das eben die hübsche Nase zur Hintertür hereingesteckt hat. Die schien sich schon darauf zu freuen, dass du ihr Abendgeschäft wirst. Wer weiß, sie ließe sich vielleicht sogar mitnehmen?«

»Gib du ihr was zu verdienen. Ein paar blonde Haare hast du doch noch. Wirst ihr schon gefallen.«

Hunold lachte schallend. »Es ist nicht mein Kopfhaar, welches ihr das Vergnügen schafft. Womit sie zu tun haben wird, das hat noch kein graues Härchen.«

»Nein?«, fragte Hademut mit gerunzelter Stirn. »Lass sehen, Alter.«

Worauf beide in wollüstiges Lachen ausbrachen und sich zur Hintertür umdrehten, wo die Huren auf ihre Einladung warteten.

Havenar und Brunolf nutzten die Gelegenheit, um aus der Vordertür zu schlüpfen.

»Genau deshalb wollte ich mit«, murmelte Brunolf, als sie die Tür hinter sich schlossen. »Wenn es eins gibt, worauf ich heute Abend keine Lust habe …«

Havenars Mundwinkel zuckte. »Hat Swanhild dir gedroht?«

»Ja. Nach all der Zeit hat sie neulich gesagt, ich solle tun, was ich will, nur erzählen soll ich es ihr nicht mehr. Es würde sie krank machen.«

Erstaunt sah Havenar ihn an. »Du verzichtest, um sie nicht zu kränken? Ich meine ... sie hat nur gesagt, du sollst es ihr nicht erzählen.«

Brunolf zuckte mit den Schultern. »Zum einen habe ich mich daran gewöhnt, ihr alles zu erzählen, zum anderen hat sie noch etwas mehr darüber gesagt.«

»So? Nun bin ich gespannt.«

»Geht dich aber nichts an.«

»Komm schon. Sonst hetze ich alle Huren von Gammelby auf dich.«

Brunolf lachte. »Ein Alptraum. Na ja. Sie sagte was Grausiges. Sie würde mich nie verlassen, meinte sie, aber wenn es so weiterginge, nähme sie sich bald einen anderen ins Bett, und ich solle mich dann nicht beschweren.«

Havenar pfiff leise und grinste. »Würde es dir helfen, wenn ich mich ihr beizeiten anbiete? Ich meine, unter Freunden und Brüdern ... Damit wäre doch allen geholfen.«

»Das ist ja erst die Hälfte der Geschichte. Ich glaube nicht, dass sie's tun würde, verstehst du, aber seitdem sie es gesagt hatte, verfolgt mich diese widerliche Vorstellung. Swanhild mit einem anderen ... Tut mir leid, da bist du keine Ausnahme. Ich könnte das nicht ertragen. Das habe ich ihr in den vergangenen beiden Wochen nachdrücklich klargemacht. Ich bin dermaßen satt, Haven, ich könnte einer Hure nur noch ins Gesicht gähnen.«

Sie verfehlten beinahe die richtige Gasse, weil Havenar so lachen musste. »Das hat sie vermutlich erreichen wollen.«

Brunolf lächelte verklärt. »Es war fast wie früher. Ganz am Anfang, ohne die Kinder. Ich meine ... nun mal ehrlich: Stört es dich nie, wenn du gerade dabei bist, genüsslich den Kopf zu verlieren, und dann steht plötzlich eins von den Kindern neben dir und klagt, weil es sich das Wams nassgepinkelt hat? Swanhild ist immer noch schön, und ich will eigentlich gar keine andere, aber in unserem Bett geht es zu selten nur um sie und mich.«

Havenar fand sich damit ab, dass Brunolf sehen würde, was er zu kaufen beabsichtigte, und schlenderte mit ihm von Goldschmied zu Goldschmied, bis er seine Wahl getroffen hatte. Es war eine Fibelkette, die einer Jarlsfrau würdig war. Die Kette und beide Fibeln waren aus schwerem Gold mit einzigartig fein gearbeiteten symmetrischen Knotenreliefs und Einlagen aus Granat und Perlmutt. Eine Münze mit Sonnenmuster war schon an der Kette zwischen den Fibeln befestigt. Havenar bat um zwei mehr, und der Goldschmied konnte damit dienen. Je eine für Ishild, Alrun und Helche. Für jedes Kind, das Frygdis ihm noch schenken würde, sollte eine Münze hinzukommen.

Die Kette hatte einen Preis, der Brunolf auch nach dem Feilschen noch zum Schlucken brachte, doch Havenar zahlte ihn ohne Bedauern.

»Du willst heiraten«, riet Brunolf, als sie wieder auf der Gasse standen. Havenar schüttelte lächelnd den Kopf.

»Aber du wirst diese Kette doch nicht einer von deinen Frauen schenken wollen? Dazu hast du immer zu gut gewusst, wie du Neid und Eifersucht vermeidest. Oder willst du sie Ragnhild schenken? Und warum mussten noch zwei Münzen dazu? Sie war schon eindrucksvoll genug.«

»Hätte ich gewusst, dass du so viel fragst, hätte ich dich den Huren überlassen. Vergiss die Kette. Eines Tages wirst du sie an einer Frau wiedersehen, die drei Kinder von mir hat und die für mich über allen steht.«

»Keine, die ich kenne? Du bleibst ein Verrückter, was Frauen angeht.« Brunolfs Neugier hielt noch eine Weile an, doch Havenar gab nichts weiter preis.

Bevor sie das Wirtshaus wieder erreichten, war es so dunkel, dass sie bereuten, kein Licht mitgenommen zu haben. Als sie ankamen, spähte der junge Wachmann ihnen betrübt ins Innere des Hauses nach, von wo der Lärm gut gelaunter Männer drang. Brunolf zwinkerte Havenar zu und zog sich unbemerkt in eine schattige Ecke zurück, doch Havenar hatte Durst und gesellte sich zu den fröhlichen Jarlen. Eine Stunde hielten sie alle noch durch, dann wurde es ruhiger, während ein Mann nach dem anderen sich einen Platz zum Schlafen suchte und sich, in Mantel und Decke gewickelt, dem Chor der Schnarchenden anschloss.

Nur die Wachablösung saß schließlich noch auf und wappnete sich mit einem letzten Becher gegen die Stunden in der Kälte.

Havenar lag wach und dachte mit Wehmut an die Handelsreise, die er nicht anführen würde. Man war übereingekommen, dass es wieder durch die Nordsee in den Süden gehen sollte, dahin, wo er mit seinem Onkel Orm gefahren war. Unendlich lang kam ihm die Zeit vor, die seither vergangen war. Fünf Jahre. Langsam drifteten seine Gedanken zurück zu den Gründen, warum er nicht selbst fuhr. Schnell waren sie bei Frygdis, und er begann sich glücklich auszuspinnen, auf welche Art er sie nach Gammelby bringen würde. Es sollte ein prächtiges Auftreten werden, das vom ersten Moment an keine Zweifel daran ließ, dass sie die zukünftige Herrin war.

Er schlief noch immer nicht, als die Wachen aufstanden, der eine hustend, der andere seufzend. Dann gingen sie zu ihren Vorgängern vor die Tür. Havenar träumte weiter, nun halb schlafend. Plötzlich stellten sich seine Haare auf, und er war mit einem Ruck wieder ganz wach. Er wusste nicht, was an seinem Instinkt rüttelte, aber sein Herz schlug härter, seine Sinne spannten sich, und seine Hand tastete unwillkürlich nach den Waffen. Etwas zu spät begriff er, dass es tatsächlich einen Grund für seine Ahnung gab: Die ausgewechselten Wachen waren nicht hereingekommen.

Er schnellte von der Bank hoch und mit zwei großen Schritten zu seinem Vater hinüber. »Hademut«, warnte er leise und griff ihn bei der Schulter. Sein Vater fuhr hoch, und in dem Augenblick schlüpften durch beide Türen vermummte Männer in die Schankstube.

Wütend schrien Vater und Sohn Alarm. Die Angreifer verharrten überrascht, sprangen aber vor, als die aus dem Schlaf Gerissenen verwirrt zu den Waffen griffen.

Übergangslos tobte ein erbitterter Kampf in dem finsteren Wirtshaus. Kreischende Frauen und der zeternde Wirt steigerten den Lärm und das Durcheinander. Die Beteiligten konnten kaum erkennen, wohin sie schlagen mussten.

Havenar fühlte mehr, als er sah, dass sein Vater in Bedrängnis war. »Vater?«

»Hier, verflucht. Nimm mir einen ab.«

Havenar flog, um ihm Schutz zu bieten, und geriet dadurch in ein Gerangel mit drei der Vermummten. Er brüllte auf, außer sich vor Zorn, erstach einen der drei und verletzte einen zweiten, der sich im Fallen an seinem Gürtelsack festhielt und ihn mit auf die Knie zog. »Havenar!«, schrie Brunolf warnend, doch da fuhr ihm schon der Schmerz durch den Arm. Er fühlte, wie ihm Wut und Blutgier die letzte Sicht nahmen, und machte sich mit einem gewaltigen Hieb los, da hatte jemand den guten Einfall, das Feuer wieder zum Lodern zu bringen. Die Angreifer rissen ihre Gefallenen an sich und flüchteten noch weit schneller durch die Türen, als sie gekommen waren.

Havenar, Hademut und Brunolfs Bruder Sigvid waren schon ihnen nach aus der Tür gestürzt, als Gudfast, der älteste der Brüder, sie zurückrief. Hademut musste grob Havenars Arm greifen, um ihn aufzuhalten, was außer ihm in diesem Moment niemand vollbracht hätte. Sigvid aber rannte weiter und verschwand um die nächste Ecke.

»Aus, Havenar«, befahl Hademut mit einem zynischen Lächeln, doch dann sah er das Blut auf seiner Hand, die Havenars verletzten Arm hielt, und das Lächeln war weggewischt. »Du hast was eingesteckt.«

Havenars Atem beruhigte sich, und sein Blick wurde wieder klar. »Ich bin nicht der Einzige. Verfluchte Mistköter. Es war so dunkel, dass man jeden treffen konnte. Jemand muss Sigvid nach.«

Sie gingen rasch ins Haus zurück. Brunolf und Gudfast standen schweigend an der Bank bei einem Toten. Es war Jarl Hunold, ihr Vater.

Mit gesenkten Köpfen hielten sich die übrig gebliebenen sieben Gefolgsleute in respektvollem Abstand. Zwei von ihnen waren dabei, einen Schwerverletzten ebenfalls auf die Bank zu legen. Der Wirt lehnte mit starren Augen an der Wand und hielt sich mit beiden Händen den Kopf.

Havenar blickte auf seinen Vater, der regungslos neben ihm stand. »Nun ist es genug«, flüsterte Hademut schließlich und sprach dann laut weiter. »Wer das war, den wird unsere Rache finden.«

»Brunolf«, sagte Havenar scharf und wandte sich wieder zur Tür. »Sigvid ist ihnen nach.«

Brunolf riss den Blick von seinem toten Vater, schnappte dessen Axt vom Boden und war mit einem Satz an Havenars Seite.

»Havenar!«, versuchte Hademut ihn zu bremsen, doch die beiden rannten schon und weigerten sich zu hören. Sie rannten, als wollten sie gegeneinander gewinnen, dumpf donnerten ihre Schritte über die Holzbohlen. Um die Ecke, wo Sigvid verschwunden war; an der nächsten Abzweigung trennten sie sich, und jeder lief für sich die nachtleeren Wege der Stadt entlang, suchend, witternd.

Beide hörten Geschrei und folgten der Richtung, um sich an einer Kreuzung dicht beim Hafen wiederzubegegnen. Wortlos liefen sie Seite an Seite dem Lärm nach, ihre Äxte in den Händen. Schließlich fanden sie Sigvid mit dem Rücken zu einer Hauswand gegen vier. Sie sprangen vom Steg in den Morast zu den Kämpfenden und schlugen zwei der Vermummten nieder, doch aus dem Nichts erschienen fünf neue. Havenar spürte zu seiner Wut und Verzweiflung, dass sein verletzter Arm ihm nicht diente wie sonst. Sigvid schien ebenfalls schwach, nur Brunolf wuchs über sich hinaus und hielt sich wacker gegen drei.

»Narren. Gegen ihn«, schrie einer der Vermummten und wies auf Havenar, dessen Herz sich daraufhin überschlug.

Seine Axt flog in seine linke Hand, die rechte zog das Schwert. Nur Geschwindigkeit konnte ihm noch einen Vorteil verschaffen. Sein Kriegsgeheul kam ausnahmsweise aus der Wut echter Bedrängnis, während er die Axt einen Kreis beschreiben ließ, der alle fünf Angreifer lang genug von seinem Schwert ablenkte, das seinen Flug in der Kehle des einen beschloss. Er zog mit der frei gewordenen Hand den Dolch, doch da sprangen sie vor, und das Handgemenge erlaubte ihm keinen Schwung mehr für die Axt. Selbst als Brunolf hinzukam und einen weiteren auf sich zog, konnte Havenar sich nicht befreien. Sein Dolch brachte einen zum Aufschreien, doch nicht zum Fallen, und er fühlte sich schwächer werden.

»Lebend«, zischte der von ihm Verletzte, und sechs Hände bissen in seine Arme, wollten ihn vorwärtsstoßen. Er setzte sein Gewicht dagegen, und sie fluchten. Sigvid sprang dazu und stieß einen weiteren mit dem Dolch nieder. »Hademut«, hörte Havenar Brunolf brüllen. Die letzten beiden ließen ihn los, Brunolfs Gegner entkam ihm, und die drei Vermummten rannten wieder in die Nacht.

Havenar fiel keuchend auf die Knie, stützte sich auf die Arme und zuckte aus Schmerz davor zurück.

Sein Vater fasste ihm an die Schulter. »Was ist?«

»Lasst sie nicht laufen, verdammt! Diese sind alle tot«, stieß Havenar hervor.

»Immerhin haben wir nun Tote, Junge. Das wird uns schon weiterhelfen. Das Wichtigste ist jetzt, Hunold heimzubringen.« Er half Havenar auf die Beine. »Und dich, wie es aussieht. Du hast uns eine feine Spur gelegt mit deinem Saft. Blutet es noch?«

Sie betrachteten beide die fransige Wunde, die sich über die Vorderseite von Havenars rechter Schulter und den Oberarm zog. »Hört schon auf«, sagte Havenar. »Aber ich merke, dass mir etwas fehlt. Also nach Hause.«

Hademut klopfte ihm sanft die linke Schulter. »Brav.«

Havenar warf ihm unter zusammengezogenen Brauen hervor einen finsteren Blick zu. »Wirst du mich demnächst auf Pfeifen abrichten?«

Hademuts Blick war weich, als er seinem Sohn in die Augen sah und leise den Kopf schüttelte. »Du kommst ja auch so, wenn ich dich brauche.«

Havenar lächelte, und nun war es an ihm, seinem Vater die Schulter zu klopfen.

16. Kapitel

Zehn Tage nach dem Überfall in Haithabu stießen Havenar, sein Vater, Ragnhild und Erik zu Hunolds bei Flintholm versammelter Sippe. Sie wollten gemeinsam mit den thingfähigen Freien des südlichen Angeln den alten Jarl auf seinem brennenden Drachen die letzte Reise des Diesseits antreten und den neuen Jarl bestimmt sehen. Die Wahl fiel wie erwartet einstimmig auf Gudfast, der nie Anlass gegeben hatte, an seiner Würdigkeit als Nachfolger des Vaters zu zweifeln.

Es fiel Havenar bleischwer, an jenem Tag die erforderliche Heiterkeit zu zeigen. Die Trauer um seinen Onkel, der, fast schon als Greis, den besten aller Tode gefunden hatte, drückte ihn weniger als die Gewissheit, dass die Garzeit für alle Rache abgelaufen war. Bald würde ein langes Blutvergießen einsetzen. Ausgerechnet dann musste diese Zeit kommen, wenn er sich zum ersten Mal in seinem Leben mit einer schlecht heilenden Wunde herumärgerte, ausgerechnet dann, wenn die Erfüllung seiner Träume so greifbar gewesen war. Nun war sie weit fort wie die Fibelkette, die ihm samt seinem Gürtelsack in Haithabu beim Kampf abhandengekommen war. Täglich hatte er seine linke Hand geübt, in Gammelby von Bjarne mitfühlend beobachtet, der seinetwegen das Gleiche tat, damit die missliche Sache wenigstens einen Nutzen haben sollte. Sie konnten es beide schlecht ertragen, dass sie ihre Linke nicht über das ungewohnt Mittelmäßige hinausbrachten, und verloren schnell die Geduld mit den Übungen.

Die Totenfeier und die Feier des neuen Jarls zogen sich über vier Tage hin. Tage, an denen die Feiernden vor allen Feinden sicher waren, die den gleichen Vorstellungen von Ehre anhingen.

Oft verdammte Havenar später die Reste von Gutgläubigkeit, die ihn darauf hatten bauen lassen, dass jede Boshaftigkeit ruhen würde, bis Toten- und Thingangelegenheiten geregelt waren.

Der junge Jarl Gudfast samt Sippe brach mit Hademut und den Seinen gemeinsam als Letzter auf. Die Bauern hatten schon vorher zurück auf ihre Felder gemusst, die meisten Frauen waren ohnehin daheim geblieben. Kurz nachdem sich die Wege der beiden Gruppen trennten, kaum dass sie sich aus der Sicht verloren hatten, kamen die Feinde von allen Seiten. Aus Hecken, Hügeltälern, Gehölzen brachen sie hervor, mit und ohne Pferd, doch erstrangig bewaffnet und vielfach in der Überzahl. Der Kampf war zu Ende, bevor er begonnen hatte, und niemand fiel. Nur zwei ließ der lächelnde Horich zu seinem Vergnügen noch weiterkämpfen, und das waren Olof Thorolfsson und Havenar.

Frygdis' ehemaliger Gatte hatte an Gewicht zugelegt. Das schwitzige, wutverzerrte Gesicht machte ihn für Havenar abstoßender denn je, doch seine eigene Wut wollte sich nicht einstellen. Es war zu sinnlos, diesen Kampf zu gewinnen. So tat er kaum mehr, als sich mit dem Schild in der Linken zu verteidigen, als wäre es ein Übungskampf, und wartete darauf, dass Horich Olof zurückpfiff, denn er wusste sicher, dass das geschehen würde.

Auch Olof schien bewusst zu sein, dass er nicht die Erlaubnis bekommen würde, Havenar zu töten. Dennoch betrieb er seine Angriffe ernsthafter als der.

Horich beobachtete den halbherzigen Kampf vom Pferd aus. Schließlich schnaubte er verächtlich. »Das langweilt mich. Ihr macht ein Späßchen daraus. Schluss damit, Olof.« Missmutig ließen beide Männer die Arme sinken und funkelten sich an. »Nimm ihm Schild und Schwert«, befahl Horich einem nahebei Stehenden. Widerwillig musste Havenar ihm innerlich dafür danken, dass er nicht Olof diesen Auftrag erteilt hatte.

Sekundenlang suchte er den Blick seines bereits entwaffneten Vaters, der sein Pferd neben dem von Ragnhild hielt und ihm ruhig zunickte. Ragnhilds Gesicht war ausdruckslos. »Nun bin ich gespannt, was du vorhast«, sagte Havenar zu Horich, während er sein Schwert abgab.

»Nun bin ich gespannt, wie viele von euch ich schlachten muss, um mein Recht zu bekommen«, gab Horich mit einem kalten Lächeln zurück.

»Du hast alles, was dir zusteht. Kannst uns also gleich wieder laufen lassen. Uns zu morden, gräbt deinem Ansehen die Grube, in die es gehört.«

Horich lachte über die Beleidigung hinweg. »Dieses Jahr widme ich dem Siegen. Das nächste dem Ansehen.«

»Du bist so oder so tot, Krähenhätschler«, sagte Olof halblaut zu Havenar.

Havenar hob die Brauen. »Nun, von mir erzählt man schon reichlich, Speckhand. Und ich habe Söhne. Für dich käme der Tod weit ungünstiger.«

Mit einem Aufbrüllen warf Olof sich wieder auf ihn. Der Mann, den Horich zum Entwaffnen geschickt hatte, sprang mit Havenars Schwert in der Hand erschrocken zurück. Havenar war auf einen Angriff gefasst, nur überraschte es ihn, dass Olof sich so weit vergaß, vor aller Augen mit dem Schwert auf ihn loszugehen, wo er seines gerade abgegeben hatte. Reflexhaft zog er seinen Dolch mit der Rechten und fing Olofs Schwert damit auf. Sein kranker Arm war dem Hieb nicht gewachsen und gab nach. Olofs Klinge glitt ab, traf seinen Oberschenkel und schnitt ihn tief auf.

»Olof!«, hörte er Horichs verärgerte Stimme, und Olof ließ von ihm ab. Havenar sah auf das Blut, das an seinem Bein herabrann, und versuchte die Schwere der Wunde zu schätzen. Für einen Augenblick wurde es dunkel vor seinen Augen, und es kam ihm vor, als hörte er nur noch, wie sogar das Blut aus seinem Kopf eilig nach unten zu dem klaffenden Schnitt rauschte. Welche Götter hatte er diesmal erzürnt, dass er aus den Ärgernissen nicht mehr herauskam? Er holte bewusst sorgsam Luft, warf seinen Dolch Horichs Mann vor die Füße und löste rasch seine Wickelgamasche, um sie um seinen Oberschenkel zu winden, die Wundränder miteinander zu verbinden und die Blutung einzudämmen. Ihm war nicht nach Scherzen zumute, doch er wusste, was er sich und den seinen schuldig war.

»Man scheint sehr neidisch auf meine gute Kleidung zu sein. Neulich ein Wams, heute eine gute Hose hinüber. Dabei würde ich euch ein paar Ellen anständigen Stoff schenken, wenn ihr mich fragtet.« Er hob den Kopf und sah Olof an. »Ich kann ja verstehen, dass du gerne mal nicht wie ein Bettler neben mir aussehen würdest, aber hiermit ist dir das nicht gelungen.«

»Nein«, stimmte Horich zu. »Der Angriff sah nach einem Bettler aus. Meine Art ist besser. Hast du erst ein paar Tage am Galgen gehangen, Havenar, wird dich keiner mehr von einem Bettler unterscheiden können. Dann kann Olof aufatmen. Und nun lass dich freundlichst binden, damit wir vorankommen.«

Wenig später stieß ein weiterer Teil von Horichs Heer zu ihnen und vereinte sie mit dem gefangenen Gudfast, Sigvid, Brunolf und deren Gefolge. Dann ritten sie nach Gammelby, wo Vitgeir ihnen vom Turm aus entgegensah.

Beim Anblick des Pfahlzaunes kämpften zwei widersprüchliche Wünsche in Havenars Brust. Wut und Trotz ließen ihn wünschen, dass Vitgeir Gammelby bis zum Letzten gegen Horich verteidigen würde, ungeachtet aller Verluste. Die Vernunft und die Sorge um seine Kinder und seine Leute stützten dagegen den Wunsch, dass sein Vater Vitgeir die kampflose Übergabe der Siedlung befehlen würde, denn die gewaltige Macht des feindlichen Heeres ließ nicht die kleinste Hoffnung auf einen Sieg. Übergab man Gammelby freiwillig, bestand noch Hoffnung, dass Frauen und Kinder die Sache überleben würden.

Für sich selbst hatte er wenig Hoffnung, fühlte sich aber zu betäubt, um darüber bereits zu verzweifeln. Wie die meisten anderen wäre er lieber im Kampf gestorben, doch sollte er nun kämpfen, die rechte Seite halb nutzlos, würde es ein kurzer, armseliger Kampf. Wenn Horich ihn hängte, gab es immerhin die kleine Genugtuung, dass er damit seine besseren Gefolgsleute entrüsten und ihre Achtung verspielen würde.

Seine Eltern ritten, als Einzige außer Gudfast ungebunden, vier Reihen weiter vorn neben Horich und schienen die Ruhe selbst. Jeder andere Gefangene ritt mit gebundenen Händen zwischen je zwei von Horichs Leuten. Abwesend ließ Havenar seinen Blick schweifen und durchforschte das Gefolge nach bekannten Gesichtern. Olof war vorn und zur Seite nicht zu sehen, und da Havenars Instinkt verlangte zu wissen, von wo er mit dessen nächstem Angriff zu rechnen hatte, drehte er sich im Sattel um. Weit hinten sah er ihn zwischen seinen beiden jüngeren Brüdern, doch auf dem Weg dahin blieb Havenars Blick an etwas hängen, das ihn fast aus der Haut fahren ließ. Nur einige Reihen hinter ihm ritt an der Seite von einem von Jarl Guttorms Männern ein Unbekannter, der einen ungewöhnlichen Mantel trug. Zwei Fibeln mit Kette hielten den Umhang, und an der Kette hingen drei Münzen.

Dass man ihm die Kette bei dem Überfall in der Stadt gestohlen hatte, ärgerte Havenar schon genug. Dass jemand es wagte, dieses Diebesgut in seiner Sichtweite zur Schau zu stellen, war eine Dreistigkeit, die er bestrafen würde – und wenn es das Letzte war, was er tat. Havenar musste nicht lange nach hinten starren, bis der Mann auf ihn aufmerksam wurde. Er schien verwundert über Havenars durchdringenden Blick, weder schuldbewusst noch triumphierend. Falls er nicht strohdumm war, gehörte er nicht zu den Tätern, schloss Havenar.

Hademuts und Hunolds Männer hatten nach den vier Toten herumgefragt, die nach dem Überfall in ihren Händen geblieben waren, und herausgebracht, dass drei davon herrenlose Söldner waren, deren Auftraggeber niemand kannte. Der vierte stammte aus einer Sippe, die bei Havenars Vetter Asmund lebte. Zum zweiten Mal war damit Asmund in Verdacht geraten, Mord gegen seine Verwandten zu verschulden. Diesmal, wusste Havenar, würde jeder bereit sein, es zu glauben, denn Asmund ritt in Horichs Heer.

Der Mann mit der Kette würde vielleicht mehr verraten. Ungeachtet seiner Bewachung riss Havenar sein Pferd zurück und brachte damit Verwirrung in die Reiterei um ihn herum, doch da er sich nur an die Seite des Unbekannten begab, richtete niemand eine Waffe gegen ihn.

Der Mann grüßte ihn mit unbefangener Neugier. Guttorms Mann daneben kniff die Lippen zusammen.

»Ich kenne dich nicht«, sagte Havenar zu dem Fremden. »Aber ich beneide dich um die Kette, die du trägst. Welcher Schmied hat die gemacht?«

»Ich weiß, wer du bist, Havenar, und mein Name ist Starkad Stagnisson. Diese Kette ist ein Geschenk von Horich selbst. Es macht mich stolz, dass sie ebenso prächtig ist wie das, was er Jarl Einar durch mich schicken lässt.«

Havenar nickte. »Einen edlen Geschmack hat er, wenn auch sonst wenig Edles. Wer hat ihm die Kette gebracht?«

»Gebracht? Davon weiß ich nichts.«

Havenar lächelte weiter. »Eigentlich habe ich nicht dich gefragt. Ich glaube, dein Bekannter hier weiß mehr darüber.«

Guttorms Mann wurde rot. »Meinst du mich?«

»Na sicher. Du weißt es doch, nicht wahr? Bist du es vielleicht selbst, der Horich die Kette gebracht hat? Falls ich noch ein paar Tage am Leben bleibe, wollen wir eine Unterhaltung über die Schmiedekunst führen, meinst du nicht?«

Krampfhaft sah der Mann in jede Richtung, nur nicht zu Havenar, während er sprach. »Ich war's nicht. Ich hätte mit dem Überfall nichts zu tun haben wollen. Horich selbst hat er nicht gefallen.«

»Wer war es?«

Nun sah der Mann Havenar an. »Du bist gefangen und stirbst vielleicht, bevor der Tag zu Ende ist. Was nützt es dir? Ich will meinen Kopf noch länger behalten.«

»Ich bin ein zähes Kraut. Wer weiß, was noch geschehen wird? Und wüsste ich die Namen, bei Tyr, du hättest ihre Besitzer bald nicht mehr zu fürchten.«

Der Mann schüttelte den Kopf und zuckte zusammen. »Da kommt Horich.«

»Wenn ich am Leben bleibe, werde ich dich finden. Dann musst du mich fürchten.«

»Wenn du am Leben bleibst, werde ich dir sagen, was ich weiß.«

Horichs Miene war grimmig, als er mehreren Männern auftrug, Havenar und die anderen Gefangenen nach vorne zu bringen. Acht Krieger mussten ihn mit Hademut, Ragnhild und Havenar bis in Vitgeirs Hörweite begleiten. Die restlichen Gefangenen ließ er in zweiter Reihe zurück.

»Tor auf!«, brüllte Horich zu Vitgeir hinauf, als sie die Pferde verhielten.

»Du bist nicht mein Jarl«, rief Vitgeir zurück.

Horich traf Hademuts Blick. »Nicht, dass ich etwas anderes erwartet habe. Immerhin musste ich es probieren. Sag ihm, er soll uns aufmachen. Ich möchte von dir bewirtet werden, nachdem du mir Gefolgschaft geschworen hast.«

Hademut lachte. »Dich allein will ich wohl bewirten, Horich. Dich allein. Aber bevor ich dir Gefolgschaft geschworen habe, sonst stirbst du an Hunger und Durst oder Altersschwäche, bevor es so weit ist.«

»Du hast noch nicht verstanden, dass dein Met und dein Bier durch meine Kehle fließen werden, ganz gleich, ob du vernünftig handelst oder nicht. Du kannst nur noch entscheiden, wie groß der Schaden für deine Sippe wird. Sag deinem Mann da oben, er soll mir dein jämmerliches Nest übergeben, sonst zerreiben wir alles zu Asche, samt derer, die nicht gut zu verkaufen sind.«

Für einen Augenblick geriet Hademuts Ruhe ins Wanken. »Geh zur Hel, Horich. Stirb einen dreckigen Tod, wie er zu dir passt.«

»Nun – probieren musste ich auch das.« Mit einer unerwartet schnellen Bewegung fuhr Horich herum, griff Havenar im Nacken und zog ihm seinen Dolch über die Wange. Havenar zuckte vor der Bewegung zurück, doch kein zweites Mal, als das Blut hervorsprang und der brennende Schmerz zu ihm drang. Nur Ragnhild atmete scharf ein. Reglos sah Havenar geradeaus an seiner Mutter vorbei, krampfte die gebundenen Hände in die Zügel und versuchte seinen kochenden Zorn in Schach zu halten, um nichts Unsinniges zu tun. Horich krallte seine Fingernägel mit brutalem Griff in seinen Nacken.

»Sag ihm, er soll aufmachen«, wiederholte er eisig. »Sonst ziehe ich deinem Erben hier die Haut in langen Streifen ab, während deine Gattin zusieht. Da im Gesicht fange ich an. Man singt bei weitem zu viel über ihn. Wenn die Leute ihm eine Weile dabei zugesehen haben, wie er sich jaulend windet, hat es damit ein Ende.«

Hademut suchte und fand Havenars Blick. »Da zittern wir, was, Sohn?«

Havenar sah, wie die Handknöchel seiner Mutter weiß wurden, während sie ebenfalls ihre Zügel umklammerte, doch sie blieb reglos und schwieg. Er verzog spöttisch den Mund. »Ach, wie wir zittern. Noch mehr aber würde ich zittern, wenn ich in seiner Haut steckte.« Er neigte den Kopf gegen den Widerstand von Horichs Hand in dessen Richtung. »Wenn er sein stinkendes Gerbermesser an mir abgenutzt hat vor den Augen meiner stolzen Mutter und vor diesem fest verschlossenen Tor, dann kann er seinen eigenen Stolz für immer einpacken. Man wird sich verkneifen, vor seine Füße zu spucken, wenn man ihm versehentlich begegnet. Es wäre die Spucke nicht wert.«

Sowohl Hademut als auch Havenar waren überrascht, als ihre gewagte Rechnung aufging. Horich lachte und nahm die Hand von Havenars Nacken. »Nun, zumindest habt ihr verstanden, wie haarig die Lage für mich ist. Ich werde heute über euch siegen. Etwas anderes kann ich mir nicht leisten.« Er trieb sein Pferd neben das von Hademut und sah ihm in die Augen. »Befiehl die Übergabe, und die Siedlung bleibt heil.«

»Tut er dir auch so leid, Havenar?«, fragte Hademut kalt.

»Furchtbar«, bestätigte Havenar.

»Wir lassen dich also herein, Horich«, sagte Hademut. »Wenn du schwörst, meine Leute und ebenso Gudfasts Leute nach dem gewohnten Recht zu behandeln.«

Horich wiegte in gespielter Nachdenklichkeit den Kopf hin und her. »Ihr vergesst beide, dass die Sache mit dem Hautabziehen mir bei aller Schande Freude bereiten würde. Was habt ihr mir nicht schon für Ärger gemacht!«

»Na, dann zu. Gönn dir das Vergnügen, wenn du doch lieber draußen bleiben willst«, sagte Havenar und traf Horichs Blick unverwandt.

Wieder lachte der König. Es war ein hohes, glattes Lachen, und es war Havenar zuwider. »Ich schwöre also«, sagte Horich. »Das, was du gesagt hast, Jarl Hademut.«

Hademut nickte und winkte Vitgeir. »Mach auf!«

In dem Moment, in dem sich das Tor öffnete, lernte Havenar, was es hieß, Angst zu haben, dass einem der Schweiß ausbrach. Nicht einen Wimpernschlag lang traute er einem schäbigen Wolf wie Horich. Er hatte vor Augen, wie Gammelby völlig vernichtet wurde, und die Götter wussten, dass Horich noch weit Schlimmeres tun konnte, als sie alle nur zu töten. Geschichten besagten, dass er anderen schon Schrecklicheres angetan hatte.

Triumphierend gab Horich seinen Männern ein Signal. Zehn Dutzend von ihnen kamen mit den restlichen Gefangenen vor, und so zogen sie nach Gammelby hinein.

Keine Frau und kein Kind war zu sehen, die Männer standen bewaffnet, aber mit verschränkten Armen vor den Türen der fünf Wohnhäuser und warteten stumm und angespannt.

Horich hob die Hände. »Kein Kampf, solange ihr ihn nicht anfangt«, rief er laut. »Ich bin euer König. Ich handle nach dem Recht.«

Das Lächeln, mit dem Horich sich zu Hademut umwandte, als er leise den Satz fortsetzte, ließ Havenars Nerven gefrieren. »… für deine Leute. So hattest du es doch ausgedrückt, Hademut.«

Stolz sterben, dachte Havenar, war alles, worauf es noch ankam. Was Horich auch plante, er würde nicht die Genugtuung haben, dabei einen einzigen Blick in seine Gefühle zu tun, und er wusste sicher, dass seine Eltern soeben dasselbe beschlossen, denn ihre Mienen wurden reglos wie aus Flint gehauen.

Horichs grausames Lächeln blieb. »Galgen bauen«, sagte er. »Das ist, was wir als Erstes machen werden.«

Er gab den Befehl dazu, noch bevor jemand vom Pferd gestiegen war. Sobald das Wort »Galgen« zu Gammelbys abwartenden Männern drang, griffen sie zu ihren Schwertern, doch Hademut hatte das vorausgesehen. Er trieb sein Pferd mit einem Satz nach vorn. »Kein Kampf. Ich will es so«, befahl er dröhnend, laut genug, um die ganze Siedlung zu erreichen. Dann wendete er sein Pferd. »Ins Haus, Ragnhild.«

Ragnhild sah ihm einen Atemzug lang in die Augen, dann nickte sie und lenkte ihr Pferd stolz aufgerichtet zum Jarlshaus, ohne Horich oder seine Männer eines Blickes zu würdigen.

Horich zischte entnervt, erhob jedoch keinen Einwand, und so konnten Havenar und sein Vater zusehen, wie Jostein und Delling zu ihr sprangen. Der eine half ihr vom Pferd, der andere übergab ihr Pferd den Knechten, um dann wieder seine Stellung vor der Jarlstür zu beziehen.

Kurz darauf standen Vater und Sohn mit Erik und den anderen Gefangenen in einer gut bewachten Gruppe dicht bei Havenars Haus und sahen zu, wie Horichs Männer unter dessen Aufsicht den Galgen für sie zimmerten. Gudfast, Brunolf und Sigvid trugen die gleichen eisernen Mienen wie die drei Gammelbyer Edlen. Die zehn mitgefangenen Männer ihres Gefolges waren weniger stoisch und verfluchten leise Horich und alle, die ihn zum König gemacht hatten, bis Hademut sie mit einem knappen Befehl zur Ruhe brachte.

Einen Augenblick später sahen sie Ragnhild an Vitgeirs Seite wieder aus der Tür des Jarlshauses kommen. Sie trug einen Krug und ein Trinkhorn und ging ebenso aufrecht über den Hof, wie sie zum Haus geritten war, so als wären die zahllosen Fremden in ihrem Heim nur Luft.

»Friggs Güte«, sagte Hademut halblaut. Havenar sah ihn von der Seite an. Sein Vater lächelte und hielt den Blick auf seine

Gattin gerichtet. »Seht sie euch an. Wer wäre ich ohne diese Frau? Sie weiß mal wieder, was am nötigsten ist.«

Da waren Ragnhild und Vitgeir herangekommen. Einen Augenblick zögerten die Wachen, sie durchzulassen, doch dann traf sie Ragnhilds verachtungsvoller Blick. »Lasst mich durch«, befahl sie kalt, und sie wichen auseinander.

Ragnhild füllte das Horn und gab es Gudfast in die Hände. »Du bist heute unser höchster Gast«, sagte sie und lächelte, als er ihr dankte und trank. Dann nahm sie ihm das Horn wieder ab, füllte es neu und gab es Hademut. »Mein Gatte und Jarl«, sagte sie. »Dir danken wir, dass wir großzügig sein können.« Sie tauschte einen tiefen Blick mit ihm, dann zog sie ihr Messer aus dem Gürtel und ging weiter zu Sigvid und Brunolf, um ihnen die Stricke von den Händen zu lösen. In die Wächter geriet Bewegung, und mehrere erhoben Einspruch. »So viel Angst?«, erkundigte sich Ragnhild spöttisch, während sie zu Havenar trat.

Unterdessen nahm Hademut ihr den Krug ab und füllte das Horn für Sigvid, dann für Brunolf.

Havenar rieb sich die Handgelenke, die seine Mutter befreit hatte, und hielt einen Moment still, damit sie ihm mit dem nassen Tuch, dass sie aus ihrer Schürze zauberte, das Blut aus dem Gesicht waschen konnte. Dann wurde ihm klar, dass es die letzte Gelegenheit für eine wichtige Bitte sein konnte, und er beugte sich zu ihrem Ohr.

»Mutter«, flüsterte er. »Wenn ich tot bin, soll Guntram mit dem Raben zur Förde gehen. Frag ihn auch, wenn du etwas brauchst. Und sieh zu, dass Vitgeir euch heute erhalten bleibt.«

Ragnhild trat zurück und sah ihm in die Augen. »Mach dir keine Sorgen«, sagte sie, drehte sich um, ließ sich von Hademut den Krug wiedergeben und hob dann auffordernd die Stimme: »Vitgeir!«

»Was soll das werden?«, übertönte Horichs Stimme das Gemurmel. »Wie viel Beleidigung, glaubt ihr, lasse ich mir gefallen? Bist du nicht recht schlau, dass du dich einmischst, Mann?«, wandte er sich an Vitgeir.

Vitgeir sah mit unschuldigen Augen zu Horich auf. »Ich bin hier, um die Männer abzuholen«, sagte er. »Sie gehören zu Jarl Hademuts und Jarl Gudfasts Leuten, so wie ich. Nach deinen Worten wirst du sie jetzt freilassen.«

Horich rang um seine Fassung, dann winkte er verächtlich ab. »Na los, nimm sie mit. Was ich gesagt habe, habe ich gesagt. Es soll mir reichen, wenn ich die sturen Jarle samt ihren Nachfolgern los bin. Ihr anderen werdet es schon begreifen.«

Havenar hätte es genossen, wie Vitgeir in stummem Hohn den Mund verzog, als er sich von Horich abwandte und die erleichterten Gefolgsmänner mit einem Kopfnicken anwies, ihm zum Männerhaus zu folgen. Zu seinem Kummer spürte er jedoch eine lästige Schwäche. Der Schnitt an seinem Bein hatte wieder angefangen zu bluten. Er bückte sich und löste seine zweite Gamasche, um einen neuen Verband zu machen. In seinem rechten Arm hämmerte Schmerz, und die Wunde in seinem Gesicht brannte, weil Ragnhild offenbar noch etwas anderes als Wasser an ihr Tuch getan hatte. Er fror, fühlte sich zittrig und zu leicht und hoffte von Herzen, dass er seiner Sippe in diesem Zustand beim Sterben keine Schande machen würde.

Als er sich wieder aufrichtete, bemerkte er, dass seine Mutter nicht ins Jarlshaus zurückging, sondern in sein Haus. Er vermutete, dass sie die vernünftige Absicht hatte, seine Frauen vorzubereiten, und war ihr dankbar. Sie würden sicher die Jungen aus Horichs Blickfeld fernhalten.

Auf die Schnelle ein Galgengerüst für sechs Männer zu bauen, war nicht einfach, aber Horich hatte vorausgeplant und daher die Tat rasch vollbracht. Einen langen Baumstamm legte er auf drei starken, hohen Stützpfeilern quer. Darunter standen zwei Bänke. Sobald die sechs Schlingenstricke darübergeworfen und verknotet waren, brachte man die Gefangenen zu den Bänken und band ihnen erneut die Hände, diesmal hinter dem Rücken. Auf die Bänke steigen ließ man sie noch nicht.

Havenar wartete zwischen Brunolf und Sigvid und dachte darüber nach, ob es eine Gnade oder Strafe war, mit seinem Haus vor Augen zu sterben. Horich war endlich vom Pferd gestiegen und stand vor ihnen, die Brust herausgedrückt, die Hände in die Hüften gestemmt. Ein alter, zerklüfteter Krieger. Viele gesunde Jahre standen ihm nicht mehr bevor. Havenar durchfloss die angenehm warme Erkenntnis, dass er selbst zwar kürzer gelebt haben mochte, doch vermutlich weit glücklicher als Horich in all seinen machtbesessenen Jahren.

Wieder fiel ihm Frygdis ein. Die Hoffnung, sie nach dem Tod wiederzufinden, war ein wohltuender Trost. Für zwei Atemzüge schloss er die Augen, um ihr Gesicht zu sehen und nicht Horich. Neben ihm zog Brunolf die Luft durch die Zähne ein, deshalb öffnete er die Augen wieder und schwankte kurz, als hätte ihn jemand angestoßen.

Die Frauen waren mit den Kindern aus den Häusern gekommen. Im Festtagsstaat stellten sie sich zu einer Gruppe auf, schräg hinter Horich und denen, die bei ihm standen. Betroffen ließ Havenar seinen Blick über die Frauen wandern und musste schlucken, als sie ihn nacheinander stumm grüßten.

Rechts neben Ragnhild, die etwas Abstand von der Gruppe hielt, stand Rämna. Sie hatte Boje auf dem Arm, und ihre Schwangerschaft war so sichtbar wie die von Trude, die als massigste in der Mitte hinter allen aufragte. Bjarne stand mit Arwed Schulter an Schulter zwischen ihr und Rämna, beide waren schon so groß wie sie, der eine elf, der andere zehn Jahre alt. Vor ihnen standen Kjartan, Rolleif und Klein Erik, der den Arm um Eriks nun dreijährige Inga gelegt hatte. Gudrid schmiegte sich an Rikes Hals, die rechts neben Trude stand. Der Kleinste war Kieran, und der lag schlafend auf Dirdras Arm, während Franka neben ihr Conn trug. Vor ihnen stand der Rest: Bard mit Lodin und Sven, und Wolfgers Ansgar war auch dabei. Alle Jungen waren ernst und still. Havenar konnte den Knoten in seiner Kehle nicht herunterschlucken.

Er wusste sich schließlich nicht anders zu helfen, als zu nicken und damit den Frauen notdürftig zu danken, obwohl er sie lieber sicher versteckt gewusst hätte. Brunolf neben ihm sah starr in die andere Richtung. Havenar folgte seinem Blick und sah Swanhild mit ihren Kindern heranschreiten, seine Schwester Framhild mit ängstlichem Gesicht an ihrer Seite. Wortlos gesellten sie sich zu Ragnhild.

Aus allen Häusern traten jetzt die Gammelbyer, doch blieben sie dicht bei ihren Türen. Mit zu Schlitzen verengten Augen und verkniffenem Mund beobachtete Horich das Geschehen. Nach hinten sah er sich nicht um. »Die Zuschauer sind versammelt«, stellte er fest. »Dann fangen wir an. Der Form halber spreche ich ein Urteil. Ihr habt mich als König anerkannt, mir aber die Gefolgschaft verweigert. Nach meinem Recht steht darauf der Tod. Es sei denn, ihr ändert euch und schwört mir zu.«

»Wer strickt dir dein Recht? Deine Großmutter?«, erkundigte sich Gudfast voll Hohn. Seine Stimme trug weit, und das Echo war verhaltenes Gelächter.

»Deswegen bin ich König. Damit ich mir mein Recht selbst stricken kann, Jungchen. Und mein Gestricktes wird noch halten, wenn deine Zunge längst verrottet ist. Möchte noch einer von euch etwas zum Abschied sagen? Vielleicht etwas Klügeres?«

Havenars Blick glitt unweigerlich wieder an Horich vorbei zu seinen Kindern. Er hoffte, dass er wenigstens ihnen allen zusammengenommen genug Kluges gesagt hatte. Lodin fuhr sich mit dem Ärmel über das Gesicht und schniefte. Er war noch nicht fünf und konnte sich an seine eigene Mutter schon nicht mehr erinnern, nun verlor er den Vater. Der Knoten in Havenars Kehle schnürte sich fester, und er schwankte leicht. Da sah er, wie Bard Lodin ärgerlich mit dem Ellbogen anstieß. Bard wisperte nur, aber es war deutlich zu verstehen, was er sagte. »Heult Vater? Heult Großvater?« Dabei standen ihm selbst die Tränen in den Augen.

Havenars Rücken war gerade gewesen und wurde doch noch etwas gerader bei diesen Worten. Lodin schluckte und richtete sich ebenso gerade auf.

Horich war herumgefahren und angesichts der feindseligen

Blicke, die die beiden Jungen auf ihn richteten, erstarrt. Er musterte die Halbbrüder. »Seid ihr beide Söhne von Havenar?«

Rolleif nahm ihnen die Antwort ab. »Wir sind alle die Söhne von Havenar, du unehrlicher Norweger.«

Ein lautes Luftholen des Schreckens, Staunens und der Belustigung ging durch die Leute. Havenar ließ sich seinen Schreck nicht anmerken. »Rolleif«, mahnte er ruhig. »Der Mann ist König von irgendwelchen Leuten.«

Rolleif warf ihm einen schnellen Blick zu und wurde rot. »Verzeihung. Unehrlicher norwegischer König«, stieß er hervor. Woraufhin selbst einige aus Horichs Gefolge nur mühsam das Lachen unterdrückten.

Horich fuhr wieder herum und starrte Havenar an. »Alles deine Söhne, ja? Mir scheint, das müssen sie sein.«

Havenar erwiderte seinen Blick mit geübter Ungerührtheit. Während sie auf die Art fochten, mischte sich einer von denen ein, die Horich zunächst standen. Havenar erkannte Olofs Onkel. »Schaff seine Brut gleich mit aus der Welt. Das ist mein Rat.«

Horich wandte sich mit einer Miene an ihn, die leisen Ekel verriet, doch gegen den Vorschlag schien sich diese Abneigung nicht zu richten. »Du meinst, wir sollen sie alle in einer Reihe aufhängen? Alle …« Er wandte sich wieder den Kindern zu und fing an zu zählen, winkte dann jedoch ungeduldig ab. »Wie viele? Kannst du nur Söhne, Havenar? Oder hast du die Töchter alle verkauft? So hellhaarige Mädchen bringen ja gutes Geld auf dem Markt. Das würde deinen Wohlstand erklären.«

»Wie tief willst du dir deine Grube noch graben, Horich? Du lässt einen Mann binden, damit du es wagen kannst, ihn zu beleidigen?«, erwiderte Havenar.

Da trat Olof von der Seite zu seinem Onkel und spuckte verächtlich auf den Boden. »Er stiehlt sich die Töchter von anderen. Die Mütter dazu. Hältst du sie jetzt als deine Hure, so wie die Mütter all deiner Bastarde, Havenar?«

Wieder ging ein Raunen durch die Leute, diesmal eines der

Überraschung. »Der Neid frisst nichts Schlechtes«, entfuhr es Klein Erik, eine der gängigen Erwiderungen der Jungen auf Beschimpfungen. Dafür bekam er einen Stoß von Rolleif, der sich auf die Lippen biss. Trotzdem platzte die Fortsetzung aus Klein Erik heraus. »Hurenkinder sind gesünder«, deklamierte er leise, doch laut genug für die Umstehenden. »Nur den besten Mann lässt die ledige Schöne ran.«

Havenar senkte den Kopf. Er hätte gelächelt, wenn er sich nicht so schwach gefühlt hätte. Der letzte Vers musste von Vitgeir stammen. Scharrend versuchten die Jungen ihr Unbehagen zu beherrschen, während vielen Männern die Mundwinkel zuckten.

Bei Horich zuckte nichts. »Wir hängen sie auf«, sagte er eisig. »Haben wir genug Seile für alle gleichzeitig, oder müssen wir es der Reihe nach tun?«

Schlagartig kehrte wieder Ruhe bei den Jungen ein, doch nun lachte Hademut auf. »Im ganzen Land wird man erzählen, dass du vor Havenars Sippe so viel Angst hattest, dass du seine Söhne schon als Kinder umgebracht hast. Willst du seine schwangeren Weiber auch aufhängen? Zur Sicherheit? Mach dir keine Hoffnungen. Alle von seiner Saat wirst du nie erwischen.«

An Horichs rechter Seite meldete sich ein weiterer von dessen Männern zu Wort. Havenar erkannte einen Sohn von Jarl Gundakar. »Er hat Recht. Das bringt keinen Ruhm, Horich. Es sind nur Welpen.«

Horich würdigte den Mann keines Blickes. »Lassen wir sie also leben, die kleinen Kläffer«, sagte er angewidert, nur um ebenso überraschend, wie er Havenar den Schnitt im Gesicht zugefügt hatte, auf die Jungen loszufahren. Er zerrte Bjarne an seiner Weste vor die anderen. »Aber was ist mit diesem? Noch kein Bart, doch fast schon ein Mann. Ich bin sicher, du kannst ein Schwert führen, oder nicht?«

Bjarne machte sich mit einer gewandten und energischen Bewegung von Horich los und trat einen Schritt von ihm weg. Dann zuckte er mit einer Gelassenheit mit den Achseln, die

Horichs eigene Überheblichkeit in den Schatten stellte. »Danach wäre ich schon lange ein Mann.«

»So. Dann schwöre mir jetzt Gefolgstreue und Gehorsam, und du bleibst am Leben.« Wieder trug Horich ein Lächeln, für das Havenar ihn erwürgen wollte.

Bjarne stieg Röte in die Wangen, doch er erwiderte Horichs Blick direkt und ohne Zittern. »Das werde ich sicher nicht.«

»Du bist noch jung und unbesonnen. Denk nach. Willst du da neben deinem Vater hängen? Hängen tut weh, und wohin es danach für dich geht, weiß niemand. Dein Vater und dein Großvater sind halsstarrige Trottel. Warum willst du nicht klüger sein?«

»Es gibt nichts, mit dem du sie oder mich beleidigen kannst. Sie sind besser als du, und ich schwöre dir nichts, was sie dir nicht schwören.«

Horich starrte ihn zwei tiefe Atemzüge lang an. Die Ruhe in der Siedlung war geisterhaft. Keine Silbe war zu hören, kein Erwachsener regte einen Finger. Langsam wandte Horich sich Havenar zu. »Da siehst du, Havenar, wohin euer Bock führt. Willst du deinem Sohn den richtigen Rat geben, oder soll er neben dir sterben?«

Havenar konnte noch kein Wort aus seinem trockenen Mund hervorbringen, da kam Bjarne schon auf den Galgen zu. »Lass nur. Selbst wenn ich ihm jetzt schwöre, müsste ich ihn bald umbringen, so wie er daherredet.«

Trotzig zustimmendes Beifallsgemurmel der Gammelbyer war sein Lohn, doch Horich verriet weiterhin keine Regung. Mit einem Wink befahl er, den siebten Strick zu bringen. »Stellt sie auf die Bänke.«

Bjarne bekam die Hände gebunden und stieg zwischen Havenar und Brunolf auf die Bank. Einen Augenblick brauchte Havenar all seine Konzentration, um auf der Bank einen festen Stand zu finden. Ihm war schwindlig, er musste die große rote Lache nicht sehen, die er dort zurückließ, wo er vorher gestanden hatte. Er wusste, dass er auslief. Brunolf dagegen sah den Fleck und konnte seinen Schrecken nicht verbergen.

Nicht nur der Sohn von Jarl Gundakar war unterdessen zu Horich getreten, auch zwei ältere Männer, von denen einer dem jungen ähnlich sah. Havenar vermutete in ihm einen von Gundakars Schwagern. »Du kannst den Jungen nicht hängen, Horich«, sagte er.

Horich war nicht beeindruckt. »Die Stricke«, befahl er.

»Dem Jungen wird man Lieder singen, dem König nicht!«, rief Rämna hinter ihm.

Horich fuhr herum und stieß auf die hasserfüllten Blicke der Frauen. »Nun sagt bloß, ihr seid auch alle Havenars Frauen.«

Rämna trat mit Boje auf dem Arm einen angriffslustigen Schritt vor. »Und alle zufrieden, danke der Nachfrage.«

»Da soll doch …«

Havenar wurde schwarz vor Augen, doch er kämpfte die Ohnmacht zurück. Jemand legte eine Schlinge um seinen Hals, dann war Bjarne an der Reihe. Mindestens seinem Sohn war er schuldig, dass er bis zum Schluss wach blieb und nicht ohne Bewusstsein in den Tod fiel. Er drehte sich zu dem Jungen hin und fand dessen Blick. »Was bist du für ein Dummkopf, Bjarne«, sagte er leise.

Bjarne kniff die Lippen zusammen und verlor flüchtig seine Selbstsicherheit, Tränen stiegen ihm in die Augen.

Doch bevor sein Sohn den Mund aufmachen konnte, lächelte Havenar. »Ich bin so stolz auf dich, dass ich fast fliegen kann.«

Tapfer fing Bjarne sich und wurde noch etwas dunkler rot. »Es ist ein Glück, dass ich vorher pissen war, sonst würde ich mir vor Angst in die Hose machen«, gestand er seinem Vater gerade laut genug, dass auch Brunolf es hörte. Beide Männer konnten nicht anders als aufzulachen.

»Ich wünschte wirklich, ich hätte das auch vorher erledigt«, gab Havenar zurück, worauf Bjarne gleichfalls lachen musste.

Noch einmal wirbelte Horich auf das Gelächter hin um seine eigene Achse. Seine Haltung begann ihn im Stich zu lassen, er stierte Havenar und Bjarne fassungslos an. »Sogar die Weiber! Hast du gehört, was das Kebsenvolk sagt? Ich soll mich beeilen, sonst kriegen sie das Essen vor der Nacht nicht mehr fertig. An euch zu hängen scheinen sie nicht.«

»Sie können ohne uns«, sagte Havenar. »Unsere Frauen sind stark.«

Schnaubend trat Olof vor. »Wir werden sie schon weich walken. Und wenn du glaubst, dass die eine sicher ist, dann irrst du dich. Wenn du tot bist, finde ich sie und ersäufe sie mit ihrer Hurenbrut.«

Havenar sah ihn an und stellte fest, dass seine Schwäche ihm dabei half, Ruhe zu zeigen. »Ich schwöre, dann komme ich als Untoter über dich.« Mit einem Ruck richteten sich sogar die Blicke seiner Leidensgenossen auf der Bank auf ihn. Gemurmel breitete sich in der Siedlung aus.

»Das ist interessant«, sagte Horich. »Soll das heißen, du gibst am Ende zu, dass du mit Olofs Gattin bekannt bist?«

»Er hat keine, soweit ich weiß«, sagte Havenar.

Olof spuckte vor seine Füße in den Sand. »Drecksdieb. Hel wird dich behalten.«

Havenar lächelte und wies mit dem Kopf auf Horich. »Meinst du ihn oder mich? Er war der Erste, der sie stehlen wollte. Ärgert sich heute noch, dass es ihm nicht gelungen ist.«

Olof sah zu Horich und erntete einen kalten Blick. Wütend, aber hilflos wandte er sich wieder Havenar zu. »Ich finde sie.«

»Du hast kein Recht auf sie«, gab Havenar abfällig zurück.

Horich machte eine abwiegelnde Handbewegung. »Euer Hahnenzwist langweilt mich.«

Jarl Hademut gähnte laut hörbar. »Mich auch. Wenn es noch lange gehen soll, Horich, dann lass dir besser einen Sitz holen. Du siehst nicht aus, als könntest du noch gut stehen.«

Horich warf einen Blick zum Himmel, als wäre er tatsächlich am Ende seiner Ausdauer. Mit einem entschlossenen Ruck richtete er sich gerade auf. »Na gut. Ich frage also zum letzten Mal: Will einer von euch mir Treue schwören?«

Zu Havenars Rechter stöhnte Sigvid auf. »Nun geht es noch mal von vorne los. Meine Füße sind auch langsam platt, Jarl

Hademut. Meinst du, man würde mir ebenfalls einen Sitz bringen?«

Gudfasts Lachen von der anderen Seite des Galgens war am lautesten. Doch auch Horich war nun erheitert. Er schüttelte den Kopf. »Ihr seid das bockigste Holzschädelpack, das mir je untergekommen ist. Ich habe gerade zum letzten Mal gefragt. Jetzt frage ich etwas anderes. *Zu welchen Bedingungen* würdet ihr mir Treue schwören?«

Kurz herrschte Totenstille, dann brach erregtes Gewisper unter den Zuschauern aus. Nie hatte man gehört, dass Horich einen Feind verschonte, den er überwältigt hatte.

Ragnhilds Stimme war unwirsch, als sie sich von hinten an Horich wandte. »Am Galgen hängt man. Verhandeln tut man am Herd.«

Ihr Gatte hob abwägend die Brauen. »Recht hat sie. Denn Bedingungen sind vielleicht eine Überlegung wert. Zeig ein bisschen guten Willen und mach Gudfast und mir jedem ein kleines Geschenk. Dann sind wir vielleicht bereit, so zu tun, als hätten wir uns hier friedlich versammelt. Da ist zum Beispiel dieses Stückchen Land, oben bei der Förde, das ich schon lange gern hätte. Es hat Swidbert gehört, dann dir.«

Horichs Miene war schlicht entgeistert. »Geschenk?«

Gudfast nickte, die Schlinge um seinen Hals folgte der Bewegung. »Ein kleines Geschenk hilft dem Nachdenkenden oft, das wissen wir doch alle. Obwohl du nicht glauben musst, dass du deshalb Lehnsknechtschaft von mir bekommst, als wäre ich ein rückgratloser Franke.«

Hademut nickte zustimmend. »Und ganz sicher bekommst du keinen aus meiner Sippe als Geisel. Aber über vieles andere kann man reden.«

Havenar fühlte bleierne Müdigkeit, die Augen fielen ihm zu, und er wankte. »Vater«, flüsterte Bjarne ängstlich.

Auch Brunolf hatte die Gefahr gesehen. Laut räusperte er sich, sodass Sigvid aufmerksam wurde, Havenar anstieß und leise auf ihn einredete, während Brunolf laut sprach: »Also, ich könnte mit dem Hunger, den ich habe, über gar nichts entscheiden. Ich falle gleich in den Strick.«

Horich warf einen Blick auf ihn und nickte. »Wir können verhandeln, wenn ihr schwört, dass heute und morgen keiner von euch und euren Leuten die Waffe gegen mich und die Meinen hebt.«

»Wir schwören, wenn du schwörst, dass du und deine Leute heute und morgen keine Gewalt gegen uns und die unseren richten.«

»Gemacht.«

»Gemacht.«

Aus dem Nichts erschien Vitgeir neben Havenar, nahm ihm und Bjarne die Schlingen vom Hals, befreite Bjarnes Hände, gab ihm seinen Dolch und hieß ihn mit einer Kopfbewegung, sich um die anderen zu kümmern. Bjarne huschte flink von einem zum anderen. Zuletzt schnitt er die Handfesseln seines Großvaters durch. Der griff ihn im Nacken und schüttelte ihn zärtlich wie einen jungen Hund, während Vitgeir und Sigvid mit Havenar zwischen sich schon von einem Strudel besorgter Frauen in Havenars Haus gesogen wurden. Erik strebte ihnen eilig nach. Brunolf und Gudfast standen da, jeder mit einer Hand auf der Schulter des anderen. Sie rissen erleichtert Witze, ihnen gegenüber Swanhild, mit Tränen in den Augen.

König Horich verharrte in Gedanken versunken, den Blick auf den Galgen gerichtet. Der alte Mann neben ihm schüttelte den Kopf. »Noch einen Moment, und er wäre von selbst in die Schlinge gesunken. Warum hast du das gemacht?«

Horich wandte sich ihm mit spöttischer Miene zu. »Vielleicht waren es die Frauen.«

»Weiber taten dir noch nie leid.«

»Nein. Aber ein Mann, der so viele Frauen zufriedenstellen kann, muss Fähigkeiten haben, die zum Aufhängen zu schade sind. Ach was, es ist etwas anderes. Ich will die Kerle in meinem Heer. Sie reizen meine Besitzlust wie gute Pferde oder Hunde. Ich will, dass man diese Prachttiere unter meiner Herrschaft sieht. Die Angeln sehen einen Halbgott in Hademuts anmaßendem Nachkommen. Es macht was her, wenn ein Halbgott mir dient. Ich werde schon Mittel finden, diese starrköpfigen Protze gefügig zu machen. Aus der Welt schaffen kann ich sie immer noch.«

In Havenars Haus unweit von Horich und seinem Freund herrschte Tumult. Fluchen und Lachen hielten sich die Waage, während Ragnhild und Franka die Wunde an Havenars Bein versorgten. »Was für ein Narr«, murmelte Ragnhild, während sie, vor ihrem Sohn kniend, einen sauberen Verband um seinen Oberschenkel wand.

»Meinst du mich?«, fragte Havenar schwach.

Sie schüttelte den Kopf. »Horich.«

Havenar seufzte. »Nun – findest du? Was hättest du besser gemacht?«

Sie hob kurz den Blick zu seinen Augen, senkte ihn dann wieder auf ihre Arbeit. »Ich hätte euch gehängt.«

»Ragnhild!«, entrüstete sich Erik, der die schluchzende Rike im Arm hatte.

Doch Havenar lachte leise, bevor er sich matt gegen Rämna zurücksinken ließ, die hinter ihm saß und stützend ihre Arme um ihn legte. »Ich auch, Mutter. Ich auch.«

Thor klatschte in die Hände. »Das war knapp.«

Die anderen nickten, ihre Gesichter verrieten Zufriedenheit mit der Geschichte.

Loki zuckte geringschätzig mit den Schultern. »Leichtes Spiel. Horich hört immer auf mich. Es ist so einfach mit denen, die grundsätzlich nur ihren eigenen Vorteil suchen.«

17. Kapitel

Die Frauen wussten, dass nun viel bei ihnen lag. Sie nahmen sich keine Zeit, sich von dem Schrecken zu erholen, sondern stürzten sich unter Ragnhilds Leitung in die eilige Vorbereitung eines Festmahls, das aussehen sollte, als wäre es ohne Anstrengung herbeigezaubert. Im Nu waren alle Herde bedeckt mit Pfannen, Töpfen, Bratspießen und Rosten. Die Feuer brannten hoch, und die ganze Siedlung roch nach bratendem Fleisch und kochendem Gemüse.

Havenar wusste, dass seine Mutter rechnete, während sie kochte. Sie rechnete aus, wie viel sie den unerwünschten Gästen nach dem langen Winter und mit einer schlechten Ernte vor Augen geben konnte. Er lag auf der Bank in seinem Haus, die Augen für eine kurze Ruhepause geschlossen. Die Jungen feierten wieder einmal Bjarne, wenn auch nicht unbeschwert. Ihr Instinkt sagte ihnen, dass die Gefahr nicht vorüber war, und die Schwäche ihres Vaters verunsicherte sie.

Tatsächlich war Havenar bereits dabei, seine Reserven an Kraft und Verstand zu sammeln. Die Männer hatten sein Haus verlassen, doch Erik war kurz darauf zurückgekehrt und hatte berichtet, wie die Dinge standen. Noch waren alle mit der Lagerung der Gäste innerhalb und außerhalb des Zauns beschäftigt. Eine Stunde blieb ihnen noch bis zu den Verhandlungen. Havenar hatte sich nur vom gröbsten Schmutz befreit und neu einkleiden lassen, bevor er sich hinlegte. Eigentlich hatte er sogar schlafen wollen, doch der Schmerz und die rasenden Gedanken hielten ihn davon ab. Endlich spürte er, wie Erik vor sein Lager trat.

»Havenar? Es ist so weit. Kannst du aufstehen? Mir fällt nicht ein, wie ich dich herausreden könnte.«

»Nicht nötig. Solange ich sitzen kann, wird Mutters Verband halten. Und ich will, wissen die Götter, jedes Wort hören, das dieser verfluchte Marder spricht.« Behutsam stand er auf, belastete sein Bein und stellte fest, dass es sich weniger übel anfühlte als erwartet.

Nachdenklich sah Erik ihm zu. »Olof hasst dich blindwütig. Hast du ihn wirklich gehörnt?«

Havenar verzog sein Gesicht zu einer bitteren Grimasse. »Wenn ich mir jetzt überlege, was ich alles getrieben habe, um genau das nicht zu tun, dann muss ich fast lachen. Das Ende der Welt habe ich gesucht, weil sie ihm nicht untreu sein wollte. Weil sie glaubte, ihm sein Kind nicht nehmen zu dürfen, dem lächerlichen Mistplacken. Als hätte er das Kind verdient. Es ist mir ein Rätsel, wie er etwas wie seine Tochter zeugen konnte. Dass ausgerechnet er mich heute zum Wrack macht! Als wäre diese verdammte Sache nicht auf zwei Beinen schwierig genug durchzustehen. Würden sie doch alle in den Schlamm zurückkriechen, der sie hervorgebracht hat.«

»So wie du schimpfst, geht es dir wieder recht gut«, bemerkte Erik.

Havenar schloss seinen Waffengurt, rückte alles zurecht und mied Eriks Blick. »So oder so bin ich wahrscheinlich nicht mehr lange am Leben, Onkel. Tut nicht not, dass ich Kraft über morgen hinaus aufhebe. Besser, ich sage dir jetzt, was du wissen solltest. Ich habe Frygdis geheiratet. Ihre Kinder sind meine, und ich will sie versorgt wissen. Auch Olofs Tochter. Guntram kann sie finden. Er muss nur bis zum Wasser den Raben mitnehmen.«

Erik schüttelte den Kopf. »Hör auf damit. Du wirst länger leben als ich. Bald gehst du wieder selbst zu ihr.«

Ein müder Seufzer war Havenars Antwort. »Dirdra, gib mir einen Kamm«, sagte er. »Heute Abend will ich wenigstens noch besser aussehen als die Ratten.«

Während Dirdra Havenars helle Mähne glättete, fuhr Erik sich mit den Fingern durchs eigene, altersgesträhnte Haar. »Du siehst immer besser aus, selbst wenn dir die Haut in Fetzen hängt und die Haare in alle Richtungen stehen. Und ich weiß nicht, warum du so schwarzsiehst. Horich ist schlau, aber dein Vater, Gudfast und du, ihr werdet es schon hindrehen, dass wir am Ende gut dastehen. Der König will euch lebendig auf seiner Seite. Besonders dich, so wie ich das verstehe.«

»Darum geht es gar nicht, Erik. Gleichgültig, was wir mit König Giftzahn aushandeln, ich schlage mich noch heute Nacht mit mindestens einem Mann, und ab morgen oder dem Tag danach leben wir in Fehde.«

»Das kommt nicht infrage. Das kannst du nicht machen, so wie du lahmst. Was soll das? Mit wem?«

»Mit dem, der Horich die Kette gebracht hat, die mir in Haithabu gestohlen wurde, und mit Vetter Asmund, wenn er mir die Antwort gibt, die ich erwarte, oder keine. Dass er heute bei Horich war, bestätigt meinen Verdacht gegen ihn. Er wird mir vor Sonnenaufgang alle verraten, die mit unseren ungerächten Morden zu tun haben.«

»Du bist ein Wrack, das sagst du selbst. Wie willst du vorgehen?«, wandte Erik ein.

Havenar lächelte kalt. »Was ist eine Birkenkrücke wie Asmund gegen ein Wrack aus Eiche? Außerdem wird mein Onkel mir zur Hand gehen. Oder hast du etwas dagegen, wenn ich Asmund in Stücke reiße, falls er Wolf und Ingvar auf dem Gewissen hat?«

»Asmund und seine Mutter standen mir im Gegensatz zu euch nie nah. Was soll ich tun?«

»Nach den Verhandlungen verliere ich das Bewusstsein. Du bist in meiner Nähe und bringst mich hierher. Dann gehst du zurück und erklärst es erheiternd damit, dass mehr Bier als Blut in meinen Adern fließt. Die Frauen werden morgen bezeugen, dass ich wie ein Stein geschlafen habe, falls jemand fragt. Und sieh zu, dass unsere Leute alle in der Halle bleiben.«

Die halbe Nacht verging mit den Verhandlungen, und mehr als einmal entlarvte Havenars und Hademuts Aufmerksamkeit Horichs Worte als spitzfindige List. Horich schien daran seinen

Spaß zu haben. Gönnerhaft und metselig klopfte er seinen neu gewonnenen Gefolgsleuten auf die Schultern, ohne Unzufriedenheit darüber, dass sie trotz ihres Schwurs freier blieben als alle anderen, die ihm folgten. Sie hatten sich ausgehandelt, ihm weder dauerhaft Männer und Schiffe noch Geiseln zu stellen. Dennoch hatte Horich seinen Sieg aufzuweisen. Er durfte sich nun auch Herr über die Angeln nennen und hatte dafür sein Ansehen nicht begraben müssen.

Havenar hatte eine längere Atempause im Wortgefecht genutzt, um den Mann zu finden, der ihm die Auskunft über seine Kette schuldete. Sechs Namen bekam er von ihm, und alle sechs Männer befanden sich in Gammelby oder vor dessen Tor. Zurück in der Halle, gab Havenar die Namen an Brunolf weiter und einigte sich mit ihm darauf, was am nächsten Tag zu geschehen hatte.

Lange vor dem Morgen wurde Havenar ohnmächtig und musste von Erik in sein Haus gebracht werden. Erik blieb länger darin als er, denn er befürchtete, dass er sich nicht mehr zu einer kalten Tat aufraffen würde, wenn die warme Ruhe seines Hauses ihn erst ganz umfangen hatte. Zudem hatte er Sorge, Asmunds nächste Pinkelpause zu verpassen, wenn er trödelte.

Er verpasste sie nicht, und Asmund pinkelte sich vor Schreck auf seine Schuhe, doch war er zu dumm, um sofort zu schreien, was ihn vielleicht noch hätte retten können. Havenar ging mit ihm in den Wald zum See. Unsichtbar. Unhörbar.

Horichs Männer fanden den jungen Jarl Asmund am nächsten Tag mit den Wunden eines kurzen Kampfes, einer losen Schlinge um den Hals und gebundenen Händen und Füßen am Ufer des Gammelbyer Sees, in dem er ertrunken war.

Havenar schlief noch, als die Nachricht kam, und hätte gern weitergeschlafen. Doch mit der Nachricht kamen Brunolf, Sigvid und Gudfast. Sie wollten schon über den nächsten Schachzug der Rache sprechen, während Rämna noch dabei war, den Seeschlamm aus seinen Kleidern zu spülen.

Fünf Tage und Nächte Schlaf wünschte er sich statt des Gesprächs mit seinen Vettern und dem, was darauf folgen würde. Aber die drei schienen ihn für so zäh zu halten, wie er gern sein wollte, deshalb riss er sich zusammen. Nur innerlich stöhnte er, als er sich aufsetzte und nicht feststellen konnte, wo es am meisten wehtat, weil es überall am meisten wehtat. Und sie hatten es so eilig, die Narren.

»Nun rede schon.« Das war Gudfast, angespannt, finster.

»Ich muss etwas trinken«, sagte er. Franka war fast schneller als seine Worte. Er dankte ihr, dachte an Frygdis. Hätte er doch nur geahnt, dass er sie wahrscheinlich zum letzten Mal sah, bevor er sich von ihr verabschiedet hatte. Auch hätte er ihr gern erzählt, was er nun seinen Vettern erzählen würde, und die Ironie mit ihr geteilt. Sie pflegte als Einzige an allen richtigen Stellen zu lachen, wenn er erzählte.

»Erinnert ihr euch an Olofs Schwester Gebharde? Sie hat Asmund damals angestachelt, dass er Haralds Gunst gewinnen kann, wenn er uns geschickt aus dem Weg räumt. Er wollte nach Wolf und Ingvar weitermachen, aber dann war ich zurück, und er bemerkte, dass ich ihn im Verdacht hatte. Schließlich kam Horich wieder an die Macht, und Asmund war vorerst damit beschäftigt, die Seite zu wechseln. Kürzlich hat er dann beschlossen, dass ihm vielleicht auch bei Horich hilft, was ihm bei Harald helfen sollte. Wie wir seit gestern sicher wissen, war er damit nicht allein. Diesmal hat Gebharde auch Guttorm überzeugt, und Guttorm hat Thorolf ins Spiel gebracht. Horich hält begreiflicherweise nicht viel von ihnen. Sie haben es beide nötig, sich beliebt zu machen. Ob ihnen das gelungen ist, weiß ich nicht, aber in der Tat haben sie unserem König einen großen Gefallen getan. Wäre der Mord an eurem Vater nicht geschehen, dann hätte Horich uns weniger leicht überrumpelt, und wir wären noch frei.«

»Asmund und Gebharde«, sagte Sigvid verblüfft. »Was hat das Weib sich denn in solche Dinge zu mischen? Ich dachte, sie wäre mit einem von Guttorms Männern verheiratet. Was hatte sie mit Asmund zu tun?«

Havenar sah Asmunds angstgequältes, doch vor Hass verzerrtes Gesicht vor sich, in dem Moment, als er ihn mit der Schlinge an den Baum gebunden hatte, als wolle er ihn erhängen, und er fragte sich wieder, warum er nie gemerkt hatte, wie sehr sein blasser älterer Vetter ihn beneidete und verabscheute. Wo und wann hatte dieser Hass seinen Anfang genommen? Er würde es nie erfahren. Gebhardes Hass war leichter zu erklären.

»Sie wollte Vergeltung für die Beleidigung, die sie uns vorwarf. Sicher hätte sie gern zuerst mir die Kehle durchgeschnitten, aber ich war eben nicht da.«

»Weil du sie nicht heiraten wolltest«, verstand Brunolf endlich.

Havenar nickte langsam. Was er verschuldet hatte, war gleichzeitig der beste Beweis dafür, dass er Recht damit gehabt hatte, Gebharde zurückzuweisen. Sein großer Fehler war gewesen, dass er die Wut der Frau nicht wichtig genommen hatte. Zu oft schon hatte er Frauen unterschätzt.

»Freyrs Knochen – die Weiber!«, stieß Sigvid hervor.

»Was für ein Glück, dass du nicht mit der Hexe am Hals geendet bist«, steuerte Brunolf bei.

»Hast du damals schon etwas mit Olofs Frau gehabt?«, erkundigte sich Gudfast.

Havenar verzog den Mund. »Ich dachte, ihr wolltet besprechen, wo wir die Aussicht hernehmen, diesen Tag zu überleben.«

»Lieber Himmel, hast du da Bedenken? Jeder von uns wiegt bei Licht drei von deren Sorte«, meinte Sigvid.

»Die Geschichte kann auch anders ausgehen. Wenn Horich seine Leute nicht unter Kontrolle hält, stehen wir vielleicht vom einen auf den anderen Moment gegen das halbe Heer. Asmunds Ableben wird viele aufgebracht haben.«

»Niemand weiß, wer das Miststück beseitigt hat, und niemand wird dich bezichtigen, wenn wir heute die anderen zum offenen Kampf fordern«, sagte Brunolf.

»Erik, Sigvid, du und ich gegen sechs Mann. Nur Schwerter und Schilde! Und ihr mögt lachen, aber ich war schon mal besser«, gab Havenar zu bedenken.

»Ich wäre gern dabei«, meinte Gudfast mit finsterem Gesicht.

Havenar sah ihn gereizt an. »Ausgeschlossen. Das weißt du selbst. Du bist Jarl. Du hebst die Hand nicht gegen die kleinen Fische. Dich brauchen wir später noch.«

»Was ist mit Vitgeir?«, fragte Sigvid.

»Den halten wir auch raus. Aus irgendeinem Grund ist Horich entgangen, welchen Rang Vit hat. Es kann uns noch nützen, wenn wir ihn im Schatten lassen.«

Das war die halbe Wahrheit, dachte Havenar. Er brauchte Vitgeir lebendig, damit er Gammelby für die Kinder bewahrte. Vitgeir mit seiner schlauen, kühlen Zurückhaltung würde am Ende retten können, was zu retten blieb, wenn alle anderen begraben waren. Und im Grunde hatte er mit diesem Teil der Fehde nichts zu tun. Hunold war Ragnhilds Bruder und damit kein Blutsverwandter von Vitgeir gewesen. Allerdings wusste Havenar nur zu gut, dass solche kleinlichen Überlegungen bald keine Rolle mehr spielen würden. Die große Fehde, die sie an diesem Tag anstießen, würde keinen Bogen um Vitgeir schlagen. Niemand war sicher, und er selbst fühlte sich zerrissen. Er war die wichtigste Hand der Rache und wollte doch eigentlich die schützende Hand über seiner Sippe sein.

Es war das, was ihm zu einer Zeit seinen Mut nahm, wo er ihn am meisten gebraucht hätte. Er konnte nicht beides. Er konnte sich nicht entschließen, mit ganzem Herzen bei der Rache zu sein, und doch blieb ihm nichts anderes übrig, wenn er seinen geachteten Namen behalten wollte.

Er fragte sich, ob er in der Lage gewesen wäre, den Schmerz in seinem Bein, Arm, Gesicht, Kopf zu übergehen, wenn seine Überzeugung fester gewesen wäre. Obwohl die Verletzung am Bein die frischeste und größte war, verursachte sie nicht den heftigsten Schmerz. Der saß im Arm. Seiner Vermutung nach hing das brüllende Pochen in seinem Schädel damit zusammen. Ihm war übel davon, an Essen war nicht zu denken. Wenn es noch schlimmer wurde, war auch an Kämpfen nicht mehr zu denken. Also besser, sie brachten den ersten Schritt auf dem

Weg zum Verhängnis rasch hinter sich und überzeugten Horich davon, dass sie ihm nur folgen konnten, wenn er ihnen die vermummten Mörder aus Haithabu für einen Kampf bis zum Tod auslieferte. Siegten sie gegen alle sechs, hatten sie Angehörige aus Guttorms, Asmunds und Thorolfs Sippe getötet. Ging es so, wie sie hofften, würde der Gegenstreich auf sich warten lassen, bis der König sich aus der Gegend zurückgezogen hatte. Ging es nicht so, würde die Fehde direkt vor Gammelby losbrechen. Es bestand keine Aussicht, dass eine der Seiten den geplanten Vergeltungskampf als Ende der Feindseligkeiten akzeptieren würde.

Havenar verlor sich in der Erwägung, ob es sinnvoller war, seinem wunden rechten Arm die Hiebe auf den Schild zuzumuten oder das Führen des Schwertes, als Brunolf sich räusperte. Er blickte auf und wurde gewahr, dass die drei Brüder ihn erwartungsvoll ansahen. Warum nur musste er immer derjenige sein, von dem alle die Entscheidungen erwarteten? Als wäre nicht Gudfast gerade Jarl geworden. Er stand auf und atmete tief aus, während der Schmerz ihm den Verstand fortzuschwemmen drohte.

»Ich rede mit Horich«, sagte er, worauf die drei sich etwas entspannten.

Gudfast nickte grimmig. »Ich begleite dich.«

»Ich möchte nach Swanhild sehen«, meinte Brunolf und klang, als wolle er sich dafür entschuldigen. Er war bleich und schien mit seiner Rolle so uneins wie Havenar.

»Gib ihr einen Kuss von mir«, sagte Havenar matt.

Brunolf sah ihm flüchtig in die Augen. »Du kannst nicht anders handeln. So wenig wie wir.«

»Erklär das Swanhild. Gerade hatte sie dich vom Galgen wieder.«

Sein Schwurbruder lächelte. »Du kannst mir glauben, dass wir das gefeiert haben. Nebenbei hat sie mir gestern gesagt, dass sie wieder schwanger ist.«

Diese Neuigkeit war nicht geeignet, Havenars Düsterkeit zu vertreiben. Am liebsten hätte er auch Brunolf vom Kampf ferngehalten, doch das war unmöglich. »Brunolf, egal wie der Tag endet: Ich will, dass du ausfährst wie geplant. Nimm Swanhild und die Kinder zur Not eher mit, als dass du hierbleibst. Du musst das Beste für uns herausholen, wir werden alles brauchen.«

»Ts«, machte Sigvid. »Du bist heute eine Unke, Havenar. Es wird alles gutgehen. Heute Abend betrinken wir vier uns zusammen mit Erik in der Halle deines Vaters und hören unser Lied gesungen, wirst sehen. Was danach kommt, entscheiden die Götter.«

»Wohl gesprochen«, sagte Odin, sichtlich voll Vorfreude auf den Kampf.

Loki warf ihm einen angewiderten Blick zu. »Aber unwahr. Und nun schweig und halt dich raus.«

Nachdem Ragnhild gehört hatte, was die Männer vorhatten, und einen langen Blick in das beherrschte, doch fiebrig-wachsige Gesicht ihres letzten lebenden Sohnes getan hatte, wusste sie, dass die Götter Nachhilfe brauchten.

Sie war gewiss, dass Havenar Horichs Ehre und Verstand an der richtigen Stelle packen würde. Der Kampf würde stattfinden, und sie hatte selbst zu lange auf Rache gewartet, als dass sie sich etwas anderes gewünscht hätte. Sie traf daher ihre eigenen Vorbereitungen. Kaum sah sie Havenar aus dem Gespräch mit dem König kommen, schickte sie einen Knecht, ihn sofort zu ihr zu bringen.

Mit einer Hand, die keine Gegenwehr duldete, lenkte sie ihn zu ihrer Bank im Jarlshaus und versorgte sein Bein mit dem festesten Verband, der ihm seine Bewegungsfreiheit noch lassen würde. »Das sollte es bis heute Abend tun«, sagte sie schließlich, als sie ihm das Hosenbein wieder herabrollte und die Gamasche darüberwickelte.

Havenar seufzte. »Es ist nicht das Bein, Mutter. Es ist der Arm.«

Erstaunt sah sie auf. »Das mit dem Arm ist zwei Wochen her und verheilt. Da wirst du die Zähne zusammenbeißen müssen.« Sie erhob sich und holte Krug und Becher vom Herd. Mit regloser Miene goss sie ein und reichte ihm den Becher.

Havenar hob ihn folgsam an die Lippen und erstarrte. Der Geruch erinnerte ihn an die stinkende Nesselbrühe, die als Dünger ausgebracht wurde. »Du kannst nicht wollen, dass ich das trinke.«

Ragnhild warf ihm einen kühlen Blick zu. »Das Wissen darum stammt von meiner Mutter. Deinem Großvater hat es gelegentlich geholfen und deinem Vater ebenfalls. Es wird in der Tat getrunken.«

»Ich wollte dich nicht beleidigen.«

»Dann trink zwei Becher und jammer nicht wie ein Mädchen.«

Havenar schnaubte, trank den Becher ohne abzusetzen leer, schüttelte sich und wiederholte die Prozedur mit der zweiten Füllung. Seine Mutter nickte langsam, doch ihre Züge blieben unbewegt, als sie sprach. »Möge deine Göttin dich schützen, und mögest du die schützen, die zu dir gehören.« Er verzog das Gesicht, tat aber, als wäre es der Schmerz des Aufstehens und nicht der Zwiespalt in seinem Inneren.

»Hast du mich gehört?«, fragte sie eindringlich. »Behalt im Kopf, wer zu dir gehört, wenn du nachher das Schwert in der Hand hast. Das ist wichtig.«

Vielleicht war es so, dass seine Mutter allmählich alt und seltsam wurde, dachte Havenar. Als würde er je vergessen, wer zu ihm gehörte. Daher lächelte er ihr flüchtig zu, nickte und ging.

Erst als er ihr Haus verlassen hatte, breitete sich Sorge auf Ragnhilds Gesicht aus, und sie starrte den Krug in ihrer Hand an, als bekäme sie verspätet Angst vor dem, was sie getan hatte.

Havenar dagegen vergaß sie, als er halb über den Hof war. Nun, da die Sache unabwendbar geworden war, schien es ihm besser zu gehen. Eine Stunde später trat er mit Brunolf, Erik und Sigvid vor dem Zaun von Gammelby in den großen Kreis, der von den Zuschauern gebildet wurde, und es ging ihm so gut, dass er kaum noch Schmerz fühlte. Nur das Blut in seinem Kopf rauschte zu laut.

Ihnen gegenüber kamen mit finsteren Gesichtern die sechs Männer auf den Kampfplatz, die nach dem Mord an Hunold in Haithabu entkommen waren. Keiner von ihnen hatte seine Beteiligung abgestritten, nachdem Horich selbst sie preisgegeben hatte. Im Gegenteil, sie schienen sich kein glücklicheres Verfahren als den Kampf vorstellen zu können, um sich von dem Ehrenmakel reinzuwaschen.

Als zuversichtliche Truppe kamen sie daher, weit kontrollierter als seine eigene Seite, stellte Havenar fest. Während diese Tatsache auf manche Männer furchteinflößend gewirkt hätte, war sie für ihn der Zunder, den seine Wut gebraucht hatte. Mörder, hallte es in seinem Kopf, und keine Spur von Schmerz war mehr in ihm. Er fühlte sich leicht.

Sigvids hasserfüllte Stimme drang gedämpft zu ihm. »Schleimige, feige Hunde. Stinkendes Gesindel.«

Sigvid würde sich übernehmen, dachte Havenar. Binnen Kurzem würde er Hilfe brauchen. Erik sorgte leicht für sich selbst, Brunolf brauchte alle Kraft und Aufmerksamkeit dafür, denn auch er war erschöpft.

Er selbst schwebte und hatte den Eindruck, dass das Geschehen langsamer ablief als sonst. Dass die Erde weniger fest war. Alle bewegten sich, als würden sie ebenfalls schweben. Er überlegte, ob man überhaupt kämpfen konnte, wenn alle schwebten wie Löwenzahnsamen, und beinah hätte er laut gelacht, weil er schwebende, spindelnd tanzende Krieger vor Augen hatte. Ein schwarzer Schatten sauste über ihn und die anderen hinweg. Die Gegner zuckten zusammen. Er drehte sich zum Zaun um und sah seine drei ältesten Söhne bei Ragnhild und Hademut auf dem Turm stehen. Der schwarze Schatten stieß herab, stieg wieder auf, kreiste tief. »Hau zu. Hau zu.« Nun konnte Havenar sein Lachen nicht mehr zurückhalten. Laut lachte er, dann hob er das Schwert. Aus seinem Lachen wurde ein Johlen, in das

Erik, Sigvid und Brunolf einstimmten, bevor sie mit dumpfem Schildedröhnen auf ihre Feinde prallten.

Vom ersten Moment an hatte Havenar drei gegen sich. Offenbar hatten die Gegner sich überlegt, dass sie am besten fuhren, wenn sie ihn als Ersten ausschalteten. Sein Onkel musste das vorausgesehen haben, denn er blieb dicht an seiner Seite. Mit Kurzschwertern in der Gruppe zu kämpfen, bedeutete wirres Gerangel, in dem es darum ging, sich weder den Schild noch das Schwert festkeilen zu lassen und dabei dennoch nicht zurückzuweichen.

Eine Weile ging Havenar mit der gängigen Methode, doch dann spürte er, wie Ungeduld seinen Zorn schürte. Der Hieb eines Gegners traf Erik neben ihm abgeschwächt, doch schmerzhaft genug, um ihn zum Fluchen zu bringen, und Havenars Geduld riss. Gewalt loderte heiß in ihm auf, und mit einem Aufbrüllen stieß er den Keil, in dem er steckte, auseinander. Danach dauerte die Sache nicht mehr lange. Havenar erinnerte sich später nur an den Moment, in dem er seinen Schild wegwarf, weil er ihn zu behindern schien, und an den Anblick des stürzenden Brunolfs. Er sah nicht, was Brunolf getroffen hatte, nur dass sein Freund fiel und dass danach die Welt blutrot wurde.

Er begann wieder zu Verstand zu kommen, als er seinen Onkel wütend schimpfen hörte. Was ihn stutzig machte, war, dass die Wut ihm zu gelten schien. »Havenar, verdammt!«, schrie Erik ihn an.

»Kaltes Wasser«, mischte die Stimme seines Vaters sich ein.

»Du kannst reden, da oben«, brüllte Erik zurück. »Schaff Wasser ran.«

Havenars klare Sicht kehrte langsam zurück, während er sich Eriks Stimme zuwandte. Er nahm wahr, wie sein Onkel zurücksprang und abwehrend die Hand hob. »Havenar!«, wiederholte er warnend. Mit wieder klarem Blick sah er Brunolf und Sigvid hinter Erik stehen, beide mit Schwert und Schild in der Hand und offensichtlich angespannt auf ihn konzentriert. Ein wandernder Blick von Erik warnte ihn vor etwas, das von hinten kam. Gewandt wich er zur Seite, und das kalte Wasser schoss an ihm vorbei vor Eriks Füße und bedeckte ihn bis zu seinen Knien mit Schlammspritzern. Mit einem Prusten entwich Havenar sein Atem. Er ließ sein Schwert sinken und faltete sich in der Mitte vor Lachen. Dabei wurde ihm flau, und er sank in die Knie.

Auf sein Schwert gestützt und unfähig, mit dem Lachen aufzuhören, stellte er fest, dass die Welt, nachdem sie wieder die gewohnte Festigkeit und Farbe hatte, darauf verfallen war, sich zu drehen. Sie drehte sich sowohl mit ihm als auch vor ihm, wo nun Eriks Füße auftauchten. Er sah zu seinem Onkel auf und streckte ihm versöhnlich die Hand entgegen.

»Was hat sie da bloß reingetan?«, fragte er.

Erik erwiderte seinen Blick verständnislos, griff aber die Hand und half ihm auf die Füße.

»Verfluchter Berserker«, sagte Sigvid hinter ihm und gab ihm grinsend einen Schlag auf den Rücken, der ihn fast wieder in die Knie geschickt hätte, obwohl Erik stützend seinen Arm hielt. »Wozu hast du uns eigentlich gebraucht?«

Erst jetzt fiel Havenar ein, worum es gegangen war, und er blickte sich um. Sechs blutbesudelte Erschlagene und ein Ring von Zuschauern, die noch immer in Entsetzen und Faszination gebannt dastanden und starrten. Er vermied es, die grausig zugerichteten Leichen genauer anzusehen, räusperte sich und grinste schwach. »Irgendwie habe ich den Faden verloren. Haben wir gewonnen?«

Dann musterte er Brunolf, der ernst blieb. Die Vorderseite seines Wamses war blutgetränkt.

»Gerissen ist dir der Faden«, schimpfte Erik. »So was von verdammt gerissen. Du bist mich angegangen wie ein durchgedrehter Ziegenbock. Da war nichts Lustiges mehr dran. Ich dachte schon, wir müssten dich ausknüppeln.«

»Tut mir leid«, sagte Havenar und wollte ernst klingen, musste aber wieder lachen. »Das war das Zeug, das … Und als dann noch der Rabe kam … Tut mir leid. Dafür dreht sich jetzt alles. He, Brunolf, hör auf, dich zu drehen, und komm her. Bist du heil?«

Brunolf kam heran und strich sich verlegen die Haare nach hinten. »So eben. Nur eine Schramme. Allerdings sollte ich gerade sterben, als du dazwischenkamst.« Er sah sich nach einem der Toten um. »Du hast … Hm. Du hast wieder … Egal. Du siehst nicht gut aus. Lass uns reingehen. Wird Horich noch etwas sagen?«

»Es wäre königlicher, wenn er es täte«, sagte Sigvid, und daraufhin sahen sie alle vier zu Horich, den dieses Signal aus seiner Gebanntheit riss. Er trat vor in den Kreis und hob die Hand mit dem Schwert. »Ich spende Beifall für die Männer, die ihr Recht hochgehalten haben«, rief er laut und schlug mit dem Schwert auf seinen Schild, bis andere es ihm gleichtaten und das Land um Gammelby für kurze Zeit von diesem Trommeln widerhallte.

Unterdessen kehrten Havenars Kopfschmerzen zurück. Stießen zurück in seinen Schädel wie ein schlagender Raubvogel und krallten ebenso die Klauen ein. »Ich brauche ein Bett«, sagte er.

Sie brachten ihn Arm in Arm durchs Tor, wo Ragnhild ihn in Empfang nahm. »In eine von den Webhütten«, befahl sie. »Was jetzt kommt, müssen die Kinder nicht sehen.«

Havenar glaubte, er würde verstehen, was sie meinte, als die Übelkeit mit Macht in ihm aufstieg.

Doch auch Ragnhild irrte sich, als sie zu wissen glaubte, was auf ihn wartete.

Hademut und Gudfast lenkten Horich ab und überzeugten ihn davon, dass es üblich für Havenar war, sich nach einem Berserkergang zurückzuziehen. Horich war skeptisch, doch er konnte nicht leugnen, dass er beeindruckt war von dem, was er gesehen hatte. So schloss er sich der Ehrfurcht der Leichtgläubigeren an und rückte nach drei Tagen mit seinem Heer ab, ohne Havenar noch einmal gesehen zu haben.

Havenar hatte zu diesem Zeitpunkt die Nachwehen von Ragnhilds Droge vermutlich hinter sich gelassen, aber ganz sicher war das nicht, denn besser ging es ihm keinesfalls.

Aus ihrer Erfahrung schöpfend, hatte seine Mutter ihm viel Wasser bereitgestellt und allen befohlen, ihn allein zu lassen, wofür Havenar dankbar war. Besucher hätte er mit all seiner verbliebenen Kraft tätlich hinausgeworfen. Er würgte, bis er glaubte, auf links gewendet zu sein. Die Stelle, an der einst sein Magen geruht haben musste, sorgte mit brennender Folter dafür, dass ihm der Schweiß auf der Stirn nie trocknete, und Arm, Bein und Kopf zogen am selben Strick. Am ersten Tag kämpfte er noch um Vernunft. Am zweiten gab er bereits auf. Seine letzte Kraft verbrauchte er damit zu zerstören, was immer ihm in die Finger kam, wenn die Pein unerträglich wurde. Kurz darauf wurde er zu schwach, um sich auch nur für längere Zeit aufzurichten, und er wünschte nur noch, dass nun tatsächlich jemand käme, um ihn bewusstlos zu schlagen.

Endlich vergingen der Magenschmerz und das Würgen, und flüchtig hoffte er, dass er aus dem Abgrund herauskam, doch da begann er zu frieren. Vor der halb offenen Webhüttentür schien die warme Frühlingssonne, und er war sich bewusst, dass die Jungen fast nackt draußen herumrannten, aber er fror bis ins Mark. Fror, als wäre er im Winter durch die Förde geschwommen, und bald war er zu schwach, um nach dem Wasser zu greifen.

Sein Vater und Erik waren es, die sich zwei Tage später in die Hütte wagten, um nach ihm zu sehen. Sie schlossen aus seinem Anblick, dass Ragnhild einen verhängnisvollen Fehler begangen haben musste.

»Sie hat ihn vergiftet«, sagte Hademut fassungslos.

Havenar wollte seine Mutter von dem Verdacht freisprechen, doch gerade in dem Moment konnte er die Augen nicht öffnen, und alles, was er herausbrachte, war ein heiser gewispertes »Nein«, das Hademut und Erik überhörten. Als er es schaffte, sich zu regen, waren sie fort, und ihm blieb nichts, als mit matten Händen die Decken höher über seinen zitternden Körper zu ziehen und wieder in zerquälten Dämmerschlaf zu flüchten. Dass sein Onkel später noch einmal kam und lange kummervoll auf ihn herunterblickte, nahm er nicht wahr.

Als Erik wieder aus der Hütte trat, stieß er dort auf die Jarlsenkel-Bande, die ihn mit fragenden Mienen umringte.

»Was hat er denn?«, sprach Arwed es aus.

Erik zögerte nur kurz, bevor er beschloss, dass die Jungen ihren Vater so in Erinnerung behalten sollten, wie er gewesen war, und nicht als jämmerlich Dahinsterbenden. »Geht nicht zu ihm hinein. Macht einen Bogen um die Hütte. Das gilt für alle, verstanden?« Er legte seine ganze Strenge in die Anordnung. Die Jungen nickten betreten und schlichen davon. Erik bot allen Göttern seine Gefolgschaft an, wenn sie ein Wunder schicken würden und seinen Neffen leben oder sofort sterben ließen.

Das erzählte er auch Rike, als er später den Kopf auf ihre Schulter legte. »Er erlischt. Man sieht den Tod auf ihm sitzen und ihn erdrücken.«

Rike traten die Tränen in die Augen. »Das ist nicht gerecht. Er hätte etwas anderes verdient.«

»Der große Kriegsherr wird trotzdem auf ihn warten. Er wird sich Havenar so wenig entgehen lassen, wie Horich es getan hat.«

Rike schüttelte den Kopf. »Ich glaube nicht, dass das für Havenar so wichtig ist wie für dich. Ich möchte ihm gern helfen, Erik.«

»Wenn ich etwas wüsste, mit dem ihm zu helfen ist, hätte ich es längst getan. Das Einzige wäre, sein Leid zu beenden, aber das bringe ich nicht fertig.«

»Was ist mit der Frau? Kannst du nicht die Frau für ihn holen?«

»Seine Frau? Du meinst, das würde ihm helfen? Was sollte sie tun? Glaubst du, er will, dass gerade sie ihn so sieht? Er würde beschämt sterben.«

Hilflos zuckte Rike mit den Schultern. »Wenn es ihm nicht hilft, dann wenigstens ihr. Ich weiß, dass es mir helfen würde, wenn man mich zu dir holte. Und wenn es nur für den Abschied wäre. Du müsstest nicht beschämt sein, und ich glaube, er müsste es auch nicht. Vielleicht freut es ihn.«

Erik sah ihr traurig in die Augen und streichelte die Tränen von ihrem Gesicht. »Er ist schon weit jenseits von Freude, mein Liebstes. Die einzige Freude, auf die er noch wartet, ist das Ende. Bitte die Götter, dass mir solche Qual erspart bleibt.«

Sie erwiderte seinen tiefen Blick. »Hol ihm die Frau.«

»Vielleicht ist sie nicht stark genug.«

»Dann würde er sie nicht so lieben.«

Erik seufzte und ließ von ihr ab. »Ich spreche mit Guntram. Wir müssen vorsichtig sein. Je weniger Leute davon erfahren, desto besser. Wir würden ihm, weiß der Himmel, keine Freude damit machen, wenn wir sie in Gefahr brächten.«

»Du kannst sie nicht unsichtbar machen.«

»Nein. Aber wir können Havenars Spiel weiterspielen und sie zu einer Überirdischen erklären. Ich denke darüber nach. Jetzt gehe ich und finde Guntram.«

Guntram war sofort bereit zu gehen. Mit schweigend gespannter Aufmerksamkeit hörte er Erik zu Ende an, dann raffte er sein Bündel zusammen, während Erik ihm den Raben holte.

Die Sonne stand schon tief, als Guntram Gammelby verließ und in den Wald glitt.

Am nächsten Abend stand er am Ufer der Förde und sah hinüber zu der Stelle, die er ein Jahr zuvor für Havenar ausfindig gemacht hatte. Sein Freund hatte ihm nie erklärt, was es damit auf sich hatte, und er hatte nicht gefragt. Dennoch war er wohl der Erste gewesen, der ahnte, welchen Schatz Havenar verbarg. Nicht, dass dies der einzige von ihm verborgene Schatz gewesen wäre. Guntram kannte noch mehr Stellen, wo etwas lag, das er holen sollte, wenn die Not kam. Eine Stelle hatte er auf dem Weg besucht und dort einen Tuchsack gefüllt, den er nun auf dem Rücken trug.

Sein Wissen um Havenars Vorsorge teilte er mit Mildburg, die verschwiegen und klug genug war, es für die anderen zu bewahren, falls auch ihm etwas zustieß. Seine Ehe war auf eine ruhige Art glücklicher, als er es je erwartet hatte. Selten dachte er darüber nach, wie viel klüger seine Jarlstochter war als er selbst.

Sie wussten beide, dass sie in vielerlei Hinsicht über ihm stand, trotzdem war sie ihm gut und pflegte seinen Stolz. Havenar hatte sie ihm gegeben. Es war ein trauriger kleiner Ausgleich, ihm seine eigene Frau für ein paar letzte Worte zu bringen.

Seufzend machte er den Raben los, der missgelaunt, doch harmlos nach seiner Hand hackte, bevor er schnurstracks zum anderen Ufer flog.

Frygdis war dabei, Helche zu baden, als Ruß landete und sofort zu betteln anfing. Ihr Herz machte einen Freudensprung. Laut rief sie nach Thorwald. Mit Helche auf dem Arm stand sie am Ufer, während die beiden Männer zurückgerudert kamen.

Sie drückte ihre Tochter zu fest an sich, als sie ein fremdes, sorgenvolles Gesicht erkennen konnte. »Bitte nicht«, sagte sie leise. »Bitte nicht.« Und sie wiederholte es wohl noch ein Dutzend Mal, bevor das Boot schließlich landete. »Er ist nicht tot«, sagte sie flehend, als der Fremde ihr gegenüberstand.

Der zuckte schwach mit den Schultern. »Noch nicht ganz. Aber fast. Ich komme, um dich zu ihm zu holen.«

Mit einem Aufschluchzen wandte Frygdis sich Thorwald zu. Helche begann zu weinen. »Ich muss mit ihm gehen. Sofort.«

Thorwald musterte sie nachdenklich, warf einen Blick auf den Pfad zur Höhle, dann einen auf Guntram, landete wieder bei ihr. »Nee«, sagte er.

»Thorwald!«

Thorwald räusperte sich. »Erst nachdenken. Komm.«

Frygdis rannte förmlich den Weg zum Haus zurück, drückte vor der Tür Helche in Hadwigs Arme, stürzte hinein und griff Auda flehend bei beiden Händen. »Er stirbt, Auda. Ich muss zu ihm. Thorwald will mich nicht gehen lassen. Sag ihm, dass ich muss.«

»Sch-sch«, machte Auda. »Nun warte erst einmal.«

Thorwald kam mit dem verlegenen Guntram zur Tür herein, draußen hörte man die Zwillinge Hadwig mit Fragen über den Fremden löchern.

Auda nickte dem Mann zu. »Auda«, sagte sie.

»Guntram«, sagte er und konnte sich nicht zurückhalten, neugierig sie und das Innere der Hütte zu betrachten.

Frygdis wandte sich wieder Thorwald zu. »Du musst ihn doch kennen. Er ist Havenars Freund. Du kannst mich mit ihm gehen lassen.«

»Was soll das denn überhaupt heißen?«, warf Auda ein. »Natürlich muss sie zu ihm. Glaubst du, ich würde dich irgendwo verrecken lassen?«

Thorwald zog finster die Brauen zusammen. »Es ist nicht sicher. Havenar würde das nicht wollen. Pass auf sie auf, hat er gesagt.«

Nun räusperte sich Guntram. »Das würde ich schon auch tun.«

»Nee«, sagte Thorwald und mied Audas Blick. »Wenn sie geht, geht sie mit mir. Du bleibst hier.«

Guntram fuhr entgeistert zu ihm herum. »Was?«

»Auda?«, fragte Thorwald.

»Na sicher«, sagte Auda. »Wir kommen schon zurecht. Ein paar Nächte ohne Schnarchen. Oder schnarchst du auch?«, fragte sie Guntram, dem es die Sprache verschlagen hatte.

Thorwald starrte ihn drohend an. »Ich passe auf Frygdis auf. Du passt auf Auda und die Mädchen auf.«

Guntram verstand die unausgesprochene Drohung ohne Schwierigkeiten. »Ah, ja. Einverstanden. Dann müssen wir allerdings noch einiges besprechen.«

Plötzlich drehte er sich zur Tür, wo die Mädchen standen und scheu ihre neugierigen Nasen um den Pfosten herumreckten. »Mädchen? Havenar hat tatsächlich Töchter mit dir?«, fragte er Frygdis staunend.

»Drei«, sagte sie. »Sag uns, was wir wissen müssen. Wir wollen so schnell wie möglich gehen.«

Guntram nickte. »Du gehst als Göttin«, sagte er. Dann packte er den Tuchsack aus und erklärte.

So kam es, dass Frygdis am übernächsten Tag an Thorwalds

Seite durch das Gammelbyer Tor schritt und dabei ausgestattet war, wie die Leute sich ihre prächtigste Göttin vorstellten. Schweigend und ohne Zaudern ging sie mit ihrem Beschützer duch die Siedlung und in die Webhütte, die Guntram ihr bezeichnet hatte.

Niemand näherte sich, niemand sprach sie an. Alle beobachteten nur andächtig ihren Weg, dafür hatte Erik gesorgt. »Seine Göttin wird an seiner Seite sein, wenn sich entscheidet, ob er stirbt«, hatte er behauptet. Und wie üblich fanden die Leute es aufregender, die Geschichte zu glauben als der Vernunft. Die Frau machte es ihnen leicht, stellte Erik fest, der sie selbst zum ersten Mal bewusst sah. Sie war bleich und hatte es offensichtlich eilig, doch jeder ihrer Schritte strahlte Würde und Schönheit aus. Er verstand seinen Neffen. Umso tiefer wurde sein Kummer, als die Tür der elenden Webhütte sich hinter ihr und ihrem Begleiter schloss.

Das Erste, was geschah, war, dass es Frygdis den Atem verschlug und den Magen umdrehte. Der Gestank war so durchdringend, dass sie die Tür am liebsten gleich wieder weit aufgestoßen hätte, doch das wollte sie vorerst nicht wagen. So blieb es dunkel im Raum. Sie hielt die Dunkelheit für einen Nachteil, als sie mit hastigen Schritten an Havenars Lager stürmte. Später dachte sie, dass es wohl ein Vorteil gewesen war, weil sie auf diese Art nicht gleich gesehen hatte, wie gezeichnet sein Gesicht von der Krankheit war. Sie war neben ihm auf die Knie gesunken und hatte festgestellt, dass er ohne Bewusstsein war. Da sie aber nun einmal viel Kraft für jenen Moment gesammelt hatte, brach sie in fieberhafte Tätigkeit aus. Sie wollte wissen, wo das Übel saß. Sie musste sehen, was es war, das ihn ihr fortnehmen wollte.

Ihr kostbarer Mantel und das Oberkleid samt Fibeln landeten mit Havenars schmutzigen Decken auf dem Boden. Thorwald hatte die Geistesgegenwart, beides zu retten und ihr eine Schürze zu geben. Ihm wurde der Gestank bald zu viel. »Ich stehe vor der Tür«, sagte er und ließ die Tür weit offen, während er grimmig seine Worte wahrmachte und den Wächter einer Göttin spielte.

So drangen mehr Luft und Licht herein, und Frygdis stellte fest, dass das Bein ihres Gatten hätte besser aussehen können, aber kein Grund zum Sterben war. Sie zog ihn ganz aus und wusch ihn, Wasser gab es reichlich. Er stöhnte, wenn sie ihn bewegte, und kam doch nicht zu sich. Der Blick in sein ausgezehrtes, fiebervergilbtes Gesicht brachte sie zum Weinen. Plötzlich beschloss sie, wild und unvernünftig, dass er nicht sterben würde. Es war schierer Eigennutz, schlecht, wie es ihm ging, das wusste sie; doch sie konnte nur noch daran denken, dass sie ihn behalten wollte.

Als sie mit dem nassen Tuch seinen Arm rieb, wurde aus seinem Stöhnen ein Wimmern, und endlich begriff sie, dass die Haut seiner Narbe eine ungesündere Farbe hatte als alles andere. Da gab es nur eins. Sie sah sich um und fand in einem Winkel seine Waffen. Ausgezeichnete, scharfe Klingen. Fieberhaft begann sie, den Dolch zu putzen, dann den Unrat aus der Umgebung des Bettes zu beseitigen. Havenar krümmte sich, als suchte er einen Weg, dem Schmerz zu entgehen.

Frygdis ließ ihre Tränen frei fließen, damit der Knoten in ihrer Kehle ihr nicht die Luft abdrückte. »Thorwald«, sagte sie schließlich und wartete, bis ihr großer Freund den Kopf zur Tür hereinsteckte und sie mit dem Messer sah.

Der sonst so undurchschaubare Mann bekam vor Grausen große Augen und hob die Hand. »Nimm ihm kein Glied!«

Frygdis zog die Brauen zusammen. »Red nicht. Halt ihn fest.«

Havenar schrie entsetzlich. Jeder in der Siedlung glaubte, dass es mit ihm zu Ende war, als der Schrei abbrach. Doch zu Frygdis' Erleichterung war es nur eine neue tiefe Ohnmacht, die den Schrei abbrechen ließ, und nicht der Tod. Umso schneller arbeitete sie mit Thorwald, um fertig zu werden, bevor er wieder wach wurde.

In Havenars Haus hatten die Frauen und die meisten Kinder

sich gequält geduckt, als sie den Schrei hörten. Die weicheren legten die Hände auf die Ohren und schluchzten.

Bjarne und Arwed dagegen sprangen vom Schachspiel auf und stürzten zur Tür. Nur für Arwed war Erik schnell genug und erwischte ihn am Arm, bevor er draußen war. »Bjarne!«, riefen sie beide einstimmig. Was der eine bremsen wollte, feuerte der andere an.

Bjarne war noch nicht bei der Webhütte, als der Schrei verstummte. Wild vor Angst schoss er durch die offene Tür ins Innere und erstarrte. Der Riese Thorwald stand über seinen Vater gebeugt da und ließ ihn gerade los, die Frau oder Göttin, wer immer das glauben mochte, kniete neben Havenar und legte dessen Dolch beiseite. Das Messer war blutig, die Frau, der Boden, sein Vater, der sich nicht mehr regte, waren blutig, und es stank so, dass sein Magen sich hob.

»Was macht ihr da?«, fragte er entsetzt.

Die Frau zuckte zusammen und drehte sich halb zu ihm um. Ihre blauen Augen waren groß, dunkel und fiebrig, als sie ihn ansah. Bjarnes Herz schlug ihm bis zum Hals. Er fand sie wunderschön, aber sie sah wahnsinnig aus und machte ihm Angst.

»Bjarne«, sagte Thorwald.

»Ja«, sagte Frygdis hilflos. Der Junge sah Havenar so ähnlich, dass der Kummer auf sie einhämmerte.

»Was macht ihr da?«, wiederholte Bjarne.

»Wir wollen deinen Vater am Leben erhalten«, sagte Frygdis und wandte sich wieder der alten Wunde zu, die sie neu aufgeschnitten hatte. Entweder verblutete ihr Liebster nun und war tot, bevor er wieder etwas spürte, oder das Blut wusch das Gift aus seinem Körper. Was faulig war, hatte sie weggeschnitten, als wäre er ein Stück überlagertes Wild. Sie schüttelte den Kopf über Thorwald. Den Arm hätte sie dem Kranken nicht abnehmen können, selbst wenn sie gewollt hätte. Dazu fehlten ihr Kraft und Ruhe. Sie wusste, dass sie das Zittern überfallen würde, sobald sie aufhörte zu arbeiten.

»Warum hat deine Großmutter sich nicht darum gekümmert?

Versorgt sie nicht sonst eure Verletzten?«, erkundigte sie sich bei Bjarne, der noch immer verkrampft in der Mitte der Hütte stand.

»Ich weiß nicht. Sie hatte Streit mit Hademut und hat geschrien, sie könnte nichts dafür. So was wäre noch nie passiert. Nun spricht sie seit Tagen nicht mehr und ist auch nicht mehr hergekommen.«

Frygdis sah ihn wieder an. Er war an der Schwelle zur Mannwerdung, und seine Schultern verrieten, dass er ein Mann wie sein Vater werden würde, doch jetzt stand er da und sah sie an wie ein Kind, mit einer Mischung aus Grauen und Hoffnung und auf eine Aufgabe wartend, ohne es zu wissen.

»Du kannst sie wohl nicht trotzdem dazu bringen, dass sie dir Kamille gibt? Kamille, Knoblauch, alles, was gegen Fäulnis hilft? Mehr Wasser und Tücher.«

»Wird sie mir geben«, sagte er und stürzte zur Tür, doch Thorwald versperrte ihm den Weg.

»Es ist wichtig, dass die Leute nicht herkommen. Sie sollen weiter glauben, dass ich kein Mensch bin«, schärfte Frygdis dem Jungen ein.

Er nickte. »Bist du doch nicht. Du bist Vaters Göttin. Das habe ich gleich gesehen. Keine Sorge. Ich bringe alles selbst.«

Damit schlüpfte er an Thorwald vorbei und rannte zum Jarlshaus, dass das Federvieh gackernd und kreischend vor ihm auseinanderspritzte. Bis in die Nacht sah man ihn rennen, Dinge bringen und fortschaffen, und am Ende war Havenar frisch verbunden und die Webhütte ein sauberer Ort, wo Frygdis und Thorwald zu essen und einen Schlafplatz hatten. Zudem liebte Frygdis Bjarne auf Anhieb, als hätte sie miterlebt, wie er aufgewachsen war.

Bevor der Junge zum letzten Mal ging, stand er lange erschöpft vor Havenar, der sich weiterhin nicht regte, und sog dessen Anblick ein. Frygdis stellte sich zu ihm und legte ihm die Hand auf die Schulter.

»Ich dachte immer, ihm würde nie etwas geschehen. Er war stärker als alle«, sagte er leise.

»Vielleicht ist er auch stärker als dies«, sagte sie.

»Arwed möchte ihn auch sehen. Darf ich ihn herbringen?«

»Nicht mehr heute.«

»Aber morgen ist es vielleicht zu ...«

»Sprich es nicht aus.« Frygdis seufzte und schwieg einen Moment. »Schick deinen Bruder eben herüber. Aber geh selbst schlafen. Ich hoffe, dass wir dich morgen wieder brauchen.«

Als kurz darauf Arwed scheu an Thorwald vorbei in die Hütte gehuscht kam, saß Frygdis dösend dem Bett gegenüber auf einem Webschemel und kämpfte mit eigenen Schmerzen. Helche aß schon Brei, wurde aber gewöhnlich am Morgen und Abend noch von ihr gestillt. Das Kind würde mit Ziegenmilch als Ersatz über ihre Abwesenheit hinwegkommen. Wie sie selbst zurechtkommen würde, war eine andere Frage, denn der Schmerz in ihren Brüsten nahm zu.

Arwed war kleiner und schmaler als Bjarne, obgleich nur wenig jünger. Ihm fehlte die kraftvolle Kantigkeit, die sie bei Bjarne sofort so sehr an Havenar erinnert hatte. Auf seine Art war der Jüngere hübscher. Hübsch wie ein Elfenknabe. Er übersah sie, hatte nur Augen für seinen Vater. Und dann verhielt er sich ganz anders, als Bjarne es getan hatte. Er setzte sich neben Havenar auf die Bank und strich behutsam über dessen Hand. Erst eine Weile später wandte er ihr das Gesicht zu. Sie sah seine großen, lang bewimperten Augen feucht glänzen und wusste, dass sie jeden einzelnen von Havenars Söhnen lieben konnte. Sie lächelte dem Jungen müde zu.

»Lass ihn wieder heil werden. Mach ihn gesund«, bat Arwed.

Sie seufzte das Schluchzen fort, das in ihrer Kehle steckte. »Wollen sehen. Ich gebe mir Mühe.«

»Du bist Frygdis, nicht wahr?«

»Sag das niemandem.«

»Nur Bjarne und ich wissen es. Und Erik und Rike. Großvater ist auch zu klug, um was anderes zu glauben. Wir werden nichts verraten.«

»Nun, es kommt mir so vor, als wüssten es damit schon zu viele Leute.«

»Du lebst nicht bei uns, weil du Angst vor Olof hast, dem Mistbock, stimmt's? Der hat Vater angegriffen, nachdem er Schwert und Schild abgegeben hatte. Daher kommt der Schnitt an seinem Bein. Olof würde dir was antun, er hat es gesagt. Horich ist auch so ein Mistbock. Hätte er den Unsrigen nicht diese Falle gestellt, wäre das alles nicht passiert. Er wollte Vater aufhängen. Und Großvater und Erik und Gudfast und … sogar Bjarne.«

»Er wollte Bjarne aufhängen?«

»Ja. Bjarne hat ihm gezeigt, was ein Havenarsson ist.« Trotzig stand Arwed auf und funkelte sie an, zwei Tränen auf den Wangen. »Wenn Vater stirbt, werden wir beide es rächen. An Olof. Und an Horich selbst.«

Frygdis stand ebenso energisch auf wie er. »Sprich nicht von Rache, bevor du erwachsen bist. Schon gar nicht von Rache gegen einen König, und sei er noch so sehr ein Mistbock. Das musst du den Männern überlassen. Havenar würde so viel Klugheit von euch erwarten. Nun geh schlafen. Noch ist er am Leben, und eure Sippe ist schließlich ein zähes Kraut, nicht wahr?«

Arwed nickte mit zusammengekniffenen Lippen. »Gute Nacht«, sagte er, dann schlüpfte er hinaus in die Dunkelheit.

Thorwald dagegen kam herein. »Kleiner Hitzkopf«, stellte er fest.

»Havenar sagt, Dirdras Kinder fühlen alle heftig und zeigen es leicht. Arwed liebt seinen Vater, das ist alles.«

»Hm. Willst du schlafen?«

»Ich kann nicht. Schlaf du zuerst.«

Thorwald folgte ihrem Wunsch und legte sich auf sein Strohlager am Boden. Sie selbst döste auf dem Schemel beim Licht der rußenden Tranlampe weiter und hielt dabei ihre Sinne auf Havenar gerichtet.

Als er sich endlich wieder regte, stand sie auf und trat zu ihm. Stöhnend wälzte er sich zur Seite und zuckte wieder zurück. Die Berührung ihrer Hand auf seiner feuchten Stirn beruhigte ihn. Er wirkte tödlich verbraucht und hatte sich dennoch mit überraschender Kraft gegen Thorwald gewehrt. Ein Schwächerer als Thorwald hätte ihn vielleicht nicht festhalten können. Das hatte Frygdis Hoffnung gegeben. Nun wankte diese Hoffnung, denn sie spürte sengende Fieberglut. Matt setzte sie sich neben ihn auf die Bankkante. Wie lange war es her, dass er sie gehalten hatte, während sie fieberte? Innig wünschte sie, sie könnte ihn so trösten, wie er sie getröstet hatte. In alter Gewohnheit begann sie sein Gesicht zu streicheln, vorsichtig die Schnittwunde meidend. Er bewegte die Lippen, öffnete aber nicht die Augen. Sie hielt inne, dann holte sie Krug und Becher heran und goss Wasser ein.

»Havenar, willst du trinken?«

Seine Augen öffneten sich, doch sie wusste nicht, ob er sie wahrnahm. Dann schloss er sie schon wieder. Noch einmal strich sie ihm über die Stirn, die unverletzte Wange. Wieder öffneten sich seine Augen. Diesmal blieben sie offen. »Frygja«, sagte er. Sie wusste, dass er es sagte, obwohl seine Lippen sich kaum bewegten und kein Laut hervorkam.

»Ja«, sagte sie und tränkte einen sauberen Tuchzipfel mit Wasser. Erst presste sie ihm nur Tropfen davon zwischen die Lippen. Als er schluckte, gab sie ihm mehr, und schließlich küsste sie ihn sanft und kurz. »Ja«, wiederholte sie und weinte hemmungslos, als sie sah, dass seine Mundwinkel sich zur Andeutung eines Lächelns hoben, bevor er die Augen wieder schloss und zurück in seine Fieberdämmerung glitt.

Erst als sie selbst die Augen beim besten Willen nicht mehr offen halten konnte, legte sie sich auf die zweite Bank. Kurz überlegte sie, ob sie Thorwald wecken sollte, dann vertraute sie darauf, dass ihr Schlaf leicht war und dass ihnen keine Gefahr drohte.

In der Morgendämmerung wurde sie davon wach, dass Havenar sich wieder bewegte. Flink war sie auf den Beinen und mit dem Wasser an seiner Seite. Sie prallte überrumpelt zurück, als sie auf seinen wachen Blick stieß. In seinen Augen glänzte das Fieber, das Weiße um die Iris war von üblem Gelb, doch er war bei Bewusstsein.

Sie musste sich räuspern, um einen Ton hervorbringen zu

können. »Guten Morgen, mein Liebster«, sagte sie schließlich, setzte sich neben ihn und gab ihm Wasser. Vorübergehend richtete er seine ganze Aufmerksamkeit darauf zu trinken. Beinah den ganzen Becher presste sie aus dem Tuch in seinen Mund, bevor er nicht mehr wollte. Dann sah er sie wieder an.

»Bist du wirklich?«, flüsterte er.

»Ich dachte, ich hätte dir weh genug getan, dass du das wissen müsstest.«

»Hast du? Es tut schon so lange weh.«

Frygdis schniefte und küsste ihn wieder, statt zu antworten.

Wieder erschien die Spur eines Lächelns auf seinem eingefallenen Gesicht. »Bleib«, sagte er.

Sie nickte. »Bis es dir besser geht.«

»Bis zum Ende«, widersprach er.

Sie schniefte noch einmal. »Untersteh dich.«

Er schloss die Augen und schwieg eine Weile, während sie ihm die schmutzigen Haarsträhnen aus dem Gesicht strich. »Leg dich zu mir«, verlangte er dann.

Sie seufzte, stieg aber vorsichtig über ihn, um an seiner gesunden Seite neben ihm liegen zu können.

»Nackt«, sagte er und klang dabei entschieden kräftiger als vorher.

Sie hielt inne. »Havenar Hademutsson.«

»Bitte«, sagte er, ohne die Augen zu öffnen.

Kopfschüttelnd zog sie sich das Unterkleid über den Kopf und schmiegte sich an ihn. Zufrieden atmete er aus. Sie dagegen musste ein Stöhnen unterdrücken, als sie ihre schmerzenden Brüste gegen ihn drückte. Dann kam ihr ein Einfall. »Haven. Tu mir einen Gefallen.«

»Kann nicht. Nächstes Leben.«

Sie lächelte. »Ich weiß nicht, woran du denkst. Was ich meine, ist nicht schwierig. Da ist so viel Milch in meiner Brust. Helche ist ein hungriges Kind. Meine Brüste bersten, es tut weh. Willst du sie trinken, die Milch?«

Seine Lider flogen auf, und er starrte sie ungläubig an.

»Willst du? Du würdest mir helfen.«

Diesmal war das Lächeln auf seinen Lippen ganz deutlich. »Freyas Gnade«, flüsterte er.

Es war von allem, was sie je zusammen getan hatten, das Innigste und Zärtlichste. Havenar sagte später, dass es das war, was ihn am Leben erhalten hatte. Frygdis' Milch, die eigentlich seiner Tochter gehörte.

Doch die Milch wirkte nicht wie ein Wunder über Nacht. Eine ganze Woche lang kämpfte Frygdis gemeinsam mit Thorwald, Bjarne, Arwed – und mehr oder weniger der ganzen Siedlung als stillschweigender, doch immer wieder spürbarer Unterstützung – gegen Havenars Fieber, die Austrocknung und die Fäulnis seiner Wunden.

Nachts schlief sie nackt an seiner Seite, weil er es sich wünschte, morgens und abends trank er ihre Milch.

Als Jarl Hademut am dritten Morgen seine Sorge nicht mehr beherrschen konnte und vor Tagesanbruch auf Zehenspitzen zur Webhütte schlich, sah er seinen Sohn, bedeckt von den langen blonden Haaren der schönsten Nackten, die er seit Ragnhilds Jugend gesehen hatte. Die Frau schmiegte neben ihren Haaren auch ihre langen schlanken Glieder um ihn, fast wie um ein schutzbedürftiges Kind.

Der Tod hatte schlicht keinen Platz mehr, um auf Havenar zu sitzen, dachte Hademut. Und selbst wenn Hel doch noch zuschlug, so schlug sie nun keinen unglücklichen Mann.

So zehenspitzig wie er gekommen war, schlich er auch wieder davon, zurück in sein Haus, in sein Bett, an Ragnhilds Seite, um seine Arme um sie zu legen. Ragnhild sprach wieder, seit Bjarne ihr gesagt hatte, dass es nicht die Droge war, die Havenar umzubringen drohte. Nach wie vor fürchtete sie allerdings nicht nur Havenars Tod, sondern auch dessen Vorwurf, weil sie nicht auf seinen Arm geachtet hatte. Hademut tat das ab. So viel machte man eben nicht her von solchen Kratzern, das war nicht üblich, und sein Sohn wäre stark genug gewesen, heil zu werden, wenn nicht alles aufeinandergekommen wäre.

»Wie ist das Wetter?«, murmelte Ragnhild schlaftrunken.

»Ich denke, er wird leben«, gab er leise zurück, und es war ihm Antwort genug, dass sie sich tief atmend in seine Arme zurücklehnte.

Während der ersten Tage fühlte Havenar sich tatsächlich wie ein Kind. In Frygdis' Liebe geborgen wie in einem Nest, über dessen Rand er nicht sehen konnte und musste. Von keinem Menschen sonst hätte er solche Fürsorge ertragen, ohne vor Scham zu sterben. Mit Frygdis war es anders. Ihre Handreichungen reihten sich bloß in die unendliche Folge von Zärtlichkeiten und Scherzen, die es zwischen ihnen immer gegeben hatte. Jeden wachen Moment versüßte sie ihm mit ihrer Nähe, mit Geschichten von den Mädchen oder dem, was Bjarne und Arwed aus der Siedlung berichteten, und den Grüßen, die über sie an ihn gerichtet wurden.

Wenn die Jungen in die Hütte kamen, mimte er den Schlafenden. Noch fiel es ihm zu schwer, darüber nachzudenken, was er zu ihnen sagen sollte. Noch war er nicht sicher, ob er leben oder sterben würde. Erst als nach acht Tagen seine Wunden endlich sauber verheilten, als er aufhörte zu fiebern und angelehnt für eine Weile aufsitzen konnte, sprach er mit seinen beiden Ältesten. Sie taten alle drei so, als wäre nichts Ungewöhnliches gewesen, und unterhielten sich über dies und das, obgleich die Erleichterung und gelegentliche Verlegenheit der beiden Havenar tief berührte.

Nachdem sie gegangen waren, half Frygdis ihm, sich wieder hinzulegen. Sie hatte gesehen, wie es ihn angestrengt hatte, stark zu wirken. »Gut, dass sie fort sind«, meinte er. »Ihr Held kann ich gerade nicht sein.«

Frygdis schüttelte den Kopf. »Sie lieben dich. Das ist viel mehr, als wenn sie dich nur vergöttern würden. Ich habe gestaunt, wie vernünftig sie sind.«

»Respekt werden sie nicht mehr vor mir haben.«

»Ich glaube nicht, dass sie dich missachten werden, nur weil sie dich nicht mehr für unverwundbar halten. Vielleicht haben sie sogar schon begriffen, dass man zum Weiterleben oft mutiger sein muss als zum Sterben.«

Havenar fühlte sich an den Rand des Nestes geschubst, als ihm deutlich wurde, wie recht sie damit hatte. »Es wird Monate dauern, bis ich wieder ein Mann bin«, bemerkte er und dachte mit Grauen daran, dass er auf dem Weg dahin allein sein würde. Keine Frygdis konnte ihm dann helfen.

»Ach, ich weiß nicht. Es sieht doch so aus, als würde nun alles gut heilen.«

Er lachte trocken auf. »Heilen. Das ist das Wenigste. Es ist mein rechter Arm, und ich kann kaum noch die Hand bewegen. Wenn ich mich nicht beeile, wieder in Form zu kommen, wird der nächste Kampf mein letzter. Oder ich liege dann wieder hier. Wie oft willst du mich gesundhätscheln, Frygdis? Bis Olof dich dabei erwischt? Er hat sich entschlossen, dich zu hassen, weißt du. Und so, wie ich jetzt bin, kann ich dir keinen Schutz bieten.«

»Ich werde dich hätscheln, sooft es mir gefällt, Olof sei verdammt. Wenn es nur um mich ginge, würde ich von nun an bei dir bleiben. Mir scheint, du kannst doch noch eine Frau gebrauchen, die auf dich achtgibt.«

Havenar sah sie mit großen Augen an. »Du würdest jetzt bei mir bleiben, wo ich dir gegen nichts beistehen könnte, aber du wolltest es nicht, als ich die große Erdschlange selbst für dich erschlagen hätte? Du hattest nie Angst um dich, nicht wahr?«

Fygdis lächelte. »Mach dir nichts vor, Hademutsson, ich bin eigensüchtig genug. Aber ich denke, dass du vielleicht heute nicht mehr so kopflos handeln würdest, wenn es um mich geht.«

»Unsinn. Ich bin so kopflos wie eh und je, was dich betrifft. Und du wirst zu den Mädchen zurückgehen und dort bleiben. Bald.«

Sie nickte. »Sobald du mit Thorwald als Stütze, aber auf deinen eigenen Füßen von hier in dein Haus gegangen bist. Dann kann ich doch sicher sein, dass deine Frauen sich um dich kümmern, oder?«

»Sie hätten sich auch hier gekümmert, wenn ich nach ihnen gefragt hätte. Ich wollte allerdings lieber sterben, als vor ihnen wie ein kranker Säugling … nun. War wohl nicht das Klügste. Du kannst dir sicher sein, dass ich ihre Hilfe jetzt annehmen werde. Ich gehe morgen.«

»Du musst mir nichts beweisen. Auf zwei Tage mehr kommt es nicht an.«

»Je eher ich mich zusammenreiße, desto besser.«

»Deine Gesundheit hält vielleicht länger, wenn du es nicht ganz so eilig hast.«

»Ich habe es aber so eilig. So eilig wie noch nie. Wir haben eine Fehde angefangen, mein Leben. Du musst wieder ins Tal gehen. Diese Fehde zehrt nicht nur von Rache. Sie wird zwischen uns stehen, bis sie vorüber ist. Ich werde Krieg führen und endlich Respekt und Ruhe schaffen, das schwöre ich dir. Schluss mit dem Warten. Wenn es nicht mit Zurückhaltung und Vernunft ging, dann wird es mit Angriff und Unterwerfung gehen. Wenn ich nicht hier läge, stünde ich schon mit meinen Männern vor Guttorms Tor und Gudfast vor dem von Thorolf.«

Frygdis schrak vor seinem kalten Blick zurück. Die neue Hagerkeit seiner Züge unterstrich die Bitterkeit und Entschlossenheit seiner Worte. Sie musste sich anstrengen, mit ruhiger Stimme zu sprechen. »Dann werde ich dich sehr lange nicht sehen. Vielleicht sind wir beide alt, wenn du erreicht hast, was du willst. Bis dahin wirst du durch Blut waten. Ich würde nicht wollen, dass du es für mich tust. So bist du doch nicht.«

»Vielleicht machst du dir etwas vor, Thorhildsdottir. Frag die Leute, und sie werden dir sagen, dass ich zu den gemeinsten Berserkern gehöre. Zudem ist es nicht nur für dich. Es ist für die Kinder, für die Sippe. Ich will Ruhe. Wohlstand. Wenn ich das nur kriege, indem ich das Land um meines zu Asche brenne, werde ich es tun. Mir hat das Zittern lange genug gedauert. Mir soll nie wieder jemand Mörder auf den Hals hetzen oder eine Falle auf meinem eigenen Land stellen.«

Fahrig stand Frygdis auf und richtete mit unsteten Händen

seine Decke. »Du erinnerst mich an deinen Sohn, der mir mit seinen zehn Jahren von Rache gegen Horich gesprochen hat. Du kannst keinen Krieg gegen den König führen. Damit bringst du nur Todesruhe über alle. Das müsste dich diese Sache eigentlich gelehrt haben.«

»Diese Sache hat mich gelehrt, dass Horich uns nicht aufgehängt hat, als er es konnte. Er hat eine Schwäche für uns. Ich werde ihn dazu bringen, dass er sich aus meinem Krieg heraushält und hofft, dass ich siege, weil es am Ende sein Vorteil sein wird.«

In Gedanken sprach Havenar schon mit Horich. Er würde den König an Thorolfs und Guttorms verräterische Unzuverlässigkeit erinnern, würde ihm erobertes Land versprechen und Anteil an dem Ruhm, den er, Havenar von Angeln, als Kriegsherr aufhäufen wollte. Nicht zuletzt würde Horich hoffen, dass seine Gegner sich im Kampf gegenseitig schwächten und schließlich auf ihn angewiesen wären. Den Glauben wollte Havenar ihm lassen, doch ihn am Ende eines Besseren belehren.

»Das Fieber hat dir ein Loch ins Hirn gebrannt«, unterbrach Frygdis seinen gedanklichen Überschwang.

»Beleidigst du gerade einen wehrlosen Mann?«

»Der wehrlose Mann spuckt Töne, als wäre er tatsächlich ein Halbgott. Wer war das bloß, der gerade vorhin gejammert hat, er könne seine rechte Hand kaum bewegen? Er wäre kein Mann mehr?«

»Ich habe nicht gejammert. Ich habe festgestellt. Vier Monate, dann bin ich wieder ein Mann, dafür werde ich sorgen. Vier Monate sind knapp, aber ausreichend, um einen Krieg vorzubereiten. Nicht umsonst sind wir seit Jahren auf der Hut. Viele von den Schweden werden auf meinen Ruf wiederkommen, und unsere Bauern stehen hinter mir.«

»Mir scheint, du bist wohl doch schon viel zu gesund. Komm, steh gleich auf und geh rüber in dein Haus.«

Resigniert ließ Havenar sich zurücksinken und verzweifelte über seine Sehnsucht nach Schlaf, die ihrem Spott Recht gab.

»Kannst du es denn nicht verstehen? Ich will endlich Ruhe«, sagte er leise und sah ihr in die Augen.

Einen Moment schwankte Frygdis, ob sie weiter versuchen sollte, ihm sein Vorhaben auszureden, dann gab sie auf. Tief seufzend setzte sie sich zu ihm und sank in sich zusammen. »Doch. Ich kann es verstehen. Zu gut. Tu's also. Führ Krieg. Bring sie alle dazu, dass sie vor dir die Köpfe einziehen. Ich weiß auch, dass du Horich um seinen Verstand reden kannst. Aber ich sehe viele Tote, Haven, und ich bin mir nicht sicher, ob man das Ziel, von dem du sprichst, auf diesem Weg erreichen kann. Wird sich nicht immer noch einer finden, der Rache will? Außerdem sage ich dir noch einmal: Du bist nicht so. Du bist nicht Ratte genug. Horich ist eine Ratte.«

»Ich soll ein Rabe sein, Frygja. Und der Rabe kann sogar einem Adler den Fisch stehlen, geschweige denn einer Ratte.«

Sie nickte langsam, traurig, doch dann wischte sie das Thema mit einer Handbewegung fort, und ihre Miene hellte sich auf. »Oh – habe ich dir schon erzählt, dass wir wieder einen schlauen Jungraben haben? Diesmal will Hadwig ihn behalten und ihm auf Biegen und Brechen mehr Worte beibringen, als deine Jungen Ruß beigebracht haben.«

Havenar lächelte und drückte dankbar ihre Hand. »Ich bin neugierig, was passiert, wenn Hadwig und die Jungen zusammentreffen.«

»Wir werden sehen.«

»Ja. Das werden wir.«

»Du musst schlafen.«

»Ja.«

»Ja.«

»Frygja?«

»Hm?«

»Leg dich zu mir.«

»Es ist heller Tag. Das Kleid behalte ich an.«

»Hm. Das bedeutet wohl, dass du überzeugt bist, dass ich am Leben bleibe. Sonst wärst du nicht so.«

»Das bedeutet, dass ich dich für nicht mehr zu krank und noch nicht für gesund genug halte.« Sie küsste ihn und stieg über ihn auf ihre Seite der Bank, um sich niederzulassen.

»Es tut mir leid, dass du so lange ohne Mann sein musst. Habe ich dir das schon einmal gesagt?«

»Schlägst du vor, ich soll mich nach einem Ersatz für dich umsehen?«

»Nach leicht entbehrlichem Ersatz. Ich erschlage ihn, wenn ich ihn finde.«

»Du wirst wieder einmal Ersatz haben, während ich warte.«

»Ich schwöre dir, dass ich keine Frau anrühre, bis der Krieg mir erlaubt, wieder zu dir zu kommen. Ohnehin werde ich mehr schlafen müssen. Schlafen.« Er gähnte.

»Schlaf.«

»Ich meine, was ich sage.«

»Jaja. Schlaf.«

An den nächsten beiden Tagen kam Havenar noch nicht weiter als bis zur Hüttentür. Doch am dritten Tag wiesen sie Bjarne und Arwed an, Havenars Rückkehr in sein Haus vorzubereiten. Frygdis trennte sich mit schwerem Herzen von ihm, allerdings zog es sie auch zu ihren Kindern, und die Vernunft riet ihr, nicht länger zu bleiben. In Prachtkleid und Göttinnenschmuck stand sie in der Hüttentür, während Havenar mit der Hand auf Thorwalds Arm über den Hof ging. Sie wusste, wie schwer jeder Schritt ihm fiel, und ihre Brust weitete sich vor Stolz auf ihn, weil er trotzdem aufrecht und sicher ausschritt. Sein Onkel und seine Frauen erwarteten ihn schweigend und gespannt an seiner Türschwelle. Frygdis spürte die Freude der Wartenden, als er es bis zu ihnen geschafft hatte. Erst jetzt wagten sie wohl daran zu glauben, dass er dem Tod entronnen war.

Es war das erste Mal, dass sie Gelegenheit hatte, die Bewohnerinnen seines Hauses zu betrachten, wenn auch nur aus der Ferne. Sie hatten Essen geschickt, selbst gewobene Kleidung, sogar Blumen. Frygdis bezweifelte, dass eine von ihnen an eine Göttin an Havenars Seite glaubte. Seine Frauen hatten sie als

Frau willkommen geheißen, ihr dafür gedankt, dass sie tat, was sie nicht tun konnten, weil die schwierigen Regeln des Männerstolzes sie davon abhielten. Statt der alten Eifersucht und des Neides fühlte Frygdis nun nur die Erleichterung darüber, dass er in das Haus dieser freundlichen Frauen zurückkehrte, die für ihn sorgen würden.

Thorwald überließ Havenar Erik, der seinen Neffen glücklich, doch behutsam umarmte, und kam nach einem Abschiedsgruß zurück zu ihr, um ihr Bündel zu schultern. Erst als sie sich unter den beobachtenden Augen der ganzen Siedlung auf den Weg zum Tor machten, sah Frygdis, wie eine der Frauen ein kleines Mädchen nach vorn schob und ihm eine Ermunterung zuflüsterte. Frygdis wartete, Thorwald geduldig hinter sich. Schüchtern kam die vielleicht dreijährige Kleine näher, in den Händen eine geflochtene Blumenkrone. Auf halber Strecke bleib sie stehen und sah zu Boden, den Tränen nahe. Frygdis wollte ihr gerade entgegengehen, da löste sich einer von Havenars Söhnen aus dem Zuschauerpulk, nahm das Mädchen bei der Hand und brachte es zu ihr.

Frygdis lächelte, als sie den Jungen aus der Nähe sah. Ein Elfenknabe wie sein Bruder. »Bard?«, fragte sie.

Er grinste überrascht. »Ja. Und das hier ist Inga, unsere Base. Sie wollte dir etwas bringen, aber der Weg war für sie allein doch zu weit, was, Süße?« Er sah die Kleine an, und sie nickte schniefend.

»Ich freue mich sehr, dass ihr zusammen gekommen seid. Wer hat das gemacht?« Sie lächelte Inga an und ließ sich den Blumenschmuck geben.

»Inga und ihre Mutter. Rike. Aber danken tun dir alle. Sie hoffen, dass du nicht denkst, sie hätten Vater nicht helfen wollen.«

»Es gibt wenig, was ein Mensch mit eurem Vater tun kann, wenn der es nicht will. Aber nun will er, dass ihr ihm helft, also tut euer Bestes, damit er schnell wieder so stark wird wie früher. Stört ihn vor allem nicht, wenn er sich schlafen legt, denn es ärgert ihn selbst, dass er so viel Ruhe braucht.« Sie zwinkerte Bard zu, und der grinste wieder. Schließlich nahm Frygdis ihr goldgewobenes Stirnband ab, setzte die Blumenkrone auf und streifte das Stirnband Inga über. »Ich muss gehen«, sagte sie.

»Leb wohl«, sagte Bard und vermutete, dass das der falsche Abschiedsgruß für eine Göttin war, als Frygdis auflachte und ihm durchs Haar fuhr, bevor sie Thorwald zunickte und mit ihm ging.

Am Tor sah sie sich zu Havenars Haus um, wo er auf Erik gestützt stand und ihr nachsah. Den rechten Arm konnte er nicht heben, der steckte in einer Schlinge, mit dem linken hielt er sich an Erik fest. Nur sein Blick antwortete daher auf ihr Winken, doch ihr Abschied war ohnehin ausgiebig genug gewesen.

Lange Zeit ging sie mit Thorwald in den Wald hinein, bevor sie anhielten, damit sie sich umziehen konnte. Kaum waren die Göttinnenkleider verpackt, fing sie an zu weinen und schluchzte so sehr, dass Thorwald seufzte. Stumm sah er sie an.

»Ein bisschen hart ist es schon, findest du nicht?«, quetschte sie zwischen den schüttelnden Schluchzern heraus. »Ihn zusammenzuflicken, damit er morgen geht und sich wieder in Stücke hauen lässt. Warum seid ihr Männer so, Thorwald? Erklär mir das.«

Eine Antwort erwartete sie eigentlich nicht darauf, doch Thorwald schien ernstlich nachzudenken. Schließlich zuckte er mit den Schultern. »Versteh's auch nicht, warum manche Leute nie zufrieden sein können. Ist eben so.«

Frygdis wischte die Tränen ab und runzelte die Stirn. »Bist du zufrieden? Auda und du, ihr verzichtet auf viel, wegen uns.«

Thorwald schüttelte den Kopf. »Auda und ich wären nicht ohne euch. Nee. Ich bin zufrieden. Ich mache, was ich gut kann. Passe auf euch auf.«

Ein Lächeln vertrieb Frygdis' Tränen. »Du bist weit weiser, als du dich stellst.«

Thorwald wandte sich wieder zum Gehen, doch sie sah seinen Mundwinkel zucken. »Hm«, sagte er.

Für Havenar war es genauso schlimm, in sein Haus zurückzukehren, wie er befürchtet hatte. Alle meinten es gut mit ihm und machten ihn bereits vor Ablauf einer halben Stunde wahnsinnig damit. Schon nach der ersten Begrüßungswelle standen ihm die Haare in alle Richtungen, er fühlte sich gereizt und erschöpft und wünschte sich zurück in seine Sterbehütte. Mindestens fünfundzwanzig Hände hatten in kürzester Zeit einen Vorwand gefunden, ihn zu berühren, und das waren nur die Bewohner seines Hauses, seine Frauen und Kinder, deren Berührung er sonst nie gescheut hatte. Nun schrak er zurück, wenn sich eine Hand näherte, und fühlte sich belästigt, wenn ihn jemand unvorbereitet anfasste, weil er wund war und alle Begegnungen ihn unmäßig anstrengten.

Er war glücklich, als er wieder lag, und gleichzeitig kochte in ihm die Wut über seine Schwäche.

Als kurz darauf Boje, der gerade laufen gelernt hatte, von seinem Vollbruder Sven gejagt zu ihm auf die Bank kletterte, um sich zu verstecken, und ihn dabei anstieß, schmerzte es so, dass er auf- und von dem Kind zurückfuhr. »Verfluchtes Gewimmel. Nimm ihn weg, Rämna. Haltet euch von mir fern. Lasst mich schlafen und fasst mich verdammt noch mal nicht an.«

Rämnas Gesicht war rot und betroffen, als sie hastig zu ihm kam und Boje von ihm fortriss.

»Verzeih«, sagte sie, schluckte und mied seinen Blick. Sie war so schwanger, dass ihr nur noch wenige Wochen blieben, erinnerte Havenar sich reuevoll.

Er legte sich wieder zurück, langsam, vorsichtig, wie er es machen musste, um sich nicht mehr als unvermeidbar wehzutun und die Narben zu schonen.

»Gib ihn mir, Rämna«, hörte er da zu seinem Erstaunen Bard sagen. »Klein Erik, hilf mir, nimm Kieran. Inga und Gudrid, ihr kommt auch, wir gehen zu Großmutter. Kjartan, Rolleif, ihr geht mit Sven und Lodin nach draußen und nehmt Conn mit. Ich weiß gar nicht, wieso heute alle hier drin herumlungern. Vater soll schlafen, das hat die hohe Frau gesagt.«

»Bard hat Recht. Komm, Arwed. Wir gehen zum Übungsplatz.« Das war Bjarne.

»Nehmt die Hunde mit«, sagte Erik. Einen Augenblick später war es so ruhig im Haus wie sonst nicht einmal dann, wenn alle schliefen. Havenar atmete tief durch. »Rämna?« Er hörte sie zögerlich herankommen.

»Ja?«

»Es tut mir leid. Ich bin nicht ich selbst.«

»Mir tut es leid. Sie hat dich von den Toten zurückgeholt. Du hast ein Recht darauf, müde zu sein.«

»Ich wünschte, ich wäre es nicht. Lasst mich nur ein paar Tage in Ruhe. Macht einen Bogen um mich.«

Havenar hörte Erik belustigt schniefen. »Solange du die Anweisungen befolgst, die deine Göttin uns durch Bjarne hat zukommen lassen.«

Der leise Ärger kam gegen Havenars Drang zu lächeln nicht an. »Hat sie?«

»Noch zehn Tage lang sollen wir dir etwas zu essen in die Hand drücken, wenn du dein Schwert suchst. Nur deinen Kopf darfst du bis dahin als Waffe benutzen, hat sie gesagt.«

Hell und leise lachte Rike, und die anderen Frauen verbargen ihre Erheiterung nur dürftig.

Havenar schloss die Augen. »Wenn sie es sagt«, murmelte er.

»Dann tut man es wohl besser«, stimmte Erik zu. »Sie scheint dich gut zu kennen.«

»Zehn Tage. Dann stehe ich auf.«

Zehn Tage hatte Frygdis ihn gehätschelt, zehn weitere Tage hatte sie ihm Ruhe zum Denken gegeben, wohlwissend, was sein Verstand aus dieser Zeit machen würde. Wenn er ruhte, ruhte er ganz, doch wenn er wach war, war er völlig wach, und bald begannen seine Anordnungen so klar und bestimmt zu fließen, dass weder Hademut noch Erik Zweifel behielten, wer ihr Heer in den Krieg gegen die feindlichen Nachbarn führen würde. In ihren Beratungen war Havenars Umsicht von eiskalter Ruhe und Sicherheit. Es gab keine Vorbereitung, die er nicht bedachte. Oft schauderte es die älteren Männer vor der eisernen Entschlossenheit, die der Jüngere von den Toten mitgebracht hatte, und sie hofften, dass sie noch würden mithalten können.

Keiner von ihnen ahnte, wie Havenar am elften Tag auf dem Übungsplatz mit seiner Angst zu kämpfen hatte. Er ging in der kühlen Morgendämmerung mit Vitgeir, Brunolf, der kurz vor der Abreise stand, und Guntram, der drei Tage zuvor fröhlich nach Gammelby zurückgekommen war.

Havenar war es flau im Magen, und sein Herz schlug heftig, als er einen Schild vom Ständer nahm und das Übungsschwert wie üblich mit der Rechten griff. Die Erinnerung an seine Qualen war lähmend.

Brunolf rüstete sich als Gegner für ihn, während Vitgeir und Guntram mit gespannter Aufmerksamkeit jede seiner Bewegungen begutachteten. Dabei hatte er das Schwert noch nicht einmal bis dorthin gehoben, wo sein Arm zu schmerzen begann.

»Ich schlage vor, es anders zu machen«, sagte Guntram und brachte damit nicht nur Havenar zum Staunen. Ungebeten Vorschläge zu machen, war Guntram nicht zu eigen, schon gar nicht, wenn es um Kampftechnik ging, in der er selbst nicht besonders stark war. »Frygdis sagte, du würdest es genau so machen. Zähne zusammenbeißen, bis sie knacken. Wir sollten dich auf deine Linke bringen, hat sie gesagt. Hätte sie schon immer gesagt, du wüsstest, wie lange. Wenn dir nichts anderes übrigbliebe, würdest du es endlich lernen. Und ich meine, warum nicht? Tun wir so, als hättest du den rechten Arm nicht mehr, dann hat er noch eine Weile Zeit zu heilen.«

»Ich glaube, das ist der richtige Gedanke«, meinte Vitgeir. »Erspar dir die Stöße auf dem rechten Arm, solange es noch wehtut. Kämpf mit links und ohne Schild.«

Havenar sah zu Brunolf, der eben seine Armmuskeln dehnte. Sein Freund nickte. »Du könntest dir rechts den Dolch angewöhnen als Ergänzung für den Sax links. So hat mein Großonkel gekämpft. Du hast normalerweise so viel Kraft, dass du jeden um seinen Schild erleichtern kannst, wenn du es darauf anlegst.«

Mit finsterer Miene hängte Havenar den Schild zurück und wechselte das Schwert in die Linke. Er machte ein paar Probeschwünge und schnaubte unzufrieden. »Es hat einen guten Grund, dass ich bis heute mit links nicht besser bin.«

»Faulheit und Eitelkeit«, sagte Guntram und räusperte sich, als er Havenars mörderischem Blick begegnete. »Sagt Frygdis«, fügte er eilig hinzu.

Havenar führte einen wütenden Hieb, der den hölzernen Schildständer eine von Josteins schönen Schnitzereien kostete. »Hat sie noch mehr über mich gesagt? Dann gleich raus damit.«

Guntrams Grinsen wurde zu einem beschwichtigenden Lächeln. »Nicht viel. Aber ihre Freundin sagte, ihr beide seid verheiratet. Und das größte kleine Mädchen sagt, du wärest mit beiden Händen der geschickteste Mann der Welt und sie fände dich fast so gut wie Thorwald.«

Havenars Ärger legte sich. »Sie muss ihren großzügigen Tag gehabt haben. Gewöhnlich lässt sie kein gutes Haar an mir.«

»Verheiratet?«, fragte Vitgeir mit gehobenen Brauen.

Havenar wurde rot, was seinen Bruder zum Lachen brachte. »Hm.«

»Heil und Segen«, sagten die drei im Einklang.

»Auf die Art solltet ihr das nicht erfahren«, meinte Havenar missmutig. »Behaltet es für euch. Eines Tages bringe ich sie heim, und dann feiern wir, wie es ihr gebührt.«

»So es dich und Heim dann noch gibt«, sagte Brunolf.

Vitgeir warf ihm einen abfälligen Blick zu. »Deine kleinmütigen Zweifel behältst du besser für dich. Wenn Guntram, Erik und ich mit ihm fertig sind, ist er stärker als vorher. Die Ratten werden vor dem zittern, der von den Toten zurück ist.«

Havenar seufzte. »Dein Eifer in Ehren, Vit, aber lasst uns anfangen, sonst muss ich mich erst wieder hinsetzen.«

Faulheit und Eitelkeit, na wartet, dachte Havenar und legte von Stund an so viel Ehrgeiz an den Tag, dass kein Gramm Fett Gelegenheit bekam, seinen ausgezehrten Körper wieder zu glätten. Auch als sein rechter Arm nach Wochen aufhörte zu schmerzen, trieb er weiter die Geschicklichkeit des linken voran, während der rechte langsam zu seinen Pflichten zurückkehrte. Oft genug musste er nach den Übungsstunden auf dem Platz ausruhen, um den kurzen Rückweg in die Siedlung zu schaffen, ohne zu schwanken. Doch im Laufe eines guten Monats erwarb er sich seine Ausdauer zurück.

Zwei Wochen später traf die herbeigerufene Rotte der Schweden in Flintholm ein. Aus dem ganzen Land drifteten auf seinen Ruf hin die Bauernsöhne herbei, die fühlten, dass sie Jarl Hademuts oder Jarl Gudfasts Sippe Treue schuldeten. Auch von den Ländereien des toten Asmund und des toten Swidbert, die Horich an sich gerissen hatte, kamen sie. Alle hofften, in Havenar wenigstens einen Mann zu finden, der stark genug war, um Horich und dessen Verbündeten zu zeigen, dass es Grenzen gab.

Mit den bewaffneten kampfeswilligen Männern kamen Vieh und Vorräte und kinderlose Frauen, die ihr Glück lieber in der Nähe des Heeres versuchen wollten als allein auf kargen kleinen Höfen. Manche nahmen auch eher alle Unbill in Kauf, als von ihrem Liebsten zu lassen.

Die wachsende beachtliche Zahl an Männern war Havenar jedoch nicht genug. Mit der reinen Masse konnte er Thorolf und Guttorm nicht unterwerfen und Horich keinen Respekt lehren. Jeder seiner Männer musste vielfach zählen, und die Unterstützung der Götter brauchte er noch obendrein. Mit Lob, Härte, Freigiebigkeit und wachsamen Augen und Ohren siebte er die Männer, sortierte sie und setzte sie schließlich zu einem Heer zusammen, vor dem er selbst sich gefürchtet hätte. Kleine schlagkräftige Trupps, gemischt aus klugen Köpfen, Muskelriesen, Schleichern, Akrobaten, Scharfschützen und einfachen Bauern, fügten sich zu größeren Trupps zusammen, die Angriffslinien bilden, Schildburgen bauen oder Belagerungsringe schließen konnten.

Ähnliche Arbeit ließ er Herjulf und Sigvid mit den Besatzungen der Boote vollbringen, während sie nach Brunolf und den vier Schiffen Ausschau hielten, die auf Handel ausgefahren waren. Nach Süden hatte Havenar Brunolf geschickt, von Norden würde er wiederkommen. Sie umgingen damit den Zwischenhandel im eigenen Land und vervielfachten ihren Gewinn, der in Eisen angelegt werden sollte. Es bedeutete außerdem, dass die Schiffe erst bei Einbruch des Winters zu erwarten waren, doch das verschwieg Havenar. Überlautes Murren wäre die Folge gewesen, wenn er zu früh verraten hätte, dass er seinen Krieg im Winter beginnen wollte. So würden die Leute zwar auch murren, aber folgen würden sie ihm. Silveid und Midbikhus wären in ihrer Hand, bevor Thorolf begreifen würde, dass seine alten Gegner nicht auf gutes Wetter warteten. Dann könnten sie den Rest des Winters von Thorolfs Vorräten zehren und Guttorm schlagen, wenn das Frühjahr kam.

Was die Götter betraf, half Havenar schamlos nach. Ein halbverrücktes altes Weib brachte er dazu, dass sie tiefschürfende Siegesprophezeiungen verbreitete. Auf die frisch bemalten Schilde und geschliffenen Waffen der Krieger zeichnete die Alte siegbringende und schützende Runen. Die opferfreudigen Schweden und alle die, die dem etwas abgewinnen konnten, ließ er großzügig ihre dunklen Rituale vollziehen, obwohl es ihm sauer aufstieß, als sie eines von seinen guten Hengstfohlen töteten, um es an einem Baum aufzuhängen.

Jedes geheimnisvolle Gerücht, das seine eigene Übermenschlichkeit betraf, unterstützte er nach Kräften. An jedem Feuer wurde von seinen ruhmvollen Taten erzählt, von seinen Reisen, seinen Kämpfen, seiner Wiederkehr aus Hels Totenreich und von seinem Sieg über manches Ungeheuer. Da Ruß zu frech und nicht würdevoll genug war, beschaffte er sich einen neuen Jungraben, der ihn fortwährend begleitete. Das Tier war nicht halb so klug wie Troll und seine Nachkommen, tat aber seine Wirkung.

Dann und wann opferte er auch selbst, auf vernünftigere Weise, stellte sich dabei neben die von allen geheiligte Eiche am Heerlagerplatz und legte die Hand auf ihren mächtigen Stamm. Wenn dort auch nicht die Götter mit ihm sprachen, wie die Gläubigen annahmen, sondern er nur dem Rasseln des toten Laubs lauschte, strahlte der Baum doch eine Ruhe aus, zu der er selbst sich immer wieder zwingen musste.

Außerdem ließ er sich die Haare kürzen und den Bart abnehmen und schwor vor ausgewählten Zeugen, beides nicht mehr wachsen zu lassen, nur noch Wasser zu trinken und keine Frau zu berühren, bis sein Rachedurst gestillt war. Vorsichtshalber schwor er nicht auf den Sieg, doch auch hier galt: Es tat seine Wirkung. Doppelte und dreifache Wirkung zudem, denn nach seiner Krankheit hatte er feststellen müssen, dass Met und Bier ihn viel schneller zur Strecke brachten als vorher, was er sich nicht leisten konnte. Er brauchte jeden Augenblick seinen klaren Kopf.

Mit den Frauen war es ähnlich. Der Schwur ersparte ihm, nach Ausflüchten für etwas suchen zu müssen, das ihm unnötig Kraft raubte. Die Huren ließen ihn danach ebenso in Ruhe wie seine Frauen, was es ihm erheblich erleichterte, sein Versprechen an Frygdis zu ehren. Zu ihr zu gehen, würde nach allem seine Belohnung sein. Und aus Neugier wollte er bartlos gehen, denn bei aller Enthaltsamkeit konnten ihm doch nicht die schmeichelhaften weiblichen Blicke entgehen, die sich anerkennend mit seinem Gesicht befassten. Seine glattrasierte Wange stellte zwar die schändliche Narbe zur Schau, die er von Horichs Dolch behalten hatte, doch zumindest dem Weibsvolk schien sie kein entrüstungswürdiger Makel zu sein, sondern ein zusätzlicher Reiz.

18. Kapitel

Sein Schwur und die Gedanken, die er damit verbunden hatte, kamen Havenar kindisch vor, als sie am Ende des Winters endlich Midbikhus in der frostbeuligen Hand hatten. Er war so satt von Rache, dass er sie hätte ausspeien können. Er werde durch Blut waten, hatte Frygdis gesagt. Und bei Odin und Tyr, das hatte er getan.

Rasend schnell und mit wenig Opfern hatten sie zuerst Silveid überwältigt. Jarl Thorolf hatte sich geweigert, sich von der Siedlung zu trennen, die sie neben anderen Zugeständnissen haben wollten. Er hatte eine Ehrenentscheidung verlangt, als er eigentlich schon besiegt war. Havenar vermutete, dass Thorolf sich schlau vorgekommen war, als er Jarl Hademut selbst zum Holmgang forderte. Sein Vater war nie ernstlich dagegen vorgegangen, dass sein Ruhm als Schwertkämpfer verblasste. Doch er war noch immer weit schlanker und geschmeidiger als Thorolf, deshalb siegte er ehrenvoll und tötete Thorolf rasch.

Daraufhin schien sich alles wie gewünscht zu fügen, bis Olof mit einer Horde wild zusammengeworbener Krieger aus Horichs Reihen ankam und einen schlecht geplanten, doch hitzigen und blutigen neuen Kampf anfing. Bis nach Midbikhus ließ er sich langsam zurückdrängen. Von dort aus zog er sich mit seinen besten Männern hastig auf Guttorms Land zurück und überließ Midbikhus sich selbst. Mit einem Gemetzel in der gestürmten Siedlung fand der Kampf vorerst sein Ende.

Havenar war alles gewesen, was man von ihm erwartete. Zu johlender Begeisterung und flammender Kampfeswut hatte er sein Heer angestachelt, den Leuten den blutgierigen Berserker vorgeführt und den herausragenden Strategen, den umsichtig Sorge tragenden für das Wohl der eigenen frierenden, hungrigen Männer. Ohne eine Gefühlsregung zu zeigen, hatte er die alten und jungen Toten von Midbikhus begutachtet, bevor sie unter dem Winterhimmel in Rauch aufgingen.

Wäre in seinem Vater und seinem Onkel nicht die Erinnerung an seine Krankheit wach gewesen und daher die Gewohnheit entstanden, ihn zu beobachten, hätten auch sie vielleicht nicht gesehen, wie spröde er hinter all dem wurde. Die beiden standen allein am Kochfeuer und aßen hartes Brot, als Hademut schließlich seinen Bruder darauf ansprach. »Wie lange hat er nichts gegessen?«

Erik erwiderte seinen Blick nachdenklich. »Er schläft zu wenig, und wenn er schläft, dann zittert er. Er hat kein Gramm überflüssiges Fleisch. Hast du gemerkt, wie oft er sich die Stirn reibt? Man sollte meinen, sie wäre bald wund.«

»Glaubst du, er hat Schmerzen?«

»Vielleicht. Aber das würde er wohl überstehen. Was ich fürchte, ist, dass er mit seiner Aufgabe nicht zurechtkommt.«

Hademuts Blick wurde finster. »Nimm dich in Acht. Du sprichst von meinem Sohn.«

»Dein Sohn wollte nie ein Heerführer sein, wenn du dich entsinnen magst. Er hat zwar alles, was man dafür braucht, aber zu seinem Nachteil hat er noch mehr als das.«

»So wie ich es sehe, ist er nach seiner Krankheit nicht wieder ganz gesund geworden. Warum verzichtet er sonst aufs Trinken und die Frauen? Große Schwurgesten sehen ihm nicht ähnlich. Das ist es, was ihn niederdrückt, glaub mir. Keiner kann so durch einen Krieg kommen. Eine Weile ausruhen müsste er und wieder richtig zum Leben finden. Mir noch ein paar Enkel anschaffen, sich ein bisschen streicheln lassen.«

»Da stimme ich dir gern zu. Können wir ihn denn entbehren?«

»Besser jetzt für eine Weile als bald für immer. Es wäre auch nicht gut, wenn er die Geduld mit seinen Männern verliert. Dann wird es schwierig, sie beieinanderzuhalten. Noch folgen sie uns aus Bewunderung für … na, für uns.« Hademut räusperte sich, und sie grinsten einander spöttisch an.

»Schicken wir ihn weg«, schlug Erik heiter vor.

»Meinst du demnach, wir beide können das Heer mit unserem wacker bemühten Gudfast allein bei Laune halten?«

»Havenar will mit dem Angriff auf Guttorm warten, bis zuhause die Ernte gesichert ist. Wenn wir das tun, dann geschieht hier für eine Weile nicht viel. So lange könnte seine Göttin gut einen Auftrag für ihn haben.«

Nun lachte Hademut laut. »Das will ich wetten, dass sie ein oder zwei Aufträge für ihn hat. Sie hat Schenkel, die sind so lang, als wären sie nur für solche Aufträge gemacht. Und eine Haut wie Sahne.«

Erik sah ihn überrascht an. »Du hast sie gesehen? Ich meine … so?«

Grinsend begann Hademut aus einem Götterlied zu deklamieren. *»Ich fand die Maid auf ihrem Bette, weiß wie die Sonne, schlafend. Aller Fürsten Freude fühlt ich nichtig, Sollt ich ihrer länger ledig leben.* Nun, zu Havenars Glück bin ich zu alt für die junge Stolze, sonst … wer weiß. Ich teile seinen Geschmack.«

»Sogar dir würde er für sie die Knochen brechen. Der Maid sollten wir es überlassen, ihn ganz ins Leben zurückzuholen. Soll sie zu Ende bringen, was sie angefangen hat.«

»Einverstanden. Hol Vitgeir. Zur Not binden wir den Bengel zusammen, laden ihn auf ein Boot und lassen ihn von seinem Bruder nach Flintholm segeln. Unterwegs wird er sich besinnen.«

Havenar stand mit Brunolf und einigen fachkundigen Bauern im Stall, um zu entscheiden, ob es darin Tiere gab, die zum Schlachten zu schade waren. Sein Kopf summte, weil er all seine Geduld zusammennehmen musste. Ein Teil von ihm fand es lächerlich, dass sie beim Schlachten des Viehs mit mehr Bedacht vorgingen als bei dessen Besitzern. Es war jedoch vernünftig. Für die Lebenden musste es weitergehen. Hunger würde neue Feinde schaffen. »Markiert das Schlachtvieh mit Ruß«, wies er Brunolf an, bevor er Hademut, Erik und Vitgeir entgegenging. Das überbreite Lächeln seines Vaters machte ihn umgehend misstrauisch, dessen erste Worte noch weit mehr.

»Du bist großartig, mein Junge. Bis zu deinen Urenkeln denkst du voraus«, sagte Hademut.

»Erstrangige Arbeit. Kein Nachlassen, keine Schwäche. Alles unter Kontrolle«, stimmte Erik zu.

»Bei den Männern gibt es keine Zweifel an unserer Sache«, meldete Vitgeir.

Gespannt durchforschte Havenar ihre Mienen, konnte jedoch nicht raten, was sie ihm abschwatzen wollten.

»Selbst dein Vetter Gudfast oder meine Wenigkeit könnten diesen Heerzug von hier weiterführen. Man müsste nur noch handeln, kaum denken«, fuhr Hademut fort. »Nicht, dass wir dich nicht gern dabeihätten, wenn es gegen Guttorm geht, aber …«

Erik beäugte seinen Neffen argwöhnisch. »Bleib jetzt ruhig«, warf er ein und hob ihm beide Hände beschwichtigend entgegen.

»Aber«, sagte Hademut, »unser Entschluss steht fest.«

»Was, zum …?«, erkundigte Havenar sich verwirrt.

»Wir setzen dich ab«, endete sein Vater und schlug ihm mit auffälliger Freundlichkeit auf die Schulter.

Havenar verzog das Gesicht. Derartige Berührungen lösten bei ihm noch immer Widerwillen aus, auch wenn sie schon lange nicht mehr schmerzten. »Ihr setzt mich ab?«

Hademut und Erik nickten, beide auf alles gefasst. Vitgeir lauerte hinter ihnen.

»Nur, damit wir uns richtig verstehen: ab wann und für wie lange? Und bei allen Göttern, verdammt, warum?«

»Wir wollen ein bisschen Ruhm für uns selbst«, erklärte Hademut. »Sieh dir Gudfast an. Er ist Jarl, du bist es nicht. Er steht in deinem Schatten.«

»Ist Gudfast gekränkt?«, fragte Havenar.

»Nein. Keine Spur«, sagte Vitgeir.

»Ab sofort und für so lange, wie du brauchst«, gab Erik die fehlenden Antworten.

»Wie ich brauche? Wofür, zur Hel?«

»Wir denken, nein, wir sind uns sicher, dass deine göttliche, hm, Gemahlin Verwendung für dich hat. Besuch sie«, sagte Hademut.

Havenars Verwirrung wich schlagartig Besorgnis. »Ist etwas mit Frygdis? Habt ihr etwas gehört?«

»Himmel, Junge, mit dir ist etwas«, seufzte Erik. »Sieh es ein. Du musst dich ausruhen. Und hier kannst du das nicht.«

Halbwegs erleichtert atmete Havenar auf. »Damit hättet ihr gleich herausrücken können. Ja, ich bin müde. Mir ist es recht. Ich kann gehen und in Gammelby nach dem Rechten sehen.«

»In Gammelby?«, fragte Hademut. »Da ist alles in Ordnung, soweit wir erst vor ein paar Tagen gehört haben.«

»Ich will selbst einen Blick auf die Felder werfen. Ein paar Jagden führen, die Nachzügler sammeln.«

»Das ist nicht das, was …«, setzte sein Vater an.

»Das musst du selbst wissen«, unterbrach Erik ihn. »Nur komm nicht so mager hierher zurück, wie du gehst. Du hast kein Polster mehr, und jemand wie du mit ungepolsterten Nerven ist schlechte Gesellschaft.«

Zornesröte stieg in Havenars Wangen, und er wurde deutlich lauter. »Ich bin verflucht bewundernswert ruhig, wenn ich mir überlege, mit wie viel Mist man mir ständig kommt. Erzähl mir nicht, ich würde mich nicht beherrschen.«

»Noch«, sagte Erik.

»Ab sofort …«, sagte Havenar mit wütendem Funkeln in den Augen, »geht im Moor schwimmen.« Er machte auf der Stelle kehrt und stampfte in das Haus, in dem die Kriegsherren ihr Lager aufgeschlagen hatten. Hastig und ohne einen klaren Gedanken suchte er seine Sachen zusammen und hörte nicht, wie Vitgeir hereinkam.

»Warum bist du wütend? Sie haben dich für eine Weile von etwas befreit, was du im Grunde nicht haben willst.«

Havenar schnürte sein Bündel und sah ihn nicht an. »Das ist es nicht. Es stört mich nicht, für eine Weile zu verschwinden. Ich bin es nur leid, dass man mir unterstellt, ich sei ein Ungeheuer, das auf die eigenen Leute losgehen könnte. Bisher habe ich nicht einmal die allerdämlichsten Knechte geschlagen, obwohl mir oft genug danach war.«

Vitgeir nickte, dann zuckte er mit den Schultern. »Soll ich dich nach Flintholm segeln? Ich hätte Lust, Herjulf zu sehen und bei Gerlög zu essen.«

»Hm. Wenn du willst. Wegen mir ist es nicht nötig.«

»Du solltest zu ihr gehen. Zu deiner … Gattin.«

Havenar hielt inne, überlegte einen Moment und ließ sich dann plötzlich auf die Bank sinken. »Ich habe keine Lust dazu«, murmelte er und rieb sich die Stirn.

Wie um sich und den Männern seiner Sippe Recht zu geben, schlief Havenar schon auf dem Fischerkahn ein, mit dem Vitgeir und ein Knecht ihn nach Flintholm brachten.

Dort aßen sie mit Herjulf und Gerlög zu Abend, die über ihr Kommen freudig überrascht waren und denen sie haarklein von ihren Siegen berichten mussten. Gewöhnlich hätte Havenar mit Genuss seine Taten zu einer farbigen Geschichte gewoben. Dieses Mal überließ er lustlos Vitgeir die Rolle des Legendenschmieds. Er selbst fühlte sich unbehaglich, während er hörte, was er alles getan hatte, um im ersten Teil seines Krieges die Oberhand zu gewinnen. Auch die von seiner Gefolgschaft am lautesten bejubelten Streiche hatten nicht den Glanz für ihn, den sie früher gehabt hätten.

Er wusste, warum er nicht zu Frygdis und seinen Mädchen wollte. Er konnte ihnen nichts erzählen. Alles, was ihm in den Sinn kam, waren Bilder von zerhackten Körpern, schmerzverzerrten Gesichtern, erschlagenen Kindern, vielfach missbrauchten, blutig geschundenen Frauen, Dreck, Gestank, Blut und noch mehr Blut. Sein Heer hatte Entsetzen über das Land gebracht, das einmal Frygdis' und Hadwigs Heimat gewesen war. Durch Blutgier und Hass entstellte Mienen und ihre Verbrechen waren sein großes Werk. Und seit seiner Krankheit verstand er, welches

Leid hinter den endlos gellenden Schreien, dem alles durchdringenden Faulgestank steckte. Er hätte vieles geändert, doch es lag nicht in seiner Macht. Zu enthemmter, wütender Gewalt anstacheln ließen seine Krieger sich schnell. Sie aufzuhalten, war weit schwieriger. Manch einer musste sich nach dem Kampf noch lange austoben, bevor er zur Vernunft kam, und viele bedrückte ihr Tun später nicht im Geringsten.

Auch er musste während der Kämpfe um Selbstbeherrschung ringen. Doch nicht ein einziges Mal seit dem Tag, an dem Ragnhild ihm das Rauschmittel untergeschoben hatte, hatte er sich so vergessen, dass er nicht mehr wusste, was er tat. Er hatte kein Kind erschlagen und keine Frau geschändet. Was den Rest betraf, musste es die Welt allerdings vor ihm grausen. Auch Frygdis. Viele eigene Leute wichen schreckensbleich aus, wenn er sich näherte. Sein tumber Rabe war gemästet worden. Als der Vogel entflog, war es eine Erleichterung für ihn gewesen, so sehr widerte ihn das aasige Federviech inzwischen an.

Fast ein Jahr war vergangen, seit Frygdis bei ihm gewesen war. Helche würde wahrscheinlich schon laufen können. So oft hatte er an den kostbaren Moment gedacht, in dem er seine neugeborene Tochter in den Händen gehalten hatte. Seine Hoffnungen waren in jenem Moment groß gewesen. Er hatte sie Tag für Tag aufwachsen sehen wollen, ihr immer so nahe bleiben wie in der ersten Stunde. Nun hatte er ihr erstes Jahr ebenso verpasst wie das der Zwillinge. Was Hadwig betraf – sein Vater hatte ihren Großvater getötet, er selbst einen ihrer Onkel, wenn sie auch keinen von ihnen gekannt hatte.

Er brachte Frygdis und ihren Töchtern seit jeher nur Unglück, daran ließ sich nicht rütteln. Ein unbedachter müder Scherz war es gewesen, als er zu ihr sagte, es täte ihm leid, dass sie so lange ohne Mann sein musste. Nun, da er zum ersten Mal in seinem erwachsenen Leben länger als ein halbes Jahr ohne Frau verbracht hatte, begriff er schließlich, wovon er gesprochen hatte. Ob sie sich nach Ersatz umsehen solle, hatte sie gefragt. In seinem gegenwärtigen Zustand konnte er sich nicht mehr vorstellen, dass sie all die Zeit ohne Ersatz ausgehalten hatte. Zwei Tage vor Helches Geburt hatte er zum letzten Mal mit ihr gelegen. Beim nächsten Zusammentreffen war er ein abscheulicher Kadaver gewesen, angewiesen auf ihre nachsichtige Hilfe. Von jenem Krüppel hatte sie sich in dem Wissen getrennt, dass er nichts Eiligeres zu tun fand, als loszuziehen und seine Gesundheit wieder aufs Spiel zu setzen. Wieso nur war ihm das zu der Zeit so folgerichtig und unumgänglich vorgekommen? Er hatte nicht einmal darüber nachgedacht, ob es einen anderen Weg gab. Frygdis hatte sich gewiss damit abgefunden, dass sie ihn nicht wiedersehen würde.

Wieder einmal war er so weit, dass er sich fragte, ob es nicht besser für sie und ihn war, wenn er es dabei beließ. Warum sollte er sie und sich immer wieder zwingen, einen Abschied zu nehmen, nach dem es vielleicht kein Wiedersehen gab? Der Krieg würde weitergehen, und er konnte nicht aussteigen. Es war seine Pflicht, das angestiftete Übel zum Erfolg zu machen.

Frygdis würde Ersatz für ihn finden. Sie war blühend und konnte einem Mann noch Kinder schenken. Freude. Einem Mann, der bei ihr sein würde und für sie und die Mädchen sorgen. Seine Mädchen. Der sie berühren würde. Ein anderer Mann. Dem Frygdis die Hand auf die Wange legen würde und in die Augen sehen.

Widerlich.

Der Gedanke ließ das Essen zunehmend bitter schmecken. Gerlögs Mahl schmeckte ihm so wenig wie der schlichte Fraß, den sie beim Heer bekamen. Im Grunde wollte er weder zu Frygdis noch nach Gammelby zurück noch bleiben. Auf ein Schiff wollte er, das die Nase auf eine weit entfernte Küste gerichtet hatte. Wind, Holz und Wasser und nichts Wichtigeres im Sinn, als den Himmel im Auge zu behalten. Und da stand plötzlich sein Entschluss fest. Wohin auch immer, er würde segeln. Gammelby schied damit aus.

»Hörst du zu, Havenar?«, fragte Herjulf.

Havenar sah ihn an wie einen Fremden. »Hm?«

Gerlög stand hinter ihm und legte ihre Hand auf seine Schulter. »Du hast kaum gegessen, Kleiner.« Vitgeir prustete in seinen Becher und prostete seiner Halbschwester zu, die sich keines Scherzes bewusst war, wie sie da hinter dem mörderischsten Krieger Danmarks stand und ihm die Schulter tätschelte.

»Dieser Mann von dir, der Riese«, erzählte Herjulf zum zweiten Mal. »Thorwald. Er war hier. Mit einem Boot. Wollte wissen, wie die Dinge stehen. Meinte, ich solle dir Grüße von ihm ausrichten, ihnen ginge es gut. Ein Spaßvogel. Ich hätte es vergessen, wenn ihr nicht hier aufgetaucht wäret.«

Havenars Hände landeten unwillkürlich mit einem dumpfen Knall auf der aufgebockten Tischplatte, die Herjulf neu angeschafft hatte. Schüsseln tanzten, Messer und Löffel klapperten. Mit aufflackerndem Argwohn hob er seinen Blick nach oben gen Götterwohnsitz, bevor er sich mit einem Kopfschütteln seiner Schwester zuwandte. »Ihr steckt alle unter einer Decke. Gib mir Bier, Gerlög.«

»Ho, ho, ho, Kleiner«, sagte Vitgeir und wollte sich vor Lachen wegwerfen.

Am nächsten Tag segelte Havenar. Zu Frygdis.

Das kalte, nasse Wetter hatte wie im Vorjahr lange gedauert. Es kam Frygdis schon vor, als hätte der Himmel seine Farbe endgültig von Blau zu einem niederdrückenden Grau geändert, da kam der Sommer endlich doch noch.

Gerade einen Monat zuvor hatte Thorwald Neuigkeiten vom Krieg aus Flintholm geholt, weil sie es nicht mehr aushalten konnte, nichts von Havenar zu hören. Sein Schwager Herjulf hatte Thorwald vom Sieg über Jarl Thorolf erzählt und dass Olof entkommen war. Doch nach einem absehbaren Ende hatte es nicht geklungen. Mit Guttorm schien der Streit noch gar nicht richtig begonnen zu haben, und der wusste sich besser zu verteidigen als Thorolfs Sippe.

Frygdis musste weiter einsam abwarten. Mittlerweile war sie so sehr daran gewöhnt, dass sie sich schwer vorstellen konnte, je mit Havenar oder wieder unter vielen Menschen zu leben. Selbst die Sorge um ihren Mann war Gewohnheit geworden. Sie pulste dumpf im Hintergrund ihrer Gedanken und drängte sich nur noch selten vor die näherliegenden Sorgen des Alltags. Weh tat ihr immer wieder, dass er seine Töchter nicht sah. Er hatte so gern miterleben wollen, wie sie aufwuchsen.

Für sie waren die Mädchen der Grund, warum sie keinen Mann vermisste. Sie hatte niemals auch nur einen Augenblick Muße, um sich mit ihrer Sehnsucht zu beschäftigen. Helche war schon flink auf den kleinen Beinchen und wollte beschäftigt werden. Hadwig hing mit den Zwillingen zusammen, die so wild waren wie sie und gerade in das Alter kamen, in dem sie brauchbare Spielgefährtinnen wurden. Frygdis mochte den dreien Helche oft nicht anvertrauen, zumal sie anders war als ihre Schwestern. Sie lernte alles schnell, war so leicht lenkbar wie Hadwig in den ersten Jahren, verabscheute es im Gegensatz zu dieser jedoch, schmutzig zu werden. Durch Schlamm mochte sie nicht laufen, und nie hätte sie in einer Schnecke gebohrt. Die Zwillinge wirkten äußerlich zarter als Helche, waren aber viel ungestümer.

Im Winter waren alle vier Kinder krank gewesen und Auda dazu. Ishild war als Erste wieder aus dem Bett geklettert. Frygdis hatte flüchtig mit dem Gedanken gespielt, alle im Bett festzubinden und sich selbst Pfropfen in die Ohren zu stecken, bis sie wieder gesund waren. Aber sie hatte in jenen Tagen mit vielen verzweifelten Gedanken gespielt, sie alle verworfen und die Zeit mit hundertfachem Seufzen durchgestanden.

Den nächsten Winter fürchtete sie schon jetzt, denn es war vorauszusehen, dass sie in den kalten Monaten mit dem Essen noch sparsamer sein mussten. Das Wetter hatte der Ernte wieder zugesetzt, und mit dem Krieg im Nacken würden die Bauern auf ihren Vorräten sitzen.

Umso wichtiger war es, die warmen Tage zu feiern, die nun begonnen hatten, um Kräfte zu sammeln.

Einen ganzen Tag lang wollten sie nicht arbeiten, nur ausruhen, gut essen und mit den Kindern froh sein.

Sie machten reichlich leckeres Essen für den Tag und lagerten sich in der Sonne nah bei ihrer Quelle. Thorwald schnitzte den Mädchen Flöten, und lange amüsierten sie sich damit, bis das Geschrill den Erwachsenen zu viel wurde und Auda und Frygdis stattdessen anboten zu singen. Hadwig konnte schon mitsingen, und bald begannen die Frauen mit den drei größeren Kindern singend im Kreis zu tanzen. Thorwald verschränkte die Hände hinter dem Kopf, sah zufrieden zu und ließ Helche auf sich herumkrabbeln.

Aus dem Tanz wurde ein wildes Fangenspiel, bei dem Alrun über Thorwalds ausgestrecktes Bein stolperte und Frygdis über den Hund, der hinter Alrun hergetobt war. Thorwald fing sie beide auf, stellte sie wieder auf die Beine und bekam dafür von Alrun einen Kuss. Daraufhin kam Hadwig angerannt und warf sich an Thorwalds Hals. »Du sollst das Untier sein. Bitte sei das Untier«, bettelte sie, bis Thorwald so bedrohlich knurrte wie Schneepfote, wenn er Raubzeug stellte. Die Mädchen kreischten begeistert und rannten davon.

»Lauf, Mama«, quiekte Hadwig, und aus Übermut rannte Frygdis tatsächlich mit. Thorwald kam hinter ihnen her wie das böseste aller Untiere, der Hund ihm nach. Sie liefen zum Seepfad, doch unterwegs brachen Hadwig, Isi und Schneepfote zur Seite aus, und Thorwald folgte ihnen.

Frygdis nahm Alruns Hand und legte den Finger auf die Lippen. »Komm, wir verstecken uns.« Zusammen duckten sie sich hinter einem Felsen dicht an der Bergwand.

Einen Augenblick darauf gab es ein paar Schritte hinter ihnen einen dumpfen Aufprall. Frygdis zuckte zusammen, fuhr herum und schrie auf. Alrun flüchtete mit gellendem Angstgekreisch in Thorwalds Richtung. Der lief ihr bereits entgegen und zog dabei die Axt aus dem Gürtel.

»Ist schon gut«, rief Frygdis mit kippender Stimme. »Es ist …« Dann sah sie ihren Gatten an, und die Worte blieben ihr im Hals stecken.

Da stand fast ein Fremder. Das Inbild von Gewalt und Härte, keine der versteckten Spuren von Sanftheit war an ihm wiederzufinden. Er schien nur noch aus Sehnen und eisenharten, schlagbereiten Muskeln zu bestehen. Selbst die verspielte Weichheit seiner hellen Haarsträhnen war wie weggefegt. Er war kurzgeschoren.

Vollends aus der Fassung brachte sie, dass er sich von seinem Bart getrennt hatte. Mit Bart war sein Gesicht markant gewesen, nun hatte es kantige, unbarmherzige Linien bekommen. Seine Züge waren sehr männlich, dabei so eindeutig angriffslustig, dass sie beunruhigend wirkten. Nun … und dämonisch schön. Er trug kein Wams, nur eine offene Weste, und sie sah, dass keine seiner Narben ihn entstellt hatte, obgleich sie deutlich hervortraten, vor allem die breite an seinem ehemals makellosen Oberarm.

Wirklich beängstigend war, dass seinen schönen Zügen jede Wärme, ja sogar jede Umgänglichkeit fehlte. Er musste nichts tun, damit man Angst vor ihm bekam. Sie fragte sich, ob die Augen, in denen immer so viel Gutes für sie gestanden hatte, sie überhaupt erkannten. Jeder Gleichmut, der ihr Verhältnis betraf, fiel von ihr ab. Von einem zum anderen Moment hätte sie schreien können vor Schmerz. Es konnte nicht sein, dass es fort war, das Gefühl zwischen ihnen, nicht nach so langer Zeit. Nicht nach allem, was es überstanden hatte.

Frygdis merkte, wie sie anfing zu zittern, plötzlich jeder Sicherheit beraubt. Nur deshalb folgte sie gegen ihre Gewohnheit seinen Worten gehorsam, als er kalt sagte: »Komm her.«

Er bewegte sich kein Stück auf sie zu, doch als sie bei ihm ankam, fasste er ihre Oberarme, riss sie an sich und überfiel ihren Mund mit der Gier eines Verhungernden. Er sog an ihren Lippen und zwang sie auseinander. Ein liebevolles Gefühl für sie schien ihr dabei nicht im Spiel. Er kam so sehr als Eroberer zu ihr, dass es ihr zu viel wurde. Energisch stemmte sie sich gegen ihn und versuchte ihn fortzuschieben. Die Erfahrung hätte ihr sagen können, dass dieses Vorhaben sinnlos war. Nur von ihrem Mund ließ er sich abbringen, dafür legte er seine Lippen an ihren Hals und saugte ihr ruppig einen roten Fleck, während er ihre Hüften enger an sich presste und sein Körper ihrem Sträuben folgte.

Unter gewöhnlichen Umständen hätte es ihr Freude gemacht, seine Erregung zu spüren, doch diesmal brachte es sie auf, überrumpelt und missachtet, wie sie sich fühlte. Sie fing an, sich ernsthaft zu wehren, schlug nach ihm, machtlos wie üblich.

»Du bist ja verrückt«, presste sie heraus, als er sie darauf noch fester gegen sich drückte. Kaum dass sie noch Luft holen konnte.

Auf einmal stieß er sie von sich. Jedenfalls kam ihre Freiheit so abrupt, dass es ihr vorkam, als hätte er das getan. Nur ihren linken Arm hielt er fest. Flüchtig sah er in ihre Augen. Sie meinte, Irrsinn in seinem Blick leuchten zu sehen.

»Manche glauben das«, sagte er heiser.

Dann zerrte er sie mit langen Schritten in Richtung Haus. Zuerst lehnte sie sich auch dagegen auf, dann bemerkte sie, dass sie von Thorwald, Auda und Hadwig argwöhnisch beobachtet wurden. Hadwig hielt den Hund fest, Alrun und Ishild versteckten sich hinter Thorwald, und Helche hatte sich auf Audas Arm gerettet.

Ihren Freunden und Mädchen zuliebe machte Frygdis gute Miene zum bösen Spiel. Sie beschleunigte ihre Schritte, schloss mit Havenar auf und winkte ihnen beruhigend zu.

Havenar gönnte ihnen keinen Blick. Sobald er Frygdis ins Haus gezogen hatte, schloss er die Tür und legte den Riegel vor. Halbdunkel umfing sie. Frygdis fühlte sich um Jahre zurückversetzt. »Denk daran, dass du dein Leben schon vergeben hast«, erinnerte sie ihn wütend und versuchte ihren Arm aus seinem groben Griff zu winden.

Einen Augenblick schien es, als würde er zur Vernunft kommen. Er verharrte. Doch dann lachte er höhnisch auf und löste mit der freien Hand ihre Fibeln. »Du hast mir doch ein zweites gegeben. Das gebe ich jetzt zurück, verstehst du. Nimm's, ich will es nicht mehr.«

Das war der Gipfel. Frygdis holte aus und traf seine narbenlos glatte linke Wange schallend.

Augenblicklich war ihr Arm frei, und seine Hand flog zu seinem Gesicht. Reglos stand er dann, und sie zitterte und legte sich erschrocken die Hand auf den Mund. Einen Augenblick herrschte Stille.

»Ich hätte nicht herkommen sollen«, sagte er tonlos.

Frygdis ließ ihre Hand fallen. »Warum, zur Hel, bist du gekommen, wenn es nicht dein Wunsch war? Ich hocke nicht in diesem Tal und warte auf dich, damit du dann kommst und mich behandelst wie ein Drecksräuber.«

Havenar hob auch die zweite Hand zu seinem Gesicht und rieb sich mit den Fingerspitzen die Stirn. »Ich bin ein Drecksräuber«, sagte er müde.

So rasch konnte Frygdis nicht zu ihrem Mitgefühl zurückfinden. »Ach du lieber Himmel! Ich hab's doch gleich gesagt, dass du nicht kalt genug bist für das, was du vorhast. Hast dich übernommen, ja? Nun. Lass es nicht an mir aus. Der Einfall war deiner. Ich hätte dich mit Freude behalten, wenn du einfach die Decke über den Kopf gezogen hättest. Mir musstest du nichts beweisen.«

»Der Welt musste ich es zeigen und muss es noch. Ein feiger Hund wird von allen getreten, Frygdis.«

»Na wunderbar, aber damit endet der Vergleich. Ein starker Hund, der bei Verstand ist, beißt andere selten tot.«

»Wir hätten Thorolf leben lassen, wenn er vernünftig gewesen wäre. Ich bin kein Untier, auch wenn viele das finden.«

Frygdis stemmte zornig die Hände in die Hüften. »Diesen ganzen verdammten Krieg habt ihr eingefädelt, weil du wütend warst, dass Horich euch untergekriegt hat. Erzähl mir bloß nichts von Vernünftigsein, wenn es um gekränkten Stolz geht. Wütend warst du, und geschämt hast du dich, weil die Welt dich für eine Weile schwach gesehen hat. Das sollten sie vergessen, nicht wahr? Willst du jetzt das Gleiche bei mir versuchen? Musst du mir den starken Mann vormachen? Habe ich dafür hier länger als ein Jahr gewartet? Tausend Mal haben die Mädchen nach dir gefragt. Ich hätte dich fast aufgegeben. Dann kommst du an wie das Ungeheuer, für das man dich hält und … Was willst du denn jetzt hier? Warum bist du nicht bei deinem glorreichen Heer geblieben?«

Am Ende brach ihre Stimme, und zu ihrem Ärger fing sie an zu weinen. Erschöpft ließ sie die Hände fallen und verschränkte dann die Arme im gleichen Moment vor der Brust, in dem Havenar seine verschränkte.

Er sah zu Boden. »Ich soll mich ausruhen, haben sie gesagt. Vater, Erik, Vitgeir. Sie haben mich zu dir geschickt.«

Frygdis schluchzte und wischte sich mit dem Handrücken zwei Tränen fort. Der Weg zu ihrem Mitgefühl war wieder frei. »Haben sie auch gesagt, was ich mit dir anfangen soll?«

»Nein. Ich habe nicht die geringste Ahnung.«

Sie trat zu ihm und fuhr ihm mit den Fingern forschend ins kurze Haar, dann strich sie entschuldigend über die Wange, die sie geschlagen hatte. Er hörte auf, sich selbst zu umschlingen, und legte seine Hände wieder um ihre Taille, mit übergroßer Vorsicht diesmal. »Mach mich heil, Frygdis. Mach mich wieder ganz.«

Erleichtert schmolz sie in seine Umarmung, hob seinen Kopf und küsste ihn sanft. »Das mache ich. Sooft du mich darum bittest«, flüsterte sie.

Diesmal war sein hungriger Kuss ihr willkommen, und auch wenn sie nicht halb so sehr in Flammen stand wie er, so ging sie doch einfach mit ihm zur Bank und gab sich ihm hin.

Es war kein Liebesspiel. Havenar bediente sich ihrer, nahm sie, wie die Männer nach einer Schlacht die Frauen nahmen, ob sie ihnen gehören wollten oder nicht. Vielleicht sollte die Lust das Grauen auslöschen. Vielleicht mussten sie sich selbst beweisen, noch am Leben zu sein. Vielleicht suchten sie Überlegenheit und Macht, um die Angst zu vergessen, die sie gehabt hatten. Sicher aber ließen sie die überschüssige Gewalt heraus, zu der sie sich für den Kampf angestachelt hatten.

Hätte sie Havenar nicht geliebt, seine innere Abwesenheit während dessen, was Nähe sein sollte, hätte sie abgestoßen. Es erinnerte sie an Olof. Allerdings hatte Olof nie die Ausdauer gehabt, die Havenar hatte, sogar nun, wo er darauf keinen Wert legte. Er kam gewaltig und brach zitternd zusammen. Sie streichelte ihm unter der Weste den Rücken und seufzte. »Warst du mir etwa wirklich treu?«

»Wie ich es gesagt habe«, bestätigte er leise, den Kopf in ihrer Halsbeuge vergraben.

»Weißt du, ich glaube, das bekommt dir nicht«, sagte sie mit einem schmerzlichen Lächeln.

Mit einem tiefen Atemzug rollte er sich neben sie und schloss die Augen. »Eines von den Dingen, die mir nicht bekommen.«

Frygdis rappelte sich auf und strich ihr Kleid herunter. »Möchtest du schlafen?«

»Bitte. Ja.«

»Ich gehe und beruhige die anderen, bevor Thorwald die Tür aufbricht.«

Sie ging zur Tür.

»Frygdis?«

»Hm?«

»Es tut mir wieder einmal leid.«

»Mhm.« Sie öffnete die Tür, sah sich über die Schulter zu ihm um. »Haven?«

»Hm?«

»Lass deinen Bart wieder wachsen. Du bist zu schön.«

Sie hatte richtig gerechnet. Ein kleines, aber zufriedenes Grinsen legte sich auf seine Lippen.

Die Heiterkeit verging Havenar, sobald Frygdis die Tür geschlossen hatte.

Er war aus dem Boot gestiegen und später durch die Felsen geklettert, ohne sich sicher zu sein, ob er nicht doch noch unbemerkt umkehren würde. Dann hatte er die Frauen singen hören und sich dort auf einen Stein gelegt, wo er das Tal überblicken konnte.

Die Frauen mit den Mädchen herumtollen zu sehen, hatte ihn

kaltgelassen. Eher reizte ihre Fröhlichkeit ihn, als dass sie ihn freute. Was ihn nicht kaltließ, war Thorwald, auf dem seine kleine Tochter herumkletterte. Der friedliche Thorwald. Thorwald, der Hadwigs Liebling war, der Frygdis auffing und für seine Familie das Untier spielte. Nur spielte, es nicht war. Ein brennender Neid war in ihn geschossen.

Als er schließlich vom Felsen sprang, war er so wütend, dass er Frygdis den Hals hätte umdrehen können. Wie konnte sie fröhlich sein, wenn er wegen ihr eine Hölle entfesselt hatte und hindurchgegangen war?

Dass Ishild oder Alrun, welche es auch gewesen war, kreischend bei Thorwald vor ihm Schutz suchte, war nicht geeignet, ihn zu besänftigen. Er schalt sich einen Narren, dass er für eine Frau immer wieder von seinem Weg abgewichen war. Geblendet hatte er sein müssen, um sich so zum Narren zu machen. Das Haar zerzaust, erhitzt vom Spiel, sah sie ihn ängstlich an. Ihr grobes Kleid hatte Flecken von Gras und Kinderfingern. War ihm früher je aufgefallen, dass auch sie Angst vor ihm hatte? Nun, trotz allem: Was auch immer sie war, er wollte nicht den ganzen Weg für nichts gekommen sein. Er hatte ihr etwas geschworen, und zumindest von diesem Schwur würde er sich erlösen. Ihre Brüste zeichneten sich deutlich unter dem Kleid ab, der Anblick ließ ihm den Mund trocken werden.

Die Gier brachte ihn um seinen Rest Verstand, als sie sich gegen ihn wehrte und ihren warmen, weichen Frauenleib dabei an ihm rieb. Er war randvoll mit gemeinen Gedanken, während er sie ins Haus schleppte. Warum ihre Ablehnung gegen ihn, wenn nicht deshalb, weil sie ihn nicht mehr wollte? Aber nun sollte sie sehen. So leicht konnte sie ihm sein Recht nicht nehmen. So leicht kam sie nicht aus der Sache heraus.

All seine lang beherrschte Abscheu, sein Hass, sein Zorn auf die Welt und auf sich selbst kochten auf einmal an die Oberfläche. Vernünftige Gedanken waren außer Reichweite. Bald wusste er nur noch, dass aus unzähligen Gründen Frygdis die Ursache für sein Elend war.

Dann schlug sie ihn. Und er stand vor der Entscheidung, ob er zurückschlagen wollte.

Von einem Augenblick zum nächsten war er nüchtern und erinnerte sich. Er hatte angefangen. Er, nicht sie, und wenn er es tausend Mal nicht mehr ertragen konnte. Sie hatte ihn immer schützen wollen. Sie war sein Hafen, nicht sein Fluch. Wie konnte er daran denken, sie zu schlagen? Er hätte nicht so zu ihr kommen dürfen. In dem Moment fühlte er sich so müde, dass er hätte weinen können, doch nun hatte er es mit ihrer Wut zu tun.

Zu seinem Glück wütete sie nicht lange, und er hörte kaum, was sie sagte. Längst konnte er wieder sehen, dass sie schön war, und nur zu gut, wie sehr sie Frau war. Seine Gier und gleichermaßen seine Müdigkeit waren zu lange gehegt, als dass er sich noch mit freundlichen Worten der Versöhnung und des Wiedersehens hätte abgeben können. Dankbar nahm er zur Kenntnis, dass sie ihn zu verstehen schien, und holte sich von ihr, was er brauchte.

Als sie ihn danach streichelte, wie sie es immer tat, ekelte er sich schon weniger vor sich selbst. Sie begann ihn zu necken, und zaghaft richtete der Schatten seines alten Selbst sich auf. Als er über ihren Spott wegen seines Bartes lächeln musste, erkannte er sich schon fast wieder.

Doch dann fiel ihm alles wieder ein, und er war entsetzt darüber, dass er kurz davor gewesen war, die Befürchtungen seines Vaters und seines Onkels zu bestätigen. Ausgerechnet gegen seine Frau hatte seine Unbeherrschtheit sich gewandt. Es war richtig gewesen, ihn fortzuschicken. Entschlossen nahm er sich vor, nicht zurückzugehen, ehe er wieder gelassen war.

Frygdis spielte draußen mit ihren Kindern und Freunden weiter, aß und vergnügte sich, als wäre nichts vorgefallen. Erst als Alrun und Ishild sich müde getobt hatten und es Zeit wurde, ins Haus umzuziehen, ging sie zur Sicherheit vor. Havenar schlief noch.

Sie setzte sich neben ihn auf die Kante der Bank und betrachtete ihn eine Weile. Er war mager wie die meisten unfreien Bauernknechte nach zwei schlechten Erntejahren. Dabei war er sicher einer der Letzten, die man hungern ließ. Die Narbe auf seiner Wange war deutlich sichtbar. Sie sah zum ersten Mal, wie die Wunde verheilt war. Als weiß glänzender Strich zog sie sich vom inneren Augenwinkel bis zwei Fingerbreit neben den Mundwinkel.

Der Strich störte sie. Er erinnerte sie daran, wie Horich ihren Mann verändert hatte. Hatte sie früher den König mit einem kühlen Schulterzucken beurteilt, verabscheute sie ihn nun von Herzen.

Seine gescheiterte Entführung hatte sie Horich nachgesehen, weil die Folgen ihr Glück gebracht hatten. Dass er ihren stolzen Mann erniedrigt hatte, das würde sie nicht vergessen. Nie würde sie in ihm ihren König sehen, da stand sie nun Havenars Sippe in nichts mehr nach. Wie Ragnhild war sie der Ansicht, dass der König ein Narr gewesen war, als er die Männer nicht hängte. Sie würden ihm niemals wohlgesonnen sein, sondern sich immer an die Schande und Ohnmacht erinnern, die er ihnen zugefügt hatte.

Selbst im Schlaf war ihr Liebster nicht entspannt, das konnte sie sehen. Der rechte Arm lag über seinem Bauch, die Hand in der Nähe des Dolchs, der allerdings nicht dort im Gürtel steckte, wo die Hand Wache hielt, sondern mit seinen anderen Waffen auf dem Boden lag. Wenn sie den Krieger antickte, würde er hochfahren und auf sie losgehen, vermutete sie. Nun, es half nichts, das musste sie ihm abgewöhnen. Schließlich konnten sie nicht mit einem wilden Wolf in ihrer kleinen Hütte leben. Einen Augenblick überlegte sie, welche Methode die geringste Gefahr barg, dann entschied sie sich für den direkten Angriff und küsste den Schlafenden innig auf den Mund.

Sofort packte er sie, zog sie an sich und drehte sich mit ihr, sodass sie unter ihm gefangen war. »Mhm. Ich dachte schon, du würdest dich nie entscheiden«, sagte er nach der herzhaften Fortsetzung des Kusses. »Magst du mich also trotz allem noch?«

Frygdis seufzte. »Mehr, wenn du mich nicht zerquetschst.«

»Zerquetschen ist das Wenigste, was ich mit dir tun will. Ich möchte dich schütteln, zerreißen, schlagen und fressen gleichzeitig. Um meinen Verstand ist es in der Tat schlimm bestellt, Frau. Ich glaube, ich kann nur noch grob sein.«

»Dann sperren wir dich besser zu den Ziegen. Die sind auch so.«

»Mach nur deine Witze. Mir ist nicht zum Lachen.«

»Denkst du, mir? Ich werde zerquetscht und muss überlegen, wie ich meine Kinder vor dem bissigen Berserker schütze. Kein Vergnügen.«

Seine Brauen zogen sich zusammen. »Den Mädchen würde ich nie …« Seine Verunsicherung blieb Frygdis nicht verborgen. Er stützte sich auf, um ihr mehr Luft zu geben. »Habe ich ihnen große Angst gemacht?«

»Du kennst doch Hadwig. Die Zwillinge sind genauso. Sie lieben, wovor sie sich gruseln können. So etwas wie dich als Haustier zu halten, wird ihre größte Freude sein.«

»Was ist mit … mit der Kleinen? Sie kann laufen, nicht? Ich … sei mir nicht … Es gab Momente, da habe ich daran gedacht, wie ich sie in den Händen halte, um mich daran zu erinnern, dass es noch Gutes gibt.«

Er verstummte und erinnerte sich an das, was er verschweigen würde. Er hatte sich manchmal an das Bild des Säuglings in seinen schützenden Händen geklammert, um sich am Abend darauf zu besinnen, dass er ein Mensch war, kein Raubtier. Zögerlich kehrte sein Blick zurück zu Frygdis' Augen. »Es gab weit mehr Tage, an denen habe ich vergessen, dass sie überhaupt auf der Welt ist. Helche.« Er stockte kurz, als würde er dem Geschmack des selten gebrauchten Namens auf seiner Zunge nachspüren. »Oder die Zwillinge, oder … Gute Gefühle eben.«

»Mich?«

»Dich? Keine Ahnung. Wer bist du denn?« Sie lachten beide und küssten sich wieder. Schließlich richtete Havenar sich auf, um ihr das Kleid auszuziehen.

Sie sträubte sich. »Haven, nein. Die anderen warten, dass ich sie hereinrufe.«

Er brummte abfällig und zog ihr das Kleid aus. Entrüstet drückte sie ihn von sich weg. »Also das ist doch … Muss man dich ganz neu erziehen?«

»Wenn du mich lehren willst, Widerworte zu dulden, musst du dir ein paar Tage Zeit nehmen. So schnell kann ich nicht umdenken.«

»Dann werden wir mal sofort mit dem Lernen anfangen, mein Bester.«

Entschlossen versuchte sie ihn wegzuschieben, doch er ließ sich nicht von ihr abbringen. In ihr zog sich wieder die Wut zusammen. Sie krallte böse ihre Nägel in seine nackte Brust, und er zuckte.

»Frygdis, bitte. Sei lieb. Ich kann jetzt nicht die Kinder brauchen. Nicht Auda und Thorwald. Besonders nicht Thorwald. Ich muss dich noch mindestens ein Mal in den Armen gehabt haben, bevor ich wieder freundlich zu ihm sein kann. Ich hasse ihn.« Er versuchte seinen Ton leicht zu machen, doch es gelang ihm nicht völlig.

»Dein Verstand ist so gründlich aus den Angeln, dass ich nicht weiß, ob noch etwas zu retten ist«, sagte Frygdis.

»Du hast versprochen, dass du mich rettest. Also sei nett und hör auf zu zappeln.«

»Freyas Hintern, Havenar, du bist … hm … stur! Also gut … Aber wehe, du frisst mich. Dann ist der Spaß endgültig vorbei.«

»Mal sehen, ob ich widerstehen kann. Nein. Ich denke nicht. Ihr Götter, siehst du lecker aus.« Nun war sein Ton leicht, und sie tauschten mit lächelnden Augen einen langen Blick.

Havenar verspeiste Frygdis in kleinen Bissen. Zuerst musste sie lachen, doch dann spürte sie seine Begierde erneut ernst werden, und ihre Sinne überschlugen sich. Seine Lippen und seine Zunge gingen Wege, die sie nie zuvor gegangen waren, und sie keuchte hilflos, bis die Lust sie völlig ausfüllte. Matt blieb sie anschließend liegen, während er mit einem Anflug seines alten selbstzufriedenen Grinsens zur Tür ging. »Kommt rein! Ich bin friedfertig«, rief er.

Hadwig und die Zwillinge kamen als Erste, hinter ihnen Thorwald. Die Mädchen musterten ihn misstrauisch und etwas ratlos und blieben ein paar Schritte vor ihm stehen.

»Gab es im Krieg nicht genug zu essen? Du bist so dünn«, sagte Hadwig. »Und warum hast du dir die Haare abgeschnitten? Ich finde das blöd. Bleibst du jetzt wieder eine Weile bei uns? Du kannst uns was vom Krieg erzählen, das würde ich gerne hören.«

Havenar schüttelte den Kopf. »Nein, das würdest du nicht. Es ist immer das Gleiche. Abenteuer gibt es dabei nicht.«

»Du sollst mir aber erzählen, wie dein Vater mit meinem Großvater gekämpft und ihn getötet hat. Mama sagt, das war ein guter Tod für Thorolf, weil dein Vater ein bedeutender Mann ist.«

Havenar fühlte sich überrollt und musste schlucken, bevor er sprach. Die Zwillinge lauschten ebenfalls gespannt. »Ja. So ist es wohl«, rang er sich ab.

»Ich verstehe nicht, warum es wichtig ist, einen guten Tod zu haben. Ich finde Nichtsterben besser als Sterben. Mir wäre es lieber, ganz lange zu leben.«

»Ein mutiger Mann will lieber so sterben, wie er gelebt hat. Nicht schwach und jämmerlich durch Krankheit.«

»Du warst schwach und jämmerlich. Das hat dein Freund Guntram gesagt, als er hier war und Mama bei dir. Bist du wieder gesund geworden, damit du lieber anders sterben kannst?«

Müde und belustigt kam Frygdis' Stimme aus dem Haus. »Hadwig! Musst du Havenar so schwierige Fragen stellen, bevor du ihn überhaupt begrüßt hast?«

Hadwig zuckte mit den Schultern. »Hallo, Havenar. Stimmt es, dass der böse König deine Söhne aufhängen wollte? Da bist du aber wütend geworden, oder? Ich würde schrecklich wütend werden. Mama sagt, deine Söhne sind nett. Wann können wir zu dir nach Gammelby kommen? Musst du dafür noch lange Krieg führen?«

Hinter ihr hustete Thorwald, tippte ihr auf die Schulter und zeigte auf die Tür, während Havenar sprachlos staunte. Hadwig drehte sich zu Thorwald um. »Ich weiß ja, dass ich zu viel rede. Aber er war so lange nicht da.«

»Wir haben einen neuen Raben«, meldete sich Ishild zu Wort. »Er mag gern Fisch. Wo ist dein Rabe?«

»Mein Rabe? Du meinst Ruß? Er …« Havenar musste wieder schlucken und schalt sich einen Verrückten. Immer häufiger wollten ihm ohne verständlichen Grund die Tränen kommen. »Er gehört eigentlich den Jungen. Sie leihen ihn mir manchmal, aber diesmal ist er in Gammelby geblieben.«

»Mein neuer Rabe heißt Ulla. Sie ist ein Rabenmädchen, das glaube ich sicher. Sie ist noch klüger als Ruß und Troll«, stellte Hadwig fest.

»Ulla gehört nicht nur dir«, protestierte Ishild. »Mir gehört sie auch.«

»Mir auch«, pflichtete Alrun bei. »Sie kann meinen Namen sagen.«

»Bald kann sie alle Namen sagen. Ich wette, sie lernt sprechen wie ein Mensch.« Hadwig stützte stolz die Hände in die Seiten.

»Sie kann mehr sagen als Helche«, meinte Ishild.

»Aber Helche ist niedlicher«, hielt Alrun dagegen.

»Niedlich, piedlich, bumm-dumm …« Beide kicherten.

Hadwig legte ihr Gesicht in unwillige Falten. »Lasst das. Helche ist klein. Ihr wart auch so dumm. Waren sie doch, Havenar, oder?«

Entschlossen ging sie an den Zwillingen vorbei, griff Havenars Hand und zog ihn in die Hütte. »Komm doch mal. Ich will dir meine Pfeile zeigen. Jetzt kann ich sie schon ganz allein machen mit allem dran. Nur die Spitzen werden manchmal nicht gut. Thorwald will mir keine Eisenspitzen geben. Er sagt, ich verliere zu viele, deswegen muss ich sie aus Stein klopfen.«

Havenar wäre lieber vor der Hütte stehen geblieben, um sich Helche bei Licht anzusehen, die von Auda mittlerweile herangetragen worden war. Andererseits ahnte er, dass der schnellste Weg zurück in das Vertrauen seiner Mädchen über Hadwigs Pfeile führte.

Und auf zauberische Weise hatte Hadwig ihm die Entscheidung abgenommen, ob er sich auf diesen Weg machen wollte. Sie hatte seine Hand gegriffen und ihm klargemacht, dass er ohne das nicht leben wollte. Er konnte seine Kinder nicht nur aus der Ferne betrachten wie Bilder. Nebenbei war es wohltuend für ihn, dass Hadwig ihn so unbefangen wieder annahm, mindestens so sehr, wie Frygdis' Kuss es gewesen war. Was immer er selbst von sich hielt – die beiden taten, als wäre er noch der gleiche Mann.

Während Hadwig ihre Pfeile hervorholte, trat er zu Thorwald. Er streckte dem Freund die Hand entgegen, und der schlug ein. »Ich könnte dich umbringen«, sagte Havenar.

Thorwald sah ihn mit der üblichen undurchdringlichen Miene an, dann nickte er bedächtig. »Bleib eine Weile. Sie haben auf dich gewartet.«

»Das kann man wohl sagen«, steuerte Auda bei. »Bleib für jedes Mal, das dein Name fiel, einen Tag, und du wärest nach drei Sommern noch hier.«

Havenar schwieg und sah sich endlich Helche aus der Nähe an, wenn auch bei Schummerlicht. Das Kind erwiderte seinen Blick mit großen Augen, zwei Finger im Mund und die Wange schutzsuchend an Audas Schulter gekuschelt.

»Gib sie mir, Auda«, sagte Frygdis, die sich gerade ihr Hemd wieder angezogen hatte. Auda übergab ihr Helche, und Havenar fühlte zugleich Glück und Wehmut.

Während er sich mit Hadwig unterhielt, half Auda den Zwillingen ins Bett. »Schluss, Hadwig. Ab ins Bett«, sagte sie anschließend.

»Och, nee, Auda«, maulte Hadwig.

»Ich bin auch müde«, beschwichtigte Havenar sie.

Hadwig blickte ungläubig zu ihm auf. »Aber du hast den ganzen Tag geschlafen.«

»Dafür habe ich vorher ein halbes Jahr lang nicht geschlafen.«

»Warum das denn? Was hast du nachts gemacht?«

»Darüber nachgedacht, wie ich den Krieg schnell zu Ende bringe.«

»Oh.« Sie überlegte einen Moment. »Du warst zu müde, um gut zu denken, glaube ich. Ich kann jedenfalls nicht gut denken, wenn ich müde bin.«

»Lass uns also schlafen, damit wir wieder besser denken können«, meinte Havenar belustigt.

Ihm war, als wäre er aus der Finsternis ins Sonnenlicht getreten. Es hatte lange niemanden gegeben, der sich nicht eher die Zunge abgebissen hätte, als ihm gegenüber mit einer respektlosen Bemerkung seinen Hals oder wenigstens seine Ohren zu riskieren. Niemand plapperte in seiner Hörweite, auch nicht vermeintlich Unverfängliches. Vorsichtig zauste er Olofs Tochter die Haare und ging dann zu Frygdis, die mit Helche vor sich auf der Seite lag. Die Kleine schlief schon fast, lutschte nur noch schwach an Frygdis' Brust und zwirbelte eine von ihren Haarsträhnen zwischen den Fingern. »Sie schläft bei dir?«, fragte er leise.

Frygdis hörte Enttäuschung oder vielleicht auch nur Erschöpfung aus seinen Worten klingen. »So wie du«, sagte sie.

»Ich weiß nicht. Ich schlafe unruhig. Das würde euch stören.«

»Du hast die Wahl. Entweder bei uns oder bei den Ziegen. Sei nicht albern, komm ins Bett. Ich kann die Augen nicht mehr offen halten, um dich lange zu überreden, falls du darauf wartest.«

Ohne Antwort kam er zu ihr auf die Bank, schmiegte sich an ihren Rücken. Die Hose behielt er an, das war Gewohnheit geworden. Er wusste nie, wann er aufspringen musste. Ihre Hand lag auf Helches Bein, er legte seine dazu.

Frygdis spürte nach, wie sein Atem in ihrem Nacken ruhiger wurde, und lächelte. Er war schnell wieder rücksichtsvoll geworden. Dennoch fühlte sie sich ein bisschen, als hätte sie einen Fremden bei sich. Er hatte sich gegen sie verschlossen, wollte nichts von sich erzählen. Es war nicht mehr dieselbe Wärme zwischen ihnen, nicht mehr das wortlose gegenseitige Erkennen. Doch sie war voll Zuversicht. Wenn er ihr Zeit ließ, würde sie ihn auftauen, und dazu würde sie sich bedenkenlos auch ihrer Töchter bedienen, selbst wenn die das Auftauen bis zum Garkochen übertreiben würden.

Lange vor Sonnenaufgang wachte Frygdis auf, weil Havenars Hand sich schmerzhaft um ihren Arm schloss. Zuerst glaubte sie, er wolle sie wecken. Sie drehte sich auf den Rücken und wandte ihm das Gesicht zu. Er hatte die Augen geschlossen, sein Kiefermuskel war so angespannt, dass seine Zähne leiden mussten. Sein Griff an ihrem Arm blieb unerbittlich.

»Haven«, flüsterte sie und streichelte ihn. Seine Lider flatterten auf, doch er sah sie nicht. Ihre Hand glitt in seinen Nacken, um ihn zu besänftigen. In seiner Traumwelt hatte es eine andere Bedeutung. Ohne Rücksicht wälzte er sich über sie und fasste ihr grob ins Haar.

Sie seufzte, diesmal kein Ausdruck von Lust, sondern von Unwillen. »Morgen bleibst du doch bei den Ziegen«, murmelte sie, dann erwischte ihre Hand sein Ohr, um es gnadenlos zu verdrehen. Er zuckte zurück, und sein Blick war plötzlich wach, wenn auch verwirrt.

»Gütige Göttin. Du bist da«, wisperte er.

»Dein Traum war nicht zärtlich«, stellte sie fest.

»Nein«, bestätigte er.

»Ich glaube, du bist wütend auf mich. Warum?«

Er rollte sich zur Seite und legte sich den Handrücken auf die Stirn. Frygdis dachte, sie würde keine Antwort bekommen. Auf ihrer anderen Seite murmelte Helche im Schlaf und drehte sich. Beruhigend strich sie ihr über die kleine Schulter.

»Es ist Unsinn, darüber zu reden. Ich bin erschöpft, und vieles scheint falsch und richtig zugleich zu sein. Früher habe ich selten an dem gezweifelt, was ich tat. Nun sieht es so aus, als könnte ich mit dem Zweifeln nicht mehr aufhören. Ich zweifle an allem. An jedem.«

Frygdis holte tief Luft. »Wenn ich mich mit etwas auskenne, dann ist es das Zweifeln, das weißt du doch. Jeden Tag frage ich mich, ob wir beide je das Richtige getan haben. An jedem Tag, an dem du nicht bei mir warst, habe ich gezweifelt, ob du noch wiederkommen willst. Du hast mich nie enttäuscht. Du hast mich immer stolz gemacht. Ich bin sogar stolz auf dich, wenn du Sachen machst, von denen ich nichts halte, wie dein Krieg. Immerhin tust du sie so großartig, wie man sie tun kann. Es tut mir leid, dass ich gestern so kratzig war. Es war, weil du als der Wolf ankamst, der du im Krieg bist. Ich weiß, dass du dort ein anderer sein musst. So kannst du aber nicht zu mir kommen.«

Er seufzte und rieb sich die Stirn. »Hör auf, Frygdis. Ich sage doch, es ist Unsinn, darüber zu reden. Das ist nichts, was du mir erklären müsstest. In mir lodert ein böses Feuer, das herunterbrennen muss. Ich kann es nicht einfach hinter mir lassen. Du weißt nicht, wovon du sprichst.«

Frygdis zuckte mit den Schultern, dann setzte sie sich auf und richtete es so ein, dass Helche zwischen ihnen zu liegen kam. »Na gut. Bis dein Feuer eine verträgliche Hitze erreicht hat, baue ich diesen Wall zwischen uns. Deine Tochter wird dir wohl sanftere Träume geben als ich.«

Hastig rückte Havenar von Helche ab. »Verdammt, Frau. Ich habe dir gesagt, ich … ich kann nicht …«

»Sst. Weck sie nicht. Und lass mich jetzt schlafen. Morgen ist kein Feiertag, wir haben zu tun. Weißt du, wie knapp im letzten Winter alles war? Die Bauern halten ihre Vorräte zurück. Wer würde das nicht verstehen? Thorwald hat diesmal ein Stück Land am Wald für uns beackert, damit wir genug Korn haben.«

»Sie wird Angst haben, wenn sie aufwacht«, wandte er ein.

Frygdis verkniff sich das Lächeln. »Du bist der, der Angst hat. Schlaf endlich.«

Mit einem resignierten Schnauben legte er sich neben Helche und ließ dabei eine Vorsicht walten, als sollte er sich auf ein rohes Ei setzen. Frygdis drehte ihm den Rücken zu, weil sie nun das Lächeln nicht mehr lassen konnte.

Havenar vermied es, das Kind zu berühren, doch als sein schläfriger Verstand langsam zur Ruhe kam, kehrte die Erinnerung an Helches Geburt zurück. Dann bewegte die Kleine sich und schmiegte sich schlafend an ihn, ihre hellblonden Strähnen wirr ums Köpfchen, wie ein flaumfedriges Küken.

Und auf einmal war sie wieder da: die überwältigende Liebe für die, die er zu schützen hatte. Das warme Gefühl sprudelte in ihm und spülte den Überdruss fort. Um für Helche, für seine Töchter und Söhne und die, die ihm anhingen, ein gutes Leben möglich zu machen, lohnte sich der Kampf. Für diesen Kampf war er stark. Dafür war er Havenar, Odins dritter Rabe. Der Berserker, die Bluthand. Er würde zu Ende bringen, was er begonnen hatte, so gut es gelang. Wenn er sich ausgeruht hatte. Und wenn er keine verfluchte Angst mehr haben musste, dass eine seiner Töchter schreiend neben ihm aufwachte, weil er fremd und furchterregend für sie war. Frygdis hatte ihn spielend durchschaut, was das betraf.

Havenar war mit dem festen Entschluss gekommen, ihr nichts von der Unordnung zu zeigen, die in ihm herrschte. Nichts von den Dingen, die dem Blick einer guten Frau nie begegnen sollten. Er hatte nicht mehr gewollt, dass sie ihn kannte, aber nun musste er wieder feststellen, dass sie ihn besser begriff als sonst jemand. Er war hin- und hergerissen zwischen dem Wunsch, seine Geheimnisse für sich zu behalten, und der Sehnsucht, sich ihr zu öffnen und der Einsamkeit zu entrinnen. Sich von ihr trösten zu lassen. Aber wie viel Last würde ihr Respekt für ihn noch verkraften? Er musste Frygdis und sich selbst zuerst einmal beweisen, dass er noch ein vernünftiger Mann sein konnte, der sich unterhielt, statt zu befehlen, der jagte, statt zu kämpfen, und aufbaute, statt bloß zu plündern. Zärtlich strich er Helche übers Haar, bevor er wieder einschlief.

Helche und Frygdis wurden am Morgen zur gleichen Zeit wach. Die Kleine setzte sich auf und sah benommen auf den schlafenden Fremden, an den sie sich unwissentlich geschmiegt hatte. Misstrauisch rückte sie rückwärts dichter an ihre Mutter heran, die einen Arm um sie legte.

»Keine Angst«, sagte Frygdis leise, dann streckte sie den Arm aus und streichelte Havenar. »Schau. Wir wecken ihn. Dein Vater ist nett. Er wird mit dir spielen.«

Havenars Lider hoben sich. Sein eisblauer Blick traf sie spöttisch, doch sonst blieben seine Züge unbewegt.

Helche interessierte sich für die Farbe seiner Augen und piekste mit ihrem kleinen Zeigefinger danach. Havenar kniff die Augen zu und lächelte, worauf sie seinen Mund berührte. Eine Weile hielt er still und ließ sie sein Gesicht untersuchen. Die rauen Zweitagestoppeln darauf begeisterten das Kind, aber auch Frygdis, die sich nicht enthalten konnte, ihn mit ihrer Tochter um die Wette zu kitzeln. Endlich musste er lachen und fing Helches Hand ein, um ihren Zeigefinger zwischen die Lippen zu nehmen. Sie zog ihn weg und quiekste vergnügt und noch vergnügter, als er das Spiel wiederholte. Ein weiteres Quieksen zog das Patschen von sechs kleinen Füßen nach sich, und Hadwig, Alrun und Ishild standen vor der Bank. »Nicht Helche fressen«, sagte Alrun und tippte ihrem Vater auf die Schulter.

»Nein?«, brummte er. »Wen dann?«

»Isi«, riet Alrun.

Isi kicherte. »Hadwig«, schlug sie vor.

Hadwig schnaubte. »Alrun mit Hirsebrei.«

»Ach, wisst ihr«, meinte Havenar, »eigentlich bin ich satt. Ich habe gestern schon eure Mutter gefressen.«

»Das war nicht genug«, meinte Hadwig. »Du bist immer noch so dünn.«

»Also gut. Dann nehme ich eben doch die Kleine hier zum Auffüllen.« Er schnappte wieder nach Helche und küsste ihre Hand.

»Nein, nein. Das tust du nicht«, beharrte Alrun und kletterte auf ihn, um seine Hand festzuhalten. Ishild kicherte wieder und schloss sich ihr an.

»Alle drei schaffe ich euch«, sagte er.

»Aber nicht mich auch noch«, frohlockte Hadwig und stürzte sich ins Getümmel, während Frygdis von der Bank flüchtete und anfing, das Frühstück zu machen.

Nach einer Weile arbeitete sich Havenar aus dem Gegacker

und Geschnauf des Kinderbündels heraus und kam mit Helche auf dem Arm zu ihr ans Feuer. Helche gefiel es, sie wollte nicht von ihm fort, Frygdis nahm es aufatmend zur Kenntnis. Etwas unsicher war sie deswegen doch gewesen. Sie hängte den schweren Topf, den sie in Händen hielt, über das Feuer. Dann strahlte sie Havenar an und machte ihm von Herzen das Angebot, an diesem Morgen einen ganz neuen Tag zu beginnen.

Sie konnte sehen, wie der Keim von Zufriedenheit in ihm entstand, während er sie musterte. Es schauderte sie wohlig, als sein Blick sie liebkoste. Es war tückisch mit dem Liebesakt. Man konnte ohne ihn auskommen, wenn man davon entwöhnt war. Doch hatte man erst einmal wieder eine Kostprobe genossen, war der Hunger groß. Frygdis wollte ihn nicht noch einmal zurückweisen müssen. Sie sehnte sich in jenem Augenblick mehr nach ihm als in den Monaten seiner Abwesenheit. Nachdrücklich hatte er sie daran erinnert, wie gut und besonders es war, einen Mann zu haben, den sie begehrte.

Noch immer schwieg er, doch seine Miene schien sanfter, und er suchte ihren Blick.

»Was?«, fragte sie.

Er lächelte. »Du bist schön.«

Sie trat auf ihn zu und küsste erst Helche, dann ihn. »Möchtest du Milch zum Frühstück? Du kannst auch Eier bekommen. Wir haben Hühner und einen Hahn. Zumindest noch eine Weile. Je nachdem, wie viel Korn wir zusammenbekommen.«

»Gib mir, was du für alle machst. Ich werde euch helfen mit dem Winterkorn. Ihr werdet genug haben. Hätte ich gewusst, dass ihr letzten Winter Not hattet, hätte ich euch geholfen. Ich hätte für euch abzweigen können, ohne dass es für die Männer viel bedeutet. Es hätte sich einrichten lassen.«

Frygdis schüttelte den Kopf. »Ich musste noch keine Baumrinde ins Brot backen. Alle hatten wenig. Diesen Winter wird es noch schlimmer. Du musst unbedingt zusehen, dass in Gammelby die Vorräte stimmen, sonst hast du einen neuen Berg Kummer. Wir werden hier schon zurechtkommen.«

»Solange Mutter in Gammelby waltet, werden sie dort auch zurechtkommen. Vorräte sind ihre Leidenschaft.«

»Kann ich verstehen. Das ist zumindest eine nützliche Sache, die mein Vater mir auch mitgegeben hat. Meine Mutter hat nicht viel davon verstanden. Sie hatte Angst vor dem Rechnen. Mir macht es Spaß.«

»Wie Ragnhild. Sie weiß schon genau, wie die Suppe am Ende des Winters schmeckt, wenn sie die Speisefolge fürs Julfest bestimmt hat. Wenige Frauen können das so gut.«

»Keine von deinen?«

»Ich habe dich. Du hast Midbikhus gut geführt und wirst Gammelby so gut führen wie Mutter, wenn es so weit ist.«

»Meinst du, dass es je so sein wird?«

»So wird es sein. Bald. Sobald ich auch wieder dort bleiben kann. Dann kannst du noch ein paar Jahre mit Mutter zusammen wirtschaften.«

Frygdis schüttelte zweifelnd den Kopf. »Ich weiß gar nicht, ob ich das noch kann. Mit so vielen zusammen leben, zusammen arbeiten. Aber für die Mädchen ist es nötig, das sehe ich immer deutlicher.«

»Meine Leute werden euch lieben. Alles andere wird vergessen sein, gerade weil du meine Töchter mitbringst. Und ich bin bei dir. Die Götter sollen mir helfen, ich werde bei dir sein. Keinen Tag lasse ich dich dann noch aus den Augen.«

»Das klingt, als könntest du mich nicht aus den Augen lassen, ohne dass etwas Schlimmes geschieht. Dabei ist es nun schon Jahre gutgegangen.«

»Aber mein Kopf hat Schaden genommen. Mich quält das Gefühl, dass du mir nicht ewig treu bleiben kannst, wenn ich dich allein lasse. Eines Tages wird es dir zu viel. Dann nimmst du einen anderen.« Sacht streifte er mit seinen Lippen Helches weiches Haar.

»Ich habe gestern Nacht geahnt, dass es das ist. Dass du an mir zweifelst. Sehen wir einmal davon ab, dass es keinen Mann gibt, der mich wollte … ich bitte dich, eine Frau mit vier Töchtern von zwei … nun. Es gibt auf dieser Welt keinen anderen Mann, den ich will. Keinen. Merk dir das. Lieber komme ich ohne aus.«

»Das sagt sich leicht, solange es an Gelegenheit mangelt. Wenn du aber das Tal verlässt, würde es …«

Frygdis schnaubte unwirsch. »Du bist ein Narr! Ich gehe melken. Zieh Helche etwas Trockenes an. Die Mädchen helfen dir, wenn du nicht zurechtkommst.« Rasch griff sie den Eimer und ging zur Tür.

Havenar sah sie verblüfft an. »Was? Ich meine … Wie … Warum …«

Doch Frygdis ging und schloss die Tür hinter sich.

Sechs Wochen dauerte es, bis Hadwig Havenar nicht mehr zu dünn fand, bis sein Bart wieder zur alten Pracht herangewachsen und seine Haare auf dem Weg dahin waren. Zum ersten Mal in seinem Leben hatte er auf einem Acker gearbeitet, zum ersten Mal einem Kind die Windeln gewechselt und zum ersten – und seinem innigen Wunsch nach einzigen – Mal in den Armen seiner Frau geweint.

Noch zehn Tage darauf fühlte er sich fast wie der Havenar, der beim letzten Mal aus dem Tal aufgebrochen war. Nur um einiges weiser. Er war ruhig, als er Abschied nahm. Frygdis war die, die es diesmal nicht hinauszögern konnte zu weinen. Selbst das half ihm. Er hatte eine zielsichere Entschlossenheit gewonnen, die ohne Hass und Wut auf die Welt auskam. Ungeplant hatte er seinen Schwur wahr gemacht. Sein Rachedurst war gestillt, sein Bart wuchs. Frygdis hatte ihn den Frauen wiedergegeben und Thorwald dem Met, als sie sich an einem Abend gemeinsam betranken, um ihre Freundschaft neu zu besiegeln.

Allen im Tal hatte er versprochen, dass er sie so bald wie möglich wieder besuchen würde. Nicht erst, um sie zu holen, wenn der Krieg zu Ende war.

19. Kapitel

Als vollkommen gelassener Mann zog Havenar bei Flintholm sein Boot ins Versteck und holte sich von Herjulf und Gerlög ein Pferd, um nach Gammelby zu reiten. Die Neuigkeiten, die er von Herjulf hörte, waren gut. Nichts hatte sich während seiner Abwesenheit geregt, außer die Bauern und Knechte auf den Feldern. Herjulf brachte ihn auf einen schnellen Becher Bier zum Haus, wo Gerlög im Schatten saß und Segel flickte.

»Du hast dich gut erholt«, stellte Herjulf fest. »Wann willst du angreifen?«

»Jetzt sehe ich in Gammelby nach dem Rechten. Dann sammle ich Nachzügler, segle sie nach Midbikhus, und dann greifen wir an. Sagen wir, drei Wochen.«

»Die Jungen werden dich darum bitten, dass sie mitdürfen.«

»Willst du, dass sie gehen? Deine sind alt genug. Meine bleiben auf jeden Fall zuhause.«

»Ich weiß, dass du auf sie achtgibst, wenn du sie mitnimmst. Entscheide du. Nebenbei wäre Bjarne auch alt genug. Du bist mit zwölf schon ausgefahren.«

»Nicht in den Krieg. Und wenn ich Bjarne mitgehen lasse, dann zündet Arwed mir das Haus an vor Wut. Nein. Sie bleiben beide. Milchgesichter. Nicht auszudenken, wenn sie an einen Mann gerieten.«

Herjulf lachte. »Nun, man hört so einiges. Wenn du denkst, dass Bjarne Arwed voraus ist, dann solltest du mal die Töchter eurer Mägde fragen. Brede ist jedenfalls voller Neid, weil sein hübscher kleiner Vetter ihm mit Eifer jeden Mädchenschnabel wegschnappt. Den Eifer hat Bjarne noch nicht.«

»Freyrs Bart! Er ist elf, Herjulf. Es wird nicht mehr sein als ein Wettspiel. Was soll er denn anfangen mit den Mädchen?

Wahrscheinlich ist es Arweds größtes Vergnügen, Brede zu ärgern.«

»Sei dir nicht so sicher. Rechne damit, dass der Kleine dir in jeder Hinsicht nacheifert und dich am Ende übertrifft. Ich wüsste zu gern, wie viele Enkel du am Ende wirst zählen können. Wie viele Sprösslinge hast du jetzt?«

»Dreizehn«, antwortete Gerlög im selben Augenblick, in dem Havenar »sechzehn« sagte.

Gerlög stutzte und verbesserte sich. »Dreizehn lebende.«

»Sechzehn«, wiederholte Havenar und lächelte seine Schwester an.

Gerlög musterte ihn scharf, dann senkte sie mit einem ironischen Zug um den Mund den Blick auf ihre Näherei zurück. »Ich bilde mir etwas darauf ein, dass ich den Überblick über meine Neffen und Nichten habe. Verrate mir also bitte, ob mir da Söhne oder Töchter von dir entgangen sind.«

»Töchter. Wenn der Krieg vorbei ist, zeige ich sie euch. Sie werden dir gefallen, Gerlög. Jede von ihnen wird eine Frau, die zur Not selbst zum Schwert greift, darauf wette ich. Du kannst ihnen zeigen, wie man es führt.«

»Ihre Mutter kann das nicht?«

»Ihre Mutter bringt ihnen bei, Männer auf andere Weise handzahm zu machen. Ihre Gatten werden zuhause leise auftreten, das ist sicher.«

Gerlög und Herjulf lachten beide. »Daher bist du also wieder so umgänglich. Sie versteht ihr Geschäft«, meinte Herjulf.

»Das ist das Gute an ihr, dass sie unendlich viel versteht. Sie gehört zu den raren Frauen, die so klug sind wie meine Mutter und meine Schwestern.«

Gerlög schüttelte den Kopf. »Umgänglich ist gar kein Ausdruck, mein Alter. So freundlich hat man ihn seit Jahren nicht erlebt. Willst du was Besonderes von mir, Kleiner?«

»Nur, dass du zu meiner Hochzeitsfeier kommst, wenn es so weit ist, und die Frau willkommen heißt. Du kannst glauben, dass sie es wert ist.«

Schlagartig wich Gerlögs Heiterkeit Argwohn. Ihr Blick bohrte sich in den von Havenar. »Es gibt dieses Gerücht, dass du etwas mit der Frau von dem blöden Thorolfsson hast, Haven. Du willst mir jetzt hoffentlich nicht bedeuten, dass sie es ist, die du als deine Ehefrau nach Gammelby bringen willst. Mutter wird in den Wald ziehen, wenn du das tust.«

»Mutter weiß längst, dass ich das tun werde. Sie war dankbar genug, als Frygdis kam, während ich krank war.«

»Das mag schon sein. Aber ganz so weit geht ihre Dankbarkeit vielleicht nicht. Sie hat noch Hoffnung, dass du dir ein achtbares Mädchen aussuchst und eine weise Verbindung eingehst, wenn du Jarl wirst.«

»Frygdis an meiner Seite ist das einzig Weise, Gerlög. Ich habe es so lange ohne sie versucht, dass ich das beurteilen kann, glaub mir. Es führt zu nichts Gutem. Nebenbei ist sie vor den Göttern längst meine Ehefrau.«

Sie schüttelte unmutig den Kopf. »Närrisch.«

Da trat Herjulf hinter sie und legte ihr eine Hand in den Nacken. »Nenn ihn nicht närrisch für eine Sache wie diese. Achtbarkeit und gute Verwandtschaft wiegen schwer. Aber eine kluge, warme Frau zur Seite ist mit nichts zu vergleichen. Zumal, wenn einer sie liebt.« Er räusperte sich. »Nicht, dass ich etwas davon verstünde.«

Havenar tauschte einen raschen Blick mit seinem Schwager und grinste, als seine Schwester sich entrüstet zu ihrem Mann umdrehte.

»Ich mache mich dann mal auf den Weg«, sagte er mit einem Augenzwinkern in Herjulfs Richtung. »Auch wenn ich's gerade am liebsten vergäße, vor meiner Hochzeit muss ich noch einiges erledigen. Je schneller, desto besser.«

Herjulf nickte, seine Hand tätschelte besänftigend Gerlög, die sich, längst beruhigt, wieder ihrer Arbeit widmete. »Mach keine halben Sachen. Wir versprechen uns alle viel von diesem Kampf. Du musst Guttorm und Olof so kleinkriegen, dass sie die Jarlswürde verlieren. Dann haben wir Ruhe. Dafür sind alle Mittel recht. Jag ihnen solches Grauen ein, dass sie auf dem Bauch zu dir kriechen oder davonrennen bis ins Frankenland.«

»Odins Gnade, Herjulf! Davon hatte ich eigentlich die Nase voll. Meine Hoffnung war ein anderer Weg.«

»Es gibt keinen anderen Weg. Du musst ihnen klarmachen, dass du ihre Sippen auslöschst, wenn sie nicht aufgeben.«

Havenar klopfte seinem Schwager auf die Schulter. »Sicher, Herjulf, du Schrecklicher. Als wärest du einer, der Kinder speeren kann. Da wird dein Arm wohl noch schwächer als meiner. Und wenn es das Einzige ist, was ich im letzten Jahr gelernt habe, so habe ich das doch gründlich begriffen. Ich will keinen König wie Horich haben, und ich will kein König wie Horich sein. Ich will nichts weiter als Ruhe innerhalb meiner Grenzen und Respekt vor meiner Sippe.«

»Geh und verschaff uns das«, stimmte Gerlög zu. »Und mach es auf die Art, die du für richtig hältst. Aber pass dabei auf meine Jungen auf.«

Stunden später, nach dem Ritt durch das unter drückender Gewitterhitze kauernde Land, öffnete sich Gammelbys Tor für Havenar. Aus Vorsicht trug er sein Rüstzeug, seit er wieder an Land war. Die unbehagliche Hitze unter dem Lederwams mit seinen Kettenärmeln hatte seine Laune bereits gedämpft. Innerhalb kürzester Zeit sank sie weiter, als er den Hof überquerte und vor dem Jarlshaus hielt. Nie zuvor hatte er innerhalb des Zaunes solche Unordnung gesehen. Ein halb auseinandergezerrter Reisigberg, wo er nichts verloren hatte, ein überquellender Misthaufen, Schweinefutter, das jemand achtlos mitten auf dem Hof vor die Rotte gekippt hatte, die sich nun grunzend und quiekend darum keilte, ein flügellahm verletztes Huhn, das kurz davor stand, einem Hund oder Schwein zum Opfer zu fallen, und die Hunde hatten dicht neben dem Männerhaus mehrere große Löcher gebuddelt, die eine ausgemachte Schande waren. Noch dazu schien sich kein Knecht für sein Pferd zuständig zu fühlen, obwohl eine ungewöhnliche Anzahl von ihnen herumlungerte. Erst während um ihn schon der übliche Auflauf entstand und alle ihn erkannten, beeilten sie sich plötzlich, ihm das Tier abzunehmen.

Die ersten seiner Söhne, die er sah, waren Sven und Lodin, die beiden Fünfjährigen, hinter ihnen kam Klein Erik zusammen mit seinem fadendünnen Vetter Ansgar herangetrabt. Erik überragte den Gleichaltrigen um einen Kopf. »Was ist denn hier los? Geht es eurer Großmutter nicht gut?«, wandte Havenar sich über die anderen Kinder, Jungknechte und Mägde hinweg an Klein Erik.

Der schüttelte den Kopf. »Sie ist krank. Mutter hat auch schon gesagt, es muss etwas geschehen.«

Havenar sah sich auf dem Hof um. »Wie lange ist sie schon krank?«

Aber Klein Erik zuckte nur mit den Achseln. Seufzend ging Havenar auf ihn zu, schnappte auf dem Weg mit dem einen Arm Sven, mit dem anderen Lodin und beutelte sie zärtlich, dann drückte er Klein Erik, ebenso wie Ansgar, und beide strahlten, froh und verlegen zur gleichen Zeit. »Meint ihr, ihr könnt mein Bündel ins Haus bringen? Ich gehe erst und sehe nach Großmutter«, sagte er.

Über die Schulter beobachtete er noch, wie die Jungen voll Stolz das Bündel und die Nachricht von seinem Kommen zum Haus trugen. Vorübergehend hob die Vorfreude auf seine Söhne seine Laune an, doch auf dem Weg ins Jarlshaus fiel sie wieder. Gleich neben der Tür hingen schmutzige Lappen zum Trocknen.

Er runzelte die Stirn und sah sich nach jemandem um, der sie wegräumen sollte. Eine der jüngeren Mägde fing seinen Blick auf, und er winkte sie heran. Mit geziemend gesenktem Kopf kam sie näher. »Sie ist schon lange krank, Herr. Aber seit zwei Wochen steht sie nicht auf«, sagte sie.

»Hm. Räum das weg.« Eilig und beflissen machte sie sich mit den Lappen zu schaffen. Er sah ihr abwesend einen Moment zu. Sehr jung war sie, vielleicht gerade zur Frau geworden. Ihre Brüste waren noch Knospen. Dirdra war so alt gewesen, als er …

Er bemerkte, dass die Wangen des Mädchens hitzig rot wurden, als er mit seiner Einschätzung bei ihrem Gesicht ankam. Mit schüchtern gesenktem Kopf warf sie ihm einen neugierigen und durchaus bewundernden Blick zu.

Er wandte sich ab und ging ins Haus, zufrieden mit seiner Wirkung, obgleich der Bart doch wieder der alte war. Interesse hatte er nicht. Da musste so eine kleine Unschuld schon die Schönheit selbst sein, um ihn mehr zu reizen als die erfahrenen Frauen, die ihn gut kannten und die er so lange beiseitegeschoben hatte. Wenn Herjulfs Worten zu trauen war, musste er außerdem inzwischen darauf gefasst sein, seinen Söhnen ins Gehege zu kommen, wenn er mit solchen Kindchen schäkerte. Das war ihm unangenehm. Abgesehen von alldem verspürte er kein Bedürfnis. Frygdis und er hatten fast acht Wochen lang jeden halbwegs passenden Moment für ihr Vergnügen genutzt. Mit ihr blieb es das Höchste.

Im Jarlshaus herrschte die gewohnte Ordnung. Das lag wohl daran, dass Ragnhilds Freundin Dagny dort wie üblich ihre Pflicht tat. Sie saß werkend beim Herd und drehte sich erst zu ihm um, als er grüßte. Dann jedoch sprang sie auf, als wäre sie erschrocken. »Friggs Güte, Havenar! Deine Mutter wollte nicht, dass ihr erfahrt, dass sie krank ist. Wir tun gewiss unser Bestes, aber es läuft nicht gut, wie du sehen kannst.«

»Kann ich sehen«, gab er zurück und ging zu seiner Mutter, die reglos und mit geschlossenen Augen dalag. Ihr Gesicht war kalkweiß, die Haut durchscheinend mit bläulichen Adern und Schatten. »Guten Tag, Mutter.«

Sie tat nicht mehr, als die Augen zu öffnen.

»Sag bloß, du hast deinen eigenen Tee getrunken«, neckte er sie sanft.

Ihre Brauen zogen sich zusammen. »Mach deine Scherze«, sagte sie leise und heiser, so schwach, wie ihr Sohn sie noch nie erlebt hatte.

»Was hast du denn?«, erkundigte er sich mit wachsender Beunruhigung.

»Ich sterbe.«

Das konnte Havenar sich bei aller Sorge nicht vorstellen. »Ah. Aber … warum? Warum jetzt? So alt bist du doch nicht.«

»Scher dich weg.« Sie drehte den Kopf zur Wand und schloss die Augen wieder.

Im gleichen Moment kam Framhild hereingeflattert. Mit losem Haar, die Arme bis zu den Ellbogen voll gelber Farbe. Kaum hatte sie ihn gesehen, fing sie an zu weinen. »Haven! Ein Segen, dass du da bist. Ich kann das hier nicht. Das ist mir zu viel, verstehst du? Und deine Weiber machen es noch schwerer. Immer haben sie eine andere Meinung. Wenn wenigstens Jostein hier wäre. Ich habe doch auch noch die Kinder. Wie geht es ihm, bringst du mir Nachricht? Oh, warum muss denn alles zusammenkommen!« Sie sank in seine Umarmung und schluchzte ausgiebig.

»Schuld ist er«, schimpfte Ragnhild gequält. »Heiraten hätte er müssen. Nun soll er sehen.«

»Der Götter Gnade, Mutter. Kann ich dich nicht überreden, noch ein paar Jahre am Leben zu bleiben? Ich verspreche, wenn der Krieg zu Ende ist, bin ich verheiratet, und du kannst deine Schnur einweisen.«

»Es ist zu spät«, sagte Ragnhild, die Augen noch immer geschlossen.

»Was hat sie denn?«, fragte Havenar seine Schwester leise.

»Sie hat schreckliche Schmerzen im Gesicht. Vielleicht vom Zahn, wir wissen es nicht, niemand darf sie anfassen. Diese Frau, die dich geheilt hat, kannst du die nicht holen? Vielleicht könnte sie Mutter auch helfen. Sie muss eine große Heilerin sein.«

»Hm. Nein, sie … Das geht mir zu schnell. Darüber muss ich nachdenken. Warum bist du so gelb?«

»Natürlich vom Färben. Da lag noch Wolle vom letzten Jahr, aber wir brauchen den Platz für Heu, weil auf dem zweiten Heuspeicher Korn liegt. Und in der Webhütte war alles voll Garn, das aufs Färben wartet.«

»Hm. Warum liegt wohl das Korn nicht im Kornspeicher?«

»Der ist voll Wolle.«

»Lass mich raten. Ihr wolltet alte und neue Wolle nicht mischen?«

»Ach nein – es war, weil auf der alten Wolle Reisig lag und davor Rüben. Die Rüben konnten wir nicht in den Sandkeller tun, weil dort …«

»Warte, lass! Das reicht. Ich verstehe. Ich schlage vor, du fährst fort, das Garn zu färben. Das ist ein nützliches Vorhaben und muss ja irgendwann getan werden, auch wenn du eher eine Magd dafür finden solltest. Den Rest klären wir später.«

Framhild lächelte ihn dankbar durch Tränen hindurch an, und er grinste flüchtig zurück, bevor er ging.

»Deine Schwester ist einfach ein Lämmchen«, sagte Rämna später, und er gab ihr von Herzen Recht.

»Warum hast nicht du die Herrschaft an dich genommen? Oder Rike?«

Rämna sah ihn verblüfft an. »Ich? Rike? Wer würde auf uns denn wohl hören?«

»Immerhin all meine Söhne. Man sollte meinen, das gilt etwas. Ich dachte, die Leute haben Respekt vor euch.«

»Ich wüsste nicht, dass sie keinen haben, aber eine Herrin ist noch mal etwas anderes. Das ist keine von uns, und das wissen wir so gut wie die Leute und vor allem deine Mutter. Thors Hinterbacken, hast du eigentlich eine Ahnung, wo ich geboren bin? Du willst es nicht hören, ich werde es dir nicht sagen, aber glaub mir, dies Haus und deine Söhne, das ist mehr Heil, als meine Mutter je für mich erhofft hätte. Ich kann dir mit den anderen hier ein gutes, sauberes Haus führen und dafür sorgen, dass aus deinen Jungen was wird. Dir eine Siedlung führen, das kann ich nicht. Und Rike noch weniger. Bei ihr wäre auch noch die Stimme zu schwach. Nein. Da wirst du dir schon noch eine andere finden müssen.«

Havenar schüttelte gequält den Kopf. »Warum kommt es mir so vor, als hättet ihr Frauen euch verschworen?« Ihm war bewusst, dass Franka und Rike, die einzigen Erwachsenen im Haus außer Rämna und ihm, die Arbeit niedergelegt hatten und nur noch ihrem Gespräch lauschten. Franka spielte dabei auf dem Boden mit Rämnas Soren und Trudes Bjornolf, die beide noch nicht laufen konnten. »Ihr wisst doch genau, an wen ich vergeben bin. Erzählt mir nicht, dass jemand hier das noch nicht begriffen hat. Jeder Zweite in Angeln wird das Gerücht inzwischen gehört haben, und ihr habt die Wahrheit gesehen. Also wisst ihr auch, warum ich sie nicht herbringen will, solange ich nicht ebenfalls bleiben kann.«

»Vielleicht wäre es aber besser«, wandte Rike ein. »Wir sehen ja die Gefahr, aber die Leute fragen sich allmählich, wie eine Frau zu dir gehören soll, die sich nicht um dich und die Deinen kümmert. Sie denken, entweder traust du ihr nicht, oder sie hat kein Vertrauen zu dir und keinen Mut. Oder deine Habe ist ihr gleichgültig. Oder sie ist doch verrückt. Das liegt daran, dass du so ein hohes Ansehen bei ihnen hast. Sie können sich nicht vorstellen, dass eine Frau sich nicht darum reißt, dein Haus zu führen. Es ist, als würden sie sich davon selbst beleidigt fühlen.«

»Wer so denkt, ist verrückt. Wie könnte ich sie ausgerechnet jetzt hier allein lassen, wo ich in einem Krieg mit ihrem … ich meine, wo diese Siedlung noch weniger Schutz hat als sonst?«

»Damit leben wir alle, und sie ist doch nicht feige, oder? Und ist es nicht gerade jetzt sicherer hier, wo du ihren … ich meine, wo unsere Feinde jenseits der Schley mit euch Männern beschäftigt sind und genug zu tun haben, ihre Haut zu verteidigen?«

»Das kann sein, Rike, aber … Verfluchter Dreck, wie soll ich das sagen, ohne … Natürlich will ich auch nicht, dass euch etwas zustößt, das müsst ihr glauben. Nur, wenn Frygdis etwas zustößt … Wenn ich sie jetzt hierherhole und es geschieht, was wir immer befürchtet haben, das heißt, Olof oder Horich oder sonst eine dreckige Ratte kriegt sie oder die Mädchen in die Finger, dann werde ich nichts anderes mehr sein als ein braver Hund und gehorchen, bis ich sie wiederhabe. Und wenn ich sie nicht wiederbekäme, würde ich mich hinlegen und verrecken.«

»Das glaube ich nicht«, sagte Rike.

»Glaubt dir keiner«, bestätigte Rämna.

»Was glaubt ihr sonst? Dass ich es nicht beachte, wenn sie wegen mir in Stücke geschnitten wird?«

»Du wärest auf dem Pferd, um sie zurückzuholen, bevor wir uns nach dem Raub einmal um die eigene Achse drehen könnten«, sagte Rämna.

Rike nickte. »Du stündest hinter Horich, bevor er ›Sieh an, sieh an‹ zu deiner Frau sagen könnte.«

Havenar betrachtete sie beide und nahm einen tiefen Atemzug. »Ihr macht mir deutlich, wie gewaltig die Last war, die Frygdis mir abgenommen hat. Dass sie genau dieses Vertrauen nicht in mich setzt, hat mich früher gekränkt. Heute bin ich klüger. Ich weiß, wie viele etwas anderes glauben, aber die Wahrheit bleibt: Ich bin nur ein Mensch. Und der schwächste Mensch bin ich, wenn es um sie geht.«

Rike lächelte verständnisvoll. »Wir würden sie schützen, Havenar. Sie würde sich verstecken, und keiner hätte sie je gesehen, wenn der Falsche nach ihr fragt. Weißt du, es ist ja noch etwas anderes. Glaubst du nicht, es macht sie traurig, immer so allein zu sein? Das geht nun schließlich schon sehr lange. Und die Kinder? Die brauchen doch Gesellschaft.«

»Das weiß ich alles. Ich habe vor, sie zu holen, sobald der Krieg vorbei ist. Dann wird zumindest Olof keine Gefahr mehr sein.«

Die Frauen wechselten Blicke des Einverständnisses. Er ahnte, was kommen würde. »Was, wenn es noch lange dauert?«, fragte Rike sanft.

»Was, wenn du fällst?«, ergänzte Rämna unbarmherzig. »Ist es dann nicht besser, wenn wir sie schon bei uns haben?«

Rike sah ihn mit großen Augen an. »Allein ist es so viel schwerer.«

Havenar wandte sich zur Tür, um hinauszusehen und nachzudenken. Als er den Pulk seiner Jungen aus der Richtung des Sees heranstürmen sah, drehte er sich zurück. Rike hatte die Kocharbeit wieder aufgenommen, und Franka war dabei, Soren frisch zu wickeln. Nur Rämna schien noch auf eine Erwiderung von ihm zu warten. »Ihr würdet ihr helfen, ja? Dann hängt es von Frygdis ab. Ich frage sie, wenn ich das nächste Mal bei ihr bin.«

»Warum gehst du nicht gleich?«, fragte Rämna. »Es ist ja kein Trick von uns gegen dich, dass Ragnhild krank und Framhild ein Mäuschen ist. Du brauchst deine Frygdis eben hier.«

Plötzlich kam es ihm überaus verlockend vor, gleich wieder ins kleine Tal zurückzufahren, alles dort aufs Schiff zu laden und Frygdis heimzubringen. Er wusste, dass sie für Gammelby sorgen konnte.

»Vielleicht werde ich es so machen.«

Noch bevor er damit anfing, die Siedlung aufzuräumen, schickte er Boten aus, die die Nachzügler zusammenrufen sollten: Bauernsöhne, die für die Ernte heimgegangen waren und nun nach und nach wieder entbehrlich wurden, Rückkehrer von langen Fahrten, Jungen, die kürzlich erst alt genug geworden waren, und gestandene Männer, die sich mehr Zeit zum Überlegen genommen hatten.

Nach zehn Tagen trafen die ersten von ihnen ein. In Gammelby herrschte zu der Zeit weitgehend wieder Ordnung, ohne dass Ragnhild aufgestanden wäre oder Zeichen der Genesung gezeigt hätte. Havenar machte sich nichts darüber vor, wie lange die Ordnung halten würde, wenn er fort war. Er hatte den Entschluss gefasst, Frygdis zu holen, und wollte damit nur noch warten, bis das Korn geerntet war. Man würde alles brauchen, auch das, was Thorwald einbrachte. Schlamperei bei der Ernte konnten sie sich nicht leisten.

Er stand beim Dreschplatz und prüfte, ob sauber gedroschen wurde, als ein eiliger Reiter mit schlechten Nachrichten eintraf. Wenig später saß Havenar mit einem Trupp der ersten Nachzügler auf den Pferden und flog in Richtung Flintholm zu den Schiffen.

Guttorm hatte nicht auf einen Angriff gewartet, sondern selbst angegriffen. Und er führte erneut viele von Horichs Männern an.

In Flintholm wartete Guntram. Jarl Hademut hatte ihn mit dem Boten geschickt für den Fall, dass Havenar noch bei Frygdis sein würde und jemand ihn von dort holen müsste.

Kurz entschlossen schickte Havenar seinen Freund zu Frygdis, um seine Bitte zu überbringen und es ihr zu überlassen, ob sie nach Gammelby kommen wollte, obwohl er nicht dort war.

Frygdis ließ den Milcheimer fallen, als sie Guntram auf dem Seepfad bemerkte, und Guntram verstand ihren Schreck. Er hob beruhigend die Hände. »Es ist nichts passiert. Dein Gatte ist heil«, rief er und lächelte, weil sie sich erleichtert nach dem Herzen griff.

Sie reichte ihm zum Gruß ihre Hand, und er nahm sie respektvoll. »Ragnhild ist krank. Gammelby braucht eine Herrin.«

Frygdis starrte ihn an, dann lachte sie auf. »Oh, sicher! Lass mich eben den Ziegenmist aus meinen Haaren kämmen, dann stehe ich zur Verfügung. Also wirklich! Konnte er nicht selbst kommen? Fällt Gammelbys Zaun um, wenn er ihn loslässt, oder was macht er?«

»Wenn ich es richtig verstanden habe, sollst du kommen, um den Zaun festzuhalten. Havenar musste früher fort als gedacht. Guttorm hat nicht auf ihn gewartet. Ich soll dir sagen, er macht sich Sorgen um den Winter und bittet dich zu kommen. Das würdest du verstehen.«

Frygdis nickte. Die Welt schien sich um sie zu drehen, so wirbelten plötzlich ihre Gedanken. »Sollst du uns alle holen? Hast du ein großes Schiff?«

Guntram bejahte. »Herjulf wartet mit seinem Knorr und einem Mann. Wir sollen auch das Korn bringen und was ihr sonst habt.«

Also hatte sie gar keine Wahl, stellte Frygdis fest. Das Tal war kein Versteck mehr. Sie äußerte ihre Verärgerung darüber nicht, um die drei Männer nicht zu beleidigen, die sich gewiss für treu und verschwiegen hielten. Einen Augenblick legte sie sich die Hände aufs Gesicht, um ihren Verstand zu kühlen.

»Das ist ja Guntram«, hörte sie Alrun freudig rufen. Dann holte sie tief Luft.

»Also gut. Packen wir zusammen.«

Drei Erwachsene, vier Kinder, zwei graubraune Ziegen mit zwei Zicklein, ein sehr großer Hund, zwei Raben, Vorräte und Gepäck gingen an Bord. Frygdis, Thorwald und Auda räumten die Hütte allerdings nicht kahl, sondern sorgten für den Fall vor, dass sie doch noch einmal jemandem als rasches Versteck dienen musste. Guntram versicherte, dass sie das meiste der kargen Einrichtung in Gammelby ohnehin entbehren konnten.

Frygdis legte ihre prächtigen Göttinnenkleider zuoberst in ihre Truhe. In Flintholm würde sie sich umziehen müssen. Das Herz schlug ihr bis zum Hals, wenn sie sich den Moment vorstellte, in dem sie den Leuten von Gammelby als neue Herrin entgegentreten würde. Und kein Havenar an ihrer Seite.

Doch die Begegnung mit Herjulf beruhigte sie. Mit dem breitesten, freundlichsten Lächeln nahm dieser Mann, den sie nie zuvor gesehen hatte, sie fest in den Arm, als sie sein Schiff als Letzte betrat. Während sie im Tal gepackt hatte, hatte er sich auf dem Schiff mit dem Verstauen befasst. »Da bist du ja endlich. Und die Flöhe«, sagte er und zeigte auf die Mädchen, die in heller Aufregung auf dem Schiff herumwieselten. Auda hatte Helche, die natürlich noch nicht schwimmen konnte, einen Strick umgebunden, den sie verkrampft festhielt, während die Kleine sich von einer Ruderbank aus über die Reling lehnte. Herjulf grinste. »Gerlög wird begeistert sein. Sie fand es immer ärgerlich, dass ihr Bruder nur Jungen in die Welt setzt. ›Wo soll die Vernunft herkommen?‹, hat sie immer gesagt.«

Frygdis lachte. »Oh weh. Da soll sie besser nicht zu viel erwarten.«

Wie um sie zu bestätigen, kreischte Hadwig und wäre fast ins Wasser gefallen, hätte Thorwald nicht noch ihr Kleid erwischt. »Die Schwimmerei bewahrt dich nicht vorm Nasswerden«, brummte er verärgert.

Hadwig entschuldigte sich kleinlaut mit einer Umarmung bei

ihm, tobte nach kurzer Zeit aber weiter mit den Zwillingen, bis Frygdis alle zur Ordnung rief und Herjulf das Boot abstieß.

Es war eine windige, unruhige Fahrt. Durchgepustet und müde kamen sie vor Flintholm an, wo die Hafensperren so flink für sie geöffnet wurden, dass sie nicht warten mussten, sondern gleich hindurchsegeln konnten. Herjulf nahm Frygdis' anerkennende Bemerkung mit einem zufriedenen Nicken entgegen. »Eine Frage des Respekts. Die Männer erwarten ihre zukünftige Herrin«, sagte er stolz.

»Du liebe Güte«, seufzte Frygdis und übersah geflissentlich den belustigten Blick, den Herjulf ihr zuwarf.

Gerlögs Begrüßung war weniger warmherzig als die ihres Mannes. Frygdis fühlte sich von ihr gemustert, als ob Havenars Schwester sie kaufen wollte. Dann wandte Gerlög sich von ihr ab und entdeckte Helche, die hinter ihr auf Audas Arm gerade aufgewacht war. Auf einmal strahlte das Gesicht der älteren Frau. »Nein! Was für eine kleine Honigbiene! Und da sind noch mehr davon. Also dafür …« Nun warf sie einen schrägen Seitenblick auf Frygdis, »… dafür bin ich dir dankbar. Denn eines ist sicher: Die Männer dieser Sippe waren nie vernünftig. Die Klugheit kommt bei uns nur in der weiblichen Linie durch.«

»Ach«, sagte Frygdis mit einer Trockenheit, die durchblicken ließ, dass sie den wohlverpackten Stachel fühlte, »bisher scheinen die Zwillinge ihrem Vater nachgeschnitzt, und wenn sie es zu seiner Klugheit bringen, dann können wir wohl zufrieden sein. Ich finde auch Havenars Söhne vernünftig. Seine Töchter sind ihm ebenso ähnlich.«

»Das kann ich gar nicht sehen.« Gerlög betrachtete nachdenklich die Zwillinge und Hadwig, die von Herjulf schon ihren eigenen Kindern zugeführt wurden. »Die Jungen sind ihm ähnlicher. Diese scheinen viel von dir zu haben.« Sie wandte ihre Aufmerksamkeit wieder Frygdis zu. »Enttäusch meinen Bruder bloß nicht«, warnte sie sie mit deutlicher Drohung in der Stimme. »Er hat lange wegen dir gelitten, und er bringt dir ein großes Opfer. Er hätte mit einer Heirat bedeutende Verbindungen knüpfen können, statt Scherereien zu züchten.«

Frygdis zeigte nicht, dass sie getroffen war, sondern lächelte höflich. »Havenar und ich hatten nie eine Wahl, ob wir ein Opfer bringen wollen. Die Götter haben uns nicht die Freiheit gegeben, uns voneinander zu lösen. Lange haben wir versucht, andere vor den Folgen zu schützen, doch nun bleibt uns wieder einmal keine Wahl. Mögen die Scherereien kommen. Vor den Göttern ist er mein Ehemann, und ich bin seine Ehefrau und werde für ihn und seine Kinder tun, was nötig ist. Havenar bat mich, für Gammelby zu sorgen, und das werde ich tun, bis er etwas anderes sagt. Ob ich ihn enttäusche, ist eine Sache zwischen ihm und mir wie zwischen allen Eheleuten. Du solltest aber wissen, dass wir einander bisher nicht enttäuscht haben.«

»Was musstest du bisher schon groß bestehen? Das hat wohl kaum Ähnlichkeit mit dem, was auf dich zukommt. Vielleicht kriechst du zurück in dein Versteck, wenn du merkst, dass die Leute von Gammelby nicht vor dir auf den Knien liegen. Es kann sein, dass viele dort dich gar nicht mögen.«

Nun gelang es Frygdis nicht mehr, ihren Ärger zu verbergen. »Sie werden sich mit mir abfinden müssen, solange Havenar glaubt, dass ich die beste Herrin für seine Habe bin. Nur eure Eltern haben mitzureden, was Gammelby betrifft, und die haben offenbar keine Einwände. Ob die Leute mich mögen, wird mich vorerst nicht kümmern, wenn sie nur gehorchen und die Siedlung mit mir über den Winter bringen. Dass Havenars Schwester mich nicht mag, tut mir allerdings leid, denn es wird ihn verletzen, wenn er es merkt.«

»Wer sagt denn, dass sie dich nicht mag? Framhildchen ist eine Taube. Sie wird dich schon mögen. Tatsächlich werden die meisten dich mögen, wenn du dich nicht blöd anstellst. Ich wollte nur sehen, ob du Angst hast.« Auf einmal lächelte Gerlög. »Sei willkommen, Schwägerin! Zu eurem Hochzeitsfest habe ich schon zugesagt. Mögest du bis dahin so viel Mut haben, wie du glaubst. Auf den Mund gefallen bist du ja nicht.«

Der Stein, der Frygdis vom Herzen fiel, war ein beträchtlicher Felsen. Sie seufzte und sprach leise mehr zu sich als zu Gerlög: »Mut brauche ich, wenn ihm etwas passiert.«

Gerlög sah zu der Tür, durch die nun Herjulf wieder heraustrat, und ihr Blick wurde weich. »Dann braucht man Mut. Und ein eisernes Rückgrat. Aber wenn du deine Sache gut machst, wirst du auch dann nicht allein dastehen.«

Gerlög und Herjulf behielten sie noch einen weiteren Tag und eine weitere Nacht in Flintholm. Es war, als wolle Gerlög ganz sichergehen, dass ihr Bruder keinen Fehler machte, wenn er seine fragwürdige Gemahlin zu ihrer kranken Mutter schickte. Immer wieder geriet Frygdis mit ihr in Gespräche, die kurz vor einem offenen Streit damit endeten, dass ihre Schwägerin herablassend nachgab.

Viel länger hätte sie diese ewigen Prüfungen nicht mit Geduld ertragen können, als sie sich endlich mit angemessener Begleitung auf den Weg nach Gammelby machten. Andererseits verstand sie Gerlögs Verhalten und fand Trost darin, dass Havenars große Schwester ihre Nichten tatsächlich vergötterte, Hadwig eingeschlossen. Sie selbst hatte zwei Töchter zu ihren vier Jungen, und es sah so aus, als würde es dabei bleiben, denn sie war seit fünf Jahren nicht mehr schwanger geworden.

»Sechs Kinder reichen«, sagte Herjulf dazu. »Ich will lieber meine Frau gesund behalten. Man sieht ja an Gammelby, was geschieht, wenn die Hausfrau nicht mehr kann. Kinderkriegen ist kein Honiglecken.« Er wurde rot, als Gerlög ihn mit einem spöttischen Blick bedachte. »Ich sage ja nicht, dass es einfach ist, sie zu vermeiden. Die Götter müssen schon einverstanden sein.«

Frygdis bedauerte, dass Herjulf sie nicht nach Gammelby begleitete und ihr mit seiner freundlichen Autorität dort einen leichteren Anfang verschaffte. Doch sie begriff, dass er schon von seinem Weg abgegangen war, um sie aus dem Tal zu holen. Noch einmal würde er seinen geliebten Hafen wegen dieser Sache nicht allein lassen.

Daher zog sie mit Auda und Thorwald in Begleitung von Guntram und acht ihr unbekannten Männern in die Siedlung ein. Selbst die acht blieben nur, bis sie sie durchs Tor gebracht hatten, und kehrten dann eilig nach Flintholm um.

Außer Guntram, Thorwald und Helche waren die Reisenden auf dem Wagen alle bleich vor Aufregung. Zumindest bei Frygdis wich die Blässe jedoch Röte, als sie entdeckten, dass ein großer Empfang für sie vorbereitet worden war. Herjulf musste die Nachricht von ihrem Kommen vorausgeschickt haben. Alle Sorge fiel von ihr ab, während ihr klar wurde, wie aufgeregt Havenars Frauen und Söhne selbst wirkten.

Die Jungen waren wie die Frauen im Festtagsstaat angetreten und bildeten die vorderen zwei Reihen der zur Begrüßung versammelten Einwohner. Ragnhild war nicht auf dem Hof, soweit Frygdis sah.

Als Guntram und Thorwald die beiden Wagen anhielten, sprangen Knechte herbei, um die Pferde zu halten und beim Absteigen behilflich zu sein. Aus der wartenden Menschengruppe lösten sich zwei Frauen und kamen näher. Bjarne und Arwed schlossen sich an.

»Framhild, Rike, Bjarne und Arwed«, informierte Guntram Frygdis hilfsbereit, während sie sich von einem der Knechte vom Wagenbock helfen ließ.

Sie lächelte. »Ich weiß, danke.« Dann ging sie den vier entgegen. Framhild reichte ihr zuerst die Hand, auf ihrem sorgenschweren schmalen Gesicht entfaltete sich dabei ein erleichtertes Lächeln. »Ich bin Framhild. Und ich bin sehr froh, dass du da bist«, sagte sie mit einer kindlich weichen Stimme. »Ich habe so gehofft, dass Havenar dich bald herbringt.«

»Das haben wir alle«, stimmte Rike zu. »Wir erwarten deine Anordnungen und hoffen, du wirst mit uns zufrieden sein.«

»Havenar hat mich geholt, weil er meint, dass hier jeder gebraucht wird, der helfen kann. Also werde ich wie ihr mein Bestes tun, damit er sich nicht um uns sorgen muss. Ich danke euch für eure freundliche Begrüßung. Nun weiß ich, dass ich mit

Freude hier leben kann.« Sie trat zu Bjarne und umarmte ihn herzlich, was er weit linkischer erwiderte als Arwed, der nach ihm an der Reihe war. Doch erfreut über das Wiedersehen schienen beide.

Rike und Framhild geleiteten anschließend Frygdis zu den restlichen freien Frauen und Männern der Siedlung, um sie vorzustellen. Die Jungen und anderen Kinder sammelten sich um den Wagen, auf dem Hadwig, Ishild und Alrun schüchtern sitzen geblieben waren, während Auda mit Helche abgestiegen und zu Thorwald gegangen war.

Zwischen Ishild und Hadwig saß das Rabenweibchen Ulla und beäugte die sich nähernden Kinder so misstrauisch, wie auch die Mädchen selbst es taten. Troll hatte die Siedlung wie üblich gemieden.

Bjarne und Arwed wechselten staunend einen Blick, nachdem sie in den weißblonden Zwillingen die weibliche Version ihres väterlichen Erbes erkannt hatten. »Oh nein, sind die süß«, sagte ihre Base Hedda, die hinter ihnen herangetreten war.

Hadwigs Blick verfinsterte sich, ebenso die Blicke der Zwillinge. »Säuglinge sind süß«, sagte sie unwirsch.

»Genau«, schloss Ishild sich voll erboster Überzeugung ihrer Schwester an.

Bjarne und Arwed grinsten. »Kann euer Rabe auch sprechen?«, fragte Arwed freundlich.

»Besser als eurer. Wetten?«, gab Hadwig zurück.

»Lass ihn was sagen«, forderte Bjarne sie auf.

Statt Hadwig holte Ishild den Raben auf ihren Schoß und kraulte ihm das Brustgefieder. »Was macht Hadwig, Ulla?«

»Hadwig trifft besser. Guten Tag«, sagte Ulla.

Arwed musste schon darauf lachen, und auf Hadwigs Gesicht stahl sich ein kleines Lächeln.

Alrun kicherte. »Was ist Schneepfote, Ulla?«, fragte sie den Raben.

»Böser Hund«, sagte Ulla brav.

Daraufhin lachte die ganze Kinderhorde, und Bjarne und Arwed streckten den Zwillingen die Arme entgegen. »Kommt, steigt ab. Wir zeigen euch Ruß.«

Während die Zwillinge sich mit willigem Übermut samt Raben von ihren großen, starken Brüdern vom Wagen heben ließen, sprang Hadwig im Bogen vom Seitenbrett. Ihr krauser, roter Zopf flog. »Wir kennen doch Ruß! Ich habe ihn Havenar geschenkt«, rief sie dabei.

»Dann unsere Falken«, schlug Bjarne vor.

Hadwig streckte sich nach ihrem Sprung vergnügt. »Au ja. Wo ist mein Hund?«, sagte sie und pfiff. Schneepfote war sofort an ihrer Seite, wurde bewundert, und dann stürmte die Schar in Richtung Vogelhaus, nur um gleich wieder aufgehalten zu werden, weil Schneepfote mit den Hunden der Siedlung einige Rangfragen zu klären hatte, deren Ausgang alle interessierte. Schneepfote eroberte sich zu Hadwigs Zufriedenheit mit Knurren, Balgen und Zähnefletschen den Rang gleich unter Bjarnes kampferprobtem Rotwolf, der mit der Hündin Eisfell das Anwesen regierte.

Die fast erwachsene Hedda blieb kopfschüttelnd bei den jungen Frauen und Männern zurück. »Sind die süß«, wiederholte sie für sich.

Frygdis spannte derweil ihre Aufmerksamkeit aufs Äußerste an, um sich so viele Namen und Gesichter einzuprägen wie möglich, und dazu noch das nützliche Wissen über deren Besitzer, welches ihr schon in jener ersten halben Stunde auf dem Hof dargeboten wurde. Doch für das Durcheinander der Begrüßung schien kein Ende geplant zu sein. Endlich gab Frygdis sich einen Ruck. »Wir werden noch viel Zeit zum Weiterreden finden«, sagte sie und wandte sich dann an Framhild. »Jetzt solltest du mich zu deiner Mutter bringen.«

Framhild biss sich auf die Lippen. »Ja, richtig.« Sie seufzte und lächelte tapfer. »Also dann. Gehen wir hinein.«

Der faulige Gestank im Jarlshaus kam Frygdis allzu bekannt vor. Sie musste sich zwingen, normal zu atmen und sich nichts anmerken zu lassen. Framhild führte sie zu der Bank, auf der die kranke Ragnhild reglos lag, ein Bild des Verfalls. »Mutter, Havenars Frau Frygdis ist hier.«

Quälend langsam drehte die Jarlsfrau ihnen das Gesicht zu und sah Frygdis unbewegt an. »Was will sie?«, fragte sie schließlich, als das Schweigen schon wog wie Blei.

Böse klang es für Frygdis' Ohren, bei aller Schwäche. Dennoch atmete sie bei der unerwartet schlichten Begrüßung auf. Immerhin entband sie das von übergroßer Höflichkeit. »Ich verstehe etwas davon, ein großes Anwesen zu führen, und ich liebe die Vorratswirtschaft, so wie eine Frau es muss, wenn sie eine gute Herrin sein will. Havenar sagte immer, du seist die Beste, aber als Vertretung für dich findet er mich ausreichend. Ich werde in Gammelby wirtschaften, bis du wieder gesund bist. Für deine Hilfe werde ich dabei dankbar sein.«

Ragnhild starrte sie weiter unbewegt an. »Weiß der Jarl davon?«, fragte sie, wohl mehr ihre Tochter als Frygdis, doch Framhild hatte sich schon zwei Schritte zurückgezogen und zuckte mit den Schultern.

»Das weiß ich nicht. Aber würde Havenar etwas tun, das sein Vater nicht gutheißt?«, sagte Frygdis.

Ragnhilds Mundwinkel zitterte. »Natürlich«, sagte sie.

Darauf hob Frygdis die Hände, als bedaure sie die mögliche Unstimmigkeit zwischen Eltern und Sohn, und verkniff sich ein Grinsen über ihre gescheiterte Diplomatie. Doch noch konnte sie Ragnhild nicht einschätzen. »Wird Hademut etwas dagegen einzuwenden haben, dass ich die Siedlung winterfest mache?«

Nun zuckten Ragnhilds Mundwinkel beide. »Was geht ihn das an? Ist er hier?«

Nun verstand Frygdis, woran sie mit Havenars Mutter war. Ragnhild wollte sie gern prüfen, wie Gerlög es getan hatte, war aber zu erschöpft dazu. Wenn die Mutter wie die Tochter war, halfen Wahrheit und Mut. »Nein. Hier sind nur wir Frauen. Und ich muss dir sagen, dass ich zwar weder Hademut noch dich verstimmen möchte, aber da ich nun einmal gekommen bin, habe ich kaum eine andere Möglichkeit, als zu handeln. Ich will nicht, dass unsere Kinder in diesem Winter hungern müssen.«

»Du hast Kinder?«

Frygdis holte tief Luft. »Drei Töchter von deinem Sohn und eine von Olof Thorolfsson. Das ist wohl kein Geheimnis. Hadwig kennt ihren Vater kaum, während sie Havenar schätzt. Sollte man sie hier für ihre Herkunft trotzdem leiden lassen, muss ich wieder gehen. Das habe ich beschlossen, bevor ich kam.«

»Ich bedaure, dass mir das Sprechen wehtut. Man würde gern mit dir streiten. Für eine gute Herrin kommt nicht ein Kind vor allem anderen.«

Frygdis ließ sich das Lächeln nicht nehmen. »Es ist dann eine Eigenheit von mir, dass meine Kinder vor allem anderen kommen. Das wird so bleiben.«

»Was ist mit Havenars Söhnen? Wirfst du die weg dafür? Es sind nicht deine.«

»Dein Sohn ist mir so viel, dass ich jedes seiner Kinder wie mein eigenes liebe. So, wie er Hadwig liebt. Und wie die meisten Mütter bitte ich die Götter, dass ich niemals wählen muss.«

»Ach.« Ragnhild seufzte, und wieder klang es in Frygdis' Ohren böse und abfällig. Doch dann holte ihre unfreiwillige Schwiegermutter noch einmal Luft zum Sprechen. »Gleich hätte Hademut dich damals für den närrischen Rockjäger werben sollen. Was wäre uns erspart geblieben!« Sie räusperte sich. »Nimm Bjarne beiseite, dann werden die Jungen auf deine Hadwig aufpassen. Bjarne ist zu gut für diese Welt. Kleiner Hurenbengel.« Sie lachte trocken, brach plötzlich ab. »Jetzt lass mich allein.«

»Kann man dir nicht helfen?«

»Man kann weggehen wie gebeten. Wirtschafte und gib mir Bericht.«

»Nur noch eines: Wie viele Menschen gibt es in Gammelby?«

»Ich rechne drei Dutzend Freie. Fünf Dutzend Thraele. Ein Haufen Nachzügler, die bald gehen. Sechs Dutzend Kinder, ohne Säuglinge. Du und die Deinen nicht gerechnet. Es mag sein, dass die Männer im Winter wiederkommen.«

»Danke«, sagte Frygdis, dann schickte sie sich an, das Haus zu verlassen, welches ihr ausgesprochen gut gefallen hätte, wenn Ragnhilds Zustand darin nicht Schwermut und ungesunde Luft verbreitet hätte. Nichts im Jarlshaus war von billig glänzendem, kurzlebigem Prunk. Es war weniger schmuckreich, als das Haus ihres Vaters gewesen war, dafür fügte sich die Pracht schön zusammen und schien von einer Qualität, die für die Ewigkeit gedacht war. Die geschnitzten Knoten und Tiergestalten, die das rötliche Holz der Einrichtung schmückten, waren mit so viel Sorgfalt ausgearbeitet, dass man vor Ehrfurcht schauderte, wenn man sie näher betrachtete. Es war deutlich, dass in Gammelby beim Bau des Jarlshauses mindestens ein ebenso begabter Mann wie Olofs Onkel Halfdan mitgewirkt hatte, der der Ansicht gewesen war, es ginge nichts darüber, die Herausforderung zu bewältigen, einem guten Werkstück die perfekte Zierde zu geben. Eine Zierde, die Geister zu fesseln verstand, sowohl menschliche als auch nichtirdische. Etwas Ähnliches empfand Frygdis beim Weben. Wenn es gelang, die Geister der anderen in die Bilder ihrer gewobenen Geschichten zu holen, war das ein großes Gefühl. Doch auch ein fehlerlos gelungenes, schwieriges Muster schenkte ihr Freude, die sie gern mit anderen teilte. Auf einmal wuchs in ihr eine Zufriedenheit darüber, Havenars Heim hüten zu dürfen, die über ihre Liebe zu ihm hinausging. Gammelby gefiel ihr.

An der Tür stand sie auf einmal Dagny gegenüber, die ihr schon vorgestellt worden war, und einer schwangeren dunkelhaarigen Frau, die ihr vage bekannt vorkam.

»Frygdis«, sagte die Frau und streckte ihr mit einem zögerlichen Lächeln die Hand hin. »Du kennst mich wohl nicht mehr.«

Erst die Stimme brachte Frygdis die Erinnerung zurück, dabei hatte sie gerade an den Vater dieser Frau gedacht. »Liebe Güte, Gunda! Es ging alles so schnell. Ich habe noch gar nicht daran gedacht, dass du hier bist. Wie geht es deinen Kindern? Havenar sagt, dein Sohn ist Vitgeirs ganzer Stolz.«

Gunda wurde rot. »Sagt er das? Das ist schön zu hören. Manchmal zweifle ich daran, wessen Sohn Vitgeirs ganzer Stolz ist. Aber lass uns davon später reden. Rike sagte, du würdest sicher bald vieles über die Arbeit besprechen wollen. Ich soll dich bitten, vorher ins Haus zu kommen, es dir behaglich zu machen und dich auszuruhen. Du möchtest wohl auch essen. Deine … Freundin … deine Freundin Auda ist schon dort mit deiner Jüngsten. Die Frauen sind ganz außer sich über den kleinen Goldschatz. Ich dachte immer schon, Havenars Söhne wären hübsch.«

»Das sind sie, nicht wahr? Eine Pracht. Trotzdem bin ich froh, dass ich sie nicht alle für ihn auf die Welt bringen musste. Die paar Töchter waren schwer genug.«

Gunda lachte. »Tja. Er ist unersättlich, was Nachkommen angeht. Man könnte es wohl rücksichtsvoll nennen, dass er sie nicht alle von einer Frau verlangt hat. Mir ist es allerdings ein Rätsel, wie du dich damit abfinden willst, dass er all die Weiber hegt.«

Sie sah sich zu Ragnhild um und schob Frygdis aus dem Haus und aus der Hörweite ihrer Schwiegermutter. Dagny war inzwischen hineingegangen und machte sich mit Framhild zusammen um den Herd zu schaffen. »Nicht, dass ich die Frauen für schlechter als frei Geborene halte. Da bin ich anders als Ragnhild. Aber meinen Mann würde ich nicht mit ihnen teilen wollen.«

Frygdis zuckte mit den Schultern. »Hm. Nun – ich will nicht sagen, dass ich mich daran gewöhnt hätte. So oder so: Jetzt ist er nicht hier, und für den Moment freue ich mich über jede Frau, die einen vernünftigen Kopf und zwei Hände zum Arbeiten hat.«

Sie gingen Seite an Seite über den Hof zu Havenars Haus. Frygdis' Gedanken waren schon mehr bei der Arbeit, die sie vor sich sah, als bei Gunda. Erst als diese weitersprach, fiel ihr ein, wie viel es zwischen ihnen noch zu sagen gab.

»Ja. Viele Männer gibt es hier bald nicht mehr. Gleich morgen will Guntram mit den letzten Nachzüglern aufbrechen. Dann haben wir nur noch die Knechte und die notwendigste Mannschaft, mit der für die Arbeit nicht zu rechnen ist. Ich wünschte, es wäre bald vorbei. Eigentlich war ich gerade ganz zufrieden damit, wieder einen Mann zu haben.«

Frygdis hielt betroffen an und sah Gunda in die Augen. »Ich hatte nie Gelegenheit, dir zu sagen, dass es mir damals für dich leidtat. Du warst glücklich mit Ingvar Hademutsson, nicht wahr? Auch deinen Vater hat die Sache bedrückt. Er hat es so wenig vorausgeahnt wie ich.«

»Ich weiß. Es war Gebharde, die üble Hexe. Sie wird es noch tausendfach bereuen. Das hat Vitgeir mir versprochen.«

Bei allem Zorn hatte Gundas Stimme bei diesen Worten einen seltsam verletzlichen Tonfall, aus dem Frygdis nicht schlau wurde. Sie nahm sich vor, später nachzuforschen, was dahintersteckte.

Auda fühlte sich bei ihrer Ankunft in Gammelby weit verlorener als Frygdis. Sie war froh, dass sie Helche hatte, an der sie sich festhalten konnte und deren Bedürfnisse ihr die Richtung wiesen. Zum ersten Mal bewegte sie sich als freie Frau unter Leuten, die ihre Vergangenheit nicht kannten und nicht wussten, was sie von ihr zu halten hatten. Selbst Thorwald hatte sie allein gelassen, um als Leibwächter Hadwig und den Zwillingen zu folgen, bis er sicher sein konnte, dass die Mädchen nicht auf Feindseligkeit oder herumliegende scharfe Waffen stoßen würden.

So klammerte sie sich an ihre Verantwortung dafür, dass Helche zu essen und zu trinken bekam, trockene Sachen und einen geborgenen Ort zum Schlafen. Gerade das führte dazu, dass sie schnell in den Kreis von Havenars Frauen eingeführt war, die in ihrer Aufregung jede Tätigkeit vergaßen, die nicht unmittelbar mit den Ankömmlingen zu tun hatte.

»Meinst du, Frygdis möchte baden?«, wurde Auda von Trude gefragt.

Auda schüttelte den Kopf. »Später.«

»Sind die Mädchen keine guten Esser?«, erkundigte sich Rämna. »Wie alt sind die Zwillinge? Sie sehen klein aus, aber ihr musstet doch sicher nicht hungern, oder?«

»Das hätte Havenar nicht zugelassen, Rämna. Ich glaube, Zwillinge sind oft kleiner«, warf Rike ein.

»Na, so oder so. Mach was, was kleine Mädchen besonders gern mögen«, wandte Rämna sich an Franka, die als Einzige ruhig ihrer Arbeit nachging.

»Unsinn«, sagte Auda leicht gekränkt. »Ishild und Alrun essen wie junge Wölfchen. Sie haben mehr aufzuholen, das ist alles. Ihr hättet sie sehen sollen, als sie auf die Welt kamen. Ihr hättet ihnen keine zwei Tage gegeben. Helche war mehr als doppelt so groß bei ihrem ersten Atemzug. Nicht wahr, mein Schatz?« Sie küsste Helche, die von alldem nichts verstand und sich vor Schüchternheit stumm in Audas Arm schmiegte. Unter gewöhnlichen Umständen hätte sie unaufhörlich gebrabbelt.

Trude lächelte breit. »Goldkindchen, allesamt. Havenar betet sie bestimmt an. Wenn ich denke, wie er damals …« Betreten brach sie ab und sah zu Dirdra, die gerade still mit einem Lappenzipfel Sorens Gesicht abwischte, auf dem er eine Brombeere verschmiert hatte.

Dirdra wandte den Kopf und betrachtete Helche ohne Trauer. »Nach den ersten sechs Söhnen hat er sich immer Töchter gewünscht. Aber von uns sollte er keine haben, das wollten die Götter nicht.«

Kurz schwiegen alle Frauen, dann seufzte Rämna. »Nun ist es vorbei damit. Hat zwei Seiten. Ist der große Thorwald dein Mann, Auda? Ich muss sagen, er gefällt mir.«

»Er ist auf keinen Fall so groß, dass ich ihn teilen werde«, sagte Auda.

»Ein Jammer. Für Einsamkeit bin ich mir noch zu jung«, sagte Rämna, begleitet von ihrem rauen Lachen, in das die anderen einfielen.

»Tja, dich trifft es am meisten«, meinte Trude schmunzelnd.

»Soll das heißen, ihr erwartet, dass der große Held und Drachentöter sich wie ein zahmer Ehegatte aufführen wird?«, wollte Auda wissen.

»Was Havenar für deine Herrin übrig hat, geht über das hinaus, was einer begreifen kann. Wenn sie will, dass er ihr treu ist, dann wird er es sein. Nicht, dass ich es nicht besser verstünde, wo ich sie nun aus der Nähe gesehen habe. Man fühlt sich ja schrumpfen, wenn sie einen ansieht. Ganz die hohe Herrin ist sie«, sagte Rämna.

Auda schüttelte den Kopf. »Nee. So ist sie eigentlich nicht. So eine Herrin war sie nie. Das sieht nur heute so aus. Aber klug ist sie, und sie wird uns schon für Brot sorgen, wenn wir tun, was sie sagt.«

Rämna räusperte sich. »Du … du bist doch eine Freie?«

Auda wurde rot. »Ja. Natürlich. Warum?«

»Na, du sprichst nicht so. Verzeih, es soll keine Beleidigung sein. Von uns hier war keine ihr Leben lang frei.«

»Das weiß ich. Ich auch nicht. Manchmal fühlt es sich seltsam an«, sagte Auda.

Rike nickte verständnisvoll. »Dir und uns haben die Götter einen seltsamen Weg bestimmt. Welche von uns hätte als Kind geglaubt, was sie erwartet? Ich dachte, dass ich jung als Hure sterbe, als sie mich verkauft haben.«

»Ich dachte, ich würde im Leben nicht viel anderes zu sehen bekommen als Badehäuser voller lüsterner Kerle«, gluckste Trude.

»Und geendet bist du in einem Haus voll lüsterner Badefrauen«, witzelte Rämna und tätschelte Trude den molligen Rücken.

Dirdra blieb ernst. »Hätte Havenars Sippe nie den Weg meiner Sippe gekreuzt, wäre ich die Frau von einem freien irischen Bauern.«

»An deinen Händen wäre keine Haut mehr, sondern Leder, und es wären dir nicht eines von fünf, sondern fünf von zehn Kindern gestorben. Glaubst du, ein Bauer lässt dich in Ruhe, wenn du sagst, du willst keines mehr? Das kann sich nur einer wie Havenar leisten«, spottete Rämna weiter.

»Vielleicht. Ich beschwer mich ja auch nicht. Ich war verliebt genug in Havenar, als ich jung war«, gab Dirdra zu.

»Jetzt nicht mehr?«, fragte Auda.

»Es ist viel geschehen«, sagte Dirdra. »Ich bin kein Mädchen mehr und habe dies und das über die Männer gelernt. Aber gegen Havenar habe ich nichts. Er ist den Jungen ein guter Vater geworden. Allein deshalb schon. Er liebt seine Kinder, er setzt sie nicht nur in die Welt.«

»Das stimmt«, meinte Rike. »Die meisten Männer machen sich ab dem sechsten nicht mehr die Mühe, sich die Namen zu merken.«

Rämna schnaubte. »Ab meinem sechsten würde ich das auch nicht mehr tun. Manchmal bringe ich unsere Bengel hier schon durcheinander. Was soll's. Man erreicht immer etwas, wenn man einfach ›Jungs!‹ brüllt.«

Die Frauen lachten, aber Rike blieb beharrlich. »Havenar kennt jeden Namen, und jeder der Jungen ist etwas Besonderes für ihn. Ich denke, das allein macht ihn selbst zu etwas Besonderem.«

»So war er nicht von Anfang an«, wandte Dirdra ein. »Wirklich nah sind ihm die Jungen erst, seit er damals wiederkam und so furchtbar traurig war.«

Rike sah Auda an, die sichtlich gefesselt davon war, den Genuss des Frauengeschwätzes wiederentdecken zu dürfen. »Das war, als deine Herrin ihn verlassen hat. Er hat es mir später erzählt. Nur wusste ich damals nicht, wer sie war, und habe nicht verstehen können, warum sie das getan hat.«

»Sie hat getan, was damals das Weiseste schien. Ihr Empfang hier wäre zu jener Zeit wohl kaum der gleiche gewesen wie heute«, erwiderte Auda.

»Das ist wahr.«

Sie schwiegen, bis Franka den großen, hölzernen Rührlöffel fortlegte und zu ihrer Bank ging. Mit einer kleinen Schachtel aus Birkenrinde kam sie anschließend zu Auda und Helche. Sie lächelte Helche an und streichelte ihr die Wange. Dann nahm sie eine aus dreifarbigem Speckstein geschnittene Spinnwirtel an einem Faden aus der Schachtel und zeigte dem Mädchen, wie sie sich drehte. Nach kurzer Zeit streckte Helche die Hand danach aus. Franka legte die Wirtel zurück in die Schachtel, die ein Sammelsurium aus bunten Webgewichten, ausgemusterten Spindeln, Spangen, Bändern und Knöpfen enthielt. Die Schachtel gab sie Auda, und die war von Herzen dankbar, denn Helches Gewicht wurde ihr allmählich lästig. »Danke.« Sie setzte Helche neben sich auf die Bank und gab ihr die Schachtel, die das Kind sofort beschäftigte.

»Franka hat nie erzählt, woher sie kommt«, bemerkte Rämna. »Rike ist in Russland geboren, Dirdra in Irland und Trude in Schweden so wie ich, wenn ihr auch nicht wissen wollt, wo und wie.«

»Nun – ich stamme aus Kalabrien. Seitdem habe ich viele Länder gesehen«, gab Auda preis.

Rämna grinste. »Wo sind die Männer am besten?«

»Wieso? Sind sie zu etwas gut?«, meinte Auda, und alle lachten.

»Dafür hast du deinen Riesen-Mann vorhin aber bissig verteidigt«, stellte Rämna gutwillig fest. »Franka, nun wissen wir sogar schon, woher Auda kommt. Woher kommst du? Bitte, sag schon. So viele Jahre frage ich mich das jetzt.«

Franka blickte von dem gekochten Huhn auf, welches sie abklaubte, und sah Rämna mit konzentriert zusammengezogenen Brauen an. Alle schwiegen gespannt. Zweimal öffnete Franka den Mund und schloss ihn wieder. Dann schüttelte sie verwirrt den Kopf. »Ich weiß es nicht mehr«, sagte sie. Jedes Wort betonte sie mit der Sorgfalt, die ihrer Seltenheit zukam. Einen Augenblick starrte sie ins Weite, dann schüttelte sie noch einmal den Kopf. »Da war ein Steinhaus. Nur Frauen darin. Und dann kamen sie.« Sie wandte ihren Blick wieder Rämna zu, als wolle sie fragen, ob ihr das genügte. Rämna nickte betroffen, und Franka versenkte sich zurück in ihre Arbeit.

»Also«, richtete Rämna das Wort wieder an Auda, »wenn ich meinen Söhnen eines beibringe …«

Auda zuckte mit den Schultern. »Das kannst du gern versuchen. Von den Männern werden sie später das Gegenteil lernen.«

»Das glaube ich nicht«, meinte Rike. »Unsere Jungen sind nicht so grob. Das kommt vielleicht, weil Erik und Havenar ihnen hier zuhause etwas anderes vormachen. Obwohl, manchmal denke ich, es sind eher Bjarne und Arwed, denen die Kleineren alles nachmachen. Und die beiden sind zum Glück … Nun, sie sind freundlich. Es macht ihnen kein Vergnügen, anderen wehzutun.«

Rämna räusperte sich. »Schwächeren«, stellte sie richtig. »So lange, wie sie sie mögen. Wenn der liebe, freundliche Arwed wütet, sieht er so rot wie sein Vater, oder, Dirdra?«

Dirdra nickte. »Er ist hitziger als Bjarne. Nicht mehr so leicht zu beruhigen wie als kleines Kind. Aber lieb und gut ist er doch. Er zerdrückt kein Küken.«

»Das glauben auch alle kleinen Mädchen in Gammelby«, meinte Trude grinsend. »Havenar wird sich noch umsehen, wenn Arwed anfängt, den Frauen unter die Röcke zu gehen.«

»Dagnys Enkelin hat sich neulich schon von ihm küssen lassen. Ich habe gehört, wie Bjarne Arwed damit aufgezogen hat. Er sagte, Arwed solle schon mal anfangen, Holz für das Haus seiner Frauen zu sammeln, dann wäre es fertig, wenn ihm endlich der Bart wächst und die Mädchen einen Grund haben, ihn zu küssen.«

Auda lachte mit den anderen und fragte sich, wie sie so lange ohne solches Geplauder hatte leben können. Unterdessen kamen Frygdis und Gunda herein. Sofort legte sich verlegene Stille über die Frauen.

»Ich wollte euch nicht stören. Gunda sagte, ich könnte bei euch etwas zu essen bekommen und mich umziehen«, sagte Frygdis.

»Dies ist dein Haus«, sagte Rike. »Wir werden alles so einrichten, wie du wünschst. Wir rücken zusammen, das wird gehen. Vielleicht möchtest du aber auch lieber bei Ragnhild wohnen? Es wäre wohl ebenso dein Recht. Dann lassen wir deine Sachen dorthin bringen. Ich … Wir dachten nur, hier wäre es für den Moment …«

»… ganz sicher angenehmer«, setzte Frygdis fort. »Ragnhild ist nicht begeistert davon, dass ich hier bin. Das verstehe ich. Für euch muss es auch merkwürdig sein.«

Helche war ihrer Mutter gewahr geworden, krabbelte von der Bank und lief zu ihr. Frygdis hob sie auf und liebkoste sie. »Als ich Midbikhus verlassen habe, dachte ich, ich würde nie wieder Herrin über mehr als eine Hütte sein, und ich war damit zufrieden. Aber nun geht es um Havenars Kinder, meine und eure. Dafür könnte ich auch in Ragnhilds Düsterkeit wohnen, wenn es sein müsste. Sie wird mir allerdings weit weniger helfen als ihr. Ich will nicht sagen, dass die ganze Sache für mich nicht seltsam ist.« Sie sah die Frauen reihum an und stieß ausschließlich auf verständnisvolle Mienen.

»Wir helfen dir«, sagte Dirdra.

»Sie haben sich damit abgefunden, dass dein Recke von nun an dir allein gehört. Darüber musst du dir also nicht den Kopf zerbrechen«, warf Auda ein.

»Er hat immer ihr gehört. Bei uns hat ihm etwas gefehlt«, sagte Dirdra.

»Obwohl ich mir alle Mühe gegeben habe«, grinste Rämna.

»Ich war eifersüchtig, bis ich zum ersten Mal hier war«, sagte Frygdis. »Danach war ich froh, dass er euch hat.« Sie hob spöttisch einen Mundwinkel. »Meistens. Ich gebe zu, dass ich Havenar nicht teilen will.«

Rikes Züge wurden besorgt. »Du kannst aber nicht erwarten, dass er … Ich meine, ich weiß nicht, was du über die Männer weißt. Wenn sie in der Halle sitzen … Es gälte als Schwäche, wenn …«

»Liebe Zeit«, sagte Frygdis und wurde rot, weil sie für so unbedarft gehalten wurde. »Was die Hammel auf der Weide machen, geht mich nun wirklich nichts an. Als Strafe dafür haben sie schließlich am nächsten Tag den schmerzenden Kopf.«

Mit einem zustimmenden Lachen nahmen die Frauen sie endgültig in ihren Kreis auf. Nachdem sie satt und in ein schlichteres Kleid geschlüpft war und die Schlafplätze für sie, die Mädchen, Thorwald und Auda hergerichtet waren, begann Frygdis mit der Arbeit.

Als Thorwald mit einem Schwung hungriger Kinder zum

Haus kam, hatte sie bereits einen Überblick über die vorhandenen Vorräte der Siedlung und über das, was noch zur Ernte ausstand. Sie hatte die Speicher, Böden, Keller und Räucherhäuser besichtigt und sich das Vieh zeigen lassen. All das brachte sie in dem Trubel unter, der entstand, weil Guntram gleich früh am nächsten Morgen mit vierzig Nachzüglern und ihrem Anhang an Frauen, Unfreien und Gepäck aufbrechen wollte.

Es erleichterte sie unschätzbar, dass die Mädchen in dem fremden Wirrwarr Auda und Thorwald als sicheren Hafen hatten und sie sich nicht selbst um sie kümmern musste. Erst abends in Havenars breitem Bett auf der Bank waren ihre Töchter wieder bei ihr. Die Kinder fielen ohne Übergang aus fiebriger Aufgedrehtheit heraus in tiefen Schlaf. Ihre eigene Aufregung hielt sie hingegen noch lange wach.

Immer wieder rasten ihr all ihre Pläne für den nächsten Tag durch den Kopf. Die besten Jäger und Fischer finden. Die Sammlerinnen ausschicken. Pilze, Brombeeren, Holunder. Aufguss aus getrockneten Beeren gibt im Winter Kraft, hatte sie von ihrer Mutter gelernt. Und die Kinder mochten ihn. Die Roste in der Räucherhütte in Ordnung bringen lassen. Brennholz. Viel mehr Brennholz. Mit Bjarne wegen Hadwig sprechen. Noch einmal versuchen, Ragnhild zu überreden, dass sie sich helfen ließ.

Irgendwann versickerten die Gedanken nach und nach, sie wurde ruhiger, und es kam der Moment, der seit Jahren immer genau zu dieser Zeit kam. Der Moment der Sehnsucht nach Havenars Nähe. Mal länger, mal kürzer war er, die Sehnsucht mal schwächer, mal stärker. An jenem Abend war der Moment lang und die Sehnsucht heftig. Stirb mir nur jetzt nicht, war die Bitte, mit der sie einschlief. Lass mich hier jetzt nicht allein. Als wäre sie nun, zwischen all den wohlwollenden Menschen, einsamer als in ihrer Hütte. Ihr Herz zog so, dass sie glaubte, er müsse es in der Ferne spüren.

Vierter Teil

20. Kapitel

Von der ersten Regung in der Siedlung an, lange vor Sonnenaufgang, ging es gleich mit dem Aufbruchsdurcheinander weiter. Die Kinder verschwanden in kleinen Grüppchen zu den Orten, die ihnen gerade am spannendsten erschienen. Frygdis schaffte es nicht über die Schwelle nach draußen, weil unaufhörlich Leute mit allen Arten von ernstzunehmenden wie dummen Fragen zu ihr kamen.

Als endlich Guntram vor ihr stand, um sich zu verabschieden, freute sie sich, weil das mehr Ruhe verhieß.

»Soll ich Havenar etwas Bestimmtes ausrichten?«, fragte er.

»Die Dachbalken vom Kuhstall werden nur halten, wenn kein Schnee fällt. Er soll mir Nachricht geben, woher ich das Holz für die neuen Balken nehmen soll. Das scheint hier keiner zu wissen. Vielleicht hat Herjulf welches liegen.«

»Tja. Da habe ich auch keine Ahnung. Ich werde es ihm und Hademut sagen. Noch etwas?«

»Ich möchte wissen, wie viele von euch ich für den Winter zurückerwarten muss und wie es mit den Vorräten beim Heer aussieht.«

»Werde ich ihm sagen. Noch was?«

Frygdis lächelte traurig. »Er soll einfach selbst kommen und mir das alles erzählen.«

Guntram nickte und zwinkerte ihr aufmunternd zu. »Ich kann mir vorstellen, dass er das tun wird, wenn er sein Schwert einmal einen Moment aus der Hand legen kann. Dann darf ich jetzt gehen?«

»Deine Mildburg kann doch sicher auch rechnen, oder?«

»Das nehme ich an.«

»Dann setze ich mich bald mit ihr zusammen und beschließe,

was ihr Männer uns noch besorgen müsst, Krieg hin oder her. Ich bezweifle, dass das Salz reicht.«

»Mildburg wird gern helfen. Sie ist eine Kluge, und sie weiß über Havenars Silber Bescheid.«

Frygdis schenkte ihm noch ein Lächeln. »Das ist nützlich. Dann leb wohl.«

»Mögen dich die Götter schützen.«

Sobald nach dem Aufbruch etwas Ruhe eingekehrt war, beschloss Frygdis, Bjarne zu finden, doch sie wurde so oft aufgehalten, dass es Abend war, bevor sie wieder daran dachte. Grüppchen der spielenden oder arbeitenden Kinder sah sie immer nur aus der Ferne.

Es stellte sich heraus, dass ihre Mühe ohnehin vergebens gewesen wäre. Üblicherweise versammelten sich alle Kinder des Hauses spätestens beim Abendessen dort. Wer zu spät kam, musste bei so viel Hungrigen damit rechnen, weniger abzubekommen. An diesem Abend fehlten dennoch zwei.

»Wo sind Arwed und Bjarne?«, fragte Dirdra Bard, der zusammenzuckte. Er sah sich um, als könne er nicht glauben, dass seine beiden Brüder nicht da waren. »Die Schweine«, stieß er hervor und sprang von der Bank auf. »Die verdammten …«

»Bard!«, warnte Didra ihn verärgert.

Bard warf wütend seinen Löffel gegen die Wand und den Holzteller hinterher.

Frygdis sah deutlich seinen Vater in ihm, obwohl sie Havenar noch nie in dieser Art hatte toben sehen. »Sie sind mit Guntram gegangen«, schlussfolgerte sie laut.

Entsetztes Stöhnen und aufgeregtes Stimmengewirr brachen aus.

»Wusstest du davon?«, wurde sie von der verblüfften Rike gefragt.

Frygdis schüttelte den Kopf. »Nein. Aber ich nehme an, dass Bard deshalb so wütend ist.«

Bard sah sie mit finsterem Gesicht an. »Hagbert und Brede

sind mitgefahren. Sie haben gesagt, sie haben die Erlaubnis. Arwed wollte auch, aber Bjarne hat gesagt, sie hätten die Erlaubnis nicht. Und nun sind sie doch gegangen, die …«

Der dünne Ansgar hustete, bevor er sprach. »Bjarne war die ganze Zeit schon sauer, weil er hierbleiben sollte.«

»Das ist wirklich sehr ärgerlich«, sagte Frygdis. »Ich hatte ein Anliegen an Bjarne. Aber da können wir nun nichts mehr machen. Euer Vater wird ihnen den Spaß wohl vergällen, wenn der sich nicht von selbst vergällt. Wie ich es sehe, bist du jetzt der älteste Havenarsson hier im Haus, Bard. Dann wende ich mich an dich, wenn du nach dem Essen einen Moment Zeit für mich hast.« Sie lächelte Bard offenherzig an. Er nickte errötend und hob verlegen seinen Löffel wieder auf.

Havenar stieß mit seinem Langschiff voll frischer Nachzügler in den Kampf, als der Schwung des zweiten großen Ansturms erlahmte. Angeschlagene Kämpfer zogen sich zurück, noch gesunde begannen zu ermüden. Hademut und Gudfast sahen keinen Grund zu einer Eile, die sie die besten Männer kosten konnte. Sie erlaubten das vorübergehende Nachlassen, Zurückziehen und Sammeln, so wie es auch ihr Gegner Jarl Guttorm tat. Wussten sie doch, dass in absehbarer Zeit Havenar von der Seeseite her eintreffen würde und sie mehr gewannen, wenn sie dann leidlich ausgeruht die Zange schließen konnten.

So kam es. Havenar ließ eine Lure blasen, bevor er mit seinen Leuten Guttorm schräg von hinten angriff. Die Männer seiner Sippe hörten das Signal und trieben ihre Kämpfer zu einem neuen Sturm an, woraufhin Guttorm und Olof all ihre Kräfte zurück in den Kampf schickten und ebenfalls ihr Bestes gaben.

Diesmal gab es keine schnelle Entscheidung. Guttorm und Olof hatten versucht, ihre Gegner in einem schwachen Moment zu erwischen, und waren damit gescheitert. Zu Recht vermuteten sie, dass sie so schnell keine günstige Gelegenheit mehr zu einem eigenen Angriff bekommen würden. Sie kämpften mit der Wut der Verzweiflung um jede Meile ihres Rückzugs.

Es wurde ein zermürbendes, zähes Geschäft für Havenars Seite, diesen Rückzug zu erzwingen. Die Kräfte waren im Gleichgewicht, und es waren Guttorm und Olof, die jeden Hügel und jeden Baum im Land kannten. Nach sechs Tagen erreichte die Horde der Kämpfenden Guttorms Zweitsitz Fleckeby, wo sich die Getriebenen hinter dem Zaun verschanzten. Havenar, Hademut und Gudfast ließen sich vorerst für eine Belagerung nieder, um Atem zu holen, doch ihre Geduld war dünn. Die tagelangen Gefechte hatten ihr Bedürfnis nach Bequemlichkeit und gutem Essen wachsen lassen und an ihrer Besonnenheit gesägt.

Als am Morgen Guntram mit seinem Schwung Nachzügler eintraf, beschlossen sie daher, unverzüglich die Siedlung anzugreifen.

Im Morgensonnenlicht stürmten sie, geradeaus, ohne List. Guttorm und Olof stürmten ihnen ebenso geradeaus durchs Tor entgegen, zu einer Schlacht, die die letzte und entscheidende hätte werden sollen.

Nachdem nun auch Guntram wieder im Kampf dabei war, fügten sich von selbst die alten Paare zusammen. Erik wich nicht von Hademuts Seite, Vitgeir stand in Havenars Nähe. Es lief gut für sie, bis Havenar den Warnschrei eines anderen ihrer Männer hörte. »Havenar!« Es musste Delling sein, dachte Havenar, ballte seine Kraft für zwei letzte Schläge, um seinen gegenwärtigen Gegner zu Boden zu bringen, und wirbelte dann suchend herum.

Zehn Schritte von ihm entfernt tat Erik dasselbe. Sein Onkel entdeckte das Problem schneller. »Gottverflucht«, stieß er hervor, da sah Havenar es auch.

»Freyrs Arsch!«, stieß er hervor, dann lief er gleichzeitig mit Vitgeir los, während Erik seine Stellung an Hademuts Seite hielt.

In zweihundert Schritt Entfernung, am Rande des Geschehens, war eine Gruppe von drei jungen Kämpen in schwerer Bedrängnis. Einer der drei wehrte sich wacker, aber zunehmend machtlos mit einem offenbar verletzten Arm. Die beiden Unverletzten waren bemüht, sich und ihn zu schützen, hatten aber langfristig keine Aussichten gegen ihre weit stärkeren Gegner.

Einer der jungen Männer hatte seinen Helm verloren. Seine weithin leuchtenden hellblonden Haare mussten Delling aufgefallen sein.

Vitgeir erreichte die Jungen vor Havenar, denn dieser stieß unterwegs mit einem von Guttorms Söhnen zusammen, der ihn nicht vorbeilassen wollte. Der Jarlssohn war kaum jünger als Havenar und ein zwar unbedarfter, doch starker Gegner, den er nicht ohne Weiteres abschütteln konnte. Havenar nutzte schließlich einen schmutzigen Trick, um ihn auf den Rücken zu legen. Anstandshalber und aus Eile ließ er ihn am Leben und vertröstete ihn auf später, bevor er zu seinen Söhnen rannte und zu dem Jungen, in dem er seinen Neffen vermutete.

Als er ankam, hatte Vitgeir schon das Schlimmste verhindert. Der letzte lebende Gegner ließ sich durch Havenars Erscheinen ablenken. Arwed, dem inzwischen Blut das Haar färbte und über die Schläfe lief, nutzte den günstigen Moment und stieß ihm genau dort sein Kurzschwert von unten hinter die Rippen, wo er es von seinem Lehrmeister Erik eingeprägt bekommen hatte. Er zog es wieder heraus, bevor der Mann fiel, sprang zurück und riss unwillkürlich in einer Triumphgeste den nun von fremdem Blut roten Schwertarm hoch. So lange, bis Bjarne ihn wie ein Geschoss zu Fall brachte und ihm gnadenlos die Faust ins Gesicht schlug. »Du saudummer kleiner Bastard«, schrie der Ältere.

Havenar erwischte die Unterkante von Bjarnes Lederwams und zerrte ihn auf die Füße. Arwed schnellte hoch und auf Bjarne los. »Scheiße, du Blödmann.«

Vitgeir schnappte sich Arwed und klemmte ihn sich mit dem Nacken unter den Arm. »Übermut tut selten gut. Frisches Heldenblut fließt aus der Hurenbrut«, sagte er trocken, worauf Arwed in seiner Zwangslage unter seinem Arm anfing, hysterisch zu lachen.

»Erklärung«, befahl Havenar nur, etwas kurzatmig nach seinem Spurt.

Bjarne schüttelte mit einer wütenden Bewegung die Hand seines Vaters ab. »Na warte, wenn wir …«, wandte er sich wieder gegen Arwed, den Vitgeir gerade auf den Boden plumpsen ließ.

»Bjarne!« Havenar hatte seinen Atem wieder, und sein Ton war eisig. »Ich habe noch zu tun.«

Mit hochrotem Kopf und geballten Fäusten blickte Bjarne zwischen ihm und Arwed hin und her. »Er hat versprochen, dass er nur zusieht. Geschworen hat er mir das. Was sollte ich denn machen, sollte ich den Frauen sagen, dass sie ihn festbinden müssen? Du bist so ein … Ich hatte eine Scheißangst! Du hattest doch nicht die kleinste Aussicht, du Zwerg! Wie konntest du …«

Nun war auch Arwed wieder ernst und wütend. »*Wir* wollten zusehen. Wir! Du bist als Erster losgerannt, du Arsch. Glaubst du, ich seh mir das an, wie du ein scheißtoter Held wirst?«

»Du hättest auf eine Gelegenheit zum Schießen warten können.«

»Ich schieße doch nicht in das Gerangel. Was, wenn ich dich getroffen hätte? Dann würdest du jetzt erst fluchen, Mann.«

»Schluss jetzt«, sagte Havenar und gab Bjarne einen ungeduldigen Stoß. »Gebt euch die Hand.« Er wandte sich Hagbert zu, der bei seinem Bruder hockte. Dieser lag am Boden, kam aber gerade wieder zu sich. »Ich hätte erwartet, dass ihr euch bei mir meldet, Hagbert. Ich bin euren Eltern mehr schuldig, als euch hier ohne Deckung herumwandern zu lassen.«

»Havenar«, warnte Vitgeir, und er fuhr herum. Die ungewöhnliche kleine Vorführung, die sie boten, hatte offenbar Zuschauer unter ihren Gegnern gefunden. Zu fünft stürmten diese nun auf die vermeintlich geschwächte Gruppe los. »Nun löffelt es aus«, rief Havenar den Jungen zu. »Kämpft. Zum Kinderhüten haben wir niemanden mitgebracht. Brede hält den Kopf unten, verstanden?«

Bjarne, der gerade Arwed die Hand zur gezwungenen Versöhnung gereicht hatte, zog den nun hoch und gab ihm hastig das Schwert zurück, das ihm bei ihrem Zusammenprall aus der Hand gefallen war. Kampfbereit und mit angstgeweiteten Augen stellten sie sich Seite an Seite, so wie ihr Vater und Onkel es vor ihnen taten. Auch Hagbert biss die Zähne zusammen und wappnete sich. Fast gleichzeitig mit den Angreifern traf Delling zu ihrer Unterstützung ein.

Das Scharmützel dauerte nicht lange, und sie siegten haushoch, getrieben von der Notwendigkeit, die Jungen in Sicherheit zu bringen, die sich gut behauptet hatten, aus der Sache aber zerschlagen und zitternd vor Anstrengung und Aufregung hervorgingen.

»Jetzt geht ihr mit Delling nach hinten«, ordnete Havenar an, sofort nachdem er den letzten der fünf Angreifer getötet hatte. »Und Gnade euch, wenn es dunkel wird und ich selbst nach hinten komme. Lasst euch nicht einfallen, mich noch mehr zu ärgern.«

Zwei Stunden später sah es so aus, als wäre ihnen der Sieg nah. Da geschah etwas, das die Erwartungen beider Seiten über den Haufen warf.

Wiederholt klangen Luren aus Richtung Haithabu. Im Laufe einer weiteren Stunde kam der Klang näher, und kurze Zeit später trafen Boten auf verschwitzten Pferden ein, in denen die Jarle zwei von König Horichs nächsten Vertrauten erkannten.

Der Kampf kam zum Erliegen, verwundert gingen die verfeindeten Seiten auf Abstand. Hademut, Erik, Gudfast und Sigvid waren die Ersten, die die Botschaft der Reiter erfuhren. »Norweger liegen vor Haithabu. Horich ruft euch zu Hilfe.«

»Die Norweger?«, grollte Hademut. »Warum trinkt er nicht ein Fässchen mit ihnen? Müssen doch alte Freunde von ihm sein.«

»Wenn alte Freunde zu Feinden werden, dann sind es die schlimmsten«, sagte der Bote.

»Was ist mit Guttorm und Olof?«, erkundigte sich Erik.

»Horich will, dass ihr mit den Euren von der Seeseite kommt. Guttorm und Olof sollen von hinten in die Stadt und die Wälle halten, während er selbst mit seinen Schiffen im Hafen auf euer Eintreffen wartet.«

Hademut schnaubte verächtlich. »Wälle halten. Nach dem

heutigen Tag können die nicht mehr ihre schlaffen Stängel beim Pinkeln halten, geschweige denn etwas Großes.«

Der zweite Bote räusperte sich. »Ich nehme an, deshalb will Horich, dass sie hinterm Zaun stehen.«

»Wer hält die Schleyufer?«, wollte Gudfast besorgt wissen, dem das Land auf der einen Uferseite inzwischen gehörte.

»Mein Bruder und ich«, sagte der erste Bote. »Und wir sind ausgeruht.«

Innerhalb einer weiteren Stunde waren die beiden kleinen Heere in entgegengesetzten Richtungen unterwegs zu ihren neuen Bestimmungen. Während Guttorm und Olof sich auf den Landweg machten, eilte Havenars Sippe zu ihren Schiffen.

Obwohl Havenar die ganze Sache zuwider war und er viel getan hätte, um wenigstens die Jungen herauszuhalten, sah er keine Möglichkeit, sie nach Hause zu befördern oder zurückzulassen. Sie mussten mit. Schon für den Boten, den er nach Gammelby schickte, fürchtete er. Wenn einer durchkommen würde, so Guntram, beschloss er. Guntram fügte sich wie üblich willig.

»Es ist wohl nicht der richtige Moment, um dich nach dem Holz für die neuen Balken vom Kuhstall zu fragen, oder?«, erkundigte er sich beim Abschied an der nachtfinsteren Küste.

»Die Balken liegen schon seit letztem Jahr im Rabenholz, fertig zugeschnitten. Nur werden sie nicht nach Gammelby fliegen. Und wer soll sie holen, jetzt? Sag Frygdis, wir lassen es darauf ankommen. Vielleicht fällt nicht viel Schnee.«

»Soll ich ihr noch etwas sagen?«

»Sobald ich mich von Horich losmachen kann, komme ich zu ihr. Wenn die Norweger wieder mit Plündern angefangen haben, hält mich hier nichts mehr. Dann haben wir andere Sorgen.«

Havenar hatte mit Gudfast und Hademut beschlossen, wieder einmal das Unerwartete zu tun und in der Nacht zum Angriff zu fahren. Sie alle kannten die Gewässer seit ihrer Kindheit, und Havenar wusste, dass er sie mit verbundenen Augen navigieren konnte. So erfuhr er erst auf dem Schiff von Delling die Geschichte der Jungen, während die ihrer Erschöpfung nachgegeben hatten und zwischen den Ruderkisten schliefen.

Hagbert und Brede waren sich ihrer selbst so sicher gewesen, dass sie es hatten vermeiden wollen, von ihrem Onkel einen Beschützer verpasst zu bekommen. Bjarne dagegen hatte so lange darauf beharrt, dass Arwed und er wenigstens den Kampf mieden, bis er aus den Büschen heraus sah, wie seine beiden Vettern in ernste Schwierigkeiten gerieten. Dann hatte er genau wie Arwed jede Zurückhaltung vergessen.

Es war Havenar unmöglich, seine Söhne ernsthaft für ihren Ungehorsam zu verurteilen. Sie hatten bewiesen, dass er sie nicht länger als Kinder betrachten durfte. Zudem wusste er, dass ihr Ungehorsam im Begriff war, sich selbst zu strafen. Die beiden würden weit mehr zu sehen und zu fühlen bekommen, als sie sich hatten einhandeln wollen. Es fiel ihm schwer, die Sorge um sie abzulegen und sich damit abzufinden, dass sie von nun an treffen konnte, was Männer traf. In Gedanken hatte er diesen Tag hundertfach durchlebt, seit Bjarne ein scharfes Schwert trug. Er hatte sich vorgenommen, seinen Söhnen, wenn die Zeit reif war, die Freiheit mit der gleichen Leichtigkeit zu geben, mit der sein Vater sie ihm gegeben hatte. Wenn die beiden ihm nur nicht so verletzlich vorgekommen wären. Ihre Schultern waren noch schmal, die Gliedmaßen trotz aller Übung manchmal ungelenk. Es kam ihm vor, als müsste jeder Feind von weitem ihre Unfertigkeit erkennen und sie zum leichten Ziel wählen.

»Wenn sie wenigstens schon einen Bart hätten. Man sieht ihnen das Grüne von Norwegen her an«, sagte er, an die Dunkelheit gewandt.

Delling, der neben ihm am Ruder stand, drehte überrascht den Kopf in seine Richtung. Nicht, dass er in der Finsternis viel hätte erkennen können. »Findest du? Mir lag gerade auf der Zunge zu sagen, wie du dich freuen kannst, dass die beiden nach dir kommen und gut gebaut sind, auch wenn's noch dauert, bis sie zu wachsen aufhören. Gut gefüttert sind sie auch, das merkt man. Stell Bjarne neben … was weiß ich, neben Kodran, und von hinten siehst du nicht, dass der eine fünfzehn Winter weiser ist. Und Arwed hat seit dem Frühjahr ordentlich aufgeholt, wie ich vorhin gesehen habe.« Er lachte. »Verzeih, Havenar, aber du bist schon immer ein bisschen zart gewesen mit deinen Jungs. Ich meine, wenn unsereins die Seinen mit zwölf Wintern noch nicht gehen lässt … Aber deine, die haben doch das Kämpfen vor dem Laufen gelernt. Nimm es nicht als Beleidigung. Schaden hat ihnen dein Bremsen ja nicht getan, wie man heute sehen konnte. Wenn meine sich in dem Alter so halten wie deine beiden vorhin, dann laufe ich vor Stolz übers Wasser.«

»Ich glaube nicht, dass ich die Sache so falsch sehe«, widersprach Havenar mit leiser Verärgerung. »Sie sind Leichtgewichte. Ein Mann kann sie am ausgestreckten Arm baumeln lassen.«

Delling lachte wieder. »Am ausgestreckten Arm kannst du sie baumeln lassen. Oder Vitgeir. Weil sie bei euch stillhalten. Ich möchte es nicht versuchen.«

So bekamen am Ende alle vier Jungen ihre Männerplätze in zweien der Schiffe. Bjarne und Arwed stiegen in Gudfasts *Wellenadler* um, wo sie dem jungen Jarl und Brunolf unterstanden. Brede und Hagbert sollten auf Hademuts *Kranich* ihrem Großvater und Vitgeir gehorchen. Havenar segelte sein Schiff mit Erik zur Seite, befreit vom Anblick der Kinder.

Allen voran fuhr die *Sturmfaust* die Schley entlang, bis es geraten schien, die verräterischen Segel einzuholen und die Drachenschiffe lautlos zu rudern.

Bald wurden die ersten Schiffe der Norweger als tiefschwarze drohende Ungetüme auf der Förde sichtbar, und sie machten Schluss mit der Heimlichkeit. Hademut gab den Befehl für die Luren, die dem hinter Haithabus Hafensperre wartenden Horich ihre Ankunft verkündeten und auch den letzten norwegischen Krieger aus dem Schlaf rissen.

Noch waren die norwegischen und eigenen Schiffe deutlich getrennt und die Abwehr der Norweger durch den Moment der Überraschung lückenhaft. Havenar und die Seinen ließen ihre Bogenschützen schießen, was die Finger hergaben, und die Schreie aus den Schatten der gegnerischen Schiffe gaben der Taktik Recht. Rasch drehten die fremden Drachen sich ihnen jedoch entgegen und glitten in einer gischtspritzenden Wolke von Wutgebrüll auf sie zu.

Da gab Havenar den Befehl für die Brandpfeile. Ein Regen von tückischen kleinen Feuerbällen ging auf die Norweger nieder. Ein großer Teil davon brachte nur das Wasser um die nun schnell fahrenden Schiffe zum Zischen, ein anderer machte jedoch Segel, Kleidung und Decken der Gegner zu hellen Fackeln, die dem nächsten Pfeilhagel den Weg leuchteten.

Havenar brachte das Licht allerdings außerdem zu der Einsicht, dass er das Gefecht mit sämtlichem Gefolge auf dem Grund der Schley beenden würde, wenn Horich nicht die Gunst des Augenblicks begriff. Die Norweger waren vierfach in der Überzahl, die ganze Förde vor der Stadt war gefleckt mit ihren Kriegsschiffen, von denen nur die Hälfte nicht größer war als Hademuts *Kranich*, das größte ihrer eigenen zehn Schiffe.

Der Gedanke, Horich für etwas zu brauchen, machte Havenar wütender als der Anblick der Norweger. Er zog sein Schwert und zeigte Delling den Kurs, während er es hob, dann brüllte er, so laut seine Stimme trug. »Ein Fass Wein für den, der den größten Kahn auf den Grund schickt.«

»Lasst die Ratten schwimmen«, stimmte Jarl Hademut mit gleicher dröhnender Lautstärke zu. »Verdient mir mein Fass!«

Havenar vermutete hoffnungsvoll, dass sein Vater die Sache so angehen würde wie er selbst, bei Erik war er sicher.

»Wer zuerst?«, fragte der, das Schwert ebenfalls in der Hand.

»Du«, sagte Havenar.

Mit berauschender Geschwindigkeit schoss ihr scharfkieliges Fahrzeug an zwei der kleineren Feindesschiffe vorbei auf das nächstgrößere zu. Die wütenden Drachenköpfe zielten so gerade aufeinander, als wollten sie sich beißen. Erik sammelte seine Leute, gab kühl Anweisungen.

»Backbord jetzt«, brüllte Havenar kurz darauf. Alle Steuerbordriemen wurden hereingerissen, die Sturmfaust raste links am gegnerischen Drachen vorbei, rasierte krachend dessen Riemen weg. Zwei Enterseile flogen hinüber. Noch während die Schiffe vom Ruck der Gegenbewegung herumgeschleudert wurden, sprang Erik mit fünf Leuten von der einen Reling auf die andere. Zwei davon waren ihre besten Zimmerleute, die mit ihren Äxten ein Loch in den Rumpf des norwegischen Schiffes gehauen hatten, bevor Erik mit den drei anderen durch die Aufgabe, sie dabei zu schützen, ernstlich in Schweiß gekommen war.

»Getan!«, schrien die Zimmerleute, während das Wasser schon sprudelte, und sprangen, von ihren schwertgewandten Begleitern gefolgt, zurück auf die *Sturmfaust*.

»Ab!«, rief Havenar, und sein Schiff schnellte samt der drei Norweger, die ihrerseits den Sprung zur Gegenseite gewagt hatten und ihn mit dem Leben bezahlten, von dem sich langsam senkenden Havaristen fort auf sein nächstes Ziel zu.

Eriks Augen leuchteten wild. »Nun du«, rief er triumphierend gegen den Wind.

Sieben Norwegern zerschlugen Havenar und Erik die Rümpfe, sechs Hademut und Vitgeir, sechs Gudfast und Brunolf, fünf Sigvid. Doch die Norweger begannen mit zunehmendem Licht ihre Taktik zu durchschauen, als Horichs Flotte endlich ihren Ausfall machte. Die restlichen Schiffe der Angeln hatten fünf weitere Drachen beschädigt, sich dann aber in Kämpfe verwickeln lassen. Dennoch dümpelte die Hälfte der furchterregenden norwegischen Krieger mit nassen Füßen auf der Schley und wartete auf den Moment, wo nur noch Schwimmen half. Das Abdichten der Lecks oder Umsteigen auf die heilen Schiffe wurde von den Angeln und bald auch von Horichs Flotte erfolgreich erschwert. Männer, die bereits im Wasser waren, wurden dort leichte Ziele oder beim Aussteigen am Ufer tödlich begrüßt.

Trotz allem blieben ihnen die Norweger ebenbürtig. Es wurde Tag, und beinah jedes noch manövrierfähige Schiff war in einen Kampf verwickelt, bei dem Mann gegen Mann stand und kein

Zeichen einer endgültigen Entscheidung zu entdecken war. Aneinandergebunden trieben die stolzen Drachen meist paarweise als Plattformen für Schwert- und Axtgefechte mit Wind und Strömung.

Als Havenar und Erik die *Sturmfaust* nach zermürbend langer Zeit aus einem dieser Gefechte siegreich losmachen konnten, hatte es sie in die Nähe von Horichs eigenem Schiff verschlagen. Havenar wollte sich gerade verachtungsvoll abwenden, als die Kämpfenden drüben erstarrten. Einer der Norweger lachte ein schmutziges Triumphlachen, und Havenar ahnte den Grund, bevor er ihn sah. Er lachte selbst stumm, während er seine Ruderer antrieb, um die *Sturmfaust* zur freien Seite des Norwegers zu katapultieren. Er gönnte Horich die Gefühle von Herzen, die den in diesem Moment beuteln mussten. Ein hochgewachsener, gabelbärtiger Norweger hielt dem König den Arm auf den Rücken gedreht und drückte ihm ein Messer an die Kehle.

Als der Norweger die *Sturmfaust* gewahr wurde, wich er mit Horich zurück. »Halt sie ab«, befahl er dem König, und Horich öffnete den Mund, nur um ihn resigniert wieder zuzuklappen, als er Havenars spöttisches Gesicht erkannte. Holz splitterte beim Anprall des Schiffes, mit dumpfem Dröhnen und Knacken rieben sich die Rümpfe, und Havenar sprang mit seinen Männern über.

Mit einem Aufbrüllen entledigte sich der Norweger Horichs über die Bordwand, ohne ihn weiter zu verletzen, worauf Havenar laut lachte. Ihre vor Belustigung und Kampfeslust strahlenden Blicke trafen sich, dann gingen sie wie zwei losgelassene Bullen aufeinander los, während Horichs Männer den König aus dem Wasser fischten.

Zu Havenars Überraschung war der sichtlich ebenfalls ranghohe Norweger nicht halb so gut wie vermutet. In kürzester Zeit hatte er ihn am Boden.

»Lebend«, hörte er Horich rufen und setzte dem Gabelbärtigen bloß die zum Stoß bereite Schwertspitze auf die bewährte Stelle am Halsansatz, zwischen die beiden Bartschwänze. Der

Mann zeigte keine Angst. Im Gegenteil, er grinste breit. Havenar konnte nicht anders – er grinste ebenso. Horichs plumper Sturz über Bord war ein Lachen wert gewesen.

Es schien, als wäre die norwegische Schiffsbesatzung überwältigt. Stille fiel über die vertäuten Boote.

Der nasse Horich trat neben Havenar. »Verdammte Sau«, sagte der König. Es war nicht zu deuten, ob er Havenar oder den Bärtigen am Boden meinte.

»Bastard«, erwiderte der Norweger frohgemut.

»Du warst einmal mein Freund«, fauchte Horich.

Havenar entschied, dass er nicht gemeint sein konnte, und trat einen Schritt zurück. Der Norweger stand auf, und Horich sprang vorsichtig zur Seite, um Abstand von ihm zu wahren.

»Scheiße«, grinste der Gabelbart. »Ich war nie dein Freund. Ich bin unveränderlich dein Bruder, du blasser Bankert, und ich muss mich dafür schämen.«

Horich war wutrot. »Reiß das Maul nicht auf. Sonst lass ich ihn deine Zunge rausschneiden.« Er deutete mit dem Kopf auf Havenar, der daraufhin eine unbeteiligte Miene aufsetzte, sein Schwert wegsteckte und gelassen zur *Sturmfaust* ging, um zu sehen, ob sie Schaden genommen hatte.

»Er sieht nicht so aus, als hätte er Lust dazu«, meinte der Gabelbart. »Bist du sicher, dass er dir gehorcht?«

»Der Hademutsson ist in meinen Reihen nur einer von vielen«, gab Horich an. »Da finden sich genug, die dir deinen Sack gleich mit abschneiden, auch wenn er nicht will.«

»Ist mir nicht aufgefallen, dass du viele hättest wie ihn. Er hat dir dein Gehänge gerettet, denn ich hatte vor, dich zu kastrieren, nicht umgekehrt. Aber wer weiß, noch ist nichts entschieden. Vielleicht erledigt es noch heute ein anderer der Unsrigen für mich.«

»Was willst du Drecksack hier?«

»Genugtuung, Bruder. Du dachtest, du kannst uns abtakeln. Wie ausgediente Fußlappen willst du uns behandeln. Aus der Schmach kaufst du dich nicht billig heraus.«

»Schluck Späne, Langnase. Wer sich hier herauskaufen muss, steht überhaupt nicht fest.«

Havenar stieß die *Sturmfaust* ab und sprang an Bord zu seinen Leuten. Horichs Männer konnten die überlebenden Norweger allein in Schach halten. Ihn trieb es, bei seinem Vater und Gudfast nach dem Rechten zu sehen.

»Scheiße, Havenar Hademutsson, habe ich dir erlaubt zu gehen?«, brüllte Horich ihm nach. Der Gabelbart lachte.

»Friss Dreck«, murmelte Havenar und sah sich nicht um, während er seinen Ruderern das Zeichen zum Anziehen gab.

»Wir kommen später wieder«, antwortete Erik Horich an seiner Stelle und winkte mit übertrieben unbedarfter Fröhlichkeit.

»Sein Bruder«, stieß Havenar gedämpft hervor. »Wusstest du, dass unser König ein schmutziger Hurensohn ist? Zu allem, was er sonst noch an verfluchtem Unkraut darstellt. Von wegen ›göttliche Vorfahren‹!«

Erik warf ihm einen ungläubigen Blick von der Seite zu, dann legte er den Kopf in den Nacken und lachte unbändig, viel mehr über den plötzlichen Standesdünkel seines Neffen als über die anrüchige Abstammung des Königs. Havenars angeekelte Lippen hoben sich zum Grinsen, und das Grinsen wuchs in die Breite, bis er ebenfalls in Lachen ausbrach. Sie lachten, während sie ihr wackeres Schiff mit zerschlagenen, verschrammten, aber immer noch kampfesmutigen und heiteren Männern über das grausige Wasserschlachtfeld steuerten. So laut lachten sie, dass hier und dort unter den Kämpfenden Verwirrung ausbrach, weil sie glaubten, die entscheidende Wendung der Schlacht verpasst zu haben.

»Was ist?«, brüllte Brunolf aus einem Kampf zu ihnen herüber, der zu einer zunehmend müden Rangelei abgeflaut war.

Einer Eingebung folgend, brachte Havenar sein Lachen unter Kontrolle. »Waffenstillstand«, rief er zurück. »Horich und sein norwegischer Bruder verhandeln!«

Es dauerte nur kurze Zeit, bis das Wort alle Schiffe erreicht hatte und sämtliche Kämpfe beendet waren. Havenar setzte sein

Segel, um den Männern das Rudern zu ersparen, und manövrierte geschickt und wogenschlagend schnell zurück zu Horichs Drachen.

»Ich schlage euch einen Holmgang vor«, sagte er von seinem Schiff aus zu den beiden hohen Herren, die sich noch immer streitend gegenüberstanden.

Der Gabelbärtige zeigte mit dem Finger auf Havenar, ohne den Blick von Horich zu lösen. »Ein Mann von Ehre. Schade, dass du keiner bist.«

»So wenig wie du.« Zornflammend erwiderte Horich das Starren des anderen.

»Wählt Vertreter«, riet Havenar und hätte beinah ausgespuckt, um seine Meinung von den beiden deutlich zu machen.

Die Blicke der zwei wandten sich ihm langsam zu und durchbohrten ihn abschätzend. »Oh ja«, sagte Horich lauernd. »Das könnte uns helfen.«

Der Bärtige grinste wieder. »Oh ja. Das könnte es.«

Hasserfüllt fixierten sie sich erneut.

»Nicht die kleinste Aussicht hat er«, zischte der Norweger.

»Du lässt dich nie wieder in meinem Reich blicken, wenn er gewinnt«, erwiderte Horich.

»Dein Reich.« Der Norweger brachte ein falsches Hohnlachen heraus. »Dein Reich klappert wie Gerippe am Opferbaum. Mein Mann gewinnt, und mir gehört die Stadt. Sieh zu, wo dein Reich dann ist, Bruder. Er …« – er zeigte auf Havenar – »… kann sich freuen, denn er findet heute einen großen Tod. Im Gegensatz zu dir, du verräterischer Wurm.«

Havenar hatte es nicht kommen sehen, dass die Wahl wieder einmal auf ihn fallen würde, doch es überraschte ihn auch nicht besonders. Nur, dass Horich sich benahm, als könne er über ihn bestimmen wie über einen Thrael, das brachte ihn auf.

»Wenn ich gewinne«, sagte er kalt, »dann gibt mir jeder von euch ein Schiff mit fünfundzwanzig Riemenpaaren und die Männer dazu, gut bezahlt für ein Jahr. Ihr habt mich lange genug aufgehalten. Ich habe noch etwas Besseres zu tun.«

»Was gibt es denn noch Besseres, als für deinen König zu sterben?« Jedes Wort des Norwegers troff von ätzendem Spott.

»Die Keule einer jungen Hindin mit Zwiebeln, Bier und ein williges Weib«, gab Havenar zurück. »Wenn ihr vorhabt, noch lange Höflichkeiten auszutauschen, bevor ihr eure Beschlüsse verkündet, ziehe ich mich bis dahin zurück und schlafe eine Weile. Ich bin schon etwas länger auf den Beinen als manche anderen hier.«

Der Gabelbart wies auf Horich. »Länger als er vielleicht, aber nicht länger als wir. Der Kampf findet statt, bevor hier einer schläft.«

»Auch gut«, sagte Havenar. »Desto schneller kann ich wieder an mein eigenes Geschäft. Desto schneller seid ihr aus dem Land. Ausgenommen die hundert auf meinen neuen Schiffen natürlich.«

»Wie war dein Name, du mit der unermesslich großen Klappe?«, fragte Gabelbart.

»Havenar Hademutsson«, gab Horich statt Havenar Auskunft. Seine Miene zeigte nun kein Gefühl mehr, wenn auch der funkelnde Blick, den er auf Havenar richtete, mehr Zorn als Stolz verriet.

»Mir ist, als hätte ich den Namen schon mal gehört. Seit wann bist du einer von Horichs Handlangern? Oder warte – bist du nicht der, der einen Streit mit Olof Thorolfsson hat? Nun, so oder so – ich habe den, der dich aufs Holz nageln wird.«

»Ein Zimmermann, ja?«, spottete Havenar gelangweilt, während er die *Sturmfaust* schon wieder abstieß, um die neue Nachricht zu verbreiten. »Ich dächte, die Zimmerleute hätten heute bei euch genug anderes zu tun.«

»Ich freue mich auf deinen schmerzhaften Tod, Drecksdäne«, grollte Horichs Halbbruder leise hinter ihm her.

»Ich ahne Böses«, sagte Erik, der die ganze Sache schweigend verfolgt hatte. »Der Drecksnorweger weiß, was er tut. Ich hoffe, du bist noch rege genug. Wer weiß, wen er in der Hinterhand hat.«

»Hättest du einen besseren Einfall gehabt? Wolltest du lieber weitermachen, bis wir alle mit dem Gesicht nach unten schwimmen?«

Erik verneinte und schwieg wieder. Kurz darauf schüttelte er den Kopf und schnaubte belustigt. »Hirschkeule«, sagte er.

Havenar sah ihn an. Einen Atemzug später lagen sie sich gröhlend in den Armen und klopften sich gegenseitig den Rücken.

Delling tauschte einen Blick mit Kodran. »Heute spinnen sie völlig«, sagte er.

Jarl Hademut hatte ein schartiges Loch im linken Unterarmmuskel. Ein Pfeil war dort im ledernen Armschutz stecken geblieben. Es war eine Verletzung, die er abtat. Ähnliches oder Schlimmeres gab die Hälfte ihrer Männer zu Protokoll. Mit nur neun Toten und drei Schwerverletzten waren sie trotzdem gut davongekommen.

Arwed war leichenblass, er hatte erdulden müssen, wie Brunolf die violett schimmernde Seite seines Brustkorbs auf gebrochene Rippen untersuchte. Sein linker Arm war ebenfalls nur knapp dem Bruch entgangen. Der Schmerz hielt ihn allerdings nicht davon ab, schon kurz darauf Brunolf eine feurige Lobeshymne auf all die guten Schiffe um ihn herum vorzutragen. Er konnte kaum genug Worte für seine Begeisterung finden. Brunolf lächelte, ließ ihn reden und nickte gelegentlich.

Brede hatte sich auf der Fahrt nach Haithabu wieder und wieder erbrochen. Hademut hatte seinen vor Schwäche schwankenden Enkel daher während des Kampfes in die große Vorratskiste des *Kranichs* gesteckt. Seiner Ansicht nach hatte der Knabe für den Moment genug auf den Schädel bekommen.

Hagbert hatte die Schmerzen in seinem schon vorher blau und rot gedroschenen Schwertarm heldenhaft ertragen und war erst am Ende der Kämpfe zu einem Häufchen Elend zusammengesunken.

Auch Bjarne konnte vor Schmerzen kaum noch die Arme heben. Außerdem hatte er eine dunkelrote Kruste auf dem Gesicht, seine Nase hatte geblutet. Das trockene Blut juckte, aber noch hatte sich niemand gewaschen. Er war während des Kampfes in Arweds Nähe geblieben und hatte versucht, den Preis für ihre gemeinsame Dummheit so niedrig wie möglich zu halten. Bei aller Mühe hatte ihnen dennoch Brunolf mehrmals zu Hilfe kommen müssen.

Während alles Entsetzen, durch das die Jungen gegangen waren, bei Arwed in begeisterter Redseligkeit fortgeschwemmt wurde, war Bjarne ernüchtert und schweigsam. Mit einem entscheidenden Teil seines Herzens sah er die im Wasser treibenden Leichen und Schiffsteile als schändliche Verschwendung an. Er glaubte, dass auch sein Vater es so sah und deshalb den Holmgang vorgeschlagen hatte. Er hatte davon nur durch Brunolf gehört, als der von der Besprechung auf der *Sturmfaust* zurückkehrte.

Havenar selbst hatte sein eigenes Schiff nicht verlassen. Er saß dort, wie Arwed nackt bis zum Gürtel, trank und ließ sich von Erik die Muskeln kneten, während Vitgeir sein Rüstzeug und das Schwert mit fünffacher Gründlichkeit prüfte. Havenar Hademutsson, der Held von Angeln, Odins dritter Rabe und Freyas Freund, hatte jetzt anderes im Sinn als seine ungehorsamen Söhne. Wie eigentlich immer, dachte Bjarne bitter und schimpfte sich im selben Moment ungerecht.

Tatsache blieb, dass sein Vater derjenige war, mit dem er sich gerade jetzt gern unterhalten hätte. Doch er hatte ihn nur vor Augen. Vielleicht würde er nie wieder mit ihm sprechen können. Der Holmgang endete mit dem Tod eines der beiden Kämpfenden. Bjarnes kindliches Vertrauen in die Fähigkeiten guter Krieger war dahin. Selbst den Besten konnte der Zufall töten, so viel hatte er spätestens im blinden, wirren Geschrei und Geklirr der Nacht begriffen.

Plötzlich wünschte er sehnlichst, dass sein Vater zu ihm hersehen würde, nur ein Mal zu ihm hersehen. Er hatte keine Mutter.

Noch nie vorher hatte er so heftig gefürchtet, allein dazustehen. Seine Sippe war ihm wichtig. Doch Havenar konnte keiner ersetzen. Und was würde die Sippe noch sein ohne seinen Vater, der heute den König gerettet hatte? Sein Name ließ die Sippe glänzen, und Bjarne fürchtete, dass er selbst nie halbwegs zu Havenars Größe wachsen konnte, wenn dieser nicht blieb, um ihm zu helfen. Er musste schlucken und ins Wasser starren, um seine Tränen zu beherrschen, so klein und schwach fühlte er sich, und solche Angst hatte er um seinen großen, bejubelten Vater, der ganz anderes im Sinn haben musste als Arwed und ihn.

»Bjarne?« Das war Brunolf. »Euer Vater wollte euch drüben sehen, wenn wir hier alles so weit wieder beieinanderhaben. Können wir?«

Um der Seeschlacht ihr Recht zu geben, ließ man den Zweikampf, wie alle zuvor, auf zwei miteinander vertäuten Schiffen stattfinden. Alle anderen Schiffe mussten von diesen einen Abstand halten, der das Zuschauen gerade noch erlaubte. Gudfasts *Wellenadler* kam dabei neben einem der Norweger zu liegen. Während die Erwachsenen sich keinen Blick von Schiff zu Schiff gönnten, spähten Bjarne und Arwed neugierig hinüber. Sie waren schwer erstaunt, dort einen Jungen zu entdecken, der noch jünger sein musste als sie selbst. Ebenso blond war er und ebenso blass wie Arwed eine Weile zuvor. Er saß schmerzgekrümmt auf der hinteren Reling und machte sich nicht die Mühe, sich nach vorne auf einen guten Zuschauerplatz zu drängen. Beide Hände hielt er auf seine Seite, als hätte er ordentlich eingesteckt.

Havenar und sein Gegner wurden auf ihrer schwimmenden Insel abgesetzt, was alle Blicke auf sich zog. Die Jungen stöhnten fassungslos. Havenars Gegner war einen Kopf größer als dieser, fast so mächtig wie Thorwald, nur wesentlich geschmeidiger. Ein Raunen ging durch die Reihen der Erwachsenen. Es war so laut, dass Bjarne und Arwed fast das Platschen überhört hätten, mit dem der norwegische Junge auf dem Wasser aufschlug, bevor er versank.

Die Erwachsenen hatten es nicht wahrgenommen. Die Jungen hechteten an die dem Versinkenden zugewandte Bordseite. »Ich kann mit dem Arm nicht schwimmen«, sagte Arwed erschrocken, noch bevor Bjarne richtig wusste, ob er dem kleinen Norweger helfen wollte. Nur der Gedanke, dass Arwed so dumm sein könnte und ins Wasser springen, wenn er selbst es nicht tat, ließ ihn sofort handeln und über die Reling federn. Er bekam den fremden Jungen zu fassen, weil dessen Wams über dem Gürtel eine große Luftblase gebildet hatte. Sein Metall zog ihn nur langsam nach unten, obwohl er besinnungslos war und sich nicht regte.

Die ersten Schwimmzüge mit schmerzenden Muskeln im kalten Wasser waren für Bjarne reine Folter, dann wurde es leichter. Er hörte Arwed fluchen und nach Brunolf rufen. Da war er mit seiner Fracht schon bei dem Riemen, den Arwed ihm hinhielt. Wenig später hatte man ihn und den anderen an Bord gehievt. Hastig riss Bjarne sich das eisig nasse Wams vom Leib und schlüpfte in Arweds Weste, die dieser ihm eilig abgab, damit sie nichts vom Kampf verpassten. Arm in Arm standen sie dann beieinander, wärmten sich gegenseitig und überließen den hustenden Geretteten dem kopfschüttelnden Brunolf.

»Was ist passiert?«, fragte der Junge.

»Bist ins Wasser gefallen, Kleiner. Havenars Söhne haben dich rausgezogen.«

»Havenars Söhne?« Er rappelte sich mit qualverzerrtem Gesicht auf, sah sich nach seinen Rettern um und blickte an ihnen vorbei zu den Zweikämpfern, die noch miteinander sprachen. »Scheiße«, sagte er. »Die Söhne von dem Drecksdänen.«

Brunolf räusperte sich und stemmte die Arme in die Seiten. »Weißt du, von wem und mit wem du sprichst?«

»Sicher weiß ich das. Ich weiß, wer Havenar Hademutsson ist. Der da.« Er zeigte zur schwimmenden Insel. »Und der gegenüber, Hallvard Hallvardsson, das ist mein Bruder.«

Worauf Brunolf auch nichts mehr einfiel, als zu schweigen. Mit ernster Miene half er dem Jungen zum Zuschauen auf die Beine.

Havenar und sein Gegner wurden jeder auf einem der verknüpften Boote abgesetzt. Während ihre Fährschiffe sich entfernten, musterten sie einander gespannt. Der Norweger war ein Hüne mit eingedrehtem Zopf, blond wie sein eigener, und er sah für Havenars Geschmack viel zu frisch aus. Jung war er außerdem, jünger als er selbst. Nicht, dass das schon etwas zählen würde, dachte er. Noch nicht. Leider schien es dem Norweger trotz seiner Jugend nicht an Erfahrung zu mangeln, er trug alte und neue Kampfspuren zuhauf. Mit einem tiefen Atemzug richtete Havenar sich zu seiner eigenen vollen Größe auf. »Lass uns anfangen. Ich bin hungrig.«

Der andere kam zwei Schritte näher. »Hab schon gehört. Hirschkeule, ja?« Er lachte. »Ich nehme an, sie werden sie dir mitgeben. Für mich ist es eher der Schinken von einer jungen Wildsau.«

Havenar seufzte müde. »Beides ist hierherum rar und wird wohl keinen von uns zu den Toten begleiten.«

Im Blick des jungen Norwegers stand blanke Neugier. »Bist du wirklich ein Berserker?«

»Es gibt Leute, die das behaupten. Ich habe mich noch nie im Bärenfell gesehen. Gute Götter – bist du auch einer von denen, die heute nur endlos schwatzen wollen?«

»Nein. Aber ich bin einer von denen, von denen die Leute das Gleiche behaupten wie von dir. Es ist doch seltsam. Einen Moment zieht man bei vollem Verstand das Schwert, im nächsten schauen einen die, die überlebt haben, an, als sei man ein geiferndes Raubtier.«

»Der Unterschied ist nicht allzu groß, nehme ich an«, meinte Havenar resigniert. »Nun genug geplaudert?«

»Gegeben, dass du und ich einander ähnlich sind, besteht die Möglichkeit, dass wir beide den nächsten Morgen nicht erleben. Es gibt aber noch etwas zwischen uns zu klären.«

»Wollen wir uns etwas zu trinken bringen lassen?«

»Hör doch zu. Vielleicht trinken wir dann später tatsächlich zusammen. Es gibt diese Geschichte von dir und Olof Thorolfsson. Du hättest ihm die Frau weggenommen, sagt man. Frygdis Thorhildsdottir hat dir den Vorzug gegeben, weil Olof sie nicht hoch genug geachtet hat. Ist das wahr?«

»Das fasst eine lange Geschichte kurz.«

»Ich muss wissen, ob du sie geheiratet hast oder ob du sie als deine Hure hältst. Du hast zahllose Weiber, sagt man.«

»Es passt, dass ich ohnehin hier stehe, um dir den Hals durchzuschneiden. Keine von meinen Frauen ist eine Hure.«

»Klär mich auf, dann muss ich dich nicht unnötig beleidigen. Hast du Frygdis einen ehrenhaften Rang gegeben?«

»Sie ist meine Gattin, Herrin von Gammelby, wenn Hademut oder Ragnhild nicht mehr sind. Was die Mütter meiner Söhne nicht schlechter macht.«

»Damit kenn ich mich nicht aus. Mir geht es nur um Frygdis. Weißt du, wer ich bin?«

»Hallvard, sagte man mir.«

»Hallvard Hallvardsson. Mein Vater ist Hallvard Larsson. Nach meiner Mutter hat er eine Frau mit Namen Thorhild geheiratet, die er von früher her kannte und liebte. Sagt dir das etwas?«

Es war lange her, dass Havenar einmal so perplex gewesen war. Er konnte den anderen nur anstarren.

»Du und ich, wir gehören zu einer Sippe«, sagte Hallvard Hallvardsson grinsend.

Havenar schluckte und räusperte sich betreten. »Nicht gerade eng.« Er unterbrach sich und sah kurz über das Wasser auf die gebannten Zuschauer. »Das muss uns von nichts abhalten. Frygdis ist nicht einmal deine Ziehschwester. Ich nehme an, ihr habt einander nie gesehen, nicht wahr?« Hallvard lächelte weiter über sein starkknochiges Gesicht, während Havenar ihm prüfend in die Augen sah. Meerblaue Augen. Frygdisaugen. Ihm blieb der Verstand stehen.

»Nein«, sagte Hallvard. »Ich habe sie nie gesehen. Aber sie ist mehr als meine Ziehschwester. Wir haben denselben Vater. Nicht, dass davon viele wüssten, Schwager. Drecksdäne.«

Die zuschauende Menge auf den Schiffen war bereits mächtig unruhig, als Hallvard und Havenar endlich ihr Gespräch beendeten. Es war schwierig für sie geworden, einen Ausweg zu finden. Ihnen beiden war daran gelegen, dass die aufreibende Schlacht ein Ende hatte. Sie wollten die Möglichkeit der schnellen Entscheidung nicht aufs Spiel setzen. Doch es war ausgeschlossen, dass sie einen Zweikampf bis zum Tod führten. So riefen sie ihre Schiffe zurück und teilten mit, dass sie entfernt verwandt seien und die Niederlage des einen als Entscheidung genügen musste. Dann fingen sie an.

Hallvard war ein erstrangiger Schwertkämpfer, und seine Selbstbeherrschung hielt, bis Havenar ein paar schmerzhafte Treffer auf seinem ledergeschützten Oberkörper landete. Es war faszinierend für Havenar zu sehen, wie der Jüngere daraufhin in die rote Wut kippte, die auch ihm so gut bekannt war. Er selbst fühlte sich fern davon, schließlich wollte er Frygdis' neu gefundenen Verwandten wirklich nicht töten. Wer wusste, wozu diese Verbindung noch gut sein würde? Drecksnorweger hin oder her. Verlieren würde er allerdings auch nicht gegen ihn. Die Blicke der Männer von Angeln folgten ihm. Sie wollten ihren Helden wieder einmal Held sein sehen. Verflucht sollte er sein, wenn er sie enttäuschte.

Als ganz so einfach stellte es sich jedoch nicht heraus, einen tobenden jungen Berserker zu besiegen, ohne ihn zu töten. Immer wieder rettete Havenar nur noch Akrobatik vor dessen hitzigem Stechen und Hauen, aber gerade das mochten die Zuschauer. Ihr Johlen gab ihm frische Kraft, dennoch brannten seine Lungen und Muskeln, und er war herzlich erleichtert, als er endlich auf dem Rücken seines Gegners kniete, Hallvards Arm verdreht in der einen Hand, und mit der anderen in rasender Hast das Schwert des Besiegten in die Schley schleuderte.

Das Wasser am Schiffsboden, in dem Hallvards Gesicht lag, brachte diesen zur Besinnung. »Mistkerl«, keuchte und spuckte er. »Du hast was mit den Göttern.«

»Sagt man«, bestätigte Havenar, ließ ihn los, stand auf und riss die Arme hoch.

Die Männer von Angeln jubelten. Auch die Norweger schlugen anerkennend auf ihre Schilde, als Hallvard aufstand und Havenar auf den Rücken klopfte.

Es überraschte niemanden, dass Hallvard einschließlich seines kleinen Bruders Bernulf zu den Männern gehörte, die bei Havenar blieben, als die Norweger abfuhren. Dass auch einer der engsten Vertrauten des Gabelbärtigen nicht mit zurück nach Norwegen fuhr, überraschte zumindest Havenar nicht.

Seinen Plan, den Krieg zu beenden und nach Hause zu gehen, ließ er fallen. Seine Angeln waren kampfeslustiger denn je, und die Männer von Horich ebenso wie die Norweger sollten wissen, wozu er sie hatte haben wollen.

Sie zogen daher sofort wieder gegen Guttorm, der nur soeben rechtzeitig aus Haithabu zurückkehrte, um sich ihnen entgegenzustellen. Ohne nennenswerte Verzögerungen überrannten sie dennoch Fleckeby. Guttorm und Olof flohen nach Wittensee, doch nun gab Havenar der Vernunft nach und gönnte seinem Heer eine Erholungspause. Er spürte an seinem eigenen Körper die Folgen der ununterbrochenen Anstrengung zu gut. Sie richteten sich in Fleckeby ein.

Dort hatte es kein Gemetzel gegeben wie in Midbikhus. Die Leute hatten sich kniefällig ergeben, als die Verteidiger sie im Stich gelassen hatten, und fanden sich nun mit den Besatzern ab. Schadlos kamen sie dabei nicht davon, aber immerhin lebend.

Die Stimmung in der abendlichen Halle förderte es jedenfalls, dass alle jungen Frauen von Fleckeby dorthin überredet worden waren, dachte Havenar. Nach dem Lohn dieser groben Art Überredung stand ihm zwar selbst nicht der Sinn, aber er nahm den Anblick der eingeschüchterten Geschöpfe für den sonst schwer zu haltenden Frieden unter den Männern in Kauf. So war es üblich.

Er hielt sich derweil an Essen und Trinken und beschäftigte

sich mit seinen Jungen, für die er seit dem Augenblick auf der Schley wenig Zeit gehabt hatte. Beide waren zerbeult und gebläut wie alte Recken und konnten sich kaum bewegen, ohne das Gesicht zu verziehen. Brede und Hagbert, die bei Hademut saßen, ging es nicht besser. Voll Stolz tranken die vier wie die älteren Männer, und Havenar sah Arweds und Bjarnes Blicke nicht nur einmal zu den Frauen schweifen. Er merkte den Blicken an, dass beide noch nicht so weit waren, den letzten Schritt zu tun. Es lag mehr Neugier als Verlangen darin. Ein entsprechendes Angebot hätte sie noch in Verlegenheit gebracht.

In ihm war das Verlangen wach. Er dachte an Frygdis. An die erste wahre Heimkehr nach Gammelby, die es für ihn geben würde. Träumte davon. Bis ihn die hässliche Stimme von Lars Gabelbarts engem Freund in die Halle zurückriss.

»Dem Anführer, was dem Anführer gebührt, habe ich zu Sven Vierfinger hier gesagt. Sieh sie dir an, Havenar! Reizt nicht mal dieses Täubchen deinen hohen Geschmack? Oder bist du so müde, dass nur noch die Göttin selbst dich munter machen kann?«

Das blonde Mädchen, welches er vor Havenar zerrte, sah aus, als müsste es sich gleich vor Angst übergeben. Ihre Wangen waren voll Staub und Tränenspuren, die Augen weit aufgerissen. Sie war eine ranghohe Tochter von Fleckeby, das war nicht zu übersehen. Und sie war so schön, dass Havenar das Herz sackte. Ihre Kleider waren über der Brust zerrissen. Noch nicht ganz reif war sie, gerade in dem unberührten Zustand, der viele Männer um den Verstand brachte. Glatt. Samtweich. Vollkommen war ihr junger Leib und ihr Gesicht geradezu überirdisch.

»Sven hat sie in einem Keller gefunden. Wollte gerade rauf auf sie, da hab ich sie ihm weggenommen. Diese edle Jungfräulichkeit schenken wir Odins Raben, habe ich gesagt. Aber wenn du dich nicht gut fühlst, dann nimmt Sven sie gern zurück. Ich auch, nebenbei. Wir teilen, Sven und ich.«

In einem Fass mit Schweinejauche ersäufen wollte Havenar ihn. Der Hohlkopf versuchte ihn vorzuführen. Wussten die Götter, was er glaubte, wen er vor sich hatte. Mit gespielter Gelassenheit lehnte er sich in seinem Hochsitz zurück und streckte seine freie Hand einladend dem Mädchen entgegen. »Dank euch«, sagte er und fing die Kleine auf, als sie sie grob zu ihm stießen. »So etwas sieht man nicht alle Tage.«

Er war sich der gespannten Aufmerksamkeit vieler, unter anderem seiner Söhne, sehr bewusst, als er das Mädchen auf sein Knie setzte und ihr Kinn hob, damit sie ihn ansah. »Unberührt gehst du so oder so nicht aus dieser Halle«, flüsterte er in ihr Ohr. »Finde dich mit mir ab, dann geschieht dir danach nichts mehr.« Sie zitterte, die großen blauen Augen nass, und sagte nichts. Er seufzte. »Wie heißt du?«

»Gerlind«, sagte sie so leise und jämmerlich, dass er es fast nicht gehört hätte.

»Willst du nur mit ihr schöntun?«, grölte Sven. »Dafür habe ich sie nicht aufgespart. Zeig ihr, was ein Mann ist.«

Havenar warf den beiden Norwegern einen eisigen Blick zu. »Hat es sich nicht zu euch rumgesprochen, dass ich es nicht mag, wenn man meine Frauen ansieht?« Er sagte es so, dass sich ihnen die Haare sträuben mussten.

Einsichtig hielten sie den Mund und zogen sich zur Seite zurück, nur noch aus dem Augenwinkel beobachtend, ob ihr Anführer sich als ganzer Mann bewies.

»Also gut«, wandte Havenar sich leise an Gerlind. »Betrachten wir es so: Ich kann nicht anders. Und das Beste, was du tun kannst, ist, dich zu betrinken. Es wird nicht so schlimm werden, versprochen.«

Er sah, wie die Furcht in ihren Augen abnahm, als sie sich in ihre aussichtslose Lage fügte. Lächelnd hielt er ihr sein Methorn an die Lippen. Sie trank. Kein Kampfgeist, dachte Havenar mit einer Mischung aus Erleichterung und Mitleid.

Bjarne hatte seinen Vater schon mit den Frauen seines Hauses zusammen gesehen. Mehr oder weniger verstohlen hatten er und seine Brüder immer beobachten können, was unter- und oberhalb der Decken und Felle stattfand, wenn Mann und Frau das Lager teilten. Wenigstens Rämna hatte auch aus den verfeinerten Einzelheiten der Paarung kein Geheimnis gemacht. Allenfalls hatte sie die Kinder verscheucht, wenn sie offenkundig zuschauten, was als ungehörig galt.

In der Halle hatte Bjarne Havenar noch nie eine Frau nehmen sehen. Gelegenheit hatte er dazu allerdings auch noch nicht viel gehabt. Sie hatten nicht oft mit in die Halle gedurft. Was die Männer, unter anderem auch ihr Großvater, dort mit den Frauen taten, schien ihm eine recht schlichte Angelegenheit. Roh und plump gegen das andere Bild, das er davon hatte, welches von Havenar und Erik herrührte. Doch dabei ging es um alte Frauen. Mütter. Es interessierte ihn auf beunruhigende Weise, was sein Vater, da er nun einmal etwas tun musste, in dieser Halle mit diesem Mädchen tun würde. Sie war nur vielleicht zwei Jahre älter als er selbst.

Arwed schien das Ganze weniger beunruhigend zu finden. Er genoss das Ereignis. »Bester Platz hier«, flüsterte er Bjarne zu.

»Du spinnst ja«, erwiderte der errötend und bemühte sich wegzusehen, hielt aber nicht lange durch.

Vorerst war nicht viel zu sehen. Havenars Hand wirkte unter den Röcken, während er das Mädchen behutsam küsste, auf Lippen, Wange, Hals, Ohr und das, was ihr zerrissenes Kleid ohne weitere Bemühungen freigab. Immer wieder flüsterte er ihr dabei etwas zu. Endlos schien das so zu gehen. Das Mädchen trank Met aus Havenars Horn, ihr Blick verschwamm zusehends. Bald teilten sich ihre bezaubernden Lippen und blieben leicht geöffnet. Es kam Bjarne vor, als wären sie von tieferem Rot und voller als zuvor und als wären ihre Augen plötzlich schwarz statt blau. Der Lärm der frohsinnigen Männer, die die Halle zum Bersten füllten, war betäubend und verwirrend. Er nahm an, dass ihm selbst der Met zu Kopf stieg.

Plötzlich wünschte er, an seines Vaters Stelle zu sein und dieses Mädchen streicheln zu dürfen, damit es für ihn so aussah. Er fuhr zusammen wie ertappt, als Havenar schließlich die Ränder des zerrissenen Kleides auseinanderschlug und weiße, feste kleine Brüste freilegte, deren aufgerichtete hellrosige Knospen auf einen Männermund zu warten schienen. Die Jungen sahen nichts mehr von den Brüsten, als ihr Vater den Kopf senkte. Nur die zarten Mädchenhände sahen sie, die auf einmal das Methorn fallen ließen und in seine offenen blonden Haare griffen.

Bjarne sah zu Boden, das Blut schien ihm in jedem Glied zu pochen. Ruckartig verstand er, was Begierde bedeutete. »Freyas Hintern«, murmelte er.

»Das kannst du sagen«, pflichtete Arwed bei, der sich nun sichtlich ebenso unwohl fühlte. »Lass uns rausgehen.« Bjarne nickte.

Sie blieben dennoch wie festgenagelt sitzen, denn gerade da stöhnte die kleine Göttin halb erstickt. Havenars Hand schob ihr den Rock über die milchzarten, glatten Schenkel bis zur Hüfte hoch. Sie konnten ein Schimmern von ihrem Hintern sehen und von dem goldenen Flaum, der ihren Schoß bedeckte, als Havenars Hand dorthin zurückkehrte. Wimmernd wölbte sie sich der Hand entgegen. Wieder flüsterte er etwas in ihr Ohr. »Ja«, sagte sie. »Ja, ja.«

Bjarne stellte fest, dass seine eigene Hand ohne seinen Auftrag versuchte, sein Trinkhorn zu zerdrücken, als Havenar daraufhin das Mädchen auf den Hochsitz setzte, sich selbst vor sie kniete und seine Hosenschnur öffnete. In ihre kindlichen Züge war etwas von der früheren Furcht zurückgekehrt, doch sie sah seinem Vater gebannt in die Augen. Die Röcke bauschten sich, Hose und Wams ihres Vaters taten den Rest, um zu verdecken, was zwischen ihren Schenkeln lag und seinen stand, als Havenar sich ihre Beine um die Hüften legte. Er lächelte, als er sie wieder küsste. »Jetzt«, sagte er weich und fing mit seinem Mund ihren Schrei auf.

»Arwed«, sagte Bjarne heiser. »Glaubst du, dass Helga …«

»Vergiss es«, gab Arwed mit verkniffenen Lippen zurück.

Später schlief Gerlind auf Havenars Schoß ein, und er ärgerte sich, dass ihm nichts Besseres eingefallen war, als sie sich auf diese Art aufzuladen. Ein Kind mehr, auf das er achtgeben musste. Wolfger kam ihm in den Sinn, wie er entnervt von Reidun gesprochen hatte. Nun, wenn der Morgen kam, würde er sich mit klarem Kopf etwas für sie überlegen. Für den Rest der Nacht musste er sie bei sich behalten. Das Entscheidende war ohnehin verbrochen. Ihr Blut klebte an ihm.

Sie war es, die ihn im Morgengrauen aus dem Tiefschlaf holte. Mit schmetterlingszaghaften Fingern strich sie durch sein Brusthaar und untersuchte seine Narben. Er war nur halb bei Bewusstsein, als er sich noch einmal über sie legte, um sich und ihr Lust zu verschaffen.

Am Morgen jedoch war die göttergleich schöne junge Gerlind so verliebt in ihn, dass sie den Blick nicht von ihm abwenden konnte. Damit hatte er den Männern weit mehr bewiesen, als er hatte beweisen müssen und wollen. »Wenn ihm das jedes Mal passiert, ist es kein Wunder, dass er sich zurückhält«, sagte Hallvard grinsend zu Lars Gabelbarts unangenehmem Freund.

Havenar ging über Gerlinds Anhänglichkeit und ihre Mädchenschwärmerei mit leiser Verlegenheit hinweg und hielt sie für nicht wichtig. Der einzige Ärger, den er wegen der ganzen Sache auf sich zukommen sah, war Frygdis, wenn er das Mädchen nach Gammelby brachte. Das nicht zu tun, kam ihm nicht in den Sinn. Wenigstens so lange, bis er wusste, ob sie schwanger war, musste er sie behalten. Zum ersten Mal in seinem Leben erwischte er sich bei dem Wunsch, dass sie es nicht sein möge. Dann würde sich rasch ein Ehemann für sie finden lassen, und alles war gut.

So dachte er.

21. Kapitel

Vorerst blieb Gerlind mit dem Tross in Fleckeby, während die Krieger per Schiff die Küste entlang und über die große Bucht nach Wittensee zogen. Guttorms Hauptsitz war eine Festung, die zu den größten und besten im südlichen Danmark gehörte. Gammelby als größte Siedlung in Angeln war dagegen ein kümmerlicher Hof, auch wenn Havenar es nie hätte eintauschen wollen, weil es seiner Ansicht nach sowohl sicherer als auch schöner lag. Das mochte seinen Grund darin haben, dass er steilen Hügeln nicht viel abgewinnen konnte. Wittensee lag auf einem dieser Hügel. Ganz in der Nähe erstreckte sich ein See, gegen den der Gammelbyer See desgleichen eine Pfütze war.

Obwohl sich die Siedlung oben auf dem Hügel gut gegen Anstürme verteidigen ließ, hatte sie doch den Nachteil, dass man wegen der umliegenden Hügel nicht gewahr wurde, wer oder was sich näherte. Zumal, wenn die dort aufgestellten Wachtposten tot waren. Ein weiterer großer Nachteil war, dass der Wittenseehügel eine Form hatte, die von einem ausreichend großen Heer in einer Entfernung umschlossen werden konnte, auf die auch die stärksten Bogen kaum noch etwas auszurichten vermochten. Damit war den Leuten oben jeder Ausweg versperrt.

Havenar besaß mittlerweile ein solches Heer. Er ließ den Ring schließen, schickte in der Dunkelheit ein paar Männer, die Guttorms auf der Hausweide verbliebenes Vieh herabtrieben, und dann ging er fischen. Es gab guten Fisch im Wittensee, reichlich Wild auf einigen der bewaldeten Hügel. Pilze, Brombeeren, Haselnüsse; Lauch und Rüben auf den Feldern. Sein Heer hatte nichts zu leiden. Nur zu warten. Und zu warten. Drei Wochen. Fast hatten sie schon vergessen, warum sie im Hügeltal in der Herbstsonne saßen. Da kam der Ausfall.

Klug genug, hatte Guttorm nicht gewartet, bis seine Leute Hunger litten. Die Siedlung musste volle Speicher haben, falls sie gut geführt war. Havenar wusste, dass es weit länger dauern würde, sie auszuhungern.

Dass Guttorm und nebenbei auch Olof zum Kämpfen herauskamen, reichte ihm. Ohne Festung hügelherab zu kämpfen, war nicht angenehmer als hügelan. Er ließ seine Männer im Tal warten und schießen. Sie hatten keinen Grund zur Hast.

Nach zwei Stunden flohen Guttorms und Olofs Männer den Hügel wieder hinauf. Diesmal ließ Havenar nicht schießen. Zu siegen, weil seine Feinde Pfeile im Rücken hatten, hätte seinem Namen nicht gutgetan.

Noch immer standen Hademut, Gudfast, Erik und er zusammen, wenn es Entscheidungen zu treffen galt, doch sie waren sich einig darüber, dass Havenar führte. Ohnehin war Hademut seit einer guten Weile recht still. Havenar vermutete, dass es mit Guntrams Rückkehr zusammenhing. Sein Freund hatte Neuigkeiten aus Gammelby gebracht. Schon der vorige Bote hatte ihnen berichtet, was sich dort tat, aber Guntram wusste mehr. Vor allem, wie es Ragnhild wirklich ging. Havenar kannte seinen Vater. Im Gegensatz zu ihm selbst würde er niemals wegen einer Frau einen Schritt von seinem Weg abweichen. Zu kümmern schien ihn Ragnhilds Leiden allerdings doch.

Eine Woche nach Guttorms Ausfall war es vorbei mit der Herbstsonne. Innerhalb von drei Tagen brach verfrüht nasskaltes Winterwetter über sie herein, und die Belagerung wurde zu einer weit unbequemeren Aufgabe. Nach einer weiteren Woche im kalten Schlamm hustete die Hälfte der Männer. Arwed fieberte, und Havenar hatte auch seinen Vater in Verdacht, krank zu sein, obgleich der es nicht eingestand.

Bedachtsam sortierte er in Gedanken die Männer aus, die ihm am schwächsten erschienen, darunter seine Söhne, die Neffen und Hallvards kleinen Bruder Bernulf. Auch Brunolf war dabei, der eine schlecht heilende Beinverletzung mit sich herumschleppte. Dann suchte er seinen Vater auf, der eingewickelt in seinem Zelt saß und mit Sigvid würfelte.

»So geht es nicht weiter. Ich muss ein paar von den kranken Leuten nach Gammelby bringen. Kannst du so lange hier die Stellung halten?«, sagte er.

Sein Vater sah ihn fassungslos an. »Nach Gammelby? Was soll das denn? Warum nicht nach Fleckeby? Reicht doch.«

»So viel weiter ist es über See nicht. Die Jungen sollen nach Hause, Brunolf möchte zu Swanhild, und ich habe Lust, mich ein bisschen auszuruhen. Im Warmen schlafen, gut essen, baden, Frygdis sehen und so weiter. Du weißt doch.«

Hademuts Wangen röteten sich, er holte tief Luft, bekam aber einen Hustenanfall, der ihm die Tränen in die Augen trieb, bevor er sprechen konnte. Havenar sah ihm unbewegt dabei zu.

Sigvid räusperte sich. »Also, Havenar, findest du das nicht etwas … ich meine, den meisten Männern hier herum ist kalt. Wenn du gehst … na ja. Ich meine nur.«

Hademut kam keuchend zu Atem. »Du bist verrückt«, fuhr er seinen Sohn an. »Das kannst du nicht machen. Dann gehe eher ich. Hab's sowieso nötiger.«

»Ich hätte nicht gewagt, es so auszudrücken. Abgemacht. Du gehst. Pack zusammen, ich sag den anderen Bescheid.« Flink drehte Havenar sich um und war vor jedem möglichen Widerspruch außer Hörweite.

Sigvid warf einen vorsichtigen Seitenblick auf seinen Onkel, während er die Würfel einsammelte. Der brauchte einen Augenblick, um seiner Überraschung Herr zu werden. Dann zog ein widerwilliges Halbgrinsen an seinem Mundwinkel. »Da soll ihn doch …«

Sigvid räusperte sich wieder. »Also … Ich glaube, es könnte sein, dass es so herum zum Besten ist.«

Hademut warf ihm einen herablassenden Blick zu. »Was du nicht sagst«, bemerkte er und krümmte sich gleich darauf hustend.

Bard schlich sich auf einen der beiden Vorratswagen, die sein Großvater zu seinem Vater schicken wollte, als es noch finstere Nacht war. Mit drei Stücken Schnur band er seinen Bogen und das dünne Bündel mit Notwendigkeiten von unten ans Fahrgestell.

Hadwig tat das Gleiche ohne sein Wissen, als einer der Hähne zum ersten Mal krähte. Sie hatte nicht so lange draußen frieren wollen wie Bard. Sie wusste, dass er auf dem anderen Wagen war. Doch durfte sie sich von ihm ebenso wenig erwischen lassen wie von den Erwachsenen. Er würde sie auch nur zurückschicken, in die behüteten Grenzen von Gammelby, das sie, wie ihre Schwestern und die kleineren Jungen, nicht einmal für einen Ausflug in den Wald verlassen durfte. Sogar Thorwald hatte fast nie mehr Zeit, sie zu begleiten, und bestand darauf, dass sie innerhalb des Zaunes oder höchstens auf dem Übungsplatz blieb. Dabei konnte sie gut auf sich aufpassen.

In ihrem kleinen, engen Tal war sie freier gewesen. Sie hatte so einiges satt.

Im Gegensatz zu Bjarnes und Arweds heimlichem Verschwinden Wochen zuvor fiel das von Bard und Hadwig schon eine Stunde nach dem Frühstück und dem Aufbruch der Wagen auf. Thorwald selbst nahm ein Pferd und folgte ihnen. Kurz vor Flintholm holte er den Trupp ein. Gemeinsam mit den Wagenführern durchsuchte er Kisten, Säcke und Bündel. Die Kinder waren nicht zu finden.

Es war vielleicht das erste Mal, dass jemand Thorwald fassungslos sah. Hilflos drehte er sich im Kreis, als hoffte er einen Anhaltspunkt zu finden, in welcher Richtung er die gefahrvolle Weite nach einer Achtjährigen und einem Zehnjährigen als Nächstes durchsuchen sollte. Als die Wagen mit ihren verärgerten Begleitern wieder anfuhren, wandte er sich schließlich nach Gammelby zurück, in der matten Hoffnung, dass alles ein Irrtum gewesen war und die beiden sich inzwischen wieder eingefunden hatten.

Havenar staunte über seine eigene Gelassenheit, als sein schlammbedeckter Sohn unter dem soeben angekommenen Nachschubwagen hervorkroch und sich vor ihm aufrichtete. Bard sagte nichts, sah ihm nur in die Augen. Doch in seinem Blick stand mehr Bitte als Trotz.

Das tadelnde Kopfschütteln seines Vaters war sichtlich das untere Ende der Spanne von Reaktionen, die er sich ausgemalt hatte. Erleichtert atmete er aus.

»Glaub nicht, dass du es hier gemütlich haben wirst. Wie hast du es aufs Boot geschafft?«, sagte Havenar.

Bard lächelte. »War nicht so schwer. Sie hatten's alle eilig, zum Essen in Herjulfs Halle zu kommen, wegen der Kälte.«

»Wenn du dich hier in Schwierigkeiten bringst, aus denen einer von unseren Männern dich herausholen muss, ich schwöre, ich hänge dich mit den Füßen an den nächsten Baum, bis dein Verstand wieder reichlich Blut zum Arbeiten hat.«

»Ich halte Abstand, wenn etwas geschieht, ehrlich. Ich konnte nur nicht mehr aushalten, nichts zu sehen. Bjarne und Arwed haben dermaßen geprahlt. Die tun, als gehörten sie gar nicht mehr zu uns. Sie wollten wie Hagbert und Brede in die Halle umziehen, aber Frygdis und Großvater haben's verboten. Jetzt schlafen sie im Jarlshaus, bis du entscheidest.«

Havenar nickte. »Du kommst früh genug dahin. Es hat nicht nur Gutes, da kannst du sicher sein. Ich wette, die beiden schlafen schlechter als ihr anderen.«

Er wies Bard den Weg zu seinem Zelt und kümmerte sich um das Abladen der beiden Wagen. Vor allem wärmere Kleidung, Decken und Bier hatte sein Vater geschickt. Das meiste wurde gleich verteilt. Erst anschließend folgte Havenar seinem Sohn, um zu sehen, ob er zu essen bekam und sich so gut wie möglich aufwärmen konnte. Vitgeir war ihm allerdings zuvorgekommen. Er saß bei Bard und hörte sich lachend die Geschichte von dessen Flucht aus Gammelby an. Bard erzählte gut. Er nahm sich selbst auffallend wenig wichtig für sein Alter und genoss es, mit der humorvollen Schilderung seiner

Erlebnisse die Leute zum Lachen zu bringen, statt seine eigene Größe zu betonen.

Dennoch staunte Havenar über Vitgeirs herzliches Lachen. Noch immer war er nicht völlig daran gewöhnt, wie sein düsterer, zynischer Halbbruder sich verändert hatte. Andererseits war Vitgeir immer gut mit seinen Neffen zurechtgekommen. Sie hegten dieselbe Verehrung für ihn, die Havenar selbst sein Leben lang für Erik empfunden hatte. Die verlässliche Zuneigung eines Onkels zu besitzen, war sehr tröstlich, wenn man einen Vater hatte, der weit über allem zu stehen schien.

Als Vitgeir Havenar sah, schlug er Bard auf die Schulter. »Na, dann erzähl das mal alles deinem Vater. Das wird den Trauerkloß aufmuntern.«

»Was, bitte?«, meinte Havenar ungläubig.

»Komm schon«, sagte Vitgeir. »Unter uns drei Verwandten. In Wirklichkeit willst du doch schon seit einer ganzen Weile nichts als nach Hause. Wollen wir alle. Scheißkälte.«

Havenar sandte einen Blick den vermaledeiten Hügel hinauf. »Na ja«, gab er zu, während sich Vitgeir mit einem zustimmenden Nicken verabschiedete.

Verlegen kürzte Bard seine Reisegeschichte seinem Vater gegenüber ab. Stattdessen berichtete er mit gleichem Humor die Neuigkeiten aus Gammelby, als Havenar, eben noch lächelnd, aufsprang und alle Zeichen von Zorn zeigte.

»Das gibt's doch nicht«, entfuhr es Bard, angesichts des Grundes.

»Lass mich los«, wütete eine zerzauste, schmutzige Hadwig, gleichfalls zornrot, und wehrte sich erbittert gegen Dellings Griff im Nacken ihres Wamses.

»Ich hab's nicht gewusst!«, versicherte Bard eilig. »Das hätte ich nie erlaubt.«

»Verdammte Blagen«, sagte Havenar und ging auf Hadwig zu, der von Delling der Rückzug verwehrt wurde. »Bist du noch zu retten? Denkst du, das hier ist ein Spiel?« Er zeigte den Hügel hinauf. »Weißt du, wo wir hier sind? Weißt du, wer da oben wohnt? Wolltest ihn besuchen, ja?«

Hadwig wurde bei seinen Worten blass, rührte sich jedoch nicht. Auf einmal stand Bard neben seinem Vater. »Brüll sie nicht so an.«

Havenar warf ihm einen verdutzten Blick zu. »Sie hat Angst«, erklärte Bard.

Hadwigs Miene wurde finster. »Ich hab keine Angst.«

Woraufhin sich auch auf Bards Gesicht deutlich Gereiztheit zeigte. »Dann solltest du welche haben.«

Havenar nickte wild. »Zumindest da hat er Recht. Kannst du dir denken, was deine Mutter gerade tut? Weißt du, was sie mit dir machen wird? Friggs Gnade, was sie mit mir machen wird, wenn du mit auch nur einem Kratzer zurückkommst! Mir stehen die Haare in alle Richtungen, wenn ich …«

Hadwig hatte ihren Blick unbeirrt mit dem von Bard verschränkt. »Ich hatte noch nie Angst vor ihm.«

»Für ein Mädchen gibst du ziemlich an. Er ist Havenar, die Bluthand. Odins Rabe. Alle haben Angst vor ihm.«

»Was soll das heißen, für ein Mädchen? Ich bin Hadwig Frygdis …«

»Hadwig! Wirst du deinen Mund halten und nachdenken!«, brüllte Havenar.

Erst beim Blick in Havenars Augen wurde Hadwig bewusst, dass er nicht nur wütend war, weil sie ihn geärgert hatte oder er sich ihrer Mutter wegen um sie sorgte. Ihre bläulich gefrorene Unterlippe zitterte, und sie griff nach seiner Hand. »Entschuldige. Ich wollte doch nur … Du gehst immer fort. Überallhin. Und ich … und wir … Mama ist traurig. Und sie hat gar keine Zeit mehr. Und Thorwald auch nicht. Und ich darf nichts mehr. Nicht mal in den Wald.«

Havenar hielt ihren Blick einen Moment lang schweigend aus, dann seufzte er entwaffnet. »Na, komm schon her.« Er hob sie mit Schwung auf den Arm und drückte sie, obwohl sie eigentlich zu groß dafür war. »Wahrscheinlich ist Thorwald in einer Stunde hier, um dich zurückzuholen.« Sie bekam einen Kuss von ihm, dann setzte er sie ab. »Bis dahin bleibst du bei Bard. Und Bard:

Wenn du sie aus den Augen lässt, dann sei gefasst auf das, was ich dir vorhin versprochen habe.«

»Musst du mir nicht sagen«, meinte Bard mürrisch und starrte Hadwig an, die seinem Blick nun wieder trotzig begegnete. »Du bist eine Plage«, sagte er. Sie funkelte ihn an und verschränkte die Arme. Der Junge hielt etwa so lange aus wie sein Vater, bevor er seufzte und fragte: »Wie hast du das bloß geschafft?«

Daraufhin breitete sich ein Lächeln auf ihrem hübschen, wilden Gesicht aus, und sie strahlte ihn an. »Gut, oder?«

Bard zollte ihr mit einem widerwilligen Nicken Respekt.

»Sei nicht mehr sauer«, bat sie und schenkte Bard einen Blick, wie Havenar sie sie bisher nur Thorwald hatte gönnen sehen. Sein Sohn verblüffte ihn nicht weniger. Der seufzte noch einmal und streckte ihr dann die Hand hin. »Kobold«, sagte er. »Hättest doch sagen können, dass du in den Wald willst. Ich hätte dich ja mitgenommen.«

Der heiße Blick, den die beiden darauf tauschten, hätte Odins beobachtenden Raben beinah von den Füßen gehauen. Er räusperte sich. »Also, allein in den Wald geht ihr, wenn ihr verheiratet seid«, witzelte er.

Bard wurde rot und zog die ausgestreckte Hand zurück. »Na hör mal«, sagte er entrüstet. »Nur weil … ich … also ehrlich.«

Woraufhin Havenar schallend auflachte, sich abwendete und die beiden stehen ließ.

Vier Stunden darauf kam Thorwald bei Wittensee an und geriet in die heftigste Phase von Guttorms zweitem großen Ausfall.

Diesmal taten Havenars Männer sich nicht so spielend leicht damit, ihre Gegner wieder auf den Hügel zu schicken. Die Bogenschützen hatten klamme Finger, die Schwertkämpfer waren steif in Schultern und Rücken und die Hustenden kurzatmig. Auch bei Guttorms Leuten stand es nicht zum Besten, doch noch schien man dort Holz zum Heizen zu haben.

Havenar hatte Delling mit den Kindern ins nahe Gebüsch gescheucht, als es losging. Bard und Hadwig hatten auf seine Anweisung ihre Bögen mitgenommen, die einzige Waffe, mit der sie eine kleine Aussicht hatten, sich erfolgreich zu verteidigen, falls jemand sie entdeckte.

Thorwald kam auf der gegenüberliegenden Seite des Hügels an und wurde in den Kampf hineingezogen, bevor er von den Heerführern oder den Kindern bemerkt werden konnte. Die Kinder waren, genau wie Delling, derweil gefesselt von dem, was sie auf ihrer Seite zu sehen bekamen.

Im Gebüsch kauernd, blickten sie auf die Stelle des Hügels, die von Gudfast und Sigvid gehalten wurde, und da sie in ihrem Leben noch wenig ernste Kämpfe gesehen hatten, waren sie sowohl entsetzt als auch schwer beeindruckt davon, wie die Männer ihre Fähigkeiten in der Wirklichkeit einsetzten. Aufgeregt flüsterte Bard Hadwig die Namen derer zu, die er erkannte. Ihnen beiden wurde schnell bewusst, dass das, was sie sahen, nichts mit den eleganten, stolzen oder manchmal auch nachlässigen Kämpfen auf den Übungsplätzen gemein hatte. Wie Havenar gesagt hatte: Dies war kein Spiel. Hier zählten nicht Regeln, sondern nur Sieg.

Zumindest Hadwig begriff jäh, wovor sie sich genug hätte fürchten sollen, um zuhause zu bleiben. Mit einem kaum hörbaren kurzen Wimmern presste sie sich die Hand auf den Mund. Bard beobachtete sie besorgt und bot ihr zögernd seinen Arm an. Schutzsuchend, doch ohne den Blick vom Geschehen abzuwenden, schmiegte sie sich an seine Seite, seinen Arm um ihre Schultern. In der freien Hand hielt jeder von ihnen seinen Bogen, ohne den sie nie gereist wären. Fast jeden Tag hatten sie sich in Gammelby auf der Übungswiese gemessen, und sie waren beide stolz auf ihr Können.

»Verfluchte Ratten«, flüsterte Delling und richtete sich aus seinem Kauern halb auf. »Rührt euch nicht vom Fleck«, befahl er, und wenig später sahen sie ihn auf den Kampf zulaufen, gerade dahin, wo Gudfast und Sigvid einen schweren Stand gegen eine kleine Übermacht von Gegnern hatten.

Einer davon war Olof Thorolfsson, doch das wussten weder Bard noch Hadwig. Bard kniff versehentlich Hadwigs Oberarm, als er begriff, was Delling darüber hinaus gesehen hatte und was den Kämpfenden selbst kaum auffallen konnte. An der Stelle, wo Gudfast und Sigvid standen, war ein großer Trupp von feindlichen Kriegern im Begriff durchzubrechen.

»Wir müssen hier weg. Weiter zurück«, wisperte Bard Hadwig hastig zu.

Die schüttelte den Kopf und grub die Finger nun ihrerseits in seinen Arm. »Oh nein. Guck doch.«

Ohne zu überlegen, sprangen sie auf, nockten Pfeile auf ihre Bogensehnen und schossen. Sie trafen beide ihr Ziel, wobei sich herausstellte, dass sie unterschiedliche Ziele gesehen hatten. Bard schoss rasch einen zweiten Pfeil, doch als Hadwig es ihm nachtun wollte, zerrte er sie wieder zurück in Deckung und brachte sie dazu, den Kopf einzuziehen. »Es ist zu gefährlich. Wir treffen unsere.«

»Ich habe den getroffen, den ich wollte«, zischte Hadwig. »In den Arm, guck doch. Er wollte Sigvid erschlagen.«

Noch immer so ahnungslos wie seine Freundin, sah Bard, wie der Rothaarige, den Hadwig meinte, fluchend den Hang hinauf aus dem dicksten Getümmel stolperte. Hadwigs Pfeil war ihm oberhalb der Schwerthand durch den Arm gedrungen und steckte noch darin.

»Sauber«, lobte er Hadwig. »Einer von meinen ist hingefallen. Der ist von hinten auf Delling los. Mein zweiter Schuss ist aber nur ins Bein gegangen. Siehst du ihn?«

»Ja«, hauchte sie. »Bard? Ich hab Angst.«

Sie hatte nicht ohne Grund Angst. Weder Delling noch ihre Pfeile hatten die Gefahr gebannt. Noch starrer vor Entsetzen wurde Hadwig, als sie nun sahen, wie um die linke Seite des Hügels herum Thorwald auftauchte, seine Axt schwingend, als würde er sich den Weg durchs Unterholz freimachen.

Die Flut von Gegnern, die hier vom Hang strömte, überraschte Thorwald, aber er begriff schnell. Noch während es ihn in den wilden Strom hineinzog, brüllte er mit einer Stimme, die dem Donnerer selbst Ehre gemacht hätte: »Havenar! Hierher!«

Kurz darauf kam Havenar. Er kam von der anderen Seite des Hügels, wie üblich eine Schneise hinterlassend. Als er in Sicht war, tönte der Warnschrei von mehreren Männern der gegnerischen Seite. »Olof! Da!«

Olof brüllte vor maßloser Wut, als er Havenar entdeckte, und stürzte ihm entgegen, mit dem Schwert in der Linken. Den Schild ließ er fallen. Er konnte ihn mit dem Arm, in dem Hadwigs Pfeil steckte, nicht halten.

»Au nein«, quiekste Hadwig und krallte wieder die Hand in Bards Arm. Kurz dachte er, sie wäre darüber erschrocken, dass sie offenbar ihren eigenen Vater verwundet hatte, aber sie zeigte in die andere Richtung. Es fiel ihm schwer, den Blick von der Stelle abzuwenden, wo Olof und sein Vater gerade zusammenprallten, doch sie beharrte. »Bard!«, flehte sie jämmerlich.

Diesmal war Thorwald in Schwierigkeiten. Er war mächtig, aber nicht wendig. Seine Gegner hatten zu viel Zeit, ihn von hinten anzugreifen. »Bleib unten«, sagte Bard und stand auf. Auf einmal fühlte er sich völlig ruhig, als würde Erik neben ihm stehen und ihm seine klaren, gelassenen Anweisungen geben. Gerader Arm, sagte Erik in seinem Kopf. Lass ihn stehen, bis der Pfeil das Ziel getroffen hat. Krampf die Hand nicht um den Bogen. Vertrau dir. Er nockte einen Pfeil auf, zog aus bis zur Wange, schoss. Nockte mit kühler Ruhe den nächsten auf. Dann den nächsten.

Thorwald, dem auf für ihn unverständliche Weise die Gegner abhandenkamen, hielt inne und drehte sich suchend um sich selbst, bis er die Stelle fand, wo Bard in den Büschen stand. Es war zu weit, als dass sie sich hätten in die Augen sehen können. Bard hob flüchtig und scheu die Hand zum Gruß, bevor er sich zurück zu Hadwig ins Gestrüpp sinken ließ.

»Zurück!«, hörten sie da eine andere fremde Männerstimme brüllen. »Zurück!«

»Puh«, sagte Bard aufatmend in Hadwigs Richtung.

Im nächsten Moment wurde er schon wieder flammend rot, weil sie ihre Arme um seinen Hals schlang und ihn kurz, aber voller Begeisterung auf den Mund küsste. Er räusperte sich. »Hey, pass auf. Sonst musst du mich wirklich heiraten.«

Hadwigs eigene Röte stand der seinen in nichts nach, als sie sich wieder losmachte. Flüchtig sah sie ihm in die Augen, dann auf die Blätter zu ihren Füßen. »Wäre in Ordnung.«

Ein Grinsen machte sich auf seinem Gesicht breit. »Ja. Wär's«, stimmte er zu.

Verwirrt sah sie ihn wieder an. »Später«, sagte sie.

Er nickte. »Später.«

Zwei, drei Atemzüge lang schwiegen sie beide. Dann seufzte Bard mit einer Mischung aus Belustigung und Grusel. »Mann, Hadwig. Du hast deinen Vater angeschossen.«

Sie zog finster die Brauen zusammen und stocherte mit einem Pfeil, den sie aus ihrem Köcher gezogen hatte, in der Erde zwischen ihren Füßen. »Hör bloß auf. Konnte ich das wissen? Muss ausgerechnet der mir vor den Bogen laufen?« Unwillig schüttelte sie den Kopf. »Er hat's verdient. Und tot ist er ja nicht. Oder?«

Sie hob den Kopf und sah fragend zu Bard, der wieder durch die Büsche zum fast beendeten Kampfgeschehen spähte. »Nee. Er rennt«, gab er zurück. »Und Thorwald lebt auch. Er kommt gerade her. Und ich sag dir eins, der sieht mächtig sauer aus.«

»Auwei. Wollen wir abhauen?«

Bard sah sich grinsend zu ihr um. »Ich bin ein Havenarsson«, sagte er mit genüsslichem Pathos. Sie grinste zurück und blieb mit ihm sitzen.

Am folgenden Tag fing es an zu schneien, und Havenar gab den Befehl zum geordneten Rückzug.

Das erste Schiff lief mit Thorwald, Erik und den Kindern direkt nach Flintholm aus. Alle anderen brachte Havenar zuerst nach Fleckeby, wo er entschied, wer dortbleiben sollte. Nebenbei sammelte er Gerlind und anderes Plündergut ein.

Weitere Leute ließ er in Midbikhus und Silveid, sodass sein Gefolge stark geschrumpft war, als er in Flintholm ankam.

Sigvid konnte nicht über die köstliche Ironie hinwegkommen,

dass ein Pfeil von Olofs kleiner Tochter ihn vor dessen tödlichem Hieb gerettet hatte, und erzählte die Geschichte jedem, der ihm zuhörte. Havenar hatte aufgegeben, etwas geheim halten zu wollen. Was Hadwig und Bard getan hatten, hatte sich schneller herumgesprochen, als er einmal um den vermaledeiten Hügel herumwandern konnte. Es würde auch bei Olof selbst angekommen sein. Er brauchte nicht viel Vorstellungsvermögen, um zu wissen, was das bei dem ausgelöst haben musste.

Wenn vererbtes Blut etwas zählte, hätte der Thorolfsson ja eigentlich Grund gehabt, stolz auf den Mut seiner Tochter zu sein. Doch Havenar bezweifelte, dass dieser Stolz zum Tragen kam, wenn der Preis dafür ein zertrümmerter Unterarm war und der Spott von halb Danmark.

Was ihn betraf, hatte er sich an das Versprechen gehalten, welches er Hadwig gegeben hatte. Er war dem schwer angeschlagenen Olof keinen Schritt nachgelaufen, als Guttorm seine Männer zurückrief.

So durfte er ohne Einschränkung stolz sein. Selbst sein Rückzug in angenehmere Winterlager kam niemandem ehrlos vor. Alle hielten es für vernünftig, dass er seinem Heer nicht die Zehen abfrieren ließ. Niemand außer denen, die ihn so gut kannten wie Vitgeir, wäre auf den Gedanken gekommen, dass er einfach keine Lust mehr hatte und nach Hause wollte.

In Flintholm wurde gleich nach der Ankunft ein letztes Mal sortiert, wer dortbleiben, wer Gudfast und wer Havenar folgen sollte. Während dieses Vorgangs ging Havenar allmählich die Geduld verloren, und er konnte es in der gedrängt besetzten Halle kaum noch aushalten.

»Ich schicke jetzt den Boten, dass ihr morgen kommt«, schrie Herjulf über den Lärm hinweg. »Soll er noch was ausrichten?«

Havenar forderte ihn mit einer Handbewegung zum Warten auf, sprang aus dem Hochsitz auf und ging zu Gudfast, mit dem er ein paar Worte wechselte, bevor er umkehrte und Herjulf aus der Halle schob. Nach einigen Schritten stob Vitgeir hinter ihnen aus der Tür. »Ich komme mit«, rief er.

»Du nimmst es uns nicht übel, Herjulf, oder?«, vergewisserte Havenar sich. »Wir werden noch genug Zeit zum Erzählen haben.«

Herjulf gluckste und kratzte sich die bärtige Wange. »Die wichtigsten Stellen hat dein Bard schon erzählt. Seine kleine Freundin scheint ein rechtes Liebchen zu sein. Am besten gefiel mir Bards Beschreibung von deinem Gesicht in dem Moment, wo Delling sie zu euch gebracht hat.«

»Bards Gesicht in dem Moment, als sie gezwitschert hat: ›Sei nicht mehr sauer‹, war weit lustiger, glaub mir. Hadwig trägt ihn um den Finger gewickelt.«

Herjulf zuckte mit den Schultern. »Hübsches Paar. Bist ja eh nicht fürs nützlich Heiraten.«

Havenar zuckte ebenfalls mit den Achseln. »Nee. Mir soll's recht sein.«

Wenig später hatten Havenar und Vitgeir sich wieder winterreisefertig verpackt, und die Pferde waren gesattelt. Sie traten zurück in die Halle und verabschiedeten sich von denen, die nicht nach Gammelby kommen würden. Johlender Jubel entließ sie in die stille, einsame Kälte ihres Heimwegs. Schneller und schweigsamer hatten sie die Strecke noch nie zurückgelegt.

Knapp vor dem Ziel erst fiel Havenar ein, was ihn außer dem Ersehnten noch alles dort erwartete. »Wie es Mutter wohl geht?«, murmelte er.

Vitgeir warf ihm einen ganz unüblich unsicheren Blick zu. »Ehrlich gesagt, beschäftigt mich gerade nur eins: Ich frage mich, ob Gunda mir noch treu ist. Ich weiß, ich bin ein Idiot.«

»Stimmt. Gunda trägt dein zweites Kind, Vit. Man sollte meinen, du kannst darauf vertrauen, dass sie bei dir bleibt.«

»Das sagt sich so leicht. Sie sagt mir nie, was ich ihr bin. Und sie ist bitter wegen Eanna. Dabei hat sie keinen Grund.«

»Soviel ich gehört habe, findet sie, dass du nicht den richtigen Unterschied zwischen deinen Söhnen machst.«

»Thors Hinterbacken! Die beiden sind kaum mehr als blinde Welpen. Was soll ich da für einen Unterschied machen?«

Seit Thorwald und Erik mit den Kindern zurück waren, wartete Frygdis. Die Brust schmerzte ihr wieder von der Sehnsucht, mit der ihr Herz schlug. Sie hatte nicht weniger Arbeit als vor Hademuts und Eriks Rückkehr. Der Jarl hatte sich krank ins Bett gelegt, nachdem es ihm gelungen war, seine Frau daraus aufzuscheuchen. Hademut hatte Ragnhild die faulenden, eiternden Zähne mit roher Gewalt gezogen, ohne ihren Widerstand zu beachten. Eine wundersame Genesung bewirkte das nicht, doch nach einer Woche stand sie auf, um sich ihrerseits um ihren fiebernden Gatten zu kümmern, so gut sie konnte.

Havenars Onkel Erik war mehr oder weniger vom Wagen aus direkt in Rikes Bett gestiegen und wirkte nicht, als wollte er vor Ablauf von zwei Wochen dort wieder herauskommen. Eine Tatsache, die Frygdis' Sehnsucht nicht leichter zu ertragen machte. Manchmal ertappte sie sich dabei, Havenars Haus zu meiden und stattdessen Zeit im Jarlshaus zu verbringen, wo es nun mehr Kocharbeit zu tun gab, seit die hungrigen Männer sich in der Siedlung mehrten.

Gerade brodelten dort die Vorbereitungen für das Abendessen. Der dicke Geruch der Speisen, in den sich hartnäckig Krankheitsgestank mischte, der rußige Rauch, die Hitze, das Gewimmel trieben Frygdis schließlich nach draußen auf den Hof. Dort wiederum schlug ihr eisige Kälte entgegen. Sie zog ihre Kapuze ins Gesicht und die Seiten des pelzverbrämten Umhangs übereinander.

Zu ihrem eigenen Erstaunen fand sie wieder Gefallen an kostbarer Kleidung, seit sie in Gammelby lebte. Man erwartete von ihr, die am prächtigsten gekleidete Frau zu sein, und obwohl sie geglaubt hatte, solches Getändel um Rang und Macht hinter sich gelassen zu haben, fiel es ihr alles andere als schwer, die Fäden aufzunehmen. Mit Freude trug sie, was Guntram ihr aus Havenars Verstecken gebracht hatte, was seine Frauen ihr gaben und den Schmuck, den er ihr im Laufe der Zeit geschenkt hatte. Sie bewunderte die feine Bortenwebkunst der Gammelbyer Frauen, und sie war stolz, weil die Weberinnen ihr ohne Zögern zugestanden, was ihr gebührte: das Beste.

Dabei wusste sie ebenso gut, dass all diese Frauen den Tag erwarteten, an dem Havenar kommen würde, um sie als Herrin zu bestätigen. Dass Ragnhild wieder ganz auf die Beine kommen würde, glaubte niemand mehr. Und Hademut war nicht derjenige, der bestimmen würde, mit wie viel Respekt man der Neuen auf Dauer zu begegnen hatte.

Trotz der Kälte beschloss sie, einen Gang am Zauninneren entlang zu machen, um frische Luft zu schöpfen. In allen Häusern war es gleich stickig. Sie hatte jedoch den Hof noch nicht verlassen, als das Gejohle der Wachen sie zusammenfahren ließ. Mit beiden Händen auf dem hoffnungsvoll wild schlagenden Herzen blieb sie stehen und starrte zum Tor, während um sie herum die zuständigen Knechte zusammenliefen.

Die beiden Gestalten auf den dampfenden Pferden sahen wüst aus. Von oben bis unten in schmutzigen Pelz, Leder und Kettengewebe gehüllt, die Pelzmützen mit dickem, aufgeplustertem Fuchs- und Hermelinrand ins Gesicht gezogen und die eigenen ungepflegten Bärte bis auf die Brust fallend, wirkten sie mit ihren breiten Staturen wie reitende Bären.

Frygdis musste ihre Gesichter nicht aus der Nähe sehen, um sie zu erkennen. Sie lief die paar Schritte zurück zum Jarlshaus. »Gunda! Komm schnell«, rief sie hinein.

Gunda kam zur Tür und trocknete sich dabei die Hände an einem Tuch. Ihr Bauch wölbte sich unter dem Kleid weit vor. »Oh«, sagte sie, während Frygdis nach einem Mantel griff und ihn ihr umlegte.

»Sag's ihm, hörst du?«, flüsterte sie.

Gunda sah sie unsicher an, dann nickte sie. Zusammen gingen sie den Männern entgegen, die inzwischen abgestiegen waren.

Havenar erreichte Frygdis mit wenigen Sätzen. Übermütig wie ein Junge riss er sie von den Füßen, und sie fand sich lachend auf den Pranken eines Bären durch die Luft wirbeln. Dann stellte er sie so plötzlich vor sich ab, dass sie sich an ihm festhalten musste. Ihre Kapuze war zurückgefallen, einer der Holzschuhe verloren. Er nahm ihr Gesicht zwischen die Hände, die noch weit rauer und härter über ihre Haut rieben als früher, und sah ihr in die Augen. Frygdis dachte belustigt, dass es eigentlich so etwas wie einen Knall hätte geben müssen, als ihre Blicke zusammenstießen. Diesmal gab es keinen Zweifel. Sie hatte den gleichen Mann zurückbekommen, der fortgegangen war. Jede Faser von ihr kannte ihn. Ihr Inneres jauchzte, und in ihrem Schoß sammelte sich Wärme. Ihr Körper spürte das Leben, das er ausströmte, seine aus den Nähten berstende Männlichkeit, die ihr allein gehörte. Weitgehend jedenfalls, spottete ein Stimmchen in ihrem Hinterkopf, doch es war leicht zu überhören, weil er jetzt sprach.

»Endlich«, sagte er. »Endlich. Endlich.« Dann senkte er seine Lippen auf ihre und raubte ihr Worte, Atem und Gedanken. Havenars kalte Lippen und seine heiße Zunge waren für den Moment ihre ganze Welt.

Seine rechte Hand war schon auf ihren Hintern gerutscht, und die linke begann, ihre kunstvoll hochgesteckten Haare zu zerwühlen, als sie den Kuss unterbrach. Sie räusperte sich. »Nur um mich zu warnen … Warst du mir treu?«

Er grinste. »Im Herzen.«

»So«, sagte sie, gespielt spitz. »Dann hast du vielleicht genug Geduld zu baden, bevor du mich frisst. Du siehst nicht nur aus wie ein Bär.«

»Wasser war rar. Ich hatte vor, die nächsten zwei Wochen mit dir im Badehaus zu wohnen. Und dass du gefressen werden willst, kommt mir entgegen. Auch mein Hunger ist der eines Bären.«

Frygdis nahm ihm die Fellmütze ab, ließ sie fallen und flocht ihre Hände in seine wirren Haare. »Was sollen wir bloß zuerst tun?«, flüsterte sie.

Er ließ seinen Blick über ihre Frisur wandern, ihren Hals, ihren Schmuck, zu ihrem Kleid. »Liebe Göttin, bist du schön«, flüsterte er zurück. »Warum verblüfft mich das jedes Mal wieder so? Wie wär's, wenn ich zuerst hier vor dir auf die Knie falle?«

Sie schüttelte lächelnd den Kopf und bog seinen Nacken zu einem neuen langen Kuss.

Vitgeir und Gunda hatten sich lange wortlos gegenübergestanden und sich nicht berührt. Ihre Blicke fragten nur hilflos und sprachen nicht. Schließlich schluckte Gunda und streckte ihm die Hand hin. »Ich muss dir etwas sagen«, gestand sie ernst.

Vitgeir sah seine schlimmsten Befürchtungen wahr werden und erstarrte zu Eis. Nicht einmal ihre Hand konnte er nehmen.

Sie biss sich auf die Lippen und ließ die Hand wieder sinken. Dann gab sie sich tief atmend einen Ruck und trat näher zu ihm, sodass ihr dicker Bauch ihn fast anstieß. »Frygdis sagt, es gibt Männer, die es nicht stört, sondern die es schätzen, wenn eine Frau ehrlich sagt, wie ihr ist. Sie meint, dass du vielleicht dazugehörst, weil Havenar dazugehört. Aber ich habe Angst … Ich habe es nicht so gelernt, Vitgeir. Damals mit Ingvar, das war ganz anders. Er war ein Junge. Wir haben schrecklich viel dummes Zeug geredet. Du sagst nie solche Sachen. Deshalb …«

»Was für Sachen?«, fragte Vitgeir heiser.

»Wie ich sie sagen möchte.« Sie heftete ihren Blick auf das Hausdach hinter ihm, Tränen glänzten in ihren Augen. »Dass ich froh war, als du mich damals heiraten wolltest. Dass ich stolz war und noch stolz bin, wenn sie so gut von dir reden, wie sie es tun. Dass ich mich nach dir gesehnt habe, obwohl ich wütend war wegen deiner Eanna. Wütend bin.« Sie sah ihn wieder an. »Ich hasse es, wenn du von mir fortgehst. Es ist mir nicht gleich, ob Ingvar gerächt wird. Aber ich würde darauf verzichten, ehe dass dir deswegen etwas geschieht.« Ihre Hände falteten sich auf ihrem Bauch. »Nun ist es heraus. Ich musste es gleich sagen, sonst hätte ich mich nicht getraut. Denk jetzt, was du willst.«

Vitgeir war wie vom Donner gerührt. »Du hättest dich nicht getraut? Womit habe ich dir das Gefühl gegeben … Ich bin doch derjenige … Gute Göttin. Ich …« Er schüttelte den Kopf. »Ich kann solche Sachen nun mal nicht gut sagen. Aber ich hab ... ich hatte Angst ... Ich war sicher, dass du so etwas nicht für mich übrig hast. So etwas ...« Er drehte den Kopf zu Havenar und Frygdis, die besinnungslos ihre Zungen ineinander vergruben.

»So ist es aber«, sagte Gunda leise. Ihre Wangen waren nun rot, sie mied es, Vitgeirs Blick zu folgen. »Und es strengt mich an, so zu tun, als ob es nicht so wäre. Trotzdem kann ich es, wenn es dir lieber ist.«

»Wenn es mir lieber ist – Himmel hilf! Weißt du, dass mein Herz, seit du mich geheiratet hast, allein deshalb Flügel hatte, weil ich damit das Recht bekam, nah bei dir zu sein und dich anzusehen? Ich bin ein glücklicher Narr geworden, nur weil ich mir einreden durfte, dass du zu mir gehörst. Weil du mir Kinder auf die Welt bringst. Ich wusste nicht, dass man so glücklich sein kann. Wenn du jetzt sagst, dass du etwas für mich übrig hast wie das da ...« Er zeigte auf Frygdis und Havenar. »Dann ist das mehr, als ich je erhofft habe.«

»Und dann brauchst du Eanna nicht mehr?« Gundas Stimme zitterte, sie sah ihn nicht mehr an.

»Es ist nichts mit Eanna. Sie schläft bei einem anderen Mann. Ich sehe sie nur wegen des Jungen. Das schwöre ich dir. Das hätte ich dir auch schon früher gesagt, aber du hast nie gefragt. Du warst nur gallig, und es war immer so wenig Zeit.«

Nun gab es den lautlosen Knall, den auch Frygdis sich früher vorgestellt hatte, und ihre Blicke versanken ineinander. »Jetzt haben wir Zeit«, flüsterte sie.

Nur Augenblicke später schrie sie auf. Sowohl Vitgeir als auch Havenar und Frygdis schraken zusammen. »Doch nicht jetzt. Doch nicht gerade jetzt«, wimmerte Gunda.

Havenar seufzte. »Ich fürchte, unser Badehaus geht gerade an andere Bewohner.«

Frygdis schlug sich die Hand vor den Mund. »Liebe Zeit.« Dann lief sie los. »Dagny! Skorri, schür das Feuer im Badehaus. He da, Alfdis! Wasser ins Badehaus!«

Havenar lachte, dann fing er Vitgeirs erschütterten Blick auf.

Sein Bruder hielt Gunda im Arm, die sich an ihn klammerte, um ihre nächste Wehe auszuhalten. Havenar zuckte mit den Schultern. »Muss mich erst dran gewöhnen, dass mein Weib jetzt Herrin ist.« Er streckte sich und stöhnte, während Vitgeir noch immer seine Sprache nicht wiedergefunden hatte. »Du hast es gut. Du kannst jetzt mit ins Badehaus«, beschwerte er sich.

Vitgeir sah ihn an, als hätte er den Verstand verloren. »Was? Ich kann doch nicht …«

»Du hast einen der gefürchtetsten Schwertarme in Süd-Danmark. Wer sollte es dir verwehren, wenn es deine Frau nicht tut? Und sie sieht nicht so aus, als wolle sie dich loslassen«, meinte Havenar ungerührt.

»Komm mit«, sagte Gunda. »Komm mit. Lass mich nicht schon wieder allein. Ich verspreche, ich fluche diesmal nicht auf dich. Und wenn es scheußlich wird, dann schicke ich dich vorher weg.«

Vitgeir war bleich. »Oh. Das ist … Letztes Mal hast du auf mich geflucht, ja?«

»Das tun sie immer«, beruhigte Havenar ihn. »Legt sich wieder. Nun bring sie schon rein. Wäre besser, wenn du noch dazu kämest, dich zu waschen, bevor's richtig losgeht. Sonst kriegt euer Kind einen schlechten ersten Eindruck von dir.«

Mittlerweile war die Ankunft der Brüder allgemein bekannt geworden, und Leute strömten zur Begrüßung herbei. Vitgeir und Gunda verschwanden im Badehaus, kurz darauf gefolgt von Dagny, Frygdis und den Mägden mit dem frischen Wasser.

Als Frygdis kurz darauf wieder herauskam, war Havenar schon so dicht umringt, dass sie nicht mehr zu ihm durchdringen konnte. Seufzend zog sie ihren Mantel zusammen und ging in sein Haus, in dem nur noch die Hälfte der Frauen und die kleinsten Kinder waren. Helche kam ihr entgegen, und sie war herzlich dankbar für diesen kleinen Trost. Sie hatte in Gammelby viel weniger Zeit für die Kinder.

»Dein Vater ist da, mein Schatz«, sagte sie und hob ihre Jüngste auf. »Der Vater von dir und Isi und Alrun und Soren und Bjornolf und Kieran und Lodin und Sven und Klein Erik und Rolleif und Kjartan und Bard und Arwed und Bjarne. Und …«

»Conn«, half Dirdra aus.

»Und Boje«, führte Trude zu Ende. »Will er gleich baden?«

Frygdis schüttelte bedauernd den Kopf. »Geht nicht. Gunda ist gerade in die Wehen gekommen. Vitgeir hat sie ordentlich durcheinandergebracht.«

»Das klingt ja wie Neid«, meldete Auda sich zu Wort. »Wird wohl Zeit, dass du auch wieder ein Kleines erwartest. Nicht, dass die Liste nicht lang genug wäre.«

»Hm«, stimmte Frygdis zu. »So oder so. Ich bezweifle, dass ich den Vater heute zu dem oder einem anderen Zweck noch mal in die Finger kriege.«

Die Worte und das Lachen der Frauen waren noch nicht verklungen, als Havenar den Kopf zur Tür hereinsteckte. Überall an ihm hingen gackernde Kinder. »Zur Hel, Frygdis! Warum bist du verschwunden? Ich will … Also mir kam gerade der Gedanke … Man kann auch in der Webhütte baden. Ausnahmsweise. Oder nicht?«

»Davon habe ich geträumt, seit ich wieder gesund bin«, meinte Havenar, als sie miteinander in der kleinen Hütte standen, in der er beinahe gestorben wäre. Gerade hatten zwei Mägde ihnen die letzten beiden Eimer heißes Wasser hingestellt und die Tür von außen geschlossen. Das Feuer war doppelt so hoch geschürt wie üblich, Werk- und Webzeug fortgeräumt, und alle Lampen brannten. Trude hatte aus alter Erfahrung nicht nur Lappen und Tücher, Seife und saubere Kleidung hinterlassen, sondern auch einen Korb mit Brot, Fleisch und Bier. Havenar hatte ein Schlaffell auf der Bank ausgebreitet und Decken dazugeworfen.

Frygdis dagegen hatte an Schere und Kamm gedacht. »Wovon? Hier zu baden?«

Er schüttelte den Kopf, griff sie um die Hüfte und hob sie ein Stück hoch. »Noch einmal mit dir hier drinzustecken und dabei stärker zu sein als du.«

»Nagt das immer noch an dir?«

»Oh ja. Sehr. Heute Nacht werde ich dich in dieser Hütte so schwach machen, dass diese Erinnerung endlich aus meinem Gedächtnis gerieben wird.«

»Heute Nacht, mein Lieber, werde ich dich in dieser Hütte so schwach machen, dass du nicht einmal mehr mit Thorwalds Hilfe bis zur Tür kommst.«

»Hoho. Du hattest wohl nicht genug zu tun, was? Müssen wir das Anwesen vergrößern?«

»Ich dachte, das tust du die ganze Zeit.«

»Ehrlich gesagt, habe ich mal wieder vergessen, was ich die ganze Zeit tu'. Ich denke schon seit einer langen Weile nur noch an deine göttlichen Schenkel und die Stelle, wo sie zusammenkommen.«

Von den Pelzen und seinem Rüstzeug hatte er sich inzwischen befreit, sie waren zum Reinigen und Flicken gleich an die Frauen gegangen. Frygdis schnalzte missbilligend, als sie sein Wams genauer betrachtete. Es war das alte Rabenwams, ausgeblichen, fadenscheinig und unsagbar schmutzig. Sie nahm einen Zipfel davon zwischen spitze Finger. »Das können wir nur noch wegtun. Hast du seit dem letzten Winter auch mal ein anderes angehabt?«

»Nicht im Kampf. Und wenn wir es wegtun, musst du mir ein neues machen. Es ist mein Heil.«

»Besser, ich mache dir zwei, dann bist du nicht nur heil, sondern gelegentlich vielleicht auch sauber. Zieh es aus.«

Er tat es, und sie nahm Schere und Kamm zur Hand. Rasch hatte sie seinen Bart gestutzt. Die Haare auszukämmen, dauerte länger, zahlreiche lästige Winzigkeiten mussten dabei ihr Leben lassen. Anschließend wandte sie sich den Eimern zu und mischte im größten Bottich Badewasser. Als sie sich wieder umdrehte, war er schon nackt, das dreckige Zeug ein Lumpenhaufen in der Ecke. Sie ließ den Blick wohlgefällig an ihm herabgleiten und lächelte. »Sag ihm, er muss noch warten«, neckte sie ihn.

Havenar grinste. »Keine Geduld, der Wicht. Falls du mich baden willst, solltest du dich übrigens auch ausziehen. Wäre schade, wenn alles nass wird. Es ist schön, was du da anhast.«

Frygdis strich zufrieden über ihr hellblaues Wollkleid. »Ich musste es wenigstens anbehalten, bis du das ein Mal gesagt hast.«

Im Hemd trat sie zu ihm und übersah geflissentlich, dass er wegen ihrer Schamhaftigkeit ein spöttisches Gesicht machte. Der Bottich war kleiner als die im Badehaus. Ein Mann konnte höchstens darin knien, nicht sitzen. Noch stand Havenar, mit dem Wasser bis zu den Schienbeinen. Sie fing an, ihn zu waschen. Mit etwas kostbarer Seife und einem groben Lappen rieb sie seine schönen festen Muskeln wie in einem ihrer Träume und konnte kaum fassen, dass er stillhielt, obwohl sein Glied zuckend verriet, was ihre Hände bei ihm erreichten. Schließlich wechselte sie mit glühendem Gesicht zu einem weicheren Lappen für seine weicheren Teile. Sanft wusch sie jede Wölbung und Schwellung, die ihre Finger fanden, bis ihr so heiß war, dass sie aus ihrer Haut herauswollte. Sie löste ihren Blick nicht von Havenars Profil. Er hatte die Augen geschlossen und genoss entspannt.

Sie war nicht darauf gefasst, als seine Augen plötzlich aufsprangen, er sie schnappte und zu sich in den Bottich zog. Der dünne Stoff ihres Hemdes war eine kaum spürbare Barriere, als er mit seinem prallen Glied zwischen ihre Schenkel geschoben wurde. »Nun bin ich fürs Erste sauber genug«, stellte er fest, und sein Ton duldete keinen Widerspruch.

»Deine Schuld, wenn wir nachher mit kaltem Wasser weitermachen.«

»Wenn ich mit dir fertig bin, ist das Wasser verdunstet. Wir lassen uns dann neues bringen.« Er lenkte sie dahin, wo er das Fell ausgebreitet hatte, und zog ihr achtlos das Hemd über den Kopf; die Nähte krachten. Er nahm sie hoch und schlang sich ihre Beine um die Hüften, dann beugte er sich mit ihr, um sie aufs Fell zu legen. Und kaum berührte ihr nackter Rücken die seidig schmeichelnde Unterlage, bewegte er seine Hüfte mit überraschender Beherrschung, um langsam in sie einzudringen. Frygdis glaubte, dass er ihr Herz berührte, so war ihr zumute. »Endlich«, flüsterte sie, »endlich. Endlich«, und zog ihn wieder in einen Kuss, so tief, dass ihrer beider Herzen wirklich aneinanderstießen.

Es war Vitgeir, der sie am Morgen weckte. Sie hatten sich nicht mehr die Mühe gemacht, nach neuem Badewasser zu rufen. Nachdem sie einmal auf dem Fell zusammengeschmolzen waren, war es zu verlockend gewesen, nach dem ersten Ansturm der Leidenschaft einfach die Decken über sich zu ziehen und kosend und flüsternd auf den nächsten zu warten und danach den nächsten, bis das Feuer heruntergebrannt und keiner von ihnen mehr willens war, das Nest zu verlassen. In der köstlichen Hitze nackter Haut waren sie eingeschlafen.

»Hademutsson!« Das laute Krachen von Vitgeirs flacher Hand gegen die aus dürftigem Holz gezimmerte Webhüttentür und sein Ruf ließen Havenar mit rasendem Herzen hochfahren und sitzend nach seinem Dolch tasten. Von so weit her kam er, dass er im Halbdunkel der Hütte einen Augenblick überlegen musste, wo er war. Benommen richtete sich Frygdis neben ihm auf und rief es ihm dadurch ins Gedächtnis. Sie schauderte, als die eisige Luft auf ihre bloße, von Schweiß und Lust feucht klebrige Haut traf, und schmiegte sich an seine Wärme. Ihr Atem wurde in der Kälte zu weißem Hauch.

Wortlos beugte Havenar sich zur Seite und hob ihr Hemd auf. Als sie es übergestreift hatte, nahm er sie in die Arme und wärmte sie wieder. »Komm rein«, sagte er laut, und die Tür wurde aufgerissen.

Es war noch nicht ganz hell, nur die Mägde und Knechte, die die frühesten Arbeiten zu tun hatten, waren um diese Zeit schon auf. Vitgeir stand breitbeinig auf der Schwelle, beide Hände links und rechts an den Türrahmen gestützt. Als Erstes fiel Frygdis auf, dass er barfuß durch die Kälte lief. Außerdem trug er nur eine Hose und eine offene Weste, als wäre er kopflos hinausgerannt.

Seine offenen Haare, die im Gegenlicht schwarz wirkten, lockten sich wirr über den muskulösen Hals und die eindrucksvoll breiten Schultern, mischten sich auf der harten Brust mit dunklem Flaum. Besorgt forschte sie in seinem Gesicht. Seine Miene beruhigte sie. Sie erkannte die vernunftversengte Glückseligkeit eines dankbaren frischen Vaters und hätte ihm gleich gratulieren können. Doch obwohl sie sogar Jarl Hademut mit Selbstvertrauen begegnet war, ließ es sie bei Havenars dunklem Halbbruder im Stich. Sie fand ihn einschüchternd und wusste, dass er Havenars Verhalten in Bezug auf sie nie gutgeheißen hatte.

»Was willst du? Willst du mich jetzt auch noch aus diesem behaglichen Unterschlupf vertreiben, nachdem du mir gestern das Badehaus gestohlen hast? In was für ein Mauseloch muss ich kriechen, um ein bisschen Ruhe zu finden?«

Vitgeir lachte laut auf. »Ich nahm an, du frierst fest, wenn man dich hier nicht aufstört. Außerdem bezweifle ich, dass du über Nacht viel Ruhe hattest. Und als Letztes ist es arg undankbar, mich so zu behandeln, nachdem ich in würdeloser Frühe unter anderem deshalb über den Hof komme, um dir zu sagen, dass das Badehaus jetzt frei und noch geheizt ist.«

»Danke, aber ich habe mich hier gut eingerichtet. Ich meine, was wünscht ein einfacher Mann mehr?«

Vitgeir kam die Stufen hinab und begutachtete die Eisschicht auf dem Wasser im Badebottich. »Hast Recht. Was will ein Mann mehr«, sagte er.

Frygdis gab es auf, sich über die Männer zu wundern, und rieb sich stattdessen die kalten Oberarme. Sie spürte, wie Vitgeirs Blick zum ersten Mal auch sie traf, und sah zu ihm auf, leicht errötend, weil er sie so zu Gesicht bekam, mit den Spuren einer Nacht hemmungsloser Hingabe an sich. Sein Blick glitt mit unverhohlener Bewunderung den Fluss ihrer langen blonden Haare hinab, der sich über sie, seinen Bruder und die Decken ergoss. Havenar reagierte mit leichter Anspannung, sie konnte das Muskelspiel in seinem Rücken fühlen und wandte ihren Blick, unangenehm berührt, von Vitgeir ab.

»Guckst du gerade meine Frau an?«, fragte Havenar scharf.

Vitgeir nickte. »Unvermeidlich. Ich fürchte sogar, ich muss mit ihr sprechen, hoher Herr.«

»Ist das nicht ein dreister Hundesohn?«, wandte Havenar sich an Frygdis. »Möchtest du mit ihm sprechen, oder soll ich ihn rauswerfen?«

Frygdis hob die Brauen und nannte ihn mit ihrem Blick einen Kindskopf. Dann wandte sie sich Vitgeir zu. »Tun wir, als wären wir einander vorgestellt. Guten Morgen, Vitgeir. Und nun, um aller guten Götter willen ... Was ist es? Was habt ihr diesmal bekommen?«

Als würde ein kräftiger Wind die Wolken von der Sonne wehen, brachte ein Lächeln Vitgeirs Gesicht zum Leuchten. »Eine Tochter«, sagte er, und seine Stimme blieb kurz an einem kleinen Haken der Rührung hängen. »Wir haben eine Tochter.«

Havenars Lächeln war ebenso breit, wenn auch nicht halb so verklärt. »Und? War es schlimm?«

Vitgeir nickte nachdrücklich. »Scheußlich. Ich hoffe, dass ich das nicht wesentlich häufiger als noch fünfmal erleben muss.«

Havenar lachte mit zurückgeworfenem Kopf, Frygdis lächelte und senkte dabei den Blick. »Das ist schön. Gunda hat sich gedacht, dass du auch gern eine Tochter hättest.«

Vitgeir sah sie wieder durchdringend an. »Hat sie mit dir auch über einen Namen für das Mädchen gesprochen?«

Frygdis schüttelte verdutzt den Kopf.

»Sie will unsere Tochter Frygdis nennen. Ich bin unter anderem hier, um zu fragen, ob es dir recht ist.«

»Klein Frygdis!«, sagte Havenar. »Mir gefällt's. Also, liebes Weib, wie groß darf das Fest werden, das wir für deine neue Namensvetterin morgen feiern? Das gibt eine schöne Begrüßung für unsere Nachhut. Es ist nicht einer dabei, der sich nicht ein Fest verdient hat.«

Frygdis zog flüchtig die Brauen zusammen und streifte Havenar mit einem missbilligenden Blick, bevor sie sich wieder Vitgeir zuwandte. »Auch wenn die Antwort aus unbefugtem Munde kam, gilt sie. Natürlich ist es mir recht. Ihr macht mir damit eine Freude. Und was das Fest betrifft, habe ich es eingerechnet, wenn ihr euch auch an den Gedanken gewöhnen müsst, dass es diesen Winter nicht so üppig zugehen wird wie wohl früher. Ragnhild unterstellt mir, ich hätte die Leute nicht genug angetrieben, aber wir haben unser Möglichstes getan. Ich bringe uns ohne Hunger durch die Kälte, wenn kein Unheil über uns kommt, und wir können feiern, was gefeiert werden muss. An vielen Tagen wird euch allerdings das Bier fehlen. Dann müsst ihr euch anders fröhlich machen.«

»Da fällt uns genug ein«, sagte Havenar, ließ sie los und stand auf, um sein sauberes Wams zu suchen und anzuziehen.

»Mein Frohsinn von heute reicht für den ganzen Winter«, behauptete Vitgeir.

»Das wäre mal was«, murmelte Havenar, sammelte Frygdis' Überkleid auf und ihre Fellschuhe. »Und nun hau ab. Trag deinen Frohsinn zu deiner Frau zurück, bevor ich denke, dass du schon wieder meine angaffst.«

»Bei allem Respekt, Herr, aber ich muss noch etwas zu ihr sagen.«

»Kannst du dir das nicht aufheben, bis wir anständig angezogen sind?«

»Ich habe gewisse Zweifel, dass es dazu kommen wird. Wahrscheinlich springst du erst in die Hose, wenn die Nachhut schon am Tor ist.«

Frygdis, die längst eine der Decken bis zum Kinn gezogen hatte, sodass nichts mehr von ihr zu sehen war außer ihrem Gesicht, seufzte. »Havenar, lass ihn ausreden. Wie soll ich mit all den Männern umgehen, wenn du schon bei deinem Bruder so fauchst?«

»Keiner von den Männern wird dich derart unverschämt ansehen wie ich«, stellte Vitgeir mit schiefem Lächeln fest. »Havenars Selbstsucht, was seine … eigenen Angelegenheiten angeht, ist seit seinem ersten Bartwuchs berüchtigt. Mich wird er fürs Gucken allerdings nicht verbläuen, auch wenn er knurrt, deshalb gucke ich also. Schließlich will ich meine Schwägerin erkennen, wenn ich ihr auf dem Hof begegne.«

»Ich glaube, du kennst mich schon länger. Ohne eine gute Meinung von mir zu haben.«

Vitgeir nickte. »Mir ist daher nicht verständlich, warum deine von mir so gut war, dass du bei Gunda für mich gewirkt hast.«

»Das war nicht nötig. Ich habe nur den Weg geebnet für etwas, das ohnehin da war. Ich wusste noch, wie ich mir auf die Wangen gebissen habe, bevor ich deinem Bruder zum ersten Mal gewisse Wahrheiten gestanden habe.«

Havenar stockte in seiner Bewegung. Gerade hatte er in seine Hose steigen wollen. »Was waren das für Wahrheiten, was meinst du?«

»So etwas in der Art wie: dass auf sämtlichen wichtigen Gründen, die dich zwingen, woanders zu sein als ich, die Trolle tanzen mögen.«

Er hob die Brauen. »So etwas hast du mal zu mir gesagt?«

»Hatte ich das noch nicht? Dann habe ich es jetzt.«

Havenar sah seinen Bruder bedeutungsvoll an. »Vitgeir, ich glaube, das soll heißen, sie mag es, wenn ich bei ihr bin. Hat Gunda dir tatsächlich auch etwas so Schwerwiegendes offenbart?«

Vitgeirs Lächeln blieb zart. »Du magst darüber lachen.«

»Ganz im Gegenteil. Ich frage mich nur, was im Namen der Walküren du dann immer noch hier machst.«

»Ich wäre nicht gekommen, wenn Gunda und die Kleine nicht eingeschlafen wären.«

»Vielleicht sind sie wieder wach. Sieh lieber mal nach«, sagte Havenar, während er sein Wams über den Kopf zog.

»Dein Mann ist gut gelaunt«, bemerkte Vitgeir zu Frygdis.

Sie nickte. »Das merkt man daran, dass er sich keine Mühe gibt, höflich zu sein.«

»Wenn ich meine Tochter Frygdis nenne, dann aus Hochachtung und Dankbarkeit, das sollst du wissen«, erwiderte Vitgeir, abrupt zu seinem Anliegen zurückkehrend. »Sollte ich in der Vergangenheit bei meinem Bruder den Eindruck erweckt haben, du würdest mir als seine Gattin nicht willkommen sein, dann war es ein Fehler von mir. Sollte die Gefahr euch einholen, die ihr beide gefürchtet habt und noch fürchten müsst, dann werde ich euch wie alle anderen hier zur Seite stehen, so gut es die Götter erlauben.«

»Vit«, tadelte Havenar weich. »Wir hätten keinen Augenblick etwas anderes geglaubt.« Er streckte die Hand nach Frygdis aus. »Und nun komm, Honigsüße. Gerade noch genug Zeit, richtig zu baden und uns fein zu machen, bevor die Nachhut eintrifft. Sie bringt übrigens eine Überraschung für dich mit, hatte ich das schon erwähnt?«

»Vor dem frühen Abend kommen sie nicht«, wendete Vitgeir ein.

»Gerade noch genug Zeit«, wiederholte Havenar, und sein Blick auf Frygdis sprach deutlicher als Worte.

Länger als den Vormittag über hielt es Havenar und Frygdis jedoch nicht mehr im Badehaus. Es gab zu viele, die mit ihnen sprechen wollten. Wenn auch niemand gewagt hätte, den Jarlssohn und seine Frau beim Baden zu stören, so konnten sie die Leute doch nicht unendlich lange warten lassen. Die Kinder lauerten so sehnsüchtig auf ihren Vater, dass sie einen ständigen Wachtposten mit Blick aufs Badehaus aufgestellt hatten. Havenar schenkte ihnen einen großen Teil des Nachmittags, während Frygdis sich an die Festvorbereitungen für den folgenden Tag machte.

Dennoch gelang es ihnen beiden, als Stellvertreter der Herrschaft herausgeputzt nebeneinander vor der Tür des Jarlshauses zu stehen, als die Nachhut aus Flintholm eintraf.

»Das sind weit mehr, als ihr mir angekündigt habt«, flüsterte Frygdis beunruhigt.

»Die Hälfte zieht zu ihren eigenen Heimen weiter, wenn sie sich noch einmal sattgegessen und aufgewärmt haben. Dahinten auf dem Wagen bei Jostein ist deine Überraschung. Ich habe uns in Fleckeby einen eigenen Skalden angeworben. Er singt gut, ist nicht dumm und musiziert auf so einer Leier. Das wird dir gefallen.«

Frygdis' Blick folgte seinem Hinweis, blieb jedoch unterwegs an etwas anderem hängen. Neben Jostein auf dem Wagenbock saß eine junge Frau, deren Ausstattung ihrer eigenen nicht viel unterlegen war. Zobel rahmte die Kapuze ihres Mantels, die sie nun zurückschlug. Das tat sie eindeutig, weil sie soeben Havenar entdeckt hatte. Über all die anderen Männer hinweg schickte sie ihm ein strahlendes Lächeln aus einem umwerfend liebreizenden Gesicht unter goldener Haarkrone.

Ungläubig sah Frygdis ihren Gatten an und schluckte. Mit einer Verlegenheit, die sie noch nie an ihm bemerkt hatte, erwiderte er das Lächeln des jungen Geschöpfes. Ihr fehlten kurzzeitig die Worte, sie konnte ihn nur anstarren. Endlich wurde er sich dessen bewusst und sah sie ebenfalls an.

»Noch mehr Überraschungen?«, fragte sie mit mehr Schärfe als beabsichtigt.

»Ich wollte es dir erzählen. Hab's vergessen«, gab er zurück. »Sie ist, ääh … Gerlind. So heißt sie. Kommt aus Fleckeby.«

»Aus Fleckeby? Wem gehört sie?« Frygdis' Wangen hatten rote Flecken bekommen, die nichts mit der Kälte zu tun hatten.

»Ah. Mir. Aber … Ich will sie nicht behalten, das musst du nicht glauben. Es … es hat sich so ergeben, dass sie mitkommen musste. Sie trägt ein Kind. Wenn … Ach. Von mir. Das Kind. Wenn es auf der Welt ist, finde ich einen Ehemann für sie.«

Frygdis rang um Fassung. Es war ihr völlig klar, warum er ihr nicht früher davon erzählt hatte. Er wusste, dass sie ihn jetzt vor den Leuten nicht anschreien würde. Diese Erkenntnis machte sie allerdings noch wütender. Zwischen beinah zusammengebissenen Zähnen sprach sie weiter. »Das ist doch nicht irgendeine Magd, Havenar. Wessen Tochter ist sie?«

»Von einem von Guttorms Vettern. Er lebt nicht mehr, auch ihre Brüder nicht.«

»Da hast du dich ihrer auf diese freundliche Weise angenommen.«

»Frygdis, du willst doch wohl jetzt nicht vor den Männern mit mir über dieses Hühnchen streiten? Man hat sie mir an den Hals geworfen, und ich konnte nicht ausweichen. Lass es damit gut sein. Ich kann es dir ein andermal erklären.«

»Sie ist noch kaum mannbar. Das macht mich krank.«

Havenars Gesicht zog sich zu einer Miene gequälter Ungeduld zusammen. »Das tut mir furchtbar leid, dass dich das krank macht, aber sie hat es nicht krank gemacht. Nur schwanger.«

»Nur schwanger? Sie macht dir Mondaugen.«

Seine Miene glättete sich wieder. »Warum machst du das nie?«

»Weil ich kein Hühnchen mehr bin? Glaub nicht, ich wüsste nicht, dass ich älter werde und dass das nicht immer hübsch ist. Und lenk nicht ab. Willst du sie bei uns schlafen lassen? Sie wird leiden.«

»Brunolf kann sie in sein Haus nehmen. Ist es nun genug? Können wir die Leute begrüßen?«

»Jaja. Lass es dir nur gesagt sein: Sie gefällt dir, deshalb hast du sie mitgebracht.«

Havenar stieß die Luft aus. »Was glaubst du denn, was sonst mit ihr passiert wäre?«

»Hättest du mit dem Kopf gedacht statt mit dem Pfundsgewicht deiner Männlichkeit, dann wäre dir etwas anderes dagegen eingefallen.«

Havenar war sich bewusst, dass er irrwitzig fühlte. Es ärgerte ihn, dass sie ihn in Sichtweite der Leute schalt, als wäre sie Herrin auch über ihn. Gleichzeitig genoss er es in vollen Zügen und kam zu dem Schluss, dass er enttäuscht gewesen wäre, wenn sie keine Eifersucht gezeigt hätte. Er hatte sich ihr ganz versprochen, nun war es ihr Recht, ihn ganz zu beanspruchen, und es erfüllte ihn mit prickelnder Wärme, dass sie es tat. Nebenbei war sie wunderschön und sehr aufregend, wenn sie ihn so anfunkelte, ihr Gesicht ohnehin frisch und rosig von dem eisigen Wind. Ihre Augen blitzten, und sie atmete schnell und angespannt. Es war ganz der Gegensatz zu ihrem zweisamen Vormittag im heißen Badehaus, wo ihn die Entspanntheit ihrer begehrlichen nackten, mit Wasserdampf, Schweiß und Öl bedeckten Glieder zum Wahnsinn getrieben hatte. Zu jeder Freiheit hatten ihre köstlich schlampigen, aufgelösten Blicke ihn eingeladen. Seine Knie waren zittrig gewesen, als sie schließlich herausgekommen waren.

Bei dem Gedanken daran wurden sie wieder zittrig. Seine leidenschaftliche Liebste hatte, das wussten die Götter, nichts zu fürchten von dem Hühnchen.

»Siehst du mich so an, damit ich dir verzeihe?«, holte Frygdis ihn aus seiner kurzen Traumversunkenheit. Er lächelte wie ein Junge und nickte. »Hach«, schnaubte sie, doch ihre Züge wurden sanfter.

Die ranghöchsten Ankömmlinge näherten sich zur Begrüßung, und Havenar machte sich keine Sorgen mehr. Genau im richtigen Moment wandte Frygdis sich ihm kurz zu. »Heute, tief in der Nacht, wirst du es noch einmal bereuen«, flüsterte sie und schenkte ihm einen flammenden Blick obendrein.

Freundlich begrüßten sie beide danach Hallvard Hallvardsson und Delling. »Wo wir bei Überraschungen sind … Wusstest du, dass Hallvard und ich verwandt sind?«, sagte Havenar.

Frygdis sah neugierig von Hallvard, der noch ihre Hand hielt, zu ihm und wieder zurück. »Bjarne und Arwed haben mir von eurem Kampf erzählt, aber über wen ihr verwandt seid, wussten sie so wenig wie alle anderen. Ihr hättet es wenigstens Bernulf erklären sollen. Er wusste wohl nicht recht, wie er zu uns steht, und redet nicht viel. Unsere Jungen mögen ihn aber. Sie haben ihn hier vor dem Gröbsten bewahrt.«

Hallvard lächelte zu ihr herunter. »Wir hielten es für besser, wenn die Geschichte sich nicht herumspricht. Und wenn ich ehrlich bin, erstaunt es mich, dass Havenar jetzt hier auf dem Hof davon anfängt.«

»Um die Spannung zu erhöhen«, sagte Havenar. »Erzählen werden wir drei später an meinem Feuer. Dafür werden wir Zeit finden.«

»Ich freue mich darauf«, sagte Hallvard. »Und ich sehe, dass ich Recht damit hatte, dich am Leben zu lassen.« Woraufhin beide lachten und sich die Schultern klopften, bevor die Nächsten an der Reihe waren.

Gerlind kam an Josteins Seite zu ihnen. An seiner anderen, fest untergehakt, hing freudestrahlend bereits Framhild und an ihrem Rock die drei Kinder. Frygdis zwang sich, freundlich zu Gerlind zu sein, als Havenar sie dem Mädchen nüchtern als seine Gattin vorstellte. Ihr guter Wille wurde jedoch nicht belohnt. Aus dem schüchternen Gesicht traf sie ein Blick tränenschwimmender Feindseligkeit. So gelassen wie möglich ging sie darüber hinweg.

»Framhild, sei so gut und bring Gerlind zu Swanhild. Dort wird sie wohnen«, sagte sie und spürte dabei förmlich den Hass in der gekränkten jungen Frau vibrieren.

»Na also«, sagte Havenar mit einem kleinen Seufzer der Erleichterung, als Gerlind dennoch Framhild widerspruchslos folgte. »Sie scheint doch ganz vernünftig zu sein.«

Frygdis sah ihn spöttisch an. »Ja, beachtlich. Du solltest aber wissen, dass ich, hättest du das Gleiche mit mir gemacht, bei der ersten Gelegenheit mit einem Dolch an dein Bett geschlichen wäre.«

»Ja, du«, meinte er, »aber nicht das Hühnchen.«

22. Kapitel

Der früh hereingebrochene Winter blieb unerbittlich, und seine eisige Grausamkeit nahm zu. Als der Schnee kam, lockte das die Kinder und jungen Leute dennoch nach draußen, und die Erwachsenen atmeten etwas auf. Die Flocken fielen allerdings vom Himmel, als wollten sie nicht aufhören, bis kein Baumwipfel mehr herausragte.

Mit Entsetzen erinnerte sich Havenar an das Stalldach, das er vernachlässigt hatte. Ohne Erklärung verließ er den warmen Herd und die Raben webende Frygdis und stapfte über den Hof in den Stall. Dicht gedrängt standen auf beiden Seiten die Mastrinder, Kühe und Bullen hinter den Gittern angebunden.

Ein Blick nach oben genügte, um festzustellen, dass die Balken ausgetauscht waren. Kein Wort hatte man ihm gegenüber deswegen verloren. Dabei interessierte es ihn wirklich, wie diese Arbeit neben all der anderen vonstattengegangen war. Mit verschränkten Armen begutachtete er zufrieden das Werk und überlegte, was er Frygdis dafür schenken würde, dass sie in diesem Fall mehr an ihre Vorausschau geglaubt hatte als an seine. Selbst das neue Dachgerüst ächzte unter der stetig zunehmenden Schneelast.

Am Ende der Stallgasse lag schon das Heu für den Abend, die Mistrinnen hinter den Tieren waren leidlich sauber. Das alles hatte nichts mit Hademut und Ragnhild zu tun. Hademut hatte zwar seine Krankheit überwunden, und Ragnhild war einigermaßen wieder auf die Beine gekommen, doch verließen sie beide nicht das Haus. Dass Ordnung in der Siedlung herrschte und keine Not, lag daran, dass er sie rechtzeitig in die richtigen Hände gegeben hatte. Falls noch jemand Zweifel an seiner Entscheidung gehegt hatte, mussten sie nun ausgeräumt sein.

Seine Zufriedenheit mit seinem Heim stieß ihn darauf, wie wohl er sich zuhause fühlte. Er stellte sich die Frage, was geschehen würde, sollte er den zähen Nachbarschaftskrieg nach dem Winter nicht wieder aufnehmen. Wenn er einfach jemanden zum Verhandeln zu Guttorm schickte?

Leise, zögerliche Frauenschritte auf dem harten Stallboden hinter ihm unterbrachen seine Überlegungen. Er drehte sich um und stand zum ersten Mal, seit sie einen Monat zuvor angekommen waren, Gerlind gegenüber. Sie sagte nichts, sah ihn nur mit großen, glänzenden Augen an. Vorwurf stand darin. Flehen. Er verbarg seine Verlegenheit. »Gerlind, wie geht es dir?«

Sie zuckte mit den Schultern. Er sah, wie ihre Hände zitterten, während sie sprach. »Hast du mich wirklich nur hergebracht, damit ich dein Kind auf die Welt bringe? Das sagen alle.«

»Würdest du kein Kind erwarten, hätte ich längst einen guten Gatten für dich gefunden. Viele wären dankbar, wenn sie dich zur Frau bekämen.«

»Mein Vater hatte mich schon versprochen, bevor ihr kamt. Der Mann ist … er ist tot, aber das tut mir nicht leid. Ich möchte keinen anderen als dich. Warum willst du mich nicht mehr? Das verstehe ich nicht. Du hast mich doch gewollt. Du hast gesagt, ich sei schön wie der Mond und die Sterne. Ist es, weil du diese herrische Gattin hast? Würdest du mich sonst wollen? Man hat mich auch alles gelehrt, was eine Herrin können muss, weißt du.«

Ihre Stimme kippte, und die Tränen sprudelten. Beinah jeder Mann von Gammelby musste ihn mal wieder für einen eigenartigen Verrückten halten, weil er dieses Mädchen nicht für sich behielt. Sie war in der Tat schön wie der Mond und die Sterne. Und ein Hühnchen.

»Frygdis ist zu Recht herrisch. Sie ist die Herrin. Und du bist schön, aber nicht für mich bestimmt.«

Sie schluchzte mitleiderregend und sah so elend aus, dass Havenar sich verleiten ließ, sie in den Arm zu nehmen. Eine Weile schniefte sie, an seiner Brust vergraben, dann hob sie den Blick. »Muss ich einen anderen heiraten, wenn das Kind da ist?«

Er schüttelte den Kopf. »Dann bleibt es dir überlassen, ob du heiratest. Aber wenn die Zeit und der richtige Mann kommen, wirst du schon wollen.«

»Nein«, schluchzte sie auf. »Ich will nicht. Bitte nicht. Lass mich bei dir bleiben.« Sie schmiegte sich bettelnd an ihn, legte die Hände in seinen Nacken und ließ ihre Lippen um einen Kuss flehen. Das überrumpelte ihn, und er küsste sie, wenn auch sanft. Als er sie von sich schob, ärgerte er sich schon darüber. In ihren Augen war neue Entschlossenheit aufgeflammt. Vor ihm stehend, warf sie ihren Umhang zurück, löste eine Fibel und öffnete Kleid und Hemd, um ihm ihre Brüste zu zeigen.

Er trat hastig auf sie zu und schloss ihr das Kleid wieder. »Nein. Rede dir nichts ein. Dir wird noch mal ein anderer gefallen. Und nun sieh zu, dass du wieder ins Warme kommst. Der Kuhstall ist kein Ort für dich.«

In einer so dicht bewohnten Siedlung, wie es Gammelby in jenem Winter war, entging es nur schwerlich allen, wenn der Herr eine Begegnung im Kuhstall hatte. Und völlig unmöglich war es, dass so eine belebende kleine Geschichte sich nicht herumsprach.

Als die Geschichte bei Mildburg und Swanhild ankam, war nicht mehr zu sagen, ob Havenar Gerlind nur geküsst oder sich mit ihr im Heu gewälzt hatte. Ihre junge, kummervolle Mitbewohnerin verlor selbst kein Wort darüber. Umso aufmerksamer wurde sie von den beiden Frauen beobachtet, die im Zweifelsfall jederzeit zu Frygdis standen. Und obgleich Gerlind sich Mühe gab, es zu verbergen, merkten die beiden schließlich, dass von Schwangerschaft keine Rede sein konnte.

Swanhild ging selbst mit dieser Nachricht zu Frygdis. »Das Mädchen kriegt kein Kind, sie blutet. Sag Havenar, er soll sie verheiraten, je eher, desto besser. Wird sich doch einer finden, der für sie passt.«

Frygdis trug Havenar diese Neuigkeit bei einem Spaziergang unter vier Augen vor. Sie hatten bereits ein peinlich lautes Gespräch über den Kuss im Kuhstall geführt, und Frygdis wollte ungern dabei gehört werden, wie sie schon wieder auf Gerlind zu sprechen kam.

»Also gut. Ich frage sie noch mal, ob sie schwanger ist. Sie wird doch nicht so blöd sein und versuchen, mich deswegen weiter anzulügen«, meinte er missmutig. Bereits da glaubte er, genug Unannehmlichkeiten mit der Sache gehabt zu haben.

Es kostete ihn einige Tage, bis er genug Nerven gesammelt hatte, um Gerlind zur Rede zu stellen. Sie beteuerte aufgelöst, dass sie gewiss schwanger sei. Die Frauen hätten sich geirrt. »Falls das eine Lüge ist, kannst du nicht lange daran festhalten«, meinte Havenar, mehr mitleidig als verärgert.

Doch es war keine Lüge. Sechs Wochen später hätte niemand mehr daran gezweifelt, dass Gerlind ein Kind erwartete, besonders Mildburg und Swanhild nicht. Auch daran, wer der Vater war, zweifelte niemand. Nur die Betroffenen selbst wussten es besser.

Bjarne Havenarsson für seinen Teil schwitzte Blut und Wasser, seit Gerlind bei ihm gelegen hatte. Wie die anderen war er sicher, dass Havenar ebenfalls als Erzeuger des Kindes infrage kam. Dass er sich von einer Frau seines Vaters hatte verführen lassen, verursachte ihm bereits Übelkeit genug. Dass nun ein Kind auf die Welt kommen sollte, von dem er nie wissen würde, ob es sein Sohn oder sein Bruder war, bereitete ihm abscheulich schlaflose Nächte.

Den dümmlichen Fehltritt seinem Vater zu offenbaren, wagte er nicht. Er stellte sich dessen Zorn maßlos vor. Dumm war es gewesen, sie unter seine Decke zu lassen. Aber selbst im Stockdunkeln und in seinem Halbschlaf war sie noch schön gewesen, und er hatte seit dem Abend in der Fleckebyer Halle von ihr geträumt, wenn er erregt war. Er hatte unmöglich widerstehen können. Nicht, als sie das erste Mal zu ihm kam, auch nicht beim zweiten, dritten, vierten Mal. Dann kam sie nicht mehr, und er war so erleichtert wie enttäuscht.

Das einzig Gute an der Sache war, dass er danach nicht mehr

davor zurückscheute, in der Halle eine junge Hure um ihre Gunst zu bitten. Eine Erfahrung, die ihn gleichzeitig davon überzeugte, dass er keinesfalls in die göttliche Gerlind verliebt war. Nein, er war verliebt in die kleine Hure und sprang beinah über den Tisch vor Wut, als nach ihm ein anderer Mann sie berührte. Sein Onkel Vitgeir schlug daraufhin lang nieder vor Lachen und riet dem Mann von der Magd ab, die rasch wieder bei Bjarne saß, wo sie dessen Ansicht nach hingehörte.

Havenar entging dieser Vorfall. Seine Stimmung war so gereizt, dass er sich von der Halle fernhielt. Ragnhild war wieder krank geworden, und Frygdis versank in den Vorbereitungen für das Julfest. Sie sprach kaum noch ein Wort mit ihm, seit sie glaubte, dass er Gerlinds Kind erst in Gammelby gezeugt hatte. Sie gab ihm keine Gelegenheit, sie vom Gegenteil zu überzeugen. Nicht einmal durch Taten. Seit schier unendlich vielen Tagen drehte sie ihm im Bett den Rücken zu, wenn er zu ihr kam, und er fand es zu erniedrigend, in dem Moment mit Beteuerungen um ihre Zuwendung zu betteln.

Das Maß seines sehnsüchtigen Verlangens nach ihr erinnerte ihn bald schmerzhaft an die lang zurückliegende Zeit, bevor sie ihm zum ersten Mal nachgegeben hatte. Es machte ihn von Tag zu Tag finsterer. Einen Tag vor dem Julfest floh sie wieder einmal vor ihm aus seinem Haus, und hinter ihr brach schließlich seine Wut los.

Frygdis hörte vom Hof aus, wie etwas Schweres gegen die Wand prallte, dann noch etwas. Sie blieb stehen und kehrte um, als sie ihn brüllen hörte, weil sie nicht wollte, dass er die Kinder verstörte. Doch vor der Tür verharrte sie und lauschte.

»Was denkt sie denn?!«, donnerte er. Die Frauen und auch Bjarne, der im Haus unter Hadwigs aufmerksamem Blick mit Bard Schach spielte, wussten recht gut, was SIE dachte, doch sie waren alle zu klug, um auch nur einen Laut von sich zu geben. So brüllte der Hausherr weiter.

»Nicht angerührt habe ich das Geschöpf seit Fleckeby. Ein Kuss. Ein verdammter, dreimal verfluchter, blöder Trostkuss war das. Kein Weib wird davon schwanger, keins. Sie war schwanger, als sie herkam, oder die Götter wissen, wessen vermaledeiten Bankert sie trägt.«

Ein weiterer Hocker flog gegen die Wand. Die Frauen lächelten heimlich, weil Havenar so sorgsam zielte. Nicht auszudenken, wenn in seiner Wut einem seiner Kinder ein Haar gekrümmt würde, weil es von fliegendem Holz getroffen wurde. »Ich habe sie nicht mal gewollt. Nicht in Fleckeby. Nicht hier. Im Kuhstall! Ich bitte euch. Wer bin ich denn! Ich wär doch nicht zu feige, eine Frau in ein Bett zu schaffen, wenn ich sie wollte. Jedes verdammte Bett hier gehört mir!«

Frygdis steckte vorsichtig den Kopf zur Tür herein und sah sein zornsprühendes Profil. »Du hast nicht mit ihr …?«, vergewisserte sie sich.

Er fuhr zu ihr herum. »Wage es nicht«, fauchte er. »Wage nicht, mich das noch einmal zu fragen. Ich werde nie wieder … Nie – wieder! Verstehst du? Und wenn mich die Scheißkerle hundertmal für einen schwanzlosen Blender halten, zur Hel sollen sie! Wem muss ich noch etwas beweisen? Wem?«

»Schwanzloser Blender?«, fragte Hadwig Bard im Flüsterton und kicherte, als der vor unterdrücktem Lachen rot wurde und husten musste. Havenar schoss ihnen einen erbosten Blick zu, verstummte dann aber.

»Von wem mag das Kind dann sein?«, fragte Frygdis. »Meinst du, dass derjenige sie vielleicht heiraten will?«

»Du glaubst tatsächlich, der Hurensohn wird es nach allem wagen, sich dazu zu bekennen? Verstehst du nicht? Er hat eine Frau beschlafen, die als meine gilt. Wer, meinst du, steht auf und gibt das zu? Abgesehen davon … ich mache ihn einen Kopf kürzer, darauf kannst du wetten.«

Bjarne holte tief Luft, räusperte sich und stand auf, sehr zu Bards Erstaunen, da ihn nur noch wenige Züge vom Sieg trennten. »Aah. Hätte ich gewusst, dass ihr deshalb solchen Ärger habt … Also … Ich bin nicht sicher, ob sie, ob Gerlind, meine ich, noch einen anderen … Ich … Also, ich nehme an, wenn du's nicht bist, dem Himmel sei Dank, dann bin ich wohl der Vater. Mach mich einen Kopf kürzer.« Sein Gesicht glühte wie heiße Kohlen, aber er sah seinem Vater tapfer in die Augen.

Havenars Mund blieb ihm offen stehen, als er seinen Ältesten zu Ende gehört hatte. Zwei, drei Mal klappte er ihn auf und zu, um anzusetzen, dann pustete er und atmete langsam wieder ein. »Willst du sie heiraten?«

Bjarnes Blick verriet Entsetzen. »Muss ich das?«

»Warum nicht?«, wollte Havenar wissen. »Schön wie der Tag, schwanger. Und du kannst es dir leisten, dass sie wenig hat.«

Das Unbehagen in Bjarnes Zügen verstärkte sich noch. Verlegen zuckte er mit den Schultern.

»Sag«, befahl Havenar.

»Sie ist ein Huhn«, gestand Bjarne mit einem Seufzer.

Havenar drehte sich zu Frygdis um. »Siehst du?«

Bjarnes Vaterschaft sprach sich ebenso schnell herum wie die anderen Gerüchte zuvor, und Gerlind leugnete ihre Tat nicht. Sie brach zusammen, als Swanhild sie auf die Sache ansprach, und verriet ihre ganze Verzweiflung. Ein Kind, das Havenar ähnlich sah, war ihr als einzige Hoffnung erschienen, ihn an sich zu binden. Halb verächtlich, halb belustigt tröstete Swanhild sie. Ob sie nun Mutter von Havenars Kind oder Enkel wurde, änderte nichts daran, dass ihre Zukunft gesichert war, insofern war ihre Rechnung aufgegangen. Niemand würde sie gegen ihren Wunsch verheiraten. Zumindest das war ein Trost für Gerlind.

Bjarne selbst war die Angelegenheit weiterhin eher peinlich. Die kühle Gelassenheit, mit der er über spottende Bemerkungen zu seiner früh und plötzlich aufgeblühten Reife hinwegging, verbarg tiefsitzende Hilflosigkeit. Nach einer Weile kam er zu dem Schluss, dass er noch längst nicht reif war, Vater für jemanden zu sein, und er nahm sich vor, dass ihm das Gleiche nicht so bald wieder passieren würde.

Mit neu erwachtem Mut und Neugier machte er sich daran, die Tricks der Huren auszukundschaften, die keine Kinder empfingen. Etliche Male verschaffte ihm das rote Ohren. Doch Embla, die Magd, in die er sich verguckt hatte, dankte es ihm. Sie war bloß zwei Jahre älter als er und wirkte in ihrer Schlankheit viel unfertiger als Gerlind. Passend dazu hatte sie schreckliche Angst vor dem Kinderkriegen. Sein Bett zu teilen, störte sie allerdings nicht. Ebenso wie damals Havenars Frauen in seinem Bett, fand Embla einen sicheren Hafen in Bjarnes Bett in der Halle. Und dass die Söhne so wenig grob waren wie der Vater, war unter den Mädchen bekannt.

Es dauerte nicht lange, bis Arwed Bjarnes Beispiel folgte und dessen Erfahrungsvorsprung aufholte, wenn vorerst auch ohne das gleiche fruchtbare Ergebnis.

In allen Häusern war es voll und eng, die Leute schliefen dicht gedrängt, am dichtesten in Havenars Haus, wo die Bänke für die Vielzahl wachsender Kinder allmählich eng wurden. Immerhin war es jedoch auf die Art warm für die Schläfer.

Ragnhild half die Wärme ihres im Jarlshaus neben ihr schlafenden Mannes nicht mehr. Ihr war nie warm. Zum Julfest hatte sie sich noch einmal aufgerafft, ausgezehrt und fiebrig, um Hademuts Gefolgsleute und Abhängige mit ihm zusammen zu grüßen und ihnen Segen zu wünschen. Danach legte sie sich hustend wieder hin und erlosch binnen zehn Tagen endgültig.

Zum ersten Mal, seit er von Wittensee zurück war, verließ Jarl Hademut daraufhin sein Haus, um etwas anderes zu tun, als die Balken an der Mistgrube oder das Badehaus aufzusuchen. Ragnhild hörte auf zu atmen, und Hademut floh wortlos vor Dagnys und Framhilds einsetzendem Wehklagen. Er stapfte ohne Mantel und Weste durch den auf dem gefegten Hof bereits wieder knöcheltiefen Schnee zu Havenars Haus.

Havenar saß in einem Kreis von Kindern und zeigte ihnen, wie man Bogensehnen mit guten Schlaufen machte. Frygdis schaute ihm über die Schulter. Sie beide ahnten, was geschehen war, als Hademut hereinkam. Dennoch verschlug ihnen sein grauer Anblick die Sprache.

Der Jarl sah von einem zum anderen. »Von allen Zeiten. Von allen Zeiten sucht sie sich diese aus, wo der Schnee so hoch liegt, dass ich nicht weiß, wie ich sie anständig begraben soll.«

Havenar atmete auf, weil sein Vater den Tod seiner Frau ruhig aufnahm. Doch als er in der Woche nach dem Begräbnis bei einigen Schluck Met mit Hademut und Erik über den Krieg sprach und vorsichtig abtastete, was sie davon hielten, die Sache kampflos zu beenden, erfuhr er, was in ihm wirklich vorgegangen war. »Wenn ich Guttorm und Olofs blutgierige Hexe von Schwester tot weiß, töte ich als Letzten Olof mit eigenen Händen«, erklärte Hademut. »Das Pack hat uns die Söhne genommen, Ragnhild den Bruder und mir die Ruhe. Ohne sie wäre Ragnhild vielleicht noch länger geblieben.«

»Du meinst, sie wollte nicht mehr?« Havenar ließ es nur halb wie eine Frage klingen. Der Tod seiner Mutter traf ihn durchaus. An einer winzigen verwundbaren Stelle, dem Rest seiner fernen Kindheit, in der er sich nach der Nähe der Frau gesehnt hatte, die ihn auf die Welt gebracht hatte. Wirklich nah war sie ihm jedoch nie gewesen, obgleich er und sie sich ähnelten. Sie war immer zu sehr mit anderen Aufgaben beschäftigt gewesen. Trotzdem verletzte es ihn ein wenig, dass Ragnhild ihn, seine Frau, seine Kinder und seine Schwestern nicht als Grund empfunden haben sollte weiterzuleben.

»Sie wollte nicht mehr«, bestätigte sein Vater. »Ich sag dir, was sie nicht mehr wollte. Sie wollte deinen und meinen Tod nicht erleben. Und vor allem wollte sie keinen von ihren Enkeln sterben sehen. Sie hat dich gezwungen, deine Frau herzuholen, damit sie gehen kann. So war's. Und ich sage dir noch etwas: Ich kann sie verstehen. Ich kann ihr keinen Moment böse sein. Obwohl sie mir fehlt. Das tut sie. Hätt ich nicht gedacht, damals. War ja bei uns nicht so wie bei manchen anderen Leuten. Uns hat man keine Wahl gelassen. Wir mussten uns erst zusammenraufen, bevor das Kindermachen ein Spaß wurde. Aber schön war sie. Schön wie deine Frygdis. Fast bis zum Schluss. Und eine bessere Herrin, als Ragnhild es war, kann sich kein Jarl für sein Haus wünschen.«

»Wir könnten mit Guttorm verhandeln«, wagte Havenar trotz allem einen Vorstoß. »Unsere Aussichten wären gut.«

In dem Moment, als er es ausgesprochen hatte, schüttelte Erik warnend den Kopf, und die Miene seines Vaters verfinsterte sich. Hademuts Stimme wurde zu einem wütenden Knurren. »Ich hätte mir denken können, dass du bequem wirst, sobald du dir deinen Bau gemütlich eingerichtet hast. Hat sehr warme Arme, dein Weib, was? Tut ihr Bestes, dass du das Fett nachts verlierst, das sie dir tagsüber anfüttert. Hattest du deine Ziele so tief gehängt, du Held? Bleib meinetwegen zwischen ihren Schenkeln klemmen und verlier deinen Namen. Ich werde diesen Krieg zu seinem vorbestimmten Ende führen, und ich will euch sagen, wenn die Götter mir wohlgesonnen sind, finde ich dabei mein eigenes.«

Mit einem Ruck stand er auf und ging aus der Tür seines Hauses, nur um dort stehen zu bleiben und mit verschränkten Armen in den Winterhimmel zu starren.

»Du siehst es wohl auch so?«, fragte Havenar seinen Onkel.

»Das mit meinem Ende darf sich noch hinziehen«, meinte Erik. »Andererseits bin ich nicht viel jünger als dein Vater, wie du weißt. Ich glaube, ein besserer Tod als in diesem Krieg wird auch für mich vielleicht nicht mehr zu finden sein. Dazu kommt, dass ich Guttorm tot sehen will. Ich konnte ihn noch nie leiden. Außerdem, was soll das Gerede? Dein Vater ist mein Jarl und mein Bruder.«

Havenar lächelte flüchtig, wenn der Ausgang des Gespräches ihn auch nicht begeisterte. »Du glaubst doch nicht, dass ich dich vor eine Entscheidung stellen würde?«

Doch als das Wetter es schließlich ermöglichte zu reisen, änderten sie abermals ihre Pläne.

König Björn von Birka schickte einen Boten und bat sie um Hilfe. Ein entfernter Vetter machte ihm seine Krone streitig. Havenar und Hademut sammelten eine angemessene Zahl von Männern und segelten sofort ab. Alle anderen Angelegenheiten ließen sie in Eriks, Vitgeirs und Gudfasts Händen. Bjarne, Arwed und ihre beiden Vettern nahmen sie diesmal gleich mit.

In Schweden lag ihre Aufgabe darin, mit einigen überraschenden Schlägen gegen den Besitz von Björns Vetter zu demonstrieren, was für mächtige Verbündete der König hatte. Schon nach zwei Monaten war die Sache beigelegt, und der Aufwiegler hatte sich nach Russland zurückgezogen. Eine Weile schwelgten sie in Björns Halle in gegenseitigen Freundschaftsbezeugungen. Es endete damit, dass Bjarne, Arwed, Hagbert und Brede auf Anraten aller eine Einladung des Königs annahmen, bis zum Ende des Sommers in dessen Gefolge zu leben.

Bei der Rückkehr nach Flintholm erfuhren sie von Erik, der dort Männer sammelte, dass Guttorm und Olof überraschend Fleckeby zurückerobert hatten. Sie nahmen sich kaum Zeit zum Essen, bevor sie die Boote wieder bestiegen.

Als sie in voller Kampfeswut von der Küste her auf Fleckeby losmarschierten, ergriff Olof, der dort Stellung bezogen hatte, mit den Seinen die Flucht. Hinter sich ließ er die Siedlung in Flammen aufgehen. Von den Leuten, die Havenar vor dem Winter dort gelassen hatte, blieben nur die am Leben, die Olof mit sich nahm.

Aufgebracht folgte Hademuts Heer den Fliehenden nach Wittensee, und abermals ließen sie sich für eine Belagerung um den Hügel nieder. Diesmal verhieß ihnen die Jahreszeit mehr Erfolg. Im Sommer war die Ernte auf den Feldern, nicht in den Speichern der Festung. Es sprach für Guttorm, dass er seinen Nachteil einsah. Nach wenigen Tagen kam er mit seinem Bruder und zwei Vertrauten allein den Hügel herab, um zu verhandeln. Sie hatten wenig zu hoffen. Havenar war längst nicht mehr ihr unerbittlichster Feind. Er hätte Guttorm seine notwendigste Lebens- und Herrschaftsgrundlage gelassen. Es schien ihm Strafe genug, dass kein einziger von Guttorms vielen Söhnen mehr lebte. Verlangt hätte er neben dem Land, das er König Horich versprochen hatte, nur Gebharde und einen Unterwerfungsschwur.

Sein Vater und Gudfast sahen es jedoch inzwischen anders.

Gudfast hatte Geschmack daran gefunden, seinen Landbesitz zu erweitern. Er wollte Guttorms gesamte Habe ihren Eroberungen schon deshalb hinzufügen, damit er selbst das Land behalten konnte, welches sie der Thorolfssippe abgenommen hatten.

Jarl Hademut dagegen verlangte es weniger nach dem Besitz als nach dem Tod seiner Feinde. Er konnte nicht verstehen, warum Havenar so weich geworden war, dass er sich überhaupt mit Verhandlungen abgab. Das ganze Pack auf dem Hügel verhungern zu lassen, schien ihm das einzig Vernünftige.

Guttorm und sein Bruder verstanden schnell, dass Havenars gönnerhafte Stimmung ihre einzige Aussicht war, etwas zu retten, doch Guttorm konnte sich nicht damit abfinden. »Ich bin der Letzte gewesen, der zugestimmt hat, als es damals darum ging, eure Sippen zu vernichten. Wie ich das jetzt bereue! Der Erste hätte ich sein sollen.«

Hademut schnaubte. »Dafür, dass du dich so zurückgehalten hast, gewähren wir dir die besondere Gunst, nun auch der Letzte zu sein. Bis zum Ende darfst du zusehen, wie wir deine Sippe beiseiteschaffen.«

»Wenn es dazu kommt, nehmen wir noch viele von euch mit«, warf Guttorms Bruder ein.

»Lass mal, Lodmund«, bremste Guttorm. »Ich frage mich, ob sie den Mut haben, mir eine andere Gunst zu gewähren. Wie wäre das, Havenar: Ihr lasst mir mein Hab und Gut, wenn ich dich auf dem Holm töte.«

Hademut lachte trocken auf, und Gudfast lächelte. Havenars Miene blieb reglos, doch innerlich seufzte er.

Erik schnalzte verächtlich. »Willst du dir im letzten Augenblick noch einen großen Tod sichern, Guttorm?«

Guttorm löste den Blick nicht von Havenar. »Und wenn es nur das ist.«

Havenar war der Sache mehr als überdrüssig. Immer lag es bei ihm. Er sah Lodmund und Guttorms andere Begleiter an. »Ihr macht mich zu eurem Jarl, wenn ich Guttorm auf dem Holm töte.«

Einen Moment lang wirkten sie unentschlossen, dann stimmten sie zu. Als Jarl würde Havenar seinen neuen Besitz nicht weiter verwüsten, hofften sie.

Diesmal war es eine echte Insel, auf die man die Zweikämpfer brachte. Nach alter Sitte würde höchstens einer von beiden sie lebend verlassen.

Guttorm war wie ein Bär im besten Alter. Gerissen, schnell, stark. Anfangs fühlte Havenar sich von ihm getrieben, als wäre er selbst ein Welpe. Doch er hatte mehr lernen müssen, als Guttorm zu glauben schien, dem die Siegesfreude schon aus den Augen leuchtete. Jener Ausdruck wich blanker Überraschung, als Havenar ihm mit drei Hieben den Schild nahm. Er ließ Guttorm keine Gelegenheit, ihn wieder aufzuheben. Nun war er es, der den Bären trieb, und das währte nicht lang. Was nun in Guttorms Augen stand, war Todesgewissheit. Doch leicht starb keiner, der einen großen Tod suchte. Mit dem Gebrüll eines Tieres und ohne Rücksicht darauf, dass er verletzt wurde, drang Guttorm wieder gegen Havenar vor. Und der überraschte ihn ein letztes Mal. Er sprang zurück, warf seinen eigenen Schild fort, fasste das Schwert beidhändig und führte einen Schlag, der den alten Bären von der Schulter bis zur Mitte spaltete. Es war ein so schneller Tod, dass die Überraschung in Guttorms Zügen blieb. Sie zeichnete sein Gesicht noch, als der Geist den zerstörten Körper am Boden schon verlassen hatte.

Havenar stand erstarrt, keuchte, blutete, der Schmerz kam, die Glieder fingen ihm an zu zittern. War es das jetzt? War es das jetzt endlich?, dachte er. Nicht einmal in Angeln hatte er Jarl werden wollen, damals. Nun war er es in Schwansen.

Er wollte seine Ruhe. Er hatte die Nase endgültig voll. Auda hatte das gesagt, damals. Wen alles traf der Hieb, der einen Mann tötete? Wer würde ihn eines Tages töten, um Besitzes und Stolzes willen? Er würde es sich nicht verzeihen, wenn er die Geburt von Frygdis' nächstem Kind verpasste. Das Leben war so kurz. Fast gleichzeitig mit seinem ersten Enkel würde das Kind auf die Welt kommen. Sein Enkel. Alle Götter! Seit wann hatte er vergessen, wie viele Winter er zählte? Lebte er zu schnell?

Abwesend wischte er sein Schwert im Gras ab, steckte es weg, sah Guttorms starres Gesicht, hörte die Stimmen derer, die mit dem Boot kamen.

»Jarl Havenar«, sagte die spöttische Stimme seines Vaters. »In der Siedlung warten die Leute auf dein Urteil. Pack deine Ergriffenheit also ein und löffle aus, was du dir aufgehäuft hast.«

Havenar warf ihm einen müden Blick zu. »Ich löffle seit Jahren, Vater. Der verdammte Teller wird nicht leerer.«

»Die Götter und ich dachten, du wärst nicht sattzukriegen.«

»Das Blut bin ich satt. Wenn es nach mir geht, stirbt hier keiner mehr.«

»Wenn dein alter Freund Olof dir plötzlich gleichgültig ist, mir ist er es nicht. Und du bist es ihm sicher ebenfalls nicht. Vitgeir hat auch noch einen Schwur einzulösen.«

»Wollen sehen«, sagte Havenar.

Die Götter befreiten ihn von beiden Entscheidungen. Gebharde nahm sich das Leben, bevor sie auf der Kuppe des Wittensee-Hügels ankamen. Später sagten die Leute, sie hätten sie kurz nach ihrem Tod als schwarzen Schwan auf dem See landen sehen.

Olof dagegen war gar nicht dort. Er war von Fleckeby nie dorthin gegangen, obgleich sie es selbstverständlich angenommen hatten. Da verstanden sie noch besser, warum Guttorm so schnell nachgegeben hatte. Außerdem ergriff Havenar das kalte Grausen vor Sorge um Gammelby. Erik und Vitgeir kehrten hastig zu den Schiffen zurück und fuhren mit zwei Mannschaften heim.

Ausnahmsweise bestätigten sich ihre Befürchtungen nicht. Es war alles friedvoller Sonnenschein in Gammelby, und selbst Herjulf, bei dem sich üblicherweise Neuigkeiten kreuzten und verwoben, hatte nichts von Olof gehört.

Vitgeir und Erik würfelten darum, wer in Gammelby bleiben durfte und wer nach Wittensee zurückkehren musste. Erik verlor. Widerwillig verabschiedete er sich noch einmal von Rike und den Kindern.

Sein *Gischtrenner* lief in Flintholm aus und passierte Gudfasts Wachtposten auf der Höhe von Silveid. Dann verschwand er spurlos.

Es dauerte drei Tage, bis er vermisst wurde. Als Havenar sicher war, dass sein Onkel mit zwanzig Männern und seinem Schiff auf dem lächerlichen Weg zwischen Flintholm und dem Seehafen von Wittensee verloren gegangen war, wollte er nicht wahrhaben, dass sich trotz all seiner mühsamen, blutigen Abschreckung das Verbrechen wiederholt hatte. Er bestieg die *Sturmfaust* und fuhr jeden Meter der Uferlinie ab; jede Bucht, jeden Strand, jeden Felsen untersuchte er. Bis er fand.

Er fand die Reste des ehemals stolzen Schiffes seines Onkels und die Reste einiger Männer. Erik war unter ihnen nicht zu erkennen. Viel zu erkennen war allerdings ohnehin nicht mehr.

Wie betäubt segelte Havenar mit seinen Leuten weiter nach Flintholm und ließ Nachricht nach Gammelby schicken. Er wollte Rike nicht gern sehen, wenn sie es erfuhr. Doch sie duldete das nicht. Noch am gleichen Tag kam sie, die Gammelby nie verlassen hatte, seit sie von ihm dorthin gebracht worden war, nach Flintholm und wollte es von ihm selbst hören. In der Nacht schlief sie in seinem Bett und klammerte sich an ihn. »Ich würde ihm folgen. Ich würde ihm ja folgen«, sagte sie. »Aber ich bin doch wieder schwanger. Das würde er nicht wollen, oder? Oder?«

»Er wartet drüben auf dich, bis die Kinder groß sind. Bis ihr Enkel habt«, flüsterte Havenar und streichelte ihr Haar, noch immer taub in seinem Inneren.

Erik wusste, dass er selbst schuld gewesen war. Er hatte es eilig gehabt, hatte sich nach all ihren Eroberungen in sicheren Gewässern gewähnt. Arglos wie ein blöder Fischer war er in den Abend hineingesegelt und zwischen die beiden Drachen geschlittert, die in der Bucht gewartet hatten. Olof und seine Männer wollten keine Gefangenen. Sie wollten Tote.

Tot hatte er sich selbst geglaubt, als er mit einer zertrümmerten Hand und blutend wie ein Schlachttier im Wasser der kabbeligen Ostsee gelandet war. Es war halb dunkel, die Ratten gaben sich zwar Mühe, konnten jedoch nicht jedem ihrer Opfer mit Blicken folgen. Erik schwamm. Er war wach, und was sollte er sonst tun? Allerdings kämpfte er nicht gegen die Strömung an, dazu fehlte ihm die Kraft. Er ließ sich tragen, in die Nacht, in die Ohnmacht, durch den Schmerz, unter den Sternen entlang. Bald spürte und dachte er nur noch Kälte. Die Nacht musste bald vorüber sein, und er ahnte nicht, wo das Meer ihn versenken wollte.

Da warf es ihn ans Ufer. Er kroch zwischen die Kiefern unweit vom Strand, schloss die Augen und suchte mit aller Leidenschaft nach warmen Gedanken, um nicht frierend zu sterben. Er fand sie. Und starb nicht.

Als er erwachte, schätzte er grob, wo er war, und machte sich auf den Weg dahin, wo er Silveid vermutete. Tief im Wald und mit Beinen, die unter ihm zu Brei wurden, kam ihm die Erkenntnis, dass er sich mit seiner Schätzung geirrt haben musste. Nur weiterlaufen, dachte er, nicht wieder hinlegen. Noch einmal stehst du nicht auf. Stirb im Laufen, wenn du musst. Er lief Stunden. Dachte an die Menschen, die er liebte. Dachte, was für eine Narretei der Heldentod war. Lieber zehn Winter ein Greis auf dem Stroh neben seiner Frau und nie besungen als der Held aller Lieder, Schwerthand der Götter und tot. Er wollte leben. Bei den Lebendigen bleiben. Wie lebendig sie waren, lebendiger als alle anderen. Wunderbar waren sie. Die, die er liebte. Zuerst glaubte er, dass es an diesen Gedanken lag, dass er sich geborgener fühlte. Dann sah er ein, dass er nicht weiterkonnte, sein Wille verließ ihn. Schon längst ging er auf der Stelle.

Er sah sich um, bevor er hinsank. Es war eine Stelle, die er kannte. Er kannte sie, seit er ein Junge gewesen war, seit er mit seinen Brüdern Hademut und Orm in den Wald durfte. In den Wald von Gammelby. Er starb zuhause. Ihm kamen die Tränen, als er den Kopf auf den Waldboden legte und die Augen schloss. Zu weit noch zum Zaun, aber zuhause.

Es war eine Schwangerschaft, von der Frygdis wenig spürte. Sie hatte keine Zeit. Zu der rastlosen Tätigkeit als Herrin von Gammelby musste sie nun auch wieder mehr für ihre – und damit nicht nur ihre eigenen – Kinder da sein.

Auda war nach all der Zeit ebenfalls wieder schwanger geworden. Wie beim letzten Mal war es von Beginn an schwierig für die zarte kleine Frau. Doch diesmal war Auda verzweifelt entschlossen, das Kind nicht zu verlieren, und Thorwald und Frygdis taten alles, um ihr zu helfen. Auch die anderen Frauen begriffen die Wichtigkeit und umsorgten Auda. Sie hatten sie und ihren großen, unendlich gutmütigen Mann schätzen gelernt. Während kaum ein anderer Mann von Gammelby gewagt hatte, sich nicht als Krieger anzubieten, hatte es im Gegenteil niemand gewagt, Thorwald anzudeuten, er möge die Seite seiner weiblichen Schützlinge verlassen. Dabei wusste niemand, dass es darüber einen unausgesprochenen Vertrag zwischen Havenar und ihm gab.

An jenem späten Augusttag war es Auda, der Thorwald nicht von der Seite wich. Sie hatte wieder Krämpfe und hütete niedergeschlagen das Bett. Wie üblich brachte sie das zum Schimpfen, also saß Thorwald neben ihr auf der Bank, flocht wortlos eine neue lange Schweißleine für die Hunde, schnitzte sich einen neuen Messergriff und ließ sich von ihr vorschimpfen, bis sie weinte. Dann legte er ihr die Hand auf den Bauch, bis sie sich beruhigt hatte, und dann ging es von vorne los.

Hadwig nutzte die Gelegenheit und schlüpfte mit Bard, Klein Erik, Ansgar, Schneepfote und den beiden Raben Ruß und Ulla in den Wald. Das war ihnen inzwischen erlaubt, solange sie es jemandem mitteilten, doch es kam sehr darauf an, wer der Jemand war, dem sie es sagten. Waren es Thorwald oder Frygdis, folgte ihnen für gewöhnlich bald wie zufällig ein Erwachsener. War es dagegen Vitgeir, wie in diesem Fall, so waren sie weitgehend ungebunden bis zum Abendessen.

Obwohl Bard mit seinen zehn Jahren zwei Jahre älter war als die drei, hatten sie sich eng zusammengeschlossen, seit Bjarne und Arwed fort waren. Zwar waren Rolleif und Kjartan vom Alter näher an Bard, doch die beiden waren ein unzertrennliches und noch dazu besonders rauflustiges Gespann. Bard fühlte sich in seiner Rolle als Beschützer der drei Jüngeren wohler. Nebenbei war es zwischen Hadwig und ihm weiterhin beschlossene Sache, dass sie ein Paar werden würden, wenn die Zeit reif war. Immerhin schossen sie gleich gut, besser als alle Gleichaltrigen und Jüngeren. Sie waren stolz aufeinander.

Schießen war denn auch das, was sie im Wald am häufigsten taten. Auch Ansgar, dem wegen seiner häufigen Atemnot wildes Toben schwerfiel, konnte da mittun. Ansonsten spielten sie mit den Raben und dem Hund. Klein Erik, den sie unter sich längst Lang Erik nannten, weil er schon so groß war wie Bard, begeisterte sich am meisten für die Vögel, seit ihre größeren Brüder ihnen deren Pflege überlassen hatten. So ließ er sich auch von den beiden Raben ablenken, als die Reihe an ihm war, auf einen toten Eichenast zu schießen.

»Erik«, sagte Ruß, gerade, als er den Bogen spannte.

»Erik Havenarsson«, verbesserte Lang Erik und löste den Schuss. Der Pfeil flog zu hoch und viel zu weit und verschwand im Grün aus ihrem Blick.

Hadwig stöhnte. »Ulla, was macht Hadwig?«, ärgerte sie Lang Erik, der sauer das Gesicht verzog, obwohl Ulla diesmal gar nicht antwortete.

»Hör doch auf. Wenn der auch weg ist, ist es der vierte, den ich heute verliere. Jostein reißt mir den Kopf ab«, meinte er.

»Nicht quatschen. Suchen«, sagte Bard.

Ansgar seufzte. »Wir sind schon ziemlich lange weg. Es fühlt sich an wie bald Abendessen, und es ist echt weit. Du kannst Pfeile von mir haben. Merkt doch keiner.«

»Mein Scheißfehler«, grollte Lang Erik. »Den geb ich dir nicht ab.«

Ansgar zuckte mit den Schultern. »Also suchen.«

Hadwig war mit ihrem Hund und Bard auf den Fersen schon losgerannt.

Die vier suchten mit beachtlicher Geduld, immer weitere Kreise um den wahrscheinlichen Landeplatz des Pfeils. Der Hund half ihnen eifrig, die Raben langweilten sich und verschwanden.

»So weit kann er nicht geflogen sein«, stellte Bard schließlich fest.

»Mist«, meinte Lang Erik.

Hadwig klopfte ihm den Arm. »Du kriegst einen von mir und einen von Ansgar, dann gibt's keinen Ärger.«

»Manchmal finde ich es unerträglich, ein Heldensohn zu sein«, meinte Lang Erik finster. »Ich versteh nicht, wie Bjarne das aushält als Ältester. Alle wollen, dass man immerzu beweist, wie viel besser man ist.«

»He, du bist nicht besser als ich. Da gibt's nix zu beweisen«, trumpfte Hadwig auf.

»Das stört ja nicht mich«, meinte Lang Erik mit einem kleinen Lächeln. »Nur Jostein und den Rest der Welt.«

Sie lachten und suchten noch einen Moment weiter. Plötzlich riss der Hund den Kopf hoch und lauschte kurz, bevor er davonraste.

»Was hat er gehört?«, fragte Hadwig, doch die anderen standen auch nur starr da, sahen dem Hund nach und spannten ihre Sinne an.

Erik vermutete erneut, dass er tot war, als er die Augen halb öffnete und sah, dass zwei Raben neben ihm hockten und ihn musterten. Er wusste, dass die beiden nicht irgendwelche Aasfresser waren, denn es war nicht zu bezweifeln, dass der eine gerade »Erik« gesagt hatte. Zwei Mal »Erik«. Nun wusste er zwar mehr über sprechende Raben als die meisten anderen Menschen, aber »Erik« sagte keiner der ihm bekannten Vögel. So mussten dies also Odins Boten sein. Sicher würden sie dem großen Kriegsherrn helfen zu entscheiden, was er wert war. Sein Leben lang hätte er alles gegeben, damit diese Entscheidung ihn nach Walhalla brachte. Nicht so jetzt.

»Kann drauf verzichten. Haut ab«, wisperte er.

Einer der Raben hüpfte näher und beäugte ihn. Erik hatte nicht die Kraft, auch nur einen Finger zu heben, um ihn zu verscheuchen. Falls da noch Finger waren. Trotz der Eisenschwere in ihm erschrak er, als die Vögel plötzlich zusammenfuhren und aufflogen. Er hörte, wie etwas Wildes durch die Büsche brach. »Guter Hund«, knarrte einer der Raben, »böser Hund«, sagte der andere. Erik lachte stumm und verlor wieder das Bewusstsein.

Die Kinder hatten nicht gewusst, dass der große Erik verschwunden war. Niemand hatte ihnen erklärt, warum Rike nach Flintholm gereist war. Ihnen wurde beinah übel vor Angst, als sie ihren Großonkel drei viertel tot im Wald fanden.

Bard entschied rasch. »Ansgar, du bleibst mit mir hier. Ihr beide rennt und holt Hilfe«, befahl er.

Hadwig schüttelte den Kopf. »Ich bleibe bei dir. Lang Erik rennt.«

»Du machst, was ich sage«, brauste Bard auf. »Es ist nicht sicher hier. Ihr macht, dass ihr hinter den Zaun kommt, und nehmt euch dabei in Acht.«

»Gerade weil's nicht sicher ist, bleibe ich bei euch«, sagte Hadwig.

»Mann, bis ihr ausgestritten habt, bin ich wieder da«, sagte Lang Erik, warf alles hin, was er trug, und rannte los. Mit ihm flogen die Raben.

Bard zischte wütend und widmete Hadwig einen tiefschwarzen Blick. Sie zuckte mit den Schultern und schenkte ihm zwei von ihren hübschesten Augenaufschlägen. »Allein ist er viel schneller«, fügte sie hinzu, und Bard seufzte seine Kapitulation heraus.

Ansgar kniete sich zaghaft zum großen Erik, um herauszufinden, was ihm fehlte. »Mann, seht euch die Hand an. Ich glaub, die ist hin«, sagte er entsetzt.

Hadwig warf nur einen flüchtigen Blick auf die zerquetschte, verfärbte Hand, schauderte und sah dann ahnungsvoll zu Bard, dem in der Tat die Tränen kamen. Sie ging zu ihm und legte die Arme um ihn. »Warte ab. Er kann auch mit einer Hand leben«, sagte sie leise.

Bard rang wütend darum, es bei einem einzigen Schluchzen zu lassen. Sein ganzes Leben lang hatte er schon damit zu kämpfen, dass er so leicht heulte, wenn ihm etwas naheging. Es wäre ihm leichter gefallen, Haltung zu bewahren, wenn es seine eigene Hand gewesen wäre. Ein Trost war, dass Ansgar mit der gleichen Schwierigkeit zurechtkommen musste. Ein anderer war Hadwig. Sie lachte ihn für sein Flennen nicht aus. Es half, sie festzuhalten, also drückte er sie an sich. »Lass ihn leben«, bat er und hielt sie fest, fast so lang, bis Lang Erik mit Vitgeir und den Männern zurückkam.

Noch am gleichen Abend schlug Vitgeir Erik die Hand ab, nachdem dieser noch einmal aufgewacht war. »Du kannst mit zwei Händen nach Walhall oder mit einer Hand vielleicht noch bleiben«, hatte er seinem Onkel gestanden.

»Bleiben«, hatte Erik geflüstert. Dafür küsste ihn Rike tausendfach, als sie am nächsten Tag zurückkehrte.

Havenar kam zu Frygdis' Enttäuschung nicht mit Rike nach Gammelby. Er hatte noch damit zu tun, sein neues Reich zu sichern, und zudem beschlossen, dass er im Anschluss an diese eilige Arbeit angesichts der neu erwachten Gefahr selbst nach Schweden fahren würde, um seine Söhne und Neffen abzuholen.

So verpasste Bjarne die Geburt seines ersten Sohnes um acht, Havenar selbst die Geburt seiner vierten lebenden Tochter um drei Tage. Beide Kinder lagen an Frygdis' Brüsten, als die Männer heimkehrten. Gerlind war schwach gewesen, hatte keine Milch gehabt und konnte nun mit dem Säugling nichts anfangen. Tatsächlich war sie so trübsinnig, dass Swanhild sich um ihr Leben sorgte, bis schließlich Havenars Nichte Hedda, die ungefähr das gleiche Alter hatte wie Gerlind und ein Talent für das Bemuttern und Aufmuntern, sich der unglücklichen jungen Frau annahm.

Frygdis bemutterte derweil die beiden Säuglinge, als hätte sie wieder Zwillinge. Bei aller Anstrengung genoss sie das schon deswegen, weil unter diesen Umständen wirklich niemand erwarten konnte, dass sie auch noch ihren anderen Pflichten nachkam. Sie hatte frei, bis auf die Kleinen, legte hemmungslos die Füße hoch und ließ sich bedienen.

So fanden die Männer sie vor, und Havenar war ausgesprochen zufrieden damit. Er nahm ihr sein Kind ab und legte seine Füße neben ihre. »Eine so schön wie die andere«, sagte er bewundernd und küsste seine Tochter ab, die dabei in seinem wüsten Bart fast verschwand.

Bjarne, dessen Bart noch nicht lange genug wuchs, um wüst zu sein, war neben ihm stehen geblieben und sah ratlos das zweite Bündel in Frygdis' Arm an. Frygdis lächelte und streichelte Bjarnes Sohn die Wange. »Mein Lieber, wir beide sind schon gut. Aber mit diesem hier können wir nicht mithalten. Erkenald ist das makelloseste Kind, das ich je gesehen habe.«

»Erkenald?«, fragte Bjarne ungläubig.

Frygdis sah mit einem Anflug von Verlegenheit zu ihm auf. »Swanhilds Einfall. Du kannst es natürlich ändern.«

Havenar lachte. »Lass dir das von mir sagen, mein Sohn: Falls du die Namen deiner Kinder mitbestimmen willst, dann sei in der Nähe, wenn sie geboren werden. Je näher, desto besser.«

»Ich wollte ja«, begehrte Bjarne auf.

»Sieh ihn dir an«, beschwichtigte Frygdis und hielt ihm das Kind hin. »Dem wird kein Name schaden.«

»Nimm ihn ihr ab«, riet Havenar. »Sie scheint ihn schon behalten zu wollen.«

Bjarne wurde rot und ließ sich den Säugling von Frygdis in die Arme legen. »Dafür muss ich mich wohl eher bedanken, oder?«

»Nein«, sagte Frygdis. »Aber Gerlind könnte ein paar freundliche Worte von dir brauchen. Warum nimmst du ihn nicht mit zu ihr?«

Bjarne schüttelte den Kopf und setzte sich neben sie auf die Bank, ohne den Blick von seinem Sohn zu wenden. »Noch nicht.«

»Wo wir bei Namen sind …«, setzte Havenar an.

»Du hast Klein Ragnhild im Arm«, kam Frygdis ihm entgegen. »Gut, dass ich nicht da war. Du hast die besten Einfälle, wenn du allein entscheiden musst.« Ihre Blicke trafen sich, Havenar neigte sich Frygdis zu. Ihre Stimme hüllte ihn warm ein.

»Ich wünschte, du wärst da gewesen.«

»Ich auch.«

Bjarne räusperte sich und unterbrach damit ihren Kuss. »Sagt mal … Darf ich euch was fragen?«

Sie sahen ihn gespannt an. Er wurde noch dunkler rot und schluckte, dann platzte er heraus. »Sieht er mir ähnlich?« Havenar grinste betreten, Frygdis lachte hell auf. »Dir so ähnlich wie seinem Großvater«, sagte sie spöttisch.

Zwei glückliche, friedvolle Monate später brachte auch Auda einen gesunden Sohn zur Welt. Und Erik, einhändig, abgemagert, grau und schwach, aber am Leben, sah mit Stolz, wie Rikes Bauch sich prall rundete. Jedes Mal, wenn er seine verbliebene linke Hand darauflegte, murmelte er: »Pfeif auf Walhall.«

23. Kapitel

Jarl Hademut war nach der Eroberung Wittensees nicht heimgekehrt. Er lauerte in Silveid auf ein Zeichen von Olof und behielt gleichzeitig im Auge, wie Guttorms ehemalige Gefolgschaft sich verhielt. Sie blieb überraschend vernünftig. Es sah aus, als wäre mehr als die Hälfte der einflussreichen Männer auf Guttorms Land ehrlich froh, von nun an auf Havenars Schutz bauen zu dürfen, anstatt ihn fürchten zu müssen. Die weniger hochstehenden Bauern ließen daran ohnehin keinen Zweifel. Für sie war es allemal ein besseres Gefühl, den furchterregenden, doch gerechten Berserker zum Herrn als zum Feind ihres Herrn zu haben.

So schien es, als ob Olof Thorolfsson das einzige Problem war, das es noch zu lösen gab. Jarl Hademut machte das zu seiner Aufgabe.

Er begann Olof zu suchen und zu jagen, und der erwies sich als würdiges Wild. Seit vielen Jahren hatte Hademut vergessen gehabt, wie gern er auf einem Schiff stand. Wie gern er jagte. Er war stolz, dass er die Entbehrungen noch ebenso wegstecken konnte wie die Jüngeren. Zwei Mal hatte er Erfolg bei der Hatz, erwischte und vernichtete Schiffe, die zu Olofs kleiner Flotte gehörten, doch Olof selbst hatte dazugelernt. Wie ein Fuchs entging er wieder und wieder dem Jäger. Wie ein Fuchs schlug er dabei auch immer wieder Geflügel, dessen Besitzer darüber wüteten. Falls sie danach noch lebten.

Nicht nur Angeln und Schwansen machte er, den man nun Olof Rotfuchs nannte, unsicher. Auch hoch nach Jütland fuhr er, an die Küste, die ehemals Swidbert gehört hatte. Und der inzwischen weißhaarige Jarl blieb ihm dicht hinter dem Heck.

An dem Endwintertag, an dem Hademut den Gejagten endlich stellte, war Sigvid bei ihm, außerdem Delling und achtzehn andere. Bei Olof waren sein letzter, jüngerer Bruder und fünfzehn Männer.

Hademut staunte, als er Olof zu Gesicht bekam. Der junge Mann hatte sich auch äußerlich verändert. Keine Spur von Molligkeit oder Bequemlichkeit war mehr an ihm. Er war so hager, wie Havenar in seinen schlimmen Tagen gewesen war, trug nur noch einen Walrossbart, wie ihn sein Vater getragen hatte, und legte in Kleidung, Rüstung und Bewaffnung offensichtlich Wert darauf, wild und gefährlich zu wirken.

Nachdem der alte Jarl aus dem Augenwinkel beobachtet hatte, wie Olof zwei seiner Männer niederschlug, kam er zu dem Schluss, dass die Wirkung nicht völlig oberflächlich war. Der Sohn seines alten Feindes hatte in den Kriegsjahren, in die die Hademutssippe ihn geworfen hatte, schließlich Biss gewonnen. Das gefiel Hademut, denn es machte seine Absicht ehrenvoller. Er hätte nicht erklären können, wie es dazu gekommen war, dass er sich nach dem Zweikampf mit Thorolfs Sohn sehnte, doch als er ihm gegenüberstand, war ihm, als wäre er am Ziel. Es war der richtige Kampf zum richtigen Zeitpunkt in seinem Leben. Tötete er Olof, so war es ein abschließender Triumph. Starb er durch Olofs Hand, dessen Vater er getötet und dessen Land er genommen hatte, so war es ein großer Tod aus gutem Grund. Odin würde ihn mit offenen Armen empfangen. Und Havenar würde dann früher oder später aus seinem behaglichen Bau kommen müssen und Olof töten, da gab es keinen Zweifel für Hademut. Es gab also für ihn nur zu gewinnen.

Tatsächlich sah es so aus, als würde er im Schwertkampf siegen. Olof griff ihn gleich anfangs schneller als erwartet an, verletzte ihn mit dem ersten Hieb am Bein und machte ihn damit wütend. Hademuts Wut war von gleicher Sorte wie die seines Sohnes, wenn sie entfesselt wurde. Egal, was geschehen würde, dachte er noch, die freche Siegesgewissheit würde er dem Frischling vom Gesicht wischen.

Eine Wolke von hasserfüllt heißem Dampf stand um sie, als

Olof auf einer überfrorenen Schlammpfütze ausglitt und fiel. Hademut hob den Arm zum tödlichen Stoß, und dann fiel er plötzlich wie ein gefällter Baum auf Olof, ohne den Hieb auszuführen.

Olof wurde die Luft aus der Lunge gepresst, als das Gewicht des Jarls auf ihm landete. Einen Augenblick lang hielt er das für seinen Tod. Dann befahl ihm sein Körper zu atmen, und er befreite sich vom Gewicht des zweifelsfrei toten älteren Mannes. Es musste ein heimlich wirkender Zauber sein, der ihm zu Hilfe gekommen war, denn Hademut wies keine Verletzung auf außer der am Bein, die nicht tödlich gewesen sein konnte.

Olof nahm sich nicht viel Zeit für diese Feststellung. Es sah schlecht für ihn und die Seinen aus. Hätte sein Bruder noch gestanden, hätte er den Kampf fortgesetzt, doch der lag erschlagen am Boden. Mit ein paar Sätzen war er bei dem Pfad, der auf die Klippen führte. Dort drehte er sich noch einmal um. »Rückzug!«, rief er seinen Männern zu, die noch in Kämpfe verstrickt waren. »Haut ab.« Dann hastete er die Klippen hinauf und verschwand dort im Wald, kurz darauf gefolgt von jenen seiner Gefolgsleute, die sich noch hatten freimachen können.

Niemand setzte ihnen nach, denn alle hatten gesehen, dass Jarl Hademut seinen Tod gefunden hatte, und verharrten in Ehrfurcht. Ihnen kam es nicht so vor, als hätte ein Zauber Olof geholfen, sondern als hätte Odin Hademut geholt, ohne ihm die Bürde der letzten Niederlage aufzuerlegen. Ein wahrhaft großer Tod war es, im Kampf zu sterben, ohne geschlagen zu werden.

So sah es auch Havenar, nachdem Sigvid seinen Vater nach Flintholm gebracht hatte. Jarl Hademuts Begräbnis wurde ein rauschendes Gelage, an dessen Ende sie ihn auf seinem hell lodernden Schiff, fürstlich ausgestattet mit etwas von allem, was er im Leben geschätzt hatte, aufs Meer hinaussandten.

Drei Tage später bestimmten die Angeln Havenar zum Jarl seines Erblandes und damit zu einem der größten Herren von Danmark.

Es mochte etwas mit Neid und Rivalität zu tun haben, dass Gudfast sich am Abend jenes Things halb betrunken als Nächster der Jagd auf Olof verschwor. Havenar ließ ihn mit gemischten Gefühlen ziehen. Olof war ihm gleichgültig geworden. Der Mann war nur noch der Anführer eines schrumpfenden Haufens zerlumpter Strolche. Es machte ihn unnötig zum Helden, dass Jarle in eigener Person hinter ihm herhetzten. Er selbst hätte gehofft, dass Olof sich nun verkriechen und ihn nicht zwingen würde, ihm mehr Männer nachzuschicken. Andererseits wollte er wegen Hadwig nicht in die Lage geraten, Olof eigenhändig töten zu müssen, und hätte es daher zu schätzen gewusst, wenn Gudfast die Sache endgültig für ihn erledigte. Nebenbei gestand er sich ohne Zögern ein, dass er schlicht zu bequem war, ohne größere Not auf die Suche nach Olof zu gehen. Dort, wo er war, gefiel es ihm immens gut.

Nicht, dass er in Gammelby hätte auf der faulen Haut liegen können. Den Kindern allein wäre es gelungen, ihn aufzureiben, und dabei hatte er zwischen all den Aufgaben, die mit seinem ausgedehnten neuen Besitz gekommen waren, wenig Zeit für sie.

Er bot sowohl Vitgeir als auch Brunolf an, in Wittensee oder Silveid Stellvertreter für ihn zu werden. Beide lehnten ab. Daher saß nun Sigvid in Silveid an oberster Stelle und in Wittensee einer der Männer, die vor Jahren von Guttorm abgefallen waren und sich unter Havenar bewährt hatten. Macht und Verantwortung lagen am Ende dennoch bei Havenar. Es wäre ihm lästig gewesen, wenn nicht der Gedanke, dass er neben der Sicherheit für seine Leute auch ein reiches Erbe für seine Söhne geschaffen hatte, ihm zunehmend mehr bedeutet hätte. Statt einem hatte er nun drei prächtige Erbteile zu vergeben. Es kam nur darauf an, ob er stark genug war, sie zu halten, bis seine Ältesten so weit waren, dabei zu helfen.

Wie schwierig das werden würde, wurde ihm gänzlich klar, als Olof Rotfuchs Gudfast tötete. Sigvid musste für dessen noch zu jungen Sohn Verwalter von Süd-Angeln werden. Jeder Funken Frohsinn war in ihm erloschen, als er nach Gudfasts Begräbnis vor Havenar trat und ihn aufforderte, Olof das Handwerk zu legen und an ihm Rache zu nehmen. Sogar Brunolf, der Havenars Sehnsucht nach Ruhe besser als die meisten verstehen konnte, meinte, es wäre nur richtig, wenn Havenar den scharfzähnigen Fuchs, den er selbst erschaffen hatte, auch selbst fing.

Es stellte sich heraus, dass die Mehrheit der Leute so empfand. Als Hademut gestorben war, wussten alle, dass er den Tod gefunden hatte, den er suchte. Gudfast dagegen war jung, geachtet und beliebt gewesen. Die Angeln hätten ihn gern noch länger als Jarl behalten wollen.

Zu Brunolfs Ehre war zu sagen, dass er darauf bestand, seine eigene Ruhe aufzugeben und Havenar zu begleiten. Auch Sigvid wäre mitgefahren, musste jedoch als Verantwortung tragender letzter erwachsener Mann seiner Sippe zurückbleiben.

Diesmal handelte Havenar nicht rasch. Er ritt zurück nach Gammelby zu Frygdis, bevor er anfing, seinen Plan zu machen.

Frygdis war nicht überrascht, von seinem Vorhaben zu hören. Sie hatte immer geglaubt, dass Olof noch einmal in ihr Leben mit Havenar eingreifen würde, auch wenn er ihr schon lange keine schlechten Träume mehr verschaffte. Es kam ihr gerecht vor. Wie eine verdiente Strafe für sie. Nur hatte sie gehofft, dass es später kommen würde. Viel später. Dass sie nun erst einmal eine Weile Ruhe haben würden.

»Merkwürdig. Olof ist mir schon so lange gleichgültig. Trotzdem wüsste ich gern, was er jetzt wohl denkt und fühlt, wenn er hört, dass du hinter ihm her bist.«

Havenar nickte. »Es wäre nützlich, das zu wissen.«

Das war es nicht, was Frygdis gemeint hatte, und Havenar wusste das sicher. Es war deutlich, dass er nicht darüber nachdenken wollte, wie Olof empfinden musste. Das konnte sie nachvollziehen, aber ihr selbst blieb nichts anderes übrig. »Ich weiß nicht, ob ich hoffen soll, dass du ihn findest«, sagte sie.

»Hoff es lieber. Ich werde die Suche nicht so bald aufgeben können. Und die Wahrheit ist, dass er mit seiner Bande reichlich Schaden angerichtet hat. Frag Erik. Die Leute haben Recht, wenn sie von mir erwarten, dass ich ihn fange.«

Frygdis wechselte Klein Ragnhild von einer Brust an die andere. »Wir werden deinen neuen Besitz nicht halten können, wenn du stirbst.«

Havenar hielt sorgfältig seine Gefühle aus seinem Gesicht fern und ließ seine Stimme nüchtern klingen. Es war nicht, dass er nicht ahnte, was in ihr vorging. »Vitgeir weiß, was zu tun ist. Er wird dafür sorgen, dass Gammelby und Nord-Angeln euch bleiben, bis Bjarne alt genug zum Erben ist.«

»Das ist es nicht, was ich hören wollte«, gab Frygdis mit einem Seufzer zurück.

Havenar ging neben ihr in die Hocke und störte damit Klein Ragnhild beim Saugen. Seiner Tochter lief Milch aus dem Mundwinkel, als sie ihn mit ihren großen blauen Augen anstaunte. Er wischte sie ihr gedankenverloren mit dem Daumen von der Wange und streifte sie dann an seinen Lippen ab. Frygdis zog sich das Herz noch weiter zusammen. Der Gedanke, ihn zu verlieren, war nach wie vor zu ungeheuerlich, um ihn klar zu Ende zu denken.

Er hob den Blick wieder zu ihr. »Ich trenne mich nicht gern von euch, das muss ich dir nicht sagen. Auf der anderen Seite war dies mein neunundzwanzigster Winter, und ich habe vom Leben all das Beste gehabt. Wenn es mich jetzt erwischt, dann gehe ich als zufriedener Mann, und du weißt, wo ich auf dich warte.«

»Ein netter Versuch, sie zu trösten, aber es ist leeres Gerede«, warf Erik von seiner Bank aus ein. Er hatte sich noch immer nicht völlig erholt und ruhte viel. »Warte ab, bis der Moment da ist. Auch er wird sich mit Zähnen und Fingernägeln ans Leben krallen, Frygdis. Es kommt doch immer darauf an, wie viel man hat, für das sich das Leben lohnt.«

Havenar lächelte. »Ich habe ja nicht gesagt, dass ich mich nicht am Leben festkrallen würde. Einer der weisesten Männer hat mich Vernunft gelehrt. Kopfloser Heldenmut liegt Jahre hinter mir.«

»Versprich mir das. Und dass du entscheidest wie Erik«, bat Frygdis.

»Ich komme zurück«, sagte Havenar und strich ihr über die Wange wie zuvor seiner Tochter.

Es kostete ihn den ganzen Sommer, Olof zu finden und zu stellen, denn der verhielt sich ruhig und wechselte dabei häufig das Versteck.

Als Havenar mit seinen Männern über Olofs lagernde Bande herfiel, verstand er, warum es keine Angriffe mehr von ihr gegeben hatte. Die Gejagten waren körperlich am Ende. Ihre Gegenwehr war so schwach, dass Havenar den Kampf verschmähte. Einzig Olof selbst kämpfte beherzt, doch gegen die Übermacht, die Havenar auf ihn hetzte, war er machtlos. In kürzester Zeit wurde er überwältigt und von einem von Havenars Norwegern bewusstlos geschlagen. Von da an dauerte es nicht mehr lange, bis alle seine überlebenden Gefolgsleute gebunden waren. Sie waren so matt, dass sie nicht einmal sonderlich wütend zu sein schienen, als Havenar sie auf seine beiden Schiffe bringen ließ. Wahrscheinlich war die stille Hoffnung auf etwas zu essen ihnen schon mehr wert als die Freiheit.

Olof erwachte nicht, bis sie auf See waren. Havenar stand neben ihm und sah auf ihn herab, als er die Augen öffnete. Er fühlte nichts mehr vom alten Groll gegen Frygdis' ersten Gatten. Während er über ihm stand und seine abgemagerte Hülle begutachtete, gestand er sich ein, dass es noch einen weiteren Grund gehabt hatte, dass er ihn nicht selbst hatte jagen wollen. Er hätte es nie laut zugegeben, aber etwas in ihm fühlte sich im Unrecht gegen Olof. Viel mehr, als er ihm genommen hatte, konnte man einem Mann kaum nehmen. Deshalb hatte er ihn auch nicht töten lassen. Wenn es nach ihm ging, würde ein kleines Thing Olof in die Verbannung schicken und dabei keine zu harten Bedingungen stellen.

Allerdings lag es nicht bei ihm. Das Wort von Gudfasts Sippe hatte in dieser Sache mehr Gewicht. Dabei spielte es eine Rolle, ob man entschied, dass Olofs Handlungen noch Teil des Krieges gewesen waren. Waren sie es, so musste Gudfasts Tod nicht mit Tod gerächt werden. Waren sie es nicht, so konnte man von Totschlag sprechen, und Rache und Strafe würden entsprechend schwer sein. In dem Fall kam allerdings hinzu, dass man Horich als Richter anrufen musste, da der König Havenar seine Neutralität nur für die Dauer des Krieges zugesagt hatte und Olof ursprünglich sein Gefolgsmann gewesen war. Der Ausgang des Urteils wäre damit ungewiss.

»Ausgerechnet«, sagte Olof mit Abscheu, als er zu sich kam und Havenar sah.

Havenar nickte. »Ich hätte auch etwas Angenehmeres mit meiner Zeit anzufangen gewusst.«

»Seit ich aus Fleckeby fort bin, habe ich gehofft, dass du kommst. Ich hab's mehr als alles gewünscht. Da schickst du deinen alten Vater, dann Gudfast, das Weichei. Und jetzt, wo ich meine Ruhe wollte, da kommst du. Warum sind die Götter bloß alle für dich? Sag mir das, Rabenzunge. Sag's mir! Es gibt nichts, worüber ich im letzten Dutzend Jahre mehr nachgedacht habe. Was macht dich besser? Warum genießt du immer den Vorzug?«

»Lass dir sagen, Rotfuchs, dass es sich für mich nicht immer wie ein Vorzug anfühlte.«

»Aber auch sicher nicht wie eine Schande. Darin bin ich dir weit über. Das Gefühl der Schande trägt für mich deinen Namen, hast du das gewusst?«

»Liegt nahe. Dabei habe ich es schon lange nicht mehr darauf angelegt, dich zu kränken. Wenn es nach mir geht, nimmst du deine paar Männer und die, die dir sonst noch folgen wollen, schwörst, nicht wiederzukommen, und baust dir ein neues Heim an einem anderen Ufer auf.«

»Wir wissen beide, dass es nicht nach dir gehen wird. Und auf ein neues Heim lege ich wenig Wert. Du hast mir schon zwei Frauen genommen. Das ist mir über. Noch mal lass ich mich darauf nicht ein.«

»Zwei?« Havenar war verblüfft.

Olof sah ihn forschend an und lachte dann bitter auf. »Und weißt es nicht einmal. Gerlind! Die wunderschöne, kleine Gerlind aus Fleckeby. Sie war mir versprochen, sobald sie mannbar würde. Aus einem fruchtbaren Weiberstamm käme sie, sagte ihr Vater, aber das hast du sicher herausgefunden. Mit ihr hätte ich es noch mal versuchen mögen. Hat sie dir schon geworfen? Ach, was soll's. Sie hat mich an Frygdis erinnert, als die so jung war. Dich auch? Wenigstens das bleibt mir. Die kleine Frygdis hat mir zuerst gehört, das kannst du mir nicht nehmen. Freyrs Knochen, sie war … prall und glatt. Und feucht. Wild machen konnte sie mich, deine Hurengattin. Wer weiß …«

»Ich hätte nicht gedacht, dass du so viel Biss verloren hast, dass du dich darauf verlegst, dir einen schnellen Tod zu erfaseln«, sagte Havenar.

»Ich plaudere doch nur ein bisschen. Der Tod wird schon kommen, da mache ich mir keine Sorgen. Na, zugegeben, ich wollte mal sehen, wie leicht ich dir zu nahe treten kann. In Wahrheit war es nicht so. Frygdis war nie mein Fall. Sie war nur mit dem Kind je warm. Was glaubst du: Ist das Mädchen tatsächlich von mir?«

Das Gespräch fühlte sich für Havenar zunehmend unwirklich an. Dieses war nicht der hasserfüllte Olof, den er erwartet hatte. Sein langjähriger Gegner klang wie ein resignierter alter Mann, halb betrunken. Beinah wollte er ihn trösten. Beinah. »Entweder von dir oder von mir. Mehr Möglichkeiten gibt es nicht. Und jeder, der Hadwig sieht, weiß die Antwort. Sie ist dein Spross.«

Nun zog nach allem doch Zornröte in Olofs Gesicht. »Du leugnest nicht, dass sie von dir hätte sein können.«

»Leugnen wäre Lügen. Dazu konnte Frygdis aber nichts. Ich hatte sie nicht gefragt.«

Olof richtete sich in den Fesseln auf und stützte sich mit der Schulter gegen die Bordwand. »Du hast sie mit Gewalt genommen, und trotzdem hat sie dich gewählt? Ist sie nicht bei Trost? Was für eine Welt! Ich habe nie die Hand gegen sie erhoben.«

»Sonst hättest du die Hand nicht mehr, nehme ich an. So oder so:

Es war Horich, der sie dir am Ende gestohlen hat, nicht ich. Oder sagen wir – hättest du sie und ihre Tochter vor Horich geschützt, dann wäre sie vielleicht bei dir geblieben. Sie hatte es vor.«

»Eine der Angelegenheiten, die ich in den letzten Jahren bereut habe. Wir hätten uns nie mit Horich einlassen sollen, dreckige Kröte, die er ist. Nutzt unsere Gefolgstreue aus, um euch das Messer an die Kehle zu setzen, dann lässt er dich auf uns los und dreht uns den Rücken zu. Es waren alles Narren, die ihn zum König gemacht haben.«

»Späte Einsicht, Olof. Das hättest du viel früher von mir hören können.«

»Glaub nicht, dass ich auf deine Seite will. Ich bleibe dein Feind, bis du mir mein Erbe zurückgibst oder bis einer von uns nicht mehr atmet. Und wenn du überlegst, ob du etwas für mich erbitten wirst, dann denk dran, dass du bei mir keine Gnade fändest. Wären unsere Rollen heute vertauscht, du wärst nicht mehr am Leben. Und du hättest gelitten, glaub mir.«

»Sehr zuvorkommend, dass du mir das mitteilst. Weißt du, die Sache ist, dass ich immer etwas zögerlich damit gewesen bin, dich zu töten, weil deine Tochter mich vor langer Zeit darum gebeten hat, es nicht leichtfertig zu tun.«

Mit einem verächtlichen Schnauben wischte Olof die Beleidigung fort. »Sie weiß, dass ich ihr Vater bin?«

»Dem Namen nach. Sie wusste nicht, wer du bist, als sie auf dich geschossen hat, falls du daran denkst. Hadwig ist eine bemerkenswert gute Schützin, nebenbei.«

Olof verzog den Mund. »Reichlich abscheulich, ein Mädchen so mit Waffen umgehen zu lassen. Aber du legst verständlicherweise auf das Kind keinen Wert, nicht wahr? Sie wird dir nichts einbringen.«

»Wird nichts einbringen und nichts kosten, wie ich es sehe. Wahrscheinlich bleibt sie in meiner Sippe. Hadwig liegt einem von meinen Söhnen am Herzen. Ich habe daran gedacht, die beiden zu verheiraten und ihnen Nord-Schwansen zu geben. Ist das nicht amüsant?«

Nun wurde Olof blass. »Amüsant nenn ich das nicht. Merkwürdig eher.«

»Warum? Wenn Bard Hadwig an seiner Seite hat, ist sein Anspruch auf Schwansen vor allen Leuten in Stein gemeißelt. Eure Sippe hat sonst keine Erben mehr.«

»Merkwürdig ist, dass du die Heiratspläne für meine Tochter machst. Ist der Junge dein Ältester?«

Havenar schüttelte den Kopf. »Für meine beiden Ältesten ist bereits gesorgt.«

»Ich frage mich, ob du mich verhöhnst.«

Ein spöttisches Lächeln zog über Havenars Gesicht. »Nicht in dieser Sache.«

Weiterhin unfähig, die widersinnigen Wendungen des Schicksals komisch zu finden, spuckte Olof neben sich aus. »Ohne jeden Krieg hätten wir so eine Ehe schließen können, wenn ihr weisere Männer gewesen wärt.«

»Gerade weil wir weise waren, wäre das nie zustande gekommen. Außerdem hätte ich dich jeden Atemzug meines Lebens gehasst, wenn Frygdis bei dir geblieben wäre.«

»Wie gut ich dir das nachfühlen kann. Mach mich los, dann zeige ich es dir.«

»Du hast dafür gesorgt, dass dein Leben Gudfasts Sippe vor mir gehört, als du ihn getötet hast.«

»Falls ich die Gelegenheit zu einem letzten Kampf bekomme, dann will ich dich und nicht einen aus Gudfasts Sippe. Ich finde, so viel könntest du mir zugestehen, nach allem. Einmal noch die Möglichkeit, dich zu töten.«

Havenar seufzte. »Was sage ich danach deiner Tochter?«

Olof schnalzte abfällig. »Was hast du ihr gesagt, als ihr meinen Vater und meine Brüder getötet habt? Mach mir nicht vor, dass es dir etwas bedeutet, was das Kind wünscht.«

»Ich will keinen Kampf mehr mit dir, egal, was das Kind wünscht. Glaub allerdings nicht, dass das meine Hand bremst, wenn es trotzdem so weit kommt.«

»Es ist ein solcher Jammer, dass du damals nicht mit deinen

Brüdern auf dem Schiff gewesen bist. Oder gerade letztens bei deinem Onkel. Wie ein blöder Heringsschwarm ist er mir ins Netz gegangen. Ich hätte gern zugesehen, wie wenigstens einer von euch ersäuft. Sicher hätten die Götter nicht zwei aus meiner Schlinge ziehen können.«

Havenars Mitleid mit Olof war wie weggeblasen. Er erinnerte sich daran, dass er ihn nie gemocht hatte, und war sich für die Fortsetzung des Gespräches plötzlich zu schade. So lachte er nur höhnisch, wandte sich ab und ging zum anderen Ende des Schiffes, von wo er mit einer Geste Brunolf grüßte, der das zweite Schiff dicht hinter der *Sturmfaust* führte. Olof hatte versucht, seinen Finger in alte Wunden zu bohren, doch Olof war es, der nicht nur keine Brüder mehr hatte. Er selbst hatte Vitgeir und eine blühende, wachsende Sippe. Er würde nichts aufs Spiel setzen, um Rache an Olof zu nehmen, würde sich nicht für einen Zweikampf mit ihm hergeben. Nach zwei Mahlzeiten und einer langen Nacht Schlaf würde Olof wieder ein Gegner sein, der ihn das Leben kosten konnte.

Viel Zeit, sich mit seiner Einstellung zu Olof weiter zu befassen, blieb ihm nicht, denn das Wetter wurde ungemütlich. So ungemütlich, dass Brunolf und er in Erwägung zogen, zu landen und den Sturm abzuwarten. Letztlich fuhren sie weiter, Flintholm war nicht weit. Doch auch, als sie die Höhe von Flintholm erreicht hatten, landeten sie nicht. Der Sturm hatte nachgelassen und blies sie rasch in Richtung Silveid, wo sie hinwollten.

Es dämmerte, als die Hafensperren für sie geöffnet wurden. In Havenars Magen zog sich ein Klumpen zusammen, als er den fremden großen Drachen erkannte, der dort am Anleger festgemacht war. Es war Horichs Schiff, und die Art, wie man sie begrüßte, ließ darauf schließen, dass sie erwartet wurden.

»Wie ich sehe, hast du mich nicht enttäuscht«, begrüßte Horich Havenar, als er Olof in der Halle von Silveid vor den Hochsitz brachte.

Havenar grüßte den König mit pflichtschuldigem Respekt, sah

ihn dann jedoch mit der üblichen Kälte an. »Ich gehe selten fehl, wenn ich in eigenem Interesse handle. Wenn du es zufällig geteilt hast, gut für dich. Hast du dich hierher eingeladen, weil du Olof nach Friedensrecht richten willst?«

Horich lachte kurz und freudlos, dann seufzte er theatralisch. »Wenn das so einfach wäre, mein Freund. Nein, diese Sache erfordert gründliche Überlegung. Langwierige Erwägungen, das wirst du verstehen.«

Er wandte sich Olof zu. »Du hast mich in eine schwierige Lage gebracht. Halsstarrigkeit ist in diesem Landstrich allzu verbreitet. Du hättest dich damit abfinden müssen, dass der Krieg für dich verloren ist, und zu mir kommen. Da hätte ich dich noch brauchen können. Nun sehe ich keine andere Möglichkeit, als dich zu verurteilen.«

»Der Krieg war noch nicht vorbei«, sagte Olof grimmig. Er hatte Horich seinen Gruß verweigert.

Der König schnalzte. »Du meinst, es wäre dir lieber, wenn es so wäre. Was meinen aber Jarl Gudfasts Brüder dazu und der Sohn von Jarl Hademut?«

»Meinen Vater getötet zu haben, darf Olof sich nicht rühmen«, meinte Havenar.

Nun trat Sigvid vor, der bisher mit Brunolf im Hintergrund abgewartet hatte. »Olof ist ein gewöhnlicher Räuber und Totschläger geworden. Unserem Bruder hat er aufgelauert wie ein Wegelagerer. Wir erwarten, dass du ihn nach gewöhnlichem Recht richtest und zukünftigen Schaden durch ihn abwendest. Hängen würde zu ihm passen.«

Olof warf ihm einen schwarzen Blick zu. »Euer Bruder wollte mich tot sehen. Für ihn war ebenso Krieg wie für mich«, verteidigte er sich.

»Gudfast wollte seine Leute vor einem Mörder und Plünderer schützen«, beharrte Sigvid.

Havenar vermutete, dass Sigvid so wie er selbst die Angelegenheit nach Kriegsrecht behandelt hätte, um Horich herauszuhalten, wenn dieser nicht ungebeten aufgetaucht wäre. Nun, da der König anwesend war und mitzureden hatte, versuchte Sigvid, Horich so wenig Spielraum wie möglich zu geben.

Olof dagegen hoffte auf Kriegsrecht, weil es ihm einen letzten Kampf ermöglicht und die Schande des Hängens erspart hätte.

Havenar kannte des Königs Durchtriebenheit besser als Sigvid und Olof. Der Bastard hatte genug Zeit gehabt, sein Vorgehen zu erwägen und sich seine Vorteile auszurechnen. Nichts, was sie sagten, würde etwas daran ändern. Doch Horich hatte die Willkürherrschaft weitgehend hinter sich gelassen und setzte inzwischen darauf, seine blutig erstrittene Macht zu festigen, indem er innerhalb des gültigen Rechts intrigierte.

Bei allem Misstrauen war Havenar neugierig, welchen Weg Horich aus der tatsächlich nicht einfachen Lage wählen würde. Ließ er Olof davonkommen, riskierte er die frische Feindschaft der Gudfasts- und Havenarssippe und den Unwillen seiner gesetzesgläubigen Gefolgsleute. Abgesehen davon: Was sollte er mit dem besitzlosen und feindlich gesinnten Olof anschließend anfangen?

Ließ er Olof jedoch schändlich hinrichten, würde er damit die Welt darauf aufmerksam machen, dass er Havenar freie Hand für einen Kriegszug gegen seine eigenen Gefolgsleute gegeben hatte, um schließlich auch noch die Überlebenden wie Verbrecher zu richten, anstatt ihnen Hilfe zu gewähren. Das war keine gesunde Grundlage für ein Vertrauensverhältnis zwischen König und Gefolge.

Havenar nahm an, dass Horich es aufgrund seiner eigenen Erfahrung nicht in Betracht zog, Olof zu verbannen. Er selbst war als stärkerer König aus der Verbannung zurückgekehrt und hatte damit bewiesen, dass es nicht immer eine zuverlässige Art war, einen Feind loszuwerden. Einen fähigen Krieger wie Olof einem feindlichen Kriegsherrn zuzutreiben, war ungeschickt.

»Ich denke, Olofs Handeln war Teil des Krieges, den Havenar begonnen hat«, unterbrach Horich seine Gedankengänge. »Und in Wahrheit seid ihr euch darüber mit mir und ihm einig. Nicht, dass ich jemandem etwas zu erklären hätte, aber für meinen Geschmack war die Frage, warum ich euch euren Zwist in so großem Rahmen austragen lasse, viel zu oft Gespräch bei meinen Männern. So wie ich es sehe, ist nun am Ende euer ganzer Krieg eingekocht auf das, was es von Anfang an war: Havenar gegen Olof. Ein Hahn gegen den anderen.«

»Das ist nicht wahr«, widersprach Havenar. Olof schwieg.

»So sehe ich es, Freund«, sagte Horich mit aufgesetzter Milde.

»Dazu machst du es nicht«, beharrte Havenar. »Die Skalden singen längst, worum es ging.«

»So oder so. Mein Entschluss steht fest. Du bringst zu Ende, was du angefangen hast, Rabe. Übermorgen gehst du mit Olof auf den Holm, und die Götter entscheiden. Gewinnt er, bekommt er sein Erbe zurück und ich Süd-Schwansen. Gewinnst du, hast du, was du wolltest, bist ihn los und Herr über ganz Schwansen, bis auf den Teil um Haithabu, den du mir von Anfang an zugesagt hast.«

»Ja!«, stieß Olof mit Blick auf Havenar triumphierend hervor.

»Nein«, sagte Havenar.

»Nein?«, fragte Horich mit gehobenen Brauen. »Muss ich dich daran erinnern, wer ich bin und dass du mir Gehorsam geschworen hast?«

»Es gibt genug gute Gründe, warum ich keinen solchen Kampf führen muss. Olof ist bereits von mir besiegt.«

»Ah. Dann wird Freund Sigvid deine Stelle als Rächer seines Bruders einnehmen. Gewinnt er, dann fällt ganz Schwansen an mich, als Vormund von Olofs Tochter. Verliert Sigvid, dann gewinnt Olof sein Erbe und ich Süd-Angeln und Süd-Schwansen. Wie klingt das für dich?«

»Das klingt ganz nach dir, Horich.«

»Nun, ich bin sicher, dass alle begeistert darüber sein werden, wie ich die Gerechtigkeit am Ende dieses Krieges zurück in die Hand der Götter lege. Du kämpfst also übermorgen?«

Olof wandte sich Havenar zu. »Sei kein Narr. Willst du ihm noch mehr Land zuspielen?«

»Uuh. Mir scheint, da hat jemand einen Groll auf mich ausgebrütet«, meinte Horich belustigt. »Und das, obwohl ich gerade mit so viel gutem Willen erklärt habe, Hüter seiner Tochter werden zu wollen.«

»Gewinne ich«, sagte Havenar, »bin ich auch Vormund von Olofs Tochter.«

Horich lachte. »So? Vielleicht lassen wir das besser den Vater entscheiden. Was glaubst du, Olof, bei wem ist sie in den richtigen Händen, wenn du tot bist? Beim König oder bei dem, der dich um dein Weib, deine Ehre und dein Erbe gebracht hat?«

»Ich sterbe ja nicht«, sagte Olof mit einem Wolfsgrinsen. »Ansonsten gehört das Kind zu dem, der wahrscheinlicher der Vater ist, und das ist er, nicht du, Horich. Auch wenn du's vielleicht gern wärst. Hast ja durchaus lange versucht, meine Gattin in die Finger zu kriegen.«

Horichs Züge verhärteten sich. »Du magst es glauben oder nicht, aber so niedrige Beweggründe hatte ich nie. Deine Entscheidung erstaunt mich, aber ich nehme sie hin.«

Nur Langschwerter, keine Rüstung, war Horichs Vorgabe nach diesem Gespräch. Spätestens nun wusste Havenar, dass der König von Herzen hoffte, sie alle beide mit diesem Götterurteil loszuwerden. Ohne Rüstung überstand niemand einen solchen Kampf unverletzt.

Brunolf, der während des ganzen Unternehmens schweigsam und düster gewesen war, wich ihm bis zum Augenblick des Kampfes nicht von der Seite, sorgte für alles, wofür sonst Erik oder Vitgeir gesorgt hätten. Ruhe, die richtige Nahrung und ein Schwert, das eines Götterurteils würdig war: das Schwert, das vor noch nicht allzu langer Zeit Havenars Onkel gehört hatte, Brunolfs gemordetem Vater, dann Gudfast, Brunolfs gemordetem Bruder. Das Erbschwert der Gudfastssippe.

»Götterurteil.« Loki konnte sich kaum halten vor Lachen. »Na, wie urteilt ihr?«

»Hör doch auf«, knurrte Odin. »Du weißt, dass das Tyrs Sache ist. Er hat's erfunden.«

Loki wandte sich spöttisch Tyr zu. »Wer gewinnt, Tyr?«

Thor lachte, schlug sich auf den Schenkel und hieb Tyr den Ellbogen in die Rippen.

Tyr grinste. »Welchen Spaß hätte ich bei der Sache, wenn ich jetzt schon wüsste, wer gewinnt? Ich sorge bloß dafür, dass es nicht zu schnell zu Ende geht. Jetzt seid still und lasst uns den Kampf genießen.«

Die gewissenhaft polierte Waffe war ein Vermögen wert. Havenar drehte sie bewundernd in der Hand.

Auch in Havenars eigener Sippe gab es ein Erbschwert. Das jedoch lag in seinem Haus in Gammelby, auf zwei Holznägeln im Balken, hoch oben außer Reichweite der Kinder. Es war ein ähnlicher Zweihänder, beträchtlich länger als die Kurzschwerter, die sie gewöhnlich bei sich trugen. Die Knäufe waren reich verziert, dieser in seiner Hand hatte einen doppelten Wolfskopf. Selbst die Klingen waren graviert. Und tödlich geschärft. Jede ungekonnte Berührung der Schneide brach einem die Haut auf.

Es waren wahrhaft würdige Waffen. Stolz musste der Mann sein, der mit ihnen in den Kampf ging, doch Havenar konnte nur daran denken, dass er den Kampf, der ihm bevorstand, nicht führen wollte. Er wollte Olof nicht töten, wollte selbst nicht sterben und noch mehr, er wollte nicht einmal verletzt werden. Er war es müde. Wollte nach Hause. Aber er musste nur den Kopf heben, um zu sehen, dass es keinen Ausweg für ihn gab.

Voller Eifer hatten die Leute den Kampfplatz befestigt. Wie damals, als sein Vater hier gegen Olofs Vater gekämpft hatte. Kreisförmig waren mannshohe Pfähle in den Boden der Weide gerammt, wo das Gras vom Vieh kurz abgefressen war, und ein dickes Seil darum gespannt. Der Platz war groß genug für alle Kunstgriffe des Kampfes, doch zu klein, um lange ausweichen zu können.

Die Stimmung der sich langsam sammelnden Zuschauer schien ihm festtagsfröhlich, und er fragte sich, auf welchen Ausgang sie hofften. Hatten die Zimmerleute, die Weberinnen, die

Fischer, Waschfrauen und Thraele von Silveid unter Olof ein besseres Leben zu erwarten als unter ihm, Havenar? Oder war ihnen das gleich? Kamen sie nur aus Freude an der aufregenden Kurzweil? Zu allem Überfluss fand er es auf einmal entwürdigend, ein Schauspiel für die Leute zu sein, geheiligter Anlass oder nicht, und er fasste müde einen Entschluss. Wenn die Sache nun unausweichlich war, dann sollte dieser Holmgang sein letzter werden.

Sowohl Olof als auch er selbst hatten sich entschieden, mit nacktem Oberkörper zu kämpfen. Nur Hosen, Gamaschen und Schuhe behielten sie an. Ein flatterndes Wams mochte zwar einen unerfahrenen Gegner kurzzeitig über das Ziel seines Hiebes täuschen, doch sie waren beide nicht unerfahren und sicherten sich daher lieber den Vorteil der Bewegungsfreiheit. Vielleicht wollten sie damit auch noch einmal ihre Verachtung für Horich zeigen. Wenn es dem König gefiel, sie ohne Rüstung kämpfen zu lassen, dann sollten er und alle sehen, wie wenig ihnen das bedeutete.

Ohne Wams wirkte Olof nicht ganz so abgemagert wie seine Männer, stellte Havenar fest, als er den Kreis betrat, wo sein Gegner auf ihn wartete. Er schien Gebrauch von seinem Anführerrecht gemacht zu haben, als es um die Verteilung der Mahlzeiten gegangen war, oder er hatte anfänglich wesentlich mehr Fett gehabt als sie. Man konnte sagen, dass der Hunger ihn eher in Form gebracht hatte. Nicht einen Augenblick lang machte Havenar den Fehler, Olof für geschwächt zu halten. Nie hatte der Rote besser gekämpft als in dem Moment, wo sie ihn gestellt hatten.

Olof hielt den Kopf gesenkt und bewunderte oder beschwor ebenfalls das Schwert, das er mit beiden Händen hielt, die Spitze leicht auf den Boden gestützt. Olofs Erbschwert. Havenar hatte es nach dessen Gefangennahme in die große Kiste auf der *Sturmfaust* gelegt. Nach Horichs Urteil hatte er es Olof bringen lassen. Frisch geschärft und geputzt. Die Waffe war ebenso schön wie die, welche Sigvid ihm für diesen Kampf geliehen hatte.

Nun hob Olof den Blick zu ihm. Havenar wusste, was sein Gegner sah. Olof sah einen gottgeliebten Krieger auf der Höhe seiner Kampfkraft, bedeckt mit den Narben siegreicher Schlachten. Er war nie stärker gewesen, nie schneller. Was Olof sah, war sein Tod in Gestalt eines alten Feindes mit hellblondem Haar. In seinen Augen stand diese Erkenntnis geschrieben, doch sonst verriet nichts an ihm mangelnde Zuversicht.

»Nur schade«, sagte der rote Olof, »dass ich dich nicht quälen und langsam töten darf, hier, wo alle zusehen.«

»Glaubst du wirklich, die Götter werden mich ausgerechnet jetzt verlassen?«, meinte Havenar mit einem überlegenen Lächeln. Ihm war nicht nach Schmähreden.

»Was würdest du meiner Tochter erzählen?«, wollte Olof wissen.

»Dass ihr Vater den stolzesten aller Tode gestorben ist«, erwiderte Havenar.

Olof nickte, schnaubte dann heiter. »Sie ist ein Teufelsbraten, nicht wahr?« Havenar nickte, Olof fuhr fort. »Ich könnte sie so gut wie du mit deinem Sohn verheiraten. Wenn du tot bist. Ich hätte davon auch meinen Nutzen.«

Havenar nickte wieder. »Lass uns anfangen.« Auch Olof nickte, nahm das Schwert hoch und richtete sich auf.

Sie fingen an zu kreisen, wachsam wie Wölfe, Schwäche suchend, doch da war keine zu sehen. Was soll's, dachte Havenar und stürzte vor, sekundengleich mit Olof.

Der Zusammenprall der Schwerter ging ihm durch den ganzen Leib. Auf jeden Knochen, auf jeden Nerv, und obendrein schmerzte ihn die Scharte, die die erlesen edle Klinge davon zurückbehalten würde. Dennoch überwand er seine Benommenheit etwas schneller als Olof. Nicht schnell genug jedoch, um ihn zu treffen. Olof parierte. So sprangen sie auseinander und belauerten sich neu. Schließlich täuschte Havenar einen tiefen waagerechten Schlag von rechts auf Olofs Mitte an. Olof versuchte das für einen Schlag auf die linke Schulter zu nutzen, der Havenar schräg bis zum Nabel gespalten hätte, wenn er nicht darauf gefasst gewesen wäre. Er reagierte mit einem Seitschritt, schneller, als das Auge folgen konnte, und ließ Olofs Schwert über sich auf seiner Klinge abgleiten, sodass der Schwung des eigenen Hiebs Olof seitlich aus dem Gleichgewicht brachte und sekundenlang dessen weiche Seite als Ziel darbot. Doch Olof kannte den Zug, kauerte und fuhr mit dem Schwert in Fußhöhe herum, sodass Havenar zurückspringen musste, während er noch ausholte. Als er wieder vorsprang, hatte Olof sich schon aufgerichtet und parierte seine nächsten Schläge zwar mühsam, aber mit Erfolg.

»Du bist ein Lamm von einem Berserker«, keuchte Olof, als Havenar daraufhin wieder Abstand nahm.

Havenar blieb kalt. »Du hättest den Berserker wohl gern gegen dich, was? Kannst du schon nicht mehr?«

Woraufhin Olof mit Gebrüll auf ihn losstürzte, als wäre er selbst der Berserker. Alles vorher war nur Spiel gewesen gegen das, was folgte. Mächtigen Schlägen und Paraden folgte ein wütendes Gerangel mit Halbschwertern, dann gingen sie erneut auf Distanz und tauschten Hiebe zum Eichenfällen. Binnen Kurzem lief ihnen der Schweiß, und ihr Keuchen und das zornige Stöhnen der wachsenden Anstrengung mit ihrem Schmerz im Schlepptau war das Einzige, was sie sich noch zu sagen hatten.

Endlich spürte Havenar, dass Olof schwächer wurde. Er selbst war wie in Trance. Der Schmerz existierte, ohne Macht über ihn zu haben. Er hatte gelernt, ihn für die Dauer eines Kampfes als bedeutungslos zu betrachten. Erik hatte ihm das beigebracht. »Meine Arme fallen mir gleich ab«, hatte er als Junge geklagt, wenn sein Onkel mit ihm übte.

»Der Moment, in dem du sie auch nur zwei Haarbreit sinken lässt, ist der Moment, in dem du aufgibst«, hatte Erik gesagt und ihn gezwungen, sich weiter zu wehren und zu wehren, bis er am Boden lag.

Olof ließ die Arme sinken. Mehr als zwei Haarbreit. Er wurde langsamer. Havenar griff erneut an, parierte Olofs Gegenschlag, täuschte und bekam schließlich seine erste Gelegenheit, Olof zu töten. Er hätte nicht einmal besonders schnell sein müssen.

Stattdessen sah er auf Olofs schweißverklebtes rotes Haar und dachte an Hadwigs lachende Augen unter dem ebenso feurigen Haarbusch. Das war für dich, Kleine, sagte er ihr in Gedanken und ließ die Gelegenheit vorüberziehen.

Olof war dafür nicht dankbar. Seine Wut wuchs und ließ auch ihn über die Erschöpfung hinwegkommen. Im nächsten Gerangel gelang es ihm, Havenar den Schwertknauf so ins Gesicht zu schlagen, dass der kurzzeitig nur noch silbernes Funkeln auf dunklem Rot sah und glaubte, alle Zähne verloren zu haben. Seine Nase blutete wüst.

Dafür schlitzte er Olof handlang den Oberarm auf und die Hand, die das Schwert an der Klinge zum Halbschwert machte. Der Rotfuchs konnte den Schrei nicht ganz verschlucken.

Als derart das erste Blut geflossen war, kam fiebrige Erregung in die Zuschauer.

»Geschieht dir recht, Hademutsson«, schrie eine wütende Männerstimme. Havenar konnte schwören, dass es Vitgeir war. Offenbar hatte sein Bruder es nicht aushalten können, zuhause zu bleiben, nachdem der Bote ihm die Nachricht von Horichs Entscheidung gebracht hatte. Er hätte gelächelt, wenn seine ruinierten Lippen es zugelassen hätten. Kein Zweifel, dass Vitgeir die Gnade missbilligte, die er Olof eben geschenkt hatte.

Derweil hatte Olof sich für einen frischen Angriff gesammelt und drang gegen ihn vor, als hätten sie gerade erst angefangen. Havenar tat nicht mehr, als jeden Schlag abzuwehren. Olofs Gesicht mit den festgefroren gespannten Muskeln und den verkniffenen Augen verriet ihm die Wahrheit über dessen Zustand. Und es kam, wie es mit nachlassender Kraft oft kam. Olof stolperte einem seiner Hiebe nach und fiel aufs Knie. Die zweite Gelegenheit.

Havenar trat zurück und wartete, fühlte sich selbst, als schwebte er und sähe das Geschehen von oben.

Aufgeregte Kommentare der Zuschauer ließen Lärm um den Kampfplatz her aufbrodeln, es klang wie Tiergeheul. »Verdammt noch mal. Ich reiß dir den Kopf ab«, hörte Havenar Vitgeir aus der Menge heraus und musste nun doch mit den zerschundenen Lippen lächeln, wandte jedoch nicht die Augen von Olof, der soeben aufstand. Langsam tat er das, als wüsste er genau, dass Havenar ruhig auf ihn wartete. Olof richtete sich auf, sah ihn mit Augen an, die glitzerten wie die eines gereizten Luchses. »Machst du das noch ein Mal«, sagte Olof leise, wohl nur für Havenar hörbar, »trifft dich mein Fluch. Dann komme ich im Tod über dich, hörst du? Was immer du meiner Tochter schuldest, jetzt ist es bezahlt.«

Über der Zuschauermenge erschien die dunkle Silhouette eines Raben. Aufgeregt kreiste er über ihnen und krächzte, dann landete er innerhalb des Kampfkreises, vier Schritt von den Kämpfenden entfernt, sein zottiges Kehlgefieder aufgeplustert.

»Verfluchtes Vieh.« Das war wieder Vitgeir, erschrocken diesmal.

Olof warf einen Blick auf den schwarzen Vogel, dann sah er zurück auf Havenar und hob sein Schwert zur Grundposition. »Odins Zeichen«, sagte er mit ironischer Bitterkeit und sah Havenar in die Augen.

»Hau zu«, sagte der Rabe. »Hau zu.«

Havenars Miene wurde ernst, dann nickte er Olof kaum sichtbar zu und griff an.

Es war schnell zu Ende, und die Zuschauer tobten danach ohrenbetäubend, während Havenar mit verschwimmendem Blick auf Olofs Gestalt sah und die Geschichte durch seinen Sinn flog, die sie beide hierher verschlagen hatte.

Olof war nicht sofort tot, als er zu Boden ging. Das wurde Havenar klar, als der Nebel vor seinen Augen verschwand. Er ließ sein Schwert fallen, kniete sich zu ihm und suchte seinen Blick. »Nur eins«, sagte Olof hastig und keuchend. »Rede vor dem Kind nicht schlecht über mich.«

»Das haben wir nie«, erwiderte Havenar. Olof hielt seine Waffe noch umklammert. »Das Schwert gibst du mir mit«, befahl er. Havenar nickte, dann schloss Olof die Augen. Bis zum Ende blieb Havenar noch bei ihm, es dauerte nicht mehr lange.

»Guter Hund«, sagte Ruß und hüpfte näher.

Havenar schüttelte matt den Kopf und stand auf, da erhob sich auch der Vogel und landete auf seiner Schulter.

Götterurteil, dachte Havenar, was für eine närrische Welt. Er wollte nach Hause. Nach Vitgeir und seinen Freunden Ausschau haltend, drehte er sich um sich selbst und bestaunte die wie wahnsinnig rasende Menge. Horich stand mit seinen Vertrauten auf einem Holzpodest. Die Arme verschränkt, sah der König zu ihm herüber, sein Gesicht reglos, ohne einen Hinweis auf seine Gefühle zu dem Ausgang des Kampfes. Havenar stützte die Hände in die Seiten und starrte zurück. Sein Atem ging noch schwer, und er fühlte sich mehr oder weniger pulverisiert, aber er richtete sich zu seiner vollen Größe auf und starrte mit seinem Raben auf der Schulter zu dem König auf seinem armhohen Podest herab, als wäre er eine Laus. Und er hatte Erfolg damit. Horich wurde rot.

Sie hätten noch länger gestarrt, doch Brunolf war durch die Seile geschlüpft und trat zu ihm. Auf seinem Gesicht stand deutlich Erleichterung geschrieben. Er reichte Havenar Wams und Mantel und riet ihm wortlos, sich anzuziehen. Also schüttelte Havenar Ruß und Horichs Blick ab, wandte sich seinem Freund zu und zog sich an.

»Weiß der Himmel, warum du ein Gesicht machst, als hättest du einen Löffel Salz im Mund«, sagte Brunolf. »Sieh dir statt Horich die Leute an. Das ist wahrscheinlich der beste Kampf gewesen, den alle hier je gesehen haben und je sehen werden.«

Havenar sah wieder auf die hüpfend und klatschend johlende Meute, dann seufzte er und nickte mit verzogenem Gesicht. Mit Daumen und Zeigefinger griff er sich in den Mund, tastete, brachte schließlich das Bruchstück eines Zahns zum Vorschein und hielt es Brunolf hin. »Darum«, sagte er. Mehr konnte er nicht sagen, es tat zu weh.

Brunolf sah auf seine Hand, dann mit zusammengezogenen Brauen wieder in seine Augen. »Den nächsten schlage ich dir aus.«

»Irrtum«, hörten sie beide da Vitgeirs Stimme. Er war ebenfalls durch die Seile gekommen und hatte nun den Raben auf der Schulter. »Der nächste gehört schon mir.«

»Ich hatte es Hadwig versprochen«, murmelte Havenar, ohne die Lippen zu bewegen.

Vitgeir und Brunolf tauschten einen Blick, dann schüttelten sie die Köpfe und schlugen ihm jeder auf eine Schulter. »Vergessen wir's«, sagte Vitgeir. Dann fingen er und Brunolf plötzlich an zu lachen und schlugen sich gegenseitig auf die Schulter, und dann sprach Horich endlich den Ausgang des Urteils gültig, mit einem Gesicht, dunkel und unheildrohend wie die Wolken eines Eissturms.

Einige Stunden darauf waren sie trotzdem auf dem Heimweg. Die Leute von Silveid bestatteten Olof auf Havenars ausdrücklichen Wunsch mit allem Respekt.

Die Nachricht vom Ausgang des Geschehens gelangte nicht vor Havenar und seinen Begleitern nach Gammelby. Deshalb strömte bei ihrem Eintreffen die ganze Siedlung zusammen, und ängstlich gespannte Erwartung entlud sich in einem ähnlichen Aufruhr wie dem unter den Zuschauern direkt nach dem Kampf.

Der drängelnde Ring um die Männer war wieder einmal so dicht, dass Frygdis nicht ohne würdeloses Gewühl an Havenar herangekommen wäre, aber sie sah sein geschundenes Gesicht und die Müdigkeit darin von der Tür seines Hauses aus, während er noch auf dem Pferd saß. Hadwig hielt sich, unüblich für sie, an ihrer Hand fest und lehnte sich gegen sie. Frygdis streichelte sie tröstend und schützend. »Ich fürchte, das bedeutet, dass dein Vater tot ist«, sagte sie und lehnte sich selbst gegen die Hauswand, weil ihr vor Erleichterung die Knie zitterten.

»Das habe ich vorher gewusst. Havenar hat gesagt, er bringt ihn nicht um, wenn er nicht muss. Aber er musste doch. So ist es wohl besser.« Doch Hadwigs Stimme versagte am Ende, und als Frygdis zu ihr heruntersah, rollten Tränen über die Wangen ihrer Tochter.

»Ich wünschte, es wäre anders gekommen«, sagte sie und

drückte Olofs Kind an sich. Dann stand plötzlich Thorwald neben ihnen. Er strich Hadwig mit einem gekrümmten Finger die Tränen von der Wange. Sie hob den Blick zu ihm, und so standen sie einen Augenblick schweigend und sahen sich nur an. Dann ließ Hadwig Frygdis los und warf aufschluchzend die Arme um Thorwalds breite Taille. Thorwald hob die Neunjährige hoch wie ein Kleinkind, und sie vergrub heulend das Gesicht an seiner Schulter. Doch der Ausbruch dauerte nur kurz, dann mäßigte er sich zu abebbendem Schluchzen, das Hadwigs Worte zerhackte.

»Ich weiß auch nicht«, sagte sie, »warum mich das traurig macht. Aber er tut mir leid. Zum Schluss war er doch ganz allein. Und ich habe sogar mal auf ihn geschossen.«

Da gesellte sich auch Auda zu ihnen. Auf dem einen Arm hatte sie ihren und Thorwalds Sohn Ebbo, der seinen festen Säuglingsschlaf schlief, auf der Hüfte Klein Ragnhild, die müde und quengelig war und sich auf den Boden zappelte, wo sie sich dann sitzend an Frygdis' Bein klammerte.

Auda begutachtete seufzend den Menschenauflauf und klopfte zärtlich Hadwigs Rücken. »Olof hat sich so entschieden, Schätzchen. Dein Vater war nicht dumm. Er wusste, was er tat.«

Frygdis sagte nichts. Jeder Trost aus ihrem Mund hätte falsch geklungen. Hadwig wusste, dass ihretwegen Olof hundert Tode hätte sterben können, solange Havenar lebte. Dabei war es nicht so, dass sie Hadwigs Mitleid nicht geteilt hätte, und schuldig fühlte sie sich obendrein. Olof hatte buchstäblich nichts und niemanden mehr gehabt, als er starb. Bedrückt schweiften ihre Gedanken in ihre und Olofs Vergangenheit.

Da löste sich endlich der hellhaarige Held aus dem Pulk, siegreicher Sohn großer Jarle, ewiger Hüter ihres Herzens, und kam mit langen Schritten auf sie zu. Kein trüber Gedanke in ihr überlebte sein Näherkommen. Vor ihr blieb er stehen, und sein Blick traf ihren, zahllose zärtliche Botschaften darin. Havenars Gesicht allein erzählte ihr die ganze Geschichte, und auf einmal überwältigte sie deren Bedeutung. Er hatte es zu Ende gebracht. Nun würde er bleiben. Es würde nichts anderes mehr geben als Glück.

Nun grinste er über sein ganzes, böse zerschlagenes Gesicht. »Immer muss ich zu dir kommen«, beschwerte er sich. »Kannst du mir nicht ein Mal entgegendrängeln, so wie andere Frauen das tun?«

Frygdis hörte nicht, sie musterte erschüttert seinen Mund.

Er hob die Hände. »Dass du mich zur Begrüßung heute nicht küsst, kann ich dagegen verstehen. Damit bin ich ganz einverstanden.«

»Du hast dir einen Zahn ausschlagen lassen«, stieß Frygdis hervor.

Er hörte nicht auf zu grinsen. »Den feinsten Augenzahn noch dazu. Das Schlimme war, es war nur der halbe, die andere Hälfte mussten Brunolf, Herjulf und Vit mir ziehen. Sie sind jetzt alle taub.« Er drehte sich zu Thorwald und fuhr Hadwig über den Hinterkopf. Das Gesicht hielt sie an Thorwalds Hals verborgen. »Ich konnte es nicht ändern, Hadwig. Aber dein Vater ist gestorben wie ein mächtiger Held. Das ganze Land redet von unserem Kampf. Und er lässt euch grüßen, dich und deine Mutter. Freundlich grüßen.«

»Wirklich?«, murmelte Hadwig und drehte ihm das verweinte Gesicht nun halb zu. Havenar nickte. Ihre Augen wurden groß, als sie ihn anstarrte. »Mann, sieht das fies aus«, entfuhr es ihr.

Havenar lachte auf. »Wohl wahr«, sagte er, dann hob er, übermannt von dem Bedürfnis, ebenfalls eine Tochter nah zu haben, Klein Ragnhild vom Boden auf, die so müde war, dass sie es widerstandslos geschehen ließ, und holte Frygdis in den anderen Arm.

»Er war stolz auf dich«, sagte er dann zu Hadwig. »Er meinte, du wärst richtig.«

Woraufhin Hadwig wieder aufschluchzend das Gesicht an Thorwalds Schulter vergrub und Frygdis Havenar trotz allem behutsam küsste.

Noch bevor die Blutergüsse in Havenars Gesicht verheilt waren, begann er mit Frygdis, Vitgeir, Erik und Brunolf Pläne für den

Umbau und die Vergrößerung von Gammelby zu schmieden und ließ umgehend die Vorarbeiten beginnen. Es wurde daher nicht unbedingt ruhiger in ihrem Heim, aber zweifellos friedlicher, denn alle Männer hatten Aufgaben, selbst die in Gammelby zurückgebliebenen Schweden und Norweger, die dort nie etwas anderes gewesen waren als Krieger.

Auf die Weise verging der Winter arbeitsam, doch auch weit frohsinniger als die vorherigen. Diesmal herrschte keine Not. Manchen Abend verbrachten Männer, Frauen und Kinder gemeinsam feiernd in der Halle und lauschten dem Skalden, der sie mit Geschichten von anwesenden und nicht anwesenden Helden und Heldinnen in seinen Bann schlug.

Für den Jarl und seine Frau war der Winter jenes vollkommene Glück, an das sie nie zu glauben gewagt hatten. Die Kinder gediehen um sie her, die Leute waren zufrieden, und nichts stand zwischen ihnen. Ihre jüngste Tochter spielte zu ihren Füßen mit Eisfells prächtigen kleinen Welpen und Havenars erstem Enkel, während dessen Vater seinen Onkel Vitgeir auf dem Schachbrett besiegte.

Gerlind ließ sich unterdessen von dreien ihrer Verehrer umschwärmen, darunter dem Skalden selbst, dessen Heldinnen fast immer blond und ihr Ebenbild waren. Frygdis hoffte, dass die junge Frau langsam begriff, dass es eine Zukunft mit einem Mann für sie geben könnte, der nicht Havenar war. Zu Bjarne war Gerlind seit Erkenalds Geburt nie anders als schnippisch, weshalb dieser sie mied. Er tat es mit einiger Erleichterung, zumal er seinen Sohn ohnehin meist in Frygdis' Nähe fand, wenn er mit ihm zu tun haben wollte. Auch seiner Embla war er etwas überdrüssig geworden. Seit die Neuigkeit ihres nackten Mädchenkörpers verblasst war, hatte er nach und nach entdeckt, dass auch sie mit nicht allzu viel Geist gesegnet war und außer den Freuden unter der Decke kaum etwas mit ihm gemein hatte. Seitdem war er rastlos. Länger als für eine Schachpartie sah man ihn selten auf einem Fleck. Oft genug vergaß er seine Würde sogar so weit, dass er sich mit Arwed zum Balgen oder Eislaufen wieder unter seine jüngeren Geschwister mischte, wenn er nicht auf dem Übungsplatz war.

Wenige Wochen nach dem Julfest wurde das Wintereinerlei für die Jarlssippe von einem unerwarteten Ereignis unterbrochen. Der Skalde hatte sein erstes Lied an jenem Abend noch nicht begonnen, als eine der Zaunwachen zu Havenar kam und ihm die Ankunft eines unbekannten Händlers mit drei vollbeladenen Wagen meldete, der wünschte, dem jungen Jarl seine Angebote zu machen.

Neugierig folgte Frygdis Havenar hinaus in die eisige Dunkelheit und befahl einige Knechte mit Fackeln zu sich. Havenar ging ohne Licht mit dem Wachmann vor und stieg auf einen der Tortürme, um einen Blick auf die Ankömmlinge zu werfen.

Der Mann, der unten im Fackelschein stand, sah ihn trotz der Dunkelheit, die oben herrschte, sofort. »Havenar, bist du das? Verdammt, Junge, ich war hier mal zuhause. Mach mir das Tor auf, sonst leg ich dich übers Knie. Was ist das für eine Art, einen Verwandten in der Kälte stehen zu lassen?«

Havenar zuckte zurück. Für einen Augenblick hatte er das unsinnige Gefühl, den Geist seines Vaters zu sehen, doch dann begriff er. »Orm? Onkel Orm? Freyrs Hintern, warum lebst du noch? Ich dachte, du wärst zum Sterben im Süden geblieben.« Orms Antwort hallte ihm nach, während er schon vom Turm zurück auf den Hof und zum Tor sprang.

»Hab drauf gewartet und gewartet, Bengel. Aber mehr als der eine Zahn ist mir nicht ausgefallen. Paar graue Haare, das ist alles. Und die vor Langeweile, nehm ich an.«

Da hatte Havenar das Tor offen, stürzte auf ihn zu, schloss ihn in die Arme und hob ihn halb hoch. »Hätt ich das gewusst …«, murmelte Orm.

»Dann was?« Strahlend setzte Havenar ihn ab.

»Dann hätte ich nicht gedroht, dich übers Knie zu legen. Bist du noch gewachsen, oder was?«

»Mehr, als mir lieb ist. Komm rein. Ihr Götter, wir werden feiern! Komm. Erik wird Augen machen wie ein Uhu.« Er legte Orm den Arm um die Schultern und wollte ihn mitziehen, doch der griff nach seinem Wams und hielt ihn zurück. Mit der anderen Hand wischte er sich über die Augen.

»Warte. Nur … einen Moment.« Er musste tief atmen, um seine Fassung wiederzufinden. »Es ist … Gestern habe ich mit Herjulf gesprochen. Vorher wusste ich nichts. Und nun: Thors Freundschaft, Havenar.« Plötzlich griff er seinen Neffen, drückte ihn schniefend und hob ihn im Gegenzug hoch. »Es ist gut, dass ihr noch lebt. Du und Erik und Vitgeir.«

Havenar lachte, obwohl er Orms Mischung aus Schmerz und Freude teilte. »Ja. Da sind wir ganz deiner Ansicht. Frygdis!«, rief er dann laut. »Ein Blot!«

»Und nun lass sie in Ruh«, sagte Freya scharf und sah Loki an.

»Meine liebe Freundin« – Loki lächelte –, »du hast wirklich dein Bestes getan, um die beiden zu hätscheln und an deinem üppigen Busen zu bergen, nicht wahr? Schickst ihm sogar noch sein Onkelchen zurück. Ja, ich habe wohl gemerkt, wie du mir dauernd in die Geschichte fummelst, du Süße. Aber ich glaube nicht, dass alle hier mit diesem Ende zufrieden sind. Meine Versprechen sind noch nicht eingelöst. Fragen wir die anderen.«

Frigg räusperte sich errötend. »Verzeih, aber das mit dem Onkel war ich. Er gehört nun mal zu seiner Sippe.«

»Ah«, sagte Loki mit leiser Überraschung. »Noch eine Fummlerin. Warst du auch das mit der verrückten Alten auf dem ersten Thing?«

Frigg zuckte verlegen mit den Schultern. »Odin hat den Raben vor Frygdis' Füße fallen lassen.«

»Was wird aus dem König?«, wollte Odin ablenkend wissen.

»Zeig uns den Rest«, stimmte Frigg zu. Nun klang sie besorgt.

24. Kapitel

Orm hatte nicht nur sein bescheidenes Vermögen mitgebracht, sondern vor allem die Bereitschaft, den Rest seines Lebens seiner Sippe zu widmen, die er im Laufe seiner Zeit im Süden immer saurer vermisst hatte. Daher machte Havenar ihn zum Verwalter von Schwansen mit Sitz auf Silveid. Bjarne, Arwed, Kjartan und Rolleif, die alle vier unruhig und durstig nach Abwechslung waren, schickte er mit ihm. Bard lehnte diese Gunst ab.

Sigvid, als Treuhänder von Gudfasts Sohn frisch zum Jarl über Süd-Angeln gekürt, konnte zu seiner Freude wieder nach Brarup ziehen. Havenars eigene Last war damit beträchtlich geschrumpft, und zumindest gegenüber Frygdis machte er kein Geheimnis daraus, wie sehr ihn das erleichterte.

Die nächste Überraschung traf mittels eines Botenpaares Ende des Winters in Gammelby ein. Frygdis' offizieller Vater, Rodegang – mit den nur noch vier Schiffen –, lag in Haithabu im Sterben und wollte seine Tochter, deren Gatten und obendrein ihre Kinder sehen.

Frygdis war weder erschüttert, weil er starb, noch erfreut, weil er sich nach all den Jahren an sie erinnerte. Sie hegte gegen ihn, ihre Mutter und auch ihren leiblichen Vater Hallvard Larsson einen leisen Groll, hatte sie sich auch tausendmal gesagt, dass alle drei ihre Gründe gehabt hatten, so zu handeln, wie sie gehandelt hatten. Als Hallvard Hallvardsson mit seinem und damit auch ihrem kleinen Bruder Bernulf nach Ablauf des Gefolgsjahres nach Hause gefahren war, hatte sie ihm höfliche Grüße für ihre Mutter und deren neuen Gatten mitgegeben. Nicht mehr als höflich, aber doch immerhin. Antwort hatte sie nicht bekommen.

Rodegang, von dem sie annahm, dass er alle Gerüchte gehört hatte, die sich über die Jahre um sie rankten, hatte nie versucht, Kontakt zu ihr aufzunehmen, obwohl er außer ihr nur noch Einar hatte, der ebenso wenig sein leibliches Kind war wie sie und längst als Jarl in Jütland lebte. Auch von Einar hatte sie nie direkt gehört, seit sie von Olof fort war, aber dass er Rodegangs Erbe war, wusste sie aus Havenars sorgsam gepflegtem Netz von Quellen. Das Erbland ihrer toten Halbbrüder Momme und Nandolf hatte Horich sich stillschweigend angeeignet, und Rodegang hatte offenbar keinen Einspruch erhoben, weder aus eigenem Interesse noch für seine Tochter.

Nun, in letzter Minute, orderte Rodegang sie zu sich nach Haithabu, samt ihrer Familie. Dabei war es wahrhaftig nicht sein Verdienst, dass sie diese Familie hatte. Sie konnte sich nicht vorstellen, was er noch von ihr wollte. Sie wollte nichts von ihm.

»Ach was, natürlich gehen wir«, sagte Havenar. »Immerhin hast du ihn jahrelang als Vater gekannt, und er hat dich so behandelt. Da können wir doch wenigstens helfen, ihn zu begraben. Außerdem ist es eine Abwechslung. Das Wetter ist gut.«

Frygdis begriff, dass ihm trotz aller Willigkeit, sesshaft zu bleiben, der lange Winter an den Nerven fraß. Er sehnte sich nach einem Ausflug, und dies war ein willkommener Anlass dafür. »Also gut. Aber dann muss auch Auda mit. Als einzige Frau mache ich keine Reise mit unseren Flöhen.«

So kam es. Niemand konnte Havenar bei der Unternehmung Leichtsinn vorwerfen. Sie reisten mit vierzehn guten Männern, Thorwald, Guntram und ihn selbst noch dazugerechnet. Und Bard, der nicht gefragt hatte, ob er mitkommen dürfe, sondern einfach mitteilte, dass er es tun würde. Er war noch nicht ganz zwölf, durfte aber seit Kurzem ein scharfes Schwert tragen. Havenar dachte flüchtig daran, über Bards Vorwitz aufzubrausen, sah dann aber Hadwigs Freude und rettete sich in kopfschüttelndes Lachen. Als die anderen Jungen daraufhin maulten, versprach er ihnen einen weiteren Ausflug in die Stadt, nach seiner Rückkehr.

Die Reisegesellschaft war auf der Fahrt bei weitem zu heiter für einen Sterbebesuch, da Rodegang niemandem etwas bedeutete außer Frygdis. Und die nahm es Havenar nicht übel, dass er sich mit den Kindern mehr auf die Stadt freute, als dass er an Anstand dachte.

Havenar hätte am liebsten auf den Riemen der *Sturmfaust* getanzt, weil es ihm schien, als hätte er nie einen lebensfroheren Tag gekannt als diesen, an dem er offen, vor aller Augen, seine schöne Gattin und ihre Töchter in die Stadt brachte.

Schiffe, die sie auf der Schley passierten, Leute, die hier und da am Ufer zu sehen waren, grüßten respektvoll. Die *Sturmfaust* und ihr hellhaariger Besitzer waren jedem bekannt. Es schmeckte Havenar nach allem nicht so schlecht, hier Herr zu sein.

Im Hafen wurden sie erwartet. An Rodegangs Anleger war ein Platz für ihr Schiff bereit und Knechte, die sie hochachtungsvoll begrüßten und zum Haus des alten Kaufmanns geleiteten.

Frygdis erinnerte sich daran, wie sie den Weg das letzte Mal gegangen war, mit Olofs Onkel Halfdan, Auda und der kleinen Hadwig auf dem Arm. Damals hatte sie Havenar wiedergesehen, und ihre Hoffnung war auferstanden. Dass diese Hoffnung sie in die Mitte so glücklicher Blondschöpfe führen würde, wie sie sie jetzt umgaben, hatte sie sich in jenen Tagen nicht zu erträumen gewagt. Havenar trug Klein Ragnhild, Helche ging an Audas Hand, und die vier größeren schwatzten aufgedreht.

Der Weg zum Haus war nicht weit, und sie wurden geradewegs hineingeführt. Nur Havenar hielt draußen, um Wachen aufzustellen. Auch bei der *Sturmfaust* hatte er zwei eigene Wächter gelassen. Thorwald, Guntram und zwei weitere Männer gingen mit ins Haus und warteten dort an der Tür, während Auda und die Kinder langsam und etwas befangen Frygdis folgten.

Schon nach den ersten Schritten durch die Halle hatte Frygdis ein merkwürdiges Gefühl, sie bekam eine Gänsehaut und sah sich misstrauisch um. War es die Todesstille im Haus? Nur die Geräusche der Stadt, die Rodegangs Haus umgab, drangen zu ihnen. Waren die vier Knechte und die beiden Mägde deshalb so bleich, weil ihr Herr starb?

Auch die Kinder spürten es, die Zwillinge drängten sich stumm an Hadwig und Bard, der in auffallendem Ernst die Stirn gerunzelt hatte. Die zwei unfreien Frauen, die vermutlich Rodegangs Pflegerinnen waren, standen mit gefalteten Händen am rückseitigen Ende der Halle bei den geschlossenen Bettvorhängen und hielten unterwürfig den Blick gesenkt.

Frygdis ging stetig jenem Ende der Halle zu, ihre Schritte klangen auf dem Holzboden unnatürlich laut. Hier hatte sie als Kind gespielt.

»Ich erinnere mich«, sagte Hadwig erstaunt. »Da oben hatte mein Großvater Berge von Zeug.«

Unwillkürlich drehte Frygdis sich mit einem Lächeln um, und ihr Blick folgte Hadwigs zeigendem Finger in dem Augenblick nach oben zu den Lagerbalken, als auch die anderen Kinder nach oben sahen. Sie schrie auf.

»Raus hier«, brüllte Bard. »Vater! Gib acht!« Der Stimmbruch ließ seinen Ruf am Ende schrillen. Er stieß die Mädchen zur Tür, doch es war zu spät. Die Angreifer regneten zu Dutzenden von den Balken. Frygdis sah Havenar und Thorwald herbeistürzen, sah kurz Bards Kopf im Gewimmel, da traf sie ein Schlag, und sie fiel in schwarze Stille.

Auf Bards warnenden Schrei hin war Havenar ins Haus gerannt. Er zog sein Schwert, konnte jedoch nicht sofort eingreifen, weil er Klein Ragnhild auf dem Arm hatte. Mit seiner erschrocken weinenden Tochter an die Brust gepresst, lief er dorthin, wo zwei Männer gerade bemüht waren, Auda Helche zu entreißen. Helche zwischen sich und einen Stützpfeiler geklemmt, klammerte Auda sich mit Armen und Beinen fest. An ihrer Schläfe lief Blut herab, als hätte einer der Angreifer bereits versucht, sie niederzuschlagen.

Thorwald wehrte sich in einer Hausecke gegen eine Überzahl, hinter ihm drückten sich die Zwillinge an die Wand und hielten sich vor Angst starr aneinander fest. Die anderen sah Havenar nicht, denn mittlerweile waren seine Männer ebenfalls im Haus, und das Kampfgewirr nahm ihm die Übersicht.

Helche kreischte in Audas wütendes Schimpfen hinein. Von dem Augenblick an war es für Havenar nicht mehr weit bis zum Ausbruch seiner Berserkerwut. Mit der Linken hielt er sein Kind, mit der Rechten tötete er die Männer, die an Auda und Helche zerrten. Dann scheuchte er die beiden in die Ecke, wo Thorwald stand, überließ Klein Ragnhild Auda und befreite Thorwald von seinen Gegnern. Das Letzte, was er bewusst tat, war, Auda mit den Mädchen in die Ecke zu den Zwillingen zu stoßen und einen weiteren seiner Männer zu befreien, um ihn neben Thorwald zu stellen. Dann gab er der roten Wolke nach und hoffte nur, dass seine eigenen Männer klug genug sein würden, ihm aus dem Weg zu gehen.

Seine Männer waren klug genug. So klug, dass sie ihm zuarbeiteten und Gegner in seinen Weg zwangen, wie sie es auf dem Schlachtfeld gelernt hatten. Die hölzernen Bodenplanken waren bald auf jeden Schritt rutschig von Blut. Der größte Teil davon stammte von den Angreifern, aber als die restlichen Feinde flohen und das Getümmel zu Ende war, standen auch nur noch fünf von Havenars Männern. Sie standen in sicherem Abstand von ihm, und über ihr Keuchen hinaus rührten sie sich nicht, um seinen Blick nicht auf sich zu lenken.

Ihr Anführer stand angespannt vorgebeugt in der Mitte des Hauses wie ein tollwütiger Wolf. Die Kinder jedoch wussten nichts von einem Grund zur Vorsicht, was ihn betraf. Ishild kam aus der Ecke geschossen, sobald sie sah, dass kein Feind sich mehr rührte. »Sie haben Mama und Hadwig! Sie haben Mama und Hadwig! Mach was, Vater!«, schrie sie und rannte an ihrem Vater vorbei und zwischen den Toten hindurch zur hinteren Ecke des Hauses, wo die nun halb offenen hellbraunen Vorhänge eines Bettes in einer Brise wehten, die durch ein Loch in der Hauswand blies.

Havenar war zusammengezuckt, als er Ishild hörte. Sein Blick folgte verständnislos ihrem Kurs über den blutigen Boden. Dann stöhnte er, und sein Schwert fiel ihm aus der Hand. Ishild kniete sich auf die Bettkante und spähte durch das Loch hinaus. »Uuh«, sagte sie plötzlich ins nur von Schluchzen aus der anderen Ecke unterbrochene Schweigen hinein. »Hier ist ein toter Mann.« Dann sah sie sich über die Schulter um. Entsetzen und Ekel machten sich auf ihrem Gesicht breit, als ihr Blick über den Boden wanderte und an die fünfunddreißig tote Männer aufnahm, die weit weniger appetitlich gestorben waren als der, der vor ihr lag.

Havenar klaubte sein Schwert auf, ging zu ihr und hob sie hoch, nachdem er selbst einen Blick hinaus geworfen hatte. Der Tote im Bett war Rodegang. Seine friedlichen wächsernen Züge bewiesen, dass er ruhig im Schlaf gestorben war. Dem Geruch nach allerdings nicht erst an jenem Tag, vermutete Havenar. »Da sind sie hinaus?«, fragte er Ishild.

Sie nickte. »Die Männer haben sie durchgeschoben.«

»Thorwald«, sagte Havenar laut, ohne sich umzudrehen. »Ihr bringt die Mädchen nach Silveid zu Orm.«

»Havenar …«, antwortete einer seiner Männer behutsam, dann ein lauteres Frauenschluchzen.

»Thorwald kann nicht«, sagte Auda und schniefte wieder.

Havenar fuhr herum. Thorwald stand nicht mehr, sondern lag; Auda, Alrun, Helche und Klein Ragnhild als kauernde Häuflein Elend neben ihm. »Guntram?«, fragte Havenar mit aufwallender Verzweiflung. »Bard?«

»Nicht hier.« Die restlichen Männer hatten angefangen, die Toten zu untersuchen.

»Guntram ist ihnen nach«, klärte Ishild Havenar auf.

»Und Bard?«

»Den habe ich nicht gesehen.«

Thorwald war bewusstlos, aber sie hofften, dass es für ihn eine Aussicht gab zu überleben. Havenar ließ ihn von den Männern zum Schiff tragen. Ihn mit Auda und den Kindern sicher nach Silveid zu bringen, traute Havenar seinen übriggebliebenen sechs Kriegern allein nicht zu. Sie waren angeschlagen und keine Schiffsführer. Er musste sie selbst bringen, sonst riskierte er, alle zu verlieren, die er in die Stadt gebracht hatte. Wahllos griff er sich von den Anlegern eine Handvoll unbewachter Thraele zum Rudern. Er würde sie ihren Herren zurückgeben, wenn er wiederkam.

Alle waren schon an Bord, als Guntram auf den Anleger lief, so atemlos, dass er eine Weile nicht sprechen konnte. »Es war Horich«, stieß er schließlich hervor. »Sie fahren über die Treene zur Festung.«

Havenar fasste ihn bei der Schulter. »Hast du Bard gesehen?« Guntram sah ihn überrascht an, schüttelte dann den Kopf. »Kannst du die *Sturmfaust* zu Orm bringen?«, fragte Havenar.

»Bei Ehre und Leben«, sagte Guntram.

»Dass ihr mir bloß keine Männer nachschickt, hörst du?«

So tauschten sie die Plätze. Mit zerrissenem Herzen küsste Havenar hastig seine verstörten Töchter und stieß danach sein Schiff ab. Er sah noch, wie Guntram es aus den Hafensperren hinaus und auf Kurs brachte, und ging dann, so rasch er konnte, zurück in die Stadt. Rodegangs besudeltes Haus mied er, sein Weg führte ihn direkt zu einem seiner geheimen Gefolgsleute, bei dem er sich unauffälligere Kleidung besorgen konnte und dunkle Farbe für sein verräterisches Haar.

Frygdis' Kopf schmerzte noch von dem Schlag, den sie erhalten hatte, als man sie eine Nacht und einen Tag nach dem Überfall vor Horich brachte.

Man hatte Hadwig und sie im Laufschritt aus der Stadt geschleppt und auf Pferden zur Treene transportiert, wo zwei Schiffe warteten. Nach zwei Stunden auf dem langsamen, gewundenen Fluss wurden sie wieder ausgeladen und an neue Reiter weitergereicht. Jene Männer waren mit ihnen zu dieser Festung geritten, die so neu war, dass alles in und um sie herum nach frischem Holz roch. Das war die letzte Bestätigung dafür, dass Horich hinter der Entführung steckte. Havenar hatte Berichte über dessen Festungsbau gehört. So war Frygdis nicht unvorbereitet und erkannte den König, obwohl sie ihn vorher nie bewusst gesehen hatte.

Zu ihrem Erstaunen stand Horich von seinem Hochsitz auf, löste sich aus der Gruppe seiner Gesprächspartner und kam zu ihr, sobald er ihrer Ankunft gewahr wurde. Seine Miene war ganz höfliche Besorgnis. Hätte sie nicht gewusst, was für eine Schlange er war, hätte sie ihm seine Erschütterung über ihren zerlumpten Zustand abnehmen können. Zornig richtete sie sich auf, verschränkte die Arme, von denen erst vor der Tür die Fesseln geschnitten worden waren, und sah ihn von oben herab an. Er war nicht viel größer als sie.

Der König blieb stehen, als ihr Blick ihn traf, als wäre er überrascht. Frygdis sah die Heuchelei aus seinem Gesicht schwinden. Statt ihrer breitete sich dort ein eisiges Lächeln aus.

»So ist das«, stellte Horich fest. »Frygdis Stolzhals. Meinst du nicht, etwas Respekt gegen den König wäre angebracht?«

»Respekt, wem Respekt gebührt«, erwiderte sie. Zu ihrem Bedauern klang ihre Stimme nicht ganz so ruhig, wie sie wünschte. Sie wollte ihn zu gern umbringen.

»Ah ja. Du hast Recht. Bewundernswert lief diese Sache nicht. Bei weitem nicht so, wie ich sie geplant hatte. Die Schuldigen sind allerdings bereits tot, wie es scheint, und können ihr Versagen bedauerlicherweise nicht mehr büßen. Sonst hätte ich dich daran gern teilhaben lassen. Sicher hätte das deinen Respekt erhöht.«

»Vor diesem Plan hattest du wenigstens die Achtung, die dir von Rechts wegen zusteht. Nun hast du auch die nicht mehr. Havenar wird jeden Schwur gegen dich als nichtig ansehen.«

Horich lachte bitter. »Jaja. Aber dafür habe ich ja jetzt dich. Und Olofs Ableger. Natürlich wollte ich lieber zwei, drei von seinen eigenen gepäppelten Töchterchen mit dir hier bei mir. Da wäre ich mir meiner Sache jetzt sicherer. Vermutlich wirst du allein aber reichen, um dem Raben die Flügel zu stutzen. Jedenfalls, wenn meine Quellen mich nicht täuschen.«

»Du wirst ihn nicht lenken. Auch nicht mit mir. Und sein Wohlwollen hast du dir nun verspielt.«

»Sein Wohlwollen?« Horichs Stimme schwoll an. »Sein Wohlwollen? Das sieht euch ähnlich. Du glaubst, das hätte ich nötig?« Er schnaubte verachtungsvoll.

»Oh ja. Das hast du allerdings nötig. Havenar fliegen die Männer zu, und sie wurden von ihm nie betrogen. Ein guter Teil von Danmark wird sich gegen dich wenden, wenn er es tut. Ganz zu schweigen von unserer schwedischen und norwegischen Sippe. Wie sollst du dein Reich halten, wenn die Franken und deine eigene Norwegersippe den Zwist riechen? Du weißt genau, wie nötig du Havenar hast.«

»Er ist ein halsstarriger, unberechenbarer Berserker, dem ich nicht von Sonnenaufgang bis Mittag trauen kann. Ich brauche ihn, da stimme ich dir mit Abscheu zu. Aus diesem Grund wirst du ihn für mich brauchbar machen.«

»Iss deine Schuhe, Horich.«

»Du hast nicht die zarteste Ahnung, was ich alles mit dir tun kann, oder, meine Liebe?«

»Ich habe ein helles, klares Bild davon vor Augen, was Havenar am Ende mit dir tun wird, wenn du etwas davon versuchst. Er wird einen Baum mit deinen Gedärmen schmücken, während du noch zuckst und wimmerst.«

»Und an dem Baum hängen wir beide, du und ich, dann in schöner Eintracht«, sagte Horich voll Hohn, aber Frygdis hatte seit jeher ein feines Gespür für das, was Männer nicht aussprachen. Horichs Plan war ganz und gar nicht so verlaufen wie gewünscht, seine überhebliche Zuversicht gespielt. Er war besorgt genug wegen dem, was er angefangen hatte. Sein Misserfolg mochte am Ende für ihn zum Fallstrick werden, doch für sich und Hadwig befürchtete sie gerade deshalb größere Gefahr.

Langsam atmete sie aus und zwang sich, ruhig zu bleiben. Es war klüger, die Ratte nicht weiter zu reizen. Sie zuckte mit den Schultern, um dem unerfreulichen Verlauf des Gesprächs eine Wende zu geben. »Was willst du nun tun?«

Da war sie wieder, die Heuchelei in seiner Miene. »Zu Abend essen«, sagte er mit einem höflichen Lächeln und einer einladenden Geste. »Leiste mir Gesellschaft.«

»Wo ist meine Tochter?«

»Für sie wird gesorgt. Ich habe schließlich eigene Töchter, hohe Frau, und behandle nutzbringende Geschöpfe nicht ohne Grund schlecht.«

»Sind deine Kinder bei guter Gesundheit?«, erkundigte Frygdis sich, nach den ersten umgänglichen Worten greifend, die ihr in den Sinn kamen. Sobald sie sie ausgesprochen hatte, wurde ihr bewusst, dass die Frage den Beiklang einer Drohung hatte, doch Horich schien es nicht so aufzufassen. Sie konzentrierte sich darauf, ruhig zu wirken, als Horich ihr den Arm bot und sie zur Bank neben seinem Hochsitz führte, wo die Männer eilig Platz für sie machten.

»Bei bester. Zwei von meinen Sternen sind gut verheiratet, zwei noch in meinem Haus. Die anmutigsten Geschöpfe – du wirst sie später sehen, wenn wir uns zurückziehen. Meine Söhne sind nebenbei die beiden jungen Männer, die da drüben sitzen und so tun, als würden sie Schach spielen. Sie täten besser daran, gelegentlich eine Figur zu bewegen, denn so langes Nachdenken glaubt den Strohköpfen niemand.«

Frygdis lächelte so falsch wie er und hielt insgeheim fest, dass Horich die gleiche Schwäche für seine Kinder hatte wie andere Leute. Die beiden Jungen am Schachbrett, Horichs letzte von ehemals sechs Söhnen, waren etwas älter als Bjarne und Arwed und wirkten ebenso wohlgepflegt und zufrieden mit sich und ihrer Welt.

In der darauffolgenden Nacht lag Frygdis mit Hadwig in einem Bett in Horichs Nähe. Zu beiden Seiten schnarchten Leibwächter des Königs, vor der Tür standen Wachen, an Flucht war nicht zu denken. Hadwig war angespannt und schlaflos wie sie selbst, längst nicht ihr übliches keckes Selbst, aber gefasst. Frygdis schloss sie fest in die Arme. »Uns passiert schon nichts.«

Hadwig nickte, seufzte, schwieg. Nach einer Weile seufzte sie wieder und drehte sich in Frygdis' Arm um, sodass sie ins Ohr ihrer Mutter flüstern konnte. »Ich hab keine Angst wegen mir«, hauchte sie. »Aber Bard ist hier. Und er wird ganz sicher was Dummes machen.«

Frygdis' Herz stolperte und raste dann weiter. Sie streichelte Hadwig den Arm. »Er ist schlau genug. Wird sich nicht erwischen lassen«, flüsterte sie zurück und hoffte mit aller Macht, dass dem so war.

Havenar kam am nächsten Tag zur Mittagszeit in Sichtweite von Horichs Festungszaun. Er hatte viele schlaflose Stunden Zeit gehabt, über sein Vorgehen nachzudenken. So gern er es in jenem Moment getan hätte, es lag auf der Hand, dass er keinen Krieg gegen Horich führen durfte. Er konnte genug Macht aufbieten, um den König herauszufordern, ihm so schwer zu schaden, dass es ihn am Ende vielleicht sogar zu Fall brächte. Besiegen konnte er ihn nicht. Nutznießer wären Horichs andere Feinde. Und der Preis, den die Dänen zahlen würden, wäre gewaltig gewesen. Immerhin hatte Horich mit seinen üblen Methoden dem Land dennoch eine nützliche Ordnung gegeben.

Gerade weil er es so sah und weil er bereit gewesen war, Horich dieser Ordnung zuliebe zu stützen, obwohl er ihn verabscheute, hatte dessen neuer Übergriff ihn aus der Fassung gebracht. Üblicherweise hätte er einen feinen Plan geschmiedet und noch zwei als Ersatz. Doch schon als er in Haithabu vom Steg gesprungen war, überwog das Gefühl, dass er diesem lang gefürchteten persönlichen Angriff nur persönlich entgegentreten konnte, und zwar auf die Art, die Horich am wenigsten erwartete: allein. Horich konnte ihn dann auf den Knien rutschen und seine Füße küssen lassen, aber wenn er allein kam, konnte er ihn zumindest nicht zwingen, Befehle zu geben, die er nicht geben wollte. Er würde sich schlicht weigern, Horichs Hofgefolge wieder zu verlassen, wenn er einmal in der Festung war, sonst aber gehorchen und nicht die Hand gegen ihn erheben. Das hatte früher seinen Vater am schnellsten aus der Ruhe gebracht, erinnerte er sich. Er hatte als Junge viel Übung darin gehabt. Nun, diesmal würde es nicht vergnüglich werden. Horich würde versuchen, ihn zu brechen. Es blieb die Hoffnung, dass der König sich früh genug darauf besann, dass er damit vernichtete, was er hatte gewinnen wollen.

Bei aller Schicksalsergebenheit nahm er sich dennoch die Zeit, um die Festung herumzuschleichen, sorgsam alle Zuwege, Tore und Zäune zu untersuchen und eine Weile das Kommen und Gehen zu beobachten. Schließlich schloss sein Vorhaben eine rasche Flucht nicht aus, falls sie sich anbot. Es war deutlich zu erkennen, dass die Festung neu und die Besatzung ungeübt war. Nicht ein einziges Mal sah eine der Wachen unter die ankommenden Wagen oder ließ jemanden die Stiefel ausziehen. Es sah nicht allzu schwierig aus, als Einzelner bewaffnet hineinzugelangen. Doch die Tore waren massig, und eine Flucht würde kein Kinderspiel sein.

Am Ende rollte er sich unter ein paar Büsche, aß sein Brot, trank sein Bier und schloss für eine Weile die Augen. Zumindest wollte er nicht schon mit einem quälenden Mangel vor Horich ankommen. Es war wahrscheinlich, dass der König ihm all das antun würde. Hunger. Durst. Schlafmangel. Schmerz. Erniedrigung. Es würde sich zeigen, wer den längeren Atem hatte.

Nach dem Aufwachen kroch er unter dem Strauch hervor, klopfte sich das schmutzige Laub von dem geliehenen Bauernmantel, strähnte sich die erdig braun gefärbten Haare mit den Fingern durch und ging ohne weitere Umwege zu einem der Tore. Es war das, welches ihm für eine Flucht am geeignetsten erschien. Die Wachen lachten, als er ihnen wahrheitsgemäß Auskunft darüber gab, wer er war. Trotzdem schickten sie ihn mit zwei Männern in Horichs Halle, wo ihm beim Eintreten guter Essensgeruch entgegenschlug. Einer der beiden trat vor, machte Horich mit einem unterwürfigen Gruß aufmerksam.

»Der Mann hier sagt, er sei Havenar Hademutsson. Du würdest ihn erwarten. Aber er ist allein und trägt keine Waffen.« Es gelang dem jungen Mann kaum, seine Belustigung zu unterdrücken. Jeder wusste doch, wie hellhaarig und riesenhaft der echte Hademutsson war. Und nie würde er waffenlos auftreten wie ein jämmerlicher Thrael.

Havenar war flüchtig in Versuchung, ihn mit zwei Griffen auf seine unbedarfte Stirn zu legen, dann aber sprang sein Herz nach vorn zum Hochsitz. Frygdis saß zur Rechten des Königs. Kühl und gelassen. Sie hatte sich mit ihm unterhalten, als er hereingeführt wurde. Seine Liebste erkannte ihn sofort und stand unweigerlich auf, ihr Gesicht zwischen Freude und Grauen hin- und hergerissen. Wohl wegen ihrer Geste begriff Horich ebenso schnell.

Es war eine Genugtuung für Havenar, dass auch Horich verblüfft war. Doch der König fing sich schnell. »Wie soll auch etwas funktionieren, wenn man von so vielen tumben Flegeln umgeben ist? Havenar, mein Freund, es tut mir leid, dass du nicht mit geziemender Würde begrüßt wurdest. Und zwar schon draußen vor dem Tor, wo du hingehörst.«

Havenar hob die Brauen. »Wünschst du mich draußen vor dem Tor? Was soll ich da tun? Sicher hast du doch Nutzbringenderes für mich im Sinn als das. Dem Aufwand nach jedenfalls, den du getrieben hast, um mich herzuholen.«

»Dich herzuholen? Da haben wir uns missverstanden. Dich herzuholen, war nicht meine Absicht. Die Gesellschaft deiner Gattin habe ich gesucht, nicht deine.«

»Es gibt uns nur zu zweit, Horich. Hast du sie, hast du auch mich. Ich glaube kaum, dass du das missverstanden hast.«

Horich machte diesmal keinen Hehl daraus, dass er staunte. »Ich kann dich hinauswerfen und von meinen Männern nach Haus prügeln lassen.«

Havenar nickte gleichmütig. »Du kannst mich töten lassen.«

Horich runzelte die Stirn. »Verlockend. Aber wem wäre damit gedient?«

»Das musst ja du wissen, nicht ich.«

»Wie kannst du glauben, dass du eine Aussicht hast, so ein Spielchen mit mir zu gewinnen?«

»Das glaube ich gar nicht.«

Horich wandte sich von ihm ab und sah Frygdis an. »Liebe Frygdis, du solltest deinem Gatten sagen, dass er heimgehen und brav sein muss. Du möchtest doch nicht, dass er sieht, wie ich dir die Ohren abschneide? Und du selbst möchtest sicherlich nicht sehen, wie ich ihn seinen Starrsinn fressen lasse. Denn das werde ich tun, wenn er bleibt. Mitsamt deinen reizenden Ohren.«

Frygdis sah ihm ins Gesicht und hielt dabei ihre eigene Miene sorgsam ausdruckslos. »Was willst du mit einem gebrochenen Gefolgsmann? Glaubst du, so einer wird dir Angeln und Schwansen halten und dein Reich stützen?«

»Wir drehen uns im Kreis, wie mir scheint. Die Sache ist doch, dass ich ohnehin nicht glaube, dass er mir dient, wenn es darauf ankommt. Sein Schwur ist eine dünne Hülle, darin ist kein Hauch echter Treue.«

»Bin ich nicht gekommen, als du uns nach Haithabu gegen die Norweger gerufen hast?«, fragte Havenar.

Horich sprang auf und marschierte zornig ein paar Schritte auf ihn zu, die Hand anklagend gegen ihn erhoben. »Oh ja, du bist gekommen. Du bist gekommen, als ob du der König wärst und nicht ich. Genau betrachtet ist das der Tag, seit dem ich sicher bin, dass ich deinem Schwur niemals trauen darf, dass du nie mein bist, solange ich nicht einen Griff an dir habe. Schluss mit den Späßchen, Havenar. Frygdis wird mir dienlich sein, weil ich ihre Tochter habe, und du wirst mir dienlich sein, weil ich Frygdis habe. Ich muss dir doch nicht beschreiben, durch wie viele Leiden ich eine Frau gehen lassen kann? Du wirst vernünftig sein. Geh zurück und sei Herr in deinem Land. Nur gib acht, dass du es immer in meinem Sinne und in meinem Namen bist, denn SIE bleibt hier.«

Unmerklich straffte Havenar seine Schultern. »Wenn sie bleibt, bleibe ich auch. Ich kann nicht Jarl sein ohne sie. Sie ist Gammelbys Herrin.«

»Sie ist deine Herrin, das ist deutlich. Sie muss verborgene Vorzüge haben. Ich frage mich, ob ich diese Vorzüge nicht für mich selbst entdecken sollte. Vielleicht ist es für mich an der Zeit, eine neue Ehefrau zu nehmen. Sie sind nie sehr langlebig bei mir, weißt du. Wie würde dir das gefallen, Hademutsson? Wir binden dich da fest, und du siehst zu, wie ich die Vorzüge deiner Gattin entdecke und entscheide, ob sie etwas für mich ist. Sie wird willig sein. Wie bereits erwähnt, hat sie Sorge um das hübsche Gesicht ihrer kleinen Tochter. Andererseits ist das Kind nicht mehr so klein. Ein, zwei Sommer noch, und sie ist mannbar. Ein böswilliger oder kurzsichtiger Mensch würde sie schon jetzt so nennen. Vielleicht wollt ihr beide zusehen, wie ich sie noch heute so einem Menschen schenke?«

»Wir drehen uns in der Tat im Kreis, Horich. Keiner von uns unterschätzt deinen kranken Erfindungsreichtum. Aber es gibt nur zwei Möglichkeiten: Ich bleibe hier, oder ich verlasse diesen stinkenden Holzhaufen und bin noch vor dem Morgen tot. Keinen von denen, die ich zurücklasse, wirst du mit Frygdis oder Olofs Tochter erpressen können. Das bin nur ich.«

»Wenn du dich selbst tötest, töte ich sie dennoch. Qualvoll«, schoss Horich zurück. Er war wieder zu seinem Hochsitz gegangen, stand aufgerichtet davor auf der Stufe und sah auf Havenar herab.

»Das sehe ich dann nicht mehr.« Havenar hatte es bis dahin vermieden, Frygdis anzusehen, und er tat es auch jetzt nicht. Er hoffte, dass sie verstand. Sein Wams klebte an seiner Haut, so gebadet war er in Schweiß. Verbissen klammerte er sich an die Hoffnung, dass Horich noch bluffte. Von sich selbst wusste er nicht mehr, was Bluff war und was er wirklich aushalten würde.

Horich war äußerlich wieder völlig ruhig. »Ich will über diese Sache nachdenken.« Seine zu einem brutalen Strich verzogenen Lippen bereiteten Havenar darauf vor, dass der Kampf begann. Horich fuhr fort. »Dafür nehme ich mir Zeit. Knie dich solange dahin.« Er zeigte auf einen Platz gegenüber vom Hochsitz, neben dem Herd in der Mitte der Halle – näher beim Feuer, als jemand sich freiwillig aufgehalten hätte. Dann setzte er sich und holte sich wie in einer zärtlich vertrauten Geste Frygdis' Hand auf den Schoß. Das kam überraschend, sie wollte sie mit einem Ruck zurückziehen, doch er hielt sie eisern fest.

Havenar zögerte nicht, er war an seinem zugewiesenen Platz auf den Knien, bevor Horich ein weiteres Wort sprechen konnte. Dann hob er den Kopf und traf Frygdis' Blick. Er bat sie stumm um Verzeihung. Ihr Gesicht war eine bleiche Maske, aber ihre Augen vergaben ihm. Mehr als das. Sie befahlen ihm Standhaftigkeit. Keine Spur von Angst stand darin, nur Wut. Trotzdem schrie sie auf, und die Tränen schossen ihr aus den Augen, als Horich ihr mit einer gezielten, sparsamen Bewegung einen Finger brach.

Havenar zuckte zusammen und spürte seine eigenen Tränen drängen, rührte sich aber nicht vom Fleck und sah sie weiter an.

»Ach. Wie ungeschickt von mir. Tut es weh, meine Liebe?«, sagte Horich.

Frygdis zitterte vor Schmerzen, doch nicht vor Furcht. »Es gibt etwas, das du wissen solltest, Bastard«, sagte sie. »Er und ich wussten unser Leben lang, dass dieser Tag kommen würde. Wir werden beide sterben. Vielleicht auch meine Tochter. Und du wirst nichts davon haben, außer unser Leid.«

Horich drückte die Hand mit dem gebrochenen Finger, bevor er sie losließ, und sie schrie wieder. Er grinste. »Aber das werde ich haben.«

»Wie werden dich alle deine Männer dafür hoch achten«, sagte Havenar mit ersterbender Stimme. Kein Bluff auf Horichs Seite also. Nun gab es nur noch die Hoffnung, dass es ihm irgendwann über wurde. Blieb die Frage, wie es mit ihm selbst aussah. Wenn er heimreiste, nach Horichs Regeln spielte, dann würde der Frygdis und Hadwig leidlich gut behandeln. So lange, bis er etwas tat, was dem König missfiel. Und das würde geschehen. All das hatte Havenar nicht ein, sondern zehn Mal durchdacht. Es wäre nicht mehr als ein Aufschub gewesen, mit seinem und ihrem Kummer bezahlt. Und wer wusste, was Horich noch fordern würde?

Nein. Es war offensichtlich, dass das Schicksal sich gewendet hatte. Die Götter wollten jetzt den vollen Preis für das wahnwitzige gestohlene Glück, das Frygdis und er miteinander gehabt hatten. Frygdis hatte es ausgesprochen. Sie würden diesen Preis zahlen. Er gemeinsam mit ihr. Und Horichs Gefolgsleute würden das Lied davon singen. Er fühlte, wie hinter ihm das Gedränge in der Halle dichter wurde.

»Geirrid, leg ihm einen Halsriemen um und binde ihn an den Kesselgalgen«, sagte Horich. »Er ist ein Berserker. Wenn ich so ein Tier schon halten muss, dann wollen wir es doch wenigstens nicht frei herumkriechen lassen.«

Havenar rührte sich nicht und sah zu Boden, während der mit üblem Mundgeruch gestrafte Geirrid dem Befehl des Königs folgte. Horich beobachtete den Vorgang genussvoll und war damit von Frygdis abgelenkt. Sie entriss ihm ihren Arm, sprang auf und lief ein paar Schritte. Mit der höllisch brennenden Hand gegen ihren Bauch gepresst, sprang sie zwischen zwei Männern hindurch auf eine Bank. Dabei verlor sie das Gleichgewicht und stützte sich an einem von ihnen ab. Nur fünf Sitze weiter saßen Horichs Söhne und starrten sie an. Alle Männer schwankten zwischen Gebanntheit, Überraschung und Belustigung und taten nichts, um sie zurückzuhalten – so wenig ernst nahmen sie eine schwache Frau. Doch immerhin hatte ihre Bewegung ihr die Aufmerksamkeit der ganzen Halle eingebracht.

»Was habt ihr für einen großen König«, höhnte sie, laut genug für alle. »Überlegt ihr gerade schon, wer von euch ihm als Nächster nicht gefallen wird? Was ist das für ein Mann, der solche Mittel braucht, um sich zum Besten zu machen?«

»Ein kluger Mann, der in seinem Leben bereits vieles gelernt hat, Kindchen«, schnitt Horichs Stimme durch die Halle. »Bringt sie mir wieder, bevor ich ihr Aufwiegelei vorwerfen muss.«

Frygdis schüttelte die Männerhände ab, die nach ihr griffen, ließ sich aber wieder zum Hochsitz schieben. Sie hatte erreicht, was sie hatte erreichen wollen und können. Es steckte verborgen in ihrem Ärmel, hinter der verletzten Hand.

Wie meist war sie beeindruckt von Havenars Weg und stolz

auf seine Würde. Sie war sicher, dass viele von Horichs Leuten es ebenso sahen. Doch was ihre Opferung betraf, war sie nicht so einig mit ihrem Gatten, wie der glauben musste. Havenar konnte Horich nicht töten. Die Folgen wären fatal, seine Sippe und seine Leute würden alles verlieren. Wenn jedoch sie selbst Horich tötete, dann würde zwar sie sterben, doch Havenar würde sich oder wenigstens seine Sippe retten können. Sie hatte seit Langem keinen Gedanken daran verschwendet, aber nun fiel ihr wieder ein, dass sie ihre Ehe noch immer nicht nach Recht und Sitte vor den Leuten bestätigt hatten. Havenar konnte also geltend machen, dass er keine Verantwortung für ihr Tun trug. Sie wollte nicht sterben. Doch sie würde nicht zögern, wenn sie damit Horichs verdorbene Bosheit ausrotten konnte. Sie würde nicht zusehen und erleiden, wie er ihren Mann quälte, und auf keinen Fall, wie er ihrer Tochter etwas antat.

Horich hielt inzwischen ein Methorn, und jemand hatte ihm außerdem ein Stück Taubenbrust gebracht. »Setz dich wieder«, befahl er, und sie gehorchte. Er aß das Fleisch halb und gab ihr den Rest. Sie nahm es ihm ausdruckslos ab und reichte es an den Leibwächter weiter, der neben ihr stand. Ihre schmerzende Hand hielt sie weiter an sich gepresst, und sie löste den Blick nicht vom Herdfeuer, das hinter Havenar hell brannte und ihm langsam den Rücken versengte. Auf seiner Stirn glänzte Schweiß, doch seine Miene war so leer wie ihre.

»Kein Appetit, ja?«, sagte Horich und lachte. Es schauderte Frygdis, weil sie glaubte, Wahn in seinem Lachen zu hören. »Nun, wenn ich in mich hineinhorche«, fuhr der König fort, »dann steht mir selbst auch der Sinn nach etwas anderem.«

Er reichte sein Horn mit einem Ruck, der den Met überschwappen ließ, zur anderen Seite, dann griff er wie eine zuschlagende Katze nach Frygdis, zerrte sie zu sich auf seinen Schoß, riss ihr das Kleid aus den Fibeln und den Halsausschnitt auf. Havenars Kopf schoss hoch, seine Hand zu dem Strick, der ihn an den Balken band, und schon ächzte das Holz. Aus dem Augenwinkel sah er die zwei am nächsten stehenden Männer zurückspringen, gespannt auf das Schauspiel, doch besorgt um ihre Haut. So viel zu stillem Dulden, hatte er noch Zeit zu denken, während er schon die rote Woge auf sich zurauschen fühlte.

Doch dann fesselte ein Tumult, der bei der Tür ausgebrochen war, die Aufmerksamkeit der Halle. Seine Sicht wurde wieder klar, er hörte lachende, kreischende und spottende Kinderstimmen.

»Komm schon, Selma, komm«, schrie ein Mädchen. »Traust dich nicht!« In einem Gewirbel von Röcken und Mänteln kam ein großes, fröhliches Mädchen mit geflochtenen blonden Zöpfen in die Halle gerannt, dicht gefolgt von einem kleineren, ebenso aufgedrehten, dem die roten Haarsträhnen soeben unter dem Kopftuch hervorzuquellen begannen. Ein weiteres Mädchen fluchte, quiekste und kreischte bei der Tür. Noch eines schrie: »Vater!«

»Thorfinna«, sagte Horich halb erstickt und verständnislos. Sein Gesicht bekam eine schmutzgraue Farbe.

Was dann geschah, dauerte nur wenige Sekunden. Die beiden Mädchen, die in die Halle getobt waren, jagten an der Bank entlang, zwischen den Männern hindurch und stolperten dort, wo auch Horichs Söhne saßen, juchzend übereinander.

»Hab dich!«

»Denkst du.«

Mit einem Satz waren sie auf der Bank zwischen den halbwüchsigen Jungen, die vergnügt nach ihnen griffen und dann erstarrten, als sie die Messer an ihren Hälsen spürten.

»He, Horich«, rief Bard. »Verheiratest du deinen Sohn mit mir?« Diesmal spielte ihm der Stimmbruch keinen Streich. Seine Stimme trug wie die eines Mannes, ein bemerkenswerter Kontrast zu den hübschen blonden Mädchenzöpfen und dem grünen Kleid mit Musterborten, das er trug.

»Bard«, zischte Hadwig vorwurfsvoll. Ihre Waffe war ein zweigriffiges Abziehmesser für Baumrinde. Sie konnte es Horichs jüngerem Sohn mit beiden Händen von hinten an die Kehle halten und ihn mit dem Knie nach vorn drücken. Sie hatten sorgsam überlegt, was sie mit ihrer beschränkten Kraft anfangen konnte, und es war ihr gelungen. Dabei fehlte ihr allerdings jegliches Verständis für großhalsige Scherze.

Die Wirkung ihres Auftritts war stärker und kam schneller, als sie gedacht hatten. Niemand in der Halle rührte einen Finger. Allerdings starrten sie nicht alle zu ihnen, auch nicht zur Tür. Verwundert folgte Hadwig den Blicken zum König. Er hielt ihre Mutter auf dem Schoß, eisiger Ärger durchfuhr Hadwig bei dem Anblick. Sie gab dem Messer unwillentlich einen kleinen Ruck, und der Junge vor ihr zuckte. Doch der König sagte nichts und saß steif, seine Züge waren schmerzverzerrt. Genau wie Frygdis blickte er zur Tür. Hadwig lächelte zufrieden, bei aller Angst.

»Du kannst ihn nicht heiraten, Bard«, sagte Arwed von der Tür aus.

Frygdis stellte fest, dass sowohl seine Stimme als auch das Grinsen auf dem Elfengesicht so eisig waren, dass Horichs Ausdruck dagegen als lieblich durchging. »Sein Vater ist ein Bastard.«

Selbst auf die Beleidigung hin bewegte sich keiner von Horichs Leuten. Havenar allerdings stand auf, befreite sich mit täuschender Ruhe von dem Riemen um seinen Hals und drehte sich zur Tür um. Seine Hände zitterten. »Freyas Gnade«, entfuhr es ihm.

»Uns ist nichts Besseres eingefallen«, sagte Bjarne entschuldigend und unterdrückte einen Fluch, weil seine Geisel ihm gegen das Schienbein getreten hatte. Dann wies er mit dem Kopf auf Horich. »Aber ihm ja auch nicht. Wir nehmen sie mit, ja?«

»Alle vier«, sagte Bard.

»Das werdet ihr nicht«, fauchte das Mädchen an der Tür, das von Bjarne gehalten wurde. Sie zappelte und wand sich in seinem Griff, der unerbittlich blieb. Bjarne hielt einen Dolch, genau wie Arwed, dessen Geisel sich nicht wehrte. An ihrem Hals zeigte ein verschmierter roter Strich, dass sie wohl schon vorher leichtfertig Arweds Ernsthaftigkeit angezweifelt hatte.

Trotz des blutigen kleinen Beweises fragte Havenar sich, warum Horich in keiner Weise reagierte. Er konnte doch nicht wirklich glauben, dass diese Handvoll Kinder kaltblütig die Nachkommen eines Königs morden würde. Benommen wandte er sich wieder Horich zu, und endlich verstand er.

Auch Frygdis hielt etwas in der Hand, dessen Spitze offenbar bereits in Horichs Fleisch gedrungen war. Unter dem Brustbein des Königs breitete sich ein Fleck auf dessen Wams aus. Eine rote Blume rund um Frygdis' Hand. Die Hoffnung sprang in Havenar auf wie ein aufgestörter Hase. Dies alles war mehr als verrückt, und die Wahrscheinlichkeit, dass sie schadlos herauskamen, klein. Aber es gab sie nun.

Wie traumumfangen stieg er auf die Stufen und stellte sich neben Horichs Sessel, legte einen Arm auf dessen reich verzierte Lehne. Der König atmete gequält, Frygdis' Hand mit dem Dolch wich weder vor noch zurück.

»Macht Platz, um die beiden mit Horichs Söhnen zur Tür zu lassen«, sagte Havenar den Männern. »Und ihr Jungen geht brav mit, denn ich fürchte, sonst wird euer Vater sterben. Er hat meine Frau wütend gemacht. Und Frauen handeln anders als Männer.«

Die Männer machten den Weg ohne Widerspruch frei. Es waren einige dabei, die aussahen, als wäre ihnen die Wendung recht, die die Angelegenheit genommen hatte.

Vorsichtig bewegten sich die vier jungen Leute zur Tür, wo sie mit den anderen vier gemeinsam hinaustraten. Durch die Türöffnung war zu sehen, wie Hadwig von ihrer Bürde befreit wurde. Guntram war dort aufgetaucht. Havenar bückte sich und nahm Horichs Waffen an sich. Spielerisch zeichnete er mit des Königs Dolch eine Linie auf dessen Wange, aus der das Blut hervorsprang. Spielerisch nur, wie Arwed es mit dem Mädchen gemacht haben musste. Keine Narbe wie seine eigene würde davon zurückbleiben, auch wenn es eine Weile wehtat. Horich zuckte schwach zurück.

»Du kommst besser auch mit, Horich. Geleite uns zum Tor, dann kannst du dich noch von deinen Kindern verabschieden.«

Frygdis verstand, machte sich von Horich frei und richtete hastig ihr Kleid, während Havenar den König am Arm fasste und beim Aufstehen stützte. Mit raschen Schritten stürmte Frygdis vor ihnen aus der Halle zu den Kindern, die sich bereits um einen angespannten Wagen versammelt hatten, Horichs Söhne und Töchter wie einen Schutzschild um sich.

»Verdammt, Guntram!«, sagte Havenar, als er mit Horich dort ankam. Hinter ihm verließen zögerlich ein paar von Horichs Gefolgsleuten die Halle.

Guntram zog den Kopf ein. »Die Bengel waren schneller unterwegs hierher, als jemand einen klaren Gedanken fassen konnte. Ihnen nachzuhetzen war das Beste, was ich tun konnte«, verteidigte er sich.

Havenar seufzte. »Frygdis, kannst du die hohen Gäste zusammenschnüren? Ich sehe, dass Guntram für Stricke gesorgt hat.«

»Niemals. Gemeine Verbrecher seid ihr. Schmutzige Geiselräuber. Ich geh nicht mit euch«, quietschte Thorfinna und trat wieder nach Bjarne, wimmerte jedoch, als der ihr mit belustigtem Gesichtsausdruck den Arm verdrehte, dass die Gelenke knackten.

»Thorfinna, sei ruhig«, sagte Horich leise und gepresst. Inzwischen drückte er sich die Hand auf den Bauch, dahin, wo das Blut durchsickerte.

»*Nur freilich weiß, wer wenig weiß, auch das nicht, wann er schweigen soll*«, zitierte Bjarne aus Odins Lied. »Dein Vater wollte mich mal hängen, weißt du? Ich war elf, und meine kleinen Brüder haben zugesehen. Irgendwie habe ich ihm das nie ganz verziehen. Du solltest dankbar sein, dass wir dich mitnehmen. Bei uns bist du unter anständigeren Leuten.«

»Drecksangelner«, stieß sie hervor. Bjarne lachte, nahm Frygdis einen Strick ab und fesselte dem Mädchen Hände und Füße. Schließlich waren alle auf dem Wagen, außer Havenar und Horich.

»Fahr zu, Guntram. Der König und ich laufen bis zum Tor.« Weiterhin hielt Havenar Horich stützend am Arm, und der ging neben ihm, als würde er schlafwandeln. »Hast du einen Geist gesehen?«, zog Havenar ihn auf, der selbst sein Traumgefühl nicht loswurde.

»Warum hast du Schwein solches Glück?«, fragte Horich heiser.

»Hast du doch auch. Da vor uns fährt es. Mach dir keine Sorgen. Ich behandle deine Kinder wie meine eigenen und ziehe sie dir ordentlich auf. Und wenn du es so willst, dann töte ich sie schnell. Eines nach dem anderen. Immer ein bisschen Zeit zum Besinnen dazwischen. Ein widerlicher Gedanke, aber auch ich habe schon Widerlicheres getan, wie du zweifellos weißt. Dieser Plan wäre nicht von mir gekommen, aber nun ist es einmal geschehen.«

Sie waren beim Tor, die Wachen zauderten ratlos. Horich hob den Kopf zu ihnen. »Macht auf.«

Als Guntram den Wagen durchs Tor gebracht hatte, ließ Havenar den König los und sprang auf. »Mögest du verrecken wie ein Hund«, sagte er, während Horich haltsuchend die Hand ausstreckte und von einem der Wachmänner gestützt wurde, bevor er auf die Knie fallen konnte.

»An meinem kleinen Schnitt wird er nicht verrecken«, sagte Frygdis vom Bock aus. Sie sah über die Schulter zu Havenar und traf seinen Blick. Er schenkte ihr ein zaghaftes Lächeln. Wieder einmal von den Toten zurückgeholt, dachte er.

»Daran nicht«, bestätigte er. »Aber vielleicht hat er ja doch Stolz genug, um an Scham zu sterben.«

Das Tor blieb hinter ihnen offen, Havenar konnte von seinem Sitz auf der Kante der Ladefläche noch lange erkennen, wie Horich und eine wachsende Menge seiner Männer dastanden und ihnen nachsahen. Alle warteten klar auf Horichs Befehle, doch der tat nichts. Wie gut er ihm das nachfühlen konnte.

»Sieht euer Plan zufällig auch schon vor, wie wir uns und diese Bürde heil nach Hause bringen? Der Wasserweg über Haithabu ist kein guter Vorschlag, wenn euch das vorschwebte«, bemerkte er, an seine Söhne gewandt.

Bjarne wurde rosig. »Um ehrlich zu sein, der Plan … nun. Das ging alles sehr schnell, weißt du. Wir dachten, wenn wir euch da heraus hätten, würde dir schon was einfallen. Wir können Haithabu umgehen, oder nicht?«

Havenar sah ihn unbewegt an und nickte langsam. »Dann müsste Brarup unser Ziel sein. Mindestens fünf Tagesreisen. Da wird man mächtig hungrig. Und mächtig müde, wenn man ständig die Augen offen halten muss.«

»Na, was hattest du denn vor, nachdem du Frygdis und Hadwig herausgeholt hast?«, erkundigte sich Arwed. »So vorbildlich ausgereift war dein Plan ja wohl auch nicht.«

Frygdis drehte den Kopf zu ihm. »Arwed, ich danke euch, dass ihr gekommen seid, auch wenn eure Mittel mich schaudern lassen. Ich danke euch von Herzen. Aber zweifelt niemals an, was euer Vater heute getan hat. Es war mutiger als jeder andere Kampf, den er in seinem Leben geführt hat.«

Arwed zeigte Betroffenheit. »So war es nicht gemeint.«

»Ich frage mich, ob Horich demnächst allein bei uns in Gammelby in die Halle marschiert kommt, um zu bleiben«, bemerkte Bard nachdenklich.

»Das soll er nur tun«, sagte Arwed mit Hass in der Stimme. Seine Lippen bildeten eine harte Linie, als er sich dorthin umsah, wo die Festung des Königs gerade hinter einer Kurve verschwunden war.

Havenar holte tief Luft. »Ich muss jetzt etwas von euch wissen, es hilft nichts. Sagt mir: Seid ihr tatsächlich bereit, eure Geiseln zu töten?« Er wies mit dem Kopf auf Horichs Söhne und Töchter am Boden des Wagens, ängstliche und wütende Kinder wie seine eigenen, wenn auch weniger ansehnlich, wie er fand.

»Sicher«, sagte Arwed.

»Nein«, sagte Hadwig.

Bard räusperte sich verlegen, strich sich mit einer koketten Handbewegung einen von seinen Zöpfen nach hinten und rollte die Augen zum Himmel. Hadwig musste kichern.

»Na ja«, sagte Bjarne und stieß Horichs Tochter mit der Fußspitze an. »Sie ist süß, diese hier. Leicht würde es mir nicht fallen. Aber wenn es sein muss.« Diesmal gab Thorfinna ihrer Entrüstung mit einem wortlosen Protestgeräusch Ausdruck.

»Also nicht«, sagte Havenar seufzend.

»Doch«, widersprach Arwed. »Horich hätte es mit jedem von uns getan.«

»Gut also. Arwed, wenn wir von Horichs Leuten angegriffen werden, dann nimmst du dir ihn …« Er zeigte auf den jüngeren der beiden Königssöhne. »Er stirbt zuerst. Dann sie.« Er wies auf das jüngere der Mädchen, das bereits das Zeichen von Arweds Messer trug.

»Halt an, Guntram. Halt an«, sagte Frygdis, sprang vom Wagen und übergab sich am Wegesrand.

»Mir wird auch schlecht«, stöhnte Hadwig und kraxelte hastig über Bard und die Gefangenen hinweg vom Wagen.

»Warum zuerst ihn?«, fragte der ältere von Horichs Söhnen gequält.

»Halt doch die Klappe, Halldor«, sagte der jüngere. »Das ist egal.«

»Ich versuche zu denken wie euer Vater. Ihr seid die letzten Söhne, die er hat. Um den älteren zu retten, wird er alles tun«, sagte Havenar.

»Er wird nicht angreifen lassen«, sagte Halldor. »Und wenn irgendwelche Dummköpfe es auf eigene Faust tun, ist es höchst ungerecht, einen von uns dafür umzubringen.«

»Ungerecht, hinterhältig und verabscheuungswürdig«, sagte Havenar. »Wenn wir in Gammelby sind, schickt ihr eurem Vater einen Boten und beschwert euch über seine Mittel. Bis dahin helft ihr brav dabei, dass wir nicht entdeckt werden und allesamt lebend durchkommen.«

Halldor schnaubte. »Ich werde mich nicht für meinen Vater entschuldigen. Aber wenn ich König bin, werde ich andere Mittel haben als er.«

Bjarne lachte auf. »Was für ein großes Maul.«

»Ich möchte ihn doch heiraten«, flötete Bard. »Er ist ein

ehrenhafter Mann. Autsch. Mann, Hadwig. Das Ganze hat seine lustige Seite, glaub mir.«

Hadwig, die über die Wagenwand wieder neben ihn geklettert war und ihn mit einem Ellbogenstoß für seinen Spott gestraft hatte, runzelte nur die Stirn und sah ihn böse an.

»Schon gut«, sagte er. »Ich halte den Mund. Wusste ja nicht, dass du das Kroppzeug schon liebgewonnen hast.« Was ihm den nächsten Stoß einbrachte.

Frygdis war zur Rückseite des Wagens gekommen und ließ sich von Havenar auf seinen Schoß helfen, wo sie sich in seinen Arm schmiegte. »Göttersohn voran«, murmelte sie. »Da hast du vielleicht was in die Welt gesetzt.«

»Ich fliege inzwischen häufiger vor Stolz, als ich laufe«, sagte er, laut genug für die Ohren der Kinder, doch so, als sei es nicht für sie bestimmt. Frygdis lächelte, das Gesicht an seine Brust gedrückt, und schloss die Augen. »Lass mich deinen Finger sehen«, sagte er und nahm behutsam ihre Hand in seine. Er zog die Luft ein, als er die Schwellung sah.

»Halb so schlimm«, flüsterte sie, obwohl ihr im gleichen Moment die Tränen kamen.

»Nun würde ich dir schrecklich gern einen Honigkuchen anbieten, aber ich habe wieder nichts bei mir.« Er küsste sie, und sie lächelte durch ihre Tränen. »Guntram? Fahr da vorn links zwischen die Bäume. Da liegt mein Schwert.«

Guntram lenkte den Wagen von dem holprigeren Pfad ab in den Wald und folgte Havenars Anweisungen bis zu einer Stelle, wo er halten musste. Havenar schlüpfte ins Unterholz und kam kurz darauf mit seinem Schwert, dem Dolch und seinem Bündel wieder. »Spann die Pferde aus, Bjarne. Da wir keine nützliche Fracht haben außer Königskindern, können wir auch laufen, dann sind wir doppelt so schnell und weniger auffällig.«

»Das ist für die Mädchen zu viel«, wandte Halldor Horichsson ein.

»Pffh«, sagte Hadwig und sprang vom Wagen.

»Ich finde, er hat Recht. Wer trägt mich?«, piepte Bard.

»Wann ziehst du endlich diese Sachen aus?«, fragte Arwed gereizt. »Mir kräuselt sich jedes Mal das Bauchfell, wenn ich dich ansehe.«

Bard warf ihm einen ernsten Blick zu. »Glaub mir, es wird sich noch hübscher kräuseln, wenn ich die Sachen ausziehe.« Hadwig prustete und musste husten. Bard grinste. »Oder denkst du, ich hatte eine Hand frei, um meine Hose mitzunehmen?«

Frygdis, deren Tränen noch nicht getrocknet waren, merkte, wie ihre Anspannung sich in irres Gelächter auflösen wollte, und behielt sich nur knapp im Griff. Dann jedoch wurde sie gewahr, dass Havenars Schultern von stummem Lachen geschüttelt wurden, und sie verlor. Das Gelächter sprudelte aus ihr heraus wie durch einen gebrochenen Damm.

Mit einem Keuchen holte ihr Gatte Luft und hielt sich an ihr fest. »Wie Bard sich seinen Hammer zurückholte«, schnaufte er. »Die Götter seien uns gnädig.« Außer Horichs Kindern grinsten sie alle, als sie sich schließlich zu Fuß auf den Weg machten.

»Werden wir es schaffen?«, erkundigte sich Frygdis eine Stunde später leise bei Havenar. Es war beinah dunkel, aber sie musste sein Gesicht nicht sehen, um zu wissen, wie wenig er daran glaubte und wie müde er war.

Er zuckte mit den Schultern. »Es ist weit«, sagte er und nahm sich Zeit, tief zu atmen. »Weit.«

Eine Weile später hielten sie, und Havenar ließ sie Schlafplätze finden, während er selbst mit Guntram zusammen aufblieb. Die Kinder waren jeweils mit einer Geisel zusammengebunden. Frygdis lag bei Hadwig und Horichs jüngerer Tochter, die von der Aufregung und Anstrengung deutlich am angegriffensten war.

Außer Bjarne und Thorfinna lagen alle ruhig. Bjarne fluchte halblaut. »Wenn du nicht aufhörst, mich zu treten, kannst du was erleben«, flüsterte er wütend. »Du bist ein biestiges kleines Wiesel. Sei gefälligst froh, dass du's warm hast.«

»Lieber erfriere ich«, zischte sie.

»Aber ich nicht«, sagte er und zog sie energisch dichter zu sich.

Es war kalt, stellte Havenar fest und schloss seinen Mantel fester. Er hätte Frygdis auch gern an sich gedrückt, aber sie brauchte ihre Ruhe, und er blieb leichter wach, wenn er fror.

»Autsch.« Wieder Bjarne. »Verdammt noch mal! Ich hatte dich gewarnt.«

Havenar spähte gespannt und zum Eingreifen bereit zu den beiden hinüber. Als er Thorfinnas halberschticktes Wimmern hörte, öffnete er den Mund, um Bjarne zu bremsen. Dann sah er, was Bjarne tat, und machte den Mund wieder zu. Sein Sohn versenkte sich soeben mit der Tochter des Königs in einen ozeantiefen Kuss, und Thorfinnas Widerstand war nichts im Vergleich zu dem, den sie ihm vorher geboten hatte. Erst ein paar Atemzüge später räusperte Havenar sich. »Bjarne«, mahnte er leise.

»Mhm«, machte Bjarne und riss sich von Thorfinnas Lippen los. Havenar hörte den schweren Atem der beiden, schüttelte den Kopf und sagte nichts weiter. Danach lagen sie still. Bewundernswert still, wie Havenar fand. Wahrscheinlich hatten sie für den Moment genug zum Nachdenken. Er selbst wollte damit gar nicht erst anfangen. Warum hatte er das Gefühl, dass diese Brautwerbung schwierig werden würde? Beinah hätte er wieder gelacht.

Als die Stunden in völliger Ruhe vergingen und nichts weiter geschah, als dass es anfing zu regnen – was schlimm genug war –, wechselten Guntram und Havenar sich mit Schlafen ab.

Den Wachwechseln war es zu verdanken, dass Havenar den Ereignissen, die der nächste Tag ihnen brachte, mit einigermaßen klarem Verstand begegnen konnte.

Zwei Stunden waren sie am folgenden Morgen bereits gewandert, durchfeuchtet, durstig und mit knurrenden Mägen, als sie den Lärm einer großen Männergruppe näher kommen hörten. Havenar schickte sein kleines Gefolge sekundenschnell zwischen die Bäume in Deckung. Aus ihrem Versteck sahen sie aus der Richtung, in die sie wollten, die Vorhut eines kampfbereiten Kriegsheeres heranziehen, eindeutig mit Horichs Festung als Ziel. Die Krieger zogen schnell, stürmten förmlich durch den milden Frühlingsregen, gierig auf eine Auseinandersetzung.

»Wer ist das? Trampelt einher wie eine blinde Rinderherde«, fragte Havenar sich laut.

Frygdis, die neben ihm kauerte und das Heer beobachtete, kam halb aus ihrer Haltung hoch. »Das ist Einar!«, sagte sie aufgeregt. »Der Anführer mit dem dunklen Oberlippenbart. Lieber Himmel, habe ich ihn lange nicht gesehen.«

»Sag mir, was er hier will.«

Frygdis warf ihm einen schnellen Seitenblick zu. »Vielleicht will er mich retten. Er ist immerhin mein Bruder.«

»Du wirst verstehen, dass ich in jüngster Zeit etwas misstrauisch geworden bin, was deine Verwandten betrifft. Beinhaltet ›dich retten‹ für ihn, einen Kampf mit mir auszutragen?«

Frygdis sah ihn unschuldig an und zuckte mit den Schultern. »Ich weiß nicht. Aber er ist mittlerweile verheiratet. Das hast du selbst mir erzählt.«

Schicksalsergeben fasste Havenar seinen Entschluss. »Ihr rührt euch nicht, bevor ich es sage. Frygdis kommt mit.«

Sie drückten sich seitlich von den anderen weg und traten dann mit friedfertig erhobenen Händen zwischen den Bäumen hervor. »He, Einar«, rief Havenar. »Suchst du deine Schwester?«

Männer blieben abrupt stehen, Pferde wurden herumgerissen, der Zug kam so plötzlich ins Stocken, dass fast einer über den anderen fiel. »Tölpel«, schimpfte Einar, dann ließ er sein Pferd ein paar Schritte auf Havenar und Frygdis zugehen. »Wer seid ihr? Kommt näher.«

Im Näherkommen nahm Frygdis ihre Kapuze ab, und Einar begriff. »Frygdis? Friggs Güte! Wie kommst du hierher? Man sagte mir, Horich hätte dich entführt.« Unruhig forschend ließ er seinen Blick die Waldgrenze abtasten.

»Er hat sie mir zurückgegeben«, sagte Havenar an Frygdis' Stelle. »Und es sind keine Männer bei uns, falls es das ist, was du suchst.«

Einar lenkte seinen Blick zurück zu ihm und zog die Brauen zusammen.

»Havenar Hademutsson«, erklärte Havenar.

»Wir könnten etwas Hilfe brauchen«, setzte Frygdis an, doch Einar hatte kein Ohr für sie. Mit finsterer Miene sprang er vom Pferd, zog sein Schwert und stürmte auf sie zu. Havenar riss das Schwert ebenfalls aus der Scheide und wollte Frygdis hinter sich schieben, doch die blieb stur vor ihm stehen. »Einar!«, schrie sie wütend.

»Geh zur Seite, Frygdis. Seit Jahren will ich den Hurensohn zusammenhauen.«

»Er ist mein Gatte, und du wirst ihn in Ruhe lassen«, fuhr Frygdis auf ihn los. »Hör mir gefälligst zu, wenn ich versuche, mit dir zu reden!« Es hätte nicht viel gefehlt, und sie hätte Einar einen Stoß vor die Brust gegeben, gerüsteter Krieger, wie er vor ihr stand, doch da hörte sie Havenar hinter sich belustigt schnauben.

Er legte seine Linke beruhigend auf ihre eine Schulter und stützte die Stirn von hinten auf die andere. Wieder schüttelte ihn tonloses Lachen. »Frygja«, seufzte er. »Frygja. Von allen Tagen meines Lebens …« Wieder erstickte Lachen seine Worte.

Einar war sichtlich verwirrt und senkte sein Schwert. »Was ist mit ihm? Hat er den Verstand verloren?«

»Er hat mich gerade aus Horichs Festung geholt, du Narr«, sagte Frygdis und hatte selbst schon wieder Mühe, ernst zu bleiben. »Und ausgerechnet mein Bruder geht dafür auf ihn los. Glaubst du, er will dich erschlagen müssen? Weißt du nicht, wer er ist?«

»Er ist der, der dich gestohlen und dann zugelassen hat, dass man dich noch einmal stiehlt«, sagte Einar grollend, steckte das Schwert aber ein.

Havenar hob den Kopf und spähte vorsichtig über Frygdis' Schulter. »Kann ich wieder hervorkommen, ja?« Er räusperte sich das hartnäckig wiederkehrende Lachen aus der Kehle und wechselte das Schwert in die Linke, bevor er Einar die Hand entgegenstreckte.

»Schwager«, sagte er, eine Spur spöttischer, als er vorgehabt hatte. Einar nahm seine Hand mit leiser Abscheu. »Wir wollen dich gar nicht lange aufhalten. Nur eine kleine Bitte …«

Sie ließen sich von Einar Pferde, Verpflegung und Geleitschutz für den Weg nach Gammelby zusagen, bevor sie ihm erzählten, wen sie bei sich hatten und wie es dazu gekommen war. Doch Einar reagierte weit eindeutiger in ihrem Sinne, als sie erwartet hatten. Horichs Kinder in die Obhut der Havenarssippe zu geben, schien ihm selbst eine der wenigen Möglichkeiten zu sein, dem König Skrupel gegen seine Jarle beizubringen, ohne ihn durch ständige Kleinkriege zu schwächen und von dem abzulenken, was er als starker König für die Menschen von Danmark tun konnte.

Zu Havenars und Frygdis' Überraschung nahm Einar es auf sich, zu seinem Ziel weiterzuziehen und Horich davon zu überzeugen, dass es vernünftig für ihn und seine Nachkommen war, stillzuhalten und sich auf die Erneuerung eines diplomatischen Verhältnisses einzulassen. Bevor sie Abschied nahmen, ließ er sich allerdings schwören, dass Horichs Kindern tatsächlich kein Haar gekrümmt werden würde, solange Horich es nicht herausforderte.

Havenar schwor ohne Bedenken, was die Haare betraf, und überlegte gleichzeitig, wie es ihm gelingen sollte, Thorfinna ihre Jungfernschaft auch nur über die ersten Wochen zu erhalten. Es wurde Zeit, dass seine Söhne ausfuhren, stellte er fest, während die Entfernung zwischen ihnen und Einars Heer wuchs. Besser, wenn sie sich woanders austobten.

»Was denkst du?«, fragte Frygdis, die vor ihm auf dem Pferd saß.

»Dass ich alt werde«, gab er zurück und traf lächelnd ihren Blick, als sie sich verwundert zu ihm umdrehte.

Begreifend erwiderte sie sein Lächeln und nickte. »Wer hätte gedacht, dass du das schaffst?«

25. Kapitel

Noch im selben Sommer – etwa zu der Zeit, als Havenar mit Frygdis sein letztes Kind zeugte – kam Hallvard Hallvardsson mit seinem Bruder Bernulf und seinem Vater Hallvard Larsson aus Norwegen nach Gammelby, um sich Havenars Nichte Hedda als Gattin zu werben.

Es war ein lang erwogener, riskanter Schritt, der in der norwegischen Sippe umstritten war. Dass er schließlich getan wurde, lag daran, dass Hallvard Larsson und seiner Gattin Thorhild nichts Besseres einfiel, um ihre Tochter Frygdis zu versöhnen und für eine feste verwandtschaftliche Bindung zwischen ihren Sippen zu sorgen.

Hallvard Hallvardsson brauchte keine Ermunterung, er hatte genug von Hedda gesehen; sie gefiel ihm.

Havenar und Frygdis wiederum kannten Hallvard gut genug, um zu wissen, dass sie ihm Hedda gern anvertrauen wollten. Dass sie beide der versöhnlichen Verbindung der Sippen zustimmen mochten, hatte neben strategischer Vernunft den Grund, dass Frygdis' leiblicher Vater rot wurde bis in die Haarspitzen, als er ihr zum ersten Mal gegenüberstand. »Ich fange gar nicht an, dich um Verzeihung zu bitten«, begrüßte er sie. »Mich tröstet über meine Fehler nur hinweg, dass du keine bessere Stellung im Leben erhalten hättest, wenn ich versucht hätte, für dich zu sorgen.«

In der Hinsicht stimmte Frygdis ihm von ganzem Herzen zu und freute sich später daran, wie gerührt der Norweger vom Anblick ihrer Töchter war. Das Geschenk, das ihre Mutter ihr geschickt hatte, erweichte sie noch weiter. Es war Leinengarn von selten kostbarem Blau. »Die Farbe deiner Augen«, stellte Havenar fest, als sie es auspackte, und ihr Vater bestätigte das. »Daran dachte Thorhild, als sie es ausgesucht hat. Sie hat immer viel an dich gedacht.«

So blieb nur noch Heddas Ansicht zu der Angelegenheit offen. Havenar näherte sich dem Vorschlag im Gespräch mit seiner Nichte äußerst vorsichtig, aber Hedda war kein bisschen erschrocken. »Vielleicht hätte ich dann so blonde Kinder wie deine, das würde mir gefallen«, lachte sie. »Groß und stark ist Hallvard auch. Aber wenn ich mit ihm allein nach Norwegen gehen soll, muss ich ihn etwas besser kennen.«

Dem stimmte Havenar zu und lud die Hallvardssonssippe ein, eine Weile zu bleiben. Nebenbei hatten Heddas Worte ihn auf eine Idee gebracht. Sie musste nicht allein nach Norwegen, er hatte die passenden Begleiter für sie.

Daher fuhren am Ende des Sommers im Austausch für Bernulf Arwed und Bard mit Hedda, ihrem Gatten und ihrem Schwiegervater für ein Jahr nach Norwegen. Hedda hatte sich am Ende auf Hallvards Umwerbung hin für ihn mehr als erwärmt.

Hadwig heulte über Bards Abschied, wurde aber leidlich durch die Tatsache getröstet, dass der nach langer Zeit von seiner Verletzung genesene, noch schonungsbedürftige Thorwald unendlich viel Zeit für sie hatte.

Bjarne sah ein, dass Havenar nicht gut seine beiden Ältesten ins zweifelhaft gesonnene Norwegen schicken konnte, und gab sich damit zufrieden, vorerst mit Lang Erik und Ansgar zu Herjulf in die Schiffbaulehre zu gehen. Ohnehin hatte er mehr als einen Grund, näher an Gammelby zu bleiben. Alle paar Wochen tauchte er dort auf, sah nach, wie es seinem Sohn und den Königskindern ging, und versuchte, einen Kuss von Thorfinna zu ergattern. Zu seinem Unglück freundete diese sich jedoch ausgerechnet mit Gerlind an und verbündete sich in gemeinschaftlicher Zickigkeit mit ihr gegen ihn. Jahrelang war jede Begegnung zwischen ihnen ein kleiner Kampf. Langfristig entmutigen konnte das Bjarne allerdings nicht.

Frygdis hätte außerdem anderes über die Königstochter berichten können, wenn sie Bjarne wider alle Vernunft mehr

Hoffnung hätte machen wollen. Immerhin gab es keine junge Frau in Gammelby, die Bjarnes Erkenald inniger herzte und eifersüchtiger bewachte als Thorfinna, während sein Vater abwesend war.

Abwesend waren häufig immer mehr von Havenars Söhnen. Er ließ sie rege die Plätze tauschen. Mal waren sie in Norwegen bei Hallvards Sippe, mal in Schweden bei König Björn, mal in Silveid bei Orm, in Wittensee oder in Brarup bei Sigvid oder in Flintholm bei Herjulf, dann wieder zuhause in Gammelby. Im Gegenzug gingen in Gammelby die Söhne der befreundeten Häuser ein und aus.

Letzteres wurde zu einer wachsenden Herausforderung für Havenar, je weiter seine eigenwilligen Töchter sich dem mannbaren Alter näherten. Es schien ihm, als würde jeder junge Mann, der in ihre Nähe geriet, den Kopf verlieren. Zu Havenars Verzweiflung nahmen die Mädchen seine Sorge um sie nicht ernst und sperrten sich allzu oft dagegen, angemessen behütet zu werden.

Als Bjornolf und Soren, Trudes und Rämnas Jüngste, alt genug waren, um sie fortzuschicken, war auch das Verhältnis zu Jarl Einar warm genug geworden, um sie für ein paar Jahre dort unterzubringen. Sie gingen gemeinsam mit Rikes Jüngstem, Delf – Eriks einzigem Sohn und Krönung seiner Zufriedenheit.

Doch das war, als Bard und Hadwig bereits drei Jahre verheiratet waren und selbst schon ihr erstes Kind hatten.

Zu ihrer Hochzeit konnten alle Havenarssons kommen, denn der Tag war lange im Voraus festgelegt worden – im Gegensatz zu den zwei vorhergehenden Hochzeiten. Zwei Jahre zuvor, fünf Jahre nach seiner Entführung aus der Festung seines Vaters, hatte Horichs Sohn Halldor eigenmächtig und eilig die von ihm schwangere Gerlind geheiratet. König Horich rauchte vor Zorn. Zwar hätte er an der Ehe noch rütteln können, doch er konnte es nicht mehr ändern, dass der erstgeborene Sohn seines Ältesten und der von Havenar Hademutssons Ältestem Halbbrüder waren.

So oder so war es beinah nur noch das Grollen eines alten Mannes. In Horichs letztem Kriegszug gegen die dem Grenzwall zu nah rückenden Franken hatten sich sein Sohn Halldor und ebenjener Bjarne Havenarsson Seite an Seite bereits mehr hervorgetan als er selbst.

Horichs Zeit war so gut wie zu Ende. Eben deshalb ließ Havenar es schließlich geschehen, dass Bjarne um Thorfinna warb und sie Horichs Absage zum Trotz zu seiner Frau machte. Er selbst beauftragte Guntram, den beiden die Höhle zu zeigen, in der sie sich verstecken konnten, bis die Wogen geglättet waren. Thorfinna wurde schon schwanger, bevor sie in ihrem Versteck ankamen. Sie blieben nur dort, bis das wachsende Kind zu sehen war, und kehrten dann nach Gammelby zurück. Horich blieb nichts übrig, als seine Erlaubnis nachzureichen.

Die Königssöhne gehörten zu denen, die mit Bjarne und Thorfinna feierten. Das war der Tag, an dem Leif Horichsson mit Lang Erik und Ansgar Atemnot, die ebenfalls gerade in Gammelby weilten, in einem Zustand kurz vor der Volltrunkenheit beschloss, dass sie zusammen Reisen machen würden, weiter und länger als alle, die bisher da gewesen waren. Sie wollten Dinge sehen, die noch niemand gesehen hatte. Gleich im Folgejahr fingen sie an zu üben und gingen damit den gleichen Weg wie Kjartan und Rolleif, die, von ihrem weitgereisten Großonkel Orm angefeuert, jede Gelegenheit wahrnahmen auszufahren. Sie fanden immer genug Begleiter.

Horichs letztes Aufbäumen, was seine Kinder betraf, bestand daraufhin darin, Thorfinnas Schwester Alfdis so schnell wie möglich an einen Jüten zu verheiraten, der sein großes Vermögen mit besonders blutigen Raubzügen in Northumbria gemacht hatte und noch machte. Man sagte ihm eine große Zukunft voraus. Man sagte auch, dass Alfdis diejenige von Horichs Kindern war, die mit dieser Ehe am meisten Reichtum und Macht und am wenigsten Freude getroffen hatte.

Für eine Weile sah es so aus, als würden Reise- und Raublust auch Arweds Leben bestimmen, doch das galt nur, bis er zum ersten Mal einen Fuß auf irischen Boden gesetzt hatte. Beinah sofort schlug dieser Fuß dort Wurzeln, und Arwed begann nach einem irischen Mädchen Ausschau zu halten, das der Schönheit gleichkam, die das Land in seinen Augen hatte.

Auch für ihn wurde es keine einfache Brautwerbung, aber als er zu Bards und Hadwigs Hochzeit kam, brachte er seine Irin mit. Havenar wechselte Blicke mit Dirdra, als sie das Mädchen sahen. Es schien, als hätte Arwed sich eine junge Ausgabe seiner Mutter ausgesucht. Später teilten sie ihre Erleichterung darüber, dass sie eine war, die es verstand, Arweds Sanftheit hervorzulocken statt seiner Wildheit.

Noch einmal versetzte Dirdra bei dieser Gelegenheit Havenar in Erstaunen. Sie kam am Tag der Hochzeit mit dem dreizehnjährigen Conn und dem zwölfjährigen Kieran zu ihm und bat ihn um die Erlaubnis, mit ihren Söhnen nach Irland gehen zu dürfen. Er zögerte mit seiner Antwort einen Augenblick zu lange für Kieran, der von all seinen Söhnen womöglich das hitzigste Gemüt hatte.

»Sie braucht deine Erlaubnis nicht«, sagte Kieran. »Und wir brauchen sie auch nicht.«

Woraufhin Dirdra zu ihrem Sohn herumfuhr. »Wirst du dich unterstehen, so mit deinem Vater zu reden! Haben wir vergessen, dich zu erziehen?«

»Aber warum fragst du ihn, du kannst doch tun, was du willst.« Kierans Gesicht war heiß und grimmig. »Er bestimmt nicht über alles. Das glauben nur die Bauern und Thraele.«

Havenar stand in seinem siebenunddreißigsten Sommer und hatte im Laufe der Jahre neben sämtlicher Herrschaftsunbill den Trotz von vierzehn halbwüchsigen Söhnen, etlichen Vettern und Freundessöhnen abgewettert, von den Töchtern ganz zu schweigen. Es hatte Monate gegeben, da war es ihm vorgekommen, als könne es keinen erbitterteren und aufreibenderen Kampf geben als den mit dem Willen seiner eigenen Nachkommen. Der einzige Kampf, in dem er dann und wann mit dem Gedanken an Flucht gespielt hatte. Nun lächelte er.

»Du verstehst es falsch, Kieran. Deine Mutter fragt gar nicht, ob ich es gestatte. Sie fragt auf ihre Weise, ob ich sie entbehren kann. Das tut sie aus Freundlichkeit gegen mich. Sie weiß, dass sie frei ist zu gehen. Was dich und Conn betrifft – euch könnte ich zurückhalten, wenn ich einen Grund sähe. Ich sehe aber keinen. Außer den, dass ihr mir fehlen werdet wie alle meine Söhne, wenn sie sich zu lange nicht blicken lassen. Ich hoffe, ihr kommt von Zeit zu Zeit zurück, auch wenn ihr für das Land eurer mütterlichen Vorfahren das gleiche Feuer fangt wie Arwed.«

»Natürlich werden sie kommen«, sagte Dirdra und widmete sowohl Kieran als auch Conn einen noch immer verärgerten Blick.

Conn merkte nichts davon, er träumte in die Weite über dem Meer hinein. »Arwed sagt, in Irland ist die Luft ganz anders. Als ob man davon satt werden könne.«

Havenars Mundwinkel zuckten. »Ist das so? Verlassen würde ich mich an eurer Stelle nicht darauf. Wir werden euch lieber so ausstatten, dass ihr etwas mehr als die Luft zum Leben habt. Seid euch im Klaren darüber, dass ich euch viel verzeihe, aber sollte ich je herausfinden, dass ihr da drüben nicht gut für eure Mutter sorgt, dann Gnade euch. Arwed wird nicht die Muße haben, euch alle in Seide zu wickeln. Ihr werdet jeden Flecken Korn gegen die Inländer verteidigen müssen und jeden Tag mit einem Überfall von See her rechnen. Es wird härter sein als hier.«

»Trotzdem«, sagte Kieran. Seine Miene blieb bockig und verschlossen.

Dirdra seufzte und wandte sich wieder an Havenar. »Manchmal glaube ich, das waren meine schwarzen Gedanken«, sagte sie, als wolle sie Havenar um Entschuldigung für ihren Sohn bitten.

Er lachte. »Und woher haben die anderen das dann? Sie sind allesamt bessere Ziegenböcke. Muss also von mir kommen, nicht von deinen Gedanken.«

Conns Aufmerksamkeit war aus der Weite zurückgekehrt. »Kieran ist verliebt«, sagte er spöttisch. »Er ist zu allen unerträglich. Das reine Wespennest.«

Havenar hatte Kieran am Kragen, bevor dieser Conn erwischen konnte, der einen Schritt zur Seite gesprungen war. »Ist das wahr? Wer ist die Glückliche?«, fragte er und drehte Kieran ohne Erbarmen nebenbei den Arm auf den Rücken.

»Das geht euch nichts an«, fauchte Kieran mit hochrotem Kopf aus seiner erzwungen gebeugten Haltung heraus.

»Die kleine Magd von Großonkel Orms Freund Helge«, half Conn aus.

»Ah«, meinte Havenar. »Wo ist die Schwierigkeit? Will sie nicht? Oder will Helge sie dir nicht überlassen? Ich kauf sie dir, wenn du willst.«

Dirdra nahm ihm Kieran kopfschüttelnd ab. »Er ist zu jung, Havenar. Er kann keine Frau mit nach Irland nehmen.«

»Scheiße. Ich bin nicht zu jung.« Kieran riss seinen Wamsärmel seiner Mutter wieder aus der Hand.

»Soll ich sie also kaufen?«, erkundigte Havenar sich.

Conn sprang auf Kieran zu, fasste ihn bei den Schultern und schüttelte ihn. »Mann, das bietet er dir kein drittes Mal an.«

Kieran schlug Conns Hände von seinen Schultern, hatte aber sichtlich nicht mehr die Absicht, seinen Bruder anzugreifen. »Ich lass mir doch nicht von meinem Vater eine Frau kaufen.«

Havenar nickte. »Wenn du älter bist, kannst du sie vermutlich selbst kaufen.«

»Wenn er älter ist, hat sie das dritte Kind vom alten Helge, und ihre Schönheit ist dahin. Du bist beschränkt, Kie-stachlig-ran. Keiner kann dich in diesem Zustand aushalten.«

»Und wenn sie mich nicht will?«

»Du hast Recht. Es wird nichts werden«, meinte Conn mit knisterndem Ernst. »Lass uns gehen und dich ertränken.«

»Du bist so ein …«

Dirdra seufzte. »Kauf sie und schenk sie mir, Havenar. Wir nehmen sie eben mit.«

Alle drei wandten sich ihr zu und sahen sie überrascht an. »Sicher?«, fragte Havenar, plötzlich ernüchtert.

Sie nickte. »Ich werde Hilfe brauchen. Und Kieran kann dann sehen, ob sie ihm wirklich so gut gefällt.«

Endlich weichte junge Hoffnung Kierans finstere Miene auf. »Ich weiß, dass sie mir gefällt. Ich weiß nur nicht, ob ich ihr gefalle. Sie ist so still.«

Havenar hob ironisch die Brauen. »Willst du sie das fragen, bevor ich sie kaufe? Soll ich es lieber lassen, wenn sie nein sagt?«

Kieran starrte ihn an, auf seinem Gesicht jagten sich die Gefühle. Er öffnete den Mund und schloss ihn wieder.

»Hoffnungslos«, sagte Conn, griff Kieran wieder beim Wamsärmel und zog ihn mit sich. »Kauf sie, Vater. Wenn sie Kieran nicht will, mich will sie bestimmt.« Er wich Kierans Ellbogen aus und lachte. »Ich weiß nicht, ob ich ihr gefalle«, äffte er seinen Bruder nach.

»Ob du wohl die Klappe hältst«, fuhr Kieran ihn an, aber da waren sie schon halb über den Hof, und Havenar und Dirdra standen allein da.

»Er weiß nicht, ob er ihr gefällt«, wiederholte Havenar belustigt.

Dirdra lächelte. »Du glaubst wohl, dass er das tut?«

Havenar wandte sich ihr zu, umarmte sie fest und hob sie von den Füßen. Seiner Einschätzung nach gab es auf der ganzen weiten Welt keine hübscheren jungen Männer als Dirdras Söhne, kein Mädchen, das nicht den Kopf nach ihnen drehte. »Glaubst du das etwa nicht?«, neckte er sie.

Sie lachte. »Doch, doch. Er ist nicht schlechter gelungen als die anderen.«

Havenar drückte sie noch einmal, seufzte und setzte sie ab. »Liebste Dirdra, ich werde dich vermissen. Bist du ganz sicher, dass du fort willst?«

Sie streichelte ihm mit dem Handrücken die Wange. »Es ist nicht, dass ich fort will. Aber ich möchte lieber da sein, wo die Jungen leben. Sie können so wild sein, das weißt du ja. Mit Bard ist es anders. Bard ist … Bard hatte immer … immer seine Verantwortung, das ist es vielleicht. Um ihn sorge ich mich nicht. Und du wirst mich nicht vermissen, auch wenn du es aus Freundlichkeit sagst.«

Sie zeigte über den Hof zur Halle, wo ein großer Teil der Hochzeitsgesellschaft in Grüppchen stand und plauderte. Auch Frygdis war dort. Strahlend glücklich und prachtvoll gekleidet. Neben ihr stand noch strahlender Hadwig im Brautschmuck, bei Bard untergehakt. Thorwald überragte sie alle, sichtlich stolz. Ein paar Schritt hinter ihm drückte sich neugierig Ebbo herum, stark wie sein Vater, pfiffig wie seine Mutter Auda, die vermutlich gerade an einem Herd beschäftigt war, weil es sie noch immer in Verlegenheit brachte, wenn sie keine Aufgabe hatte.

Ihnen gegenüber stand Arwed mit seiner Irin, die sich mühte, dem Gespräch zu folgen, und dabei guter Dinge zu sein schien. Mit dem Rücken gegen Frygdis gelehnt, ihre Hände auf seinen Schultern, stand der sechsjährige Hademut, der Junge, den sie ihm nach Klein Ragnhild geboren hatte.

Jung Hademut war sein vierzehnter Sohn und Frygdis' und sein letztes Kind. Sie war fast gestorben, als sie ihn auf die Welt brachte. Havenar bekam noch immer weiche Knie, wenn er daran dachte. Er hatte fest geglaubt, dass sie sterben würde, dass die Götter doch noch auftauchen und einen Schlussstrich unter sein unverdientes Heil ziehen wollten. Welcher Mann außer ihm konnte schließlich von sich sagen, bei zwanzig Kindern nie eines von ihnen oder eine der Mütter bei einer Geburt verloren zu haben?

Gerade zwei Monate vor Jung Hademuts Geburt war Brunolfs Swanhild im Kindbett gestorben. Sein Freund war halb wahnsinnig geworden vor Kummer. Wochenlang trank er sich Abend für Abend ohnmächtig. Bis Rämna beschloss, dass es genug war, und ihn in ihr Bett holte, wo er heulen durfte, so lange er mochte. Danach wurde es besser. Inzwischen lebten sie und Brunolf auf Wittensee. Brunolf hatte dorthin ziehen wollen, nachdem Havenar entschieden hatte, dass Rämnas Sven Wittensee erben würde. Rämna hatte stundenlang immer wieder lachen müssen, als sie es erfuhr. »Wer hätte das geglaubt, als ich auf die Welt kam? Wer hätte das geglaubt?«

Sie war der richtige Trost für Brunolf, wärmte ihn, ohne ihm seine Trauer abzusprechen. Und die Trauer war seinem Freund bis zum gegenwärtigen Tag geblieben. Havenar schauderte es bei dem Gedanken, was aus ihm selbst geworden wäre, wenn Frygdis nicht überlebt hätte. Er hatte anfangs aus Angst nicht mehr mit ihr liegen wollen. Doch seitdem ihr altes Verlangen über die Angst gesiegt hatte, war sie nicht mehr schwanger geworden. Vier Jahre waren das nun, und er hoffte, es würde so bleiben.

Sein fünfter Enkel war schon auf der Welt, er musste zu seiner Schande gestehen, dass es ihm bei aller Freude bereits schwerfiel, sich die Namen der nachwachsenden Kinder zu merken. Nein, Frygdis und er hatten ihren Teil getan, was das Fortbestehen der Sippe betraf. Nun taten seine Söhne das ihre.

Seinen Töchtern dagegen hätte er das Kinderkriegen am liebsten verboten, aber sie hörten auch schon in geringeren Dingen nicht auf ihn, deshalb würde er sich wohl eines Tages damit abfinden müssen, sie mit schwellenden Bäuchen zu sehen und vor den Geburten zu zittern. Eines fernen Tages, so war zu hoffen. Zwar hatte er für jede von ihnen schon jetzt ein Dutzend Bewerber, doch Frygdis und er waren sich einig, dass es keine Zusage geben würde, bevor ihre Töchter alt genug waren, vernünftig mitzureden. Bisher äugten sie noch nicht auf diese Weise nach den Männern.

Umgekehrt wurden zumindest die Zwillinge, obwohl sie zu seinem und Frygdis' Leidwesen herumliefen wie wilde Fohlen und nach wie vor lieber mit Raben spielten als spannen, bereits ständig verzückt beäugt. Und das nicht, weil ihr Vater einer der fünf mächtigsten Männer in Danmark war und man allerorten auf ihre einflussreichen Brüder traf. Havenar wusste, dass man in mehr Ländern, als man über den Göttersohn Havenar Hademutsson und seine Taten sang, die aufblühende Schönheit seiner Töchter rühmte. Einige Bewerber waren auf diese Geschichten hin nach Angeln gekommen und hatten deren Wahrheit bestaunt. Auch Vitgeirs und Gundas Tochter kam in den Liedern vor. Klein Frygdis und Klein Ragnhild waren einander beinah so nah wie die Zwillinge, die eine hell-hübsch, die andere dunkel-hübsch und beide von ihren Vätern vergöttert.

Nach Klein Frygdis hatte Gunda Vitgeir noch zwei Söhne geboren, und gerade war sie wieder schwanger. Vitgeir nahm das leicht, obwohl er Gundas Tod ebenso wenig verschmerzen würde wie Brunolf Swanhilds oder er selbst … Frygdis musste gespürt haben, dass er an sie dachte und sie ansah, denn sie drehte den Kopf zu ihm und winkte ihn zu sich herüber. Die willkommenste aller Gesten. Ihr Götter, sie war schön. Besonders, wenn sie lächelte. Warum überwältigte ihn das immer wieder so?

Dirdra lachte leise und schob ihn zärtlich an. »Geh schon.«

Doch er wandte sich ihr wieder zu und strich ihr nun seinerseits über die Wange. »Und trotzdem werde ich dich vermissen«, sagte er.

Sie nickte lächelnd, und aus ihren Augen stahlen sich zwei Tränen. »Und ich dich«, sagte sie.

Die Götter applaudierten. Loki verbeugte sich. »Es war mir ein Vergnügen.«

Freya schnaubte. »Die Bosheit, ja.«

Loki wandte sich ihr zu. »Sanfte Braut«, sagte er abfällig. »Jede Stelle, wo die Männer sich langweilten, war dein Werk.«

»Jede Stelle, wo die Frauen sich ekelten, deines«, schnappte sie.

Loki sah der Frau in die Augen, die zu seinen Füßen saß und sich an seine Knie schmiegte. »Hast du dich geekelt, Sigyn?«

»Sie ekelt sich vor nichts«, warf Frigg in abfälligem Ton ein.

»Da irrst du dich. Wenigstens eine Sache gibt es«, sagte Loki.

Sigyn legte sich den Finger auf die Lippen, und er sprach nicht weiter. »Es war eine schöne Geschichte«, sagte sie.

»Ja. Ganz in Ordnung«, stimmte Thor zu, stand vom Felsen auf und reckte sich, dass seine Gelenke knackten.

Auch Odin erhob sich. »Genieß deinen Tag, Loki.«

Einer nach dem anderen räkelten sich die Götter und nahmen ihren Abschied vom Platz unter der Eiche.

Freya ging als Letzte. »Immerhin hast du es diesmal gut ausgehen lassen«, bemerkte sie noch.

Loki zuckte gelangweilt mit den Achseln und blickte ihr schweigend nach, bis sie außer Sicht war, dann sank er zusammen, vergrub den Kopf in den Händen, die Ellbogen auf die Oberschenkel gestützt.

Sigyn kam auf die Knie hoch, umarmte ihn. »Du wolltest nicht von Anfang an ein solches Ende«, meinte sie. »Warum hast du sie davonkommen lassen? Sonst bist du viel wütender.«

Er hob den Kopf und sah sie mit geröteten, müden Augen an. Um seine Lippen spielte ein Lächeln, doch seine Stimme war brüchig. »Warum? Du meinst, da ich doch kein Herz habe? Überleg und sag mir eins: Wem huldigten der Wikinger und seine Frau?«

Sigyn blickte nachdenklich auf die Geschichte zurück. »Havenar schmeichelte nur Freya.«

»Wie ein Mann einer Frau schmeichelt, die er gern auf seiner Seite hätte, von der er aber weiß, dass er sie nicht braucht. Nein, sie huldigten keinem, sie führten die Namen der Genossen im Mund, aber nicht im Herzen, und fürchteten sie nicht.« Er nahm ihren Kopf zwischen seine Hände. »Der Wikinger glaubt an seinen Arm und seinen Verstand. Die Götter sind Beiwerk für ihn. Seine Nachkommen werden den Unglauben in alle Welt tragen. Für sie alle sind die Götter nur Geschichten. Sie brauchen uns nicht, und sie werden uns vergessen. Immer mehr Menschen werden die Götter vergessen, Sigyn. Sie werden uns vergessen, und das ist gut … denn dann …« Er holte mit einem Schluchzen Luft. »Dann wird es ein Ende haben. Ein Ende.«

Sigyn tröstete ihn schweigend mit ihren Händen, bis er wieder ruhiger war. Dann seufzte sie und lehnte ihre Stirn gegen seinen Kopf. »Du wolltest es ihnen nicht wirklich sagen, oder?«

»Hm?«

»Das mit den Schlangen.« Sie schauderte. »Dass ich mich so vor den Schlangen ekle.«

Loki schob sie etwas von sich und sah ihr wieder in die Augen, die in Tränen schwammen. Wortlos griff er nach ihren Schultern und zog sie auf seinen Schoß, wo seine Lippen ihre zu einem Kuss und Liebkosungen fanden, deren Wonne die Stunde des Göttertages zur Länge mehrerer Menschenleben ausdehnte. »Wenn jemals jemand liebte«, raunte er.

»Dann ich«, flüsterte sie zurück.

Nachwort

»Ich fand Billungs Maid auf ihrem Bette …«, sagt Odin in der von Karl Simrock Mitte des 19. Jahrhunderts herausgegebenen Übertragung der Hávamál, eines Liedes der älteren Edda. Er verliebte sich in Billungs Tochter, ohne erhört zu werden.

Sogar Odin, der überragenden göttlichen Leitfigur der Wikingerzeit, legt der Dichter des Liedes also ein Geständnis unvernünftiger Liebessehnsucht in den Mund. Auch wenn die rauen Lebensumstände jener Zeit verlangten, dass es beim Heiraten in erster Linie zweckdienlich zuging – man wusste zu jener wie zu jeder Zeit, was heiße Liebe ist.

Die nordischen Völker vorchristlicher Zeit gönnten ihren Göttern menschliche Mängel und Leidenschaften neben ihren Qualitäten. Thor, mit dem Ziegenbock-Zweiergespann vor seinem Wagen, scheint dabei die Wikinger-Frohnatur selbst zu sein, eine Naturgewalt, die den Schwierigkeiten des Lebens mit einem mächtigen Hammer begegnet.

Der listig-boshafte Loki fürchtete ihn am meisten, bevor die Göttergemeinschaft ihn für den indirekten Mord an ihrem Liebling Balder bestrafte. Sie ketteten ihn für immer an Felsen und ließen eine Schlange ätzendes Gift auf ihn tropfen. Nur seine Frau Sigyn mildert die Strafe, indem sie das Gift in einer Schale auffängt. Ein weiteres Beispiel dafür, wie viel die Völker, denen die Ursprünge dieser Göttergeschichten entsprangen, von der Liebe verstanden.

Dass ihre Sexualmoral dabei eine andere war als die christlich geprägte, zeigt sich unter anderem in dem Lied, in dem die Grundzüge des nordischen Kastensystems erklärt werden: Der Ase Heimdall (oder Rigr) besucht nacheinander ein Ehepaar der sklavenähnlich gehaltenen Unterschicht, der Bauern und der

Oberschicht, schläft mit seinen Gastgebern in einem Bett und zeugt mit den Ehefrauen die Vorfahren der drei Kasten: *Thraele, Karle* und *Jarle* (Rígsmál, Ältere Edda). Diese Sage scheint damals keinen Anstoß erregt zu haben. Andere Quellen besagen allerdings, dass die eheliche Treue ihrer Gattinnen für die Ehemänner durchaus eine Frage der Ehre war. Die tradierten Gesetze verlangten sie, und Verstöße durften hart geahndet werden.

Anders verhielt es sich jedoch mit der Treue der Ehemänner. Der rege Handel mit unfreien Frauen, die von den Wikingern aus allen Landen verschleppt wurden, weist darauf hin, dass sie weniger monogam lebten. Zeitgenossen sagten manchen Wikingern Harems nach.

In dieser Hinsicht sollte man allerdings nicht außer Acht lassen, dass die Position der Ehefrauen stark war. Als eigenständige Verwalterinnen der gemeinsamen Güter, die sich jederzeit von ihren Gatten lossagen durften, konnten sie das Verhalten der Männer erheblich beeinflussen.

Die Geschichte von Havenar und Frygdis ist keine historisch korrekte Erzählung, auch wenn sie in einer Kultur und Umgebung spielt, die dem nachempfunden ist, was wir über das Leben der heute »Wikinger« genannten Menschen im 9. Jahrhundert wissen.

So gab es zu jener Zeit in Dänemark sowohl mindestens einen König Horich (oder Horik) als auch einen Harald. Über ihr Leben ist jedoch wenig bekannt. Aussagekräftige Quellen zur politischen Geschichte der frühen Wikinger-Jahrhunderte gibt es nur wenige.

Außerdem bewegt sich die Handlung zwar topographisch in einem Schleswig-Holstein der Vergangenheit, die Siedlungen haben aber, außer Haithabu bei Schleswig an der Schlei, keine reale Grundlage.

Die Fachwelt geht zudem davon aus, dass die Wikinger grundsätzlich direkt an größeren Wasserwegen oder der Küste siedelten und keine Landwege nutzten. Meine Annahme ist dagegen, dass das Siedeln in Dänemark anderen Bedingungen unterworfen war als z.B. das in den nördlicher gelegenen Ländern Skandinaviens. Das Leben im Inland müsste durchaus attraktiv für den bäuerlichen »Wikinger« gewesen sein.

Die Bewohner des schleswig-holsteinischen Angeln nennen sich nebenbei heute gelegentlich *Angeliter,* nicht *Angeln.* Welches Gebiet man um 800 genau als Angeln bezeichnet hat – falls man es so bezeichnet hat –, ist unklar. Bekannt ist allerdings, dass die lange vorher nach Großbritannien eingewanderten Angelsachsen von dort kamen. Die »Wikinger« des 9. Jahrhunderts besiedelten das von ihnen verlassene Land.

Ich habe den Menschen, die meine Geschichte bevölkern, bewusst keine »altertümelnde« Sprache in den Mund gelegt, sondern nur belegte alte Begriffe eingebracht, die für ihre Lebensumstände von Bedeutung sind.

Ebenso habe ich in einigen Bereichen an unserer modernen Denkweise festgehalten, um die Geschichte verständlicher erzählen zu können. Offensichtlich wird das z.B. am Zeitbegriff: Jahre wurden damals wahrscheinlich in *Wintern* gerechnet, vielleicht auch in *Sommern.* Ein Kalender, der das Denken in *Monaten und Wochen* gestützt hätte, wurde wohl kaum verwendet, geschweige denn eine Uhr, die einen Wikinger von *Stunden* hätte sprechen lassen. Dennoch schreitet die Erzählung mitunter in Stunden und Monaten voran.

Die Namen aller Personen waren gebräuchlich, bis auf *Havenar* und *Frygdis,* die meiner Fantasie entsprungen sind.

Und zuletzt: Dirdra ruft ihren kleinen Arwed *a gleoite. Gleoite* ist ein irisches (gälisches) Wort für *hübsch.*

Glossar

Die Götter

Odin: (auch Wotan) die zentrale Göttergestalt: Kriegsgott, Kenner der Runen, Totengott, Magier, Forscher, Philosoph, Dichter. Er ist einäugig und wird von seinen zwei Raben begleitet. Männer, die tapfer im Kampf gestorben sind, werden von ihm in Walhall aufgenommen.

Frigg: Odins Gemahlin, Beschützerin von Haus und Herdfeuer, Mutter Balders. Sie verkörpert das Ideal der guten Frau.

Freya: Liebes- und Fruchtbarkeitsgöttin, auch als Unterstützung in Kampf und Krieg gefragt. Wie Odin rekrutiert sie gefallene Krieger.

Freyr: Freyas Bruder und als Fruchtbarkeitsgott ihr männliches Gegenstück

Thor: (auch Donar) sinnenfroher, bodenständiger Donnergott und der muskelstärkste der Götter. Sein Wagen wird von zwei Ziegenböcken gezogen, und seine Wunderwaffe ist der Hammer Mjöllnir. Als ihm der Hammer gestohlen wird, holt er ihn sich, als Frau verkleidet, zurück.

Tyr: gewalt(tät)iger Kriegsgott

Loki: intelligenter, launischer, oft boshafter Schalk. Seine Streiche und Listen haben gelegentlich amüsante, meist jedoch schlimme Folgen. Er führt die Hand, die den von allen geliebten Balder tötet. Zur Strafe wird er auf spitze Steine gekettet, über ihm Schlangen, die ätzendes Gift auf ihn tropfen. Nur seine Frau Sigyn hilft ihm, indem sie das Gift in einer Schale auffängt. Trifft es ihn dennoch, zuckt er, und die Erde bebt.

Sigyn: Lokis Frau

Balder: Lichtgestalt; der schönste und beliebteste junge Gott. Er ist der Sohn von Odin und Frigg und wird von Loki ermordet.

Blot: eine Opferveranstaltung, bei der zu Ehren und zur Stärkung der Götter Tiere geschlachtet und gegessen wurden sowie viel Bier oder/und Met getrunken wurde

Drache: Typisches Langschiff der Wikinger, mit einem geschnitzten Drachenkopf am Vordersteven, der gelegentlich abgenommen wurde, um friedliche Absichten zu signalisieren. Die Drachenboote konnten gesegelt oder gerudert werden. Sie hatten wenig Tiefgang, waren aber hochseetauglich und schnell und trugen oft prachtvolle Namen.

Haithabu: (auch »Hedeby«) archäologisch nachgewiesene, frühmittelalterliche Hafen- und Handelsstadt an der Schlei, nahe Schleswig

Halbschwert: eine Kampftechnik, bei der mit der linken Hand die Klinge des eigenen Schwertes ergriffen wird, um eine bessere Hebelwirkung zu erreichen. Manche Waffen hatten dafür eine »stumpfe« Stelle vorgesehen. Geübte Schwertkämpfer beherrschten diese Technik aber auch mit scharfen Klingen, ohne sich selbst zu verletzen.

Hel: Herrin über das finsterste Totenreich, oder auch das Reich selbst

Holmgang: Zweikampf, dessen Ausgang als Götterurteil galt

Hugin und Munin: »Gedanke« und »Erinnerung«, Odins Raben

Jarl: die oberste »Kaste« der nordischen Gesellschaft: wohlhabende, angesehene Krieger, die von den freien Männern eines bestimmten Territoriums zum Oberhaupt gewählt wurden

Karl: die mittlere »Kaste«: freie Männer, die Bauern und Krieger waren

Knorr: breit gebautes Frachtschiff

Niflheim: das Totenreich für diejenigen, die nicht nach Walhall berufen werden

Northumbria: Kleinkönigreich im Norden Englands

Ragnarök: die letzte Schlacht der Götter, bei der sie alle untergehen

Ran: Meeresgöttin, die Ertrunkene in ihr unterseeisches Reich bringt

Schnigge: schnelles Langschiff

Thing: Ratsversammlung der freien, waffenführenden Männer. Auf dem Thing pflegte man das Recht und besprach und beschloss Dinge von allgemeinem Interesse.

Thrael: niedrigste »Kaste« der nordischen Gesellschaft: unfreie Knechte, Sklaven

Walhalla: die Halle der würdigen, im Kampf gestorbenen Krieger, die dort die letzte Schlacht (Ragnarök) erwarten, um an der Seite der Götter zu kämpfen

Walküren: Sie führen auserwählte tote Krieger nach Walhalla und bedienen sie dort.

Webhütte: kleines, halb im Boden versenktes Nebengebäude; diente als Werkstatt, Stall oder Wohnraum für Gesinde

Wikinger: Der furchteinflößende, weitreisende, (see)räuberische Anteil der skandinavischstämmigen Bevölkerung im 8. bis 12. Jahrhundert. Heute fasst man häufig alle Angehörigen jener Stämme unter dem Begriff zusammen und nennt die Epoche »Wikingerzeit«.

Der Rabe und die Göttin: die wichtigsten Personen

Die Könige

Harald und Horich frei nach zwei historischen Konkurrenten um die Königsmacht im heutigen Dänemark/Schleswig-Holstein

Havenar Hademutssons Sippe

Jarl Hademut Havenars Vater
Ragnhild Havenars Mutter und Schwester von Jarl Hunold
Erik Havenars Onkel väterlicherseits und sein Lehrer
Orm Havenars Onkel väterlicherseits, ein erfahrener Fernhändler
Jarl Hunold Havenars Onkel mütterlicherseits und Jarl Hademuts Nachbar, mit Sitz in Brarup
Gudfast Jarl Hunolds ältester Sohn, Havenars Vetter
Brunolf Jarl Hunolds Sohn, Havenars Vetter, Schwurbruder und bester Freund
Sigvid Jarl Hunolds Sohn, Havenars Vetter
Mildburg Jarl Hunolds Tochter, Havenars Base, später die Frau seines Freundes Guntram
Reidun Wolfgers zweite Gattin
Hedda einziges Kind von Wolfger mit seiner ersten Frau Luitgard
Ansgar unehelicher Sohn von Wolfger und seiner Geliebten Brigid

Havenars Geschwister:

VITGEIR Havenars unehelicher Halbbruder väterlicherseits
WOLFGER Havenars ältester Bruder
INGVAR Havenars jüngerer Bruder
FRAMHILD Havenars jüngere Schwester, »das Lamm«
JOSTEIN Framhilds Gatte, Holzschnitzer und Bogenbauer
GERLÖG Havenars ältere Schwester, lebt mit ihrem Mann Herjulf in Flintholm
HERJULF Gerlögs Gatte, Schiffbauer und Aufseher des Hafens Flintholm
HAGBERT ältester Sohn von Gerlög und Herjulf
BREDE zweitältester Sohn von Gerlög und Herjulf
THORDIS Havenars ältere Schwester, lebt in Schweden

weitere Verwandte:

JARL ASMUND Sohn von Jarl Hademuts Schwester Wolfhild und
JARL ASGRIM Havenars neidischer Vetter
EGIL Bruder von Ragnhild, hat eine Schwester von Björn von Birka geheiratet und lebt in Schweden
BJÖRN VON BIRKA schwedischer Kleinkönig, mit der Havenarssippe weitläufig verschwägert
SVEN Bruder von Björn von Birka

Havenars Frauen:

MARALDE Havenars erste Frau, Mutter seines Erstgeborenen Bjarne
DIRDRA aus Irland
FRANKA die Schweigsame
THILDE die Unzufriedene
GEBKE die Kleine
TRUDE die begabte, beleibte Masseurin
PAPPEL-RIKE die hochgewachsene Kluge
ROTE RÄMNA die Wilde aus Schweden

Havenars Kinder (chronologisch):

Bjarne (mit Maralde)
Arwed (mit Dirdra)
Ulf (mit Thilde)
Bard (mit Dirdra)
Kjartan (mit Gebke)
Rolleif (mit Trude)
Klein Erik (mit Rike)
Anselma (mit Dirdra)
Sven (mit Rämna)
Lodin (mit Gebke)
Boje (mit Rämna)
Ishild (mit Frygdis)
Alrun (mit Frygdis)
Conn (mit Dirdra)
Bjornolf (mit Trude)
Soren (mit Rämna)
Kieran (mit Dirdra)
Helche (mit Frygdis)
Klein Ragnhild (mit Frygdis)
Klein Hademut (mit Frygdis)

Frygdis Thorhildsdottirs Sippe

Thorhild Frygdis' norwegische Mutter

Rodegang mit den acht Schiffen Frygdis' Vater, ein reicher Kaufmann aus Haithabu

Einar Frygdis' Stiefbruder (Rodegangs Stiefsohn aus erster Ehe mit Bertrade)

Nandolf und Momme Frygdis' Halbbrüder (Rodegangs Söhne aus erster Ehe mit Bertrade)

Eldrid Rodegangs Schwester und Frygdis' Tante; Gattin von Jarl Blidmunt

Jarl Blidmunt Jarl eines kleinen Gebietes um den Thingplatz Langsee, kinderlos und daher Erbonkel seiner Neffen

Bertrade erste Gattin Rodegangs, Halbschwester von Blidmunt, Tochter von Jarl Gotmar

Jarl Gotmar Großvater von Nandolf und Momme, Vater von Bertrade

Hadwig Frygdis' Tochter

Olofs Familie in Midbikhus:

Olof Thorolfsson Frygdis' Gatte, Sohn von Jarl Thorolf

Gebharde Olofs machthungrige Schwester

Halfdan Olofs Onkel, Holzschnitzer

Gunda Halfdans Tochter

Magnus Halfdans Sohn (Olofs Vetter)

Armgard Magnus' Gattin, Asmunds Base

die übrige Sippe Olofs:

Jarl Thorolf Olofs Vater, lebt in Silveid

Ortrud Olofs Geliebte in Midbikhus

Godelind Olofs Geliebte in Silveid

Freunde:

Guntram Havenars kapuzentragender Schwurbruder u. Spion

Swanhild Guntrams Schwester

Halldur Guntrams Vater

Auda Frygdis' Sklavin und Freundin

Thorwald Havenars und Frygdis' riesenhafter Freund

Thorhall und Erindis Thorwalds Eltern; leben einsam auf ihrem Hof »Freienwil« und züchten große Hunde

Dagny freie Leibmagd von Ragnhild

Kodran Sohn von Dagny

Delling Sohn von Dagny

Die Jarle Angelns, Schwansens und angrenzender Gebiete

Asmund
Blidmunt
Gotmar
Gundakar
Guttorm
Hademut
Horich
Hunold
Swidbert
Thorolf

Hagbert ⚭ Hadburg

Orm

eine Sklavin ⚭ Hademut ⚭ Ragnhild (siehe unten)

Gunda ⚭ Vitgeir ⚭ Eanna

ein Sohn

Klein Frygdis

ein Sohn

Gerlög ⚭ Herjulf

Hagbert

Brede

4 weitere Kinder

Thordis ⚭ ein Sch

Olof ⚭ **Frygdis ⚭ Havenar** ⚭ Rä

Hadwig

Ishild

Alrun

Helche

Klein Ragnhild

Klein Hademut

Sven

Boje

Soren

Godebald ⚭ Thorgerd

Hunold ⚭ Radegund

Gudfast

Sigvid

Brunolf ⚭ Swanhild

Mildburg ⚭ Guntram

Hademut ⚭ Ragnhild

Egil ⚭ eine Schwester König Björns von Bi

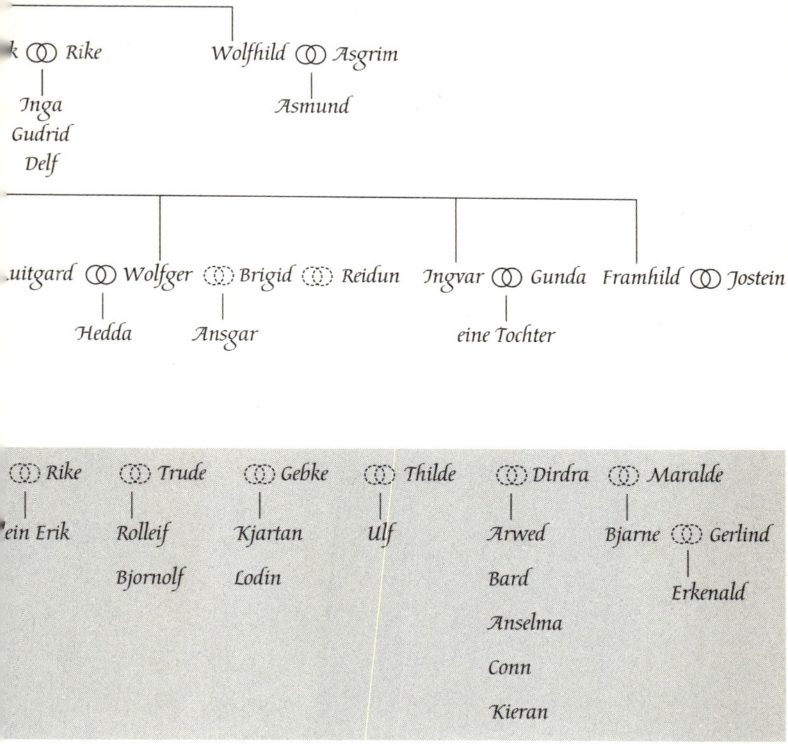

Havenars Sippe

Liebe Leserinnen und Leser,

würden Sie mich fragen, wie ich darauf kam, mich ausgerechnet mit der Epoche der als roh und räuberisch verrufenen Wikinger zu beschäftigen, würde ich zuerst erwähnen, wie mich schon als Kind der Anblick von Drachenschiffen faszinierte. Im Museum von Haithabu bei Schleswig begriff ich schließlich, dass hinter diesen klug gebauten und kunstvoll geschmückten Schiffen eine Kultur steckte, die nicht nur roh und gewalttätig war.

Was als Beschäftigung mit Handwerk und Kunst begann, führte mich bald zur Götter- und Heldendichtung der *Edda* und schließlich zu dem, was Historiker uns über das Alltagsleben der »Wikinger« zu berichten haben. Ich war mit meiner Recherche noch längst nicht zum Ende gekommen, da stellte Havenar sich mir vor: mit in die Hüften gestemmten Händen, selbstsicher, siegesgewiss und berstend vor Lebensfreude. Frygdis trat kurz darauf neben ihn, wesentlich zurückhaltender, doch stolz und mit einem Lächeln, welches zu besagen schien, dass sie die Herrin über das Herz dieses unbeugsamen Helden sei und nichts und niemand ihre Liebe zueinander zerstören könne.

»Oh doch, es gäbe da jemanden«, dachte ich sofort und ließ mir durch den Sinn gehen, was ich über die nordischen Götter wusste. So nahm die Geschichte ihren Lauf.

Es ist mir wichtig anzufügen, dass *Der Rabe und die Göttin* zwar in einer Zeit spielt, die wir bereits dem frühen Mittelalter zurechnen, jedoch nicht in einer christlich geprägten Gesellschaft. Die stattdessen in dieser Kultur tonangebende nordische Mythologie wurde im 20. Jahrhundert in Deutschland von den Nationalsozialisten so furchtbar missbraucht, dass es heute eine berechtigte Berührungsangst ihr gegenüber gibt. Es wäre jedoch schade, wenn uns die Abscheu gegen eine verachtungswürdige Ideologie davon abhielte, uns mit den alten Sagen und Göttern zu beschäftigen.

Das nordische »Heidentum« hatte gewiss grausame Seiten, wenn auch vermutlich kaum mehr als das mittelalterliche Christentum. Darüber hinaus aber waren viele seiner Götter und Helden humorvolle, weise und auch sympathisch fehlbare Gestalten, deren Geschichten der Fantasie einen üppigen Nährboden bieten.

Nun hoffe ich, dass die Welt meiner Heldin Sie ebenso in Bann geschlagen hat wie mich und Sie es genossen haben herauszufinden, was die Götter mit Frygdis und Havenar im Schilde führen.

Mit herzlichen Grüßen

Martha S Marcus